烟火人间

上

丛培申 著

辽宁人民出版社

ⓒ 丛培申　2018

图书在版编目（ＣＩＰ）数据

烟火人间 / 丛培申著 . —— 沈阳：辽宁人民出版社，
2018.1（2024.1重印）

ISBN 978－7－205－09061－6

Ⅰ．①烟… Ⅱ．①丛… Ⅲ．①长篇小说－中国－当代
Ⅳ．①I247.5

中国版本图书馆CIP数据核字(2017)第181871号

出版发行：辽宁人民出版社
　　　　地址：沈阳市和平区十一纬路25号　邮编：110003
　　　　电话：024－23284321（邮　购）　024－23284324（发行部）
　　　　传真：024－23284191（发行部）　024－23284304（办公室）
　　　　http://www.lnpph.com.cn
印　　刷：辽宁新华印务有限公司
幅面尺寸：170mm×240mm
印　　张：39.5
字　　数：650千字
出版时间：2018年1月第1版
印刷时间：2024年1月第2次印刷
责任编辑：贾　勇
装帧设计：丁末末
责任校对：刘再升 等
书　　号：ISBN 978－7－205－09061－6

定　　价：128.00元（全2册）

让大地成为大地
（代序）

高海涛

托尔斯泰曾担心，如果万一耶稣到了俄罗斯乡村，那该如何是好呢？我们中国作家中，可能鲜有如此深沉伟大之宗教情怀者，但在19世纪末20世纪初，虔诚的基督信徒们——大批来自英美的西方传教士，确曾以耶稣之名到过中国乡村。那是清朝末年，一个西风东渐、春寒料峭的傍晚，年轻美丽、信仰坚定的英国女子阿曼达携着幼小的妹妹安琪拉，在中国女信徒罗子漫的陪伴下，忍受着饥寒和劳累，走在荒凉寂寞的辽西乡野上，正为寻找安身之所而忧心忡忡。丛培申这部洋洋六十万言的小说，就这样开始了讲述。

《烟火人间》无疑是奇特的作品，它不是通常意义的历史小说，但却在民间的立场上，展示了一段特殊历史记忆中的家国之思和家国之痛。小说的时间跨度很短，大约是从戊戌变法之后到义和团失败、《辛丑条约》签订，前后不过两三年时间，然而小说的叙述却是惊心动魄、曲折跌宕的，若拍成电视剧，其效果和绵延起伏的辽西丘陵会多么契合。这是中国历史上"三千年未有之大变局"的瞬间，佛说"一弹指六十刹那，一刹那九百生灭"，这个转型瞬间的绵延和展开，构成了近代史的序幕和全部戏剧性的预演。全书共36章，场景变换，高潮迭起，人物和事件如此纷纭，给我的阅读感受，就像昆德拉谈陀思妥耶夫斯基时所说，充满了"生活中骤然升起的密度之美"。

但生活中不仅会升起密度之美，也会升起密度之恶。这大概是中华民族最难忘怀的一段痛史，国势倾颓，外侮日强，鸦片战争之败北在前，八国联军之烧掠在后，当此时日，民族冲突与阶级矛盾前呼后应，此消彼长，即使在相对偏远的辽西边地，也同样衍生为多种势力的生死博弈与较量。这里有统治阶层中不识大势的因循弄权者、腐败者及最后的被牺牲者，也有生于末世运偏消的官场投机者和新生代官僚；有身为公车遗老却又只能为先圣之道慷慨悲歌的边城硕儒、国运先知，也有不断被寄予厚望又不断被侮辱、被损害的读书种子、无为青年；有风韵尚存、坚韧不拔、无怨无悔地支撑着一个破落世家的卫道者和母亲，也有出身或高贵或低贱，或因懦弱而遭辱，或因抗争而沦落的年轻女性；有成分复杂、行事诡秘、不伦不类、如侠客也似帮会的革命党，也有持刀奋起、懵懂浑然、被裹挟在义和团风潮中前仆后继的血性农民；有来自东邻北邦，或阴毒如鬼魅、或残暴如虎狼的日俄潜伏者和掠夺者，也有远涉重洋，笃信耶稣，以传播福音为己任的英国传教士及其沉迷于华土文化、沉沦于异乡恋情、在基督教义和儒学经典之间徘徊迷惘的女儿。

总之，这里有共赴国难的快意恩仇，有人逢乱世的爱恨情仇，也有文化碰撞的书剑恩仇。而综观全书，不同文化碰撞交流的主题相对更具有思想的贯穿性。作者以最大的真诚，通过以写实贯通意象与思辨的个性化叙事，似乎传达了这样一种信念，那就是我们中国的文化传统与价值不仅根深叶茂，而且渊深流静，她可以包容和吸纳，但其精神的原点、灵魂的本色是不可改变的，任何统摄、消融、殖民、渗透、异化这种文化传统的企图，都是徒劳的，因为哪怕是最底层、最卑微的"老中国的儿女们"（鲁迅语），骨子里都充满着她的血脉和力量。

1

丛培申是出手不凡的年轻实力派作家，他的第二部长篇《祖宗在上》曾给我留下深刻印象，同时也知道他写过电视剧。但我和他并不熟悉，只是在同意为他这部《烟火人间》写序之后，与他有过一次长谈交流。他告诉我，对西方传教士来华传教的文化意义的考量，正如对义和团运动历史功过的评断，多年来是一直存在争议的。而他之所以要揭示那段特殊的历史，就是要让历史的痛点与现实的感动重合，以文化精神为主线，写出"一个民族的死亡与再生"。也许觉得这个期许有点高，他说："我的写作是不寒而栗的。"

这种不寒而栗对于读者来说，可能就是一系列震惊。我们在书中看到，清朝末年，中华民族真是已到了生死存亡的关口，一个个麻木的灵魂，充斥着蒙昧和残忍、虚伪与狡黠。罗家的傻子在整个故事中微不足道，但愚蠢至极、苟活于世的他却满口仁义道德，在某种意义上或可视为众多人物的精神表征。比如一个为面子和礼教而活的女人，尽管自己与人有染，却永远不肯原谅"坏了自己儿子"的可怜的侄媳；一个貌似年轻有为的新派官吏一手握着权力，一手握着女人，在折磨别人的同时也在折磨自己；一个为情所累的书生面对伤害本可避开，却陷入伪道学的泥淖拔不出腿来，以致连弱女子都为之感叹："大清国的男人连逃命都三心二意的，还有好吗？"包括腐朽到无以复加的王朝统治者，其整体形象也并未见稍有尊严，因为他们实际上只是在列强的施舍下，屈辱而麻木地玩弄着手中脆弱不堪的权力。在这样的情势下，作者写道："大清国的子民已经学会独吞苦果了。就像无能之辈养活的孩子，不管在外面受多大的委屈、吃多大的亏，到头来只能忍气吞声，顺着墙根溜回家。"

总之外有列强如虎，内有胥吏如狼，当此之际，大地一片浑浑噩噩，人心已绝望到极点，死也不甘，生也无望，神州不见灵光，到处只有苦难，游魂与鬼魅。或许只有三个地方，尚能多少给人带来敬畏和安抚，那就是府衙、书院和教堂。但与其说它们是生活秩序的象征，毋宁说是文化寄托的象征——府衙："每一扇门都紧紧关闭着，也像随时都要打开，一开一关便是中国的历史，满牍的文案便是中国的流年。"——书院："院子里很静，静得能听到圣人的呼吸。"——教堂："这教堂的钟声让他的心很悲凉。几年来，赤城人分明是以这个声音为指令，来安排一天

3

的生活，这分明是按照别人的节拍过日子。"

这三个地方，实际上也是故事情节和事件展开所依托的主要场景。知府衙门除了酝酿镇压的计划和杀戮的阴谋，并顺便见证官场倾轧、腐败、背叛、自我压抑和儿女私情之外，很多情况下都形同虚设，而"绝望为虚妄，正与希望同"，更多的人生悲喜剧还是在书院与教堂之间上演。从秀塔书院到红山教会，主要人物来来往往，形成了儒学精神与基督信仰、中国经验与西方价值多层面复调对话的格局。

从基督教在中国传播的层面上，穿越历史风云，走进世道人心，这确实是并不轻松的选择。回顾现代以来，从鲁迅、巴金、老舍、冰心、沈从文，到周作人、许地山、苏雪林、庐隐、林语堂，中国作家的文学书写与基督教之间一直存在着复杂的关联，或题材结构，或母题显现，或精神形象，或话语方式，或情感隐喻，都可以找到某种创造性吸收或转化的痕迹，但像《烟火人间》这样，不仅正面剖析基督教精神与中国文化语境的冲突及融汇的可能性，而且把西方传教士的心路历程和一个东方民族面临危难的心灵秘史贯穿起来叙述，戏剧性的密度和思想性的密度相得益彰，还是十分少见的尝试。

哲学家海德格尔在谈到古希腊作品时说，它们的真正魅力，就是"让大地成为大地"。那么怎样才能让大地成为大地呢？海德格尔认为，大地本身并不能成为大地，还需要有"天地人神四重奏"的交响。特别在天地无光的黑暗岁月，正如《烟火人间》所表现的，人与神的关系就成了更重要的主题。

2

小说人物繁杂，其中既有真实的历史人物如李鸿章、严复、慈禧等，也有史志或有记载的地方官员、将领、书生、教士、洋人以及基本属于虚构的芸芸众生和乱世男女。但作者着力塑造的应该是两个代表人物，一个是封建末世的乡贤大儒冉广炉先生，一个是基督教牧师杜克先生。作为中西两种文化、两种宗教的代言人，他们都以传道授业为己任，而且都在某种意义上，被奉为"精神父亲"的形象。这两个人物的关系从一开始，就是平等对话的君子之交，虽然也有碰撞，但孔学之仁和耶教之爱是他们可以通约的基点。包括杜克先生有意聘请冉先生的门生做自己女儿的老师，也是出于对一种古老文化的尊重，因为在这片土地上，毕竟孔子是主，基督是客，孔子的星光依然照耀着。为此，冉先生感到非常满足——"当他走出教堂门口时，用手拍了拍那根大柱子，笑了笑，好像在拍一个孩子的肩膀"。

这是意味深长的微笑。后来的许多情节似乎都是从这微笑延伸出来的。牧师的女儿阿曼达和父亲一样，也是坚定纯正的基督信仰者和福音传播者，面对即将发生的杀戮，她甚至不惜舍身劝阻，而且她坚信是神制止了这场杀戮。当被告知化解危机的其实是知府的一道手谕时，她淡然回答：那是一样的。言外之意，即基督教的神是高于一切的，就像《圣经》开篇，上帝说要有光，于是就有了光，而这神性之光却是先于太阳和一切星辰被创造的。但这样一个虔诚的基督徒，随着情节的发展，却不仅逐渐沉迷于中国圣贤的经典，而且与自己那位并不很称职的中国老师发生了不可逆转的爱恋。她先是不无羞怯地模仿罗子沫梳起了大清国男人的辫子，最后又不顾父亲的反对和同胞的追求，在八国联军的枪炮声中，坦然而平静地投入了罗子沫的怀抱。

对这场超越种族，也超越信仰的恋情及其结局，在象征的层面上，或可解读为儒家文化的强大优势和同化功能，表明中国价值和中国精神对异邦文化与宗教的吸引和容纳，这是没有问题的。

如果说这缺少历史的逻辑性，带有作者主观意图的话，那至少可以说，它符合中国人的"心史"逻辑，也就是陈寅恪先生所说的"发皇心史，代下注脚"。

的确，《烟火人间》堪称一部"心史"之作。无论是冉先生还是他"视为己出"的弟子罗子沫，也包括知府荣格、都司左汉庭，乃至丽娘、荣念其等女性人物，不管其人格形象和是非功过如何，他们的文化苦痛是一脉相承的。"凡一种文化值衰落之时，为此文化所化之人，必感苦痛"——这是若干年后，陈寅恪为王国维之死写下的话，但这不是预言，而是总结。"国无疆，家无园，学无望"，对于大清国的臣民来说，这种文化苦痛其实早已开始了。

天道不张，劫尽变穷，"则此文化精神所凝聚之人，安得不与之共命而同尽"。可以说，民族劫难与文化苦痛，构成了全书的思想律动和叙事基调。尤其文化苦痛的表现是普泛的、强劲的、痛彻骨髓的，与其说它属于士人或特定阶层，毋宁说它属于每一个中国人。所以我们看到，当义和团"拳匪暴民"与罗子沐一起被打入死牢的时候，这些本来没有文化的普通农民发自内心地觉得这个读书人不该和自己一样，他不该死，因为他是一个读书人，他们甚至用全体招供来换取罗子沐的性命。直到被处决之前，他们还想最后听一听这读书人的声音。在他们心中，儒家的求仁得道之思是某种寄托，但更是一个民族的英雄主义幻象。这就是读书种子的意义，连荣格也在自己即将沦为罪臣之际醒悟到了，为什么有那么多人在有意无意地保护这个读书人，就因为他们的内心都有一条不忍断绝的根脉。

一个民族用血与火构建出的精神框架，任何一个生存于其中的人，都会在它存亡之际感到苦痛、战栗、崩溃，但只要民心未死，就会有地火运行，并为民族再生燃起希望。

3

罗子沐的形象由此显现出双重特质，他既是典型的，也是象征的，而在某种程度上，其象征性大于典型性。因为被视为读书种子、儒家的最后血脉，所以尽管他一次次表现出懦弱、迷惘、迂执、不堪一击，还是得到了从上到下的珍惜、保护、宽容，乃至充满痴迷与忧伤的爱情。这个人物的象征性是复杂的，他的被动性，一次次受辱、挨打、吸毒成瘾、不能自拔，几乎就是他的国家大清朝的化身，而同时他又是一个受难者，集中国式的堕落和西方式的原罪于一身，如果从基督教的角度看，也可以说他是个"迷羊"的形象。

"迷羊"形象在中国现代文学书写中的出现，与基督教的影响有关，也与时代的境况有关。实际上，现代文学中凡涉及这一母题的小说都具有某些中国特色，无论是庐隐的《沦落》、张资平的《梅岭之春》，还是郁达夫的《迷羊》、叶灵凤的《未完的忏悔》，虽然情节模式存在差异，但显然都包含了中国经验，寄托着时代感怀。《烟火人间》也是这样，尽管作者可能并不自觉，但"迷羊"的母题元素显然是存在的。就人物形象而言，罗子沫、荣念其，以及本身即为基督徒的阿曼达和罗子漫，他们虽然信仰不同，却都曾有过受难、困惑、迷惘、堕落的经历，都是某种意义上的时代"迷羊"。而这里的中国经验在于，对这些人物来说，宗教的忏悔与救赎情节并不存在。如果可以称为救赎的话，罗子沫在战乱中独自去寻找阿曼达，在弓然明面临凌迟之苦时断然助其解脱，可谓别具人性光彩。但这种救赎力量并非来自基督的神性，而是来自孔子的灵光。英国批评家利维斯坚信，英语具有强大的救赎力量，我觉得汉语也同样具有这种力量。包括荣格在流放途中的自尽和郎纪平面对日本人胁迫的自焚，其实都可以视为某种文化殉节或自我救赎之举，彰显了儒家知识分子最后的良知与大义。

罗子沫与荣念其和弓然明的关系，一为精神之欲，一为肉体之欲。这些辽西边地的青春儿女，无论出身世家或寒门，本质上都是纯洁无辜的，但国破家亡之际，正如大清朝已陷入万劫不复的境地一样，他们也不配有更好的爱情与命运，世界等待他们的只有沦落和毁灭。

相比于普遍具有"弱德之美"的男性人物，小说中的女性人物似乎更显丰满和坚毅。东北文学的特点之一就是场面化，这种空间与氛围的流动感，我们在萧红的《生死场》和萧军的《八月的乡村》等作品中不难发现，但《烟火人间》的场面化叙事，不仅有事件的发生和发展，更有鲜明的精神质感和象征意味。有些场面是惨烈的，如俄国士兵对淘金农民及其妇孺的残忍杀戮，八国联军在海边对中国妇女的浩大奸淫与强暴；还有些场面是悲壮的，其中戏剧性最集中的当数荣念其的被"卖于市"和弓然明被判凌迟的临刑场面。两个弱女子的"罪与罚"，照出了一个没落王朝及其政权的本质，因为尽管她们的罪名不同，但都是在自己的土地上，被自己的官府出于不可告人的目的，以含混不清的名义而判罪的。而这两个出身贵贱截然不同的女性，面对巨大的羞辱与痛苦，却表现得那样沉静、淡然、无畏，在国难当头、大厦将倾的时刻，这种精神的定力，确如鲁迅先生所说，足可视为中国女子之承当精神，虽压抑数千年，而终于没有消亡的明证了。

与荣念其乃至所有的女性相比，弓然明不仅属于底层，而且读书有限，信仰阙如，因而是个很特殊的形象，她自始至终都是那个时代的受难者和牺牲者，带有更多的悲剧性和原生气息。这个不幸的女子，就像曼德尔斯塔姆诗中所写："有些女人天生就属于苦难的大地／她们每走一步都会传来一阵哭声。"但她同时又是个复仇者，当她把淫邪无耻、深藏祸心的五岛次郎和自己愚昧至极的傻子丈夫一起推下悬崖时，仿佛瞬间升华了中国历史上所有女性复仇者的境界——

"太阳落山，晚风吹起。似吹落无限风景，大地悄然不动。"

4

日本人五岛次郎与俄国人桑德斯，是异族入侵者、掠夺者形象的阴阳两面。相对而言，桑德斯的形象更复杂。他与西方传教士以及红山教会，一直保持着某种特殊的文化与情感关联，因而他的残暴和嚣张更让人触目惊心。我在阅读时想，像桑德斯这样的人物，在俄罗斯文学中能否找到原型呢？也许有一个，那就是《大师和玛格丽特》中的魔王沃兰德。这是苏联作家布尔加科夫塑造的形象，他是上帝的同盟，也是撒旦的化身。但问题在于，布尔加科夫笔下的魔王是反其意而用之，本质上是惩恶扬善的拯救者，而桑德斯的形象则恰好相反，如果说"没有魔鬼就没有上帝"，桑德斯在这个意义上具有特殊性，他借用主的名义，粗枝大叶地掩饰其贪婪、残暴与邪恶，正是撒旦和魔王的本来面目。

以布尔加科夫的作品来比较《烟火人间》，这让我自己有些意外。但既然比较了，也不妨有所延伸。《大师和玛格丽特》最令人难忘的是那场由魔王沃兰德主导的审判，在《烟火人间》大大小小的场景中，最意味深长的也是审判，由晚清重臣、洋务领袖李鸿章主导。在夕阳西下、寒风凛冽中，我们看到这位童颜鹤发的中堂大人出场，但他既不是魔王也不是拯救者，面对百姓冤声四起、官员推诿互陷、洋人振振有词、老儒陈说大义、党人冷枪暗指，被他称之为世界性"共和"的奇异场面，他谈人情，论国法，权势熏天却从容谈笑，话带机锋又禅意拂拂，可谓末世宣言，况味别传。可以说，他对基督教来华初衷的理解并不逊于杜克牧师，而他在"民不教则国衰，道不兴则国败"的现实中所感受到的文化苦痛更不逊于冉先生或任何人。一方面是历史空前变局的敏锐觉察者，一方面又是"裱糊匠"，即大清江山的勉力维护支撑者，这就是李鸿章，但对于解决大清国的问题，他的这篇宣言，包括那句"共和救不了中国"的预言，正如他所主导的审判，除了有一点中国式的对"最后审判"的戏仿效果之外，总体上仍是言不及义的。

实际上，《烟火人间》这部心史之作，其叙述主线是义和团运动在辽西边地的兴起与失败，而与此相关的则是基督教"西风东渐"的历程。这注定是充满张力的写作。关于清末西方传教士来华的初衷和作为，小说的描写突出了"爱"与"慈悲"的基调，强调了宗教文化的某种兼容性，而关于基督教作为外来信仰与中国人文化信念的关系问题，则更趋向于民族性与本土化立场的坚守，即如罗子沫对阿曼达所说的："你们的神创造了你们，我们的神创造了我们。"

毫无疑问，基督教信仰首先与作为个体的人的存在发生关联，而非与作为群体的民族发生关联，这是应该尊重的事实，但另一方面，基督教自其诞生之日起，就带有政治因素，这也同样是无可回避的。"非其鬼而祭之，谄也。见义而不为，无勇也"，这句圣人之言可能正是义和团的心路，尤其当朝廷腐败、民怨沸腾之际，传教士们随远征军而来，并且身边不乏桑德斯之类借主之名而行掠夺之实的恶魔人物，所以民众走上自发的反抗是必然的，用西方的比喻，这就像让一只杜鹃穿过乌鸦，结果你只能得到反抗的乌鸦。

"浩浩愁，茫茫劫，短歌终，长歌歇"，阅读这部长篇，总会不时想起《书剑恩仇录》中的这阕词，一个多世纪过去了，关于义和团，似乎仍是恩仇未了，是非难辨。这难道不是一个伟大民族的本能自救吗？皇帝不行了，官吏不行了，士绅不行了，军队不行了，但人民还行。经过数千年儒释道教化的普通中国人对于将自己的救赎交给上帝之手毫无兴趣，他们渴望自己拿起武器，尽管这武器只是可怜的拳脚、愚蠢的符咒和笨拙的大刀。他们实质上是在为这个民族的生死存亡而战，他们虽然大都目不识丁，但他们骨子里有几千年形成的家国意识和华夏文明的强大基因。他们可以被利用，可以被牺牲，甚至可以被后世污名化，但他们并非麻木不仁，因为正如尼采所说："血就是精神。"历史完全可以这样证明他们的贡献：是耶非耶，中有碧血！碧亦有时尽，血亦有时灭，一缕烟痕无断绝。

5

中国文化讲求仁得道，西方文化讲追求真理。如果说在西方思想中，最高的真理有两个，一个是形而上学的真理，一个是上帝启示的真理，那么后者就其本源来说，首先就是对人间苦难的关怀与揭示。正是在这个意义上，马克思说："宗教评判是一切评判的基础（The criticism of religion is the basis of all criticism）。"

确实，关于义和团的争议是始终存在的，其中有史实的求证，也有精神的辨析，作为学理探讨，摒弃民族主义之滥觞，传承民族觉醒之大义，无疑有利于文化反思与建设，但有些以偏概全、意气用事的污名化评判，却未免难以服人。不说摧残民气，会酿成怎样的世界，至少既然是评判，就不该忘记评判的本源和基础，那就是一个民族所经历的苦难。

由此观之，丛培申的《烟火人间》，十分可贵的就是以正史之思、心史之韵，构成了精神底色。其中对文化奴性的轻蔑，对文化自信的诠解，对民族苦难记忆的发掘与思考，是尤其值得肯定和赞佩的。这里有对耶稣之爱的尊重，也不乏对文明进步的向往，但无论如何，普通民众在苦难中的歌哭呐喊、民族生存的渴望、文化信念的坚守、社会变革的吁求，才是那个时代的本质和历史前进的主流。这是小说叙事的基本律动。

至于这部长篇的艺术特色，我觉得无论是叙事语言，还是叙事气度与格调，都可圈可点。首先，小说的语言对故事的情境有穿透力，写实与梦幻式叙述并行，既有启示录和赞美诗的味道，也像传统说书人对一个错乱世界的回应，充满了中西杂糅的历史风尘感。虽然作者无暇雕琢，语言有时流于粗疏，但忙里偷闲的诗意抒发，不乏诙谐的补叙，恰当的伏笔和预设，整体上相得益彰，自然天成。尤其是能把文化精神的感悟与思辨融进人物语言乃至景物描写，使小说文本显出别样的质感和气度。当然更重要的，是《烟火人间》写出了历史悲剧的深层建构，这里既有对社会进步、文化复兴的理性主义思考和历史主义感知，也有由世界与生命存在的偶然性、不确定性所带来的人性的沉沦与扭曲、阴森与暴虐、丑恶与粗鄙、绝望与恶心，以及无路可走、四顾悬崖、落了片白茫茫大地真干净的悲凉体验。这种勇于不寒而栗、直面人间万有的气度，用莫言的话说，或可谓"长篇胸怀"，也就是一种大悲悯和大感悟的境界。

这种粗粝莽荡、不避幽暗的叙事作风，在辽宁及东北文学中是比较少见的。我个人一直有这样的观感，那就是从整体看，东北文学的现实主义传统，特色是清新而明朗，质朴而健康，它以现实精神、问题意识、人道情怀、抒情气质，构成了基本的风貌。如果用俄罗斯文学的语境来比附，即使是表现人生的大苦难，东北文学也似乎更亲近温暖、抒情的屠格涅夫，而不大会去选择黑暗、沉重，追问人性之恶、拷问灵魂之罪的陀思妥耶夫斯基。但毕竟有时也会出现另类的作品，它们以出人意外或令人着迷的方式，为这片土地上的文学平添了某种凝重色彩，《烟火人间》即是一例。这部长篇的基本格调，就像是普鲁斯特评价陀思妥耶夫斯基和伦勃朗时所说的，仿佛"总是想把主人公从黑暗中拉出来"。只不过对作者丛培申而言，这种拉出来的力量也是中国式的价值与经验："落日的余晖总给人温暖的感觉，就像老人的眼神，照射着幼小的地面。"

而实际上这是一片神奇古远的大地。

这片大地上有我们的家园。《烟火人间》不是通常意义的历史小说，也不是前些年流行的家族史小说。但小说始终有一个家园的意象，那就是破落的、贫寒的、风雨飘摇的、惨剧频发的罗家，可这个家园的容纳力和支撑力却是强大的，直到小说最后，幸存的男人、女人们又冒雨回到了这里，"好像彼此都各自找到归处，静默静坐，有万般心事需要久久地回味。于是，这个百年罗家大院，在雨中迎来了少有的宁静"。

阿曼达的母亲对女儿说，他们不该来这里，中国是一片复杂的土地。其实和他们的土地一样，这片土地并不复杂，它在人与神之间只需要一个灵魂，那就是信仰和信念，数千年浩劫巨变，这片土地惟以此浴火自救，家园长存，生生不息，并不断新生为更神奇更美好的大地。

（文化学者、作家、翻译家，辽宁省作协副主席，第八、第九届茅盾文学奖评委）

春寒是嫩嫩的冷，阿曼达·斯特林裹了裹泥黄色的斗篷，凝望着落日的余晖慢慢被夜色吞没，每当这时，她都会想念家乡。相隔千重山、万重水，奉神的旨意，她来到这遥远的东方，他们说这里叫做辽西走廊。这里的一切都是模糊的，棱角不明的人都长着一张模糊的脸；找不到一条醒目的道路，看不见一栋高大的建筑，没有险峻的高山，没有奔涌的流水，大地一片模糊；没有哲学，没有宗教，没有热烈的谈资，没有激扬的文字，甚至没有开怀的大笑，没有冲肺的恸哭，世态一片模糊；没有爱的热烈，没有恨的痛彻，没有喜的灿烂，没有悲的大雅，人情一片模糊。

这夜，却那么恐怖，当它笼罩一切的时候，就成了鬼魅的世界。黑得过分彻底，几乎没有明暗的对比。远处倒有几家灯火忽闪着，却感觉不到人间的味道。

妹妹安琪拉·斯特林紧跟在姐姐的后面，她要哭了。疲劳、饥饿、寒冷，她不明白姐姐为什么要一直行走。罗子漫板着面孔，脚力尚在，心力无存，她认为阿曼达是疯了。她要用行走来坚定自己的信念吗？或者用这行走，来与赌神立誓约？她终于说道："阿曼达，我们歇一会儿吧，安琪拉她还小。"阿曼达突然停住脚步，猛然回身把安琪拉抱在怀里，道："安琪拉，对不起，一整天我都没有照顾到你。你会被一点点劳累和饥饿吓倒吗？"安琪拉在黑暗中使劲摇了摇头，小声道："不会的姐姐，我们走。"阿曼达用斗篷把她裹在怀里，哽咽道："子漫，你也过来，我们共同取暖。"罗子漫快速过来，她们三个紧紧抱在一起。

"嗷……"几声悠长的狼叫传来。"是狼！"阿曼达打个激灵，抬头望去，山上的魅影隐幻着，重叠着，充满神秘。"咕咕……""呱呱……""哈嘟哈嘟……"这是其他鸟兽受到惊吓的附和声。这些声音对罗子漫来说并不陌生，在家里的时候，几乎每晚都能听到。"阿曼达，我不怕，我不怕。"安琪拉在她们的身下哭着说。她们抱得更紧了，寒冷和饥饿已经不复存在，恐惧占满她们。"噜噜"，两个黑影从她们身边窜了过去。阿曼达惊叫了一声，安琪拉则哭了出来，罗子漫知道这是听到狼叫的狗，借着到处乱窜来为自己壮胆，所以她反倒有了安全感，急忙道："不要怕，这是狗，它们是来保护我们的。"

狼叫使不远处的村子熄了许多灯火，事不宜迟，赶紧找一个亮灯的人家借宿，等所有的灯熄灭的时候，就敲不开任何一扇门了。想到了这里罗子漫又说："我们必须找一户人家住下来，否则谁都受不了。"阿曼达道："好吧。"

灯光下，弓去快嘴里叼着烟杆坐在炕上，眼睛瞪得很大，看着儿子弓么长和女儿弓然明在地下忙活着。儿子的表情、举止让他感到陌生，兴奋、惶恐而又激情澎湃。也难怪，他们手里的活儿是要出金子的。女儿的表情更不同往常，沉静的背后，洋溢着幸福的波痕。这不仅仅是因为金子，还有比金子更幸福的婚姻。女儿像她娘，今天的样子尤其像，这令他愈发揪心，那可怕的夜晚又在他心头回响。

骰子在大瓷碗里骨碌碌地响，一双双血红的眼睛紧盯着它不放，企盼如意点数的喊声冲击着屋顶。他喊得更凶、充满着杀气，几乎是不甘濒死的号叫，因为他已经把自己的老婆押上了。他的老婆可是公认的美人，丰满的腰身，会说话的眼睛，就连嗔怪的表情都是温存。他永远也想不明白，当时为什么要把自己的老婆押上。

"鱼苗啊——"他闭一下眼睛，又在心里苦苦地叫了一声。那个赢走他老婆的河北老客，用一头黑色大叫驴把鱼苗驮走的时候，他什么都说不出来，只是跪在地上这样不停地叫着。鱼苗从始至终都没睁开眼睛，一双儿女抱着驴腿哭得让人心酸，连那头驴都一动不动，眨着大眼睛似乎在掉泪。"妹子，你就看一眼孩子吧！"连河北老客都这样劝说。鱼苗就是不睁眼，就像一个死口袋那样趴在驴背上，双手和双脚像没有知觉一样地耷拉着。"鱼苗啊，我的妻，你就再看孩子一眼吧！"他扬起脸来，使劲扇自己的耳光。这时，鱼苗的眼睛里只掉了两滴泪，仅仅两滴。然后她一巴掌拍在驴屁股上，那头驴便忙不迭地跑起来。河北老客见状，急忙掏出一袋子光洋扔在他的面前，大声道："兄弟，哥哥我心狠了啊，这钱拿去再买一房。"说完，老客追驴而去。

今天令他揪心的不仅仅是对老婆的愧，更有对女儿的愧。女儿还被蒙在鼓里，可事情又无法改变。当女儿知道一切的时候，会不会像她娘一样，同样被一头驴再驮回来，却是死了的。

那是第二年春天，他正在院子里呆坐着，驮走鱼苗的那头大叫驴很悠闲地进了院子，还晃了晃脑袋。鱼苗仍像被驮走时一样，趴在驴背上，虽然她穿着一新，头发也梳得油光光的，但他知道她已经死了。他像疯子一样跑出院子，河北老客远远地站着，呼喊道："兄弟，鱼苗是她自己想死，不关我的事。我把她交给你，够意思了吧！还有那头驴也归你了，好好过日子吧！"他像疯子一样扑了过去，河北老客吓得抱头鼠窜。见追不上，他摸起一块手把石便夯，河北老客的腰被夯中了，但他似乎不觉得疼，仍旧是跑。他蹲在地上抱头痛哭，哭着哭着，他突然像想起了什么，站起身来就往家跑。他把大门关得死死的，然后把鱼苗抱下来，再抱进屋里，道："你先歇一会儿啊鱼苗，我去给你报仇。"说完他走进厢房，把铡草刀从铡床上卸下来，举过头顶，大呼一声奔向那头大叫驴。叫驴不知道所以然，脑袋就掉下来了，一腔热血带着风声喷出。奇怪的是，那没有头的驴仍站立不动，他更加气愤，骂道："你个狗日的驴，还跟我叫板不成？"跨步上前猛地一脚，那驴尸才"咚"的一声倒下。一双儿女都出去玩了，他不想让孩子们知道娘已死，就在后院墙根挖了一个坑，用一床被子包好鱼苗，神不知鬼不觉地埋了，连坟头都没起，只在上面栽了一棵梨树。好在这棵梨树从来没有结出果子，不然孩子们要吃梨，那如何得了。他知道这是鱼苗显灵了，所以他把那棵梨树当作鱼苗，没事的时候就去跟她说说话，有事的时候更要跟她说说话。

可今天，他却没有勇气再跟她说话，甚至都不敢看她一眼。

"爸呀，你再去看看，大门插好了没有。"弓么长直起腰身，抹一把额头上的汗道。他正在用榆木板做的溜水槽沙金。金矿石采回来，用炭火烧熟，再用碾子轧成粉，就可以进入溜水槽沙金了。粗糙的榆木板面，可以把闪闪的金星留住。看着那一层层金光，弓么长的心咚咚直跳。这金光把姐姐的脸膛照得红润如雨后的霞光，他要用这些金子为姐姐做嫁妆，让姐姐像大户人家的小姐一样嫁出去。听说姐夫是个读书人，长得又俊美，家道虽有些衰落，可瘦死的骆驼比马大，仍算殷实。他着实希望姐姐嫁一个好人家，不像妈妈那样，让赌徒用一头驴驮走。

"都看过好几遍了，插好了，放心干你的勾当吧！"弓去快充满埋怨与不屑。他鄙夷儿子的行为，吃有吃的道，嫖有嫖的道，杀有杀的道，赌有赌的道，可儿子这个行为不上道。但他又不好责怪什么，鱼苗的死，是他在儿女面前的软肋，从小到大，他们都是怨恨的眼神，让他不寒而栗。好在他没有再续弦，好歹还能让一双儿女留在身边。不然的话，女儿不必说了，就儿子这秉性，早就远走他乡了。

弓然明坐在一个小木凳上，一瓢一瓢地向溜槽上加水，鲜亮的水冲走沙石，留下金子，多激动人心的时刻。可她似乎视而不见，双眼迷离着。弓么长知道姐姐已经陶醉在想象中，她还没见过那个将要娶她为妻的人，所以弓么长觉得姐姐的一切想象都是美好的。他很想跟姐姐开个玩笑，但又不能，这是在淘金，对金子要恭而敬之，不然它们会自己跑掉的，因为它们的来路已经不算好，最起码父亲是这么认为的。可他很想问问父亲，你知道今天柏杖子村有多少人家在沙金吗？来路都是一样的，金子长在我们的山上，洋人能采得，我们就采不得？不但采不得，连到矿上挣几个工钱都是百般刁难。这是谁的家、谁的国？想到这里，他的心里便窝了一股火。"别看我们不顺眼，别说我们是偷来的，我们不是取不义之财！官府都做不了自己的主，什么都他妈的乱了！"他像是嘟囔，其实是说给父亲听。

弓去快从嘴里拔下烟嘴，吐出一口烟，不小心顺带流出一股哈喇子。"人家不让动的东西，你拿了来，那是什么？你说……我从小就认这个理！"他很激愤地说。弓么长斜眼看着他，"老脑筋！"说完他只顾干自己的活儿。"哼！"弓去快不服气，把烟袋插在嘴里，使劲嘬两口，烟雾从嘴角子挤出来，像两只喇叭。

"咚咚咚"，有人敲门，一家三口都竖起耳朵，弓么长慌忙抱起溜水槽子想藏。"别慌！再听听。"弓去快拔下烟嘴，镇定地说。"有人吗？我们是赶路的，借个宿。"是一个女子疲惫的声音。"放下吧，果真是借宿的。"弓去快说完就下炕，然后往外走。"爸，你去开门呀。"弓然明像刚回到现实中来，站起身说道。"开呀，借宿的能不开吗？"说完，弓去快就走了出去。弓么长也长出一口气，把溜槽子放下来。

屋里的灯光照到大门处，已是很微弱，弓去快站在门里稍稍迟疑一下，就把门打开了。站在前面的高个子姑娘把他吓了一跳，不由自主地往后躲闪一下。一个中国姑娘急忙走上前来，"大爷呀，我们是赶夜路的，想借宿。"姑娘边说边往里走，因为她知道这样的事不会遭到拒绝的。"好好，有地方住，都进来吧。"弓去快一边说着，一边闪开身子。"不，我们是来传福音的。"不料高个子姑娘却这样道。弓去快一听，赶紧道："哦，是修女呀……那你们先慢着，我这里只接受借宿的，不接受福音。"中国姑娘一听，急忙转过来道："大爷，我们是基督徒，不过叫我们'修女'也行……她是外国人，不懂我们的规矩。我们确实也是传福音的，天黑了，要借宿。"她说着，并很快拉一下阿曼达。弓去快想了想道："那好吧，都进屋吧。"弓去快一边说着一边去关门，顺便摸一下走在后面的安琪拉的头。

三位姑娘站在灯光里，都很惊诧，她们不知道这一家人在干啥。"都坐炕上，别站着。"后面跟进来的弓去快道。弓么长充满敌意地看着她们，尤其多看几眼这位黄发蓝眼的外国女人。满眼的忧郁，惨白的面孔，高挑的身材，他知道她们来自城里的教堂。他听说过山东、直隶那边多的是教堂，多的是这样的洋人。他没有真正看过洋人，都说是个个人高马大、狗脸猴腮，听起来都没好感。不料面前这位女洋人却让他眼前一亮，一时间竟产生既爱且恨的感觉。

弓然明则站起身来，很友好地说："快坐下，都还没吃饭吧，我这就给你们做。"罗子漫道："谢谢姐了，我们真的没吃饭，又冷又饿的……尤其这个小安琪拉，都快挺不住了。"安琪拉根本没听见别人在说自己，双眼怯生生地看着弓么长，紧紧地拽着姐姐的手。弓么长也把目光移到她的脸上，那见到陌生人时的神态竟和中国的孩子没什么两样。他扮了一个鬼脸，兀自干自己的活儿。

"我们是来传福音的，愿主赐福给你们。"阿曼达边说边掏出福音单张，递给了弓去快。弓去快不识字，他没有接。弓么长"哼"了一声，不屑一顾。弓然明笑盈盈地接过来，凑近灯光，很专注地看起来。弓然明仔细地看着，当她还想再看一遍的时候，父亲道："然明，上面说个啥？"弓然明露出诡异的笑容道："说我们都是上帝的孩子，跑丢了。"弓去快道："哟，这个上帝就是老天爷吧！"弓然明道："好像不是。"弓么长插嘴道："瞎说，是他们跑丢了，大老远地跑到我们这儿来了……他们是成心这么说，听说他们是划着船架着炮过来的，过来干啥？占我们的土地，开我们的矿山，比如这金矿，就有他们洋人的股份，他们要占大便宜！"说完他怒视着阿曼达。阿曼达一脸茫然，显然她不懂这些。弓么长却觉得她不知害怕，占别人家的土地，却不知道害怕，这分明是欺负人。想到这里他"嘿嘿"地笑了，笑得很坏。安琪拉吓得靠近了姐姐，但阿曼达的脸又变得庄严平静。弓去快思索着，没有理会儿子笑什么，然后他似有所悟地说："然明，我觉得整岔了，我们和他们不一样，不是一家子，你看长得都不一样。"阿曼达又一脸茫然，刚想说什么，罗子漫拉她一把，示意她住嘴，然后对弓然明道："姐，我们去做饭吧，都饿透腔啦。"弓然明觉得失礼了，脸一红道："哟，看我这个人……"说完她麻溜儿往灶间走去，罗子漫也紧跟着出去，她要搭把手。

一时间屋里屋外安静了许多，只听到阿曼达坚强地传福音的声音，但大多有来言无去语，弓去快有一搭无一搭地应付着。弓么长根本就不想听，他总想用各种肢体动作让阿曼达产生畏惧，不料阿曼达熟视无睹，脸上依然是庄严肃穆的神情，令他失望而费解。

饭菜很快摆上了桌子，小米稀粥，玉米面饼子，干白菜炖腊肉，外加一碟子咸菜条。三位借宿的吃，主人们看着，并抱歉地说饭菜不好，将就着吃。

弓么长突生一计，他停止了沙金，把溜槽搬出去，把碎金收好，留出很大一块空地。当他再进来时，"哐当"！摔在地上一块磨刀石。磨刀石像一块巨大的城砖，中间已被磨出了马鞍形。弓去快知道他要磨刀，但不知为什么在这个时候磨刀，磨什么刀，是镰刀、菜刀、铡刀，还是剪刀。

这些刀都不是，弓么长把一柄马刀和一把梭镖"当啷"一声扔在磨刀石旁，然后站在那里不动了。他想用这种停顿告诉别人，我要开磨了，磨的都是杀人的家伙。他死死地盯着阿曼达，可阿曼达仍然视而不见，专注而斯文地吃着她的饭。弓么长狠狠地咳嗽一声，有意给她使动静，随后道："我要磨刀了！我要磨刀了！"阿曼达被这种少有的东方男人的声音打动了，浑厚、坚定、自信，还稍稍有些野性。她用大大的蓝眼睛专注地看了他一眼，然后继续斯文而专注地吃自己的饭。

弓么长蹲下身来，撩一把沙金的清水就开磨，随后是"咔咔"的断断续续的磨刀声响起，中间的间断是他在用大拇指试刀锋。每当这时他并不瞅刀，而是死死地盯着阿曼达，好像在说："谁能保证我不杀你呢？"而阿曼达仍是那副庄严肃穆的神情。他很恼火，这洋人是不知道害怕，还是有什么仗势？她哪儿来的底气？越想越恼火，便把这股火撒到刀与镖身上，他用尽全身的力气去磨它们，恨不得把它们磨死。可刀与镖就喜欢这样，它们很快就闪闪发光了。他的磨刀成为表演，谁都默不作声地看着他，汗水从他的额头滴下来。弓去快的心又开始揪起来，儿子的举动让他预感到不祥。

夜深了，阿曼达睡不着，听见别人都进入了梦乡，尤其是另外一个屋子里的父子两个，鼾声此起彼伏，像在比赛奔跑。阿曼达悄悄地坐起来，然后又由坐变跪，开始无声地祷告。

阿曼达变得异常平静，且充满力量。她蹑手蹑脚地下了炕，轻轻地开门出去，她要去小解。因为睡前已在弓然明的引导下去过一次，所以这一次她显得轻车熟路。只是不断地提醒自己要小心，那个茅厕的构造简单粗暴，一个圆圆的池子，上面搭两块木板，下面是积攒有时的屎尿，泛着刺鼻的臊臭味，一不小心就会掉下去。连厕所都是这种构造，她不明白神的所造物（人）还能这么愚蠢。

站在上面，她提心吊胆地蹲下来，一时竟尿不出，好像一旦松开闸口，就会冲击下面熟睡的魔鬼。她在心里默默地祷念着，极力让自己放松下来。正当尿意轻轻探出头的时刻，眼前"忽"地出现一个巨大的人影，而且正在做着动作。强烈的恐惧感顿时向她袭来，她惨叫一声站起身来，随之提起了裤子。弓么长迷迷瞪瞪地也来小解，哪料到有人蹲在那里。阿曼达的惨叫也令他毛骨悚然，最初的意识绝没想到这是人，而是鬼。"你要干什么？！要干什么？！"阿曼达恐惧到了极点，也愤怒到了极点，因为她不知道这家人是男女共用一个茅厕，再联想到弓么长先前的举动，她以为他是故意为之。"别害怕！别害怕！我不知道你在这里。"弓么长急忙解释，也提起了裤子。阿曼达不再作声，但她周身哆嗦得像筛糠。弓么长自行退去了，她的一腔尿液全尿在了裤子里，泪水也顺着她的脸颊滚滚而下。"神哪——"她在心里哀叫一声。

弓么长只好寻一阴暗处解决了，听声音像是柴火堆。然后他呼哧带喘地返回屋子，在上炕之际他自语道："这下她害怕了。"阿曼达的叫声已经惊醒了弓去快，但他没有动，只是睁开双眼抬起脑袋仔细地听着，以为会有继续，但他却再也没有听到什么。"谁害怕了？怕啥了？"他慢悠悠地问。显然他已经做好了各种精神准备，他决不许儿子办出伤天害理的事来。"是洋女人，我上茅房碰上了她，她害怕了。""你没把她怎么样吧？"弓去快冷冷地问。弓么长打一个激灵道："你说啥呢爸！我会把她怎么样？""那就好。"弓去快仍冷冷地道。弓么长再也睡不着了，眼珠子在黑暗中骨碌着。"她不怕刀枪……却怕了这个。"他在心里反复叨咕这句话。但"这个"是什么，他也说不清楚。

- 2 -

天还未明，冉广炉已登上广寒山顶。他又一夜未眠，思乡之情折磨得他悲情婉转。他想念家乡的一山一石，一草一木，一田一地，一水一湾，还有充满亲情的乡音，鸡鸣狗叫的祖宅。这异乡的土地让他感到陌生，这异乡的人让他感到冷漠。但他的归途几乎断绝了，他不知多少次登上这个山顶了，这是赤城最高的山峰。登高虽能望远，但他明知道望不到家乡，却总也来望。山顶上有很多石块，那都是他搬来的，在思乡之情还没有折磨得他力尽神疲的时候，他都会搬一块石头到山顶，把这些石头摞起来，再登到石头上去，他以为高一点就会望到家乡。今天他没有再搬石头，寤寐思之，辗转反侧，精力几乎耗损殆尽，能登上山顶，已经是一腔热血使然。胸中的怨恨与委屈已经令他气冲咽喉，他登上摞好的石块，向西南方张望着，一片白雾茫茫，什么也看不见，天边的几片青云被霞光染成淡红色，那颜色令他感到肃杀和绝望。

"我站在高山把脚跷，不知故乡你在哪消——"满腹经纶的他依旧喊出这句思乡的土话，然后他跳下石块跪下来就大声哭道：

山河破碎，国败家亡，人心沉溺，天道不张，列强如虎，胥吏如狼，报国无门，愤懑满腔。死也不甘，生也无望，生灵涂炭，谁问三皇，圣训在耳，谁举刀枪，泱泱华夏，此去何方？

几只鸟扑棱棱地从树丛里惊飞。每次他都要哭得干净彻底，喊得寸断肝肠，才肯踉跄地走下山去。

忽然看到城中一队人马出西门而去，刀枪交错，杀机荡荡。他知道，那又是绿营兵去镇压百姓了。这些败北于洋枪洋炮的王朝家丁，只能施淫威于百姓。城里东一处西一处地闪起了亮光，他知道那是小贩们早起经营的灯火。知府衙门里也闪起了亮光，他知道荣大人有早起的习惯。官与民都无处可逃，都在挣扎着生存。他很害怕那灯火，它燃起的不是希望，是几千年来一种无奈的薪火相传。他今天特别想快速下山。

走到半山腰时，不小心踩翻了一块石头，身子滚下一个陡坡，被一棵小树卡住。他无限哀怨地叫一声：丽娘啊——叫完后他竟不知道自己是谁了。怎么又叫出了她的名字？到底与她有什么关系？他不知道哪里来的力气，猛地坐起来。他总觉得这一声呼叫被许多人听到了，兀自满脸的羞愧。胸部在汩汩地出血，他咬咬牙，挣扎着继续往山下走。

丽娘是在睡梦中被吓醒的，是一个模糊的梦，梦到一个男人一身是血地站在她的面前，转瞬即逝。她没有看清那个男人的脸，好像是自己的丈夫，又像是秀塔书院的冉先生。她忽地坐起来，气喘如牛，心跳不止。她意识到丈夫就躺在自己身边，正在重复着一贯的吧唧嘴的动作，像在咀嚼着很香甜的食物。她断定梦中的人不是自己的丈夫，那一定就是冉先生了。她看着身边这躺了七八年光景没再起来的男人，却在为另一个男人担心。她预感到一种不祥，下意识地下炕走了出去，想到外面透透风、宽宽心。在院子里转了两圈，心里还是那么堵得慌，便轻轻地开了院门，向夜色微明中走去。村子里很静，还没有一家升起烟火，她懵懵懂懂地走着，脚步虽轻，却也惊起了狗叫。狗叫声惊醒了她，不免问自己，你要干什么去？她迟疑下来，望望城里的方向，五六里的路程，如果这样走下去，也得走到天明。她苦笑一下，转过身子，往回走去。

当她重新回到自己的屋子，吓了一跳，她看见丈夫那明亮的眼睛，在童稚中充满着仇恨。一股怒气冲撞着她的胸膛，她很想大骂一通，把这些年所受的委屈都骂出来。可又一想，与这样的人一般见识实在不值得。便狠狠地瞪了丈夫一眼，然后在一张椅子上坐了下来，让自己的心慢慢地平复下来。这时听到教堂的钟声隐隐传来，一下紧跟一下，余音像波浪一样慢慢消逝。

知府荣格荣大人，确有每天早起的习惯。清晨，是万物生发的时候，他的心在这个时候似有置身物外的感觉，能得到些许的安宁。此时最适读书，也能读出些许苟且偷安来。受曾国藩的影响，他也喜欢攻研理学，尽管他深知这些学问不能改变时局，但素怀崇敬心理，仍然使他用祭祀般的姿态把玩之。他很害怕教堂的钟声响起，那就意味着片刻安宁的结束。但今天他的心情有些特别，因为多人举报金矿附近的居民有人盗金，是惩是罚，他一直举棋不定。几十年的折腾，大清国已经支离破碎，外患内忧不断。国无主权，民风自然凋敝，但无论何时，人总得吃饭。几十年来，一个个不平等条约的签订，就像一把把割肉的刀子，偌大中华，形同羔羊，任人宰割。国难当头，更有那些不顾他人死活、横征暴敛、鱼肉百姓、中饱私囊的贪官污吏，越是穷途末路，他们自保之心越强。区区几个百姓，盗采一些金子算得了什么？

这教堂的钟声让他的心很悲凉。几年来，赤城人分明是以这个声音为指令，来安排一天的生活，这分明是按照别人的节拍过日子。想到这里，他长叹一声，提笔写道：

诗书传家报国恩，半世惶惶成游魂。

举头不知谁为主，钟声侧耳鸣外音。

写完后，他掷笔跨出门去，表面上闲庭信步，可内心里翻江倒海。走出后堂，再跨过中堂，直奔正堂。然后左拐经过吏、户、礼三房，经过前堂后门，再绕过右边的兵、刑、工三房，直奔前堂门外的"戒石碑"，然后一手抚碑站定。他几乎每天都要巡视一遍，最后站在这块碑前。碑头三个大字：公生明。碑文是：尔奉尔禄，民脂民膏；下民易虐，上天难欺。抚今追昔，他总要发出一问：大清国要走向哪里？

想自己半生为官，颠沛流离，从南方到西北再到东北，官一路做下来，一路满目疮痍。到处是流民，饥不择食，衣不蔽体，甚至连年轻妇女都没有遮羞之片布。泱泱大国，不堪如此，难怪曾文正在中兴无望后悲叹"吾日夜望死"。

　　他神情沮丧，满目怆然，再加上身着便服，白褂白裤，发辫低垂，远观犹如临死之囚。恰在这时，冉广炉浑身是血、踉踉跄跄地走进来，荣大人猛然抬头，心中大惊，问："冉兄，何以至此？"冉广炉走近他，心思完全没在自己的身上，指问道："荣大人，你真的派兵剿民去了？"荣大人更加惊异，问："何出此言？"冉广炉道："我刚才看到一队绿营兵出南门而去，行动迅疾，杀机毕露，莫非大人不知？"荣大人一听，心中已知八九，但仍装不知内情，道："想必是都司大人在调兵。"冉广炉冷笑道："大清律令，调兵岂有知府大人不知的道理？"荣大人道："无关大体，都司大人有权调动少许营兵。"冉广炉道："此时都司大人非酒卧未醒，即横亘于女人床榻，根本没有调兵的可能，我料定此事大人真若不知，一定是公子所为。"荣大人有些不耐烦，知道他的偏脾气又上来了，便转移话题道："冉兄，这大清早的，你出了什么事，满身是血，还不快去找郎中医治？"冉广炉道："此等小事，无关紧要，灭顶之灾降临百姓，我心不安啊。"荣大人死死地看了他两眼，道："冉兄心系百姓，让荣某钦佩，只是此等事非你我所能左右。"冉广炉诧异道："你我？……我无须论，你可是知府大人，岂言不能左右？"然后他又似有所悟道："荣大人是在指责在下多管闲事？"荣大人冷笑一声："荣某并非此意，天下兴亡，匹夫有责，何况冉兄一代大儒？"冉广炉一抱拳道："荣大人过奖，大儒冉某不敢当，只因心存良善，不忍百姓荼毒。"荣大人道："在冉兄看来，何人不善，何人不良？暴民盗金，律法难容，我身为知府，岂能坐视？"冉广炉道："灾荒之年，百姓无以为生，偶有盗取，实出无奈，官同父母，本应宽容为怀，不应形同剿匪。"荣大人背起双手，目视远方，冷冷道："请问冉兄何以安身立命？如若没有我荣某，兄将与盗贼乞丐何异？！"说完他拂袖而去。

　　一言戳到冉广炉的软肋，他感到莫大的羞辱，顿觉心血上涌，头晕目眩。想自己上无父母相亲，下无儿女传宗，孤荡一人，飘零四海，若不是荣大人以幕僚相留，说不定早已横尸荒野，岂能在此大言不惭？想到这里，他羞愧难当，又踉踉跄跄向外走去。

　　刚走出府衙大门，罗子沫从石狮子后面一闪身站了出来，他把一个灵巧的柳条筐举到冉广炉的面前道："先生，这是我娘给你烙的芝麻椒盐黏饼子，她说你最爱吃这一口了。"冉广炉吓了一跳，一时回不过神来，怔怔地看着罗子沫。见冉先生胸前一片血迹，罗子沫大惊道："先生你这是怎么了？是挨打了吗？"冉先生这时才清醒过来，嗔怪道："不许胡言，这是上山摔的。"说着他接过筐子，满含温情地说："回去替我谢谢你娘，东西我收下了。"罗子沫摸了摸他的胸部，黏黏的血沾在他的手指上，不无心疼地说："先生，我去叫郎中吧，看来你伤得不轻。"冉先生摆摆手道："不必大惊小怪的，蹭破了点皮，不打紧，我自己处理一下就得了，你回去吧，告诉你娘我很好，不要记挂。"罗子沫见冉先生气色不好，又道："先生，你气色不好，仅是因为受了伤吗？""不尽是……"冉先生顺口道，又往衙门里瞅瞅。罗子沫似有所悟，道："难道是荣大人……"没等他说完，冉先生制止他道："毋多言！"罗子沫急忙肃然站立："是，先生。"冉先生又道："功课温习得怎么样了？"罗子沫说："《尚书》难懂。"冉先生道："是难懂……必要下苦功才行，《尚书》是国学的基础，连圣人都起步于那里，先读通读懂要紧，必要的还要背下来。"罗子沫道："是，先生。"冉先生摆摆手道："回吧回吧。""是，先生。"罗子沫转身走开，没走出几步又回身道："先生要放宽心啊！"冉先生已经走开，头也不回地一摆手道："回吧回吧。"罗子沫嘴上答应着，身子却不动，见冉先生已在拐角处消失，立刻便松了身子，迈着猫儿的步伐，走近知府大门，向里张望着。望了一气，什么都没看见，兴头顿时索然，也觉肚子咕咕叫，便一溜儿小跑地离开了。

"妈，我回来了。冉先生胸部流了血，又好像被人欺负了。问他他不肯说，问怎么流了血，只说上山摔着了。黏饼子他收下了，估计现在正吃得香呢！冉先生让我好好温习功课，我说'是'。"罗子沫一股脑儿地将该向母亲汇报的话全说出来，一边擦着额头的汗，一边脱鞋上炕，坐在饭桌前。丽娘正在给丈夫喂饭，把饭和菜汤汤水水的都拌到一只碗里，然后一勺一勺地塞进丈夫的嘴里。听见儿子连三带四地说完，心口嘣嘣跳了两下，道："什么？冉先生流了血，又生了气？"罗子沫正狼吞虎咽地吃着黏饼子，嘴里咕哝着算是答应了。"既知生了气，为何还要把黏饼子给了他，不知道生气时吃了黏的会得病吗？"罗子沫怔怔地看着母亲，半天才道："没事，我已叫他宽了心的。"丽娘嗔怪道："你让他宽心他就能宽心啊！书读多了的人想的就多，如何能宽得了心。"说着她加快了喂饭的速度，噎得罗再时"啊啊"

地抗议。喂完后，她下了地，在镜前整理一下仪容，然后拿过一块头巾走了出去。

几年前，罗家还是富甲一方的大户，和城里的豪绅巨贾都有一比。追溯三代以上，罗老太爷是与日本人做买卖发了家的。什么买卖？众说纷纭，难成定论。据说罗老太爷突然失踪，三年后回家，从此开始置地盖房子，好像有花不完的钱。也有人说罗家住地风水好，一道山梁从山顶贯穿下来，饱满丰腴，两旁是峡谷之地，渊渊乎交叉而下，每一谷中都有细流，潺潺流淌，在村前汇合奔向大凌河。山梁的尽头是一高阔平台，罗家大院就坐落其上，风清气爽，阳光充足。整个大院被宽一米、高丈余的院墙围起，刚强坚固，密不透风。两扇沉重的木门，镶着上下三排蘑菇状的铆钉，如钢筋配铁骨，开关之间尽显豪门气派。院子里正北方一溜儿坐落十间青脊亮檐大瓦房，乃正房。东、西厢房各四间，规模稍小，但同样气派恢弘。下人住的房子也有四间，在东厢房的后面；灶间与厨房四间，在西厢房的后面。这些房子又矮小一些，但都规整亮丽。一口水井在院子的西南角，井台由巨大的长形石条砌成，一个巨大的辘轳横跨井上，似乎在守卫一井的清冽。至于牲口草料则在南墙里侧，有专人看护和饲养。这样一个院子，安顿着罗家几十口人，过着殷殷富足的日子。到罗再时这一辈，有兄弟四人，罗再时行四，住在东厢房；罗再途行三，住在西厢房；罗再恒行二，住在正房西五间；罗再启行大，住在正房东五间。这哥儿四个一个比一个精明，妯娌一个比一个俊俏。且礼教治家，明仁达观，日子过得腾腾火火。如此声望远播，方圆上百里没有不知热水汤罗家的。

热水汤是这个村子的名字，来历更加久远。这股温泉从何而来，它流淌了多少年，不得而知。相传唐代"开元盛世"年间，唐玄宗携杨贵妃处理朝胡库英奚战乱时，曾到过此地，洗过温泉澡。因其能疗各种疾病，被当地人视为"神泉"，昵称为热水汤。最初人们只在泉眼处围石成池，男女共浴，后来罗家发迹后，买下了这块宝地，在泉眼处建房造屋，设置许多小池，再把温泉引入各个池子，然后对外开放，变成有偿服务。但为当地居民另开两池，随时可浴，不取分文。罗家靠此项收入，积累了大量财富。

中日甲午战争以后，国运日衰，百姓的日子每况愈下，然盗贼兴起，马匪横行。在一月黑风高之夜，罗家大院被马匪团团围住，不仅把财物洗劫一空，还打死了男人，奸污了女人。从此罗家一蹶不振，大掌柜罗再启和三掌柜罗再途不长时间便相继死去，他们的女人纷纷改嫁，因说罗家大院晦气太重，不养人丁，连大小孩子一并带走。二掌柜罗再恒的妻子貌美，被马匪糟蹋后当时撞头而死。两个女儿更是灿若天仙，一个赛过一个，但人说更美的是眉心处有痣的二女儿，也都被奸污，一个当即被马匪裹挟而去，另一个后来远嫁他方，自此杳无音信。罗再恒现今只与一个傻儿子罗子辉相依为命。四掌柜罗再时在出事以前就已经病倒，除儿子罗子沫外，还有一个女儿罗子漫。女儿遭匪以后看破红尘，本想剃发为尼，后来阴差阳错成为一名笃信的基督徒，自此后极少回家。因二掌柜受的刺激太大，人也渐行颓废，大部分时间在喝酒，少部分时间在赌博，至眼下方有收敛。如今整个罗家的重担全落在丽娘一个人的肩上。但她内心存有希望，希望儿子能够求取功名，重振家业。罗家遭灾后，仅丧葬费就是一笔巨大的开销，被逼无奈，只好卖掉泉池生意。收买者是日本商人五岛次郎，因见罗家急需用钱，他把价钱压到最低，嘴上却说因罗家老太爷与他的父亲交厚，才出这么高的价钱。罗子沫本来跟冉先生在秀塔书院读书，后来家境难以为继，丽娘便让儿子去给五岛次郎做看泉池的伙计，每月的进项添补一些家用，但要求他必须在做工的同时好好温习功课，并要及时向冉先生请教。

丽娘对冉先生终是敬重有加，在他的身上，丽娘能看到一种牢不可破的东西。即便他去要饭，他当奴才，这种东西都那么实在，能让她的心里感到踏实。这东西到底是什么，她总在心里琢磨，却总也说不清。无论何时何地，无论痛苦还是欢乐，他的影子总在她的眼前，在她的心里，使她的每一时每一刻都过得有着有落。但今天的事令她难得其解，自己在梦中梦到他浑身是血，他果然摔坏了，只是没有梦中那么严重可怕。为什么梦中要比现实更可怕？她也不得其解。她安排好了家里的活计，就急匆匆地走在进城的路上了。听儿子说冉先生与谁生气了，可自己又偏偏送黏的给他吃，这是犯了健康大忌，所以她放心不下，一定要亲自进城看看究竟。

吃完丽娘送的黏饼子，冉先生陡然心酸，忍不住掉了两滴泪。随后就感到身心俱疲，筋骨疼痛。他坚持着脱下了血衣泡在水盆里，胸前的几处刮伤便显露无遗，都是很深的口子。根据伤口看，那血流得并不算多。他早就知道自己的特点，伤可以有，血不尽流，好像自己身上的血本来就少，或者那个血能自我克制，不忍多流。他用净水把伤口清洗一下，找一件干净衣服换上，便头冲里躺在了炕上，心里说不出是什么滋味。几个孩子来上课，见冉先生躺着，盆子里泡着血衣，便不敢多言，悄悄地退了，走出书院大门，便撒着欢儿地在街面上玩起来。当丽娘走进大门时，正见两个男孩子抡圆了胳膊往外跑，险些没与她撞个满怀。

这秀塔书院坐落在府衙正南方，原来是赤城唯一一块乘景观心之地，小桥流水，鸟语花香，是富家子弟闲情幽聚之所在。荣格来此上任不久，见此地蛮俗未改，风化不修，便在这块宝地上兴建一书院，名曰秀塔。荣大人捐资五成，另五成由赤城绅贾捐凑。来此读书的当然是官绅子弟，而先生首推知府幕僚冉广炉。丽娘并未来过几次，但每次来都有一种归家的感觉。首先建筑格局和自己的家很相似，只是更气派。五间正房为教室，东厢房为书房，西厢房住着冉先生和杂役工。一个老妈子只管做饭和打扫卫生，一个老汉栽花种草修剪树木，如今抱病在家，无人替补。院子里很静，静得能听到圣人的呼吸。

丽娘轻轻推开门，叫了一声"先生"。昏昏欲睡的冉先生听到女人的声音，心头一震，使劲勾起了头，当看清是丽娘时，便挣扎着往起坐。丽娘急忙道："快躺着，别起来。我来城里买东西，顺便来看看你。子沫说你摔着了，怎么样，摔得重吗？"冉先生还是坐起来，伤口的疼痛令他眉头紧皱。"不重，擦破一点皮，很快就好。"他故作轻松地说道。丽娘知道他是胸部受伤，瞬间产生要解开扣子看看的冲动，身子向前倾了一下，手下意识地动了动，便觉得耳热脸红。见冉先生也怔怔地看着她，她急忙移开目光。看见盆子里泡着血衣，蹲下来便洗。"以后干啥可得小心，岁数毕竟大了，禁不起磕打了。"伴着洗衣的嚓嚓声，她头也不抬地说。当看见地下放着柳条筐子，她挪一下身子用手拎了拎，知道黏饼子确被吃掉，她又道："万事想开些，孩子都等着先生来教呢。先生要有个三长两短的，这些孩子可苦了，学个半拉糊块的，瞎了自个儿不打紧，可愧对了圣人。"

"绿营兵今早出城去杀人啦。"冉先生突然道。丽娘话没说完，被这突如其来的凶话吓了一跳，险些没咬了舌头。"啊？又去杀人了？这回杀谁？"她惊叫一声道。"杀谁？还不是百姓呗！"冉先生道。丽娘看了看他那丧气的样子，眼皮跳了两下。"金矿附近的百姓被逼无奈去盗金……哼，这下要惨了。"冉先生接着道。丽娘一听，先是一阵恶心，然后眼前又泛起一片红，她目睹过很多杀人场面，最可怕的还是马匪打劫自家的那一回，几个壮年伙计被马匪一一劈了脑袋，这是先杀伙计给主人看的，那血喷了主人一身，看你还心疼钱财不？

也就在这个时候，一快骑带着荣大人的手谕，冲出南门而去，疾如闪电。冉广炉不可能知道，如果没有他的殷谏与爱民之心，就不可能有这救人水火之快骑。

他坐了一会儿，终觉胸部疼痛，便向丽娘道："我还是躺下跟你说话吧……请谅失礼。"丽娘急忙道:"快躺下,你躺着我还能安心跟你说几句,你坐着,我可就要走了。"冉先生躺下来,长出一口气。"你是姓赵吧?"他问。"是姓赵,赵丽娘。"她答。"哦,这个名字很妩媚呀!"他像很随意地说,却想到了唐明皇的妃子。"哟,都啥岁数了,还妩媚。"她笑了,很腼腆的样子。"今天荣大人骂了我……不过骂得对,想我冉广炉混了大半辈子,终是个依附他人过活的废人。我与荣大人本为同窗好友,家住山东登州府,人家很早就求取了功名,我却连连落第。经商种地又不甘心,放不下圣贤书,放不下清高的架子。荣大人念同窗之情,自他做官以来,一直纳我为幕僚,而我不识抬举,肆意妄为,多次冲撞于他。这且不言,前因众举子上书,拥护康梁变法,我也是其中一员。康梁失败以后,不但我被免去终生进考资格,也连累了荣大人,使他从山西富庶之地左迁此地为官。荣大人并未责罚迁怒于我,仍容我在他身边,这是何等胸怀!今天早晨因出兵剿民之事,我又得罪于他,真是不应该啊!"他说完,长叹一口气。

　　丽娘不轻易插言,就是想听出门道,原来他是为此事烦心,便道:"以前的事我不知,单就这出兵剿民一事,先生你做得对!大道理我说不出,只是觉得,人都像先生这样,天下就太平了。"说话间勾起了往事,丽娘满眼含泪。冉先生又勾起头看看她,然后又无力地放下。"大清的路在哪里啊……可惜康梁徒具经天纬地之才,落得如此下场。老天重给大清一次中兴的机会,被那个……那个……给断送了。"他一边说,一边痛苦地向西指去。丽娘知道这话不是说给她听的,是说给他自己听的,便把洗好的衣服拧干,向外走去。在开门之际,一个打扮光鲜的小丫头迅速逃开了。"难道这孩子在偷听什么?"丽娘在心中打个疑问。小丫头又向一个更光鲜的姑娘跑去,上眼一瞧,丽娘就断定这是大户人家的小姐。一身翠绿,满头乌黑,衬着白皙的面庞,行止做派稳重端庄。丽娘急忙装作没看见,径自向两棵树之间的晒衣杆走去,她的耳朵却警觉地听着。"小姐,那个……晾衣服的,你知道是谁吗?"没听到回话,有来言无去语。"告诉你吧,她就是罗子沫的娘。"还没听到回话。"冉先生好像病了,我们也回府吧……你看一个学生都没来。""那咱们去看看先生吧。"这时终于响起清脆悦耳的声音。"别去了,子沫他娘在这儿……哎哎,小姐你的脸怎么又红了?""胡说,你才红了呢?"

　　这时丽娘转过身子,假装平展晾在杆上的衣服,实际想看一看子沫挂在嘴上的两个姑娘,究竟怎么样。这时见小丫头掏出镜子,猛地伸到小姐面前道:"不信你看，到底红没红？"小姐上前夺了一把，小姑娘迅疾地把镜子藏在背后，嘻嘻地笑。小姐虽没夺下，却发狠道："我把你这个破镜子摔了，再叫你成天照来照去的。"小姑娘道："我预备这镜子就是照你的，谁让你长得好看呢！""没人理你，死丫头！"小姐骂了一句，转身就往外走。快到门口的时候，她扭头看了一眼丽娘，恰恰这时丽娘也正看她。四目相对之际，小姐的脸又"唰"的红了。丽娘在心里惊叫了一声，她被这个女孩子的羞涩打动了，粉白的面孔瞬间羞红，真如乍开的桃花。"这孩子……这孩子……"丽娘竟脱口而出，但她不知道该如何表达。两个姑娘走出去了，丽娘的心出奇地失落，她知道女孩子的羞涩是来自儿子那里，这样的女孩子，子沫能不喜欢吗？可如今的家境，如何配得上这样的大小姐？想着想着，心里就窝着怨，眼泪就要往下掉。眼下家里又有一桩大事等着，再节省也得花钱，可怎么办？她在心里暗暗叫苦。

回来后的丽娘情绪明显有变化，冉先生看在眼里，又不知从何说起。便不管对不对，只拣要害的说："放心吧，丽娘，子沫是个好孩子，一定会有出息的。"丽娘苦涩地笑了，道："这个我倒放心。有你这样的好先生，我能不放心吗？"冉先生一听，再无话可说了。丽娘稍坐一会儿，又说了一些安慰的话，便拎着自家的筐子告辞了。

- 3 -

阿曼达醒来的时候，明亮的纸窗刺眼，她一时不知自己身在何处。定了定神，昨天以及夜里的记忆才重上心头。她不知道可怕的遭际之后，又是何时睡着的，为什么又睡得这么香甜。耽误了晨祷，心中有愧。但她明白是神让她在痛苦的经历之后进入短暂的梦乡，因为她恍惚记得凌晨的鸡鸣。这短暂的梦乡让她恢复了体力和精神，使她有力量投入新的一天，为神而刻苦做功。屋子里一个人也没有，但屋子外面很热闹。是罗子漫在和弓然明说话，像一家人一样，说得融洽而投机。院子里有安琪拉的声音，好像在与猪对话。猪的哼哼声与她的说话声杂糅在一起，也是很融洽很投机的样子。裤子里的尿湿已变得潮热，她很为自己害羞，生命中头一次发生这样的事，内心也隐隐产生对那个中国男人的恨。厕所中的尴尬，更让她耻笑这个国度的愚昧。

外面罗子漫在叫安琪拉吃饭，安琪拉说阿曼达还没有醒。随后罗子漫就走进来，道："你醒了，阿曼达，见你睡得香甜，没有叫你……饭好了，我们吃饭去。"阿曼达点点头，但心生恐惧，她害怕再见到那个男人。她努力让自己的心情平复下来，让自己像天使那样，面对神所创造的一切。好在坐在饭桌前的弓去快显得那么平淡，却不见他的儿子弓么长。饭菜和昨天晚上的一样不差，安琪拉不住地瞅来瞅去。罗子漫急忙道："快吃吧，安琪拉，在春天我们都吃这个。"安琪拉有些害羞了，端起了碗。阿曼达端着饭碗不住地向门外瞅来瞅去。弓然明急忙道："我弟弟天没亮就走了，很晚才能回来。"说话间，她的脸上露出难以琢磨的笑容。阿曼达一听，心一下子平静下来，食欲也顿时大增。弓去快始终不抬眼皮，津津有味地吃着，但别人看出他在想心事。在一片咀嚼声中，他突然说话了："大老远地跑来传福音，还把家舍建到我们的土地上……"弓然明插嘴道："是教堂。"

"是也好，不是也罢……图个啥嘛。我活这一辈子，就不知道什么是福！洋兵没来的时候，官家欺负我们，洋兵一来，官家和洋兵一起欺负我们。我不知道这中国活了多少年了，听说有上百辈子了，不知道从前的人都是怎么活下来的。圣贤书都教人学好，结果都是读起书的人得了好，读不起书的人没个好。"阿曼达听得不甚明白，便拿眼睛看罗子漫。罗子漫笑了笑道："大伯，圣贤书该读……其实吧，读好圣贤书，即便做不了官，也能知道怎么活着。"弓去快道："我没读圣贤书，不也活着吗？"罗子漫道："那是跟读好了书的人学着活着呢……你看，你拿我们当闺女一样坐在你身边吃饭，这就是跟人家学来的。"弓去快停止了咀嚼，瞪着眼睛道："这是啥话嘛！我从没跟人家学这个，我天生就会。"罗子漫又一笑，不想再说什么了。阿曼达学着罗子漫的口气道："大伯，相信神……你就有福了。"弓去快道："你们洋人信的神，未必能赐福给我们。"

阿曼达还想说什么，突然外面传来嘈杂声，她没有说下去。弓去快放下碗筷，扭着头，张着嘴，支起耳朵听着，在嘈杂声中，始终有"官兵"俩字。弓去快突然下地，跑到厢房去查看，结果发现马刀不见了。他慌忙跑出门外，见男男女女、老老少少都往一处聚，有一位中年汉子喊："官兵已经把大西沟围住了，要开杀戒了！"弓去快的脑袋嗡嗡响，他知道儿子现在就在大西沟盗金。他还知道盗金的很多，但究竟多到什么程度，不得而知。聚拢而来的人越来越多，而且许多人手里都拿着家伙，马刀和梭枪居多，还有镐头和铁锨，不一而足，而且都带着拼命的表情。弓去快知道，凡是想拼命的，不是家里正有人在大西沟盗金，就是日后也想去盗金。也有些人不在两者之内，他们与金子无关，而是纯粹来拼命的。这些人默默无语，都带着无须多言的表情，就像久病成疴之人，不再惧怕死亡。

弓去快的心开始慢慢颤抖，身体发飘，脚跟无力。这不像一般的打打闹闹，人心在这个时候，变得冰冷、可怕、狠毒；这不是普通的房倒屋塌、家破人亡，这是一种可怕的洪流，其势锐不可当；这是极度忍耐下的反抗与爆发，其情难以名状。弓去快越来越害怕，"大清国把天下混到这种程度了吗？"他不由自主地在心里发问。他像冷了一样，牙齿相磕，嘴唇颤抖。他自知从来没有这样过，就是把妻子押在赌桌上的时候，也没有这样过。"我也回家取家伙。"他对自己道。"对！回家取家伙。"他又对自己道。他不知道自己是怎么迈动脚步的，又是怎么回到家里的。印象中有人流从另一个村子向这边涌来，带头的那几个人，手里也都拿着家伙，他们走得并不快，好像不是去拼命，而像是上刑场。"对！就是上刑场。一个不知谁死谁活的刑场。"他在心里发狠道。

家里的几个女孩子好像不为所动，他知道是洋女子在给女儿说她们的神。弓去快磕磕绊绊地去了厢房，把那柄戳在墙角的梭枪拿起来，想往外走，却站住了。"这枪快吗？"他自语，然后用拇指试试刃口，"哦，这么钝，使起来不顺手，我得磨磨。"说着他走出厢房，向磨刀石走去。磨刀石始终在窗下栽着，怎么没有了？他刚想喊女儿，一转眼间发现它就在不远处，是昨天晚上儿子把它换了个地方。"然明，拿些水来，我要磨枪。"他大喊道。弓然明根本没有听见，因为他只是在心里喊，别人不可能听见。"死丫头，还是我去取吧。"他放下梭枪，又磕磕绊绊地进了屋子。水取来了，"哗"的一下全倒在磨刀石上，然后就"嚓嚓"地磨起枪来。不知道过了多长时间，耳畔响起了女儿的声音，"爸，你磨起来没完啦？再说，那枪是我弟弟磨好了的。"女儿的声音竟像雷一样响，他吓得一激灵，停下来，怔怔地看着她，还有她身后的姑娘们。他似乎明白了，又用拇指试试刃口。"不行，还得磨，这哪行！"说完，他扭头往外望着，寻思着。他又似乎明白了，外面那些拼命的人，可能都去拼命了。家里家外都显得很安静，这种安静让他的心落了地，他长出一口气，擦擦脸上的汗。

"你们在家待得真老实，怎么就不出去看看。没听见吗？官兵来了，要杀人了。我也想去，可是耽搁了。""啊？！"弓然明吓着了，"外面乱哄哄的，就为这？

么长可是在大西沟呢！"说着，她跑到屋里，又跑出来，跑来跑去的，她不知道自己要干啥。"么长是为了给我办嫁妆，才……"话没说完，她就哭起来。

"子漫，今天是主耶稣的受难日，怎么还要杀人呢？在我们那里，就是再大的战争，今天都要罢兵的……我要去制止他们！"阿曼达说完就往外走。

"阿曼达……"罗子漫喊了一声。

"她是不是疯啦？她还要制止杀人！谁听她的？她以为自己是西太后呢。"弓去快扯着嗓子喊。

"不！我要奉主之名祷告，让他们停止杀戮。"阿曼达仍不回头。

安琪拉迟疑一下，也跟着姐姐往外走，罗子漫紧走几步，也不落后。弓去快傻子一般看着她们的背影。弓然明则感到莫名其妙。

这大西沟并非金矿的主脉，主矿当然也不在这里，而是在与这里一梁之隔的小西沟。以前谁也不知道这里蕴藏着丰富的金矿石，是俄国人桑德斯入股后找人探测出来的。消息不胫而走，被当地居民知道了，才有这盗挖事件的出现。按原则，这方圆几十里的山上，无论哪里出了金子，都属于小西沟矿主的，所以盗挖事件一经出现，必然会遭到无情遏制。金矿的另一位股东则是知府荣大人的公子荣念祖，在多次提出警告之后，盗挖行为有增无减，荣公子才决定出兵镇压的。

整个大西沟的山梁上，都布满了官兵，他们居高临下，虎蹴狼蹲，只等一声令下，冲下山来，切瓜砍菜一般，把盗金者赶尽杀绝。荣公子站在一个高高的山头，拿着望远镜向山下的每一个角落望着。盗金者或仨一伙，或俩一群，错落分布在整个大西沟，人数在一二百人。他的心在疼，这群"暴民"挖的不是金，乃是他身上的肉。

盗金者已经得到了消息，他们预感到这一天早晚会来，所以他们的武器就戳在身旁。他们一边不停手里的活计，一边怒视着每一道山梁，他们已经闻到了浓浓的火药味。他们知道，有无数双眼睛在盯着他们，但他们丝毫没有退缩之意。因为他们觉得，他们的生命没有金子值钱，所以任何付出都是值得的。失去金子而苟活，已经没有任何意义。

弓么长独自占据一条一尺宽的矿线，矿石中那亮晶晶的部分告诉他，这条矿线品位极高。矿线掠过地表，向山里延伸开去，他盯着它不放，也钻进了山里，已经掏出一个近一丈深的矿洞。他在洞里洞外进进出出，挥汗如雨，采好的矿石装进一个个布口袋里，垛在洞口。他已经看到，沟口处出现很多拿着家伙的人，他以为这些人都在为金子而战，在这样的乱世，能有什么比金子更让人心里踏实呢？他更能理解，这些人的行动为什么缓慢而安静，就像这些盗金者一样，刀压脖子，照样干自己的活儿，那是把生死置之度外的沉稳的力量。但是一个人的出现让他目瞪口呆，就是那位洋女子阿曼达。因为她怀着生的希望，她在这些安静的赴死者中间脱颖而出，远远地走在前头，那么匆忙而紧张，嘴里还不住地说着别人听不懂的话。弓么长僵在那里不动了，呼吸因震惊而急促。

随着家奴高解声嘶力竭一声喊："盗金者，格杀勿论——"潜伏的官兵林立而起，同时"欻"的一声抽出战刀，然后是响彻云霄的呼喊："格杀勿论——格杀勿论——"喊声急切而奔涌，也无疑充满对金子的渴望，彻底打破了近乎凝固的平静。所有的盗金者同时停下手中的活计，把刀枪握在手中。离弓么长不远处的是他的表弟盛金龙，他冲这边喊："表哥，准备吧！"弓么长还在看着由急走变小跑的阿曼达，他没有回音。离盛金龙不远处的是他的堂叔盛安泰，他冲盛金龙喊："干吧！"这样的喊声此起彼伏，连成一片，在山谷中震荡不已。

"杀——杀——"官兵们振臂举刀，大喊不止，冲下山来。

阿曼达跑起来，边跑边喊："今天是主的受难日，你们不要杀人——你们会犯罪的，会不被饶恕的——"弓么长见她往另一个方向跑去，他扔下马刀抄近道把她拦住，并大喊："你不怕死也就罢了，怎么还来找死！那些都是虎狼之辈，能听你的吗？"阿曼达见是弓么长，因昨天的事，脸上浮起一分羞涩，但很快就消失了，"今天是我主耶稣的受难日，是万军止战的日子，不是杀人的日子，我要奉主的名，制止他们，还有你们！"说完，她想绕开弓么长继续前行。喊杀声震得弓么长头皮发麻，恶战在即，管不了许多，弓么长把她拦腰抱起，不再理会她任何的喊叫与挣扎，一直把她抱到自己的矿点，又塞进矿洞里，"你给我好好待在里边，等我杀完了官兵，再放你出去！"说完，他搬起一块几百斤重的巨石堵在洞口。"畜生，放我出去，你这个王八犊子！狼食！"弓么长"哧"地笑了，从她严肃的表情上看，她根本没有理解这些恶语的真正内涵，分明是从中国人嘴里听来的，以为仅仅是对别人的批评和指责。弓么长再次握起刀的时候，看见罗子漫拽着安琪拉的手向这边艰难跑来，他用手向她们指了指洞口，不言而喻。罗子漫一屁股坐下来，大口喘着粗气，安琪拉则是不知所措的样子，盯着洞口发呆。

"是死是活都不知道，你还有心思藏污纳垢？不见得给谁藏呢！"盛金龙傻傻地看了半天，突然喊道。

"别胡说！人家是神，我先把她供在洞里。"

盛金龙嘎嘎地笑，道："那你先供着吧……是死是活屁朝上，今天老子是拼了！"

一时间，村民们用风起云涌般地啸叫迎接官兵的喊杀声，他们分散开来，向杀人者迎上去。

出去无望，阿曼达在洞里跪下来："耶和华啊，你是正义的神，万能的神，求你发出光来，让杀人者的双眼昏迷。求你挺身而立，使剑子手的心战栗，让他们手中的刀失落在地。耶和华啊，我等候你，胜于禾苗等候甘露，胜于守夜人等候天光。"祷告声中，阿曼达泪流满面。

泪水中也有阿曼达的委屈。父亲杜克·斯特林到这里建堂传教已有八个年头了，他是带着母亲和年幼的妹妹一起过来的，把她留在了英国，和叔叔一起生活。叔叔是个医生，对神的信仰若有若无。而十几岁的她是个虔诚的基督徒，这样和叔父难免有些不协调，让她倍感人情冷暖。父亲的目的是先让她在本国教会好好做工，顺便学好汉语，等待神的召唤。几年下来，她的心沉重而寂寞，多次给父亲写信也要来中国，而父亲总是以这里条件恶劣为由，不希望她来。她相信神不会抛弃她，却觉得父亲抛弃了她。她给父亲的最后一封信中说，我是和这封信一起启程的，哪里的条件恶劣，哪里就更需要天使的到来。她几乎是和信同时到达了父亲的身边。一年的时间过去了，阿曼达终于明白父亲所言不假，所谓的条件恶劣并非指吃、穿、住、行的艰难，而是神的声音在这里那么飘渺。难道这里的一切不是神造的吗？她越来越感到，几乎不是。每个人骨子里的高傲和冷漠，都体现在毕恭毕敬的礼教后面，那么让人捉摸不透。他们说心中有神，其实那个神就是他们自己。他们有事就喊"老天爷"，其实是对不公的表达与控诉，当他们觉得心满意足的时候，从来不喊"老天爷"。她大部分时间是在教堂里为主正道，因为她对《圣经》的讲解更吸引人，慢慢地要取代父亲的位置。父亲当然高兴，觉得后继有人。奔走在路上传福音，这是第一次。第一次走出这么远的路，第一次就遇到这么大的杀人场面，第一次就让她把尿留在了衣服里，她觉得这是撒旦对她极大的捉弄。这个国度、这些人让她充满了迷惑，这迷惑对于她又是一种强大的诱惑。她觉得神的展现是多彩多姿的，她因迷惑而喜欢，因喜欢而执着。她觉得这个民族需要好好地理解，尽管是奉主的名，她深知在这些人的眼里，她就是个孩童。是什么让他们这么自负？在这个被囚禁的洞子里，她向神发誓，无论他们自负的背后是什么，她都要去亲吻它，就像亲吻耶稣的脚。

洞外的罗子漫死死地盯着洞口，生怕阿曼达会破石而出。见半天没有动静，知道那块大石头已阻挡了她的去路。她彻底放心了，拉着安琪拉躺在一个灌木丛后面，死死闭上眼睛，很不自信地祈求神的保佑。

随后而来的是弓去快，他也举枪高呼过，但他慢慢地落在冲锋者的后面，举起的枪也偃倒下来。弓然明站在一个巨石的后面，与其说是躲藏，不如说是找一个更好的掩体，有利于她观望两军对垒。她的表情绝望也欣然，这个场面令她振奋，她担心弟弟的安危，但她更想让弟弟在这个场面里成为大英雄，她知道这样的场面是能创造英雄的，她想做英雄的姐姐。突然间，她的双肩被狠狠地按了下去，第一感觉就知道是父亲，他不顾看父亲一眼，挣扎着仍要看这种场面。"你看戏呢！"弓去快怒斥道，"还不快求你妈，保佑么长不死！"说完他扔下枪，双手合十于胸前，闭目祈祷："鱼苗啊，保佑咱儿子吧，咱就这一个儿子。你走以后，我连一个后妈都没给他找，就是怕他受欺负啊！今天儿子有生命危险了，你可要显灵保护他呀。我不是人，把你押在赌牌里，可儿子是无辜的呀，你说啥也要保护他呀。啊哈……我的鱼苗啊！"说着，他哭了。可又觉得哭得很不是时候，便急忙睁眼去看官兵冲下来没有。可没看到官兵，却看到女儿瞪着大眼睛在看他。"你看什么！"他很反感女儿这样的目光，便怒斥道。"爸，你说得对吗？"弓然明鄙夷地道。"什么对不对的，就是为了让你妈显灵。""不用求了，我妈她早就托生了。""谁？她托生谁了？""盛二婶。""你个死丫头，瞎说！"

这盛二婶就是盛安泰的老婆，叫郭彩寻。弓然明一直以为父亲与她不清不白，所以她一直耿耿于怀。

"老天爷啊！求你开恩保佑我儿子吧，我儿子是个好孩子不该死呀，那些该死的官兵才该死啊！"弓去快不好意思再求鱼苗了，或者他以为鱼苗真的已经托生了。

然世间造化瞬息万变。就在这些盗金者预备好项上人头，要以死相搏的时刻，官军鸣金收兵了。盗金者不懂兵法，没有乘势追杀，手仍握紧武器，心里却懵懵混乱，不知官兵这是唱的哪出戏。他们没有追杀的根本原因是他们没有理由去追杀，他们为了金子，不是为了杀人。他们没有胜利的欢呼，很快又恢复平静，但脸上都露着并非得意、并非侥幸、并非释然的略带几分天真的笑意，而且心中瞬间有温暖流动。他们都静立不动，静静地看着官兵像潮水一般退去。

弓么长是第一个有动作的人，他跑到洞口，一下子搬开了巨石。跪着的阿曼达走了出来，看见眼前的场面，她仰天惊呼："神哪，我的神！"可当她看到这些几乎被屠杀者的表情时，她的内心发出更大的惊呼："上帝呀，他们竟然对屠杀者的突然离去感恩戴德！"阿曼达的心在跳，她终于明白了一点：他们那么憨厚善良，善良是他们生息的基石，是他们生命的根本，是他们心中平静的湖。那湖水总是希望风平浪静，或者更快恢复风平浪静，从而不愿被泛起邪恶的波浪。他们总希望用善良去面对一切，除非他们的心火被邪恶点燃。

- 4 -

"都是春暖花开的时节了，自打过完年，罗子沫就没有来过学堂。"知府小姐荣念其不时地想。尤其在学堂里，想着想着，双眼就迷离了，如果再想下去，脸就又红了。陪读的小丫头齐桑玉只陪不读，小姐的变化她看在眼里，但她捉摸不透，小姐是一块不动声色的美丽山石。知府衙门大不大，小姐不动声色；圣贤书深不深，她也不动声色；冉先生的书教得好不好，让她动声色也难。因为小姐的脸太易红，所以谁也不知道她红什么，时间长了，也就不在意她红什么。那个红无论怎么跳跃，她的脸都是平静的，平静得让人心里没底。所以桑玉在小姐面前总是心急火燎的，即便她真的猜对了小姐的心事，在她那平静面前，也没有信心去揭穿。所以她来到学堂，说一个字都没认识有点过分，但谁问她先生讲了什么，她都说："讲得好！"再问先生讲了啥，她说："讲得真好！"她的整个心思都在小姐身上，小姐就像万花园，让她怎么看都看不够。

这天的天气真好，明朗的太阳用温柔的目光抚摸着脚下的大地。荣念其坐在窗前，面对闺房外的景色，因为冉先生被杜克先生请去了，学堂关闭，她的人回到了府衙，心却向往着田园。靠墙的那两棵高大的桑树，叶绿花绒。七八棵梨树，错落分布在园子四周，一树的白花，如堆雪积玉。她极目望白云，闭目闻花香。平静的脸庞，一阵阵红过。温润的渴望，一波波掠过心头。

"桑玉，我们去洗澡？"她对忙着绣花的桑玉道。"你说干啥，小姐？"心不在焉的桑玉明明听到了还要问。念其小姐不再作声，仍回身望着窗外。"哦，小姐，你说去洗澡？上哪儿？难道家里不能洗吗？""去热水汤。"念其大声道。桑玉放下花撑子，怔怔地看着小姐，然后诡秘地笑了，"不去……我嫌远。"说完了，又嘻嘻地笑，偷偷地把小镜子握在手中。念其又不作声了。有一只蜜蜂从花间径直向窗前飞来，那嗡嗡的叫声震耳欲聋。念其看得出神，她要看懂蜜蜂来意，不料那只蜜蜂突然转身飞走了。她轻摇着头，想盯住它不放，却看见一张羞红的脸出现在面前，一时竟不知那是谁的脸。然后是偷偷伸过镜子的桑玉忍不住哈哈地笑，"又红了！又红了！"笑完后她竟大声叫起来。念其没有生她的气，看着镜子里的自己，平静地说："我去洗澡，你去不去？不去就算了。"桑玉也把自己的脸凑到镜子里，嘟起嘴道："去去去，哪敢不去呀，不然谁给你搓背呀！"话音刚落，她又像想起了什么似的，嘴贴在小姐的耳根道："要不……让罗子沫给你搓搓？"念其一听，一把夺过镜子，举起要摔，桑玉"啊呀"一声紧紧抱住她，连连告饶道："手下留情，小姐，手下留情，小姐，饶过我一回吧……啊不不，饶过镜子一回吧，它不是故意的。"念其并未真正生气，把镜子还给她道："去准备东西吧。"

当她们准备就绪走出闺房的时候，桑玉问："还告知老爷不？"念其想了想道："不必了，我们快去快回。"桑玉又问："老爷看见了，我们怎么说？"念其的脸上掠过一片阴影，但转瞬即逝，"怎么就会遇到老爷？"她底气不足地道。"我有点害怕。"桑玉扭头看看小姐道。念其微笑一笑，道："就拿出我们上学堂的样子。"桑玉突然正色道："哦，对了小姐，我们的担心是多余的，你看老爷多开明啊，本来先生是专门教你的，可为了办学堂……老爷竟让你到学堂去读书，这在过去是没有的事。"念其像另有所思，道："我们担心什么了？"桑玉一时语塞，痴笑一下道："是啊，小姐，我们担心什么呢？"

话虽这么说，但她们的脚步很轻，没提着心，也吊着胆。直到经过六房门前时，她们才松一口气。六房的差官们进进出出，但都不敢正眼看她们。透过敞开的窗子，可以看见老差官们有的在打盹，有的拍着大腿摇着头，嘴里哼唱着小曲。念其觉得他们的心境和自己一样，都脱离了轨道，这反而让她有一种天下太平的感觉，心情随之豁然，脚步随之从容。桑玉胳膊上挎着的小包，渐渐有了重量，她把它拎在手里，嘟囔道："不就洗一回澡嘛，干啥带这么多钱啊？又不是置办嫁妆。"念其伸手就在她的脸上拧一下，然后看也不看她，继续走路。桑玉一下捂住了脸，险些没叫出来。她最恨别人拧她的脸了，疼倒不怕，关键是脸上的胭脂被拧烂了，所以她心里窝一股火。但她知道眉眼高低、水深水浅，自己不过是个奴才，平时高兴的时候，逗小姐开心没大碍，一旦有了火气是万不能发落的，尽管小姐样样都好，那也不行。恰巧这时一个人匆匆跨过门槛，险些没与念其撞个满怀。此人是通判郎纪平，是新来不久的京调官员，年轻有为，果敢干练，且身材挺拔，目放星光，鼻高牙密，面如冠玉，乃一表人才。见自己失礼，他急忙后退两步，躬身赔礼道："下官失礼，请小姐恕罪。"见小姐的脸又红了，桑玉上前一步道："郎大人，好像整个衙门就你忙，再忙也该睁着眼睛走路啊！"她分明是想在他身上撒出火气。"桑玉，你作何言？还不快叫大人走。"念其嗔怪道。桑玉道："小姐说了，让你滚！啊不……让你走。""是是是，小姐。"郎纪平急忙答应着，又倒退两步，方直起身来，匆匆离去。

念其忍不住回看他一眼，见激荡的步伐让他那身紫青官服飘逸起来，脑后的花翎也像被风吹起一般。她心里一热，急忙回头，然后与桑玉双双跨出门槛。

冉先生在跨进教堂之前，抚摸着门前一根巨大的石柱往上仰望，高高的门楣上刻着"红山教会"几个大字。再往上是耶稣和十三门徒的浮雕，他们在吃最后一顿晚餐。继续往上，也就是教堂建筑的顶尖处，一个高大的鎏金十字架，欲比天高，好像是进入天堂的指引。红山教堂是哥特式建筑，直升的线条，奇突的空间推进，凸显着教会神圣的精神力量。因为戊戌变法倡导者康有为先生曾得到英国传教士李提摩太的支持，作为"公车上书"者之一的他，与教会有一种特殊的亲近感。他与牧师杜克·斯特林有过多次会晤，就中西方文化的差异与宗教信仰的根源所在进行深入的探讨。他们彼此欣赏，但也有坚定自我的排他心理。

在教堂宽大的接待室里，牧师夫人贝蒂·亚当彬彬有礼地将两杯咖啡放在丈夫与客人面前，说一声"请慢用"，便笑吟吟地退了出去。杜克先生有一双深邃的眼睛和紧闭的双唇，预示着他能看透一切却不轻易说话。事实上也确实如此，冉先生落座足有一刻钟，主人仍在沉默中，只是不断地用手示意他喝咖啡。冉先生深知这不是傲慢的傲慢，是非常不符中国礼节的，所以作为有请而来的客，决不想开口说第一句话。

杜克先生站起身来，从一个抽屉里面取出一张很大的黑白照片，放在冉先生的面前，然后又坐下，道："我的女儿，阿曼达·斯特林，虔诚的基督徒。她最近受到了打击，想请先生帮忙，安抚她受伤的心。"说完后，他的脸上露出一丝歉疚的笑意，好像女儿受到的打击与他有关，或者是他高傲的心理要屈就于人了。冉先生诧异地看了看他，然后拿起照片，仔细端详着。凭他观事观人的经验，他知道主教的女儿不仅美丽，而且倔强善良。尤其那眼神的深处，有一种超乎神学之外的东西，那是一种被压抑的渴求，这个东西就像人的隐疾一样，会掩盖着很多假象，同时也会被假象所埋藏。"不愧牧长之尊，令爱之美非同一般。"他既不问为何打击，也不点明要害，而是说出这种无足轻重之语。"NO，NO！"杜克先生摆摆手，"今天不谈美丽……阿曼达虽然奉耶稣之名制止了一场战争，但她仍然不高兴。是未知伤害了她。是的，是对中国的未知……""什么？！"冉先生一激灵，急忙坐直了身子，"令爱制止了一场战争？""是的是的，一场战争。"杜克先生把手指绞在一起，声音非常低沉，带着无限的自豪。冉先生转了转眼珠子，在思索着这场战争的由来。当他终于想明白的时候，会心地一笑，道："牧长大人之意，令爱制止战争之后，欲进一步了解中国，可对否？"杜克先生停止绞动手指，思索片刻，然后微笑点头。"哈哈哈！"冉先生大笑，端起咖啡，抿了一口，放下道："中国，广无边、深似海，欲尽然了解，殊非易事。勿急勿急，可进我学堂，慢慢学起。""学堂？"杜克先生略吃一惊，"NO，NO，我要你亲自来教，我会付你双倍工钱。"冉先生又大笑，道："工钱可，名位不可。"杜克先生睁大眼睛，疑惑地看着他。冉先生知道他没听懂，便解释道："我在书院教授学生，不得离开，否则人家不答应。"杜克问："谁？谁不答应？"冉先生无奈地笑了，只好道："知府大人不答应。"杜克先生道："噢，是这样，那我就去请求知府大人。"冉先生更加无奈了，道："没用的，即便知府大人答应了，还有人不答应。"杜克先生更加疑惑，道："还有谁不答应？"冉先生摇摇头，只好道："这个人，牧长大人就不认识了，是故不便说出。"杜克先生一摊双手道："那我的女儿怎么办？她很痛苦，她需要安慰。"冉先生打内心笑了，"难道神不能安慰她吗？"他知道不能把这句话说出口，那是对神的不敬。他又端起咖啡，喝了一口，轻轻地放下，沉思良久，道："要不这样，我有一学生，名罗子沫，学识俱佳，现赋闲在家，可取我代之。"杜克先生略有不满地说："用你的学生教我的女儿？""足矣足矣！"冉先生笑道。杜克先生思索一下，勉强点点头。

事情就这样敲定了，冉先生知道再无别事，起身告辞。杜克也站起来道："先生要不要见见我的女儿。""不必不必，已经见过了。"冉先生看看照片道。杜克先生只送客至门口，冉先生并不苛责，径自离去。

当他走出教堂门口时，用手拍了拍那根大柱子，笑了笑，好像在拍一个孩子的肩膀。

阿曼达透过玻璃窗往外望着，神情忧郁，面色凄然，直到冉先生的背影消失，她才回过身来，向案上的一本《圣经》走去。

热水汤，已经不仅仅指那股温泉了，已经是这个郊外小村的代名词了。它是个湿漉漉的世界，无论冬夏，它的上空都翻腾着热浪，让人觉得这里的人都充满着温情。念其与桑玉租了一辆马拉轿车，车走得很快，几乎一眨眼间就到了。这是桑玉的感觉。让她觉得快的另一个原因，是她被小姐的吩咐惊呆了，几乎忘记了时间的存在。她没想到一向平静的小姐竟然满腹韬略，简直像个女将军，只是因为车子的颠簸，使她看起来多了一份调皮。

下了车，念其就恢复了处子般的平静，桑玉却兴奋不已。一条小河在她们眼前流过，就是因为这条小河，念其没有让轿车涉水而过。她想看看这条河，所谓的"西川之水"。河水清泠悠慢，像在流淌着无限的心事，这河水永远是温热的，水中白亮圆润的卵石像睁着的一只只眼睛。游鱼浮动，岸边如果站着人，它们会游过来看看，然后又像受了惊吓一样，瞬间逃离，有的躲在卵石后面，有的扎在青青的水草当中。念其蹲了下来，撩了撩水，水花划过一条白亮的弧线，落到那边的水中。然后她站起身来，望望"东川之水"，她相信两川之水就像两个孪生姐妹。西川这边的人家叫西川人，东川那边的人家叫东川人，根据罗子沫的描述，他们的家就在汤池后面的高坡上，围绕着高坡也散落着农户，成为这个村子的主体。罗子沫还说，早先人发现，在两川汇合处，有一块石碑，上刻：浴海池林。但立碑者不可考，立碑年代亦不可考。字体为隶书，有人说石碑是汉代的，但罗子沫对此是否定的，汉代时此处为荒蛮之地，没有人烟。念其向那里望着，她很想看到那块石碑，但罗子沫说，石碑已经不存在了。有人说就为这块碑子上的四个字，罗家当初建池时就取名"浴海池林"。所谓的池林，不过就是在靠近西川的位置建十个汤池屋，全是石质建筑，屋顶为石块拔拱，中间留一方形换气孔，可望蓝天。十个汤池屋彼此相连，前面有一走廊相通，走廊的对面是与每个汤池屋对应的更衣室，牌号与汤池屋相同，如1号屋对1号室。靠近东川的方向建四个大众汤池，池子明显大，屋子明显阔，也都为石质建筑，但相对简陋，卫生条件很差，放出的味道很让人想到死猪开膛。

穿过汤池围起的院子，北面是一溜儿五间青瓦砖墙建筑，模式很像寺庙，三间为顾客休息室，两间过去为罗家库房，现为五岛次郎的居室，被他按日式风格改造，换上了落地格窗，安上了壁炉，铺上了悬空地板。这里能传出日本歌声的呕哑嘲哳、清悲如咽；能闻到日本清酒的疏淡甜香、绵绵口味；有时也能听到日本女人嗲声嗲气、娇软无力的声音。更奇怪的是，五岛次郎在这两间房子的中间扒了一个后门，后门的左边建了一个储药室，门紧锁着，浓浓的药味肆意而出，右边建一个马厩，养着一匹好马。此后门可以去各个方向，各个方向都被他踏出了小路。有时他会几天不露面，没人知道他是在屋里喝酒，还是从后门出去漂游，但人们在这个时候更愿意想到女人。他总说自己对中国医学情有独钟，经常进山采药，院子里也经常晒着各种中药，党参、升麻、柴胡、远志、苍术、黄芩等，品种很多，太阳足的时候，满院子散发着扑鼻的药香。中药的上面，往往悬挂着舒展宽大的和服，一双木屐在门前的台阶上摆着，能让读书人想到陶渊明。

五岛次郎与罗子沫相处得很好，或者说五岛次郎很喜欢罗子沫，也可以说罗子沫的诚实赢得了五岛次郎的信任。他端正地坐在门房的柜台前，打理各路来宾，井井有条，内外分明。五岛次郎被迫沿用了罗家旧制，就是对本村镇的人，也就是东、西两川的人，必须免费开放大众汤池。但对这部分人的管理分外凌乱，一是人多无序，二是卫生难以保持。好在杂役工老秦头勤快自勉，才不致一塌糊涂。尽管罗子沫做工上保持应有的本分，但他的主要心思还在读书上。柜台下面就放着冉先生让他温习的各种功课，稍有闲暇，他就会低头攻读。

桑玉在先，念其在后，她们跨过石头桥，向浴海池林走去。有挎着篮子或包裹的妇人快步经过，里面装着换洗的衣物。也有刚洗完的妇人从里面悠闲走出，出浴的脸庞泛着红光，乌黑的头发盘在脑际，用一白巾包裹，或挎或拎的，都是洗浴的同时洗净的衣物。这里的人，肤质出奇地好，在妇人身上体现得更加明显。水滑洗凝脂，更洗尽乱世的烟尘，她们的脸上洋溢着牧歌田园式的心满意足。男人们就很少了，他们往往不叫洗澡，而叫泡汤，更有浸入肌理的意味，显然他们不满足于表面的洁净，还要解解乏、去去病，或者要泡出年轻时的影子，也未可知。

她们二人的出现，显然引起了人们的注意，知道是非同寻常家的女子，都报以友好的一笑，然后侧身走开。这时，一匹快马从池林西边的小路飞奔而来，在她们面前呼哨一声停住，那马顺势转了一圈，马头仍向前行的方向。马上之人盯着她们，面无表情地看了一会儿，然后又纵马而去，跨过西川时，溅起无数水花，又飞雪般落下。念其知道，这就是现今浴海池林的主人，在他那面无表情、居高临下的注视中，有了一丝悲愤掠过她的心头。父亲身为知府，对人也未有过如此的注视，是那谦卑的做派和国运的衰落相得益彰吗？还是圣贤书里的悲悯情怀涂在他的脸上？总之，她有时竟可怜父亲，犹如可怜这茫茫苍天下的老迈昏黄。但这个人的离去却让念其心里释然，脸上慢慢浮上一层笑意。

当桑玉在前、念其在后，隔着柜台站在罗子沫的面前时，罗子沫正埋头读书，浑然不觉。一条油光光的大辫子却从脑后甩过来，蛇一般摆在柜台之上。念其一看那条辫子，脸就红了，心也跳了，想移开目光都有些舍不得。桑玉则充满了好奇，同样一根辫子，为何这样摆着就让人心乱。她竟情不自禁地伸出手来，握住了它。辫子的主人被惊动了，而且是惊吓，他下意识地把书往起藏，人也猛地站起来。当他看清是谁的时候，顺嘴说出："你们咋来了？"这第一个念头是出自于同窗之间的随意洒脱，但很快又被礼节占据，这可是知府小姐呀！于是他躬身施礼道："不知念其小姐大驾光临，失礼失礼。"这种客气让念其感到委屈，好在他没有称为"荣小姐"或"知府小姐"，那样的话这次就白来了。念其这样想着，深深看了他一眼，只是微微一笑。桑玉则提高嗓门道："呔！我说罗子沫，放着好好的书你不读，跑这来当伙计……你家就那么缺钱吗？"话音刚落，念其斥责道："休得无礼！"桑玉这才恍然大悟，自己开始就没有按照小姐在车上吩咐的套路走，急忙赔笑道："罗子沫，小姐我俩来，是求你帮忙的。你可要……多多费心哟！""求我帮忙？"罗子沫诧异地看看她，又看看念其，"帮啥忙？""是这样，"桑玉忙道，"小姐要洗热水澡，但要清清静静地洗，所以要你把这浴海池林里的所有人都撵走……最起码也要把大众汤池的人撵走，然后把所有汤池重新打扫一遍，再用上好的香熏一熏，再把旧水放掉，重蓄新水。然后再……"她搜肠刮肚，想不起来再干什么了。罗子沫的脸青一阵紫一阵的，他不住地去看念其，但她的脸上除了平静什么都没有。见桑玉实在说不出话了，他解释说："桑玉，念其小姐，这汤池已经不是我家的了，已经卖给日本人了，很久了。这个忙……我怕帮不上。"桑玉道："怕你为难，小姐放低了条件，只要你把大众汤池的人全部撵走。"罗子沫反问："难道小姐要洗大众汤池？""啊……对！"桑玉连说带点头。罗子沫仍露为难之色，道："这也不尽妥当，我家建池以前，汤池是这里的每一个人的，随时都可以来洗。我家建池以后，也保证不让当地人花钱洗澡，所以才建了大众汤池。就是现在汤池是日本人的了，旧制仍在延续，怎好撵人走？"桑玉道："罗子沫，你不是很聪明吗？说知府大小姐来此洗澡，不就得了吗？"罗子沫思索一下道："这是以官压民，如果是知府大人自己，会这么做吗？再者说，人家也不会信，知府小姐怎么会洗大众汤池呢？"桑玉道："罗子沫，你真啰嗦！要不说请你帮忙呢，再说小姐也不会让你白帮忙，这是给你的钱！"她说着，还把手里的包裹往起提一提。"这个么……"罗子沫沉思一下，"这个我得跟五岛先生商量商量。"桑玉不耐烦地说："那个日本人已经走了，你就自己做主吧……这么呆！""好吧。"罗子沫表现出很无奈的样子，"我就做一回恶人吧。""什么？！"桑玉立起杏眼，刚想发作。"桑玉！"念其叫了一声。桑玉把话憋了回去，却见小姐脸上掠过一丝苦涩。"罗子沫，这是给你的钱，够你读二年书啦！"桑玉见小姐委屈，还是没忍住，她把包裹扔在柜台上，"咚"的一声，"你数数吧！"罗子沫更加愤然，他连看都没看，径自向大众汤池走去。

很快就从大众汤池里传来七嘴八舌的争吵声，大多是妇女的声音，她们分明在抗议。又过一会儿，一个简直是光着膀子的泼辣妇人，一把一把地推着罗子沫出来，到了门外道："你个没长全科的小东西，再胡闹老娘把你扒光了扔池子里泡泡。"罗子沫吓得求救般地喊："老秦头！老秦头！"老秦头本来要从那边走过来，听见了喊声，一下子蹩进暗处，一拐弯不见了。念其见状，急忙走过去，想说什么，脸却先红了。那妇人见这么一位端庄秀气的小姐站在面前，竟一时呆住了。桑玉急忙跑过来，对躲在念其身后的罗子沫瞪眼道："你是怎么跟她们说的？"罗子沫赌气道："反正我没说是知府小姐要来洗澡。"桑玉道："你呀你，我就要你这样说！又不是撒谎，再去说！""哟哟，这是知府家的小姐？哟哟，这下开眼了。"那妇人满脸堆笑，上下打量着念其道，"知府家的小姐怎么会洗大众汤池呢？"她一边说着，一边走进更衣室。不一会儿，就有很多妇人的头颅从门框里挤出来，伴随着一堆私语声。很快就有整理停当的妇人走出来，然后是陆陆续续。她们从念其面前经过，都难免仔细地看上一眼。念其脸上的微笑和几分歉意，让她们总要点一点头。罗子沫看得傻了，她深知这些农妇并非是畏贵怯官的人，那是什么让她们突然变得这么驯服？他不禁再去看念其小姐，除了端庄秀气，他似乎没看出什么。但念其的脸在慢慢地红，她感受到那目光里的灼热，更感受到那目光里的轻浮。因为她必须保持应有的平静，那红似乎也被抑制，慢慢地洇着她的脸。当人快走尽的时候，老秦头瞪着贼溜溜的鼠眼跑过来，一手抢着拖布，显然他是按照桑玉的吩咐，开始行动了。

桑玉的要求本来就是虚张声势，在她眼里，小姐连洗澡都是不可能的，但出乎她的意料，小姐真的要洗澡了。她用尖锐的目光看着小姐，而小姐只是一声不响地脱着衣服，脸上还带有一种难以名状的兴奋，这兴奋在那张平静的脸上显得很不协调。看见小姐那白白的身子，按照习惯，桑玉这时要回避，只有小姐完全浸在水里的时候，她才可能帮小姐搓身子。但在这个地方洗澡，连桑玉都觉得恶心了，所以她心里生起对小姐的蔑视和不屑。她站在门边往外望着，看见罗子沫又一本正经地拿起书，但看着看着，就觉得他分明是在装腔作势。柜台上有一堆银子，身旁又有千金小姐在洗澡，他就能静得下来？

令她感到奇怪的是，一个时辰过去了，罗子沫仍在顽强地装腔作势，并未向她投眼过来；小姐也顽强地在洗着澡，并未喊她去搓身子。她倒觉得自己是一个多余的人了，便打了一个哈欠，很无聊地向汤池走去，因并未听到撩水声，所以她也放轻了脚步。她看到的是小姐的背影，她只是在水里静静地坐着，长长的乌发漂在水面上，轻轻地漾溢着，像沉睡中的呼吸。当她断定小姐的双手是交叉扣在胸前时，她的心咚咚跳了两下，急忙悄悄地退了出来。她的心有些乱了，但她不知道是怎么乱的，再看一眼那个装腔作势的罗子沫，突然发现他是那么英俊，如果他的心思能从书本里走出几分，真的是男人中的极品。这时她似乎明白了什么，对小姐的那份不屑也烟消云散了。可陡然间又生出几分怜悯，小姐的一片良苦用心，不过是用一身曼妙的肌肤去面对冷冰冰的读书声。她那双手扣住的，不过是面对无情的多情。当她想到这里，难以抑制地抽噎了一下，小姐那一向平静的背后，究竟掩藏着什么呢？她再也想不出所以然了。"中国那么小，洋人踏上一只脚；中国那么大，我们在何处安家？"这是小姐常说的一句话，她不明白小姐的心为什么要悬得那么高。

在桑玉的眼里，小姐离开的过程，甚至有些凄凉。她像经过了一场洗礼，洗去了心里的波澜，剩下的是菩萨般的慈悲。她只是对柜台后面的罗子沫淡淡地说："子沫……你还应该去读书。"这句话倒是打动了罗子沫，他站起身来，两道浓眉紧锁，眼睛也有些湿润。桑玉搀扶着小姐走出门去，耳畔似有风声，又似诗人的吟咏。她忍不住回头看看，却见老秦头那双泪浊浊的小眼睛在门里一闪即逝，变成一副猥琐的背影向着门外的阳光。

一路无语，当她们迈进府衙大门时，感觉整个府衙被一种特殊的气氛笼罩了。不再有六房官差的走动，不再有传递文书的吆喝，不再有官气十足的笑声，也不再有酒后的吟诗作赋。知了的声音在树上，虫鸣的声音在地下，喜鹊或燕子飞过时，不肯留下一两句话。念其感受过这种气氛，就是父亲在山西做官被左迁之前，公公捧着圣旨进来了，念完又出去了，然后整个山西的那座府衙就和现在一样。

正堂空空荡荡，悄无一人，她们愈感到沉闷。越过正堂，老远就见中堂的门洞开着，里面坐着很多人。念其知道，都是父亲手下的官差，一定会有通判郎纪平。因为想到了他，便想仔细看看，果然看到他就坐在父亲的左边，身子端端正正，目不斜视。惹人注目的是来回踱步的人，他是俄国人亚历山大·桑德斯，他明显很激愤，在滔滔不绝地说着什么，那强横而霸道的手势，不断地挥向父亲所在的方向，父亲则不时地用手帕擦额头上的汗。她发现靠近门口还站着一个人，却站在阳光以外的阴影里，双手抱在胸前，头却不住地点着，或者说有些夸张地点着。这种做派和父亲形成鲜明的对比，她觉得不应该是自己的哥哥，可他偏就是。而坐在哥哥身旁一把椅子上的是冉先生，尽管是背影，念其也知道那是冉先生。在她的心目中，冉先生不是生父如同生父，所以连背影都是亲切的。念其有意放慢了脚步，想看看究竟发生了什么。当走到与父亲的目光最近的位置，她急忙扭过头来，装作不在意的样子。桑玉走得很快，她害怕见到这种场面，她在前面不住地回头，想以此催促小姐快些走。

这时，一个人愤愤地从中堂跺着脚走出来，样子粗暴而强硬，是都司大人左汉庭。他走出门来向东拐去，走了两步觉得不对劲又猛然拐向西。随后，冉先生也追了出来，一边追一边叫着："都司大人！都司大人！有些话你要说的。"都司大人回头道："我说顶个屁！我要说跟这帮洋鬼子痛痛快快地干一仗，死了也落个痛快！可谁会听？"冉先生刚想说什么，抬眼间看到了念其，便道："念其、桑玉，你们等一下，我有话说。"随后他又向左大人的身影追去，然后他们再说什么，就有些听不清了。

念其与桑玉躲在山墙的外面，静静地站着，好一会儿，冉先生才匆匆地赶来，看着念其，使劲儿咽着口水道："念其呀，我找罗子沫有要事，你们……"冉先生没有把话说下去，显然话到嘴边他又觉得有些仓促。念其急忙道："先生，是让他来见你吗？"冉先生苦涩的脸上竟闪出笑意，是在赞赏念其的聪明，然而却道："嗯嗯……我再想别的办法吧。"念其道："先生，我叫他来见你就是了。"冉先生面露感激："念其呀，那就辛苦你了。"说完，他又匆匆离开。刚走出几步，念其在后面又急切地叫了一声："先生！"冉先生又停住脚步，回过头来，但念其欲言又止，不好意思地笑了。

桑玉知道小姐要说什么，她刚想张嘴替她说出来，"我们刚从他那里回来……"念其很快地拉了她一把，桑玉又把话咽了回去。冉先生苦苦地笑了笑，道："念其呀，师父知道你心事重，可有些事……"说到这里，冉先生叹了口气，望了望天。念其低头道："先生，不便说就不要说了……念其不想知道那么多。"冉先生又苦苦地笑了笑道："上次你父亲用一道手谕调回你哥哥，这下惹恼了洋人，他们说……他们说要亲自动手，动用洋枪队。"冉先生边说边摇头，步子沉重地离开了。

念其愣住了，眼睛里却闪着泪花。桑玉的心也顿感沉痛，她拉了拉念其的手道："走吧，我们走吧。"念其没有看她，讷讷道："我们再去找罗子沫……让他来见先生。"桑玉嘟着嘴道："打发一个下人去得了……我不想再看到他。"念其不置可否，迷茫地随着桑玉离开了。

等到冉先生回到中堂的时候，正见桑德斯伸着手跟荣公子要东西，样子咄咄逼人。"念祖先生，啊不……荣殿下！请把东西交给我，我相信你一定会带在身上。为了你的荣誉与尊严，我相信你会把它带在身上的。"他在一句话中改变着称谓，显然是有逼迫之意。但"殿下"的称谓没有让今天的荣公子感到自豪，相反却很窘迫，他眼神迷乱地看了看众人，最后把目光落在父亲的身上。荣大人装作喝茶，不再看他。通判郎纪平正了正身子，目光锐利地盯着桑德斯的背影。其他的官员都低下了头，有的装作喝茶，有的去摆弄腕子上的马蹄袖，大多数则摆着僵硬的面孔硬挺着。

"殿下！你给他看！知府大人的手谕等于一府律法，还怕了谁不成？"随着一声吼叫，都司左汉庭突然出现在门口，然后他跨步走向自己的座位。荣公子又看了看父亲，道："手谕我没有带在身上，我立刻回去取来。"说完他刚想转身，桑德斯一下子抓住了他的肩，瞪着眼道："请不要为了谎言去劳动。荣殿下，以我对你的了解，它必然在你身上。如果你非要为谎言耽误时间，恕我冒昧，我想亲自把它拿出来。"说着他就要伸手。"你！"荣公子大吃一惊，挡住他伸过来的手，且下意识地躲闪着。"咚"的一声，是左汉庭把茶盏蹾在茶几上，人也"腾"地站起来，"岂有此理！"他大喝一声。荣大人吓了一跳，手中的茶盏摇晃一下，流出许多茶水，他急忙放下茶盏，向左汉庭使劲摆手，示意他要冷静。左汉庭再次坐下来时，荣大人的手谕已在桑德斯手中，他得意地在众人面前晃了晃，然后用独特的发音一字一板地念起来——

知府大人手谕：

百姓疾苦，天地可鉴，偶有盗窃，实属无奈。驱散即可，切莫黩武。若伤及人命，无论何人，提头来见。本府将先斩后奏。十万火急！

荣格即日

"诸位！"桑德斯的表情突然严肃起来，"荣大人的手谕让我看到了，这就是突然收兵的原因。哈哈，在你们中国，盗窃是有理由的，那就是疾苦。请问荣大人，那被盗窃者的合法权益谁来保护？我把大量的钱投在这里，可不是为了让疾苦者来窃取的。对于这种强盗逻辑，我要提出抗议！更要拿起武器来保护我的权益不受侵犯。是的，武器！在你们中国，绝不能离开武器，因为你们不存在真正的律法！"桑德斯说完，拂袖而去。

荣念祖急忙追了出去。

"贼者反污为贼！你们才是真正的强盗！"都司左汉庭又"腾"地站起来，冲着门外大吼。荣大人咬紧牙关，怒视门外，终于抓起茶盏，狠狠地摔在地上，然后坐在那里发呆。冉先生的双手和嘴唇抽搐着，看着荣大人滚出了老泪，随后竟呜呜地哭起来。"堂堂知府大人的手谕，竟被一外国商人拿来戏谑，这都成了什么？！"这是郎纪平的声音，但他仍然那么坐着，坐得很直。"记住，尔等以后都给我记住！不要再叫我那逆子什么'殿下'，他仗着自己是太后的干儿子，什么事都能做得出来。尤其是你，左大人，你怎么能让他随便调兵？"左汉庭突然气馁，支支吾吾说不出话来。

外面，荣念祖正在追逐桑德斯的脚步，但他的步伐太短，总也追不上。他在心里骂着："你奶奶的洋鬼子，你等老子一会儿。"嘴上却求救般地叫喊："桑德斯先生！亚历山大先生！你等等，我有话对你说……我们还有安排。"桑德斯的步伐没有停下来，直至钻进衙门口外的一辆黑色轿车。荣念祖赶至门外，轿车刚好开走。他急忙吩咐坐在轿子上打盹的轿夫说："快快快！追上前边那辆车。"然后他就像老鼠钻洞一样，钻进了轿子。可四个轿夫八条腿，哪能追上汽车的四个轮子，眼看着没影了，撩着轿帘的荣公子终于丧气地说："别追了！累死你们也追不上，回吧回吧。"

出东门，跨凌河，到东山脚下，桑德斯在红山教会门前彬彬有礼地下了车。正了正衣冠，敛了敛尊容，然后迈着虔诚而稳健的步伐，向教堂大门走去。推门而入，圣诗班悦耳的唱诗声"哗"地传来。桑德斯停下站定，闭目静默，怀着对神无限的渴求说了一声："阿门。"

桑德斯坐在长椅上，直到把这首赞歌听完，才向诗班外做指导的阿曼达点头示意。这不是礼拜日，是圣诗班在练歌。尽管如此，阿曼达的神情依然被神爱笼罩着，神圣的、不可抗拒的面容上，略带淡淡的忧伤。这种忧伤是圣徒脸上普遍的符号，在父亲亚历山大·阿姆斯特壮的脸上尤为突出。桑德斯知道，这个符号是对救恩的渴望，对失落众生的悲悯。在宗教氛围里长大的他，尽管知道自己不配做圣徒，但每当这个时候，还是由衷地赞叹神，不由自主地忏悔，以致自己的脸上也被这种忧伤牵扯着。

但在真正的圣徒面前，他的这种表情明显是失真的，甚至具有表演的意味。阿曼达看过他一眼后，就是这种印象。他来朝拜的不是神，他来朝拜的是爱情。来中国时，她认识的第一个人就是他，他是父亲老朋友的儿子，到火车站去接她，然后又把她送到这里。他第一眼放射出的是贪婪和好色，是猎艳者的可以不顾一切的冲动。但他的表现让她始终满意，那种恰切的尊重，无论是对神，还是对她，都能让她体验到"教养"是什么。况且他有两条修长的大腿和高高的鼻梁，活力迸发，是射向女孩子心中的第一支箭，而表面的修养是箭羽，阿曼达觉得他好像都具备了。所以，他的每次到来，阿曼达都表现出应有的热情。她吩咐圣诗班继续练，自己则陪着桑德斯走了出去，并把他带进了自己的卧室。她确实想找人排遣一下心中的苦闷，桑德斯的到来，使她产生了希望。桑德斯的表现果然令她满意，比如在进她的卧室之前，他适时而又恭敬地同父母亲打了招呼，得到了他们的允许之后，才走进他们女儿的私密空间。

但这里并非阿曼达一个人的卧室，还有另外两张床，摆在屋子的北墙下，一张是安琪拉的，另一个是罗子漫的，阿曼达的床则在西边，紧挨着书柜。教堂里尽管空间很大，但用于就寝的房间向来很小。他们进来时，安琪拉正坐在自己的床上摆弄一件中式玩具，叫拨浪鼓。这是罗子漫送给她的，她很喜欢这个玩具。桑德斯坐在她的床边，抚摸着她的头想说话。安琪拉很礼貌地白他一眼，下地便走了出去。因为她不喜欢这个大个子俄国人，从他的眼睛里，能看到希望她快些长大的眼神，还有那种掩藏很深的猥琐。

桑德斯极力控制自己想表达的冲动，因为他明白，在阿曼达面前，一定要做一个忠实的倾听者。她在神殿里的刚强，在神殿外面几乎看不到，他想对她那柔软的部分施以保护。阿曼达显然开始诉说了，甚至连应有的寒暄和例行的客套都没有。

"桑德斯，你对中国人的印象如何？"阿曼达用英语问。"不好！他们愚蠢、野蛮、不懂律法、胸无大志、得过且过。尤其他们缺乏对神的敬仰，末世的审判台上，将都是这种没有棱角、平庸而枯黄的面孔！"桑德斯用英语回答。阿曼达脸上掠过一丝苦涩，她用低缓忧伤的话语道："其他的我不看重，只是他们对神的概念模糊，缺乏应有的敬畏，这让我觉得可怕。也许……也许我们不够了解他们，对他们的认知有失偏颇。"桑德斯站起身来，上前接过阿曼达手中的咖啡，语气强硬地说："不！阿曼达，他们没有你想象的那么不好理解，你要坚信，他们绝不是深奥的民族，他们对自己没有清醒的认识，也从来不愿意去认识自己，自私自利是他们的通病。"阿曼达一听，脸上的苦涩更重了。她向窗前走去，把本来已经拉好的窗帘再拉一拉，然后侧身往外望着，目光中充满忧郁。"你好像不同意我的观点，阿曼达。"桑德斯呷了一口咖啡道。阿曼达轻轻地摇了摇头，半天方道："一个人在你最危险的时刻，第一个想到的是保护你，并且不会在意你的感受，手段粗鲁、霸道……起初你会怨恨，但后来你更怨恨的是自己；那些朴实善良的乡民，第一次见到你，会像家人一样待你。这些使你对'原罪'产生了疑问，我们……"阿曼达有些说不下去了，大大的眼睛明亮而湿润。"阿曼达，"桑德斯走过来，把手搭在她的肩上，声音很轻，"阿曼达，你的经历在改变你的观念，但我不相信它会动摇你的信仰……"阿曼达扭头看了他一眼，眼睛里是惊诧。

"说实话，我瞧不起这个民族。是的，很瞧不起。但这并不妨碍它在我心中占据很大的位置。尽管它破烂不堪、千疮百孔，但你不能忽视它的存在。它就像个死而不僵的巨兽，闭着眼睛静静地躺在那里。甚至你踢它一脚、打它一拳，它都没有任何反应。可你心里是害怕的，因为你无法判断，它是死了，还是准备什么时候醒来。它说不定就会晃晃悠悠地站起来，这太令人讨厌了！"桑德斯一边说着，一边情不自禁地挥着拳头。阿曼达把桑德斯那只手轻轻地拨下去，走开两步道："他们把心中最重要的位置留给了自己，而没有留给神。要么塑造自己，要么毁灭自己。他们的人生充满了苦难，也充满了诱惑。"

桑德斯觉得阿曼达根本没有考虑甚至没有听见自己说的是什么，她只是在自问自答，而自己成了倾诉对象，或者只是个陪衬而已。于是他掏出一根雪茄点燃，想提提神。"我们不了解这个民族，怎么能替主宣道？或者说更好地宣道？因为我们无法说服一个内心刚强的民族。我能感受到他们对我们的不屑。说他们傲慢吗？可表现得那么谦卑。说他们热情吗？可骨子里的那份自大，让人觉得无法亲近。"说这些话时，阿曼达的脸上布满愁苦。桑德斯惊诧地看着她，觉得她的好奇心正在摧残着她传道的热情，他摇了摇头，觉得不可理解。

"用午餐了。"是安琪拉的声音，那个娇小的身影只是在门口闪了一下，就不见了。

餐桌上，桑德斯的态度陡然一变，成了一个高谈阔论的人，父亲杜克·斯特林和母亲贝蒂·亚当都成了他的忠实听众。尽管父亲是处在冷静的沉默中，而母亲贝蒂处在无思想的盲从状态，但他们总是把目光毫不停歇地落在桑德斯自负且表情健康的脸上。桑德斯从来中国的目的和远大规划谈起："中国是个好地方，别看他表面上贫穷落后，人也愚钝不堪，可这块土地下面却有着丰富的宝藏。这里的人是不配拥有这些宝藏的，因为他们根本不懂得这些宝藏存在的伟大意义。"杜克想说什么，但贝蒂先开口了："桑德斯先生，你的这番话，我们是不是每听一次都要有新的理解？因为我觉得你每次说起来都那么兴致勃勃，都好像头一次说起。"贝蒂的语气是认真的，因为她确实是那么想的。桑德斯的脸上却稍显尴尬，"是吗？难道我不是第一次说起吗？"他清了清嗓子，摆弄一下手中的刀叉，切了一块英国做法的中国牛排放在嘴里，"是的夫人，您是该有新的理解，但您千万不要奉基督的名去理解，我知道基督不在意这些。你们，阿曼达你们，还有我父亲，都不会在意这些。"桑德斯咀嚼着牛排，表情很伤感。"可是桑德斯，这地上和地下之物，都是神的赏赐啊！"贝蒂继续道。"是的夫人，我父亲也说过同样的话。如果我没理解错的话，你们是说，谁是这土地上的主人，谁就该拥有神的赏赐。在你们的眼里，人是平等的，可在我的眼里，不是这样。基督既然没有把智慧同样赏赐给这里的人，那么他们就不配拥有与智慧相匹配的宝藏。他们可以去偷，可以去抢，去做这些神都不会容忍的事，但对他们的惩罚是丝毫不能缺乏的。野蛮与愚昧的代价，往往是鲜血。"阿曼达与父亲默默对视了一下，身旁的安琪拉却说话了："桑德斯先生，看在你父亲的面上，请终止这样的谈话好吗？"桑德斯一听，脸"腾"地红了。阿曼达"哧"地一笑，道："安琪拉，我在你这样的年纪时，只学会倾听，不会轻易插嘴的。"安琪拉很不服气地说："姐姐，也许我这句话是奉耶稣的名。"桑德斯突然很大度地摸摸安琪拉的头，安琪拉有意躲闪着，表示不喜欢这样的举动。杜克先生用低沉的声音道："桑德斯，你父亲最近忙些什么？""牧长大人，他还是老样子。"桑德斯表情平静下来道，然后想等待杜克的下文。

但好像没有下文了。因为杜克的突然开口又突然沉默，众人都不好再说什么，刀叉碰击杯盘的声音渐渐清晰起来。安琪拉用警觉的目光不时地看一眼桑德斯；阿曼达则愈来愈沉静；贝蒂好像没什么心思，她的心思好像都被语言带走了；杜克先生觉得自己的沉默受到了挟持，只好又说话了。显然这些话是可以不说的："对于你的父亲，桑德斯，我敬重有加……他的谦恭、诚恳、沉着、坚定，真让人佩服，但东正教就不同了，它依附于政权的特性，好像还在，甚至随时都能死灰复燃。我想，这一定是我主耶稣不愿看到的，因为它无疑会改变宗教的性质。"桑德斯显然不愿听到这样的话，脸色阴沉下来道："没有远征军的坚船利炮，我想，任何一个宗教都不会顺利地来到中国，因为这里的人统统不欢迎。所以我在中国人面前闭口不谈宗教，我是个求实际的人，我跟他们谈金子，因为那金黄的光芒会让任何人心明眼亮，会让任何人觉得你是有人性的，是通情达理的。在金子面前，哪怕你去杀人，人都会觉得那是正常的。对于宗教，牧长大人，尽管你说它能送给人比金子更宝贵的东西，可真正领情的人能有几个？"

"桑德斯先生！"杜克先生突然提高了嗓门，"请不要说这样的话，作为大司祭的儿子，这样的话会让你的父亲脸上无光。我已听说了，你入股的金矿险些发生流血事件。"

"什么？"阿曼达突然开口，"难道……就是那个柏杖子金矿吗？""是的阿曼达，"桑德斯很随意地答道，"不久前我购买了这个金矿百分之六十的股份……请问牧长大人，面对偷金的人，《圣经》是如何启示我们的？"桑德斯又把话题转移到杜克先生身上。

杜克先生放下刀叉，站起身走了出去，后面的目光尾随他至门外。

"桑德斯先生！"阿曼达目光犀利，"是神，制止了那场杀戮！"

"据我所知，不是！是知府大人的一道手谕！"桑德斯也站起身来，拿起了礼帽准备戴上。

"那是一样的，桑德斯先生。"

"是不是一样，那要由中国人去评判，因为被杀的将是他们。"

"好了，都不要说了，我不喜欢这样的争辩。"贝蒂也站起身来，很不高兴地说，但没人看出她究竟对谁不高兴。

宴会不欢而散。正当桑德斯戴上礼帽想告辞的时候，杜克先生又稳稳当当地回来了，他的身后跟着满脸堆笑但并不谄媚的荣念祖。他的手里托着一个枣红色的精致锦盒，先对每一个人点头致意，然后对桑德斯道："先生，这是您的东西，落在我们家了，我父亲让我赶紧给您送来，并邀请您到浴海池林泡一泡，解解乏，也舒展一下心情。同时邀请杜克先生全家一同前往。敬请赏光。"

"荣公子，你们为什么要杀老百姓，就是因为他们为生计所迫偷了一点金子吗？"阿曼达似乎终于找到可以指责的人。荣念祖一下子愣住了，半天才反应过来，然后看着桑德斯道："没有啊……我们没有杀人啊！"

"不对！你们确实想杀人了，但伟大慈悲的神制止了你们！"桑德斯声音很大，却满脸堆笑，"而且我还告诉你荣公子，这个并非我落你家的东西，而是知府大人送给我的礼物。"说着他接了过来，并打开，"哦，千年老参，它一定价钱不菲……那么，我现在就决定，把它送给阿曼达小姐。"说着，他盖上盖子，把它递到阿曼达的面前。一股暖流冲散了阿曼达脸上的阴云，她莞尔一笑。她知道桑德斯突然这般温存，是他意识到自己真的生气了，要以此赔罪。但她移开目光，没有去接。

"这么贵重的礼物，又是知府大人送的，我们怎好收呢？"贝蒂这样说着，却伸出双手捧住锦盒。她的举动，觉得尴尬的却是杜克先生，他急忙对荣念祖道："荣公子，你请便。我有事，要出去一下。"说完他就匆匆离开了。"啊？啊？"荣念祖根本没有听清杜克先生说什么，因为他正在心里叫苦："桑德斯，那可是千年老参啊！那可是别人孝敬太后的。""荣公子，什么都不要说了，我很希望到浴海池林泡一泡，更希望阿曼达小姐跟我一起去。"桑德斯催促道。"当然！当然！"荣念祖连连点头道。贝蒂用鼓励的目光看着女儿，阿曼达看在眼里，道："我要安琪拉陪我一起去。"桑德斯一惊，随即道："当然，当然。"说着，他又摸摸安琪拉的头，"我们走，安琪拉。"他显得很亲昵。

路上，尽管桑德斯将油门放到最低，荣念祖的四个轿夫还是穷追不上。他们的步伐整齐划一，脚底板与路面发出悦耳的摩擦声，同时颤抖着双肩，摆动着腰肢，极力控制着呼吸的节奏。这一切都是为了保证轿子颠起来悠然而美妙，让坐轿之人得到音律一般的享受。

但今天的荣念祖无论如何也感受不到这种享受了，他还在心疼地叫着："那可是千年老参啊！这洋鬼子怎么就轻易舍人呢？无论她是谁，他都不该这样一掷千金。这个东西是当今太后才配享用的。"他的额头不断地渗出汗珠，又一遍遍地擦下去。他的眼前不断地出现那老参的形象，像一个和衣慵睡的美人，参须如飘逸的裙带，裹着她千年不醒的情怀。这是黑龙江的一位知府通过他进贡给太后的，他把它私藏起来。他受不了父亲拿出它时的那种神情，那种不舍与无奈，堪比末世君主失去江山。他后悔了，不该怂恿父亲拿出这宝贝来，这未免太草率了。而且他还觉得，这后悔是必然的，与桑德斯送不送人无关。他不由得闭上了眼睛，试图让自己远离这个尘世。但他又突然一惊，下意识地撩开轿帘，他分明看到一个姑娘的身影，正在与他匆匆反向而行。"这丫头独自一人出门……干什么？"他在心里问道。但这种心思也像匆匆的步伐，一闪而过，漫不经心。他已经被无边的懊恼充斥得鼓鼓荡荡，身外之事已经无法占据他的心灵。

他甚至不知自己是怎么泡进汤池里的，当他看到桑德斯一身长长的体毛，像水草一样在水中摇曳的时候，他又忍不住闭上了眼睛。他为自己光光的身体而自卑，那身体毛威武雄壮，他自愧不如。他又不免偷觑桑德斯那大大的家伙，"好家伙！"他在心里赞叹，同时也生出几分恐惧。

紫泉宫殿锁烟霞，欲取芜城作帝家。

玉玺不缘归日角，锦帆应是到天涯。

于今腐草无萤火，终古垂杨有暮鸦。

地下若逢陈后主，岂宜重问后庭花。

他吟起诗来，心中渐生自豪。"殿下，你在说什么？"躺在水里的桑德斯不解地问。他慢慢地睁开双眼，答道："我没在说什么，我在吟诗！""噢！上帝，这种时候你应该想到女人！"桑德斯的语气懒洋洋的。"无知！"他从心里骂道。"这是我国大诗人李商隐的诗。"他不无鄙夷地说。"是吗？"桑德斯仍是懒洋洋的，"可我不喜欢诗，无论诗人有多大。我们还是谈女人吧，女人胜过诗。难道不是吗？"
他说完睁了一下眼睛，其实他没想看什么，所以什么都没看到，接着又闭上了。

　　尝闻白芝秀，状如琅花偶。

　　又坐紫泉光，甘如酌天酒。

　　荣念祖又用不屑的语气继续吟诗。"噢荣公子……请你饶过我吧，不要再吟诗
了，我头疼！"桑德斯在水中挥一下胳膊道。"桑德斯先生，你们不懂诗啊……我
们现在泡着的，就是紫泉啊！你体会到泉水滑过身体时的美妙感觉了吗？像不像朱
唇的轻吻？你体会到它裹挟你肌肤的感觉了吗？像不像酥体的拥抱？你再闭着双眼
去想，从外面想到里面，想你的血液，想你的心脏……总之你去想吧。"他按自己
说的想了一会儿，却悲愤地吟起来。

　　玉液泛紫光，来自地中央。

　　池林似宦海，煎熬如此汤。

　　桑德斯根本不想再听他吟什么诗，他仰躺在水里，大口大口地喘气。荣念祖不
禁仔细地看了看他，见那大大的东西端立在水中，他的心里"咯噔"一下，顿时觉
得自己很渺小。桑德斯也突然瞪开眼睛，与他四目相对。他看得很清楚，桑德斯的
双眼红红的，里面像燃着一团火。只见他慢慢地坐起来，又慢慢地站起来，池水像
被他抖搂掉的汗液。桑德斯就用那双红红的眼睛盯着他，变幻着自己的动作，仿佛
在宣示着什么、抗争着什么、敌视着什么。荣念祖木呆呆地看着他，见他走出汤池，
拽过一条浴巾裹在腰际，然后有些失魂落魄地向外走去。

　　当荣念祖意识到事情不妙时，他大喊道："桑德斯！桑德斯！"喊声带着水汽，
传出门外，在走廊里回荡着。

　　当桑德斯推开另一道门时，里面传出女人的尖叫。荣念祖吓得闭上双眼，一出
溜儿就钻进了水里，水面冒出一串水泡，又顷刻间纷纷崩裂。那种声音一下子就变
得遥远了，但仍能传到水里，听起来更加可怕瘆人。

　　因为家里有事，罗子沫已告了假，此时来是要把书取回。书打在包裹里，斜挎
在肩上，刚走到门口，这尖叫声让他心惊肉跳，他从来没听到过这种声音。本能的
反应，他撒腿就往池子里扑去，因为这是他的责任。当他看见一个高大的长毛贼站
在女池子里，欲火已经烧红了他的双眼；再看池子里两个光光的女人，像待宰的羔
羊一样，可怜巴巴地望着、叫着，他甚至没看出安琪拉有多么小。这时，他又本能

地扑向那个人，想把他制服。

另一个男人的出现，让桑德斯清醒些许，他怒从心头起，只一拳，就把罗子沫打飞了。他手中的书飞到了池边，人却"咕咚"一声落在了水里。挨了一拳，罗子沫也清醒了些许，也怒从心头起，他"嗷"的一声大叫，想一跃而起，不料池底水滑，难以支撑双脚，刚刚跃起的身子又落在了水里。

一个男人的突然出现，阿曼达发出本能的叫声，当她看清是桑德斯的时候，她的恐惧竟像燃起的一张纸片，瞬间化了，但她本能地捂住了双胸，不解地看着桑德斯。另一个男人的出现，阿曼达变得很冷静，这回她本能地掩住了下体，放弃了双胸。小小的安琪拉，则始终瞪着双眼，怒视着眼前的一切。桑德斯是雄猛的，但他被安琪拉的眼神吓住了，攥紧的拳头慢慢松开了，咬紧的牙关慢慢动了。见罗子沫又一次落在水里，他悄悄退了出去。

"我的书——我的书——"当罗子沫意识到自己双手空空时，他大叫道。当他真正醒悟过来自己的身边是两个光光的女人时，他发出更大的叫声："啊——啊——"然后屁滚尿流地想往外逃。但他的衣襟被阿曼达拽住了，并顺手把落在池子边上的包裹递到他的手里。罗子沫连看都不敢看她，抓起书就往外逃窜了。当他逃出门外时，又迅速返回来，没有忘记把门带上。这些举动，令愤怒的安琪拉呵呵地笑起来，她觉得好玩。

当池林里只剩下哗哗的流水声和安琪拉的笑声时，阿曼达则开始细心观察两个男人所剩下的一切。"这里多美呀！"她在心里发出这样的叹息。整个池林被赭红色笼罩着，圆圆的穹顶和六角形墙壁，还有呈六个扇形围就的地面，一个圆圆的汤池坐落中央，紫盈盈的水泛着银白色的雾气，像仙境的熏香。

阿曼达又开始欣赏自己的胴体。因为她的眼里只有神的光耀，所以她从来没有欣赏过自己，甚至已经忘了自己。她从自己的头发开始，轻轻地往下抚摸，每一处都有不同的感受。窃喜与害羞让她的心跳加速，每一处的停留都充满遐想，最后她把自己的双手扣在双脚上，泪水和着汗水流了下来。"神啊，请饶恕阿曼达的罪过，请饶恕吧……"这声音发自深深的心底，使她没有更多的华丽的祷告词。

因为一个中国男人的出现，又在震撼着她的心灵，一种莫大的神秘感又向她袭来。泪光中，她伸手拽过安琪拉，把她紧紧地搂在怀里。安琪拉叫了一声"姐姐"，就开始抽泣起来。

荣念祖正趴在水池里，把头伸到水管下面，那长年不断的流水便首先浇到他的头。他知道泡汤的秘诀，浇头能把火气往下压，能让人更长时间地忍耐在热水里。一阵哗哗的流水声让他知道，桑德斯又回来了。他那庞大的身材让更多的水溢出池外，池壁外面形成一片圆圆的水帘。桑德斯长长地呼出一口气，骂着什么。荣念祖知道那是俄语，使人的舌头显得特别大。他翻过身来，看着桑德斯像一头战败的狮子，便忍俊不禁。桑德斯睁开仍在发红的双眼，怒视道："你笑什么？！"

"桑德斯先生，你不懂得在这紫泉中煎熬的妙处……对了我告诉你，这个温泉被古圣先贤名为紫泉，当它平静下来时，你看它的颜色确实是紫的。泡在这里，你可以悟懂人生，你懂得学会忍耐。这水能击中你的软肋，你的身体哪里曾经有病，或者将要疼痛，它都会把潜伏的病灶逼出来。更可怕的是针对心中的疼痛，它会让那疼痛泛滥成灾。如果你不能忍耐，你就会一跃而起，但那一定是疯狂的你。要忍，一定要忍！在我们中国这片土地上，你要不学会忍耐，必将一败涂地。请相信我，桑德斯先生，如果你能在这池子里一连忍耐七天，你身体的病全都没了，你心中的病也会烟消云散。"

桑德斯又长出一口气，喃喃道："我们的上帝也让我们要坚忍，可我不喜欢。我喜欢……我们喜欢……"他痛苦地摆着头，终究没说出什么。

- 5 -

高大的城门下，积养着一汪阴凉，穿门而过的风有秋杀之意。知府小姐就站在这阴凉里，默默望着远方。出城的和进城的，有行人有车马，还有戴着草帽的挑夫。土路两旁草色青青，一两棵弯柳死死地扎下根，倔强地生长，投下一股稀薄的树荫，留作行人歇脚。念其看见不远处的树荫下站着一个姑娘，不断地用粉红色的绣帕扇着脸，她断定那就是桑玉，见她的身边再没别人，念其的心开始凉凉的。桑玉向这边走来，直到走到她的面前，直到要与她穿身而过，她都没有看到自家小姐就在眼前。念其奇怪了，她为什么就看不见自己？而片刻之后，感到更加奇怪的是桑玉，为什么能在这里见到小姐，难道她在等自己吗？仅仅是自己吗？

"小姐！"她惊呼一声，语气中的不解与惊讶直扑向念其的脸。念其一下子就被这叫声惊醒了，从家里就有一个想法，再带着这个想法来到城门下，在这个城门下再等到桑玉归来，她都没有意识到自己的这些举动有多么荒唐。直到被这个该死的丫头一声惊醒，她的脸顿时红到了耳朵根，心中的慌乱和眼中的慌乱暴露无遗。桑玉从来没见小姐这么慌乱过，意识到自己的失声一叫有多么残忍，所以她急忙替小姐辩护道："小姐你不是在这里等我的……"话一出口她就觉得荒唐，"这是什么鬼话！"她在心里骂自己。"罗子沫也不可能跟我一起来的……"话一出口，她又知道分明是越抹越黑。

她对自己的愚蠢生了气。事情由小姐的唐突而起，反过来却让自己为她遮掩，这不公平，于是她赌气道："小姐你的脸就不要再红了，我可没带镜子给你照。"

她这样一说，念其反倒一下子轻松起来，嶷然恢复小姐的尊严，道："你办事就让我这么不放心！"桑玉"哧"地笑了，道："你真就那么不放心我吗……实话告诉你吧，罗子沫没有去汤池，说他家里有事，可能要很长时间不去了，或者不再去了。"念其又感到一股凉意，她道："为什么不去他家看看，先生交代的事情，我们就办不好吗？"桑玉则带着三分气道："为什么要到他家去看？我一个姑娘家……先生的事就必须这样苛求于人吗？"念其知道理亏，没再说什么，冷冷地转过身去，径自走开。桑玉紧跟在她的后面，为了安慰小姐，她以赎罪的口气道："要不明天我再去一趟吧……说啥也要把罗子沫揪出来。"

念其像没有听见一样，仍是默默地走在前头。

她们刚刚走进知府衙门，桑玉就被知府大人叫去了。尽管桑玉知道自己没做错什么，但她的心还是直跳。她知道那是替小姐在跳。

"桑玉，你和念其在跑什么？"荣格大人放下下午茶道。

"冉先生有事让我们找罗子沫。"

"罗子沫是哪个？"

"他家是热水汤的，先前在书院读书。"

"先生叫他何事？"

"没说，只告诉我们让罗子沫去见他。"

"就没有别的事？"

"没有了，老爷。"

"小姐去过热水汤吗？"

"她……她……先前去过。"

"不要哄我，我知道那个罗子沫，也知道小姐有些不对劲。你告诉小姐，叫她用心读书，别的都不要想，听见啦？！"

桑玉急忙跪下来道："听到了，老爷，我一定按照老爷的吩咐去做。"

"下去吧！"

桑玉不敢看老爷一眼，急忙退了出来。往出走的桑玉刚到门口，险些与通判郎纪平撞个满怀。"真是冤家路窄！"桑玉在心里骂道。四目相对，她狠狠地白了一眼强作歉疚之意的郎通判，加快脚步离开。刚到小姐的闺房她就喊道："我们还去找罗子沫吗？老爷可是知道了。"念其正望着窗外出神，桑玉的话令她周身颤抖一下，她极力控制自己的情绪，慢慢地转过身来道："你没说那是先生吩咐的吗？""我说了！"桑玉的话语急切，"可老爷像看出了什么，说……说你不对劲，还问你去过热水汤没有。"念其的心在跳，她慢慢地坐在椅子上，拿起茶壶，倒了一盏茶，端起来轻轻呷了一小口，道："老爷还说什么？"桑玉思索一下道："噢对了，老爷还说他知道罗子沫……说让你专心读书，不要想别的。"念其的脸上像泼了一层冷水，顿时黯淡下来，她看了桑玉一眼，没再说什么。"小姐，我想有人告密。"桑玉用十分坚定的语气道。"告密？"念其站起身来，又向窗前走去，"谁告的密？告什么密？""我猜一定是那个郎通判，刚才我从老爷那里出来时，又撞见了他。我看他是个阴险的人，他的脸上藏着东西，别人看不出来，我却能看透他！"念其望着窗外无声地笑了，她认为桑玉好像在替自己说话，她很想问问桑玉，"阴险"两个字到底指什么。"不要胡思乱想，郎通判的心里装着大事，你看不到的。"念其转过身来笑道。桑玉辩解道："那也是阴险的大事……我看他就不像好人！""好了好了桑玉，我们不该考虑这些。"桑玉沉默下来，半天才道："好了，我知道小姐的心思……罗子沫还是要找的，因为那是先生的吩咐嘛。"

第二天早晨，下了第一场春雨，天气也骤然冷下来，阳光明媚的感觉被这春寒所抹杀。念其披着一件裘衣站在窗前听雨声，还有雨声中风的嘶鸣。雨珠点点滴滴，敲击着错错落落的片片树叶，像轻捻慢挑着琴弦。天幕是银白的，看不见浮动的流云，雾气与山峰缠绵着，像神女的广袖遮掩着羞涩。连绵的青山，在雨中模糊了层次，让人不相信还有山路弯弯。雨中最坚硬的就是城墙了，凝固着沧桑和霸气。城墙以内，再也看不到什么了，然后就是这个知府衙门的凝重和宁静了。这样的天气，不会有官差来当值，昔日的喧嚣在雨声中似乎刚刚退去。每一扇门都紧紧关闭着，也像随时都要打开，一开一关便是中国的历史，满牍的文案便是中国的流年。念其不止一次后悔自己读了书，因为她没有读到春华秋实，没有读到花谢花飞，读到的是满眼的落寞与凄伤，还有这雨中的愁苦。她可怜自己承担的太多，她嘲笑自己望梅止渴，那个唯一可以寄托情感的人是那么虚无缥缈。想到这里，她苦苦地笑了。她在内心里敞开一扇门，希望有一个人能走进来，这个人他在哪儿？难道只有在国破家亡之时你才能出现吗？她的眼前又出现了罗子沫的形象，这个可爱的孩子，每当想起他的时候，她的心尖都像被烫了一下。他是自己要找的人吗？想到这里，她又苦苦地笑了。

隔壁传来桑玉的梦呓之声，温柔而甜蜜。一个女孩子的梦乡是多么丰富多彩。她觉得自己是唯一不肯在这梦乡驻足的人，她在梦里梦外都在寻找着济世救民的英雄。

雨接连下了两天，正是农民种地的时节，这雨来得熨帖而及时。天一放晴，桑玉又踏上了寻找罗子沫的征途。她发誓这次无论如何也要找到他，她希望用这次行动把小姐的心思冻结，因为老爷那一番话可是非同小可。她认为自己虽不能看透小姐，却能看透这个罗子沫。一句话，没啥心眼子！他的双肩担不起小姐的痴情，说不定还会惹来麻烦。她看不透小姐，却宁愿相信她有点傻。因为她相信罗子沫根本不懂小姐的心思，面对不懂你的人，你偏向他投去难懂的情感，不是傻是什么呢？她一路走，一路寻思，路在她的脚下就变得越来越宽了。于是，一个推着瓦盆进城去卖的小伙子，哎哟哎哟地，怎么地也没能躲开她，被她迎头撞上了。一摞子瓦盆摔在地上，分不清你我地碎了一地。这对桑玉无疑是一场惊吓，见那小伙子穿着青褂，敞着怀，大胆地露着肚皮，一脸的对不起的样子，她顿时觉得理直气壮，立起眼睛道："你干啥走路不看！"小伙子满脸为难道："我看了，可是被你撞上了。都怪这破道儿，泥水呱唧的，要不然不至于……"可小伙子说着说着，就明白了，"哎，你该赔我瓦盆。""什么？"桑玉尖叫一声，"你赔我衣服……你把我的衣服弄脏了。还有我的肉也疼，你赔我的肉！"小伙子顿时红了脸，上面布满了痛苦和无奈，"那我不让你赔了，你也不让我赔吧，我哪有肉赔你……要不我给你揉揉吧。"说着他上前就想揉。桑玉毫不客气，"啪"的一巴掌扇在他的脸上。小伙子捂着脸愣了半天，道："你干啥还打我？"桑玉也觉得自己过分了，看了看自己的手道："我……我打你了吗？是我打的吗？"小伙子道："你不打我，我的脸咋疼……

这就咱两人，不是你打的还是我自个儿打的呀？"桑玉"扑哧"笑了。小伙子又道："真倒霉，怪不得人家说出门遇见娶亲的，不如遇到送丧的，要倒霉的！"桑玉好奇地问道："娶亲的？谁娶亲了？"小伙子没有搭理她，开始整理残局，把碎掉的瓦盆捡起扔到路边，再把好的瓦盆装到车子上。桑玉摸了摸口袋道："还用我赔吗？"小伙子看也不看她，嘟囔着："不用你赔了，我也不赔你。""那我走了。"桑玉说着掉头就走。可没走出几步，小伙子补充道："是热水汤的罗家娶媳妇。"桑玉立刻停下来，警觉道："热水汤罗家？罗家的谁娶媳妇？""就是在城里读过书的那个。"小伙子一边推起车子，一边丢下这句话。

桑玉是一路小跑回城的，刚到衙门口，又险些与郎纪平撞个满怀。她这次非但没有生气，反而停下来仔细看着他的脸。她是在认真地思索，为什么三番五次与他遭遇。郎纪平显然是公务繁忙，歉疚地一笑，匆匆离开。桑玉回身看着他的背影，"难道这是鬼使神差吗？"她问自己。

念其听完桑玉的叙述，默默地坐下来，半天方道："人家娶媳妇是好事啊。"桑玉跺着脚道："可他是拿着你给他的钱去娶媳妇的。你给他钱，是让他读书的，不是让他娶媳妇的。"念其道："他认为娶媳妇比读书重要，那就娶吧。反正我们是为他好。"桑玉赌气道："别牵扯上我，我根本就瞧不起他……他忒好色！"念其笑了，道："谁说娶媳妇就是好色了？如果那样的话，天下就没有好男人了。""他娶了不该娶的人，就是好色。王八蛋！""不许骂人！"念其厉声道，并板起面孔，"你听见哪个姑娘家骂人了？""可他不该拿这钱去娶媳妇，咱们的一片心思可都白费了。""咱们？"念其扭头看她，反问道。桑玉的脸"唰"地红了，急忙背过身去。念其看着她的背影，也红了脸，眼前突然出现主仆共侍一夫的情景，桑玉的怀里竟然还抱着孩子。"桑玉，请转过脸来。"念其很温情地说。桑玉摆了一下肩，想转却没有转过来。念其凄苦地笑了，"桑玉，道听途说，你就那么相信？也许那个卖瓦盆的知道你去找罗子沫，要故意哄你。"桑玉小声道："他不可能知道我去找罗子沫，我又没说出口。""可你心里在想着。"念其努力瞧着她的背影道。"我心里想的，他一个臭卖瓦盆的能知道？"桑玉回身看一眼小姐，说完这句话又转了过去。"可老天爷知道啊……然后就通过他的嘴，告诉了你。""瞎说。"桑玉小声嘟囔道。

"小姐，你说倒霉不倒霉，走到衙门口又好险没撞上郎通判。"她们彼此沉默一会儿，桑玉突然转过身来大声道。念其端起茶盏的手颤了一下，很快地眨了眨眼，然后把目光盯在地上不动。她看到理石地面上有一点红，却怎么也想不明白这点红是来自哪里。然后她突然收回思绪道："桑玉，雨后放晴，心情就好，我想出去走走。"桑玉的目光突然变得深邃，道："出南门还是出北门？""你说了算。"念其说完，脸又微微泛红。

其实桑玉没有意识到，郎通判没有穿官服。穿便服的他不会有很多人认识，因为他的那身官服是轻易不脱的，给人的印象太深。还有，他穿便服的神情也大有改观的，英气没了，平添三分儒弱。再加上便鞋没有官靴的底子厚，人也矮下三分。总之，活脱脱一个白面书生。他出了东门继续往东，过凌河再到东山脚下，像一个信徒一样步入教堂，在唱诗班的最后一个音符中落座。那长长的条凳象征着爱心的广大；空间往高处延伸的礼拜大厅，预示着人心与天堂的相接相融；又窄又高的窗户，顶端是穹庐形状，给人一种亮度的超拔；讲道的台子高出地面一尺左右，欧式的讲桌气派居然超过皇家的几案，象征着尊严；一个大大的十字架镶在讲道者身后的照壁上，是无言的宣誓。声音在这里变得悠长浑厚，颜色在这里变得古雅馨香，极力营造下的人神共处，能让人甘心向尘世挥手告别。信徒当然多是中国人面孔，各行各业、三教九流，向着这个高大的门庭承前继后，且不会有陌生之感。郎纪平认为，这不过是一个个善缘，因为"善"是人类的共性。一个远离凶恶的地方，往往会受到众生瞩目。但他每到这里，都会有一种被冷落、被遗弃、被淡化、被猜忌的感觉。他不明白洋人在玩什么花样，那边坚船利炮轰开你的大门，这边再把一个尽善尽美的神送给你，难道他们在得到利益的同时，还要获取人心吗？如果这两样东西都失去了，就等于把你的"国"拱手让人了。

"唉！"他发出一声苍凉的叹息，他的叹息却轰然引起群声祷告。

全体信徒都在站着，郎纪平也不例外。祷告声中有人在流泪，郎纪平也不例外。他不知道这个时候有多少中国人在哭泣，但他知道在这里哭泣的都是中国人，是《圣经》里所说的外邦人。哭泣的原因不是失去双亲或大难临头，而是因为游荡无根的灵魂有了归宿。莫大一块东土，难道就没有一块供人安息的角落？非要到这里来，这是谁的错？

与这里的默默哭泣相比，中国人是喜欢号啕大哭的，此时的待嫁新娘弓然明就是。当父亲把一副金手镯戴在她的手腕上、一副金耳坠挂在她的耳垂时，她再也抑制不住内心巨大的伤感，扑在父亲的怀里，号啕大哭起来。弓去快抚摸着她的头，泪如雨下，那愧疚不亚于当初把妻子鱼苗放在别人的驴背上，甚至有过之而无不及。那是生离如同死别，这是喜事如同葬礼。三间破旧的茅屋笼罩着明媚的阳光，飘扬在身上的红绸和贴在墙上的红对联，简直就像涂抹在刀口上的红伤药。他比谁都更清楚女儿的未来，她还不知道，人们所谓的新婚"喜泪"，对于她，只不过是流向痛苦的沟渠。盛安泰的老婆郭彩寻倚在门边垂泪，就好像她自己的女儿出嫁了。她甚至不去掩饰与弓去快的暧昧，尽管出来进去的乡人都对她侧目而视。

"迎亲的来了！迎亲的来了！"穿着一新的弓么长，汗津津地从外面跑进来，当看到自己用生命换来的金首饰终于成为姐姐的嫁妆，他由衷地笑了。他拽过姐姐的双手看了看，又抚摸一下姐姐的耳环，笑着道："别哭了姐，我姐夫来了，骑着高头大马来的。嗨！不愧是大户人家的公子，气派就是不一样。""花轿是几个人抬的？"弓去快抹一把老泪，急忙问。"八人抬的！"弓么长自豪地回答。"噢，那就好，那就好。"弓去快语气仍旧黯淡，再抹一把老泪。弓然明止住哭声，坐了起来，泪水已哭花了脸。郭彩寻进来建议道："丫头啊，再去洗一把脸，化化妆吧。"弓然明不由看了她一眼。

当重新梳洗打扮过的弓然明再次出现在人们面前时，无不啧啧称奇，没想到这乡村土丫头今天竟像出水芙蓉一般美丽，十几年过去了，平时怎么就没发现？怪不得人家都说美女在民间，怪不得皇帝都愿到民间打野味。郭彩寻搀扶着弓然明的一只胳膊，人们竟见怪不怪。这会儿弓去快的内心非常熨帖，更加从郭彩寻的身上体验到鱼苗的况味，也感谢乡邻们的豁达与宽容。

迎亲队伍的喇叭手停在大门口，声声吹得响亮，其实是在催促新娘赶紧上轿。此时乡邻们更多的是关注新郎是什么样子，结果人们内心又一次叫好，有的竟失声叫道："看哪，多好的体格啊！"也有人道："好一个白面书生，家里又富有，然明这丫头这下是从糠囤儿跳到米囤儿去了。"而令弓么长感到更加自豪的是，姐夫分明是一条好汉，眉宇间全是英雄气概，他愈发觉得他冒死为姐姐打造金首饰是值得的。他还有一个奇怪的感觉，这个姐夫是可以共事的人，共什么事？他也不知道，总之是大事。弓去快则脸色阴沉如水，他甚至不想看这女婿一眼，心里在叫苦，也在骂娘，赌场上的习气在内心翻腾。但他最终还是以认赌服输的气魄，跑到厕所哗啦啦啦地撒一泡老尿，出来后心里轻松了许多，然后见到谁都"嗯、嗯"地点头，仿佛一切本该如此。

但谁都能感觉到，这个新郎太有些心不在焉，甚至挂在脸上的微笑都显得虚与委蛇，没有心思去看这里的一切，不会望一眼这里的山水，不会瞧一眼这里的乡民，更不会瞅一眼挂在人们脸上的瑟缩的表情，他甚至都没有正眼看一下自己的新娘子。

新娘子却已经无法自控地偷偷看他，多年的委屈，多年的苦痛，都在这偷觑中化作柔情蜜意。自己所等待的不就是这一刻吗？这个人吗？她甚至觉得自己的真正生命就从今天开始。她感到周身都有气流窜动，那种酥麻的感觉让她想笑。她想继续哭一下，但泪水竟像枯竭了一样。当弟弟背起她向花轿走去，她把脸深深地埋在弟弟宽厚的肩上，害怕人们看到她脸上那难以抑制的喜悦之情。

喇叭声稍停，当新娘一入花轿，又"哇"的一声响起。

迎亲队伍去了，送亲的人却没有一个，因为这是弓去快事前定死的事，理由是女儿无母，儿子无妇，不便相送。而婆家那边，更无二意，一口应允。就这样，花轿接走了新天地，留下被渲染后的枯败，还有人去楼空的凄凉。弓去快含泪掂在手里的，是一份厚厚的彩礼，那也是他后半辈子的指望和所有的精神寄托，这就是他舍弃女儿的代价。

教堂里，阿曼达正在替主宣道，当她穿着圣服款款走向讲坛时，台下响起了热烈的掌声。当她转身面向信众时，她的脸上陡然增添喜乐，只有那双大大的蓝眼睛里仍存一份忧郁。她要给信徒们讲解"做门徒的代价"。

"你们不要想，我来是叫土地太平，我来并不是叫土地太平，乃是叫地上动刀兵。因为我来是叫：

儿子与父亲生疏，

女儿与母亲生疏，

媳妇与婆婆生疏，

人的仇敌就是自己家里的人。

爱父母过于爱我的，不配做我的门徒；爱儿女过于爱我的，不配做我的门徒；不背着他的十字架跟从我的，也不配做我的门徒。得着生命的，将要失丧生命；为我失去生命的，将要得着生命。"

阿曼达用生硬却别有韵味的声音宣读这段经文。

郎纪平的心感到一阵阵恐慌，如此地残忍霸道，这是神的话语吗？他强迫自己，要冷静下来，因为那么多信徒都在洗耳恭听，但他们脸上的茫然暴露无遗。

"你们千万不要从这段话里听出任何的仇恨，相反却是神最大的悲悯于我们。你们在这圣殿里，在神的感召下，还会犯困，这才是悲哀的事，那么神就要用这样的语言刺激你们。如果他是仇恨的，就像我们仇恨自己的孩子不争气一样。他怎么会希望地上动刀兵呢？他的爱不是每时每刻都让我们感到幸福吗？我们是为谁而生的？是为父母而生的吗？是为儿女而生的吗？是为婆媳而生的吗？都不是，我们是为我们的灵魂而生的。既然主是为我们的灵魂而来，那么我们为什么不更爱他呢？他并非真的让我们与亲人生疏，而是让我们别贪溺于亲情当中，从而让灵魂找不到归途。贪溺于亲情，会让我们无法回到他的国里去，因为他让我们全部回到他的国里去，所以不希望我们互相贪溺。就像狗儿们，满足于野外的嬉戏，听不到主人的召唤。更主要的是，我们在人间的任何贪溺都是自私的，都与天国的美德相去甚远。这也是我们不能最终亲近神的最大过犯。"

听到这里，郎纪平掏出手帕擦擦汗，慢慢地站起来，弓着身，轻手轻脚地向外走去。他在主教办公室门前停住了脚步，然后长出一口气，让自己镇定下来，才小心翼翼地伸出右手，谨慎地敲了三下门。里面传出一种声音，含混不清，郎纪平不知所以然，他又叩了三下门。"我说你请进！"声音生涩而苍老。郎纪平轻轻地推门进去，"给牧长大人请安。"他的口气非常谦恭。杜克先生上下打量他一番，道："找我有事？"他顿了顿，又道："为什么不去听阿曼达讲道？"这和蔼的态度，让郎纪平心绪平静下来，但他仍旧谦恭地说："我来请教一个问题。""好的，你可以坐下说。"杜克先生伸手示意，让他坐在右手边的一把椅子上。"多谢。"郎纪平端端正正地坐下来，同时看见高高的书柜之上，放着一个精致的锦盒。他相信自己，那一定是本朝达官显贵才拥有的东西，更知道那里装的是什么。"你可以说了。"杜克先生直了直身子道。郎纪平急忙收回目光，道："牧长大人，为什么《圣经》上说，人的仇敌就是自己家里的人？"杜克先生收回注视他的目光，把桌子上的一支笔插在笔筒里，语气淡然却不失长者风范，"我想你是刚从教堂过来……阿曼达讲得不好吗？"郎纪平一听，眼睛好像被光晃了一下，他一连眨了好几下，刚想说什么，杜克先生又道，"我想你还没有听完……你应该继续去听。"郎纪平讪讪地站起身来，道："您说得很对，牧长大人，我真的没有听完，但本人繁忙，没有时间听下去了。"说着他向门口走去。"我好像在哪儿见到过阁下。"杜克很客气地说。郎纪平稍作停顿，"不可能的，我从来没有见过您。"说着他推门而出。

离开教堂，郎纪平闷头走在路上，他的思绪很乱，想的问题很多，以至于根本不在意碰到了什么人，但当他跨过凌河西岸那条贯通南北的土路时，险些又与一个人撞个满怀，这个人偏偏又是桑玉。桑玉虽然有撞上鬼的感觉，但她不惊不叫，竟表现出无限深情的样子看着郎纪平。因为郎纪平思绪太深，竟一时没反应过来这个人是谁，当他反应过来的时候，表现得异常木然，因为这样的事与他心里所想的事，实在不值一提。

念其什么都没有看见，因为她正专注地朝西南方向望着。桑玉给郎纪平使一个眼色，示意小姐在这里，让他赶紧离开。郎纪平会意，点点头，加快了脚步。

"你听、小姐，喇叭声已经被风刮过来了……那就是迎亲的队伍。"桑玉侧着耳朵听着，为了听得更清楚，她还不住地踮起脚尖。"我怎么没听见？"念其淡淡地说，"我听好像是谁家公鸡在叫。"桑玉知道小姐是故意的，便道："刚才我听错了，是谁家的鸡在叫……那我们回去吧，听鸡叫有什么意思。"说着，她拽了拽念其的衣襟。喇叭声越来越近了，远远的，一片乱红往这边飘动。念其假装惊讶道："桑玉，快看，那是什么？"桑玉又踮起了脚，手搭凉棚向小姐指的方向望去，"我怎么看不见，小姐，我看什么都没有啊！"念其也知道桑玉是故意的，便道："桑玉，我看你今天是什么都不会看见了，我们还是回府吧。"说着她就走开了。桑玉以为小姐又在哄她，便道："你先走吧，我想在这里看一会儿，说不定就看见了什么呢。"她以为小姐走不了几步，就会找一个借口停下来。不料，随着喇叭声的逼近，小姐根本就没有回头的意思。想到那个忘恩负义的罗子沫就要打眼前经过，不骂他几句，或者瞪他几眼，是断不能解心头之恨的。于是她急忙跑过去，拉住了念其的衣襟，哀求道："小姐，自从在学堂里你和罗子沫见第一面，我就知道你的心思。为了他，你什么都舍得，今天你不好好看他一眼，你会做噩梦的。"说着，桑玉的眼里含满了泪水。

念其被说到了痛处，鼻子一酸，立刻掉下两滴泪来，轻飘飘的，就像不经意间下了两滴雨。但表面上看不出她有多么悲伤，想自己自从罗子沫离开，没有一天不处在孤苦之中，这滋味没有人能理解，所以最好把它埋在心里。于是她道："看他干什么！让他笑话吗？让那些轿夫还有吹喇叭的人笑话吗？还有他的新娘子……我们走！"桑玉紧紧地拉着她道："小姐，除了罗子沫没人会认识我们。罗子沫才不会笑话呢！他最想娶的人是你，恨不得一刻不等，回家就入洞房。这瞒不了桑玉的眼睛，他是被你吓着了，被知府衙门吓着了。"念其不再挣脱，索性站着不动了。

一片乱红终于飘到眼前，喇叭声也闹得人心烦。

桑玉早就怒目而视了，"小姐为了让你读书，给了你那么多钱，明着给你又怕伤你自尊，为了让你接受，她那万金之躯还得泡到脏泥潭里。而你，却拿着这钱娶媳妇，你还是人吗？罗子沫！你还是人吗？"桑玉在心里早就骂上了。尤其看到罗子沫眯缝着双眼，洋洋自得地坐在马上，再加上那身刺眼的红袍，全是傲慢与偏见，她恨不得捡起一块石头夯他一下，夯在脸上才好。那些吹喇叭的见城外这么多人看热闹，中间还夹杂着两个美人，连喇叭也不好好吹了，吹出的调子分明是在调戏妇女。抬轿子的也没了正形，拧着眉，甩着腰，撅着屁股，跷着脚，样子很像发情的猴子。那轿子却颠得花哨而有节奏，那蒙轿子的红绸像微波泛起，抖落一地的风骚。轿杠吱吱作响，似乎是轿内之人的娇吟。

桑玉不断地转换视角，她想让罗子沫看见她怒视的眼神，可罗子沫的双眼好像就不曾睁开过，这令她更加气恼，愈发地想抓起一块石头夯他一下。因为在她眼里，怎么看，他都像得了便宜卖着乖的样子。当她看到小姐强作局外人地站在那里，手里拿着绣帕遮住了朱唇，假扮笑颜却满眼失落，哪里还像个大家闺秀，分明是荼蘼架下被遗弃的苦瓜，她恨不得上前就把罗子沫拉下马，然后狠狠地挠他一顿。可罗子沫就那么眯缝着眼笑吟吟从她面前经过，什么都没有留下，她什么也没有抓住。但令她没有想到的是，就在马蹄声尚闻的时候，罗子沫挺了挺身子，打一个响亮的喷嚏，随着掉下一卷书来。谁都没有在意，谁都不会在意，这个时候会掉下一卷书来。桑玉却盯着不放，她认为这是她的诅咒起了作用。她甚至希望那掉下来的不是一卷书，而是罗子沫的脑袋。

那是一卷《尚书》，千年的学问被践踏成了污泥，桑玉捡起它时由衷地解恨。"看他还美吧？连圣贤书都要离他而去了，还想求取功名？做梦吧！"她自言自语道。

"把它拿回去吧。"念其又恢复了往日的平静，语气淡淡地说。

轿子里的弓然明似乎听到了什么，或者感应到了什么，心里"咯噔"一下。她掀起盖头、撩起轿帘往外望了望，但她什么都没看见，什么都没听见，心里却是陡然空落无比，她觉得这是一个不幸的预兆。

在回城的路上，念其感到无地自容，她觉得每个人都在嘲笑她。一个知府小姐，把那么重的心思珍藏起来，像蜜一样，不如意的时候，可以舔舐一下，觉得甜；高兴的时候，也要舔舐一下，觉得更甜。可到头来，却成了自己舔舐自己的伤口。她在苦苦地思索，为什么自己这么需要这份空想的甜蜜？富贵荣华俱备，为什么总感到孤苦？想来想去，当她觉得自己终于想明白的时候，莫大的悲伤压得她步履蹒跚。她感到头晕目眩，眼前一黑，便急忙停下来。

"卖瓦盆啦——"一声凄苦的叫喊恰好钻入念其的耳鼓，这声音让她的心都碎了，这哪里是卖瓦盆，分明是卖儿卖女。"你怎么了小姐？"走在前头的桑玉觉得不对劲儿，急忙回身挽住了她。"桑玉，去，买几个瓦盆。"她对桑玉命令道。桑玉一看，正是上午那个卖瓦盆的小伙子。一推车的瓦盆，除了自己撞碎的那几个，剩下的瓦盆仍在，它们紧紧地扣在一起，好像不肯舍主人而去。小伙子也认出了桑玉，急忙想躲开。桑玉跑过去，把一块碎银塞到他的口袋里。小伙子感激涕零，放下推车问："你要几个瓦盆？"桑玉一甩手道："一个也不要，这些钱是赔你的。"说完急忙搀扶小姐离开，留下小伙子不住地作揖致谢。

"国无疆，家无园，学无望。"走到地窄人稀的地方，念其自语道。"你说什么？小姐。"桑玉没有听懂，她追问道。"国无疆，家无园，学无望。"念其又重复道。桑玉还是不甚明了，也不好再问，但这悲切之声已经让她体味到小姐内心的伤。

罗家大院里，张灯结彩，鞭炮齐鸣。毕竟曾经富甲一方，大喜的日子，必然要撑一撑门面。但一切毕竟荒寒已久，人气、喜气、色彩，皆不足以唤回昔日的辉煌。丽娘的身影最匆忙零乱，事无巨细，几乎全靠她一个人张罗。她那身昔日的盛装不再充盈着富贵，而是今非昔比的黯淡。罗再时躺在炕上，骨碌着眼珠子，整个身体都被潜在的亢奋充斥着。这时他不再需要丽娘的安慰，更不会对她的行为加以猜忌。仅外面的喧闹声就已让他自顾不暇，他会用多种肢体语言去应对那声音的变幻。他的嘴也随之不断地咕噜着，像在询问，又像在作答。他是不是想面见亲朋好友，寒暄一下，客气一下，是不是想端坐在一对新人面前，给他们送去由衷的祝福，这些都不得而知。他只能在自己的世界里，演绎属于他自己的悲欢离合。

看来罗子沫是要把心不在焉贯穿到底了。他下了马，把新娘子背在身上，在大门口的炮花中穿过，跨过院子里的炭火盆，再跨过新房门口的马鞍，把新娘子往炕上一放，然后就脱掉"蟒袍玉带"，摘去"顶戴花翎"，像贼一般地溜了出去。因为他已经大功告成，剩下的事就与他没有关系了。

他又骑上马匆匆地上路了，他要去寻找失落的书。替人相亲，他一万个不愿意，但母命难违。他无法做到专心致志，他必然要心不在焉。带上圣贤书，是自己的一种态度，表达对俗物的蔑视。

罗子沫的书早已在念其的书桌上接受侍奉。她小心翼翼地把书皮平整，有污泥的地方先用手帕蘸一点清水润湿，再用干净的纸一点一点擦净。内页脏了，就更要小心了，既保证不损坏字体，又保证干净彻底。她还是先润湿，然后再铺上自己用的脂粉，让雪白的脂粉慢慢地吸附那脏。看起来她平心静气，耐心十足，但那脏仿佛是在她的心上。湿润的不是清水，倒像是她的心血。《尚书》，这传承千年的古文，不仅有人间洪范，更有先圣们的咄咄叮咛。可在她的手里，竟是轻飘飘的感觉，谁会想到千年以后，它会像一副残伤的病体，接受一个弱女子的侍奉。它铺就了多少官路，发过多少横财，唯独安抚不了一颗弱女子的心。它的佶屈聱牙，是对后世的某种拒绝，还是后世对它的遗忘？

父亲不知何时进来了。她的闺房在府衙的东北角，树木围绕着它，是个可以被遗忘的地方。父亲是轻易不到这里来的，今天他突然出现在眼前，一种不祥的预感蒙上心头。她下意识地想把书藏起来，可在父亲犀利的注视下，她的双手除了轻微的颤抖，几乎什么都做不了。她站起身子，深深地向父亲纳福请安。桑玉也从隔壁一挪一蹭地走进来，刚要请安，知府大人道："你先出去。"桑玉脸色大变，不敢怠慢，急忙退了出去。

荣大人坐在一把椅子上，念其想去倒茶，他一挥手，念其急忙退回原地。然后荣大人心思凝重地说："念其呀，为父公务繁忙，对你疏于教导，本想你会用心读书，无暇旁鹜，岂料你竟心疏意懒，不务正业，甚至弄情于花柳……"没等荣大人说完，念其突然说道："父亲，女儿没有！"语气温婉却坚定。荣大人吃惊不小，大声道："你还敢顶嘴？！""父亲，"念其又深深地纳个万福，"女儿从来没有像您说的那样，除了读书写字，便是画画花鸟，做做女红，这个桑玉可以做证。""那你最近都跑些什么？你以为为父不知道吗？"荣大人声色俱厉。"是先生找女儿有事，吩咐女儿……""行了！别再提先生，"荣大人一声断喝，"你如此心不在焉，也敢说是先生的吩咐？你如此病思恹恹，也敢说是用心读书？你说来我听！""父亲，女儿是病了……是心病。"念其竟有些冷冷地说。"什么？心病？"荣大人瞪眼道，"你真让为父替你脸红……有药可医吗？""父亲，大清国无药可医，女儿也就无药可医。"念其注视着父亲道。荣大人没想到女儿会说出这样的话来，他立刻感到很悲哀，"念其，你非才女，不可学李清照忧国忧民。父亲能保障你一生荣华，你可尽享天下美景，尝遍天下美味。家国大计，不该记挂尔等心怀。"念其道："天下的女子能都像女儿这样吗？如果不能，女儿观不得美景，食不得美味。"荣大人叹口气道："难得你有这片忠心，但为父还是劝你放下它！莫以不能为之事，自伤情怀。为父尚且苟且偷安，你一个女孩子家，又能如何？"念其感到凄苦，道："女儿也不愿想这些，可女儿无一时不想。有如康先生他们，舍身亦不足惜。"荣大人叹口气道："先生对你言传有过，身教不足。为父已受他所累，你就不要再因他成患了。""父亲，这不是因谁成患的事，每个中国人皆有落寞之情，只是他们苦于言表。内忧外患，民不聊生，是人不愿生此国，是人不愿活此家。"荣大人突然站起身来就往外走，念其吓了一跳，追至门口，纳了一个万福道："父亲走好。"荣大人"哼"了一声，便对隔壁战战兢兢的桑玉道："小姐心事太重，你要多开导她！"说完，他倒背着双手，以最快的速度走了出去。当他走出女儿的绣房，立刻就后悔了，心想，这不是此来的目的呀，但他停了一停，索性继续走开。

桑玉瞪着双眼看着念其，已经蒙了。堂堂的知府小姐，知书达理，怎么能让一个丫头开导呢？难道这真是老爷的吩咐吗？她始终捏一把汗，以为小姐这下定然被训斥，自己也难辞其咎，没想到老爷竟败兴而走。看着看着，她咧开了嘴，无声地笑了。念其则郁闷至极，父亲显然不是为了听这些而来的，只是自己的言语岔开了父亲的思路，让他没有回过神来。她当然知道父亲是因何而来，便暗自嗟叹，自己的心思无论埋藏得多深，都瞒不过父亲的眼睛。自此，她的畏惧心理开始滋生并强烈，但她的渴望也愈强烈。这时，她想到了妈妈，如果妈妈还活着，一定是倾诉的对象，可妈妈已经去世两年了。她又忆起了那天看到罗子沫母亲的情景，那么亲切，她总觉得自己与这个可亲可敬的女人有着千丝万缕的联系。

其实，丽娘在张罗侄儿的婚礼过程中，念其的样子无时不在眼前。她渴望有这样一个儿媳，但她不敢想，她是知府小姐，所以她会极力把出现的影子从眼前抹掉。当她看到女儿罗子漫那漫不经心的样子，心里便捏一把汗，女儿确实像世外之人了。大凡这么大的闺女，都会对别人的婚礼充满艳羡之情，不表现在脸上，也会活跃在心上。但女儿好像根本无动于衷，如果不是自己再三召唤，她不会从教堂里回来的。按她的说法，她是教堂里的义工，更是上帝的仆人，哪有心思管人间的事。

殊不知，罗子漫根本不像她想的那样，她的心烦乱到了极点，只是她觉得作为一名基督徒，凡事要肃静，最起码也要保持表面的平和。当她知道自己的堂嫂就是那个收留她们住宿的弓然明时，就开始在心里向神诉说这天下的不公与残忍，她知道自己终将无法面对这个堂嫂。早就知道堂哥罗子辉定了一个娃娃亲，那是二大爷与人在赌桌上定下的，但两家并没有过多的来往，只是逢年过节的，二大爷总要拿出些钱来送给人家，这门亲事就这么延续下来了。当时两个人的一句话，就成了不死的契约，不会因为两个孩子在成长过程中的任何变化，以及两个家庭之间的风云变幻，而发生改变，直到一顶花轿把这种契约变成现实。这个过程，就像堂兄常挂在嘴边的那句话，"做人嘛，哪能不仁不义呢？"

她在这一天里都在想着这个问题。

当人声渐稀、繁华落尽的时候，弓然明将怎样面对这残忍的现实？为此，她总在搜寻哥哥罗子沫的身影，他究竟干了一件什么事，以后将怎样面对自己的堂嫂，他是这个阴谋的真正实施者,他能像堂兄那样慷慨陈词吗？婚姻的幸福是神赐予的，并要求国王免除新婚男子一年的兵役，让他的妻子享受到一年的快活。那么这个弓然明，她将享受怎样的快活呢？快活是应得的，它没有罪。

弓然明对享受快活确实有充分的准备。没人教她，是她的身体不断地提醒自己。本来就丰满的胸脯不断地被一种奇怪的力量鼓荡着，一波一波的，像层层潮水不断地冲向堤坝；又如这潮水，渴望冲破堤坝一泻千里。第一眼看见自己的"丈夫"，那潮水就开始萌动了，在一片繁华中枯坐洞房，没有一个亲人在身边，那个令她心满意足的"丈夫"，无疑将成为她最亲近的人。于是，那潮水便随着思绪此消彼长，她甚至能听到身体里有哗哗的水声。

但这水声很快就变成了哭声。

随着罗家大院慢慢地静下来，弓然明的心跳却在加速。随着华灯的相继熄灭，洞房里的蜡烛愈显红晕烂漫，弓然明早将这洞房里的一切看个明白，每一个角落都显示着大家气派。尤其是又粗又直的房梁，又长又宽的大炕，高广又明亮的纸窗。最亮眼的还是纸窗，窗棂精致美观，一扇是仙桃，一扇是葫芦，中间那扇是福寿延年。墙壁上挂着各种扇屏，扇屏里栖息着鸟兽虫鱼，生长着花草树木。这一切都让她感到陌生，也让她感到恐慌。洞房的门被"吱呀"一声推开了。弓然明急忙抓过盖头重新蒙在头上，心也快跳到了嗓子眼儿，一种窒息般的感觉向她袭来，同时也感到周身的筋骨都瘫软无力，很想扶住什么，或者抱住什么；很想躺下来一动不动，像一洼活水，像一朵棉花，任人折磨。她感到一阵阵窃喜，好像有一个人在偷偷地替她笑。她忽然明白，这一刻，她等待得太久，也准备得太久，当它真的到来的时候，有许多谜都解开了，那是只有自己才知道的谜。

"好哇，洞房花烛夜，金榜题名时，让我摊上了。我爸说，这个媳妇是他赢来的，我不信！这个媳妇是我想来的！"

弓然明顿时打个激灵，她觉得不对劲儿。

"娘子，小生这厢有礼啦！"

弓然明顿时起了一身鸡皮疙瘩，周身都在战栗。

随后，她觉得盖头被慢慢地挑起，她知道，那是秤杆，而不是手。当盖头挑到一半的时候，"哗"的一下，整个盖头被掀翻。"我Ｘ！"这是那个男人发出的一声惊呼。弓然明则吓得往后倒去，"你是谁？跑这儿来干什么？"她强撑着身体问道。"你看你这儿人，我是你丈夫啊！罗子辉，罗家的长兄，谁都认识。"那个人一声惊呼之后，立刻恢复了平静，好像突然觉得没什么大惊小怪的。弓然明首先感到这是一个强壮的男人，但他不会稳定地站在一处，哪怕只是眨三下眼的工夫，身体总是颠着、晃着。更可怕的是那宽厚的肩膀，总要不住地摆动，好像随时都要承担超负荷的重量。尤其他的表情，总是想极力达到某种水准似的，板着，再板着，以致使人在他的脸上或眼睛里看不到任何内容。但有一点是无疑的，他知道这个日子意味着什么，还有眼前这个女人意味着什么。

面对这样一个人，弓然明的心跳慢慢平缓下来。于是她又问道："你是我丈夫，那个接我的人又是谁？""那是我弟弟呀，四叔家的，罗子沫。人家是读书人，不稀得要你。"弓然明不解其意，想继续听他说，因为她能看得出来，不打断他，他会把所知道的都说出来，除非他突然死了。"我爸说我忙，脱不开身，就让'沫儿'代劳了。可入洞房是不能代劳的。做人嘛，哪能不仁不义呢？"泪水立刻溢满了弓然明的眼眶，她明白了一切，原来她所等待的，就是这样一个陷阱。所有的人都知道这个陷阱等待的是什么猎物，但谁都不会在意，谁都不会揭穿。她开始害怕，直至害怕得周身发冷，冷作一团。泪水也像断了线似的往下流。

就在这时，这个男人突然性情大变，这是她万没想到的，想逃脱已经来不及了，被他死死地抓在手里。那双手力大无比，她感到疼痛难忍，哭声像山洪一样暴发出来。她的衣服很快就被扒得精光，在她被撕裂的过程中，她死死地盯着那个骑马的读书人不放。是的，他确实就在她的眼前，她的恨也在眼前。她的恨是有形状的，她看得很清楚。

"我爸说就得这么干……不然你不高兴。"这是这个男人不断说出的一句话。他的力量也如冲破堤岸的洪峰，越来越猛，越来越大。

最后他又道："这下你高兴了吧……哼！做人嘛，哪能不仁不义呢？"话音刚落，他便忽地倒在了炕上。

弓然明看见自己的恨像一条黑色的龙，在烛光的红晕里上下飞舞，像在寻找归宿，又像要挣脱而出。

在弓然明的哭声里，罗子漫慢慢地跪下来，她想向耶稣祷告，但一句话也说不出来，她的心乱得已经无法组织任何语言。这哭声听起来并不陌生，幼小的记忆在她的心中复活，那一夜的哭声把她吓得像小猫一样钻在被子里，连一只耳朵都不敢露出来，她记得那哭声湮没了马匪的喊杀声。而今天这没有任何前兆和呼应的哭声，听起来更加恐怖，更具有可怕的想象空间。泪水顺着她的脸颊往下流，不久前那个不寻常的夜晚，那个自信、内敛、美丽的弓然明，始终在她的眼前闪现，谁能想到她有一天会在自己的家里发出最悲惨的哭声？那个野牛一般的愚蠢而强壮的兄长，与马匪又有什么两样。实在听不下去的时候，她站起身来，轻轻地推开几道门，向黑暗中走去。她要去教堂，那个让她感到安全的地方。

罗子沫没有在家睡，在浴海池林与老秦头挤在一起。他同样难以成眠，书没找到，他的心里非常失落，失落的同时，也在回味着自己这一天都干了些什么。他的眼前总是出现那个女人的形象，印象中她是被一片红光包围着，脸庞就像一朵牡丹花蕊，只觉得芬芳，没有仔细欣赏，因为那是自己的嫂嫂。他在琢磨，母亲为什么让自己去接嫂嫂，原来道理很简单，一想就明白了，如果不是自己去接的话，哪个姑娘会跟一个傻子上花轿呢？大不了一死而已。想到这里，母亲的面容在他的面前变得黯淡，就像一朵阴云，突然遮住了普照花季的阳光。夜已经很深了，也很静了，耳畔只剩下东、西两川的水声，以及水中的阵阵蛙鸣，偶尔还有山上的野兽发出一声长长的吼叫，孤孤单单的叫声久久地回荡在夜空。

野兽的叫声丝毫不能令罗子漫感到害怕，两川的流水声也渐渐远去。夜黑漆漆，她在过河的时候左脚掉进水里，所以每走一步都发出"咕叽咕叽"的声响。她觉得自己是在逃离，对教堂的渴望，在深一脚浅一脚中变得炽烈，她特别想听到阿曼达的安慰，或者是安琪拉欢快的笑声。

门敲了三下，很快就开了，开门的果真是安琪拉。安琪拉拉过她的手，就快步往里走。阿曼达跪在十字架前，正无声地祷告。罗子漫没有惊动她，默默地跪在她的身后，呼吸还没有平稳，两行热泪就率先流了下来，而且一发不可收拾。

每次祷告之后，她们都会平稳地睡去，而今天她们彻夜无眠，话题就是弓然明的命运。罗子漫像个局外人一样叙说着，阿曼达几次坐起来惊呼："这不公平！弓然明应该拒绝，这不是她想要的婚姻，你们不要这样对待她。"这个"你们"也令罗子漫觉得不公平，但又无可分辩，因为弓然明确实成了自己的嫂子。当阿曼达又道："你们中国人真的令人难以理解。"罗子漫终于忍耐不住，也坐起来道："阿曼达，请用'他们'，不要用'你们'。"一阵静默后，阿曼达在黑暗中找到罗子漫的手，紧紧地握住道："请原谅我，子漫，我们都是神的仆人……"罗子漫听后，也紧紧地握住她的手。

- 6 -

一夜的折磨，弓然明觉得从前的自己不存在了，现在的自己是个什么人，更无法说清。天空是淡青色的，光线是暗灰色的，房子、树木、墙壁、花草都是冷静的，都是睡眠后的沉思。弓然明的沉思透过打开的一扇窗，投向这个将安置自己一生的院子，然后落在西南角的灰堆上，那是火焰燃烧后的残渣。罗家的灰堆很大，这令她觉得吃惊，无疑是积攒多年的结果，也说明这个家族曾经的兴旺发达。这时，一个人的影子出现了，就是那个骑在马上的人。他是从外面回来的，贼一般地望望这边，然后走进自家门里。但很快他又端着一个筐子出来，直奔灰堆而去。因为走得急，筐子里的灰便被速度扬起，飘飘洒洒落在他的身后。他踩着灰堆，把新灰倒在旧灰之上，然后走下来，跺跺脚，急急地往回走。不一会儿，他又拎着一只水桶出来，径直走向井台。这时弓然明才发现，那里还有一个大大的井台，她不明白，不就是一口井嘛，干吗要砌那么大的井台，难道它汲出的不是水，而是油？那个人汲水的手法很熟练，速度也快，一上一下，辘轳把被转成风扇，四溢而出的一桶水，很快就提在他的手中，然后小跑一般回到屋子里。弓然明看到他一口气打了七八桶水，就再也不出来了。

罗子沫将每天早晨必干的活儿干完，站在水缸前，看着幽蓝的一缸水。那水像他的心，仍在振动，是来自深处的振动。他终于想起了总觉得不对劲儿的一件事，便问母亲："妈，早上有人出去吗？"丽娘正在往灶膛里加柴，道："没有啊，咱家人不会这么早就出去的。"罗子沫诧异道："我回来的时候，大门是开着的。"丽娘的脸色一下子阴沉下来，道："你去看看子漫吧。"罗子沫急忙走进妹妹的房间，见被褥仍铺在炕上，人已不在了，伸手一摸，被窝冰凉。他的脸也阴沉下来，走回来一句话也不说。丽娘看了看他，叹了一口气。罗子沫看了看外面，又问："我嫂子不起来烧火做饭吗？"丽娘的脸色变得难看，道："按理她应该起来做饭的。"罗子沫继续问："我们还在一起吃吗？"丽娘道："按理不应该了，你二大爷娶了儿媳妇，应该单立火了。"罗子沫道："要不还在一起吃几天再说。"丽娘道："我担心你嫂子不习惯，她家人口少，这么多人在一起吃饭，刚过门的新媳妇，我怕她害羞，吃不饱饭……这事我跟你二大爷早说过了，柴米油盐也早就分开了。"

罗子沫只是随便问问，他除了羞于见嫂子以外，别的都不太在意。他突然改变话题道："妈，我还想去读书，我要参加明年的乡试。"丽娘不认识似的看着儿子，道："钱呢？你哥刚娶媳妇，不花不花的，也得些银子。这时候你说还要去书院读书，你想想合适吗？"罗子沫不作声了，蹲下来帮母亲烧火。但他心有不甘，这缘于他从来没有像现在这样，想离开这个家。所以他烧了几把火，便站起来道："妈，我去'池林'了，早饭不用等我。"说着就往外走。丽娘看着他的背影，愤懑而伤感地说："走吧走吧，都走吧！"然后听到"啪"的一声响，那是她狠狠地将手中的一团玉米面摔在了锅帮上，它将成为这锅里最大的一个玉米饼子。而饼子下面热着的，是喜事后的剩菜，大块的白肉将再次接受火与水的煎熬，熬出的味道将非常老到，且不再腻人。

走出门外的罗子沫，看见二大爷逡巡在院子中央。看样子，他不知道出哪个门或进哪个门。也好像在与窗子里面那张俊美的脸做着交流，或者是对峙。当然这是别人的印象，其实弓然明跟他不会有任何交流，她就那么呆呆地坐在窗子里面，不知要坐到何时。身边酣睡着她的丈夫，精力耗尽的他，不知天将几何了。

饭熟的时候，丽娘还是去叫二大伯一家过来吃饭，罗再恒怔怔地看了看她，一声不响地走出屋门。而众人眼中的弓然明，就像什么都没听见一样，仍坐在窗前，仍不知她要坐到何时。随后走出来的罗子辉则道："让她坐着吧，她不饿。"说完他呵呵乐了，那满足的样子，看了让人羡慕。

没有吃早饭的罗子沫，神情恹恹地坐在柜台前，一点都不觉得饿。但一抬眼间，就像看到了初升的太阳一般，所有的神经都活跃起来。冉先生充满怜爱地站在他的面前，第一句话就语重心长："子沫啊，你该去读书啊，不该坐在这里啊。"自从知道罗子沫一边给人当伙计一边读书以来，他从未想到罗子沫是现在这个样子，一个可怜巴巴的小伙计坐在柜台前，替人家吆喝买卖。罗子沫一听，立刻转了眼窝，站起来叫了一声"师父"，就不知再说什么了。冉先生突然转悲为喜，大声道："为师这次来，有更好的差事让你做，薪水还可以供你读书。"随后他把教堂牧师要聘请一位家庭教师的事，一五一十地说给了罗子沫。罗子沫听后有些迟疑，对教一个外国学生心存忧惧，更何况还是一个女学生。冉先生看出他的疑虑，道："一切都要放心，牧长大人的为人我知道，薪酬更不会拖欠于你。至于他的女儿什么样子，为师想也坏不到哪里去。你要放开些，教一个洋学生对于你来说，不成问题。"罗子沫仍信心不足，口头上却道："那好吧师父，我会尽心尽力去教好她。"冉先生道："不要怀疑自己，为师相信你会教好一个洋学生的。但一旦去了教堂，你要处处小心，谨言慎行，他们和我们毕竟有区别，别坏了人家的规矩，也别丢了我们的体统。尤其那是一个洋女子，很有姿色，你要隐忍性情，不可动妄念。男女厮磨，切记此言。"罗子沫深深地点头，道："记住了，师父。"冉先生按了按罗子沫的肩膀，道："我会与牧长争取，要他给你每月二两的薪水，除你自用外，还可贴补家用。这样，你母亲会有双重的高兴。"罗子沫发自内心地笑了，道："我何时去？"冉先生思索一下道："你今天把家里事办完，明早去书院找我，我带你去教堂。"

"哎。"罗子沫爽快地答应着。

送走冉先生回来，罗子沫高兴得跳了好几下，口中有词："此乃天助子沫也！"

当他站在五岛次郎的面前说明原委的时候，五岛次郎打断他的话道："总之你不想在我这里干了，是嫌薪水少吗？如果是，我再给你加，直到你满意为止。"罗子沫又摆手又摇头，道："不是不是，是师命难违。"五岛次郎对中国文化很有研究，知道"师命难违"这几个字的分量。他看着罗子沫，突然笑了，赞赏道："罗子沫，你是个好男人，我很佩服。你意已决，我不便强留。但我真的舍不得你，为了表达我对你的好感，我要送你礼物，希望你能接受。"说着他站起来，从暗屉里取出四两纹银，递到罗子沫的面前，道："你为我额外挣到二十两纹银，我取四两回报你，请你接纳。"罗子沫慌了手脚，往后退了两步道："不不不，先生，这礼物我不能收。"五岛次郎有些尴尬，"不好意思，我知道，用钱做礼物，这不是你们中国人的规矩。但我想，钱还是很实惠的，它能解决很多实际问题。所以，还是请您笑纳。"五岛次郎竟然改变了称谓，这令罗子沫十分感动，也看到了他的诚心，便把银子接过来道："先生，其实我也不愿意离开这里，不愿意离开您。""我知道，"五岛次郎显然不愿再听到别的理由，尤其不想听到这样一个好伙计被英国人撬了行的理由，所以急忙打断罗子沫的下文，"我知道'师命难违'，更由衷地佩服你们'尊师重教'的美德。所以您放心地走吧，我不会怪罪您。"罗子沫很深情地看了看五岛次郎，说了声"告辞"，就转身离开了。

听完儿子的叙说，再接过他手里的四两纹银，丽娘唏嘘有声："难为再先生对你如此疼爱……子沫啊，你可要有长进啊，将来好好报答人家。"她又看看手中的四两纹银，"原来这五岛先生也是个热心肠的，平时人们都说他冷，其实是错怪了人家啊。"说着，她又掂了掂这四两纹银，道："眼下你嫂子就要回门，这四两银子正好给她置办些回门礼物。昨夜她没睡好，今天到现在还没有吃饭……这都是命啊！"罗子沫一听，脸色一下阴沉下来，急忙道："妈，我去收拾一下东西，明天就要去教堂了。"丽娘有些诧异地看着儿子，半天才道："去吧去吧。"然后她继续看着手里的银子。炕上的罗再时则冲着银子伸着手，呜哇地说着什么，眼睛里骨碌着窃喜和兴奋。

当罗子沫背着行囊，兴冲冲地出现在书院门口时，已经是第二天早晨了。满院子的阳光跳动着，开着花，像在迎接久违的亲人。琅琅书声传来，让罗子沫感到迷失已久的亲切。他不禁放慢脚步，想听清那声音中的韵律与内涵。

夫人之相知，贵识其天性，固而济之。禹不逼伯成子高，全其节也；仲尼不假盖于子夏，护其短也；近诸葛孔明不逼元直以入蜀，华子鱼不强幼安以卿相，此可谓能相始终，真相知也……

听到这里，罗子沫冷峻起来，这分明是嵇康的《与山涛绝交书》。想自己重返书院，又要奉师命教授洋学生,怎么迎头竟撞上了这篇文章！难道这预示着什么吗？以他对《易经》的理解，万物皆有因缘，万物也皆有性灵，出其不意的一句话，突如其来的平常景状，都可能是一种暗示，那是阴阳演化下的定数，也是天地造化中的环节。他不由得放慢脚步，每一步的屈伸都像在试探什么、追问什么。与此同时，读书声也由高到低地渐次平息下来。

学堂门被推开，冉先生走出来，向他招手道："你过来，子沫。"说完他向自己的卧房走去，罗子沫加快脚步，亦相随之。

"子沫，把门关好。"冉先生回身对罗子沫道。罗子沫稍有迟疑，因为这不是先生的品格，先生在的时候，门总是向外敞开的。迟疑之后，他还是把门关好了。"子沫，你打算如何教授洋学生？"冉先生猛然回身道。罗子沫一听，站在那里不动了，有些茫然地看着冉先生，因为这也正是他煞费苦心之处，他甚至为此事想了整整一夜。知道先生必然会有一番教诲，所以他想仔细聆听，如果和自己的想法有冲突，再另作打算。想到这里，他道："先生意欲如何？子沫照做便是。"冉先生欣慰地笑了，轻捻胡须道："洋人的先天基因与所受教育毕竟不同，既然对我朝文化有兴致，那就要看基点站在何处。如果仅仅是猎奇，那便用奇处应付，比如《山海经》、上古神话、乐府歌赋之类，足可令其心满意足；如其充满敬畏之心，视我朝文化为烟海之茫，便要谨慎待之，便讲《周易》《论语》《道德经》；如其有风雅之趣，陶冶性情，那就讲诗词曲赋……"冉先生停顿一下，作结论道："就这样，你意如何？"罗子沫怔怔地看着他，半天才道："先生，为什么不从《三字经》《百家姓》《孝经》讲起？"冉先生淡淡地笑了，道："因为他们绝不想学这些。"罗子沫惊愕，先生的学识、见识令他折服，这句话也正是他苦思之后得出的结论。"切记！"冉先生紧紧地注视他，但欲言又止。"切记什么？先生。"罗子沫有些彷徨地问道。冉先生笑了，把伸出去的一只手放下来，道："你自己去悟吧……我想你会悟到的。"罗子沫的眼睛瞪得很大，不解地看着冉先生。他知道，谈话该结束了。

门"吱呀"一声开了，开得小心翼翼。桑玉有些贼头贼脑地走进来。进先生的屋子不用敲门，是知府家的人才有的待遇。冉先生并不奇怪，笑着问道："桑玉，有事？""没事，没事。"桑玉的头摇得像个拨浪鼓，歉疚和羞涩，让她的脸微微潮红。但当她与罗子沫四目相对时，一切都变了，目光里便射出道道锋芒，也似乎忘记了冉先生的存在，尖刻地说："罗子沫，你是请先生喝喜酒来了吧，为什么没把夫人带上？再者说了，喜事已经过了，你再请先生，可是失礼了。"罗子沫大为尴尬，想辩解又不知从何说起，脸便涨得通红。桑玉抓住时机道："哟哟，还害羞了，没想到，你还知道害羞？"罗子沫支支吾吾地不知说什么好，便向冉先生示意，他想出去。冉先生急忙解释道："是这样，子沫，事先我让桑玉和念其找过你，她们找了两次都没找到，后来听说你……"他看着桑玉问，"……是娶了媳妇？"桑玉狠狠地咬牙道："是！拿着我家小姐给他的读书钱，娶了媳妇，他可真好色！"罗子沫与冉先生彼此相看，都不知所以然。"你家小姐给我读书钱？"罗子沫若有所思地问。"还装糊涂，真没良心！"桑玉的语气有了颤音，同时也转了眼窝。"子沫你真娶了媳妇？为何不告诉我？"冉先生诧异道。"不是先生，是，是……"罗子沫不知说什么好。"是什么？还抵赖！我亲眼看到你骑一头破毛驴，穿一身黑袍，后边轿里坐一位疤瘌女，美得你把圣贤书掉在地上都不知道。""什么？桑玉你说什么？骑一头破毛驴，穿一身黑袍？这……这不像娶媳妇嘛，倒像是……"冉先生没有把话说完整。桑玉却赖皮赖脸地笑了，噘着嘴，斜着眼，道："是！是破毛驴、黑袍、疤瘌女。我看就是！"冉先生严肃起来，道："桑玉，别胡闹，去读书！"桑玉这才有所收敛，"哼！"她在临走之前，冲着罗子沫扮个很丑的鬼脸，方轻巧地跨出门去。

"走，我们走！"冉先生整了整衣襟道，并匆忙跨出门去。罗子沫跟在后面，显得很猥琐。他的头怎么也抬不起来了，脚跟也绵软无力。一股暖暖的风吹来，树叶"唰啦"一下，像是忽起一阵笑声。罗子沫突然觉得浑身灼热，总觉得有什么东西向他袭来。他贼溜溜地四下里看看，没发现什么，只有树影轻轻地摇曳。但他的灼热感愈强，不禁把目光投向学堂的窗子。因为桑玉这一闹，他是羞于向那里看的，他觉得那里的人都在嘲笑他。但他还是看了，不是嘲笑，而独有一张幽怨的面孔，和一双痴情的眼睛。罗子沫的心像被针扎了一下，那疼痛从心尖漾及全身。是念其，就是桑玉所说的送钱给自己读书的人。他这时才相信，原来自己的心里也一直有着她，只是不敢承认，固执地以为那是幻象和幻想。他这时才知道，自己有多么愚蠢，那二十两纹银分明是她巧妙地送自己读书的，自己却奉忠诚之名，全都送给了日本人。他的心跳得厉害，也疼得厉害，"二十两，那可是二十两纹银啊！"他感到有一个人在他耳畔大喊，"况且，这不仅仅是二十两纹银啊！"他在心里用这句话向那个声音补充道。

他不知自己是如何跨出书院大门的，那张幽怨的脸和那双痴情的眼睛，总在他的面前，再也挥之不去。直到走出东门，他才慢慢恢复常态，看一眼先生的背影，又觉得可笑。他倒背着双手，弓身向前，脚步匆忙而细碎，像一个为饥饿而奔走的老农。走着走着，这"老农"突然回身道："子沫，你真娶了媳妇？""没有！"他不假思索，"不是我。是……"他本想以实相告，又实在说不出口。就在这时，堂嫂坐在窗子里面的身影又出现了。他的脸色顿时变得难看，心里产生隐隐的恨，可又不知道恨谁。"你真娶了媳妇，你娘可就清闲多喽。"这是先生的自言自语。罗子沫的脚步停顿一下，又紧紧跟上"老农"的步伐。

教堂的门好像专门为他们敞开着，快到门口时，冉先生回头看了看罗子沫，目光是意味深长的，一分敬畏从眼底流出。这让罗子沫感到自己已经来到一个不同寻常的地方，不禁抬头观看，他知道上面雕刻着《最后的晚餐》，更知道有一个叫犹大的门徒把主出卖了，还有一个叫彼得的门徒三次不认主。他很看不起这两个人，也因此看不起洋人，也因此很轻视这位要成为自己学生的洋女子，他们很可能都是没有仁义之心的东西。进得门来，先生明显放轻了脚步，神态也从容起来。踏上楼梯，有女子的叫声传来，中间夹杂着一个男人的粗鲁而短促的吼声。因为他们听不懂，所以才没有在意，仍向楼上走去，直接来到杜克先生的接待室门前。刚想敲门，牧师夫人贝蒂一脸愁容地从另一侧楼梯走过来，"对不起，冉先生，杜克他不在……这位是谁呢？"

这时，吵闹声更大了，冉先生没有作答，只是在听这声音。因为他向来轻看这位夫人，觉得她和没有任何思想的乡下婆姨毫无二致。"冉先生，请跟我来，我们一起去制止他们的争吵。"贝蒂一边说着，一边打量着罗子沫。"好吧夫人。"冉先生说完又对罗子沫道："我们走。"罗子沫点点头，他们便向发出吵闹声的屋子走去。

贝蒂刚想推门，门却"呼"的一下开了，一个精致的锦盒被扔了出来，摔在地上散掉了，一棵千年老参蹦了出来，像一个死孩子一样可怜巴巴地仰躺在地上。冉先生大惊失色，不为别的，那棵老参的价值他一眼看透，那是只有皇室才能享用的宝贝。

"我不要你的礼物，你也不要再纠缠我……只求你看在上帝的分上，不要再作孽。"阿曼达近乎哀求道。她想关门，门却被母亲顶住，"阿曼达，来客人了，看在上帝的分上，你们都安静下来吧。"冉先生师徒听不懂这样的对话，他们却随着贝蒂走进阿曼达的屋子。罗子沫没有认出阿曼达，他却一眼认出了桑德斯，厌恶之情顿时袭上心头，不由得怒目而视，"这个东西根本就是那个卖主的犹大！"他在心里狠狠地骂道。阿曼达和桑德斯几乎同时认出了罗子沫，"你来干什么？"桑德斯突然把注意力转移到罗子沫身上，"你还想坏我的好事吗？你这头中国猪！"这流利的汉语令罗子沫顿时义愤填膺，但他必须忍着。"妈妈，他们来干什么？你想让他们来看戏吗？"阿曼达故意这样说，她已经猜到了这个"英雄救美"的中国小伙子很有可能就是冉先生给自己找的教师，但她觉得他们来得太不是时候。"出去！你们给我出去，这不是你们该来的地方！"桑德斯指着罗子沫，怒不可遏地吼道。

"请年轻人不要出言不逊，我们是杜克先生请来的客人，你没有权利赶我们走！"冉先生大声回敬道。罗子沫无法看懂这对男女的关系，也无法把今天的一幕与池林里的一幕相联系，但总归这个男人不是什么好东西。再看他那狂躁恶毒的样子，早已令他怒火中烧，目光中便充满了仇视。"你为什么这么看着我？你这头猪，给我滚出去！"桑德斯咆哮道。"应该滚出去的是你！你不可以这样对待我们的客人！"阿曼达也大声吼道。

"走！子沫，我们离开这是非之地。我们……我们撞上鬼了！"冉先生拉住罗子沫的手便想往外走。不料罗子沫就像没有了意识，站在那里死死不动，目光中的蔑视和恼怒像火光一样射向桑德斯。"你想跟我叫板吗？"说着，桑德斯便像一头被激怒的熊，扑过来就用双手死死地掐住了罗子沫的脖子，并用力摇晃着。罗子沫便如一个丑陋的玩偶，在他的双手中挣扎，"先生救我！"要窒息的他发出这样的求救。阿曼达不敢相信自己的眼睛，一时手足无措，贝蒂则像痴人一般，看着眼前的一切，连一句像样的话都说不出来了。"先生救我！"罗子沫又发出微弱的求救声。冉先生已经被这凶恶的举动惊呆了，他的双腿在颤抖，面对罗子沫的再次求救，他一字一板地道："子沫，你也是热血男儿！救你的人应该是你自己。"这句话震颤着罗子沫的灵魂，他那双充血的眼珠子转了转，右手也紧紧地握成了拳头，他顽强地憋足一口气，把浑身的力气都充斥在这个拳头上，随着"嘶"的一声叫喊，便狠狠地打出去，正中桑德斯的心窝。桑德斯吭哧一声便松开了双手。罗子沫的左拳又猛力打过来，击中相同的位置。罗子沫的强壮不在桑德斯之下，这两拳彻底击垮了他，他那高大的身躯摇晃两下，便要倒下去。

"桑德斯！"阿曼达惊叫一声。"桑德斯！"贝蒂夫人也惊叫一声。桑德斯的双眼已经迷离了，即将进入被重击后的休克状态。但这两声呼叫惊醒了他，也唤回了他的斗志。当他的意识再次清醒时，正见罗子沫走到门口的背影，他知道他们要离开了。他用所有的力气推动着一声吼叫，充满着残忍、狂怒与觉醒，随即猛扑过去，一把攥住了罗子沫的辫子。罗子沫斗志正盛，这突如其来的袭击让他猛一回身，想再出重拳，不料桑德斯的重拳先到，正好击中他的左腮。此拳太重，罗子沫顿时失去知觉，栽倒在地。但在他倒下之前，他的眼前仿佛出现母亲的形象，母亲好像很年轻，她正在河边洗衣，但倏忽之间就不见了。

　　此时的丽娘正坐在窗前做针线，自从罗子沫走后，她的心就刀绞麻乱的，总感到要有大事发生，并伴有莫名的恐慌。她把这种不祥归咎于新媳妇弓然明的反常举动，她仍旧那么坐着，向着窗外的世界，样子空洞得可怕。因为她把自己坐成了枯骨，也就让人难以想到她依然是个人了。这深深刺痛着丽娘的心，坐在窗前与她相对，以做针线来排解心中的慌乱。慌乱之中，她的左手食指被针刺破，打一个激灵，血很快染红了指头，她忍痛把手指含在嘴里，以亲近的姿态，把那血连同唾液一起吞下。不祥的预感便愈发强烈，她索性关上了窗子，把枯骨的可怕留在了窗外。但她仍然不会想到自己的儿子此时已经被人打翻在地。

　　当罗子沫醒来的时候，他的眼前一片陌生，记忆已经发生断流，他不知道自己为何躺在这里，眼前的人影显得特别高大，但都像纸片一样晃漾着。金发碧眼，面色白皙，满脸胡须，高鼻阔口，似乎都成了魔鬼的形象。最后他把目光定格在冉先生的脸上，那慈父一般的爱怜与疼惜，一下子打开了他蒙蔽的心扉，记忆像他脸上慢慢恢复的血色，在他的脑海里慢慢恢复。他痛苦地叫一声："师父。"其实这时他更想叫他一声"父亲"，因为在他的记忆中，他没有得到过父爱，他的父亲就像一个残缺的幽灵，蜷缩在阴暗的角落，不肯施一点恩爱给人间。他想躲在一个强大而温暖的怀抱里安慰一下自己，但他知道，那只能是奢求。此时他也心有所悟，无端地被人重拳击倒，他以为这是上天对他的报应。他知道那个被他骗来的女人比他更苦，那个把爱情寄托给自己的知府小姐比他更酸。

　　"师父，我们走吧，我们教不了这些洋人……他们的心太硬。"说完这句话，他想挣扎着坐起来。此时，他也想到了那个五岛次郎，他那么地感激他，甚至觉得离开他都是一种罪过。当他把四两纹银交到母亲的手里，看到母亲那知足感恩的样子，他恨不得立刻跑到五岛次郎面前，给他跪下磕头。可谁知道，他窃取的是一个中国姑娘的情分，那是天地都为之动容的情分。

　　"子沫，为师带你走……连他们的神殿里都是兽行，我们岂能与他们为伍！"

说着，冉先生顺势扶罗子沫坐起。

站在床边的阿曼达，那双蓝眼睛里已经噙满泪水，无限歉疚地看着左腮已经肿起来的罗子沫。她很想说，让他留下来，可她难以启齿。两次相遇，她知道自己给这个忠厚的人留下的都是不光彩的形象。她也想拉住他的手，劝他躺下别动，这样不利于恢复，可她也没有那个勇气，她感到此时的自己特别猥琐。虽然最终他被打倒了，但也能看出来，他是一个坚强的男人。当冉先生的话一出口，阿曼达倍感无地自容，她转过脸去，默默地向窗前走去。她喜欢站在窗前望着外边，她喜欢欣赏大地美景，她坚信那是神的造化。她更会在无奈的时候，站在窗前洒泪，比如现在。她渴望有一个天使向她飞来，住进她的心里，为她增添力量，为她抚平创伤。她深知这师徒二人不会留下来了，任何语言都会增添自身的污秽，根本无法荣耀神的光辉。

杜克先生看着这师徒二人，摇了摇头，耸了耸肩，他的心思和女儿没什么不同。所以，当冉先生的话音刚落，他就感到头顶挨了一记重锤，便异常惭愧地把听诊器慢慢地装进医疗箱。他极力保持着举止的舒缓和自如，勉强笑了笑道："冉先生，我们要互相了解，互相沟通，也许我们会找到共同点，我想那里一定有上帝赐予我们的爱。比如血液，我们的血液都是红色的，那红色能让我们看到善良。"

"不！"冉先生异常激动地说，"我从那红色中看到的是残暴！"说完，他扶起罗子沫就往外走。罗子沫的头有些晕，他摇晃两下，杜克先生想上前扶一把，被冉先生伸手挡了回去，"不必了，杜克先生，我们怎么来到这里，也会怎么离开这里。"杜克先生再次尴尬，只好把手缩回。

"桑德斯！他的灵魂里全是蛆虫和邪恶！"冉先生师徒二人刚从门口消失，杜克先生无限悲愤地说，"上帝啊，请你救救他吧！"他又仰天乞求。

原来罗子沫倒下不久，杜克先生就从外面回来了，正见桑德斯狼狈地逃出教堂。一进一出，四目相对，他们彼此无言。杜克先生料到有特殊的事发生，便匆匆进门，见罗子沫躺在女儿的床上，尽管未知细节，他也明白了大半。他不想追究谁的责任，只是全身心地进行救治。当他断定这个强壮的中国小伙子很快就能恢复过来时，他才长出一口气。

此刻，他转过身来看着阿曼达的背影，心中充满了父爱，轻声道："阿曼达，相信主的力量，会满足你想要的一切……只要你的心是公义的。"两行泪水从阿曼达的脸上滑过，这不仅仅感动于父亲的慈爱，也感伤于外面那两位搀扶而行的中国人。她看见他们的步伐那么艰难，同时每走一步也都会把一分沉重踩进她的心里。

"主啊！求你原谅我的过犯，求你赐福给那个可怜的年轻人。"她在心中默默地祷告。

大地总是慈爱的，春风总是温情的。因为接了地气，领受了春风，罗子沫遭重击后的种种不适，慢慢离开了他的身体。他开始思索自己该何去何从，要么进城去书院，接受别人的怜悯和关爱，要么回家继续做自己的伙计。时间有时随着人的想法流逝，总是匆匆而过，一抬头，城门就在眼前。罗子沫停下脚步，看着城门发呆。冉先生轻轻叫了一声："子沫……"他似乎体会到了罗子沫的心情，"跟我去书院，你要休养几天，然后接着读书。"罗子沫一听，也轻轻地叫了一声："师父。"但他没有下文，满脸凄苦的神色。冉先生道："子沫啊，学费的事你不用担心，我可以跟知府大人去说，免你的学费。不然就从我的薪水里扣，等你将来有钱了再加倍还我，不就是了。"罗子沫知道先生看出了自己的心事，更被先生的言语所打动，正因如此，他更加坚定自己的决心，那便是回家，无论如何要回家。于是他道："师父，我还是回家吧，我……"他没有把话说完，但他的主意已定，他用一种强硬的脸色告诉冉先生，回家是他不可更改的选择。"唉……"冉先生深深叹一口气，"子沫啊，家道和国运都让我们感到前途渺茫……哪一个不是心存侥幸地活着？你想怎么做就怎么做吧……我们再争，也争不得天下，再强也强不过天命。回家去吧。家，总会让人感到安宁。"这一番话让罗子沫倍感苍凉，先生从未这么厌世过，在他身上总能看到力量和担当。也从未抒发过这样的酸楚情怀，他的一举一动总是带着决绝的抗争。他知道，今天受辱的不仅仅是他们师徒二人，更有他们背后赖以生存的民族精神。"走吧，子沫，为师看着你离开……"见罗子沫那忧郁的样子，冉先生鼓励道。同时，他的两眼里溢满浑浊的泪。"嗯！"罗子沫大声回答，泪水涟涟。然后转过身去，迈着顽强的步伐。

冉先生很快进得城门，很快穿过貌似繁华的街巷，很快来到书院。他仍像去时，倒背着双手，探着头颈，状如老农。桑玉和念其站在他的门前，好像在专门等候他。

路上的罗子沫变得踟蹰了。"回家又能如何？"他不断地对自己发问。道路两旁的树，还有青草，以及地里苗壮的禾苗，都变得滞凝。迎面走过来的人，或打一个呵欠，或发出一声哀叹，都是猥琐的样子，心是紧缩的，没有一丝生发的冲动。

罗子沫越来越觉得自己是一样的猥琐。

走着走着，后面传来辚辚的马车声，马车似乎直向他扑来，他避之不及，险些被撞倒。车夫"吁"的一声，马车越过大半截车位，在他的身旁停下来。然后只有马儿打着响鼻，车里车外的人都一言不发，充满着未卜的意味。罗子沫怔怔地看着，总觉得这车是冲自己来的。过了一会儿，轿帘被掀开，一个人从里面蹦下来，正好落在他的面前。是桑玉，他吓了一跳。"罗子沫，你很惨啊！"桑玉扭动着腰肢，大声叫道，"听先生说，你被打趴蛋了，这么快就站起来了？"她完全是一副戏谑的形态。罗子沫自惭形秽，他绕开桑玉想走，不料桑玉一错身，又挡在他的面前，"听说你要教的学生是个洋妞子，你却被她身边的一位洋大汉打翻了。你说说你，你怎么这么倒霉！刚娶了媳妇就挨打，你媳妇多心疼啊！"罗子沫只想躲开，不想与他纷争，但见她这般无理纠缠，便道："我娶不娶媳妇与你何干？""与我何干？"桑玉叉着腰道，"难道你忘了那天是谁给你送的钱？是谁替你买来的媳妇？"

"桑玉休得无礼！"轿帘又被掀开，念其从车里款款而下。她手里拿着那本《尚书》，递给罗子沫道："给，这是你的书，子沫，我把它打理干净了。"话音刚落，念其的脸鲜活地红了，随即躲开罗子沫直视而来的目光。罗子沫接书在手，转了眼窝，同时既愧且羞，也脸红耳热起来，刚想说什么，念其又道："子沫，什么都不要说了，回去好好读书，准备参加明年的乡试。"说着，她的脸又敷上一层红晕。桑玉见小姐这般情意绵绵地对待一个有负自己的男人，便觉得不公平，近前就道："还不快给我家小姐磕头谢恩？""我……"罗子沫咕哝道，却不知该说什么好。"休得无礼！"念其嗔视着桑玉，然后又对罗子沫道："子沫，听说你受了伤，好些了吗？"罗子沫这下方有说话的由头："没大碍，只挨了那洋人一拳头。"他下意识地摸摸左腮。"只挨一拳就趴下了？你可真不禁打呀，你的能耐呢？都哪儿去了？是不是想借此机会拜倒在那洋妞的脚下呀？"桑玉说完，自己竟"哧"地笑了。念其因强忍着笑意，脸又红了。"小姐，我们回吧，别再跟他说什么了。小心被他当作枕头风吹出去。"桑玉说完又"噗"地乐了。

此时桑玉说什么，罗子沫已经根本不在意了，一则至爱的书重新回到手中；二则念其确实对自己情深意重。有了这些，还能在意什么？当他发现念其故作无意，其实很是有意地在查看他的左腮时，顿时一股暖流涌遍全身。为了让她放心，便用手使劲儿拍两下道："没事了，一点都不疼了。"话虽这么说，其实拍这两下是很疼的，他的嘴角下意识地抽搐两下，眼睛也下意识地眨两下。"别逗能了，你疼不疼的，没人在乎！小姐……"念其知道她还要说什么，便急忙打断道："好了，我们回吧，省着你在这里闹。"桑玉则道："看看……看看……没有人在乎你的死活吧，我家小姐都张罗走了，哼！"因为桑玉这么快就把"疼不疼"变成了"死活"，念其背过脸去偷偷地乐了，也顺势上了车。"哼！"桑玉一甩袖子，也上了车。

车辚辚而去，留下无限哀思，罗子沫捧着那本书，看着渐行渐远的马车，鼻子一酸，流下泪来，双膝跪倒在地。"念其。"他由衷地叫了一声。

车子里的桑玉和念其都闷闷无语，一脸的忧伤。路走到一半的时候，桑玉突然道："小姐，为何不再给他一点钱？"念其看了看桑玉，长出一口气道："再给钱，他是断不会要的。"桑玉一听，垂下脸来，"看他今天，也真够可怜的，想恨都恨不起来了。"念其一听，也垂下脸来，"唉，可怜的事，恐怕还在后头。"

罗子沫就在那里跪着，一个又浓又大的树荫离他只有二尺远。他没想起来，也没想不起来，仍旧跪着。晌午快到了，走归路的人就多，但没人会在意道旁跪着一个年轻人。都是跪习惯的人，就不会在意别人为何跪着。但见这个年轻人，好像跪得很深很远。

黑云从南向北滚过来，阳光很快就被吞噬，雷声隆隆传来，好像在催赶云浪前行。这是雨说来就来的季节，雨前面总会有丝丝的凉意。离家并不太远，罗子沫不知自己是怎么站起来的，又为何奔跑起来的，因为他所能见到的人都在奔跑。当第一滴雨砸在他身上时，天就像漏了一样，雨仿佛是泼下来的水，衣服很快湿透。

家门就在眼前，他索性放慢脚步。这个家，没法不让他放慢脚步。他把那本书藏在怀里，没有着雨，却被润湿。随着一连串的雷声滚过，令罗子沫周身一震的是，在这雷声的余音里，突然响起一个女人撕心裂肺的叫声，而且就在自家的院子里。他一下子就想到了被自己骗来的那个女人，那个自己应该叫嫂子的女人。门虚掩着，他却不敢推门进院，从门缝观望，见堂兄罗子辉腋下夹着他的女人，往母亲的屋里走去，嘴里还振振有词："婶子都把饭做好了，叫你你都不吃，傻不傻呀你！你又傻又懒，整整坐了半天了，一点活儿都不想干！你怎么就这样不仁不义呢！"因为堂嫂的拼命挣扎，使他每走一步都异常艰难，也使他愈发用尽全身的力气死死地夹住她。罗子沫知道堂兄的力气，简直能夹死一头牛。堂嫂的哭声是因为实在忍受不了剧痛而发出的，而不是因为过度的悲伤。他知道，能带着悲伤一坐就是半天的人，是不会发出任何哭声的。他想冲门而入，拦住堂兄，解救堂嫂，却见母亲掐着一根棍子跑过来，一棍子抽在堂兄的肩头上。他叫唤了一声，松开了堂嫂。堂嫂掉在地上，趴在那里，像死过去一样。

因为后怕和愧疚，罗子沫的双腿哆嗦起来，手中的《尚书》"啪嚓"掉在地上。这时听到母亲道："他嫂子，起来吃饭去。你不可以这样，我们做女人的，抗不过命去。你这样折腾，遭罪的是你呀！记住婶子的话，顺着总比逆着强。"听到这里，罗子沫苦苦地笑了，他捡起书来，因怕带在身上继续被淋湿，便把它掖在门楣角花之中，然后又向雨中走去。雨小多了，却还有滚滚的雷声，他望了望天，浓密的黑云也在消散。该向哪里去呢？他也不知道，这个家却很难进去了。他漫无目的地在雨中拖着双腿，像个老者一样。

桑玉、念其刚进城，雨便下起来。桑玉撩开轿帘看看那雨，自语道："这下罗子沫要挨浇了。"以为能听到小姐的回音，不料小姐一声未吭，脸上挂着殷殷的笑意，桑玉知道，这是小姐心中有底的表现。便又自语道："想必他现在已经到家了。"念其这下说话了："桑玉，叫车停下来。""干啥？"桑玉问。马车夫听见知府小姐侧面的吩咐，兀自停下车来。桑玉正自纳闷，念其道："去，下车买一壶老酒，二斤牛肉，二斤驴板肠，外加十个驴肉火烧。"桑玉大惊道："啊？小姐，你想请武松吃酒啊，小心他醉打蒋门神。"念其"哧"地笑了，"谁是武松？谁是蒋门神？"其实桑玉只是那么一说，哪堪小姐这一问。但不知哪里来的灵感，她又随口答道："罗子沫是武松，郎通判是蒋门神。"念其万没想到她会说出这两个人，心里"咯噔"一下，脸色大变，似闻噩耗一般。桑玉见状，急忙道："好好好，我知道你是给谁买的……我这就去买！"她像赌气一样，说完就蹦下车去，冒雨向一家店门跑去。

雨稍停的时候，桑玉她们在书院门口下了车。付了车费，打发车夫离去，她们便匆匆向院内走去。整个院子静悄悄的，因天下雨，童生们分明提前散了，没了众多的眼睛，她们便很大方地向冉先生的屋子走去。推门一看，冉先生正头向里平躺在炕上，双眼死死地瞪着，连有人进门都不曾觉察。桑玉兴奋地道："先生，今天是您喝酒的日子。看！牛肉、驴板肠、驴肉火烧，还有一壶老酒。"因老酒在念其手里，她又补充道："哦，酒在小姐手里呢！"听见有酒，冉先生的眼睛活了，并忽地坐起来，"有酒？谁买的？"然后他看着念其，咧开嘴，苦涩地笑了，却笑出了两眼泪花，"还是念其心疼我呀，快！放桌子，把肉摆上，我好喝酒。""哎！"

桑玉爽快地答应一声，就开始忙活起来。不一会儿工夫，一切停当。念其跪在桌前，给盘腿坐在对面的先生叮叮咚咚地斟满一盅酒。冉先生闻了闻，道："好酒！"然后端起来一饮而尽，把酒盅翻个底朝上，让念其和桑玉看看，他把酒喝得干干净净。念其笑了道："先生，酒再好，你也要少喝啊……喝的是个意思。"冉先生道："今天甚是馋酒，恐怕少不了啊！"说完，他把酒盅放在桌上，示意倒酒。念其正为先生的话迟疑，坐在炕沿上的桑玉接过酒壶道："先生，桑玉来给你倒酒。"冉先生笑了道："好好好，你倒你倒。"桑玉看念其一下，便把酒盅倒上一半，就停下来。冉先生假装生气道："满杯酒，半杯茶。倒满倒满。"桑玉又看一眼念其，念其笑了笑，示意她继续倒满。就这样，不一会儿工夫，冉先生就一连喝下三盅酒，却连一口菜都没吃。念其见状，急忙夹起一块牛肉，递到他嘴边，语重心长地说："先生，你得吃点菜，压压酒，干喝会伤身的。"冉先生一看，急忙张开嘴，一口吞下那块肉，一边嚼着，一边又乐出了泪花。"你们也吃，别尽让我吃。"他一边嚼着一边道。桑玉急忙道："我们不吃，我们看着你吃。"冉先生一听，长叹一口气，便看着那酒菜发起呆来。念其知道他又要借着酒兴谈古论今，便静静地坐下来，想听他说个痛快。

　　"念其呀！"冉先生面带微笑，深切地叫了一声，"说说看，今天为何给为师买酒买肉？"念其一听，把头低下来，脸也慢慢地泛起红晕。桑玉见状急忙道："先生，这雨天，不正好喝酒吃肉吗？"冉先生呵呵地乐了，又干了一盅酒，眯起眼睛看着念其，又把她的手抓过来，拍了拍道："孩子，你是有心事的人，为师能看得出来。只可惜为师什么都不懂啊！恐怕……恐怕也帮不了你什么。可你那满腹之言，又向谁倾诉？唉……"念其一听，脸上的红晕陡然退去，一股暖流却在心中涌起。她反过来抓住冉先生的手道："先生，您别多想，念其实无他意，不过想孝敬您老人家一回。念其唯望您喝得痛快，吃得香甜，把今天的不愉快忘掉。"冉先生的眼角湿润了，"孩子，我能忘掉，你能吗？子沫能吗？"念其无语，她很想拭去先生眼角的泪。"念其呀，为师喝得最痛快的一回酒，就是一千三百多举子齐聚一堂，以酒壮志，联名上书。那场面，群情激愤、义薄云天啊！'下诏鼓天下之气；迁都定天下之本；练兵强天下之势；变法成天下之治'。真乃宏韬伟略、大吕之音啊！足能强国雪耻，保华夏万代康宁啊！可惜，可惜，那个西……唉。"冉先生抽出手来，一拍大腿，摇头叹息。这一拍，很是响亮，吓了桑玉一跳，她有些没好气地说：

"先生又喝多了！你还是多吃点驴肉，少喝点酒吧。"念其陷入沉思，似乎没听到桑玉的无礼之言。冉先生也像没听见一样，继续道："大清的命运，都将被康先生言中。可惜老天不睁眼，英雄无用武之地呀……吾辈若不亡，且听亡国之音吧！"说罢，他又自斟自饮一盏，速度之快，令人眼晕。然后兴致勃发："你看康先生所言，'六经为有用之书，孔子为经世之学，鲜于负荷宣扬，于是外夷邪教，得起而煽惑吾民'。吾虽不完全赞同此论，但也并不否认先生之言切中要害。如今圣道靡弛，义礼荒废，人人苟且，事事衰颓，此国此民，焉有不亡之理？为君者宸纲不振，六神无主；为臣者食国禄而逃其难，贪赃枉法以保其后。此君此臣，焉能长治久安乎？"

这时，桑玉害怕冉先生还拍大腿，突然高声问："先生为何不完全赞同康先生的说法？"这回吓一跳的是冉先生，他诧异地看着桑玉，笑着道："这个问得好，且听我说。"桑玉诡谲地笑了，"你说你说。"冉先生突然正色道："我不承认基督、天主、东正为邪教，那是西人的立国之本，安身立命之基，和我们的圣教如出一辙。他们也讲求善良与公义，故此非邪非恶。但他们来路不善，更忽略其教自有其民的道理。说圣教不兴，乘虚而入，倒未为不可。"桑玉如坠云雾，但她还是满脸欢欣的样子，以示她什么都懂。念其默默无语，但她的心中早有一番盘算，怪不得先生让罗子沫去教那洋学生。随后她道："先生，如此说来，我们不该去教授洋学生。"冉先生轻呷一口酒道："话又说回来，我带子沫去，他却挨了打，无论如何都没有让他留下之理。然能不能教，还取决于子沫本人……但我想，他不会去了，可惜了，那是个不错的差使。"念其知道冉先生不想正面回答，所以笑而不问。

"先生说话真让人糊涂，分明又是喝多了，快吃些肉压压酒吧！"桑玉再也不想装腔作势了，因为她早就因为不懂而烦闷了，心里竟埋怨小姐不该给这个糟老头子买酒买肉。而念其却苦苦地笑了，拿过酒壶，给冉先生斟满。"念其呀，"冉先生又语重心长地说，"为师知道你是有心事的人，我只告诉你一句话，子沫他必须参加明年的乡试，他必须中举……"没等他说完，桑玉没好气地说："先生，你就是喝多了！罗子沫他中不中举与我家小姐有什么关系？""怎么没关系？"冉先生立眼道，他还想说下去，见念其的脸红透了，便苦笑摇头，夹一口驴肉入嘴，有滋有味地嚼起来。"先生，你刚才说大清要完蛋了，这回又要罗子沫必须中举。完蛋了还中什么举？"桑玉突然提高嗓门道。"可……可你家小姐的心事不能完蛋噢。"

冉先生有意压低声音道，因为嘴里正嚼着驴肉，这被压低的声音更显得含混不清。

桑玉理直气壮地说："先生你真愚，国家都完蛋了，啥心事也没意思了！"冉先生一听，愣了半天，然后哈哈大笑道："桑玉说得对……我愚我愚！"

念其则站起身来，然后下了地，她不想干什么，只想借此将流出的泪水拭去。当她拭干泪水的一瞬间，透过虚掩的门，看见罗子沫在门外瑟瑟而立。一时间她竟以为罗子沫是从教堂而来，她的心里立刻注满了阴云，刚想叫出声来，却发现罗子沫转身离开了。她不甘心罗子沫就这么走了，跨出几步推开门，顿时怔住了，那刚刚离开的人根本就不是罗子沫，而是通判郎纪平。这一连串的举动终于惊动了正在为冉先生倒酒的桑玉，她端着酒壶扭过身来问："小姐，你看见什么了？谁在外面偷听？"念其顿时打个激灵，也回过神来，急忙关门道："我什么也没看见，谁也没在外面偷听，是风在外面刮。"话虽这么说，但她已经神情恍惚了，她很想喝一口酒。

也许是雨又哗哗地下起来，这雨声让人的心更加寂寞，这雨声将天上地下连接起来，带着苍天的眷顾，冲刷着大地的不洁与污秽，也安慰着人们破碎的心。念其真的喝起酒来，她把冉先生的酒盅端起来，慢慢地放到唇边，轻轻地闭上眼睛。当两滴泪水再也忍不住流下来时，她一扬脖，喝干了这半盅酒。她的脸顿时红了，人也笑了，当她睁开眼睛，透过晶莹的泪光，看到的是桑玉和先生目瞪口呆的面容。然后她又笑了，把酒盅放下道："师父，喝了您的半盅酒，您就是我的父亲了。因为只有女儿，才能喝父亲剩下的酒。"

"小姐。"桑玉叫了一声，然后就哭起来，"小姐，你……你不可以这样，老爷对你疼爱有加……你还哪里不知足啊！难道你不知道，天下的女孩子都羡慕你吗？"念其一听，又笑了，一眨眼间，两滴泪水又掉下来，然后她又抓起酒壶道："桑玉，你听这雨声，多紧密，多慈爱，多宽容，今天这雨声只属于我们师徒三个。所以，我要敬这雨声一盅酒。"话音刚落，酒也刚好，她端起来又一饮而尽。"小姐——"桑玉大叫一声，想去夺那酒盅，却被冉先生拦住了道："孩子，就让你家小姐喝一点吧，难道你没看出来吗？酒，此时该喝；酒，此人该饮。喝吧，让她喝吧。"念其又笑了，而且笑出了声音。很快又倒满酒盅，端起来道："先生，听这雨下得多好。这雨让大清洁净了，这雨让大清稍事安宁了。我也想让这雨做大清的守护，希望大清能在这雨声里重生。"说完她又一扬脖干了这盅酒。桑玉还是扑过去拦住念其，哭道："小姐你不能再喝了，我不让你再喝了，你可是从来没喝过酒的啊！"

冉先生呜咽了，很艰难地说："不让你拦她，你偏要拦。她不该为大清一哭吗？"桑玉反驳道："我不听你的！你是个老不得志的，我家小姐还要好好地活着……不能像你！"念其推开她道："桑玉呀，你就知道我是小姐，你却不知我是天下最苦命之人。你个傻丫头，如果人人都像你这么傻，天下可就太平了！"桑玉一听，身子立刻僵在那里，真的像傻子一般。因为这是小姐第一次这么骂她，尽管是在酒中，可她更明白酒后吐真言的道理。紧接着念其又倒满一盅酒，并举过头顶跪下来："列祖列宗啊，二万万两的赔款，要我们四万万同胞三年不吃不喝才能还得起；还要割让奉天、延边及台湾一省……这就是有着几千年文明的中国吗？那我就为这文明干一杯酒吧。"

这时，冉先生也已经泣不成声了，"一千三百多举子，死的死，逃的逃。一腔热血，满怀赤诚，权作飞沙扬尘了！"

雨声更大了，并且夹杂着风声。雨丝便因风而邪，"唰唰"地打在纸窗上，那声音似乎要掩盖冉先生的哭声。门突然被雨中的风吹开，雨随着风"哗哗"地涌进屋子。桑玉被惊醒，她感到莫名的恐怖，正因为恐怖，所以她必须关好门，因为那是对小姐的保护。于是她像疯了一样向两扇门扑去，紧紧地把它们关上。雨声和风声一下子就被隔绝开了，也遥远了。

罗子沫并没有挨到太多的雨淋，他沿西川溯流而上，在一个崖壁下躲避起来，团缩在雨的世界中，同时也团缩在深度的罪责中。这种有家不能回的滋味让他的心里万分绞痛。因这雨急而猛，西川水流很快暴涨，水面很快黑黄不堪，上面漂浮着枯枝败叶，顺河水咆哮而下。

这时恰也天晴，乌云很快散去，太阳也像沐浴过一样，新鲜亮堂。正当他琢磨着下一步将走向何方的时候，见一个人干干净净地沿着山路走下来。等走近一看，是五岛次郎，肩上挎着竹编的方形药篓，手里拎着一把很精致的药锄，这些是他上山采药的工具，因使用太久，被磨得光光亮亮，看起来更像艺术品。当他看到罗子沫时，只是一愣，然后亲切地笑了，道："子沫，你不是去教书吗？怎么又来到这里？"罗子沫一时不知如何作答，笨拙地想了想，道："不再去了，那个差事不适合我。"五岛次郎道："你的脸色不好，为什么不回家？看样子你在这里待很久了。"

罗子沫支吾道：“我想看看河水涨潮……很好看。”五岛次郎盯着他看了一会儿，道：“我想你该回到我那里去，那个位子还给你留着。”罗子沫心中顿时暗喜，尽管他侵吞了念其的一片心意，但他那里仍不失为自己最好的归宿。于是他道：“先生不再嫌弃我？”五岛次郎很一本正经地说：“哪里的话！我说过，我欣赏你的人品。”说完他又略带讥讽地笑了。这两种表情之间的过渡，让罗子沫感到一点点的恐惧。但他还是强装笑脸道：“多谢先生，您的恩德我不会忘记。”五岛次郎一摆手道：“走吧，我们下山，我还没有吃中午饭呢！”罗子沫心想：“我也没吃呢，正饿得难受呢。”可他说不出口。他只有乖乖地跟随在五岛次郎的身后，迈着沉重的步子往山下走。

走着走着，他突然吓了一跳，雨后的五岛次郎，怎么身上连一个雨点都没有呢？他一时竟有一种活人见鬼的感觉。尤其他那一套采药的家什，干净得离谱，根本不像农具，倒像鬼魂手里的法器。

- 7 -

雨后的知府衙门里悄无声息，六房胥吏们把下午茶喝得很长。茶香里有一种别致的静，偶尔开关门的“吱呀”声能响彻整个府衙。后堂更是静得出奇，使荣大人声音不大的训话显得清晰响亮。桑玉跪在他的面前，不敢抬头，泪水一滴一滴掉在地上。“堂堂知府小姐，竟在外面饮酒作乐，成何体统！就是小户人家的丫头，也不会如此放肆。你的责任就是照顾好小姐、看护好小姐，不然要你做甚？你既然说服不了她，就该及早回来禀明于我。非如此，就是助她胡来。每每见你可怜，舍不得打你，你愈发不知自重了，今天不撵你出去，怎好惩戒他人？”桑玉听到这里，捣蒜似的磕头求饶：“请老爷开恩……饶过桑玉这次吧……以后桑玉再也不敢了，以后小姐再喝一回酒，我就提头来见老爷，桑玉不能离开小姐，离开小姐，桑玉只有一死。”荣大人一听，沉默良久，然后道：“去！把高解叫来，我有事问他。”桑玉一听，这等于开恩放过自己了，又连磕三个响头，道：“是老爷，桑玉这就去。”说完，她站起身来，慌忙不迭地跑出去。

不一会儿工夫，高解又跪在了荣大人的面前听候吩咐。荣大人仍旧沉默良久，方道：“告诉少爷，让他去劝劝小姐，以后要自知自重，不可失礼妄为，丢人现眼。”

跪在那里的高解不敢抬头，眼珠子却转得飞快，心想这是从何说起呢？小姐怎么了？少爷如何去劝？老爷这没头没尾的话着实令人费解，也可笑。但他哪敢问明就里，爽快地答应着，便退了出去。当他跨出门去的时候，便站直了腰身，长出一口气。就在这时，听到老爷的自言自语之声："冉广炉啊冉广炉，你分明是倚老卖老、不识抬举！"一听这话，他的心一下子平静下来，看来这件事与冉先生有关。与他有关的一定没什么大事；就是大，也大不到哪里去。想到这里，他的心便释然了。

荣公子的居室在后堂的西北角，与念其的闺房呈掎角之势，它们之间的距离就是整个知府衙门的宽度，中间隔着后花园。花园里的亭台轩榭、小桥流水、花草树木，无疑形成一方世界，这就使他们兄妹之间有相隔甚远之感。荣公子的屋后有一便门，专供土木花匠们走动，同时也成了知府公子与外界私交的秘密通道，从此门出去，便可一脚踏入外面的花花世界。可以聚众豪赌，可以眠花宿柳，可以探丸借客，可以使气弄酒。这日荣公子恰巧不在，高解便自作主张，拿了一件暹罗女式松石手链送到念其那里，但进门就被桑玉拦住了，道："小姐正在午睡，不可打扰。""午睡？"高解诧异地问，言外之意，日铺之时，怎么还午睡？桑玉明白其意，道："不管什么时候，反正是睡觉呢！"高解便说自己是受老爷吩咐，替公子来劝小姐的，让小姐以后多保重身体，不可随意而为。桑玉一下子明白了，便客气了许多，又要倒茶，又要让座。高解把那手链递给桑玉道："公子有事不能来了，这是他送给小姐的礼物。"桑玉接过来道："我替小姐谢谢公子……你回吧。"高解见桑玉始终心存傲慢，冷笑了一声，抬脚就走。

桑玉把那松石手链托在手里，玩味着，那幽暗、质朴的绿，竟清爽心肺。当她想戴在手腕上试试感觉时，听到念其含混的声音："桑玉，门外那个人不是罗子沫，是郎通判。我把郎通判当成了罗子沫。哎哟，这雨下得好大呀！"桑玉感到莫名其妙，断定这是酒后的梦话。再一想，一切都明白了，原来小姐在冉先生那里确实看到了人。也就是说，冉先生喝酒时的高谈阔论，都被门外的那个人偷听去了，而那个人不是罗子沫，是郎通判。桑玉气得咬牙切齿，骂道："又是这个该死的郎通判，老爷知道小姐在外面喝酒，一定是这个贼通判告的密！"骂完后她气呼呼地走进小姐的卧室，想把这个判断告诉给小姐，不料看一眼小姐之后，一点心情都没有了，取而代之的是伤心落泪。见小姐披散着头发，眼角泪痕斑斑，嘴角委屈地沉着，鼻翼轻轻地翕动着，像在忍受哭泣；再加上那昏黄的脸色，一身被滚皱的衣衫，这哪像一个大家闺秀，她的心里究竟藏着多少苦涩呢？桑玉强忍住哭声，将那手链轻轻放在她的枕边，然后捂着嘴悄悄地退了出去。

也是在这日铺之时，罗子漫与安琪拉从一个不远不近的村子往回走。她们是去传福音的，因天降大雨，在一教徒家里暂避。在雨声里，她们与众教徒过了一段很完美的基督生活。她们纷纷跪在炕上，想用激烈虔诚的祷告声压倒外面的雨声。雨停了以后，天地间焕然一新，她们的心也豁然开朗，有如神的荣光在大地上闪现。虹在云层中出现，这是神与大地立约的记号，标志着洪水不再侵犯人类。罗子漫与安琪拉的身心都被圣灵充满，她们的步伐均匀有力，且行云流水一般，很快就回到了红山教堂。

但她们的美好心境一下子就被阿曼达的满脸愁容毁掉了，当阿曼达在叙述中说出罗子沫的情形时，罗子漫目瞪口呆。因为是冉先生领来的人，她断定那肯定就是自己的哥哥。又因为哥哥与冉先生是走出这个教堂的，她断定哥哥没有大碍。事情既然如此不愉快，所以她没有指认那个被打的中国年轻人就是自己的哥哥，但她心中的恼火是显而易见的，怎么可以出手去打一个要来这里做教师的人呢？而且还是在神的圣殿里。

吃过晚餐，她的心像长了草，站在大殿门前的一个台阶上，一会儿望望城里方向，一会儿望望家的方向。她很想回家看看，又担心哥哥在冉先生那里安身；有心去城里寻找，又担心哥哥已经回家。最好的办法是先进城，如果不在城里，那一定是回家了，那时再回家看哥哥也不算迟。打定主意后，她去向阿曼达辞行，说是回家看看新婚的嫂子弓然明。阿曼达一听，不住地点头赞许，并希望这个可怜的女人也会来到神的身边，神恩浩荡，会化解她的不幸。罗子漫敷衍道，自己一定会尽力的，然后就走出教堂，那行色匆匆的身影又出现在夕阳的最后一抹余晖里。

进得城门，扑面而来的是烟火人间，炊烟如紫气，缠连纠结，飘浮在一片土灰色的房顶之上。各个店主都在闷头打烊，行人神色惨淡，脚夫汗渍未干，他们似乎在盘算着一天的生计，但究竟还是枉然。罗子漫大概知道秀塔书院的方向，也不急，一边走一边踅摸，终究来到它的门前。院子里悄无声息，根本不像她想象中那样人来人往。但她明显感到这里的气息与教堂不同，暮气很重，却也端庄古朴，不像教堂那般活力四射。她正揣摩着冉先生应该在哪里，见有两扇门虚掩着，便向那里走去。

她不知道门内之人正在发生着激烈的争执。冉先生坐在炕上，在几分醉意中垂着头，带着深深的负罪感。荣大人一身素衣便服，端坐在椅子上，带着圣人般的尊严。显然荣大人已经把想说的、不想说的都说了，但终究没有尽兴，没有酣畅淋漓。此时的冉先生在他眼里是猥琐的，甚至是下贱的，这就愈发增添他表达的冲动。就像有人看见一条肮脏不堪的垂死的狗，总想踏上一脚，以加速他的死亡。于是他清了清嗓子继续道："冉兄，你无家，自然难享有家之福，难知持家之艰辛；你无儿，自然难得生儿之乐，难尝养儿之苦。我不想再因为你失去我现有的一切。你尽管忧你的国，但我的一切不在你的国中。你可以借酒消愁，但你不可把消不尽的愁强加给我的女儿。你的这种熏染，对她来说，如同噩梦一般。你想让我再从你的手里拯救我的女儿吗？我想大清国不会亡在你的前头，你大可不必怀有"公羊"之义，空悬一颗救国救民之心。你岂不是自身难保吗？还有什么心思清高？"

荣大人话到中途，冉先生就已经泣不成声了。等荣大人把话说完，他抹一把老泪道："荣大人，表面看你说的都对！但我不承认我会带坏你的女儿……我更没有不自知到需要人撵的地步……好，我走！"说完他迅速下地就往外走，两扇门被他开得很响很大。当他跨出门去十几步，仰天长啸一声："天哪——你愧对我冉广炉啊！"然后他踉踉跄跄地向书院外奔去，好像随时都会摔倒。

此时罗子漫正迎面走来，但冉先生只有满腔的悲愤，根本没有看到一个大活人就在眼前。这过度的悲伤刺痛了罗子漫的心，她不知道究竟发生了什么，但深知此人一去必然凶险难测。于是她上前拽住冉先生的胳膊道："先生，我知道你是冉先生，求你不要走，天很快就要黑了，你这一去会有危险的，冤死之鬼会上你的身的！"冉先生只是一味地挣脱，根本没有在意来者是谁、为什么要拦他。"松开！不要拦我，我要离开这是非之地……我宁愿暴死街头，抛尸荒野，也不在这里多待一刻！"他边说边挣脱，力气大得出奇，几次险些把罗子漫摔倒在地。怎奈罗子漫就是死死抓住不放，并不住地苦苦哀求。冉先生上气不接下气地拼力挣脱，但终究没有走出多远。

荣大人话一出口，已有三分悔意，因为他一向自豪地以为，与冉先生之间纯属君子之交，并不屑于别人对他的称赞，称赞他对冉先生的恩情。他以为这是世俗之见，根本不懂他们彼此之间的心领神会。但今天他说出的每一句话都带有"恶口"意味，让他感到自惭形秽。他不能忍受的是心爱的女儿能坐在冉先生身边喝酒，他感到他的某种东西被窃取了，那个东西带有极端自私的属性。那是父女之间彼此相连的私情，父爱在那里可以无限膨胀和被尊崇，是不能被剥夺和贬抑的。但他也忍受不了多年的挚友在自己面前哭泣，尤其这种决绝而去，让他感到自己的残忍与虚伪。

所以，当冉先生冲门而出时，他的心像被刀子扎了两下，不由自主地弹起身子追至门外。但话不能说出一句，手不能伸出一下，只能眼睁睁地看着他离去。因为他深知，任何一种阻拦都是对他们的侮辱与亵渎。恰在这个时候，有如天上掉下来一个小女子，执着、顽强、勇敢地实施着自己想要实施的一切。他的心油然而生敬意，而且这敬意中又夹杂着更复杂的情愫。她那么朴实，素面朝天，衣着随意，却丝毫不能掩盖骨子里透出的那份高贵与洒脱。她的言语清晰而有磁力，举止大方而又得体，尽管是极力制止一个人的行为，但仍不失女子的柔美与婉约。她拼命地讲着道理，但眼神中没有嗔怒，尽显着一心为他人的慈爱。

他站在门口注视着她，想找出半点俗颜媚骨都不可能。他被打动了，而且瞬间想得很远很多。想自己糠妻已逝，因为在山西遭劫，两个姨太太也相弃而去。但从面前这位女子身上，他再次感到人间的温暖，那种因女人才有的温暖。

冉先生的力气渐渐有些不支，这时罗子漫才向门口那位作壁上观的男人道："我知道先生的出走与你有关，是你伤害了他。你怎么能伤害这样一位先生呢？你既有悔意，就应该上前帮一把，别让自己的错误酿成恶果。但见你只是冷冷地站在那里，真不知你为何要这样无情！"

渐渐放弃挣扎的冉先生也逐渐冷静下来，听见这指责声，他急忙上气不接下气地说："不可，姑娘，他是知府大人。"罗子漫一听，打一个激灵，随即又镇定下来，面带微笑地说："原来是荣大人啊，小女子多有得罪了，但不知先生这一去要有个三长两短，您这父母官该作何感想。"

冉先生一听，嘴唇哆嗦两下，道："不可如此说话，姑娘。告诉我，你是谁？为何到这里来？"

罗子漫转过脸来道："我哥是罗子沫，听说他在教堂挨打了，我来看看他。"

"噢。"冉先生恍然大悟，"你是子沫的妹妹，我听说过他有个妹妹。好了，我告诉你，他回家了，你快离开这里吧，回家去看他。我向你保证，我不再走了，继续在这里做先生。"

罗子漫见他态度诚恳而坚决，会心地笑了，道："那我就放心了先生！好吧，我这就走，您快回屋里休息吧，去吧……听话。"说完她松开双手，又整理一下冉先生被扯乱的衣服，然后向大门外走去。

"且慢！"荣大人一伸手，脱口而出。

罗子漫和冉先生都愣住了。

"你们都留下来，到府上一叙，我要为我的失误……"他停了停，想了想，然后继续道，"做一个交代。"

罗子漫回过身来，莞尔一笑，"不了，荣大人，小女子出身草野，登不了您的大雅之堂。您还是与先生单独叙叙吧，我想先生会理解您的失误的。"说完，她便急匆匆地向外走去。因为天不早了，无论是回家看哥哥，还是回教堂，天都同样不早了。

荣大人一直张望她的背影，直到消失，还没有回过神来，目光中充满着渴求和惋惜。他浑然不觉冉先生已经站在他身边好久了，因为他堵住门口而不能进屋。"大人，您是进去，还是出来？"荣大人吓了一跳，随即尴尬异常，急忙闪开身子。冉先生刚想进屋，荣大人急忙问道："冉兄，这女子是你什么人？为何跑到这里拦你？"冉先生看了看他，早已心知肚明，故作严肃地说："我不知道她是谁，亦不知她为何拦我……没准是上天派下来帮你的吧。"荣大人知道这位老兄是以谎言相揶揄，更加尴尬，讪笑一下道："她确实是帮了我，所以我才要请她到府上致谢。"说完他倒背双手，官气十足地向外走去。

"放心吧荣大人，有这一回，我再也不会离开这里了！"冉先生大声道。

"冉兄请便！"荣大人的语气很随意。

话虽这么说，回到屋里的冉先生又一阵悲从心来。

因为这场遭遇，坚定了罗子漫必须回家看看的决心，她加快脚步，在城门未关之前踏上归途。令她没有想到的是，在凌河的对岸，正见阿曼达与一个人撕扯，好像是一个高个子洋人在阻拦她的去路。因他们旁边还停着一辆洋车，罗子漫断定这个人就是桑德斯。他们之间发生了什么？阿曼达要去往哪里？桑德斯为什么要阻拦她？种种疑问涌上心头，但无一可以得到解答。她边放慢脚步边仔细观看，阿曼达终究难以摆脱桑德斯的纠缠，无奈地上了那辆车。罗子漫有些惆怅，因为她在内心里希望阿曼达能够取胜，但她失败了。

夜色就像追着她一样快速降临，空气也好像瞬间凉下来，行人也好像突然消失了一样。庄稼地里泛起嘈杂的虫鸣；夜间的鸟，或落在树上，或从树上惊飞，那扑啦啦的声音都带着归巢的安谧与离巢的悸动；就近的村庄能听到孩子的啼哭和大人的吆喝，短促而凄厉，似乎都带着夜不安眠的悲伤或食不甘味的哀怨。她一边走着，一边体会着大自然的微妙。几年的教堂生涯，让她倍感这皇天后土是承载不了上帝的责罚的。她也觉得自己就像这夜间的孤鸟，孤独地等待着死亡的降临。那晦冥幽暗的天空，有她对天堂的寄托；这大地的深处，有她恐怖的大坑火刑；还有这脱离不了的人间苦难，有她难以名状的哀愁。所以她总在某种时刻感到不知所措，所以她告诫自己必须把信仰坚持到底，除此以外已经别无选择。

当她站在家门口时，她长出一口气，却突然感觉到汗水已经打湿了全身，也意识到自己从踏出教堂到现在，都是在莫名的恐慌中度过的。当她推开门时，一下子就精疲力竭了，她没有任何底气地叫了一声："妈……"没有回音，院子里静得出奇。

不知何时，母亲的身影像幽灵一般突然出现在她的面前，她很想扑在母亲的怀里歇一会儿，甚至撒撒娇，但只是一念而过，因为这无异于妄想，她感到所有的中国女孩子已经没有这种资格了，没人告诉她为什么会这样，但她坚信就是这样。是所有的空气把这种感觉压给了她，是大清国的命运把这种感觉强加给她。于是她很坚强地问："妈，我哥呢？"丽娘道："你哥他去教堂教洋学生去了，难道你不知？"罗子漫大惊，潮热的身体顿时冒出一层冷汗，"妈，我哥他又不教了……我到再先生那里去了，先生说他回家了。"罗子漫惊叫道。"什么？回家了？这哪有的事，我连一个人影都没见到他的。"丽娘的身子突然僵硬起来。"糟了！我哥他失踪了，我们快去找！"罗子漫不知从哪里来的力气，话还没说完，人已经跑出去了。"子漫，子漫，你等等我！"丽娘在后面边喊边招手。

因急躁而力猛，开门时震动就大，那本夹在门楣角花里的《尚书》"吧嗒"一声掉在地上。已经跑出去的罗子漫突然停住，想一想，然后回身寻找，借着院子里微弱的灯光，她摸起那本书。"《尚书》？"她惊叫一声。这时丽娘也已赶到，看到女儿手里的书，一把抓过来，"这是你哥的书，他……他回来过。"丽娘边说边四下里望着，"子漫，快找找，他在哪儿。"

"妈，我知道他在哪儿了。"罗子漫说完，转身就跑开了。因为丽娘不知道儿子挨了打，所以她并不过分惊慌，不过是儿子不教书了又回来了而已，大不了把书夹在门楣上又跑哪里玩去了而已。所以她任由女儿跑开，并未随她而去。

站在浴海池林的柜台前，罗子漫恢复了基督徒的本色，带着自信、舒展、矜持的笑容道："哥，你回来了怎么不告诉妈一声？妈还以为你丢了呢！"罗子沫头也不抬地翻翻眼皮，就像一条趴在地上警觉而又慵懒的狗，然后又像狗一样闭上了。无非是妹妹听说自己挨了打回来看看而已，所以在这睁眼闭眼间已经告诉妹妹，不要大惊小怪的，这算不得什么。"我去看过先生了，他好险没被荣大人撵走……是我拦住了他。"罗子漫不紧不慢地说。这回罗子沫则忽地抬起头来，厉声道："荣大人凭什么撵先生走！他要把赤城人的命根子挖掉吗？"说着他又紧眨几下眼睛，"是你把他拦住的？先生能是你拦得住的吗？"罗子漫笑了道："我不但拦住了先生，荣大人还要请我到府上叙叙呢。"罗子沫看看她那得意的样子，又趴在柜台上，表示他对这句话不感兴趣。半天，他像在自语："大清国撵先生走，知府大人撵先生走，只有我们这些臭百姓希望他留下来……看来真的没希望了。"罗子漫没有接他的话茬儿，改变话题道："阿曼达说起了你，她说你又可怜、又可恨。"罗子沫仍趴着，道："可怜怎讲？可恨咋说？"罗子漫道："这个她没有说，有机会你可以问她。"罗子沫道："没有这样的机会了，这些洋人啊……看我们可怜者，让我们忘记祖宗信他们的神；看我们可恨者，用大炮轰我们，割我们的土地，抢我们的钱财。一个用善，一个用恶，我们真要善恶不分了！"罗子漫还想说什么，罗子沫打断她道："回去吧，告诉妈我没事。"罗子漫一听，迟疑一下，然后悄悄地走了。

回到家里，她向母亲说明了情况，丽娘无语，但在内心盘算着儿子为何临门不入。盘算来去，恍然大悟，那一定是子辉媳妇在院子里大哭之时。她便暗暗叫苦，自己的一个主意，可能给儿子带来说不清道不明的障碍，弓然明遭罪越多，他内心的愧意就越大。想到这里，她只有叹气连连。

罗子漫突然变得兴味索然了，有如看过一场戏，戏里戏外无非那点事，所以她匆匆做过祈祷之后，便睡下了。开始耳畔还能听到母亲与父亲的对话，母亲总会对父亲那含混不清的语言突然喊一嗓子，惹得父亲更加含混不清地应对。但慢慢地就听不见了，梦境就像另外一个世界，向她敞开了大门。在那个梦的世界，总是飘忽而茫然，东拉西扯着各种情节，梦中人的面孔充满着喜怒哀乐，也包含着假意真情。但今天的梦境中总有一个人闪现，那就是知府荣大人。梦境中的大人却不像个大人，充其量是个令人尊重的长者。那平静的面孔，那干净浓密的胡须，总让她与耶稣的形象联系在一起。面对这张面孔，她总想发自内心地笑一笑；面对这张面孔，她总能感受到一种依靠。

可就是这张面孔，突然发出女人般的哭声，她被吓醒了。原来哭声是从现实中来，睁开眼睛，一片漆黑，根据自己的睡意判断，此时已过三更天。这哭声沉闷、凄凉、绝望，是强忍后的爆发，又是爆发中的抑制。她感觉到自己的身体都被揉碎了，心都在滴血。她无法抑制自己，跪起来向神祷告："神哪我的神，求你救救她，求你救救她……"她说不出更华丽的话语，翻来覆去只有这一句话。当那个哭声停止时，她无力地趴下来，疲倦使她昏昏睡去。

但她很快又醒来，是母亲用虽低缓却预示着灾难降临的语调叫醒她："子漫，快醒醒，你嫂子不见了。"

她没有忽地坐起，也没有惊慌的神情，只是那颗心在咚咚地快速跳动，同时伴随难以忍受的绞痛。"快起来，去找你嫂子……我怕她已经寻了短见。"母亲仍然是平缓的语气，说完便率先走了出去。"妈，我去叫我哥。"罗子漫这才坐起来说，并颤抖着双手穿衣服。

"不用了……"这是好久以后，母亲的回答。

母亲是个凡事不愿声张的人，尤其是这样的家中丑事。从她的言行看，今天她尤其想采用这种风格。可哪里办得到，罗子辉大哭大叫的声音很快就在院子里响起："爸呀！婶呀！我媳妇没有了，睡睡觉就没了，是让鬼给抱走了吧！"他边哭边拉着父亲的手不放。罗再恒愠怒地甩开他的手道："没了就没了，没了咱再娶！还鬼抱走了，鬼稀罕抱她？"罗子辉像孩子似的坐在地上，蹬着腿撒泼道："不嘛不嘛，我就要这个嘛，快去找！还不快去找！你太不仁不义了罗再恒。"罗再恒扬起手想扇他耳光，丽娘叫了一声"二哥"，他便停下手来。"赶快去找吧，也许祖宗保佑，让这孩子没事。"丽娘接着道。罗再恒苦涩地摇摇头，道："恐怕晚了，找到了，没准也是一具尸体。"罗子辉一听，一个高蹦起来，一边在院子里转圈跑，一边大哭大叫："乡亲们啊——我媳妇跑了——快帮我找找吧，乡亲们啊！谁找到我给谁家干活，不带管饭的！"这牛一般的叫声早惊动了四邻。好心人纷纷走出院子，有的搭话，有的自言自语，有的则用巨大的咳嗽声相告，意思是可以帮忙的。就连拴在驴槽上的驴，拴在马槽上的马，都踢蹬着腿，咳咳、呜哇地叫着。几个下人也都跃跃欲试，催促着丽娘拿主意。丽娘苦笑道："找啊！哪有不找的道理。就是一头猪丢了也要找的，何况是我家的儿媳妇呢。"

因为昨天下了雨，地面泥泞未干，眼尖的村民已经寻到了弓然明的踪迹。她是踩着驴槽跳墙而出的，墙外的土地上有两个深深的脚窝。然后向右拐，沿西川旁的小路，向山上去了。很显然，她的寻死方式只有两种，一个是跳悬崖，一个是找棵树吊死。但一般的年轻女子不会上吊而死，因为死相难看，有损尊容，且到阴间会遭到众鬼的歧视，鬼也不喜欢整天耷拉着舌头的鬼。故此死路只有一条，纵身一跃，进入黄泉。想到这一步，人们几乎向同一个方向奔去，就是远近闻名的叫作"半截空"的悬崖。有史以来这个"半截空"不知接纳了多少冤魂了，有俊男美女，也有老迈昏庸，而且几乎每隔三年都会有一个人向它而去。有的村民独自算计，上一个死鬼是高瞎子。说他瞎，其实不瞎，光棍一个人，见到女人就眯缝着眼睛看，远瞅像瞎子，近看则闪着一道贼光，故而得名。因他偷看侄媳妇生孩子，遭侄子一顿毒打，羞辱太过，难以承受，也是在黑夜跳了"半截空"，到如今刚好三年。算计到这个份儿上，人们几乎不抱希望了，只不过是收尸罢了。

走尽西川水，再拐过一道山弯，"半截空"赫然在目，此时天已微明。果不其然，"半截空"的上面点缀着一点红，高处不胜寒，那一点红似乎在发抖，也像一团火焰刚刚燃起。丽娘和罗子漫心里有底了，知道那是穿着嫁衣的弓然明。人们一下子静止下来，望着那一点红发呆，这不是值得欣慰的时刻，崖上之人是死是活还在两可之间。有的自杀者就是要在众目睽睽之下完成那最后一跃，想给人以最强烈的心理刺激。丽娘开始浑身抽搐，她扶着身边的一块巨石，想对崖上之人喊两句什么，可她一点力气都没有。她往后看了看，好在侄儿罗子辉还在家中哭号，如果他要跟来，无疑会加速崖上之人的死亡。罗子漫正默默地向神祈祷，见母亲的惨状，急忙把她扶住，道："妈，嫂子她真可怜……要不我们放过她吧。"丽娘顿时目露凶光，"你说啥呢？谁把她怎么了？是她自己要死！"罗子漫吓得一激灵，不是被这话，而是被母亲的目光。"快！喊你嫂子下来，说有话回家再说。"丽娘捂着前胸道。罗子漫不敢不从，站了站稳，想高声大喊，不料喊出的声音那么脆弱，连自己都觉得难堪。"再喊！没用的东西！"丽娘很恶毒地骂道。罗子漫的心"咯噔"一下，她还从来没听到母亲这么骂过自己。于是她鼓足勇气，终于喊出理想的声音："嫂子——快下来——有话回家再说——"

这响脆的声音在山间回荡着，使人们的脸上露出几分企盼。不知是谁在一块空地上烧起了纸，人们都知道，这是烧给高瞎子的，乞求他的阴魂放过这个可怜的女子。突然间，人们的企盼变成了极度的恐慌，因为眼看着那一点红在移动，不是向后，而是向前。这时有人提议不要再喊了，不如派一个人绕到崖后，再登到崖顶，从后面将她抱住。丽娘没有言语，已在心中否定了这个提议。因为一个大活人登上崖顶，不可能一点动静没有，那对真心想死的人来说，无疑是推她一把。罗再恒绝望地蹲在地上，竟呜呜地哭起来，丽娘狠狠地瞪他一眼，觉得一个男人的窝囊实在可恨。但在这时她想起自己的儿子来，凭女人的直觉与敏感，她认为也许只有自己的儿子能救崖上之人的命。她想起了崖上之人新婚时的形态，再联想到在临死之前她穿的这身嫁衣，她突然后悔不已，为什么不叫子漫去找她的哥哥呢？如今再派人去找，还来得及吗？但为了补救，她还是对罗子漫道："子漫，去喊你哥过来。""什么？"罗子漫诧异道，"我说去找，你不是不同意吗？"丽娘很没好气地说："去吧，现在我同意了！"

罗子漫不敢违拗，答应一声便往山下走去，但她没走出几步，人群中出现唏嘘之声。有人道："快看，又上去一个人。"罗子漫立刻停止脚步，回身望去，下意识告诉她，那另一个人就是自己的哥哥。她一阵惊喜，高喊道："妈，我哥已经上去了，这下子我嫂子有救了。"丽娘一听，板起面孔道："胡说！你哥岂能救得了你嫂子？她又不是为他去死的……你瞎喊什么！"罗子漫还想说什么，却哑住了，见母亲警觉地看了看众人，尤其看了看蹲在地上的罗再恒。她有些莫名其妙，既然母亲在关键时刻让自己去找哥哥，可她为什么又否认哥哥的作用呢？自己说嫂子有救了，恰恰是因为母亲让去找哥哥才得出的判断。

这时人们看到，崖上两个人的距离拉近了，那是罗子沫在走向自己的嫂子；可不一会儿，他们的距离又拉开了，那是罗子沫又退回原位；再过一会儿，罗子沫的身材一下矮了半截。这不用深究，稍微有些头脑的人都知道发生了什么。丽娘觉得耳热心跳，她没想到自己的儿子会这么做，她觉得自己的儿子太委屈了。

令她更加难以接受的还在后边，她见自己的儿子又站起来，向崖岸走去，与他的嫂子并排站立。丽娘眼前一黑，她知道自己要晕倒，便使劲瞪着眼睛，极力让自己看清眼前的一切，这样自己的灵魂就不会出窍。但她突然觉得嘴里甜滋滋的，然后"哇"地吐出一口血，好在没人看见，她急忙擦了擦嘴。但她根本就不敢看了，嘴里、心里都在不住地哀求祖宗保佑，让自己的儿子怎么上去的，再怎么样下来。罗子漫也把这些看在眼里，她悄悄地跪下来，泪流满面地默默祷告，她相信神会保佑自己的哥嫂。

　　不知过了多长时间，有人突然叫喊："哎哟哎哟，她把衣服脱了。"丽娘和罗子漫同时抬头去看，果然看到弓然明把嫁衣脱下来握在手中。又见她突然一扬手，那件嫁衣便像突然绽放的红玫瑰，飘飘洒洒地往下飞落，有如飞天落九重。这时又有人高声道："这下没事了！它代替了她……就像皇帝打龙袍一样。"那件嫁衣还在飞落，它不仅忽左忽右，而且还忽上忽下，像是流连既往，又像是寻找归宿。当崖上之人一起离开时，它还在飘落着。

　　这时，崖对岸大树下的一个人很怪异地笑了，他是把整个过程看得最清楚的一个人，他像欣赏剧情一样，完全被每一个细节吸引了。他觉得这个民族充斥着太多的戏剧性，他感叹，只有情感最丰富的民族才能演出这样的节目。因为他看懂了，所以他不住地点头称赞。这剧情使他思想活跃，这是悲剧，他发自内心地喜欢这样的悲剧，以为自己生活在一个会制造悲剧的国度里，真是幸运极了。当这场悲剧终于落下帷幕的时候，他竟无比失落。好在有奖品给他，就是那件火红的嫁衣，他决心把它收藏起来，作为自己曾经欣赏到一幕好剧的见证。这个人是五岛次郎。

　　罗子辉哭闹了一阵，突然醒悟到家里家外静悄悄的，分明是天下太平无事的样子，他也渐渐安静下来。但肚子立刻"咕咕"叫起来，随即他就觉得饿了，跑到厨房里一阵翻找，便把昨天晚上的剩饭风卷残云一般吃光了。碗筷一撂，马上又上来困意，打着呵欠跑回自己的新房，趴在炕上就呼呼大睡起来。至于自己的老婆跑到哪里去了，什么时候找到的，又是什么时候端坐在炕上的，他全然不知。

　　罗子漫默默地陪着弓然明，只流泪，却说不出一句话。

　　帮忙的人们回来后，对于这场闹剧，仅剩一点谈资而已，至于弓然明为何自寻死路，想的并不多，然后就进入正常的生活，该干什么还干什么，人尽其所，各归其类。丽娘强撑着回来后，躺在炕上就起不来了，只有她在真正承受着一场灾难。

　　偏偏这个时候，罗子沫扭扭捏捏地凑到枕边道："妈，嫂子能下来……是有条件的。"这一点丽娘想到了，所以她并不觉得奇怪，大不了要些钱财衣物的，做些补偿而已，便轻描淡写地说："什么条件……说吧，妈听着呢。"罗子沫仍不能爽快地把话说出来，但他必须得说，"说出来，妈你可别生气呀！""妈不生气，自古以来这样的媳妇多了，妈心里有数。"罗子沫鼓足勇气道："嫂子让……让你以后每顿饭都……都给她亲自端过去。她说不想和大伙儿一起吃饭。"丽娘一听，忽地坐起来，脸色苍白，怒目圆睁，死死地盯着罗子沫，半天才道："她这是冲着我来啊……"说完，她又躺了下来，长出一口气道："好吧，我答应她，她既不怕折寿，我就成全她。"罗子沫也长出一口气，坐在炕沿上，给母亲捶背、捏腿，充满着母子之情，同时也对母亲如此大度表示敬佩。过了一会儿，他又很轻松地说："嫂子还说……还说明天是她回门的日子。说当初既然是我接来的，回门还要我去送，免得娘家人说闲话。"丽娘一听，顿感五内俱焚，嘴里甜丝丝的感觉又来了，胸腔内像涌动着潮流，且力量巨大。她终究无法控制，猛一翻身，"哇"的一口鲜血，喷在地上。罗子沫吓得魂飞胆破，一下子就跪在地上，大声呼叫道："妈！妈我错了……你别这样，以后我再也不敢了！"慌乱之中他根本不知自己说什么好，幼年的记忆帮了他，让他说出这番几乎每个孩子都曾说过的话。丽娘呼呼地喘着粗气，同时还有呕吐之意，她强忍着道："去，去看看你二大爷，别让他这时候进来。"罗子沫会意，急忙跑了出去。

沉睡中的罗再时被惊醒了，他翻翻眼皮，左右转转头颅，嘴里咕哝几声，又睡去了。不多时，罗子沫又跑进来道："二大爷正蹲在墙根抽烟呢。"说着，他又铲些灶灰来，把母亲吐的血盖上。这时丽娘咬着牙道："告诉她，这个条件不能答应！她有丈夫。"罗子沫一听，又跪下来，看着母亲吐的血，想说什么，却万分不忍。丽娘看了看他道："你想说什么，就说吧，别憋着。""妈……"罗子沫几乎是哭诉道，"在她身上，我们是有罪的，她说如果不答应，还去死。"丽娘道："那就让她去死好了！别拿死来吓唬人。她敢死我就敢埋！"罗子沫又道："妈，在她身上，我们是有罪的……"丽娘厉声道："是她爹许配给我们家的，我们有什么罪？又不曾亏待他们一文钱！"罗子沫道："这不是钱的事……我不去，她能来吗？"丽娘停顿一会儿，似在思索什么，接着又道："你说我们骗了她？可……可我们并没骗这门亲事。一门亲事，谁说的都不算，是天定的。"罗子沫无言以对。丽娘又道："自古以来，'好汉子没好妻，赖汉子守花枝'，这就是魁程。"罗子沫央求道："妈，我不想破魁程，可……可现在要出人命啊！再者说，嫂子一旦有个三长两短的，我哥还能说上人儿吗？谁还敢来咱家？"丽娘一时无语，把头深深埋在枕头里，半天才发出沉闷的声音："这个妖精啊……"罗子沫心头一震，他不明白母亲为什么要这么骂嫂子。但他明白，母亲已经无奈地答应下来。他站起身来，准备把吸满血的灶灰打扫出去，这时他才想起了什么，便道："我去找郎中，妈你应该吃药的。"丽娘突然抬起头来，并不理这个茬儿，道："可你也要答应妈一个条件。"罗子沫愣住了，不知自己还要符合什么条件。丽娘眼里突然浸出泪花，拽过罗子沫的手道："儿啊，你可要离她远点啊！一来她是你的嫂子；二来这个女人不吉。你……你可要听娘的话啊！"说完她的泪水簌簌而下。

对母亲的伤感，罗子沫有些莫名其妙。他一边打扫污血，一边琢磨，终究不知其所以然。最终他还是无限心伤地说："妈，我这就去找郎中，你应该吃些药。"

丽娘并不看他，无力地摆摆手道："没有大碍，就是急火攻心罢了。"罗子沫刚想说什么，丽娘又道："一会儿去找你二大爷，你们爷儿俩一起去买你嫂子的回门礼，要买好的，别怕花钱。"

罗子沫沉吟片刻，轻轻地答应一声，然后走了出去。

罗子漫坐在新嫂子身边，却总有旧相识的感觉，同时也含有万分愧意，倒好像是自己欺骗了她。她实在不知应该跟嫂子说些什么，又从何说起。当然，弓然明也没正眼看过她，任凭她坐在身边，讨好也罢，歉疚也罢，根本不予理睬。于是，她们之间这种相对无言，却别有一番默契。在罗子漫看来，这样陪她坐着，就是最好的表达自己心情的方式，无论坐多久，她都乐意。当母亲把中午饭端过来时，一下子打乱了她因久坐而静寂下来的心，她觉得母亲做到这一点，简直是惊世骇俗，是充满无边大爱的举动，是神旨下的众生平等。

她哪里知道这是嫂子提出的条件。

母亲把饭菜放在弓然明面前道："他嫂子，快吃饭吧……婶子给你端过来了。"这时罗再恒猛地踏进门道："他婶子你这是干啥？这是干啥？这是作孽呀！"丽娘笑笑道："快别这样说二哥，咱就当闺女养着，有何不可？以后我还要顿顿给她端过来呢！"罗再恒便唉声叹气，不再言语。这时有人在窗外嘿嘿地笑，笑声难听得很，屋内人都感到头皮发麻，抬眼一看，是罗子辉。罗再恒骂道："滚！你这个没用的东西！"罗子辉的笑声戛然而止。

这一夜，罗子漫又住在家里，她没有听到嫂子的哭声，却同样在三更后，听到了堂哥的笑声。对这笑声，她感到说不出的恶心，让她再也无法入睡。她很想天一亮就回教堂，但考虑到嫂子要回门，母亲身体不好，她决定再忍耐一时。

天一亮，罗家的大门就开了。弓然明穿着一新，发髻光光亮亮，耳环闪闪金光，稳稳坐在驴背的后面，驴背的前边则驮着回门的礼物。驴后跟着罗子沫，他骑着高头大马，一脸的倦意，不像驴背上的人，脸上偷藏着欣慰。罗家几乎没有送行的人，只有罗子辉追在罗子沫的马屁股后头一再道："沫儿，好好看住你嫂子，别让她跑喽……昨儿黑家对我忒好了……那家伙。"他乐颠颠的，直到西川河边才止住脚步。"沫儿，哥在家等着你们回来——"对着渐行渐远的驴马，他又喊道。没有回音，只有西川水声。

让骑马的跟在骑驴的后面，这是人的意愿，却难为了那马。一开始罗子沫紧勒缰绳，努力让那马与驴保持一定的距离。可走着走着，那马便不甘落后，几步便追上了驴。罗子沫猛勒缰绳，那马原地打一个圈，竟往回跑去。无奈之下，只好信马由缰，马很快就超过了驴，并把驴落得很远，才放慢脚步。骑驴的弓然明根本不在意马的快慢，她和驴达成一种默契，悠然前行。罗子沫不住地往后望一望，那快速的回头一瞥，完全是一种偷窥。因为崖上那生死存亡的相见，还有那兴之所至的肺腑之言，罗子沫觉得他与堂嫂之间有一种别样的情怀，但他还是觉得自己是偷窥。

因为这匹马，使他成全了母亲的意愿，那就是让他因费解而铭刻于心的那句话——"离她远点"。这匹马确实让他们保持很远的距离，一口气走出十几里地。路过了赤城长长的城墙，路过了他挨打之地的教堂，更路过了无数的行人，还有道路两边的草木庄稼。后面的驴则始终有节奏地㨃着头，四蹄均匀地敲击地面，让它这种行走带有很强的乐感。它不时地打一声响鼻，像是人忍不住的喷笑，它的大眼睛也充满嘲讽的笑意。它在笑那匹马，光天化日之下，为何这么浮躁？真是浅薄之至。弓然明的心里感到莫名的快乐，大胆地把甜蜜的微笑挂在脸上，她在回味着崖上的分分秒秒，再看看眼前的他赤裸裸的表演，她获得心理上的满足。因为她坚信，自己的痛苦不仅仅折磨着自己，也折磨着制造痛苦的人。

路途到了一个远离人烟的地方，这里水清草绿，树木繁茂，更有一大片摇摇摆摆的青纱帐。弓然明因景生情，突然愁肠百转，情意绵绵。她勒了勒驴缰绳，停了下来。罗子沫再一次偷窥之际，吓得险些跌下马来。他看见那头驴远远地站在路边吃草，驴上的人却不见了，一瞬间他又想到了死亡。但随即又冷静下来，以为驴上的人一定去方便了，用不了多久就会从哪个不知处钻出来，所以他也让马停下来，然后下马等待。马看看驴正在吃草，自己为什么不吃呢？于是也去吃草了。罗子沫看看这远山近水，风景煞是宜人，可那驴上之人的命运不如这草木。短短的几天，有如天壤之别。他悲从心来，随口吟道：

峰回路转草苍苍，打马行舟心茫茫。

人间几多伤心事，始教青衣泪行行。

崖上阴风催骨冷，双膝一跪叩阎王。

水深火热情难断，国破家亡书尚香。

吟罢，他倍感孤独清冷。回身望去，驴仍在吃草；再看过来，马也仍在吃草。那间歇不断的咀嚼声，是一种存活的力量。青纱帐总在不辨风向地摇摆着，发出沙沙的声响，里面好像隐藏着很多故事。他突然有了尿意，便躲在马的背后撒了。又觉得渴了，跑到小溪边，掬一捧清凉凉的水喝了。水底的游鱼硬棱棱地活着，从这个草根箭一般奔向那个草根，水面便有波纹，草叶便不断摇曳。他羡慕这鱼，羡慕这马，还有这驴，更羡慕这三秋草木，那没有悲欢的世界，让人望尘莫及。

驴突然发出一阵难听的号叫，好像在骂谁不是东西。他突然站起身，四下里望了望，恍惚间他意识到时间过去很久了，怎么还不见嫂子出来？他又想到了"死"，心便"咚咚"跳个不停，便奋不顾身地向那头驴跑去。那驴怒视他一眼，又号叫了一声，在他听来又像是骂人，骂的是啥？想啥就是啥。

罗子沫很生气。可又觉得人怎能和驴一般见识，说也怪，这明明是自家的驴，经弓然明这么一骑，自己在它面前倒成了外来户。他绕过了驴，向青纱帐里走去，边走边叫："嫂子！嫂子！你在哪儿啊？"叫了一阵停下来静听，没有任何回音。于是他又往深处走去，叫声也更加凄厉。当他再停下来静听时，后腰突然被人抱住，随即一股粉香扑鼻而来，他一下子僵住不动了。

"别叫我嫂子！我不是你嫂子……我想嫁的人是你，不是那个傻子！"声音急促而哀怨，随即是呜呜的哭声。罗子沫颤抖着双手，轻轻扣在那双手上，肉感和罪恶感同时袭来，他想有所举动，可什么都动不了。他感到她的一只手在肆意地向下移动，那可是个危险地带，更让人害羞。他终于战胜僵硬的自己，把那只手死死地抓住，然后上移，把它扣在自己的心上。不料，她以为这是他心动的暗示，于是，他被猛地扑倒了。庄稼被压倒一片，发出咔咔的脆响。那两只手在拼命解他的腰带，"你就要了我吧……如果你嫌我脏，就回家让你哥给洗洗。"

恰恰是这句话惊醒了他，无穷的力量充满了他的身体。"嫂子，你不可胡来！"他双手猛一用力，就把她远远地推了出去，又一片"咔咔"脆响。她立刻羞愧难当，立刻用双手捂住了脸，躺在那里一动不动，哭声又"呜呜"地响起。这时母亲的话语又响在耳边，"你要离她远点"，"这个妖精"。可此时他尤其反感这两句话，他相信不会有一个妖精会可怜到这种程度，于是他扑过去，想把她抱在怀里，不料她放下双手，恶狠狠地说："别碰我！"然后她真像妖精一般大笑起来，"想碰你的嫂子……你咋这样不仁不义呢！"说完后，笑声戛然而止，然后她露出阴冷可怖的一张脸，"滚！你以为我真的喜欢你呀！"

罗子沫感到那个阴冷浸透了他的全身，那是能让人放弃任何希望的阴冷，也会让任何生活的热情灰飞烟灭。本来出一身热汗的他，身体顿时冰冰凉凉。他叫了一声："嫂子。"她一听，闭上眼睛，把脸扭向一边，随即周身是强忍悲恸的抽搐。罗子沫顿时害怕了，因为这种表情分明是崖上的再现。强大的恐怖，让他站起身来，对着她又双膝跪倒，然后把头匍匐在地上，"嫂子，请你原谅，原谅我啊……"弓然明没有转过脸来。

不知过了多长时间，弓然明站起身来，自顾缓缓向外走去。

桑玉拎着一包熬制解酒汤的草药，缓缓地往回走，步子犹豫而沉重，一副心事重重的样子。小姐前天喝的酒，昨天躺了一整天，到今天稍能坐起，但如大病一场，无法打起精神。桑玉几次劝说，要找郎中看看，都被念其阻止了，只说喝点解酒汤便好。小姐喝酒被老爷知道，桑玉已经把告密者锁定在郎纪平身上，所以她想起来就会在心里骂郎通判是个奸细、是个小人。偏巧，她刚跨过门槛，又险些没迎面撞上郎通判。她的气顿时上来了，顺口道："郎奸细，我碰上鬼了！"郎纪平停下来，面色涨紫，问："你说什么？"桑玉一不做二不休，继续道："求求你郎小人，什么时候别让我再碰上你呀！你整天忙三活四的，是鬼在追你吧！"

郎纪平毕竟身为朝廷命官，无故被知府家的下人骂，脸上实觉无光，便沉下脸来，想反唇相讥。忽见她手里拎着一包药，顿时断定是小姐所服，便立刻换一张笑脸道："桑玉，你我总会撞见，这是有缘啊！你不去陪小姐读书，在跑什么？"桑玉白他一眼道："我家小姐病了，是被奸细告密、被小人暗算了。"郎纪平暗自好笑，心想自己的判断果然正确，同时心中也打定一个主意，便似开玩笑道："你家小姐如果是被人暗算得的病，你手里的药可不好使，我那里倒有好药，可否给你家小姐送过去？"桑玉立眼道："别'你家你家'的，难道不是'你家'？告诉你，你姓郎，但不是郎中！少套近乎。"说完，她一扭身就离开了。

回来后，桑玉刚把药锅支好，郎通判又鬼一般出现在眼前。桑玉吓得忽地站起来，并向后退着道："你……你怎么敢到这里来？！"郎通判表情沉重而严肃，把手里攥着的一个精致的纸盒举起来道："这是洋药，治小姐的病准灵，你就别费事熬那草药了。"桑玉早就知道洋药特灵，吃下去就管事，便道："快放那里，赶紧走。"郎纪平近乎央求道："我有急事要面见小姐，请你通告一声可好？"说完他深鞠一躬。桑玉道："你到底是送药还是打什么鬼主意？快走快走，这不是你该待的地方，小心老爷治你一个大不敬之罪！"郎纪平忙又拱手抱拳道："桑玉妹妹，我深知这是后庭禁地，可我实在是有急事相告，不然安敢冒此不敬之罪前来？希望妹妹还是通禀一声为盼。"这声"妹妹"叫得桑玉面露赧色，心里也顿时升起一层好感。但她刚想去通禀，就听见小姐在内室道："桑玉，让郎大人进来吧。"郎纪平大喜，如获龙言，立刻就进去了。留下桑玉张口结舌，尴尬异常。

不一会儿，内室响起郎纪平与小姐的说话声，受好奇心驱使，桑玉想过去听听，但立刻又被这种念头吓出一身冷汗。小姐的私事，一个下人怎敢偷听！可此消彼长，另一种恐怖又袭上心头，如果此时恰值老爷或者公子进来，定会惹起风波，自己也难辞其咎。想到这里，她急忙跑出门外，四处张望，然后便站在门口不动了，权做把门人。

两只鸟鹊在屋檐下叽叽喳喳地叫着，似在交头接耳，一会儿又飞到了树梢，看着桑玉默默无声了，好像在替她担忧害怕。时间总会在这个时候过得太慢，等到郎纪平从屋子里匆匆出来的时候，桑玉的忍耐力已经到了极限。她后悔被他的甜言蜜语所哄骗，又气恼小姐不给情面，竟然直接让这个贼通判进去见她，自己反倒自找没趣。所以当郎纪平很客气地向她点头示意时，她一拧身就进屋了。不料小姐正往外送他，脸上带着难以捕捉的神情，既神秘又凝重，好像还有些许畅快。桑玉见状，嘟囔着："小姐的病，这就好了？"念其坐下来道："桑玉，又要劳烦你了。"桑玉道："还劳烦什么？你吃了郎通判的药，这解酒汤就不用熬了。"念其露出浅浅的笑，道："不是熬药，是去找罗子沫。""啊？"桑玉险些没跳起来，"还是让我去死吧！"念其知道她会惊叫，便不作声色。桑玉继续道："不会是那贼通判的主意吧？"念其淡淡地说："是的。郎通判说罗子沫并未娶亲，他是替他哥哥迎亲，新媳妇是柏杖子金矿的。""啊？！"桑玉又险些跳起来，但这次她难以自制地笑了，"他娶不娶亲与我们有什么关系，为啥还要我去找他？而且……而且还是郎通判的主意。"这时，念其的表情异常严肃，刚想说什么，却欲言又止，然后转身走进内室。桑玉觉得事情蹊跷，索性跟了进去，见小姐复又病态袭身，便道："小姐，我再去找。说吧，找他干什么？"念其道："找他是为了找他媳妇……啊不，找他嫂子。"桑玉愈加摸不着头脑，便道："小姐，我糊涂了，你还是开言透语地说说吧。"念其叹了口气，想说什么，又欲言又止。桑玉从未见到小姐这样忧郁过，便觉得此事非同小可。但细想来，又觉得没什么，即便是找罗子沫的嫂子，她一个村妇，又有什么大不了的！可小姐这百般纠结的样子，她又不敢造次，便打定主意不再作声，既然你让我去找人，必然要说出找人的道理。念其突然道："桑玉，说实话，你觉得郎通判这个人怎么样？"

桑玉刚想开口，念其见她那草率的样子，又急忙道："要说心里话！"桑玉的嘴一下子闭上了，表面上发呆，内心却在思忖：看小姐那心意缠绵、情态难抒的样子，莫非那郎通判与小姐早有私通？说心里话，这郎通判确实丰美俊秀、落落大方，是个人中骄子，但总是觉得他不贴心，不像罗子沫那样，打了骂了，过后依然。但这只是自己的感觉，谁知道小姐是怎么样呢？于是她故作深沉地说："我以前好像对他有过评价，虽未必对，但我不会改变自己的看法。还有，我不希望他与罗子沫有什么瓜葛，他们根本不是一路人。我担心罗子沫会吃亏。"念其用很欣赏的眼光看着她，半天不语。桑玉脸红了，道："干吗那样看着我？我是奉命回答你，而且都是心里话。"念其道："你知道孙中山这个人吗？"桑玉诧异，道："知道……他是干啥的？"念其嗔怪道："既知道，还问干啥的？"桑玉道："是听说的，还说他是革命党，还有人说他是大清的掘墓人，有那么邪乎吗？"念其微笑着点点头，然后像是自言自语道："革命党也好，掘墓人也好，我倒希望他成功……关键是他能成功吗？洋人也想成为大清掘墓人呢！"桑玉一听，大惊失色，"小姐，你希望大清完蛋？我的妈呀，这话可不能让老爷知道，会打死我们的。"念其冷笑道："危如累卵，大厦将倾，还要自欺欺人，封人之口？"桑玉摇摆着脑袋，转着眼珠看着屋子里的一切道："大清要是完了，你还能享得了这荣华富贵吗？"念其道："哼！断头的酒肉而已，我早就够了！"桑玉哑住了，心"咚咚"跳个不停，她害怕了，好像大清国马上就完了，竟哽咽道："我就知道那郎通判不是什么好人，这才跟你说几句话啊，就把你搞成这样……反正我不希望大清完蛋，我还没活够呢，好死不如赖活着。"念其突然正色道："别胡说！这与郎通判没关系，是我自己悟到的！记住，别上外面说郎通判的坏话，他可不是革命党！"桑玉竟哭了，道："我……

我也没说他是革命党啊！"念其一听，急忙移开目光，抓过郎通判给的药，在手里玩味着。

为了转移桑玉的注意力，她转移话题道："听说那孙中山先生还是个基督徒，难怪他那么大仁大义。"没想到，这句话令桑玉更加难得其解，她不认识似的看着小姐，带着一种赴死之情道："小姐，说吧……找罗子沫他嫂子有何事，我这就去，死都不怕！"看着桑玉这副名不副实的样子，念其道："我们去热水汤洗澡不好吗？"桑玉的眼睛立刻亮了，道："我看挺好的！"可随即又黯淡下来道："小姐，你可是个病人。"念其笑道："浴海池林不是治病的地方吗？"桑玉也笑了，"恰恰是……那我去收拾东西？"念其道："去吧，还等什么？"

郎纪平回到自己的住处，仍心神不宁，去见小姐，不过是临时机变，他真正想去的地方是冉先生那里，再从那里去教堂。既然去了小姐那里，冉先生那里便可不必去了，但教堂那里还应该去。想到这里，刚刚坐下来的他，又毅然站起身来，阔步向外走去。

已经不是第一次来教堂了，所以他轻车熟路地跨进它的门槛。教堂里很安静，尽管不时传来女信徒的唱诗声与钢琴声和鸣共响，但仍能让人感到安静。他感到这种安静十分难得，能够衬托出尘世的喧嚣与浅薄。他静心敛气，轻轻跨上楼梯。他想尽情地享受这里的安宁，尽管它非常短暂。当然，他更希望在这短暂的安宁中，能够知道自己想知道的东西。

门仍被敲了三下，才听到杜克先生苍老却饶有兴致的回音："请进。"郎纪平深吸一口气，然后再缓缓地呼出，一呼一吸间，门被轻轻推开。杜克先生扭着头，用清澈的目光看着郎纪平谦卑地走进来。"打搅您了，牧长大人。"郎纪平躬身施礼道。杜克先生一伸手，示意他坐下。郎纪平又一施礼，然后落座。杜克先生放下手中的笔，用很欣赏的目光看着他，轻声道："你好像来过。"郎纪平很客气地笑道："不好意思，没有打搅到您吧？"杜克先生没有直接回答他："你是唯一喜欢单独和我在一起的人。我很高兴，对你表示欢迎。"

这时，贝蒂用胳膊肘把门推开，一手端一杯咖啡，脸上带着肤浅的笑，脚步很重地走进来。一杯放在郎纪平的面前，另一杯递给杜克先生，道一声："主赐福你们。"然后走了出去。

杜克先生把咖啡放在桌子上道："请谈谈你对主的认识。"郎纪平倍感亲切，除了对这个话题外，还有他直截了当的作风。他下意识地搔了搔头，有些吞吞吐吐地道："请原谅我的无知，不过……中国人总会在危难之时喊一声'老天爷'。我们这个'老天爷'，或许……"杜克先生已经看出他不会有更好的回答，再加上'老天爷'这三个字已经让他耳熟能详，所以他打断郎纪平道："我实在看不到你们'老天爷'的形象，更感受不到他的存在。就像你们口里的仁义道德，在关键时刻，总是看不到它究竟体现在哪里。"

这句话令郎纪平感到吃惊，在不到两句话的交谈中，就能让人感到羞辱，这难道是你们主的教诲吗？想到这里，他很生硬地说："以牧长大人现在的心态，根本看不到中国人的仁义道德在哪里体现。也许是你们和我们考虑问题的角度不一样，行为方式也有很大差异吧。"杜克先生耸耸肩道："NONONO，我已经看到了你的谦卑，这一点是很好的，主悦纳谦卑的人。"对于这种谈话方式，郎纪平暗自笑了，反而不知再说啥了。杜克先生喝一口咖啡，道："你也喝。"郎纪平点头示意，表示感谢，但并没有喝。杜克又道："你们经常说，滴水之恩当……当……"郎纪平急忙补充："当涌泉相报。""对，滴水之恩当涌泉相报。如果是这样，那有人救了你的命，又该怎么报答呢？"郎纪平瞪着眼睛看着他，忖度着他的用意，但实在不知道这位牧长大人想表达什么。"你们总是想着报别人的恩，却不懂神的恩。你们看重游戏，却不尊重制造游戏的神。"郎纪平的眼睛瞪得更大了。"没有阳光人不能活，没有水人不能活，没有空气人不能活。而这一切的创造者是神，你们不懂这一点。"郎纪平的心绪被打乱了，他急忙端起咖啡，猛地喝一口，咖啡仍然很热，他被烫着了，但咖啡的芳香让他很快轻松下来，于是他冷笑一声道："前提必须是……人们要相信神的存在。"

"哈里路亚！"杜克大声道，"症结就在这里，你们内心里没有真正的信仰，你们的仁义道德仅仅是一种文明的举动，不彻底，不普遍，一旦切身利益受到威胁时，就会变得非常野蛮，这个时候又要叫'老天爷'为你们服务。对……就是这样，症结就在这里。"说到这里，杜克先生就像大功告成一样，长出一口气，耸了耸肩。然后他又拿起笔来，好像要结束这种谈论。

郎纪平本来也想尽快结束这种对话，因为这并不是他此来的根本目的，但对这位牧师霸道的言论，他觉得不能就此罢休，于是他道："自鸦片战争以来，西方列强对中国的侵略，烧、杀、淫、掠，无所不用其极。在弱者的土地上打败了弱者，还要割地赔款，这才是真正的野蛮吧！我们实在不知，我们怎么表现，才是你们眼中的仁义道德。而今又把你们的'神'强加给我们，我们实在不知，我们如何表现，才算是你们心中的信仰。"杜克先生显然没有想到郎纪平会反唇相讥，他特意看了看郎纪平，有些自嘲地说："我不在意你的来历……一点不在意，但我知道你不是一般的中国人。我很不喜欢你这一点，你怎么能自称是弱者呢？在你们的眼里，强与弱的标准好像只有武力。而我们不这样看，我们看人的意志，还看对神的坚信程度。武力是用手制造出来的，它来源于最世俗的大脑。而意志与信仰则是千百年磨炼出来的，它来源于对爱的传递。难道不是吗……"

郎纪平沉默了，随即陷入沉思，并非他无力反驳这位牧长大人，而是知道他下边还要说什么，因为意志与信仰，使他的信心非常大。所以，他决意就此打住，不想与自己的来意扯得太远。于是他道："牧长大人，桑德斯先生最近忙些什么？"杜克先生的脸色一下子灰暗下来，显然他很不愿意听到这个名字，便很轻描淡写地说："他经常来，但这是我不希望的事。最近他还来过一次，和我的女儿吵起来，还打了我请来的家庭教师。他是个野蛮人！他在忙什么不关我的事，我不会去关心一个被神遗弃的人在忙什么的。他们不忙还好些，他们一旦忙起来，就等于往撒旦那里汇聚资粮。所以，请你谈些别的吧，如果没什么可谈的，你可以走了。"郎纪平"咻"地笑了，他笑这位牧长大人的坦诚与坦率，更欣赏这份坦诚与坦率。"令爱现今干什么？"于是他很自然地问道。"令爱？"杜克先生也笑了，"听起来熟悉，指的是我女儿吧。请放心，我会让我女儿离他远点，但我的女儿总想改变他。我已看到她会白费工夫，可我又改变不了我的女儿。我不像你们，会强制改变别人，包括自己的女儿。"说完，他耸耸肩，很风趣地笑了。

郎纪平感到一种平静和安宁，他觉得不虚此行。于是他告辞了，杜克先生没有送行。

桑玉和念茸下了车，付了车费，径直奔浴海池林的正门。本以为能立刻看到罗子沫端坐在柜台后，那根黑亮的大辫子或许还像蛇一样匍匐在柜台上。不料迎面撞上的却是老秦头那张枯干的脸，还有那双诡诈精灵的眼睛。桑玉很不客气地白了他一眼，然后问道："罗子沫干啥去了？不会是又要娶媳妇吧？"老秦头记得两位姑娘是谁，慌忙站起来答道："那倒没有，二位小姐，昨天他们家出了点事，他走了以后再没回来。"桑玉道："什么事？不就是他老婆回门吗？"老秦头摇头道：

"那我就不知道了。"念其的脸上突然病容再现，桑玉能体会到她心里的痛，叹口气骂道："真倒霉！"念其的脸立刻红了，急忙道："老人家，我们是来洗澡的，给我们安排一下吧。"老秦头若有所思地瞅了瞅桑玉，又看了看念其，忙不迭地道："好的好的，我这就去安排。"然后又像自语道："不用说了，当然要上好的池子。来吧，请跟我来。"念其倍感心灰意懒，便道："桑玉，你跟他去，我想在这里待一会儿。"桑玉答应一声，便跟老秦头去了。

念其找一个座位坐下来，把携带的洗漱用具放在另一个座位上，然后轻轻地闭上眼睛，顿时感到什么都没有了，就剩下自己的心在跳。她痛恨自己的脆弱，怎么一点点失望就让自己如临深渊。这样想着，困倦又袭来，迷迷糊糊的竟像进入了梦乡。恍惚间她看见罗子沫站在门口，正向她吟吟地笑呢，念其感觉自己的脸又红了，她坐起身来，想向他走去。"小姐，快去洗吧，很干净的池子！"桑玉惊乍乍的声音惊醒了她，睁开眼睛，看着桑玉发呆。桑玉大惊失色，以为小姐真的病了，急忙道："小姐，你怎么啦？是不是又病了？"念其强制自己坐起来，笑笑道："瞎说什么，我好好的。"桑玉并不怀疑自己的眼睛，道："你别嘴硬了，我看这澡先别洗了，洗热水澡是耗精费力的活儿，就你现在的样子，根本受不了的。"念其用赞许的目光看着她道："一到这里我就晕，我们出去走走吧……池子先定下来，把东西放进去，让他们锁好。"桑玉答应一声，拿起东西又找到老秦头，交涉一番就往回走。

她们很快就走出了浴海池林，桑玉对念其道："小姐，你出来的意思，是不是想找一找罗子沫？"念其慢慢恢复了精神，笑道："你可真能琢磨，罗子沫他没在家，你说到哪里去找？"桑玉不服气地说："我不信，你就是想找罗子沫，不然你出来干啥？噢对了，你怎么知道他没在家？他跟你说了？"桑玉说完，"咯咯"笑起来。"你个笨丫头！"念其用手指戳一下她的额头道，"昨天是他嫂子回门的日子，我想他嫂子要是个聪明人的话，还应该让罗子沫陪着她。"桑玉一听，转着眼珠子想一想，恍然大悟，便神秘兮兮地说："连这个你也知道哇，你就是罗子沫肚子里的一条虫虫。"念其的脸又"唰"的红了，辩解道："你不知道是因为你笨，怪不得别人。"桑玉道："你不笨！你在家时怎么没想到这一点，让我们白跑一趟。"其实念其也在暗自责怪自己，应该早就想到这一层，所以她很自嘲地笑了笑，不再作声。然后是桑玉有一搭无一搭地说东扯西，不知不觉间，她们竟沿着西川岸边向山里走去，而且已经走出很远。

一路上，草青花艳，鸟语虫鸣，流水潺潺，树木葱茏。美好的景色逗引着她们的脚步，她们竟来到"半截空"的崖顶。念其往下望着，只见层峦叠嶂，万壑纵横，山水相依，阆苑空冥。她感叹，人在大造化面前的渺小，情在方外的失真，这秀美河山掩映着多少心酸与无奈。

　　"小姐，你看，那个大院就是罗子沫的家。"桑玉手指着远方对念其道。念其何尝不知，这恰是自己的心事。桑玉又看着崖下道："小姐，我想飞下去。"这句话让念其的心"咯噔"一下，随即一种莫名的委屈和忧伤袭上心头，她立刻想到，这个地方一定有人跳下去过，那纵身一跃，便一切了然。与此同时，一种莫名的亲近感向她袭来，于是她道："桑玉，我好像来过这里。"因为声音太小，再加上崖上风高，桑玉没有听见这句话。

　　这时，从西侧的山梁发出一种长长的号叫，悲切、恐怖而急躁。她们被这种声音惊呆了，循声望去，只见一个光着膀子的汉子面向山下作此长号。她们不知这是为什么，也并不在意。没想到这汉子一声接一声地号个不停，好像在驱鬼，又像是被人夺命。又过一会儿，就见山下有人陆陆续续地向这边聚拢而来，从形态上看，他们都很张皇无措，意切心急。有的还不住地摆手，嘴里也喊着什么。当念其终于明白这是为什么的时候，竟苦苦地笑了。心中凄凄地想：还有人这么在意生命的存亡？好像活着就是应该的，吃啥喝啥可以不必在意，流血流泪可以不必在意。

　　"小姐快看，来那么多人，他们是冲我们来的，是不是以为我们是小偷啊？"桑玉突然慌慌张张地问。念其暗自好笑，但当她意识到罗子沫的母亲可能就在其中时，便急忙道："快下山，他们真的把我们当成小偷了。"话未说完，念其就先蹲下来，并顺手拉一把桑玉，桑玉也蹲下来，然后她们一步一挪地离开山顶。聚拢而来的人们，看到崖顶突然没人，又不见有人跳下来，先是诧异，后觉无味，便满心怨责地散开去了。

　　弓然明缓缓走出青纱帐，骑上驴便兀自前行了，权当没有罗子沫这个人。罗子沫觉得自己又造了孽，想挽回都难。他骑上马紧行一程，步她的后尘，拒人情欲的他也有失落之感。村子遥遥出现在眼前，弓然明就开始伤心落泪，此去几日，竟如隔世。这里的一草一木都好像深愧于她。自己是个被无情抛弃的人，父亲会如何面对自己？弟弟会如何面对自己？他们该怎么样向自己开口说话？村子里很静，零星的有几个穿兜肚的孩子在玩耍，还有几个坐在树荫下的老妇，或拄着拐站在路边的老汉，他们用昏花的双眼盯着她看，然后含混不清地说："这不是弓家的丫头吗，回门来了？"弓然明假装看不见、听不着。后面骑马的罗子沫，却浑身不自在，恨不得立刻踏进弓家的大门。

院门虚掩着，院子里静悄悄的。她以为父亲会站在门口迎接她，弟弟会帮她牵过驴，可这些都没有。她并不正眼去看跟在后面的罗子沫，径自把驴拴在石槽上，也不拿下罗家的礼物，就向屋里走去。屋门也虚掩着，轻轻一推就开了。她很想叫一声父亲，再叫一声弟弟，可她叫不出来，胸中憋得慌，她知道那里储满了泪水，是不能轻易去搅动的。屋子里更静，是一种可怕的静，但她总觉得刚刚还有人说话，那余音还在游丝一般绕梁。罗子沫拎着礼物，很迟疑地站在门外，他知道自己的身份，更背着自己造的孽，所以他奢望听到有人请他进屋的声音。当弓然明意识到家中没人时，她的心开始"咚咚"跳，更加感到被抛弃的恐怖。她疯子一般从这个屋窜到那个屋，再从那个屋窜到这个屋。父亲不在，弟弟更不在，她拼命地喊："你们去哪儿了？你们为什么要躲着我？你们就这么狠心吗？"然后她又开始摔东西，盆子摔在地上，"哐啷啷"地响；碗摔在地上，"哗啦啦"地碎了；锅盖抛起来，飘呼呼地撞在墙上，然后她蹲在地上开始大声哭号。罗子沫匆忙把礼物放在屋里的柜子上，然后出来想扶起她，"嫂子，你……别哭了，表叔和弟弟可能出去了，说不定一会儿就回来。"他的话语充满殷切的怜爱。弓然明猛然站起身来，扑到他的怀里，把脸埋到他的颈下哭道："你不知道他们，他们这是羞于见我。"这种举动令罗子沫始料未及，罪恶感又向他袭来，他战战兢兢地搂紧了她，"嫂子……请不要太过伤心，他们不会有意躲着你，他们一定是有事出去了。况且，我们昨天就该回来，他们或许以为我们不会回来了呢。"弓然明摇着头道："你别安慰我了，我哪能不回来呢？他们都不傻，会想到这一层的。""嫂子……"罗子沫还想说什么，却被弓然明厉声打断道："不要叫我嫂子！你每叫一次，我的心都裂开一回！"说着，她一把推开罗子沫，然后走进自己的屋里，一头扎在炕上，无声无息了。

在匆忙下山的路上，一不小心，念其滑倒了，头磕在一块石板上，整个人顺势向山下滚去。桑玉发出一声声惨叫，拼命地向下扑着，在念其滚下丈余的时候，桑玉双手抓住了她，她们的身子又共同滑下几步，方停下来。桑玉抱着念其便号啕大哭起来，边哭边喊："小姐呀，你这是图什么？干啥遭这份罪！"念其则闭上眼睛一动不动了，但她的意识还在，只是觉得天旋地转，头昏脑涨，浑身疼痛。她一动不动是想歇一歇，同时也盼望着死亡真的到来。桑玉以为她真的昏死过去了，哭得更凶了。好一会儿，念其慢慢地睁开眼睛，首先看到的是蓝蓝的天，还有天上自在的流云。她很想拥有那样一片蓝天，做自己精神的家园。桑玉见小姐睁开眼睛，方止住了哭喊，却狠狠地说："你……就为一个罗子沫？！"念其似乎没有听见，喃喃道："天作孽犹可违，自作孽不可活。"桑玉莫名其妙，生气道："我的小姐，你作什么孽了？我看你就是自寻烦恼，身在福中不知福，没事闲的……还希望大清灭亡，那是该你琢磨的事吗？"说着，她把念其抱在怀里，看看这里，摸摸那里。念其瞬间被感动了，泪水顺脸颊滚落，滴在草丛里。"桑玉，你永远不会弃我而去吗？"她努力使自己笑一笑，看着桑玉道。桑玉一听，抱紧了小姐，又呜呜哭起来，"你又在说啥嘛！我生是你的人，死是你的鬼，何曾想过要离开你。你就是撵我、打我、骂我，我都不会走的。"桑玉边哭边道，"我知道的小姐，你为国苦、为家苦、为老爷苦、为先生苦，还为……还为那个罗子沫苦，你整个就是'苦人儿'。"念其忍着疼痛，勉强地笑了，道："你信吗桑玉，我不会有好下场的……很早以前我就有这种感觉。"桑玉一听，实在忍不住，咧咧嘴，又哭了，道："这就是你怕我离开你的原因吗？你放心吧小姐，你死我就死，你活我就活。"说着她望望天，"这话我是冲着老天爷说的，就让他老人家做见证吧！"念其无限欣慰地笑了，抓住桑玉的手道："桑玉，你知道这次为啥要找罗子沫吗？"桑玉摇头道："不知道，反正你让找……就找呗。"念其继续道："俄国兵要来枪杀柏杖子金矿的盗金者，说要全部杀光，一个不留。找罗子沫，就是让他告诉他嫂子回去报信，以后不要再挖金了，那个俄国人迟早要下手的。"桑玉一听，吓得小脸煞白，瞪着眼睛道："哎呀妈呀！这帮洋鬼子，咋这么狠呢！不就是挖点金子嘛！"接着她又一转弯道："那这事老爷知道吗？"念其满脸的苦涩，她挣扎着坐起来，看着山下反问道："你说呢？"桑玉的眼睛瞪得更大了，她不敢说是，也不敢说不是，心里只是说不出的害怕。良久，她才慢慢道："小姐，我们下山吧。我背你走。"念其摇摇头，咬牙忍痛，晃晃悠悠地站了起来。

罗子沫默默地坐在弓然明身边，眼前一片狼藉，内心纷乱如麻，恼恨也慢慢地占据他。这一切是他根本想不到的，更是不想要的，他只想读书，然后求取功名。时间慢慢地流逝，弓然明仍旧趴着不动，她的身心仿佛都松弛下来，呼吸也慢慢变得均匀。罗子沫轻轻地叫一声"嫂子"，没有动静，又轻轻动动她的脚，仍没有动静。他苦笑一下，这个时候还能睡着，所有的悲伤便成了玩笑。他的身心也轻松下来，便下了地，在这并不宽敞的屋子里来回走动。一看这个屋子就是她曾经的闺房，一切用具都小巧别致，摆放也井然有序，虽有灰尘落在上面，也难掩盖曾经的干净利落。尤其靠近门后的榆木箱子上面，摆放着她的梳妆用具，还有一面不大不小的铜镜，仍能看到里面曾经藏着粉面花红。罗子沫感慨不尽，遂踱步轻吟起来：

春闺十载九风尘，一朝花落葬花魂。

但求王母多怜爱，常向瑶池洗女真。

落魄女子的悲惨，物是人非的感伤，伴着西斜的太阳，留在纸窗上一片糊涂的暗黄。

弓然明突然抬起头来，定睛看看窗外，自语道："不早了……"然后便一翻身坐了起来，眼前的一切恍如梦幻，她用迷离的双眼看看罗子沫。见他因沉思而双目有神，她竟羞涩地笑了，好像闺中的丑事被人窥见，脸也泛起红晕。当她意识到自己脸花妆乱的时候，慌忙掩面下地，很快从外面水缸舀回半盆水，"哗哗"地洗起来，然后擦干，再擦净铜镜，坐下来开始梳妆打扮起来。

这一切在很短时间内就完成了，然后她焕然一新地站在罗子沫面前，恭敬地说："饿了吧，我去做饭。"说罢，轻轻一笑，拧身走了出去。她这种判若两人的举动，让罗子沫感到不寒而栗，他一刻都不想再待下去了，便跟出来道："既然表叔和弟弟不能回来，那我们还是走吧，再待下去还有什么意思？"他没有再敢叫她"嫂子"。弓然明则道："不能走，哪有回门不住一宿的道理，回去向婶子怎么交代？"说完，她背过脸去偷偷地笑了，笑得诡异阴沉。罗子沫的脑袋"嗡"的一下，"你要离她远点"，母亲的教诲又响在耳畔。如果住下来，孤男寡女的，怎么说？又怎么能做到离她远点？于是他急忙道："嫂子。"他觉得自己必须严严正正地叫她"嫂子"，"要不你住下，我先回……明天我再来接你。"弓然明一听，不认识似的瞅瞅他，冷笑一声道："你去满村子打听打听，你嫂子在家为闺女时是个什么样的人。想走，请便！我还要省下一碗米呢！"她把耷拉下来的一绺头发夹在耳边，露出白白的耳根。罗子沫心一动，同时也吓一跳，他打定主意，必须得走。可他刚想开口，弓然明先开口了："想想吧，你跪我几次了？我不会让你再跪了，你毕竟是个男人，膝下有黄金。"罗子沫的脸"唰"地红了，同时感到两膝发软，又要跪下来。这个女人，再一次让他感到无地自容。

"你死了，我会羞愧而死，故此我决不会让你死的！你就是我，我就是你。"这是他在崖上说的话。而她，确实因为这句话，打消了跳下去的念头。

桑玉搀扶着念其走下山来，她们先让自己的心静下来，然后才可能表现得若无其事，也好与路人相安无事，以至没人会想到那崖上之人就是她们。太阳西沉的时候，她们回到了浴海池林，老秦头殷勤而多疑地接待了她们，问她们还洗澡吗、到哪里吃饭、能住下吗。桑玉只是用轻蔑的目光看着他，尽管他一一去问，她却一一不答。老秦头自知无趣，便走开了。念其找个地方坐下来道："今天罗子沫不会回来了。"桑玉纳闷，但并不去问为什么，而是道："这事急吗？那个俄国人什么时候动手？"念其道："这个我也说不清楚，肯定越快越好吧，人命关天的事，不能马虎的。"桑玉道："我怎么听着不像真的呢。"念其道："有许多大事都是在意料之外发生的。甲午海战，谁知道大清国会败？戊戌六君子，谁想到杀的杀、逃的逃？"桑玉道："那我们现在该怎么办？就是那老头子问的那些事……"念其想了想道："我们回城，明天再想办法。"桑玉惊讶道："回城？走着回吗？"念其道："还能有别的办法吗？这里也没有车给我们雇。"这时，响起一个男人的声音："二位小姐不方便回城的话，可以在我这里住下来。我这里有贵宾客房，虽不对外，但对二位小姐例外。"突如其来的声音总会让人警觉，桑玉急忙向小姐靠近，然后道："既然不对外，我们也享受不起，多谢了。"念其急忙补充道："我们本来就不想住的。"

五岛次郎看出她们的警觉，便很恭敬地说："二位也不洗澡了吗？登那么高的山，不洗一洗风尘吗？"说完，他做出一个很完美的笑脸。桑玉目瞪口呆，念其则周身打了一个冷战，她们都感到后怕，好像身后跟着鬼魂。念其小声道："我们这就走。"桑玉一听，扶起她就往外走。五岛次郎急忙闪开身子，让她们过去，同时道："你们的东西都在池子里，要不要我给你们拿出来？"桑玉头也不回地说："那不是我们的，我们不要。"五岛次郎看着她们的背影，无比开心地笑了。

说也奇怪，她们匆匆上路，匆匆赶路，很快就来到城里，而且并没有觉得累。这缘于她们始终在后怕，始终觉得有阴魂在跟着她们。

面对一桌简约但不简单的饭菜，罗子沫的食欲正在活跃。"喝点酒吧。"弓然明收拾停当，坐下来问。罗子沫拿起筷子道："我从不喝酒。"弓然明道："是从不喝酒，还是从没喝过酒？"罗子沫道："没喝过，也不想喝。"弓然明笑笑道：

"都这么大小伙子了，少喝点没关系。"说着，她又下了地，到东边主屋里把父亲的酒壶拿来，同时又摆上两只酒盅，道："今天我也喝点，解解乏。"罗子沫一把夺过酒壶，"嫂……"他没说完全，"你也别喝了，酒不是啥好东西。"此情此景，他忽然想起读过的野史，那些苟合之事往往以酒作前提。这个场面整个与文字表现的极其相似，这让他感到莫名的厌恶。弓然明的脸红了，而更红的是围绕眼睛的那片粉润的肌肤，同时她的眼睛里也浮出一层水色。罗子沫飞快地看她一眼，这种羞涩让他心软下来，但理智告诉他，酒是断不能喝的，所以他把酒壶放在自己的身下，拿起一块玉米饼子，便大吃大嚼起来。

"那好吧，不喝就不喝，依你便是。"弓然明边说边收起两只酒盅，放在自己的身下，"那你多吃点吧，都两顿没吃饭了。大小伙子，过门槛还吃一碗饭呢。"罗子沫夹菜的手颤抖一下，她的口气怎么竟像个姐姐呢？以姐姐自居的人，必须具有平稳的心态，和压制对方的慈爱。这令罗子沫感到莫名的心酸，心想，她对她的弟弟也许就是这么说话的吧，难道在她自己的家里，她重新找到了做姐姐的尊严和心理倚重？

罗子沫又拿起一个玉米饼子，这个明显比第一个还大，拿在手里沉甸甸的。他有些不好意思，觑了弓然明一眼。弓然明正在喝粥，抬眼也正看他，四目相对，弓然明"哧"地笑了，道："吃吧吃吧，管够。"又把他爱吃的豆腐干炒韭菜与那碗干白菜炖腊肉调换一下，摆在他的面前。罗子沫的心又颤了一下。当他把这些饼子吃没后，弓然明把自己手里的掰下一块递给他。他确实没有吃饱，可又明知再有一个还吃不下，如果吃下她掰下来的这块，正好。顿时一股暖流涌上他的心头，见她并没有怎么吃东西，便道："你吃不下？"弓然明笑笑道："我不算饿。女人嘛，饭量都小。给，拿着。"罗子沫接过来，吃起来却不再那么香甜，每一口咽下去，都滞涩喉咙。再看她那因抗争而疲惫、因疲惫而色衰的样子，女儿家朝思暮想的婚嫁对于她却是突如其来的火坑，而这一切，自己难逃罪愆，泪水便止不住地涌上眼眶，溢满眼窝。为了掩盖这罪恶的泪水，他猛吃两口，并咳嗽起来，装作因食噎而流泪的样子。而那饭食不会作假，恰巧卡在他的食管里，于是他更猛烈地咳嗽起来，这是真的咳嗽。弓然明慌了神，急忙下地，绕过粥盆，给他捶背，"看你这毛手毛脚的，吃饭还会噎着。"她边捶边责怪。

就在这种困顿时刻，罗子沫在想，这是多么善良的女子，她是有满心的爱需要释放的，可命运捉弄了她，世道残害了她。当她暂时脱离凶恶，想回到生她养她的家里获得安慰时，连父亲和弟弟都因愧罪而躲避她。她能向哪里释放这爱呢？就只有还能维持在她身边却同为凶手的自己了。想到这里，他用右拳猛击自己的胸部，捶胸与捶背相得益彰，卡住的饭食承受不了前后夹击，"哗啦"一下败落在胃里。随之罗子沫也趴在桌子上号啕大哭起来。为了掩盖这罪恶的哭声，他大叫道："大清国要完了！大清国要完了！当权者昏庸无能，列强如狼似虎；山河破碎，输割款和；豪强并起，民不聊生；乞丐相争夺路，饿殍填沟累壑。吃饭何以为饱，读书何以为用？哎呀老天爷呀——"他一边哭着一边用拳头猛击桌面，"咚咚"地响。

对于弓然明来说，这哭声与陈词无疑突兀而怪异，可她又想这是读书人的事，更是大清国一个男人的事，她竟油然而生敬意。可对大清国的兴与亡，她现在毫不在意，想起来都陡然生恨。于是她道："这个假仁假义的大清国，完就完了呗，没必要可惜！"说完她麻利地下地，开始收拾家什，表情平静而冷淡，好像不愿意再说什么了。

收拾完家什，她又开始房前屋后地转悠。罗子沫坐在炕上再没动弹，他感受着这个过程。她好像喂了驴马，清扫了院子，关好了门窗，再干什么，就不得而知了，也难以想象了。夜色降临的时候，她安静下来，好像在她父亲的屋子里静坐，或者是躺下歇息。再后来，又响起了动静，翻箱倒柜的，好像在寻找什么。折腾一气之后，她又走进这个屋子，打开一个柜子，拎出一个包裹走出去。过了好长时间，她又走进来，梳洗打扮了一番，然后很靓丽新鲜地站在罗子沫的面前道："困了吧……折腾一天了，也累了，那就早点睡吧。"说完，她又从另一个柜子里拿出一套被褥，挨着罗子沫铺在炕上。被褥虽不是新的，却干净平展，这显然是她的闺中之物。罗子沫不禁愕然，但见她两腮绯红，便装作不曾明白这种心意。铺完后，她又道："睡吧，睡个好觉，明天你就可以利手利脚地回家了。回去好好读书，求取个功名，再做个掌印的大老爷，我在那边看着也高兴。"罗子沫被她周身的艳丽惊呆了，根本就没听清她说些什么。他甚是纳闷，她怎么就突然间艳丽无比？难道她……他不敢往下想了。弓然明分明看出他的心事，淡然一笑道："你在这屋睡，我在那屋睡，不会染了你的清白的。"说完，她本想坐下来，可屁股刚挨上炕沿，她又匆忙站起来。她还想说什么，却只张张嘴，又把话咽了回去，然后悠悠地走了出去。罗子沫又坐在那里沉思一番，睡意袭来，便和衣躺下。

窗外的风在呼号，好像冬天的北风。时令早已入夏，风该是轻柔如水韵，不会有太大的响动，今夜的风怎么如此凄冷？念其辗转反侧，难以成眠。外间的桑玉好像睡得很香，在风的间隙里可以听到她轻轻的鼾声。女儿的鼾声让人感到细腻而馨香，可做心灵的安慰，让人在种种妄念中体验到几分清纯。忽然心动，她披衣下地，点燃黄烛，拈笔蘸墨，挥手一词：

几番心事付残更，西风换作北风冷。仿佛游魂归无处。人不寐，女儿轻鼾催晓明。为报国恩叹无路，红妆粉泪相思慕。轻上小桥坐流水。鬼哭号，暂把情欢伴朱户。

书罢投笔，深觉无趣，斜倚绣枕，不觉浑然入梦。梦中的自己，竟那般草率轻浮地游游荡荡。岭南坡北，松间草野，竹荫花下，风渚水洼。恰如游魂一般，一会儿这里，一会儿那里。但最终她还是躺在自己的绣帐里，竟是洞房花烛夜。她一身红绫，眉弯腰细，唇红齿白，秀发散落，两眼迷离，正在等待新郎官的到来。而她仍是那么草率轻浮，私欲隐隐，两乳威威。鼻尖眼角，竟堆满风骚浪漫，脚趾腋窝，尽显无限柔情。梦中依稀梦中人，当她睡眼蒙眬时，新郎官一身酒气地进来，宽衣解带，遂赤条条与之相合。一瞬间晴天霹雳，翻云覆雨。待睁眼一看，那新郎官竟是郎纪平。她吓得"啊"的一声大叫，坐将起来，大呼："桑玉快来！"

桑玉亦在梦中被惊醒，赤脚奔过来，借窗外半月之光，扶住念其的身子。"怎么了小姐？谁吓你了？"她急切地问。"郎纪平，郎纪平。"念其顺口应声，但随即便后悔不迭。"王八犊子！又是这个贼通判，早晚我要拿刀宰了他！"桑玉怒骂道。念其的心也开始慢慢平复下来，便说渴。桑玉急忙点燃黄烛，再去倒水。几口温水喝下去，然后她轻声道："桑玉，这郎通判是我们的冤家。可他的身子那么热。""啊？"桑玉大吃一惊，"小姐你怎么……"桑玉不知这冤家为何身子热，但想起每次与他的相遇，都似鬼使神差，心中不免也生出几分疑虑，便继续道："这贼通判，也该找人治他一下。"念其的身体又一激灵，道："治他？怎么治？"桑玉半天没吭气，后来支吾道："我……我其实也不知道。"念其又感到风平浪静后的心痛和心酸，"桑玉，去睡吧，我没事了。想治梦中吓你的人，可能不妥，那毕竟是梦嘛！我们可不能学曹操，梦中还要杀人。"说完，她轻轻推开桑玉的双手，慢慢躺下来。桑玉看到她满脸的病容，又心生怜悯，同时也犯了忧愁，就这么一个小姐，白天担惊受怕，晚上再提心吊胆，这可咋整？想到这里，她道："小姐，明天咱们去庙里上上香吧，祛祛邪。听说庙里来了一个和尚，很灵。"念其苦笑一下道："邪在自己心里呀……"然后她轻轻翻个身，表示自己要睡了。桑玉刚想离开，正见小姐填的词，而且墨香尚在。出于好奇，她上下左右去看，终看不出所以然，遂一口吹灭了黄烛。

念其知道自己再也睡不着了，便索性把事情想个明白。此念一出，她的心又开始跳上了，她知道自己已经羞得面红耳赤了。明明自己心里、嘴里都是罗子沫，可为什么梦中人是郎纪平呢？"这不是真的，这不是真的，呸呸呸。"她感到懊恼悔恨，无法控制自己要发出这样粗浅的声音。

罗子沫坐起来的时候，出一身冷汗，他是被极度压抑着的嘤嘤哭泣惊醒的，本来就睡不实，这声音又太持久，又是这夜阑人静的时刻，"无边萧瑟鬼夜哭"的诗句便响在耳畔。可当他一旦坐起，那哭声便立刻消失了，仔细去听，只有外面的驴或马打一声无精打采的响鼻，还有谁家的猫从这个墙头跃上那个墙头，发出几声难听的闷号，干着偷偷摸摸的勾当。于是他以为这哭声是来自梦幻，便打一个哈欠，又躺下来。可当他蒙眬睡去的时候，哭声再度响起，这回他没有坐起，而是静静地睁开眼睛，以便在不打扰这种声音的前提下辨别真伪。果然这种声音没再间断，他立刻感到苦不堪言，因为那个声音就来自主屋，无疑就是她在哭。女人深夜的哭声，无论悲哀也罢、相思也好，都会让人想到末日和绝望。他气愤也气恼，如此的恩怨何时了？一气之下，他索性由她去，既然你有满腹的委屈，那就哭去吧。

但不久以后，哭声停了，又不久以后，传来小心的走路声，轻轻开门、关门声，然后，一片寂静。罗子沫知道她出去了，十有八九去方便。可忽又一想，不对！因是和衣而睡，他爬起来就蹦到地下，连鞋都没穿，便向屋门扑去。可怕的是，前后门都在外面反锁，根本打不开。他四下里望了望，看到透窗的残白，暗自一乐，蹦到炕上去开窗。可窗子同样打不开，在外面锁死了。昨晚她前后院地转悠，原来是干了这个，自己怎么就一点没有觉察呢？他绝望地一屁股坐在炕上，万般无奈地喘着粗气。"既然你想死，那就去死吧！拦着真心想死的人也是作孽！"他在心里骂道。可只平静了片刻，他又像困兽一样蹦起来，上炕砸窗，下地踹门。他想号叫，却号不出，圣贤书里没有这种狂躁。最后他竟跪在地下抱头痛哭，但他的哭声同样是压抑的，害怕惊醒沉睡中的灵魂。这时，她的音容笑貌一幕幕地向他涌来，还有他在崖上的承诺，"只要你不死，我的后半生可以为着你活"。

他忽然腾空而起，像一头发疯的雄狮，一头向窗户撞去。"我也去死吧！"随着一声大叫，窗户被撞得粉碎，人也飞出窗外，重重地摔在地上。响动惊醒了槽上的驴马，它们踩踏着四蹄，打出愤怒的响鼻。前院不见人影，他立即向东奔去，通过院墙爬上东边的矮屋，越过矮屋跳到后院。一眼就望到后墙边上婆娑的树影，还有正准备把头伸向绳索的女人。他三步并作两步扑过去，紧紧抱住已经站在木凳上的弓然明。她拽着绳索不撒手，他猛地一扑，就把她扑倒在地。

"要死我们一起死，你做碗汤，放上药，咱俩一起喝！"他把她死死地压在身下，闷吼道。

"又是你……又是你这个该死的！你让我去死，我活着干啥！"她一边挣扎一边叫喊。

最后，他们都精疲力尽了。她抱着他的脑袋，哭得泪水滂沱，而他却一动不动了，像死了一般。这种沉寂令她害怕了，"好了，你别装死了。我也不死了，而且永远不死了。我要为着你活。"他仍然没动静，她去摸他的脸，试探他的鼻息，不料摸到的是满手的泪水。

夜仍然很深，最后他们相扶着向屋里走去。

没有光亮，是因为没有点灯；没有哭声，是因为她在窃喜。她觉得这才是真正的新婚之夜，尽管仓促慌乱，但那是心与心的交流。他分明也是等待好久了，每一个细节都是煎熬后的爆发。她带着稳操胜券的心情，一步步做精心引导。他笨拙无知，却锋芒初露。她看到一朵花被揉碎了，纷纷扬扬地抛洒在清清的流水里。仰躺在黑暗中，她的四肢平生第一次得到舒展，柔若无骨。

他道："你也答应我几个条件吧。"她道："我人都是你的了，还怕你的条件。"他道："这一，你以后不许死了。"她道："我答应！"他道："这二，你以后不要让我妈给你端饭了。"她道："我答应！"他道："这三……这三……"她道："这三是什么？"他道："这三，你以后不许大哭，就像现在这样。"她拧一下他的脸道："傻蛋！我笑还来不及呢！"

当他们再次平静下来时，他默默地想，这时候的她又像谁呢？怎么所有的悲伤和眼泪都像浮云一样飘忽不定？尤其是，她还能笑得出来。同时他也感到可怕的空虚，什么天下家国，连历史的沉重都哗啦啦地散去了。

第二天早晨，念其再也起不来了，已经没有什么力量能让她的精神再次战胜肉体了。如果说她的心里还有什么放不下的话，就是要找到罗子沫，把那件人命关天的大事告诉他。她知道这是责任，而不是兴致，此时她是责任大于兴致的。所以她今天说的第一句话就是："桑玉，快出去，到东门外等着，罗子沫他们要从那里经过。"桑玉正在梳洗，一听这口气，气就不打一处来，她胡乱地答应一声，继续梳洗。"桑玉，我不能陪你去了，我起不来了。"念其几乎是尽最后的力气说出这句话，然后她闭上眼睛，身子深深沉下去了，她感到她的灵魂也在往下沉。在那沉落的过程中，她竟感到一种解脱感，她想这样永久地沉下去，把世间的烦恼一起沉埋掉。"小姐！小姐？！"是桑玉的呼叫，让她的灵魂又浮上来，她慢慢地睁开眼睛，点了点下颌。"我看找罗子沫是次要的，找个郎中来才是主要的。"桑玉明显地赌气道。念其的眼睛又睁了睁，露出一束微弱的光芒，她挣扎着道："我没事，再睡会儿就好了。你快去，听话，晚了就碰不见他们了。""就是这个该死的贼通判，他的一句话不打紧，害得我们死去活来的。"桑玉嘟囔着，勉为其难地往外走去。可刚走到门口，她又突然返回来道："如果等不到他们可咋办？"念其真的不想再搭理她，但那是不行的，便道："不会的，你去吧……他们今天上午必然返回。"桑玉简直就是拖赖，又强词夺理道："有那个工夫，还不如雇辆车直接去告诉那些盗金者呢！省着找什么罗子沫。今天找，明天找的，好像缺了他不行。"念其有些气恼，但她已无力说出气恼的话来，"你去说……谁会相信你？现在谁相信谁？快去！别再气我了。"

"不得好死的贼通判！"桑玉一边往外走，一边小声骂道。

这座城，这条河，这条路，还有对面山脚下的教堂，都在晨曦里静默着。她以为罗子沫再早，也不会早过她，所以她很自信地站在路边，往远处张望着，并琢磨着见到罗子沫时第一句话该说什么。骂他一顿是必然的，是先骂好呢，还是把事情说完再骂好呢？还有那个女人，无论是他嫂子，还是他老婆，是不是也顺便骂一顿呢？怎么说都应该骂一顿，把她骂得从驴背上摔下来才好。想到这里，她竟"哧"地笑了，似乎看到那个女人不但从驴背上摔下来，而且还啃了一嘴的泥。

可是随着时间的流逝，她所有的心事都变成了无谓的自嘲。日头越来越高了，行人越来越多了，连流水声都越来越响了，可她等的人越来越没影。因为她不可能知道，罗子沫和弓然明携同他们的驴马，早就打此路匆匆而过了。他们虽也彻夜未眠，却是精神焕发的。以弓然明的心思，她恨不能在家里永远待下去，她甚至对罗子沫道："喂，咱俩跑吧，跑得远远的，找个没人的地方，咱俩好好过日子。你让我哭我就哭，你让我笑我就笑。我再给你生一大堆孩子，没事就喊你'爹'，不把你乐死才怪呢！"罗子沫不比弓然明，他觉得自己背叛了堂兄，背叛了二大爷，背叛了父母双亲，背叛了罗氏家族，更背叛了令人敦敏德馨的圣教。自己的一切美好设想与对未来的展望，都遭荼毒了。这时他才知道，尽管大清要完了，可自己的心志还没有完，有一种崇高的力量能让自己独立存在，有一种浩然之气能让自己心潮涌动，哪怕大清最后只剩下自己一个人，都无关紧要。可现在自己成了什么人，一个不能自立的人！何以立人、立家、立国、立天下？所以，他对弓然明的无稽之谈报以淡淡一笑，道："那是不可能的！除非你把我们的事张扬出去，让所有的人都知道。然后我被千夫所指，十恶不赦，万劫不复。到那时我还死不了，我就跟你走……到那时，你给我生一堆孩子可不行，你要给我生一个国家，我要做国王。"弓然明一听，"咯咯"地笑了，笑得合不拢嘴，笑完了道："你的意思是，在别人不知道的情况下，你还可以继续装呗！"罗子沫也忍不住乐了，道："这么说也行。"弓然明突然敛住笑容道："我告诉你吧，大清国就是装大了，要不然不至于这么惨！还有你那个傻哥哥，动不动就说'你咋这么不仁不义呢'，哎哟，真可悲，'仁义'二字能从他的嘴里说出来！他就是一个畜生，他根本就不是人！傻子有的是，人家傻得可爱，他傻得可恶。"这样骂着，两滴泪水竟无所预知地掉下来，她胡乱地抹一把，继续道："你就瞅瞅吧，这大清国都成什么了，读书的都变成了窝囊废、卖国贼，不读书的都熬成了畜生，你说能好吗？没好！"这番话让罗子沫感到羞愧难当，他可怜巴巴地道："那你说我是……是啥呢？"弓然明突然把他抱住道："你不是他们，你啥也不是。可没有你我就不活了！"说着她摸一把罗子沫下边的物件，道："你哪儿都可爱。你……你可要对得起我呀！"说完她吞哭起来，似有无限的委屈和不舍。罗子沫很想挣脱她，但他没有下得了手。哭了一气，她又道："走吧，我们这就走！别让人看见我们在这里住下了，我受不了他们那份贼心。"罗子沫笑了，他想反问一句，"难道我们不是贼吗？"然后他们好歹收拾一下，一个牵驴，一个牵马，双双走出这个院子。大门"吱呀"一声关上了，但声音很小，一般的狗都听不见。此时，仍是漫天的星辰。

桑玉在路边走走停停、左顾右盼地坚持到小晌，汗水浸透了衣衫，粉嫩的脸蛋也擦了一遍又一遍，眼睛也揉了又揉，可终未看见罗子沫的人影。她终于一跺脚愤然离开了。本来她也没有把贼通判的几句屁话放在心上，是不是真的还另当别论。但为了不惹小姐生气，能给她一个忠于职守的印象，她进了城门，心念一转，便向西梁庙走去。听说来了一位年轻的法师，解签很灵，且能断人前程。心想何不会他一会，给小姐驱驱邪、避避凶，未尝不是好事，何必为别人的事费心劳神呢？只是现在的人冷淡了庙宇和道观，太平盛世，佛道都长脸；时运塞顿，求生尚且艰难，佛事道法自然疏陋，以为佛道无用者大有人在。但在桑玉的眼里，她在意的是和尚，佛与道却模糊一片。佛道向来看不见，道士、和尚倒可以亲自观瞻。从东门到西梁庙，路途不远，穿街越巷，再出西门，一直向西，爬向山梁，庙宇便赫然出现在眼前。香客较往常增多，络绎往来，大多无言无语、面色凝重、举止虔诚、行为端正，把佛都藏在心里，把心事再卸在佛的肩上。进得庙门，果然见一个傲岸脱俗、形容俊美的年轻和尚在给香客指点迷津，祥和的笑容始终挂在脸上，言语轻柔恳切，眼神广阔天然，一看就不是鼠窃狗偷之辈，女人来了就慌忙闭眼念佛，女人去了就眯眼淫窥。桑玉的心顿时敞亮了，也买了几炷香，扮作敬佛之势，实则不远不近暗窥这和尚的情形。可当她给偏殿观音上完香刚出来，一个身影险些把她吓倒。不是别人，又是郎通判。他背着双手，悠闲地站在一间寮房门外，仰望高天，似乎在做尘世之外的冥想。瞬间他们都互相看见，惊吓之余，桑玉气恼得想捶胸顿足。但她发现这回的贼通判仿佛比她更紧张，竟慌乱地一转身进了寮房。这令桑玉倍感欣慰，心想你也有害怕的时候？同时她的心窍豁然间开朗，心想自己每次见到他都感到恐慌意外，原来他也同样如此。况且自己还有小姐撑着，怕他何来？想到这里，她恨不得追进寮房看看他去。恰巧这时那法师迎面走来，桑玉借着刚刚壮起来的胆气追上去，双手合十道："法师安好，我来求个签。"法师停下来，目光已经瞬间把她包围，然后道："求签啊？"桑玉点头称是。法师又道："求什么？"桑玉皱皱眉，道："求……签。"法师浅笑道："施主想解何事？"桑玉不好回答，心想我解何事，求签不就知道了吗？法师看出端倪，道："施主不用求签，贫僧直接给你解。"桑玉这下明白了，道："梦中被鬼吓，可能解得？"法师道："你不会。"桑玉懵懂，重复道："梦中被鬼吓，可能解得？"法师竟开心地笑了，道："鬼在自己的心中……我说你心中没鬼，不会被吓到。你是替别人求签来的。"桑玉叫了一声，急忙把嘴捂住，频频点头道："你怎么知道不是我？"法师道："是施主的眼睛告诉我的。我看到你的眼睛里没有鬼，所以不会被鬼吓到。"桑玉的脸顿时红了，一时竟觉得这个和尚如此亲切。法师笑了笑，转身想走，桑玉见状急忙道："法师你等等……"法师又转过身来道："施主还有何事？"桑玉支吾半天，方道："法师，冒昧问一句，你这么年轻，为啥要出家当和尚呢？"法师的笑容立刻消失了，保持着庄严的平静，没有回答她。也许是这个和尚太年轻，也许是这个和尚太随和，桑玉竟突发奇想地问："是不是你老婆偷人了？是不是？"法师哭笑不得，并警觉地看了看四周，极度耐心地道："出家不出家与岁数有关系吗？你看他。"桑玉顺着他的手指方向看去，见一个五六岁的小和尚正在台矶上玩耍，甚是可爱。桑玉看了一会儿，但当她转过头来的时候，法师的人影都不见了。桑玉四下里看看，方觉得自己唐突了，站在那里出了一会儿神，然后悻悻而去。

　　走出庙门，她向一个女香客问道："新来的法师叫啥名？"香客道："大定。释大定法师。"桑玉"扑哧"笑了，"什么？是大腚？"香客不解地看着她，"对啊，释大定法师。"其实桑玉想问法师的俗世名字，但谁能知道呢？

　　中午时分，弓去快与弓么长父子双双从口里返回家乡。弓去快骑驴，弓么长跟脚，他和驴都走出一身臭汗，独弓去快在驴背上扇着扇子。一进门，首先看见的是西屋的窗户出一个大窟窿。弓去快看了看，装作没看见，照旧把驴拴在槽上，然后添草加料喂将起来。弓么长则大叫一声："这是咋了，来贼了？"便跑到窗户下仔细查看，向里望了望，但见姐姐的屋子大不似从前。东西都动过了，也干净了，分明还有人的气息存在。然后他冲着父亲喊："爸，你不是说我姐不回门了吗？怎么她明明回来过。"

　　而弓去快的判断非常简单明了，女儿回来过，见家里没人，气得砸了窗户。现在已经没法向儿子说清楚了，因此说道："你姐没回来。你进屋去看看，都丢啥了。定是来贼了。"弓么长急忙开门进屋，东瞧西瞅，左察右寻，终不见有东西丢了，便又跑出来道："爸，什么也没丢，分明是我姐回来过。"弓去快则冷冷地说："你说回来过就回来过！你还想治我个罪不成？"弓么长一听，气哼哼地不再言语了。这一路上，父子俩就言语磕绊，话不投机。原因是三天前弓去快对儿子道，你口里的舅舅有病了，病得不轻，我们得去看看，顺便看看你表妹苏秀，也好借此向你舅舅、舅母再提提亲事。弓么长仍在挖金，本不想去，无奈父亲逼得紧，不能不从命。可到口里一看，不但舅舅没病，而且正在教人练梅花拳呢。弓么长觉得父亲骗了他，而骗他的根本目的是要提亲事。为了赌气，他自始至终都没看表妹苏秀一眼。父亲一把话题扯到亲事上，他抬脚就走，闹得彼此尴尬。再者，舅舅的心思也不在这上，每天拉着架势，撑着面孔。提起大清就唉声叹气，哀其不幸，怒其不争。提起洋人、洋教就咬牙切齿，恨不能饮其血啖其肉。就连一向矜持羞涩的表妹苏秀也一改从前作风，伸胳膊撂腿的，都饱含着打人的意味。弓么长对这些不感兴趣，他觉得与挖金子比起来，这都是不务正业。但与此同时，他也强烈地预感到，天下要大乱，有人要造反。所以他也一再催促父亲赶紧离开，回家挖金子要紧。

吃完早饭，表弟盛金龙来了，问他这几天干啥去了，放着金子不挖，还有心思扯淡。他却说口里的舅舅病了，去看看舅舅。还小声嘀咕了一句："口里人要起义，要造反。"父亲瞪他一眼，他知道此事不可乱语，便向表弟努努嘴，意思是要心中有数。盛金龙则道："造反？该造反！这大清国都成啥了。"弓么长看了看父亲仍不作声。盛金龙又道："他们造他们的反，咱还得去挖金。"弓去快道："我看这金也别挖了，家里放着那东西，招灾。"弓么长和盛金龙相视而笑，不以为然。盛金龙又问："你家的窗户咋整出个窟窿？"没等弓么长回答，弓去快抢先道："我砸的！"盛金龙听出此话不对味，又枯坐了一会儿，便摇摇晃晃地离开了。但走到大门口时，他停了停，梗着脖子自语道："有金子我还怕啥？有金子我啥都不怕！"

在回家的路上，罗子沫骑马在前，弓然明骑驴在后，好长一段时间，他们彼此无话。但罗子沫能感受到后边那位在欢乐，因为每到人烟稀少的地方，她总要唱两句，诸如"树影儿那个摇动呀，哎呀我的那个心那个神呀，心神不哇定啊""大小姐盼情郎，前思思那个后想想""大小姐那个笑嘻嘻，戴红花那个穿新衣"。唱词不连贯，只是随性而为。每当她唱起，罗子沫都会闭上眼睛，紧锁双眉，不是在细听，而是在排斥。有时她的唱声会突然尖利，好像一种冲动破茧而出，他都会立刻捂住双耳。他的神思早已不属于自己，他在思考着一些稀奇古怪的事情。但他更多的是想如何摆脱当前的困境，他以为目前的一切，都是由一双无形的手强加给他的，但夜里的一幕幕总是强横地映入他的眼帘。他甚至想，如果自己不破窗而出，自己会因为她的死而背上骂名，或者遗臭万年吗？门被锁上了，而且是想死的人锁上的，分明是不让人去施救，这能怪谁呢？

　　"喂，等一下！"在一处草洼，后面的人叫喊上了。罗子沫一激灵，从万端思绪中清醒过来，他翻身下马，然后把马牵到路边，让它啃食青草。弓然明紧跟过来，下了驴，把缰绳递给他，莞尔一笑，便钻进了草洼，然后背对着他蹲下去。看那样子，好像是寻找秘密，或者是展示自己的秘密。罗子沫想到了来时的青纱帐，高喊道："你可快点！"

　　"我尿完就出去！"草洼深处传来这样的声音。罗子沫顿时心生厌恶，心想你大可不必这样露骨嘛！等了一会儿，他又高喊道："再不出来我走了！"话音刚落，弓然明的身影就从草洼处腾然而起，雪亮的屁股一闪，然后向这边跑来。罗子沫把驴缰绳递给她，看着她那张红润而且汗津津的脸，心里很不是滋味。心想女人就这么容易满足吗？弓然明一边整理衣裙，一边注视着他那满脸的讨厌之色道："我现在没什么人了，就剩下你了……别给我脸子看，行吗？"罗子沫道："怎么没人了？我堂兄不是人？你爹你弟不是人？"弓然明一听，立刻满脸的悲凄，低语道："别人根本说不着，单说我爹我弟吧……我的心里已经没有他们了。"说完，她又抬眼望着罗子沫，几近乞求地说："你扶我上驴行吗？"罗子沫一听，拽起马缰绳就走，道："先别上了，走几步吧。"说着，他已经走在前头了。弓然明凄婉地一笑，只好牵驴跟上。

　　"夜里你为何反锁门？"走了几步，罗子沫突然问，但不等她回答，他又道："是想阻止我去救你吗？你就真的那么想死吗？"半天工夫，后面的弓然明道："你只说对了一半儿。"罗子沫道："一半儿？那另一半儿呢？"弓然明道："另一半儿是想救你。"罗子沫冷笑道："救我？我又没想死。"弓然明道："你不想死，可有人会置你于死地。"罗子沫不服气地道："凭什么呀？"弓然明冷笑道："凭你对我非礼了！""什么？"罗子沫停下来大叫道，"谁敢这么胡言乱语？""我爹就敢！"弓然明也提高嗓门，"然后他会向你家要很多钱。"罗子沫无语，因为他知道，这是任谁都没有办法的事。"但我弟弟不会要你的钱，他会要你的命！哼，总之，你长一百张嘴也说不清。"罗子沫更加无语，因为她的弟弟一定会这么干的。这时，罗子沫如梦方醒，门是从外面锁上的，谁锁的？没别人，肯定是她弓然明，那么以后再出现什么事，与我罗子沫还有什么关系呢？所以，她从外面锁上门，也就等于把所有的是非都锁在了门外。而去不去救她，就显得没有那么重要了，因为在当时，死，成了她心里的必然。想到这里，罗子沫鼻子一酸，立刻抱起弓然明，把她放在驴背上。速度之快，根本没有机会让弓然然去体会那双臂膀所蕴含的强大温存。自此以后直到踏进家门，他们再次默默无语，彼此感受着对方的存在。

罗子沫在门外下马，心里翻江倒海，说不出什么滋味，竟胆怯见到母亲。所以他牵着缰绳踟蹰不定，一时不敢进门。弓然明也似乎受到了感染，心也"咚咚"直跳，脸也羞红。见罗子沫停下来，她觉得自己不能停，便牵了驴，鼓足勇气，跨进门去。整个院子静悄悄的，这令她的心稍稍安定一些，她把驴拴在驴槽上，看着门外的罗子沫轻轻点头，算是对他的鼓励。罗子沫方牵了马走进来，驴马不能同槽，当他想把马拴在另一个槽上时，弓然明顺手抓过他手中的缰绳，帮他拴好。刚要离开时，又见罗子沫的一个衣角掖在腰际，她又顺手帮他拉下来，同时无比深情地看了他一眼。这是一种留恋和暗示，因为进入这样的环境，无异于两地分离。罗子沫则变得呆板木讷，这令她很失望，在临离开前，她又瞪了他一眼。

罗子沫是哭丧着脸走进自己的屋子的。母亲和妹妹跟他打招呼，他"哼""哈"地答应着，但根本没有听见她们说什么。丽娘看着儿子，心如刀绞，因为她透过窗户，把弓然明的举动看得一清二楚。作为一个聪明而又经历丰富的女人，她明白那些都意味着什么。但她仍怀有侥幸心理，不愿相信自己不祥的预感已经变成现实。所以，尽管她的心不由自主地战栗，但她还是极力控制自己，装作若无其事的样子。为了得到进一步的证实，她跨出门，向弓然明的屋子走去。

罗子辉父子都下地干活儿去了，所以只有弓然明自己在屋子里，她正兴冲冲地规整自己的屋子，嘴里还在轻轻地哼着小调。但这个时候，她不是耳聪目明的，所以她并没有看见一个大活人走进来。此时她正把罗子辉脱下来的脏衣服一件件地扔在盆子里，准备清洗。转身之际，看见丽娘直挺挺地站在屋子中央，她吓得"啊呀"一声大叫，端起的盆子也掉在地上，然后她怔怔地看着丽娘，一时手足无措。这种失态，彻底击垮了丽娘心中仅存的侥幸，她瞪起双眼，尖利的目光摄人魂魄。弓然明终于无力地低下了头。丽娘则冷冷一笑道："你那么讨厌你的丈夫，还要给他洗衣服？"弓然明抬头看了她一眼，她很想反驳道："难道你不讨厌我四叔吗？可他天天都躺在你的炕上。"但她没有说出口，因为她是罗子沫的母亲，尽管她是自己平生最恨的人。丽娘见她不敢作答，更加证实她的做贼心虚，于是她又咬牙切齿地骂道："骚货！你坏了我的儿子！"这一声骂，让弓然明彻底释然了。仇人的发疯让她的心里无比解恨，她竟难以自控地想笑，"四婶，告诉你，我没有坏你的儿子，我是成全你的儿子。不是他到我家把我这个新娘子接来的吗？不是他又以丈夫的身份送我回门的吗？这一切，不都是你一手筹划的吗？"丽娘无言以对，却气得脸色铁青、双唇颤抖。半天，她才恶狠狠道："骚货！我们走着瞧！"说完，便转身离去。弓然明则盯着她的背影道："四婶，以后不用您老人家给我亲自送饭了。我答应了子沫，我要自己做饭。"丽娘尽管都听在耳里，但她没有迟疑，更没有回头。

丽娘踉踉跄跄地回来后，就觉得五内俱焚，口内又翻涌甜腥之气，她知道自己又要吐血，便狠狠地闭上嘴唇，咬紧牙关，不让这口血吐出来。终于，那口血在涌到喉咙处时，有如潮落一般倒灌回去。罗子漫看到母亲从嫂子那里回来，脸色就十分难看，又见母亲进行一番挣扎后，无力地躺在炕上，便急忙跑过来问："妈，你怎么了？是不是又病了？"丽娘很没好气地道："我何曾病过？"罗子漫不再作声，躲在一边看着窗外发呆。其实她未尝没看透这一切。当母亲透过窗子往外察看时，她虽未在意，但该看到的也都看到了。再加上哥哥的神情，还有母亲一去一回的变化，都让她感到诡秘和不堪，都让她产生厌离之感。尽管在母亲痛苦的时候，她不忍离去，但她还是决意离去，她觉得自己惹不起这自寻烦恼的万丈红尘。她没带什么东西回来，所以使她的离去显得唐突。"妈，我走了。"临行前她如此唐突地道。同时又到哥哥的屋里，更加唐突地说："哥，你要好好地活。"这些尚且不算，唐突到不可思议的是，当她看到弓然明蹲在窗下洗衣服时，她很快走过去道："你当初要是跟我们走就好了。"说完，她转身就往外走。只是当她走出大门时，听见母亲诅咒般的声音："你走吧，再别回来，死到外头算了！"但她只是淡淡地一笑。

罗子沫对妹妹的话感到莫衷一是，乍一听像是挖苦，再想想又像是安慰。大门响动，知道妹妹已经离去，他少有地产生难舍之感，泪水涌上眼眶。他追了出去，站在门口看着妹妹的背影渐行渐远，他为自己从来没有关心过妹妹而感到悔恨和愧疚。尤其是她进入教堂以后，妹妹竟成了可有可无的人，他觉得自己这个哥哥做得很不够格。妹妹的身影消失了，泪水也模糊了他的双眼。

当他返回时，正见一双热辣的眼睛在盯着他看，这分明就是昨天夜里的那双眼睛，那是能把人燃烧甚至生吞活剥的眼睛。他的心"腾"的一下，像点燃了一把火炬，那种从未有过的不可抗拒的力量正企图搅乱他的心神。他急忙钻进屋里，非常害怕地想："情欲不但能让人苟活，还能让人疯狂。"这也是妹妹何以从容离开的根本，因为她的神思在神的国度里，那里是清净世界。这时他又听到外面有走路声，一会儿又有说话声："爸，爸你看，她给我洗衣服呢。"这是堂兄的声音。他们父子从地里刚回来，但没有听到二大爷的声音。不一会儿，父亲又翻着白眼，呜呜哇哇地说起话来，这是他又饿了，想吃东西。丽娘慌忙下地，站了站稳，然后向灶间走去。"妈，我们自己做饭吃吧，不要再做二大爷家的那一份了。"母亲没有回答他，灶间里传来锅碗瓢盆的响动。他又道："妈，我的意思是，咱不和他们家掺和了，各做各的倒干净！"母亲仍没有动静。

自打桑玉离开后，念其又沉沉睡去。哥哥荣念祖走进来，方把她惊醒。荣念祖是轻易不着家的，"干殿下"的特殊身份，使他来去神秘，他也自觉与众不同，处处摆出皇族的威仪。今天他却有闲在家，静坐品茶，悠然自乐。是高解从外头回来告诉他，桑玉一大早就出去了，先在城外转悠，后来又进城了，但不知去向。荣念祖警觉，放下茶碗，想了想，然后起身向妹妹这里走来，来时不忘带给妹妹一只戒指，是由自家金子打造而成的。当然不止这一个，其他的都送到柳巷妓馆去了。当他笑吟吟地将戒指递到妹妹面前时，他吓了一跳。妹妹的脸色苍黄无光，意态慵懒多愁，给他的第一印象不是病，而是因为情志难熬所致。他四下里望了望，这孤灯残月的，一个十八大九的女子，还能忍耐何时？他油然而生疼惜之心，把戒指塞到妹妹手里，然后坐下来道："念其，看你这样子，哥心疼啊！妈走了以后，父亲和我一个忙于公事，一个忙于私营，都把你晾起来了，哥失职啊！"念其从未听到哥哥这样温暖体贴的话，竟感动得掉下泪来，尽管她感到哥哥的话多少有些古怪。她说道："哥，我挺好的，有桑玉在身边，诸事都够了。"荣念祖道："桑玉是桑玉，她代替不了所有人……"念其更加难得其解，道："哥你这是何意？难道有个人要代替母亲吗？"她一时竟以为父亲要续弦。荣念祖笑了，道："妹妹你想哪里去了，我是说你也老大不小了，也该找个人家了。可……可谁能配得上我的妹妹呢，"念其的脸"腾"地红了，低下头道："哥你怎好浑说？"荣念祖道："这不是浑说，这是人之常情。男大当婚，女大当嫁，这是天理。"念其道："我还要读书。"荣念祖道："女孩子，读些书就够了，还是找一个好人家要紧。"然后他顿了顿，竟突然眉飞色舞起来，"我倒想起一个人来……桑德斯！俄国绅士桑德斯。此人心胸宽广，财大气粗，而且有胆有识。只是……只是他与教堂的那个洋女子来往甚密，但最近他们总是吵，我看他们是镜花水月，早晚得……"没等他把话说完，念其打断他道："就是要……那个桑德斯？"看着妹妹那警觉的样子，荣念祖也警觉道："就是要……什么？你听到什么了？"荣念祖又四处看看，"桑玉呢？桑玉那丫头干啥去了？"念其道："我病了，她给我找郎中去了。""找郎中？"荣念祖疑惑地问，"你这根本就不是病，找什么郎中？我可告诉你妹妹，早就听说你跟热水汤的穷小子有来往，还与冉先生贴得紧，他们可都是外人。哥、父亲，才是你的亲人，你可不能胳膊肘往外拧。谁会真正对你好，你可要清楚。"念其显出疲惫之色，道："哥，这些都与我不相干，我现在没有别的，只想读书。至于什么桑德斯，你也不要去想，嫁人的事，离我还很远，你也不要为我操心。我只求哥哥处处谨慎小心，平安地渡过难关。""难关？"荣念祖大惊失色，"我有什么难关？我怎么不知？"念其很痛苦地看看他道："不知道就不知道吧。我只是说，现在的大清国，人人都有难关。你好自为之吧。"说完，她打开那个精致的小盒，拿出戒指，在手里摆弄着，她感到那金子的黄很刺眼。"人为财死，鸟为食亡。"她轻声自语道。

"妹妹你想多了。还是好好想想你的未来吧。"荣念祖站起身来，边说边往外走去，"你不是病，你要真的病了，哥会给你找郎中的。"走到门口时，他又回身道。念其仍是很痛苦地看着他，眨了眨眼，算是相送。哥哥的身影刚消失，念其就迅速打开窗子，往外望去。她希望桑玉早些回来，早些听到她把事情办好的消息。

桑玉是在将近中午时分回来的，她当然没说自己去了西梁庙，只说等到现在都没有看见罗子沫的人影。念其虽然失望，但也没有责怪于她。而在琢磨，难道罗子沫今天不回来了？当她认为自己的判断失灵时，也不好再对桑玉发号施令。但心里更加焦急了，因为从哥哥的谈话里，她更加感到郎纪平说的不假。想到罗子沫即便下午能回来，到家的时候也不会太早，那么今天找到他和明天找到他没什么两样，于是便对桑玉道："午后好好歇歇，我们明天再去找。"桑玉道："难道明天你也去？你的身体行吗？"念其自信地道："行！"

她确实感到自己又来了精神，但她内心无法判断，是能见到罗子沫所致，还是能把这个消息告诉他使然。虽然夜里的梦还让她感到羞愧，但现实中的她还是不忘初心。

罗子漫回到教堂，见桑德斯也在这里，他一改往日的傲慢，很平静地坐在阿曼达的对面，在聆听她讲道。阿曼达见她回来，拥抱她一下，继续进行自己的话题，"经上说：我立你做以色列家守望的人，所以你要听我口中的话，替我警戒他们。

我何时指着恶人说，'你必要死'，你要不警戒他，也不劝诫他，使他离开恶行，拯救他的性命，这恶人必死在罪孽之中，我却要向你讨他丧命之罪。"阿曼达背完这段经文，对脸色大变的桑德斯道："劝诫恶人，不但是为了拯救他人，也是在负我们自己的责，也是在免我们的罪。所以不要把我们看得有多好，我们所做的和你们在生活中所做的都是本应该做的。但经上还说：'倘若你警戒了恶人，他仍不转离罪恶，也不离开恶行，他必死在罪孽之中，你却救自己脱离了罪。'"听到这里，桑德斯突然站起来，兴奋地说："这段经文说得好！比如那些偷金的人，我多次警戒他们，他们不但不收敛，反而鼓动更多的人来偷，我想……"桑德斯停下来，耸耸宽厚的肩膀，嘿嘿地笑道："我想他们必死在自己的罪孽之中。"这回是阿曼达脸色大变，"桑德斯，你怎么还提偷金者？他们是被生活所迫……"桑德斯急忙换了一副嘴脸道："你别误会阿曼达，我说他们会受到上帝的惩罚……而不是我。"然后他摊开双手，继续道："我的手和你的那双手是一样的，它们是充满慈爱的，它们不会去杀人。是的，连恶人都包括在内，因为惩罚恶人是上帝的事。这不，我这双慈爱的手还要为阿曼达小姐建造一座教会医院呢。"阿曼达道："不是为我，是为了上帝的爱。"桑德斯摇摇头道："不，我没有资格对上帝负责，我只对我心爱的阿曼达负责。"

在一边装作收拾东西的罗子漫，特意看了一眼这个把自己的哥哥打倒在地的俄国人，心里别提有多反感了。心想，他能有这份爱心？鬼才相信，那可是一笔巨款。不料这时桑德斯竟信誓旦旦地说："我知道有人会怀疑我的诚意，那好，我们明天就去城里选址，无论是哪块地皮，只要你相中了，我就会把它买下来，甚至包括他们的知府衙门。"说到这里，他竟专注地看着罗子漫，目光里全是友善，"这位罗小姐也要去，一同做个见证。"罗子漫一听，只淡淡地一笑，然后走了出去。阿曼达又劝诫道："经上还说：'那不按正道得财的，好像鹧鸪抱不是自己的蛋，到了中年，那财都必离开他，他终究成为愚顽。'神行神判不凭眼见，断是非也不凭耳闻。这些道理，我想对于你不会陌生吧，桑德斯先生？"桑德斯装出来的耐性显然受到挑战，于是他道："一点都不陌生，我刚会说话的时候，我父亲就开始对我耳提面命了。可说实话阿曼达，我是天生对说教容易感到困乏的人。因为我觉得一些人的说教总是言不由衷，他刚说完别人，自己就去做了。"阿曼达很轻蔑地笑了，道："这不是某个人的说教，这是经上的话，谁把这样的话告诉他人，都不算错，尽管他自己可能会犯过。"阿曼达的笑脸是带有柔情的，因为她相信他要捐资建教会医院的诚意，而赤城这里，是多么需要教会医院啊！桑德斯也笑了，因为他看到阿曼达今天非常美丽，他握住她的手道："我没有说我的阿曼达在说教，我是在说那些人……比如我的父亲。"阿曼达没有挣脱他，而是深情地道："经上还说，'那些行不义盖房，行不公造楼，白白使用人的手工不给工资的有祸了'。"桑德斯把她抱在怀里道："在说我吗？不会的，对那些建造医院的中国工人，我一个子儿都不会欠他们的。前提是……他们必须得听话。"阿曼达有些羞答答的，显然她不适应被男人这样爱抚，尤其在这圣殿里，但今天她实在被这个男人感动了。桑德斯想吻她，这无论如何都超过了她的底线。她拒绝了他，并想从他的怀里挣脱出来，无奈被抱得很紧。"明天一早我们就去城里选地皮，记住，一定要带上那位中国信徒，没有她，就没有中国元素了，那多没意思。因为这教会医院是给中国人建的。"阿曼达笑了，笑得很妩媚。

次日一早，罗子漫犹犹豫豫坐上桑德斯的车。如果不是因为阿曼达最后拉她一把，并与她并排坐在后排座位上，她不可能坐上打倒自己哥哥的人的车。看着他那高大的身躯和络腮胡子，她始终有几分恐惧，这就是一个人的长相给人带来的恐惧。她不免要问，凭什么长相就能给人带来恐惧？这很不公平，这本身就是对人的伤害。她甚至想，如果自己是男人，就专门跟这样的人作对。阿曼达的脸上始终带着温馨的笑容。罗子漫知道，她的眼前已经出现了梦寐以求的教会医院了，这就是前边这位令人恐惧的家伙给她描绘出来的。

车子进了城门，就专拣宽敞的路走，同时放慢了速度。桑德斯开始不住地问："这里行吗阿曼达？"阿曼达像个欢快的孩子，好像接受大人的赐予，而且是唯美的赐予。罗子漫感觉车子在往南行，道路渐窄，那里是居民区，而且住着达官富贾。果然，车子在一家大宅院旁边停下来。"这里行吗阿曼达？"桑德斯又问。阿曼达眨着天真无邪的双眼往外张望，然后摇摇头道："还是小点。"然后车子继续前行，在东南与西北的交界处又停下来，这里是菜市场，是市民居家的必备设施。"这里行吗？"桑德斯又问。阿曼达又望了望，先点点头，后又摇头道："这里又嫌大了些，而且太偏了。"车子又开动了，往正西而去。西门的右侧有一块空地，这是非常时期守城士兵查验出城人员身份的地方。罗子漫心想，他可别在这里停下来呀，那就太可笑了。可她刚想完，车子就停下来了，桑德斯又问："这里行吗？"阿曼达又答："这地方倒是很好，可是离城门太近了。"罗子漫"哧哧"地笑了，桑德斯回过头来瞪一下眼睛，罗子漫的笑声戛然而止。车子继续前行，而且很长时间没有停下来。再走一会儿，军营出现在眼前，罗子漫根本不再想什么，因为这是军营。但桑德斯真就把车子停下来。阿曼达也表示惊讶，车子刚一停，她便叫道："上帝呀，这是人家的军营啊！"桑德斯冷笑一声道："我只问你看上没有？"阿曼达频频摇头，又扭头去看罗子漫，顿时吓了一跳，因为她看到了一张扭曲的脸，像在忍受剧烈的疼痛。"你怎么了子漫，不舒服吗？"她小声问。罗子漫惊醒过来，笑道："没有啊，我很舒服。"车子又开动了，而且不断地右转、向右，驶向城区。行人也多起来了，都纷纷给洋车让路，而且慌忙不迭。车子在城中心的最繁华地带停下来，从这个地带往北，是公园的一部分；再往北是秀塔书院；隔一条很宽的人行路再往北，就是知府衙门。桑德斯指着公园的一部分道："阿曼达，我看这里可以了，我们下去看看吧。"说着他便率先下了车，然后打开了阿曼达这边的车门；又绕过去，打开罗子漫那边的车门。出了车门，阿曼达的心像花一样开了，这块地皮大小适中，而且四通八达，视野开阔，四方的建筑形态各异，妙趣横生，而且都由低到高伸展开去，如果在这里建一座富丽堂皇的教会医院，简直就是众星捧月。阿曼达抑制不住自己的喜悦，慢慢地闭上眼睛，"感谢父神的恩赐，阿曼达会以此荣耀你，让你的大能在这里分别为胜！"她发出最虔诚的祷告。

可就在这时，她的身后发出"咣咣"几声巨响，随后是恶骂之声："长毛贼，竟然跑到我们中国来撒野，欺我国民，霸我金矿，今天老子让你们死无葬身之地！"不知从哪里窜出几条大汉，虽都是农民打扮，但都长相凶恶，举止野蛮。他们手里都拿着家伙，或铁棍，或镐头，或钢叉，或木棒，对着车子一顿乱砸之后，便向他们一行三人扑来。桑德斯拉开拳击的架势迎战，在前面拿木棒的人没打着他，被他一拳击倒。而后面拿铁棍的家伙一棍砸在他的肩上，他摇晃了几下，庞大的身躯栽倒在地。另外几个人把阿曼达和罗子漫团团围住，一个个嬉皮笑脸，目露淫光。一个大汉道："小洋妞，今天大爷要尝新鲜了！"说着扔了家伙就扑过来。罗子漫喊道："光天化日之下休得无礼！你们就不怕天打雷劈吗？"话音刚落，那个拿木棒的大汉上来就是两记耳光。罗子漫捂着脸道："我是中国人！"大汉骂道："中国人顶你妈个屁！跟洋人混的都该死！"说着又踹了她两脚。罗子漫疼得蹲在地上，可当她看到阿曼达已经被两名大汉夹在中间进行猥亵时，她扑过去就抱住了一个大汉的双腿，大叫道："你们这群畜生，你们在丢中国人的脸！"那大汉一脚把她掀翻，并骂道："不认祖宗的东西！你们才是丢中国人的脸！"说着又上前猛踹她的头部，罗子漫头晕目眩，再也没有反抗能力了。阿曼达的泪水早已挂满双腮，她拼命地挣扎，却不喊不叫，她在求父神的护佑，同时也不断忏悔，可自己究竟错在哪里，她又实在不知。这时躺在地上的桑德斯闷闷地叫一声她的名字，恰在这时，一条大汉一掌击在她的后脑，她眼前一黑也晕倒过去。这时只有罗子漫还在挣扎，几条大汉一起围上来，他们彼此看看，然后都扔了手中的家伙，随后发出阵阵淫笑。明眼人都知道他们要干什么，但没有人敢站出来，无论男女老幼，都远远地围观。或可怜巴巴，或心急如焚，或麻麻木木，或幸灾乐祸。更有甚者，唯恐殃及自己，老早就逃开了。这时，两条大汉分别踩住罗子漫的双腿，一个去扒她的裤子。雪白的肌肤顿时像阳光一样刺眼，随着一阵唏嘘之声，所有的围观者都捂住了双眼扭过身子。偏有一个不怕死的小脚老太走上前来，颤巍巍地说："孩子们啊，不可以这样做啊，这伤天害理啊，要遭天雷劈的呀！"不料一条大汉"噢"的一声跺脚骂道："滚！"那老太吓得"啊呀"一声坐在地上，大哭道："我的那个老天爷呀——你快救救这可怜的孩子吧——"

话音刚落，一个蒙面人从一条胡同飞奔而来，"我来也——"随后腾空跃起，落入圈内。只见他踢腿如闪电，出拳如雷崩，拳脚有实无虚，招招夺人性命。几条大汉或被打倒，或被打出丈外，然后蒙面人俯下身去，飞快提起罗子漫的裤子，随后拉开架势，准备再战。明眼人都能看出，这是形意拳的招式。几条大汉见拳脚难以取胜，纷纷抄起家伙再围上来，并骂道："裤裆没毛蛋蹭的东西，今天非取你狗命不可！"说着，棍棒铁镐雨点般落下来。蒙面人虽都一一躲过，但要想取胜，亦非易事。正在这时，又听见一声大叫："恶贼，拿命来——"又一蒙面人跳入圈内，只见他脚若盘根，腰如磨转，发力在双肩，出力在两拳，而且专门打家伙举起未落之时的空当，两名大汉双肋遭到重击，家伙纷纷落地。明眼人一看就会知道，这是南拳功夫。随后两位蒙面人配合紧密，你来我往，你打上三路，我打下三路，你声东我击西，你左顾我右盼。片刻工夫，几条大汉就招架不住了，旁边的叫好声也此起彼伏。几条大汉也并非孬种凡夫，见势不妙，他们各使眼色，准备撤离。但在撤离之前，一名大汉一脚踢在罗子漫的后脑上，这致命的一击，使罗子漫顿时昏死过去。几条大汉随后仓皇逃遁。这时围观的人有的骂，有的吐口水，有的还想打一下。

但逃的人终究是逃了。掌声响起，叫好声响起，这是给两位英雄好汉的。坐在地上看傻眼的老太又哭了："老天爷呀，你可算睁眼了。"但掌声叫好声又戛然而止，他们似乎看到了天下奇观一样，又大眼瞪小眼了。因为两位蒙面人也对峙起来。特别是后来者，目露凶光，盯着前者趟起南拳步伐，一副要出手的架势。但前者好像不为所动，静静地站在那里，似乎在等着接招。"哼！"后者狠狠地发出这样的声音，然后飞身而去。前者见状，看了看脚下的罗子漫，迟疑一下，也飞身而去。围观的人又"哗"的一下，响起叫好声。小脚老太又拍着双腿哭道："老天爷呀——你可算睁眼啦呀——"

曲终人散之时，桑德斯慢慢爬起来，竟像睡了一觉。环顾四周之后，扑了扑身上的土，向阿曼达走去，正在俯身去试其鼻息之际，阿曼达竟睁开眼睛，目光中满是懵懂和无辜。她轻声问："桑德斯，我们犯了什么罪？"桑德斯气愤之极地说："我们没有犯罪，是那些可恶的中国人在犯罪。他们不但偷我的金，还要害我的命！"阿曼达不解地问："你说什么？是那些挖金的中国人打了我们？"桑德斯点头称是。阿曼达的眼前又浮现出弓么长的影子，还有借宿他家的情景。"怎么会？"她疑惑地自语道。

她想坐起来，但挣扎一下，全身疼痛难忍，有如筋断骨折一般。桑德斯急忙把她扶起来道："你被中国人愚蠢而可怜的假象蒙蔽了，其实他们的内心非常野蛮狠毒，难道不是吗？"阿曼达没有回答他，而是在寻找罗子漫在哪里。当她看见罗子漫就在不远处躺着时，她挣扎着爬过去，急切地叫道："子漫子漫！你醒醒，快醒醒，我们回家。"说着她的泪水也扑簌而下。无奈罗子漫就像昏然沉睡一般，没有一点声息。阿曼达对桑德斯道："快！快送她去医院！"桑德斯看了看自己的车道："我的车怕是不行了！"这时几个中国人围上来七嘴八舌地道："找个郎中吧"；"她的家在哪里？快叫她家人来"；"雇个马车吧，医院离我们这里很远"。阿曼达没有理会这些，又对桑德斯道："你去试试，看看你的车还能不能开。"桑德斯很不情愿地走过去，嘴里骂着什么，钻进汽车里。车子哼哼地叫了几声，然后"嗡"地发动了。阿曼达喜出望外，想把罗子漫抱起来，可根本办不到。"桑德斯，快过来帮忙，我们要送她去朝阳城的教会医院抢救。"阿曼达焦急地大喊。桑德斯这才嘴里骂着什么下了车。

外壳被砸得稀烂的车子并不耽误行驶，很快它就在去往朝阳城的路上狼狈而行。

　　念萁和桑玉还没有出城，就听说城里有人打起来了。她们还是去找罗子沫的，但当她们听说打人者就是柏杖子金矿的盗金者时，脚步就淹塞住了。再听说打人者竟然要当众奸污妇女时，所有的兴致与责任感顷刻烟消云散了。难道自己劳苦奔波就是为了保全这些人的性命吗？桑玉当即骂道："王八蛋！真不是人！都该杀！"念萁心里苦不堪言，尽管她还没有完全相信，但病态又再现于她的肢体与容颜。为了得到进一步证实，她们向城里方向走去，这时看见城里的人四散而去，人们的表情还带有恐慌、憎恨、麻木、无奈。也就在这时，一辆被砸得稀巴烂的洋车开过来，从她们身边向北门驶去，像一个被打得遍体鳞伤的人在逃命。桑玉又拽住一位大嫂道："被打的人是哪里的？伤得怎么样？"大嫂满脸惊悸地说："那个男的我不知道，说那两个女的是教堂的。唉，好可怜啊，挨打在其次，好险没被……唉，多亏两个蒙面英雄赶到，不然完了。"桑玉又道："那官兵没来？"大嫂一边走开一边回头道："官兵？现在的官兵还管这事？要是知府大老爷家出事了，没准儿能来。""哎，你怎么这么说话呢？"桑玉说着想追上去，被念萁一把拽住，道："那个好险没被……那啥的，有没有罗子沫的妹妹呢？"桑玉甩一下手道："小姐，就是罗子沫他妈我也不管了，再管恐怕连我们都得搭进去！"念萁自知理亏，不好辩解，见桑玉往回府的路上而去，也只好尾随其后。但步伐滞涩，表情忧郁，对被伤害的中国女性念念不忘。心想如果她真是罗子漫的话，今天她就是死在这里，她家里也不会知道，那是多可怜的事啊！同时也想，这等大事经久不遇，一旦发生必然轰动全城，那伙挖金的百姓无疑会成为众矢之的的，必被千夫所指、万人唾骂的，到那时即便被俄国兵斩尽杀绝，也不会博得半点同情。想到这里，她深深地叹了一口气。至于那两个蒙面英雄到底是谁、来自哪里，她并没有深入地去想。因为在民间历来都有行侠仗义之人，他们神龙见首不见尾，不想留清名于世，不想千秋彪炳，她向来对这样的人感到神秘莫测，并心有所仪，情有所致。

　　她们却没有回府，念萁说要去看看先生，桑玉虽不乐意，也只好跟随。来到书院，冉先生却不在。有两位同学自述，他们早上上学时看到了打架，来到书院告诉了先生，先生听说被打者是教堂的，而且其中被打得最厉害的是中国信徒，立马就出去了，而且至今未归。念萁一听，就知道先生干啥去了，便释然了。

　　冉先生去教堂的时候，心急路短，很快就到了。远远就看见一个小人儿站在教堂门外，到跟前一看，是杜克先生的小女儿安琪拉，脸上竟有悲恻之情。冉先生低头看了看她，问："安琪拉，你在这里做什么？"安琪拉道："我在等姐姐回来。刚才我在祷告时，心里突然好难受，我担心姐姐她们出了什么事。"说完，她大大的蓝眼睛湿润了，充满着哀愁。冉先生心里"咯噔"一下，又问道："你姐姐跟谁出去的？干什么去了？"安琪拉道："桑德斯，还有子漫姐姐。"冉先生一听，顿时大惊失色，问："你爸爸在家吗？"安琪拉摇头道："没有，他去北京了，去好几天了。""那你母亲呢？""我母亲传福音去了，她们也是早晨走的。"冉先生一听，心里暗暗叫苦，很想把真相告诉安琪拉，又想没什么必要，小小的年纪，告诉她无疑会增加她的心理负担。因为来时他听看热闹的人说，被砸烂的车子出北门了，他断定他们是上朝阳城的教会医院了，于是便努力平静下来道："安琪拉，等你母亲回来，就说你姐姐她们上朝阳城的教会医院了，她们如果长时间不回来，可以到那里去找她们。"安琪拉眼睛瞪得更大了，充满了疑问，但她只是点点头，没有把心中的疑问说出来。冉先生匆匆离开，先进城雇车，然后快马加鞭，向热水汤而去。

冉先生在浴海池林门前下了车，付了车费，便快步向里走去。本以为罗子沫会坐在柜台前，或读书，或接待顾客。但定睛一看，坐在那里的竟然是个干瘦老头。愣了一会儿，他问道："罗子沫没来吗？"老头很奸诈地打量他一番，道："没有，有几天没来了。"冉先生思忖一会儿道："那你知道他家在哪里吗？"老者又上下打量他一番道："哪里高就往哪里走！罗家大院，谁都知道。"冉先生听出他的不耐烦，点头赔笑道："谢谢啊！"说完就转身出来。按老者的指示，他只往高处走，真就看见一个很大的院落在高岗处，他气喘吁吁，但脚步愈快，很快就来到门前。门虚掩着，先听听院子里有没有狗，仅听到有驴马的咀嚼声，于是他推门而入。正当他四处张望时，一个下人跑来，问道："先生你找谁？"冉先生道："这是罗子沫的家吗？"下人回答："是的。"然后把他引到东厢房来。刚想敲门，门却开了，丽娘一脸病容地站在眼前。冉先生好半天没看出这个人是谁，当他终于看出是丽娘时，他"哎哟"一声。这种失态让丽娘感到不安，因为有下人在身边，于是她高声道："哟，是冉先生啊，是找子沫的吧，快进屋。"丽娘使一个眼色，冉先生会意，便同她一起悄悄来到罗子沫的屋子。脚跟还没站稳，丽娘一下子就抓住冉先生的双手，哭道："先生啊，我的子沫坏掉了！"说完就泣不成声了。冉先生摸不着头脑，心想自己实质上是带着子沫的，怎么一进门就说坏掉了，这令他不知所措，便打定主意什么都不说，先听听看。不料丽娘只说这一句话，然后就是哭，根本没有继续说清的意思。冉先生实在耐不住性子，便把她扶到炕上坐下，小声问道："先别哭，先说说子沫是怎么坏掉的。"丽娘虽然在痛苦中，虽然也是四十多岁的人了，这一问，竟"腾"的一下满脸羞红。这就更令冉先生如坠云里雾里，不好再追问下去了。便道："子沫他呢？"丽娘稍稍恢复正常，道："在浴海池林，五岛先生那里。""啊？"冉先生更加吃惊，他大叫了一声。丽娘吓了一跳，急忙向屋外望了望，补充道："是在浴海池林，没吃早饭就走了，他说要到那里跟老秦头一起吃。""可……"冉先生刚想说什么，又把话咽了回去，心中叫苦不迭。从子沫不在浴海池林，联想到"子沫坏掉了"，他的心开始"突突"直跳。看当妈的这么痛苦，在子沫身上一定有不同寻常的事发生，现在他很有可能失踪了。那么，一个是儿子失踪，一个是女儿被打坏了。这两件事该告诉她哪一件？面对这个痛不欲生的女人，哪一件她都承受不了。想到这里，他强装笑脸道："丽娘，你想开些，想开些。我有点急事，我出去一趟，回来再说。"不等丽娘说什么，他便向外走去。知道这座院子里再没有什么执事的人了，于是他决定离开。

这时院子里多出两个人，在正房的窗户下，一个壮实的男人蹲在一个俊俏的女人面前，男人在呵呵笑，女人在穿针引线纳鞋底。冉先生很持重地向那边慢慢走去，还没到院子中央，那男人就转过来，呵呵笑道："四叔，看我媳妇在给我做鞋呢。"

"四叔？"冉先生莫名其妙。那男人又补充道："你不是找我四婶来的吗？那我就把你叫四叔，咋地了？呵呵！"冉先生已经知道了这个人的大概，便不搭理他。这时，女人放下鞋底走上来，笑吟吟地问："先生，你有事？"冉先生看到这女人一脸的精明，便道："你是子沫的什么人？"那男人突然抢过来道："不是他媳妇，呵呵，是我媳妇。"女人推了男人一把道："我是他嫂子，子沫……子沫他……"冉先生皱起了眉道："我们可否借一步说话？"女人会意，往西厢房走去。"不稀得听！不仁不义的东西！"那男人骂了一声走进了屋子。见女人站稳后，冉先生道："我今天来，是想告诉你们，罗子漫她被人打坏了……""什么？"女人大叫一声。"别着急，你听我说，"冉先生有些生气，"出事地点是在城里，她和教堂的一个洋姑娘还有一个俄国男人在一起，被一伙流氓打了。罗子漫的伤势严重，现正在朝阳城的教会医院抢救。我来就是告诉你们这件事的……""什么人这么缺德，竟对女人下手！我婶婆婆她怎么说？"女人以为冉先生把话说完了，迫不及待地问。冉先生心里着急，又继续道："我本来想把这件事告诉你婶婆婆，没想到她的情况不对，进门就哭了，说什么'子沫他坏掉了'。看她那样子，我根本不敢告诉她。"女人一听，脸色绯红，急忙移开目光。"请等等，我还没有说完，"冉先生继续道，"我来是想把这件事告诉子沫……"这时，女人用惊疑的目光看着他。冉先生苦笑道："哎呀，你看我都老糊涂了。我开始确实只想把这件事告诉子沫就回去了，可子沫不在浴海池林，我才到你家来，以为子沫在家，可刚才你婶婆婆说，子沫老早就出去了，连饭都没有吃。"女人一听，就像被雷击了一下，身子一震，脸顿时变成土灰色，张嘴望着冉先生，却说不出话来。"就是这样，子沫不知何往，子漫被打伤。这两件事，我哪件也未告诉你婶婆婆，可我又不能不说，因此……"女人见先生已经把话说完，便故作从容地道："我知道了，先生你进屋歇着，等吃了饭再走。"冉先生急忙道："不了不了，我还有急事，就不搅扰了。"女人道："你客气了先生，这是在帮我们，怎能说搅扰？"于是又再三相让。冉先生本来是想向丽娘辞行的，或者再说点什么，既然话说到这个份儿上，也只有免了。说道："我看你婶婆婆状况不好，你多照顾她吧，我就不去见她了。"说完，转身向外走去。

-9-

当荣念祖来到北京，慈禧太后恰巧不在紫禁城，李莲英告诉他："老佛爷在颐和园仁寿殿与众王公大臣密商国是，连我都被拒之门外，恐怕殿下您也在所难免了。"说完，他眯缝起眼睛看天上的流云，无限痴迷的样子，好像上面堆满了财宝。荣念祖心里骂道：你个阉贼！如果我这个"殿下"前面不加一个"干"字，我看你敢！然后从高解手中接过一个不大不小的方形锦盒，递给李莲英。李莲英装作很不在意的样子接过来，打开一看，是一块上好的鸡血石，顿时乐出了满脸的皱纹，道："殿下呀，老佛爷这些日子实在心气不好，是轻易不见人的，可谁让您是她的干儿子呢？不过您别急，先在我这里歇歇脚、喝喝茶，我先去通禀一声，别让她老人家抽冷子看见您，再高兴坏喽，您说是不是？您在她老人家眼里，可比亲儿子还要亲呢。我早就知道，在外头，您可是为她老人家担着沉重的。这兵荒马乱的年头，谁的日子也不好过啊，老佛爷也是人啊，也有个七烦八躁的，我们也得考虑她老人家的难处不是？"荣念祖又在心里骂道：好一个阉贼，别拿鬼话糊弄我，我啥时候见太后需要通禀的？但表面上却无限感激地说："一切听从大总管的安排，先谢过了。"李莲英又看看那锦盒道："您就别客气了，跟我来吧。"

黄昏时分，李莲英带着荣念祖来到颐和园。在乐寿堂里，慈禧一脸倦容地等候荣念祖的到来。荣念祖高呼一声："母后在上，受孩儿一拜！"然后长跪在地，行三拜九叩大礼。慈禧抿了一口茶，然后用手帕擦擦嘴角道："起来吧，亏你还想着我。"说着，竟露出满脸的忧戚，"如今啊，还能喊我一声母后的人也只有你了，我可真是成了孤家寡人了。"说着竟流出泪来，然后急忙用手帕擦了。荣念祖知道老佛爷还因为光绪帝的事伤感，再加上这至亲的体己话实在感人，不觉又想到自己多年来的艰辛，竟趴在地上呜呜地哭起来。慈禧太后见他哭了，不免又滚下泪来。李莲英急忙把手里捧着的东西放在几案上说："这是殿下孝敬您老人家的。"慈禧瞟了一眼说："来就来吧，还拿东西？我缺的不是这些。"李莲英又急忙跑过去扶起荣念祖道："殿下您这可不应该了……知道你们娘儿俩亲，可也要板着些，勾起老佛爷的悲伤来，可不是闹着玩的。"慈禧太后又擦了擦眼睛道："让他坐下吧。"李莲英答应一声急忙把他扶到一把椅子上，然后向几个宫女一摆手，一起退了下去。

慈禧太后的眼睛一下子亮了许多，微微笑笑，道："你父亲可好？"荣念祖道："回母后的话，自打他调任赤城知府以来，一天天为政事忙得不可开交，人都瘦了一圈。"慈禧叹口气道："都怪他护人家的短，要不然，我哪肯让他离开山西。"荣念祖道："我父亲他知道悔改了，每天都在感戴母后不杀之恩呢。"慈禧道："这就好，为官一任，造福一方，大清国可不是靠着这些人硬撑着呢。"荣念祖急忙道："哪儿呢？没有母后的杀伐决断，就断没有大清国的今天。"慈禧又叹气道："现如今啊，大清国这块天可是要塌了啊……看那些王公大臣，在我面前，嘴巴都跟抹了蜜似的，背地里都各怀心腹事。危难临头，只求自保，还有什么忠心可言啊。更可恨的是那些洋人，欺负得我连口气都透不过来，我恨不得……唉，人都说，国难思良将，可哪有良将为我打仗啊？还不如那些村野莽夫，拼了命也要尽一片忠心的。"听口气，荣念祖觉得她似乎言不由衷，再看她那迟疑坐困、左右为难的样子，知道她心中并无定论，只不过是随波逐流，便抓住机会，正好言事，遂急忙道："母后，说起这洋人来，也不是个个都是坏的；那村野莽夫，也不是个个都是好的。"慈禧目光迷茫地看他一眼道："这是什么话说的？"荣念祖道："比如那个桑德斯，虽为洋人，却忠、孝、仁、义，样样具备。"慈禧道："哦，你是说那个俄国人吧，我们把六成的股份都给了他，他再不知感恩戴德，就更没有个人样子了。说起来呀，也太窝囊了些，哪有把六成的股份让给外人的，还不就是我们差在手法上，人家有本事能多出金，难免我们要委屈些了。不然那些金子烂在地下，怪可惜的。"荣念祖道："可不是嘛，如今的产量比以前可是翻了十番呢，可麻烦也不少啊，母后。"慈禧诧异道："这是啥话，还有人敢找麻烦？"荣念祖道："说的就是金矿附近的村野莽夫，一窝蜂地上山盗金，屡教不改，还勾引别处的村民来挖。如今他们把山都挖烂了，照此下去，用不了几年，那金矿非被他们掏空了不可。更可恨的是，因为我们多次阻止他们盗金，他们心怀不满，昨天还把桑德斯和他的未婚妻都打了，车也砸了，还企图糟蹋民女。母后您说说，这村野莽夫也不是个个都好，也有这等为非作歹、目无王法的恶徒。"慈禧太后气得立起眼睛，道："还有这等事？那可都该杀了！"荣念祖一听，扑通一声又跪下了，几乎是呼天抢地地说："孩儿半句谎都不敢撒，孩儿就是为这事来的！"慈禧太后怒气未消，道："这事要跟你父亲说，他得管管。"荣念祖连连叩头，道："是，孩儿一定按照母后的吩咐办，您老人家就瞧好吧。"然后爬了起来，千恩万谢一番，就慌忙退出来。慈禧太后喝口茶，放下茶盏刚想说话，已经不见荣念祖的人影了，便生气道："毛手毛脚的，真是其父其子啊……"荣念祖出了东宫门，擦一把满头大汗对高解道："也不知桑德斯把事情办得怎么样了……我可是把话都说到头里了。"高解想了想道："我想不会出岔头。只是……那个中国信徒这下要惨了。"他们正说着，正好前面就是停车场，叫了两辆黄包车，高解喊道："火车站方向！"

罗子漫此刻正在教会医院的病床上流泪，经抢救脱离危险后，第一就是想家、想母亲、想哥哥。当想到家里人可能还不知道自己受难时，泪水便断了线似的流下来。一边的阿曼达紧紧握住她的双手道："子漫，神会赐福你，你很快就会好起来的。"罗子漫仿佛又想起了什么，微微笑道："神也赐福你。"但她哪里知道，家里的情况更加悲惨。

冉先生走后，弓然明就处在极度的煎熬之中。她在院子里足足站了半个时辰，然后鼓足勇气向婶婆婆的房中走去。"说吧，发生了什么？"躺在炕上的丽娘见她进来，知道冉先生已经不辞而别，便冷冷地问。弓然明的心在剧烈地跳，她尽量保持平静地说："四婶，我没有伤害子沫，请你相信我，也不要嫉恨我，这样对你……"

丽娘坐起来，打断她道："你在怀疑我的信心吗？你以为只有亲眼看到我才会相信吗？一只刚下过蛋的鸡，它的脸总是红的……"弓然明沉默，不知该如何向她解释。

"告诉我又发生了什么，冉先生一定有大事才来的，但他没有告诉我。"丽娘继续追问。弓然明小声道："婶子，正因为冉先生看见你承受不了大事，才没敢跟你说啊。看见你这么急，我也有同感。"丽娘一字一板地说："放心吧，我死不了。这个家还不容许我死。你想说就说，不想说就出去，我还得静一静。"说罢她又躺下来。弓然明慢慢地跪下来道："婶子，这次回门，我爹和我弟都躲着我，不知到哪里去了，我根本就没有活路了。可子沫他一点都不希望我死，他又救了我……"没等她说完，丽娘忽地坐起来，吼道："所以你就以此相要挟，坏了他，对吗？！你……你就是个妖妇！"弓然明心如刀绞，道："婶子，你说我坏了他，我实在不知道你是怎么衡量的。既然你这么认为，那我只好向你赔罪了。自从进了这个家门，我就想我的死期到了，我不希望因为我让别人受到伤害。如果子沫也认为我坏了他，那我……我一刻钟的活路都没有了。我是个罪人，我愿到地狱里受惩罚。"说到这里，她含悲饮泣，泪如泉涌，却不敢大声而哭。罗子沫的出走，无异于一把刀扎在她心上。"婶子，只希望你能坚强起来，这个家没有你，真的不行，尤其子沫还年轻不经事……"说到这里，她的泪水再一次涌出，"我虽来到这个家没几天，可也是缘分，我生不能做这家的人，死还能做这家鬼呢。希望婶子你不要再嫉恨我，我会让你满意的。"说完她站起来，向外走去。那决绝的身影让丽娘感受到了什么。

一刻钟后，丽娘站在院子里，她看见一个人沿着西川河岸向山上走去。她的脸上充满了笑意，但那笑意后面的阴险和冷酷是显而易见的。她长出一口气，一种结束噩梦般的解脱感，让她浑身充满了力量。然后她向门外走去。

奇怪的是，重走这条山路，弓然明的眼前总会出现罗子辉那可恶的形象。颠顸却做作，愚蠢且粗暴，严格地说，他不是一个真正的傻子。如果是一个真正的傻子，或许她还不会抱怨命运。那么自己是前生前世造了什么孽，让自己在这样的一个人身边走完短暂的一生？此时她不再恨谁，当罗子沫把一切投入自己怀里的时候，她的恨就像融化的冰一样，变成水的轻柔与随顺。当对一切都不再留恋的时候，死几乎就是打开雨伞跨出门去。一时间，她的心情竟非常舒畅，走起路来也轻飘飘的，如风吹过烟尘，如仙女飘过云端。她真的怀疑自己那纵身一跃，会不会像一张彩笺飘飞下来。于是山路旁的每一朵花都向她微笑，每一株草都向她点头，每一棵树木都向她招手。连那条弯弯曲曲的石板小路，都像铺满了锦绣，如通往天堂的阶梯一般。崖顶越来越近了，她在心里默念：但愿你把我忘得一干二净，好好地回到从前，我在那边看着你，为你祝福！

　　一个人，嘴里叼着一根草棍，四仰八叉地躺在崖顶，迷蒙的双眼望着蓝天，脸色阴郁而灰暗。乍一看，弓然明吓了一跳。当看出是罗子沫时，她喜极而泣，又悲从心来，然后又哀怨气恼。罗子沫看见了她，却不觉得奇怪，眨了眨眼睛，继续望着蓝天，仍然叼着草棍轻描淡写地问："你怎么知道我在这儿？"弓然明带着嘲笑的口吻道："活不起的人不都上这儿来吗？"罗子沫淡淡地说："我上这儿来不是因为活不起，我想来静一静。"弓然明道："这就是你们男人，临死了还爱面子。实话告诉你，我也是来寻死的，正好咱俩一起往下跳。"罗子沫忽地坐起来，吼道："嫂子！请你不要侮辱我行吗？我不是来寻死的，我还没有到该死的地步！"这吼声让弓然明感受到他内心的痛苦，她蹲下来，把他抱在怀里，道："子沫，你不可以这样。你是个男人，女人不该成为你生命中的坎。如果你陷进这道坎里，你啥都不用做了。求生不得，求死不能，就像你现在这样。"罗子沫转过脸去，不认识似的看着她，道："嫂子，你的说教多好听，多有道理。可有的女人设的这道坎也太凶险了，让天下所有的男人都难以承受。"然后他又扭转头去，指着这半截空道："比如，从这里跳下去，谁能不死？可那道坎，比这还要深得多，可恶得多！"弓然明感到寒冷，感到拒绝，感到被蔑视。她不自信地慢慢松开双臂，她觉得她抱着的是多么不应该抱着的人。罗子沫继续道："你让我如何面对冉先生，如何面对我的父母，还有我那可怜的堂兄！"泪水开始溢满弓然明的眼眶，她不住地摇着头，有无数的话要说，但她知道，那些话说出来，无疑会更加刺伤他的心，所以她才说出一句最愚蠢的话："可你的哥哥是个傻子！"

　　没想到罗子沫却道："正因为他是个傻子，我才觉得更加对不起他，我在作孽呀——"说着，他用双拳使劲捶打自己的胸脯，一副痛不欲生的样子。弓然明的泪水一串一串地掉下来，她哽咽道："告诉你子沫，我根本不是来找你的，我更没想到你会在这里。我来是了结我自己的，我是个千古罪人。我知道，我不死，罗家就永无宁日。我更知道，我终于可以清清静静地去死了，因为这是别人所盼望的。"说着她慢慢地站起来，然后猛然向崖下扑去。这是罗子沫始料未及的，下意识使然，他一把拽住她的后衣襟，同时大喊一声："然明——"弓然明扑倒了，头已经探出崖外，那无限的深度立刻刺入她的双眼，她的整个身体都因惊吓而抽搐。同时她也感到，压在她身上的罗子沫也浑身哆嗦不止。

时间过得很慢，一股股暖流在他们身体间传递。弓然明翻转身来，突然把他抱得很紧，罗子沫也顺势把她拖到里边。然后，他们的举动惊飞了树上所有的鸟，连天上的白云似乎都害羞地躲开了。但这一次，连弓然明都觉得有罪恶感了。只是，在罪恶感中她变得更加疯狂。

但这一切，几乎都被对面山梁大树下的一个人看见了。从罗子沫上山，到他在山崖上躺下；从弓然明上山，再到后来她扑向崖岸；以后的看不见，但能想象得到。他欣赏着，惬意着，琢磨着，脸上的笑容充满丰富的内涵。他觉得这个民族太善于玩弄情态，甚至能把人的本能演绎出广阔无边的枝枝蔓蔓。这个民族就这样愚蠢地消耗着自身的能量，所以，它的未来令人担忧。但他也警告自己，自己的理解只源于自己的有限认知，谁知这些男男女女还能玩出什么鬼花样呢？"唉，我都替他们感到累啊！"最后他摇摇头，发出这样的感叹。

当弓然明将家里发生的事告诉罗子沫时，罗子沫拽起她就往山下跑。弓然明挣脱开他的手道："子沫，你可记住……我又为你活了一次。"罗子沫又感到痛苦，道："是不是你每次都以死相要挟？！"弓然明道："谁要挟你了，是你真心害怕我死。"罗子沫道："好好好，是我怕你死。"说着，他率先往山下走去。当他们快到山下时，远远地看见丽娘站在河边，然后又扭头往回走去。她是到浴海池林一看，罗子沫不在那里，才无奈往山上而行的。但她所看到的，让她的心里再一次滴血。

罗子沫快马加鞭，奔走在去朝阳城的路上，行囊背在肩上，一根粗大的辫子高高地扬起，马蹄哒哒，似乎连大地都随之震荡了。

教会医院里，安静而优雅，整洁而悠然，让人感受不到病痛的哀伤、死亡的沉寂。隐隐有细乐传来，那是天国之音，表现着神的祝福，和众生的期盼，罗子沫的心也随之舒展下来。病床上，罗子漫安静地躺着，脸上带着幸福的笑靥。阿曼达端坐在她的身边，双手捧着《圣经》在轻声诵读。这是一间单人病房，宽敞明亮，井然有序。罗子沫在一位白衣天使的指引下，快步走到妹妹的床边。罗子漫猛然睁开眼睛，她并没有先看到哥哥的到来，而是一种强大的预感让她心跳加速。当她看到哥哥那汗津津的脸和愁苦的神情，泪水立刻溢满眼眶。没等她伸出手来，罗子沫上前就抓住她的手。想起她那天走出家门时的情景和心境，尽管他极力控制自己，还是哽咽有声了。他道："子漫，神不是保佑你吗？他是怎么保佑的？让人打成这样？"罗子漫见他说出不敬的话来，急忙道："这不怪神，都是我自己的罪。神已经赦免了许多，不然我就死掉了。"罗子沫一听，更加悲伤，"这就是你在教堂学来的道理吗？"同时他耳畔又响起了山崖之上弓然明的声音，"我是来了结我自己的，我是个千古罪人。我知道，我不死，罗家就永无宁日。"然后他死死地握着妹妹的手，泣不成声了，"子漫啊，神和老天爷是不是都喜欢定女人的罪？被骂了，是你们自己的罪；被打了，是你们自己的罪；被欺骗了，还是你们自己的罪；甚至被人糟蹋了，都是你们自己的罪。你们整个都在罪里活着，这不公平啊！"罗子漫知道再也没法跟哥哥说清了，只好陪着他一起流泪。

看着兄妹情深，让阿曼达羡慕。听着罗子沫说出这番指责的话，又让她痛苦。她深为自己不能正确传达神的旨意而自责，所以她也无法给予这痛苦的男人以安慰。更可怕的是，他的话听起来很有道理。恰恰就是这些不是道理的道理，才让神为人类摆下最终的审判台。阿曼达合上书，站起身来，走向窗前。

"哥，妈知道我出事吗？"罗子漫问。罗子沫摇摇头道："不知道，我只说你不小心摔着了，到教会医院看看就完事了。""妈能信吗？"罗子漫神情黯然。罗子沫也神伤，道："是啊，什么事能瞒过妈的眼睛呢？她是装糊涂。"

这时，桑德斯走进来。他是向她们辞行的，因为大夫说罗子漫已无大碍，再住几天就可以出院了。当他看见罗子沫坐在这里，愣怔了半天，然后用手一指道："你怎么在这里？这是你该来的地方吗？滚！"阿曼达见情况不好，急忙走过来解释道："桑德斯，子漫已经跟我说过了，他就是子漫的哥哥罗子沫。"没想到桑德斯一挥双手道："什么哥哥不哥哥的，我不想看到他，快让他滚开！"罗子沫更加惊愕，他狠狠地瞪着桑德斯问："子漫，他怎么在这儿？"罗子漫忙道："我和阿曼达是坐他的车，在城里被打的。这不关他的事。"罗子沫不听则已，一听顿时怒火中烧，"腾"地站起来，吼道："什么？！是坐他的车被打的？他怎么没事？一定是这头驴搞的鬼！"说话间，他们都往前抓够着对方。阿曼达急忙跑过来，插在他们中间道："请你们都要冷静！这里是医院，不是拳击台。你们要是男人的话，请有一点担当好吗？"说完后，她定睛看着罗子沫道："桑德斯当时也被打晕了，他的车也被砸了，请相信我，这不是他捣什么鬼。如果有鬼的话，那它在你的心里，我要奉耶稣之名，驱逐它！"她因罗子沫的污蔑之言而气愤，在说话的同时把手指向他的心窝。

桑德斯得意地笑了，罗子沫看在眼里，他一把抓住阿曼达的手道："我妹妹从小到大没有被人戳过一个指头，怎么在这位洋先生身边就被人打了呢？"他死死地盯着阿曼达的双眼，又道："这个男人心胸狭隘，粗鲁阴险。请相信我，他不会干出什么好事来的！"阿曼达被他这种自信震慑了，不免回过头来看着桑德斯。桑德斯突然一本正经地说："阿曼达，难道你相信他……要怀疑我？难道我不是受害者吗？"阿曼达表现出莫衷一是的神情，她抽回手对桑德斯道："你们不要争了！我希望你暂时离开这里。罗子漫的哥哥是来看妹妹的，他不能马上就走。"桑德斯瞪一眼罗子沫道："我是要离开的，而且不会再回来了，就让这个人把她妹妹带回家吧！"说完，他快步离开了。阿曼达看着他的背影道："桑德斯，我们需要你的车。"桑德斯头也不回地说："不可以了！坐我的车还要被打的！"然后他又发出一串笑声。

可没过多长时间，桑德斯又开着一辆新车来到赤城，同他一起来的还有俄国军官罗斯科夫。荣念祖在赤城最大的饭庄保德顺宴请他们，作陪的是翠玉仙的名妓雪苓。席间只谈地方风物、男女风情。罗斯科夫表情木然，双目也有些懒散，显然他很不适合这种场合，或者说很不喜欢这种场合。他不时倦怠地打个哈欠，然后使劲瞪瞪眼睛，此时那目光里的果断和尖厉便暴露无遗了。每当他喝酒时就会专注看一眼妓女雪苓，但当妓女雪苓想迎接他的目光卖弄风情时，他又瞬间眨一下眼睛，然后盯着丰盛的菜肴将酒一饮而尽。随后他会笨拙地将筷子伸向他选中的那盘菜，用力夹住，再笨拙地送进早已张开等待的嘴，然后再闭上眼睛咀嚼着，旁若无人地品味着。但他偶尔也会露出笑容，那是雪苓向他敬酒之时，但显得敷衍而枯燥，让敬酒之人体会不到一点敬意与热情。同时，他会在众人谈得最热闹时把脸扭向一边，仿佛在独自继续心中的盘算，而且那盘算无疑是深奥而不可告人的。

显然，桑德斯对雪苓别有一番迎合讨好，而且是很中国式的随着酒兴愈浓而愈露骨。荣念祖早已见识过他这副嘴脸，以前不曾有何感想，但今天他心里非常不高兴，这源于他在妹妹面前的突发奇想，那突发奇想无疑带着亲情的苛求与责备。一个要成为自己的妹夫的人怎能在自己面前狎妓呢？所以他不时地用干咳来提醒桑德斯的过分举动。但桑德斯哪管这些，而且又在放肆的本性中加上酒精刺激。所以他干脆把雪苓搂在怀里，给她倒酒夹菜，最后很顺理成章地把手扣在雪苓的胸脯上。这雪苓乃是冰雪聪明，知道自己为何而来，这里的主客是谁，所以她尽量保持应有的分寸，同时表现出万般无奈的神情给荣念祖看，因为那才是她的财主。同时更向罗斯科夫投去求救般的目光，那目光还带有几分做作的委屈和责备。但作为军人的罗斯科夫根本不懂怜香惜玉，对桑德斯的表现更是无动于衷。荣念祖总想说点什么，但总找不到合适的切入点。直到桑德斯搂着雪苓问："赤城的人是不是都知道那些盗金的暴民打了我，还有教堂的两位姑娘？"雪苓嗲声嗲气地答道："可不都知道了嘛，连我们众姐妹听着都气不过。这比明火执仗还可恶呀！"荣念祖这才开口道："桑德斯，这事已经闹得满城风雨了，都盼着有人去'剿匪'呢！但这个话题到此为止，别再提了。"其实他是担心这桑德斯酒后失言，闹出乱子来。桑德斯看了看他，表情突然正常得很，倒像以前的表现都是装出来的。他道："殿下，我们马上就要成为赤城人心目中的'剿匪'英雄了。你多虑了。"说完他哈哈大笑。这时罗斯科夫脸上的表情肌像死了很久，又突然复活了一样，极度蔑视的神情让所有的人都为之一震。他把双唇绷得很硬，道："在中国，不存在英雄……也做不成英雄！"荣念祖一听，正在咀嚼的他险些咬了舌头。这视大清如无物的言语，让他无地自容。连妓女雪苓的脸色都像陡然挂了一层霜，所有的虚假表情都不见了，只有惊愕和畏惧。但她毕竟是久经考验的名妓，在飞快地看一眼荣念祖后，顿时满脸堆笑道："谁说的，罗将军就是百里挑一、千里挑一、万里挑一的大英雄，就像秦琼、关羽、武松那样的大英雄。我说的保证没错！"荣念祖也急忙赔笑道："是啊是啊，罗斯科夫将军攻无不克、战无不胜！"罗斯科夫对这样的恭维冷冷一笑，然后对桑德斯道："先生，我平生第一次以做生意的方式指挥我的部队。请你为我保密，恐被人耻笑。"说完，他站起身来就走了出去。妓女雪苓想挽留如此我行我素的客人，但张嘴结舌，什么也没说出来。与此同时，一个巨大的疑惑也灌进她的脑海。

她是最后一位离开座位的，当桑德斯对她的迟疑表示不解时，她顺手撕下一块烤羊腿道："真好吃，我还没吃够。"然后一边咀嚼着一边跟了上来。

掌灯时分，兵营里传来士兵的号叫之声，是都司左汉庭大人在鞭笞刚喝过花酒的士兵。士兵在地上滚来滚去，旁边观看的士兵都不敢近前，一个个不寒而栗。左大人一边打一边骂："打死你这个混账瘪犊子！不知道战前喝花酒必然丧命的道理吗？爹娘养你，让你杀敌立功，不是让你无端丧命的！"但围观的士兵都看得出来，都司大人又何尝没喝过酒？而且已经酩酊大醉。当都司大人的鞭子再次扬起的时候，他的手腕被人抓住了，同时听到这样的声音："左大人，又不是面对强敌，何故如此小题大做？打坏了士兵事小，累坏了大人的身子事大。"左大人愣住了，扭头一看，是荣公子。索性还想抽下去，但手腕被抓得很紧。腕子抖了抖，鞭子颤了颤，终究没有落下去。这时士兵一骨碌爬起来，连连求饶道："大人饶命，大人饶命，以后再也不敢了。"荣念祖踢他一脚道："还不快滚！"士兵一听，求救般看看围观的士兵，有两个士兵会意，跑过来搀扶着他就逃开了。

回到兵营大帐，左汉庭把马鞭扔在案几上，嘴里还骂声不休："他娘的！这兵带得窝囊，从来就没有真刀实枪、你死我活地干一场。可惜我左汉庭一身武功、一腔热血，干的都是土匪的勾当！"荣念祖拍了拍他的肩膀道："左大人言重了，不见得非得有多大的战事，军人的职责就是保一方平安。这不，大人的用武之地马上就到了嘛。你放心，我会在老佛爷面前替大人美言的，用不了多久，你就会成为提督大人的。""哼！"左汉庭轻蔑地看了他一眼，坐在虎头椅上，又把马鞭抓在手里道："殿下，等你何时继承皇位再说吧！"荣念祖哈哈大笑道："千万别捉弄我左大人，如果大清再有三十座皇位，兴许能轮到我。"然后他又突然一脸严肃地说："左大人不会不知道吧，现在最令大清国头痛的不是外敌，而是暴民！现在的暴民多的是，他们到处乱窜，烧、杀、掳、掠，无恶不作，不治一治是万万不行的。"左汉庭又把马鞭扔在几案上，直言不讳地说："不要转弯了……说吧，要我干什么？"荣念祖看了看门口的两个士兵。左汉庭一挥手，他们退了出去。然后荣念祖凑过来，对左汉庭耳语一番，然后又麻溜儿掏出一只小金虎道："就看左大人的虎威了……这只虎是用我自家的金子打造的，纯正得很。"说完他把小金虎放在几案上，背起手，便扬长而去了。左汉庭看了看那只小金虎，长叹一声，闭上了眼睛。

荣念祖刚走，雪苓就袅袅婷婷地进来了。她一袭蓝底碎花旗袍，发髻高挽，眉黛唇红，双目传情，站在那里，搔首弄姿。但见左都司仍闭着眼睛坐在那里，她娇滴滴地叫了一声："左大人啊……"紧接着又叫了一声："左大将军，小女子这厢有礼了。"说着她纳了一个万福。然后她把右脚撑在前头，抱着膀，侧着身，于是乎旗袍就开裂到大腿根，一条雪白的长腿带着温柔的曲线，耀人眼目。左大人慢慢地睁开双眼，看了看道："请你站好！怎么……难道还要躺下不成？"雪苓半是含羞半是娇嗔地说："将军啊，在您这阳刚之气面前，小女子无法不阴柔啊……小女子的腿软啊！"左大人从兜里摸出两块银元，扬手甩在她的脚下，道："去吧去吧！本大人今天没心情。"说完又闭上了眼睛。雪苓颤了颤身子道："哟哟哟，将军啊，今天您是怎么了，往常可不这样啊。我这可是送上门来的，是仰慕大人的虎威，不是冲着这两块银元来的。"左汉庭一听，不得不再次睁开双眼，把那只金虎托于手掌道："嫌少？这个行吗？"雪苓一看，"咻"地笑了，道："别别别，左大人您可别取笑小女子。实话跟您说吧，是荣公子让我来陪您一晚的，钱他已经出了，您受不受的，钱我是不退的。"左汉庭冷笑道："退不退是你的事，受不受是本都司的事。告诉你，你可以走了！"说完，他"啪"地把小金虎拍在桌子上。雪苓"哼"了一声，一拧身就走了，可走了两步她又停下了，反过身把那两块银元摸起来，扭捏一笑，快步离开。左汉庭正眯缝着眼睛看着她，见她的身影消失，便骂道："婊子临行前都是这副德行！"

第二天一大早，左汉庭就率队出发了，但官兵都是一身农民打扮，手里握着的，肩上扛着的，不是刀、抢、剑、戟、火炮、火铳，而是铣镐之类的农具。脸上也不是凶悍的杀气，而是二流子一般的戏谑和不恭。如果再细看，在这戏谑和不恭后面却是硬硬的悲凉和愧疚。同时还能看到他们的身上暗含玄机，那是在悲凉和愧疚下面，被狠狠压抑的仇恨。在这支队伍的前头，一字排开，行驶着十挂大马车，每挂马车上都拉着两块安营扎寨时用来搭帐篷的深蓝色苦布。大车是从乡下雇来的，连同马车的主人。他们都是年轻力壮的赶车手，手中握着一丈来长的大鞭杆。狗皮鞭子的上端拴着火红的簪缨，像孤独盛开着的一朵大大的桃花。那桃花随马车的颠簸而抖动，像在微风中肆意开放。左汉庭一副商人打扮，闷头坐在高头大马上，行走在车队与队伍的空当中。

这支队伍出了南门，一直向南行进，说是配合俄军作战。

南边的天空阴晦着，远远望去，像蒙着一块肮脏的抹布，太阳光从抹布的漏洞处流泻下来，灼痛人的肌肤。行进过程中，这支队伍越来越懒散，尤其是它的统帅，晃晃悠悠地闭上眼睛，睡着了一般。走到中途时，不知是谁家的狗受到了惊吓，乱叫着从左汉庭的马肚子下面横钻过去，向就近的一个山坡窜去，不一会儿便站在坡顶汪汪大叫，引起四外的野狗一片应和。但总有一种声音悠长而凄厉，能把众多的狗叫声串连起来，还能留下长长的尾音，具有撼动江河的气势。左汉庭瞪眼谛听，他断定这群野狗当中有一条狼，因饥饿或受到惊吓而长嚎，两滴泪水便从他瞪着的眼里掉下来。行军听到狼嚎，这可是兵家之大忌，意味着必有大量的死尸出现。又走了一段路，一名士兵跑向前来报告："到了，都司大人，前面那个山谷就是。"

左汉庭一摆手，士兵下去了。后面的一部分士兵便分离出去，由一下级军官带领，向那个山沟行进。其余的队伍继续前行，左汉庭望了望天，他在判断着到那片乌云下面还有多远。按规定，他们必须在正午以后赶到。

自打上次官军想围剿这些盗金者而中途收兵之后，这些盗金者确实以为可以得心应手了，可以放心大胆地挖掘了。于是乎，这满山上的挖洞越来越多，越来越深。而且不仅仅是附近村民，他乡异客也有背负行囊而来者。他们都本着有福同享的处事原则，不但互不干涉，有时还礼让三分。从这一点上看，大有分而食之的架势。况且，在他们的内心深处都隐约感到，好景不会长久，所以又都抱着能为之就尽兴而为的态度。到现在，除了老人和孩子外，有的年轻妇人都参战了。她们不仅帮助自己的男人或父兄就地生火做饭，有时也进洞中开采或洞外运输。总之，这里的山山岭岭，呈现出一派热火朝天、大发横财的景象。家家户户，白天采金，晚上沙金，黄澄澄的金子越积越多。有了金子当然要享用，除了换取生活用度之外，妇女脖子上戴的、耳朵上挂的，都是这足足的黄货。于是，在不到一年的时间里，这里成了远近闻名的富庶之地。不仅姑娘们争相嫁到这里，就连寡妇也奔走而来另讨立身之地。在大清风雨飘摇之际，这里却是一派繁华富丽景象。

他们哪里会想到，一场灭顶之灾正悄然而至。

左汉庭的队伍在离金矿不远的地方停下来，他们在等待着枪声响起。第一声枪响是来自罗斯科夫的毛瑟手枪，枪是冲向天空打响的。随即，密林深处的俄军一涌而出，他们早已对盗金者构成合围之势。包围圈逐渐缩小，一杆杆长枪喷着火舌，无论男女老幼，见人就打，枪枪夺命。村民们猝不及防，不知来由地成片倒地身亡。有的听见枪响窜出洞外，想拿起洞口的家伙还击，可刀未出鞘，枪未举起，就顷刻间身中数弹。也有机灵的村民想放弃抵抗，往圈外逃命，可包围圈足有两三层，即使他们有幸逃脱，也会在不远处背部或后脑中弹，匍匐而死。有的村民过早警觉起来，手握利刃藏到隐蔽处准备出其不意砍杀俄军，除偶尔得手伤及皮毛之外，大多数难免被更多的子弹射入胸膛。一时间，喊杀声、叫骂声、求救声、哀号声，响彻云天。更可怕者，还有妇女被俄军强奸时发出的撕心裂肺的哭声。

弓么长和表弟盛金龙摽在一起，他们手握大刀躲在一棵大树背后，眼见着扑上去的盛安泰被两把俄军战刀刺入胸膛而死。看来今天难逃一劫，正当他们也想扑上去杀个痛快的时候，看见战场上跑窜着许多中国的少壮农民，他们不顾俄军的阻拦和谩骂，看见尸体扛起来就走。不断地有人走，又不断地有人来。正当弓么长目瞪口呆之时，盛金龙捅了捅他道："表兄你看。"弓么长顺着他所指的方向看去，一幕更加奇怪的景象出现在眼前。他们看到有许多站着的村民正想反抗，被几个中国农民强行按倒，又趴下来对他们说着什么，然后那些被按倒的村民就像死了一样打挺了，随即被这些农民扛起来就走。"这是唱的哪出戏？"正当弓么长与盛金龙百思不得其解之时，他们也被几个人从背后突然按倒在地，然后就听见有人道："装死！快装死！我们扛你出去，不然就没命了。"弓么长一下子知道其中奥秘了，然后两腿一蹬，"死"了。盛金龙反应稍慢些，刚想开口，被人一拳打中太阳穴，稍事昏迷了。于是他们俩也被扛了出去。

而此时的山下，一队把大西沟山口团团围住的俄国兵，正对听到枪声、喊杀声奔赴而来的中国村民虎视眈眈。他们把上膛的洋枪端起，枪口黑洞洞的像魔鬼的眼睛。其实这些村民已经都是老幼病残了，老远看到这么多洋兵拦住去路，他们早已胆怯了。勇敢者站在枪口下，也只能是一副哀怨的表情。他们根本无法逾越这道被他们称为长毛贼的人墙，也无力绕开去，翻越高山去救水火。除了眼睛里含着泪花，双手勉强地攥成拳头，他们甚至因为惊吓而承载不起半腔怒火。

俄国兵渐渐地露出鄙夷之色，有的已经放下了枪，像欣赏小动物一样，观察着这些"敌人"所做出的各种反应。从里到外，他们都太渺小了，渺小到已经成为对他们强大力量的羞辱。但他们也时不时地再度举起枪，把枪口专一地对准某一目标。当然，那个目标还稍稍具备一点反抗能力，他们或者稍许年轻一些，或者还有少许的抗争意味。但当他们看到枪口已经专门对向自己，所有的一切都会瞬间崩坍。

弓去快就属于这样一个人，他除了具备这些虚伪的优点之外，还具备着更加出众的不同，就是他身边还依偎着一位徐娘半老的可怜女人，她就是盛安泰的老婆郭彩寻。如果盛安泰在天有灵的话，此刻他更恨的也许不是杀死他的洋兵。同时他还能看到，这个包围圈不仅仅是对外抵御救援之敌，对内还有监督清兵的作用，以防他们有意漏掉活着的盗金者，从而亡命天涯。

在包围圈以里临时搭建的帐篷里，都司左汉庭正脸色阴沉地看着扛下来的一具具尸体被装上大车，看着鲜血漫染之后，再流到地上成为一条溪流。他瞪着红红的双眼，紧闭嘴巴，用鼻孔喘着粗气，看起来竟像努力闻着那扑鼻而来的血腥。十几名士兵站在他的两侧，他们也怒视前方，体味着这人间惨剧。他们当中有的也参加过上次荣公子的剿杀行动，为了获取额外的赏钱也曾想过拼命。但此刻他们知道，那次的剿杀真的是虚张声势，真正动起手来，也不过弄伤几个村民而已，向这些村民进行血流成河式的杀戮那根本是不可能的。更关键的是，上次带兵的不是左大人，主帅的意志无疑是士兵的灵魂。所以，当一名俄国军官气势汹汹地带着卫队冲下来，大声斥责这么早就往下搬运尸体，并被左大人的不屑一顾惹恼而举起枪的时候，十几名士兵一拥而上，挡在左大人面前。他们没有亮出家伙，仅仅是用自己的胸膛。

正在双方闹得不可开交之际，一名俄军下级军官跑下来，向那位带队的军官耳语一番，然后他们都冷笑着离开了。

弓然明吃完早饭，眼皮就一直跳，心里也刀绞麻乱的，她担心有什么不祥的事发生。好在阿曼达和罗子漫都在家里，她们身上发出的神的气息，大体能让人稍觉心安。她奇怪的是，她们可以说历经一场劫难，但很快就站起来了，对她们的神依然那么充满信心。她们说主耶稣就是被人钉死在十字架上的，同他相比，我们所承受的这点磨难，简直不值一提。她们与罗子沫一行是昨天下午到家的，她们直言不讳地把自己所经历的和盘托出。当然是从如何上了桑德斯的车到如何走出教会医院为止。以后的事，就是从教会医院到家里这段路上所发生的事，她们只字未提。

这也是阿曼达快到罗家时的嘱托，而这个嘱托也不是即兴产生的，是罗子沫背着她艰难行走时就产生了。因为她已向神毅然决然地保证，要把这段路程所经历的一切从自己的人生中抹去。她已向神发誓，以后这样的事不再发生！或者更确切地说，不再产生这样的心念。

罗子漫走出医院，坐上哥哥的马。罗子沫牵着马，与阿曼达一起步行。出了城门，一路向南，虽然天气尚早，可就这样走回去，那得何年何月？罗子沫暗自盘算着，叫苦不迭。马上的妹妹与马下的阿曼达却毫不在意，好像这种行走，是可以用来享受的。尤其阿曼达形态端庄、目不斜视，大热的天，她竟披着土黄色道袍，围着银色头巾，一看就热得不行。可在她那里，却丝毫感觉不到暑溽难熬。情急之下，罗子沫的脚步不知不觉地快起来，他希望阿曼达能跟上自己。可阿曼达根本不为所动，任凭被远远地落在后面。这时，马上的罗子漫说话了："哥，你忙什么？等等阿曼达吧。"罗子沫只好慢下来，回头相望，耐心等待。可当阿曼达跟上后，走不了几步，罗子沫又不由自主地快起来。罗子漫又开始责备，于是他又慢下来等待。这样几番过后，阿曼达仍旧是那样的神态，目视前方，静如处子。罗子沫突然心生一计，便对阿曼达道："请您帮我牵一会儿马好吗？我的胳膊酸了，歇歇就好。"阿曼达那大大的蓝眼睛里现出几分疑惑，但她还是接过了缰绳。那笨拙的样子终于打破了她的端庄，这令罗子沫感到快慰。然后他走到马的前头，并加快了步伐，那马便以主人的步伐为准绳，快则快，慢则慢。罗子沫见此计甚妙，便心血沸腾，脚步更快了。这就使阿曼达手里的缰绳越来越紧，最后对她构成拖曳之势。

阿曼达岂知是计，以为这马越走越快，是很正常的，所以她不怨不恼，只想努力跟上，于是那份端庄就被搅得更加凌乱不堪了。罗子漫则早已识破哥哥的伎俩，开始觉得好笑，索性忍住不说，但见哥哥变本加厉，便道："哥，累坏了阿曼达我拿你是问！"罗子沫回头嘿嘿一乐。不料阿曼达却道："这不怪你哥哥……是马走得太快了。"罗子沫一听，脚步立刻慢了下来，他的心被轻轻揉了一下。随后又听见阿曼达道："马儿啊，请你慢些走吧，我都追不上你了。看在主的分上，可怜可怜我吧！"罗子沫一听，不禁回头去看这位洋姑娘，只见她娇喘微微，香汗淋漓，每走一步都跌跌撞撞。他拍了一下马脖子，示意马停下来，然后走向前去，抱起阿曼达就放在马背上罗子漫的身后。他不再心疼妹妹是伤愈之人，也不再心疼会累坏自己的马。阿曼达的脸红了一下，罗子漫则满脸惊讶，一时不知说啥。

重新把缰绳抓在手中，不免看一眼坐在妹妹身后的阿曼达，竟发现她紧紧地闭上眼睛，像体味着难过或忧伤，也像沉浸在感人肺腑的音乐中，且久久没有睁开。他岂知这位在神恩中长大的洋姑娘，心一下子就乱了。艰难之时男人这深情的一抱，尽管这是她最直观的感觉，但从未有过的体验，让她感到在神的光辉下面浮起一片阴云。她想到了父母，想到了安琪拉，更想到了那位准备委以终身的桑德斯，他们都在阴云之上看着自己。这片阴云让她感到恐慌，也感到一丝丝惬意的清凉。她想向主祷告，但她第一次感到话语不再像鸽子一样，会从心底扑啦啦地飞出来。

马儿的步伐明显快起来，因为罗子沫越走越快，到后来他几乎在小跑。罗子漫回头望一眼阿曼达，然后握住她一只手，想以此给她带来些许安全感。但不测还是发生了，就在马儿上一个土坡的时候，阿曼达还是顺着马屁股摔了下去。那一刻她感到路两旁的庄稼还有远处的青山都随着她一起倒下去了。罗子漫和她发出同样的惊叫，阿曼达的手以一股强大的力量从她的手里脱离开去。两位姑娘的叫声，使马儿因受到惊吓而奋起四蹄向前蹿去，在险些没把罗子漫摔下马的情况下，被膂力很大的罗子沫拽住了，那马还在刨着四蹄"咴咴"地叫着，眼睛里全是不满。"哥，快去看看阿曼达摔得怎么样了？"罗子漫急切地道，语言中也包含怨气。罗子沫回身一望，见阿曼达在很远处趴着，看样子她没有做任何挣扎，好像死过去一样。他把马缰绳递给罗子漫，就向后跑去。罗子漫也艰难地下了马，牵着它跟过来。阿曼达仍在闭着眼，虽然她摔得很重，但眉眼口鼻都是舒展开的。她不知自己错在哪里，只知道在摔下来的那一刻，她正看着罗子沫脑后那根又粗又黑的大辫子出神。这根被西方文明耻笑的大辫子，这根也曾被她谈起来就想笑的大辫子，今天却给她带来异样的感受。它不是死的，而是活的。她不认为它有多美，却突然间吸引了她的眼球。

"阿曼达，对不起，是我让马走得太快了。摔得怎么样？让我看看。"罗子沫一边往起扶她一边道。"这不怪你，也不怪马，是我没有坐住。"说完，阿曼达"哎哟"一声捂住了腰。但她真正的疼痛部位并不在腰，而在屁股。罗子沫吓了一跳，感到愧疚。他想去揉揉她的腰，不料却被赶上来的罗子漫打开了手，然后她蹲下来道："是这里吗？我帮你揉揉。"说着就想去揉。不料阿曼达又拦住她的手，不好意思地笑了笑。罗子漫会意，便对哥哥道："哥，你先走开些，我帮阿曼达揉揉。"罗子沫苦笑一下，牵着马向前走去。走出十几步后，后面便传来阿曼达痛苦的呻吟声。罗子沫停下来，回头望一眼，见阿曼达已经艰难地站起来，试图想走，但每走一步她都会发出呻吟声，并有倒下去的趋势。

经过几番努力，阿曼达终又痛苦地坐在马上。罗子沫开始责备自己，连欲速则不达的道理都忘了。这下坏了，如果她既不能走也不能坐，那便如何是好。阿曼达的呻吟果然不断传来，令人揪心。他望了望天，算了算时辰，觉得这里离家不远了。他打定一个主意，对罗子漫道："别勉强了，她既不能走也不能坐了。子漫，你骑马走，我背着她。"罗子漫叹口气道："都怪你太着急。事到如今，也只能这样了。可你能背得动吗？""没事！"说着他又把阿曼达抱下来，并蹲在她的前面道："来，阿曼达，我背你。"怎奈阿曼达执意不肯，道："我不会让你背的，你们先走吧，别管我，我在这里休息一下也就好了。况且现在离家已经不远了。"罗子漫道："那怎么行，我们不会扔下同伴不管的。让他背吧，谁让他心急火燎的，好像家里有人等他似的。"这无意言之的一句话，让罗子沫有些心慌意乱，下意识地把脸埋在臂弯，那根大辫子便更加真切地展现在阿曼达的眼前。"阿曼达，上去吧，已经没有什么好办法了。"罗子漫鼓励道。阿曼达看着那根大辫子出会儿神，然后轻轻地趴了上去，便把它压在胸前，她又不由自主地闭上了眼睛。之后，罗子漫也跨上马去。

这样，一行三人一匹马，成为一道特殊的景观，行走在乡间土路上。因为罗子沫并不知道阿曼达确切疼在哪里，在背她而行的过程中，难免要用双臂搂住她的屁股，致使她更加疼痛难忍。为了避免叫出来，她把那根大辫子死死地咬在嘴里。于是，她的那颗心在疼痛之余更加慌乱了。

回到家里，丽娘见女儿平安归来，儿子却背回一位洋姑娘，便不知所以然。因罗子沫走后，弓然明已经将罗子漫被打的事慢慢渗透给她，但没有提及阿曼达。所以她用责备的目光看着儿子，想听他解释清楚。罗子沫只好把事情的来龙去脉一五一十地重复一遍。丽娘这才放下心来，让阿曼达趴在炕上，凭自己的经验给她按摩起来。断定是尾椎轻度受伤，便又用脚踩又用肘按，不多时，阿曼达便觉得轻松好多。她无限感激，却一句客气的话也没说，因为她盘算着，如何让这家人全部得到福音，甚至包括那位粗鲁不堪的罗子辉。当她看到弓然明站在眼前的时候，她笑了，眼睛里泪光一闪，就像见到久别重逢的亲人。事过境迁，今非昔比，弓然明也对这位洋姑娘感到十分亲切，她上前握住阿曼达的手，有无数的话要说，却只有哽咽相对，彼此无言。

当晚，阿曼达便想给丽娘传福音，但她刚一开口，就被丽娘挡住道："你别说了姑娘，我想你说的子漫都对我说过了。"罗子漫急忙给阿曼达使眼色，阿曼达怅然若失，只能作罢。后来又谈到弓然明，可她只说出这个名字，又被罗子漫示意勿多言。阿曼达突然觉得自己再也无话可说了，便静静地观察眼前的一切。但她更想多看几眼的，还是罗子沫那条曾被她咬在嘴里的大辫子，蓝汪汪的大眼睛不时走神。她这种微妙的举动被弓然明看在眼里，而且被无限放大。她趁罗子沫出去方便之际，也跟了出来，在黑暗处等着罗子沫走出茅厕。罗子沫当然没有知觉，当他的胳膊被突然拽住时，他吓得险些没叫出来，弓然明也准确无误地捂住他的嘴。罗子沫知道是谁了，便很生气地甩着胳膊道："你闹什么妖？！"弓然明压低声音道："我没闹妖。闹妖的是那位洋姑娘！"罗子沫道："瞎扯什么？我不知你啥意思。"弓然明拧他一下道："我问你，是你背她回来的吧？"罗子沫道："你不都看见了嘛。她从马上掉下来摔伤了，不能坐也不能走。"弓然明道："那么漂亮的洋妞背在身上，你就没动啥心思？说！"罗子沫道："动了。我希望她是一张纸片，那背起来就轻快多了。"弓然明道："真的？"罗子沫没好气地说："假的！"弓然明一下子就抱住了他。罗子沫用力掰开她的双手道："你胡闹什么，这可是在家里呀，列祖列宗都看着呢！"说着就想挣脱走开，弓然明仍拽着他的衣襟道："我可告诉你！除了你未来的老婆，你敢对别的女人动心思，我咬死你！"说着就在他的肩头上咬了一口。罗子沫疼得心都一哆嗦，低声怒道："你咋变成这个德行了！"说罢，一晃膀子，好险没把她摔个趔趄，然后匆匆走开，尽快投入到院子里的灯光中。

也是在这一天晚上，桑德斯开着自己的新车匆匆来到教堂。按照主治医生的嘱咐，他今天应该去医院接病人的，但他没有去。直到安排好自己的事情后，他才来到这里，并相信阿曼达无论如何也该回来了。杜克先生不冷不热地接待了他。本来他对桑德斯肯捐款建教会医院心存感激，但得知他们被流氓伤害，便觉得此事不太吉祥，也许神不稀罕他的钱，也许他的钱确实沾满了鲜血。比之贝蒂的焦急和殷勤，他这种态度无疑更令桑德斯感到不安。当他得知阿曼达没有回来时，他没有把医生的嘱托说出来，并很快做出因罗子漫的病情有变而没有出院的判断。例行公事地寒暄之后，杜克先生只静静地喝咖啡，半天无语。安琪拉走进来，在桑德斯看来，只进来一双充满怨恨和猜度的眼睛。因为这双眼睛几乎掩盖了她那弱小身躯的存在。桑德斯看了一眼，便急忙移开目光，那背后的童真，使他不寒而栗。

为了驱散这可怕的目光，他急忙道："这些可恶的中国人，他们连女子都不放过啊！"杜克先生的眼珠在深深的眼窝里稍稍滚动一下，道："善恶是不以国界来划分的。"桑德斯又道："他们理当受到最严厉的惩罚。"杜克先生道："惩罚谁是上帝的事。"桑德斯道："阿曼达她们应该回来了。"杜克先生道："我不担心她们，她们的来去自有神的安排。尤其她们与神同在的时候。"桑德斯的脸色一下子变了，道："对不起牧长大人，她们与我同在的时候出现了不测。我向您道歉。"杜克先生耸一下肩道："你在说什么桑德斯？你与她们同在时，神就会躲开吗？如果是，那一定是神最严厉的警告！"

"我不明白您的意思牧长大人。"桑德斯也急忙耸耸肩道。杜克先生冷冷地说："没什么意思。我正式向你宣布，我拒绝你的捐赠。"桑德斯站起身来，走到杜克先生的案前，双手拄案，俯下身去道："我想您僭越了……我在向神捐赠，而不是您。"杜克先生坐直了身子，喝了一口咖啡道："神是否接受是神的事。我，以及这个教会表示拒绝。"桑德斯冷笑一声道："我想您不会的，因为我还有更大的礼物想奉献给您，还有我的阿曼达小姐。""嗯？"杜克先生疑惑，但他表现出不屑于追问的神情，继续端起杯子。"晚安牧长大人，我告辞了。"话音未落，桑德斯就往外走去。

"安琪拉，我知道你一直在那儿，替我送客。"杜克先生一动不动地道。桑德斯跨出门去。谨遵父命，安琪拉默默地跟在其后。走出几步，桑德斯趁其不备，回身就把安琪拉抱起来，道："你这个小人儿，为什么那么看着我？"安琪拉的表情一下子严肃得像个大人，道："放我下去！"桑德斯抱着她摇一下身子，道："安琪拉你知道吗？如果你再大一点，我会喜欢你的，你比你姐姐更令我动心。"安琪拉仍然严肃得像个大人，道："放我下去！"桑德斯只好把她放下来，刮了一下她的鼻子，假装恶狠狠地说："小坏蛋！咱们走着瞧！"说完转身离开，然后楼梯发出"咚咚咚"的一连串的响声。

罗子沫久久难以入睡，他想说清楚什么，但不知该说清的是什么；他总想得出一个答案，又不知问题出在哪里。纷乱的思绪让他耳鸣脑涨，许多人和物都在他的眼前飘荡，它们或者转瞬即逝，或者稍作停留。当念其的形象在他的眼前再也挥之不去的时候，他流出了泪水。他有一个奇怪的预感，就是这个知府小姐终究要有一个悲惨的命运。在她那千金之躯里面，充满着数不尽的哀哀戚戚，她好像从来没有开心地笑过。

这夜静得，只有细微的风吹拂着纸窗，他终究慢慢睡去了。他哪里知道，他所思念的人因为另一个人的到来而彻夜未眠。那个深夜造访的人就是简直让桑玉恨之入骨的郎纪平。他的轻柔而有节奏的敲门声终究没有惊醒桑玉，是念其把她叫醒，然后她们双双去开门。郎纪平一身素衣出现在眼前，她们几乎同时往后退了一步。因为那个梦的缘故，念其不为人知地脸红了，所以她瞬间生起的责备也变得苍白无力了。桑玉则毫不客气地说："我说郎大人，你未免也太不懂规矩了吧！大家闺秀的绣房，你也敢深夜造访吗？而且穿成这样，像个鬼魂！"郎纪平急忙躬身施礼道："下官何尝不知，只是下官有要事相商，才冒昧来访。万望小姐恕罪。""相商？"桑玉鄙夷道，"听着咋这别扭！"

看形容，念其知其经过痛苦的挣扎才决定前来的，因为他的脸上竟有病容，尤其这身素衣，竟有囚徒的感觉。因说道："既来之则安之……郎大人有什么话还是屋里说吧。"郎纪平竟有些大喜过望，但他还是胆怯地看了看桑玉。见小姐发话，桑玉只得转身让路，但仍是满脸的不高兴。郎纪平走进来，恭恭敬敬地站在那里，又躬身施礼道："小姐，那件事您办得怎么样了？"念其一听，面露愧疚之色。桑玉见状道："那是什么破事啊？他们盗人家的金不说，还要置人家于死地。这般狼心狗肺的东西，死绝了才好！告诉你吧郎大人，我们没工夫管这闲事。"郎纪平一听，嘴巴张了张，却什么都没说出来，表情如丧考妣。念其道："郎大人，有话不妨直说。"郎纪平痛苦地低下了头，迟疑半响，方道："我们……可能都上当了。"念其一听，心跳立刻加速，问："此话怎讲？"郎纪平抬起头来道："我有一种不祥的预感，他们可能要动手了。"一旁的桑玉很不耐烦地道："郎大人，刚才我不是说了吗？动手就动手呗，该杀的人总得有人动手。可这与上不上当有什么关系？"念其则深思不已，她在揣摩郎纪平的用意，便道："郎大人，你可不可以把话说明白些？"郎纪平叹口气道："事到如今，说什么可能都没用了。一是我们真的不是人家的对手；二是利欲熏心的人也不会听进去良言。"桑玉紧接着道："三是郎大人你可能真该走了！你深更半夜跑到小姐的闺房，神神道道，着三不着四地胡言乱语，让人怀疑你的居心！""是是是，我这就走。"郎纪平说着，又躬身施礼，然后向外走去。念其没有挽留，默默地看着他离开。桑玉则"砰"的一声把门关死。

第二天，念其来到书院，把郎纪平所说的话告诉了冉先生。冉先生顿时停了课，对念其道："我们上教堂去一趟吧。"念其道："还有这个必要吗？"冉先生道："这已是最后一线希望了。实在不行，探探虚实也是好的。"一边的桑玉则道："先生，还是别去了吧，教堂是最干不了立竿见影的事的。图财的、害命的来到眼前，他们只有跪地求神保佑。"冉先生和念其对视一下，内心里因为桑玉这句话而感叹。但他们还是几乎同时道："看看再说吧。"一行三人就此走出书院。

来到教堂，杜克先生很疲惫地接待了他们。但当冉先生提起桑德斯这个名字时，杜克先生"霍"地站起身来，道："先生，我不想听到这个名字，尤其在今天。我诅咒那些时时给人带来恐惧感的人！"杜克先生因愤怒而脸色大变。冉先生大吃一惊，问："牧长大人，您知道了什么？"杜克先生一摆手道："我什么都不知道，我无须知道。昨天晚上他还说，要送给我更大的礼物，我不稀罕他的礼物。""礼物？"冉先生疑惑道，"我听说他要屠杀盗金者。""屠杀盗金者？"杜克先生很吃惊，可很快又释然道："你是说那些盗了他的金又要置他于死地的人吗？""这个……"冉先生眨了眨眼睛，却无言以对。杜克先生重又坐了下来，很严肃地看了看众人，很低沉地说："上帝对恶者的惩罚一旦到来，是片刻不容的。"冉先生突然站起来道："好，牧长大人，我们告辞了。"杜克先生很深情看了看他们，点点头，目送他们的背影倏忽消失在门外。走出教堂，冉先生急急走在前头，一言不发。念其和桑玉知其心情不好，虽心中有话要说，也不便多言，都沉浸在愁思当中。

前边道路上突然有一匹马经过，马上坐着两个人，看样子是一男一女。冉先生仍低头走路，后面的念其和桑玉都上了眼。桑玉看了看念其，心想：那骑马的男子好像罗子沫。念其没有看她，因为她已断定，那骑马的男子就是罗子沫。她的目光盯着那匹马不放，直到很远很远。

这个人确实是罗子沫，听说俄国兵正在屠杀挖金者，他同阿曼达一起向柏杖子进发，而且同骑一匹马。而告诉他这个消息的人是五岛次郎，五岛次郎在浴海池林的门前徘徊好久后，才决定到罗家大院去的。他徘徊好久并非在等候罗子沫到来，而是觉得时辰还不到，直到他盘算大屠杀将进行到中途时，他才决定把这个噩耗告诉罗家人。当他出现在罗家大院的门口时，罗家人都感到莫名其妙，同时心惊肉跳。当他说出这个消息时，几乎所有的罗家人都在心里、口里同时间："你是怎么知道的？"他笑吟吟地道："我是怎么知道的这不重要，重要的是这回将会死很多人，其中包括罗夫人的家人。"丽娘好像并不感到意外，她很客气地对五岛次郎道："先生，进屋喝口水吧。这么多年，也没请你过来坐坐，我们失礼了。"五岛次郎却深鞠一躬道："不不不，失礼的是我，我早该来看望您的。我们……我们应该是一家人啊。"丽娘急忙纳个万福，还礼道："先生说的是，我们无时不把您当作家里人呢。"五岛次郎又一连鞠躬，客气道："谢谢，谢谢。"与此同时，他的双眼始终在四下里闪光，他是在寻找弓然明的身影。

他几乎每天晚上都要把那件红袍拿出来看看，并自言自语地说着什么。有时还披在身上，在镜前照来照去。他爱这件红袍，胜于爱身边的女人。但他失望了，他没有看见红袍的主人，却看见了披着土黄色道袍的阿曼达。他顺着道袍往上看，猛然间和那双大大的蓝眼睛形成对视，他那双小眼睛突然放大了一倍，就像狼突然闻到了猎物的气息。阿曼达周身打一个冷战，下意识地往罗子沫的身后躲。五岛次郎的双眼恢复了常态，并直起腰身，满脸堆笑道："阿曼达小姐也在这里，在下没有认出来，失礼了，失礼了。"阿曼达没有回答他，把脸扭向一边。这时所有的人都处在极度的疑惑与深深的思索当中，早把通风报信者冷落在一边。五岛次郎自知无趣，讪笑着告辞了。

其实，五岛次郎的到来，坐在炕上的弓然明早已看见。平时也偶尔看到过这个日本人。本能的反感，使她根本就没有出去，也就没有听到这个关于亲人的噩耗。

是罗子沫极力主张先不要把这件事告诉弓然明的。又是在阿曼达的极力主张下，罗子沫才决定陪她一起去柏杖子金矿的，阿曼达需要他的帮助。阿曼达本身不会骑马，再加上昨天的摔伤，罗子沫只好让她同自己骑一匹马，并让她紧紧地搂住自己，以减轻对臀部的震动。尽管如此，一路走来，阿曼达还是疼得咬牙忍着。越疼，她便把罗子沫抱得越紧，致使罗子沫不得不几次放慢速度，提醒她放松些，否则会因为骑马者身体的僵硬，而给马带来沉重的压力，影响速度不说，也会累坏马匹。阿曼达开始不想说明原因，只是满口答应着，可答应过后仍然搂得很紧。最后她实在没有办法，只好如实相告："子沫，请你原谅……我真的很疼。"罗子沫也知道她疼，这真是没办法的事，最后只好豁出自己的马，一任快马加鞭，一任阿曼达把自己搂得连气都要喘不过来。阿曼达又把罗子沫的那根大辫子咬在嘴里。

而疼在心里的是念萁小姐，自打打人事件以后，她就觉得这件事没什么意义了。今天眼看着罗子沫带着一个女人从自己的眼前经过，她就觉得这件事没有任何意义了。她看一眼前面低头行走的冉先生，便慨叹自己与先生的心境有太多的不同。如果这件事还有几分神秘的话，那就是郎纪平的两次来访了。她觉得这个通判大人的棋局背后，有着难以预知的招法。他究竟想怎么样？为何要以不可告人的方式进入自己的闺房，甚至是梦境？她百思不得其解。

- 10 -

"尸体"已装满了十辆大车，浑身是血的士兵们还在源源不断地往下扛着，一次性搁不下，只好继续向每辆车的尸身上覆盖着。左汉庭当然知道这里面掺杂着装死的活人，他担心地盯着每一辆大车，唯恐活人承受不了死人的挤压而叫出来，后果无疑是所有的活人都将变成死人，包括每一位士兵，也包括他自己。好在他的士兵都很聪明，在堆放活人的时候，尽量在头部留出空隙，让装死的人能够顺畅地呼吸。为了保存有生力量，士兵们在尽可能的情况下，极力抢救那些年轻力壮的汉子。因为都司大人曾经训导过他们说，"你们年轻人一定要好好活下去，即便屈辱地活着，也要让我们的血脉薪火相传，直到有一天能他妈的扬眉吐气！"

枪声渐渐地稀了，最后变得零零星星，左汉庭知道这是对奄奄一息的人进行补枪。枪声里能听到女人尖厉的哭声，那是俄国兵还在糟蹋女人。左汉庭知道，这些女人最终也会被杀掉。果不其然，很快就有女尸被扛下来。士兵们好像没有耐心为她们整理死后的仪容了，有的露着乳，有的露着屁股，那张脸都因在极度痛苦中挣扎而残留着扭曲的表情。有的瞪着眼，表现着淋漓尽致的恐怖和死不瞑目；有的满嘴是血，没有完全咬断的半截舌头耷拉在外边；也有的年轻女子还残留着死前的极度羞涩，她们是闭着眼的，双臂紧紧裹护在胸前，但她们的下体大多是一片血肉模糊，这是被轮奸的结果。于是他又多了一层担心，那便是装死的丈夫或父亲一旦看到这种惨状，精神会因崩溃而爆发。于是他立刻下一道命令，要把所有女人的脸都用她们的衣襟蒙上。方法很简单，只把她们的上衣向上翻卷即可。这便引起陆续下来集合的俄国兵一阵阵狂笑，有的还顺手摸一把，于是那笑声就如山洪暴发一般，连天空经过的飞鸟都吓得大小便失禁，甩下淅淅沥沥的灰白相间的垢物。这时，连一向脸色阴沉的罗斯科夫也忍俊不禁，发出"咻咻"的笑声。当俄国兵集合完毕，他跨上战马，旁若无人地在这十辆大车周围一连绕了三圈。每一圈都要经过左汉庭的帐前，他对这位清军统帅根本不屑一顾，连一个哪怕是蔑视的眼神都没有。左汉庭却死死地盯着他，身子一动不动，巨大的羞辱让他双眼通红，满腔的怒火让他热血奔涌。同为一军之帅，敌人残害自己的同胞，自己却扮演着收尸工的可悲角色，他的心都在滴血。当罗斯科夫的战马停在他的队伍面前时，左汉庭的心里一阵激动，他以为他会带领他的队伍凯旋，因为掩埋尸体的事与他们无关了。不料这位将军连同他的马，都像死死地钉在那里一样，一动不动。时间一分一秒地过去了，左汉庭心急如焚，他实在为那些压在亲人尸体下而苟活的人们捏一把汗，他们一旦觉得生不如死的时候，那后果同样不堪设想。左汉庭的衣服已被汗水湿透，他突然站起身来大喝一声："开拔——"

但他的话音未落，枪声也响了，那是罗斯科夫拔出手枪向天鸣放。一名俄军军官跨出队列喊道："罗斯科夫将军还没有欣赏完他的战利品，谁都不许动！"左汉庭怒不可遏，抽身想拔战刀，腰中却空空如也。按规定，他不能带刀。这时，罗斯科夫的枪又响了。这一声枪响却让左汉庭理智起来，他又为自己出一身冷汗，如果他一旦拔刀在手，自己的士兵无疑会一涌而出，那结果无疑会被全部消灭。他暗暗地告诫自己，必须耐心等待。同时他也犯起疑惑，俄军的举动显然有失常理，难道已经露出破绽？当这个疑问在他脑海出现时，他暗暗地攥紧双拳，在心里道："如果那样，只有以死相拼了！"他看一眼他的士兵，见他们也憋足了劲，大有亡命相搏的气势。他又看一眼就近的马车，分明能看到尸体堆里细微的挣扎。

枪声再次响起，俄军队形有了变动，但他们并不先行，而是"哗"的一下让出一条道路。左汉庭的心豁然开朗，没再等他下令，车夫已甩响了鞭子，十辆大车咕噜噜地启动了，声音沉闷而忧伤。上面都蒙好了苫布，没人知道车里装的是什么。

罗子沫的马飞奔疾驰，汗水出了一层又一层，像露珠一样甩了一路。阿曼达的疼痛也到了难以忍受的地步，连默默地祈祷都变得不可能。当经过一段山路的时候，马的颠簸加剧，阿曼达疼痛钻心，也不知哪里来的力量，她一下子蹿到罗子沫的背上，终于呻吟起来，泪水掉在罗子沫的脖颈里。罗子沫勒紧缰绳，马儿前蹄扬起，然后落地站定，打着亢奋的响鼻。罗子沫喘着粗气道："阿曼达小姐，这是何苦呢！我们能救谁？"然后他扶好阿曼达，重新坐在马背上，自己先下马，又把阿曼达抱下马来。嘴里嘟囔着："都说你们是随着远征军过来的，可他们来杀人，你们在阻止杀人。这……这是怎么了？"当他把阿曼达抱在怀里后，却不知放哪儿好了，因为她坐也不是，站也不是。他左转转，右看看，急得满头大汗。他突然感觉到怀里抱着和后背背着，况味竟如此不同。正当他不知如何是好之际，一低头，看见阿曼达竟像审视着惊慌失措的孩子一样看着他，有好奇，有无奈，有疼惜，但更多的是患难与共、心心相印的好感。"她这个异国女子的蓝眼睛里，有着和念其小姐一样的情愫。"他在心里这样惊呼。到后来，她那张白皙的脸也因羞涩而泛起红晕。"放我下来吧，我没事。"她突然微笑着道。"好，要不你试试。"罗子沫轻声道。阿曼达双脚着地，然后慢慢撑起身子。罗子沫脑后感到抻拉的痛感，原来阿曼达的右手还紧紧地攥着他的辫子。"子沫，还有多远了？"阿曼达站稳脚跟问。"不远了，我们已经过了我嫂子的娘家了。"这句话勾起阿曼达的回忆，心想自己终究没能制止一场杀戮。又过了一会儿，她道："我已经好了，还是走吧。"罗子沫听出她话语里的勉为其难。事已至此，他还是点点头，又把她抱起来放在马背上。然后他一边上马一边道："阿曼达小姐，如果此事与桑德斯无关，你会来吗？"阿曼达不解地看了看他，不假思索地说："会的。"她又张了张嘴，犹豫一下，道："第一次与桑德斯无关，我也来了。我只想面对屠刀，让它落地。"罗子沫无语，催马而行，陷入沉思。

聚拢而来的老弱村民被守在山口的俄军驱散了，手段是他们首先打死几个敢于冲在前面的村民，然后又一顿乱枪打在其他村民的脚下。怕死与不怕死的，都四散而逃了，亲人的死，还有挣扎，他们什么都没有看到。弓去快应该是很早逃离的人，他怎能不担心儿子的生命安危？可他更清楚事实是无法改变的，就像女儿的命运一样，他觉得自己无能为力。当被他拽着手的郭彩寻问："么长没事吧？"他道："不知道……"又问："安泰没事吧？"他道："那就更不知道了……"郭彩寻生气道："那你都知道啥？就知道没命地跑！"他道："错！我们还有命，要不然就跑不了了。"

让左汉庭更没想到的是，俄军让开一条路后，并没有就此撤离，而是紧紧地跟随他们而行。左汉庭这才相信事情可能败露，接下来要发生什么只有天知道。但他还是想做最后的努力，调转马头向后面的罗斯科夫走去。两匹马相对，左汉庭一抱拳道："将军阁下，下面的事归我们管，你们可以请便了。"罗斯科夫没有任何表情地道："我是这次战斗的最高统帅，你无权对我发号施令！"左汉庭无话可说，他调转马头，赶到队伍前头，怒火也在心中升腾。分兵而去的山口说到就到了，队伍和马车向这个山谷行进。道路变窄，俄军并没有因此往后拖长队伍，而是向前方聚拢而来，几乎把所有的清军及马车包围当中。左汉庭确信事情已败露，他不得不盘算着最终的决断。

挖坑的清军士兵一个都看不见了，显然坑深已超过五尺。三个大坑一字排列在一块空地上，新鲜而潮湿的泥土中夹杂着大大小小的石块。还没等大车到坑前，俄军快速移动，把三个大坑团团围住，同时，所有的士兵都端起了枪。左汉庭下令所有挖坑的士兵全都上来，也把三个大坑团团围住，在俄军的里面形成又一层包围圈。见两个包围圈中间还有一段距离，左汉庭突然大叫一声："排开——"同时双臂做四围伸展的手势。所有的士兵立刻会意，全都向后撤步，脑袋几乎顶住俄军的枪口。坐在马上的罗斯科夫不知清兵玩什么花样，便没有任何反应。左汉庭又大叫一声："下葬喽——唱丧歌喽——"于是，所有清军士兵唱起了丧歌，歌声唱得地动山摇：

一二三四五，金木水火土。

打扫坟前地，焚起三炷香。

十字路上请神降。

一请上天赵天师，二请杨戬杨二郎。

三请玉皇大帝，四请四大天王。

五请五方同道，六请死者家堂。

七请七天姊妹，八请八大金刚。

九请九天玄女，十请十殿阎王。

我等无神不请，助我消灭恶狼。

在这歌声中，负责掩埋的士兵开始往坑里扔尸体。见到真死的就直接扔进坑里，见有假死的就告诉他们扔到坑里后立刻贴向坑壁站定。这丧歌令俄军警觉起来，他们密切注视着眼前的一切，同时一种无形的肃杀之气，让他们胆战心惊，他们端枪的手竟哆嗦起来。罗斯科夫的脸像污水一般阴沉，他拔枪在手，随时准备开火。而丧歌则一遍接一遍地唱下去，一遍比一遍猛烈，一遍比一遍高亢。

罗子沫与阿曼达到来之际，正值十辆大车与两国军队滚动如潮般向山谷涌进。阿曼达正想奔过去，被罗子沫拦下道："不可！情况不明，不能贸然前往。莫不如找一隐秘处看看动静再说。"因为他已预知那十辆大车里十有八九是尸体。阿曼达问车里是什么，他没有说出自己的判断，而是道："看看再说吧。"于是他们把马拴在山下的一棵小树上，向另一侧的山梁爬去。好在山路并不陡峭，当他们爬到山梁时，正见两个包围圈已经形成，三个大坑黑洞洞赫然其中。当清兵掀去车上的苫布时，阿曼达惊叫一声就跪在地上，"上帝呀！"一语未尽，泪如雨下，"上帝呀，为什么我眼睛还是看到了这些？为什么杀戮总在阳光下进行？这失散的羊群总会遇到可恶的狼吗？我的忧伤怎能不会因你的大爱而无限增长，抛弃他们是你的指令吗？你创造的万物中为什么有带刃的剑、带柄的刀，还有这射出子弹的枪膛？为什么一颗颗阴冷的心从记不住你的话语？为什么这块贫瘠的土地上也会杀声四起？上帝呀，阿曼达需要一个答案，求你可怜这些孤苦的灵魂吧，让他们在你的国里得到应有的补偿。阿门——"罗子沫也跪下来，泪水也夺眶而出。"他们的祖祖辈辈都生存在这里，就因为他们在本来属于自己的土地上挖一点金子，就招致杀身之祸吗？"正当此时，丧歌响起。

十挂大车空空如也的时候，丧歌戛然而止。

四十名清兵外加十位车老板手握铁锹开始填土。因每个大坑里都有隐藏在坑壁处的活人，所以他们每一锹土都扔得小心翼翼。这时罗斯科夫的手枪一连响了三声，便有上百名俄兵端着枪冲上来，他们是想把坑内还活着的人一举歼灭。左汉庭突然像狼一样号叫："弟兄们！抄家伙——"刹那间，所有的清兵都从腰间拔出短刀，

"杀呀——杀呀——杀尽长毛贼——"喊杀声顿时响彻山谷。每个清兵都憋足了劲，早红了眼，仇恨与屈辱早已使他们把生死置之度外，他们就像受伤的猛虎、饥饿的狮子，亮出对敌凶狠的本性。扩大包围圈时他们就做好短兵相接的准备，使俄兵的长枪成为致命的短处。许多俄兵还没有反应过来，就被抹了脖子、捅了心脏，还有的人头落地。这时左汉庭又喊道："弟兄们，还怕死吗？"所有的清兵同时喊道："不怕啦——"他们越战越勇，俄兵的血分外鲜红，喷得他们满身都是。

罗斯科夫的枪口已对准了左汉庭，正当他要扣动扳机之际，左汉庭的飞镖早已掷出，正中罗斯科夫的枪身，他的手枪随着一声脆响飞出丈外。罗斯科夫拔出战刀就向左汉庭冲过来，左汉庭接住一个士兵扔过来的短刀，用力一磕马镫，那马箭一般冲过去迎战。两名统帅冲出圈外，你来我往，进行殊死的交锋。

杀声一起，坑内站着的村民奋勇跃出坑外，他们或抓起石块猛砸，或拿起铁镐铁锹向俄兵扑去。尤其那些女人惨遭蹂躏的，一边哭号着一边杀敌，他们把俄兵按倒在地，一口就咬住脖子，直到咬死为止；还有的咬掉了俄兵的耳朵、抠瞎了俄兵的双眼。弓么长从一位被杀死的清兵手里拔出短刀，专门扑向拉开架势准备开枪的俄兵，砍手剁脚，很快就有几名俄兵因失去手脚而满地打滚。盛金龙则更使阴招，抓起一把土面专往俄兵的眼睛里扔，然后再用石块猛击俄兵的脑壳，也有几个俄兵死在他的手里。就连十个车老板也毫不示弱，挥舞着手中的大鞭子，专拣端枪射击的俄兵抽，"啪"的一响，眼珠子抽瞎了；"啪"的一响，脸上顿时一道血口子；有的更加巧妙，一鞭子捽住枪身，往起一带，那长枪便飞向高空。

罗斯科夫和左汉庭紧紧地咬在一起，谁也分不开身。但罗斯科夫还是一边迎战一边大叫："撤出圈外，准备射击。"左汉庭则大喊："弟兄们，紧紧咬住他们不放，绝不能让他们开枪！"其实，他们的喊话是多余的，他们的士兵都懂得应有的战术。但除了少部分俄兵还在与清兵肉搏外，大部分俄兵还是撤出圈外了，子弹重新上膛。

令阿曼达万万没有想到的是，本来是掩埋尸体，怎么会再度引起杀戮？可事实就发生在眼前，刀光与鲜血互相交织着。她突然有一种痛不欲生之感，站起来就想扑下山去。罗子沫一把抱住了她，大叫道："阿曼达，你也想去送死吗？你以为他们不会杀了你吗？"阿曼达挣脱着叫道："不！不！放开我！制止杀戮是我的责任，否则我算什么基督徒！"罗子沫把她抱得更紧了，吼道："算了吧！你的神都不想管的事,你还能管得了吗?"阿曼达用非常敌视的眼神看着他问:"为什么要拦着我?为什么要这样说? 是不是因为被杀死的都是俄国人?""什么?"罗子沫不认识似的看着她,手臂也慢慢地放松下来,"阿曼达,你看看那坑里,死的都是哪国人?"阿曼达摇摇头道:"我早就看到了……可死的已经死了,我不想看到再死人!"说着她又猛然挣脱,罗子沫不得不再次抱紧她道:"你管不了那么多,这天底下哪天都在杀人,都在死人。耶稣不也是被人钉死在十字架上的吗?"阿曼达一听,目光里全是茫然,她突然一下子抱住罗子沫,哭道:"子沫,我后悔到中国来啊——我见不得杀人啊——"罗子沫则看着那杀人场面,喃喃道:"是啊,在你的国家,你看不到杀人……因为你们的军队都跑到别人家的土地上去杀人了。"阿曼达一听,把头埋在他的胸前哭道:"对不起子沫,对不起了。"

突然,谷中响起密集的枪声。罗子沫一看,是撤出圈外的俄军在向清军开枪,眼见着清军士兵还有村民一排排地倒下去了。罗子沫把阿曼达一把推开,大叫道:"靠近他们——缠住他们——"他的喊声与左汉庭的喊声如出一辙,但为时已晚,任何人都没有再靠近持枪者的机会了。见事情不妙,罗子沫也要扑下山谷,但双腿已经被阿曼达死死地抱住了。她一句话都不说,只是用大大的蓝眼睛望着他,不住地摇头。罗子沫看出她内心的矛盾与纠结、惭愧与痛苦。同时他更能明白,在她扑倒在地抱住自己那一刻所迸发出来的儿女私情。他小声道:"阿曼达,我……我也见不得杀人啊!"阿曼达的脸红了,但她仍旧抱着他不放,仍旧那么望着他摇头。

一阵枪声过后,除了骑在马上的左汉庭和几十名清兵还活着,其余的都倒下了。众多的俄兵围上来,把罗斯科夫与左汉庭团团围住,枪口都对准左汉庭。左汉庭想挥刀自刎,但被手疾眼快的罗斯科夫一刀点中手腕,鲜血流了下来,刀也"吧嗒"一声掉在地上。这时仍被阿曼达死死抱住的罗子沫看到,山间的树林中有人影在窜动,他知道,那是侥幸逃脱之人,他在心里默默地为他们祈福。又过了一会儿,左汉庭下马被俘,其他被俘清兵则被俄军押着重新掩埋尸体。三个大坑已装满,还剩下上百具尸体,其中包括被杀死的俄兵。几十个清兵只好又挖出两个坑,一个坑装清兵尸体,另一个坑装俄兵尸体。这些掩埋工程只在很短的时间内就完成了,罗子沫被他们的动作之快所震惊。他还那么站着,阿曼达还那么死死地抱着他的双腿。直到俄军押着被俘的左汉庭还有几十名清兵向谷外走去,他们才像从梦中惊醒一般,才晓得身处何地、情在何景。但阿曼达的两条胳膊已经很难自行分开了,罗子沫只好弯下腰来轻轻地拍打，轻轻地揉捏，才慢慢地把她的双臂分开。

阿曼达坐在那里，像没有了意识一般发呆，望着最后一个俄兵从沟口消失，然后她异常平静地说："桑德斯呢？怎么没看到桑德斯？"罗子沫看了看她，什么也没有说。阿曼达又道："我想我不会再喜欢他了，我怎么能喜欢这样的一个人呢？"这话令罗子沫很吃惊，因为他从来没看出阿曼达曾经喜欢过桑德斯。于是他道："阿曼达，你喜欢过他吗？"阿曼达点了点头。罗子沫的心头掠过一丝惆怅，然后把一只手递给阿曼达道："起来吧，我们也该走了。"阿曼达也把一只手伸过去。

不多时，他们又同坐一匹马，信马由缰地往回走。不在意时间有多漫长，路途有多遥远。因为在他们的前面还有步行的战胜者与被俘者。

太阳落山的时候，俄军把几十名清兵和左汉庭押到府衙门前。脚跟未稳，罗斯科夫坐在马上一挥手叫道："统统处死——"随即一阵乱枪，几十名被俘清兵纷纷倒在血泊中。当只剩下左汉庭的时候，罗斯科夫想亲自处决他，便拔出手枪。就当他即将扣动扳机的时候，一个声音响起："刀下留人——"喊者显然仓促，把"枪"喊成了"刀"，同时也证明这一定是中国人。

此人就是荣格大人。他正与自己的儿子还有桑德斯一起在会客厅吃茶，外面响起了枪声，使他们焦急的盼望和等待受到惊吓，也打断了他们对未来的美好展望与交托。当然，在荣大人的心目中，还有一份天责与自疚，就是这一点点的心理，还被他用歉疚的笑容掩盖着。尤其是自家儿子一再标榜这是太后懿旨，使他在将信将疑中心意悬悬。屠杀百姓无论如何都是难以接受的耻辱，所以，他还怀着几分侥幸，但愿这是一场闹剧、一场玩笑。直到府衙门口响起枪声，他才意识到，事情可能更糟。他的一声呼喊并没有阻止住罗斯科夫的杀气，是桑德斯的一声大叫："罗斯科夫将军，请你放下枪！"才使罗斯科夫打一个激灵，杀人的心思才转化为对事态的进一步判断。他放下枪，大声叫道："他们背叛了我们，他们杀了我们许多兄弟！"荣氏父子这时早已心知肚明，就是本来的协同作战，变成了民族仇恨的火拼。荣格大人暗暗叫苦，一个营的兵力，除了在家的老弱病残外，其余的全部死于非命了。他看一眼被俘的左汉庭，心中顿时升起无边的怒火。他走过去，怒视左汉庭道："左大人，到底发生了什么？"左汉庭"哼"了一声，把脖子拧向一边。荣大人吼道："左大人，让你协同作战，你反倒把自己的队伍弄没了。说！这是为什么？！"左汉庭用充血的双眼看着荣大人，道："协同这伙长毛贼屠杀自己的百姓，也亏你姓荣的能想得出来！呸，狗官！"荣格大人怒不可遏，吼道："来人，把左汉庭给我打入死牢！"顿时上来几个衙役，就要押走左汉庭。这时桑德斯道："不可带走他，他应交我方处理！"荣格大人的脸色阴沉下来，道："他乃我大清朝廷命官，即使再大的罪过，也该按大清律法处治，岂可由外夷随便插手？"桑德斯冷笑道："荣大人，他同时也触犯了我国法律。背信弃义，倒戈相向，杀害同盟，理应由我方处治。""岂有此理！"荣大人怒目道，"你想以他之过抵你之债吗？这是我大清的天下，还由不得你如此无理！"这时，围观的人已经里三层外三层了，冉先生也在人群中，他很想站出来替荣大人说话。正在这时，荣念祖对桑德斯道："桑德斯先生，左汉庭终归是一个死，死到你的手里和死在监牢里，这有什么不同吗？至于他倒戈相向，实出乎你我预料。但这是他自己的事，怪不得别人，你就别较真了！"这时，罗斯科夫又举起枪来，一会儿对准左汉庭，一会儿对准荣大人。围观的人忽起唏嘘之声，冉广炉大声道："欺人太甚！"这声音分外响亮，惹得许多人都向他观望。荣大人听出是他的声音，特意注视他一眼，投以赞许的目光。桑德斯伸出长长的右手，把罗斯科夫的手按了下去，以商量的口吻道："将军阁下，既然他们已经答应处以极刑，那我们就做出让步吧。但我会密切关注他们的行刑情况。"他是用俄语说的这番话，所以别人根本不知他说了什么。只见罗斯科夫很不情愿地点点头，把手枪插回腰际。与此同时他又用中文道："我们要在他的兵营休整几日，他们必须提供应有的生活物资！"桑德斯听罢，转身对荣念祖道："殿下，我想这不会有问题吧？"荣念祖看了父亲一眼，见父亲面无表情，便道："这当然可以，当然可以。"于是，罗斯科夫率领他的部队向赤城兵营走去。左汉庭也被带走，投入死牢。被枪决的几十名清兵也被拖走，去城外掩埋。最后的最后，只剩下冉先生一个人站在那里，迟迟未动，直到天渐渐地黑下来。

"先生，请回吧。"不知什么时候，桑玉站在他的面前，拉了一下他的衣襟道。旁边站着念其小姐，她不会说出桑玉这样的话来，她只想陪着先生默默地站着。冉先生没有回答桑玉，却哭起来，哭声由小到大，"这就是如今的大清啊……可悲可叹啊！"他边哭边道，没有激动，更没有激昂，就像老妇在哭坟。念其也不住垂泪，她哽咽道："都怪我，没有及时把消息告诉那里的村民，我有罪啊先生。"冉先生伸手抚摸着她的肩膀道："不要自责了孩子，这不怪你，你这副小肩膀，扛不起这么大的事。我们在自己的土地上任人宰割，是这个朝廷不行了，你我都无能为力啊！"

念其始终在回想着郎纪平，她觉得他的心和先生的心是一样的。但她又觉得他们之间有什么不同，是什么，她也找不到答案。郎纪平的背后，让她感到扑朔迷离。"你们看到了吗？"冉先生止住哭声道，"那些围观的人，怎么就如此窝囊！即便被杀的士兵里有他们的孩子，他们都不会挺身而出啊！至于金矿的那些村民，前些日子干了一件很不光彩的事，他们被屠杀，恐怕也没有人会同情啊！"

"先生，我们可能上当了！"念其破口而出，声音很大，令她自己都感到吃惊，因为这句话出自郎纪平之口。为什么上当了，她自己也没搞清楚，她只是临机学舌而已。"此话怎讲？念其你说清楚些。"冉先生果然迫不及待地问。念其支吾着，却说不出个所以然。桑玉见状插话道："这话是那个郎通判说的……小姐只是学舌而已。""学舌？"冉先生疑惑道，"你家小姐是轻易学舌的人吗？又为什么要学他的舌？"桑玉不耐烦地说："哎呀我说先生，您又古板了不是？没事学着玩呗，您还给定个罪不成？"冉先生若有所思，自嘲道："现在我说什么，都没有人学舌了……我还是你们的先生呢。"桑玉道："看您，好像还吃醋了。那好办，以后我天天学您的话。"冉先生似嗔非嗔，道："天不早了，你们回府吧，我也回了。"说完，冉先生迈步离开。"天不早了，你们回府吧，我也回了。"桑玉果真学起来。本来是一件滑稽的事，却没有笑声，只有冉先生的一串叹息声，随着晚风，飘散。

夜渐渐静下来的时候，五岛次郎用上等好茶接待两个特殊的客人，他们是大定法师和郎纪平。当然，他们都是骑马来的，更主要的是，都是从五岛次郎的后门进来的。通过交谈，郎纪平断定这大定法师与五岛次郎是旧相识，说过从甚密都不算过分，并非如大定法师所言，他与这位日本浪人刚认识不久。话题从甲午海战到戊戌变法，再到孙逸仙的广州起义，随后自然而然地转移到今天发生的大事上。五岛次郎的表情神秘而严肃，他一挥手，笛管之声戛然而止，四名粉面朱唇的艺伎也急忙施礼而出。"俄国人是一群害人的野兽！"他首先大骂一声，"他们早有并吞满蒙的祸心。他们不仅仅要这里的物质资源，更想把这块肥沃的土地占为己有。今天我们都看到了吧，他们杀人是不眨眼的。"大定法师表情淡定，他似乎对满蒙并不在意，而更在意日本国的切身利益。他轻蔑一笑道："众所周知，关外是清朝的发祥地，但当他们攫取中原后，就把自己的老家淡忘了。他们看重的只是在这里如何延续香火，因为他们的祖坟就在这里。故此我说，大日本帝国有责任管理这片土地，而不是俄罗斯人。"这话令郎纪平感到震惊。大定法师当然明白这一点，所以他说话时一直在观察郎纪平的表情。而五岛次郎则用鼠一般的双眼，在昏暗的灯影里观察着这两位中国人。沉寂良久，五岛次郎哈哈大笑，道："法师的话有些道理，这片土地确实富得流油，可与整个中原大地比起来，那还差得很远。所以孙文先生志在中原，这不能不说是明智之举。只是俄罗斯人的虎视眈眈，着实棘手，所以，要想管理这片土地，必须先教训他们一顿不可。"

郎纪平一仰脖，将杯中的茶一口喝光，此时，他已明白了他们的来头与用意。说白了，他们对大清的用意，与那些长毛贼没什么两样，只是表面上稍稍文明一些。于是他道："大清国幅员辽阔，每一块土地都印着祖先的足迹，如果有人把它当作一块肥肉卖出去，恐怕买者没等吃到嘴，就先咬了自己的舌头！"大定法师与五岛次郎相视而笑，五岛次郎道："也许我们都把话说远了，眼前的是郎大人重任在肩，今天发生这么大的事，定会轰动朝野，我想凭郎大人的聪明才智，早已知道这件事的来龙去脉，只是缺少足够的证据……"说着，他又给郎纪平斟上了茶，用兄弟一般的神情看着他。郎纪平倒吸一口凉气，他已经无法维持表面的镇定了，目光中的胆怯已暴露无遗。他用这种胆怯的目光看看大定法师，再看看五岛次郎，却一句话也说不出来。这时，五岛次郎一拍手，进来两个日本浪人，他们押着一个中国流氓，一言不发地站在五岛次郎面前，一切好像预先设置好的一样。"郎大人，这个人您应该见过。"五岛次郎诡秘地说。郎纪平一惊，确实觉得在哪儿见过，但一时又想不起来，于是开始死死地盯着他看，不放弃他身上每一处惹人眼目的特殊之处，最后他还是从他那双凶狠的蛇眼里认出他是谁。"不好意思五岛先生，这个人我不认识。"说完他端起茶来喝，因为手的抖动，斟得稍满的茶水洒出来一些。看着他这种慌乱，五岛次郎开心地笑了，道："认不认识没有关系，我先把他送给你，你们慢慢去认识。但我可是有条件的哟……"说到这里，他喝了一口茶，然后放下茶杯继续道："到时候，我可要分一股红利的。"说完，他又与大定法师相视而笑。然后他又一挥手，两个浪人押着那个人下去了。随即笛管之声再度响起，四名艺伎重新上场。一阵歌舞伴茶之后，四名艺伎又被五岛次郎一手挥了出去，因为他深知，这两位客人不可能再享用她们的肉体了，他们都不是俗人。于是，五岛次郎头前引路，满面春风地钻进一个最高档的浴池。当他看到两位客人赤条条地滑进水里，尤其是大定法师，还带着满身的羞涩，他发自内心地笑了。他们分明是在享受别人的东西，可他们下一步会怎么样呢？会不会忘记这天这地是属于谁的呢？想到这里，他开口吟道：

紫泉宫殿锁烟霞，欲取芜城做帝家。

玉泉不缘归日角，锦帆应是到天涯。

这吟诵让本来闭上双眼的郎纪平和大定法师重又睁开。五岛次郎看看他们，自己却悠悠地闭上了双眼，只给他们一张满是诗意的脸。郎纪平感到莫大的悲哀；而大定法师则不然，他在为中华文化的源远流长而自豪。

同在这个夜晚，更加感到悲哀的应该是罗子沫了，虽然他与阿曼达步俄兵后尘而行，但他们并没有听到府衙门口屠杀清兵的枪声，因为他们向教堂走去。当他把阿曼达抱下马，不禁看一眼教堂上方那高高耸立的十字架，那令人惊悚的高度，除了让他感到天堂遥不可及之外，再没有什么敬畏之心了。阿曼达好像是很冷的样子，在罗子沫的怀里，痴痴地看着他。她已经感受到了他的狂妄心态，但她无法劝说，也无法告诉他，任何人在神的面前都是卑下的。一种患难与共之后的不舍揪着她的心，以致当罗子沫要把她放下来时，她反而把他抱得很紧，一只手仍在紧紧地握住他的辫子。罗子沫的心里"咯噔"一下，急忙道："阿曼达，你到家了。你爸妈还有那些姐妹都盼你早归呢。"阿曼达转了眼窝，点点头，方松开了他，然后双脚着地站起来。罗子沫整整衣襟，想把被她抓到前面的辫子甩到脑后去，但见阿曼达正紧紧盯着它不放，他放弃了这个念头，笑笑道："快进去吧。"阿曼达没有吱声，一眨眼，两颗大大的泪珠掉下来。罗子沫又笑笑道："啊……我就不进去了，我必须回家，都等着我的消息呢。"这时阿曼达的表情方有些灵动起来，罗子沫见状又道："快进去吧。"阿曼达喃喃道："你先走。"罗子沫扮着鬼脸道："你先进。"阿曼达仍喃喃道："你先走。"罗子沫道："好，我先走就我先走。"说完就翻身上马，向阿曼达一抱拳，然后双脚一磕镫，那马便飞奔而去。阿曼达在十字架下站了很久，才慢慢地转过身去。

罗子沫很快就回到家里。推门而入，首先迎接他的是弓然明悲痛欲绝的哭声，他顿时感到万箭穿心，人间犹如地狱。但他仍然觉得，这是这场屠杀之后最应该听到的哭声。他断定弓然明什么都知道了，她没有不顾一切地往家奔，可能是被强行拦下来。事情在母亲嘴里得到证实，果真是在她的一声令下之后，强壮如牛的堂兄没容她离开半步。他开始责怪母亲不该把这件事及早告诉弓然明，并得到妹妹赞许的目光。显然妹妹也不同意母亲这样做，但没有拦住她。母亲则露出满脸的阴笑，道："这样的灭门之祸，怎么能不告诉她这唯一的亲人呢？"罗子沫反驳道："正因为是灭门之祸，告诉她与不告诉她有什么区别吗？主要是，我们都知道她现在已经承受不了这样的打击，她现在是一个活不起的人。"母亲的笑脸没了，仍是阴冷冷地道："活不起就死嘛，让活不起的人折腾活着的人，也是不应该的事！"罗子沫看出母亲在这件事情上暗含机关，便很生气地说："这件事，如果让她慢慢地知道，她会慢慢地活下来；如果这么快就让她知道，就等于断她的生路。难道有谁盼着她早死吗？"母亲一听，立起眼睛，吼道："你这是什么意思？这么大的事，连朝廷都会知道的，还能瞒得过她吗？你娘我是那种恨谁不死的人吗？"罗子漫看了看哥哥，道："哥，你如果真是那个意思，可是错怪妈了。"然后又对母亲道："妈，你也错怪我哥了，我哥他不是那个意思。只是说，慢慢地告诉嫂子，会好些，你看她这一天又哭又闹的，要不是子辉哥拦着，不见得出啥事了呢。"丽娘一听，不但不领情，反而抢白道："去去去，少在这里和稀泥！我也看透了，你们的那个神不会别的，就会和稀泥。结果怎么样，该偷的偷，该杀的杀，坏事都是他的儿女干的！"罗子漫早吓得小脸煞白，上前捂住了母亲嘴，自己的嘴却不住地祷告："神啊神啊，原谅我母亲的无知吧。如果你不原谅，我愿替她承担一切罪过。"丽娘被捂得透不过气来，使劲一扑棱头，甩开了她的手，长出一口气道："得了得了！我没有罪，不用求他……那些杀人的才有罪！"罗子漫仍惊魂未定，急忙道："妈呀、妈，那些偷的、杀的可不是他的儿女。阿曼达我们才是被他拣选的儿女，我们何曾偷过、杀过？""好了，别说这些了！子辉哥呢？怎么不见他的动静？"罗子沫打断她们道。丽娘本来想继续抢白女儿，见儿子问，便道："受不了你嫂子的哭。可能见天黑了，她也不会跑了，就躲到外面去了。估计这一宿也不会回来了，说不定早在哪个墙根地头睡着了。"罗子沫一听，转身向外走去。"你干啥去？"丽娘问。罗子沫只停顿一下，然后仍向外走去。

不一会儿，又传来弓然明更凄厉的哭声。丽娘无奈地叹口气，然后对罗子漫道："去，到你嫂子那里看看去。"罗子漫看了看她，不言语，也不去。丽娘责怪道："死丫头，你不是会和稀泥吗？快去和和去！"罗子漫懒懒地说："能和也不和了，忒脏。"说完，她向自己的屋子走去。

罗子沫出现在弓然明的门口时，她明明知道是谁，却装作没看见。罗子沫一脚门里，一脚门外，进也不是，出也不是。但最终他还是进去了，因为他看到二大爷屋里的灯刚才还亮着，这会儿突然灭了。他在炕沿前站定，弓然明背对着他，瘦弱的双肩一下一下地颤抖着，她还在抽泣。也许是因为罗子沫就站在身边，抽泣又连续起来，成为压抑的哭声。哭了半晌，见罗子沫没动静，她道："光傻站着，还不说话？"罗子沫道："事情很坏，痛不欲生的不止你一个。官兵最终也反了，跟俄兵火拼了，最后活下来的没剩几个。"弓然明吸溜着鼻子道："看见么长了吗？"罗子沫道："没看见。要么死了，要么逃了。但逃出去的人没有几个，可能都是善战的官兵，么长他们……"弓然明听到这里彻底崩溃了，她摇晃着身子，以头撞墙，"么长啊，么长啊，姐对不起你呀，姐前些日子还恨你不死，这下你真的死了。么长啊，么长啊！"泪水没了，只剩下这泣血的干号，还有以头撞墙的"咚咚"声。罗子沫赶紧上炕，把她抱住，弓然明反过来也把他抱住，哭道："我唯一的指望都没了，我可怜的弟弟呀，我可咋活呀，没法活了。姐做鬼也要找到杀死你的人，我要吃了他。"罗子沫觉得她比任何时候都可怜，也产生了从未有过的爱怜之情。也是因为目睹这场屠杀，让他看淡了人情世故，使自己感情得以充分地释放。他紧紧地抱着她道："然明，干啥把话说得那么绝……不还有我吗？"说完，他们的脸紧紧地贴在一起。

"那我呢？！"随着一声怒吼，罗子沫后脑挨了重重一拳。在他意识尚存的时刻，他看到的是堂兄凶神恶煞一般的面孔。然后是一阵眩晕飘忽，他就进入另一个世界去了。弓然明像疯子一样叫喊起来："子沫——子沫——你醒醒——你不能死啊——"罗子沫什么声音也听不到了。弓然明扑在他身上乱抓乱摇，企图唤醒他，全然暴露了这不同寻常的叔嫂身份。

"我难受——我难受——"罗子辉跑到院子里，仰望苍天，捶胸顿足，发出野兽一般的号叫。所有的人都被惊动了，但下人们见到眼前的情景，又自行退去了，他们没有勇气去唤醒罗子沫，更没有勇气去阻止发疯的罗子辉。尤其他那一声声惊天动地的号叫，也确实让每个人都感到难受了。

其中就里，丽娘比谁看得都明白，她除了感到无地自容外，就想敲开二伯罗再恒的门。那个门关得死死的，任凭丽娘不住地喊："二哥，你把门开开……我不怪子辉，我只求你能说句话。你不说话，这事可咋了结啊！"那两扇门就是不开。罗子漫过来劝说道："妈，你就别叫了，二大爷可能睡着了……他听不见。"丽娘突然笑道："是啊，他睡着了，他听不见。"说着，她扶着女儿向弓然明的屋子走去，

"走，我们把你哥背回去。死，也要死在咱自己的屋里。"罗子漫含泪点头。可她们哪里背得动，最终还是两个明事理的下人走过来，在事情该收场的时候，他们来帮助收场，让罗子沫很平静地躺在自己的炕上。丽娘坐在他身边，抚摸着儿子疲惫的脸，方老泪纵横，"儿啊，都怪妈，妈没能让你安心读书。这下好了，你好好地睡一觉吧，等醒了以后，妈什么都不让你干了，就去读你的书，好吧儿子。"罗子漫则跪在那里，仰望上苍，默默地祈祷，泪水早已无声地流下来。

不知何时，弓然明走了进来，"咕咚"跪倒在地，痛哭道："婶子，你打死我吧，我有罪啊——"丽娘则嘻嘻笑了，道："自打你进门那一天起，我就预感到罗家会发生什么……起来吧，这都是命。"弓然明一听，磕头连连，大放悲声。

阿曼达回到教堂，家人相见，都大惊失色，几天不见，几乎都认不出她了。就连一向沉默寡言的杜克先生都道："阿曼达，你怎么了？你看你自己，都折磨成啥了？"说完，他默默地坐下来，想着无尽的心事。贝蒂·亚当就像没了主意一样，问吃啥吧，喝啥吧，换换衣服吧，洗洗澡吧，还把手放在女儿的额头，试试烫不烫。阿曼达道："我只是累了妈妈，不要在意，睡一觉就好了。"贝蒂更加惊讶，道："你应该晚祷之后再睡。"阿曼达道："妈妈，我无时不在祈祷。"说完，她便和衣躺在床上，悠悠地闭上了双眼。贝蒂叹口气道："一定要好好祷告啊，让神赦免你的罪过。你呀，不该来这里，这是一块复杂的土地，我早就担心你会陷进去。"阿曼达忽地睁开眼睛，妈妈的话像一只无形的手，在她的心上揪了一下。她以为这是神的点化，因为妈妈不会说出这样深刻的话来。当她的眼前又出现那场杀戮，又看见罗子沫的身影，尤其是他那根大辫子在眼前摇来摆去的时候，她又闭上眼睛，两颗大大的泪珠顺腮边滚落。

不知过了多少时候，她的耳边响起这样的声音："姐姐，吃点吧，你饿了。"她又忽地睁开眼睛，见安琪拉端着一盘中国糕点站在她的床边，眼巴巴地求她。阿曼达由衷地笑了，伸出一只手抚摸着她的头道："安琪拉，姐姐真的不饿。放心吧，神与我们同在，姐姐没事。"安琪拉拿起一块糕点道："姐姐，你吃，我喂你。"阿曼达哽咽道："哦，姐姐吃。"然后张开嘴，安琪拉便一点点地喂她。一连吃了三块糕点，阿曼达笑眯眯地说："这下好了，姐姐吃饱了。"安琪拉又把旁边的一杯水递过来道："姐姐，再喝点水。"阿曼达急忙坐起来，接过水杯，把水喝了。这时，安琪拉甜甜地笑了。阿曼达又抚摸她的头道："安琪拉，谢谢你。"安琪拉摇摇头道："你该休息了。神与你同在。"说着她伸出一只小手，阿曼达急忙握住道："神也与你同在。"然后又在她的额头吻一下道："好了，你也休息吧。"安琪拉点点头，然后端着吃剩的糕点和水杯走了出去。

弓然明已经跪在地上很久了，她央求要给罗子沫去找郎中。丽娘要么摇头不语，要么道："子漫正在给他祷告，她的神会救子沫的，不必找郎中。"弓然明心如刀绞，因为她不相信神会救罗子沫，或者更确切地说，她根本就不相信神的存在。她泣血稽颡，道："姊子，子沫他必须要治，我一定要亲眼看到他醒来。姊子，我向天立个誓，只要子沫醒过来，我立刻就去死！"丽娘像看一个怪物似的看着她，冷笑道："你来到罗家，也把你的死带到了罗家。罗家是你的坟墓吗？嗯？难道我们罗家娶来一个鬼吗？嗯？告诉你吧，我心已定，子沫是他自己造了孽，那就听天由命吧。如果他醒不来，那是他的报应；如果他醒来了，那是他的造化。找郎中？让天下都知道我们罗家又出了丑事？你妄想吧！"这时外面又响起罗子辉的怒号："我难受——我难受啊——"然后又是捶胸顿足的声音。丽娘向地下啐了一口道："还不快出去！你想让那个傻子来鞭尸吗？"弓然明一听，双眼立刻像僵死了一般，脸色也顿如死灰。她就是带着这副尊容，站起身来，摇摇晃晃地走了出去。

罗子漫来到哥哥身边，跪下来祷告，祷告声紧锣密鼓，似乎永无休止。丽娘静静地看着一双儿女，心疼落泪，像即将远离自己一般不舍。不知过了多久，罗子沫忽地坐起来，看看四外，伸出双手乱抓，愣眉愣眼地道："我在哪儿？我怎么了？"没有人回答他。顷刻，记忆的闸门轰然打开，往事如潮水般灌注脑海，耳畔又响起哥哥的呼喊，他的头颅顿时像裂开了一样疼，"咕咚"一声，又躺下来。丽娘一声不响地看着他，一颗悬着的心也落了地。无论怎样，儿子终究是活过来了。罗子漫站起身来，表情平淡地看了看哥哥，然后向自己的屋子走去。她想好好地睡一觉，最好明天忘掉这一切。

一连几天的闷热，突然在晚上下起了小雨，人的心也随之一下子清凉起来。天地间除了沙沙的雨声，什么都听不见。一场屠杀没有引起轩然大波，悄无声息的，竟像过去很久了。甚至还不如热水汤罗家的丑事，毕竟引起明里暗里的街谈巷议。驻扎在赤城的俄军开始骚动起来，或仨一群，或俩一伙，走街串巷，东张西望，招猫逗狗，奇形怪状。他们不曾逛妓院、吃花酒，却有妇女公然被奸污；他们没有抢劫、盗窃，却有人家的财产不翼而飞。可事后仍然一片平静。郎纪平以为，大清国的子民已经学会独吞苦果了。就像无能之辈养活的孩子，不管在外面受多大的委屈、吃多大的亏，到头来只能忍气吞声，顺着墙根溜回家。

郎纪平冒雨来见念其，尽管分外唐突，她与桑玉都不觉得惊奇了。念其满含愧疚地让座，桑玉蛮有女人味地倒茶。尽管他们谁都没有提及这场屠杀，但满心满脑都是这件事，只不过一切尽在不言中罢了。桑玉偷偷觑着念其，虽然灯光昏黄，但她已经确定小姐的脸已经红了三次。郎纪平一派沉雄之气，简直是英姿飒爽，在今天的桑玉眼里，确实是难得的郎君。一个时辰过去了，郎纪平似乎没有说出实质性的东西。桑玉开始警觉起来，难道他与小姐早有私约？如果是那样，自己站在一边算什么？她刚想托词回避，郎纪平站起来告辞道："我明天与大定法师一起去朝阳城参加佑顺寺的水陆大法会，七天之后才能回来。如果荣大人有什么吩咐，请小姐替我圆融一下。"念其的脸再一次红了，道："是吗？那你去吧，这边有我呢。"桑玉立即干咳两声。念其急忙改口道："这边有什么事我替大人记着就是了。"郎纪平笑了，笑声不再拘谨，然后抱拳施礼告辞而出。

桑玉急忙跑过去把门关了，回身便阴阳怪气地说："罗子沫出大事了！"念其顿时打一个哆嗦，"什么？他不是在照看妹妹吗？"桑玉道："他趴炕了，病得不轻，说差一点没呜呼了。"念其嗔怪道："你怎么不早说？我还以为……"桑玉道："我好像没有义务非得把这件事说出来吧。一个小老百姓，谁会惦记他呢？若是通判大人病倒了，我早告诉你了小姐。"念其听出她话中有话，又好气又好笑，道："桑玉，你别再找什么借口了，赶紧睡觉，明天我们去看他。""啊？"桑玉大吃一惊，随即嘟囔道："又跑那条道哇？我的腿都跑细了。"然后又打一下自己的嘴巴道："都怪我这张嘴，想忍着不说，还是没忍住。"

第二天，念其老早就起来，绕过熟睡中的桑玉，来到书院，她想从冉先生那里了解罗子沫的详情。先生的门关得很紧，她刚想伸手去敲，忽听冉先生道："子沫不能这样耽搁了，这样下去，明年的大考他会失利的。唉，这些日子，也苦了这孩子，烦心事一件接一件。"念其急忙屏住呼吸，缩回手来。有人说便有人听，这么早，她想听一听，谁会接先生的下音。但没有人回话，叹气声却不绝于耳，而且是女人声音。念其一下子就想到了罗子沫的母亲，便一阵阵耳热心跳。于是，上一次在这里见到丽娘的情景便在眼前闪过，心里又是一阵阵的温暖。这回她确信，不仅仅是因为她是罗子沫的母亲才让她有这种感觉，而是觉得与这个女人之间有一种天然的亲近感。这时又响起了先生的声音："不能再发生任何不测了。子沫是一门心思想读书的，这对他不公平。"先生的语气中明显有责怪之意。念其在心里反驳道：这能怪谁呢？谁有能力让这些不测发生呢？难道是他的母亲吗？接着又传来短暂的哭泣声，哭声过后，罗子沫的母亲哽咽道："先生啊，我看着这孩子心疼得受不了，可我真的是一点办法都没有啊！"又听冉先生叹口气道："无助啊，谁都感到无助啊！大清真的是日暮途穷了，在末世为人，真的是生不如死啊！好吧，你也别难过了，等子沫回来，我把他拘在我身边，寸步不离。"很快又传来罗子沫母亲的哽咽之声："谢谢你了先生……真的是难为你了。那好，我先回去了，子沫一回来，我就把他送过来。"

念其正想细听冉先生再说什么，不料门"吱呀"一声开了。丽娘吓了一跳，往后退了一步，但她没有惊叫，因为她分明看到门口站着的就是她日思夜想的知府小姐。她的眼睛顿时亮了，竟丝毫没有谈话被人偷听的不快。念其极力控制着，不仅不让自己有任何尴尬，而且还要保持知府小姐应有的矜持。于是她淡淡一笑道："对不起，打搅了。我是来向先生告假的。"丽娘回头望望冉先生，想说什么，没有说出来。冉先生往外伸着脖子，急忙解释说："噢，念其，这位是子沫的母亲，来告诉我子沫的病情很不好，已经住进了朝阳城教会医院。说等子沫好了以后，就把他送到我这里，哪儿都不去了。"念其故作淡漠地说："是这样，愿他早日康复，我们也好一起读书。"这时丽娘说："谢谢你了小姐，难得你这一片心意，回头我告诉子沫。"念其只点头表示回敬，随后道："先生，这几天家中有事，我就不来上学了。有什么课程，我让桑玉过来记下，闲暇时可做温习。""嗯嗯，都有事……有事就不要来了。"冉先生作此无奈之语，并扬手让念其去吧。念其转身走了，因为想知道的事已经知道了，并且下一步怎么走，主意已定，所以她走得很快。丽娘怔怔地看着她的背影，半天方醒，然后惆怅地告辞而去。

一天过去了，桑玉没有等到去看罗子沫的吩咐，她又不好主动去问，便不知小姐葫芦里卖的什么药。但看到的是她沉默寡言与满脸的忧伤，听到的是她偷偷的叹气声和气短神疲的轻吟。到了晚上，衙门里传来"郎通判不知哪里去了"的呼声。因为被关在死牢里的左都司一天见不到他，便大呼小叫要见郎通判。同时他骂得更凶了，什么内外勾结，图财害命，杀人灭口，天理难容；什么祸国殃民，欺上瞒下，吃里扒外，人神共愤。荣大人哪能不知就里，只是装作听不见而已。但他对郎通判

167

的不知去向深感恼火，一个朝廷命官，怎么能说没就没了呢？他已经多次吩咐要郎纪平写好奏折，关于如何对左都司请旨问罪之事宜，这样拘押一位朝廷命官，有违大清律法。他倒好，不但没有任何举措，反而公然渎职，不知去向，难道要把左汉庭这样一个烫手的山芋留给自己吗？在俄国人面前，把左汉庭打入死牢，全然是对他的保护，但请旨问罪又实在底气不足。荣大人越想越气，越想越急，但也别无他法，只有耐心等待郎通判的回归。

念其万万没想到郎通判去参加水陆大法会，已犯为官之忌，一时引起公愤，尤其是父亲的怨责。但自己又能向父亲禀明吗？所以她心中更是着急，行为上便犹豫不定。此事连桑玉都感到左右为难，一会儿说去告诉老爷郎大人的去向吧；一会儿又说这凭什么呀？一位朝廷命官不知去向，却只有知府小姐知道，这算什么事？一天过去了，又一天过去了，仍不见郎大人的身影，整个知府衙门人心惶惶，纷纷做出各种猜测。有的说被俄国人杀害了；有的说喝花酒被人下毒了；有的说投靠乱民马匪了；有的说投奔南方革命党了；有的说聚财潜逃了。不一而足。

到荣大人准备上报朝廷的时候，念其觉得自己必须说话了，于是她胆胆突突地出现在父亲面前，说出了郎纪平的去向。荣大人一拍桌子质问道："你是怎么知道的！嗯？"念其只好说出真相。荣大人又一拍桌子道："那你为何不早来禀报？！"念其被问得哑口无言，涨红了脸。见此情景，荣大人别有所思，判定他们定有儿女私情，他的心竟一下子踏实下来，便缓和语气道："他什么时候回来？"念其道："七天。""七天？"荣大人问。念其又道："也可能半个月。""半个月？"荣大人又问。念其点点头，这个谎言也让她感到踏实，因为她有自己的盘算。荣大人一挥手道："你去吧！"念其擦一把额头的汗，匆匆退出。

她回来就对桑玉道："明天我们也去参加水陆法会……去祈福。"桑玉吓了一跳，道："你怎么了小姐……"念其诧异道："没怎么呀！就去参加水陆法会嘛。"桑玉心想，难道你是追随郎通判而去吗？嘴里却道："我料定知府大人不会同意的。"念其道："只告诉哥哥一声就好。父亲要问，哥哥会告诉他我去哪里了。"桑玉瞪大双眼道："小姐，你这招是跟郎通判学的吧？郎通判的私自出走告诉了你，你的私自出走告诉了少爷。我晓得少爷再告诉老爷的时候，老爷会气成什么样子。"念其抿嘴而笑，道："我晓得老爷听说后会很踏实，什么都不会说。"桑玉的眼睛瞪得更大了，委屈地说："你能保证老爷不骂我吗？""我能保证！"

念其很干脆地回答。

她们很快就来到荣念祖那里。说明情况后，荣念祖道："你为什么不直接告诉父亲？"念其道："父亲会不同意的。我们去去就回，父亲不问，你便不说；若问，你就说我为他老人家祈福去了。可好？"荣念祖思忖半晌，道："也好。不过你们独自去我不放心，我让桑德斯陪你们去，正好他有洋车。"念其刚想答应，转念一想，桑德斯与罗子沫不睦，会仇人见面分外眼红的，便态度坚决地说："让他陪，我还不如不去。你就不怕他半路杀了我？"荣念祖笑道："他早晚会成为我妹夫的，怎么会杀了你呢？"念其沉下脸道："他会成为你妹夫？那你那个妹妹在哪儿呢？不会去大街上拽一个来吧。"说完她拧身就走，桑玉小跑着跟上来。

- 11 -

知府衙门里的气息是凝重的，似有怨气暗暗流淌。念其的内心慌乱而芜杂，默默看着桑玉在忙碌，她在准备出行的细软，尽管她以为不见得住在外面，但仍要带上一副妆奁、一把竹伞、一块新手帕。妆奁自不必说，竹伞用来遮挡细雨，手帕用来擦汗，或者还有小姐的感时之泪。走出闺房老远，她们还担心身后会想起突然的断喝，如果是来自知府大人那里，那一切心愿就会化为泡影。六房官员与胥吏还未到当值的时候，衙门口静悄悄的，老远就看见一个戴草帽的车夫在往里观望，举止猥琐，身影游离；近前一看，还有一双躲闪不定的红眼睛。"出远门吗？"桑玉很有气势地问。车夫并不作答，咳嗽两声，掀开轿帘。别看整个车显得不算整洁，轿内却干净，涂着半青半白的油彩，两个小巧的靠椅，蒙着新鲜的红绸布，似乎等待着有人去享用。桑玉嘻嘻一笑，钻了进去，把东西放在一侧，伸手拉小姐上来。车夫放下轿帘，打开两侧的窗，于是清风穿流而过，惬意舒心。随着一声鞭响，没有打招呼，车自行就走了。"哎哎，知道我们上哪儿呀你就走？"桑玉在车内伸头喊道。车夫闷闷地问："上哪儿呀？"桑玉仍喊道："朝阳城。多少钱？"车夫闷闷地回答："知道。钱你看着给。"桑玉缩回头，"哧"地笑了。

车在城内走，车轮滚过石头地面，隆隆有声。一旦走出城外，念其首先听到车轴的吱嘎声，开始像疼痛的呻吟，到后来竟如磨盘咬米，矻矻作响。车窗外总有流蝇飞过，远山近岭，一抹青黛；还有道路两旁的庄稼，大片大片的灼绿。念其热衷于观景，所以她的心情并未受到影响。桑玉一开始就不耐烦，总想喊叫车夫，多次被念其制止。快到中途时，她突然担惊受怕地说："小姐，车轱辘要掉！"一语未尽，就听车轴发出令人恐怖的破裂声，然后"咣当"一声，车身整个斜向右边。车轱辘真的掉了，像一张饼子一样，滚出很远，瘫软在地上。念其的头撞在车壁上，桑玉扑在念其的身上，她们发出连连的惊叫。那马也发出嘶鸣，生生拖着独轮车架子走出丈余，才被车夫拉住。轿帘被掀开，车夫倒平静，道："对不起了二位小姐。车坏了，不能走了。"桑玉抱着惊魂未定的念其骂道："你是怎么搞的？真他妈的倒霉！"车夫并不作答，也不气恼，又撂下轿帘。"哎哎，我们要下车！"桑玉喊道。轿帘再一次被掀开，车夫伸进一只大手，道："来吧！"桑玉见那只手大得吓人，不耐烦地说："不用了，我们自己能下！"那只手缩了回去，桑玉方扶着念其艰难地下了车。念其感到头晕，右肩也阵阵作痛，但她没有责怪车夫半句。看看天，看看地，前不着村，后不着店，她发了愁。桑玉冲着车夫喊："还不快修车，想把我们扔在这荒郊野外不成吗？"车夫摊开一双大手道："这车怕是修不了了，轱辘掉了。"桑玉说："那怎么办？"车夫道："没办法，等等再说吧。"

　　恰在这时，一辆洋车由远及近驶来，非常亲切的样子，在她们面前停下了。车门打开，高解一脸惊讶地走下来道："这不是小姐吗！你们怎么在这儿？"桑玉道："我们想去朝阳城，没承想车子坏这儿了。"高解很欣喜地说："这是桑德斯的车，我们也去朝阳城，干脆坐我们的车走吧。"车夫一听，急忙道："那可不行，你们把我扔在这儿算怎么回事？"高解怒斥道："你的车子坏了，责任在你，还想赖我们不成吗？"念其审视着他们，心想：怎么这么巧，我们的车刚坏，他们的车就来了？当她猜出八九分的时候，便道："高解，你们先走吧，我们再想办法。"高解笑嘻嘻地说："还有什么办法可想？要不你们坐桑先生的车先走，我帮车夫修车。怎么也不能把人家扔在这儿吧。"车夫道："这样最好。"事已至此，别无选择，念其意识到这一点，便道："那好吧。"然后就钻进了桑德斯的车。桑玉正不知如何是好，见小姐这番举动，急忙拿了细软，也钻了进去。"你们好。"桑德斯微笑着打招呼，然后发动了汽车。桑玉和念其头一次坐洋车，感觉快得令人心慌，周身痒痒的想大喊大叫。

　　城门在望。在念其和桑玉的眼里，好像是眨眼之间的事。"哇——"她们都在心里发出一声惊呼。桑玉一下子握住念其的手，双眼在说话；念其知道她要说什么，点了点头。因为汽车的神速，她们几乎同时对前边那个握着圆盘拧来拧去的桑德斯产生了好感。但念其慢慢地心生惧怕，她心中一切的既有认知，都被这车的速度打乱了，心中所有的秘密也都像被偷走了一样。比如在这条路上，她本想好好地品味与罗子沫相见时的种种情态，相思的痛苦，相爱的忧伤。但这辆车在偷走了时间的同时，也使那个秘密不翼而飞。

就在念其黯然神伤的时刻，汽车在行人稀少的路段突然停下来，但它发出的声音还在继续。就像一个令人不安的故事，故事没了，不安还在。桑玉也突然心生惧怕，明明汽车还在响，怎么就不走了呢？她觉得这里一定有什么阴谋。果然，桑德斯高大的身躯扭转过来，把一张长满黄灿灿胡须的嘴凑到念其的额前，他想干什么只有鬼知道。在桑玉看来，距离那么近，而且还在近，近得令人崩溃。桑玉不知如何是好，一切的恐慌之外，还有一个坚强的意志，那就是拼死保卫小姐的安全，所以她攥紧了拳头。"念其小姐，时间还早，我们可以聊聊吗？"说着，他竟大胆地拽起念其的一只手，放在嘴边。桑玉不知他要干什么，难道他想闻闻小姐之手的清香？这分明是更大的阴谋！于是她不但把拳头攥得更紧，而且在怒目而视的同时也咬紧了牙关。只听"啵"的一声，桑德斯在小姐的手上狠狠地亲了一下。桑玉在心中喊道："还等什么？！"随即就把攥紧的拳头打了出去，正中桑德斯的鼻梁。桑德斯"噢"的一声，把手和嘴以及脑袋，都飞快地缩了回去，然后怔怔地看着出拳之人，不知从何说起。"狗日的！耍流氓！"桑玉余怒未消，大骂道。念其脸色煞白，整个傻在那里了。她不知道这一切因何发生，又如何结束。片刻工夫，清醒过来的桑德斯一把攥住了桑玉的脖子，像提小鸡一样，把她从座位上提起来，口中怒吼："你要干什么？！为什么要打我？！"桑玉翻着白眼，仍在骂："臭流氓！"然后她发出"啊啊"的惨叫声，那是窒息之人绝望的呼唤。念其也清醒过来，她双手抓住桑德斯那只手，央求道："桑德斯先生，请你放了她……她是在保护我。"桑德斯还想用力，但耳畔响起了荣念祖的声音："桑德斯先生，我对你有唯一的请求，就是请你对我妹妹客气点！她不是教堂的修女，她是堂堂的知府小姐，更是我荣念祖的妹妹！"此刻他知道，这分明是荣公子向他预先支付的警告。他的眼前又出现一堆堆的黄金，看在黄金的面子上，他一下松开了手。桑玉就像一只鞋子"啪嚓"落地，然后是剧烈的咳嗽声。桑德斯又扭转身去，一边用俄语骂着什么，一边开动了汽车。车子更快了，简直是疯了，眨眼之间就进了城门。念其与桑玉紧紧地抱在一起，互相安慰着彼此惊恐的心。

汽车再停下来的时候，已经是佑顺寺门口了。不能说这个俄国人不聪明，在他不知佑顺寺在哪里的情况下，凭着对人流的判断，竟轻车熟路地找到了目标。桑德斯没有下车，却在她们下车之前道："祝你们玩得开心！"念其与桑玉你瞅瞅我，我瞅瞅你，什么也没有说。她们下车之后刚关好车门，汽车打了一声喇叭，便按原路返回了。桑玉说："他走了，我们回去怎么办？"念其笑笑道："难道你希望他和我们寸步不离吗？"桑玉点点头道："倒也是，有这个家伙在身边，一点安全感都没有。他像头驴，野驴。"说着，她们向寺门走去。

寺院门口整齐地排列着各种大小花轿，还有马拉轿车，有许多马匹拴在外围的桩子上，悠然地吃着主人赐给的青草。这是一座喇嘛教寺院，也像汉传佛教一样，开水陆法会，当然就来了许多显宗大和尚。华盖森森，长香冉冉，钟鼓悠悠，善男信女络绎往来，达官显贵遥相拜谒，一派盛况空前。大法会资助六道，广度有情，念其自有心事，所以对这佛家的热闹繁华有视无睹，任由桑玉搀扶着，信步款款，心却不着痕迹。桑玉却东张西望，左顾右盼，她在寻找大定法师的身影，更在寻找郎通判。因为到现在她也没有晓得小姐此行的目的，唯一可以说得过去的理由，就是奔着郎通判而来的，来得稀里糊涂。

大法会还没有正式开始，许多鲜黄的大和尚也在人流中走动。一个和尚的背影非常像大定法师，桑玉对念其道："你在这儿别动，我去去就来。"说着向那位和尚走去，在他的肩膀轻轻拍了一下道："嗨，大定法师，我们就找你呢！"那和尚受惊回头，吓了桑玉一跳，又是一脸大胡子，根本不是大定法师。"施主你有事吗？"这和尚很平和地问。因为他的平和，桑玉如实相告："我们来找赤城西梁庙的大定法师，不知道你看见没有。"那和尚向那边一指道："去那里看看，墙上写着所有外寺挂单的和尚，一看便知。"桑玉谢过，奔了过去，见墙上贴着大黄纸，一溜溜写着上百座庙宇，上百个和尚，桑玉虽不能全认得，却总归认得"西梁庙"和"大定"这几个字。她从头看到尾，再从尾看到头，终不见这几个字，便顿时产生上当受骗的感觉。可转念又一想，大定法师没来，不等于郎通判没来，于是她又跑过去问那和尚道："师父，赤城的郎通判来了吗？啊对了……他叫郎纪平。"那和尚思忖一下，又向另一个方向一指道："去那边看看，所有参加法会的各地大小官员以及布施情况都写在那里。"桑玉不曾致谢，脚不沾地地跑过去，又是翻来覆去地看一遍，根本没有"郎纪平"这三个字。这回桑玉不仅仅是感到受骗上当了，一时竟有落入陷阱的感觉。她哭着跑到念其身边道："他们都没有来。他们骗了我们！"念其惊愕，道："你怎么知道的？"桑玉便说了经过。念其一听竟抿嘴乐了，道："没来就没来吧，我们也不是冲他们来的。"可随即她的脸色也阴沉下来，竟比桑玉别有一番惊恐，道："也许他们没有登记名字。你走这边，我走那边，咱们分头去找，然后再到这里集合。"桑玉哭着道："我不想离开你小姐，我害怕。"看她那副可怜相，再联想到她拳打桑德斯的勇气，念其有些哭笑不得。遂安慰她道："听话桑玉，这里是最不应该害怕的地方……有佛祖呢。"桑玉半信半疑，勉为其难地答应下来，她们开始分头行动。她们不肯漏掉每一个和尚、每一个善男子，一个正方向绕寺院一圈，一个反方向绕寺院一圈，当她们再次相会时，就等于察视了两遍，但仍是没有二人的踪影。念其已是满头大汗，精心化的淡妆已被汗水冲去了光彩。桑玉把新手帕递给她，她接过来细致周全地擦了一遍。然后桑玉又悄悄地掏出圆镜握在掌中，正对念其的脸，念其借机照了几照，尤其是轻扭着脖颈，照一照耳根处那片淡白。然后又整了整衣襟，因为汗气的蒸染，衣服的光泽像蒙上了一层细雾，更增添了几分怀旧与高雅。当她觉得一切的不快都可以用自己的美丽来弥补的时候，她看了看这寺院里盛大庄严的场面，然后双手捂着头道："桑玉，我头痛得厉害，可能是在车里撞坏了。"说着便现出满脸的痛苦状，嘴里"咝咝"地吸着凉气。桑玉竟替她解释道："本来就撞了，再加上这会子着急，能不疼吗？"说着，她伸出双手，轻轻地去揉，边揉边道："如果疼得厉害，我们去找郎中吧。"念其不语，桑玉又自我解嘲道："这倒好，郎通判没找着，这下又要去找郎中。"念其"哧"地笑了，然后又紧吸凉气，发出更猛烈的"咝咝"声。

偏偏这时就有一个郎中走过来，满腹好心肠地问："姑娘怎么了？我就是郎中，家离这儿不远，药铺离这儿更近，要不跟我走吧。"桑玉首先上下打量他一番，果然厚道朴实，稳重大气，一看便知是悬壶高手，便动了心。"小心受骗，这一天我们被骗得还轻吗？"念其对她轻声耳语道。桑玉立刻认同了这种想法，便露出大块的眼白，斜视着郎中。哪知道这郎中的耳朵特尖，听到了念其的嘀咕，便用静心诊脉的表情道："姑娘不可以这样说话。你可以不用我诊治，但不可以怀疑我的医德。"说着，迈着高尚的步伐走开了。念其道："听说附近有一家教会医院，我们去那里看看吧。"桑玉哪有不依的道理，便双双往寺外走去。

她们很快就雇了一辆车，说明方向问明价钱便坐了上去。坐在车里，听着"嗒嗒嗒"的马蹄声，没完没了地响起来。桑玉纳闷道："你说教会医院在附近，这也不像啊！"念其出一口气道："快了，这下快了。"话音刚落，马车停了下来。

念其很快就住进了医院。她看的是脑伤科，因为她知道，罗子沫也一定在脑伤科。她还在桑玉跑东跑西的空当，问大夫有一个叫罗子沫的患者住几号病房，得到的回答是二〇六，那么她又问二〇五有人住吗？回答说有；她又问二〇七，回答说空着，她说我就住二〇七。可大夫最终还是道："你完全可以不必住院。"念其莞尔一笑，表示不认可。大夫只好吩咐护士把她领到二〇七号病房，后面跟着忙得气喘吁吁的桑玉。"这洋人开的医院和郎中的药铺就是不一样，叫什么来着？对了，富丽堂皇，跟宫殿似的。"桑玉东张西望地说。念其笑而不语。桑玉又道："看你那样子，不像病人。倒像是住进皇宫的妃子。"念其板起面孔道："行了桑玉，没见过大天儿的乡村丫头，别让人笑话！"桑玉恍然大悟，一伸舌头，对铺床的护士道："哎，你不是中国的乡村丫头吗？怎么跑这儿当郎中来了？"护士一笑道："请不要叫我郎中，我是护士。"桑玉一听，又一吐舌头，道："啥叫护士呀？是不是保护病人的卫士？"护士又一笑道："差不多吧。"这时念其故意打断她们，用手往隔壁一指问："请问护士小姐，隔壁住的是什么人？"护士道："他叫罗子沫，脑震荡。也是你们赤城人。"

"什么？"桑玉惊叫一声，几乎把整个舌头都吐出来了，瞪着眼睛不知说什么好，索性放下手里的东西就往外跑。可不一会儿又跑回来了，诧异道："不对吧？我看到床边坐着的是一个洋妞，梳着两根大辫子。""什么？"念其也叫了一声，但她很快就收住了尾音，脸色也"唰"地变得蜡黄。护士却道："没错，就是他……你说的那位叫阿曼达，赤城红山教会的。"说完，便稳稳当当地走了出去，留下主仆二人，仓皇相对。

也许她们都很纳闷：一个洋人，怎么梳起大辫子了呢？那鹅黄而卷曲的头发，一旦编成辫子，会绑架多少九曲八弯的心事？

罗子漫午一见到这两根大辫子时，也是忘乎所以地惊叫一声："天哪，这是谁给你编的辫子？真是逆天了，在中国只有男人才编辫子。"阿曼达正望着窗外，她转过身来，将两根辫子握在手中，道："我是无师自通。"罗子漫仔细地看着那两根辫子，摇了摇头，她不相信。

这是罗子沫挨打的第二天，罗子漫见哥哥性命无虞，只是头疼得厉害，根本不敢往起坐，一坐起来疼得就更厉害；母亲又不让请郎中，自己的祷告已竭尽全力，终不见好转。无奈之下，她老早就来到教堂，想让阿曼达帮助祈祷一下，她以为自己的祈祷没有得到神的充分护佑。便看到了阿曼达的披肩长发竟和哥哥一去之后，只隔一天，就变成了两根大辫子。当阿曼达转过身来时，她又看到，她因两根大辫子而变得别致而美丽。但那美丽背后的忧伤也是她从未有过的，同时她也不相信那忧伤是看了一场屠杀之后而产生的。那忧伤里有她同样作为一名女子的内在感应，她无法把那种感应叫什么，但，是甜蜜的，令人艳羡的。同时也觉得这是一个神职人员不该有的，耶稣的爱不该这样延续，更不该如此地在这样一名女信徒的血液里流淌。再看阿曼达将两根大辫子握在手里，竟有难以掩饰的情意绵绵。她很自然地把这一切同哥哥联系在一起。特别是当她说出哥哥挨打后的情况时，阿曼达几乎不假思索地说："那还不上医院？他应该去教会医院……就是我们刚刚回来的那个医院。"

罗子漫的脑海里顿时一片空白，眼睛望着阿曼达，看见的却只是两根黄灿灿的大辫子。这两根大辫子瞬间变成两条属于《圣经》里的阴险的蛇。她有一种被欺骗的感觉，有一种对亵渎神灵者的义愤。她在此刻发誓：那阴险的蛇属于你们，属于阿曼达……但它绝不属于我罗子漫；尽管我是《圣经》里所说的外邦人，我也要让对神的忠诚与我的生命同在！

"子漫，你听到我说的话了吗？"这是阿曼达有些气愤的声音，而且很大，她不明白罗子漫怎么会突然呆傻。罗子漫打一个激灵，眼睛里才有了现实，但她道："不必了，我回去还是继续劝说母亲，请一个郎中吧，我们没钱去那么好的医院。"阿曼达看着她，无奈地摇头，道："那好吧，我也跟你去，劝说你的母亲。"罗子漫也表示无奈，道："那你随便吧。"

但在阿曼达的坚持下，她们还是先进了城，雇一辆很漂亮的车，一同往热水汤奔去。这无疑是去教会医院的前奏，罗子漫默认了这一点，她们共同说服的对象，无疑是母亲一人。

自从住进医院，罗子沫就没跟人说过一句话，眼睛也没有睁开过。尽管在临行前，他让妹妹把《论语》给带上，也不过是放在枕边，亦不曾翻过。他甚至感到自己的手都是脏的，但圣人的话却总在他的耳畔响起。子夏问曰："巧笑倩兮，美目盼兮，素以为绚兮，何谓也？"子曰："绘事后素。"曰："礼后乎？"子曰："起予者商也，始可与言诗矣。"子曰："非礼勿视，非礼勿听，非礼勿言，非礼勿动。"子曰："君子义以为质，礼以行之，孙以出之，信以成之。君子哉！"子曰："君子有三戒：少之时，血气未定，戒之在色；及其壮也，血气方刚，戒之在斗；及其老也，血气既衰，戒之在得。"诸如这些话，他有时会在混沌中说出来，但都不抵堂兄的那句口头禅刺耳钻心："你咋这么不仁不义呢？！"尽管堂兄从未对自己说过这句话，可他总觉得堂兄这句口头禅就是专门针对自己而说的，多少年前就如此了。

对于哥哥的自言自语，罗子漫并不觉得奇怪，她以为哥哥在"学而时习之，不亦说乎"。但在阿曼达听来，觉得他是病情在加重。所有的话听起来，都好像有一个针对，那就是"君子"。她便觉得这个"君子"是非同寻常的人。把那本书拿起来，仔细地翻，尽管许多字不认识，许多话根本不知所云，但"君子"二字总会不时地从纸面凸显出来。便悄悄地问罗子漫："君子是谁呀？"罗子漫便不假思索地说："君子其实不是一个人。"阿曼达不解："那他是个什么东西？""他呀，"罗子漫思索一下，"他是相对小人说的。懂得君子之道，便能做官，做人上人，飞黄腾达，光宗耀祖。"阿曼达摇头沉思，道："你哥哥好像不是为了这些，他……好像被这个君子挟持了。"说着，她从罗子沫的床头站起来，走到窗前去，看着外面的繁华世界。"按你说的，你们大清国那些当官的，都应该是君子了，大官大君子，小官小君子。但我看来，他们与哥哥心中的君子，大有不同啊！"阿曼达并不转身，像在自语，"比如，你们的知府，他是君子吗？他为了讨好桑德斯，竟让他的儿子把最贵重的礼物送给桑德斯。这在我们英国，是连听都听不到的事情……"罗子漫插话道："请你不要说这些，隔墙有耳。"阿曼达好像没听见一样，继续道："还有这场屠杀，你们的知府大人会不知道吗？你们的军队是谁派去的？他们倒戈是他们的事，与你们知府大人无关……"罗子漫急忙跑过来，捂住她的嘴吧，再次说道："隔墙有耳呀！"

门外的桑玉已经不知道自己是第几次偷听了。开始她们讨论"君子"，她觉得可笑。可她们竟这么轻松自然地把话题转移到自家老爷头上，她立刻脸色冷峻。但最终她以自己的心惊肉跳而告终，以致跑回小姐身边，坐下半天还惊魂未定。念其也很少说话了，原因是她好像真的病了，甚至连吃药都不管事了。桑玉在与她怄气，原因是她多么希望小姐能以知府千金之尊跨过一步之遥，让罗子沫向她汇报病情，让那两个黄毛丫头站在一边，像下人一样低头不语、战战兢兢。可小姐偏不，自己反倒像下人一样躲起来不敢见人。但心又不安，嘴上不说，心里却乐于让自己刺探消息，于是自己变成了偷听的贼，不但丢了你千金小姐的面子，更丢了知府大人的面子。她很气不过，当她听到话题由"君子"转移到自家老爷身上时，她已经做好了破门而入大声斥责的准备，那一定是另一番景象。但事实是自己不但仍是贼，而且还是个吓破胆的贼。"你听到什么了？"念其问。桑玉急忙捂住了嘴，摇头道："没……什么也没听到。"念其不以为然，淡淡一笑道："你去吧，直接对着罗子沫的耳朵说，就说我来看他了……在隔壁。"桑玉大惊失色，怔怔地看着念其。"你怕了？"念其大声道。桑玉忽地站起来，"脑袋掉了碗大的疤，我有什么可怕的！"话音未落，人已消失。

门被忽地推开了，桑玉一副目中无人、气势汹汹的架势，冲到罗子沫的床前就大声道："罗子沫！你别装死了！我是桑玉，小姐看你来了，就在隔壁！"罗子沫的眼睛忽地睁开了，睁得特别大，大得离谱，然后他哗地拽过被子，蒙上了自己。桑玉吓了一跳，开始以为他会高兴得跳起来，没想到他竟蒙上了自己。她的身心却因此得到极大的鼓舞，抓起床头那本《论语》，冷不丁砸在他蒙住的头上，"怎么了，你不是要做君子吗？圣人讲君子啥都不怕，你却吓成这样，伪君子吧！"罗子漫听出了苗头，她没有动，一脸的敬畏之情。阿曼达却过来指责道："你是谁？你怎么能对病人这样呢？你有罪了。"桑玉怒目而视，愤然道："我是谁？你问这个缩头乌龟！"说完便向外走去。走到门口又回身补充道："至于我有没有罪……我家老爷说的算。"说完摔门而出。

被子里的罗子沫追悔莫及，他后悔不该来这里。

那一天，他没想到的事很多。没想到阿曼达会来看自己；没想到她根本不想劝说母亲找个郎中，而是极力主张直接送到教会医院；更没想到她会把自己波浪般曲曲弯弯的披肩长发编成两根大辫子，那么引人瞩目；他还没想到就在阿曼达刚刚到来之际，二大爷手里托着五两银子过来，凄凄楚楚地放在母亲的面前，说要给自己请一个郎中；没想到他老人家竟局促不安，搓着双手，站也不是，坐也不是，在临行前却说，让子辉他们两口子搬出去住吧，越快越好；没想到母亲一句话都说不出来，却在二大爷临行前险些给他跪下，如果不是二大爷扶得及时，母亲说不定一连三个响头都磕下去了。所有的这些，对他来说都是无情的逼迫，都像一把把刀子扎在他的心上。

但他感到最疼的还不是这些，而是他想以死向堂兄谢罪，堂兄却无法真正领受那死的含义。所以，在阿曼达也掏出一些钱来，说这些是给子沫看病的、他必须去教会医院时，母亲还稍有推辞，他却毅然决然地接受了。与此同时他产生一个打算，这个打算能回报阿曼达的一片深情。于是他让妹妹把那本烂熟于心的《论语》带上，不仅仅那里有可以用来疗伤的教诲，而且还能为这个打算做一下铺垫。于是，才有如今的自己躺在这里，既无地自容，又想重新做人。可令他无论如何都没想到的是，念其竟然来这里看自己，令他久藏于心的无地自容瞬间变成了死无葬身之地。他不难想象，当念其知道自己挨打的真相时，那是何等的天昏地暗！进而冉先生也会知道，那又是何等的天塌地陷！如果不来这里，念其是不会去家里看自己的。现在他更加理解母亲不请郎中的用意，那才是真正保他的命。想到这里，他落泪了。但黑暗中的泪光像一面镜子，镜子里又分明出现了弓然明的面容。他"啊"的一声掀开了被子，浑身是汗。

"所以要约束你们的心，谨慎自守，专心盼望耶稣基督显现的时候所带来给你的恩。你们既作顺命的儿女，就不要效法从前蒙昧无知的时候那放纵私欲的样子。那召你们的既是圣洁，你们在一切所行的事上也要圣洁。因为经上记着说：'你们要圣洁，因为我是圣洁的'。"

阿曼达又坐在他的床边，她并没有因罗子沫的特殊举动而惊惶，却像一个诊脉的郎中一般，悠然地说出这段"经文"。罗子沫终于看了看她，就像一个病人去看为自己诊脉的人，但很快他就不以为然地移开了目光。他也看见妹妹站在自己的床头，以一个配合者的姿态，享受并传递着这"经文"的旨义。他不相信自己的精神也病了，所以不需要这样诊治。他知道自己错在哪里，只是为自己的行为深感无耻，并深深地忧虑着。当然这忧虑就没有那么简单了，忧虑愈甚，就会愈发增加那无耻的成分，从而更痛心而已。

"所以你们要自卑，服在神大能的手下，到了时候，他必叫你们升高。你们要将一切的忧虑卸给神，因为他顾念你们。"

阿曼达又在说，语气中明显带有指责性的暗示。他理解她们的好意，"攻其恶，无攻人之恶"，莫过于此。他不明白的是，妹妹不用说了，如果阿曼达是以教诲者的身份出现，那她知道了什么？因此他又想到，念其是怎么知道自己来这里的？除此之外她还知道了什么？难道有谁把自己挨打的事告诉了外人？是母亲吗？不会！是妹妹吗？不会！那么是二大爷或是堂兄？都不会！是那些忠实的下人吗？也不会！

难道是她吗？那么理由是什么？难道她想以此证明她能够守着一个傻子活下去的真正理由吗？进而想把自己牢牢地拴在她的裙边吗？想到这里，他感到恐怖，一种恶毒的神情也浮现在他的脸上。他又用被子蒙上了自己。

晚饭之前，他失踪了。

阿曼达与罗子漫打饭回来，病床上空空如也。当所有可能的判断，诸如上厕所了，去别的病房了，在外面闲步，甚或就在隔壁等等，都成为不可能的时候，天色已晚，夜幕降临。阿曼达只好通知院方，让他们尽力帮助去找。回来后她直接步入二〇七号病房，并无论如何也无法保持信女的仪态，口气非常生硬地说："我警告你们，因为你们的出现，我的病人失踪了。我完全可以通知院方，赶你们出去！"桑玉首先受不了她这种态度，积存在心里的恼怒转化为强大的攻击性，"你是谁？凭什么对我们这样吆五喝六！我也警告你，立刻从这里滚出去！我也完全可以通知院方，我们这里来了一个无赖，要他们必须保证我们的安全。如果他们做不到，我们会调动这里的军队，用刀枪跟你说话！你信不？"念其正在吃饭，听此言，她想沉住气，但没能办到，一双筷子掉在床下，"什么？他失踪了，还不快去找？"说着就想下地，但被桑玉按住了双腿。"我还要告诉你，按大清的律法，你已经犯罪了。你怎么可以像男人一样编起辫子？而且还是两根，那是要杀头的，杀两次！"桑玉仍不解恨，一边按住小姐，一边继续攻击道。

阿曼达话一出口，已感到自己的无理。恰巧这时一根辫子搭在胸前，她很不自信地用手握住，目光中竟有几分哀求，缓和语气道："我不知道你们为何来这里，你们和他是什么关系，你们之间发生了什么。但你们的出现让子沫惊慌失措，你们可不可以搬到别处去，别让他看见你们？""不可以！"桑玉斩钉截铁地说，"要说我们为何来这里，无可奉告；要说我们有没有关系，我们都是中国人；要说我们之间发生了什么，你无权知道！"阿曼达万般无奈，痛苦地摇着头。念其冷静下来，也想借此机会仔细打量这位早已名声在耳的洋小姐；更想看看，她在罗子沫身上怀有一颗什么样的心。她没有看到什么，却很强烈地感受到，她身上那份和中国女性一样的温存。

罗子漫则若隐若现地站在门口，她不想参与这场争论。又因为那次在秀塔书院对知府大人印象深刻，所以她也想观察一下大人的女儿是什么姿态。但见果然不俗，尤其是她的举止总那么得体，在那得体背后又有常人难以觉察的城府，这让她看到小家碧玉与大家闺秀的差距。院方来了人，有大夫，有护士，询问失踪者的情况。但这样的失踪没有引起他们的恐慌，知道罗子沫是个读书人，所以他们武断地排除了自杀的可能，除了问一问，并没有实质的行动。

因为知道哥哥的痛楚所在，所以罗子漫愈发心急如焚，她不相信哥哥会自杀，但因此而出走的可能还是有的。所以她与阿曼达不约而同地走出医院，真正地去寻找失踪的人。但夜色茫茫，哪里去找，罗子漫哭了，阿曼达也默默地流泪。在灯光隐隐的街头，她们叫喊着，追逐着，盼望奇迹出现：一个黑暗中的人影会是他；一个被狗追咬的人会是他；一个遭人谩骂的乞丐会是他；甚至一个被错抓的囚徒会是他。

"小姐，要不我们也去找吧。怎么看，罗子沫都长着一颗寻短见的脑袋。"一切都平静下来之后，桑玉也恢复了正常思维，从而内心惊慌地说。念其则镇定自若："他重要还是圣人重要？"桑玉不知何意，但支吾了半天，她还是道："当然是圣人重要了。"念其道："那好，你先去把那本圣人的书给我找来。"桑玉仍不知何意，但又觉得小姐定有深意，答应一声，便跑到二〇六号病房。不多时，她回来道："不好了小姐，圣人不见了。"念其含笑补充道："不对，是圣人的书不见了。"桑玉几乎要哭了，跺着脚道："我们快去找吧，在我们眼皮子底下丢了人，丢了书，于心何忍？"念其端坐在那里，竟有些意态安详，"傻丫头，我们去找什么？那人是因为我们才失踪的，我们怎么能找到呢？看到我们就会跑的，只能越找越远。"桑玉想了想，突然心灰意冷，一屁股坐在床头，嘟囔道："这么说来，他要有个三长两短，我们倒成了凶手。可他，为什么要躲着我们嘛，莫不是干了什么没脸见人的事了？"她又想了想，突然眼睛一亮，"对了小姐，他肯定是搞了那位洋姐……他心中有愧了。"念其的眼前浮过一道阴影，那阴影里飘浮着两根黄灿灿的大辫子，但她故意打一个哈欠道："时候不早了，睡吧。一会儿他们就回来了。""他们？"桑玉不解，"你是说，她们会找到罗子沫，然后他们一起回来吗？""也许是吧。"念其懒懒地说，然后歪在了床上。桑玉叹一口气，也和衣躺下，思来想去的，竟睡去了。

因为万物的沉睡而把夜显得冷冷清清。夜深了，在始终没有入睡的念其听来，罗子漫与阿曼达是互相搀扶着回来的，她们脚步疲惫，轻言细语里伴着唏嘘之声，所以她断定罗子沫没有找到。当这长夜再次沉寂下来的时候，她悄悄地坐起来，并悄悄地走了出去，她没有按照惯常的思维，沿着通向繁华的道路走去，而是出了医院门口向左拐去。守门的大爷显然因为阿曼达她们回来被搅醒还没有入睡，他坐起来看着念其消失在可怕的黑暗中，自语道："不想回来的人就不要去找了，找也没用。"念其听不见这种劝告，她一直走下去，便到了医院的墙角处，再左拐，步入一片树林。树木稀疏但高大，林间有块平地，微弱的月光穿过树叶铺陈其上，如同点缀着斑斓的雪韵。可以看见高低错落的石凳与石磴像在月光下抖动，它们属于白天的老人们：或含饴弄孙，或唱一口京戏，或架鸟提笼，或评述一段往事。念其在一个石磴上坐下来，凉意立刻渗透肌肤，她很想起来躲避这凉意，但另一种温馨让她坚持下来，凉意也渐渐被温暖，心里也莫名地感动。在这动荡不安的年代，能在夜色里独享这种温馨，实属难得。尤其是抬头一望，那天际的半个月亮就在树梢上与她对望，这分明是一种牵挂。她甚至听到了月宫仙子的低吟浅唱，她甚至希望自己变成飞天，飘摇而去，永离这人间苦厄。她笑了，笑得洁白纯粹，也把这片深夜树林笑成了仙境。而全然不知跟随她而来的一个人正在黑暗处哭泣，此时此刻，她已是那人眼里最可怜的人。

那个人就是桑玉，因为特殊时期的警觉，念其刚一坐起来她就醒了。因为她早已察觉到小姐心中有秘密，所以她仍在装睡，并在小姐推门而出的时候，悄悄地坐起来跟了出去。见小姐游游荡荡地来到这里，又楚楚可怜地与冷月对望，有多少哀愁吞噬她的娇贵之躯呢？又有哪个大家闺秀会如此凄凉呢？于是，关于她的所有秘密都变成了眼前的悲剧，灌注在她的眼睛里，又变成泪水流出。所以，在她泪眼模糊之际，她也全然没有察觉到，一个人已经跪在小姐的面前。

在一个破旧的泥屋里，灯光摇曳着一个女人的身影，地下跪着四条汉子，他们是弓么长、盛金龙，还有两个陌生人。他们都给女人叫姐，三个响头磕下去，女人泪水滂沱。"姐，我是人，不是鬼，那天我和金龙都逃出去了。这两位是我在直隶认下的兄弟，我们哥儿四个来看你来了。你回门的前一天，爸硬说你不会回门的，硬让我跟他一起去看舅舅，还说让我把苏秀娶回来。现在看来，这都是他玩的把戏，就是让我躲着你，不让我知道内情。姐呀，我都吹出去了，说我姐夫是书生，将来能中举。谁知道是这么个玩意儿！像头蠢驴，真想杀了他吃肉！"盛金龙也附和道："表姐，你也忒老实了，入洞房的时候你就该造反，怎么能让这个大傻子糟蹋了你。今天你要不把他支走，我非剁了他不可！"另两位汉子也帮腔道："是啊姐，只要你发一句话，我们随时要他的命！"弓然明看了看他们，尤其是两位兄弟的血气方刚、杀气腾腾，着实令她心潮澎湃。再看看他们身着灰色短衣短裤，头裹方巾，腰扎板带，个个威风凛凛、器宇轩昂，让她看到了希望的阳光。尽管希望是什么，她不清楚，阳光是哪一天的，她也不清楚。只觉得这股子力量能够起家，能够兴邦。她擦一把眼泪道："都起来吧兄弟们，我只告诉他到那边取一点灯油来，他很快就会回来的。你们的好意我领了，可他毕竟是一条人命，不能说杀就杀。何况他虽有些傻，对我还算好。你们的姐姐就是这个命了，横竖都是一辈子，我嫁给他是倒霉，可我不嫁给他别的女人也会倒霉，我就算替别人受苦了，无怨无悔了。知道你们都活着，我就放心了，你们都是五尺高的汉子，以后一定要着调地活着，无论逃到哪里，都要安下心来置一块地，说一个人儿，好好过日子是正经。这次来你们什么都知道了，以后就不要惦记着姐了，也不要来看我了，横竖都是一个死，哪天我活够了，就找一根绳子往房梁上一挂，也就一了百了了。"弓然明说的是心里话，自在平常，可弓么长却招架不住了，没保护好姐姐是他内心最大的痛。他越想越窝火，越想越心酸，竟"哇"的一声大哭起来。哭完道："姐，你再告诉我一遍，那个假装娶你的家伙叫啥，不揭了他的皮，难解我心头之恨！我见过骗人的，没见过这么骗的。"弓然明吓得"啊"的一声大叫，胳膊一扬，把油灯碰倒了，满屋子顿时一片漆黑。她不顾点灯，只是道："可别介么长，这事不怪他，他也是受害人，你可不能对他下毒手啊！你可让姐姐安心地多活几天吧！求你了，我的祖宗！"说着她竟在黑暗中"咕咚"跪下来，抱住自己的弟弟就大哭起来。是弓么长重新点燃油灯，一看，姐姐竟抱着表弟盛金龙在哭，哭得他龇牙咧嘴的，似在忍受痛苦。这时，外面传来几声狗叫，弓然明松开盛金龙道："不好了，他回来了，你们快走！"弓么长立刻瞪起双眼，把短刀握在手中。弓然明站起来推了他一把道："快走啊！刚才我都嘱咐你啥了？"弓么长余恨未消，但迫于姐姐的苦衷，他一使眼色，四条汉子瞬间就消失了。

"记住！骗咱姐姐的那个人叫他妈的罗什沫，是个书生。是个书生也不行，羔操地！早晚我要收拾他！"他们逃出这个院子，弓么长对盛金龙这样道。

"咱家招贼了！"取灯油回来的罗子辉进门就道，没等弓然明追问，他又道："这贼不偷东西，灌了下人一嘴马粪，又滋了一身尿。呵呵，真傻！"弓然明一听就明白了，那是弟弟他们干的，是从下人那里得知自己已搬了家，才找到这里来的。

罗子沫也不知道自己为什么跪下来，是夜深人静的独处；是发自肺腑的感恩；是知府小姐的尊严；或是自己不为人知的罪恶，不得而知。他在暗处，早已看到念其的一举一动，深夜中的美女总像个幽灵，他不知道她到这里干什么。如果不是因为寻找自己，她为什么到这里来？如果是为了寻找自己，她怎么知道自己就在这里？她在月光里忧郁地坐下，面色苍白，凄凄惨惨戚戚，却有着开阔的心胸，与饱含包容和接纳的悲悯，这些都魔力一般吸引着他。他从黑暗中站起身来，向这边走来，并迎着她的注视跪下来。"念其，"他第一次直呼她的名字，因为此刻她不再是知府小姐，不再是可以感恩的人，甚至也不再是同窗学友。在他叫出口的那一刻，那本书"啪嚓"掉在地上，在这个声响当中，他们握住了彼此的手。"子沫，为何要跪下？我把整个夜色都给了你，可不是叫你跪下啊！"念其轻轻地说，轻轻地哽咽。"此刻你在我心中，就像个圣母，我怎能不跪？""我没有那么圣洁，我把整个夜色都给了你，你看到的仅仅是圣洁吗？况且，你这个圣母不属于我们，她应该在教堂里。""对不起，我不知该怎么表达我的心境。只是在你面前，我总是那么卑微。""这不该是同窗学友说的话，我们没有什么区别。如果说有什么区别，只是……男女的区别。""男女的区别，说得好念其。'一阴一阳谓之道'，没有这个区别，就不算完整。""我是看你来的，我却隐瞒了许多人，包括桑玉。""为何这样煞费苦心？""不为什么……那你为何躲避我？""可能……可能是无地自容吧。""你怎么了，说说行吗？你不想说？不想说就拉倒，我不勉强你，嘻嘻。""现在你一点都不像知府小姐。""我说了，我们只是男女的区别。""可我不配你。""你真的了解我吗？就说不配。""我真的不配，枉读了圣贤书。""嘻嘻，你对自己要求太高了。你不只是读圣贤书，你是想做圣人。"

"你哭了？""我母亲活着的时候，我总是这个样子。母亲死后，我就成了你看到的样子。""我喜欢……你现在的样子。""现在我感到母亲就在身边，就在这夜色里。""可你还有一个好父亲。""他好吗？好在哪里？你怎么知道的？不会因为他是知府大人就好吧。""当然不是……""可你也有一个好母亲啊！""那倒是，不过……""不过什么？""我倒希望先生能带我们走，到世外桃源去。我们读书、种菜、养花。""还有呢？""还有就是……""嘻嘻。"

黑暗中的桑玉，一会儿抹眼泪，一会儿差点笑出声来。她恨自己没带镜子，要不然一定过去照照小姐的脸有多红。她又恨太阳咋不早点出来，在这夜色中，恐怕有镜子也照不出人家的心事。但终归她的心里已乐开了花，又在心里不住地骂道："叫你美！该死的郎通判！"突然她再也听不到二人的动静，他们仍旧一个坐着一个跪着，是声音太小了，还是根本没有声音了，她不得而知，但终归她觉得自己该离开了。她用很短的时间返回医院，躺在床上，蒙上被子，她还想继续看小姐的好戏，然后她开始想象着小姐下一步戏如何演。想着想着，突然想出一身冷汗。"我的妈呀，现在的小姐是真的呢，还是假的呢？人都说夜深人静的时候，人就会变得真不真、假不假的，一半是魔鬼、一半是眼泪。天一亮时，就魔鬼归魔鬼，眼泪归眼泪。如果明天小姐还是那个高高在上、拒人千里之外，甚至有些冷若冰霜的小姐，我的妈呀罗子沫，你也别美！"她不仅仅是在想，她已经把最后这句话说出来了，而且声音还挺大。然后她继续想，那二人不会一同回来的，这是肯定的。那么小姐何时回来她不会在意，无非就是偷偷地回来，偷偷地上床睡觉。好事过后，该能入睡了。她更在意罗子沫何时回来、如何回来，或者他还不回来，那就有些说不过去了，好事过后能忘掉一切，能原谅一切，当然包括自己，他不回来才怪呢。那我桑玉倒要看看他怎么演这出戏。可想着想着她自己先没戏了，困得实在不行了，当小姐真的回来的时候，她早就睡过去了。

弓然明也几乎一夜未睡，天蒙蒙亮时，她胡乱地穿上衣服，匆匆走出家门。她想到那边看看，究竟发生了什么。从东川到西川，横着穿过并没有多远，但要经过许多人家的门口。一路走来，引起一连串的狗叫。她没有觉得狗有多讨厌，相反，却觉得狗在讨厌她。好在没有遇到一个早起的人，否则真说不定会被视作贼人，因为她的心莫名其妙地虚晃，真像做了多大伤天害理的事。快到罗家大院门口时，她松了一口气。从这个家走出去，比来到这个家还荒唐。公公的一句话，"你们搬出去吧"，于是就搬出来了。她在想，如果罗子沫在的话，他会阻止自己搬出来吗？会同意自己住进那座被人遗弃好久的破房子里吗？据说那是罗家的一个老奴住过的，说是那老奴年轻时勾引过罗家的女人，因为那个女人很有威势，直到她死以后，老奴才受到惩罚，在东川的边角处随便压上两间房供他老死在那里。如今自己又住在那里，不是惩罚也是惩罚。可自己连半句怨言都没有，一个大逆不道的人还有什么可说的呢？为此她感激婶子，以为是她的意志左右着一桩丑事没有得到传播，甚至不顾惜自己儿子的生命。每想到这里，她的膝盖就发软，还想给婶子跪下。

　　"您早罗夫人。"尽管这声音温文尔雅，她还是着实吓了一跳，是五岛次郎。尽管他边说话边躬身施礼，都无法不使她倒吸一口凉气，浑身打一个冷战。"在那间破屋子里住得习惯吗？"五岛次郎决然不在乎别人的任何反应，像揭伤疤一般说道。弓然明定了定神，道："还好，我喜欢住在那里。""哦，"五岛次郎很沉静地笑了，"罗夫人安贫若素，实在让人佩服。"弓然明勉强做出笑脸，道："我本来就是穷苦出身，谈不上安贫若素，您过奖了。""哦，"五岛次郎很甜润地笑了，"罗子沫不知道您住在那里吧？我想他一定不知道，否则您也许不会住在那里。"弓然明感到一阵心悸，道："他确实不知道……他知道不知道，都没有关系。"五岛次郎意趣洋洋地笑了，"罗夫人真是一往情深啊……在下艳羡不已啊！"说完他竟深深地鞠了一躬。弓然明的心在跳，她觉得自己遇上了鬼，必须走开。可没走出两步，又被五岛次郎拦住道："罗夫人，昨天罗家大院里出了大事，你这时候回来，是想证实这件事与你的弟弟无关吗？"弓然明的心"咚咚"猛跳两下，就像要跳出胸腔一样，她险些没栽倒在地。五岛次郎哈哈大笑着走开了。他背着药篓，扛着药锄，又是进山采药去了。弓然明看着他的背影再次吓到，因为她根本就没看到他还背着药篓、扛着药锄。弓然明踉踉跄跄走过去，双手扑在那两扇门上，想了想；又反转过身来，背靠着那两扇门，静了静。然后她拖着沉重的双腿，走开了。

　　桑玉是被一阵哭声惊醒的，睁开双眼，天已经大亮。她忽地坐起来就往外跑，直奔哭声而去，完全没听见念其的叫停。首先看到的是罗子沫衣衫不整、摇摇晃晃地站在病房中间，整个病房弥漫着刺鼻的酒气。是罗子漫拽着哥哥的手在哭，阿曼达则端坐在床头，看样子她端坐在那里好久了。可能觉得后边有人，罗子沫回了一下头，红着眼睛看了桑玉很久，道："你不是桑玉吗？"桑玉的大脑在飞速旋转，早猜出了八九分，坦然地说："啊对……罗子沫，你这是怎么了？"罗子沫道："没怎么，在酒馆坐了一夜，喝了一夜。你们都着急了吧，以为我想不开了吧。"说着，他把腋下那本书又使劲夹了夹，又很不好意思地笑一笑。桑玉一撇嘴道："可别算我，我可没着急！因为我知道你不会想不开，一定是到窑子里喝花酒去了。""不是窑子，是酒馆！"罗子沫晃一下身子，打一个嗝，使劲纠正道。桑玉深知这样说是对小姐的不敬，但又想，既然你们要演戏，那我就陪着呗。反正除了我没人知道谜底，只要我不说破，就不会对你们构成伤害。于是她冷笑道："是吗？要不让我闻闻，你的身上除了酒味，是不是应该还有女人的味道……哟，说不定是高级女人的味道呢！"说完她侧身看一眼二〇七的房门，她担心小姐会听见。这句话果然让罗子漫和阿曼达都警觉起来。罗子漫竟然作闭嘴吸气状；阿曼达欠了欠身，但还是坐着没动。桑玉看着罗子漫道："怎么样，你闻到了什么？"罗子漫立刻沉下脸来，道："请你不要信口雌黄，我除了酒气，什么都没闻到。按理说，你们是同窗学友，你应该比我更了解他是什么人。"桑玉刚想还口，就听有人叫道："桑玉，不可无礼，快回来！"桑玉怒气难平，白了罗子漫一眼，转身走开了。见桑玉已去，罗子沫苦笑一下，想向床边走去，因为他看到阿曼达正一脸热望地看着他。不料刚迈出一步，后衣襟就被罗子漫紧紧地拽住了，"哥，看你满身都是难闻的酒气，还不出去透透风，再好好洗洗。"罗子沫怔住了，不禁飞快地回身看妹妹一眼，罗子漫抓住这个时机给他使一个眼色。罗子沫什么都明白了，"没事，不就是酒味嘛，怕什么呢？"他嘴这么说，身子却向外走去。快走到门口时，随手把书递给了妹妹。罗子漫会意，接过了书，停住了想跟随出来的脚步。

- 12-

再先生最近总是喝酒，而且一喝就醉。当然都是在晚上喝，自斟自饮。两盘小菜放在那里，却动不了几筷子，仅凭酒，也能品出无限的滋味。往事就像肚子里的酒气，翻腾不息，于是就恍恍惚惚、醉意蒙眬了。但到最后，就只剩下一种牵念了，对罗子沫和念其这两个孩子的牵念。他发现，这两个孩子不在身边，自己竟非常孤单。当他得知念其已经去了朝阳城，就判定她去看罗子沫了，这令他感到欣慰，这两个孩子可以互相照应了，彼此也算有个依靠。同时也令他担心，他们互相倾心之后，会有缘在一起吗？以他对荣大人的了解，他不可能把女儿下嫁给一介穷书生，所以他每次都极力劝说丽娘，必须让她的儿子求取功名。他深知念其是个痴情的孩子，她已经把所有的心思都寄托在罗子沫身上了，即便罗子沫是个种地的农民，她也会痴心不悔的。这就更令他心焦，罗子沫一旦一事无成，那受伤害最深的就是念其了。"唉，可怜的丫头哇。"他不由得自语道，"你嘴上啥都不说，可你心思太重啊，为师都担心你会死在一个'情'字上啊！"当他说到这里时，竟为自己说出这种话感到万分吃惊，"什么？死在一个'情'字上？这是我说的话吗？我真是个老不死的，我怎么能说出这等混账话来呢？"他干了一盅酒，然后连连拍着大腿，"啪啪"地响，继而竟老泪纵横了。"子沫呀，我的儿啊！你可得争气呀，你要不争气，可对得起谁呀？"说着他又连连拍着大腿，又倒满一盅酒。这时，静静的窗外有人"扑哧"地笑了。冉先生正想满饮这盅酒，这声音让他竖起耳朵谛听，酒盅子也停在嘴边不动了。"谁在笑？子沫，是你吗？"他歪着脑袋边听边道。窗外又"扑哧"地笑了。这回他听得真切，嗔怪道："原来是你呀子沫，你还有脸笑！为师的心都为你操碎了，你还笑得出来？"说着，他才干了这盅酒，然后脑袋一耷拉，就要迷糊过去了。

"师父，别喝了，再喝就喝死了！"这时有人"啪"地一拍他的肩膀道。"嗯？子沫，你咋跟为师说话呢？大清国还活着，师父也死不了呢！"他仍耷拉着脑袋道。"师父，你快醒醒吧，大清国活不了几天了，就今儿明儿的事！"他的肩膀又被人"啪"地拍一下。"什么？谁敢如此大胆！"说着他抬起头来。不看则已，一看立刻就要蹦起来，两个黑衣人牢牢地按住了他。"你们是什么人？想打家劫舍吗？"他红着眼睛问。拍他肩膀的那位蒙面大汉道："打家劫舍？那你可说错了……干那活儿谁找你这个穷秀才呀！""你也说错了，我不是秀才，我是举子。三千举子上书清帝变法，其中就有我！"他梗着脖子更正道。话音刚落，四位蒙面大汉都哈哈大笑，"什么清帝，窝囊废！连一个老寡妇都干不过，还给他上什么书，管用吗？我们要给他上刀！"那蒙面大汉又道。冉先生一听，吓得好险没吐出来，只听得"哇"的一声，已经到嗓子眼的秽物，又被他强忍着咽了回去，然后他双手一抱拳道："各位好汉，我冉广炉不知你们是什么来头，这等大逆不道的事可不能做啊，连说都不该说呀！那可是当今皇上啊！"大汉冷笑一声道："好了，不提皇上了，一会儿你该尿了。我问你，那个叫什么沫的是不是姓罗？""是，那个姓罗的叫子沫。"冉先生随口答道，"啊……不是！"随即他又立刻改了口。"好了，我知道他叫罗子沫了，请你转告他，他已记在我的账上了，我早晚会找他！"大汉恶狠狠地道。"你什么意思？请好汉把话说清楚！"冉先生瞪着眼睛道。"好了别提什么罗子沫了，提起他我就恶心。跟你交个底吧，我们哥儿四个今天是求你来了。"大汉说罢，抽出短刀扎在桌子上，端起一盅酒一饮而尽。"不敢，不敢，四位好汉有话直说，别提'求'字，我冉广炉不用人求……可我也不怕死。"冉广炉又一抱拳道。"好！"大汉也一抱拳，"当着真人不说假话，我们是来劫狱的！"冉先生的额头立刻冒出了汗珠，"劫狱？劫谁？就你们几个？那可是掉脑袋的事！"一听说劫狱，他心中早有了八成猜度，但他还是故意这样说。"少废话！你看我们是怕死的人吗？"另外一条大汉怒气冲冲地道。"实话对你说吧，我们劫的是左汉庭左大人。至于人手嘛，四十个都不止。你只需告诉我们，左大人被押在哪座牢里，还有哪监哪室即可，我们今夜就行动……我们知道你多次去牢里看望他。""噢，原来是这样。"冉先生长出一口气道，"诸位好汉，你们咋不早说……看我这汗出的。"说着他解开两个衣服扣子。"看来我们没有白走这一趟。"那位大汉也长出一口气说。冉先生一边抖搂着衣襟，一边思忖着，半晌才道："诸位好汉，恕我直言，你们此行有些仓促。""此话怎讲？""荣大人对你们早有防备。""什么？早有防备？……老夫子，你这话我们不信，这分明是你自己想出来的！不提这位狗官倒还罢了，一提他，我就气血冲头。实话告诉你吧，这次我们不仅要劫走左大人，还要……""还要什么？"冉先生吃惊地问，同时也警觉起来。"还要……拜访这位荣大人。"

冉先生的心开始突突直跳，他早已听出弦外之音。于是他闭上双眼，死寂一般坐在那里，不言不语，一动不动。良久，四位好汉你看看我，我看看你，以为他要装神弄鬼。一位好汉"啪"地将短刀拍在桌子上，吼道："老东西！你想装气迷吗？我们问你的，你可一样都没说。"冉先生用鼻孔长长地喘出一腔酒气，摆摆手道："别急别急，让我想想，让我想想。"诸位好汉又大眼瞪小眼，静候他的下文。外面起风了，刮得树叶沙沙地响，听着好像有许多树叶落地。半晌，冉先生慢慢地睁开双眼，一丝笑意从他浑浊的双眼流淌而出。

死牢里的左汉庭也在喝酒，他喝的是荣公子亲自送来的酒，身旁还站着搔首弄姿的妓女雪苓。妓女的本质使她在任何时空都极力保持一种媚态，但现在有些勉强。因为这是监牢，要侍候的人已经不是威风八面的都司大人，而是一个阶下囚。左汉庭只顾大口地喝酒，大口地吃肉，表现出对女色丝毫不感兴趣的样子。荣公子并不高高在上，也不施以同情或怜悯。对左大人的壮举既谈不上恨，也说不上爱，今天不仅送来了酒肉，还送来女人，表达的也是动物间的理解和感同身受。昔日的都司大人已经蓬头垢面、胡子拉碴，但他并不悲观，也不感伤。一坛酒已经喝了大半，两只烧鸡已经吃了一只，他的眼皮都不曾抬一下。"左大人，不想说点什么吗？"

荣公子先开口了。"这酒够力道，烧鸡也够香。"左汉庭瓮声瓮气地说。"你难道不为自己鸣冤叫屈？"荣公子笑笑道。"纲纪混乱，法度不张，我知道大清气数已尽，何必多费唇舌？"左汉庭满脸无所谓地说。"按大清律，'凡在京在外大小官员，有犯公私罪，所司开具事由宝封奏闻请旨，不许擅自勾问'，左大人不该不清楚吧？"荣公子一本正经地道。"我刚才说了，大清自身难保，哪顾得上我一个小小的都司。今天落在你们父子手里，要杀要剐悉听尊便。"左汉庭翻一下白眼道。"哪里哪里。"荣公子蹲下身来，倒满一碗酒，"连女人我都给你送来了，怎么能说是落在我们父子手里呀？"他又站起身来，来回踱着步子道，"左大人不该不清楚，那天不是我父救你，你早做罗斯科夫的枪下之鬼了。""嘿嘿，"左大人冷笑道，"我死了，你们父子如何向朝廷交代呢？""左大人愚了。"荣公子复又蹲下来道，"现在是光绪二十五年，你怎么说康乾朝的话呢？可你刚才还很聪明，'纲纪混乱，法度不张'，这才是现时的话。告诉你吧左大人，杀盗金暴民，是太后的懿旨，可你却逆天意而行，跟俄军火拼。当然了，老百姓会说你是个盖世大英雄，可顶什么用呢？现在谁还图什么'英雄'的美名呢？"说着他站起来，对捂着鼻子的雪芩道："好好侍候左大人，价钱双倍！"说完就往外走。"殿下呀，奴家可不图什么双倍，奴家是来暖和左大人来的。"雪芩摇摆着腰肢甩着手中的绣帕道。说完，她勇敢地依偎在左汉庭的身旁。左汉庭一把把她抱在怀里，泪水纵横。

　　第二天，荣公子就乘坐桑德斯的汽车来到朝阳城，并直奔教会医院。之前谁都以为念其和郎纪平在一起，是冉先生的一句话，让荣公子与桑德斯几乎翻脸。"如果我妹妹丢了，或出现什么不测，你桑德斯负有不可推卸的责任。"这是荣公子临上车之前说的一句话。

　　一大早，冉先生就来到府衙，尽管一夜未睡，但他表现出少有的兴奋，脚步也异常轻盈，言语也机敏多变。当他看见早起的荣大人，上前便说："念其呢？我这几天怎么没见到念其？我有事找她。"荣大人诧异道："念其？难道你不知道她去朝阳城了吗？"冉先生装作恍然大悟地一拍脑门子道："哎哟，看我这记性，念其去教会医院看罗子沫去了，怎么就让我给忘了呢。"说完他就往外走。"冉兄，请等一等！"荣大人厉声道，冉先生停住脚步，"你说念其去看什么罗子沫去了？这话你是听谁说的？"冉先生又一拍脑门子道："是啊，谁跟我说的来着？让我想想。"然后他又装作恍然大悟地说："对了，是她亲口对我说的。"说完便匆匆忙忙地往外走。就这样，他巧妙地把念其的真实去向告诉了荣大人；就这样，荣大人怒斥了荣公子，荣公子怒斥了桑德斯。

而桑德斯当然不以为然，他认为自己没有任何错误。说起来他还愤愤不平呢，无缘无故挨了一拳，要不是看在你荣公子的面上，这一拳头我是不会白挨的。

他并不在意知府小姐离开自己竟然去看那位被自己打倒的男人，但他万万没有想到的是，竟然看到了阿曼达像亲人一样照顾起同一个男人。所以他的表现远比荣公子见了妹妹还激动、还狂躁。他拉起阿曼达就往外走，并骂道："你怎么能和这头猪在一起！你让我如何忍受得了？我真想宰了他！"阿曼达极力挣扎着。罗子沫怒不可遏，他想上前阻止，却被妹妹死死地拉住了。阿曼达实在挣脱不过，竟然狠狠地咬了桑德斯一口，鲜血从他的手背流出。桑德斯咆哮着，想打倒什么，或者破坏什么，但最终还是打了阿曼达一嘴巴。鲜血顺着她的嘴角流下来。桑德斯见阿曼达受了伤，他变得更加疯狂，便向罗子沫扑去，多亏荣公子及时赶到，死死地抱住了他的腰。

念其和桑玉也从自己的病房跑过来，桑玉急忙扑过去，帮助罗子漫拽住也想拼命的罗子沫。念其则扶住悲伤至极的阿曼达，并劝慰道："不要和这样的男人一般见识。走，到我的屋子坐一坐。"阿曼达哭泣着，和念其一起走了出去。因为桑德斯一进门就看到阿曼达坐在罗子沫的床头看一本书，他挣脱开荣公子的缠抱，就奔那本书而去。桑玉眼疾手快，松开罗子沫就把那书提前抓在手里，骂道："你这个畜生！打不到人还要毁书？"桑德斯一看，此人正是在车里打自己一拳的女子，便提前亮出巴掌扑过去。岂料桑玉并不躲逃，而是怒目圆睁，死死地盯着他不放。桑德斯被震慑了，他没有打下去，却用双臂死死地将桑玉箍在怀里，并拼命地用力。桑玉犹如被巨蟒缠绕一般，不一会儿就翻白了双眼，伸出了舌头。这时只听得一声大叫，桑德斯的后脑重重地挨了一拳，他的双臂立刻失去了知觉，扔下桑玉，摇摇晃晃地倒下了。他的倒下让一切复归平静，似乎连时间都凝固了，所有的人都静静地看着那巨大的身躯躺在那里，没有一个人去叫醒他，更没有一个人将他扶起。

突然的寂静却惊动了阿曼达，她跑了过来，见到躺在地上的桑德斯，便连声呼叫起来。桑德斯没有任何反应，阿曼达便把责备而失望的目光投向罗子沫，"为什么？为什么你们都喜欢打打杀杀？子沫，尽管我还看不懂你的圣贤书，可我也知道，你们的圣贤不会喜欢你这样干的。我看不起这个野蛮人，可你又让我如何看你呢？

最起码我知道……你还不是个君子。"一番话说得罗子沫低下头来，满腔的恼恨也被无地自容所代替。"子沫，请帮我，帮我把他扶到床上去……他需要治疗。"阿曼达恳求的声音，让罗子沫感到心痛，他向前走去。"罗子沫！不要听这个女人的撺掇。如果你不打倒他，我桑玉今天就死于非命了。还有，他也曾打倒过你。他更是杀害中国百姓的凶手之一。"桑玉声嘶力竭地喊道。罗子沫迟疑了，他把目光投向站在门口静静观望的念其，还有想做"旁观者清"的荣公子。

"子沫！"阿曼达叫了一声。这声音让罗子沫心头一震，这分明就是清俄两军对垒时，阻止他冲下山去所发出的声音。他的脑海里出现空白，不由自主地走过去，并蹲下身来。桑玉一看，一甩袖子走开了；念其看到了她不想看到的结果，也转身离开了。这时罗子漫也过来帮忙，三个人合力把桑德斯抬到了阿曼达的床上。荣公子是最后一个离开的，他是带着诡秘的神情离开的，他以为他看到了不可思议的事情。

"瘟犊子罗子沫！长着狼心狗肺！"这是桑玉回到二〇七号病房首先骂出的一句话。荣公子看着她，眯嘻一乐。念其则怅然若失地坐在床头，双眼看着一处发呆。"没想到这粗鲁的俄国人，内心还有柔弱的一面。"荣公子像是自我解嘲。"公子，你煞费苦心地把马车安排在中途坏掉，让小姐上了这个人的车……结果怎样？这叫乱点鸳鸯谱。"桑玉从来没有用这种鄙夷的口气同公子说过话。"什么？是我安排马车坏掉的？你这丫头说什么呢？小心掌嘴！"荣公子嘴上说着，却一脸惊疑地看着念其。念其的脸白一阵、黄一阵的，看得出她心潮难平。"念其，我还没来得及问你，都以为你和郎通判在一起，你怎么跑到教会医院来了？而且先生还说，你是专程来看什么罗子沫来的……现在哥糊涂了，你说说清楚，我也好向父亲禀明。"荣公子一脸严肃，拿出哥哥的威严道。"是马车坏了，撞了我的头，现在还疼呢。"念其也很严肃地回答。"竟这般凑巧吗？还和他住隔壁。"荣公子这回是盯着桑玉道。"公子，你能假装让车坏了，小姐为什么不能假装头疼呢？"桑玉大胆地说。"这么说先生说的是对的，你是专门来看罗子沫的。不过我可告诉你念其，你趁早把这个心收一收吧，这是不可能的事！"念其的脸"唰"地红了，无尽的苦涩涌上心头，她转了眼窝，低下头去。桑玉见小姐可怜，跑过来挨着她坐下。"不过今天我也看出些苗头，那个阿曼达好像对罗子沫一往情深哩。你看桑德斯，可是吃醋不小啊！""公子，这是不可能的事！"桑玉突然大声喊道。荣公子吓了一跳，怔怔地看着她，半晌没说话，觉得她这句话没那么简单，背后一定隐藏着许多不为人知的秘密。

"念其，郎通判他们还在佑顺寺吗？"荣公子突然改变话题道。桑玉和念其同时心中一惊，随即也同有馁堕之气，桑玉刚想说话，念其却抢先说道："哥，我们没有去佑顺寺。因为头疼，直接上这里来了。"因为桑玉实在不知小姐为什么要撒这个谎，故此张嘴结舌地看着她。念其趁机拉了一下她的手。"啊是，我与小姐直接上医院了。头那么疼，哪有闲心找什么郎通判。"桑玉急忙这样附和道。荣公子则苦笑道："看来先生说的一点错都没有。这个罗子沫……"他没有把话说完，起身向外走去。因为桑德斯正接受治疗，他想去看看。"本来今天应该带着妹妹回去，看来无望了！"他在心里琢磨着。

这天晚上，冉先生喝了酒，大步来到府衙。适值荣大人刚吃过晚饭，在府衙内散步，他像十几年前那样，拽着荣大人的手就往中堂而来。落座后，两个差人看茶。"事君数，斯辱矣，朋友数，斯疏矣。"冉先生抿了一口茶，便说出这段圣言，然后就哈哈大笑。这笑声竟让荣格大人汗毛倒竖。"荣大人，今天我怎么就忘了你是知府大人了呢？记得那年我们去林中掏鸟，你险些没摔下来，结果命保住了，裤裆开了。"说完他又哈哈大笑。荣大人也想喝一口茶，但这口茶竟无论如何也喝不到嘴里。"还有那回，你娶三姨太的时候，我自惭形秽，哭了。你见我可怜，非要把那三姨太给我。你说，我能要吗？我冉广炉岂能夺人之美呢？我呀，一辈子只会成人之美。我冉广炉虽无妻室，更无子嗣，可广炉我……我满腹的心事里，也有当爹的情分……我惦念着孩子们！"说着，他打一个艰难的喷嚏，接着就呜呜地哭起来。两个差人捂着嘴笑，荣大人一挥手，他们便急忙跑出去了。"冉兄，你喝多了，要不上内室歇息吧。"荣大人高声道，更像呵斥一个孩子。"吾多了吗？'已矣乎！吾未见能见其过而内自讼者也。'"冉先生瞪着明亮的双眼道，"满清氏原塞外一蛮族，既非受命之德，亦无功于中国，乘朱明之衰运，暴力劫夺，伪定一时，机变百出，巧操天下。当时豪杰武力不敌，吞恨抱愤以致今日，盖所谓人定胜天者矣……今也天定胜人之时且至焉。"冉先生站起身来，一字一板地说出这番话，然后坐定，喝茶静候荣大人反应。荣大人将喝进嘴里的一口茶"噗"地喷出来，道："冉兄，这是反叛言论，要掉脑袋的！""荣大人，掉脑袋？恐怕人家的头高高在上，砍之不着啊。""此话怎讲？""这是日本人宗方小太郎的话，他是个中国通，为了给侵华日军铺路，他写下了《开诚忠告十八省之豪杰》之书，以此挑拨离间，增加满汉矛盾，欲从内部瓦解我大清。可奏效了吗？奏效了……东北许多百姓，竟箪食壶浆以迎日军，称'大王到来，愚民等焉能不归顺'。可悲可叹啊！"荣大人变了脸色，他以为冉先生这是在含沙射影，但又不好发作。"荣大人，我不是没遇到好女人，我遇到了，可我只能敬而远之。知道她是谁吗？她就是我学生的母亲，她叫丽娘。噢对了，她的女儿你也见过的，就是那天死死拦住我不让我走的那位姑娘。她现在是基督徒，上次被打的就有她，她伤得最厉害。如果不是有蒙面大侠相救，她就没命了。问题是她的父亲还健在，当然了，她的父亲也就是罗子沫的父亲。说他健在还不确切，应该说还活着，比死人还麻烦地活着，我见过这个人，我……"这时荣大人伸出一只手，以打断他的话，"冉兄，请不要再说下去了，时候不早了，我也累了，想睡了，你请便吧。"说完他站起来。"且慢，且慢。我该说的话还没有说，事关重大，你必须要听听。"冉先生也站起身来，拦住他说。"那你就尽快说，不要再这样折腾了。"荣大人不耐烦地说，又很无奈地坐下来。"大人，"冉先生凑上前来，"左都司，不！就是牢里那位左汉庭……"说到这里他又停下来，满脸痛苦之状，"大人，我去一趟茅房，你别急，我去去就来。"说着他连连作揖，然后转身向外跑去。"乱了乱了！"荣大人叹口气道，"酒能乱性，果不假也！"他端起茶盏，想喝却没有喝，又很没好气地放在那里。

可是，因为冉先生的哭笑反常，荣大人竟产生一种奇怪的感觉，觉得自己好像年轻了二十岁。当年的书生意气，壮志凌云，犹在眼前。他站起身来，踱着步子，竟有轻灵之感。他从墙上摘下宝剑，"欻"地抽出剑身，寒光耀眼。有心想舞剑抒怀，又觉得不宜太过轻狂，便又入剑于鞘，挂回壁厢。这时，便觉得先生这趟茅房去得实在冗长，又心生烦乱。足有半个时辰，冉先生才风风火火地回来，意气昂扬的样子，仿佛面圣而归。"天有些凉了，冻了我的屁股。"他无聊透顶地说，然后落座喝茶，什么事关重大，似乎早已忘置脑后。"冉兄，左都司对你说了什么，不妨直言。"荣大人终于开口道。冉先生暗暗发笑，便神神秘秘地说："左大人说，不知你还要把他关到何时，又说他是一个烫手的山芋，究竟该怎么处置，你荣大人也没了主意。上报朝廷吧，又怕自身败露；放了他吧，又怕祸起萧墙。说他下半辈子没准儿要在狱中度过了，还说多亏朝廷内外交困，否则钦差大人早到了，到那时，人头落地的不见得是谁呢！"荣大人端着茶盏的手哆嗦一下，然后"咚"的一声把茶盏蹾在桌子上，道："我没有押他进京，是他莫大的荣幸！几百官兵毁在他的手里，按律该诛他三族。真是得了便宜还卖乖。"冉先生斜着眼睛看着他，总觉得他有些色厉内荏。他笑笑道："听说近来金矿的产量翻了一番？真是财源滚滚啊！"荣大人一怔道："这是谁说的，我怎么不知道？难道出自念祖之口？"冉先生只喝茶，笑而不答。

彼此无言，他们好像都冷静下来了，但只是有来言无去语地慢谈。不觉间，夜已经很深了。

"兵营着火啦——兵营着火啦——"突然有人高喊，随即乱糟糟的喊声一片。门"哐"的一声开了，一差人进来报："大人，兵营着火啦！""什么？"荣大人"腾"地站起来，"那还不去救！"差人答应一声，刚想转身离开，不料人头已经落地。刹那间，四位黑衣蒙面大汉已经站在眼前，个个手握短刀，杀气毕露。"狗官！今天我要将你碎尸万段！"说着四条大汉挥刀扑来。"冉兄快逃！"荣大人大喊一声，从壁厢抽出宝剑上前迎战。四条大汉分散开来，把荣大人围在中央。短暂的僵持之后，荣大人问道："这么说，火是你们放的了？！"为首大汉答道："是又怎么样，放火是次要的，要你狗命才是我们的目的！看刀！"说着挥刀便劈，荣大人举剑相迎，刀剑相击，火星四溅。随即另外三条大汉也步步紧逼，荣大人左右逢源，于是刀光剑影眼花缭乱。冉先生站在圈外，"哎哟哎哟"地左躲右闪，为首大汉见他碍事，飞起一脚把他踢出丈外，"咚"一声撞在墙上，然后瘫了下去，在此之际，他竟大喊一声："诸位好汉，饶他一命！""冉兄快逃开——"荣大人拼命地喊道，然后如混江蛟龙一般，滚动着身子一连劈出十几剑。其中一条大汉的刀被击落，急忙跳出圈外。另一条大汉用脚一磕，刀便飞起，那条大汉一把接在手里，又围上来助阵。几个回合下来，双方都有些气喘，重新拉开架势，准备下一轮再战。

"不好啦大人，有人劫狱啦，左都司被人劫走啦——"随着喊声，一个差人浑身是血地跑进来，正见这搏杀的场面，吓得"妈呀"一声转身就逃，刹那间就无影无踪了。"这又是你们干的啦？！"荣大人恶狠狠地说。"劫人事小，要你狗命事大！"为首大汉大喊一声，挥刀又砍。又一轮恶战开始，但终究不能分出胜负。这时，墙根处的冉先生突然看到又一蒙面大汉不知何时站在门口，并且已经把飞镖握在手中，正想投掷。"荣格小心——"他大叫一声站起身就扑过来，双手猛地一推，荣大人闪开了，飞镖却带着风声正中冉先生的前胸，他"啊"的一声惨叫，踉跄几下，"咚"地倒地。"先生——"为首大汉叫了一声。这时外面枪声四起。"不好啦，俄军反扑过来了，快走吧！"门口掷镖大汉喊了一声，四条大汉纷纷迟疑。无奈枪声逼近，为首大汉大骂一声："狗官，暂且留你一条性命！"随即四条大汉也快速撤离。荣大人没有去追，把宝剑掷在地上，急忙扶起冉先生。"冉兄——冉兄——"他拼命地大叫，冉先生毫无声息。"冉兄，你是在救我啊！你不能死啊！"荣大人紧紧地抱着他，痛哭失声。

　　而此时的桑德斯正躺在温柔乡里，最起码他自己是这样认为的。他醒来时已是夜深人静，睁开双眼正见阿曼达坐在自己的床头，便激动地抓过她的手道："阿曼达，请你放心，我一定在赤城给你建一座比这儿好上十倍的教会医院。"他还道："其实我早就醒了，他的一拳哪有那么厉害？只不过是我醒来后接着又睡去了。"阿曼达尽管坐在他的床头，可她除了看护病人外，手里还拿着一本书看，这令桑德斯感到美中不足。所以他一把夺过来道："这个劣等民族的书你不要看！如果你不想成为他们那种样子，就永远在心理上与他们划清界限！他们只要看了这样的书，就不自量力，好为人师。"阿曼达看一眼另一张床上的罗子沫，他背对着自己，看样子是睡着了。罗子漫趴在他的床头，也进入了梦乡。阿曼达抽回自己的手，把一条辫子握在手中，若有所思地说："这个民族令我着迷，但我在他们身上看不到神的踪迹。比如这本书，我似懂非懂，或者根本就不懂，可我总感到有一种力量的约束。比如他讲的君子与小人，善与恶，还有仁，这些概念性的东西真让人糊涂，可我总感到与《圣经》有相同之处。只是我不明白，他们要人做君子，却不告诉人做君子的真正原因。这不像我们的主，一开始就告诉我们……要灵魂得救。""这是狡诈！"桑德斯突然大声道，并把头颅使劲地勾起，"他们表面谦和，内心狡诈！比如说，我要给你建教会医院，我就必须告诉你，我是因为爱你才这样做的。否则，有什么意思！"说完，他把头"咚"的一声放下来。阿曼达苦笑一声道："我早就说过了，你不是给我建。"桑德斯立起双眼看着她道："你是不是也学狡诈了，难道你想不领我的情吗？真虚伪！"阿曼达突然眼睛一亮，道："对了桑德斯，我找到了！""找到什么了？"桑德斯问。"这种不告诉谜底的说教和修养，容易使人变得虚伪……对了，是这样，我找到了！"但刚说完，她的目光又突然黯淡下来，无限惆怅地说："神啊，请赦免我的过错。我对他们能了解多少呢？就这样论断人家。子沫说过，他们的文化浩如烟海，我只饮了一滴水……是的，只有一滴水。"

说完，她又趴在了床头，"所以我要找一个老师，我要到海里去遨游。"她喃喃地道。"那就让荣公子做你的老师吧。我跟他说，他必会同意！"桑德斯很无奈的样子。阿曼达摇了摇头，似在低语："不，不需要他。""哼！"桑德斯愤愤然地闭上了双眼，他想睡了。阿曼达也被困倦侵袭，眼皮直打架，书也拿不住了。

夜毕竟深了。

烟云密布，火光冲天，杀声四起，鬼哭狼嚎。不知是哪里失火了，罗子沫从远处奔来，正见阿曼达在火里挣扎，两根大辫子已经烧着，它们在飘扬着，像两条火蛇在缠着阿曼达。"阿曼达——阿曼达——"罗子沫奋不顾身地扑向火海。

罗子沫因浑身的灼痛从梦中醒来，他忽地坐起来，目光狠厉，气喘如牛，汗流浃背。所有的人都被这喊声惊醒了，心都突突地跳，惊悸万分地看着还没有从恐怖中醒来的罗子沫。因为是叫自己的名字，阿曼达尤其震惊。因为一个男人梦中叫自己心上人的名字，桑德斯充满了敌意和妒嫉。罗子漫把这些看在眼里，急忙解围道："哥你做梦了吧？你梦到啥了？是不是梦到我和阿曼达又被人打了？"一直以来，罗子漫都看不惯桑德斯的行径，她借机敲打他。罗子沫双眼迷蒙地看一眼妹妹，轻轻地点点头；然后满眼凄迷地看着阿曼达，心里道："梦境如此真切，这是怎么了？说明了什么？难道这是对未来的预示吗？"他不敢往下想了，使劲眨了眨酸痛的眼睛。

因为桑德斯的妒嫉，阿曼达故意表现平静，尽管她知道罗子沫经历一场不平凡的梦境，仍处在深深的痛苦当中，但她依然放弃去安慰他的冲动，反而若无其事地说："好了好了，快睡吧，困死了。一个梦而已，梦就是梦嘛！"说完她很疲倦地趴下去，俨然立刻入睡的样子。她的情绪影响了大家，罗子沫长出一口气，又躺下来。罗子漫有些怅然，但见大伙都风波不起的样子，她也趴了下来。

不知过了多长时间，始终没能入睡的阿曼达抬起头来，见人们都进入梦乡，她轻轻地站起身，来到罗子沫的床边。看着那张憔悴而英俊的脸，便想起初次与他相见时的情景，尤其他那意气风发的样子。她鼻子一酸，便转了眼窝，迫不及待地将他匍匐在枕边的辫子握在手中，然后又把另一只手轻轻地搭在他的额头。她俯下身去，想吻一吻那张脸，想到桑德斯的妒嫉，她忍住了。罗子漫却在此时突然醒来，眼睛的余光看到阿曼达的举动，不禁在心里大叫道："上帝呀！他们这是怎么了，这是真的吗？"

第二天，荣公子便催促桑德斯匆匆赶回赤城。

荣公子没有带回妹妹，桑德斯也没能使阿曼达与他同行。原因是他们要驱车到佑顺寺，拜会通判郎纪平，顺便观瞻法会盛况。但情况如同念其和桑玉她们一样，根本不见郎纪平的踪影。荣念祖感到事情蹊跷，觉得他的失踪与这次剿杀盗金者有关。因为他早就听大太监李莲英透露，朝廷已经培养一批监察人员，暗中监视地方官员与革命党。这位郎通判为人狡黠，举止神秘，会不会是这一类人呢？他越想越慌乱，便一刻都不想待下去了。

回到赤城，果然发生了大事，兵营被人放火，风烟缭绕，余火未尽，被烧死的十七名俄兵盖着床单横躺在操练场上，被烧伤的几十名俄兵没有得到及时的救治，正在痛苦地号叫。知府衙门内更是一片肃杀，六房胥吏个个栗栗危惧，面如土色，大气都不敢喘。死牢被劫，被杀死的狱卒也停尸牢门外。昔日的左都司，如今的阶下囚，可能又要成为匪首。衙门正堂，坐满了本府各级主事官员，形态诺诺。只有俄将罗斯科夫，手臂中刀，挎着绷带，端坐大堂正中，后面四位警卫，个个端枪在手，面对明镜高悬下的荣大人，俨然是兴师问罪。荣公子早已吓出一身冷汗，一溜儿小跑地进来，根本没有懂得门口站着的高解为何拦他。他脚跟还未站稳，荣大人便"啪"地一拍惊堂木，断然高喝："荣家的逆子！大清的败类！给我跪下！"荣公子的心思和行为严重失调，本想先看看父亲脸色再说，却没等抬起头来，人已经跪下了。他浑身打战，勉强去听父亲的下文，不料过了很久，也不见父亲再说半个字。荣公子抬眼偷偷观看，只见父亲老态苍然，除了疲惫的怒气，什么都没有了，"是啊，父亲还能骂出什么呢？如今只有一致对外、共渡难关了。"稍稍冷静下来，荣念祖这样由衷地叹息。但他还是想默默地替父亲加油，希望他能继续骂下去，骂得越难听越好，越猛烈越好。"怎么没把你妹妹带回来？"等了半天，等来的却是这样父女情深的一句话。他偷偷地向两厢官员望去，果见有人哂笑低头，有人满脸的惊愕，也有人露出鄙夷之色。这无疑说明父亲已经糊涂了，这种时刻，又是在府衙正堂，怎么能论起家事呢？为了防止父亲再问下去，也为了掩人耳目，他直起身子道："禀告父亲大人，您暗中让我妹妹做的事她还没有完成。请父亲大人放心，她没有生命危险。"果然一阵唏嘘之声，他以为这样的话足以让这些呆板的家伙深思不已了。荣大人果然知道儿子的用意，其实他话一出口，就觉得不妥，只是无法自圆其说。见儿子巧妙地托出上文，他便急忙接出下文："那就好！那就好！我自然要放心了。"

"可是我很不放心大人！"罗斯科夫终于说话了，而且是用俄语在说，后面的一个军人充当翻译，"我在考虑，我是应该继续上当受骗呢，还是拿到我的补偿赶紧离开。"一时间，整个大堂鸦雀无声，六房官员互相之间低眉送目，有的在窃笑，不知这位俄国人何出此言。荣大人当然略明其意，但用"上当受骗"来形容，着实有些不靠谱，于是他道："罗将军，你说的话我有些不甚明了，是不是应该请桑德斯先生过来，我想他能把事情说清。""这些可恶的商人，你们串通一气，欺骗我这耿直的军人，让我损兵折将。你们要因此付出代价！否则我会调大军来，把你们全部剿灭！"罗斯科夫边说边拍着椅子扶手，"啪啪"地响。士兵刚想翻译，荣公子急忙阻止道："将军息怒，我有话说。"然后他爬起来凑到罗斯科夫的耳根道："将军，我们会给您补偿的，成倍的补偿。您放心，有话冲我说。"罗斯科夫乜斜着眼睛看了他半天，恼怒地说："我凭什么要相信你？你说要我来剿匪，可杀死的全是平民！你说你们的军队会协同作战，结果竟与我火拼！你让我的部队暂时驻扎下来，结果我们却成了挡箭牌！"荣公子哭笑不得地说："可……可有些事真的难以预料啊！这不是我们的本意，我们的初衷是好的。对，是好的。"罗斯科夫叫嚣起来："可我不喜欢什么初衷，我看的是结果……结果就是我上当受骗了！"荣公子急忙道："将军您先消消气，后面的结果一定是好的。您放心，您千万放心。"罗斯科夫站起来，爽快地说："好！那我等待这个结果，而且就在今天！否则，明天的结果是什么样由我来决定！"说完他大步往外走去，四位士兵把枪扛在肩上，摇摆而行。

当然，罗斯科夫的结果很快就有了。他带着三倍的黄金和残余的兵力，在太阳西斜之时离开了赤城。罗斯科夫高兴极了，临行前他给荣公子一个热烈的拥抱，并道："中国真是个好地方！"

桑德斯则在一边很不高兴地说："走着瞧吧，早晚我要把你赶出中国去！"罗斯科夫则在马上耸耸肩道："你太狂妄了，桑德斯先生！如果没有我们，你一天都不用想在中国待下去。"说完，他一挥手，军队开拔了。

第二天，荣念祖与高解主仆二人又进京了，他是带着父亲写给慈禧太后的密折而来，密折的内容连他自己都感到不可名状。李莲英得到了好处，自然很快就把密折递了上去，但迟迟未得到召见。李莲英表现出痛心疾首的样子，分析不得召见的原因有二：一为天下混乱，暴民四起，内忧外患，使得太后无暇顾及一般小事；二为赤城的事太后早有耳闻，与密折所言大有出入，太后难以定夺，所以暂不召见。一番话说得荣公子心慌意乱，预感到事情有些不妙。事，可能都坏在郎纪平身上。

三天以后，他们便马不停蹄地返回赤城。事情果然如其所料，郎通判已经在他之前回到赤城，并且谕旨随身而至，他不但代理都司之职，而且朝廷又调来五百绿营兵供其指挥；至于赤城发生了什么事，谁都只字未提；通判大人这些日子究竟去了哪里，也无人敢问；郎通判对自己的所作所为讳莫如深，很快就着手整修兵营，操练兵马。练兵的号角又重新响起，这号角声分明使赤城的秩序复归正常，官民上下也都要投入到正常的生活当中，因为收获的季节即将来临。

这是气爽天高的一天，微风徐徐吹动，麦香果熟，草色浓郁。两辆马车悠然地行驶着，车里之人尽情地享受着时光的曼妙，与秋阳下难得的恬淡虚无。前面马车里坐着阿曼达与罗子漫，车夫的另一侧辕板上坐着康复的罗子沫，但他不时地要下来走一走，在活动筋骨的同时望一望后面的马车跟上来没有，因为那辆车里坐着桑玉和念其。

罗子沫时不时地掀开轿帘往里望一望，他总能看到阿曼达旁若无人地看着《论语》，就和最近两天在医院里一样。罗子沫以为是好奇心让她很投入，绝非是她的懂。他总希望她能提出一些尖端的问题，这样他就可以做到因人施教，因为他已经决定做她的老师了，以报答她的相助之恩。从现在的情况看，可以说是既成事实了。

念其和桑玉的心情也格外地好，因为她们心里都有一个秘密。念其的秘密自不必说，而桑玉是因为她的秘密而秘密，所以她表现得更大胆，甚至是放肆。每当罗子沫下车行走时，她都会大大地掀开轿帘，把自家小姐充分地暴露给他。然后她会看到罗子沫急切扭过头去，还会看到小姐的脸一阵阵泛红。然后她会扮起鬼脸，嘻嘻笑个不停。车子过了中途，按惯例，车夫又喊："诸位小姐，歇一歇吗？"这"歇一歇"的言外之意，就是"方便"的意思。半天没人吱声，桑玉突然喊道："歇一歇！"于是马车停下来，两位车夫和罗子沫都躲到车子的里侧，把外侧让给她们。而桑玉跑过来独对罗子沫道："我们要歇了，你上那边去！"她说着，并用手一指。罗子沫不解，刚想分辩，"这是小姐的命令！"桑玉厉声补充道。罗子沫无奈，只好向她所指的青草坡走下去，坡下就是一块庄稼地。走了几步，罗子沫蹲下来，这时他只能看见坡上的马车，以为可以了。不料桑玉又喊："不行，再往下走！"喊的同时，她竟捡起一根木棍，做轰赶状。罗子沫索性直接走到坡底，又蹲下来，这样连马车都看不见，以为总可以了吧。不料桑玉又扯着嗓子喊："不行！再往下走！"罗子沫也喊道："再走就进庄稼地了！犯得上吗？"桑玉边向坡下走来边喊："犯得上，谁让你是危险分子！"说着又拿棍子做轰赶状。罗子沫赌气钻进庄稼地，并坐了下来。桑玉见他没影了，窃笑着跑回去，提前钻进车里。两位车夫则莫名其妙地看着她，又看看那片淹没罗子沫的庄稼地，发起呆来。

诸位都"歇息"完了，坐回车里，等一阵又一阵，也不见罗子沫回来，两位车夫也不好作声，只看着桑玉发呆，而桑玉却装作没事人似的坐着不动。念其问："子沫干啥去了？"桑玉一本正经地道："可能歇息去了。"念其道："怎么这么长时间？"桑玉道："没准儿和哪位农家姑娘抱在一起了吧。"念其的脸"唰"地红了，然后又是满脸的惊恐，道："这怎么可能？"桑玉道："这又怎么不可能？那庄稼可比树林还密呢。"念其一听低头不语。

"子沫——子沫——"这时阿曼达下车高喊，"我们好了，你好了吗？好了就出来吧。"话音刚落，罗子沫从庄稼地里钻出来，喘着粗气往上爬坡。当念其看见他那粗壮的身材，还有涨红的、汗津津的脸时，心里一震，周身也打一个哆嗦；当她看到罗子沫快到坡顶时，阿曼达伸出手来拉他一把，又把他头顶上的一根草屑摘了下去，念其打了一下桑玉正掀着轿帘的手，那帘子"唰"的一下落下来，遮住了外面的一切。"一会儿死脑瓜骨子，一会儿又三心二意！"桑玉骂道。念其则长出一口气，不言不语。两辆马车继续前行，离家不远了，一段心情似要落幕。

马车到热水汤时，一群牛也下山了。念其让桑玉下车，抢先付了两辆车的车费。罗子沫突然空落落的，看着念其和桑玉，不知说什么好。罗子漫也下了车，极力推辞并挽留她们住下来，明天再回城。念其执意不肯，意味深长地看了罗子沫一眼，就让自己的马车继续前行，奔城里而去。阿曼达似乎对这些都没有感想，径自跨过西川水，向罗家方向走去。

罗子沫兄妹与阿曼达一起，出现在丽娘的面前。一番寒暄之后，阿曼达推着丽娘坐在炕沿上，她则跪下来，一头磕下去道："婶婶在上，受我一拜。"众人皆惊，不知这是为何。"婶婶，请允许罗子沫做我的老师，我想跟他学习你们的文化。"丽娘急忙下地想将她扶起，阿曼达不肯起来，又磕一个头道："请婶婶答应我，我才能起来！"罗子沫目瞪口呆，心想，她何时学会了这种中国式的极端礼节？但在此时却恰到好处，所以心中暗喜，便示意母亲答应下来。丽娘则想起因此事儿子曾挨过打，心中便迟疑不决。可不答应又觉得于情于理都说不过去，人家在有恩于我的情况下跪拜请求，岂有拒绝的道理？于是她道："只怕子沫才疏学浅，教不好你啊姑娘。"说着又去扶她。阿曼达道："姊姊是答应我了？"丽娘含笑点头，阿曼达方站起来，又给丽娘一个拥抱，道："工钱我会多给，请放心。"丽娘急忙道："不要提钱姑娘，那就是少待一会儿的事。你们是患难之交啊，不要提钱，提钱就远了。"然后她又对罗子沫道："子沫你听清了，要好好教阿曼达姑娘，我们分文不取，记住了？"罗子沫被母亲的深明大义所感动，深深地点头。

晚饭后，阿曼达与罗子漫做功课去了。丽娘对心事重重的罗子沫道："你哥和你嫂子搬出去住了，搬到东川老房子去了，这是你二大爷的主意。"自打罗子沫回到家，扎在屋里就没有出去过，可他的耳朵始终在听，他没有指望弓然明会过来看自己，但总能听到她的动静吧，可真就没有听到。这时才明白，她已经离开这个家了。他既怕见到她，又想见到她。见与不见，那份牵挂都在那儿。他觉得自己是因歉疚而牵挂，因可怜而牵挂，他从不承认自己是因为牵挂而牵挂。"他们从不回来吗？"他低声问。丽娘看他一眼道："你哥经常回来，她还没回来过。你二大爷都是过去吃饭，回来住。他老人家可能还不知道你回来，要不然会过来看你的。"罗子沫的心愈发难受，他知道二大爷把什么都看在眼里了，他给予了足够的宽容，连一句责怪的话都没有，这更让他感到羞愧难当。"妈，"话一出口，他就要哭了，"我还要到池林去住。"说着，他下地就想走。"子沫！"丽娘叫住他，"还有一件大事没告诉你呢。你师父他……受伤了。"罗子沫的头"嗡"的一下，"什么？"他大叫道，"他咋受的伤，厉害吗？""是中了刺客的镖。"丽娘道。"中了刺客的镖？什么样的刺客要杀那样一个人？！"罗子沫追问。"不是这么回事，是有刺客要刺杀荣大人，你师父上前替他挡了镖。"随后，她把城里最近发生的事一五一十地说给了罗子沫，这些事无疑让罗子沫心灰意冷，他本来想跟母亲说说悄悄话，就是念其小姐特意去朝阳城看自己了，现在他已经没有这个心情了。"我明天进城看师父。"说完，他上炕脱衣就睡。丽娘叹气连连，又坐了一会儿，悄悄走了出去。

阿曼达与罗子漫双双跪在炕上，默默地晚祷。因为内心难以平静，她们都无法向神说出自己的心事。一个时辰过去了，罗子漫突然道："阿曼达，在神面前，我们可以开诚布公地谈一谈。"阿曼达没有作声。罗子漫又道："我保证没有恶意，但我还是有些不敢开口。"阿曼达这才道："阿门，请讲。"罗子漫道："你爱桑德斯吗？"话题果然出乎意料，阿曼达沉思一会儿，道："到现在，还不能说他不是我的恋人……他还要为我们建造教会医院呢。"罗子漫突然语气生硬地说："那你爱罗子沫吗？"阿曼达长跪的身子一下子矮下来，几乎是瘫坐在自己的双脚上，半天才道："子漫，你是在提醒我什么吗？"罗子漫仍生硬地说："我不是在提醒你什么，我是在问你，究竟要干什么？""子漫，你很自信我已经爱上你的哥哥了？"阿曼达哽咽了，"不，我只是喜欢他那根辫子，还有他那本书，还，还有……"阿曼达说不上来还有什么了。罗子漫冷笑道："中国有一句话，叫'爱屋及乌'！阿曼达，我看到一个即将堕落的灵魂，她要犯淫乱的罪，你忏悔吧阿曼达。"阿曼达辩解道："子漫，请相信我，我真的只喜欢他的辫子，还有他的书。"罗子漫道："那样的辫子不止他有，中国的每个男人脑后都拖着一根。那本书也不是他的，那是孔圣人的。"阿曼达哭泣道："子漫，你为何要指责我？"罗子漫道："我不是指责你，我只是担心你再会对第三个男人动心，或者还有第四个、第五个，这……不是没有可能的。因为一个堕落的灵魂就会落到撒旦的魔掌，什么事都能干得出来的！"阿曼达道："子漫，你说的也许对，也许不对。最近我确实被什么东西感动着，但我还没有分辨出那是爱，或者别的，因为他还不足以引起我的分辨之心……我只是这样自然而然地被感动着。如果你看到了什么，也许错了，也许没有错，但我求你不要过早地论断，好吗子漫？"罗子漫冷冷地说："阿曼达，你不觉得我的话对你来说，是神的启示吗？"阿曼达想了一会儿，没有回答这个问题，却道："子漫，你会阻止你哥哥成为我的老师吗？"罗子漫也想了一会儿道："也许会，也许不会……那仍要看神的启示，要看真理的忠告。"阿曼达突然感到特别无助，她把罗子漫拥在怀里，哭道："子漫，答应我，无论何时何地，我们都要携起手来。我不能没有你的帮助。"罗子漫似乎无动于衷，她在黑暗中瞪着眼睛，瞪得很大。

对于家里发生的一切，甚至赤城发生的一切，念其已经厌倦听到了。给父亲请安之后，她就回到属于自己的小天地，她想安静地生活。父亲什么都没有问，她便什么都没有说，但她能看到父亲很焦虑，有着巨大的心理压力，这令她的心隐隐作痛。但晚饭后，哥哥还是来了，把她不想听到的一切都说出来了。但她把什么都看作是过眼烟云了，唯独先生替父亲遇刺一事，让她立刻滚下泪来，立刻就想去看望他。荣公子拦住她道："时候不早了，明天再去吧，免得打扰他休息。父亲吩咐找最好的郎中给他诊治，你就放心吧。"念其哭道："我只是觉得先生太可怜……好事沾不上边，这挡镖的事却轮上他了。"荣公子道："你也别这样说，父亲也是因为他参与变法才遭贬官的。老天是公平的，他们好像是肝胆相照呢。如果先生不拖住父亲，让他过早地睡去，父亲早就死在刺客之手了；后来又挡了镖，等于救了父亲两次。"念其道："那是大义，这是私情，有区别的。"话说到这里，荣公子关上了门，把已经睡着的桑玉隔在外面，低声道："念其，父亲对你另有吩咐。"念其不惊不怪，道："什么样的吩咐父亲不能直接对我说？"荣公子沉思一会儿道："首先，我们必须承认先生确实救了父亲，我们应该感恩戴德，但背后也有蹊跷。据父亲说，先生中镖之后，那贼人清清楚楚地喊了一声'先生'，这一直令父亲百思不得其解。"念其插话道："是耿耿于怀吧。难道是先生领贼人来害父亲，再替父亲去死，他这是图什么呢？""你听我把话说完！"荣公子有些不耐烦地道，"我与父亲都考虑过了，你说的这种可能不是没有，也许还有其他的可能，但有一点是可以肯定的，先生与贼人相识……父亲的意思是，要你侧面问问先生其中内情，找出贼人。""我不想这样做！"念其干干脆脆地说。"念其！"荣公子哀苦地叫道，"你放心，父亲不会把先生怎么样的，只是想缉捕贼人，也好向朝廷交代！"念其不解地说："不是说朝廷那边已经风平浪静了吗？""那是表面！"荣公子大声道，"背地里暗流汹涌。你想啊，郎通判说是参加法会去了，可法会上没有他，上哪儿去了，没人知道。后来他回来了，不仅带回懿旨，而且官加一等，通判兼职都司。可以说，他的权力可与父亲抗衡了。这其中……"没等他说完，念其打断他道："哥！我不喜欢这样诡异多端的事！一点都不喜欢。我是弱女子，更不想参与这种纷争。你回吧，我想睡了。"荣公子叹了一口气，半天无语。最后他站起来道："念其，实话告诉你吧，父亲对你很是气恼！你替郎纪平撒了谎，他不想怪你，只让你问出贼人是谁，将功折罪。否则……"荣公子没有说下去。"否则什么？"念其问道。荣公子颇有顾虑，但还是道："否则的话，父亲说……就不认你这个女儿，并要赶你出去！"念其又立刻滚出泪来，道："好吧……"荣公子一怔，但没有得到妹妹的下文，便径自开门出去了。

　　第二天，念其与桑玉老早就来看望冉先生。见先生憔悴不堪，满脸苍黄地躺在那里，便拽住他的手，叫了一声"先生"，就无法控制地哭起来。张妈蹲在地下熬药，见状急忙来劝："小姐放心吧，先生已经脱离生命危险了，郎中说静养几个月就好了。"怎奈念其想说什么，却说不出来，又不好痛快地哭出来，唯有不住地点头而已。桑玉也泪流满面了，急忙道："张妈你先回避一下，药我来熬。"张妈会意，抹了一把眼泪道："先生啊，你快好起来吧，别让小姐太为你伤心。"说完她便匆匆出去了。"是念其来了？"先生勉强睁开眼睛，说了一句，又无力地闭上了，陷入沉迷之中。念其再也无法控制自己，想到自己来看望生命垂危的被自己视作父亲的人，却带着那样肮脏的使命，她趴在先生的身上就呜呜大哭起来，全然没有了一个千金小姐的样子。冉先生又被惊醒，他颤巍巍地伸出手来，抚摸着她的头道："孩子，莫哭莫哭，你回来就好，师父就放心了。这些日子……闭上眼睛就是你和子沫……"然后他又把手艰难地伸进褥子下面，摸索了半天，哆哆嗦嗦地拿出一包碎银子来，道："这点钱，你替我给子沫送去，就说师父不能看他去了……让他快点好起来，好赶明年的考。"念其已经泣不成声了，她接过银子，想说什么还是说不出来，只有点头的份儿。这时桑玉在一边哭道："你老都这样了，他不说来看你，你倒惦念他。"

话音刚落，门开了，罗子沫风风火火地出现在眼前。桑玉的话他已经听到了，见念其手里拿着那包银子在哭，他双腿一软，"咕咚"跪下，一边磕头一边哭道："师父，我来晚了……我不赶什么考了，我要保护你，我要为你报仇！"冉先生又陷入沉迷状态，他只是静静地躺在那里，似乎什么都没听见。

罗子沫的到来也颇有戏剧性，一大早，他想悄悄地离开，不料一出门就看见阿曼达和罗子漫站在院子里，表情都很抑郁。知道罗子沫要进城，阿曼达要同他一起走；罗子漫则是满脸的不高兴，劝阿曼达同自己一起走，并说理应如此。但阿曼达执意不肯，非要和罗子沫同骑一匹马，说是要尽快回到母亲身边，免得她挂念。罗子漫则以为这是借口，两人骑一匹马上，又不像以前有特殊原因，无疑是贪图与哥哥的肌肤之亲。所以，她鄙夷地看了看他们，一转身就回屋了。母亲正想出来挽留，被她迎头拦了回去。

罗子沫牵着马，阿曼达跟在身后，双双走出罗家大院。迎面过来牛群，牛儿们沉睡一宿，现在显得格外精神，个个向往着高山，走起路来你追我赶，横冲直撞，全然不顾牛倌的破口大骂。罗子沫担心阿曼达被冲撞，把她提前抱上马。就在他扭头之际，看见牛群的那一侧站着一个人，正痴呆呆地看着他们。乍一看，没认出是谁；再看，才知道是弓然明。她没有梳头，浓密的黑发披散在肩上，上身穿着黑色的短衫，把那张脸显得尤其苍白而阴郁。罗子沫的心"咯噔"一下，因为他看到的分明是一个怨妇。马上的阿曼达见罗子沫突然犯了痴呆，便也向那边望去，一眼就认出来了，她是弓然明。但这个女人瞬间就不见了，是牛撞倒了她。阿曼达吓得喊出声来，罗子沫想喊却没喊出来。牛倌在极力控制着自己的牛群，不要踏坏脚下的人，骂牛比骂人还难听。牛群终于过去了，可人却没了。阿曼达在马上道："人呢？我们快去找吧！"罗子沫按住了她的腿，因为他看到了路旁那棵大柳树后面，出现一张阴郁的脸，或者是怨恨，或者是哀愁，都像是见不得人的。他没有停留，牵着马继续走，跨过西川河水，他也上了马，坐在阿曼达的身后。他知道这样会招来许多人的目光，但有一种感觉让他无法抗拒，他还说不清那是什么。

- 13 -

一时间，郎纪平成了凤夜在公的勤政官员。桑玉一反常态，很想在某个门口，或者不经意的路边，与他狭路相逢。但已经不可能了，因为郎纪平不再那么行色匆匆了。所以她骂道："狗娘养的这个贼通判，讨厌他时他偏来，想他时却见不到他的影子！"桑玉给冉先生熬药时，骂得尤其多。念其虽然抿嘴而乐，但内心是沉重的，因为事实已经逐渐击垮她对这个人的判断与好感。自己虽然没有对他有过明明白白的付出，但似是而非的情感还是让她有过间接的给予。尤其是那个让她倍感羞涩的梦，独自想起来也会脸红心跳。她想听到他的解释，为什么要对自己撒谎！但看到他现在这种重担在肩、振国兴邦的样子，心中又生出一种酸酸的敬意。"听说贼通判整天操练兵马，他想超过左大人，做梦吧！看人家左大人才更像个爷们儿，关键时候也敢拼命！就他那副德行，关键时候只会抱着女人不撒开！"

"桑玉，你最近越来越好骂人了。我告诉过你，你得改。哪有女孩子家这样的？将来谁敢娶你做媳妇？"念其带着桑玉给先生买好吃的东西时，往往会这么说上一句。桑玉则把一块兔肉摔在坛里道："喊！我就纳闷了，中国的女人老早就惦记着如何给人当媳妇，圣贤书上这么说过吗？我不喜欢读书，可我也知道没说过。"这句话把熟食店的老板都说得一激灵，算盘都打错了，不得不哗的一下归零重来。"怎么没说过？我们祖祖辈辈都讲究女德的。"念其压低声音却严肃地说。桑玉仍大大唧唧地说："不就是三从四德嘛，那倒没什么不好的。可我看啊，阿曼达和你就不一样，人家喜欢谁就说出来，不喜欢谁也不瞒着掖着。人家不背后搞小动作，更不偷偷摸摸地做春梦……""桑玉！"念其叫了她一声，想制止她。"要不咱们问问男人们去，是喜欢小姐这样的，还是喜欢阿曼达那样的？"桑玉没有理会，坚持把话说完。老板的算盘又打错了，他嗑一下牙花子，无奈地看一眼桑玉，又哗的一下归零重来。"看什么看？！"桑玉立眼道，"你再打错了，我们拿着就走！"老板这下没打错，却忘了下边打什么了，他可怜巴巴地看着念其问："小姐，阿曼达是那位教堂的洋姑娘吧？"念其点点头，老板道："嗯，我见过的……见过的。"说着，他竟满意地点点头。"我Ｘ！"桑玉嘎地笑了，"原来你也喜欢那洋姑娘啊！"老板涨红了脸，急忙摆手道："不敢不敢，我可不敢……人家那是啥人啊！""我……"桑玉瞅瞅念其，没有再说出那个字来，"看你那孬样，有啥不敢的，她高人一等是咋的？人家罗子沫都敢和她骑一匹马……怎么上的马我没看见，估计是抱上去的！"老板一听，张嘴瞪眼地看着念其，半天才道："哦，罗大人够威武啊！""威武个屁！"桑玉叫了一声，"我让他上沟里他就得上沟里去，我让他蹲下他就得蹲下。"老板嘴张得更大了，眼睛瞪得更圆了。念其急忙掏出一块碎银放在柜台上道："不用找了！"说完率先走出店门。桑玉急忙拿起东西往外追，却不忘一伸舌头对老板道："这下你赚了，多亏我！"说话间就没影了。

念其这回走得非常快，桑玉始终没有追上，但她看见小姐在前面的岔路口停了下来，并有意靠近路旁的一棵大树。等桑玉赶到的时候，看见郎纪平骑着枣红色高头大马，一身戎装地奔东门而去。后面跟着几十名小跑的兵丁，个个年轻力壮，都带着"怕死不当兵"的架势。"怎么了？"桑玉悄声问，"这贼通判开始杀人了？"旁边一位同样躲路的大嫂看她一眼道："昨天夜里有贼人偷袭教堂。""我的妈呀！阿曼达是不是被贼人抢去了？那罗子沫呢？不会被贼人给……杀了吧？"桑玉顺嘴这样道。念其转身回眸，用怨怒的目光看了桑玉半天，道："属乌鸦的！你就不怕判官派红发鬼来缝你的嘴吗？到那时我可救不了你。"桑玉见小姐真的生气了，一下子捂住自己的嘴，真的怕被缝的样子。但她也因小姐的生气而窃喜，因为这一路来她都在有意刺激小姐，终于让她生气了，生气了总比闷着强。生谁的气？桑玉当然不认为是生她的气，所以她为达到目的而窃喜。

罗子沫很晚才能从教堂回到秀塔书院，和冉先生睡在一铺炕上。现在，他除了晚上给阿曼达上课，其余时间都用来照顾冉先生的起居。冉先生逐渐好起来了，便一再劝诫他莫挂怀自己，好好温习功课，以备明年大考。罗子沫点头称是，但仍是在照顾好恩师的前提下，才拿起书来。

因为罗子漫的指责与提醒，阿曼达要求自己也严格起来。为了证明自己，她勤奋地传福音，精心地为主布道，然后才在晚上心无旁骛地听罗子沫讲《论语》。罗子沫发现阿曼达有超常的悟性，她不是一味地接受灌输，而是批评地接受和领悟。这令罗子沫很欣慰，但不高兴之处也有，她始终存在着比较心理，而这比较不存在公正性，甚至是刻薄的。就是她总以《圣经》为标杆，符合的便接受，不符合的便用自己的逻辑排斥。但在不高兴之余，罗子沫也坚持自己的信念，那就是顽强地树立"圣学"的尊严，所以，他总要用高出一等的解说来压倒她。这就导致了他们之间变异的师徒关系，有时简直是相濡以沫，有时又争论得面红耳赤，情急之时，阿曼达竟狠狠地拧他一把。虽然疼，罗子沫却感到胜利后的喜悦。因为这说明，他们企图互相改变已见了分晓，尤其这一拧，太具有中国女人味了。

说是教堂遭袭，纯属无稽之谈。那边没有一兵一卒，这边也没有护院家丁。没有抵御，何来遭袭？不过是所谓的贼人是冲着桑德斯来的，因为桑德斯的行踪里总有教堂的影子。恰巧这一天他把自己那辆修好的旧汽车送给了杜克先生，就停在教堂大门的外面，所谓的贼人便认作是桑德斯来到教堂；那汽车一直到天黑还停在那里，便又被认作是桑德斯在教堂住下来。于是，所谓的偷袭便在夜深人静的时候开始了。门是被撬开的，虽然响动很大，却没有一个人发觉。几个"贼人"上得楼来，凡是有人息的地方都一一察看：杜克先生独自坐在灯下看书；安琪拉正在母亲的指点下唱圣诗；罗子漫正和其他几个中国信徒跪在那里祷告；杂役们都睡了，呼噜声和梦呓都是中国式的。

哪里有桑德斯的影子？最后"贼人"首领憋得难受，一脚踹开杜克先生的门，刀架在他的脖子上。"说！桑德斯在哪里？""贼人"们几乎同时喊。岂料这个洋教士异常自若，平静地看着他们道："孩子们！这里是圣殿，不可以用这种方式打扰我主的安宁。""安宁个屁！"首领使劲按了按刀柄，"把恶魔桑德斯给我交出来，没你啥事！否则，人头落地！"杜克先生稍微拧了拧脖子，道："我没有什么桑德斯可以交给你们的，他已不在这里了。""胡说！"一个贼人喊，"他的车还在这里！"杜克先生有些无奈地说："车是你们砸坏的，他送给我了，当然要在这里。可是他人已经离开了。""放什么洋屁！"首领又一按刀柄道，"我们什么时候砸他的车了？！"杜克先生幽蓝的眼珠在深深的眼窝里转了转，道："你们没有砸车？这我就不明白你们之间是什么勾当了……不过我也不想明白。要找桑德斯，这里确实没有，我以主的名义作保证，真的没有。"众"贼人"显然有些迟疑了，简直就要相信这洋教士的话了。他们虽然个个蒙着脸，但那犹豫的目光中已经让杜克先生看到几分良善，于是他又道："我的孩子们，请相信我的话。"话音刚落，一个"贼人"怒吼道："啊呸！谁是你的孩子！"首领则使劲推了教士一把，拿开了刀："相信你了！我们不想滥杀无辜，饶你一条性命。"说着他一摆头，示意撤离。杜克先生耸了耸肩，无限爱怜地说："我的孩子们，我希望你们的刀永远不要出鞘。阿门。"一个往外走的"贼人"回头吼道："啊呸！谁是你的孩子？你是我孙子！妈的，竟管起老子的刀来了。"

　　"贼人"们推门出去，登时傻眼了，见门外中西合璧一般站了一群人，个个沉默肃立，人人意态安然。既不是围攻，也不会退却；既不愤怒，也不恐惧；既不仇恨，也不懦弱。但一双双注视的眼睛里，都有一股慑人的力量。"贼人"们险些乱了方寸，多亏首领一声断喝："干什么？想造反吗？我的刀可不长眼睛！"但这些人仍形容不改。"让他们出去。"杜克先生在屋里沉沉地说，围着的人慢慢地让开一条路。这时首领双眼一亮，因为他看见在众多开着的门当中，独有一扇门紧紧地关闭着，而且这扇门好像是没被察看过的。他一挥手，向那扇门走去。踹开门一看，被眼前的情景惊呆了，因为他看见一个洋女子正死死地抱着一个中国男人，看样子是在控制他的行动。一个表情痛苦而哀愁，一个表情愤怒而失望。再细一看，他全然认出了他们，顿时怒火中烧，飞起一脚，正中男人裆部；然后又飞快伸出刀把，狠狠地捅向他的软肋。男人惨叫两声倒地，接着在地上翻滚号叫。洋女子则疯子一般叫起来："你干什么？你们为什么又打他？""贼人"们一听，面面相觑都很纳闷："什么是又打他？难道我们打过他吗？""子沫——子沫——"阿曼达俯下身来，把男人抱在怀里一声声地叫着。罗子沫疼得睁不开眼睛，顾不得回答。

　　这时罗子漫冲了进来，但她没有大呼小叫，看着这些"贼人"，眼睛里流露出天使的愤怒。罗子沫的裆部疼痛，却无法伸手去摸；肋部的疼痛更加难忍，那是疼到心里的痛，觉得五脏六腑都被震裂了，汗水顺着他的脸往下流。可阿曼达接下来的举动，让"贼人"都感到震惊，她先抚摸他的肋部，接着就去抚摸他的裆部。那么大胆，那么自然。罗子沫忍着剧痛叫了声："阿曼达。"然后睁开双眼看着她，摇头示意她住手。阿曼达痛着他的痛，仰起脸来看着"贼人"们道："你们为什么这么狠心……他挨的打还少吗？"罗子沫又忍痛叫一声："阿曼达……"这一声叫唤意味深长，阿曼达的泪水簌簌而下。这时一个"贼人"喊："表哥，她就叫阿曼达。大师兄说了，找不到桑德斯，就抓走这个女人当人质！"首领的身子摇晃了一下，显然是心灵受到了巨大的冲击。大师兄的话犹在耳边，可关于阿曼达的往事也历历在目。那个为制止杀戮而拼命呼号的身影，那个被困在洞里而流泪祈祷的模样。"不是她，抓她没用！"首领狠狠地说，跨步就往外走。其余"贼人"面面相觑，不知道这是为何。难道是看这洋妞俊俏而舍不得吗？于是他们齐声喊道：

毋贪财！毋好色！

毋贪财！毋好色！

无奈首领义无反顾，"谁贪财了？谁好色了？"说话间就跨出门去。"贼人"们无奈，只好悻悻尾随而出。

念其与桑玉匆匆往书院赶来，为的是看罗子沫是不是完好无损地围绕在先生身边。未到先生门前就听见里面有说话声，念其悬着的心方落地，桑玉也"哎哟"一声放松了紧绷的神经。可她们推开门却傻眼了，屋里与先生说话的只是来看望先生的同窗学友。一男一女，男的拎来两只杀好的老母鸡，女的挎来一筐鸡蛋。

念其有一种大厦将倾的感觉，心想教堂遭袭，出事就是大事，先例已经有过。罗子沫性情耿直，关键时刻定会出手相助，可他哪抵得过贼人的刀枪？想到这里，她头晕目眩，看不清眼前的一切了。"小姐！"桑玉急忙叫了一声，把她扶住。冉先生支撑着靠在枕头上，也是满腹心事，因为他一直想知道罗子沫从昨晚到现在为何一直没有回来，因为太过牵挂，他的伤口开始隐隐作痛。现在又看到念其这般情形，断定子沫出事了，因为两位学生来的时候说起郎通判带兵出城了，好像教堂出了什么事，现在看来果真如此。"念其，你看见子沫了吗？"但他还是这样问。念其脸色苍白，不知说什么好。"可能他家里有事……回家去了。"理智告诉她，只能选择这样的回答。"哦。"冉先生出了一口气，同时他也在劝自己，要相信这是真的。

两位学生见情形不对，不好探究，也不好再待下去，不然彼此尴尬，所以他们安慰冉先生几句，便推门而去。

然后谁都不再言语，桑玉开始生火熬药，念其也忙着给先生收拾吃的，一切显得自然而平静。念其正在给先生切兔肉，突然，她的心一阵绞痛，眼前出现了罗子沫一身是血的样子，一恍惚，就切了手指，她"哐唧"一声扔了刀，急忙用手捂住，忍着没叫出声来。因为刀的响动，不但桑玉看到她切了手，就连冉先生也激灵一下，看到了一切。桑玉急忙掏出绣帕给她包住，但鲜血很快就洇红一片。"念其，"冉先生的声音沙哑而凄惨，"告诉师父，是不是子沫出什么事了？""没……真的没有。"念其不敢转过身来，勉强答道。"有什么事不可瞒着师父，师父……能挺得住。"冉先生更加凄惨地说。"先生，你就好好养伤吧，别惦记这个惦记那个的。罗子沫能出什么事？再者说了，他咋就那么倒霉？什么事都出在他身上？"桑玉带有抢白的口气道。

"师父，我真没出什么事……你看我这不是好好地回来了吗？"随着说话声，罗子沫推门进屋。因为脑海里有罗子沫出大事的印象，蹲在那熬药的桑玉吓得腾地站起来，并后退两步道："罗子沫！你想干啥？整得这么突然！"罗子沫则故意憨笑道："你说我想干啥？和你们一样，来照顾先生呗。"念其回身看一眼罗子沫，又很快转了过去，捂着自己受伤的手指，泪水盈眶。冉先生则像老父唤儿一样，张着手叫了一声："子沫……你回来了？"罗子沫急忙抓住他的手道："回来了……昨天给阿曼达讲完课，杜克先生请我喝茶，说了不少掏心窝子的话。太晚了，便没有回来，牧师也不让我走。""回来就好，回来就好。"冉先生连连道。"罗子沫，你没事吧？"一旁的桑玉仔细观察，总觉得他身上哪里不对劲，就像哪里扎了刺一样别扭，于是她愣愣地说。"没事呀！这不挺好的吗？"罗子沫向众人摆弄着自己的身形道。

他是断然不敢承认自己是挨了打的，因为三番五次地挨打，连他自己都觉得这已经不是打人者的毛病了，而是被打者的毛病了。"子沫呀！"这时冉先生面对心事重重的罗子沫开口了，"乾隆皇帝对洋教的策略是，'收其人必尽其用，安其俗不存其教'，你可明白其中的内涵？"罗子沫还没有从错综复杂的思绪中反应过来，但他下意识地摇摇头。因为是皇帝的话，摇头是对的，人怎么能轻易明白皇帝的话呢？冉先生异常艰难地往起坐了坐，道："也就是说，我们可以利用其生活中的长处，但不可因为他的教义改变我们的生活。""不会的师父，阿曼达越来越像中国人了。"他下意识地回答。可在冉先生那里却意义深刻，他很高兴地说："好啊，做到这一点难能可贵啊！中华文明博大精深，我们就是要同化他人……也必须同化他人。""可我不是有意这样做的。"罗子沫实事求是地说。冉先生怔了一下，然后又高兴了，道："你当然不用有意去做，圣教的厉害就在这里。它可以自行改变一切，行不言之教。"

"说得好听！"桑玉小声嘟囔道，"难道你扶她上马也不是有意的？是你睡着了做梦呢？"念其已经把饭菜准备就绪，放在冉先生面前的桌子上。她回身对桑玉道："桑玉，你不懂。"桑玉一听，不服气地说："等我懂了，你就该哭了。"念其深知其意，而别人未必知道。所以她倍感苦涩，便觑着罗子沫，想从他身上看出什么变化来。变化确实有，虽然不是坠入情网的样子，但心事重重，总会忽略别人的存在，其中也包括自己。所以她便怏怏地提不起精神来，只是机械地做着自己该做的。一时间，几个人好像同时沉默了。

当郎纪平带着荣大人的嘱托与几十兵丁兴冲冲地来到教堂，面对的却是杜克先生令人尴尬和恼火的沉默。他觉得向当地政府报案是应该的，但面对来使，他却不知道说什么好了，他既不想描绘"贼人"的体貌特征，也记不得"贼人"们刀压脖子时都说了什么，严格地说，他对这些都很不感兴趣。当郎纪平问有人受伤没有，杜克先生懒懒地回答："罗子沫，我的家庭教师，他好像倒下了。"郎纪平马上传讯见官兵来了就快速离开的罗子沫，他已经走下楼梯了，不得不再返回来。但面对郎纪平的讯问，罗子沫矢口否认自己受伤了。"那'贼人'到底都干了些什么？总不至于给你们送点心来了吧？"郎纪平恼火地吼道。罗子沫觉得这不应该是自己回答的问题，夹着书本又匆匆地走了，郎纪平怒视他的背影，没有阻拦他。杜克先生则强制自己提起精神道："不，不，他们没有送点心来，我以上帝的名义向您保证，他们到这里闹腾一气就走了。"

郎纪平一听，抬起脚就走了。杜克先生这下吃惊不小，在他的眼里，他比"贼人"们走得还快。但他还是如释重负般打一个哈欠，他不知道自己为何如此厌倦这一套。郎纪平前脚刚走，后脚就响起了圣诗班唱诗的声音，他停了停，苦笑一下，觉得这声音简直是对自己的嘲讽。骑马走在回去的路上，后面跟着壮志未酬的兵丁，他犯愁了，不知该如何向知府大人交代。因为临行前知府大人那番话言犹在耳：

"郎大人，军队乃国家重器，要用到当用之时。教堂乃异国权柄，里面的神被他们视作父母。别处如何对待我不管，但我们不可草率。尤其那里面有中国信徒，而且女子居多，不令她们受辱，是我们义不容辞的责任。去保护她们吧，十万火急！"

在他眼里这是多么庄严紧迫的事，俨然朝廷对待大兵压境一般。可现在琢磨起来，荣大人的大放厥词，说了归齐就一句话：要保护好中国信徒，尤其是女信徒的安全。可这些女信徒竟用如此悦耳的歌声欢送自己，她们哪里有灾难可言，又何须保护。由此他想到，这是荣大人对自己初掌兵权的调侃，所以他决定直接回兵营，不去做无谓的回禀。

可他哪里知道，荣大人此刻已经坐不住了，对他的到来正翘首企盼。因为他确实无时无刻不在关心着女信徒的安全，但不是全部，而只是一个。那个傍晚与罗子漫不期而遇，并发生口舌之争，他便念念不忘这个相貌出众、人品高格的姑娘，他希望她连一根汗毛都不会受伤害。自那以后，每听到教堂的钟声响起，他都觉得是那姑娘对自己的呼唤；每当看到基督徒打扮的人从自己眼前经过，他都觉得是那姑娘对自己的招引和表白。可事实上，他只能把这份感情深埋在心底，无从表达，不敢表达。当他听到教堂出了事，他首先是兴奋，然后才是担心。兴奋的是可以有接近的机会，担心的是她会受到伤害。在这种情况下，当他得知郎通判竟然兀自回营而不前来禀报，被认为是对自己莫大的蔑视，以为他官加一层而不把自己放在心上。自此他情绪不佳，觉得敌人很多，人心也更加难测。当他想到这伙"贼人"十有八九就是劫狱并刺杀自己的那伙人时，又想到自己苦苦期盼的另一件事，那便是要女儿侧面套出冉先生与"贼人"的关系，可自己的女儿却迟迟未能做到。想到她替郎纪平撒谎，又拿冉先生当爹的铁铮铮的事实，他断定女儿根本就不想替父解忧，而且还胳膊肘往外拐。想到这里，他的心顿时如火浇油，便把端在手里的茶盏狠狠地摔在了地上。

夕阳西斜之时，忙碌一天的念其和桑玉返回府衙，刚到门口，高解拦住她们道："老爷吩咐了，他让你们做的事，如果还没有完成，今天就不要进这个门了。"显然，高解是曲解了荣大人的一部分意思，他擅自把桑玉也裹挟其中。因为桑玉根本不知卯榫，又见高解这般狐假虎威、没有尊卑的样子，便厉声问："老爷让我们做什么事了，我怎么不知道？你敢拦住小姐？吃了豹子胆了吧你！"高解就像传圣旨的太监一样，撂下圣旨马上满脸堆笑、卑躬屈膝，道："小姐请恕罪，桑玉问我的，我正想斗胆问您呢。我只是传老爷的话，老早就在这儿等你们了。"念其岂能不知究竟，顿时感到父亲的无情、哥哥的无义，也顿时产生被抛弃的感觉，一下就转了眼窝。"我们走！"她哽咽着喊道，然后转身就走。桑玉还想指责高解，高解指了指念其道："你该把小姐拦住……指责我这个传话的，有什么意思！"桑玉心想，倒也是，便三步并作两步地追了上去。但已经掉头的念其，不可能再回来了，她就那样闷着头走在前面，往哪里去，她自己都不知道。从东门走到南门，再从南门往西走，没走多远，天就黑下来了。桑玉说什么，她都像没听见一样，拽她几回都被她用力甩开。桑玉暗自叫苦，因为小姐从来没有生过这么大的气，也从来没有这样不顾小姐的尊荣，引得路人都侧目观看。到最后，桑玉除了苦苦相随，已经没有任何办法了。

令桑玉感到欣慰和隐隐自信的是，小姐毕竟是小姐，充分的教养与内在的气质，让她渐渐冷静下来。她稍稍放慢脚步，拉住桑玉的手道："桑玉，哪一天我去死的话，你也会这样紧紧地跟随吗？"桑玉立刻感到既委屈又伤心。委屈的是自己的腿都快跑细了，伤心的是小姐的话那么认真，根本就不像开玩笑。她"哇"的一下就哭了，道："小姐你说啥呢？"哭了一气，她最后还是发狠道："你走到哪里，桑玉就走到哪里……紧紧跟着！"这句话令念其感动，但还另有深意，因为桑玉看到这条路是回家的路，她想到小姐要么是回府，老爷只是一时气话，哪能真的把自己的宝贝女儿赶出家门呢？要么回到先生那里去，那里无疑是除了府衙以外最好的去处。但事实恰恰相反，念其既没有回到府衙，更没有向书院走去，而是往右拐，进了沙北街，那里除了妓院就是客栈。桑玉明白了，小姐要去客栈。"那也未尝不可，住一宿再说。"桑玉在心里道。

走着走着，就灯红酒绿了；听着听着，就声色犬马了。桑玉暗暗心惊，心想这绝不是小姐该来的地方，便暗暗地怨恨老爷太狠心。由此推之，觉得罗子沫也很不是东西，郎纪平更不是人养的，只有先生还可以。走着走着，念其突然停下来，桑玉也刹住脚步，不知小姐何为，便循小姐目视的方向望去。这一望，她"妈呀"一声，急忙捂住了嘴，是郎通判正大摇大摆地向"翠玉仙"走去，那可是全城最大的妓院，妓女雪苓就坐镇其中，远近闻名。"王八蛋！这个伪君子。"她在心里暗暗骂道。念其却显得很平静，她拽着桑玉的手，继续往前走去，并在"翠玉仙"对面的"冶文"客栈门口停下来。"我们住这儿？"桑玉悄声问。念其松开她的手，点点头，信步走进客栈。店家当然知道来者是谁，不知知府小姐为何来住店，便唯唯诺诺地看着。桑玉厉声道："看什么看？小姐要住店！"店家麻溜儿头前带路，把她们安排在二楼正对"翠玉仙"的一间上好客房。两张床，锦被花枕，新鲜而没有异味。桑玉一屁股坐在床上，道："哎哟，这一天天的……"话语中有几分埋怨，又有几分释然。念其则在房间里轻步徘徊，此时她那飘逸的姿态，在桑玉眼里简直如仙女一般，让她的内心升起一阵阵喜乐。看着看着，便睡着了。念其最终把脚步定格在窗前，好像再没有挪动半步。

夜深深几许，念其还在窗前站着，外面的红香绿韵已经使她的双眼难以柔和地眨一下。她终于看到了自己想看到的，郎纪平和几个人一同从"翠玉仙"出来，大门口又站着一个光头和尚，看来是接郎纪平的，因为他们揖首寒暄之后，双双向北走去。送客的人一身中国商人打扮，后面站着两位广袖黑衣人。念其总觉得这个人在哪里见过，但又一时想不起来，直到那个人转身往回走的时候，她才轰然想起，这不就是浴海池林的五岛次郎吗？这使念其陷入深思，郎纪平与这个日本人有什么瓜葛呢？那个和尚无疑是大定法师，他又与郎纪平有什么瓜葛呢？越想越觉得扑朔迷离。她几乎一夜未睡，耳畔总是桑玉轻轻的、香香的鼾声。

阿曼达担心了一整天的事终于没有发生，家庭教师罗子沫如期而至。瞭望窗外的身影，她粲然一笑，飞速奔向门口，准备迎接。罗子沫推开门之后，站在那里半天没动，从城里到教堂，他是以超常的忍耐力走完这段路程的，他着实佩服"贼人"的手段，只两下就给自己带来这么大的伤害。他在抗争，偏不吃药，他甚至赌气地想：有谁还想打，你就来吧！但阿曼达及时控制了自己的情绪，她没有去拥抱他，因为她看到那张土灰色的脸正在忍受着痛苦。她拉过他的手，然后让他坐在自己的床上，表情热烈而直接，完全忽略了另一个人的存在。她就是变得沉默的妹妹安琪拉，一个小孩子的沉默已经很可怕，更可怕的是沉默中那双似乎可以看透一切的眼睛。她在此刻想到了桑德斯，那个总会把自己抱起来的壮汉。她默默地把他与罗子沫做着比较，不是比较优劣，而是比较着姐姐在他们身边发生的变化。她在姐姐的热烈中默默地退出，在开门之前她回眸一望，姐姐的热烈已经忘我，岂会在意自己的存在与离去。

在阿曼达那里，确实因为罗子沫的到来而可以忘掉许多了，她绝不想再劳驾罗子沫给自己讲什么课了，她想逗他开心。于是她道："唐棣之华，偏其反而。岂不尔思，室是远而。子曰：'未之思也，夫何远之有？'"说完，她瞪着情意浓浓的眼睛看着罗子沫。罗子沫很惊讶，心想：难道她懂吗？"子沫，圣人也不是木木的。

我总在想，圣人只是在克制自己。"阿曼达站起身来，踱着步子，振振有词地说，又倒背起双手，俨然一个老夫子。罗子沫很有深意地笑了，他想走到桌子前，进入授课状态。阿曼达一下按住了他，又道："子沫，我以为你今天不能来了，可你来了，为什么呢？因为你想来。你真的想来，还会在乎这儿有多疼吗？"说着，她在罗子沫的肋部轻轻地摸一下。"阿曼达，你理解的只是表面……"罗子沫道。"有表面，就有深层，我认为圣人说的话不同的人会有不同的理解，都不算错。我理解的是表面，当然就对在表面。"阿曼达很认真地说。罗子沫更加惊讶，道："阿曼达，今天你要做我的老师吗？"阿曼达一扬眉道："也可以呀，我就做你的表面之师。"罗子沫道："我能理解，因为《圣经》讲的都是表面，想改变的也是表面。"阿曼达道："你是说《圣经》肤浅？那你错了，谜底揭开以后，你会以为再说什么都是浅薄的。你们的圣人没有揭开谜底，所以就觉得他说什么都是深奥的。"罗子沫道："那你们的谜底是什么？"阿曼达沉思一会儿，道："灵魂得救。"罗子沫站起来，诧异道："灵魂得救？你们做什么都是为了灵魂得救，便有些自私了。"阿曼达不服气地说："你们做什么都是为了成为君子，图的是虚名。"罗子沫的伤处有些疼痛，表情有些痛苦。阿曼达见状，道："子沫，你为什么不吃药？"罗子沫又惊讶，她怎么就看出自己没吃药，便道："不想吃。"阿曼达蓝蓝的眼睛有些湿润，道："子沫，你在怨恨自己为何总是被打，对吗？"罗子沫沉默。阿曼达走过来，轻轻地抱住他，并把他的辫子握在手里，喃喃道："子沫，对不起，你在为我而受苦。"罗子沫也想抱紧她，但放弃这个念头，小声道："阿曼达，你不该做这样的人。离我们远点，像以前那样做自己，不好吗？"阿曼达哭了，道："为什么这样说？我不愿你这样说。"罗子沫轻轻叹口气，道："在我们这里有个说法，叫'红颜薄命'，你不该……"罗子沫没有把话说完，他轻轻地揽住她的腰。阿曼达颤抖了一下，道："在来中国之前，我的心情特别不好，但我还是来了。来了之后，我又觉得自己爱上了这里，还有这里的人，还有你们的圣贤。但我也希望你爱我们的神……来吧子沫，让我们一起来接受神的祝福吧。你的妹妹已经来了，你为什么不来呢？"罗子沫大惊失色，他推开阿曼达，不认识似的看着她。先生的话言犹在耳，"收其人必尽其用，安其俗不存其教"。他摇着头道："阿曼达，你什么时候产生这个想法的？"阿曼达感到更加不可思议，道："子沫，难道我错了吗？让每个人都得到神的祝福，这就是我们来中国的目的呀！"罗子沫走过去坐在桌前，定了定神道："阿曼达，你以为我们会接受你的好意吗？实话对你说，你们在我们眼里，依然是蛮夷之辈，蒙昧不化，都应该接受圣人的教诲，而绝不是顺从你们，甚至被你们表面的文明改变。我还要告诉你，为了教好你，我……我几乎时时刻刻都在忍受着你的行为，因为我坚信，你会慢慢地成为一个中国式的淑女。"阿曼达在他的高谈当中无力地坐在床上，眼睁睁地看着这个让她神思混乱甚至已经背离自己灵魂的人，不住地摇头，泪水已经模糊了双眼，但目光仍不肯离开他片刻。

罗子沫则感到从未有过的阴郁。由此他发现，原来自己早已被阿曼达的纯真所感动，并且已经不自觉地沉浸在那种感动之中。但阿曼达今天的一番话，让他内心的那份感动变得脆弱。她与弓然明还有什么区别？为什么要有条件？为什么是生硬的挟持？为什么不是纯粹的付出？比较而言，阿曼达对于弓然明，有过之而无不及。她要的是自己一生的崇信与全部的精神寄托。她所谓的"灵魂得救"，其实就是要夺走自己的灵魂。他没有去过西方，也没有去过东洋，但他觉得，天，还是中国的大；地，还是中国的厚；人，还是中国的悠久。自己怎么可能放弃这一切，而像妹妹那样去跪拜别人的主呢？如果所有的中国人都那样，天就崩了，地就陷了。所以，他很快就走出教堂。

尽管阿曼达什么都不说，默默地送他到凌河边，水声潺潺，蛙鸣阵阵，月夜清辉，多么怡情快意的时刻，但他内心的阴郁还是无法排除。

"子沫，你怎么……如此脆弱？"阿曼达临别时道，"我并没有苛求你什么，我只说出了一句对任何一个中国人都能说出的话，就伤了你吗？"罗子沫停下来，仍不言语。"我知道你不断地挨打，可那对于一个君子来说，算得了什么？你长这么一副高大结实的体格，可能就是为了承受这种苦难的。可我没想到你……就这么脆弱。"罗子沫的心在突突地跳，气恼在心尖上蹦来蹦去，他攥紧了拳头，很想发作。但理智告诉他，阿曼达什么都不知道。不知自己承受的是什么，想逃避的是什么，想得到的又是什么，所以他真的想号啕大哭一场。阿曼达说完自己想说的，转身往回走，脚步很轻，也很快。没走几步，有人叫了一声："阿曼达。"是罗子漫的声音。她的心一热，鼻子一酸，泪水就滚了下来。罗子漫的尾随深深地安慰了她的心，她走过去，紧紧拥抱了她。罗子漫轻声问："阿曼达，发生了什么？"阿曼达哽咽道："不要问了子漫，我也没法说清楚。"罗子漫道："阿曼达，要么你做一个纯粹的中国女人，要么就放弃你现在已有的一切。我……不愿看到你痛苦。你知道吗？主在为你的偏执而叹息不已。"阿曼达把她搂得更紧了，"你这样的情态，只配做撒旦的仆人。你不是在与我哥较量，你在与整个中国人较量……我觉得你不会赢。"阿曼达道："怎么能是较量呢？请你别说了，别说了，我会忏悔的。"罗子漫看着哥哥远去的背影，慢慢地融化在月光中，内心也感到深深的痛。

罗子沫把月光踏得稀碎，他看着自己的影子前行。来到城门下，闷闷地喊了一声："开门哪——"不一会儿，刚喝过酒的老兵把门开了，嘴里不住地磨叨着："今天怎么回来得早？要教，就好好地教人家。杜克先生在吗？他可好？那是多好的人啊，我闺女要不是他出手相助，命都没了。哈哈，我闺女也信主了，好得很。"这些话，除了前两句是临时新加的以外，下面的话是每次开门都必须说的，当然酒也是必喝的。罗子沫没有说什么，进了门径自走路。"哼！不搭理我，给你开门可是看在牧长大人的面上，就你……哼！"老兵一边上城楼一边嘟囔。

来到书院，冉先生也同样问，为何回来得早。罗子沫想了想，没有直言相告，只是说阿曼达明天有事，今天要早睡的。罗子沫见先生一天比一天好，心里也放松了许多。到外面把尿盆拿进来，也就上炕脱衣睡觉了。冉先生见他气色不好，又心事重重，不肯多说话，便猜想他可能在外面有不顺心的事。内心便觉得自己对不住孩子们，拖累了他们。又想到自己一年比一年岁数大了，凭这俩孩子的心性，肯定会把大部分心思放在照顾自己上，便觉得于心不忍。想着想着便悲从心来。

好像已经睡着的罗子沫突然翻个身道："师父，明天下午我想回家一趟。"冉先生道："应该回去看看。跟阿曼达说了吗？"罗子沫想了想道："不必说，她能理解。"说完，他抬眼看一眼冉先生，他希望看到先生对自己的行为没有责备。也恰在这时，冉先生清清楚楚地看到他额头上很清晰的皱纹，心里好一阵难受。"子沫，这大半年来你都干了些什么？你的身上怎么一点孩子气都没有了？师父知道你受了点委屈，可那点委屈不能夺了志气，要时刻记住你是一个男人，要顶天立地，要齐家治国平天下。大清国积贫积弱，如果人再不行了，那可怎么好啊！唉……"随着先生最后一声长叹，罗子沫紧紧地闭上了眼睛，他控制自己什么都不要想，不要回忆，更不要追望未来。他要让自己尽快入梦，否则不争气的泪水难免会夺眶而出。

事实上，他做到了这一点，但他不知道，睡梦中因疼痛而发出的呻吟让冉先生觉得不对劲。半夜时分，冉先生悄悄地点着油灯，挨近罗子沫，轻轻地掀开他的被子，再撩开他的汗衫。眼前的情景让他倒吸一口凉气，只见他的左肋足有巴掌大的一块瘀青，说是瘀青其实已经成了紫红色，尤其中间一点已经泛黑。他端着油灯的手开始颤抖，人也忍不住呜咽了。他急忙捂住嘴，背过脸去，吹灭了油灯，不住地在心里道："这孩子又被人打了……又被人打了。是谁如此丧心病狂，专拣这样一个老实孩子欺负？"当他想到这孩子闭口不说自己受了伤，是因为怕牵累别人时，顷刻老泪纵横。

第二天早晨，冉先生对刚刚睁开眼睛的罗子沫道："子沫，你就别等着下午再回家了，吃完早饭你就赶紧回去吧。师父一天比一天强了。再者说，有念萁、桑玉在这儿，足矣。你回去好好安顿安顿，等体力恢复了再来，保重身体要紧。"他想，既然子沫不愿意把话说破，那就成全他吧，也让他保存面子；等他回到家里，自然不会隐瞒母亲，自然会请医问药的。罗子沫想了想道："那也好。我会很快回来的。"说完，他一使劲，想坐起来，不料钻心的疼痛让他"哎哟"一声又躺下来。冉先生疼在心里，却装作没听见。罗子沫平息了一下，咬咬牙，先用双肘支撑起身体，疼痛仍然钻心，但终究是起来了。

时候已经不早了，可桑玉她们该来的时候还是没有来。罗子沫只好请张妈过来给先生做饭，自己则强支撑着生火熬药。饭做好了，药需要慢慢地熬。桑玉她们还没有来，冉先生便让罗子沫先吃，吃完了好回家。罗子沫不肯，冉先生只好自己也陪着吃，罗子沫方端起碗来。二人都不言不语，可内心里都盘算着她们不来的原因。吃完饭又等了一阵，她们还没有来。药已经熬好，罗子沫端给先生喝了。然后冉先生道："子沫呀，你就别等了，先回吧，她们可能是府里有事，说不定一会儿就来了。我自己也能动弹了，一时身边没人也无大碍。再者说，不还有张妈嘛，我有事可以喊她。"罗子沫想想也是，便给先生倒了一碗水，放在他的身边，然后心事重重地推门而去。可一到外面走起路来，两处伤俱疼得厉害，他摸了摸先生给他的那包碎银，也想雇一辆车，可想到这没准儿是先生所有的积蓄呢，便不忍这么做。于是，他步履维艰地往前走去。

走出秀塔书院，再没走出多远，就在罗子漫她们被打的同一个地方，上演着更加惊心动魄的一幕。一个女子被两位广袖黑衣男人所控制，另一个女子无助地求救，声音凄厉，举止如狂。罗子沫忍着剧痛加快脚步走向前去，拨开人群一看，顿时傻眼了，随即也怒火中烧。见两个女子不是别人，正是念萁和桑玉。罗子沫左右观望一下，心想这怎么可能，光天化日之下，大庭广众之中，而且就在知府衙门前。乍一看，简直就是演戏，可这又绝不是演戏。罗子沫一看便知那两个黑衣男人是日本武士，脚穿木屐，腰里别着长刀，留着怪异的发型，一脸的精干凶猛。他们一人押住念其的一条胳膊，然后二人纷纷去解念其的上衣扣子，你一颗我一颗，像在解给众人看，脸上带着戏谑的笑容。而桑玉每次扑向前去都会被一脚踹开，仰面倒地，但她仍然一次次站起，再哭着扑向前去。"你们两个畜生，竟敢对知府小姐下手，你们会遭千刀万剐的！"这番话全被两名武士视为玩笑，他们仍然一颗一颗地解着念其的扣子。念其双眼充血，拼命地挣扎，可每一次挣扎，两臂都会被押得更紧。罗子沫看出他们只是有意羞辱，并不想继续做什么。尽管如此，他的血液也全部涌上头顶，脑袋都要炸开。他想奋力一扑，可伤痛也钻心刺骨一般令他动弹不得。他知道，自己现在如同废人，只能眼睁睁地看着念其遭受凌辱。

"罗子沫，我看见你了！快来呀，快来救小姐呀！"桑玉突然冲着他哭喊道。他的脸顿时涨得紫红，当他再想奋力一扑时，伤痛已经让他难以站住了，他很想倒下来，躺在地上歇一歇，可那算什么？一条被吓倒的狗吗？于是他劝自己，即便不能去解救念其，也万万不能倒下。"罗子沫！你个孬种！你怕了吗？要不你去通知老爷，派救兵来。否则小姐会被羞死的！"当桑玉再一次被踹倒时，她趴在地上哭叫道。而在她眼里，罗子沫像傻子一般，仍然一动未动。"呸！你个窝囊废！要不你就赶紧滚开！"她继续大骂道。围观的人群出现了涌动，几个年轻人跃跃欲试，但他们只是想想而已，仍然充当无谓的看客。念其听到桑玉叫罗子沫的声音，她用充血的双眼看去，终于看到了那张熟悉的脸。他们四目相对时，念其恍惚看到的是一双茫然无助而又猥琐不堪的眼睛。念其悲痛欲绝，她无力地闭上眼睛，两颗泪珠滚落下来。

突然一阵战马嘶鸣，然后是一声吼叫："贼人休得撒野，郎纪平来也——"话音刚落，那马冲开人群，闪电般来到面前。郎纪平着实怔了一下，然后挥刀便砍。两位贼人松开念其，抽出长刀，拉开架势，准备迎战。但他们只做短暂的相持，便忽然转身跳出圈外，然后跑得比兔子还快，瞬间消失在一条胡同里。郎纪平寻眼望去，见五岛次郎站在一个店铺门口，端然而立。见郎纪平正坐在马上往这边张望，他挥手示意，然后隐身而去。郎纪平若有所思，然后长刀归鞘，滚鞍下马，扶起已经倒地的念其。见念其已经神情恍惚，便把她抱起来放在马背上，然后又拉起惊吓过度的桑玉。郎纪平牵马在前，桑玉扶着马上的念其在后，离开现场。当经过罗子沫的身边时，桑玉非常恶心地看了他一眼，并狠狠地"呸"了一口。

罗子沫再也站立不住，他无力地瘫了下来。

当人都走光的时候，街面上又恢复了正常秩序。罗子沫除了被每个人都奇怪地看上一眼，再没别的。他突然觉得自己与这个世界毫无关系了，已经成了被这个世界抛弃的人。如果还能活下去，那就只是活着了。他还是艰难地雇了一辆车，然后，像死人一样被拉回罗家大院。伤口的疼痛已经无法超越心灵的疼痛，他干巴巴地叫了两声"妈"，欲哭无泪，然后一头栽倒在炕上，一动不动了。

弓然明不知是什么时候进来的，她好像不再顾及什么了，为的就是能看上罗子沫一眼。因为罗子沫此次回来的情形太过凄惨，所以也没人在意他们之间究竟发生了什么，和即将发生什么，他们甚至希望她能成为罗子沫死灰复燃的火种。这就是罗子沫这次回来给家里人带来的印象，没人问他这些日子在外面究竟发生了什么，因为这些似乎不重要。就像不知死因的死亡，那死因与死亡相比并不重要一样。这也许就是人们对一个心念和心力都被无情剥夺的人所表现出来的宽容，看似冷漠，其实是被悲伤魇住了神志。

尤其是丽娘，竟对弓然明的到来避而远之。

而弓然明的到来，完全是冥冥中的牵引。坐在自家的土炕上，她的心突然间就油焦焦的，屋里屋外地转悠，不知如何是好。于是她鬼使神差一般来到罗家大院，果然见到家中气氛异常。

"子沫回来了他嫂子……子沫很不好他嫂子……"丽娘用凄苦而软弱的语气对她说，这是从未有过的，意蕴的后面让她感到悲凉和绝望。她一下子就想到罗子沫有什么不测，三步并作两步，跨进罗子沫的屋子里。

"嫂子来了。"她死死地盯着罗子沫看，也许是她的目光太灼热，刺痛了罗子沫的眼睛，使那双干枯的眼睛慢慢睁开。弓然明心凉半截，那语气，是对"嫂子"两个字的最简单注释，背后什么都没有，好像把应有的忘得一干二净。"子沫，你怎么了？"弓然明还是这样问道，也许只有她还能问得出来。罗子沫傻愣愣地看了她半天，道："我疼。"然后他用手指了指自己的肋。弓然明慌忙撩开他的衣襟察看。只看一眼，吓得立马盖住，"子沫，这是怎么了，又是被人打的吗？"罗子沫一听，竟"哧"的一声笑了。可这一笑，着实震动了下面的伤处，他"啊"的一声用手捂住，狼狈不堪地看弓然明。弓然明瞪大了眼睛，大惑不解，心想那里怎么了？好奇心促使，她强行掰开罗子沫的双手，三下两下就解开他的腰带。这一看，她的目光久久不能离开，她陷入了冥想之中。在那冥想中出现了好多女人的形象：阿曼达，知府小姐，丫鬟桑玉，甚至还有许多她所见过的妓女形象。"你招惹哪个女人了，被人打成这样？嗯？"她冷冷地问。罗子沫好险又没笑出来，辩解道："我谁都没招惹……就被打成这样了。"说着，他的脸不争气地红了，而脸红的原因虽然有不争的事实，他更担心因为让人难以置信而被怀疑自己撒了谎。说着，他想用双手捂住那难堪的伤。而弓然明却生生地不肯，一抖双手，仍然保持原状，然后像审贼一样问道："没招谁你脸红什么？"罗子沫摇着头道："没有啊……我没脸红。""吃啥药呢？"弓然明问。"不想吃药。"罗子沫回答。"是不敢吃吧！这儿都被打成这样了，是怕人家知道你干的那些没脸的事吧？"弓然明恶狠狠地说。他满脸的无辜，却无力去争辩。他想努力翻一个身，把背对给她，但这种努力没有成功。这种冷淡被弓然明看在眼里，她下地就想走。"你去干什么？"罗子沫很麻利地拽住她的手。"找郎中，我不能看着你等死！"弓然明想甩开他的手道。罗子沫不想说什么，但就是死死地拽着她不放。"你再不撒手，我就喊了。"弓然明生气地说，而且话音刚落，就张嘴喊道："婶……"罗子沫早有准备，迅速捂住她的嘴，那余音便闷在她的嘴里。但这声音还是被丽娘听见，她走了进来，看到的是他们慌忙不迭地彼此松开。"四婶，子沫他挺好的。就是困了，他想睡觉。"弓然明很干脆地说，转身就走出了屋子。

"滚——"这是弓然明在院子里声嘶力竭的大喊，极尽讨厌之能事，也恼怒到了极点。被喊的人是她的丈夫罗子辉，因为她又看到了一个傻子的嫉妒，这嫉妒就像听到一泡狗屎叫她名字一样，令她恶心至极。尤其他那调动起浑身的蛮力想要发作的样子，在她眼里根本就不是人。但她没有惧怕，冲上一步又大声喝道："滚！给我滚远点——"罗子辉反倒害怕了，他求救似的看了看蹲在窗下抽烟的父亲，看到的是充耳不闻、装糊涂的父亲，他竟撇了撇嘴，委屈得想哭，"你怎么能这样不仁不义呢？"他像手握武器一样，又说出这句话。弓然明瞪了他一眼，转身向外走去。因为她无法抗拒自己想了解真相的冲动，她情不自禁地向浴海池林走去。因为她想到了一个人，他总能神神秘秘地知道事情的真相。她曾那么讨厌那些真相，更讨厌那个装神弄鬼的人。但今天她一反常态，那么需要真相，她甚至替他默默地祈祷，让他千万知道这个真相。为此他也不再那么讨厌和可怕了，更不是想起来就令她毛骨悚然的鬼了。

记得那天晚上，因为排解不了对罗子沫的牵挂和思念，她以洗澡为由走进浴海池林，目的是感受一下罗子沫的气息，甚至幻想罗子沫能够突然出现。因为时候毕竟不早了，当她到来的时候，大众浴池里最后两个人也准备离开了。她坐在池子边上，看着那紫色的泉水发呆，罗子沫的音容笑貌有如幽灵一样在泉水里忽隐忽现。她恨不得时光能够倒流，再次重温那一个个甜美的瞬间。忽然，她听到女人的唱腔，清丽婉转，悦耳悠扬：

"海岛冰轮初转腾，见玉兔，玉兔又早东升。那冰轮离海岛，乾坤分外明，皓月当空，恰便似嫦娥离月宫……"

弓然明深深地被这唱腔所打动，非要一睹这女子芳容不可。她跑到窗前，推开半扇窗子向外看去，只见院子里一个穿红袍戴凤冠的人，在挥舞长袖、婀娜婉转地唱。一个男子高高地举着一盏红灯，另一个男子坐在那里在用手摇动一个东西，伴奏声似乎就是这个东西发出的。只听那人继续唱道：

"奴似嫦娥离月宫，好一似嫦娥下九重，清清冷落在广寒宫，啊，在广寒宫……"

这字正腔圆的唱腔让弓然明直咽口水。可再细一看，她吓得浑身战栗，顿起一身鸡皮疙瘩。开始她就觉得那身红袍眼熟，现在她发现那红袍就是自己的嫁衣，是被扔到崖下的嫁衣。又听那人唱道：

"玉石桥斜倚把栏杆靠，鸳鸯来戏水，金色鲤鱼在水面朝，长空雁，雁儿飞，哎呀雁儿呀，雁儿并飞腾，闻奴的声音落花荫，这景色撩人欲醉，不觉来到百花亭。"

歌声唱完了，弓然明也吓出一身冷汗。因为她又看到这唱歌的根本不是什么女子，而是令她讨厌的五岛次郎。于是她一刻也待不下去了，慌慌张张地走出浴池，又慌慌张张地离去。老秦头"呜呜呀呀"地喊了些什么，她根本没听见。

又一个晚上，弓然明仍去洗澡。因为她里里外外地打扫了屋子，使自己变成了灰尘。屋子干净了，她的心也空落落的。尤其当她想到自己的嫁衣的时候，她觉得自己的魂灵已不在自己身上，而是在那嫁衣里面，想找回从前的自己，就必须找回自己的嫁衣。她当初像抖落灰尘一样，抖落掉自己的嫁衣，从此忘却了它，没想到它竟与歌声一起重新出现在眼前。从此，她就觉得与那座浴海池林有着丝丝缕缕的联系。她希望那股紫泉，就是自己的体液，在藏污纳垢的同时，也浇灌着天下的有情人。五岛次郎好像有所预知，站在门口，一脸的虔诚，似在迎接菩萨的到来。弓然明的心一下一下地跳得紧张有力，她不知道该如何应对这个把自己的嫁衣穿在身上的异国男人。"罗夫人，这边请。"当弓然明往右拐想步入大众浴池的时候，五岛次郎躬身施礼并伸手引路，是向左的方向。弓然明迟疑一下，就见老秦头匆匆赶过来道："今天大众浴池停业，请罗夫人上贵宾浴池吧。"弓然明心生恐惧，有心返回。不料五岛次郎掏出一把钥匙道："罗夫人，您可以从里面把门锁上。"说着，他把钥匙恭恭敬敬地递到弓然明的面前。弓然明索性豁出去了，一把将钥匙握在手里，跟着点头哈腰的老秦头向左走去。一切显得那么自然而安静，泉水清澈得可以照见月宫，整个人卧在里面，似有水韵涛声，又像嫦娥飞行太清。她得以大胆而真切地观察自己的胴体，肌肤凝脂，秀发如波，水里似有纤手轻轻抚摸。她尽情地享受着这少有的醉人乐趣。当水温化作烟雾在眼前迷漫时，便让人产生梦幻般的感觉。"罗子沫……"她轻声唤道，"我该怎么活下去？"她愁肠百结地自语道。她觉得自己活得险峻而茫然。

这时，那美妙的歌声再度响起，她突然觉得是自己穿着嫁衣在舞蹈，但那红红的嫁衣在一滴一滴地往下滴着血。她吓得"啊"一声大叫，忽地从水里出来，就像掀开锦被。那"哗哗"的水声，就像她初次破土的"红潮"，响在她心里，那噩梦一样的感觉再次降临。歌声落尽的时候，她擦干了身子，穿上了衣服，再没看到五岛次郎的影子，似乎随歌声一起消失了。

直到两天以后的早晨，她与丈夫一起下地收拾庄稼，他们在地头小路碰到下山而来的五岛次郎。罗子辉傻笑道："五岛先生，你是住在山里吗？"五岛次郎则恭恭敬敬地回答："不是，罗公子，我只是比你们起得更早。"罗子辉道："那快回家做饭去吧，早饿了吧？没人做饭多可怜。"五岛次郎笑而不答，却对稍后的弓然明小声道："罗夫人，教堂出事了。"弓然明也斜着他，也小声道："这与我有什么关系？"五岛次郎却驴唇不对马嘴地说："我要熬制一些红伤药。"弓然明怪异地看他一眼，径直走开。

"这是五岛先生熬制的蜜丸，让你带回去，有人要用。"今天的弓然明刚跨进浴海池林的大门，老秦头就捧着一个精致的画有日本美女的铁盒奉上。弓然明愣了半天，故意道："谁要用？"老秦头摇头道："那我就不得而知了，我只是重复先生的吩咐。"弓然明接过铁盒，打开盖子，浓浓的药味带着蜜香扑鼻而来。"先生不在吗？"弓然明故作漫不经心地问。"先生昨夜就出去了，一直都没有回来。"

老秦头微笑道。"那替我谢过先生吧！"弓然明说完就往外走。"先生说了，如果不够用再来拿。"老秦头追上两步道，生怕她听不见的样子。弓然明略停了停脚步，不置可否，继续往外走。

弓然明虽然没有得到真相，却得到了可以医治罗子沫的药。她觉得这是五岛先生事先就为她预备好的，她根本就不怀疑这药的功效，冥冥中她觉得五岛次郎简直就是个神。心里是沉甸甸的收获，脚步便一步比一步快。当快到罗家大院的门口时，她将药盒揣进袖子里，她还不想暴露罗子沫的秘密，也不敢肯定罗子沫会吃这药。但有一点是肯定的，就是罗子沫如果不是因为招惹女人而挨打，今天他保守秘密并且不肯吃药，那他就是在赌气。如何让他吐出这口气，她觉得这真是个难题。

当郎纪平用战马驮着几乎是奄奄一息的念其踏入知府衙门的时候，荣大人正在中堂喝早茶，荣公子和高解也在。他们言语不多，也似乎无关紧要，但心中所虑者只有一件事，那就是念其与桑玉的一夜未归。当然，这一夜里高解偷偷地往书院跑了四趟，前两趟还可以推门而入，后两趟只能如贼人般跳墙了。可每次回来带给荣大人父子的都是失望与愧疚。"这个忤逆不孝的丫头，死在外面才好！"这是荣大人的气话，说几遍了没人记得。荣公子则在盘算着妹妹的去向：首先不可能和罗子沫在一起，因为他就住在先生的屋子里；其次不能去教堂，虽然罗子沫给洋姑娘上课，但他并不住在那里；难道能去军营找郎纪平？因为她曾为郎纪平掩盖过在父亲眼里不可能饶恕的事实，说明他们有隐情；他甚至还想到了眠花宿柳的桑德斯，但很快就付之一笑，觉得那有些荒唐。

郎纪平牵着战马走得很快，又恨马蹄声太响，可该被发现的时候还是被发现了。高解透过敞开的中堂大门，早就看见他们了，他回身说道："小姐回来了！"荣公子急忙起身去看。荣大人抬了抬屁股，又坐下来，这会儿他又想稳坐钓鱼台了。荣公子看见眼前的情景，惊呆了，刚想问为什么，却又欲言又止。他觉得只有等郎纪平去解释，才有尊严。郎纪平停下来，桑玉向前走了两步，未语先哭。荣公子目光犀利地看着郎纪平，早起量罪之心。郎纪平觉得不能再沉默了，于是他清了清嗓子道："殿下，我在外面遇到了小姐她们，她们……"郎纪平没有把话说完，他认为无须把话说完，才是最好的解释。荣公子听出了苗头，转而对桑玉道："莫哭！快说是怎么回事！"桑玉一下子就跪下来，哭声反而更大了，边哭边把念其她们从昨晚被掳到今早被戏弄的经过，原原本本地说了一遍。郎纪平对这个丫头的口齿伶俐感到震惊，更感谢她把自己说成拔刀相助、救困扶危的英雄。荣公子听完，勉强含笑点头，双手抱拳道："有劳郎大人出手相助，容某有礼了。"

但话音刚落，他又变了脸色道："郎大人，据你所知，这两个胆大包天的强盗是什么人？他们从哪里来？又到哪里去了？"这种先礼后兵的变相指责，令郎纪平内心不快，心想，这么多年来，为了保护私利，赤城的刑侦典狱之事都控制在你荣公子的手里，连分内之司的耿钟老捕头都长期告病在家，空吃官饷，为的就是给你让路。而今出现这等事，本应由捕快来解决，你却问我这都军之人，成何体统？想到这里，他以语相讥道："这个殿下您应该比我更清楚……"一句话把荣公子噎了回去，他一甩袖子，转身走回中堂。荣大人对儿子的举止形态，装作一派糊涂，女儿去而复来，他的心终究落了地，其他的可以得过且过了，所以他只喝茶。

郎纪平面带得意之色，很大方地牵马继续前行，直到念其的闺房门口方停住，把念其抱下马来。念其面色苍白，唇如土色，艰难地说："多谢郎大人出手相救，大恩定当后报。"郎纪平微微一笑，没有说什么，见念其行动艰难，便一直扶她走到内室。然后安慰几句，转身想走，念其偷偷地拽住他的袖子道："喝了茶再去。"郎纪平很有礼貌地轻轻挣脱道："在下公务在身，不能久留，万望恕罪。"说完，倒退着走了出去，但头是低低的，没敢看念其一眼。桑玉正想去茶炉打水沏茶，见他执意要走，也就罢了。但她却揶揄道："郎大人今天可立了头功了！我会禀报知府大人给你请赏的。"她以为在人前已经给足了他面子，在人后就不可让他得意忘形。郎纪平则淡淡一笑道："桑玉姑娘看着办吧。"说完他转身大踏步走了出去。自此，念其却把他念念放在心上，与此同时，她不敢再想起罗子沫，那个猥琐懦弱的罗子沫，在她的心里越来越不真实起来。

而在冉先生那里，罗子沫早走，念其和桑玉未来；外面发生的事，又没人向他耳朵里送，所以他难知原委。屋子里突然空寂，心里空落落的，也甚悲凉。晚饭后，荣大人不声不响地推门而入，这令冉先生吃惊不小。他想下地迎接，荣大人一挥手道："冉兄莫动，我来看看你，少时就走。"说罢，他很端正地盘腿坐在炕沿上。问过伤情之后，荣大人突然道："冉兄，你还是回山东老家吧。如你需要，把我的女儿也带上，将来给你养老送终。"冉先生像听到一声雷响，竟吓得颤了起来，未察其言，未观其色，本能地说道："我可以走，但岂能带走你的女儿？大人有话直说，不必恶语相讥。"说罢，深深低下头。荣大人半天不语，不敢抬头的冉先生有

225

些狐疑，偷偷看看他。这一看又令他大惊失色，见荣大人的脸上非但没有敌意，在凝重背后似有难言的苦衷，这令冉先生对自己的判断产生了怀疑。"冉兄，世事难料，谁都无法预测自己的未来。比如，你不替我挡那一镖，如今还有我吗？"这时荣大人用低沉而缓慢的声音道。"此事大人不必挂怀，替你挡一镖，不过身不由己而已。不论何人，我可能都要去挡的。"冉先生急忙道。"是啊，我们皆身不由己……而把自己推向末路。"荣大人的语气透着疲惫。

冉先生不解其意，便不知如何说下去。荣大人接着道："如果你走的话，我可以给你足够的盘缠。如果念其也想跟你走的话，我不拦着。在你的身边，她好像更高兴。"冉先生更加迷惑了，道："我终不知大人此话作何解释。""呵呵……"荣大人笑了，"不必解释，冉兄你应该比我更清楚，我荣某人的归宿……"荣大人说完，便下地走了。冉先生想了想，却越想越后怕。并非他清楚荣大人的归宿，而是荣大人这番话，提醒了他必须细细考究。由此他断定，在念其身上一定发生了不测，这也正是念其没有来的原因。他开始坐卧不宁，心神难安。

好在没过多时桑玉来了，按照念其的嘱咐，她把今天发生的一切都告诉了他，言语中充满对罗子沫的鄙夷和气恨。"你们错怪子沫了，他不是贪生怕死、胆小如鼠的人。"桑玉话音刚落，冉先生便带着极度肯定的语气道。桑玉撇嘴质疑道："先生你这是护短，说明小姐在你心里没他重要。"冉先生叹了一口气，他没有说罗子沫重伤在身，以为这并不重要了，重要的是日本人竟敢在府衙门前戏弄知府小姐，这种目中无人的行径才更值得深思。这时他才明白荣大人的那番话意味深长。桑玉又道："先生，我就不明白了，什么人劫走了左都司，劫走他干啥？难道当祖宗供起来吗？还有日本人，平时看不见几个，可到关键的时候，总有他们的影子，阴魂不散似的。你说他们竟敢在府衙门前对知府小姐非礼，这还有王法了没有哇？拿我们中国人也忒不当回事了！他妈的！"冉先生呵呵笑了，竟笑出了泪花。桑玉责怪道："你笑啥嘛先生，我说的难道不对吗？"冉先生继续笑道："桑玉，你说的很对，但不该骂人。"说完，他的笑容被什么东西无情地抽回，被满脸的苦涩所代替，因为他觉得这些话应该从荣大人嘴里说出来才对。但他也感到欣慰，连一个知府丫头都胸有丘壑，这未尝不是民族之幸。于是他道："桑玉呀，跟着你家小姐好好读书……我就觉得你不着调。"桑玉又一撇嘴，道："戚，小姐那书读的，我一点都不宾服……越读越着急。"冉先生纠正道："那不是'着急'，那是'深沉'。"

桑玉又撇了撇嘴，道："啥是深沉啊？就是不走直道，尽绕弯。绕来绕去，还是那点事！"冉先生又差一点没笑出来，道："桑玉你想想，如果天下的道路都是直来直去的，那还有啥意思？"桑玉沉思一下道："那倒也是，可我觉得脚下的道和嘴上的道还不一样，我就觉得孔老夫子也好绕弯子，所以我懒怠读他的书……啊对了，那个阿曼达不知怎么的，也喜欢读圣贤书了，本来挺好的一个人，哼！""你是什么意思？桑玉。"冉先生吃惊地问，"你是说阿曼达读圣贤书会读坏吗？"桑玉有些不耐烦地说："不是怕读坏！是怕读深沉喽。"说完她就往外走，边走边道："好了，不跟你说了，说你也不……"因为她已推门出去，后面的话冉先生没有听见，但他还是凄然一笑，摇了摇头。

- 14 -

桑德斯已经好久没露面了，以往每次回到赤城，他都说自京城而来。但现在不同了，他在柏杖子金矿为自己设置了一个安乐窝，具体位置在哪里，窝有多大，无人知晓。而且来往之间，身边总有女人陪伴，或牵在手中，或同坐在车里，浪漫着生活，排遣着寂寞。荣念祖心里想，这俄国人也学会了狡兔三窟了。果如是，教堂就是其中一窟。尽管旧汽车仍停在教堂门口，但谁都不屑一顾；尽管杜克先生对他不冷不热，来不迎往不送；尽管现在的阿曼达想起他就会皱眉头；尽管安琪拉见到他就会扭身走开，但因为他又口口声声说要给阿曼达建造教会医院，所以他仍可以挺胸抬头地出入教堂。于是，他的车里时不时地会坐着一位圣洁的洋姑娘，时不时地会在赤城的大街小巷出现。比比画画，指指点点，为选择一块理想的地皮而奔波劳碌。起初，赤城人都对这个高大的身影充满戒备和恐惧，慢慢地都习以为常了，认为这不过是一个领着姑娘耍嘴皮子的家伙。于是便对满脸虔诚的姑娘充满了同情，觉得有些可惜。再到后来，这对身影一出现，就成了地道的笑谈了。但笑谈之余，人们也会多一份冷静与思索，就是那位洋姑娘的手里总会拿着一本古旧的线装书，这与她靓丽的身影极不协调。但从那位姑娘的神情看，却比其他洋人多了几分伶俐和深沉，所以，尽管他们几乎每天都会绕上一遍，但人们仍会多看她几眼。

得到念其和桑玉悉心照料的冉先生，也终于可以到外面走一走、看一看了。水瘦山寒，树叶落尽，城头又显得苍老，街衢又显得枯寂。站在门外的孩子们，被风吹得紫皮青脸，两手插入袖筒，一挂鼻涕来不及擦拭，双眼泪汪汪的，若有所思地看着过往行人。风中行走的冉先生，看东看西，虽多有感伤，但总要摸摸他们的脸。因怕先生的伤口被风吹裂，念其给他买了一件皮袍，穿在身上，颇有乡绅风度。小一点的孩子便有些不自在，怯怯的要哭。岁月的年轮就在这一老一少之间周而复始，沧桑之变也是一瞬间。

罗子沫因偷吃了五岛次郎的红伤药，早已恢复健康，他又到浴海池林去当伙计，在不忘读书的同时，也难以忘掉过往的云烟，增补着他的愁思，丰富着他的情感。每每要去看先生，偶尔会与念其桑玉相遇，彼此那份尴尬与无奈无法言说。冉先生一直没有揭穿他的秘密，也试图以此来考验一下他们各自的心迹。念其好像没有嫉恨他的意思，但见两个孩子彼此无言，彼此的牵念却尽在不言中；桑玉则是冷眉冷眼，但也心存酸涩。往事已成追忆，冉先生看得明白，他们内心深处都渴望重新再来，只不过心灵的烙印难以抹去，这便是造成感伤的直接原因。

一次，罗子沫刚来，念其也正要走。那种走了心疼，留下尴尬的场景，被冉先生看得一清二楚。他给罗子沫使一个眼色，让他主动挽留。但罗子沫却有其心无其勇，嘴张了张，手动了动，那为难之色让冉先生看着可怜。每当这时，他都不忍心再让他们僵持下去，也许几句话就能打开念其的心结，但那又会让罗子沫的秘密失去任何意义。甚至因为现在已经看不见罗子沫的伤，会落得编造谎言为罗子沫开罪之嫌。所以，他话到嘴边又咽了回去。于是他会在心里叹气道："也许桑玉这丫头说得对，所谓的深沉就是不走直道。"但令他更加伤感的是，当他在外面看到阿曼达的时候，她手里拿着的那本书，那一颗不愿离弃的心，明明白白，坦坦荡荡。她不愿离弃的绝不仅仅是书，他也看到她那两根拖在脑后的大辫子，就像千股愁肠凝结在一起。这种异国情怀令他震撼，也匪夷所思。他比一般的中国人更了解耶稣基督，比一般中国人更懂《圣经》，圣人们想剥离世俗之人的万般尘想，如何能剥离掉由情欲而生的凡体肉身？阿曼达与念其，她们之间的区别是什么？平心而论，他无法看出罗子沫是凭什么吸引她们的眼球的，在他眼里，罗子沫不过是一个厚道的孩子，有着强健的体魄和健康的容颜。除此以外，还有什么呢？但每当这时，他都会自嘲，也许是自己人生当中缺了项，使自己成为无知的局外人。想到这里，他除了叹息摇头，再没有别的。但他总有些事想做，总有些话想说。

机会终于来了，这天早晨，罗子漫来请他，说杜克先生有要事相商，必须相见。

就这件事的本身，冉先生颇有兴致。可因为罗子漫的表现令他耿耿于怀，所以他倍加郁闷地走出书院。来到教堂，他更加郁闷了，因为他看到等待自己的杜克先生比自己还要郁闷，郁闷之中还有愤慨。两个如此郁闷的人相见，还能有高兴的事吗？

果然，杜克先生开口便道："你们的圣教是为了求取功名利禄，得到荣华富贵，或者是对一种虚荣的享受。所以，你们的智慧近于伪诈，你们的正直禁不起时间的考验。但你们却善于玩弄感情，夸大了情欲的功能，混乱了冷静的思维，难道不是吗，我亲爱的先生？"劈头盖脸的一番话，把冉先生说得一愣一愣的，心想这哪里是有要事相商的会见，分明是无情的指摘和谩骂。冉先生哭笑不得，对义愤填膺的杜克先生道："牧长大人，您早晨喝酒了吗？""没有！我从不喝酒！"杜克先生理直气壮地说。"那您是不是吃错了药？"冉先生探着身子，拿出关怀的样子道。"嗯……啊？"杜克先生刚想认真回答，忽觉此话不对味，便道："先生，我是非常理智的。告诉你我为什么请你来，因为我的女儿已经离不开你们的圣贤书了，这是对神的亵渎，对《圣经》的侮辱。""你的女儿也这样认为吗？"冉先生装出俏皮的样子问。"哼……哼……"杜克先生喘着粗气，左右看看，然后端起咖啡喝了一口。"牧长大人，您的意思是，让我劝劝您的女儿，放下我们的圣贤书，是吗？"冉先生极度认真地问。"不！不！"杜克先生很急躁，"恰恰相反，我想让她好好读你们的圣贤书。告诉你我为什么请你来，我的女儿还需要家庭教师。要么你的学生来，哦……就是那个罗子沫；要么你亲自来！"冉先生哭笑不得，半天方道："牧长大人，您如此前后矛盾，让我如何是好？""很好办！"杜克先生站起来道，"把你们的全部精华都教给我女儿，然后她才能彻底放下这些东西。""噢——"冉先生发出超长音，"我明白大人的意思了，您是想让您的女儿提高认识，就像您的认识一样，认识了便会看轻了，然后她就可以放下外面的东西了。"杜克先生的眼睛一下子亮了，道："先生是聪明人。"冉先生也站起来，走到他的对面，面目祥和地说："可牧长大人，一旦您的女儿超过了您的认识，那可就不得了，她就永远也回不来了。"杜克先生先是惊恐地一愣，然后摆头笑道："这是你的猜想，猜想离现实往往相差很远。"冉先生则笑道："那就试试吧！"说完又坐了回去。"不过，"冉先生又接着道："您没好好想一想，您女儿放不下我们的圣贤书，是不是还另有原因？"杜克先生一听，立刻满脸的痛苦，颓然地坐在那里，双眼深邃地看着冉先生，半天才道："先生，告诉你我为什么请你来，我的女儿她……她喜欢和你的学生在一起，所以……"冉先生一听，苦苦地笑了，一手指着杜克先生，一手拍着自己的脑门子，却一句话也说不出来。杜克先生也不再言语，两个郁闷的人陷入了久久的沉默。直到冉先生告辞出门，杜克先生才声音沙哑地说："拜托先生了！"冉先生叹口气道："你比我们的知府大人好多了。"说完，他带上了门。

罗子漫站在教堂门口一侧，叫了声："先生等等。"冉先生扭头一看是罗子漫，有心不理，但还是停下来道："你有事吗？"罗子漫低下头道："先生，我不该说那些话，请您原谅。"冉先生叹口气道："你哥哥是个厚道的孩子，你为什么不是？那分明是戏弄荣大人嘛，于情于理你都不该这样做。"罗子漫脸红了，道："我也不知道我当时为什么要那样，我从来没有那样过。我好像突然变成了那样。""好了，"冉先生有些不耐烦，"别这样那样的了，你是心血来潮也好，鬼迷心窍也好，以后注意些就是。再者说，这也不符合一个基督徒的标准。"说完，他就要下台阶。"等等先生，我还有事。"罗子漫上前一步道。"有事以后再说吧，我也有事，等着回去。"冉先生边说边下台阶。"先生，是关于我哥的事！"罗子漫大声道。冉先生走到台阶下，停下来。罗子漫也赶紧下了台阶。"你哥又怎么了？"冉先生很疑惑地问。"先生，我不想让我哥再到这里来。"罗子漫带着嗔怪的语气道。冉先生这才正视她，思忖半晌，道："你的理由是什么？""理由很简单，"罗子漫胸有成竹地说，"阿曼达不全是想学我们的文化，她还另有所图。"冉先生微微一笑，道："能有几分？"罗子漫道："至少六成。"冉先生道："那就好。我嘱咐你哥，只用那四成与她交往。""先生！"罗子漫有些生气，"他上这儿来，就在伤另一个人的心。"冉先生一听，仔细打量她一番，道："可他不来，也会伤阿曼达的心啊！"罗子漫变得很严肃地说："先生，假使有一天阿曼达真的屈服了，我觉得她也不是败在我们的文化上，她是败在我哥的手里。"冉先生道："我明白你的意思，可你也不要抹杀阿曼达想学习我们文化的真实意图。其实道理是一样的，我和你哥也都熟读《圣经》。再者说，阿曼达想学在先，遇到你哥哥在后。这能说明一切。"罗子漫道："我也明白你的意思先生。可阿曼达是圣洁的，我不想让她坠入肮脏的情网当中去。"冉先生斜眼看着她，道："这应该是你真实的意图吧……"说完，他头也不回地走了，尽管罗子漫仍在身后叫他。

冉先生虽然很强势地走了，但他的心里也不是滋味。罗子漫说的何尝不是？念其怎能对罗子沫与阿曼达频频交往而无动于衷呢？她是个内向的孩子，不会轻易说

230

出来，但内心承受的只会越来越多。阻止罗子沫前来，才是情理之中的事；想让罗子沫前来，无疑是私心促使，无非是想让他战胜这个西夷姑娘。但他心里没底，在念其与阿曼达之间的竞争中，念其很有可能是失败者，她具有中国淑女的本质，而阿曼达和她们的文化与大炮一样，更具有进攻性。如果阿曼达征服了罗子沫，那便是双重的败局，备尝苦果者，就是自己与念其。想着想着，便心浮气躁，脚步散乱，连伤口都隐隐作痛。

　　但他哪里知道，罗子漫想再次叫停他，实在另有隐情，这隐情还是关于罗子沫的。因为她发现自己的哥哥越来越不对劲儿，但又不能告诉别人，想来想去，还是告诉先生为好。本来她去请先生来教堂时，就有相告的打算，怪就怪在遇到了荣大人，把自己的计划打乱了。在罗子漫看来，与荣大人在同一地点再次相遇，当然是一种巧合，但她岂能看不出荣大人对自己的一片心思？所以她在堂堂知府大人面前表现得异常自如和大胆，甚至有些放肆。一推开冉先生的门，迎面而坐的就是荣大人，他们显然交谈了很久，脸上都带着难以言说的深意。与荣大人四目相对，彼此之心早知端的，再加上上次相遇的印象，一时间，她竟奇怪地心旌摇动起来。她说的没错，她也不知道自己为啥要那样，她也从来没有那样过。一身儒雅的荣大人坐在那里，虽然年过半百，却也硬朗结实，更不乏尊贵。尤其是眸子里那份激情与人间大义相结合，让她产生从未有过的向往之心。她顿时娇羞起来，故意问道："先生这里有客……怎么不像是知府大人呢？"这样放肆的语言，把冉先生吓了一跳，他急忙道："见到荣大人，还不施礼？"罗子漫瞟一眼荣大人，道："先生这却难了，我是一名基督徒，只有给我主耶稣施礼的分儿……别人嘛，恐怕受不起。""休得胡言！"冉先生吼道。荣大人则呵呵一乐，挥手道："冉兄不必在意，不知者不怪，不知者不怪嘛！"冉先生看了看罗子漫，再看看荣大人，一时怔住了，心想，这"不知者不怪"是何意？从何说起呢？对不上号啊！罗子漫则道："我说的对吧大人？"荣大人也知道自己说的不着边际，正自后悔呢，见罗子漫给自己解围，便道："是的是的，先生听错了。"冉先生一听更加惊愕，我什么听错了呢？一时竟产生了看见两条狗相戏的感觉，人家自然大方，自己却羞得不行了。也许是他的"惊愕"恰恰提醒了荣大人，方知自己这次说的何止是不着边际，简直是荒唐透顶。于是，堂堂知府大人便有些坐不住了，连手脚都僵硬了，有心站起来就走，可又无从说起。恰在这时，冉先生也醒悟了，拉下脸子道："快说，你来干什么？我与大人还有要事相商。"罗子漫莞尔一笑道："我来也是与先生有要事相商，可有荣大人在此，小女子却不敢说了。"荣大人一听，终于找到了台阶下，官架子也扶摇直上，站起身来道："那你们谈，我不便打扰。"然后端端正正地走了出去。到门外，他深深回眸，正与罗子漫满眼的水意相碰，他们彼此的心，都"腾"地燃起一团火。罗子漫的鼻子尖立刻出了一层细汗，呼吸也有些急促。

"你这是胡闹嘛！"冉先生的吼声让门外的荣大人停了停，然后苦苦一笑，继续前行，心里愈加放不下这位大胆泼辣的姑娘。他有过多个女人，他了解女人的心境如梦如幻。他所担心的是自己的伎俩被她看穿。如果那样，堂堂知府大人的面子可就丢尽了。尤其对方是教堂的信徒，这和对姑子产生花心没什么两样。想到这里，便有些自惭形秽，官架子也要散掉似的。

罗子漫觉得哥哥不对劲儿，是从他这次被打之后开始的。打得那么狠，突然就站起来了，而且像没事人儿一样，使人根本无须问他吃不吃药。印象中母亲始终不言不语，只是按时让他吃饭，连嫂子隔三差五地到来，都视而不见。但她回家时偶尔碰上嫂子，总觉得她有些鬼鬼祟祟，有时她与哥哥说着什么，见人进来戛然而止。这倒让她觉得很不正常，觉得他们已经有意无意地得到家人的纵容。

她当然不知道，弓然明为了让她哥哥吃五岛先生给的药，曾跪在炕上给他磕三个响头。结果还不行，然后她就买一包耗子药，一手拿着药丸，一手拿着耗子药，说："你吃不吃？你不吃我吃。"说着就把耗子药往嘴里送。罗子沫一把攥住她的手腕，无比厌烦地说："你难道不会别的吗？"弓然明道："不会啦！"罗子沫道："你觉得这招法很灵呗！"弓然明道："我可不是吓唬你，我这条贱命随时都会死在你面前，你这辈子是抖搂不掉了。"说着泪珠子就往下掉。罗子沫气得一把夺过药丸就扔在嘴里，大口嚼起来，本想眉头紧皱地忍受那药的苦涩，没想到嚼着嚼着竟品出蜜味，眉眼便渐渐舒展开来。弓然明一看，笑了，把耗子药包好，掖在裤腰边子里，道："回家药耗子去。"罗子沫"咕咚"把药全咽下去，道："你上当了，五岛次郎拿蜜丸糊弄你呢，不信你也吃一丸。"弓然明诧异，拿起一个药丸闻了闻，又舔了舔，道："管他是什么呢，你先吃着再说。"

这一吃却吃出了前程，不但伤处很快见好，而且他竟吃出瘾来了。一盒药吃下去，他已经痊愈，在盛赞五岛先生医术高明的同时开口道："应该再吃一盒巩固巩固。"弓然明以为这当然好，于是又去浴海池林取药。这样，一连吃了好几盒，可他的巩固却遥遥无期。当然，每次弓然明去五岛先生那里取药，五岛先生都会有求必应，好像那药取之不尽似的。

罗子沫是带着对那药的依赖继续去浴海池林当伙计的，但他直接跟五岛先生索要，五岛先生便说没有，只有弓然明再来，药便神奇般地出现了。虽然是间接的，总归吃到了药，慢慢的，五岛次郎在罗子沫的眼里，就如同恩人一般了。见到他，连眼神都有些可怜巴巴了，腿也打战，腰杆也直不起来了，而且总有一种莫名的激动。面对他，五岛次郎的神情却愈发松弛了，松弛得有如面对一头猪。他的衣服也渐渐宽松起来，那是他在慢慢地消瘦。有时他也觉得自己不对劲儿，早上吃完药，坚定地对自己道："好了！就这一丸了。"可到了晚上，他又对自己道："不行，还应该接着吃。"

弓然明就更加苦不堪言了，每次都想拒绝罗子沫的请求，可最终还是受不了罗子沫的软磨硬泡，无奈地向五岛次郎继续伸手。五岛次郎给药的时间越来越长，地点也越来越隐蔽。她什么都明白，可就像中了魔咒一样，痛苦地承受着每一次的轮回。所以，当她得知冉先生要罗子沫继续给阿曼达授课的消息后，她忍痛赞成。痛的是罗子沫极有可能投入那洋姑娘的怀抱，凭女人的敏感，她能看出洋姑娘明里暗里的心思。赞成的是，这样或许能够解脱自己，解脱自己就等于解脱他本人。为此，她还与反对此事的罗子漫发生了争执，而争执中她是倍感有口难言的。理由只能是这样可以挣些钱供他自己读书，甚至添补些家用。而在别人听来，明显会被认为她操心太多了，罗家的大事还轮不到她做主。而丽娘一再表示，为了报答阿曼达的恩情，授课是不能收钱的，这就使弓然明的理由变得很不充分了。最终她又说，子沫住在冉先生那里会有利于明年的大考，这话倒没人否认，但却让人觉得怪异。尤其是丽娘，心想她怎么会希望自己的儿子离开呢？这个妇人也未免太变化无常了吧！凭她的眼光，她绝对相信她还在用身体控制着自己的儿子。难道她已经腻了吗？甚至另有新欢了？"真是个可恶的女人！"她想着想着，就会在心里骂道。最终她毅然决定，必须让自己的儿子去，离开这个女人有百利而无一害。

其实，不用罗子漫说什么，冉先生已经看出罗子沫不对劲儿了，但只是感觉上他越来越萎靡了，看着没有信心了，有一种使不上劲儿的味道。他以为这是罗子沫屡次被打造成的，就像这大清国，高高在上的天朝心理还不是被洋枪洋炮一次一次地打没了。由此他感喟人性被摧残、尊严被践踏的可怕；由此他觉得责任在肩，唤醒一个人和唤醒一个民族一样，任重而道远。好在他还能看到罗子沫的眼神中还流露出不屈的抗争和默默的担当，他坚信圣贤书绝不会让一个人沉沦下去，更不会让一个民族成为一塌糊涂的群偶乱舞。于是，罗子沫去教堂授课在他心里竟演变成充满斗志的出征了。他希望自己的战士心明眼亮、意志刚强。他甚至希望罗子沫出征前应该得到莫大的安慰和鼓舞，这安慰和鼓舞应该来自念其那里，他希望念其送他到城门外，然后再恋恋不舍地挥手告别。为此，他的心里竟突然产生一首诗：

壮士出关五千里，风卷残云天地间。

为报国恩誓屠虏，不惜马革裹尸还。

心里有了，便很想落诸笔端，又觉得太过浅陋，想了想，还是作罢了。另外，因为他听惯了教堂的钟声，那声音实在沉郁苍凉，没一点杀气，有的却是让人落泪的感召与呼唤。"唉。"他叹口气，摇了摇头。

几天以后，冉先生又应邀去教堂，而且要求带上自己的弟子罗子沫。送信的人仍然是罗子漫，但这次她没有再见到荣大人。冉先生冷眼相对，以为她很失落，甚至以为她送信事小，见到荣大人表现自己的风骚事大，所以他一路上一言不发。他们受到杜克先生与夫人的共同接见，他们用这种很正式的方式表达对冉先生师徒的尊重，也希望彼此都严肃对待这件事情。他们除了用上等咖啡招待客人，还把教堂打扫了一遍，也让所有的信徒都要保持严谨的态度，就像迎接使者的到来一样，做到应有的谦恭。这还不算，当宾主端起咖啡的时候，圣诗班又唱起神圣而悦耳的赞美诗，这是为营造一种气氛。但是，杜克先生还是选择女儿不在时安排这次相见，因为事情的结果无法预知，为了不给女儿增添烦恼，他以为这样做是聪明的。小女儿安琪拉可以在场，毕竟她也算一名家庭成员。尽管不会有人在意她的存在，杜克先生还是要求她端端正正地坐在身边。"先生，"彼此无言之后，杜克先生方开口道，"您的弟子能第三次拒绝做我的家庭教师吗？"这种先发制人的说法，冉先生并不感到奇怪，也能理解。所以他没有反唇相讥，保持着必要的平和道："牧长大人，我想不会的。尽管前两次都很不愉快，但因为牧长大人的至诚之心，一定会达成所愿。"杜克先生非常友好地说："'精诚所至，金石为开'，对吗？"冉先生很赞许地笑了，道："大人的表达能力很强。"杜克先生道："先生，贵国的《易经》很厉害，您能否预测一下，还会有什么不测吗？"冉先生道："牧长大人您误会了，《易经》是阐述天地之间万事万物规律的，不是为人预测未来的……当然，它可以预测未来，但它也告诉我们，未来是可以靠自己的努力去改变的。""能改变吗？"杜克先生疑惑地问。"能改变！"冉先生肯定地回答。杜克先生道："那不和佛教的宿命论相矛盾吗？"冉先生道："佛教也是如此，告诉人宿命，目的是改善宿命。谁说宿命是死的，那他就错了。"杜克先生道："请教先生，何以改变？"冉先生道："很简单，就像您这样真诚……但是我对您这句话感到吃惊，为什么要想到不测呢？当您想到不测会存在的时候，那它可能就存在了。"杜克先生道："但有些不测你不想，它也会到来的。"冉先生道："那才是宿命。"杜克先生耸耸肩，摇摇头，表示不解。冉先生道："牧长大人，您现在不是在改变自己的宿命吗？"杜克先生看看妻子，摊了摊手，再次表示不解。冉先生笑了笑道："牧长大人，谁的宿命里也没有天堂的影子，但老天又给每一个人指明一条通往天堂的路……难道您不是正在这条路上艰难跋涉吗？"杜克先生看着自己的妻子笑了，道："又是老天。"然后他对冉先生道："请教先生，你们的老天到底是什么？"冉先生看着罗子沫，师徒二人都笑了。然后罗子沫接着道："我们的老天说大大得无边，说小小到自己的心里。"杜克先生道："耶和华创造了天地。你们的'老天'应该在其中。"冉先生道："那耶和华又是谁创造的呢？"杜克先生一听，立刻满脸惊恐，嘴里不停地默念着什么。冉先生知道他在祈祷，愿神饶恕无论是谁的罪过。冉先生则继续道："只有正确地认识'老天'，才会相信'天外有天无穷已，江山代代换新人'的道理。"

"我不希望我的女儿听到这些道理。"杜克先生急忙道。"子沫，你会教阿曼达小姐这些知识吗？"冉先生故意问罗子沫。罗子沫打一个哈欠道："如果阿曼达能够认真学习的话，终究有一天她会问到我。"冉先生对罗子沫的精神状态很不满意，但这句话却令他很得意。贝蒂·亚当接过话茬儿叹口气道："其实我的女儿很希望和罗子沫在一起，她很希望罗子沫能够……"没等她把话说完，杜克先生急忙打断她："你去再煮几杯咖啡好吗？"贝蒂非常尴尬地笑了，自嘲道："牧长大人很喜欢我煮的咖啡呢！"说着，她走了出去。但到门口外，她停下来，好像跟谁说什么。然后又听见一阵脚步响，由近及远而去。安琪拉转了转眼珠，也走了出去。一会儿她又进来了，很大胆地牵着罗子沫的手就往外走。罗子沫不知何意，便看冉先生的示下，冉先生扬了扬手，示意他可以去。

来到门外，见阿曼达在墙壁上靠着，她在听里面人的对话，而且好像听了很久，双眼直勾勾地看看一处，无比惆怅的样子，甚至好长时间没有看见罗子沫已经站在身边。他们四目相对，阿曼达的眼睛里顿时溢满泪水。罗子沫则把愧疚的笑容久久地僵持在脸上，额头和眼角的皱纹清晰可见。一时间，他们谁都不知该说什么好。而屋里的杜克先生正聆听外面的动静，虽然什么也没听见，但一种预感还是让他凄苦无比。他很软弱地看着冉先生道："先生，也许不测正在发生……"冉先生也觉得安琪拉拽走罗子沫有些蹊跷，但他还是保持镇定的姿态，慢慢地喝着咖啡。门外有两名女信徒想下楼，她们看见牧长大人门口处的阿曼达与罗子沫，便主动避开了。因为他们已经无法掩饰内心的波澜，阿曼达把一根大辫子拽到胸前，用手指不断地绞着，道："我以为再也看不见你……我都要把你忘了。"罗子沫道："听说你一直在看书？""嗯。"阿曼达小声回答。"能看懂吗？"罗子沫问。"看不懂。"阿曼达回答。"你以前不是看得很懂吗？""那是以前，现在不行了。""是因为看不懂才总要看吗？"阿曼达摇摇头，半天才道："我不会再对你说那样的话了……"

罗子沫没有听清这句话，因为他突然感到一阵眩晕，浑身也感到轻飘无力。他急忙进了屋，坐下来很胆怯地看着冉先生。好在冉先生没有在意他，正在对杜克先生道："牧长大人，事情的性质很简单，您为主，我们是被雇佣者。事情的结果还是取决于您啊！"杜克先生怔了一下，凄然地笑了，也有些惭愧之色。显然，他不好再说什么了。这时阿曼达推门而入，跪在冉先生面前，双手交叉放在胸前，无限真诚地说："先生，请接受我一拜。您是子沫的师父，也是我的师父。请您放心，我一定跟子沫好好地学。我们……"这时她看了看父亲，"我们也不会再让子沫受一点委屈，请您放心。"冉先生备受感动，急忙把她扶起，看着罗子沫道："子沫，我已经看到了，阿曼达是一个好学生……以后教得好坏，就看你这个教师了。"这一跪，令杜克先生万分震惊，作为一名基督徒，只有跪神的分儿，自己的女儿竟给一个中国老学究跪下，在杜克先生那里是难以接受的，所以他闭上了眼睛，在替女儿忏悔。罗子沫已经看到阿曼达第二次下跪了，令他震惊的是，她比一般的中国女人还聪明，总会跪在当跪之时。冉先生还在激动着，有些面红耳赤了，在他眼里，这位洋姑娘真是个懂事理的好孩子。

中午时分，贝蒂预备了一桌很丰盛的中国菜，还有中国烧酒。冉先生又感到十分满意，但他坚决没有喝酒，因为他知道这是教堂，不能因为自己的礼节而废了别人的礼节。但他尽量多吃一些，吃得也非常香甜，因为他知道这是主人们想看到的。

罗子沫食欲不振，但他凡事都看着先生。冉先生吃他就吃，冉先生不吃，他也就不吃了。当冉先生看到阿曼达吃得很少的时候，对杜克先生道："您的女儿为何吃得这么少？"杜克先生一听，脸色一下子黯淡下来，道："今天已经是多的了……"贝蒂一听也立刻放下碗筷，心疼地看着自己的女儿，道："阿曼达，从今以后你要好好吃饭了，行吗？"阿曼达看了看罗子沫，很凄楚地笑了，然后点了点头，随即又转了眼窝。急忙夹了一块红烧肉放在罗子沫的碗里，笑着道："你也要多吃噢，教我读书是很费力气的。"罗子沫看着那块肉，很腻味，但他还是整个放在嘴里，故作香甜地咀嚼起来。冉先生则很满意地呵呵笑了。

吃完午饭，冉先生虽然没有喝酒，却带着微醺的醉意回去了。罗子沫则在贝蒂的挽留下没有走，她对冉先生道，我的女儿应该与罗子沫好好谈谈。冉先生有些不悦，以为谈什么都是假的，弥补自己女儿感情上的缺失才是真的。但他还是乐呵呵地答应下来，因为阿曼达那一跪拜，实在让他受用得很。冉先生走了，杜克先生也整装出去了，他总是庄严地忙着，贝蒂和安琪拉也好像突然失去了踪影，一时间教堂里特别静，时光仿佛独给罗子沫与阿曼达留下来。罗子沫在窗台上发现了自己的书，他的内心泛起波澜，心想自己已有许多时日没读书了，就像禾苗断了水、油灯断了油。他拿起那本书，眼睛里浸满泪花。由书及人，罗子沫再看看阿曼达，目光便柔弱，心胸便静爽，整个人被融融的暖意包围着。阿曼达却处处显得心绪不宁，一会儿洗洗手，一会儿整理一下床铺，一会儿又照照镜子。他们一时之间都不知说什么好，最后阿曼达还是从罗子沫的手里拿过那本书道："子沫，我一直都在看呢。"罗子沫凄然笑道："我却很久没有看了，弄不好要教不了你了。"阿曼达道："你说的不对子沫，我觉得这些书都刻在你们的骨头里了，一时半会儿不看……不！甚至几年几十年不看，也无法把它与你们剥离。"阿曼达小心翼翼地看了他一眼，又道："就像我们的《圣经》，它几乎成了我们生命的全部了。"罗子沫一听，果然不悦，这本能的表现被阿曼达看在眼里，她慌得急忙握住自己的一条辫子。罗子沫则道："你是在把《圣经》与这本书对比着看吗？"说着，他把那本书在手里掂一掂。阿曼达笑了，道："我们先不谈这些好吗？"说完，她用一种乞求似的目光看着他。罗子沫的心里"咯噔"一下，急忙转过身去，突然觉得自己好像做了一件很残忍的事。

屋子里突然沉寂如水，一个人下楼梯的脚步声清晰地传了进来，等那声音就像月光一样钻入云层的时候，阿曼达突然把他拦腰抱住，轻轻地叫了一声："子沫……"一种异样的感觉突然让罗子沫惊恐起来，他觉得阿曼达的举动虽然与以前颇为相似，但内涵变了。他不知道自己为什么要惊恐，而且很快出了一身虚汗，周身打起哆嗦来，就像一个热血沸腾的人突然遭遇寒流。阿曼达是在浪漫的柔情蜜意中感受到他的这种变化，起初她以为是罗子沫难以承受内心的激动使然，这令她凉意森然的心倍感熨帖。但慢慢地她觉得不对劲儿了，因为她听到罗子沫已经无助而绝望地哭了，而且整个身子就像有肌无骨一样，逐渐地往下瘫软。这令她大惊失色，急忙扳过他的身子，要看他的脸色。这一看，令她的心凉半截，展现给她的是一个脸色苍白、毫无支撑力的男人。"子沫，你怎么了？"她大声问。罗子沫无力地眨了眨眼睛，歪了一下脖子道："没……没怎么。"说着，他看了看左右，想找一个地方坐下来。阿曼达见状，急忙扶着他坐在自己的床边。"给……给我倒一口水喝。"罗子沫喘息艰难地说。"好的！"阿曼达答应一声转身就去给他倒水，可当她倒完水想递给他的时候，"药……"她清清楚楚地听到罗子沫说出这个字。她不敢相信自己的耳朵，更不想看到用这种姿态向自己要"药"的一个男人。"你说什么？"她又大声问。"药……"她听到的仍然是这个字。"子沫，你在吃什么药？"她上前扳住罗子沫的双肩道。罗子沫恍恍惚惚地定了定眼神，但他似乎什么都看不清了。"嫂子，快给我药。"他就像被阴魂缠绕不能自已地说出这句话。阿曼达急忙用手捂住嘴，泪水夺眶而出，因为她敢确定，罗子沫吃的一定不是什么好药。但他为什么要向自己的嫂子要这种药，听起来就更加扑朔迷离了，也更加可怕。想自己苦苦等来的竟是这样一个男人，她悲伤极了。她急忙跑了出去，又楼上楼下地跑了一阵子，拽着罗子漫走进来道："子漫，快看看你的哥哥，他成了什么样子！"

不料，罗子漫却看到一个比较正常的哥哥发出这样的声音："子漫，你该回去看看妈了。"他是很自然地靠在窗前说出这句话的。罗子漫一看，扭头对阿曼达道："阿曼达，我哥哥怎么了？他怎么了？"阿曼达完全怔在那里了，一时间觉得自己像做梦一般，像得了癔症一般，想解释什么，却张口结舌。罗子漫则带有质问和讥讽的语气道："阿曼达，你在耍什么把戏？你想让我见证你并不糊涂吗？那有什么必要呢？"说完，她像一位高贵的使者一样转身离开了。门刚关上，罗子沫的脸上又流下了虚汗，脸色也更加苍白。阿曼达静静地走到他的面前，直视他的眼睛道："子沫，求你告诉我，到底发生了什么？我知道，你在极力隐瞒别人、隐藏自己。

你……你不像是读圣贤书的人。"说完，她抓住罗子沫的手。罗子沫使劲儿睁了睁眼睛，又握了握她的手道："放心，没事……我没事！"可话音刚落，他的双眼又迷离了，汗水也再一次流下来，恍惚中他又长长地伸出手去。阿曼达瞪大双眼瞅着，她在等待着那个字的出现，就像等待着灾难降临。但她没有等到，她看见那只手又无力地放了下来，随后他突然紧紧地抱住阿曼达，哭道："阿曼达，救救我，快救救我……有人要害我。"阿曼达突然产生出强大的母爱，"子沫，好孩子，我知道谁在害你……它是魔鬼撒旦！别怕，有我呢。"说着，她把他抱得更紧，然后用自己水润的舌头，舔舐着他干涩的双唇。

当天晚上，意犹未尽的冉先生坐在一桌丰盛的酒席前，"当"的一声，用筷子戳一下桌子道："来，通判大人，难得我们坐在一起喝酒，先吃一口菜。"仍在沉吟不止的郎纪平激灵一下，回过神来，急忙抓起筷子道："好，好，不必客气先生，都不是外人。"说完他看一眼坐在身旁但并不想参与酒席的念其和地下伺候着的桑玉。"郎大人，实在讲，虽然我坐在主宾的位置，可真正要请的客人是你呀！"说完他也看一眼念其，问道："是吧念其？"念其稍稍低头，莞尔一笑。郎纪平夹一块猪耳朵，脆生生地嚼着，仍在沉吟。自从桑玉到军营叫他，说小姐有请，他就开始沉吟不止。这一切为了什么？聪明的他料定，小姐有请，定然有事相求，可为什么要选在冉先生这里？自己已经是她的常客，有什么事不可以单独谈？他百思不得其解，一路上闷头不语。桑玉走在前头，不时地回头看看他，暗自发笑，但她打定主意，就是一言不发，别想在我嘴里套出蛛丝马迹，其实我也不知道小姐请你作甚。每想到这里，再看看闷头不语的郎通判，就会咻地笑出声来。

"知道念其小姐为什么要请你吗？"冉先生干了一盅酒道。郎通判轻轻地摇摇头，又微微一笑，也干了一盅酒。冉先生把筷子"啪"的一下拍在桌面上道："我冉广炉一向快言快语，直来直去，念其小姐对你有事相求……什么事呢？"他搓了搓手，继续道，"她想叫你暗中派兵保护教堂。""保护教堂？"郎纪平吃惊地问，脸色也立刻充满窘惧，道："这与时局不符啊先生。"冉先生一挥手，紧眨几下眼道："哎……郎通判，时局是时局，我们是我们；时局是大清的，赤城是我们的。我以为那教堂该保护：其一，那是一块积善之地，耶稣我知道，那是西方的圣人；阿曼达我知道，那是一个懂得下跪的好孩子。其二，我们赤城天高皇帝远，向来政治清明，民风淳朴，无论天下发生多少起教案，我们都不要追求上行下效，看问题要看本质，不可侮枉好人，对吧通判大人？"郎通判盯着他的脸，像在仔细听，却一个字也没听进去，因为他以为无论这位学究说什么，都不会超过自己的认知范围。实际上他想的是：念其与教堂有什么瓜葛？为什么要保护教堂？为什么不能私下和自己谈，比如最好在闺房？为什么她不求自己的父亲发号施令？为什么她要通过冉先生的嘴来求自己？这一连串的问号在折磨着他，使他根本找不出合适的方式进行交流，而只能不断以毫无内涵的龇牙一笑来应对。"通判大人，你不要有顾虑嘛，这点事不会很难吧？"冉先生看着他那神不守舍的样子，追问道。郎纪平抬抬头，道："先生，这不是难不难的问题，我只是不明白，小姐她……为什么要这么做？"冉先生一听，似有所悟，道："是呢，为什么要这么做呢？你说说念其。"可没等念其反应过来，他又自问自答："道理很简单嘛，因为小姐已经有了入教的打算。"说着他给念其使一个神秘的眼色。这个眼色恰被郎纪平看到了，他的大脑在飞快地旋转，当他终于明白的时候，咀嚼在嘴里的牛蹄筋立刻失去了味道。而念其则对先生的眼色倍感意外，首先，这很不像先生的作为；其次，她以为先生已猜透自己的心思，以保护教堂为名，真正要保护的人却是备受挨打之苦的罗子沫。郎纪平终于恢复常态，他哈哈一笑道："小姐也要入教？这令郎某倍感意外！难道先生的门徒也要改弦易张了吗？那我们大清可真要完蛋了！"站在地下伺候的桑玉一撇嘴道："我说郎大人，你们别动不动就把'大清'挂在嘴上好吗？自己还没活明白呢，管什么大清不大清的。大清是皇帝家的，与我们有什么关系？"冉先生与郎纪平同时把目光投向桑玉，都忘了咀嚼。"别这样看我好吗？"桑玉不耐烦地说，"小姐要郎大人保护教堂，郎大人从命也好，帮忙也罢，要么是本分，要么是人情，关大清什么屁事！"

　　郎通判扑哧笑了，然后又立刻板着面孔道："桑玉姑娘，就凭你这句话，我就可以把你抓了！信吗？""我不信！大清国的军队难道是用来抓女人的吗？怎么见到洋兵就麻爪呢？不过这话也不对，先前的左都司就是一条好汉，可惜被人抢走了，不知到哪里杀富济贫去了。"郎通判面露难堪之色，与冉先生相互对视，然后彼此愧然一笑，急忙端起酒盅喝酒。念其责怪道："桑玉，不得在大人面前无礼，大人岂是你眼中那般小肚鸡肠！"说完，她端起酒壶，给刚放下酒盅的郎通判斟酒，道："郎大人，小女子不懂国事，才提出这般无礼的要求。如果大人觉得为难，就算小女子没说，喝下这盅酒，权当我给大人赔罪。"郎通判立刻显得很紧张，这盅酒喝也不是，不喝也不是，因为小姐把两边的话都说了。冉先生见机而行，呵呵一乐道："大人还是喝了吧。今天不谈国事，只谈私情。"郎通判一听，心想：老学究你是站着说话不腰疼，国家军队岂是用来谈私情的？道理你不是不知，你分明是揣着明白装糊涂。这时他更加感受到了知府小姐的心机了得。到这里求自己，说是谈私情，分明是不谈私情；说是不谈国事，可谈的就是国事。眼下"教案"纷起，朝廷态度渐渐明朗，可这时让自己去保护教堂，弄不好就会万劫不复。他为知府小姐的以势压人感到气愤，为自己在小姐身上白费一番苦心而伤感。这盅酒喝还是不喝？喝了，就等于答应下来；不喝，就得罪了知府大人的掌上明珠。他有心想问，不知知府大人意下如何？但又一想，这一定是小姐不愿听到的话，否则，她还犯得上求自己吗？

酒，已经放在那儿半天了，都在看着自己呢，尤其桑玉那丫头，已经是满脸的鄙夷之色了。这盅酒不喝，在他们眼里自己配不配做统军之将尚且不说，最起码不够爷们儿。想到这里，他端起酒盅一饮而尽，放下酒盅，颇有悲壮之慨。他首先看到念其小姐眼中闪着泪花，于是他感到知足了，道："今天坐在这里确实不该谈国事，我郎纪平也是堂堂男儿，我喜欢什么，今天我就要做什么了！"说完他抓起酒壶，给冉先生斟酒，然后又给自己斟酒，兴奋异常地说："先生，这盅酒我是替念其小姐感谢您的，您对她的厚爱令我感动，我相信也会令天地动容。"说完他"吱溜"一声，一饮而尽。桑玉拍起了巴掌，然后伸出大拇指道："第二个左汉庭诞生了！"郎通判看着她露出诡谲的笑，却不言语。念其则很柔情地说："别听这丫头的，郎大人不是左大人……郎大人就是郎大人。"冉先生则一时陷入了沉思，这时他很响地吧嗒一下嘴巴道："郎大人自有难处，不过请放心，知府大人那边我……我……"他终究没说出什么，因为实在没法用更好的语言去表达。郎通判明白其意，备受感动，他能在事情的关键环节替自己着想，这说明他的厚道与仁义。想到这里，他卖个人情道："先生不必多虑，有小姐的一句话就足矣。我郎纪平'爱江山，更爱美人'！"说完他哈哈大笑。

众人都知道他喝得有点多，所以见他有离去之意，便不再挽留，只看着他迈着豪迈的步伐走出书院大门。看着他的背影，念其的心里感到阵阵苦涩，她觉得这时的郎纪平很软弱。

天很黑的时候，罗子沫浑身疲惫、脸色苍白地回来了，这时也正是念其要走的时候。桑玉瞪一眼道："哟，罗教授，活计不轻啊，累成这样！"喝了酒的冉先生目光蒙眬，精神亢奋，自然也就看不到罗子沫的变化，开口便道："累点不要紧，教好人家是正经！阿曼达那孩子我喜欢，是个好孩子，早晚有一天她会和你们一样的……"罗子沫从另一个女人那里疲惫不堪地回来，念其的心里五味杂陈，可又难以说清，想到自己的一片心思他还不知，便倍感委屈。桑玉听见冉先生赞美阿曼达，顶撞道："先生这话可错了，她如果能和我们一样，那罗子沫得挨多少顿打呀！所以，我家小姐就是为了让她不跟我们一样，才不想让他挨打的。"念其忍不住抿嘴而笑，冉先生则道："桑玉，也学会拐弯了？"

罗子沫没听明白他们说什么，只是痴呆呆地看着念其，这分明有些露骨了。桑玉大叫一声："呔！罗子沫，眼珠子都掉下来了！"罗子沫吓得一愣怔，又痴呆呆地看着桑玉。桑玉见状，白一眼道："难怪挨打，就这德行，容易让人产生打人的欲望。"罗子沫的双眼又迷离了，什么东西都开始飘忽起来，他下意识地伸出一只手，想抓住什么，但他哪里知道，那只手正是冲着念其伸过去的。念其的脸"腾"的红了，她虽然不知道罗子沫要干什么，但看着那只手伸向自己的胸前，她的心不但跳得厉害，也酸酸的。桑玉手疾眼快，顺手就摸过酒壶递到罗子沫手里。罗子沫抓到酒壶，眼睛突然亮了，然后就把酒壶送到自己的嘴里，像个要渴死的人突然抓到泉水一般，"咕咚咕咚"喝起来。"子沫！你干什么？"冉先生大喊一声。罗子沫歪一下脖子、瞪一下眼睛道："我在吃药。"然后又去喝，嘴里咕哝道："嫂子，我得吃药。"

念其见状，五内俱焚，早滚下泪来，她一刻都不想待了，转身就往外走。桑玉当然要追随而去，但在临行前她恶狠狠地骂道："你是应该吃药了！病得不轻！"说完她小跑着出去了。坐在炕上的冉先生呆了，他全然不知这是怎么了。而在黑暗中追上自家小姐的桑玉开口便道："真恶心，还'嫂子，我吃药'，他咋不说'嫂子，我要睡觉'哇！"话音刚落，她的嘴巴被人打了一下。虽然打得不重，但确实是被人打了嘴巴。于是她也呆在那里了。

但真正呆了的，要数阿曼达了，自打罗子沫走后，她就一直站在窗前发呆。站在窗前望着窗外，是她情不自禁时养成的习惯，开始是抒发故国情思，尽管来在父母身边，但家乡的一草一木、一情一景都让她留恋，引发追忆；但后来的情况就变了，家乡的影子渐渐被眼前的物象所代替，同样令她感怀不已；尤其是罗子沫出现在她的生活中，那一扇窗就寄托着她的无限情意了，但这种情意的抒发，并未让她感到心安理得。为此她多次站在窗前默默祈祷：神啊我的神，你既然能斩断我的乡愁，为何不斩断我的情丝。除了你，我不想为别人流泪；除了你，我不想拥有他人的怀抱。请你收回我的苦恼，让我的心像初生的婴儿一般干净；请你了断我的恩怨，让我的心儿清净，让我的手脚麻利。你既然把桑德斯送到我的身边，为什么又让罗子沫占据我的心？我不想成为你所痛恨的淫妇，但我的目光已经浑浊了，那里再也留不住你清澈的影子了，我害怕失去你，比害怕失去生命还厉害。神啊我的神，请用你大能的手拯救我，让我永远能看到你立约的彩虹。我不想这样，我只想做你最合格的仆人。阿门！

- 15 -

　　第二天，罗子沫走了，冉先生不知他去了哪里，也没有问，但他猜测着是去了教堂。到了晚上，罗子沫没有来，阿曼达却知道他为何没有来。所以她对罗子漫道："我想找你的嫂子谈谈。"罗子漫则万分诧异："什么？你想找我嫂子谈谈？你与她能谈什么呢？"阿曼达满脸的颓丧，这种表情在她那里是难得一见的，这令罗子漫更加摸不着头脑。"谈什么……我想还不该对你说，"阿曼达想了半天才道，"你哥哥已经回家了，是因为她才回家的。你的嫂子已经把他牢牢地拴在自己身上了。""什么？！"罗子漫近乎狂叫一声，但随即她的脸也红了。"难道连阿曼达都知道他们的丑事了吗？"罗子漫在心里这样想。"你打算什么时候与她谈呢？"她嘴上这么说。"明天就去，你同我一起去。"阿曼达痛快地说。"这个……"罗子漫迟疑一下，"我还是不去了吧，有些话我在身边你会不好说。"罗子漫感到自己的脸在发热，她边说边用两手捧住双腮。"不！"阿曼达大声道，"我不知她为何这样做，而你知道。噢对了，还有你的母亲，她更应该知道，所以她也应该在场。"罗子漫突然很反感，沉下脸道："阿曼达，我觉得有些事我们不该管。尤其这样的事，你不觉得很肮脏吗？都是些不接受福音的人，他们怎么样，我们无能为力，也不应该与我们发生关系。"阿曼达吃惊地看着她，刚想说什么，罗子漫又抢着道："请原谅阿曼达，我不会去的。"说完，她转身走了出去。阿曼达看着被关上的门，不解地摇头。

　　罗子沫是鬼鬼祟祟地走在回家的路上的，每一个经过的人，在他眼里都是审判官，他为自己这无可抗拒的欲望感到羞耻，他为渴望见到弓然明而自惭形秽。他的额头不时地渗出汗来，又被他一把一把地抹去。他因紧张而呼吸急促，因呼吸急促而心跳加速。好不容易听到两川水声，又好不容易看到浴海池林的大门，他却因气短神疲而欲昏厥。他早已盘算好了，不能回家，也不能去浴海池林，而直接去找弓然明。因为在这个时候哥哥往往在地里干活儿。可怕的是，如何穿过村庄走进她的家；更可怕的是，到她的家里，她却不在。因为她十有八九会随着哥哥去地里干活儿。从冬到夏，地里总有干不完的活儿，形影不离地随丈夫在地里干活儿，是好女人的标志，而她一定会为这个标志而奋斗不已。想着想着，便想出一身的冷汗。

　　一走进村子，他就觉得自己是被王熙凤派人堵在寒巷的贾瑞，其狼狈不堪，有过之而无不及。好在没有看见什么人。篱笆里，待产的母牛停止了咀嚼望了望他，门口趴着的狗抬起头看了看他。那扇破败枯烂的柴门终于出现在眼前了，此时他根本无暇去想门里门外的生活有多么悲惨，三步并作两步地扑过去。没有扑到门，他的双手却被一个人接住了，是正想开门出去的弓然明。此前她坐在破炕上做针线，满脑子想的全是他。想的是青春岁月，想的是豆蔻年华，还有一段情丝伴着清愁的牵挂，就是没想到所想之人会以如此面目出现在眼前。她顾不上别的了，连拉带拽地把他弄到自己的炕上。她的丈夫确实不在家，但她却没有容纳另外一个男人的充分胆量，尤其是这样一个男人。

　　"药，我要吃药。"这是他的第一句话。她心如刀绞，一种不祥的预兆向她袭来，那就是他们都中了别人的圈套，或者说已经跳进了别人蓄谋挖下的陷阱。"药，我要吃药。"她咬紧牙关，狠狠地打了他一记耳光。本来就自惭形秽的罗子沫，被这一巴掌打成了流浪狗，猥琐、寒酸、凄惨、下贱，所有不堪入目的表情都在他的脸上一一展现。她看在眼里，立刻又心疼得无以复加，便猛地把他的头抱在怀里，呜呜咽咽地哭起来。她一时觉得他们已成了天底下最苦命的两个人，恩爱有加，命运不暇，身断魂牵，枯木难华。"嫂子……救救我。"良久，罗子沫在她的怀里闷闷地发出悲声。这句话震动了弓然明，更打动了她。她擦泪止泣，神情凝重，半晌方道："告诉我，谁在害你？"罗子沫无言，只大口大口地喘粗气。"既知有人害你，为何自暴自弃！？"弓然明厉声问道。罗子沫仍无言。"起来！像个男人一样。能救你的只有你自己，别做扎在女人怀里哭鼻子的窝囊废！"罗子沫听了，不但没有起来，却真的呜呜大哭起来。弓然明又心软了，因为她从来没有听到这样的哭声。

她深深地叹口气道："要药可以，但不能在这里吃。你先回家，等我要来了药，偷偷地给你送去。"罗子沫一听，突然来了精神，打了鸡血一般，他的头像蛇一样高高地抬起，双目有神地看着弓然明，好像药就在她的手里。弓然明很想再打他一记耳光，又实在受不了他那不堪入目的表情，便把伸出的手化作柔情的抚摸，同时擦去了他的泪痕。"我太可耻了。"罗子沫情真意切地说。弓然明又掉下泪来道："子沫，圣贤书上不是说，'知耻而后勇'吗？你的勇气都哪里去了？你明明知道有人害你，你却不肯说出来，是因为你还有求于害你的人啊！"说着，她悲愤交加，又狠狠地打了自己一耳光，"我也有份啊，是我非要你吃药的！"说完她还想打，手被罗子沫绵绵地握住，他含泪道："然明，这不能怪你。是我太无能，太无耻！"说着他竟去解她的衣襟，这又让弓然明感到震动，她制止道："俗话说，'胜女人易，胜毒药难'。你今天想怎么样？"罗子沫苦涩地摇了摇头，道："这是两回事。"弓然明明其意，再一次心软，但她只抓住他的手放在自己的腰际，如今能给他的也只有这种温度。良久的宁静之后，她又道："回去吧，打起精神来，别让别人看出来。"罗子沫点点头，艰难地坐了起来。

也就是在这天晚上，代理都司郎通判派出十五名精壮士兵去保护教堂，他们以执勤的方式出现，时间段比罗子沫授课的时间段前后略有延长，他们在教堂附近巡逻，以示威武，而教堂的所有人却全然不知。这些士兵只是按令行事，他们既没有看到过罗子沫的到来，也没有看到过罗子沫的离去，但只要教堂不再被贼人侵扰，这些都无关紧要。

身体外面是黑暗的世界，身体里面流动着艰难的往昔。十字架前，阿曼达跪下来祷告，几乎彻夜未眠，她感觉自己将要经历更加不同寻常的岁月了。

冉先生也是在这个晚上与荣大人进行了一次长谈，话题最终由国事转移到家事。他理所当然地把郎纪平派兵保护教堂排到家事之列，但荣大人立刻冒出一身冷汗，只是这身冷汗来得小心谨慎，走得悄无声息。国势当头他怎能不知，但心中的块垒他又如何能放下？那个令他念念不忘的中国信徒就在教堂里，他至今还在回味着保护她时的个中滋味。如今有人去保护教堂了，难道不是求之不得吗？想先生此来的目的，无非是劝说自己暗中通融，既不要阻拦此事，也不要大肆声张，一切顺其自然为妙。一旦朝廷怪罪下来，进可攻，退可守。他从心里感激老友的一片好意，但表面上却不动声色。因为先生不但知道时势逼人，更知道自己的心中隐私，所以不动声色是对他最好的回报。而在冉先生那里，对于荣大人的不动声色，他没有感到丝毫的冷落和不快，并且在这种不动声色中畅快离去。

荣大人则续满了茶，一边喝一边静想，想着想着竟想出了满心的不快。不快来自女儿那里，你一个女儿家究竟想干什么？现在你借父之威调动兵马，将来你还要怎么样呢？她很想将女儿传过来教训一番，但想了想还是忍下了，不动声色是处理这件事的最好办法：因为不动声色可以面对朝廷的指向；因为不动声色可以对任何后果推脱不知；因为不动声色可以达成保护意中人的目的；因为不动声色可以稳住自己的女儿，以致任何人都不知道知府大人究竟有什么想法。想到这里，他的茶才渐渐有了清香的味道。

罗子沐回到家里，对母亲的各种询问都应付了事，目的是为了尽快躺下来，用被子蒙上自己，于是就可以把各种羞耻蒙在被子里。在被子里的黑暗中，他似乎看见了弓然明匆匆的脚步，听到了她在五岛次郎面前应对自如的笑声。又看到五岛次郎把一盒药递到她的手里，然后她千恩万谢告辞而去。于是他情不自禁地张开嘴，等待着药进口中的滋味。

而事实上，弓然明正在五岛次郎的身下，五岛次郎虽然做着赤条条的勾当，但他的呼唤却彬彬有礼："夫人啊夫人，难道你不觉得我们迟早会有这一天吗？从第一次见到你那一刻起，我的一颗心就为你而燃烧了，我为你愁肠百转啊！我的相思啊……就像这绵绵的药香，满世界都是；我的身心啊……就像这壶中之药，为你而煎熬；我的力量啊……就像这强大的药效，为你而积攒；我的舌头啊……就像这舔舐壶底的火苗，渴望寻找你的奥妙。"他极尽儒雅和温存。

随着时间分分秒秒地过，弓然明竟奇迹般产生心动，身体也在蠢蠢欲动，这是她没有想到的。当她看到自己的嫁衣崭新地堆在自己的身边，她就觉得那是另外一个自己，被身上这个日本男人巧妙地劫走了。她相信这另外的自己是备受恩宠的，这恩宠无关正义与邪恶，无关礼教与天伦，这仅仅是一个日本男人对一个中国女人的恩宠。她在问自己，难道这种恩宠不是难得的吗？难道自己失去的，不正是这些吗？这时她才看透了自己，为什么来这里之前要梳洗打扮一番，为什么要随老秦头狂癫的步伐来到这隐秘之处。是为了拯救自己所爱的人去迎合爱自己的人吗？可在自己得到女人应有的快慰之时，两者之间的界限也变得模糊。无论爱自己的人手段有多么恶劣，在此刻都会变得虚无；无论自己爱的人有多少优点，此刻都变得飘忽。

如今她更加领悟到这个男人的不同一般，他带给女人的是水到渠成的心甘与接受。当自己一踏进他的屋子，他就变得那么自信。他根本不提药的事，而是当着自己的面一件一件地脱衣服，直到脱得一丝不挂，然后又把自己的嫁衣穿在身上，尽情地展示着他与嫁衣之间浑然天成的默契。是的，他虽为男人，却有着女人般的肌肤和腰肢。然后他又穿着自己的嫁衣脱着自己的衣服，直到一丝不挂。事情就这么简单而自然。

但到最后一刻她还是无声地哭了，极端的快意和满腔的悲愤都被她吞到肚子里，她又突然满心满眼都是这个男人的阴谋。可一切都晚了，想做出任何与这个过程不符的行为都只能成为笑谈，更没有丝毫意义；回过头来就把刚刚的颠鸾倒凤定义为罪恶，都是可恶的虚伪。她甚至懒怠动弹一下，任凭这个男人做最后的爱抚。

"夫人，莫怪我说话轻狂，你们中国男人不配拥有你这样的女人。他们尖酸刻薄，自怜自艾，装着圣人的面孔，轻蔑一切。再好的女人，都会成为他们装点门面的资材。我不明白，他们为何对女人有仇？就凭罗夫人的人品容貌，除了中国，在任何一个国家都不会成为罗夫人的。"说着他站起身来，把她的衣服一件一件地轻飘飘扔在她的身上，"看你的丈夫，那个恶心的傻子，动不动就说人家不仁不义。你们的孔孟之道真的厉害，连一个傻子都不放过，这真是天大的笑谈！"他的语气是轻柔的，笑容是温和的。弓然明看在眼里，疼在心里。她一件一件地穿着衣服，就像穿起一张张脸皮，她又因羞耻而落泪。

五岛次郎走进另一间屋子，很快就拿着一盒药出来，放在她的面前道："请告诉罗子沫，药不会再有了，我不会再为一个废物熬制丹药了。他肯定会说，要你救他；也会说有人要害他，这些说法都标志着他的无能和无知。就像你们大清国，如果战胜不了自己的无能和无知，谁能救得了它？又有谁在害它？"他说完，又取出两盘点心放在她的面前，跪下来道："夫人，请吃一点再走吧，你已耗费了过多的体力，就这样走我会于心不忍的。"弓然明穿好衣服，拿起药盒，摇了摇头，表示不饿，然后踉跄着向外走去。五岛次郎在后面道："夫人，你应该说点什么再走。我不希望你和其他女人一样，一句话不留就走了。"弓然明站住身子，头也不回地说："她们都是妓女吗？"五岛次郎道："是的夫人。"弓然明道："那你也把我当作妓女好了。"五岛次郎道："这怎么可能夫人，你不可这样作践自己。"弓然明不再言语，继续向外走去。

罗子漫终究没有随阿曼达去与自己的嫂子谈谈。阿曼达临行前披上厚厚的呢子披风，面容犹豫而苍白，她与坐在床头默默不语的罗子漫对视好长时间，道："子漫，你在看不起我，对吗？"罗子漫的双眼一下子湿润了，双唇也在颤抖。阿曼达走过来，握住她的双手，道："不要错怪我子漫，我的爱没有错。如果你也在爱着一个人的话，你就会理解我的。"罗子漫哽咽道："阿曼达，你何必这样苦着自己，你已经选择了桑德斯，为何还要对另一个男人动情？"阿曼达突然表现出万般无奈的样子，握着罗子漫的手也绵软无力。她坐回自己的床头，泪水一滴一滴地掉下来。罗子漫知道她这是无可辩解的苦痛，便道："阿曼达，我不想强迫你，只是……你自己能心安理得吗？桑德斯是爱你的，很爱你，到目前你还不能说他可恶到什么程度，是被神抛弃的人。而我看得出来，知府小姐也在爱着我的哥哥。因为你一个人，使你们四个都痛苦，这值得吗？""别说了子漫，你别说了。"阿曼达不住地摇头道。

这时，门被悄悄地推开了，是安琪拉瞪着不安的双眼悄悄进来，她拽起姐姐的手走到窗前，踮起脚往窗外指了指。是桑德斯的车停在外面，他靠着车门往上望着，身影显得孤单而固执。只看一眼，阿曼达便猛地转过身来，万分不安而不解地看着罗子漫。罗子漫不敢迎接这眼神，她低下头来。"子漫，你为什么要这样？你以为这是最好的办法吗？"她有些愠怒地问。罗子漫凄苦地一笑，道："阿曼达，如果我这是奉神的旨意呢？"阿曼达一听，又猛地把头转过去，见桑德斯依然那么望着，她把妹妹推到一边，步伐有力地向外走去。

不多时，阿曼达便下得楼来，并不理睬桑德斯，直奔热水汤的方向而去。"阿曼达——阿曼达——"迟迟未动的桑德斯终于向阿曼达远去的背影喊道。阿曼达就像没听见一样，脚步反而更快了。桑德斯动作鲁莽地钻进汽车，汽车"嗡"的一声蹿出很远，然后以最大的时速赶上阿曼达。阿曼达仍旧快速前行，汽车慢下来，跟随她的步伐蠕动，桑德斯想以愤怒的笛声叫停她，但根本做不到。他终于加快速度把车开到前方停下来，又非常鲁莽地钻出车子。赶过来的阿曼达想绕开他，但办不到，桑德斯张开长长的双臂拦住了她，并强行把她塞进汽车的副驾驶上。阿曼达不仅仅听到桑德斯愤怒的吼声，中间还夹杂着女人"吱吱"的笑声。回头一望，她看见后排座上两位捂嘴而乐的媚艳女子。阿曼达也愤怒了，"桑德斯，你有意让我看见你的丑行对吗？"她大声吼道。桑德斯喘着粗气，讥讽地笑了，道："说话别这么难听，她们可都是正经女人！"话音刚落，后面的两个女人又"吱吱"地笑了。"你到底想干什么？你想送我去热水汤吗？"阿曼达又大声道。桑德斯并不回答，而是怒不可遏地用双手"啪啪"地拍着方向盘。然后他仍觉得无所适从，便扭过身去扳过一个女子就吻起来，那女子嗲声嗲气地道："干吗呀桑德斯，别让她们看见！"阿曼达趁此机会打开车门就向河边跑去。"好了好了，你的女人又跑了！"被吻的女子斜着双眼道。"没事！她跑不出我的手掌心！"桑德斯似乎真来了情绪，仍不肯放开那个女子。"糟了糟了！她想投河！"另外一个女子往外望着，惊叫道。"什么？！该死的！"桑德斯松开那女子，大叫一声，推开车门，就追了出去。他眼睁睁地看着阿曼达离河边越来越近，越来越近，然后是"扑通"一声水响，溅起很高的水花，阿曼达以很大的冲击力跳进河里。水足有齐腰深，桑德斯看见阿曼达涉水而行，那勇猛的姿态，誓不回头的决心，令桑德斯不寒而栗。"阿曼达——阿曼达——上帝会惩罚你的——"桑德斯挥舞着手臂大叫着，声音如恶狼一般凄厉。

阿曼达能在盛怒之下出走，这是罗子漫没有想到的，所以她始终站在窗前往外望着。她以为阿曼达是与自己赌气，便有些后悔，一种罪恶感也相应而生。如果她能看到阿曼达跳河那一幕，也许从此会改变自己的想法与做法。她知道，在这件事情上，自己也未能做到心安理得。那天她进城向秀塔书院走去，想就阿曼达与哥哥的事与冉先生谈谈，但一路上心中忐忑，她不知这样做对不对。好在到书院后遇到了桑玉，当桑玉听说阿曼达要去热水汤，目的是为了罗子沫吃药的事要与什么嫂子谈谈，她险些没跳起来，道："这是我们中国人的事，与她洋人何干？她算哪根葱，竟管起我们大清国的事情来了？"她边说边瞪着眼睛看着冉先生，并有意夸大其词以博得先生的共鸣。但话音刚落，她又突然像泄了气的皮球一样，颓丧无比地说："唉！我又多管闲事，这又与我一个臭丫头何干？"显然，她这份感慨事出有因。自打那天晚上小姐打了她一耳光后，每当小姐再让她干什么的时候，她都会用极度夸张的动作摸摸自己的脸道："小姐，我的脸还肿着呢！恐怕没法见人了。"念其便抿着嘴乐，不再言语。今天她就是奉小姐之命，继续来先生这里寻查罗子沫的动静。巧了，她碰到了同道中人，所以又原形毕露，念念不忘为自家小姐争气。先生深为罗子沫担忧，他知道罗子沫那里出现了难以预测的状况，而且这状况与药有关。但吃的是什么药，谁给他吃的药，便无法知晓了。听罗子漫一说，这药与她的嫂子有关，就更加坠入云里雾里。那个女子他见过一面，无论如何都不能与毒药联系在一起。由这药又扯到了阿曼达，这便使他陷入了深深的思索当中。他当然知道罗子漫的来意，更知道桑玉因何不平。但他更加对阿曼达充满敬意，以为这个洋姑娘心胸开阔、大义凛然，具有中国女性无可比拟的诸多优点。

想到这里，他慢吞吞地说："'局外者清'，阿曼达去一趟热水汤，未尝不是一件好事。你们想想，这事谁去能合适呢？"这话让罗子漫与桑玉同时大吃一惊，桑玉抢先说道："我的老先生啊，那阿曼达可不是什么'局外人'，她挖窟窿盗洞地想当'局内人'呢！或者说早已当上了。"冉先生看了看她，只吟吟而笑，并不作声。这时罗子漫则故作心平气和地说："我哥哥与阿曼达的关系，始终遭到桑德斯的妒嫉，为此我哥哥还挨了打。我只是想让阿曼达与我哥哥尽量保持正当的距离，免得再殃及自身。"冉先生一听，脸色板正下来道："这倒也是。"桑玉突然双眼明亮，攥着拳头道："有了！我有了！"说完她风风火火地向外走去。罗子漫和冉先生都非常诧异，不知她怎么了。

直到桑德斯出现在教堂外面，罗子漫才恍然大悟，这就是桑玉那个"有了"的杰作，这个杰作让阿曼达误会了自己。但她不明白桑德斯为何不走进教堂直言相劝，而要在外面等待着阿曼达出动的那一刻。"也许桑德斯知道，用语言是根本劝不动阿曼达吧！"看到眼前这一幕幕，她在心里感慨道。窗外什么都没有了，她叹了一口气，对身边的安琪拉道："你的姐姐已经离神越来越远了……对吗安琪拉？"小小的安琪拉双目有神，她点点头，转了眼窝。

不多时，楼梯上响起了狂躁的脚步声，是桑德斯如丧家之犬一般走进来。他打开一道门又一道门，他想向任何一个人倾诉，可得到的都是怪异的眼神。最后他抱起像惊恐的小鹿一般的安琪拉，痛哭流涕道："安琪拉，你的姐姐有多漂亮啊，我喜欢她。告诉我安琪拉，我该怎么办？"安琪拉更加惊恐，眼睁睁的，却只字不言。

桑玉被念其打了一个嘴巴，在她的心里还是留下了阴影。尽管在做事上看不出差别，比如听到罗子漫对冉先生的诉说后，她立刻通过荣公子找到曾被她打了一拳头的桑德斯，向他晓说厉害，激起他满腔的愤懑之情，以致才有后来的驱车拦截行为。但那个阴影还是不时地在她的心头掠过，使她顿时鼻子一酸就要落泪。为此，她的变化也是有的，就是不像以前那样形影不离地跟随在小姐左右了，她会借着一些机会给自己留一份空间，作为一个独立的生命存在。

她最愿意去的地方就是西梁庙了。去那里，要跨过一道道的黄土坎，要接受一阵阵的风吹。一路走来，她感受着人世的悲凉。但她一想起大定法师就想笑，笑的是挺好的法师为何要起这样一个法号，联想起来就让人脸红。西梁庙香火并不旺盛，而且因为地处高岗之上，频遭八面风袭，风铃从不停歇地响着，香火也总会被风打散，不像别的寺院那样青烟直上。走进这样的寺院，更让人感受到苦海之深、佛法之妙。大定法师刚来时，西梁庙曾兴旺一时，时间久了，并未见法师有多大法力，法界凡俗之间，也就一如平常。但桑玉看到了，寺院里有生人走动，既不像香客，更不像远来的礼佛居士。尽管有的人也海青加身，但举手投足间都不具佛性，有时甚至能看出凌厉的杀气来。但他们的脸上都带着自信的微笑，那微笑后面仿佛隐藏着巨大的成功，或者是对成功的自信。桑玉看在眼里，心中隐隐地恐慌，觉得世界会因为这样的人而不得安宁，大好河山会因为这样的人而狼烟四起。除此之外还有一种感觉，那便是这些人不可能信佛，佛法在他们眼里是可以拿来当笑谈的。而且，这些人多在寺院西北角的寮房出入。

一次，桑玉出于好奇，挨近寮房走动，突然在一间寮房里传来熟悉的声音。"是郎通判！"桑玉在心里惊叫。她迅速看看左右，见并没有可疑之人监视，便走近窗边，想听个仔细。郎通判在与一个人争论，另一个人的声音虽不熟，但也似曾耳闻，她断定就是大定法师。印象中他们是左膀右臂一般的朋友，但争论之声似有不睦。"本以为你能扳倒荣格，成为赤城掌权人，可你只是多了一个督军之职，这令人非常失望。"这是大定法师的声音。"我该做的事都做了，剩下的事就看朝廷的了，我已经尽力了！"这是郎通判在辩驳。桑玉的心开始怦怦跳，心想这郎纪平果然心怀鬼胎。"我对黑龙会的人有过交代，就目前而言，时机已经成熟，到时候他们会助我们一臂之力。可你现在四平八稳地做起双料官员来了，不思进取，革命何以成功？"这又是大定法师的声音。郎通判半天无语，桑玉心中焦急，她很想听到郎通判还要说什么，可是郎通判的声音再也听不到了。这时几个生人向这边走来，桑玉急忙拐一个弯，向另一方向走去，钻进女寮茅厕。

桑玉失魂落魄地回府，倒了一杯水喝起来，坐下半天了，还脸色煞白。她觉得这件事太大了，大到天上去了，她不知该不该把这件事告诉小姐，可小姐听了又有什么办法？但不说出来又于心不忍，这毕竟是关系到知府大人身家性命的大事。她的反常已被念其看在眼里，但她默然不语，知道桑玉心里是盛不住事的，嘴里是拢不住话的，时间久了，她自己都会受不了的。但一天过去了，桑玉除了神魂不定外，什么都没有说出来，这令念其感到蹊跷，难道是自己误判了她吗？但无论如何，她都不想开口去问，她也知道那轻轻的一耳光伤了桑玉的自尊心，那么要想重新培养她的自尊心，就要对她保持充分的尊重，不轻易探知她的内心。由于她这种心理，就使一件生死攸关的大事，淡化在儿女私情之中了，这个自称"狗肚子盛不了二两香油"的桑玉，竟然死死地把这件事压在心底，让所有的人都在慢慢地逼近命运的无情安排。

但桑玉自此的变化是显而易见的，就是她很容易被吓到，一个突如其来的声音，一个意外的举动，甚至是一个小小的失误，都会令她打个激灵，瞠目结舌。尤其是再见到郎纪平，她总是设法躲开，实在躲不开了，也会低头而过，再也不会有以前的戏谑和调侃了。还有，她很想问问冉先生什么叫"黑龙会"，但话到嘴边又咽了回去。但她心里坚定地相信，"黑龙"不是什么好龙，"黑龙会"也一定不是什么好会。同时，她还很聪明地把"黑龙会"与那天戏谑小姐的两个日本人联系在一起，进而又与热水汤的五岛次郎联系在一起，她以为这些人都不是什么好东西，迟早会祸害人的。

而傻子罗子辉就不同了，那天弓然明取药回来，把药藏在了鸡窝里，然后一反常态地主动钻进他的被窝。"药味！这么大的药味！"他用鼻子闻着，高兴地喊着，"好闻，忒好闻了！"喊着喊着他就来了精神。"好闻你就使劲闻！"弓然明异常温存地说。罗子辉不会想这药味来源于哪里，也就不会想谁又占有了自己的老婆，折腾了一气，就呼呼睡去了，而弓然明却哭了一宿。第二天早晨，双眼肿得像桃子，泪痕仿佛总也擦不去，嵌在脸上一般。她就是以这种模样走进罗家大院的，并且径直走进罗子沫的屋子，把药偷偷地塞进他的裤子底下。罗子沫知道得了药，立刻就想吃，弓然明死死地拽着他的手，示意他注意安全，千万不可露出破绽。丽娘出来进去的好几趟，早对弓然明的形象心怀不满，觉得她有些得寸进尺了，心想你拿这个多情多病的身子给谁看？弓然明当然看出她的不满，有心离去，又不舍，因为从罗子沫的眼睛里看到了深深的依恋，他的软弱让她产生了强烈的保护意识。她心痛他这种变化，可有时也感到满足，因此她以为一个一直强硬的男人是缺少人情味的。她更看到了自己的公公对自己的不满，每次看到她走进院子，他都会装作看不见似的，表情凝重地蹲下来抽烟。他以一种难言的姿态告诉别人，其实他心中的想法很多，他在为自己的儿子鸣不平，却因为自己的儿子毕竟是个傻子而三缄其口。同时，也缘于自己的侄子在不断地受到伤害，使得自己儿媳妇的过分行为也变得可以原谅了。这一点，他与丽娘有异曲同工之处。

正当弓然明要离开时，浑身湿透的阿曼达刚好走进院门。弓然明首先吓了一跳，进而又想到这位洋姑娘以如此情形到来，一定非同寻常。果然，阿曼达见到她眼睛一亮，开口便道："嫂子吗？我就是为你而来的，请你别走好吗？""为我而来的？"弓然明诧异道，然后上下打量起她来，一种不祥的预感立刻袭上心头。"哟，这孩子，怎么衣服全湿了？"这是丽娘的声音。她听到外面有动静，走出来一看，也是大吃一惊。"婶子，"阿曼达亲切地叫道，"我有急事要与嫂子谈，请给我们一个合适的地方，好吗？""啊？这个……"说话间，丽娘便把目光投向惊恐万状的弓然明，"那好办，你们随我来。"她板起面孔道。弓然明迟疑不决，心想，我与你这位洋姑娘无论如何都沾不上边，有什么好谈的？但这个想法很快就被另一个想法打消了，"难道她知道了我与罗子沫的事情？难道罗子沫把这样的事告诉了别人？""走吧嫂子，恕我冒昧，没有提前与你打招呼。"阿曼达很客气地拽起她的手道。弓然明这才放下心来，同她一起跟随在丽娘的身后。丽娘要把她们带进罗子漫的屋子，这要经过自己的屋子。躺在炕上的罗再时突然活跃起来，他呜哇呜哇地说着什么，同时还想要挥挥手，蹬蹬脚。"不关你的事，你老实点吧！"丽娘边大声吆喝着边走进女儿的屋子。"好吧，你们有啥话尽管说吧，我出去了。"说着她便要往外走。"婶子，你也不妨听一听吧。"阿曼达拽住她道。丽娘又看了看弓然明，弓然明不敢正视她的目光，并低下了头。"那好吧！我也要听一听！"丽娘很生气地说，她因弓然明猥琐的举止而生气。

"嫂子，你在给子沫吃什么药？能告诉我吗？我来判断一下，他该不该吃这药。"阿曼达直接进入正题，对弓然明道。"没有哇……我没有给他吃什么药哇。"弓然明几乎不假思索地否认道，但她的脸却涨得紫红。"这不可能嫂子，你一定给他吃了什么药，才使他变成了现在这个样子。请相信我，我是怀着一片诚意来找你的，我不想伤害你，也请你不要对我撒谎好吗？"阿曼达近乎苦口婆心地说。弓然明频频摇头道："我真的没有给他吃什么药，我没有撒谎，不信你去问罗子沫。"这句话她几乎是下意识说出来的，因为她对现在的罗子沫能否清醒理智地处理这件事已经不抱信心。阿曼达看着她，不解地摇头。然后她对丽娘道："婶子请你告诉我，她说的是实话吗？"

丽娘早已目瞪口呆了，她的大脑一时出现了空白，眼前尽是儿子衰弱的形象。

"婶子请你告诉我，她说的是实话吗？"阿曼达又重复一遍。这时丽娘方醒悟过来，她劈头便问："是啊他嫂子，你究竟给子沫吃了什么药？"弓然明吓得倒退几步，但理智告诉她，无论如何都不能说出真相。于是她继续道："我真的没有给他吃什么药，不信你们去问子沫。"丽娘至此也没有理出个头绪，怎么就突然出现了"药"？她一直以为儿子自挨打以后，只是一直没有恢复元气而已，怎么就突然出现了什么药，而且是由一位浑身湿透的洋姑娘前来质问。她本想找出罗子漫的衣服给她换换，却因为这突如其来的药而忘在脑后。阿曼达急躁起来，一边搓着手，一边下意识地跺脚。因为她心里清楚，罗子沫也未必能说实话，如果他能的话，早就说了，她曾那么恳切地问过他。丽娘转身就走了出去，不一会儿工夫，那边就传来了哭号之声："儿子啊，我的傻儿子啊，你为何要吃那毒妇给你的药啊！她是想害你啊，她是想牢牢地把你拴在她的裤腰上啊！"哭声刚落，弓然明眼前一黑，摔倒在地。阿曼达没有理会她，径自跑了出去。

因为弓然明矢口否认给罗子沫吃药，并口口声声说不信就去问他本人。丽娘心想，既然你这么说，那我偏就去问问。快速来到他的屋子，一掀门帘，恰巧看见罗子沫正在吃什么，见有人进来，慌忙把药盒塞到褥子底下。丽娘看得真切，跑过去就将那盒药掏了出来，然后又去掰开他的嘴，见满嘴都是被嚼烂的黑乎乎的药，且蜜香扑鼻。她顿时五内俱焚，把罗子沫嘴里的药一把一把地抠出来，甩在地上，并哭号起来。随后拿着药盒就往外跑，险些与往里跑的阿曼达撞个满怀。"婶子，发生了什么事？"阿曼达急忙躲开问。丽娘把药盒一举道："药啊，那毒妇果然给我儿子吃药啊！"说完便继续往外跑。这时一个人又开始发声了，他就是罗再时。他一边挥着手，瞪着眼，一边呜呜哇哇，并满脸的焦急之色。"去你的吧！"丽娘喷口说道，根本没有停留，转瞬间就跑出门去。"二哥，二哥你快看看吧！快看看你的好儿媳妇，她在给我儿子吃毒药……二哥你可要说句公道话啊！"

罗再恒正蹲在窗下吸烟，听见这声音，站起身来就钻进屋子里。丽娘哑然，愣怔在那里，半天方道："好！既然你不管，那就由我来管。"说完她转身走进自己的屋子，又直奔罗子漫的屋子而去。"婶子，请你冷静些好吗？事情还没有弄清楚。"阿曼达尾随着她解劝道。"姑娘，这还有什么不清楚的？看，这就是毒药。"说话间，丽娘已经奔到弓然明的面前。

因为急火攻心，弓然明一时昏厥，但很快就清醒过来。此时她爬起来，靠在炕沿边，大口地喘着粗气。丽娘把药摔在她的脸上骂道："好个淫妇！这是什么？"话音刚落，两记耳光就扇在她的脸上。既羞且愧，既悔且悲，弓然明早已泪流满面了。"我儿子与你有什么仇啊？你非要这么害他，啊？！"说着她又伸手要打，阿曼达一把抱住了她，道："婶子莫打人，先问清楚再说。"丽娘哪肯住手，挣脱开阿曼达，又狠狠的两记耳光打过去，吼道："那你就说吧！为何要给我儿子毒药吃？"弓然明的脸火辣辣地疼，她急忙用双手捂住，可怜巴巴地看着凶狠的丽娘。"说啊！你这个淫妇，别装出可怜相，你的心比蛇蝎还毒！"说着，她又狠狠地踢过去两脚。其中一脚正中弓然明的胯下，钻心的疼痛令她支撑不住，一下子蹲了下来，忍不住呜呜大哭。"你还哭？我把你的浪逼踢碎喽！没人管教的东西！我岂容你这样随意害人？！"阿曼达上前又抱住她，却被她猛地一甩，摔在一边。正当她还要打的时候，疲病不堪的罗子沫出现在门口，拼命地喊道："妈——要打就打我吧，她没有害我，她想救我！"丽娘猛地转过身来，手指着他道："好吧！那你说，她究竟给你吃了什么药，把你害成这样，死不死活不活的？""药不是她的，是……"没等罗子沫把话说完，弓然明站起来就像疯子一样扑过去，一把捂住他的嘴。这一幕让阿曼达和丽娘都傻眼了。在阿曼达的眼里，这样的举动绝非一般关系所为，因为她看到了，弓然明不但捂住他的嘴，同时也紧紧地抱住了他。而在丽娘的眼里，他们才是一伙的，他们在共同维护着同一个秘密。这令她羞愤至极，她又想扑过去，不料，这下被阿曼达死死地抱住了。因为阿曼达已看到，罗子沫正在为说不出真相而拼命挣脱，弓然明正像疯子一样控制着他，如果丽娘过去，很可能就会为罗子沫解围。那么，那个可怕的真相就会大白于天下，说不定会有更大的祸端产生。阿曼达为知道真相而来，而此刻，她比谁都更害怕那个真相。

　　没多时，罗子沫的脸就变得煞白，虚汗也出了一头，看样子，他已经把所有的力气都耗尽了，他翻了翻白眼，人就开始往下瘫软。"子沫——子沫——"弓然明大叫道。罗子沫就像没了知觉一样躺倒下去，凭弓然明的力气，根本无法让他坚持站立。"子沫——"阿曼达大叫一声也想扑过去，不料却被丽娘死死地拽住："傻丫头，别过去，让我看看她到底要做什么！"丽娘红着眼睛道。

　　"子沫，你醒醒，你不可以这样啊！你要害死我们两个吗？"弓然明一边拼命地往起扶罗子沫，一边哭道。"药……药……"罗子沫口吐白沫，含混不清地叫着。这时弓然明四处搜寻，她记得丽娘把药摔在她的脸上，只有那药能让他站起来，能让他说话。

药就在丽娘的脚下，弓然明清清楚楚地看见了。她放下罗子沫，便向那药爬去。但她的手刚抓到那药，便和药一起被丽娘狠狠地踩住。钻心的疼痛使弓然明想抽回手，但已不可能，丽娘不知哪里来的力气，简直能把她的手和药踩进地底，弓然明因为剧痛再一次哭号起来。阿曼达似乎感受到了那疼痛，流泪劝道："婶子，请你不要这样对待她，她也许是无辜的。""无辜？！"丽娘目露凶光，"这个淫妇死上十回都不冤！"她是咬着牙说出这句话的。"婶啊——婶啊——你就饶过我吧！"疼痛难忍的弓然明发出这样的悲声。

就在她的哭声未落之时，她的头部重重地挨了一棍，随后棍子又像雨点般打下来。弓然明还没有来得及看一眼打自己的是谁，就人事不省了。这个打人者的来势迅猛令人胆寒，他就是一向讷言的罗再恒。阿曼达与丽娘根本没看见他是怎么进来的，更没来得及去拦他一下，弓然明就在他的棍下断了气。

"四妹子，我可以给你一个交代了吧！"打完人后，他异常平静地对丽娘道。

"二哥，你……"还没等丽娘把话说完，罗再恒挥手制止道："妹子，如果她死了，我去抵命；如果她不死，以后就是你手里的泥，你愿意咋捏就咋捏，与我没有任何关系！"说完，他把棍子扔在丽娘的脚下，走了出去。这时，听见外面一阵呜呜哇哇之声，是罗再时在叫喊，他分明是感受到了什么。"兄弟……我的兄弟呀！你何时能说一句囫囵话啊！"罗再恒抱住他的脑袋，也呜呜大哭起来。两个下人听见后，走进来把他架了出去。又有两个女佣走了进来，她们胆怯地看着丽娘，意思是在请她的示下，地上躺着的两个人该怎么办。"把他们抬到炕上吧。"丽娘说完，突然一阵眩晕，险些摔倒，阿曼达见机扶住了她。"婶子，这都是我的错，要怪你就怪我吧。"阿曼达万分愧疚地说道。丽娘意味深长地看了看她，苦笑道："傻孩子，你到现在什么都没明白啊……怎么就能怪你呢？"阿曼达看着炕上躺着的两个人，已经欲哭无泪了，心里早已在忏悔，祈盼神的救助。她不知该向哪个人走去，把手伸向谁，一个是因药致昏，一个是被打致死，情势危重者，无疑是弓然明。神是公义的，但她内心的隐情是自私的。当她选择了公义，想向弓然明走去的时候，丽娘开口道："孩子，你去把那药给子沫吃了吧……"这声音让她为之一震，她忧伤地看了看丽娘，踟蹰地向被踩踏过的药丸走去。

药全被她拿在手里，她捏起稍稍完整的一丸，塞到罗子沫的嘴里，左右看着，下人见状，急忙把水递到她的手里。罗子沫似乎是因为闻到了药味，猛然从昏迷中醒来，便大口大口地咀嚼起来。阿曼达把水递到他的嘴边，他咽下了药，才去喝水，"咕咚咕咚"的声音，谁都能听得见。阿曼达斜眼看了看躺在另一头的弓然明，见她像睡着了一般，表情安静亦安然。这又让她为之一震，她在心里惊呼道："怎么？她竟像找到了归宿一般……那分明是解脱后的姿态，天使般的容颜。"看上去，都不忍心去打扰她。

　　再一看，丽娘却满脸得意地看着弓然明。在阿曼达的经历中，从来没有看到这样一张脸，说不上仇恨与恼怒，说不上幸灾与乐祸，却又把这一切隐藏在淫淫的笑容背后，令人不寒而栗、不伤而悲；再看她的眼里，却分明含着泪水。"婶子，她……怎么办？"阿曼达很胆怯地问。丽娘竟然打个激灵，像从沉思中惊醒。她双眼一闭，两滴泪珠滚落下来，然后长出一口气道："放心吧，她死不了……她正在做美梦呢。"这冷酷的语言，令阿曼达不解，同时也顿生不满。眼前便闪现着在弓然明家里时的情景，一个爽快而无忧的姑娘，如今变成这副模样，竟让一个人痛恨到这种程度。

　　正当她想向弓然明走去的时候，罗子辉一扇门似的进来了，呵呵笑道："睡这儿了。我爹说不让她睡这儿，让我把她整回去呢。"他不看谁，像在自语，抓起弓然明就挟在肋下，山一般离去了。来去之间不容人分说，却令众人纷纷让路。他的身影消失，阿曼达才醒悟过来，刚想大叫，被丽娘制止道："让她去吧……她死不了！""婶子，她这一去，可真的要死了。我们救救她吧！"阿曼达苦苦哀求道。丽娘不再言语，翻箱倒柜地折腾，终于找出罗子漫的一身新衣，递给阿曼达说："傻孩子，还是顾顾你自个儿吧……快换上。"阿曼达这才意识到自己是穿着一身湿衣服奔来走去的。她接了过来，迟疑地看着躺在那里的罗子沫。"换吧换吧，他哪里还顾得上看你。"丽娘说完，又向下人们挥一下手，下人们一窝蜂地出去了。阿曼达这才一件件地往下脱湿透的衣服，然后换上罗子漫的新衣。丽娘虽有意转过身去而避开，但眼睛的余光还是有意无意地看到了阿曼达的胴体，那么光洁玉润，那么婉曲婀娜，凭感觉，她绝对相信阿曼达是个冰清玉洁的女子。联想到自己的儿子，已被那毒妇破了身，便心如刀绞。

　　由于药力的作用，罗子沫早已从昏迷中醒来，但意识还很模糊。他的眼前总是出现冉先生慈祥的面容，他的嘴里也一遍一遍地叫着："师父……师父……"他眼前的师父有时在讲课，有时在说笑，有时在喝酒，有时又是满脸的悲愤。但他还是恍恍惚惚地看到了正在换衣服的阿曼达，光光白白地晃着他的眼。他以为那是弓然明，于是他又喃喃地叫道："嫂子……嫂子……""不要叫了！"丽娘喝道，"作孽呀！作孽呀！"阿曼达的脸则"唰"的红了，但很快又黯淡下来，因为她已猜到罗子沫与弓然明之间的微妙关系。

罗子辉挟着自己的女人从西川走到东川，一路跟随着许多孩子，他们在好奇地判断着，这女人是假死了，还是真活着。但这些孩子还是被家长们一个一个地截下了，等到罗子辉跨入家门时，仅剩下两三个了，探头探脑地往院子里望着。他们发现面如死灰的罗再恒直愣愣地站在院子当中，无奈地望着苍天。罗子辉挟着自己的女人经过院子想要进屋，被罗再恒拦住，指着地上的一扇门板道："放这儿！"罗子辉看了看那门板，道："她不能睡这儿，凉！""她就睡这儿！快放下！"罗再恒瞪着眼睛大吼道。吼声吓退了外面偷窥的孩子，也把自己的傻儿子吓了一跳，他麻溜儿地把自己的女人放在门板上，道："放这儿就放这儿。"然后又把自己的女人摆摆平，道："爸让你睡这儿，你就睡这儿吧，等醒了再进屋。"

可是，弓然明始终也没有醒来，从夕阳西下，到夜幕降临，她就那么如沉睡一般，在门板上静静地躺着。罗子辉几番去看，都失望地对父亲道："爸，她几时醒来啊？"罗再恒总是看也不看他，吼道："快了！就快了！"这语言中的深意，只有他自己能懂。

如果说能懂的还有其他人，那便是丽娘了，她已和阿曼达在罗子漫的屋子里和衣躺下。虽然和阿曼达言语至深地说东道西，但心神片刻都没得到安宁。她在想，弓然明是死是活，今天都无从知道了。明天早上，很有可能被报丧之人敲开大门；如果不然，那么弓然明就没有死。她相信罗再恒绝不会为她请医问药的，但每当心中忐忑的阿曼达不时追问弓然明的情况时，她总是道："放心吧，她不会死，会有人给她医治的。"言语之似是而非，令阿曼达沉痛不已，只有在心中默默地为那个可怜的女人祈祷。

罗子沫仍在自己的屋子里静默地躺着，他在努力地回忆着今天所发生的一切。长天宁静，冷月当空，纸窗洒上一层银白；风忽起忽落，若泣若吟，倍添凄凉；母亲与阿曼达的谈话不时传入耳鼓，隐约中还能听到母亲的叹息之声。此刻，他比任何时候都想见到弓然明，他已感受到他们的处境，众人的不容和恶毒的棍棒，使他以为他们可以死在一起了。

当人语和风声终于被长夜吞噬，夜便静得可怕，他艰难地推开一道道门，跟跄地走在去往东川的路上。他不知道自己会落得什么下场，是堂兄的暴打，还是大伯的责骂，他都不会在意，他只想看看那个令他神魂不定的女人，哪怕只有一眼。

万物都在沉睡着，堂兄家的大门没有关死，一个可以容身的空隙像在专门恭候着他。再一看，屋门也黑洞洞地敞开着，似乎藏着无数双眼睛在看着外面。正当他思忖着该何去何从时，发现院子中央竟横躺着一个人。他挤进大门，快步走过去，不出所料，就是自己要看一眼的人。他蹲下身去，看着那张苍白的脸。"她已经死了，被活活打死了！"他在心中呼叫。"是我害了你呀！"他低吼一声，捧着那张脸，泪如雨下。正当他想把自己的脸贴上去的时候，她的双眼可怕地睁开了，随即她的周身微颤抖一下。"子沫！"她艰难地叫了一声，"莫哭……我还活着。""你别吓唬我，你真的没有死吗？"罗子沫惊恐万分地说。弓然明凄苦地笑了笑，伸出冰凉的手，抚摸着他的脸，"我就在等你来呀……你不来，我不死。"罗子沫一下子抓住她的手，泣不成声地说："我这不是来了吗？我来和你一起死……死了啥都不怕了。"弓然明又摸摸他的脸，含笑道："傻小子，我死可以，你不能死。"罗子沫哭道："可我已经生不如死啊！"两滴冰冷的泪从弓然明的腮边滚落，她哽咽道："子沫，到今天这步田地，都是我害了你呀！"说完，她的双眼溢满泪水，在月色中泛着晶莹的光。罗子沫道："事到如今你就别说这些了，我从没有怪过你。"弓然明专注地看着他，半天才道："子沫，知道他们为啥把我放在这儿吗？"罗子沫摇摇头。"知道为啥两道门都开着吗？"罗子沫再次摇头。"你真是个书呆子！"弓然明苦笑道，"告诉你，把我放在这里，是因为不知道我的死活；开着两道门，是给一旦活过来的我，以选择的机会。要么走进那道门，重新成为罗家的媳妇；要么走出那道门，或远走高飞，或自行了断。看看吧……罗家的人多有心计。"罗子沫惊讶万分，前后看看两道门，道："那你选择哪道门？""你说呢？"弓然明低声问。罗子沫摇头不语，止不住地流泪。弓然明叹口气道："那真的就看你的了……"罗子沫有些着急，哭道："我不懂！你把话说明白。"弓然明抓住他的手道："子沫，如果从今以后你死也不喝那个药，我就进那道门，从今以后我们还能朝夕相守；如果你办不到，我就出那道门，从今以后你再也见不到我了。"说着，她的泪水滚落下来，在月光下亮晶晶地闪着。罗子沫顿时内心迷乱，不自信地低下头，低语道："可……可我真是个废物。"弓然明一听，挣扎着想坐起来，道："那好，我这就

259

出去，是死是活与谁都无关。"罗子沫见状，一把抱住她道："好，好，我答应你，从今以后死也不吃那药。"

这时，屋子里响起响亮的咳嗽声，罗子沫吓了一跳，怔怔地看着弓然明。弓然明似乎不为所动，平静地说："子沫，记住你说的话！""记住了。"罗子沫点点头。"真的记住了？"弓然明再次问道。罗子沫使劲儿点点头，道："真的记住了！"弓然明开心地笑了，道："那好吧，你回吧，我也该进屋睡觉了。"罗子沫突然产生不舍之情，使劲儿拉着她的手不放。弓然明沉下脸来，用力推他一把道："快走！有人已经忍受不了了。"话音刚落，果然又听到凶狠的咳嗽之声。罗子沫吓得站起身来，匆忙逃去。

弓然明终于走进那道黑洞洞的门，见炕上有一豆光亮在闪，她知道那是公公在抽烟。她默不作声地爬上炕，方觉得筋骨剧然疼痛，周身寒气逼人。"醒醒！你媳妇要睡觉了！"罗再恒使劲儿踹两脚正在酣睡的罗子辉，但没等他完全醒来，弓然明已经钻进他的被窝。"我也该走了！"罗再恒自语道，用拇指熄灭了烟火，匆忙下地。当他要走出门口时，又轻声道："明天好好歇着，还要吃一些药的。"但没有回音。随着一声响动，关了一道门；一会儿，又一声响动，另一道门也关了。然后天地间又复归平静。

- 16 -

第二天一大早，阿曼达就走了。因为自己的衣服还没有干透，她依旧穿着罗子漫的衣服走出罗家大院。丽娘和罗子沫相送，看着自己女儿的衣服穿在洋姑娘的身上，那么玲珑得体，丽娘始终把幸福的微笑挂在脸上。送到村头，她恋恋不舍地抓住阿曼达的手道："明天你再来，你的衣服就干了。"阿曼达感受到那双手的温度，那双眼的亲情，然而她却看着精神委顿的罗子沫道："明天我就不来了，我等着子沫给我送去呢。"罗子沫强作笑脸，点点头。丽娘则道："那也好，子沫还要教你读圣贤书呢。"阿曼达的心感到一阵钝痛，苦于罗子沫的现状，她用怀疑的目光注视着他。"阿曼达，你放心吧，今天晚上我们照常上课！"罗子沫很有力度地说。阿曼达想了想，凄然一笑道："不急，你在家好好静养几天，嫂子那边你也多照看照看。书不是一日读的，就好比《圣经》，都不是一日读的。""嫂子"二字令罗子沫打个哆嗦，他无奈地看了看自己的母亲，果见她的脸色立即阴沉下来。"阿曼达呀，中国人的事，你一时半会儿还弄不懂。子沫他到现在，全是那个……"丽娘没有把话说完，泪水就下来了。阿曼达又觉得自己说错了话，急忙安慰道："婶子，阿曼达觉得你言重了。我相信子沫，他会自己保护好自己的。嫂子她人不坏，这我是知道的。""唉——"丽娘长叹一口气道，"孩子，我就不送了，让子沫再送送你吧。"阿曼达点头道："婶子请回吧，我有时间就来看你。"丽娘点点头，转身回去了。

罗子沫看着母亲的背影，心如刀绞。因为他终究觉得自己还是个病人，弓然明在夜里说的话言犹在耳，但他仍旧觉得自己缺少一股力量，能够战胜自己。阿曼达走近一步道："子沫，我向你道歉。""道什么歉？"罗子沫故作不解道。"我不该打扰你的生活……"阿曼达十分凄楚地说。"我的生活？我的生活不是被你打扰的。"罗子沫面无表情地说，然后迈步向前走去。"或者说，我不该触动你的隐私。"阿曼达跟上来道。罗子沫扭过头，冷冷地看她一眼，没有说什么，然后继续走路。前面响起西川的水声，罗子沫就像没听见一样，向前大步走去。阿曼达看得真切，罗子沫的脚步没有停下来的意思，眼看着就要踏入水中。她紧跑两步，一把拽住他的后衣襟，因为惊吓与不解而大口喘着粗气。

"罗子沫！"她叫道，"弓然明怎么会爱上了你！？"罗子沫回过头来，脸色蜡黄，目光呆滞，不认识似的看着阿曼达，半天才道："你说什么？你再说一遍！""弓然明怎么会爱上了你！"阿曼达又重复一遍。"啪"的一记耳光重重地打在她的脸上，"阿曼达，你以前都没有错……可现在你错啦！"他恶狠狠地说。阿曼达的嘴角挂上一线殷红，她立时松开了手，捂住火辣辣的脸，大声叫道："罗子沫！你和桑德斯没什么两样！"罗子沫不以为然地说："你的思想这么复杂，我看你也不用人教了，我也教不了你了！"说完，他便要离开，可没走两步，后衣襟又被阿曼达拽住了。"不要啊子沫，不要这样离开我。如果我说错了什么，请你原谅。"她哭道。罗子沫使劲儿挣脱两下，阿曼达没有松手。恰在这时，一辆马车向这边驶来，罗子沫急忙道："松开阿曼达……晚上我把衣服给你送过去。"阿曼达这才松开手。罗子沫与马车夫认识，他正好赶车进城，罗子沫便让阿曼达搭上顺路车，自己才迈着沉重的脚步往回走。

马车很颠簸，阿曼达的心情反倒越来越畅快，她不时地摸摸自己被打的脸，回味着罗子沫愤怒的神情。"我敢断定，即便弓然明喜欢罗子沫，罗子沫也未必真的喜欢她。他打人，说明他在极度地否认。大不了是弓然明一厢情愿而已。"她在心里默念着，直到马车快进了北门，她才醒悟过来，急忙跳下了车，对车夫道了谢，然后迤逦往教堂的方向而行。过了大凌河，老远就看见教堂门口停着一辆轿车，她的心"咯噔"一下，是桑德斯还在教堂。她放慢了脚步，盘算着怎样应对这位粗鲁的人。正当她打算进城散散心以回避桑德斯的时候，又见门口站着一个小人儿。"安琪拉！"她叫了一声，然后她义无反顾地向前走去。这个小小的人儿站在门口，竟给她无穷的信心和力量，她以为妹妹是奉神的旨意在迎接她。安琪拉好奇地看着姐姐一路走过来，甜美的笑靥挂在脸上。"姐姐，你真好看。"她对拉住自己手的姐姐道。"是吗？这是罗子漫的衣服，难道我穿着也好看吗？""好看！"安琪拉点头道，便随着姐姐往里面走去，并很快一步一步地登上楼梯。

一个高大的身影堵在楼梯口，阿曼达倒吸一口气，心也突突直跳。桑德斯抱着双臂，满脸的愤怒与蔑视。他用猥亵的口气道："你就那么想做中国女人吗？连衣服都换了，是不是罗子沫已经占有了你！"泪水马上溢满阿曼达的眼眶，怒道："这是神的圣殿，请你注意自己的言行好吗桑德斯？"桑德斯冷笑道："是啊，这是神的圣殿，我应该注意自己的言行，最起码不该堵住我心爱女人的去路！"说着他闪到了一边。阿曼达领着妹妹，看也不看他，上了楼梯。"阿曼达，你流泪的时候可真美，但愿只有我能独享这种美。"当阿曼达经过面前时，桑德斯故作深情地说。

阿曼达没有理他，径自走去。但今天教堂的冷清让她预感不祥。"子漫！子漫！"她沉住气，叫了两声，没人作答。"都去传福音了。"还是安琪拉轻轻地告诉她。"父亲呢？"阿曼达又问。"始终没回来。"安琪拉仍轻声轻语地说。阿曼达走进自己的屋子，桑德斯随跟着进来，并含笑对安琪拉道："你回避一下好吗？我要与姐姐单独谈谈。"安琪拉疑惑地看着他，然后把目光落在姐姐身上。阿曼达也面带疑惑，但她还是向安琪拉点点头，安琪拉这才转身走了出去。

可没过多时，在外面徘徊的安琪拉就听到闷闷的求救之声，她跑到灶间拿起一根捅炉子的铁条，冲进姐姐的屋子，见桑德斯正死死地把姐姐压在身下，拼命地亲吻姐姐的脸，一只手正在往下扒姐姐的衣服。她不再迟疑，走上前去，狠狠地一铁条砸在桑德斯的脑袋上。桑德斯一声惨叫，抱着脑袋滚了下来。"安琪拉，你怎么能打我！"他怔怔地看着安琪拉道。安琪拉害怕了，往后退着身子，双唇紧闭着，铁条掉在地上。阿曼达慌忙站起来跑到窗前，一边将着头发，一边用责备的目光看着妹妹。桑德斯把手拿下来一看，见上面沾满了鲜血，他大叫一声就跑了出去。不多时，就听到汽车猛烈发动时的声音，随后又是快速远去的声音。阿曼达则和妹妹久久对视着，一时间，教堂里什么声音也没有。"安琪拉，你打了人……他流了血。"因为静，阿曼达的声音显得很大。安琪拉眼睛里浸满了泪水，又胆怯地向后退着身子，直到靠在门上。

从这个时刻起，阿曼达就在盼望着罗子沫的到来，毕竟，她的衣服还在他的家里。一晃几天过去了，她的盼望由炽热变得冰冷。她也多次想以取衣服为名再去他家，但不知为什么，她鼓不起这个勇气。闲暇的时候，她便揣度着罗子沫的病情怎么样了，可眼前闪现的总是罗子沫那张英俊的面孔，那健美壮硕的身材。捎带着她也揣度桑德斯头部的伤怎么样了，那样仓皇而逃，他一定是到城里包扎去了，这么主动地包扎伤口，说明那伤并无大碍。罗子漫已经很少和阿曼达说话了，尽管看见自己的衣服穿在别人的身上，总有亲近之感，但内心里的距离更可怕。她俨然是教堂的主人了，这在阿曼达的眼里没有什么奇怪的，谁与神亲近，谁就会得到神更多的恩泽。父亲对她也渐渐冷淡起来，因为她的行为与心迹岂能瞒过父亲的眼睛？这她也能够接受，在这所圣殿里，没有人情的亲疏薄厚，只有一颗虔诚的心，谁的心远离了这里，谁就会被这里的人淡漠甚至抛弃。母亲本来就是不谙事理、不知冷暖的人，她不祈望从她那里得到心灵的安慰。想来想去，只有年幼的妹妹还算体贴，从她那双早熟而沉默的眸子里，能看到浓浓的姐妹亲情。

时光一日接一日地过去，她在徒增着烦恼。那种难以抗拒的情感，在增添着她与这里一切的不协调。

这一日，天气骤冷，窗外飘着雪花，她无心和众姊妹们去冒雪传福音，独自站在窗前，望着外面白茫茫的大地，回味着夏天的火热和秋天的悲凉，冰冷的泪水挂在脸上。"我不愿被折磨，我不愿失去往日的笑容和欢快如流水般的心情。这大地上的一切，为什么不再有我的乐趣？在漫漫的长夜，我为什么不能安眠？我不想失去神的爱，因为他能令我安详。我不要这种爱，因为他令我悲伤。但撒旦的强迫令我负心，把它上面涂上蜜，说是你的膏油。它用虚情假意蒙骗我，说是你的旨意。神啊我的神，请拯救我的灵魂。"她一边含泪祷告，一边把自己的大辫子拆了再编，编了再拆，外面的雪花变得纷纷扬扬。

因为是雪天，秀塔书院不再书声琅琅。冉先生盘腿坐在炕上，寂寞凄清地喝茶，各种情怀便纷至沓来。令他感到奇怪的是，虽然罗子沫已多日不来，明知他的情况不算太好，但不再像以前那样，一时一刻都放心不下。难道是为他操的心太多了吗？还是师徒的缘分已尽？的确，因为少了对他的牵挂，这天地间都显得平静多了。因为念其与桑玉也很少提及他，他以为她们也和自己一样，该淡忘的就要淡忘了。

但他错了，因为在这个时候，桑玉正在用语言敲打着自己的主人。这是初冬的第一场雪，念其的心里莫名其妙地抑郁难挨，连早饭都没有吃，早茶也没有喝，头不梳，脸未洗，就那么痴痴呆呆地坐在那里。桑玉过来过去地忙着，收拾妆奁，打扫屋子，整理衣物，还故意弄出很大的动静，可丝毫干扰不了小姐的幽思与痴情。最起码她是这么认为的。开始她一言半语，指东道西地说着什么，后来干脆道：“听说罗子沫又上浴海池林当伙计去了……说他还离不开那药，要我看啊，就是离不开他嫂子。就这么一个人，谁为他动情谁才傻呢！有那个精神头儿，还不如逗逗猫儿狗儿，它们还知道冲你摇摇尾巴叫两声呢！我也不知道这人都看上他啥了？没有郎通判的才能，也没有桑德斯的富贵，他到底哪里香人？”话说完了，见小姐仍无动静，她又干干脆脆地骂了一句。骂完了，念其方反应过来，脸“唰”的红了。但她并不避讳，完全敞开自己羞涩的容颜，竟少有地大胆，道：“桑玉，你不懂得儿女情长，连猫儿狗儿都懂。”桑玉一听，张大嘴巴惊呆在那里，半天才道：“你在骂我连猫儿狗儿都不如！小姐，我寒心啊！”说话间她哭了，走进自己的屋子，躲起来了。过了一会儿，念其悄悄地走过来，极尽温柔地说：“桑玉，把你的脸盖起来，我跟你说一句心里话……”“干啥？”桑玉诧异道，急忙擦干眼泪。“盖不盖，不盖我就不说了。”念其含着诡异的笑容道。桑玉见状，不禁兴起，一把拽过枕巾，蒙在自己的脸上道：“说吧说吧，不信我会被吓死！”过了好一会儿，念其清了清嗓子，声音颤抖地说：“桑玉，你就没想过……让男人抱一抱的感觉吗？”话音刚落，桑玉“妈呀”一声大叫，又用手捂住了遮盖她的枕巾。念其又用更加颤抖的声音道：“那可是千金不给、万金不换的事。”桑玉又“妈呀”一声大叫，“羞死我啦——羞死我啦——”紧接着她又大呼不止。可叫了一会儿，见跟前没了动静，便偷偷地揭开枕巾，见小姐已经没了踪影。她一头躺下去，把脸埋在被子里，呜呜大哭起来，边哭边道：“小姐呀，你杀了我吧……快杀了我吧……没法活了！”哭叫之后，仍听不见什么动静，桑玉知道小姐已经躲起来了，可自己也不好意思过去看她。就这样，几乎是一整天，她们都各自守着空房，想着各自的心事，连午饭都没有吃。

傍晚时分，雪花还在零星飘落。雪花随落随化，但时间久了，到底积攒了一层银白在大地上。西门里的德盛酒家比往常冷清多了，正是该酒客盈门的时候，却只有一对落寞的父女小酌。女儿娇巧玲珑，一脸英气。父亲高大魁伟，却满面阴沉。女儿频频给父亲斟酒，自己也陪着喝一点。父亲有时连菜都顾不上吃，仍是女儿夹起来送到他的碗里。店家坐在柜前打着算盘，不时地瞟一眼这对父女，询问着可否再加酒添菜，每次都是女儿轻轻摆手，以示不必。酒家不断地观察他们还另有原因，因为这对父女不断地小声嘀咕着什么，到后来又由嘀咕变成争论，声音虽不大，态度虽安详，但酒家却看到了争论的激烈。最终他们的争论也没有结局，并带着各自的观点起身离开。在算账付钱的时候，酒家一手接过女儿递过来的钱，眼睛却在盯着父亲，因为似曾相识，酒家的神情突然慌乱。父亲发现情形不对，急忙率先离开。后出来的女儿急忙想追上父亲，却发现迎面而来的几个和尚正回望着父亲的背影，显然他们刚刚与父亲擦身而过。既回望，便有机缘存在，女儿开始警觉起来，但又一想，一群和尚能做得了什么？大不了是对外地人产生好奇之心而已。于是便放松了警惕，快步赶上父亲，拽住他的一只胳膊，示意他慢点走。父亲并没有放慢脚步，而是反过来领着女儿，向一家客栈走去。他们根本想不到，四个戴上帽子的和尚，正在盯着他们不放。不多时，父亲单独从客栈出来，在映雪的夜色里，匆匆而行。

翠玉仙的一道门被轻轻敲开，妓女雪苓上来就勾住敲门者的脖子，骚气扑鼻而来，瞅也不瞅就道："哟……我说哥哥呀！难得你对小妹一片痴情，这大雪天的还登门探访。来得好，小妹正孤苦冷清呢，恨不得找一个疼我的人热乎热乎呢！"话音刚落，得到的回答却是："你这个骚货！睁开眼睛看看我是谁！"雪苓像被泼了一瓢冷水一般，打个激灵，便怔住了，直勾勾地看了半天，突然一声大叫，倒退两步道："左大人？你还没死啊？！"说着便一把拽他进来，立刻把门闩死，回身又道："啊对了……你是被一群大雁救走了！我想起来了！""大雁？"左汉庭瞪眼反问道。"啊不……是大侠，一群大侠。"左大人的双眼开始冒火，呼吸开始急促，犹如战场临大敌。他刚想抱起雪苓，却被雪苓一推道："你的胡子呢？"说着在左汉庭的脸上摸一把；又道："你的囊囊膪呢？"说着又在他的肚子上摸一把。左汉庭急不可耐地说："没了，都没了！"说完又想抱，没想到又被雪苓挡了回来，爹一声妈一声地叫着："你是在哪里养成了一个英俊小生啊！这都是为了我吗？"说着直瞪瞪地看了他一眼，又猛地闭上，仰脸哭道："不是为了我又为了谁呢？那还用问吗……实话对你说吧汉庭，自打你走以后，没有一个真心疼我的，来一个是狗娘养的，来一个是狗娘养的！那个俄国鬼子桑德斯更是狗娘养的！就知道糟蹋人，就知道搓磨我这一身白肉啊！"说着说着，她真的掉下了眼泪。左汉庭也很伤感，想自己半生飘零，吃尽了苦头，连个真正惦记自己的女人都没有，关键时刻，还得到这里来寻求安慰。想着想着，他便痴茫了。掉了几滴眼泪的雪苓见左汉庭没了动静，便睁开眼睛"啪"地打他一下，"死鬼！你还等什么？！"左汉庭的伤感顿时化作更猛烈的冲动，把她抱起来就扔在床上。雪苓"啊呀"一声叫唤，然后又发出一串奇痒难挠般的笑声。

也是在这个雪天，表弟盛金龙面对罗子沫发出更加诡异而难听的笑声，那笑声让人产生憋不住尿的感觉，让人感到头皮发麻、膝盖发软。"姥姥的那个棉裤腰的！什么耶稣是个好人哪……他分明是看中了那洋姐，才不让我们扫平洋教的，表哥……"他叫了一声弓么长，"你难道忘了？那天咱们在教堂要整死桑德斯的时候，那个洋姐对待他那个样子，我的妈呀，老肉麻了，说实在的，我都眼馋。事实胜于雄辩，不能听他的，听他的死了连裤子都穿不上！"说完了，他"啪"地吐一口唾沫。弓么长做深思状，嘬一下牙花子，又用手挡了挡刀锋，半天才道："我不知道耶稣是谁，但那个洋姐我确实见识过……怎么跟你形容呢？就这么说吧，她最怕杀人，也痛恨杀人，无论杀谁都如此，比杀她自个儿还难受。操！要说她这个人吧……怎么跟你形容呢？够心软的，也很胆小，在我们家那天夜里，我的一泡尿就把她吓坏了，第二天还打蔫儿呢。可也奇怪，那天晚上我当着她的面'咔咔'磨刀吓唬她，她却面无惧色，嘿，却怕尿，你说怪不怪。要说那长相……怎么跟你们形容呢？好不好看没法说，和咱们中国的姑娘们没有可比性，可看着就是舒坦，可以说忒他妈的舒服了！要说我这个月白（辽西方言，无名无分姑妾称之）姐夫看上她了，我信！要说这个洋姐是个好人，我也信！"没等他说完，盛金龙打断他道："行了行了，你这话听着秃露反帐的！那教堂也不是洋姐的，那都是洋大人的。舍不得那个洋姐，我们可以留着她，但教堂必须要扫平，他们太祸害人了！"这时，众兄弟都七嘴八舌地吵吵起来了，说什么的都有，但大多数都赞成盛金龙的说法，都说："三师兄说的有道理，二师兄你可要仔细想想。"

面对这种场面，罗子沫心急如焚，那种隐约闪现的想吃药的念头都不知跑哪里去了。他想制止这场杀戮，并痛下决心，必须制止这场杀戮！自从被弓去快从自家带走，已经有些时日了。大病初愈，他想念的人很多。痛定思痛，他感慨更多。他总要把事情的来龙去脉，翻过来倒过去地理顺，想要从中得出一个光辉的结论，可最终总是一片茫然、一头雾水。因为他最不能说清的，还是他自己。

自从送走阿曼达后，他不时地感到手掌发麻，他知道那是因为打了阿曼达的缘故，他觉得这一巴掌打得有罪。为了赎罪，他想尽快地把衣服给她送去，尽快地教她读书。可每当抬脚要走的时候，他的心就突突直跳，就感到莫名的恐慌，眼前就有无数的药丸在飞舞，药丸当中夹杂着各种面孔：一会儿是母亲的；一会儿是先生的；一会儿是念其的；一会儿是弓然明的。那些面孔都在向他说"不"。

于是他再也迈不动步了，手里拿着的衣服就掉在了地上。丽娘看在眼里，疼在心里，眼看着他失魂落魄地爬到炕上，又一滩泥似的躺在那里。如此三番五次地折腾，丽娘干着急没办法。有心去找冉先生诉苦，又怕太丢人；有心去找二哥帮忙，心想他不是看不见，只是不闻不问；但没心思去诉说的人却一刻都不住口，那便是自己的丈夫罗再时，他呜哇呜哇的好像有许多道理可讲，但得到的都是丽娘的一顿呵斥："快闭上嘴吧！就知道添乱。你知道你儿子是谁吗？"那罗再时一听，往往会"咕咕"地打几个嗝儿，好像吃了一粒枣，没吐核，噎得够呛。

这天早晨，罗家大院响起急促的敲门声，刚坐在饭桌前的丽娘急忙往外走。门已经被下人打开，一个披着整张羊皮、满脸泪痕的老爷们儿站在她的面前，使劲儿看了她两眼，开口便道："亲家母啊，我这几天的眼皮嘣嘣直跳哇，心也刀绞麻乱的，总觉得出啥事了。想了一遭又一遭，还是想到我闺女这儿来了，莫不是她生病长灾了？快带我去看看吧！"众人一听都愣了，丽娘也是想了半天才开了窍，知道这是弓然明的爹。便尴尬一笑道："哟，这不是柏杖子的亲家吗？大老远的来了，快上屋歇歇脚，再吃点饭。""不了不了，我就是想看我闺女一眼，看完就走，不麻烦你们！"弓去快干脆地说。丽娘刚想说什么，蹲在窗户下抽烟的罗再恒站起身来，边走边道："你闺女挺好的，你想多了！到我家里你还不放心吗？"弓去快突然双目放光，走上前去，踹他一脚道："好你个死鬼！还多年的生死弟兄呢！我把闺女都给了你家，这么长时间了，你都不去看我一眼？你可真行啊你！"说着说着竟满眼泪花。罗再恒也感同身受，湿了眼睛，叹口气道："别说这些了吧，眼目前的你来了，我得好好招待你，快上屋吧。"说着就去拽他的手。弓去快把手用力一甩道："快别整虚的了，让我看闺女吧！我一刻都等不了了。"罗再恒面露为难之色，偷偷看一眼丽娘。丽娘急忙道："亲家，这话……可怎么说呢？""有啥说啥，又不是外人。"弓去快接过来就道。"是这样……"罗再恒眨巴着眼睛道，"你闺女他们……分家另过了。""啥？"弓去快吃了一惊，但随即又沉下脸来道："那倒也是常理，只是你那儿子……唉，不说了，快告诉我，她的家在哪儿，我一刻都等不了了。"罗再恒和丽娘相互对视，表示无奈。丽娘返回自家的屋子，有心让自己的儿子领他去弓然明的家，但一看罗子沫那副样子，便又转回来，只好打发一个下人去办这件事。

脚步匆匆，弓去快不知道是如何经过各家门前，又如何被沿路的许多狗咬着，走进自己女儿家的。一进院子，他便心凉半截儿，瞪着眼四处打量着，突然叫骂道："这狗日的罗蛮子（罗再恒赌桌上的外号），就让我闺女住这儿呀！破狼破虎的，是人住的地方吗？"下人一龇牙，笑道："亲家老爷，没啥事我就回去了。""回去吧！告诉罗蛮子，我有话说！"弓去快厉声道。"哎！"下人答应着，便跑没影儿了。屋门虚掩着，冷锅冷灶的，并且没什么动静，一股污污糟糟的气味直钻鼻子。"然明啊，然明！在家吗？是爹来了，看你来了。"他带着哭腔喊道，仍没什么动静，但他没有径自进里屋。"难道家里没人？"他自语道，"然明！爹来看你来了，在家就吱一声！"他又大叫道。过了好一会儿，才听见游丝一般的声音："是谁呀？那就进来吧。"弓去快这才放心大胆地走进里屋。进屋一看，他便傻眼了，见自己的女儿盖着一副破被子，蓬头垢面地趴在炕上，目光呆痴、神情萎靡地往外望着，却分明眼中无物，一片茫然。再看枕头边上放着两只碗，一只碗里是咸菜条子，一只碗里是剩下的半碗高粱米饭，一双黑乎乎的筷子横陈其上。还有这间屋子，黑咕隆咚的，到处挂着塔灰。也没有什么家具，只有一口破黑柜横在北墙下，上面落满了灰尘，女儿出嫁时的洗漱用具胡乱地摆在上面，显得新旧很不协调。地下放着一个洗脸盆，盆里有水，水中泡着一条黑乎乎的毛巾。弓去快站在地下打转转，却再也看不下去了，他万万没想到，女儿竟是过着这般的日子。"爹，你咋来了？"弓然明干巴巴地说，"你……还知道有我这个女儿？"

弓去快哽咽了，为忍住哭声直拨浪头，"闺女呀……爹不该来吗？爹何曾忘了你？"说着，他抹一把老泪。弓然明眨了眨眼睛，勉强挺起的头又无力地耷拉下去。

"罗蛮子！你对不起我呀！"弓去快又跺着脚道。"爹，你来晚了，你再早两天来就好了。"弓然明哭道，并不抬头。弓去快不知女儿何出此言，便道："我这两天心里就刀绞麻乱的，总有不祥的预感，没想到，真就应在了你的头上。你这是咋了？病了？还是有人欺负你？不到一年的时间，你就像换了一个人儿，爹都快认不出你了。"说着，他疲惫地坐在炕沿上。"爹，你还没吃饭吧，我这就给你做饭去。"弓然明终于泪流满面了，并挣扎着想起来。"快别动了，爹还吃得下吗？"说着，他帮女儿掩掩被角。这时，外面传来"咚咚"的脚步声，随后进来一个人，把弓去快吓了一跳，刚想问是谁，这个人却"咕咚"一声跪下了，呵呵乐道："岳父大人在上，受贤婿一拜！"说着就把头往下磕，却因跪得离炕过近，那颗硕大的头颅便"咣"的一声磕在了炕沿上。他顿时生气了，捂着前额骂道："哎哟！该死的！"骂完之后又呵呵一乐，往后退了退，便又一头磕下去，不偏不倚，正好磕在了弓去快的脚背上。他又生气了，捂着额头又骂道："哎哟！该死的！"。骂完又要往下磕，被弓去快一把薅住头发道："别磕了别磕了，你是谁呀，就跑这儿来磕头？"弓然明正抬头看着这一切，听见父亲问是谁，便无限悲戚地说："他不是说了嘛，是你的贤婿。""啥？他就是我的女婿？"弓去快大叫一声，便哇地大哭起来，哭得涕泪横流，"鱼苗啊鱼苗……我对不起你呀，我害了咱闺女了。那罗蛮子只说是呆了点、丑了点，谁想到竟是这等货色呀！我该死呀我！"他边哭边说边打自己的嘴巴子，啪啪作响。那罗子辉竟张着嘴，傻呵呵地看得好奇。弓去快见状大骂道："滚！给我滚远远的，你这个蠢货！"罗子辉一听，瞅瞅东，瞅瞅西，胆胆突突地说："你咋这不仁不义呢？"说完拔腿就跑了。"呸！真恶心！"弓去快破口大骂，然后拽起弓然明的手道："闺女，起来！跟爹回家，爹不能让你在这兔子不拉屎的地方遭罪呀！"弓然明瞪着红肿的眼睛，痴痴呆呆地看了他半天，最终竟是摇了摇头。"啥？！还不想走？这个鬼地方你还有啥恋头？"弓去快蹦到地下吼道。

奇怪的是，弓去快没有带回自己的闺女，却把离了药就无法活人的罗子沫带回来了。如今的罗子沫终于有了人样，可以在这些江湖好汉中间稳稳地站定，高谈阔论，阐明观点，抒发情怀。可他又觉得有劲儿使不上，这些人的直观与表面、粗犷与率性，使他难以用自己的所学组织恰当的语言去说服他们。想来想去，他不得不说："现在教堂已有官兵保护，攻取并不容易。"这话果然奏效，众英雄的气焰一时沉靡。罗子沫扇风吹火，继续道："你们一定要分清，洋教与洋大人并非一路人，就像我们大清的出家人与盗匪也绝不是一家子。比如说，大清国到处都是和尚、老道，蒙古、西藏那边还有喇嘛，这些人活着是为了什么？吃斋念佛，积德行善，死后得以往生，永脱轮回之苦。你们说，这些人如果跑到洋人的国家里去，就变成作恶的坏人了吗？不能吧。同样，这些洋教士和修女就是洋人国家的和尚、道士和喇嘛，他们来到我们大清，也同样是好人，不会变成坏人的。"这时有人问："信神祷告，行！积德行善，也行！那他们在自己家里干这活计呗，没人挡！跑到我们大清国来干什么玩意儿？占用我们的土地，拉拢我们的人民，改变我们的祖宗规矩。讨厌不？！"罗子沫苦笑道："你们有所不知啊！比如说，我们的老佛爷是不是讲普度众生啊？"众人都点头称是，"同样，他们的老佛爷，就是耶稣，也讲究这个的。普度众生嘛，就不分你我了，天下人都包括在内了，对不对？所以他们就来了嘛！"这时有人道："倒是这个理儿，嗯，是这个理儿。"一只手托着下巴的盛金龙则疑惑道："我看不大对劲儿！他们是他们，我们是我们，他们的佛爷怎么管到我们这儿来了？不贴边呀！你们看，长得都不一样，羊肉贴不到狗身上。我以为他们的佛爷有些多管闲事了！"这时众人也都犯起了疑惑，响起一片唏嘘之声。盛金龙则以为自己说得在理，兴致大发地提高嗓门道："对不对？你们说对不对？！"

"对个屁！"弓么长一瓢冷水泼过来，"有什么不一样的，都是一个鼻子俩眼睛，俩胳膊俩大腿，也吃饭也睡觉，也放屁，也拉屎。就是色儿有点区别而已，我看不碍事。你看那个洋妞编两条中国大辫子，比我们中国娘们儿还俊呢！更要命的是，他们和我们想的差不离……那个洋妞喜欢我这个月白姐夫，就说明这问题。嘿嘿，钻一个被窝里，没准儿也挺带劲儿的呢！"众人一听哄然大笑。弓么长也来了兴致，也提高嗓门道："是不是？你们说是不是？！"

"是个屁！"盛金龙一声大叫，把托着下巴的手甩老高，"不一样就是不一样，比如说，让我这个月白姐夫和洋妞睡一觉，'嘎巴'一下生出个孩子……你说，这孩子该像谁？是像月白姐夫呢，还是像那洋妞？嗯？"说着，他用目扫视众人，众人无语，他自答道："我看谁都不像，就像那驴与马那啥……生出的是骡子。这骡子大伙都知道，就知道干活儿，其他的啥啥都是配搭！"众人一听，又哄然大笑。"精辟！精辟！"有人大喊道。盛金龙则乘兴大叫："依我看啊，我们的佛爷与洋人的佛爷，道行都不够高。你管我的，我管你的，打起来了吧？不行！只有更大的佛爷下世，才能管了天下人，对不对！？就好比我们这帮人，整天价吵吵闹闹争屁吃，只有人家左大人一到，你看看，都老实了吧？那才叫玩意儿呢！"众人一听，大多不语了。偏有一个人高叫道："精辟！太精辟了！"弓么长则不屑地看看那个人，厉声道："什么精辟……拍马屁！"

这些草莽英雄没有在意，罗子沫早已不言语了。是这些看似粗鲁的表达，让他陷入了沉思，让他联想到古圣先贤们说过的话，当然也包括耶稣。"非其鬼而祭之，谄也。"这里蕴含的大道理是无法向人说清的，也未必有几个人能懂，包括冉先生和念其他们。但令他的心神为之一震的是，阿曼达能懂，她一定能懂。这便让他油然而生思念之情，刚才都提到了阿曼达的大辫子，这时他才悟到，她在用这种中西合璧的方式表达着亦真亦幻、亦崇高亦世俗的情怀，她在渴望着理解和爱慕，她想以此打破那貌合神离的界限。此刻，他的心在颤抖，在为这位洋姑娘的良苦用心而颤抖。

在这个雪夜，左汉庭的心更在颤抖，这不仅在于重温故地，颇多感慨；也不仅在于与心爱的女人久别重逢，心旌摇荡。是在诸多的情景之后，他所担心的事终于来了。窗户外面突然响起两声沉闷的枪响，雪苓紧紧抱着他的双臂立刻颤抖起来，人也难以抑制地嘶哭起来："大人啊，我对不起你呀，在你被捕之前……你就杀了我吧。"她边哭边道。"什么？！"左汉庭忽地坐起来，"难道他们一直在监视我的行踪，并在你这儿下了套子？""大人啊，我该死……你就饶了我吧！"雪苓泪水涟涟地说。"闭嘴！"左汉庭闷声吼道，"我到底是杀了你，还是饶了你？"雪苓的身子蜷缩成一团，只哭不语。"贱货！他们给你多少钱，你这么害我？"雪苓也坐起来，可怜巴巴地辩解道："天地良心啊，我没收他们的钱……说啥都不收啊！"左汉庭道："既不收钱，为何不早告诉我？"雪苓道："可他们说，要想活命，就必须听他们的。"左汉庭一把将她按倒在床上，然后呼呼噜噜地穿衣服。这时窗外传来了说话声，但听不清说的是什么。

"大爷饶命，大爷饶命啊！"两个被持枪者擒住的密探在枪口下连连求饶，"我们也是为了混口饭吃啊！"

"混饭吃到哪里不能混！都啥时候了，你们还为朝廷卖命！"两位持枪者喝道。然后又掏出几块碎银扔了过去，"给！赶紧逃命去吧！"

"革命党？你们是革命党？只有革命党才不滥杀无辜！"两位密探接到银子，竟不知说什么好了。

"好了好了，去吧去吧！"持枪者不耐烦地说，两位密探答应一声刚想走，持枪者又道："等等！把他们两个扛到没人的地方，埋了！"两位密探看了看同伴尸体，有些为难，但还是吃力地扛起来走了。

站在门口的左汉庭轻轻把门推开，一步迈了出去道："哪路英雄救我，报上名来，也好供于北墙，永享在下香火！"两人呵呵乐了，道："吉人自有天相，左大人不必客气。快快跟我们走吧，此地不宜久留。"左汉庭听出非本地口音，诧异道："你们是？"两人急忙道："大人不必多言，离开这里再说，快走吧！"左汉庭刚想跟着走，忽又停下来道："我的女儿还在客栈。""放心吧！自有人保护她。"二位说完径自前行，左汉庭只好紧随其后。

迷迷瞪瞪的，在这个相熟之地，左汉庭已经不辨东西南北了。不知穿过了几条巷子，拐了多少道弯，终于走进一个院落，坐落三间瓦屋。昏暗的灯光下，明亮的一双狗眼，灯光与狗眼两相沉静，让人感受到这狗的温存与知礼。但迎面却有黑山压顶之感，仔细辨之，方知那是城墙，原来这里地处城根之下。两个人轻轻地推开门，各自闪开，示意左汉庭请进。左汉庭一脚跨了进去，笑吟吟的一个和尚站了起来，很江湖地一抱拳道："左大人，让您受惊了。""和尚？"左汉庭吃惊道，然后转身就往外走，边走边道："我左某人从不与出家人打交道，肚子里没长那根吃素的肠子。"门口已经被两个人堵住，左汉庭又吃一惊，抬头一看，两顶毡帽底下仍是光头。"今天我怎么遭遇了和尚，真他娘的晦气！"他骂道。"左大人，"后面的和尚叫道，"虽江湖水深，在下却坐不更名，立不改姓，我本西梁庙的大定法师，南方人，立志改朝换代，革命救国。清廷气数已尽，唯有孙中山的三民主义才是中华未来的希望。左大人赤子之心，不仅难酬报国之志，还险些命丧黄泉。在下今天把大人请来，就是想同大人共商国是，以图造福万民！"左汉庭头也不回地说："您抬举我了，我不过一朝廷罪犯。不图报国，只求残喘余命。这样的大事，您还是找别人商量吧。"说完，他仍要往外走。"左大人！"大定法师再次叫道，"我们救您一命，您就这么走了吗？这很不符合江湖规矩呀！"左汉庭停下来，迟疑道："那要怎样？"大定法师道："莫怪我等小气了，左大人必须留下回报再走！"左汉庭一听，扭过头呵呵笑道："索要回报？在下头一次听闻，你们革命党的作风确实令人佩服！那就说说吧，你们想要我回报什么呢？"见气氛有所缓和，大定法师也笑着道："大人不必紧张，先坐下喝茶。"说着，他率先盘腿坐在炕上的茶桌旁，斟好两盏茶，把其中一盏放到茶桌的另一边。"大人请吧。"见左汉庭仍有些迟疑，另外两个人催促道。左汉庭觉得不能再推让，便也盘腿坐下来。大定法师抿了一口茶道："不瞒您说大人……我们缺钱。"左汉庭刚想喝茶，又放下茶盏道："钱？这你们可要缺了，我们比你们还缺钱！""我们？"大定法师笑道，"这个'我们'是何意？请大人明示。"左汉庭看他一眼，端起茶来，不屑地说："法师不会是明知故问吧。"说完，他深深地喝了一口茶。大定法师也喝了一口茶，然后笑道："既然我们都缺钱，那为什么不共同举事，捞一把！"左汉庭一听，瞪着双眼看着他，半晌才道："此话怎讲？"大定法师诡谲地笑了，道："知府大人那里有钱啊！"左汉庭把喝到嘴里的茶"噗"地吐了出来。"劫金库？！"他脱口说道。大定法师点点头。"那可是满门抄斩之罪呀！"左汉庭大声道。"大人莫慌！"大定法师拍了拍他的手道，"大人只须告诉我们钱在哪里，其余的事我们办，事成之后六四分成，可好？""我也不知道！"左汉庭不假思索地说，"我一个都司，不懂财务，怎能知道钱在哪里？""大人啊，您何其愚也！"大定法师焦躁地说，"如今的大清是谁的大清？是那些满洲贵族的大清；是那些贪官污吏的大清；是那些奸商掮客的大清；是那些地痞流氓的大清；是那些洋人洋教的大清。与你我何干？与天下众百姓何干？您还揣着那颗愚忠之心给谁看？说不好听些，大人您现在不如一条丧家之犬！人家随时都想要您的命呢！大人您想想，当初您为了保护民命，与俄兵火拼，这是何等壮举！可结果如何？遭下狱杀头的却是您。如今您已经是流落四方之人了吧，可还要对您'杀人灭口'！因为您知道那场惨案的来龙去脉。大人，您好好想想吧。"一番话，说得左汉庭唉声叹气，难免湿了眼窝。大定法师又道："这不，前不久桑德斯以建教会医院为名，在城南八里堡强行征收农田二百亩，每亩地的价格不值半头牛钱，百姓哭天抢地，那可都是他们保命的良田啊！"说到这里，左汉庭伸出拳头重重地砸在茶桌上，翻了茶盏，茶水四溢。大定法师视而不见，又道："其实他根本不是为建医院，而是想建塞外最大的纱厂！……这，就是大清的现状！"左汉庭一听，抓起一个茶盏，狠狠地摔在了地上。"左大人！"大定法师看了看，露出讥讽的微笑道："如果我进一步说出真相来，相信您再也不知道摔什么好了。"左汉庭一听，瞪大红肿的双眼，焦渴地看着他。大定法师则气定神闲地说："桑德斯一个人能做了这些事吗？他做不了！因为这里有荣公子的股份，他才如鱼得水的。"左汉庭没有摔什么，因为他已经完全傻在那里了。

而罗子沫则把捧在手里喝茶的粗瓷大碗高高举起，"啪"地摔在了地上，然后蹲下来就呜呜大哭起来。屋子里一时鸦雀无声，只有灶膛里的火在"呼呼"地燃烧着。他的这种举动有些夸张，分明不符合他的性格。他的哭声更有些突兀，无非想引起所有人的注意，因为他有话要说。"阿曼达呀——"他大呼一声，以为这一声呼喊，会把所有人的精神都提振起来，"牧长大人啊——你们算是被桑德斯给害了。二百亩地建教会医院，这不是胡扯吗？建什么样的医院要用二百亩地呀？就是建皇宫也用不了这些地呀！分明是他另有图谋，却打着教会的幌子掩人耳目。这叫拉大旗作虎皮呀，你们还浑然不觉呢！可有的人却因此要你们的命了，我在替你们喊冤呢！我深知牧长大人您不会干坏事，阿曼达更不会干坏事，尤其是耶稣那个人，确确实实是挺不错的一个人啊！唉，苍天有眼啊！为什么好人总会蒙受不白之冤呢？为什么人们总是吸取反面教训呢？为什么天下的坏人是一家，而好人总他妈的不团结呢？"他就这样边哭边叫边用右脚"咚咚"跺地，看起来很像一个撒泼的市井无赖。

　　盛金龙早就看不下去了，小声对弓么长道："咱这位月白姐夫咋这副德行啊！看起来都不像个读书人，我真想过去踹他一脚！"弓么长并不搭理他，表情严肃地陷入了沉思。

　　刚从外面回来的舅舅苏九成也不言语了，而且面带尴尬之色。是他把桑德斯伙同教会强征民田的消息带回来的，但他说的只是表面，并没有也不可能像大定法师那样，把事情的实质说出来。而罗子沫一听此事不对，便用这种反常方式表达出自己的看法。此法甚妙，确实让所有的人都有如梦方醒之感。除了盛金龙避重就轻地发牢骚外，几乎所有的人都表情严肃，悔意顿生。"是啊，建什么医院要用二百亩地，这不对呀！"这几乎是他们共同的心声。罗子沫偷偷用眼瞟着众人，见他们心有所动，便见缝插针地说出自己突发的灵感："他们不是要建医院，他们要建工厂！"

　　"他们要建什么工厂啊？"不知是谁问了一句。罗子沫继续跟着灵感走，脱口而出："兵工厂！"一片唏嘘之声后，有人骂道："妈的！建兵工厂用来干啥？不就是用来对付我们嘛！那洋枪洋炮的厉害，咱可是见识过了，'咕咚'一下，'咕咚'一下……人没了。"又有人喊道："我们决不让他们建成，建一半咱们就去拆，建一半咱们就去拆！看他们建得快，还是我们拆得快！"这时，一直坐在灶膛前添柴烧火的弓去快高瞻远瞩地说："这都不是个法子，去病得去根。依我看呐，那个俄国鬼子不是打着教会的旗号建医院吗？咱们就把这旗号给拔了，看看他还有什么

274

说法！"话说到这个份儿上，事情就像转了一个圈，又回到了原点。别人则可，唯有罗子沫受不了了，他腾地站起来，嘴巴张得很大，可面对自己的"恩公"又不知说什么好了。

可当初他被弓去快牵着手走出家门的时候，他可没认为弓然明的父亲会是自己的恩公。他感觉自己是一条丧家之犬，被人随意牵着走了。家里的所有人都在送行，但他们只不过是心存侥幸，谁也没有真心相信，这位曾经把老婆压在赌桌上的亲家公能让一个因药而靡废的人重新找回从前的自己。他看见疲弱不堪的弓然明满眼泪花；看见母亲目光中那无望的憧憬；看见二大爷满脸不屑的神情；驻足围观的人很多，也都是满眼的疑惑。他只是机械地随着走，没有明确目的，荡荡游魂，凄哀麻木，谁看了都揪心。弓去快嘴里呜呜噜噜地说着什么，好像是在表达着因别人不信任自己而引发的不满。跨过西川之水，他们就再也没有回头了。几十里的路程，没有驴，没有马，他们安步当车。对于一个病态的人，不存在时光的浪费，也不存在人情的冷暖。罗子沫心存一念，那就是他不想面对自己不吃药就不能活的滋味，和"死也不吃药"的远大志向。但在这茫然的天底下，他的这一念显得尤其茫然。而弓然明那满眼泪花的背后，是几乎难以承受的巨大压力。此番一去，罗子沫如果好了，她能将功补过；罗子沫不好，那她无疑会罪加一等。在相送返回的路上，她看一眼浴海池林的大门，心里说不出是什么滋味，她不得不深深地低下头去；可当她再次抬头的时候，门口却突然站着一个人，是五岛次郎。他正用一副得意的神态看着这些生离死别的中国人，尤其看着被他几番搂在怀里的弓然明，他很想再唱一段"贵妃醉酒"。而弓然明看着他，看着他，满眼的仇恨。她的心，无异于出嫁之时的冰火两重。

"丫头哇！你快跟爹说个明白吧，你为何还不想走？这个鬼地方，你究竟还有啥恋头？难道你是想要罗家的一张休书吗？不用！爹告诉你，不用！他罗蛮子胆敢说出一个'不'字，我非砸断他的腿不可！"那日面对爹的一再追问，弓然明自然而然地又想到了出嫁时的心境，前脚是心中的如意郎君，后脚就是痴憨愚顽的傻子，"难道这不是你一手促成的吗？"她在心里喊道，"如今你又让我走，可我如今偏偏不想走了！"内心里的呼喊，使她泪水满腮，目光中的仇恨射得很远。"丫头啊，你在恨爹吗？你在跟爹赌气吗？都怪爹行吗？爹给你赔罪。可你毕竟还年轻，赶快离开这鬼地方，咱再找个好的！"弓去快几乎是央求道。"爹！"弓然明哽咽道，"我嫁的不是那个傻子；我在这里，也不是为了那个傻子过日子。我有我的活法。""啥？你这是说的啥话，听着咋这么别扭啊！好像骗人的话！"弓去快扯着嗓子喊。"爹！只许你们骗我……我自个儿就不能骗自个儿吗？"弓然明也高声喊道。

弓去快纳闷了，半天没有说话，"难道她……"当他想到那个可怕的可能时，他的周身打一个哆嗦。于是他试探着道："然明啊，咱心平气和的，都别生气，你好生告诉爹，你没有办出什么不光彩的事？那……那可是你的小叔子。"弓然明"哧"地笑了，道："爹，实话告诉你吧，你猜着了……自从他用花轿把我抬过来，我就没把他当小叔子待！我想嫁的是他，不是那个傻子。""啥？你真不要脸了！今天我非打死你不可！"弓去快一听，怒从心头起，左右寻东西想打自己的女儿。见没有东西可寻，便脱下自己的鞋来，并高高地举起。不料弓然明"呼"地揭开被子，把自己背上的棍伤暴露无遗。"打吧！你打吧！看见这伤了吗？这都是因为他挨的打。"弓然明不知哪里来的力气，她咆哮道。弓去快一看，举起的手顿时麻木无力，那只鞋"吧嗒"掉在了地上。然后摸着女儿的伤就号啕大哭起来，"闺女呀，是谁把你打成了这样？告诉爹，爹非把他千刀万剐了不可！"他边哭边叫，几欲昏厥。

那一夜，弓然明把来到罗家后的所有经历几乎都告诉了自己的爹爹。弓去快虽痛心疾首，还是万般无奈地接受了残酷的事实，最终决定把罗子沫带走。他对自己的女儿道："你们都被蒙在鼓里，可那罗蛮子不该不明白，那治伤药里被那日本人加进了大烟。他为什么不挑明？他在看自己侄子的热闹，这家伙狠毒啊！"弓然明道："那倒未必，因为他们都以为那药是出自我手。我怎么会给罗子沫吃大烟呢？"弓去快道："这些人啊，都是昧着良心在做事，罗子沫吃什么药反倒成为不要紧的。要紧的是你勾引了他，他们认为你比毒药还毒呢！"弓然明一听，又饮泣垂泪。弓去快又道："事到如今还能说啥呢？这个罗子沫，我心疼他。我要把他带走，我会治好他的病。""什么？"弓然明甚是吃惊，"你啥时候成郎中了爹！还要把他带走，那不成了笑话了吗？"弓去快生气地说："我说能治就能治！不过我可有言在先……他罗子沫得遭点罪！"弓然明一听又忽地坐起来，道："爹！你想把他怎么样？"弓去快没有回答她，却瞪着眼睛，很厌恶地看着她。弓然明羞愧得满脸通红，又躺了下去，半天才道："只怕罗家人不让你带走他。"弓去快叹口气道："如果那样，罗家人就太不识好歹了！"

事实上，带走罗子沫真的没那么容易，首先站出来反对的就是罗再恒。他在三盅酒下肚之后对弓去快道："弓半吊子（弓去快赌桌上的绰号），你想搞什么鬼？你当治病是掷骰子呢？要啥喊啥，喊啥就以为来啥。我们是亲家，没有仇吧！""有仇！"弓去快一听，把筷子"啪"地拍在桌子上道，"罗蛮子，话头可是你勾起来的，别以为你们好酒好菜地伺候我两天，就能把我的怨气变成屁放出去！我可告诉你们，我闺女可是正正经经的黄花大闺女嫁到你们罗家的，至于以后怎么样，那是你们罗家的门风，与我们老弓家没有半点关系。既然我当初答应把闺女给你们家了，现在是好是歹我啥都不说了，哪怕就是嫁给了你们罗家一头猪，我也啥都不说了，可你们不能得了便宜卖着乖，以为我闺女嫁给了猪也变成猪了！我弓去快可以忍气吞声，但不能以为我不知数！我随时都能把闺女领走，蒙上眼睛，都能再找个好一点儿的！"他一边说一边用手指点着众人，但唯独跳过了丽娘，也不拿正眼去看她。丽娘虽满脸的不服气，却也青一阵紫一阵的，但她坚持闭口不言，因为她正在盘算着自己儿子的未来，凭感觉，她相信儿子的病能好在他的手里。根据在哪里，她也说不清，但她知道那一宿的父女相叙，自己的儿子一定会成为叙谈的焦点。在这种情况下，对待自己的儿子如果没有恶意，那一定就是好感。这一切都取决于他闺女的一张嘴、一颗心。罗再恒的脸色更难看，但他无言以对，只好自我解嘲道："我说亲家，我们家可没设赌局哩，你可不要火气那么大。你想带走子沫给他治病，这个我还真做不了主，这你得问他娘。""我同意了亲家。"丽娘接过来就道，并露出满心信任的微笑，拿起酒壶来，准备再满一盅酒。

那一路，罗子沫机械地迈着脚步，耳畔是呼呼的风声，风声中是弓去快的叙言，伴着声声短叹。"要说这日本人啊，可真够阴毒的，你罗家的汤池子，当初多红火，怎么就成了人家的了？你本来是主子，怎么就变成了日本人的伙计了？"罗子沫听得见，但他的头脑里已经难以架构出完整的思维，他只知道领自己走的人在说日本人呢。"要说大清啊，关门过日子的时候，虽苦也受过，罪也遭过，可心里就是踏实，做什么都觉得稳稳当当的，做什么都觉得在为自己做。可哪知道跑来这么多洋人，他们都是从哪来的？我们哪辈子欠他们的？就这么欺负人！把人搞的呀，坐在自家的炕上心里都突突，好像你这铺炕随时都能变成人家的。妈的！我呸！"罗子沫仍听得见，但他只知道是在说大清呢。"唉，要说我这闺女呀，我这个当爹的除了知道她是我闺女之外，什么都不知道了，她的心里真是苦哇。我可告诉你……唉，我能告诉你啥呢？你这个废人！我告诉你那日本人正在喝她的血，吃她的肉，你懂吗？你知道心疼吗？可惜她那一片心了！"罗子沫当然听得见，不但听得见，他的思想开始活动起来。他望了望天空，碧蓝的天幕像在颤抖，他以为那是风吹的；一块块乌云到处堆放着，像一堆堆破败的棉絮，他甚至能闻到它们散发出的毒味；清静而温热的霞光就从那乌云的缝隙里执着地穿透下来，散落在大地上，让人感到阴寒，也看到光辉；路上有骑马或者骑驴而过的行人，也有用一双脚板匆匆赶路的人，他们都对他投以怪异和怜悯的目光；他的眼前一会儿出现一顶花轿，花轿里一个荡悠悠的美人，他知道那是谁；他又看到一位少年气宇轩昂地骑在马上，怀里的圣贤书就是整个前程，他知道那是谁；夜色森森，他看见一位美人正欲自缢而死，一个可怕的白发鬼正在帮她挂好绳索，他顿时打几个冷战，他知道那是谁；他又看见梳着两条中国式大辫子的洋姑娘，正死死地抱住自己的双腿，不让他奔赴那危险之境，他知道那是谁；他又看到大树旁一张俊美而悲凉的脸，她在盼望着，盼望着，他知道那是谁；当他看见一片高粱地，一个女人用强劲的爱情劫获她心中的猎物时，得到的却是冷冷的回报，他知道那是谁。而且他有一种奇怪的感觉，那感觉告诉他，那块地就在眼前，曾经生机勃勃，如今灰黄萧瑟。他感觉这一切已经过去太久太久了，已经变得模糊不清了。"我是看在我闺女的面上才带你出来的。我闺女说你能戒掉那药，嗨，什么药，那就是大烟！可我不信，我知道那玩意儿的厉害，那就是'夺魂散''催命丹'。不瞒你说，我年轻时也曾深受其害，是我岳父治好了我。就因为这，今天我才敢把你领出来，我有把握让你重新做人。唉，想知道我为啥这样做吗，都是为了我闺女呀！自打我又有了女人，我的心就变了，知道疼我闺女了。男人啊，只有碰到了好女人，才知道心疼女人，你小子可懂这个道理？"

"我懂。"罗子沫突然开口说话了，这把"对牛弹琴"的弓去快吓了一跳，他下意识地向前蹿出两步，然后又觉得不对劲儿而猛然站定回头看，"你懂？你懂啥了？"他问道，口气像问一个傻子。罗子沫没有回答他，但表情却突然变得严肃起来，是一个傻子不具备的严肃。

太阳卡山时，他们到家了。死了丈夫的郭彩寻出来迎接他们，一张笑脸背后是精明的思考。她没有去问为什么要带回来一个人，而是上前就拉住罗子沫的手道："可怜见儿的孩子，咋搓磨成这样了！快上屋，婶子早就给你们做好了饭。"弓去快没有就进屋，而是到驴槽边上，观看那两头瘦得皮包骨头的驴，其中一头是自家的，另一头是郭彩寻带来的，它们就像自己的主人，有尊有让地在同一个槽里吃草，但日子过得并不好，一身肉早已耗得所剩无几，去见自己的女儿，他都没有忍心骑任何一头。郭彩寻预备的饭菜里已经看不到任何荤腥，而且分量明显不足，罗子沫没有吃几口就撂下了筷子。郭彩寻看看弓去快，弓去快道："不吃就不吃吧，他也吃不下。"饭后不久，弓去快就解开了两头驴，一手牵着一头走出院门，后面跟着罗子沫。郭彩寻没有多嘴多舌，因为她知道弓去快将去哪里，当他们二人纷纷上驴的时候，她才现出难舍之情，道："啥时候回来？""说不准。"弓去快的声音很沉闷。见郭彩寻酸了鼻子，就要落泪，他又道："在家好生照顾自己。""嗯，放心去吧。"郭彩寻哽咽道。

两头瘦驴确实做到仁至义尽了，它们努力地坚持着，坚持着。走了百十里山路，出了一身透汗，终于把主人们送到目的地。弓去快一次次地下驴步行，为的是缓解驴的疲劳。罗子沫则不然，他心里没有这种概念，不会想到驴会辛苦这一层，理所当然地坐在驴背上，任凭命运安排的样子。但是他也感受到路的崎岖难行，尤其后半段，明显是在山谷中行走。微弱的月光照在崖壁上，是崚嶒的残白；而照不到的沟谷，则阴寒可怖，蒙昧异常。这山谷足有十几里之长，几乎感觉不到它的坡度存在，只有回头一望，才发现已然在高山之上了。一路上总有难眠的夜鸟低吟浅唱，这清音让人感到置身世外，抑或是远离了尘嚣。冥冥中，罗子沫产生了向往之情，但内心的阴翳更难排解，便隐隐约约地产生了吃药的冲动。尽管他没有忘记向弓然明做的保证，但那誓言就像早晨寒冷的炊烟，缥缈无形，飘忽不定。他感到一阵阵的绝望，他感到自己正在走向深渊。

走出长长的沟谷，一下子豁然开朗起来。原来沟谷的尽头，群峰簇拥之下，竟是一个"村庄"，只是草屋错落，难成街衢。或倚崖而建；或临木搭成；或独尊磐石之上；或群居草莽之间。而正对谷口的一块很展阔的空地，却被闲置起来，俨然是集会之地，抑或是习武练兵的操场。有的茅屋里还亮着灯，传出划拳行令的声音，中间还夹杂着硬朗旷达的唱腔。罗子沫听得出来，那是河北梆子。

"我铁面无私把国保，王子犯法我不饶。我也会御街之上砸銮驾，金銮殿上打龙袍。铡过驸马陈世美，赵王刀下赴阴曹。世上的豪霸心胆战，包门的赃官也难逃。"

这段唱腔他听得真切，虽有几分醉意，听起来却也振奋人心。两头驴被弓去快拴到两棵树上，树下还有其他牲口吃剩下的草料，它们便不顾一切地咀嚼起来。不知是哪个房舍前的公鸡叫了两声，随后是此起彼伏叫声一片。鸡叫也吵醒了熟睡的狗儿，但它们的叫声显得很是应付，这说明它们对生人熟视无睹了。弓去快领着罗子沫打开一间茅舍的门，顿时一股热气扑面而来，灶膛里还有火星闪烁，屋子里弥漫着一股腥膻之气。灯被点燃了，屋子不算大，却也整洁，山石砌就的墙壁上，却挂着一身女儿的衣服，窗台上支着一块巴掌大的圆镜，还有一个质地粗疏的化妆盒，一把枣红色的木梳横卧其上。罗子沫愣了眼，再看炕上叠放着整齐的被褥，俱为水粉之色，一个灵巧的绣花枕头很是羞涩。罗子沫看罢，转身就往外走。"干啥去！？"弓去快厉声道，声音透着冷酷无情。罗子沫吓得一哆嗦，然后不由自主地站定，"我不想在这屋子里住。"他也想语气坚定地说，但出口飘忽。"别处没你住的地方！……告诉你吧，这是然明的表妹苏秀住的屋子，你还嫌脏不成？"弓去快边说边跑过去关了门。罗子沫左右为难，但因心疲体乏，还是走过去，坐在了炕上。"安心地上炕睡觉……你要在这里待上一段时间了。"弓去快缓和了语气道。困意袭来，罗子沫便一头栽倒在炕上，"咚"的一声响。弓去快吓了一跳，随后又深深叹口气，扯过被子，盖在了他的身上。然后他吹了灯，也爬到炕上，和衣躺下。

　　第二天一大早，天是青黛色，大地苍茫中，罗子沫被一泡尿憋醒，他匆匆跑出门去。整个村子阒寂无声，每个房舍都安静而庄严。哪里能寻到厕所？他只好沿着一个方向一直跑去，跑到了尽头，急忙收住脚步，因为前面就是万丈悬崖。他顾不上害怕，又掉头沿着相反的方向一直跑去，不知跑了多远，前面仍是万丈悬崖。这时他吓出一身冷汗，心想这是什么地方？可以卧虎藏龙了。正当他不知再往哪里跑的时候，耳畔传来哗哗的撒尿声。尿声过后，是一阵不怀好意的笑声。"不就是撒泡尿吗？你跑个什么！"一个人扯着嗓子喊道，喊完了便就近钻进一间屋子。罗子沫恍然大悟，原来这里撒尿是很随便的，于是他也照着做了。等他再回到屋子里的时候，却怎么也睡不着了，他看见墙上挂着的衣服在动，要走下来的样子。他以为这是虚幻的感觉，可使劲儿睁了睁眼，分明看到那衣服像被人穿在身上一样，一步步地向他走来。他大叫一声，急忙用被子蒙住头。弓去快被惊醒了，不耐烦地说："你又想吃药了？好啊！你等着，我非揭了你的皮！"说完，他翻个身，鼾声又起。"子沫，你好些了吗？跟我回去，你该去读书。"冥冥之中罗子沫又看到冉先生站在自己的面前，情深意重地对他说。"师父，师父。"罗子沫叫着，随即潸然泪下。"你又开始胡说了，我知道你会有这一步……等着吧，有你好果子吃！"罗子沫的声音虽小，却又惊动了弓去快，他嘟囔道，翻个身鼾声再起。弓然明的父亲突然冷酷无情，让罗子沫倍感无助，他使劲儿瞪着双眼，不想看见任何东西了，可是他的思绪却在这睁眼定神之间趋于正常。在这里，他看到了许多不曾想到的东西，感受到许多难以名状的恩仇。他有许多话要说，他想把这些话牢牢地记住，去对一个人说。只有她，才有必要听这些话！

"嫂子，药，我要吃药！"天大亮了，罗子沫感到自己置身于万马奔腾的战场，刀枪剑戟，呜哇乱叫，一片厮杀之声。他从里到外都感到末日到了，他想睁开眼看看这世界，眼睛却像泡在深水里，怎么都睁不开；他想坐起来，身子却像压在大山之下，动弹不得，且奇痒难忍，针刺难熬，似阴风钻骨，又像有无数条虫子在爬；他憋得难受，想痛快地喘口气，却听见汩汩的水流之声，逐渐把他压向水底。他似乎什么都明白，却万般无奈，不能自已；他唯一的就想吃药，就必然想到了她，"嫂子，药，快给我药！"

"我给你药！"随着一声吼叫，棍子雨点一般落在他的身上，这比外面的操练之声来得真切。"羔操的！大烟鬼都是惯出来的！要想重新做人，就得拿命换！"

罗子沫翻滚哭号着。眼睛也睁开了，世界也变了。

- 17 -

在府衙以西、军营以东的一条步行街上，坐落一个银庄，名为"保和贞"，系浙商所开，一向生意红火。这保和贞的后院在两条巷子的十字交结处，高墙厚脊，壁垒森严。开一扇漆黑的铁叶子门，门外是一块废弃的休闲场地，零星的几棵古树，以龙钟之态叙说着这里曾经的热闹与繁华。场地无人洒扫，杂草已经枯黄，落叶随处堆积，这是个行人可以随时方便的地方，更适合乞丐、野狗藏身。尤其那扇门，几乎经年不开，却在右侧一连上着三道大铁锁。门口的地方还算光滑，也不见落叶草屑，说是人迹罕至，却也令人费解。而场地边上的步行道，却是沟通南北两条街的必经之路，虽有些偏僻，却也行人不断。

雪后的一天，阳光充足，暖意融融，街面上的人自然多起来，一派繁华景象。只见八条壮汉共抬一巨大石条由远及近向保和贞后门走来。石条太重，压得壮汉们腰弯背驼，步伐摇摆，虽为入冬天气，个个汗流满面，气喘吁吁。在离后门不远处，八条壮汉突然放下杠子，撂下石条，纷纷变了脸色，你推我搡地争吵起来，他说他偷懒抬偏了杠，他说他故意踩了他的脚，沸沸扬扬，纷纷扰扰。到后来竟破口大骂，大打出手，再后来竟你追我打，他奔我逃，八条壮汉竟在人们的视线中消失了，惹得围观的众人纷纷指责：什么小肚鸡肠，什么娘儿们性子，什么三八赶集、不懂四六。面对那巨大的石条，有的人用脚踹了踹，揣摩它的用途；有的站到上面来回走两趟，眼里嘴里都没什么要紧的，一个大石条而已。不多时，这些明白事理的人也都散了，只剩下那个石条冷落地躺在路边，风一吹，落叶飘飞在上面，草屑裹挟在下面，徒增一份凄凉。

半夜已过，人静灯稀，只有冷寒的北风呼啸着，掠过屋檐，刮过树梢。城头的荒草瑟瑟发抖，阴暗处的乞丐哆哆嗦嗦。偶尔能听到几声笙管，伴着歌妓吟唱，说不完的相思，道不尽的恩仇。忽然三声巨响，有如炸雷，保和贞的后门被撞得粉碎。撞门者乃是抬石条的八条壮汉，大石条被他们一字捧在手里，猛冲过去，足以产生千钧之力，再厚重的门也难抵三下。后面紧跟着手握大刀的十几位英雄，个个蒙面束腰，强健矫捷，门碎之后，便鱼贯而入。有几位英雄点起了火把，光明如昼。只见穿过一个小小的院落，迎面是两扇更加坚固的铁门，虎头大锁正在当中。八条壮汉手捧石条又一猛冲，三声巨响有如山崩，但只把大铁门撞出三个大坑。这时听到杂沓的脚步声从院子东西两厢传来，护院保镖们一手举着火把，一手握着武器，围将上来。"什么人如此大胆，敢劫保和贞！快放下武器束手就擒，否则个个死无葬身之地！"

众英雄不由分说，迎上去就砍。护院保镖个个都是武艺高强之辈，再加上丢银如丢命，所以个个凶猛如兽。敢劫银库的英雄更不白给，都是精挑细选的人中豪杰，此举势在必得。两强相遇，杀声顿起，兵器相击，火花四溅，中间还夹杂着"铿铿"的撞门声。不多时，忽然几声枪响，有英雄中弹倒地。可就在这千钧一发之际，响起"嗖嗖"的箭镞离弦之声，持枪的护院保镖来不及换枪药，纷纷中箭身亡。原来众英雄后面还有专门对付火枪的一队弓箭手，他们躲在暗处，早已箭在弦上。几个回合过后，持枪保镖多被射杀，枪声渐渐稀落，最后消失。喊杀声，撞门声，便突现出来。火枪队虽然被消灭，但护院保镖还是渐渐占了上风，许多英雄死于非命。铁门还未撞开，而众英雄渐呈不支之势。就在这时，一个人一声断喝："拿命来——"便纵身跳入圈中。此人果然武艺高强，身手迅猛，手中之剑寒光四射，上下翻飞，有如灵蛇出洞，护院保镖多死于无形之中。其中一个保镖似乎看出苗头，刚喊出一声："左……"便遭到利剑封喉。这一声喊，使为首保镖稍现迟疑，就在这短暂的迟疑之中，被当胸一剑刺穿。这时有一个保镖喊道："不要恋战，快去报告郎大人前来助战！"随即便有几个保镖逃出圈外，消失在黑暗之中。众英雄并不理会，杀尽了还未来得及逃脱的保镖，稍后门也被訇然撞开。所有的火把齐聚门口，光亮把府库照得如同白昼，一箱箱白花花的官银整齐地摆放在里面。银子的幽光刺痛每一个人的眼，一时间鸦雀无声，只有火把在烈烈燃烧。突然一个声音道："这是官银，不能动！看那边……那边的箱子里全是黄货，我们只取这些私产。"话音刚落，只听"哇"的一声，众英雄一窝蜂地冲了进去，把两扇铁门挤得"吱吱"作响，似乎在忍受着更加剧烈的疼痛。"不要动官银！不要动官银！"这声音几乎喊破了喉咙，但不起任何作用。顷刻之间，无论是官银还是黄货，都被装进一条条口袋，背上肩，负在背，蜂拥而出。那矫健之姿，几乎感觉不到金银的重量。

"快！增援四门，严防劫匪夺门而逃！抓住劫匪者赏银五百，抓住匪首者，赏银一千！"这是郎纪平的咆哮之声。很快，绿营兵便分四路出击，直奔四门而去。于是，满城都响起了喊杀声、马蹄声、脚步声，以保和贞为中心向四方蔓延开来。几乎所有的居民都被惊醒，但没有人敢出来观看，大多蜷缩成一团，躲在被子里发抖。一些胆大体壮的男人欲穿衣出去一看究竟，都被女人拦下，有的竟被女人拼命地抱住。人们不知道发生了什么事，但都知道一定是惊天动地的大事。许多老年人都叹息道："多少年了，没见过这么大的阵仗了。"保和贞老板一家更是吓得屁滚尿流，所有的门窗都被下人死死地顶住。老板夫妇早已藏在床底下筛糠，在钻进去之前，把眼目前的金银首饰撒了一地，意思是让劫匪只取金银，莫伤人命。而四门守兵皆被增援而来的清军惊醒，没有及时醒来的大都遭到鞭笞。但他们一口咬定绝无劫匪到此，城门紧闭，一切如同往常。郎纪平下令继续严守城门，然后集中所有队伍，展开一场满城大搜捕。但刚到天明时分，有一探马奉上两锭官银来报："距西城门不远处的城墙下面有一盗洞，可容二人躬身而出，估计劫匪们都从此洞逃脱，两锭官银就是从洞口处获得。"

郎纪平接过官银仔细查看，然后仰天长啸道："吾命休矣——"

知府荣大人一动不动地坐在会客厅，目光呆滞，表情凝重，没人知道他坐了多长时间了，更没人知道他坐在这里想接见谁。但明眼人可以看得出来，他最清楚外面发生了什么，他没有任何举动，因为他知道，任何举动都是徒劳的，他只能无可奈何地等待命运的安排。他迎来的第一位客人就是自己的儿子，身后跟着奴才高解，他以为桑德斯会随后就到。荣念祖见父亲像一个枯死之人坐在那里，一时竟不知说啥才好。于是，他们一个坐着，一个站着，沉默是他们仅有的表达方式。"老爷……"奴才高解实在撑不住了，他哭丧着脸，胆怯地叫道，"银库被……被劫了。"他说完竟忍不住抽泣起来。荣大人的心在绞痛，他深深地吸一口气，又很快呼了出来，好像那口气受到太多的阻隔，难以沉到心窝。"唇亡齿寒哪！"他极度悲怆地说，这是他深思熟虑后的一声感慨。荣公子不甚明了，他眨了眨眼，看了看自己的父亲，一脸迷惑。"一个国家，只有快到完蛋的时候，才有人敢劫官银。"这句话显然是一种解释，他看出了自己儿子的愚笨。"父亲，不仅是官银，还有我们的……"荣大人狠狠地一摆手，示意他不要说了。荣念祖这才恍然大悟，知道唇亡齿寒的深意，于是他小心翼翼地说："父亲，恐怕确实难以做到唇齿相依了。"荣大人又从鼻子里呼出一口气，他的心痛稍好了一些，"你不是殿下吗？"他用极尽嘲讽的语气道。荣念祖并不理会父亲的嘲讽，接着道："父亲，我所担忧的是，我们会遭人陷害。"荣大人一听，将双眼紧紧地闭上了，"带上你的妹妹，赶紧走吧。"停息了半天，他悠悠地说。荣公子的双腿一软，跪了下来，高解也随跟着跪了下来。荣大人"啪啪"拍着桌子，老泪纵横。"桑德斯……"荣大人突然止住哭泣道，"桑德斯知道了吗？"荣公子哭道："父亲，我所担心的就是他。即便太后能放过我们，他也很难放过我们……他多年的积蓄，都在那里了。"荣大人又拍两下桌子，瞪着眼吼道："不要说'我们'！是'你们'！""老爷，请您不要说这样话，想个办法要紧。"跪在后面的高解直起脖子道。荣大人又"啪"地拍一下桌子，吼道："你们主仆二人不是能登天入地吗？怎么没有办法了？我有什么办法，大不了罢官殒命……我怕什么！""父亲，"荣念祖用近乎哀求的语气道，"如果劫匪劫走的仅仅是官银，那我们的罪过就会轻得多……"没等他说完，荣大人冷笑道："什么？劫了官银罪过就轻得多？这是什么屁话！""父亲，"荣念祖跪着向前走两步道，"您少安毋躁，请听我道来……如果只劫官银，朝廷大不了治您一个失职之罪；况且，此罪大小也不该完全由您来承担，他郎纪平也难辞其咎！防务与治安是他的分内之事。您可以上一道奏折，对他的失职大加挞伐，就说他一向居官自傲、目中无人，而且有私自调兵之嫌……"

"等等！"荣大人又制止他道，"什么是私自调兵之嫌？你给我说说。"荣公子很阴险地笑了，道："他已经派兵保护教堂了，已经有些时日了，难道父亲大人不知道这件事？如今这样的事，可是犯了朝廷的大忌。"荣大人很诧异，道："派兵保护教堂？我怎么不知道？"说完，他站起身来，若有所思地走到他们的身后，转了一圈，又重坐回来。荣念祖道："父亲，此事千真万确。既然他郎纪平来历不一般，那我们就尽可能地给他罗织罪名……但只有一件，那便是绝对不能暴露我们与桑德斯的东西也被劫，这样一来，劫匪就不是冲着我们来的，上边即使想祖护于他，也会无从说起。我们也正好借此机会移花接木，转移视线，置他郎纪平于死地！"荣大人又长出一口气，表现出很不耐烦的样子。"老爷，事已至此，也只有这样了。"高解附和道。荣大人轻蔑地看了他们一眼，道："乘人之危，痛下黑手！这都是跟谁学的？"荣公子和高解都低下了头。"你们回去吧，我自有道理。"荣大人很厌倦地说。"父亲……"荣公子还想说什么，荣大人站起身来道："天下都是被你们这帮人搅乱的，还不快滚！"荣公子站起来想走，不料荣大人又道："桑德斯那边怎么说？"荣念祖停住脚步，却一时不知说什么好。"嗯？"荣大人追问道。荣公子很颓丧地说："我再想办法。"说完，他迈着沉重的步伐，艰难地往外走。快到门口时，荣大人竟带有忍气吞声的意味道："念祖，记住我的话……一定要稳住那个俄国人！"荣念祖停了停，想了想，继续往外走。当他走到外面时，又听见父亲叫道："少一份贼心，便少一份烦恼……作孽呀！都在作孽呀！"荣念祖又停了停，想了想。而高解在他的身后，却在窃笑。

出了大事之后的宁静，是很可怕的，能让人闻到死亡的气息，气息中那不知所措的沉闷与哀伤。整个赤城，都如此，人们都在心照不宣中分分秒秒地活着。一声咳嗽，一声瓦缶的破碎，都是惊天之响。府衙内更显萧瑟，上下官员，大小胥吏，皆板着面孔，战战兢兢。微风吹拂着落叶，在瓦脊上飘飞，企图要打破这可怕的宁静。郎纪平派兵出了四门，四处搜索，不过是充充样子。贼人出了城，就等于针落大海，想捞到谈何容易。而他却独坐帐中，无菜无肉，自斟自饮，他不知道下一步将要干啥。他也在寄托着有人能打破这种宁静，谁也不愿享受这酒壶里的乾坤、酒盅内的岁月。

是桑德斯的汽车声，把这宁静的帷帐划开了一道口子，而且越划越深，越划越大。他首先在保和贞的后门下了车，疯子似的跑进去，哇哇乱叫："该死的！我的金子！我的金子！"他一边叫着，一边像蒙头苍蝇一样到处乱撞。"为什么它们在哪里都不安全？上帝呀，请回答我！"他跪在地上，哭诉起来，"阿曼达，请你告诉我，我的金子还能回来吗？我爱你，可我更爱我的金子呀！"他把一只手抚在胸前，无助地向上望着，上面是黢黑的穹顶。"阿曼达，我把金子放在这里，它不安全；我把你放在心里，也不安全。请你看看我，求你可怜我。你听到了吗？你不要把我的痛苦当作赞歌来听，求你拯救我。"泪水从他那深陷的眼窝里不断地涌出来。"阿曼达，我们离开故园，到域外来寻求幸福，可等待我们的，为什么是陷阱和欺骗？这些看似老实的长辫子鬼，为什么如此歹毒如此可恶？"他又突然瞪大双眼，仿佛明白了什么。"阿曼达，你为什么也要梳两根辫子呢？可恨啊！那是背叛啊！"他又低下了头，呜咽有声。

这时，一只手轻轻地搭在他的肩上，他竟像触电一样，打一个激灵。但他没有回头，也没有再做出什么反应，而是处在一种兴奋和绝望的两可之中。兴奋的是，但愿那只手属于阿曼达；绝望的是，那只手来自上帝。落日的余晖透过窗棂斜射下来，光线里悬浮着躁动不安的尘埃。他的双眼紧紧地盯着那尘埃，他想看清它们的面孔。"桑德斯先生。"一个男人浑厚的声音，"请你放心，你的金子会回来的。"桑德斯猛地回过头来，像饥饿的狮子一样，瞪着眼睛。"你是谁？"他看见一个黑布缠头、黑沙蒙面的人，高高大大地站在身后，那双明澈的眸子里，是女人一般的温柔。"不要问我是谁。如非要问，你将得不到你的金子！"桑德斯又一激灵，眨了眨双眼。"你为什么要帮我？"那人淡淡地笑了，"请你不要问我为何帮你。如非要问，你将得不到你的金子！"桑德斯想站起来，但他的肩膀被那只手死死地按住了。他有些气恼了，吼道："我凭什么要相信你？！"那个人的双眼闪出一道凌厉的光芒，"如果你不相信我，你更不会得到你的金子！"桑德斯的心咚咚地跳了两下，"我将怎么做？难道我要在女人的怀里等待我的金子重新到来吗？"那人又笑了，笑得异常诡秘，"是的，你完全可以这样做。只是有一件，到时候你必须承认……且只承认你自己的那一份！"桑德斯不得其解，使劲儿转了转眼珠，满是思索。那人又用手按了按他的肩膀，"不要疑惑，你所能做到的，只是当金子摆在你面前时，你要勇敢地承认……那是你的。否则，你不但会再次失去金子，而且性命不保！"那人的口气突然变得凶狠。桑德斯少有地胆怯了，语气嗫嚅，"请问阁下，我的金子何时会飞到我的面前呢？"那人冷冷地笑了，"耐心等待，必须耐心等待！如果你狂躁不安，同样会招来杀身之祸。要知道，这是在中国，中国人没你想的那样窝囊。在利益面前，他们会杀人不见血的！你可记住了？"桑德斯感到一阵头皮发麻，脖子后面冷气飕飕。是的，丢了金子，他的内心变得软弱不堪，他机械地点了点头。"请闭上你的眼睛！"那人喝道。桑德斯吓得慌忙闭上，只是等他再度睁开时，那人已经无影无踪了。

"我站在高山把脚翘——不知故乡你在哪消——"冉先生冲着远天吼完这两句话，又跪在山头呜呜地哭起来。他才是赤城最感失落的一个人。也许他是最明白保和贞为何被劫的一个人。但他不会有所作为，他只感受着事情背后的心酸，只寻求着事情过后的道理。"家在哪里？何以为家？天下攘攘熙熙。身如败叶，心如浮萍，无根之木，随波逐流，还要什么家！"这一次寄望家乡，其实他的心中已无家乡，因为偌大一个中国，已无一块可以寄宿心灵的属地。"敢劫官银的豪强，必有灭国之志。大清内外交困，黎民百姓遭殃。这且不算，可怕的是人心涣散，前途无望，中华儿女何去何从？皇天后土，列祖列宗，何人能挽狂澜于既倒，扶大厦之将倾。何人哉！何人哉！"他呼天抢地，悲声滚滚。

山下，一片荒凉，念其默默地坐在一块石头上，头顶雁飞雁落，藏一片蓝天；心中或迟或缓，涌动一团迷茫。桑玉站在她的身旁，手指捏一节枯草，望斜阳残照，看远山苍苍。她们先是亦步亦趋地走出死寂的府衙，来到秀塔书院。后见书院也是一片死寂，不但未来一个学生，连先生也不见了。整个书院，只有冷风呼呼，寒鸦低唱。"小姐，先生不在，我们还是回去吧。"念其幽怨地看了桑玉一眼，"我不想回去，我想四处走走，没准儿能碰到先生。"于是，她们出了城门，跨过凌河，奔东山而来。念其在一块石头上坐下来，就没有再起。"小姐，我们还是回去吧，你在石头上坐这么久，会着凉的。"桑玉虽嘴上不住地劝小姐，但她心里更清楚，她比小姐更不愿回去。"桑玉，从这座山翻过去是什么地方？""说是打鹿沟。""从打鹿沟翻过去是什么地方？""说是二悬沟。""从二悬沟翻过去又是什么地方？""说是三角沟。""从三角沟翻过去又是什么地方？"桑玉怔怔地看着小姐，呼呼喘气，"小姐，如果这样一直翻下去，用不了多久，就到东海了。都说我们这儿离东海三百里。""不，桑玉，如果这样翻山而过，用不了三百里。"念其把心中的憧憬用于翻山，眸子里是激动的湿润。"小姐，你是不是还想翻过东海去？东海的那边，皇帝就管不着了。""桑玉，那不能叫'翻'了，那叫'渡'。普天之大，莫非王土，我想再远也是皇帝的。"念其的脸上有一丝苦涩。"那阿曼达她们从哪儿来？”对桑玉的疑问，念其摇了摇头，"但愿我们是一家人。"她的语气分外柔和。"小姐，你想让天下人都成为一家人吗？那好倒是好，可是不可能。"念其的目光再一次射向山顶，山顶上那片蓝天在微微地颤抖。"我知道那不可能。"她的语气喃喃，充满无尽的凄凉。

从山顶上突然下来一个人，那是带着云气的一个人，脚步匆匆，迎着晚霞冲下山来，仿佛双脚要急于踏向地面。"山上下来一个人！"桑玉很惊奇。"那是先生。"念其却平静，仿佛坐在这里，就是在等他。"小姐，难道你知道先生在这里？"念其不动声色，目光中有一份沉实，"每到这个时候，先生都会去国怀乡……他以为站在山顶就可以望见故乡。"念其的这些意识，在桑玉的心中是有些模糊的，但她知道，无论站在多高的山顶望故乡，都是徒劳的，她"哼"了一声，表示不屑。"桑玉，你想家吗？""不想！我都忘了我的家在哪儿了。""那你说，阿曼达能想家吗？"桑玉有些迟疑，也有些审慎，"我想不会。""为什么呢？""因为她的心中有神。"念其"咻"地笑了，笑得意味深长。桑玉歪着脖子看她的脸色，"你笑什么？"念其又笑了。桑玉似有所悟，脸却红了，"你是说……她心中有人？"念其专注地看着她，不再笑，她以为脸红的应该是自己，但她的脸却红不起来了。

她的心中有一丝恐惧，为自己突然不会脸红而恐惧。

先生走到她们面前，不惊不喜，不言不语。他的目光中有灼人的急躁，那急躁说明，有大事发生，这大事会让人们心照不宣。"先生，你在忙什么？"桑玉开口问道。"快走！快走！"先生脚步不停，语气更加灼人。于是，同行的人变成了三个。

凌河对岸有一匹马，四蹄不动，头却高高昂起，像在盼望着什么。它的身边趴着一个人，头已经浸在水里，一动不动，不知是死是活。三人急忙涉水而过，走向前去，皆大惊，原来此人是郎纪平。看样子，他要去喝河里的水，因为河水已在他嘴边荡漾，像在温柔地吻他。可细一看，他又像在吐出什么，因为有些许污秽之物在水里盘旋不去，其中还有一条条红丝，那是血的凝成。"唉——"良久，郎纪平发出一声叹息，也像是呼出憋了很久的一口气。"他喝醉了，他还活着。"冉先生奔过去，想把他扶起。不料他的身子似有千钧重，冉先生使了好大力气，只是撼动了他紧贴地面的双肩。"快！你们快帮忙。"其实，在冉先生吆喝之前，念其与桑玉已经做好准备，她们抓住他的一条胳膊，先生抓住另一条胳膊。就在他们用力之前，郎纪平扭头看了看念其与桑玉，通红的眼睛，却没有意识，说他什么都没看到也不为过。"让我喝……再喝点。"都以为他是想喝水。"酒!好酒!"他的声音带有冲击力,把水面击出一个漩涡。三人不再理他,一齐用力,把他架起来,坐在河边。他已浑身泥水,粘着水藻与草屑。看不到他的冷,但周身在打战,他的冷与意识是分离的,他好像是两个人,一个在冷,一个在醉。"郎大人,我们把你扶上马,再送你一程。"冉先生大声喊着,听起来竟像喊一个白痴。"噢——"郎纪平突然瞪大眼睛吼了一声,"太后,太后驾到!"他挣脱出右臂,用手指着河对岸叫道。"太后啊……郎纪平对不起您老人家,郎纪平该死啊!"他又挣脱着想跪下来。三人同时大惊,但惊的不是"太后驾到",那分明是身披斗篷的阿曼达。片刻的思索,念其便知她和冉先生一样,远远地看到河边有人垂危,前来施救。只不过是,他们一个在山顶,一个在教堂的窗前。因为在这两处,最喜观瞻的还是这条如白练飘冉的河流。它的流淌,最容易让去国怀乡之人产生"逝者如斯夫"的慨叹。"欸——"桑玉的语气是戏谑的,"你也想来救人吗?那你来救吧,我们走了。"念其与冉先生几乎同时从河对岸收回目光,落在桑玉身上,目光中的责备让桑玉感到羞愧。她低下了头,"郎大人,请你看清楚,那不是太后,那是想救你的神。"桑玉这样道,是为了掩藏自己的羞愧。"阿曼达姑娘,你回吧!回吧!"先生声音很高,但很爱惜。念其不再正脸看,但她的眼睛没有离开阿曼达,她看到阿曼达优雅地转过身去,迈着忧伤的步伐离开了。是的,那脚步是忧伤的,是黏滞的忧伤。直到阿曼达走出很远,念其还在看,以至她下面挽扶郎纪平上马的一切举动,都变得漫不经心与随机敷衍。郎纪平坐在马上,如坐云端,前后捭阖,飘飘荡荡。他嘴里嘟囔着,却听不清说的是啥,想呕吐,却再也吐不出什么。他的马也带着忧伤的表情,泪槽也是湿润的,步伐也更加沉闷。

进城来,直奔兵营而去,念其与桑玉在衙门就近处停下来,冉先生继续牵马前行。有两个清兵老早从兵营里迎出来,"我们想跟随大人去,但大人不肯。"两名士兵牵过马缰绳,在解释。冉先生笑了笑,他不以为这是在解释给自己听。

郎纪平在帐中沉沉地睡了一觉,当他再次睁开眼时,酒已经醒了。眼前明亮的,是灯光,夜色很深沉。卫兵捧过茶,他接过来,喝了两口,茶香沁人心脾。他有一种兴奋,是大病初愈的兴奋。他听听这夜,便往外走,卫兵想跟随,被他挥手制止了。他还是骑着那匹马,它已经吃足了草料,但它的目光似乎很羞涩,它不知道主人意欲何为。郎纪平打马走在街上,除了灯光是活的,其他什么都死了。没有往日的嘈杂，没有红火的景象，酒肉不香，娇语不闻，如此这般的死气。他的内心有些急躁，马鞭便狠狠地打在马屁股上，马便奋起四蹄。他想用这蹄音，唤醒这死气。但除了蹄音，还是蹄音，这夜，这城，仍旧一潭死水一样沉默着。他跑到东门，东门未关，城楼里亮着灯，灯影里有人举盏，那是守城士兵在喝酒。他很想叫骂一通，更深人静岂能不关城门？但他只是像公鸡一样，伸了伸脖子，却没有打出鸣来。他掉转马头，又向南门走去；又向西门走去；最后又来到北门，皆是一般的景象。他突然感到恐惧，四门未关的一座城，就像漏风的灯笼，更像落入荒野的孤魂。他一连打了几个寒噤，往知府衙门走去，当他看到府衙的两扇大门，也洞洞地开着的时候，他觉得那个门竟像可怕的虎口。天上星辰点点，大地冷气森森。一座四门未关的城，一座大门未关的府衙，在苍苍的天地下，嗑血饮风。他觉得只要风再大一点，这城，这府衙，都会被轻易吹散。

此刻，他很想见到一个人，那人就在府衙的里面。但他胆怯心慌，像贼人一般，牵着马躲到阴暗处。这就惊动了一个叫花子，他哼唧了两声，一双可怕的白眼充满了敌意，但他还是不情愿地走开了，将地方留给牵马的官人。不知过了多长时间，当他的心跳平复下来的时候，他把马拴在一棵树上，然后向大门洞开的府衙走去。这个门真的是可以随便进的，当他进得门去的时候，他甚至想关上这两扇门。他力争将步伐迈得悠闲自得，因为难保没有几双眼睛在盯着。他甚至随时准备迎接别人的一声叫喊，或者是一声喝骂。但是没有，除了可怕的静，他什么都没遇到。他知道，小姐的闺房在东北角的阴暗处。走进前去，没有灯光。耳畔似乎有虫鸣，但那不是虫鸣，那是他的血流动的声音。他在黑暗处站立一会儿，回想着河边醉酒时的一幕幕。因为醉酒之人的无知无感，使得她的任何举动都处于自然。此时此刻，他要对小姐的举手投足进行重复判断。判断的结果，使他大胆地向小姐的窗前走去。

他轻轻地敲窗，一下，两下，三下。"谁？"声音清晰却低缓，没有恐惧，也没有防备。他的心狠狠地跳两下，有心继续敲窗，但他停了下来。"我……郎纪平。"他极力使语气亲昵，带着预约的口吻。然后是沉默，好久的沉默。他虽失望了，但他相信小姐的拒绝是平静的、善意的。他像一下子卸掉了许多包袱，然后想离开。不料一声轻轻的响动，窗子开了一条缝。他的心又狠狠地跳了两下，他看到那道缝隙正在微笑。他相信自己还延续着酒后的大胆，他轻轻地推开窗户，看见小姐一张白皙的面孔，还有白皙的脖颈。她稳稳地坐在床头，锦被围着她，是暗红的土壤，而此刻的她，就像土壤里生长出来的一朵白莲花。他跳进窗子，就跪在花前，"我只求速死！"这是他的第一句话，然后他哭了。他哭得有些大胆，但他不认为是酒后的大胆，而是相信这朵莲花，相信那护花的丫头桑玉。"城门没关，府门没关，你的窗子也没关。难道这都是为了我吗？"说这话时，那朵花已经依偎在他的怀里。"不！是因为这座城丢了心。丢了心的城，就是等死的城。"小姐的语气平淡而冷静，但她的身子却是火热的。"你是说那银库就是这座城的心脏吗？那这个国家的心脏又在哪儿？不会是北京吧。"他一边抱紧她，一边采摘那洁白的花瓣。"你只求速死，难道我是你死前的祭祀吗？"她的声音柔媚而凄凉。她突然想起来了，这就是那个梦的再现，于是，她有些宿命的寄托。但她还是落泪了，她想到了被淡忘的罗子沫。她不明白，为什么竟淡忘了他。她感到自己的残忍，但那残忍却被岁月剥蚀得理所应当。但她是怀恨在心的，因恨而欲报复，因欲报复才开了窗。但她没想到的是，这些竟然都是梦中预演后的真实再现。于是，她不知该恨谁，该报复谁。"门是开的，窗是开的……你也开了吧。"他的语气坚定而狠毒。"你不是只求速死吗？我……会让你死吗？"她偷偷地笑了，所以她的语气显得那么轻佻。"死了也好！死了也好！"

　　突然间，外套间的桑玉竟发出"咯咯"的笑声，且尖利刺耳，充满嘲讽意味。他们本以为这笑声会很快停止，但没有，而是一阵接一阵地传来。郎纪平再也按捺不住自己，他发疯一般逃了出去。出去了他还听到那笑声在追他，于是他抱头鼠窜。小姐站在窗前向外望着，空荡荡的。她也忍不住笑了。她不知道是现实破坏了梦境，还是梦境成全了现实。但笑过之后，她是无名的气恼。

　　"哎哟先生啊，您怎么满脸愁容啊？那可不行，到我这里能解闷但消不了愁。想消愁的话，还是找你们洋姑娘去吧。"这是翠玉仙里雪苓的声音。桑德斯来到这里，一个时辰了，只喝闷茶，几乎一言不发。但他偶尔会自语："我凭什么信？！凭什么信？！"如果不是那位蒙面人的一席话，他一定会去找荣公子算账，也一定会去找阿曼达消愁。但他的脑子被那一席话灌得满满的，他哪儿都没去，来到这里。但内心的矛盾又使他顾不上别的了，不掏钱，不上床，只一味地枯坐。"我说先生啊，你再愁，还能愁得过荣大人吗？连官银都被劫了，估计他老人家都快愁死了。"她一边笑一边道，怎么听都有幸灾乐祸的味道。"你很高兴……是吗？"桑德斯狠狠地瞪着她，语气中充满杀气。雪苓不以为然地一拧身，把手帕甩在他的脸上，"这是讲的什么话！干我们这行的，对别人的事，谈不上高兴，也谈不上不高兴，都与我们没有关系。我们这里是给跑累的男人歇脚的地儿，你看，不但我们中国男人要来，连你这个洋大人不也来了吗？我们的心里没有家，也没有国家，谁好谁坏都不入我们的眼。我们只会用身子暖人，无论他是什么人。可我告诉你，哪有歇脚的人还犯脾气的？就是有再大的脾气，到我们这里也没了脾气。哼！都说这个温柔，那个妩媚，我们才是最温柔、最妩媚的。因为我们一点脾气都没有了，只要给口吃的，我们就是奉献、奉献、再奉献。我们这里是给人交底的地方，连你们的上帝都对我们刮目相看呢！哼！"哈哈哈……"桑德斯的笑声有垂死挣扎的意味，"我敢肯定，荣大人没有来歇过脚，更没有来交过底。"雪苓正用镜子照着自己，点点朱唇，然后发出一声冷笑，"他倒想来，可来不了！有圣贤书绊着脚呢，有乌纱帽压着头呢，有蟒袍玉带缚着腰呢。哼！只要受过累的男人，都想歇歇脚；只要心里没底的男人，都想交交底。你想想自个儿吧，为啥就来了？"桑德斯专注地看着她，有些万般无奈地耸耸肩。"我什么都没有，是走差了门！"雪苓一听，甩了镜子，然后哗哗地脱了衣服，只剩一幅红兜肚，下面是半遮半掩两只雪白的乳，样子就像两只雪白的兔子遇到了孤狐，慌忙藏起了头。"那好啊，你走啊，你走啊，找对的门路去！"桑德斯又哈哈大笑，站起身来，"既错了……就错了。""先生，你可不要错上加错呀！"雪苓扭捏着身子，歪在了床上。"我他妈的不是累了，是太累了！"桑德斯哭了，泪水也流了出来。

"你看！你看！再凶狠的男人到我们这里都会流泪的。"良久之后，雪苓暖暖地道。"阿曼达！"又良久之后，桑德斯极度痛苦地叫了一声。雪苓忽地坐起来，掀开了他的被子，"好了！你可以上路了，你已经歇过来了……"她怒不可遏，双眼冒火。但桑德斯紧闭双眼，死死地躺着，一动不动。"我不是嫉妒谁，我们已经没有了嫉妒，我们是悲伤自己的命运。"又良久之后，雪苓语气悠悠地道。

阿曼达正在与父亲进行一次长谈，她板板正正地坐在那里，端庄而严肃。身旁的安琪拉看似随意，却也在专注地听。杜克先生满脸忧伤，也有冥思苦想后的沉闷与憔悴。他不时地拿起一本书，或者几页纸，翻看翻看，重又放回那里，似乎茫然不知所措，也像在苦苦地寻找答案。阿曼达好像有几天没梳头了，刘海儿有些蓬乱，辫子也不再光滑，显得蓬松粗大。就像她的脸色，不再光鲜向上，而是沉沦阴郁。这种阴郁笼罩着她的双眸，眸子的颜色不再是活生生的翠蓝，而是像有阴霾浮动的深蓝色。再看她两片丰厚的唇，是暗紫色，干涩而没水气，看样子应该用舌头舔一舔才好，可她就那么固执，从不舔一下。

"阿曼达，你的信心哪里去了？"杜克先生看一眼女儿道。阿曼达没有惊讶，也不知从何说起。她能感受得到，父亲的思路很笼统。他想借着指责别人，来说服自己。"我觉得，我们来了这么久，好像并没有给这里带来安宁，相反……我自信我的忠诚，但我……最起码我看到了你，你对自己做的对不对，很没自信。上帝不会疏忽大意，也不会对这里发生的一切视而不见。这块土地上，一连发生恶性事件，这使我们的存在，显得微不足道，甚至是寡廉鲜耻。教堂敲响的不是丧钟，我们手里捧着的，也不是废纸。更可怕的是，连教堂都需要别人保护，这简直是笑谈。"牧长大人苦笑着摇了摇头。"父亲，"阿曼达的语气，像在法庭上对质，"这些不全在我们，也不是全在中国人，而在于随我们而来的一股恶势力。他们把我们推到前头，作为招牌，背地里做他们的营生，都是些不择手段的营生。""桑德斯，你在说桑德斯。他确实是个恶棍！我可从来没答应他，把你嫁给他。"主教用手指着自己的女儿，就像指着别人。"父亲，来中国的不止一个桑德斯，是许许多多桑德斯，他们迟早会害了我们。"阿曼达的语气中也充满了指责，这让牧长大人很不舒服。"阿曼达，你说错了，谁能害了我们呢？我们躲在上帝的怀抱里。除非我们自己害自己，否则上帝不会松开他的怀抱……"阿曼达沉默。"比如现在的你，我的女儿，你的情欲在燃烧，而点燃它的，正是撒旦的薪火。你不该去指责别人，上帝因着我们，才去爱我们身边的人，这你应该懂得！"面对父亲执着而有力的目光，阿曼达低下了头。但她很快又艰难地抬起来，"父亲，我不认为我的情欲有多么不干净，它从我的心底产生出来，难道它不该存在吗？它是干净的，没有违反中国人的纲常，也没有违背神的旨意。"杜克先生移开目光，他看一眼自己的小女儿安琪拉，微微地笑了笑，"安琪拉，你姐姐一直很爱你，对吗？"安琪拉有些惊乍，眼睛瞪得很大，她点点头。"那么你姐姐现在的样子很堕落，但不是因为爱你才堕落的，对吗？"安琪拉迟疑片刻，又被迫点点头。"那么你姐姐说她的情欲是干净的，那么被干净的情欲洗礼过的人，怎么会是现在这个样子？你看看，快看看！你要吸取教训，不要像她这样。"安琪拉看到父亲的眼睛里在燃烧着火，她害怕了，急忙去看自己的姐姐，她看到姐姐的眼眶里，浸满了泪水。"看到了吗安琪拉，快告诉她，说你的情欲是不干净的！"安琪拉不知如何是好，她急得要哭了。"父亲，"阿曼达哽咽了，"我的情欲是被折磨的！"杜克先生看了看自己的女儿，但很快由同情变成了冷笑，"是谁在折磨它？上帝不会用情欲折磨一个人的。利用情欲折磨人的只有撒旦！它喜欢人的情欲泛滥，因为它要借机行事！"阿曼达身子一软，依偎在那里，泪水夺眶而出。"阿曼达，上帝会把他的爱，通过情欲传递给信靠他的男女，让他们长相厮守……比如我与你母亲；可他们一定是喜乐的，不会被折磨……比如我与你母亲。"杜克先生的语气愈发沉重，就像诉说着别人的事，当然那故事更沉重。"如果你不认同，除非你对《圣经》有别的解释。但我告诉你，任何别的解释，都是犯罪！我还要告诉你，任何被折磨的情欲，都是越过了界限……一定的！"他继续沉重地说。但沉重而有力。

但是，如果跟罗子沫比起来，阿曼达的折磨就显得不那么严重。因为他很快又成了囚徒。

因为这座城，连城门都疏于开关，人们皆以为这座城在败落；因为知府衙门，连大门都懒得关上，人们皆以为知府大人在颓废。说银库被劫，就像这座城丢了心脏，那这座城里的每一个人，也都会失魂落魄地活着，谁还知道防患于未然。这天夜里，月黑风高，一伙想报仇的强人，个个黑衣蒙面，手握利刃，潜入城来。当他们隐蔽在衙门两侧，心中也颇为不安。看洞洞而开且有灯光射来的那道门，总没那么简单。他们立志要把里面的人全都杀光，甚至鸡犬不留，如果知府衙门里还有鸡犬的话。这是何等的深仇大恨，难道解此仇恨就这样如入无人之境吗？难道知府大人真的就成了带死不活的一头猪吗？如果是那样，这仇报起来都不算过瘾。他们紧握刀柄的手在慢慢松动，彼此看了看，进还是不进？杀还是不杀？他们的心在跳，血在烧，仇人就在眼前。他们的手在黑暗中紧紧地握在一起，当不能再紧时，突然松开，个个如脱兔一般窜进门去，并且一口气跑到中堂墙外。路径虽短，他们却有如踏过千山万水，个个气喘如牛，五脏翻腾。他们又在黑暗处潜伏下来，伺机而动。

而此时，听见大堂里传来一个人的清唱，清扬悦耳，顿挫有节：

双亲在，双亲在，信音未准。

烽烟起，烽烟起，桑梓半损。

欲归，归途难问。

天涯到处迷，将身怎隐，歧路穷途，天暗地昏！

他们虽不知这种唱法来源于哪里，只知道韵律好听，句句唱在心里；他们不知是谁在唱，只觉得声音甜美，分明是美俊一小生。但不知为什么，他们的神经在一瞬的轻松之后，却突然像被拉紧的琴弦一样，越绷越紧。他们感到窒息，那种因恐惧而生的窒息，而且手足无力。他们在恨自己窝囊，刀山火海都经历了，为什么要被一段唱腔吓破了胆？恨自己，就欲爆发，正当他们想一跃而起的时候，随着几声狂笑传来，就听见两扇大门"隆隆"地关上了，然后四面黑暗处同时亮起了火把，随之响起清兵的啸叫之声，"杀！杀！杀！"

这火把、这声音，还有端起的枪口、闪光的白刃，一起向他们聚拢而来。

"啊——啊——啊——"他们纷纷发出这样的叫声，几乎撕破喉咙。他们以这种叫声，去迎对那喊杀之声，这是一种绝望的对抗。正当他们挥刀跃起以死相搏的时候，枪响了，几个人应声倒下。当又一批持枪清兵补上来的时候，他们中间的一个人跳出来大喊，"别开枪，别开枪了！我们……啊不！他们都是好人，穷苦人！他们是来报仇的，是因为他们有仇……啊不！他们是来听唱的，我知道，那是昆曲！"一阵哄堂大笑，紧接着是叫骂之声，"这个混蛋！分明是吓傻了。就这怂德行，还敢来知府衙门报仇？"这时，为首者荣公子站了出来，并走向前去，仔细打量这个人。当他终于打量明白的时候，便从高解手里接过马鞭，"啪啪"两鞭就抽在他的脸上。蒙面被抽开，血流如注，他惨叫两声，捂着脸蹲在地上。其他人想动，皆被长枪顶住了脑袋。

"小姐——小姐——你不要、不要啊！"这是桑玉声嘶力竭的声音，她在拼命地拉住念其。可这是徒劳的，已经疯了的念其爆发出巨大的力量，连欲阻拦的两名清兵，都被她冲倒在地。"子沫——子沫——为什么？你这是为什么呀？"念其扑上去，捧住罗子沫正在流血的脸。"念其……"罗子沫刚想说什么，皮鞭又从后面抽下来。"不要抽了！哥哥，我的好哥哥，求你不要再抽了！他不是有意的，是被他们挟持来的，他只是个读书人啊……""念其……念其……我是为……"罗子沫想把话说完，而那稍稍迟疑的皮鞭又劈头打下来，鞭鞭中在头部，他疼得抱头号叫。"子沫——子沫——"念其大叫着，用自己的身子护住他的头，他们的哭声绞在一起。高高举起的皮鞭，迟疑了，很迟疑。可终究它又打了下来，一连三鞭都打在念其的后背。他们的哭声戛然而止，仿佛不知道发生了什么。突然，念其像受伤的母狮一样，哀号道："抽啊！你继续抽啊！抽死我算了！""小姐，小姐你这是何苦呢？为了他，你不值啊！"桑玉也哭喊着扑上来，但被两个清兵擒住了，拖了下去。

"孩子们，老夫等你们多时了……就知道你们会自投罗网。带走，统统押入死牢。"一直站在台阶上的荣大人说话了，所有的人都为之一震，因为谁也没有发现他的存在。映入眼帘的，是一袭白衫的知府大人，亭亭之姿有如小生。再听那声音，尚有昆曲的味道，但冷峻异常、威力无比。于是，所有的强人，都被缴了械，只有罗子沫无械可缴，因为他毕竟是书生，拿不起杀人的刀。念其慌慌张张跑过去，跪下来，抱住父亲的双腿求饶："父亲，请放过他吧，他满身是伤，需要治疗。他不是来杀您的，他是被蛊惑挟持的，他不过是个书生。"不料父亲一抖双腿，把她甩到一边。当她再想扑过去的时候，父亲已经快步离开了。"念其，救我，快救我……"她的耳畔只有罗子沫的声音，她的双眼，已经流不出泪水。

当她被桑玉搀扶着走向自己的闺房时，她仰天长叹："天哪！这是怎么啦！我是该哭，还是该笑？""小姐，你不该哭，也不该笑……你该杀了他。"这是桑玉的声音。

- 18 -

牢房里，只有罗子沫躺着，在这个刺杀行动中，除了死的，他成了唯一受伤者。其他人都傻坐着，眼睛瞪得很大，彼此看着。埋怨，责备，悔恨，伤悲，一概没有了，有的只是死亡之前的茫然。其实他们看不清彼此的样子，也看不到这死牢就像屎窖，那墙壁上粘着一层层的屎尿，地上铺着烂草，烂草里也掺和着干结的屎尿。这里曾走出多少死囚，他们为什么要把屎尿甩在墙上，没人知道，他们甚至在临死前要吃屎喝尿的。他们吃的不是屎，喝的不是尿，他们吃喝下去的是悲愤的人生。后来的死囚也终究要吃屎喝尿的，但他们不是在学前辈，而是一种条件反射，是一种对生命极限必然的怒吼，是对不公与无奈的吞噬。罗子沫还在流血，他闭着眼睛，奄奄一息。其他瞪着双眼的，又何尝不像死人？只有一个人例外，那就是弓么长。这个从死人堆里爬过来的汉子，今天流泪了。因为他心中有了女人，所以他流泪了。他不但流泪了，还哭出了声音。这哭声唤醒了其他人，不是唤醒了他们的良知，而是唤醒了他们狠毒的兽性。一个人抓起一把屎砸过去，随后是两个、三个、四个。他们的脸上都带着残忍的微笑，他们还没有女人，所以他们在死亡面前是强硬的。因为表弟盛金龙知道他的心事，所以他没有用人屎砸他，他的心里有一丝怜悯。

夜越来越深了。冥冥之中，罗子沫坐起来，他觉得轻松自在，兴奋异常。他看见所有的人都沉沉地睡去了，睡姿像挣扎在案板上的猪。他又站起来了，觉得自己没有一丝重量，轻飘飘的，像一股烟雾。他突然觉得不对，回身一看，发现自己还在那里躺着呢，体态舒展，面色安详。他不知为什么，只觉得有一股力量在推着他走，一切对他都不成为阻挡。他穿过监牢里的一道道木门，一堵堵沾满屎尿的墙壁，就像风儿穿过门帘。他来到外面，外面到处都是阴郁灰白的光。这光来源于地上林立的一切。是的，他看到什么东西都在林立着，好像随时都会腾空而起。尤其是树，都尖削地疯长着，高不可攀，直入云霄。所有的枝条都向上剑立着，树梢更像刚破土的笋，白嫩白嫩的。站在大地上，可以望得很远，但想看远处，远处就会瞬间变得很近。忘掉近处，近处就会变得很远。这座城在他的眼里清晰可见，那亭台楼阁，那厚重的城墙，都很有韵律地波动着，它们那么低，需俯视才见。游游荡荡的，他觉得很没意思，他想回家了，于是回家的路就在眼前。路上遇到许多不认识的人，都目不斜视，各自走各自的路。还看到许多动物，在身边乱窜，在远处乱窜，它们彼此视而不见，对人也视而不见。很快到了村头，两川之水哗哗地流着。继续往前走，来到了家门口，他想进去就进去了。他在院子里站了站，他听见了母亲睡眠的声音，时而均匀，时而急促。他想叫一声"妈"，于是就站在妈妈的面前。他想摸摸妈妈的白发，但他只是伸了伸手，就缩了回来，他不想打扰妈妈的睡眠。他想看看父亲，于是又站在了父亲面前，父亲睡得很沉、很投入。他知道父亲在做梦，父亲只有在梦中才是清醒的，才是幸福的，不然他不会整日吃了睡，睡了吃。他不想打扰他的美梦，于是又来到妹妹的房间，妹妹的房间空空如也，方想起妹妹不在家，方想起妹妹经常不在家。但妹妹的一颦一笑，仿佛仍在眼前，那是儿时的妹妹，活泼可爱，清秀机灵，如今那个样子再也看不到了。如今她已属于别的神，她的脸上总带着深沉的疼痛，眼里总有祈求和展望的雾气在升腾，那雾气是她的泪水化成的，所以她极少流泪。他一阵心酸，自己却掉下两滴泪来，落在了地上，他看见那泪珠是红的，像两颗红豆。于是他又回到院子里，他在院子里转了两圈，希望见到一个人，他忽然想起来了，他要见的人不在这里。于是他又走出家门，向那个破败的房子走去，一路上，他仿佛看见几只狗趴在自家的门口，见他过来，想叫唤，但他一看它们，它们就吓得闭了口，并把头紧紧地贴在地面。来到她的家门口，他有些迟疑，他就那么站在门外，向里望着。忽然，那破房子的门"吱呀"一声开了，是她神色慌张地走出来。她站在门口，向外望着。他看见她满脸憔悴，竟像个独守空房的怨妇，在这个破落的院子里，苦熬着时日。当她看清是他时，先是满脸的惊愕，随即就向这边走来。"子沫，子沫，是你吗子沫？你这是怎么了？为什么满脸是血？"他们的双手紧紧地抓在一起，他们的手都很凉，话音刚落，她就泪水滔滔了。"我又被人打了，是用皮鞭抽的，我……"他想说什么，却不敢了。"你不是和我父亲在一起吗？他人呢？是谁把你打成这样？你还吃药呢吗？看见我兄弟了吗？他没欺负你吧？"她想问的太多，却被他木呆呆的表情吓住了。"你说话呀！"他摇摇头。"你倒是说话呀！"他又摇摇头。她想用手去擦擦他脸上的血，他头一歪，躲过了。"我得走了。"他抽出手，转身就离开了。等她反应过来时，他的背影已在很远处了。

"子沫！子沫！不要走，你不要走！"她大声惊呼，从梦中醒来。她忽地坐起来，恐惧和悲伤，使她的心都要跳到嗓子眼儿了。"你叫我干啥！我正睡得香香的，正吃肉呢……"罗子辉被惊醒，他没好气地骂道，翻一个身，继续睡去。她紧紧地闭上嘴，手按胸膛，想忍住自己的心跳，平复自己的呼吸。这梦境如此真切，就像真实发生的一样。"难道子沫他……"她不敢往下想了，自他走后，自己无时无刻不在牵挂，心里眼里都是他，汤里饭里都是他，却无处倾诉，只能暗自垂泪。想着想着，便五内俱焚，一头扎在那里，泣不成声。怕再次惊动丈夫，不得不紧紧地咬住被子。

罗子沫又来到自家的门口，可他只站了站，没有进去。回身一望，天地苍苍，四野茫茫，他不知该往哪里去。忽见城头有豪光闪现，光中还有强烈的轰鸣声。声音大，光便强，声音小，光便弱。那光时而五颜六色，时而黯淡沉冗。那声音时而高亢，时而悲切。他很好奇，便向那里走去。一路上，他又看到许多人，彼此视而不见的人，朝着一个方向直直行走的人。大多披头散发，衣衫不整。还有满身血迹的，缺腿断臂的，眼瞎无唇的，满脸刀疤的，头皮脱落的，内脏外露的。但他们并不狂躁，并无激情，而是满脸的沉寂阴冷，心中似有盘算，脚下意志坚定。他们就那么四面八方地走着，直来直去，方向明了。其实罗子沫也直来直去，直奔那豪光而去。很远就看到了，那里是教堂，是阿曼达的居所。说到就到了，他穿过教堂厚厚的墙壁，直接进入那声音的来源处，那是教堂的布道大厅。台上跪着好几个人，都在拼命地祈祷，好像唯恐主听不到他们的声音，或那声音稍一停顿，主就会弃他们而去。阿曼达跪在最后，只有她在默默地祷告。虽在她的背后，他也看到她在流泪。他默默地站在她的身后，不想惊动她。她的两根大辫子梳得很光滑，一根在胸前，一根在脑后，胸前那根被她默默地抓在手里，脑后的那根静静地匍匐在她的背上。他轻轻地抓起这根辫子，看了看，闻了闻。看到的是略带忧伤的粗糙，闻到的是沁人心脾的馨香。他很想俯下身来，抱一抱她，却突然看见灯光下的十字架上站着一个人，直鼻方口，大眼浓眉，身披红色斗篷，赤脚之下两朵祥云。目光正射向他，慈祥柔和，却摄人魂魄，并产生一种强大的力量，使他不由自主地往后退去、退去，直到退出教堂厚厚的墙壁。他很失落，不得不转身离开。他想进城，于是便进城了。城里也有许多直来直去互相视而不见的人，但女人居多。看服装似有前朝之人，目光里是默默的恨，眉宇间却是情谈款叙，似有一段风情未了，或一段未解的冤缘。她们有时会看一眼罗子沫，他顿觉脊背生凉，于是便匆匆躲开。他来到了衙门口，门这回关了。那门好似一张人脸，布满得意的笑。他感到后面有动静，猛一回身，见后面站着许多人，男女老幼不等，高矮胖瘦不齐，前后朝代不定。他们都在注视他，是那种心有灵犀的注视。有的眼睛里是泪，有的眼睛里是血，也有的是焦黄的眼屎。他觉得自己与他们有所不同，便产生鄙夷之心。但他不知他们为何齐聚这里，难道是有冤要伸、有状要诉？他看着他们，目光高傲而凄冷，便从他们中间穿身而过了。他想去看看先生在干什么，只这么一想，便有一种声音传来。仔细听，是哭声，女儿的哭声，断肠泣血般的哭声。他想循着这声音而去，于是便到了，是秀塔书院，是先生的屋子里。他看见先生的门口站着两位带刀的清兵。他不怕他们，径直走过去，穿门而入。

"哗"的一下，"轰"的一声。他的嘴角动了动，眼睛睁了睁，他吃惊了。他看到自己躺在先生的炕上，身边有念萁、桑玉，当然还有先生。哭声来自坐在自己身边拉住自己手的念萁，陪着流泪的是桑玉。先生则站在自己的头前，脸色灰沉，目光呆滞，看着，叹着，心疼着。突然，他感到心痛难忍，双眼也再难以睁开，且有一种强大的力量在挤压他，他觉得自己越来越小、越来越轻，最后就如草芥一般，掉进一个黑洞洞的所在，然后就什么都不知道了。

此时，天色微明。

曙光再现，长城脚下，冰雪皑皑。左汉庭艰难地踏雪前行，胸中鼓荡着一种沉雄而哀伤之气。他摸了摸城墙，摸到的是一手千年的墙锈；他又使劲儿拍了拍，就像叩启关住无数冤魂的地狱之门。"唉——"他长叹一口气，低头思量。他已奔波了许多时日，背负着无限的愧疚与悲愤，在寻找自己的"女儿"。自那日客栈一别，就再也没有见到她。得了金银的，开怀畅饮；机关算尽的，盛气凌人；只有他在寻找着"女儿"。无法说明来由去向，无法解释自己的用心良苦。一位赳赳武夫，堂堂朝廷命官，竟沦落到这步田地。他在一处垛口，登上城墙，然后一步一步向上走去，他希望那一块块古老的城砖，还有火烧的温度。

快到前面的城楼时，他不禁握紧了腰刀。

一个人从城楼里钻出来，面带微笑地站在门前，淡淡的轻烟在他的身后缭绕。左汉庭抬眼看了看他，是个不认识的家伙。"大人，等你很久了。"听口音非本地人，左汉庭又使劲儿看了看他，心想这天下是怎么了，打交道论事不论人了，一面之交就要办大事。"左大人，请。"那人让开一步，彬彬有礼。"有罪之身，请不要再喊我大人！"擦肩之时，左汉庭稍停，看着他冷冷地说。低头钻进城楼内，只见地上火光正旺，使窄仄逼人的城楼里并不显得黑暗。他四下里望了望，只见一个中年人坐在火堆旁取暖，身后站着两位穿制服的年轻人。他一时怔住了，首先这几个人都是生面孔，其次看遍了犄角旮旯，也没看见自己的"女儿"。他气愤已极，转身想走，不料门口站着的人一转身，堵住了去路。"左大人，不要那么急嘛。我们是朋友。"那位坐着的中年人发话了。"我不与不仁不义之人为友！法师呢？我要见法师！"左汉庭又猛地转回身，怒视着他们道，并紧紧地握刀在手。几个人你看看我，我瞅瞅你，满脸的戏谑之情。"什么狗屁法师！纯属佛门败类！我们本是一丘之貉……他却把我女儿绑作人质？"左汉庭大吼，气愤至极。"左大人用词不准，什么是'一丘之貉'？大人自贬自抑，分明对自身处境心有不甘，分明是效忠满清之心不死……我们如何能放心呢？"中年人慢慢地站起身来道。"哼！你们懂什么？我效忠的是国家，是天下万民！""可你端着的分明是清朝官员的架子，你何时才能放下它呢？你一天不放，我们就一天不放心。""清朝完了，国家能完吗？举国之人都要为它殉葬吗？""左大人说得好啊！我们正是不为它殉葬，才要改天换地的，才要革命的。""哼！当年的洪秀全也要革命，结果怎么样？闹得整个江南民生凋敝，鸡犬不宁！""左大人不要妄下定论，此革命非彼革命。我们时时处处以民为本，事事经经以德化人……不久的将来，必将打造出一个蓬勃向上的新民国。""就你们？没看出来呀。""左大人不可如此轻慢，我们绝不是莽夫野汉，更不是乌合之众。劫银库之举，大人难道没有略见一斑吗？""嘿嘿，实话告诉你们，我对这些不感兴趣！我是来领我'女儿'的。你们说在这里，我却没看见。你们再一次失信于我，戏弄于我，这就是革命党！"左汉庭转身想走。"大人且慢！"左汉庭停住脚步。"想见你女儿可以，不过没那么容易，因为大人的官气太重，必须去一去。"话音刚落，中年人早已飞拳打来，直捣面门。左汉庭用臂一搪，左拳立刻变掌，死死叼住他的手腕，随后右拳从中路直掏心窝。中年人见势不妙，伸臂搪开，并顺势攻击对手右肋。左汉庭的叼腕之手猛力劈下，这样，他的中路整个虚空。中年人又飞起右脚，欲短踹心窝。左汉庭劈下之掌慌忙来迎，不料这一脚只是虚招，只是借此垫步，然后突然跃起，在下之臂转腾上来，变成肘击，直取左汉庭的太阳穴。左汉庭大惊，以为这一肘非伤即死，所以，他并不躲闪，准备以死相搏，千钧一发之际，他的在下之手如同仙猴摘桃一般直奔对方喉咙，并一下子锁住。不料，中年人的重重一击突然变作虚发之势，有招无力。左汉庭的锁喉也令对方大惊，他万没想到左汉庭的变化如此迅猛，以为这一锁必然会锁断喉咙，不料，对手的力气仅用三分，便松开了。这时他们都明白，彼此都在给对方留一条性命。"什么拳法？"左汉庭大呼一声。中年人收回架势，用欣赏的目光看着他，没有正面回答他。"左大人好身手！好了，可以去见你的女儿了！"左汉庭也收回架势，转了转眼珠子道："难道我的女儿确实在这里？"中年人微笑点头，"往上走，上一个城楼。"左汉庭不知何意，死死地盯住中年人，想从他的目光中寻找答案。"大人请吧！"不料中年人身后始终站着未动的两个人开口了，同时踢开堵住通往上边之门的两捆柴火。左汉庭并没有找到答案，但他决定继续闯下去，看个究竟，便抱了抱拳，往那门口走去。

抬头一望，那个城楼很远，远在高天之下。左汉庭心头掠过一丝惆怅，他在思索着这群人，临别之前为什么要亮亮拳法。"哦，倒是为此……我相信了他们！"他在心里默念，不再觉得那城楼有多遥远。可走起来，路途仍旧艰难，他感觉那古老的城砖上有一层层的脚印。那脚印都是活的，每踩一脚，都发出尖叫之声。这段城墙建在地势险峻的山峰之上，走在上面，平添悲壮。眼看那城楼越来越近了，他不免兴奋，不由得加快了脚步。突然几声枪响，子弹都打在他的脚下。他吓了一跳，顿时汗毛倒立，人也像被钉在那里一样，一动不动。枪是从瞭望口打出来的，他不知这又是设的什么局。便打定主意，哪怕是刀山火海也要闯下去，于是他的脚步更加有力。枪声不断，子弹在他的脚尖处炸开了花，就像步步生莲。直到离城楼门口不远处，枪声停了下来。"左大人，别来无恙啊？"随着大笑之声，两个人走出门口相迎，毛瑟手枪的枪口还在冒着余烟，被他们插进腰际。左汉庭一看，这两个人就是在翠玉仙搭救自己的人。虽踏着枪声走来，心中的气恨也消了一半。一抱拳道："两位英雄为何如此待客？"二人也一抱拳，"这是我们最高规格的待客之礼。"说完，对视而笑。"扯淡！你们革命党处处玩花活儿。怎么，老祖宗的规矩一点不要了？以为我左汉庭是被吓大的吗？"二人又一抱拳，刚想开口。"我女儿呢？没见过你们这等狼心狗肺的人！按理我们应该是狼狈为奸……怎么？劫了我的女儿做人质！从何说起？"左汉庭堵住了他们的话，断然喝道。"左大人不要把话说得那么难听，我们是共兴义举，不是狼狈为奸。""你女儿是我们请来做客的，也不是什么人质。"二人一唱一和。"少废话！金银已经分了，快交出我的女儿。否则，老夫刀要见血。"左汉庭瞪起双眼，握了握刀柄。二人呵呵一乐，然后正颜敛色，让开身子，露出门口，"大人请。"左汉庭分别看他们一眼，握刀跨步而进。进门一看，顿时傻了眼，里面空空如也，连一个取暖的火堆也没有。且所有的瞭望口都敞开着，通往上面的门也敞开着，八面来风，呼哨而入。再一细看，在前面的门口处，放着一个粗糙的木头盒子，不知里面装的何物。"我女儿呢？你们三番五次戏弄老夫，今天我非见血不可！"说罢欻地抽出腰刀。"大人息怒，大人息怒。"二人急忙前来，一个抓手，一个按刀，嬉皮笑脸。"大人请看，你的女儿不在那里吗？"一人手指木头盒子道。"哪里？"左汉庭愣住了，顺着那人手指的方向看去。半天，才似有所悟，走过去，用刀尖挑开盖子。顿时晃了眼，里面竟装满了泛着黄色幽光的金条。左汉庭又怔住了，少顷，他以迅雷不及掩耳之势，猛一转身，刀尖直取一个人的心窝，手指锁住另一个人的喉咙。"别别别，大人，那就是你的女儿，难道你不想带她回家吗？""你们这伙奸淫狗盗的小人！快说！我女儿在哪里？"二人转着眼珠子对视，几乎同时开口，"那就是。难道……不好吗？"左汉庭双臂同时用力，刀尖与手指同时嵌进他们的肉里。"你们把老夫当什么人啦！就你们，还想革命？还想改天换地？我呸——"左汉庭红了眼睛，杀气腾腾。"大人饶命，大人饶命。"二人故作求饶，"你女儿在上一个城楼，和大定法师在一起。""此话当真？！"左汉庭又一用力。"千真万确，大人可以踏过那金条而去。"左汉庭思忖一下，"好！我就再信你们一次。"说完，脱了双臂，转身就走。后面响起二人的啧啧之声，说了什么，他没有听见。走到门口时，左汉庭一脚踢飞了那木盒，那一根根金条就像老牛随意甩出的牛屎，凌乱一地。然后他收刀入鞘，昂昂而行，脚步飞快。

他很快就站在另一个城楼的门口，先调整一下呼吸。里面悄无声息，却有暖流扑来，说明有人。他一步跨了进去，眼前景象令他惊呆了。见大定法师身披绛色棉袍，头戴灰布棉帽，一脸的沉素，围着一个炭火盆坐定。而苏秀则像一位听话的小女孩一样坐在他的对面，正伸手烤火。她也披了一件棉袍，藏青色的，不合体，像中年妇女穿过的。苏秀首先惊叫了一声，"左……啊爹！"她站了起来，"你怎么来了？"左汉庭倒吸一口气，苏秀的神态举止大大出乎意料。多少人都在为她担惊受怕，而她，心安理得在这里烤火。左汉庭上下打量她，竟走了神。"左大人，坐吧，暖和暖和。"大定法师一边说着，一边把一个小凳递过去。左汉庭回过神来，看着他那理所应当的样子，心里升腾着愤怒的火苗，便上前一步，骂道："秃驴！我问你，你我明火执仗地干同一勾当，是有约在先的……可你为何绑架我的女儿？今天你必要说清楚，否则老夫刀要见血！"大定法师仍坐着不动，却动了动嘴角，算是对他的回答。"爹，你且息怒……坐下来，女儿给你讲讲。"说着，她拽了拽左汉庭的衣角。左汉庭并不理她，继续吼道："你这个身居佛门的逆贼，快给老夫一个交代！"说话间他抽出一截腰刀，寒光一闪，怒向大定法师的头。大定法师慢慢地站起身来，双手合十道："阿弥陀佛。左大人，你看你的女儿，像是被绑架的人吗？坐，坐，还是坐下来吧，我有更重要的事跟你说。"说着，他率先坐回原处。左汉庭看了看苏秀，很不情愿地坐下来。"女……儿，他们没有把你怎么样吧？我看你……好像很高兴，你傻了吧？"他把身子坐得直挺挺的，高高在上地说。"爹，大清要完蛋了，对吧？他们要接管大清，治理这个国家，叫'驱除鞑虏，恢复中华'。到那时，老百姓又有指望了。"左汉庭瞪了她一眼，冷冷地说："他们都把你带到了哪里？吃什么？喝什么？"苏秀则道："爹，像我们这样干，那可不行！得有组织，有纲领，彻底推翻封建帝制，建立……建立……"她不知道建立什么了，便瞅了瞅大定法师。"合众政府。"大定法师笑笑道。"对！合众政府。要向西天学习，但不是西天取经的'西'。""是西方。"大定法师纠正道。"对！是西方。"苏秀点头称是，很自豪的样子。她的话音刚落，左汉庭厉声喝道："你不是傻了！你是疯了！"他腾地站起来，拉住苏秀就往外走。"爹，你听我把话说完，我还有许多话没说呢！"苏秀一边挣脱着一边叫喊。"别叫我爹！我不是你爹！"左汉庭仍旧拉她。

　　"左大人，出大事了！"大定法师突然大声说道，不容人置疑。左汉庭为之一震，一下子定在那里。片刻的思索之后，他转过身来。大定法师站起身来，一抱拳道："左大人，请跟我来。"然后径自往外走，他不相信左大人会不跟过来。他站在门外，看了看，然后向一侧走去。不一会儿，左汉庭果然跟过来，在他的身后两步之外停住脚步。风萧萧地吹着，撩起他们的衣袖。良久，大定法师道："你的人深夜刺杀知府大人，中了奸计，无一逃脱，全部打入死牢。""啊？"左汉庭大吃一惊，"他们果然去了！这群莽夫！蠢，真蠢！""大人，难道你曾阻止过他们？"大定法师追问道。"是啊，他们恨不得一时杀了荣大人，他们以为……那灭顶之灾是荣大人带来的。"左汉庭无比沉痛。"他永远脱不了干系啊……他的双手，已经沾满了同胞的鲜血。"大定法师用评判的语气道。然后，他转过身来，又道："大人，这次你还不能带苏秀走。因为被抓的人里，就有她的表哥么么长。"左汉庭看了看他，领会其意，便道："难道他们真的没有救了？"大定法师道："这你应该比我更清楚……姓荣的不会定他们刺杀朝廷命官的罪，而是要把劫银库的罪强加给他们，上报给朝廷。所以，他们几乎没有生还的机会。"左汉庭叹了一口气，骂道："这群不知天高地厚的莽夫！该死！"然后他转身走回城楼里，对正在充满好奇的苏秀道："这些人都很好，这里也很好，对吧？那好……你就在这里再待些日子吧，我先回去了，我会把你的情况告诉你父亲的。"说完，他便走了出去。大定法师正自纳闷，不知左大人为何离开。见他又出来，刚想说什么，左汉庭先开口了："法师，女儿我就不带走了，让她再待一些时日吧。不过我警告你，不要再给她灌输你们的革命思想，你们那一套救不了中国！"这时，苏秀也走了出来，她不知发生了什么，所以，痴痴地看着他们。左汉庭并没有看她，也没有再理会大定法师要说什么，大步向下走去。走了几步，猛然间看见下面两个城楼里的人，都站在城楼外，定定然地向上望着，仿佛在等待着他再一次经过。左汉庭停住脚步，然后向长城边沿走去，几乎没有停顿，便纵身跳了下去。所有的人都惊呆了，只见这位清军将领展开双臂，如同展翅的大鹏直冲而下，稳稳地落在一块巨石上。然后他脚步不停，继续向一条下山的路走去。

　　别人则可，唯有大定法师赞叹不已，觉得在没落的大清，还有这样武功盖世的英雄，未免让人惋惜。同时，他的内心深处也在悸动，这是个难以驯服的人，有一种东西，犹如铁打铜铸一般，狠狠地镶嵌在他的骨头上，轻易不能撼动。这个东西就是忠孝节义。他更加以为当初把他的女儿"留在"身边，是对的。否则，他说不定就会在大清的阴影里生出无限的忠诚，从而倒戈相向。苏秀怔怔地站在那里，怔怔地看着"父亲"离开。这时她才明白，"出大事了"意味着什么，就是意味着本来已经想家、想亲人的自己，还要留下来，与这些"革命人"为伍。看着"父亲"的身影消失在茫茫的山野，她满含热泪。当两滴泪珠滚落的时候，她看着大定法师笑了笑，表示她自己还是喜欢这"革命"的味道。当然了，她不知道家里发生了比革命更要命的大事，如果她知道了，她还会不会对这"革命"露出勉强的微笑呢？因为无论任何时候，勉强的微笑总让人感到凄凉。

罗子沫醒来时，天色微明。眼前的一切，都被镀上一层令人眩晕的银灰色。因梦境与现实难以对接，他就发出苏秀一般勉强的微笑。他竟把哭成泪人的念其当成了弓然明，竟叫了一声"嫂子"。还在抓着他的手的念其顿时大惊失色，像被烫了一样猛地抽回双手，因为看着他醒来而更加激动的泪水，也戛然而止。感到无比愤慨、无比恶心的是桑玉，她的双眼已经瞪成了铜铃，不知说什么，也不知做什么。冉先生则无比尴尬，他支支吾吾，"什么……什……么，子沫，你……你……这是什么？"他搓着双手，不知如何是好。

"唉……子沫你醒了，嫂子在这儿。"谁都没有想到，念其会突然说出这句话，而且表情怜爱，语调温柔。桑玉与先生你看看我，我看看你，他们都傻了。"然明，我只想看看你，看你一眼就走……我已经不吃药了，我好了。"罗子沫迷离着双眼道，竟抓住了念其的手。"好啊，不吃药了，我真替你高兴。"念其微笑着道，这无疑是世上更勉强的微笑。"够了！"冉先生突然大喝，声音像打雷，所有的人都吓得一跳，罗子沫终于被吓醒了。"你好好看看……这是哪儿，她是谁？"这句话就像雷声过后的雨滴，苦口婆心地敲打着地面。

罗子沫走出了迷离状态，刚刚发生的一切，一幕幕，飞快地向他眼前涌来。还有知府大人的歌声、清兵的喊杀声、火把的烈烈燃烧声、鞭打声、叫骂声、求饶声，这些声音如同飓风，呼呼刮来。尤其是那求饶声，震动着他的耳鼓，那是念其凄厉哀婉的心声。当他终于发现，自己拽着的、称为"嫂子"、叫作"然明"的，竟是念其的时候，他的手臂连同身体就像雷击一般，在剧烈的颤抖中缩成一团，他已经无地自容到无以复加的地步。此时，桑玉和冉先生都背过脸去，只有念其还带着微笑，充满怜爱地看着他。她想等他一句话，她知道那是很残忍也很难表达的一句话。但没有这句话，她该怎么走出这个屋子呢？罗子沫的鞭痕又渗出血来，那血不再殷红，是淡淡的粉红，仿佛经过了沉淀。他的双唇哆嗦着，牙齿相叩，发出"咯咯"的声响，他又有想吃药的感觉。"念其……"他语言颤抖，"记得我被打入死牢……怎么又在这里？"念其不语，她无从解释。罗子沫看了看背过脸去的桑玉和先生，再看了看表面微笑、内心却吞咽着苦水的念其。他无限伤感，"念其，如果我真的死了，在死前我最想看到的人就是我的嫂子弓然明。我欠她的太多……我欠她三条命……"念其的微笑更显灿烂一些，红晕布满她的脸。但不是浓郁的红，而是红得云淡风轻。但她仍然不语。罗子沫的眼前又出现念其为了自己向她哥哥求饶那一幕，泪水立刻溢满了眼眶。"念其，"他哽咽道，"我枉读圣贤书，我愧作一书生啊！"说罢他呜呜地哭起来。念其悄然掉了两滴泪，仍是微笑地看着他不语。"可你，不要以为我做了强贼！我跟他们来，是……是……"他说不下去了。

"是什么？你倒是说呀！"冉先生突然转过脸来道，他以为事情会有转机，他极度期待这种转机。"他们说要灭知府大人全家，我劝不了他们，他们的仇恨太深，便混进了他们的队伍，为的是让小姐免于非难。""唉——"冉先生长长地叹了一口气，"这就对了嘛，我的孩子，这就对了嘛！"说罢，他抓起罗子沫的一只手，使劲儿握了握，又使劲儿地放开，这举动让罗子沫的身子一颤。桑玉也正在哭，听此言，她破涕为笑，转过身来道："还算有点良心。"可就在这时，念其的眼前一黑，身子晃了晃，当她意识到自己要倒时，她叫了一声"桑玉"。"小姐！小姐你怎么啦？"桑玉大叫一声急忙把她扶住。不料这声音惊动了门外的清兵，他们以为小姐要受到伤害，冲进屋来，拔刀相向，刀尖直取炕上的罗子沫。

又惊又吓，又悲又叹，再加上一夜未睡，念其太累了，要晕倒几乎成了必然。昨夜，她久久难眠，心绪慌乱。

当喊杀之声传来，她第一个跳将起来，冥冥之中她感到这与自己有关。所以她不顾桑玉劝阻，不顾刀剑无情，拼命地赶来。当她看到一群农民模样的蒙面人被无数的枪口团团围住，不知他们犯了什么罪，她同情他们，却爱莫能助。当她看到哥哥的两鞭下去，被打得满脸是血的人竟是罗子沫时，她简直不敢相信自己的眼睛，那鞭子就像抽在她的心上。她不顾小姐的身份，不顾事后父兄的责骂，不顾纲常伦理的责难，扑上前去护住他。当她哀求父亲无望，被桑玉扶回闺房，她心如刀绞，悲痛欲绝。当她预感到罗子沫会有生命危险并说与桑玉时，桑玉嘲笑她，说那是不可能的，那么壮实的一个人怎么可能几鞭子就打死了？但她坚信自己的感应，一刻都不能待下去，失魂落魄地向外面走去。桑玉知道阻拦无望，只有默默地跟随。念其来到死牢门口，就那么默默地站着，不进去，也不回转。无论桑玉聒噪些什么，她就是一言不发，执意把自己站成一棵路边的弱柳。

不知过了多长时间，果然牢里传来声嘶力竭的叫喊："死人啦——要死人啦——快来人啊——"

叫喊的人是弓么长。"你就别喊了，早晚都是一个死，早死早托生！"这是七嘴八舌的反对之声。他们都发现罗子沫气息奄奄，马上就要不行了，但他们只是那么眼睁睁地瞅着，死亡对于他们来说也许是最好的解脱。所以他们的目光异常平静，这也许是面对死亡时最平静的目光了。但心中有了女人的弓么长不甘心，于是便大叫不止。当然不能排除另有隐情，因为这个人与自己的姐姐毕竟有着难以说清的恩怨纠葛。总之，因为他玩命地叫喊，狱头终于来了。就这样，已经死了的罗子沫被抬到了冉先生的炕上。

而桑玉不仅悲伤，更多的是充满好奇，小姐怎么就断定罗子沫会死呢？他只不过是挨了几鞭子，怎么就死了呢？这个好奇让她心神不宁，她很想问问小姐，但始终没有那样的勇气。同时她也感到胆胆突突，自那次被小姐蒙上头以后，她觉得自己确是比小姐傻的。她担心这个好奇一旦说出口，自己会再一次成为傻子。但这一刻，她又被冉先生称为聪明的孩子，因为她断然撵走了拔刀相向的两位士兵，同时她与冉先生也离开了，把仅有的时间留给罗子沫与小姐。冉先生出门后古怪地叹一口气，竟像公鸡打鸣的余音，险些没把桑玉逗乐。这一叹意味深长，他断定罗子沫这一次凶多吉少，而唯有的一线希望，就在小姐身上。但凭荣大人的性格，这一线希望也极其渺茫，所以他想把更多的时间留给他们。他以为生离死别不失为人生于世的美好时刻，太多的难忘与不舍，都会在这一刻升华为血肉交融。但可惜的是，这一刻的记忆，只能腐于坟墓，或者是永远地沉埋心里。

太阳要出来了，水红的光辉漫上东方，里面似乎有跳跃而燃烧的灵魂，他们会把每一天的烦恼与快乐布散人间。冉先生长久地望着，像在等待着，等待着赐予，等待着折磨。桑玉在门前来回踱着步子，那个好奇仍让她心神不宁。

弓然明起来得很早，照旧给丈夫做好了饭，任他狼吞虎咽，自己却没有吃一口。

她痴痴迷迷地换了一件干净的衣服，犹犹豫豫地向罗家大院走去。人很难信梦为真，亦很难信梦为假。真假难辨，便产生犹豫之情，即便她推门而入，那份犹豫还挂在脸上，而换上那件新衣，是因为她要远行。远行是决意的，因为那个真实的人就在远方。丽娘正在很平静地做饭，当她听说弓然明要回娘家时，她很平静地答应了，但随后又很不平静地回绝了。按理说作为侄媳妇，回家的事可以不必问她，她也没有更多的理由裁断，就因为她的娘家有个罗家的人，所以才理所应当。而这瞬间的答应与回绝中，暗含着丽娘一个突如其来的想法：她相信亲家公真想治好儿子的病，也能够治好；她更相信弓然明要回去了，儿子会因为她旧病复发。她回绝了，然后就像看不见她一样，忙自己的。这种冷漠，意味着没有商量的余地。弓然明的心在绞痛，她没有争辩，转身就往外走。仿佛想做的事，想看到的人就在前方，她深一脚浅一脚地走着，西川的水声便近了，浴海池林的大门更近了。她根本没意识到，一个人正从侧面向她走来，他们在西川河边汇成一个交点。"罗夫人，你不能就这么走下去……你会走向深渊的。"熟悉的声音，熟悉的气息，却始终不见熟悉的人，这人却让她陡然清醒了。她想转过脸去看看他，却只有轻微的意向，而没有真正去看。"罗夫人，我们近在咫尺，却远如天涯。你对我的冷淡，使我辨不明药香。你对我的绝情，让我忘记了自己是日本浪人，还是大清子民。爱你是我一生的痛，与你共枕是我三世的求。我……难道不配你看一眼吗？"这时弓然明终于转过脸来，她笑了。五岛次郎因这笑而傻了，"如果一头母狮突然发笑，因为我的爱，我也会用舌尖舔舔它的利牙……罗夫人，为什么你的情都是我求来的？你的爱都是我换来的？那好吧，既然天皇让我匍匐在你的脚下，那我甘愿接受你的施舍。"弓然明的笑就像落入沙滩的水滴，很快被火热的沙子吸干。她始终不知道自己为之献身的这个东西，是人还是鬼。她专注地看了他一眼，是说不清道不明的目光。五岛次郎握住她的手，迎接那目光，绽开了满脸笑容，"罗夫人，不要拒绝我好吗？在你最需要帮助的时候，你的身边还有谁？来吧，看我的……"说罢，他长长地打一声口哨，哨音里，一匹黑色的骏马沿着西川河边奔驰而来，几乎是一眨眼间，就来到他们身边，咴咴地叫着，似在等待吩咐。"我买的一匹好马，静若处子，动如脱兔。如果你害怕骑马，就把它当作一头驴来骑；如果你嫌驴走得慢，它就是一条腾飞的龙……给，你需要它。"他取下缰绳，递了过去。弓然明又笑了，连她自己都不知道为什么要笑，这笑为什么想控制却控制不住，被绑架的人接受了强盗的饭食，莫过如此。

"罗夫人，尽管你用笑容刺痛了我，可你必须接受我的帮助。拿着，快拿着……无论你去哪里，它都会在很短的时间里把你送回来……记着，你不知道的事还很多，所以，我的帮助无穷无尽。"五岛次郎满脸的真诚，双眼里竟泛出一股潮湿，流露出人的味道。

弓然明不由自主地伸出手去。

桑德斯把车开得飞快，出了东城门，险些与一个骑快马的女子相撞。但因为他们的心事，都没有在意彼此间的冒犯，只稍稍停顿，一个打马扬鞭，一个深踩油门，各行其路。桑德斯是喝了酒的，所以他的车快得有些离谱，离谱到险些撞上教堂门口的柱子，才一声刹车，停了下来。奇怪的是，他没有去见阿曼达，而是一头闯进杜克先生的办公室。恰巧杜克先生正在莫名地烦恼，他端坐在那里，默默地祷告，想借助神的力量，把胸中的撒旦驱逐出去。门突然开了，一股酒气扑鼻而来，当他看见是鲁莽的桑德斯时，本来想抱头而逃的撒旦又回到他的胸中。恰在这时，桑德斯异常兴奋地说："牧长大人，有好事降临到我的身上！感谢您，感谢上帝，我桑德斯得到了上帝的垂爱。"杜克先生用很鄙夷的目光看了他一眼，是的，桑德斯已经意识到了这目光的鄙夷。"牧长大人，城里又发生了大事，知府大人巧设'空城计'，明白吗？'空城计'……擒住了一伙强贼，他们很可能和劫银库的是一伙的。没准儿……就是他们，这有待于知府大人开堂问审。我的金子，哈哈金子，会因为知府大人的高明失而复得！牧长大人，谢谢您在不住地为我祈福。"他手舞足蹈、无以言表的样子，让杜克先生平添厌恶。"桑德斯，请你安稳下来，尤其是你的灵魂，要安稳下来。我想知道，难道你就是一边喝着酒，一边接受上帝的垂福吗？哦对了，这个时候喝酒，神也许没有在意，因这实在不是喝酒的时候。我还想告诉你，我好像没有为你祈过福，至于你的福从何来，也许撒旦知道。"桑德斯本来坐下了，又站起来，不住地摇头，"牧长大人，难道您没有看见吗？这座城乱了，因为他们的罪恶，这座城乱了。可是您知道吗？正因为他们乱了，我的心才出奇地安静！您知道吗？这种安静，会让人长寿的。"杜克先生也站起来，用手指着门道："桑德斯，你看见了吗？"桑德斯诧异，"哦，什么？牧长大人，我看见什么了？""门！"牧长大人厉声道，"请你把它打开，然后站到门的外边去，再关上它。""不！"桑德斯耸耸宽厚的肩膀，"如果我照您说的做了，您就落一个'不懂礼貌'的骂名。不！我不能这样伤害您，因为您是阿曼达的父亲，我父亲的朋友，我是无比崇敬您的。"说着，他又坐了下来。杜克先生瞪着眼睛，沉默了好长时间，然后他无限伤感地说："也好！你让我明白了我的心为什么这么不舒服，因为我们的到来，让这座城乱了。不！是让整个中国都乱了。这不是我们的初衷，这更不是上帝想看到的！哦，上帝呀！"杜克先生把左手放在胸前，闭上了眼睛，两滴泪珠滚落下来。当他睁开眼睛时，看见桑德斯正发出讥讽的微笑，面对他。他没有生气，而是又闭上了眼睛，道："我们……我们会因此受到惩罚的。"他无比沉痛。桑德斯又站起来，走到杜克先生的对面，充满怜爱地说："牧长大人，您……太枯燥了，您需要刺激一下，用什么呢？"他从口袋里掏出一根金条，"用它……就用它！"杜克先生睁开双眼，正见那根金条，突然大喊，"阿曼达——阿曼达——"不多时，阿曼达推门而入。她先是一愣，然后道："父亲，我在这里。""快！快让这个粗鲁的人从我面前消失！看在上帝的面上！"阿曼达一听，便直直地盯着桑德斯。桑德斯不好意思了，耸了耸肩，摆开双手道："自从我的金子被劫以后，这根金条就一直在我的身边，我想听到它的声音，闻到它的味道。"他突然又神秘起来，"你知道吗？阿曼达，它也是有灵魂的，它懂得如何医治你心灵的创伤，它有温暖的力量。"说到这里，他发现阿曼达的目光未变，他终于难以承受，有些忸怩地向外走去。当他走出门口时，杜克先生把那根金条甩在他的脚下，门随后关了。

但阿曼达留在了门里。

"阿曼达，"杜克先生声音沙哑，他很累，"城里出事了……难道又要杀人吗？""哦。"阿曼达的心一阵紧缩，她没有插话，只想听父亲说。"我们到这里来，干什么来了？他们的生活原本安静，安静得就像我们那里的庄园一样。可自从我们来了，他们起了争端，动了杀伐……这是为什么？"杜克先生很激愤，这是阿曼达很少看到的。尤其是父亲说的话，竟像山一样压下来，压得她透不过气来。"我在反思这件事情，一定是我们错了……可错在哪里呢？你知道，自从来到这里，我谨小慎微，如履薄冰，时刻担心会有所冒犯。可不该发生的事还是发生了，而且还在发生着。上帝呀，上帝不会看不到！我们会受到惩罚的，因为我们到现在，还不知道自己错在哪里。"阿曼达转了眼窝，她看到了父亲的可怜，一个把终生奉献给教会的人，他的苦衷竟是不断地寻求自己的错。一个神圣的牧师，在背后威严扫地，这是打击，更是讽刺。"父亲，"她终于开口了，"我无法回答您，因为我越来越看到了他们与我们的相同，却看不到不同……我已经同他们混淆在一起了。"杜克先生抬眼看了看她，表情里增添一份阴郁与不满。"是啊，这我应该知道，你现在为谁哭泣、为谁难眠。我知道，不再是为了你的灵魂，你要抛弃你的灵魂了，因为那个位置已经被另外一个灵魂占据了。他叫罗子沫，对吧？"他又摇了摇头，自问自答，"没什么不对的……正因为教堂里有了你这样的人，我们的事业才越来越糟糕。好了……你去吧，我要静一静。"阿曼达已经泪流满面了，她默默地走了出去。当她要走回自己屋子的时候，听见剧烈的鼾声传来，是从自己的屋子里传来的，她知道那是桑德斯的声音。她没有进去，而是无力地靠在门外，两只手握住一条辫子，莫名地发呆。她突然看见远处有一张小脸，一张惆怅的小脸，在看着她。当看见自己已经被发现时，那张小脸倏的一下，便消失了。阿曼达知道，那是妹妹安琪拉，她在为那如雷的鼾声感到震惊，还是为姐姐的惆怅而惆怅，就不得而知了。但总之，这个教堂，已经让小小的她感到恐慌和压抑了。

罗子沫被刀尖所指的时候，出了一身燥汗，那种隐约想吃药的感觉也烟消云散了。当屋子里只剩下两个人的时候，他顿时陷入一种私密当中，尽管是被监督的私密，他也感到独享的快慰。他们彼此对视了好长时间，最终他想笑一笑，于是就笑了。念其还保持着那种微笑，但脸上已布上一层红晕。罗子沫试探着抓住她的手，道："你怎么知道我死在了牢里？"念其小声道："是你没死的时候我就知道了。"罗子沫想坐起来，挣扎几下，还是念其扶他一把，才坐起来了。他道："其实我没死，我出去走一走，走了很多地方呢。"念其道："你回家了？"罗子沫道："回家了。"念其脸上的红晕慢慢地消退。罗子沫道："我也不明白，我怎么就死了呢？"说着，他使劲儿握了握念其的手。念其莞尔一笑道："我看出来了，你是想死了。所以，只打了几鞭子，于是就死了。"罗子沫若有所思，好像她说的对。念其又道："这些日子，你都到哪里去了？"罗子沫一听，顿时有些消沉，眼睛里有一层阴影，他不知从何说起。念其又急忙道："不想吃药了是好事啊……以前的事就别想了，还是想以后怎么办吧。"罗子沫又突然绝望，因为他知道，自己会生命不保。于是他道："念其，我想知道，你为什么对我这么好。"念其感到甜蜜，微笑也便更加动人，但没说什么，只是不好意思地看向一边。罗子沫道："我知道……"念其突然向他看过来，道："你知道什么？"罗子沫叹口气道："我知道，在这乱世里，我是你的精神寄托。是啊，世道乱了，人心便慌了，没有寄托是不行的。"念其慢慢地，直到最后猛地抽回自己的手，脸色突然变得惨白。看样子，她在害怕。罗子沫又躺下来，眼睛瞪得大大的，看着屋顶。他们沉默了好一会儿，还是念其开口了，"子沫……""嗯。"罗子沫的声音很虚弱。"我问你，心中有神的人还需要寄托吗？比如……你妹妹，还有那个阿曼达。"罗子沫不假思索地说："那就不必精神寄托了，那还寄托什么？心中有神，多好。"可他话音刚落，突然像悟到了什么，扭过头来，直勾勾地看着念其，半天才道："念其，你不必对我这么好，我不配你这样对我。还有阿曼达，你们都不必这样对我。我罗子沫什么都不是，我就想做一个普通人。你们这样，我会成为笑柄，被人传诵下去的。我不想这样，我只想静静地读书。"说完他猛地抱住念其，痛哭起来。念其的心弦像被人猛地弹两下，让她周身战栗，难以忍受。她忍不住抽泣两下，但又很快破涕为笑。她抚摸着罗子沫的头道："你真是个傻小子！这世上……唯有这个东西是躲也躲不过的。你非要问原因，那需要原因吗？"说着，她把自己的一根手指塞进他的嘴里，让他吮吸着。她实在想说点最想说的话，便压低了声音，贴近他的耳朵道："要问就去问老天爷吧。问他……什么是男欢女爱。"罗子沫毕竟是经历过的人，再加上不知道自己还能不能活到明天，他觉得体内有莫名的液体在奔流，有冲击力，有杀伤力。他像枷锁一样抱住她，她周身战栗，像要冲破那枷锁。她无法忍耐地把自己的脸贴在他的颌下，嘴里喃喃道："寄托……寄托……难道你说这是教堂吗？"罗子沫很用力地说："也算是……也算是……明天什么样，谁知道？大清什么样，谁知道？这种不要明天的寄托，真好！"念其感到这种战栗要引爆自己，所以她希望他抱得更紧些。她努力仰起自己的脸，想要寻找什么。她喘息着道："子沫，我们走吧……到一个能够安静读书的地方去，过另外一种生活，好吗？"罗子沫道："走不了了，外面有鬼……到处都是鬼。"念其无奈地笑了，她为自己的憧憬感到心酸，便叹口气道："那我问你……你究竟想怎么救我？"罗子沫道："我想趁他们打起来的时候，偷偷溜走，去找你，然后带着你跑掉。"念其又猛地抽泣两下，道："那你任何时候都能带着我跑啊！就按你说的，带着我跑吧，到哪儿都行。"

　　其实就在这个时候，门已经悄无声息地开了，尽管进来许多人，但这些人也像门一样悄无声息，所以没有惊动他们。只是站在后面的桑玉，已经急得满脸通红了，同时也又羞又臊。在开门之前她就想给小姐使动静，但她没敢，没想到所见所闻竟这般出人预料。尤其他们最后的对话，已经被进来的人全然听进耳朵里，她很想再找一块布蒙上自己。

但荣公子高高举起的鞭子没有落下，"下贱！真下贱！"他跺着脚骂道，"带走！"他吩咐一声，率先走出门去。因为他也又羞又臊，比桑玉有过之而无不及。

然后是念其撕心裂肺的哭号声。她要抱住罗子沫，但已经无济于事了。

烟火人间

下

丛培申 著

辽宁人民出版社

郎纪平被一些意象包围着：酒醉，河边，深夜，锦被，粉白，娇语，厉笑……他像战场上败逃而归的士兵，整整两天龟缩大帐。他的英气、他的胆识，还有他的自信，皆被挫伤。但当他冷静下来之后，便对自己进行无情的嘲弄。大丈夫素怀天下之志，怎么会陷入儿女情长？而且就在这种平步青云遭遇翻天冷雨的时候。可他的内心还是在冷静之后不断地翻腾，他懊恼于那美丽的成功功亏一篑。当他更加冷静的时候，他很想痛痛快快地哭一场，当满园的春色都凋谢的时候，他希望看到顽强的花朵，在自己的眉心盛开。那花朵就是知府小姐动人的美貌与绵绵情丝，这是老天给苦难的人们最后一点慰藉了。既如此，又何必委屈自己，而对自己轻嘴薄舌呢？但他深知，当那朵花最需要雨露的时候，却突然从眉心滑落，她会摔伤的，她会因伤生恨，因恨而轻薄。每每想到这里，他就会再次饮酒。

直到有一天，一个人无情地夺了他的酒盏，此人就是大定法师。当大定法师大步进入兵营的时候，无一人过问，他感受到这座兵营的颓废。在都司的大帐里，大定法师气定神闲地踱着步子，那步伐踩出的不是佛家的慈悲，也不是了凡的禅训，而是令人瞠目结舌的杀伐决断。这令郎纪平着实恐慌，恐慌于一个赫赫有名的僧人，心里装的不是青灯佛卷，而是颠覆乾坤的老谋深算。如此说来，要想让世风转圜，民心向背，几近于笑谈。更无法预知的是，一百年后的天下，按此发展下去，佛法凋敝，人心沉醉，那是何等的天下啊。但他还是劝自己，要精神振奋，因为眼前的路就在脚下，当然陷阱也在脚下，噬人的野兽伺机路边，饮血的恶魔傍道而行。如果还想活着，就需要振奋，不振奋便无前程，更谈不上佳肴美眷。夕阳西下，大定法师才停住脚步，走了出去，他相送于兵营之外的大街上，彼此都被这天下的萧萧之气充斥灌满。

是夜，郎纪平便快马加鞭，直奔京城。

但这次他没有被太后密见，而是跪在了"中堂大人"李鸿章的面前。李鸿章端起茶盏，轻轻地抿了一口，又撂下，面色变得比茶水还浓，他一手捋着花白的胡子，用无比沉实的声音道："你来晚了一步，参你的奏折早就到了……看见了吗？"中堂大人说着，把那本奏折拿在手中晃了晃。

中堂大人态度中肯，再加上贤良寺气息凝重，郎纪平并未感到太重的肃杀之气。他比谁都明白，尽管这位失去直隶总督和北洋大臣之职的当朝元老赋闲在此，但他依然是太后的肱股之臣，朝廷的重大事情还要倚重这架老躯，满朝文武依然要称他"中堂大人"。所以郎纪平不仅不敢有任何怠慢，反而恭敬有加、诚惶诚恐。"中堂大人明察，下官冤枉啊！"他哭喊一声，刚想举双手去接，不料又被中堂大人放回原处："你不必看了，太后岂是糊涂的？赤城的事，老佛爷早已心中有数。"郎纪平顿时脸色煞白，还想说话，中堂大人又开腔了："不必说了……人家参你官银被劫之时，你正在青楼饮酒作乐，可是事实？人家参你拥兵自重，私自调兵，可是事实？人家参你疏怠练兵，军纪涣散，可是事实？人家参你傲慢无礼，欺上瞒下，搜刮民财，可是事实？"郎纪平早已脸色紫青，双目充血，浑身打战。每一条参奏他都想大呼冤枉，可中堂大人根本不容他张嘴。终于一股猛汗冲背而出，瞬间湿透衣裳。中堂大人继续拈着胡子道："郎通判，你听清了？这些参奏，哪一条不是杀头之罪？你辜负了太后的培育，有罪于国恩！你说……该怎么办呢？"说着，中堂大人又端起茶盏。郎纪平磕头如捣蒜，涕泪横流，他哭道："下官罪该万死！可下官死不瞑目，下官实在冤枉啊！请中堂大人明察，请太后明察。奏折所参，纯属无中生有、颠倒黑白。这是陷害呀！中堂大人。"说完，他磕头不起，哭声不断。中堂大人只捋着胡须，昂首远视。半天工夫，他突然叫了一声："来人啊——"郎纪平的心像被刀扎了一下，痛进骨髓。他以为必死，反而突然平静下来，便直起身来，双目炯炯，看着无限的远方，两股清泪顺着脸颊直流而下。可令他万万没有想到的是，来者不是杀人的刀斧手，而是一名太监用盘子托着一片金黄，摆在他的面前。黄马褂！他顿时目瞪口呆。"郎纪平！"中堂大人洪亮地叫了一声。郎纪平大呼："下官在！"中堂大人继续洪亮地说："你可听好喽，这是太后的恩赐！太后素知赤城那块地盘风云变幻、波诡云谲。太后不会听一面之词，更不会偏袒邪恶。俄人杀民之事，已成太后心中块垒，今又银库被劫，如此无法无天、祸国殃民，太后能容，天都不容。今委你重任，还赤城百姓公道，还一方水土清明。你可要谨之慎之，不负太后厚望啊！"郎纪平磕一响头，举手长揖，大呼道："请太后放心！请中堂大人放心！郎纪平肝脑涂地在所不惜，誓报太后信任、国家恩泽！"呼罢，他伸手想去接，不料中堂大人又道："慢！"郎纪平吓得急忙缩回双手。"郎通判，此黄马褂何时该穿，你要心中有数。这是激励，不是奖赏！你可要万万小心，不要被人家打败喽，到那时，谁都救不了你！"郎纪平道："臣尊领圣训，虽九死一生，誓不辱使命。"说罢，他战战兢兢地接过黄马褂。中堂大人起身就走，一字不留。郎纪平有如浴火重生一般，捧着黄马褂，却不知起来。直到有一个小太监把拂尘甩在他的脸上道："起来吧，起来吧，还跪着干啥？你也不嫌累得慌！"他才挣扎着站起身来，故作端庄地向外走去。

郎纪平回到赤城，便得知知府大人抓到刺客之事，而调兵者就是荣念祖。这让他愤恨不已，心想你们父子以私自调兵参我，今天你们却在都司不在的情况下，擅自调兵，真是欺人太甚。他很想前去评理，但他忍住了，他摸着自己的黄马褂，忍住了。他深知这件黄马褂，既可以作为自己荣膺大功的赏赐，也会成为功败垂成的丧服。所以他立志从今以后要改头换面，让自己成为坚不可摧的强者。于是他易服出营，想去西梁庙找大定法师商量对策。

一路上，他暗自盘算，如何向他解释京城一行。他打定主意，无论如何都不能如实相告，他以为对付这伙革命党，一定要放弃传统理念去做事，因为他们不仅仅在革命，同时也在革掉纲常伦理。作为大清的特殊使命者，必须对自己的人品官品有所保留，否则只会被他们玩弄于股掌之中。来到寺院，从小和尚嘴里得知法师已经出去多时了，问何时回来，小和尚摇头不知。他犯了踟蹰，不知下一步该怎么走，便混进香客当中，在寺院里转悠。最后他灵机一动，走出寺院，见天色尚早，便急急地返回兵营。但很快又牵着马独自出来，身上备好所用之物，走向一条"老路"。他刚走出门外，一名军官追出来问："大人，保护教堂的兵力要撤回来吧？"郎纪平头也不回地说："去问殿下吧！是他妹妹求我出兵的。"军官一下子怔住了，但他又很快追上来道："大人，恕小的直言……"话未说完，郎纪平停住脚步一摆手道："你是说军机大事怎么成了家长里短了，对吧？好吧……等我回来再说。"军官说一声"得令"，返回营房。郎纪平则跨上战马，飞奔而去。

地冻天寒，战马踩踏着路面，竟发出斫木敲金般的声音。马上的郎纪平内心是急切的，神情也有些恍惚，眼前总是闪现着明黄黄的颜色，那是黄马褂的颜色。他深信，任何一件黄马褂都不是这样赏赐的，这是倒过来赏赐；任何一位得到黄马褂的人也不会是自己这样的心情，这是被逼迫的心情，根本感受不到一点荣光，一个没落王朝的赏赐，分量当然不重，甚至会成为将来的羞辱和祸殃。

此一行，看望别人的母亲，替他人行孝，这背后却隐藏着不可告人的机谋，他越发感受到这世道的不堪。他的心情很坏，终于，他的坏心情得到了不祥的验证。

一个偏僻所在，曾流淌的小河被冻成了坚冰，冰面被行人撒上一层沙土用来防滑，但这层沙土对马蹄不起作用，却迷惑了马的双眼，它仍照常奔驰，便失前蹄，摔倒了。马摔得重，人摔得更重。那马发出长长的悲鸣，蹉出很远；人则连翻带滚，晕倒在几丈之外。但在晕倒之前，他有一个很明亮的意识，那便是轻轻快快的解脱感，他觉得这样很好，可以歇一歇了。那匹战马挣扎着站起来，它望见自己的主人在很远处躺着，身下是一片红，那是血的颜色。于是它奔过去，守着主人咴咴地叫着，但它的主人就像睡着了一样，一动不动，它又发出长长的悲鸣。太阳在这种悲鸣里渐渐西沉，远处的炊烟却袅袅升起。它渴望有一个人来，能让它的主人脱离生命危险。

落日的余晖总给人温暖的感觉，就像老人的眼神，照射着幼小的地面。这时人们会有憧憬，憧憬着远方，远方的人和事或许有所不同。一个背着一大捆柴火的哑女，就这样望着天边的落日，一步一步地，从崎岖的山路走下来。她目光清澈，肌肤细腻，长着健硕而富有张力的身材；她的脸被晚霞映得红扑扑的，脖颈里冒着温润的汗气；她的胸脯一起一伏，让人心生不安，但她的柔情不会泛滥，她是个性情坚固的女子；她的脚虽为天足，但不显蠢大，是小船的弧度，月牙般的灵巧，那双脚很有节奏地叩击着生硬的地面，留下的是野狐一般难以捉摸的足迹。她是一个美丽的老姑娘，因为从不说话，所以她善于凝望。因为岁月的拖累，她把女儿的温情熬成了茶汤，甚至能让人闻到茶香。

但此刻，她很累。

她首先看到了那匹不安的马，然后才看到躺着的人。聪明的她一眼就看出那个人没有死。死人有死的气息，更有死的神态。死人的身上会长着无数双凶恶的眼，那眼在偷窥着每一个活着的人。而这个人没有，他的身上有一层亮白之色，那是渗透而出的肌肤的颜色，这颜色让人心生怜悯。她老远就丢下柴火，跑过去，跑得很快。那马踢踏着四蹄，点着头，咴咴地叫，是在欢迎她的到来。她蹲下去察看，这个人脸上有血，已冻成了冰，但她仍然觉得似曾相识。她掏出手帕，轻轻地擦拭那血的冰，冰冻得很硬，她把手伸进怀里，焐了焐，然后再用手去温热那冰。冰渐渐地融化了一些，血水沾满她的手。然后她用手帕继续擦拭，他的脸很白很硬，只是太凉。

当擦净所有的血，她"啊"的一声，急忙用手捂住因惊讶而大大张开的嘴。"原来是他！"她在心里大叫。她不知所措了，摸摸他的脸，摸摸他的嘴，再摸摸他的胸。她四处搜寻，希望有人来帮她，但极目之处，不见人影，她又急又怕。那马低头舔了舔她的手，麻沙沙的，有些痒，她感到一种奇怪的力量在流动。她把他抱起来，他很沉，黏人的沉，所以只好把他抱在怀里，坐在冰冷的地面上。她在心里道："他要醒来，他必须醒来！"于是她把他抱得很紧，她想用自己的体温去温热他。她又把左手扣在他的心口处，不断地按压、揉搓，她想让他的心先活起来。时间一分一秒地过，她感到透体的冰凉，她知道，那冰凉来自于他的身体，她觉得只要把他的凉吸尽，他就会活过来了。

她的眼前总出现他第一次登门的情景，那真是一个英武的汉子，言语又是那么真诚，是带有愧疚的真诚。她记得他专注地看着自己，看了半天，那是在等她说话。她只好笑了笑，做几个最优雅的手势，告诉他，她不能说话。他的脸顿时红了，她本以为这样的汉子是不会脸红的。记得他吃自己做的饭菜时，竟有些胆怯，一边吃一边用眼瞭着她，让她很舒服，那是一种敬重。还记得临走时，他上了马，还偷偷地看了自己一眼，那一眼把她烫了一下。但她知道，他更多的是好奇，好奇自己怎么是个哑女。

太阳马上就要沉下去了，只露出俩眼睛，好像要最后看一眼大地。她感到他出了一口气，很轻微，但她感受到了。借此机会，她轻轻地摇了摇他，她终于听到一声呻吟。她喜出望外，当她想仔细看看他的脸时，他慢慢地睁开了眼睛，眼睛里射出一道含混不清的光。她吓了一跳，但她没有被烫的感觉，那道光还没有足够的温度。他的眼很快又闭上了，她知道，因为他什么也没看到，所以又闭上了。她本想把他扶上马，但现在不可能了，因为他留恋死亡，他不会在马上坐稳的。当她又看到那烫人的眼神在黑暗中闪烁时，她神奇地把他背起来，就像背起一捆柴。她的脚是天足，能支撑她艰难地行走。那马小心翼翼地跟在后边，在为她鼓劲加油。这时，太阳终于沉下去了，夜色降临。

灯光在摇曳着，像摇动的树枝。乡村的夜总是那么宁静，宁静得让人不忍高语。炕上躺着一个大男人，盖着被子，竟是妹妹的被子。那人闭着双眼，像是睡觉，也像是深思，一时还看不清他的脸。妹妹在地下忙着什么，火盆里还有火，是刚刚还热烈燃烧的那种。火上面的药罐好像刚刚振奋过，现在安静地冒着热气，上面横着一双筷子。妹妹拿过一只碗，用手巾垫住药罐，把药倒在碗里。正坐在炕上做针线的母亲看了看那药，闻了闻药味，道："静寒，熬好了？"妹妹点点头。"那就给他喝了吧。"妹妹又点点头。她把药端过来，放在那男人的枕边，然后小心翼翼地推了推他。那男人一惊，睁开眼睛，妹妹做了一个吃药的手势，那男人急忙往起坐，但没有坐起来，是妹妹扶了一下。原来他的头是被包着的，是受伤了。再看看母亲手里正在缝补的衣衫，分明也是他的。当他再一看，不禁大惊失色，急忙离开窗子，那个被舌头洇开的小洞顿时射出光来。"怎么会是他？"他的心猛地跳两下，再次打量院子里静静站立的马。

当他忍不住再去看时，那男人已经靠在枕边，满脸是歉疚的微笑。那男人好像已经说过了什么，因为他看见妹妹把一个包裹拿过去，放在他的面前。他打开包裹，露出白花花的银子，足有十几两，他用手捏起一锭，又放下道："大娘，这银子还是左大人让我给您老捎来的，他公务繁忙，仍脱不开身。您老就……就多体谅他吧。"母亲淡淡地看一眼银子，轻轻地叹一口气，脸上是宽厚的笑容，她道："有劳将军了，这段日子，你都跑了两三趟。等汉庭忙完公务了，我必会向他说，给你记一个军功。你看，都摔成啥了，比战场上不差啥。"那人苦笑道："大娘，军功就不必记了，只求左将军回来时，您老告诉他，朝廷记着他呢，让他放心，黑的白不了，白的黑不了。""嗯？啊！"母亲似乎不知所云，但她还是满口答应着。那人又把银子包好，递给了妹妹，妹妹很腼腆地接过银子，放在了柜子里。

他又离开窗子，摸了摸自己怀里的一包碎银，不知该不该掏出来。那匹马还在那里静静地站着，星光下，显得很高大，像一道山梁。当他决定不再把银子掏出来的时候，他跪在地上，面向窗子磕了三个头，然后离去了。

他不知该往哪里去，离开大定法师以后，他整整走了一天的路，天黑时方到家。他不明白，自己这个神秘的寄养老母弱妹的家，怎么会被郎通判知道。一同为官时他们并不过从甚密，他为何要替自己行孝？在自己准备赴死之时想最后看一眼老母，却被他挡住了视线，茫茫然地来，茫茫然地去。他在黑暗中继续前行，耳畔回响着郎纪平那番话，倍感扑朔迷离。但是，这个偷偷探母的落难都司左汉庭，还是义无反顾地去实施自己的下一步计划了。

这天早晨，罗子沫被带走后，冉先生坐在炕上，哀叹不已，一时老泪纵横。念茸衣冠不整、泪痕斑斑地奔回府衙，直奔父亲的起居室。恰巧荣大人正要出门，她一下子就跪在门外，挡住了父亲的去路。桑玉也跪在后面，受惊的小鸟一般，看着自家老爷。"念其，你想干什么？"荣大人扣好最后一颗扣子，生气道。"父亲！"念其哭出声来，像个孩子，"我只想要他一命……""什么？你想要谁的命？"念其拽住父亲的官服，央求道："父亲，我说的是罗子沫。求您放过他，好吗？"她边说边磕头，因为离父亲太近，没有磕在地上，全磕在了父亲的身上。念其的举动，让桑玉感到震惊，她没有想到，一向雍容华贵、端庄秀雅的小姐，竟有这番举动，连自己都做不出来。"为了罗子沫……就为那个不咋地的罗子沫吗？"她在心里愤愤道。"起来！"荣大人喝道，"你忘了你是谁了吧！""父亲，求您答应我这一回。看在我死去的娘的面上，就求您答应我这一回，好吗？"念其抬头望着高高在上的父亲，她觉得父亲的脸好像比天还高，那么遥不可及。因为仰望，泪水一股股地从她的双眼里溢出，可怜之状，无以言表。荣大人往下看了一眼，他的心疼了一下，但他还是斥责道："你不是说他为了保护你才来的吗？"念其急忙点点头，"那就是说，他要在杀我的同时保护你，对吗！？"念其又点点头。但她马上意识到自己错了，急忙摇头道："不是不是的父亲，他是偷偷跟那些人来的，他不想杀您，就是想保护我。"荣大人瞪眼道："他没想保护我，只想保护我的女儿吗！？"念其无言以对，拽着父亲的手也松下来。早已因小姐愚笨而着急的桑玉道："老爷，他是想保护您的，他想为您通风报信来着。"说完，她又贼溜溜地看老爷一眼。荣大人冷笑道："我相信你家小姐说的是真的。而你！这个不诚实的奴才，我要你何用？"桑玉吓得急忙磕头求饶："老爷饶命！老爷饶命！桑玉再也不敢了！"这时，一直用哀求的目光盯着父亲的念其，突然眼前一黑，身子也晃了一晃，她意识到自己又要摔倒，便使劲瞪着眼睛。荣大人看在眼里，这时，他的眼前突然出现儿时的念其，那是她六岁，她跪着央求公务繁忙的自己亲自给她扎一只风筝。他的心又疼了一下，鼻子突然一酸，有些语重心长地说："念其呀，你不是不知道，国有国法，家有家规。他触犯的是国法，是刺杀朝廷命官的罪……起来吧，我知道在你心里，他比你父亲重要，可你父亲也是爱莫能助啊！"说完，他拔腿想走。念其突然抱住他的双腿，不再言语，只是哭，这是一种无助的求助，是抱住绝望的希望。荣大人狠狠瞪一眼桑玉，示意她拉开。桑玉急忙跪着上去，用力去掰开念其的双手。父亲终于走了，念其扑倒在地。

荣大人的步伐很坚定，态度很坚决。对于这个案子，就要突击审查、突击结案、突击定罪、突击问斩、突击上报朝廷。能让自己出奇制胜的是时间；能让自己转危为安的还是时间；能让自己高枕无忧的更是时间。所以他在争时间抢时间，与时间赛跑。他想把这个案子全权交给郎纪平来办理，这不仅仅因为他既是都司，又是通判，关键是他会和自己的意愿相同。快快结案，草草结案，对他更是一种解脱。那么如何让这伙强贼在打劫银库的诉状上签字画押呢？这是个难题。他素知这样的强贼宁折不弯、宁死不屈，既然都是死，就决不会枉死，那凭什么要在子虚乌有的诉状上画押呢？当然，到现在他还认为砸银库与这伙人没有关系，他们没有这样的胆略，那都是"革命党"所为。还有，难题当中还存在难题，办案讲人赃俱获，劫匪已经有了，那赃物哪里去找？但对于这些，他都有了对策，都做到了心中有数。但他不急于说出来，先要看他郎通判何去何从。当然，他从内心里希望郎通判能有办法，他相信他能够千方百计去想办法。

可他哪里知道，他心中有数，郎纪平的心中更有数。第二天他就从那个叫左杖子的村子回来了。一路上，虽伤口还隐隐作痛，但他更多是感动和感激。感激的是哑女救了自己，左母的慈祥宽厚；感动的是哑女的温度还在自己的体内停留。想起她，他的脸上就会渗透出浅浅的微笑。她没事的时候总爱观察自己的天足，虽有些自卑，但不羞于展示，当她发现有人也在意自己的天足时，她就会想办法藏起来，或者立刻走到别处去，远远地站着，给你一个神秘的笑脸。她不会轻易接纳别人，也不会轻易拒绝别人，所有的分寸都把握得尚好。想着想着，他"哧"地乐了，他不明白自己为什么满脑子都是一个哑女。自己应该惆怅才对，从她们母女的表现中，他确定左大人确实不曾回来过。那么他到哪里去了？又干了些什么？自己替其行孝的事，他当然难以得知。可如果他知道了，又会做何感想？又会如何揣摩自己？他能知道自己的良苦用心吗？能知道朝廷的用意吗？但愿他能好好地把握自己，不要误入歧途。否则，不但他的罪会定下来，也将真正成为被朝廷追捕的要犯。他这样想着想着，真就无比惆怅了。

弓然明也是很早就从弟弟他们盘踞的天座山返回的，这个叫作"村子"的地方，因为得了金银的缘故，显得异常硬朗而霸气。

一去的时候，她先到了娘家，发现郭彩寻已经鸠占鹊巢，过着由寡妇到继母的日子，并充满慈爱地对自己问寒问暖。她虽有些不冷不热，但还是从心里接纳了她，她甚至以为这个老女人比自己幸福。她说父亲已经带着罗子沫走了，上了天座山了，他们只在家里站一站。她还说那个罗子沫魔怔了，看着让人心疼。弓然明没有理这个女人的话茬儿，也是站了一站，就走了。临行前她叫了一声"婶"，这让郭彩寻很满意，顿时春风满面，眼睛里还闪着泪花。

她感叹于天座山的险峻与秀美，一树一石，都还留着春的痕迹，好像春天轻轻地躲藏在这里的风雪之下。但这感叹就像场院里被风吹起的皮壳，那沉淀的粮食，才是自己无限悲痛的心事。当她得知父亲是用棍棒相加的方法治好罗子沫的病时，她又好气又好笑，说这样的方法任何人都会使，可任何人都难以想象，这分明是个缺德的办法。父亲则说，没有别的法子，不吊起来打是不行的，那是个不要脸的毛病！可无论是什么法子，好病才是关键。没有见到罗子沫，弓然明本来就悲伤失落，听父亲这么一说，早已滚下泪来。当她继续追问他的下落时，父亲一时语塞，也泪眼汪汪的，说他和你兄弟他们一起下山了，不顾左大人临行前的一再嘱咐，下山刺杀荣大人去了，结果刀还没出鞘，就全部被擒了，估计一个也活不成了。这番话令她感到五雷轰顶，她当即就想下山，结果被父亲生硬地拦下了，说事已至此，你忙着下山又有何用？想去救，也不在这一朝一时。她只好住下了，在表妹苏秀的屋子里，盖着罗子沫曾经盖过的被子，哭了一宿。第二天，她的眼睛肿得像两只桃子，父亲乜斜着双眼看着她，以示不满。因为他知道那两只桃子，一多半是属于罗子沫的，剩下的才属于她的弟弟。父亲早已喂好了她的马，当她骑上这匹马时，心里很强势地生出一丝感激。她知道，那是对五岛次郎的。虽有些扭曲，但它毕竟生出来了。

一路上，她的心里翻江倒海似的，便模糊了行程，浑浑噩噩的，就到了赤城。但她没有进城，也没有回家，而是顺道来到教堂。她要把这个消息告诉罗子漫，因为从她身上看到了一线希望。尽管那线希望对自己的弟弟不能称其为希望，但那线希望极有可能系于罗子沫的身上。这源于与她的一次密谈，密谈的内容里涉及荣大人，那里有她揪不断的儿女情长，会产生不可替代的力量。第一次来教堂，她并不觉得拘谨，她认为自己已经无暇拘谨了。奇怪的是，教堂的每个人见到她，就像见到了熟人，不仅笑脸相迎，而且是满腔的祝福。这让她有一种预感，预感到此事能成。罗子漫则出奇地平静，好像深知她的来意，也像是平静地欢迎。

事实上是前者。罗子漫把她领到自己的屋子里，还没等她开口，便平静地说："我哥的事我知道了，昨天冉先生来过。"说完便没有下文了。"那么，你……"弓然明不知说什么好，她产生了顾虑，所以她又岔开话头儿道："我弟弟也在那里了，他们的命能保住吗……你说？"罗子漫凄苦地笑了笑，道："无论是谁，我有什么办法？"她轻轻地叹口气，又道："我哥他真的疯了，怎么就和他们掺和在一起了？如果不是冉先生来说，我根本就不信！"这话让弓然明感到惭愧，也尴尬，她红了脸道："子漫，如今说这些已经晚了，还是想想对策吧，能救出一个是一个呗。"她的话罗子漫听得很明白，她与冉先生算是知情者，也只有他们两个能想到这一层。于是她鄙夷地看了她一眼，道："请你们行行好……行吗？我是个基督徒，不是风尘女子！"说完，她低下头，无限委屈地哭了。这时，弓然明方觉醒，冉先生的来意和自己是一样的，但他究竟说了些什么，不得而知。看罗子漫那委屈的样子，可以断定冉先生说得更直接。同时她更能看到，哥哥的遭遇，令罗子漫无限悲伤。

冉先生是灵机一动，才来到教堂的。他比谁都明白，念其是救不了罗子沫了；他比谁都清楚，荣大人想干什么；他也更相信，既然有"不言之教"，就有"不名之理"。世间许多大事，往往化解于男女之间的私密和隐痛。荣大人虽饱读诗书，意愿上也想做政民表率，但他心中有一个看不见的结，那个结他很难解开了。但要想解开它，需要的是外力，而且这个外力越不同寻常，就越合情合理。他想做这个助推外力的人，于是他就来到了教堂。

罗子漫这一天来都心惊肉跳，总感到莫名的伤感，她跪在十字架前默默地祈祷，总想哭一场，却哭不出来。这时候阿曼达来叫她，说有人找，她顿时有一种不祥的预感。当她看到冉先生那灰唅唅的脸，那黯然神伤的样子，她的灵感一下子就来了，"是哥哥出事了"。阿曼达也想从这位先生身上搜寻一些蛛丝马迹，因为桑德斯刚刚还在这里打呼噜，他能酣然入睡，是因为有劫匪被抓了，他的金子要失而复得。那么老先生此来，与这件事有无关系呢？所以她感到非常压抑。但坐在那里的老先生只是瞪着双眼观察屋子里的一切，并不时地把防备的目光落在自己身上，就是不开口。她明白自己应该回避了，于是笑了笑，便推门出去了。门一关上，冉先生便急不可待地说："子漫啊，你哥哥出事了……出大事了。"因为早有预感，罗子漫不惊不乍；因为预感成为现实，她的眼泪就下来了。"他要被处死吗？"她几乎脱口而出。冉先生大为惊愕，道："你怎么知道的？谁告诉你的？"他一边说着，一边左右溜着，好像告诉她的人就在身边。罗子漫呜咽道："没人告诉我，您一来，我就知道了。"冉先生这才放心，他往前凑了凑，敞开了说道："是啊子漫，你哥哥他被下死牢了，他的生命危在旦夕。我是来求你的，也许只有你能救他一命了……"他说得神秘而仓皇。罗子漫抹一把眼睛道："看您说的，救我哥哥的命，还用您来求吗？但不知，我怎么个救法。"冉先生一听，喜出望外，他把嘴张得很大，却欲言又止。这时他才意识到，这样的话如何出得了口呢？"唉——"他把想说的话，变成一声叹息。"他怎么就下了死牢了呢？"罗子漫终于不解地问。冉先生也觉得应该先把事情的来龙去脉说明："事情是这样的，一群受害的人总想治荣大人于死地。银库被劫以后，他们以为城中刚刚出事，会疏于防备。尤其那些时日，果然是城门迟迟不关，府衙的大门也几乎是彻夜不锁。于是他们以为机会难得，真就行刺来了，结果刀未出鞘，就被埋伏好的官兵全部抓获。而你哥哥他……就在这伙人当中。至于你哥哥怎么和这伙人搞到一起的，我也不得而知了。""我哥哥他绝不会去杀人的，他一定是被胁迫的！"罗子漫突然大声道。冉先生道："你哥哥他自己说，他是为了营救知府小姐才和他们混在一起的。可……可他也是蒙着面、带着刀的。我相信他说的是真的，可荣大人哪里会相信呢？"说到这里，他又溜一眼罗子漫，迟疑一下，道："关键是……我们怎样让荣大人相信，你哥哥是为了救他的女儿才……""人家没法相信！"没等他说完，罗子漫打断他道。"子漫！"冉先生很有威势地说，"你应该有办法！"终于把该说出的话说出口了，他感到心血在鼓荡，脸颊如火烧，但他生硬地挺着，身子一动不动，眼睛也一眨不眨，面对着眼前这位中国基督徒。罗子漫的脸"刷"的一下红了，事实再一次验证了她的推测，眼前这位冠冕堂皇的老先生，心里想的却是这样下贱的事情。如果要救的不是自己的哥哥，非啐在他的脸上不可，尽管这多么不符合信女的身份。但她往下就不知说什么好了，眼前总是出现荣大人那饥渴的样子。凭做女人的直觉，他确实很需要什么，但他的需要受到重重的负压，所以看上去有些可怜。实在讲，她并不讨厌这位知府大老爷，但自己毕竟是一名基督徒，去迎合这种交易，道法王章都难以容忍。同时她也怀疑，这么大的事情，难道知府大人就因为自己内心一点点压抑，就可以放人吗？她想着想着，就呆了。是冉先生的笑声打断了她，她打一个激灵，听冉先生说道："今天晚上，你到我那里去一趟，事不宜迟！你也不要有太多的顾虑了，救人一命胜造七级浮屠，何况那是你的哥哥。"说完他站起来就往外走。罗子漫感到一种无形的压力，死死地压住自己，回避不了，也无法抗争。她只欠了欠身，算作相送。

阿曼达听到门响，急忙闪到一边，强作若无其事，但她的偷听还是被冉先生看到了。他向来反感偷偷摸摸的事情的，尤其对于阿曼达的偷听，他的心感到莫名的难受。对于孩子们的情感纠葛，他总是从不同的角度去解读，但解读的结果总是因他们而苦。"教堂真是清静又清心的地方。"他自语道，然后向楼下走去。阿曼达强忍内心的震动，但她的忍耐力还是被这句话的深意和用意打败了。她感到从未有过的恐慌无助，又无以言表。她寻着冉先生的脚步声而去，迈着不由自主的步伐。但她停在了门口，看着冉先生的背影走出门去，沿着那条熟悉的道路蹒跚而行，然后渐行渐远，直到消失在视野当中。她知道，如果是以前的自己，一定会直言不讳地去问，究竟发生了什么事，但现在她从中国人那里学会了隐忍，学会了轻重缓急，学会了隐藏一些心事。

比如现在，她明明知道弓然明的到来是为什么，但她极力装出不知道的样子。不但如此，她还以一个不知情者的身份闯入她们的话题。正当弓然明与罗子漫的对话进入尴尬之地，她用一个托盘托着两杯咖啡，轻轻地推门而入，放在她们面前，微笑着示意她们慢用，然后她转身就走，却又装作不经意地回头，问道："罗子沫的病好些了吗？我好像好久没看到他了。我想他应该是好些了，尤其有您这位嫂子的悉心照料。"说者无心，听者有意，这句话让弓然明和罗子漫又增添了一份尴尬，她们彼此看着，都不知该怎么回答她。阿曼达见状，急忙道："他是多么难得的读书人。上帝……啊不，老天会保佑他的。"说完，她转身又往外走，却被罗子漫一把拽住了道："阿曼达……请你为我哥祈祷吧，他要活不成了。"说着，便流出泪来。阿曼达顿时被感动了，她感动于这种信任。她把罗子漫搂在自己的怀里，抚摸着她的头，安慰道："子漫，不要过于悲伤，办法总会有的。你哥那样的人，他不会轻易死的，他是个好人，老天会保佑他的，你们的圣贤也会保佑他的。"罗子漫哭道："可被错杀的人也不少啊……那个窦娥就是被错杀的。"阿曼达怔怔地看了看弓然明，她不知道窦娥是谁。弓然明也是眼泪汪汪的，便道："窦娥是个女的。"这个回答令阿曼达苦笑一下，她继续抚摸着罗子漫道："子漫，如果你有办法，你就救救你的哥哥吧……上帝会知道，你是清白的。"罗子漫听后，哭声戛然而止，好半天默默无声。她的心里更加不是滋味，听她们的口气，自己倒成了外人，去救自己的哥哥，倒是别人在劝自己。她离开阿曼达，走到窗前，她看到了远山的积雪，还有路上星星点点的行人。她多么希望某个行人就是自己的哥哥，哪怕他正在要饭，或者给别人当奴隶。于是她自语道："再苦的自由都是幸福的……"她这种沉默和自语，让弓然明和阿曼达都感觉到，她已同意去救自己的哥哥了。她们彼此看了看，发出会心的微笑。阿曼达走过去，也往外望着，道："子漫，你看那行人多像蠕动的虫子。但他们充满着力量，在寻找希望。"她又看着那泛着亮白之光的凌河道："你看见那冰了吗？我总能听到那冰层下面的流水声。那顽强的水流就像人体里的血液，只要流动，生命就不会停息下来……去救你的哥哥吧，别让他的血液停止流动，神会给你力量的。"罗子漫又哭了，她不知道自己该说什么了，回头再看看自己的嫂子，她还没有离开的意思，她在监督自己。于是她狠狠地说："你们放心吧！就是豁出命去，我也要把哥哥救出来。"弓然明一听，跑过去紧紧地抱住了她。

当天晚上，罗子漫便毅然走出教堂。在此之前，关于穿什么衣服，她颇费一番心思。当然是独自的，她不会将这种心思表露出来。在镜子前，她犹犹豫豫了好半天，偷偷地穿了又脱，脱了又穿。最终她选中了阿曼达从自家穿过来的那身，照了照，果然光彩照人。多少年了，她都没有这样悉心地照过镜子，一个信女，已经不在意生命的形态了，对灵魂的修饰和打扮，才是自己孜孜以求的东西。所以，她简直忘却自己长什么样子了，也许正因为这种忘却，这种素面朝天，才使她更具有天然的美。她在镜子前足足站了半个时辰，直到照出自己满眼的泪花，才黯然神伤地离开。她觉得自己就像在暗夜里开放的花朵，娇艳动人只有天知道。多少年了，她几乎没有正眼看过一个男人，因为她觉得自己已不属于女人。这时她突然产生一丝感动，一个知府大老爷，偏偏对不想成为女人的女人情有独钟。是别人的无视，还是他的慧眼？总之，能发现珍珠的人，他的眼睛也一定是亮的。当她穿着完毕走出屋子时，等候在外面的阿曼达和弓然明同时眼前一亮，心中一惊。罗子漫莞尔一笑，舒缓自然地走过去了，这又让弓然明与阿曼达感到悲壮，有一种壮士出关的感动。她们默默地相送，过了凌河，又到城门口。一路上风啸水寒。

城里，一片萧然。殿阁无语，街巷阒寂，酒难红，灯不绿。冷风吹面撩衣，足音孤寂悲戚。更漏灯残，小儿饮啼，夜色深沉，骨肉相依。罗子漫走进的不是圣殿，而是一座荒城，她感到从未有过的凄凉。她多么想见哥哥一面，因为她并没有信心能救下他的命。她知道，如果哥哥看到她像卖身的女子一样，步入这荒城，他宁可去死，也不会让她的双脚再前进半步。

这时，有一种声音隐隐传来，像来自谷底，又像来自荒原。那声音虽缥缈入耳，但也能感到它的激越与悲愤、慷慨与肃杀，能令风云变色，能令草木含悲。这声音有时能直冲耳鼓，有时又被风声淹没，但仍能感受到壮士的长啸与悲歌，天地的苍茫与辽远。她突然有一种不祥的预感，难道这就是哥哥的招魂曲吗？她加快脚步，寻着这声音走去。

原来这声音就是来自秀塔书院，冉先生的屋子里。这是琴声，这是《广陵散》。因为这琴声，罗子漫没有敲门；也因为这独特的相约，罗子漫没有敲门。门一开，那琴声便如银瓶乍破，水流奔泻而出。弹琴的是冉先生，听琴的是荣大人。弹者闭目挥五弦，听者仰面沉思久。他们中间隔着一桌酒席，菜尚温，酒尚绿。他们弹者饮，听者酌，早已把俗世的浮华抛置九霄了。只可惜，那把琴上落满了灰尘，灰尘随琴音乱舞，就像声音在跳动。不知这琴已经搁置多长时间了，但它发出的声音却像流出的新鲜血液，早已染红了罗子漫所有的心思。这一幕，令她感慨，更感动。这里没有什么大人，更没有什么先生，分明是隐士出竹林，抱琴饮酒；仙人出华山，寻觅知音。她不知道先生如何约他而来的，但处处别有用心。构造这种情调，没有这样的琴音根本是不行的；能让自己轻松自然地站在他们面前，没有这样的美酒也是不行的。单就这酒香，已经让她淡然了教堂的钟声，重新归属于这样的世俗境界。乐曲在一阵风生水起的高潮之后，稍微回落，就像壮士杀伐之后的一声轻叹，然后戛然而止，天地间复归雷霆万钧之后的平静。荣大人还处在闭目回味当中，突然睁开双眼拍手叫道："好！冉兄的琴艺不减当年。气势如虹，也微风细雨；断肠激烈中，月色微明。如今能听到这样的琴声，实属不易也！"他在极度的兴奋当中，看到罗子漫站在眼前，竟没显得过分惊奇，而是一种美酒、美人伴风流的默契。"子漫，倒酒……给大人倒酒！"冉先生红光满面，兴致未消。她舞一下手臂道："好嘞，先生。"然后跪在炕上，叮咚有声地斟酒。这时荣大人定了定神，仔细地看罗子漫一眼，仿佛明白了什么一般，脸色陡然增添了一种难以捉摸的韵致。冉先生看在眼里，笑笑道："大人，还认得她吗？"荣大人很认真地说："好像教堂那个修女……但今天，就不像修女了。"说完他爽朗地笑了。冉先生也笑了，看了看罗子漫道："她好像轻敷了点脂粉，稍微换了一件衣服……怎么就像换了一个人呢？子漫，看来你在教堂待得久了，女孩子气都被基督收了去，这不行啊！"说完，他干了剩余的酒，把酒盅摆在罗子漫的面前。再看荣大人，早已飏了双眼，看着罗子漫的耳根，神思不知飞到哪里去了。这不是酒后失态，这是本然的流露。冉先生暗自庆幸。再一看，他的神情又多了一份凄楚可怜，那分明是渴盼的艰辛，得不到的伤感。冉先生不禁向罗子漫使一个眼色，罗子漫会意，端起酒盏，递到荣大人面前，杏眼绵绵地说："大人……请。"荣大人一怔，不好意思地笑了笑，接过来一饮而尽。正当罗子漫欲接过空盏之时，荣大人一下子抓住了她的手腕，却又无从把玩，难于欣赏，就像抓住了一只美丽的蝴蝶，放手又恐飞去，留下又怕伤翅。他看着冉先生，冉先生装作没不见。而这却是罗子漫平生第一次遭遇，更兼满心满腹的基督精神，使她面红耳赤，娇羞难持。"大人……怕是喝多了。"但面对荣大人的尴尬，她还是故作轻松无意地说。"没有、没有。"冉先生似笑非笑地说，"大人海量，再饮三百盏也不会醉的。"这时，荣大人却发出爽朗的大笑，道："姑娘，就用这只手，把先生的琴捧过来，我也要弹奏一曲。"对于荣大人这种收放自如、轻松豪爽的做派，罗子漫顿觉一股暖流通遍全身。她忆起了一种感觉，就是第一次在这里与大人相遇时的感觉。当时的表现颇令冉先生反感的，那是斥责轻浮的态度，但这回她轻松了许多。也许那种轻浮是必不可少的，她以为。于是她道："大人，一只手岂能捧琴？"说着她又伸出一只手，在大人的面前，"还需这只手吗，大人？"荣大人又把那只手抓在手里，道："那是自然……两只手才好捧嘛。"罗子漫心头一颤，苦涩与欲望交织着。她知道，无论是上一次，还是这一次，她都存在着自我恶意的放纵，要不然，先生也不会想到让自己来救哥哥。她觉得自己是有罪的，十字架带着力量向她砸来，一时间让她六神无主。"大人……"她轻轻地叫了一声，那是求救的声音。可她这番表现，在荣大人那里，却是娇羞得可爱，让他产生拉之入怀的冲动。这时冉先生说话了："子漫，可以捧琴了。""哎！"罗子漫答应着，抽回双手，过去捧琴。但在她要捧起时，掏出自己雪白的手帕，欲擦去琴上的尘土。不料荣大人急忙用手拦住说："不必不必，我喜欢这带灰尘的声音，那才是旧曲嘛。旧曲岂能染了新帕？"罗子漫扭头看了看他，莞尔一笑，一种冲动撞击着她的心窝。"神啊我的神，如果我的冲动是有罪的，请您明天再惩罚我好吗？因为这是今天的需要。"她闭上眼睛祈祷，她的眼角和嘴角同时因紧张而抽动。"子漫，还不快给大人捧过去！"冉先生用很粗暴的声音道。罗子漫打一个冷战，急忙睁开眼睛，笑了笑，然后把琴捧到荣大人的面前，自己也跪坐在旁边。

她几乎不知道琴声是何时而起的，又是从何而起的。但她的眼前先出现了云雾，云雾在翻滚，在燃烧。然后一个巨大的十字架在云雾中突兀而起。随着琴音的高昂，那十字架也越来越大，直到大如高山，峨峨乎与天齐。然后她又看到红黄相间的流水自云端倾泻而下，再奔流于荒野，汤汤乎盖地而来。"怎么是山崩水泄的亡国之音啊！"乐曲终了，冉先生瞪目惊呼，"大人，怎么把'高山流水'弹得如此心伤意碎？这不应该呀！"荣大人抚琴长叹，他抓起斟满的酒盏，又一饮而尽。"怎么不应该呀？！今天有的人，心都在流血，我无法弹奏出高妙之音，唯有借古意抒怀，聊表安慰罢了。"说着，他无限悲悯地看着罗子漫。罗子漫深感其意，心伤不已，双手交叉在双膝之上，低头垂目，泪痕点点。她觉得谜底已被荣大人揭开，所以委屈得就像一个受气的小媳妇，孤零零地跪在那里。

冉先生的脸色立刻灰暗下来，他长叹一口气道："大人，老夫粗浅了，我向你谢罪。"说着他深深地把头低下。"冉兄，"荣大人又抓起罗子漫的双手道，"我是深深地喜欢这个女孩子……可她不该在此时此地出现啊！"说着，他竟转了眼窝。罗子漫一听，更难自已，她身子往前靠了靠，很有依偎之意。"冉兄，"荣大人哽咽了，"你敢把她献给我，可我……却不敢接纳啊！"说着，他摇了摇头，掉下泪来。罗子漫觉得自己忽地燃烧了，扑到他的怀里，抽噎而哭。"冉兄，你这是在利用我们！"他搂住罗子漫的肩头，双眼红得吓人，"难道你不知道吗？脱下这身官服我是个人，穿上这身官服我就是个鬼！你想让她选择哪一个？"说着，他又自斟满盏，一饮而尽。他望着窗外，良久之后，口占道：

日日月月思华年，朝朝暮暮白发稀。

多少情怀不自已，风啸雨骤两难依。

夜深举箸风唱晚，酌酒思亲最相宜。

野茎成柯谁打扫，花落枯根我采撷。

纵然天下无绣枕，飞向仙宫修一体。

冉先生听罢，顿觉醉意翻腾，恶心得想吐。他急忙下地，磕磕绊绊地走出门去，很快就传来"呜哇"的呕吐之声。"大人，让我在外面好好清醒清醒吧——"他一边呕吐一边喊道。

屋内，荣大人轻轻地解开罗子漫的两颗扣子，露出她白皙的脖颈，还有半个酥胸。罗子漫将头歪向一边，沉静地喘息着。荣大人很想将脸凑上去，但他没有，而是道："姑娘，还是好好地去做你的修女吧。"罗子漫轻声道："等明天吧。"外面不断传来冉先生的呕吐声，勾得荣大人也阵阵恶心。但有一丝快意，像泉水一样，冒着泡儿地往上翻腾，绕过他那痛苦的心脏，直冲脑顶。他沉默了良久，还是伸出手去，想系上她的扣子。罗子漫的双眼亮亮地睁开，盯着他沧桑而高贵的面容，抓住了他的手。"大人，我哥哥他……"她语声喃喃。荣大人的眼睛也亮亮的，也盯着她，道："你哥哥他应该好好地去做良民。"罗子漫的眼泪"唰"地下来了，绝望让她痛不欲生，但希望似乎还在眼前，就像身体在他的怀中。"大人，没有我哥哥，我也在想你……你应该知道的。我几乎每天都看到你站在神的后面。我不想看，却忍不住要看。"荣大人看见她在说这话时，脸粉得像霞，他轻叹一声道："你今天不该来！"罗子漫不解，懵懂地思索着这句话的深意。荣大人看出她的迷惑，因说道："我喜欢圣洁的女人……而昨天的你，就是。"一汪委屈的泪水，从罗子漫的眼里涌出。荣大人笑了，很挑逗地用手指弹了一下她的脸蛋，问："还有士兵在保护教堂吗？"罗子漫转了转眼珠，点了点头。"知道他们是保护谁的吗？"罗子漫故意摇了摇头。荣大人假装生气了，道："笨蛋……没有我的默许，他们敢去吗？"罗子漫一听，破涕为笑。荣大人又道："你今天来了，我放了你哥哥，谁都知道我荣格是贪色枉法，你想过没有？我荣格的一世清明就毁了！"罗子漫有些害怕。"而你呢？"荣大人继续道，"你还能再做你的修女吗？教堂里还能容得下你吗？"罗子漫有些傻了。"你能放下你的修女生活，跟随我吗？"罗子漫的脸色难看，"你不能！我知道你不能！所以正如你所说，我总是站在神的后面。"罗子漫万分惊讶。"本来，我也不想破坏你的金身玉体。可你知道，自从那次见了你之后，我就在痛苦着。所以，我想偷一段'情'，来弥补自己半生的损失，来慰藉我每天夜里滋生出的忧伤，可是……"荣大人的表情极其痛苦，"今天你来了，使这种非常卑微的可能也变成了不可能。""可我是为了救我哥哥的命……还有，我不来，他们会吃了我的，会骂我是无情无义的畜生。"罗子漫极力辩解。荣大人真的生气了，道："你真是个傻丫头！你怎么就不相信，因为有你，你哥哥就不会死？难道你没看出来吗？第一次见到你，我一个堂堂的知府大人都失了态，你的信心哪里去了？难道你等着我把话说出来吗？今天你来了，那就是弄巧成拙。不要怪那些撺掇你的人，他们都是局外人，他们不懂。你看先生，多么智慧的一个人，不也做出这样愚蠢的事吗？他们根本不知道，穿上这身官服的人，要的就是面子！什么时候连做官的都不要面子了，都不要脸了，那天下也就大乱了！大清国虽然危在旦夕，但还没有达到那种程度。大清国真的败了，也不是败在我们这些做官的人手里，那是天下大势，那是中华文明败给了洋枪洋炮。唉……"他深深地叹一口气，"当然了……说这些你不懂。""我懂！"罗子漫的声音，像清晨的第一声鸟叫，充满了不甘与奋争。荣大人吓了一跳，同时也被逗乐了。但他随后又叹气道："身居要位的人，都有太多的难言之隐，却无处诉说。"罗子漫则突然趴到他的耳朵根道："那你要了我……不就得了嘛。"这声音太低，荣大人确实没有听清，他知道这一句悄悄话是不能追问的。但他突然意识到，冉先生的呕吐声好像早就停息了，于是他慌慌张张地系好罗子漫的扣子。

事情没错，冉先生呕吐了一阵，便清爽多了，头脑也清醒过来。但他没有进屋，而是在门外坐下来，因为浑身泛着酒热，他觉得坐在哪里都不凉。他知道自己不是在回避什么，而只想自己静一静，反思反思。因静生慧，他愈发意识到自己做这件事该有多么粗俗。荣大人的话，断断续续地听到耳朵里，他追悔莫及。但事到临头，他也想不出自己怎么办才好。如今还能说什么呢？对也好，错也罢，能救下子沫的命，比什么都重要，所以他还是希望罗子漫能够不负众望。

一个身影从外面走进来，在冉先生迷离的眼睛里，就像这黑暗捏造出的一个人。随着身影的临近，他听到一种哭声，那绝不是梨花带雨，而是哽咽难鸣。哭声与身影俱到眼前，就像被风刮过来的冤魂一般，令冉先生毛骨悚然。仔细辨认，原来是桑玉姑娘。"念其出事了！"这是冉先生头脑中蹦出来的第一个念头，他腾地站起身来。忍恨含悲的桑玉哪里想到眼前会突然站出一个人来，她吓得"啊"的一声大叫，急忙往后退去。这叫声又吓坏了冉先生，他怕惊动屋里之人，急忙压低声音道："桑玉，是我！"这时桑玉才反应过来，开口便道："先生，小姐出事了！"冉先生一听，如五雷轰顶，他向前一步，拽住桑玉的手道："小点声小点声……快说，小姐出什么事了？"桑玉低泣道："她说心里苦闷，出去走走，可……可到现在也没有回来。"冉先生问："那你没跟她去吗？"桑玉道："她说什么都不让……可去了这么久，左等右等就是不回来，我又不敢回老爷，先生，你快想个办法吧。"桑玉说着就要跪下来，被冉先生一把抱住道："好了好了……容我想个办法，容我想个办法。"他一边不迭声地说着，一边望着那门，他担心荣大人会闻声而来。

荣大人不可能出来，因为他的心还在乱跳，罗子漫也如此，只不过她稍逊一筹。他们的喘息无法平静下来，荣大人口有余香，罗子漫衷肠难诉，一声恐怖的叫喊撕开了他们。罗子漫感受到了教堂以外的世界原来如此地难舍难离，她想到了亚当与夏娃，她觉得那个故事是有意安排的，因为它在神的谴责声里，诞生了人类。而人类生息繁衍，恰恰是神的需要，所以每个人才背负着原罪。罗子漫想出去看看，被荣大人拽住了，示意她不要动。然后他又深吸一口气，正了正身子，抚起琴来。只不过那琴声是混乱的，像嘲弄的呼喊，更像大风吹过芦苇荡，一片杂乱。

　　"桑玉，你先回去，什么也不要动，什么也不要说，容我想想办法，对……容我想想办法。"桑玉在这样的声音里，悄然离开了，一眨眼间，又消散到黑暗之中。冉先生则推门进屋，满脸堆笑道："大人，这曲《潇湘水云》弹得好啊，弹得好！"荣大人突然停止弄弦，若有所思地说："冉兄，我弹的是《平沙落雁》啊，难道不对吗？"冉先生一怔，道："对，对。是《平沙落雁》，我听错了。"罗子漫味地笑了，道："大人既没有弹错，先生也没有听错……是我错了。"说完她低下头去，红了脸。见荣大人与冉先生都沉默不语，她又道："我该走了，不然影响了你们的雅兴。"说完便下了地。冉先生笑道："那你走好……"说完他又想了想，继续道："明晚还来吗？"罗子漫道："不来了。"荣大人又弄了一下琴，琴声如裂帛，他感到暗自好笑，随后道："城门已关，姑娘往哪里去？"冉先生也道："对呀，城门早就关了……我都忘了这个茬儿了。"罗子漫顿感凄凉，道："我很想去死牢，陪我哥哥待一晚……大人可允许吗？"荣大人笑道："死牢岂是你待的地方？"罗子漫道："我哥哥待得了，我便待得了。"荣大人沉下脸来，不再言语。冉先生看在眼里，试探道："那我把张妈叫醒，你到她那里凑合一下可好？"话音刚落，荣大人的琴"哗"的一声又响了，如风乍起。冉先生吓了一跳，急忙笑道："不好！那里又脏又乱，不比教堂干净平整……我看你还是找一家客栈住下吧。"罗子漫刚想说什么，冉先生紧接着道："就去荣升客栈吧……"话音刚落，荣大人的琴声又响了，如水流浅滩，柔和润泽。冉先生释然道："就去那里吧……去吧，这就去吧！害怕吗？要不我送送你？""不用了先生，我不害怕。"说完，她丢一个哀婉的眼神给荣大人，开门走了出去。

　　屋子里顿时平静异常，这平静让冉先生心生恐惧，他抓耳挠腮的，像个农夫，心里更像打着八面大鼓。"念其呀，你到哪里去了？你为何要办这样的傻事？"他本来是坐在炕沿上的，又下了地，走两步，又不知该干什么。"这事儿该不该对他说？说完了他会怎么办？他会因此而迁怒罗子沫吗？"所有的疑问都涌上心头，坐也不是，站也不是。他的异常举动早已引起荣大人的注意，但他不动声色地思索着，外面那一声女人的尖叫意味着什么。冉先生突然盘腿坐在荣大人的对面，像终于做出什么决定一样，很镇定的样子，道："大人啊，我得向你给罗子沫求情了……他那完全是想救念其小姐，才混进那伙强人堆里的……这你不能不信。"荣大人想了想，道："于情尚可，于理不通……冉兄，我知道你的心情，他是你的爱徒。"没等他说完，冉先生突然插嘴道："是啊，你是不知那孩子的好处啊！他的这里……"他指了指自己的脑袋，"他这里有东西啊……是个不可多得的人才，可塑之才。还有，那孩子不但长相超凡，而且心地特别善良。他是冒死来救念其来的，这你应该清楚……"荣大人伸手制止他道："我知道，他是在看着杀死念其他爹的过程中来救念其的。"冉先生突然哑住了，他好像从来没有想到这一层。但他很快又道："是又怎样？凭他的能力，他只能做到这一层，你可不要耿耿于怀啊！"荣大人冷笑道："冉兄看我是那等心胸狭小之辈吗？""当然不是！当然不是！"冉先生急忙附和。荣大人道："冉兄，想替你的高徒求情，为什么不早说？"冉先生一怔，道："我想念其一定这样求过你，你没有答应她，所以她才……""她才怎么样？"荣大人追问道。"她才很痛苦！"冉先生很干脆地说。荣大人苦笑一下，道："冉兄，其实你是想说，'她求你都不行，我就更不行了'。你没想一想，她求我和你求我，能一样吗？如果我答应她了，我岂不是徇情枉法？那么你求我，就变成了读书人的事，是能够冠冕堂皇的……可今晚你演这出戏，不是在求我，是在逼我！"说完，他面有愠色，下了地，开了门。但他没有匆匆而去，而是抚门回身，一针见血地说："冉兄，你明明知道今天晚上都发生了什么，你明明知道我下一步会怎么做，可你还来求情。你……你这是遮掩自己的羞耻，更是在当我无知！冉兄，你糊涂了！"说完，他一脚跨出门去。冉先生羞愧难当，却也暗自高兴，毕竟，罗子沫的命可以保下了。他倒了一盅酒，"咕咚"一口喝了下去。

荣升客栈里有一盏灯，还孤独地亮着，光影投射下来，昏黄地照着街衢。一个身影在窗下来回走动，那踽踽独行的样子令窗内的罗子漫深深感动，她站在窗前大胆地往下望着，丝毫不想隐蔽自己。她知道那是犹豫不决的荣大人，他不时地停下来，往上望一眼，这是堂堂知府大人的难题。"这怎么就成了他的难题？"罗子漫在心里说，"那时你蒙着面来救我的时候，难道不如现在艰难吗？"当她在他怀里得知，在强人手下救自己一命的人竟是一见倾心的知府大人时，她真的想把自己脱得一丝不挂，因为没有再好的报答了；她真的想从明天开始好好做一名修女，希望今晚他能给她这个机会，同时再把哥哥的命还给她；她觉得这些事都可以顺理成章地完成，但在荣大人那里，却如赴汤蹈火般艰难。她的心里隐隐地滋生着怨恨，那怨恨又助长着欲望。她索性双手推窗，让自己洞然开放，她想把属于自己的东西迎进来，并不顾神的责罚。荣大人的脚步突然变得快了，徘徊的幅度也在加大，超过了灯光的极限，在几乎看不见身影的时候，过了一会儿，那身影才重新出现。当那个身影再次消失的时候，罗子漫的忍耐已经到了极限，她急匆匆地下得楼来，不惜扰乱一片片的安宁。

但是，当她向前面那一动不动的身影扑去，并张开双臂准备拥抱时，她的手臂被钳子一般的大手紧紧抓住，同时被猛地带进怀里，她凄惨地叫了一声。奇怪的是，尽管她意识到这人不是荣大人，她也没有过分害怕，"大不了一死！"这是她心里的一声呐喊。她被挟持到一个偏僻的胡同，然后才被松开，"老实告诉我！你是谁？为什么要缠住荣大人，想要干什么？"那人厉声问。罗子漫道："我凭什么告诉你？"那人道："你想死吗？我这里可没有琴声和美酒，只有杀人的刀！"罗子漫道："你偷听了？你想干什么？"那人道："胡说！你们偷着做事，就不存在别人偷听。快告诉我，荣大人都答应了你什么？为什么他不进屋去睡你？"罗子漫气愤已极地吼道："这与你有关系吗？你这个恶魔！你杀了我吧！"这喊声令那人久久沉默，等罗子漫平息下来，他道："告诉你，我是来救那些人的，你呢？"罗子漫道："你去救哇，与我没关系！"那人道："姑娘，你消消气，我们是同道中人。千万告诉我，荣大人答应你了吗？你想救几个人？"罗子漫道："你不是都听到了吗？还来问我！"又一阵沉默之后，那人道："好了，你的态度已经告诉我了，你什么都没有做成。好了！不打扰了。"那人话音刚落，就向胡同的更深处走去。

罗子漫则蹲了下来，除了哭泣，再没有别的。

但那人没走出多远，双臂也被两人紧紧架住，那人刚想挣脱，一人笑道："大人不必惊慌，法师有请。"又一人笑道："我们跟踪您一天了……太难了！您的神行功夫实在了得，我们三番五次地都被您甩掉。"另一人又道："没想到是大人的红颜知己帮了我们，要不是发现您跟踪她，我们再也找不到您了。"左汉庭怒斥道："什么红颜知己，瞎说八道！我根本就不认识她。"两个人则笑而不答。

很快，在城墙下那间神秘的屋子里，大定法师笑脸相迎："左大人，没想到吧，早晨我们相约长城上，晚上相约城墙下。真是缘分啊！"说完，大定法师刚想端起茶盏递给他，左汉庭却提前伸手抓过来，一口就把一盏茶喝光了，然后抹一把嘴巴道："说吧革命党，为何跟踪我？"大定法师笑道："很简单，怕大人的鲁莽坏了咱们的大事！""咱们？"左汉庭疑惑道，"此话怎讲？"大定法师道："大人此番进城，是不是想救那几位？""哪几位？""死牢那几位！""是又怎么样？""这几个人不能……"大定法师没有按既定思路说下去，改口道："这几个人你能救得出来吗？"左汉庭道："能不能救得出来，和去不去救是两回事！""大人！"大定法师很庄严地说，"如果这几个人被斩，知府荣大人也就做定了死局。以前我们本以为是坏事，现在看来是再好不过的好事！"左汉庭瞪大了双眼，道："大法师，听你的意思，好像希望这几个人死？死了才对你们的勾当有利，对不对？"大定法师双手合十："阿弥陀佛！这几个人你想救也是救不下来的。"左汉庭大声道："既如此，你们还跟踪我干什么？"他看了看后面那两个人，继续道："都跟踪我到哪里？嗯？都看见了什么？你们这伙下三滥！"那两个人只是笑。大定法师则道："实不相瞒，只怕大人打草惊蛇。我们已经为知府大人布好了陷阱，我怕您一不小心先掉下去！"左汉庭顿时怒发冲冠，他用手指着他们，竟一时不知说什么好。半天才道："小人！小人伎俩！你们这群小人！为了达到自己的目的，可以不顾别人的性命！还美其名曰'革命总会有牺牲的'，什么叫'牺牲'？就是拿别人的生命当祭品，只有魔鬼才做得出来！"左汉庭怒不可遏，想喝一口茶，但茶盏已空，他把茶盏戳在桌子上继续道："我告诉你们，荣大人并没有那么坏，他不该受到如此构陷！大清国也没有那么坏，它不应该毁在你们这群混蛋手里！只有我左汉庭坏了，竟和你们同流合污！你们有能耐，去和那些洋鬼子干去，为何要先自毁国体？！"

没想到，他的一番话竟引起一阵哄堂大笑，笑过之后，大定法师道："大人啊……道理我就不跟您讲了，相信您一时半会儿也转不过弯儿来。这样吧，您就在这里好好歇息吧，有事我再同您商量。"说完，他下地走了出去。左汉庭望着他的背影陷入了沉思，"他还能去哪里呢？难道这座城里还另有他的安身之所？""大人！"一个人叫道，"您就好好歇息吧，我们知道您已经在酒家吃过了。还有，您母亲那里，大可放心，会有人好好照顾她的。"左汉庭怔怔地看着这个人，他明白，这是一种威胁，他的心震颤了两下。他看了看窗外，看不透，是浓重的黑。他知道，夜很深了，深得就像钻入井底。

阿曼达还没有睡。罗子漫的床上，躺着弓然明。阿曼达知道她也睡不着，在想着她的心事。她们的交谈是在不知不觉中中断的，因为那交谈并没有在最要紧的事上，她们好像都在有意回避。也因为她们都在等待中焦虑着，带着这种焦虑，阿曼达起身披上衣服，走了出去，她向讲道大厅走去。十字架下燃着两支蜡烛，下面跪着一个人，她知道那是父亲在晚祷，但没想到父亲今天的晚祷会这么长。深夜中的祷告更显空灵，阿曼达深受感染，她默默地向父亲走去，跪在他的身后。父亲仿佛并未被打扰，他的祷告深沉无比，直到一声轻轻的咳嗽之后，他的身子微微动了动，然后道："事情怎么样了？"阿曼达沉默一会儿，道："父亲是在为此事祷告吗？""为不该有的屠杀祷告，这是我分内的事。"杜克先生的回答很不经意。阿曼达道："我们在营救罗子沫。这不仅因为他是我们的家庭教师，更因为他不该死，他是无辜的。"杜克先生也在沉默之后道："告诉我，你究竟喜欢他什么？"阿曼达稍加思索道："和他能够沟通……他善于思考，尽管他从不说出来，但我知道，他思考的结果是公允的。""还有呢？"杜克先生又问。阿曼达道："他心地善良，他为了正义会奋不顾身；他为人谦卑，且不为世俗所动。""还有吗？"杜克先生再问。阿曼达回答："没有了。如果还有的话，就是我真心喜欢他。"

牧长大人又轻轻咳嗽一下道："应该还有，我替你补充一下……他的脑子里总有你意想不到的东西，所以让你充满好奇，好奇之心是一切力量的源泉。当然，一个人能让人充满好奇，那他一定是个智慧的人，智慧是沟通神灵的唯一通道。"阿曼达笑了，道："这是父亲喜欢他的原因吧？"牧长大人没有说什么。阿曼达接着道："女儿希望父亲能够出手相助……现在您已经为他祷告了。"牧长大人的身子大幅度地动了动，他好像很累。半天才道："我相信他不会死的……这是神的回答。"阿曼达的鼻子一酸，道："父亲想去找知府大人谈谈吗？我知道你们以前有过交集。"牧长大人道："那是我刚来的时候，谈的是如何在这里落脚。我对他的印象很深，他很像个读书人。在一个为官很久的人身上，还能看到他们圣贤的影子，这令我很吃惊。"阿曼达轻声道："父亲有把握说服他吗？"牧长大人道："我说他不会死，但不仅仅是我的力量。中国人都对读书人有偏爱，包括知府大人本人。"阿曼达道："所有的力量都放在一起，才更有力量，对吗父亲？"牧长大人却道："我知道你喜欢他很久了……是从何时开始的，你应该记得吧？那才是你喜欢他的根本原因。"阿曼达的耳畔立刻响起哗哗的水声，还有安琪拉的叫声，她知道那是在浴海池林的汤池里，一个中国少年扑过来，要拯救自己，那个少年很英俊。"为什么不说话？"牧长大人大声问道。阿曼达一激灵，道："这个不应该叫原因，是出于本能。"牧长大人语气生硬地道："你终于说实话了！可我告诉你，人的本能很可怕……因为那是撒旦喜欢藏身的地方！"说完，他慢慢站起身来，稳步走了出去。阿曼达则迟迟未起，她是在谢恩。

第二天一大早，荣大人便迎来一位不速之客。没等他起身相迎，牧长大人便霍地走进来，径直坐在与他并排的椅子上，态度之傲慢令人难以接受。这种把中国人所有的繁文缛节一笔勾销的态度，也着实令人好笑。他刚想开口寒暄，杜克先生先开口了："大人您好，我是来向您求情的。我的家庭教师罗子沫被您关在死牢里，我希望知道这是为什么。为什么把一个本意不想杀人的人定了死罪？我不想失去我的家庭教师，更不想失去一个无辜之人的生命。而且我还想告诉您大人，我的女儿很喜欢他，如果可能的话，他会成为我的乘龙快婿。"这一通话说完之后，他竟站起身来，左手放在胸前，深鞠一躬。荣大人刚站起来要还礼，杜克先生很快又坐下了。荣大人尴尬地一笑，也只好坐下了。这回他不再让茶，独自端起茶盏喝一口，道："没有证据证明他不想杀人，不想杀人他为什么蒙面带刀？为什么要和想杀人的人在一起呢？"说完他放下茶盏笑了笑。杜克先生道："据我们的信徒罗子漫透露，她的哥哥是为了救您的女儿才冒险来的。好像您的女儿和他是同窗，他们也彼此相爱。如果是真的话，我可以劝我的女儿罢手，让他成为您的乘龙快婿。但您真的不可以杀害一个无罪之人。"

"送客！"荣大人很想这样喊道，但他没有喊出来，胸中的愤懑已经让他说不出话来。但又恐失礼，所以他憋了半天，还是控制自己的情绪道："牧长大人，传闻和猜度不能成为办案的根据，我只知道我的女儿和他是同窗，其他的什么都不知道。如果您非要保护您未来的'乘龙快婿'，建议您去奏明我们的圣母皇太后，只要她老人家说一句话，我立刻放人。"杜克先生的表情突然严肃起来，他盯着荣大人的双眼道："大人，您太有些小题大做了！据俄国商人桑德斯透露，您的银库刚刚被劫，说这伙人就是劫匪，我不信！他们是书生和农民，怎么能去劫银库呢？但我看桑德斯很高兴，他说这伙人却知道劫走的银子放在哪儿了，到时候他的金子也就会失而复得……是这样吗大人？"荣大人的脸色一下子变得蜡黄，他想抓起茶盏喝一口茶，但他发觉自己的手在不自觉地颤抖，于是他放弃了这个念头，强装笑脸道："桑德斯这个人我认识，据说是个十足的恶棍，好像牧长大人您也是这么认为的。那么谁会相信一个恶棍的话呢？"牧长大人又想说什么，荣大人继续道："但话又说回来，本府从不放过真正的罪犯，也不会枉杀一个好人。罗子沫的事情有待于进一步核实，如果他真的另有隐情和苦衷，我一定会秉公决断，把您的'乘龙快婿'还给您。如果证据不足，牧长大人啊，您的女儿也只得另寻佳偶了。"说完，他很爽朗地笑了笑。杜克先生看了看他，也勉强笑了笑，道："还有一事要禀明大人。""您说。"荣大人端起茶盏道。"桑德斯征了很大一块地皮，说是要建教会医院，我正在考虑这个问题，教会需不需要建那么大的医院。"说完，他抓起茶盏，只是看了看，又放回原处。站起身来道："告辞！"然后便扬长而去。荣大人坐在原处未动，道："请慢走。"但这句话杜克先生未必能听见。荣大人盯着杜克先生的背影，直至消失，随后听见"哗啦"一声，他狠狠地摔碎了茶盏，大骂道："欺人太甚！"

- 20 -

念其被父亲拒绝之后，回到自己的闺房，这唯一属于她的心灵安息之处。可是她一刻都待不下去，是那种根本就透不过气来的发疯般的感觉，眼前总是出现罗子沫被砍下来的头颅，还睁着眼睛。桑玉想上前安慰几句，被她推开了，任何人靠近，她都有一种被挤压的感觉。她对桑玉道："我要出去走走。"桑玉道："我和你一起去。"她又推开桑玉道："不必，我自己想静一静。"看小姐那莽莽撞撞的样子，桑玉尽管一万个不放心，还是不敢跟随了。她看出小姐是没有目的性的，是那种走到哪里说到哪里的样子，于是她想到了偷偷跟随，因为她的心在悬着，越悬越高。当她发现小姐向死牢走去的时候，她悬着的心便落了地，觉得小姐并没有糊涂，于是她又悄悄地走了回来。可这一回来，越来越失魂落魄的就是她了，因为小姐总是在她预想回来的时候，没有回来。她有多少个预想，连她自己都记不住了。

念其一看见那牢门，心里就敞亮多了，因为活着的罗子沫就在里面。跟他说几句话总还是可以吧，她觉得他还有些话没来得及说，就被哥哥强行带走了。可当她刚到牢门口，两个狱卒站出来，并排堵住去路，用轻蔑的目光看着她。那目光深深地刺痛了她，从小到大，她都没有看见过这样的目光，而且是出自这等下贱之人的眼睛。她顿时感到他们的背后是有人撑腰的，而且不会有别人，就是自己的父亲和哥哥。她本想过去让他们滚开，可又一想，没有用的，被撑腰的奴才比狗还凶。于是那种透不过气来的感觉又向她袭来，她转身就往回走，她必须找到能让自己透过气来的地方。她不想再回去了，于是出了府门。有心到先生那里去，可想一想，透不过气的感觉并未减轻。当她看到一辆马拉轿车停在府衙门前时，她想到了一个地方，身心顿时松快了许多，她不由分说，上了车。

车夫把车赶得飞快，原因是小姐不时地掀开轿帘望望他。车夫也感应到了那种被挤压的感觉，鞭子便不断地抽在马屁股上。当车子慢下来的时候，念其听到了涉水之声，她知道，这是西川水。于是她对车夫道："请把我拉到罗家大院。""什么？"车夫喊道，"罗家大院？我不知道啊！"念其有些生气地说："你去打听啊！钱我会多给。"车夫道："好的小姐，我打听就是了，钱是不敢多要的。"说着，他蹦下了车子，在下面步行。没走几步，就听车夫问道："先生，罗家大院怎么走？"半天没动静，后来才听那先生问："车里的是谁？"车夫很生气地说："知府小姐！"先生笑了笑道："沿这条路直走，看见几棵大柳树的时候，往左一拐就到了。"车夫道："谢了。"便又坐到了车子上，又轻轻地打了马儿一鞭，车子又跑起来。念其总觉得那位先生的口音听着耳熟，但又一时想不起来是谁。

"罗家大院到了，小姐。"车夫的话音刚落，车子也停了下来。念其的心突然跳得厉害，心想自己这是干什么？一时竟不敢下车了。"小姐，到了。这院子够大的，应该就是了。"念其掀开轿帘一看，两扇黑漆大门挡住了视线；再一听，跟前也没有别人，方端正地下了车。下车之后，方看见车两旁围着几个孩子，仰着脸，稀奇地看着。见车上下来的是个富贵小姐，都腼腆地笑了。念其感到一阵温暖，摸了就近一个小女孩的下巴。一个小男孩问："你是谁呀？"念其笑了笑，又摸一下他的脸蛋。"小姐，要等你吗？"车夫又说话了。念其看了看天，面有难色，天不早了，该留没有留的道理，该去没有去的心情，但最终她还是一狠心，掏出一串钱递过去。车夫接过来道："多了小姐。"念其道："剩下的给你吃酒。"车夫满脸的感激，看了看钱，装进口袋。又道："还来接吗小姐？"念其又愣了神，道："不必了。""那好嘞！"车夫掉转车头，咣咣当当地离开了。一个男孩道："小心他家大傻子打你。"然后他们像害怕似的，"轰"的散了。

站在那扇门前，念其感到自己像个罪人。这家的儿子，就是为了救自己，要命丧黄泉。她不知该怎样面对这家人，尤其那位仅一面之交就给自己留下深刻印象的母亲。门轻轻地敲了三下，便开了。她感到能够及时开门的人家，一定是严谨而热情的人家。但没想到，开门的妇人一见到她，什么都没说，就慌慌张张地走开了。她断定这是个不懂事理的下人，索性独自迈步走进院子。这是一个干净而宽敞的院子，房子虽有些破旧，但昔日的富庶还隐约可见。院子里的人都用奇异的眼光看着她，没有人过来打招呼，但也没有人再躲开。念其感到从未有过的慌悚，好像他们都知道了自己的罪过。这时从北面正房里走出一位五十多岁的男人，虽没有那份好奇，但表情也是怪异的，对这位不速之客充满着敌意。念其简直受不了了，她觉得那些目光不但灼热，还辛辣，尤其那沉默，是冷酷无情的。她不敢想象，此时说出罗子沫性命不保的噩耗，他们会是什么表现。她想退了，悄悄地退出去，就当自己走错门了。可就在这时，她看见罗子沫的母亲从东边的屋子里走出来，她顿时产生满心的委屈，扑上前去就抱住了她，一个"娘"字冲口而出。丽娘一眼就认出了她，更看到她的脸上布满了忧伤，她并没有感到这孩子的到来有多么意外，相反，就像走失已久的孩子找到了娘一样。

"唉……娘在这儿。孩子，跟娘说，谁欺负了你？"丽娘简直心花怒放，掩藏已久的母爱被唤醒。这时她觉得自己对儿子和女儿都是失望的，母爱已经在自己的身上渐渐地隐遁起来。而现在怀里的这位知府小姐，竟像自己神往已久的亲生骨肉，不仅仅是她的富贵令她感到荣耀，更有别样亲情令她感到贴心贴腑的温暖。念其的泪水沾湿了她的衣襟，她愈发觉得这孩子让人心疼，便道："孩子，走，跟娘到屋里说……咱们不让他们听见，你看多好。"念其使劲儿点点头，然后她们相互依偎着走进屋子。丽娘随手关上了门，又对念其道："你大爷他是老病秧子，别害怕，孩子，他什么都不懂，有话咱娘俩慢慢说。"这时念其看到炕上还躺着一个太平无事的人，她听说过，这是罗子沫久病不起的父亲，得的是傻病。丽娘没有在自己的屋子停留，而是领着念其径直走进罗子沫的屋子。

在大动荡面前，人心往往会无缘由地贴得更紧，甚至不需要相熟相知的过程。念其刚到罗子沫的屋子里，就给丽娘跪下了，任丽娘怎么拉都拉不起来。"娘，我对不起您……是我害了子沫。"多少委屈和愧疚涌上心头，她已经泣不成声了。丽娘的心在颤抖，她知道，不是人命关天的大事，堂堂知府小姐怎么会突然造访并喊自己"娘"呢？"孩子，莫急莫急，有话慢慢说，娘能撑得住。"她仍拉着念其的双手不放。"子沫为了救我，混在刺杀我爹的强人堆里，全被抓了，打入死牢……我苦苦哀求我爹放了子沫，可他……可他不答应。"灾难终于说出口，就像雷霆击顶，丽娘的眼前一黑，就要摔倒，喉咙里又灌满甜丝丝的感觉。但一丝念头告诉她，一定要撑住，一定给这个孩子做"娘"的威严与强大。与此同时，怨恨也升上心头，她把念其抱起来，扶在炕上，并坐在她的对面，抚摸着她的手道："孩子，这不怪你。知道你有危险，去救你，这是应该的。如果他有危险，我想你也会相救的。只是子沫他……他这也是报应啊！"说着她的眼里流出泪来，急忙擦了。"报应"二字吓了念其一跳，她的哭泣戛然而止，怔怔地看着丽娘。丽娘强作笑脸，急忙委婉地说："你说他……没事瞎跑什么？不好好读书？"说过之后，她又觉得不妥，又道："可话又说回来，他不瞎跑，也不知道有人要害你。这都是天数，孩子，不要担心娘，娘不怕的。"话虽这么说，无声的泪水还是止不住地流。念其看在眼里，心痛难忍，紧紧地抓着丽娘的手道："娘，子沫他真要有个三长两短的，我给您养老送终。我一辈子不嫁，给您当儿子。"丽娘道："那可使不得。子沫他真的没救了，娘有娘的办法，怎么能拖累你呢？要不……我跟你去，再求求你爹，我给他跪下，他毕竟是父母官嘛！"念其把头低下来，摇了摇，道："我爹他……不是别人想象的那样。在他眼里，官位比什么都重要。"丽娘一下子失望了，但很快又道："要不让先生求求他？"念其道："先生比我更了解他。"丽娘长叹一口气道："看来真的是没有办法了……没想到，我养了一回儿，竟是这么个下场。"说着泪水再一次涌出。念其一下子抱住了她，道："娘，从今以后，我要与您相依为命，您愿意吗？记得我第一次见到您，我就觉得您就是我的亲娘，不知为什么，那种感觉那么强烈。"念其说着，竟有一种说不清道不明的幸福感，好像那样的日子就在眼前。"娘愿意！"丽娘紧紧地把她搂在怀里，答应道。

就这样，她们把巨大的悲伤化作无尽的体己话，互相安慰着，伴着漫漫的长夜，直到念其不知不觉地睡着了，丽娘才把她放稳在炕上，盖上罗子沫的被子，然后悄悄地走了出去。当她看见自己的丈夫也已睡稳，想到自己的儿子即将命丧黄泉，他竟浑然不知，不免又悲从心来，泪流不止。哭了一气，仿佛觉得院子里有人走动，便走了出去，看个究竟。借着微弱的月光，她看到的是二哥罗再恒。他见丽娘出来，便走过来道："他婶子，发生什么事了吗？"丽娘便把自己儿子的事一五一十地说了。罗再恒半天无语。"二哥，你看你侄子还有救吗？"罗再恒叹口气道："我看知府小姐是个精明的孩子……那只有看他的造化了；我想子沫没事。老天爷呀，我们罗家没造什么孽呀！"说话间，他也老泪纵横。丽娘觉得自己很累，便道："节哀吧二哥。如果这是他命中的劫数，我也认了。"说完她想转身走回屋子。罗再恒急忙道："他婶子，小姐跑到咱们家来，知府大人知道吗？"丽娘一怔道："哟，你看看我……我竟没有问她。"罗再恒道:"如果她是偷着跑来的,知府大人会不会以为自己的女儿离家出走了?"丽娘想了想道:"很有可能。不过也好,也让他尝尝失去亲生骨肉的滋味。""咦?"罗再恒很是纳闷,道:"这知府小姐是不是别有用心啊!她这是做给她父亲看的?"丽娘的心里"咯噔"一下,同时也发自内心地笑了。心想如果真是那样,这孩子也太有心了,太招人疼了。想到这里,她麻溜儿走回屋子,轻轻地走到念其的头直上,想再看一眼这孩子。但她看不清楚,也听不到她的喘息之声,她就像一朵静静的云浮在那里。丽娘在心里祈祷:"孩子,如果你能救下我的儿子,下辈子我愿给你当牛做马。"她甚至想跪下来磕一个,但想了想,怕这样会折了她的寿,便作罢了。

　　而念其的这个意图,或者说是别人替她想出来的意图,也震动了冉先生。他是在教堂的钟声响起的时候突然明白的,他忽地坐起来,自语道:"念其失踪了!念其失踪了?她这是做给她父亲看的嘛……她不会出事的,她一定活得好好的,我还犯什么愁?还用不用告诉荣格?不用!让他去想吧,让他去品尝失去儿女的痛苦吧!念其呀,你真是个好孩子,为师没白疼你呀!"说着说着,他竟又是哭又是笑的。"子沫呀,你命不该绝……你看看,有多少人不想让你死?有多少人在拼着命地救你?你要谢天谢地呀,你要知道感恩啊!"说到这里,他忍不住地大笑起来,笑得前仰后合。是当当的敲门声让他把笑声吞到肚子里的。"先生,您没事吧?"是张妈的声音。"没事张妈,我听见有人笑。"张妈又问:"谁啊?不是您自己吗?"冉先生又笑了,道:"可能是吧。"张妈一听也笑了,脚步声远去了。

　　而罗子漫是在钟声过后很久才返回教堂的。她很疲惫,也很兴奋。她没有完全隐瞒与知府大人之间都发生了什么,而且在谈话的节点上都要加上一句:"大人其实人挺好的。"她说得轻松而自然,在别人看来这都是信心十足的表现。但当说到哥哥是为了救知府小姐才遭遇劫难的时候,她特意看了一眼她们的脸色,见阿曼达的脸色一下子就灰了,就像一张白皙的纸突然洇上了水;而弓然明则不然,她表现出的是渐进而无奈的哀伤,当然,还有几分自惭形秽。但总之,她们最终都喜形于色,并且对她充满了感激。这令她很感慨,感慨之余她用戏谑的语气道:"我哥哥真有福啊,他可没白活一回,可我怎么就没发现他哪里香人呢?记得他小时候尽用屁臭我,人家还真有不怕臭的。"说完她很放浪地笑起来,她没有发现,身边二人都用不认识似的眼光看着她。而阿曼达的心里是痛苦的,为她的这种特殊的变化而痛苦，为她的圣洁在一夜之间黯然失色而痛苦。这时，罗子漫突然道："阿曼达，你的脸色那么难看……这回咱俩一样了。"阿曼达想了想道："不，子漫，咱俩还不一样。不过……这不能怪你。你……有必要自重。"罗子漫一听，鼻子一酸，转了眼窝，她开门走了出去。阿曼达知道，她要跪在十字架下了。

郎纪平回到军营，部下看到他受伤了，但没人敢问，何况他脸上有喜色，过问伤情就显得无聊了。回到大帐，换过官服，他便匆匆向知府衙门走去，他以为荣大人一定很想见到他，因为事情的诸多环节都盘亘在他这里。何况他很想见小姐一面，他知道，他的思念挥之不去。老远就听到府前广场上人声鼎沸，看到围观的人不断地往一处聚拢。他加快脚步，也想看个究竟。拨开人群，眼前是奇怪的场面，一圈身穿白色囚衣的死刑犯趴在地上，他们双臂伸直，绑在一根扁担上，双脚绑在一根木棒上，整个人便成了一个"大"字形，一动也不能动。在这一个个"大"字围成的圆圈中央，拱卫着一个仰面朝天的"大"字。他认出来了，这个人是读书人罗子沫。他们都遍体鳞伤，一看便知受过酷刑，脸上的斑斑血迹已变成了黑紫色，衬托着一双绝望的白眼，努力地往上翻着，看着围观的众人。仰面朝天的罗子沫却与众不同，他的双眼黑亮亮地睁着，凝望着碧蓝的天空，神思好像已经到了天上。郎纪平在悲凉之中感到好笑，不知是谁别出心裁，要这样羞辱他们，让唯一的读书人看着天，让其他的粗鲁之人望着地，并让人产生众星拱月之感。他想在围观者中搜寻熟人的面孔，或者是念其的，或者是桑玉的，或者是冉先生的。但他失望了，他们无一在场。人群外面，站着带刀的官兵，他们个个面无表情。这时，从人群里挤进两条狗，它们在这些人面前闻着、吠着，摇着尾巴，伸着舌头，又不时胆怯地看看众人，似在揣摩着自己的权利。终究听不见人的呵斥，于是它们大起胆子，伸出舌头去舔那些人脸上的血迹，舔出了一定的味道。被舔者都生气了，他们或者怒目而视，或者低吼驱赶。弓么长更显得凶狠，他甚至张开了嘴，龇出了牙，想反咬一口。唯独罗子沫仍凝视着苍天，他好像什么都没感觉到。

郎纪平突然感到一阵心惊，本职的敏感使他一下子意识到出现了情况。果然，他在围观的人群中发现了特殊的面孔，他们的眼神充满了仇恨和警觉。他们的身上都带有奇特的气息，那气息告诉他，他们绝不是本地人，甚至不是人。他们有的把帽檐儿压得很低，有的用围巾围住了半张脸，有的把长长的烟杆插进领子里，有的抿着怀，有的抱着膀子。一看就是一些农民，但是是脱离土地的农民，因为他们身上的土气已变换成了匪气、杀气。郎纪平的心咚咚地跳了两下，不禁极目远望，他似乎看到了城外，许许多多这样的人都踏着征尘而来，他们会汇集成一股强大的力量，这力量的破坏性不啻一场兵变之灾。郎纪平的胸中升腾着怒火，他觉得这些人都是被这种奇特的羞辱方式招来的。于是他急匆匆地离开人群，向知府衙门走去。

"大人，这何必呢？"这是他见到荣大人几乎劈头盖脸的一句话。荣大人脸色微愠，心想你一个通判，怎敢这样对我说话！郎纪平不再费察言观色的工夫，进一步道："大人，这样会招致祸端的！我已经看到有人带着杀气向赤城而来。"荣大人问："你想怎么样？"郎纪平道："为了赤城的安全，我有责任立即调兵，严加防范。""不！"荣大人一摆手道，"恰恰相反，你要放任之，鼓噪之，让他们把动静闹大，大到连官兵都无法镇压才好。"郎纪平一听，顿时瞠目结舌，他立刻看出荣大人用心险恶，无非是想为那次剿杀平民制造口实，是想让朝廷看到，这伙强民不镇压是不行的。想到这里，他面带微笑地答应道："下官谨遵大人令。"说完，快步走了出去。但回到兵营后，他立即派兵出击四门，对进入城门者严加盘查，凡有一丝可疑者皆不放过。不多时，城门之外就聚集了很多人，他们仨一群俩一伙地徘徊着，杀气铺天盖地。郎纪平内心的不安无以言表，虽不是如临强敌，却处处暗含杀机。这是一种涣散的力量，恰恰能让每个人各逞其能。几乎看不到他们的统领，是仇恨与绝望在统领着他们；他们不是大海，几乎看不见波涛与激流，他们是若隐若现的沼泽，看似平常，却陷阱重重；他们不仅武器是自己的，就连食物也是自备的干粮和咸菜疙瘩；说不清他们为什么而来，但他们只有一个劲头，那就是往前冲，无论什么样的用兵概念和军事思想全被打碎了；况且，他们脸上都带着调侃和无所谓的表情。在去京城的路上，他曾看到被砍头的这种人，即便是屠刀落下那一刻，脸上还带着调侃的微笑。他不相信积贫积弱的大清还有这样的农民，但他们确实多数来自农村。那是一种对生无所求、对死无所谓的气度。郎纪平深深地感受到，一国之民活到这个份儿上，这个国家实质上已经不存在了。

郎纪平在四门绕了一圈，感到的是厌倦与疲惫，他要打马返回兵营，因为他很想喝点酒，酒后再去看看知府小姐，因为那个夜晚，已成为他挥之不去的感伤。当经过府前广场的时候，他没有下马，却在马上看到了更加奇特的一幕。一个亮丽的妇人满脸悲戚地一往死囚的嘴里塞着什么，口中还念念有词，且不时地伸手拭泪。为了看个究竟，他下马走上前去。那妇人他认识，乃是翠玉仙的妓女雪苓，往死囚嘴里塞的是来自日本的糖饴，那东西放在嘴里软软绵绵的，在溶化的过程中让人尽享人间的甜美。"可怜的孩子们啊，谁说你们是该死的人呢？吃点糖吧，让你们尝尝这人间的甜。姐知道你们的心是空的，是没底的，可姐能给你们的只有这一点点甜了。不要说人间太苦，要带着希望走，下辈子才能带着希望来。"雪苓的话语甜甜的，胜似这糖。几个死囚已经哭了，咧开的嘴巴怎么也难闭上，糖浆与口水便顺着嘴角流出来。他们翻着白眼使劲儿地看着这位甜姐姐，他们的心感到甜了，死也值了。转了一圈又一圈，话也说了一圈又一圈，然后雪苓像悼念完亲人一样，站起身来，注视着圈子中央仰面朝天的罗子沫。她擦了擦眼睛，理了理头发，眼神中竟含有几分羞涩。她慢慢地走过去，又慢慢地蹲下来，俯视着那张脸，一种强烈的母爱便冲上心头。她伸出双手捧起罗子沫的脸蛋，发出啧啧的叹息："多英俊的小伙子啊，真招人疼，一看就是个读书人……"说着，她的脸开始涨红，"姐这里有糖，还有奶，你想吃哪个……嗯？"说着，她摸一下自己瞬间鼓胀的胸脯，并抬起目光，飞快地扫视一周。她没有看到任何讥讽的眼神，却看到一张张死气沉沉的脸，扭曲变形的脸。她还看到有几个女人已经掩面而泣了。她大胆地解开自己的扣子，露出饱经沧桑的乳，那乳像在哭泣。罗子沫使劲儿咽着口水，轻轻地叫了一声："姐，我想吃糖。"雪苓脸上的羞红渐渐褪去，她慈祥地笑着，扣好扣子，答应一声："哎。"然后剥了一块糖饴放进他的嘴里。

恰在这时，阿曼达就像从天上掉下来一样，呼唤着罗子沫的名字，站在他的身边，"上帝呀！死便死了，为何要这样羞辱人？！"说着，她蹲下来便去解捆绑罗子沫的绳索。"姑娘，你不可以这样，这是行不通的！"一旁目瞪口呆的雪苓突然反应过来，大声道。"走远点！你这个不知自重的女人！"阿曼达气呼呼地喊道，仍去解那绳索。这时，早有三四个清兵冲上来，大喝道："何人如此大胆，敢劫死囚！？"说话间便纷纷拔出刀来。但他们的刀未举起，就听到嗖嗖的风响，三四个清兵皆被铁锤打中，仰翻在地。人群顿时乱了，呼喊声四起，有人大喊大叫抓刺客，于是便有许多清兵围拢而来。他们很快控制住围观的百姓，个个搜查，却不见任何刺客的影子。几个清兵把阿曼达架起来，欲押走问罪，这时高大的桑德斯向这边跑来，欲打翻清兵，却被另一侧奔过来的荣念祖喝住："桑德斯，不可多事，小心引火上身！"与此同时，他也喝退架起阿曼达的清兵。雪苓则闪在一边，满脸不屑地看着眼前的一切，唯有她发现了早已躲起来的郎纪平，她冷笑一声骂道："狗咬狗，一嘴毛。天下不乱才怪呢！"骂完之后，她摇摇摆摆地走了。

"阿曼达！等等，我还有话对你说。我要死了，只想对你说，请你不要走！"这是罗子沫对被桑德斯强行拉走的阿曼达的呼喊。"子沫，你不会死的！我会等着你的，好好听你说的。"阿曼达拼命地挣脱着，大声地回应，但她哪里拗得过桑德斯，被他狠狠地塞进了车里。

其实她是被桑德斯骗来的。弓然明从教堂前脚刚走，桑德斯后脚就像一只大鸽子一样飞进了教堂，说城中有好戏看，拽起阿曼达就往外走，然后低眉顺目地请她上了车，举止完全不像现在这样粗暴。"一个将死的人，他要对你说什么呢？是临终遗言，还是最后的嘱托？"轿车出了城，桑德斯对阴沉如水的阿曼达道。阿曼达没有回答他，把脸扭向一边。"阿曼达，你应该感谢我才对，是我让你看到了临刑前的情人。尽管你再也不会听到他说什么了，但你毕竟知道了他有话要对你说啊！"桑德斯阴阳怪气地说完，吹起了口哨，他知道阿曼达会仍然保持沉默的。来到教堂门外，桑德斯没有下车，也不再说什么，只是把口哨吹得刺耳。阿曼达意识到了什么，迅速开门下车。车门刚关上，那车便"嗡"的一声飞快地离开了。阿曼达呆呆地站在那里，半天回不过神来。

是罗子漫看到了外面的情景，匆匆跑出来，搀扶着阿曼达走进教堂的大门。直到阿曼达疲惫地躺在床上，她们彼此都没有说一句话。阿曼达痴痴地望着房顶，就像罗子沫凝视着苍天。只是她的双手在蠕动，在慢慢地摩挲着她的大辫子。那辫子显得愈发干涩，在她的手中扭曲着，很有沧桑之感。罗子漫很端庄地坐在那里，双眼盯着自己的脚尖，像是在沉思，也像是在悔过。"子漫，你没能救下你的哥哥呀！"不知过了多长时间，阿曼达开口了，声音沙哑，很像中国老人。"阿曼达，告诉我，你都看到了什么？"罗子漫打一个激灵。"我看到了终生难忘的……"阿曼达哽咽了，她很难把话说下去了。但话题就在这艰难中展开了，阿曼达一个片段一个片段地说出自己所看到的。罗子漫听着听着，她的脸上绽放出会意的微笑，她相信自己的哥哥不会死的，情人间的灵犀最能相通，是荣大人在告诉她，她的哥哥是清白的，因为只有她的哥哥仰面朝天，对着青天白日。她相信自己的感受和判断，就像相信第一次与大人相见时的轻浮，那轻浮的背后是爱的成分。阿曼达在艰难的诉说中睡去了，罗子漫走过去，轻轻地给她盖上被子。此时此刻，她很想回家看看，她好像很久很久没有感受到家的吸引了。

一场混乱之后，直到死囚们被清兵抬走，郎纪平才从角落里走出来。他牵着马，偌大的夕阳斜斜地照在他的脸上，光线却是清冷的。在城市的无形的嘈杂声里，一个人轻轻地叫了一声："郎大人。"因为声音的轻，他才更感到恐惧。猛然回头，是桑玉跟在他的后面，看样子好像跟了很久很久，那声音就从她那小心翼翼的身躯里发出来。他被她这从未有过的小心翼翼感动了，这是有求于人或者依赖于人的姿态。也淡化了他心中挥之不去的一丝痛恨，痛恨因她那怪异笑声引起。"是桑玉呀，你在干什么？为什么是你自己，你家小姐呢？"他的声音也很轻。他们脚步都不停，彼此保持着有秘密可谈的距离。他的每一句问话都有供人思考的停顿，甚至是长长的停顿。但桑玉的回答让他很不满意，"我从先生那里来。我没有去看地上的死囚，我不敢看。先生不在，他又上山了。"郎纪平叹口气，道："先生又去望故乡了？其实他望不见，他的故乡太远了。"桑玉沉默，她的脚步声突然很响，他们进了一个小巷，是小巷的回音。出了这个小巷，往右一拐就是兵营了，郎纪平停了停，他很想回身望一望，因为觉得桑玉没有跟到这里的理由，但事情并非如此。

"郎大人？"桑玉轻轻地问。

"嗯？"郎纪平轻轻地回答。

他在等着这个泼辣的丫头说出伤心事来，他断定这个伤心事一定与小姐有关。"小姐她……出事了。"果然，她说道。马缰绳从郎纪平的手中脱落，又很快被他抓起来。他整个人僵硬在那里，只有心在怦怦地跳。良久的沉默之后，他道："小姐出了什么事了？"桑玉的心是急的，语速很快，"小姐前天晚上失踪了。她说她出去走走，就再也没回来。我好害怕，就去找再先生，可先生也没办法。我不知怎么办好了，我要活不成了。"又是一阵沉默，郎纪平道："小姐失踪的事，荣大人还不知道？""是的是的。"桑玉不住点头道。郎纪平突然一字一板地说："好了，你可以放心地回去了。我保证小姐没事，你也没事。但到此为止，你不许再告诉任何人！"说完，他猛地上马，打马而去。桑玉的心一下子落了地，因为他看到了这个神秘男人信心百倍、胸有成竹，那是一种出击气势。

弓然明也是这样突然上马，带着出击的势头回到热水汤的。她并没有问五岛先生在不在家，把马缰绳递到老秦头的手里，转身就走了，径自往罗家大院而去。因为罗子沫出了大事，所以她不再为自己不辞而别甚至是离家出走而担惊受怕。同样，因为家里藏着知府小姐，丽娘也不在意她的不守妇道。她们的相见，波澜不惊。公公虽然面带怒色，但也没有一声追问和指责。察言观色，她断定他们已经知道罗子沫的事了，但都是不屑于向她提起的样子，使得她想诉说一番的兴头顿时消去。她感到了自己的卑微与不堪，并在这种自戕式的情绪中，悄悄地退了。她慵慵懒懒地回到家里，进门一看，眼前的情景触目惊心。罗子辉光着膀子蹾在屋门口，身上有一道道抓痕，喘着粗气，瞪着饿狼一样的眼睛。地上零零乱乱的全是自己的衣物与用具，陈旧的是随自己一起蹉跎的，崭新的是自己新婚嫁妆。但无论是陈旧的还是崭新的，无疑都被疯狂地踏上许多脚印。这些脚印和他身上的抓痕一起，昭示着一个傻子自残式的嫉恨，这是令人恶心的嫉恨。他是一直盯着她走到面前的，然后他忽地站起身来，把她夹在腋下就进了屋，先是一顿劈头盖脸的暴打，然后是野兽般的蹂躏。她的下体竟然出了血，犹如处女红。从始至终，弓然明那难以忍受的哭号之声，都让整个村子战栗不止。邻人们没人敢站出来解劝，也羞于出来解劝。他们或紧紧地关了门，或紧紧地堵住孩子的耳朵。年岁大的妇人则发出连连的叹息。

　　是夜，被折磨得遍体鳞伤的弓然明口渴难忍，在罗子辉因发泄而满足的鼾声里，她几次想坐起来，都因剧痛与疲惫没能成功。纸窗借来一线月光，屋子里便有些零星的残白。老鼠发出吱吱的叫声，在残白中飘闪。她看见老鼠那双明亮的眼睛，正充满怜爱地望着自己。那老鼠颤抖着身子，像在忍受饥寒。她感受到生命之间交流与沟通的温暖，一丝微笑爬上她的脸庞。那老鼠似乎感受到她的善意，咧咧嘴，龇龇牙，突然跳将起来，从敞着的门，蹦到灶间的案板上，然后在一线光亮处跳来跳去。弓然明的心里"腾"的一下像点亮一把火，她知道那线光亮是刀的利刃。她不知哪里来的力气，爬起来就下了地，踉踉跄跄地奔那刀刃而去。老鼠以为人终究要变脸的，吓得吱吱乱叫，逃进黑暗中去了。弓然明抓起那把刀，两眼顿时放出惨白的光，那光射向炕上那堆庞然大物。"畜生！"她在心中恶狠狠地骂道，举起刀就想冲进屋子。然而，她的心突然碎了，那股仇恨的力量，水一般哗哗地漏掉了，人也瞬间崩溃了。她扔下刀掩面而泣，她知道自己下不了手、杀不了人，更放不下人。她唯一能做的，就是拿起水瓢，咕嘟咕嘟地灌自己一肚子凉水，然后再无力地爬上炕去，睡在那个仅属于自己的一席之地。

　　是夜，郎纪平是带着三分醉意来见荣大人的。他显得非常谦卑和羞涩，语言也故作吞吞吐吐，且有些心不在焉。荣大人的心中虽生出几分鄙视，但丝毫不敢轻视。终于，在一番无关紧要的交谈之后，郎纪平站起身来，规规矩矩地说："大人，下官有一事禀报，万望大人恕罪。"荣大人怔住了，半天才道："此话从何说起？"郎纪平语气萎靡地说："念其小姐临行前对我说，她要到外面走走，透透气，要下官替她保密。下官考虑再三，为了小姐的安全，不能再隐瞒大人了。请大人恕下官拖延之责、知情不报之罪。""什么？"荣大人也站起来，仅有的几分鄙视也烟消云散了。他立刻觉得这是个阴谋，而这阴谋的主使者，就是眼前这位郎通判。他发出轻蔑的笑声，道："是吗？小姐她去了哪里？何时回来？我希望郎大人如实禀报。"郎纪平低下头来，一时摸不准这位知府大人的脉。但他知道，荣大人在误解此事，于是他惆怅无比地说："对不起大人，这些下官真的不知。我也问过，小姐拒绝回答我这些问题。""是吗？"荣大人的语气竟有些阴阳怪气，他倒背起双手，走到一边，静静地站立着。半天工夫，他突然转身，厉声喝道：郎纪平！你可知罪？！"郎纪平确实吓了一跳，他再次低头，道："下官知罪，下官早就该来禀明大人。"荣大人手指着他道："你果然不知啊！你作为都司兼通判，今天我想听到的本该是你对案情的分析与判断，以解本府燃眉之急。而你，竟以我的家事为由头，故意扰乱本府心智，平添本府烦恼，你可知罪？"郎纪平又把头低下三分，辩解道："大人，下官饭罢酒后、轻装便衣而来，并不想与大人交涉公事。自下官到赤城以来，一直敬仰大人为人磊落、学识渊博，多次想含私情前来拜访，今天恰有小姐别后嘱托，故借此表明心志，以偿夙愿。下官窃以为这是人之常情，请大人明察。"郎纪平说完后，心中窃喜，不禁抬眼看一下荣大人。见他满脸的为难之色，他多么想听到大人的质问："你和我女儿是什么关系？凭什么她会对你有临别嘱托？"想到这一点，他差点笑出来。因为他知道，堂堂的知府大人，以他的性格，绝不会问出这样的话来。要问，他只能去问自己的女儿了。而且他更加坚信，即便他的女儿明知道自己在无中生有，也不会去澄清事实的。见荣大人半天没有声色，他又知趣地说："下官不想再打扰大人的安宁，下官告退。"说完，他站起身来，阔步往外走去。

"且慢！"荣大人高声道。郎纪平停下脚步，但没有回头。"死囚们已经签字画押了。"荣大人语重心长地说出这句话。这虽是一个长者豁达的语言，但在郎纪平那里，却感到重重的一击。事情是明摆着的，没必要再去问签的什么字、画的什么押。他在心中深深感叹道："羞辱比酷刑更容易让人屈服……只要他是人。"他什么也没说，继续往外走去。

郎纪平的身影刚刚消失，荣大人便一屁股坐下来，并发出长长的叹息。抓了几个刺客，尤其其中夹杂着一个书生，自己俨然成了杀人的恶魔，甚至连自己的女儿都要以离家出走相要挟。这是怎么了？没落的大清，人们还这样绞尽脑汁于人情世故，这是毁灭的前兆。他又气又恼，把拳头握得很紧很紧，并死死地闭上了双眼。突然，他感到有什么东西落在眼前，沉重，却轻盈；高大，但敏捷。他瞬间断定这是轻功极好的人从房梁落下，睁开双眼，正见一个身影背对着自己。他以迅雷不及掩耳之势，一步跃到壁厢，欻地抽出宝剑，断声喝道："大胆狂徒！竟敢行刺本府！"那人迅速转过身来，单膝跪倒，双手抱拳道："大人勿惊，在下左汉庭，前来拜会大人。"

荣大人简直不敢相信自己的眼睛，这分明就是左汉庭。他提剑上前，目瞪口呆，一时不知说什么好。"大人，左某前来领罪，望大人先赐一口水喝。"左汉庭抬头凝视荣大人，十分恳切。荣大人仍厉声道："左汉庭，你乃朝廷重犯！明知本府衙门壁垒重重，大清律法严惩不贷，你还敢深夜前来，难道是自来送死吗？"话虽这么说，但他心中很不是滋味。想自己与此人多年共事，虽不能说肝胆相照，但也不曾有过隔阂与冒犯，并且向来深敬此人忠义慷慨、落拓光明，想不到今天竟以这种方式相对峙，实属天意弄人。左汉庭再次抱拳道："大人，还是先赐在下一口水喝吧。"荣大人想了想，再说什么都感到气馁神疲，便把宝剑扔在一边，抓起茶壶，翻开茶盏，一边倒水一边道："左大人，起来说话。"说着，把茶水递了过去。左汉庭太过口渴，接过来就一饮而尽，然后把茶盏递过去道："在下还是跪着吧……在下有一事相求。"荣大人也恳切地道："无论何事，起来说话。"左汉庭再一抱拳道："此事重大，要让大人为难了。"荣大人的大脑飞速旋转，他把所有的可能想了个遍，终于做到了心中有数。于是他坐了下来，故作轻松地说："左大人，难道你想求本官放过你？但据我所知，抢劫官银是要灭九族的。"左汉庭的大脑也飞速旋转，他知道这是荣大人在诈自己，于是他笑了笑道："大人明知左某已无九族可灭……左某只恳请大人对那几个刺客从轻发落，他们家破人亡，仇恨在胸，且都身为草民，不知朝纲法重，一时鲁莽，实在可以理解。万望大人广施恩泽，留清明于世，实乃赤城百姓之幸！一方水土之幸！"荣大人一拍桌子道："你也是来为他们求情？难道我堂堂一府，竟处置不了几个刺客吗？我感到有罪的不是他们，倒是我荣某人了！"左汉庭道："大人，放了他们，可给您带来好处。"荣大人道："你先说说他们给了你什么好处吧！多少白银？多少黄金？"左汉庭道："在下冤枉！

在下没看到半两白银、半两黄金。只是没有他们，小人早已命丧黄泉了。"荣大人道："这么说是他们劫的狱？那就罪加一等！"左汉庭道："大人，国要破，家要亡，相煎何太急？"荣大人道："大清律法存在一日，我荣某人就决不徇私枉法！"左汉庭道："大人啊！当今局势，你我都心知肚明，为何不留一条后路给自己，何必搞得众叛亲离？"荣大人一听，拍案而起，手指左汉庭，但干张嘴，却一句话也说不出来了。左汉庭这时慢慢地站起身来，异常沉重地说："大人，在下并不想为难大人。在下愿意承担官银被劫的一切罪责，签字画押，认罪伏法，以我之命换回他们的性命。尤其那位书生，他是极力反对来刺杀大人的，但不知为何，他也混了进来。我敢保证，他是无辜的。"荣大人无力地坐了下来，呆呆地看着左汉庭，半天才道："晚了！"左汉庭低头抱拳道："不晚，我知道大人还没有公布。"荣大人"哧"地笑了，道："左大人，你的命贵吗？"左汉庭道："小人一介草民。"荣大人道："既如此，你的命只能换回一条命，难道不是吗？"左汉庭想了想道："不，大人，我要两条。"荣大人又笑了，道："好吧，你毕竟做过朝廷命官嘛。说吧，除了那位书生，你还要谁？"左汉庭道："不，大人，我要弓么长和盛金龙。"荣大人诧异道："你不是说那书生是无辜的吗？为什么没有他？"左汉庭微微笑道："我知道他命不该绝……大人的琴声言犹在耳。"荣大人的脸色立刻变成土灰色，他愤然道："你都听到了什么？"左汉庭道："也看到了，当时我就在房檐之上。"荣大人又拍案而起，大声吼道："好吧！老夫成全你。来人——"话音刚落，两名卫兵冲了进来。但当他们快要走近左汉庭身边时，荣大人又挥手道："下去吧！没你们事了。"两名卫兵瞬间诧异，但还是很快转身而去。这时荣大人背过身去，声音沙哑地说："左大人，你可以走了。但请你记住，不要让我再看见你！"左汉庭怔怔地看着他的背影，当他终于明白自己错在哪里时，顿时出了一脑门子汗。

该走的人都走了，不该来的也不会再来了。荣大人独坐沉思，苦闷异常。这几天疏忽了女儿的存在，得知她已离家出走，无论什么原因，都让他痛悔对女儿的粗暴。他牵肠挂肚，如坐针毡，尽管夜已深了，他还是来到女儿的闺房。只轻轻地敲了一下门，门便开了，迎面看到的是桑玉衣衫不整、面容憔悴地站在那里。一见是老爷驾到，她立马就跪下了，一边呜呜地哭，一边磕头不止。她不为自己辩解，亦不为自己讨饶，只是一味地哭、一味地磕头。荣大人本没有责备这丫头的意思，又见她如此行径，却也伤心不已。"起来吧孩子，老爷来只想问问，并不要责备于你。"

他满怀长者的口吻，使桑玉哭得更厉害了，并且边哭边道："老爷，救救桑玉吧！我想小姐，想死了，我恨不能立刻见到她。再见不到她，我……我也不活了。"荣大人走过去，坐在一把椅子上道："傻孩子，什么是你也不活了？难道你家小姐死了不成？她死不了，她只是出去走走，透透气，很快就会回来的。"桑玉拽起衣襟擦着眼泪，边擦边道："老爷呀，我也想跟小姐去透气……她去哪儿了呀？"荣大人觉得好笑，心想我正要问你，你倒来问我。因说道："我把小姐交给了你，你都不知，我哪里知道。"桑玉这才意识到自己的责任所在，道："桑玉该死，桑玉老后悔了！哪怕小姐打死我，我都跟着她不放……就好了。"荣大人一听，早明白了大半。不让丫鬟跟随，说明女儿的心是决绝的，并非完全吓唬人，这让他心痛难忍。但他还是笑了笑道："如果小姐一旦有什么三长两短的，你怎么办？"桑玉瞪大了双眼，怔住了。随后她下狠心地说："桑玉立刻就去死！"荣大人鼻子一酸，泪花闪现，道："孩子，有你这句话就够了，小姐没白疼你。"桑玉听罢，站起身来，捋了捋头发就往外走。荣大人道："你要干什么？"桑玉道："我这就去找，找不到，我就不回来了！"荣大人道："傻孩子，这黑灯瞎火的你到哪里去找？快回来，听话！老爷会安排人去找的。你只需在家好好等着，等小姐回来，好好地服侍她便是。"桑玉又哭道："真的吗老爷？"荣大人道："老爷何曾骗过你？"桑玉一听，又跪下了，磕头不止道："多谢老爷！多谢老爷！"荣大人一怔，心里很不是滋味，这话听起来好像要找的人不是自己的女儿。沉吟良久，便迈着沉重的步子，走了出去。但他刚跨出门槛，桑玉又追出来问："老爷，这里哪儿有咱家的亲戚呀？小姐她会不会……"荣大人一摆手，知道她还不放心，便苦笑道："这里到处都是咱家的亲戚……老爷是父母官嘛！"说完，见桑玉怔住了，便又补充道："夜深了，快回去睡吧。"桑玉一听，异常委屈地说："没有小姐，桑玉睡不着。"荣大人又停了停，抹一把老泪，然后迈步离开。

荣大人本想回房休息，猛抬头，见一弯残月，斜挂高天，光芒微弱冷清，所照之处，映衬着苍硬的黑。多少孤独涌上心头，荣大人睡意全无，像突然精神起来的寒鸦。他穿过后花园，向儿子的居所走去，老远便听见了饮酒寻欢、亵玩嬉戏之声；等再走近些，便是清晰的淫声浪语。他知道儿子在干什么，便心生痛恨，掉转脚步，向前堂方向走去。懵懵懂懂的，经过吏、户、礼三房门前，很快就来到了前堂门外。戒石碑就在眼前，他忽然觉得自己好像忘记了这块碑的存在，内心猛然间产生深深的愧意。记得当初上任之时，他第一眼就看到了这块碑，并且在这块碑前久久站立，誓以此碑为戒。如今怎么就像忘记故人一样忘记了它的存在了呢？"尔俸尔禄，民脂民膏；下民易虐，上天难欺。"多么烂熟于心的警言。他三步并作两步，扑上前去，抚碑而叹。他用双手一一抚摸着那几个大字，不禁老泪纵横。突然间，他感到那些字渗出血来，并发出声声惨叫。他吓出一身冷汗，因为他清楚地感受到，这血和叫声皆来自那位叫做罗子沫的读书人。此刻，他才如梦方醒，为什么有那么多人在有意无意地保护这个读书人，因为他们的内心都有一条不忍断绝的根脉，就犹如这延续近千年的戒碑，难道不是另一种形式的承载吗？为什么自己竟难以自制地流下这愧疚的泪水？这是不忍，更是绝望。一个民族用血与火构建出的精神框架，任何一个在这框架中生存的人，都会在它存亡之际感到一种内在的崩溃。而这个秉持道统的大清，即将在内忧外患中毁于一旦，令每一个中国人为之哀号。"大清啊……大清啊……"荣大人以头叩碑，哽咽有声。

而此时的死牢里，包括罗子沫在内的死囚们，都瞪着死鱼一样的眼睛，看着眼前的一片虚空。那虚空中有母爱、有童年、有花香、有美味、有蓝天白云，也有姑娘们漂亮的脸庞。他们都在抢劫官银的供词上签了字、画了押，他们可以经受住皮开肉绽的折磨，但难以承受这曝尸一般的羞辱。但在供词摆在眼前的那一刻，众死囚都把矛头指向罗子沫，他们提出的条件是，只要放过这个读书人，我们就签字画押。是的，理由仅仅是"读书人"，他们并没有强辩这个读书人根本就不是刺杀来的，甚至是反对刺杀的。他们以为这些对一个昏庸的朝廷来说根本不起作用，只有这"读书人"听起来还有些说服力。狱官果然答应了，于是他们开始签字画押。可到了罗子沫那里，狱官呵呵乐了，道："读书人，就给你定个伙从之罪吧。但我说的不算，还要请示上边的。"不料罗子沫一把夺过供词，飞快地写上自己的名字，又按了手印。狱官大惊失色。死囚们先是目瞪口呆，然后他们像疯子一样扑过来，对罗子沫拳打脚踢，又吐又骂，甚至用牙咬，他们要把所有的愤恨都发泄到他的头上。因为他们的好心被当了驴肝肺，让他们上了当、受了骗。他们甚至以为只要拒不签字，一直熬下去，说不定会有生的希望，因为他们的刺杀并没有既成事实。他们恍惚觉得，只要这个读书人留下来，死也是值得的。可如今换来的只是欺骗。

几名狱卒闻声赶来，一阵乱棒打散了他们。他们只好各自归位，悄无声息地做自己的死囚。而这狱官却生出几分惋惜，长叹道："读书人，你这是找死啊！这下谁也救不了你了。我听说想救你的人可不少啊，不单单是这些人……你可负了人家的心了。"罗子沫则冷笑道："死与活，没什么两样！"

荣大人回来，刚想睡下，有人很粗鲁地敲门。他警觉起来，以为又有不测，却听外面有人闷声叫道："父亲，是我，有急事禀报。"听见是儿子的声音，荣大人急忙开了门。荣念祖一头扑了进来，慌忙把门关上道："父亲，李总管连夜差人来送信，说要我们提防郎纪平。此人是朝廷特务，他们专门对付作奸犯科的地方官员和与日本人勾结的革命党。并说关于官银被劫一案要尽快了结，否则夜长梦多，后果不堪设想。我的意思是，既然死囚们已经签字画押，明天就公布于众，开刀问斩！"荣大人并不惊慌，道："信呢？"荣念祖道："信我看完之后就被差人烧了。此事不假，请父亲早做定夺。"荣大人走回去，坐在床上道："李总管要了你多少好处？"荣念祖一听，很不耐烦地说："哎呀父亲，都什么时候了你还有心思问这个。这样的好消息，花多少钱都值。不过李总管这回要千年老参，老参已经没了，我给了他最贵重的南红玛瑙。"荣大人斜他一眼，道："你妹妹离家出走了。"荣念祖稍有惊讶，道："为何出走？什么时候的事？"荣大人道："没多久，临行前她告诉了郎纪平，说要出去透透气。"荣念祖大惊失色，骂道："这个死丫头！她是被姓郎的利用了。"不过见跑了题，他又不耐烦地说："父亲，明天必须把死刑犯斩首示众，以绝后患。不能再犹豫了父亲大人。"荣大人的语气愈发慢了，道："你说得轻巧，处决死刑犯，不上报朝廷了？不经过三法司会审了？"荣念祖道："近几年来地方省府私下处决死刑犯已成惯例，这您是知道的。还有父亲，李总管的信上还说，太后对拳民的看法变了，说他们是保家护国的。"荣大人不屑地说："这个老寡妇，性情多变，何必在意？"荣念祖急得简直蹦起来了，道："父亲，您到底是什么意思？您倒是给句痛快话啊！"荣大人仍不慌不忙地说："就说处死他们……可劫匪抓到了，赃银何在？判案讲究人赃俱获，否则何以服众？"荣念祖道："父亲今天何其愚也！赃银被挥霍了嘛！多简单的事！"荣大人道："何人能这么快挥霍掉那么多银子？况且还有金子。于理不通，于理不通。"他一边说一边摆着手。荣念祖不想再说话了，他用奇异的目光看着自己的父亲，他觉得自己的父亲在有意装疯卖傻。荣大人看在眼里，避开儿子的目光，很冷静地说："郎纪平那里……不能坐下来谈吗？"荣念祖的心为之一动，但他又很快灰下脸道："不行啊父亲，李总管的信上还说，此人只可智取，不可收买。"荣大人瞪眼道："李总管的信上还说了什么？不要把你的想法全安到李总管的头上……他不是皇上。"荣念祖跺着脚道："父亲，孩儿说的句句属实。只是我的心乱了。"荣大人不无疼爱地看了儿子一眼，道："心不要乱，心乱无智。"他停了停又道："那个罗子沫也签字画押了？"荣念祖不解地说："对呀！我已经告诉您了。"荣大人点点头道："是啊，你已经告诉我了，这个读书人不该死……有些冤。"荣念祖道："恕孩儿直言，此时不能再有妇人之仁，弄不好掉脑袋的是我们啊父亲。"荣大人冷下脸来道："你去吧，为父自有道理。"说罢，他直挺挺地躺了下来。荣念祖看了半天，只有叹气连连，悻悻而去。

荣念祖回到住处，站在门外等候的高解刚想上前询问，他一摆手道："你也去睡吧，有话明天再说。"高解怔了怔，刚想走，荣念祖又问道："差人安顿好了？"高解急忙回头道："已经安顿在最好的客栈住下了。他说明天自行回京，不必再去打扰。"荣念祖道："连一个小太监都这么大的口气！"说完他一步跨进屋里。床上的妓女红艳坐起来，满口的吴侬软语："哎哟殿下，偷偷地扔下奴家，干什么去了？冷落了奴的身子，不心疼吗？"荣念祖很恶心地道："闭嘴吧贱货！干什么去了，与你一个卖肉的有关系吗？"说完他"噗"的一口吹了灯，屋子里顿时一片黑暗。只听见妓女红艳娇滴滴地叫了一声："难受死了，我想再睡一觉。"

- 21 -

第二天一大早，荣大人便派人去请郎纪平，差人回来说郎通判不在；下午又派人去请，仍说不在。

荣念祖经过一番深思熟虑，并没有听从李总管"只能智取、不能收买"的劝告，原因是他确实看到郎通判对自己的妹妹别有情怀。那么何不借题发挥收买他呢？如果他能真正成为自己的妹夫，那么在赤城这块地盘上，还有别人的吗？他灵机一动，突然间把自己的这个想法定义为"智取"，心里觉得格外充实。于是，他亲自去兵营，目的是请郎纪平到高档酒家喝酒，然后再去热水汤泡温泉。但他同样没有找到。

他当然不知道父亲在做什么、想什么。于是，当天晚上他又找父亲陈说利害，说这次郎通判不知去向，绝非往常可比。他一旦再出现，事情会有莫大的转机，而所有的转机都不会有利于你我父子。荣大人虽表情沉稳，但内心也在长草。事情到底怎么办？他本想与郎纪平推心置腹，尽量让他从共同利益的角度思考问题，妥善处理这件让人头痛的案中案。但郎纪平不知去向，让他心凉半截，也觉得这件事没有想象的那么简单。这种时候，他不得不对儿子的想法审之思之了。但他还是想再等等，无论儿子心乱如麻也好，如坐针毡也好，他都想再等等。

可一天过去了，两天过去了，他无法再等到第三天了。

这真是一个不同寻常的日子，连天地都为之变色。

这天冷吗？很冷。可火红的太阳就挂在高天，蔚蓝的天幕也怡人眼睛。但无论是太阳的光芒还是天的蓝色，都被乱窜的黑云搅碎，让人感到一种破坏。那偶尔晃到人脸上的霞光，无法驱逐表面的阴影。那被乌云遮住的双眼，也无法掩饰内心的阴霾。太阳终究受够了，慢慢地暗淡下去，蓝天也因此顿然失色，变成蒙蒙的灰色。风便乘势而起，不仅带来远方的尘埃，也带来阴魂一般的嘶鸣。四门都有重兵把守，要挡住的是流民的暴力，还有难测的事端。宣判与杀人虽简单潦草，但要同时进行。府前广场上人头攒动，斩杀的虽不是要犯，却牵动了赤城每一个人的心。荣大人坐在案前百无聊赖，是那种几乎没有是非曲直的百无聊赖。不知哪儿来的那么多野狗，梗着脖子，低着头，夹着尾巴，塌着腰，使它们舔舐人血的冲动，显得底气不足。它们在人群中躲来躲去，不时地偷窥一眼被绑的死刑犯，还有高高在上的荣大人，一时竟有些羞涩。更加奇特的是，广场上不知哪里来的灰毛老鼠，它们窜来窜去，仿佛在慌忙地安顿着什么，又像不知所措地逃避着什么。但对于这些生灵，人们仿佛视而不见，因为在人头落地面前，它们已提不起人的好奇心。可有一种情况，人们却难以忽视，那便是每个人都会发现有纯粹的陌生人在眼前闪来闪去，神色阴冷，服饰老旧，脚步诡异。没人知道他们来自哪里，没人知道他们将安身何处。他们像影子，但他们确实存在；他们像一股阴魂，但看起来确实又是人。对于他们，每个人都会惊悚地瞟上一眼，但又若无其事地放过去，以为正常。唯有那些老年人害怕了，甚至想偷偷地溜回家去，因为他们知道，这些人确实不是人，而是每逢这种场合都会出来活动的历来被错杀的冤鬼。没人知道他们的到来，是为了制止又一场错杀，还是来幸灾乐祸。天突然下起了小清雪，打在人脸上，似沙粒。那一列被绑着的面东而站的死刑犯，雪白的囚衣被风沙污染，被风雪浸淫。他们在瑟瑟发抖，尽管一碗一碗的断头酒被灌了下去，但临死的恐怖还在。他们的牙在冷得打战，咯咯嘣嘣地响，清鼻涕已经流进嘴里，周身哆嗦成一团。他们的眼睛也在颤抖，发出虚无的光芒，他们在人群中寻找着熟悉的面孔。但他们是失望的，有一种被抛弃的迷茫。当他们的目光落到站在身边的刽子手身上时，那颗颗黑头上蒙着的红布像一团热火，险些灼伤他们的眼睛。再看他们手中雪亮的鬼头刀，他们的心发出阵阵绞痛。

这时盛金龙哭了，边哭边骂道："妈的！老子就这么死了？"又有几个人哭了，但哭得异常勉强，他们也在骂。有的看着荣大人骂："狗官啊！狗官啊！"有的则怒视着刽子手骂："去你妈的！滚远点！你想杀我？！"有的似有所指地骂："我整死你！我做鬼也不放过你！"有的则不知在骂谁："杂种！王八犊子！狗娘养的！"就这样，他们没有豪言壮语，只有最原始、最本能的骂。而刽子手们却只是一副木然的表情，看不出冷暖，看不出善恶，也看不出丝毫的生气与同情。对于将死在他们手里的人，已不再是人，他们对一个将死之人的任何举动都不会在意。

而弓么长则表现得非常冷静和真实，他在暗暗地寻找，不肯放过每一张年轻女子的脸。每一张女子的脸，在第一眼看过去时都是他的苏秀，以至于他都想大喊一声。可第二眼就不再是了，于是他想发出一声号叫。再先生在人群中被裹来裹去，这突如其来的宣判和斩首，令他猝不及防。他已看花了眼睛，也没有认出来哪一个是罗子沫。他的心中充满着对荣大人的恨，那是深入骨髓的恨。他希望念其能来到身边，罗子漫能来到身边，甚至那个洋姑娘阿曼达也来到身边。但他比谁都明白，四门一定会被严防死守。他的双眼在不断地流泪，擦了一把又一把，终究没有看出来哪一个是罗子沫。他听到了那些发自肺腑的骂声，他感受到那骂声的软弱和可怜，他希望听到罗子沫的声音，他相信，他的声音一定带着书的味道。但他失望了，只有无力地叫着："子沫呀，子沫呀……"不知何时，他的手突然被人拽住了，他以为是谁家的孩子，没有理会，只一味地挣脱。"先生！"拽他的人终于发狠地叫了一声。这声音熟悉而亲切，是桑玉。再先生就像见到了久别的亲人一般，一下子把她搂在怀里，哭道："完了，这下完了，子沫的命没了。"桑玉则贴近他的耳根，神秘地小声道："先生，先生快跟我来。"再先生愣眉愣眼的，不知道她要干什么，但能看出她的执拗。于是，他很无奈地随她挤出人群。

"下面我开始宣判！"这是刑房长官葛书明在风雪中扯着嗓子喊，"罪犯弓么长、盛金龙、范增林、侯万东、鞠广德……"刚念到这里，人群中出现骚动。首先传来妇女的惊叫声和孩子的哭声，然后是男人们拔刀出鞘时发出的吼声："羔操的！没别人了，还等啥？杀一个是一个吧！"这几乎是他们同时喊出的声音。他们都戴着毡帽，抿着怀，绑着腿，是扔在人群里谁都看不出两样的农民。他们迎风沐雪，到处寻仇。仇人是谁？他们事先可能不知道；什么是仇？他们也没有明确的概念。总之，心中有恨，便要寻仇。恨多久？不知道，也许一年两年，也许千年万年。总之，在这天下一片混乱之际，他们要发泄。他们抛家舍业，到处游荡，也到处能看到同类，他们都拜了旗、归了队，然后就各个出击。可以蹲在墙角处，啃自家的干粮；可以沿街乞讨，吃人家的残汤剩羹；可以大摇大摆地走在街面上，把土刀扛在肩头，面带憨憨的笑容；也可以把刀藏在怀里，抱着膀子，猫腰缩头，窝着浑身的力量，准备一刀见血。今天，他们就是以这种行径，狼奔豕突而出。他们觉得火候已到了，这火候是他们自己的。没有周密的计划，没有精心的盘算，也没有把生死挂在心上，该出手时就出手。

他们有的直奔高高在上的官老爷而去，早已把畏贵怯官的农民心态抛掷脑后；当然也没有"王侯将相宁有种乎"的豪情，他们只是觉得谁该杀，就杀了；他们的刀下之鬼没有高低贵贱，只要能解心头之恨，该杀就杀了；他们觉得日子没有几天过头了，而窝在心里的火气必须要出；他们觉得生与死没有多大区别，那么天下必须要流血，他们要用肆意汪洋的血，抹平世间的不公。

他们有的直奔刽子手而去，他们早看这些刽子手不顺眼了。"凭什么你们可以光明正大地杀人？你们杀人就对了？我们杀人就错了？那些冤鬼都是死在你们的刀下的，今天老子先杀了你们！"这几乎是他们共同的声音。

"劫法场啦——有人劫法场啦——快来人啊——"这是历来判人死刑的刑房长官葛书明在面临死亡威胁时发出的鬼哭狼嚎一般的声音，但这是他人生路上最后一句话了，他那正在滚动的咽喉重重地中了一镖，当场气绝毙命。与此同时，在外围护场的官兵早已冲了进来，人群哗的一下乱了。乱哄哄的声音中是一连串的枪响，枪响过后，这些寻仇的人纷纷倒地身亡。

"杀——杀——杀——"这是死刑犯们晃着脑袋咧着大嘴拼命地呼喊。尽管他们看到的是自己的同类纷纷倒地，可他们还是不停地喊，这是他们的心在杀人。也是用这个字，为自己长豪情、壮胆气。

"留一个活口儿！留一个活口儿！"荣大人虽惊魂未定，却知道站起来大喊。但已经晚了，地上仅有一个人在滚动，也被威风八面的荣念祖补了一枪，然后道："父亲！这些人没什么秘密，没必要留活口儿。"荣大人拍案骂道："混账话！他们难道不知道自己的首领是谁吗？"荣念祖笑道："父亲息怒！要我说，他们的首领也没什么秘密，一杀了之最好！"荣大人张了张嘴，眨了眨眼睛，无言以对，赌气坐了下来。随后荣念祖命令士兵把打死的人拖出去，把刑房长官葛书明的尸体抬下去。

四散而去的看客又重新聚拢而来，当他们意识到自己的生命没危险的时候，还是喜欢看杀头的。荣念祖三步并作两步，跑到审判台上，拿起那张带血的审判书，使劲儿清了清喉咙，面带得意的微笑，他要代刑房长官宣判了："罪犯弓么长，盛金龙、范增林、侯万东、鞠广德、鞠广福、程立棒、曹德顺、贾安灶、尚炕里、于……"念到这里，荣念祖眉头紧蹙，自语道："什么乱七八糟的！"然后他顺着纸往下念去："胆大妄为，无法无天，竟敢抢劫官银，按大清律第……"他又省略了一部分，继续念道："斩立决！"他又往下看了看，没了，然后很不耐烦地把那张纸甩到一边。

"你听，先生……你听见了吗？没有罗子沫的名字吧！"冉先生被桑玉拽着，远远地躲在一个墙角处。他踮着脚尖，两个耳朵用两只手罩着，往这边看着、使劲儿听着，样子一点都不像个学究，却与捡粪的老农无异。"是没听见啊桑玉……这下我听清了，真的没有罗子沫的名字。"他激动得又想哭又想笑，不住地点着头说。无论枪怎么响，死了多少人，这些似乎只能让他们麻木。

这里当然没有罗子沫，因为他此时正在死牢里狼吞虎咽呢，他吃的是所有死刑犯的断头饭。当几个狱卒端着断头饭、断头酒叫着罪犯名字，并一一放在他们面前时，罗子沫悬着的心一下子落地了，他忍不住咧咧嘴角，发出由衷的微笑。"是死是活终于有了结果，我罗子沫已经不怕死了。爹啊，娘啊，孩儿不能尽孝了，孩儿去了。"他在心里说。"为什么不让我们洗洗再吃？"这是盛金龙的声音。"对！我们要洗完了再吃！"这是另一个人的声音。狱官一一看了看他们，很友善地笑了，道："天太冷，洗完了还不冻成冰。我看先别洗了，吃饱了喝足了，到那边洗去吧！"随后是一阵抗议之声，中间夹杂着谩骂之声。弓么长突然高声道："行了行了！这张人皮能洗干净吗？一会儿还要沾上血，不洗就不洗吧！"他的话音刚落，牢里顿时鸦雀无声。好一会儿，狱官哈哈大笑道："还是这位想得开。好了好了，请各位慢慢享用吧，我就不打扰了。"说完，他一挥手，众狱卒跟着他往外走去。刚走到门口，狱官又停下来道："酒要多喝啊！到时候就不怕那鬼头刀了。"说完他又要走，罗子沫突然大喊："哎！？我的呢？我的酒呢？我的肉呢？"狱官脸上残留的笑容突然消失，冷冷地转过头来道："这是谁呀？！还有争这口饭吃的吗？我真不想看见你！"说完他继续往外走，但走出门口他又停下来，很迟疑地转过头来，补充道："我也看不见你……"话音刚落，门"咣"的一声关上了。

罗子沫吓得一激灵，然后向其他人看去，不看则已，一看又吓一跳，见他们一个个的，吃得眼睛都红了，一口酒一口肉地大快朵颐。他们边吃边用通红的双眼看着罗子沫，还不时地龇牙一乐。"小子，以后过年过节的，别忘了给我们燎张纸。"这是一位长者的声音，他叫鞠广德；"哥呀！等你入洞房的时候，我去听声儿。"这是少年的声音，他叫程立棒；"兄弟，你艳福不浅啊！看来阎王爷不要有艳福的人。"这是个中年人的声音，他叫贾安灶；"喂，月白姐夫，有一件事你可别忘了，等大清黄了的时候，别忘了到我的坟头放一挂鞭。"这是盛金龙的声音。

只有弓么长不说什么，却用眼睛死死盯着他不放。这眼神令罗子沫打一个寒战，因为他看到了一个死人发出的光芒；同时也令他惊悚，因为那目光中有威胁；他更感到悲哀，因为那目光里还有祈求。无论看到了什么，罗子沫最终还是向他会意地点点头。他在等待，他相信他总能说出只言片语的，或关于他姐姐的；或关于苏秀的；或关于那场屠杀的；甚或关于洋姑娘阿曼达的。但他失望了，他始终不说一句话，直到他第一个铁链声声地走出牢房，然后又一个，又一个，又一个，最后只留下空荡荡的自己。

而此时，正当荣大人拿起开斩令牌，准备扔下去的时候，有守城兵丁来报："出事了大人！桑德斯带领俄国洋枪队堵住东门，说要进城拿回属于他们的金子。"荣大人和荣念祖你看看我，我看看你，都大惊失色。他们都一时反应不过来，自金子被劫之后一直默默无闻的桑德斯，为什么偏偏赶在这个时候来要金子。他们此时才明白，桑德斯原来一直是个隐患。荣念祖攥了攥拳头，高声道："严防死守，不许任何一个俄国人进来，否则杀头之罪！"兵丁得令而去。可当荣大人再次拿起令牌时，又有守城兵丁来报："报大人，南门出事了！柏杖子矿区的农民堵住城门，说要为死难的亲人讨回公道。"这个兵丁话音未落，又有兵丁来报："大人不好了！西城出事了，有众多强民堵住城门，要为自己被强征的土地讨个说法，扬言如要不回自己祖辈留下来的地，就要放火烧城。"

"严防死守！严防死守！滚滚滚！"荣念祖气得大喊大叫。他夺过父亲手里的令牌就想投掷，不料被父亲一把拦住，并狠狠地扇他一记耳光，骂道："混账！发生这么大的变故，难道你没意识到什么吗？"荣念祖捂着脸争辩道："父亲，当断不断，必留后患！这些人已签字画押，斩之合理合法。人头落地，案子已结，他人纵有回天之力，也再难翻案啊父亲。"荣大人一听，有些迟疑，他觉得儿子说的不无道理。荣念祖见父亲已经动摇，高高地将令牌投掷出去。刽子手们见令牌落地，一脚踢在死刑犯的后腿窝处，死刑犯们纷纷跪地。就在这时，又有兵丁来报："北城门出事了大人！一个叫五岛次郎的日本人带领一伙人在城下叫门，说要闯法场；小姐也带着一位妇人非要进城，说要为罪犯罗子沫收尸。"荣大人一听，气得忽地站起来，但他眼前一黑，就什么也看不见了，随后猛地张开嘴，一口血喷了出去。这口血似乎喷在了每个人的身上，响起一片唏嘘声伴随着脚步杂沓声；也像喷在了刽子手的身上，他们的手腕都不由自主地颤抖了一下；只有死刑犯们再也挺不起来的头颅，死气沉沉地耷拉着。荣念祖恼羞成怒，他红着眼睛吼道："给我滚回去！如果她再敢叫门，就给我打折她的腿！还有什么狗屁日本人……不开！一律不开！"兵丁并没有在意他的暴跳如雷，继续禀报："不久前郎大人骑马进城了，我们没有阻拦。""为什么不阻拦？！"荣念祖又吼道。兵丁回答："我们不敢！"荣念祖想想也是，他们哪敢阻拦都司大人进城呢？"滚吧！"他又大骂一声。兵丁得令，抽身跑开了。然后荣念祖又冲刽子手吼道："还愣着干什么！开刀问斩！"刽子手们这才醒悟过来，高高举起鬼头大刀。人群中又发出一片唏嘘之声，大多数人都闭上了眼睛。

"刀下留人——"随着一声大喊，一匹快马劈开人群奔驰而来。来者身穿黄马褂，威风凛凛，气宇轩昂。所有的人都投过来惊异的目光，整个法场瞬间鸦雀无声，一时间没有人认出来这人是谁。直到来者甩镫离鞍跳下马来，才有人认出来这位身穿黄马褂的人竟然是都司兼通判郎纪平。他快步来到案前，拱手说道："荣大人，这些人不能斩！"吐了一口血的荣大人虽然眼神迷乱、精神不支，可这黄马褂还是着实把他吓出一身冷汗。他急忙站起来，以国礼相见。但他不知该说什么，也没听到郎通判说了什么，只是很落魄地站在他的面前。荣念祖则站立不动，以警觉而敌视的目光看着郎纪平。同时心里也在急于寻找平衡，平衡点就在于他是太后的干儿子，被人称作"殿下"。"郎大人，此话怎讲？"他很不以为然地说。"这些人不能杀。因为案犯另有其人，且人赃俱获！"郎纪平高声道。荣念祖眨了眨眼睛，迅速地转动脑筋，道："这些人已经签字画押，恐难更改。"郎纪平笑了笑道："他们有逼供之嫌。"荣念祖冷笑道："郎大人，你想翻案吗？你身穿黄马褂，难道要与本府分庭抗礼吗？"郎纪平也冷笑道："本官身为都司兼通判，有统军察案之责。不过我还要问一下，谁是'本府'？'本府'何在？"荣念祖顿时尴尬，且无言以对。一旁的荣大人怒斥道："你算什么东西！这里哪有你说话的分儿！还不快给我退下！"荣念祖哼了一声，甩袖离开。荣大人对郎纪平满脸堆笑道："郎大人，既然你说劫匪另有其人，且人赃俱获。但不知人在哪里，赃在何处？"荣大人毕竟刚刚吐了一口血，他的语气有些虚弱。郎纪平又拱手道："这些不可能立即摆在大人面前。所以我请求大人先行撤销此案，我会给大人一个满意的答复。"荣大人舔了舔咸腥的嘴巴，努力睁了睁眼道："这恐怕于理不通。你说这些死囚有逼供之嫌，证据何在？难道你没看到吗？他们个个都是身强体壮地站在那里，哪里像受过酷刑的人呢？你在法场上仅凭臆想就想制止行刑,如果本大人不是看在黄马褂的分儿上，郎大人你应该清楚自己的下一步处境是什么。"

"哈哈哈……"先传来一声爽朗的大笑，"可我不清楚啊！"然后是这句不急不缓、不高不低、平淡随意却具有可控全局的威势甚或还有几分洒脱的一句话。循声音望去，一个高大清癯、衣裳华贵、红颜银须的老人向这边走来，他的身后跟着八位身穿黄马褂的大内高手。所有的人都瞠目结舌，几乎没人知道来者是谁，为何派头如此之大。荣大人也不例外，他简直不敢相信自己的眼睛，所以，他就那么直勾勾地望着。"怎么？荣大人，我这个裱糊匠来到你的地盘上，不欢迎吗？"然后他又爽朗大笑，"不欢迎我也来了。裱糊匠嘛，哪里有漏洞哪里才需要裱糊嘛！"荣大人终于"咕咚"跪倒在地，大呼道："下官不知中堂大人驾到，失礼失敬，万望中堂大人恕罪！"郎纪平没想到中堂大人来得这么快、这么及时，大惊失色之余也想跪，中堂大人李鸿章一把接住道："不可不可，你的身上穿着皇家的威仪呢，老夫可承受不起。"荣念祖也从外围脚不沾地地跑过来，"参见中堂大人。"说罢也想跪，也被中堂大人接住，笑道："你也不能跪，你可是殿下呀！"这时李鸿章扫视一下四周，见除了死囚和刽子手外，大小官员以及黎民百姓齐刷刷跪倒一片。他轻捻银须，乐呵呵地牵住荣念祖的手道："走，殿下，随我到台上去，看看老夫的裱糊功夫。"荣念祖虽心乱如麻、惊恐万状，也只能故作平稳神态，随其而行。

再先生没有看到这一幕，如果他看到中堂大人李鸿章突然驾临赤城，他一定会感慨万千的。因为他见过中堂大人，那是三千举子上书清帝的时候，受到他的接见。

中堂大人对变法维新人士态度暧昧，这令许多举子难以忘怀。

他与桑玉正在牢里，来的时候牢门开着，一个老狱卒在门外打瞌睡。穿过长长的狱室廊道，他们如入无人之境。死牢的门更是开得彻底，锁门的铁链子像蛇一样趴在地上。一进门，他们惊呆了，罗子沫正狼吞虎咽地吃着。他是把所有死囚吃剩下的断头饭全都倒在一个大碗里，像猪一样吃起来，发出"喤喤喤"的声音。桑玉一看就恶心得想吐，在这臭气熏天的地方他吃得倒挺香，她捂着嘴半天说不出话来。"子沫，你在吃什么？"冉先生蹙着眉头问。"断头饭，好香啊！"罗子沫满嘴流油地回答。"又没杀你的头，你吃什么断头饭？"冉先生又问，他很想伸手夺过他的碗。罗子沫伤心地哭了，道："先生，我们本该一起死的……可他们抛下了我。"冉先生莫名其妙，看一眼桑玉。桑玉则猛地伸出手去，把他的碗夺下来，又怕脏了自己的手而迅速地扔在地上，那碗在地上颤了颤，并没有覆倒，很坚强的样子。"你干什么？！"罗子沫叫了一声，又要扑过去抢碗。桑玉眼快，一脚踢过去，那碗滚开，汤汤水水洒了一地，然后撞在墙上，碎成两半。罗子沫看着桑玉，可怜巴巴地道："你干什么？为何要夺我的碗？你不拿我当人啊！"桑玉骂道："猪，你就是猪！"冉先生没有在意他们的胡闹，左右看看道："子沫，你不觉得奇怪吗？"没等罗子沫回答，桑玉抢白道："有什么奇怪的？我家老爷有意放这头猪走，没看见两道门都开着吗？"冉先生沉吟道："是啊子沫，这是荣大人有意放你一条生路啊！"罗子沫怔怔的，呼吸有些急促，他站起来跑到门口，摸摸敞开的门，又摸摸门框，又看看扔在地上的铁链，又顺着廊道往外望去，远远看到清白的光投射进来，牢房的大门确实也开着。他试探着想走出这道门，去看究竟，可终究不敢，不免像贼人一样回身望望先生和桑玉。"不可能！这不可能！我是罪犯，死囚，怎么能放我走呢？"他居然可怜巴巴地争辩道。桑玉则撇着嘴骂道："看你妈的那个熊色！我家老爷不是放你，是让你逃走……书呆子！我就纳闷了，你罗子沫敢偷情，却不敢逃命？"冉先生一听，吃惊地看着桑玉。桑玉红了脸，很难为情，便又指着罗子沫道："先生啊，你看看他，连逃命的时候都这么磨叽。"罗子沫一听，转身就往外跑去，可跑了一半，又跑了回来，哭丧着脸道："我逃跑了，他们岂不再把我抓回来？那就犯了两宗罪。"冉先生沉思良久，突然道："要不你试试，看能不能逃得出去。""完了完了完了……大清国算完了！"桑玉不迭声地道，"大清国的男人连逃命都三心二意的……还有好？"冉先生则紧皱眉头，正色道："这也许就是你家老爷的诡秘之处……给你逃跑的机会了，等于卖了个人情给所有人。至于能不能再被抓回来，就与他没关系了。"桑玉一听，"啊呀"一声蹲下来，然后又猛地站起来，跺着脚道："天啊，苍天啊！机会像天上的彩虹，说没就没了。同样是罪犯，我家老爷在前边杀他们的头，后却把活路留给了他，可……可你们就这么婆婆妈妈的，让我说你们啥好呢？！"罗子沫和冉先生的脸上都火辣辣的。可片刻之后，罗子沫突然一咬牙道："算了！什么逃不逃的。大丈夫死则死耳，焉能屈节？"说完他一屁股坐下来，紧紧闭上了眼睛，"你们走吧，我要清静清静。"桑玉怔了怔，又一跺脚道："好！算你有种！你们……你们在这里温习功课吧，我走了！"桑玉说走就走。

桑玉气冲冲地往外走，觉得很累。眼前总是罗子沫发狠话坐下来的情景，她觉得自己所有的挖苦与讽刺都被他的决绝击得粉碎。她暗自点头，似乎明白一点儿小姐为什么这样钟情于他的道理。他有特别之处，他在生死面前的表现，让人看了害怕，他把死看得很简单。她加快了脚步，想尽快躺在自己的床上，好好歇一歇。

但是，当她走近小姐的闺房，眼前的情景险些没把她吓死。她看到一群面无表情的士兵，被一名更加面无表情的军官带领着，把一箱箱的金银从小姐的闺房里抬出来。她大叫了一声："不许动！"但这叫声没有惊动任何人。然后她就开始双腿打战，腰胯之间更加松软无力，她使劲儿忍着，忍住那要喷涌而出的尿液。"怎么会这样，小姐的闺房里怎么会冒出这么多金银？"她拽住一名士兵的衣襟问道。士兵面无表情地打开她的手，奋力地抬着金银走了。她又想趁乱钻进小姐的闺房看个究竟，那个军官用手中的刀拦住了她。她绝望了，索性放开了忍耐力，让所有的尿液尽情奔流，裤子湿了，一种解脱式的快感却袭上心头。她感到发自心底的力量被唤醒了，大叫道："这是栽赃！这是陷害！有人要害我们家！"叫声过后，她的胸部挨了狠狠的一刀柄，除此以外，什么都没有，官兵们仍旧面无表情。桑玉疯子一般跑出去，"老爷呀——老爷呀——"她边跑边喊。但知府大院里静得可怕，连一个人影也没有。她跑到戒碑前突然停了下来，"这下要大祸临头了！"她无力地靠在戒碑上，发出这种绝望的声音。她的双腿软得无以支撑自己的身体，整个人便顺着戒碑滑下来，无力地瘫在地上。"小姐呀，你在哪里啊！"她又哭着呼唤道。

事情是这样的。中堂大人李鸿章拉着荣念祖的手刚坐定，见案上一片血红。他停顿了一下，眼前立刻闪现出签订《马关条约》时的情景，他那口血吐得何其悲壮。所以他淡淡一笑，便轻描淡写地说："郎大人，听说这个案子有些棘手，那么老夫就委托你全权处理此案。"说到这里，李鸿章捻了捻胡须，很狡黠地笑了，然后用手轻轻地磕着桌子，接着道："你现在就可以动手……不过我可告诉你，天很冷，你可要快些，老夫可受不了这北方的冷天。"郎纪平会心地一笑，看了看脸色煞白的荣大人和中堂大人身旁惊恐万状的荣念祖，拱手说道："中堂大人，既然您已驾临，还是您亲自审理吧。"李鸿章一摆手道："你来你来，老夫身体倦了，听一听就行了。"郎纪平目光炯炯、意气风发，道："那下官就献丑了。"说完，他猛一转身，高声叫道："来人啊——"话音刚落，几名下级军官快速跑过来，纷纷拱手称"在"。"打开东门，只放桑德斯进来，其他俄兵一概拒之门外，如有胆敢挑衅者，格杀勿论！"一军官得令而去。"打开南门，让所有受害者家属统统进城，有仇说仇，有冤诉冤。"又一军官得令而去。"打开西门，让所有被强征土地者一概进城，本官自会主持公道！"又一军官得令而去。"打开北门，除日本人五岛次郎及其随从以外，其他人一概不许入内！"又一军官得令而去。郎纪平又想发令，这时中堂大人说话了："等等，等等。怎么着，还有日本人什么事？"郎纪平顿时打个哆嗦，这时他才想起来中堂大人最痛恨日本人，他急忙解释道："大人容禀，此人乃日本守法商人，居住本地热水汤村已经多年，在此案审理中他可是帮了大忙的。"中堂大人释然道："哦，是这样……请继续。""谢大人！"郎纪平说罢又转过身去对另一军官大声发令："据密报，荣大人家藏匿大批官银，你速带人前去抄查！"此军官迟疑一下，但很快就大声叫道："得令！"然后转身跑开。

荣大人句句听得真切，字字如雷轰顶。但他虚弱的身子几乎无力陈词，他发出一声叹息，知道自己将面临灭顶之灾，也慨叹这一天终于到来了。但他没有想到来得这么突然、这么龌龊、这么恶毒阴险。他心有不甘，他悲愤异常，便咬紧牙关，手指着郎纪平道："郎大人，本官没想到你竟是这么个卑鄙无耻的小人。你这是栽赃陷害，落井下石。"他的语气虽平静，但内心的巨大震动还是让他难以承受，又一股咸腥之气由腔内扑向喉咙，他嘴一张，又"哇"地喷出一口血来。他眼前一黑，晃了三晃，最终挣扎着站住。郎纪平又高声叫道："来人！"有两个士兵跑过来，"荣大人身体不适，需要扶一扶。"两名士兵一听，上去架住荣大人的两臂。荣大人看了看已经傻在那里的儿子，然后无力地垂下双目，"念其呀……我的孩子，你在哪里啊！"他在心中唤道，老泪滴滴而下。是父亲的目光刺痛了荣念祖，这时他才如梦方醒。"不对呀——这不对呀——"他大叫着扑下台去，转身面向中堂大人跪下来，一头磕在地上，高呼道："中堂大人，求您为我父子做主啊！我家里哪来的金银啊，这是栽赃陷害啊中堂大人！"然后他又转过身去手指着郎纪平骂道："狼子野心……他狼子野心啊中堂大人！他早就觊觎我父亲的位子了！他阴险毒辣、奸诈狡猾、蛇蝎之心、禽兽不如啊中堂大人！大清国早晚得毁在他们这些人手里，请您明察啊中堂大人！"

中堂大人李鸿章轻捻胡须，目似瞑，意暇甚。面对这一跪一站的父子俩，非常平和地道："大清国循圣道，正法典，礼纲常。真的假不了，红的黑不了。可殿下这么快就告发我刚刚选拔办案的朝廷命官，这个这个嘛……先不说他，先不说他，说完了你们再说他，可好？"荣念祖万万没想到李鸿章会来这么一手，一时间竟目瞪口呆，不知再说什么。"起来吧殿下，你这样给我跪着，老佛爷会不答应的。"中堂大人说完，呵呵乐了。荣念祖看了看左右，见人们都有意避开目光，只好很没意思地站起来。"殿下，你过来。"中堂大人伸手招呼道。荣念祖回身看一眼父亲，心如刀绞，去也不是，不去也不是。荣大人道："去吧，还是去吧。"这无奈的声音让荣念祖更加悲凉，但他还是慢慢地走了上去。

桑德斯是第一个来到法场的，因为他的车快。但可不是他一人，还有阿曼达和罗子漫，她们并肩坐在后排座上。这车劈开人群，风驰而至，"嘎"的一声惨叫，停在了李鸿章的面前。"哟嗬"，李鸿章吓得一闪身。桑德斯直挺挺地下了车，"嘭"地关上车门，然后站在那里，好久没有动弹。这样的杀人场面令他感到新奇，有一种"一切商量着来"的意味，不像他们俄国，法庭一宣判，拉出去就枪毙了。他的到来吸引了所有人的目光，因为他的形象太出色、太高大了。他也意识到了这一点，所以他睥睨天下，晃动着身子，鼻子里发出"哼、哼"的出气声。他恍惚觉得上边坐着的老爷子是个大人物，因为在他印象中，无论走到哪里，中国的大人物都是这副德行。但他不知道，这个大人物尤其大，乃当朝名臣，自诩为"文能提笔安天下，武能上马定乾坤"的中堂大人李鸿章。所以，他仍像对待往常"老爷子"一样，左手放在胸前，略一躬身，稍一点头，脆生生地叫了一声："你好！"李鸿章"哧"地乐了，也稍一点头，道："你比我还好。"然后桑德斯很自豪地道："老大人，今天我要赞美自己，我的忍耐力终于战胜了我的诸多弱点，使我等到了这灿烂的一天。我想……我想我很快就见到了我久违的金子了吧！我思念它们，苦不堪言啊。"说完，他不禁闭上双眼，双唇随之颤抖不止，眼看就要落泪。李鸿章用研究的目光看了他半天，笑道："桑……德斯，别激动，别激动。听你的口气，好像事先有人告诉了你什么？"桑德斯还没有从悲伤中缓过神来。郎纪平急忙跨上一步，刚想说什么，荣念祖却急于开口道："中堂大人……"荣念祖努力地满脸堆笑，却难于措辞，他急忙用手指了指自己的脑袋给李鸿章看。李鸿章会意地点点头，脸上浮现出久违的来自天朝的优越感。在固执的天朝人看来，洋人的脑子多少都有点毛病。郎纪平"怦怦"乱跳的心终于平复下来，他开始对荣公子的行为有些不解，因为桑德斯将要说出的真相对自己来说是可怕的；但他很快又理解了，因为荣公子怕桑德斯说出对他来说更可怕的真相。

与此同时，坐在车里的阿曼达和罗子漫则不住地扭动着身子，把外面的一切翻来覆去地看了个遍。但终究没有看到她们想看到的人：一个是名誉上的家庭教师；一个是货真价实的哥哥。阿曼达不知所以然，以为罗子沫被提前杀头了，所以她想开门下车，但被罗子漫死死地拽住了。因为她看到了异样的情形，堂堂知府大人怎么会像罪人一样被架着呢？而身穿黄马褂的郎纪平才像真正的审判者。上面坐着的老头儿是谁呢？但一看就不是一般人，那副从容和自在，定是闯荡过江湖、见过大世面的人。当她再向荣大人看去，她的心感到莫名的痛，同时伴着爱意浓浓。死刑犯里，鬼头刀下，没有哥哥的身影，她明白了什么，也相信了什么。但她也终究不知所以然，拉住阿曼达，是要她和自己一起，做旁观冷眼人，静静地观察下去。

冷风忽起，卷着沙尘和雪粒，打在人的脸上，瑟瑟地疼，也打开了桑德斯祈祷般的双眼，他睁眼一看，不禁"嗷"的一声大叫，因为他看到了满地的金银。但这些金银并不是悄无声息地到来，也不是从天而降。它们震慑了所有人的神经，几乎失去了任何意识。放眼望去，除了目瞪口呆的面孔，几乎看不到别的。整个法场更显鸦雀无声，唯有抬金银的士兵发出粗重的呼吸，撑开了这令人沉闷的天地。荣大人只瞄了一眼，就扭过头去，他知道，连天与地都不容许他再说什么了。中堂大人李鸿章则眯起双眼，轻轻地摇晃着脑袋，面带轻狂少年一般的微笑，像在吟诗，又像在端坐青楼，品茗酌酒。荣公子则感到周身燥热难忍，口渴难挨，他的嗓子里发出"咕噜咕噜"的响声，他想说什么，却难以开口，只有双眼直勾勾地看着。就连鬼头刀下的死刑犯，也忘记了自己的死，金银能给他们带来瞬间的冲动，冲动中夹杂着人间的温暖。桑德斯绕着这一箱箱金银，飞快地挪动碎步，猫腰低头，仔细查看。他很想说这些金银全都是我桑德斯的，可那黑衣蒙面人的声音却时时揪着他不放，使他不敢越雷池半步。他绕来绕去，却绕出了满脸的痛苦与失望，因为他根本没有看到属于自己的金子。他突然停下来，双手紧紧地攥成拳头，在空中砸来砸去，同时歇斯底里地大叫："我的呢？啊？！我的金子呢？他妈的，我被骗了！"最终他扑到李鸿章的面前，大骂道："死老头儿！你把我的金子弄哪儿去了？我只取我的金子，别人的我不要！我可不是个贪婪的人！"李鸿章并不看他，微微笑道："这天儿可真冷啊！"与此同时，八位大内高手挡在桑德斯的面前，刀柄握得紧紧的，目露杀机。桑德斯又扑到荣公子面前，大叫道："你这个杂种！骗子！我的金子在哪里？在哪里？"

　　"你的金子在这里。"一声标准的北方口音，随后是"呵呵呵"的笑声，这笑声让人听了有些肉麻。循声望去，五岛次郎穿和服，佩长刀，飘然而至。后面跟着十来个抬着金银的中国农夫，情形与官兵抬来金银几无二致，只是前面四个箱子用明晃晃的铜片包着，上面刻着凶猛、强悍、咄咄逼人的北极熊。后面跟着四位日本浪人，他们都穿着黑色的皮袍，白带束腰，长长的佩刀斜插腰际，个个目不斜视，满脸的傲慢与不屑。他们中间还押着一个人，一看就是个饱受折磨的无赖，被反剪着双手，浑身的落魄。桑德斯转过身来，首先看到的是刻着黑熊的箱子，有些沉迷的双眼顿时放射出两道幽蓝的毫光。"天啊！"他大叫一声扑了过去。放在一起的二十几个箱子中，只有他的箱子是带盖子的，他颤抖着双手，像母亲抚摸婴儿一样抚摸着他的箱子。"上帝呀，失而复得，你这样的恩赐弥足珍贵呀！上帝，我桑德斯才是你的儿女，你才是我真正的父亲啊！"他已经泪水涟涟了。突然间，透过蒙蒙的泪水，他看到五岛次郎手中的长刀向他伸过来，并准确地勾住他的下巴，"节哀吧先生，我很悲哀地告诉你，这些金银现在不属于任何人，它们只属于郎大人。当然了，也可以说是属于他们的朝廷。"桑德斯感到这是恶毒的挑衅，他瞪起双眼，攥紧双拳，刚想发作，就听见欸欸几声，随后四把雪亮的长刀直逼到他的眼前。桑德斯不敢再动。五岛次郎冷笑道："桑德斯先生，你以为谁都会怕你吗？告诉你，唯独我们不怕。"说着，他又指了指押着的人道："还认识这个无赖吗？他可是帮了你大忙的。"桑德斯一愣，觉得似曾相识，再一看，倒吸一口凉气，便矢口否认道："不认识！我哪里认识他？我桑德斯可不是谁都认识的……"他的话音未落，枪响了，那无赖应声倒地。众人循声望去，荣念祖的枪口还在冒烟，被他急于掖在腰际。然后他一抱拳道："不好意思，不好意思，枪走火了，实在抱歉。"大多数人不知就里，都目瞪口呆，包括李鸿章在内，也包括荣大人在内。五岛次郎及其随从都万分恼火，纷纷拔刀在手，要扑过来。郎纪平见状，死死拦住道："先生息怒，先生息怒，要以大局为重……我自有办法！"见他言语恳切、成竹在胸，几个日本人方消停下来。郎纪平反身即对李鸿章道："中堂大人勿惊，证人虽被枪杀，但下官可以照常审案。"李鸿章目光犀利，微笑道："说说看。"郎纪平迟疑，不知中堂大人要自己从何说起。李鸿章忙道："说说证人的来历。"郎纪平道："当初在屠杀盗金者之前，有人雇了一伙流氓，扮作农民形象，光天化日之下对两位姑娘进行伤害……"说到这里，李鸿章挥手制止道："老夫懂了，不必说了，这招够狠的！"然后他看看荣念祖，继续对郎纪平道："你真的能照常审案吗？"郎纪平道："下官信心十足！"李鸿章呵呵乐了，道："太后的儿女个个都是好样的！"又一扬手道："那就照常，此时不提！"

荣念祖擦一把汗，看看惊魂未定的桑德斯，他们会心地笑了。而荣大人则是满脸的羞愧、悔恨，和气恼，他终于明白了什么。

这时，四面八方传来轰隆隆的声音，似洪水奔流一泻千里，又似人仰马翻大军溃败。郎纪平知道，这声音里夹杂着冤情与怒气，是声气相求、天地相应的产物。他为之一震，大声叫道："全力保护中堂大人！"话音刚落，外围的士兵开始大幅度移动，脚步森森、刀枪闪闪，洋枪队把李鸿章团团围住。李鸿章捻着胡须，呵呵笑道："老夫今天要看大阵仗了，对吧……殿下。"说着，他看了看满脸煞白的荣念祖。荣念祖正左顾右盼，根本没有听见。郎纪平很快绕金银转一圈，上来禀报道："中堂大人，据下官查看，所有的银子全为本府库银。至于金子，有四箱是俄国商人桑德斯的，其余的就不知为谁所有。具体说，这些金银来路有二，七箱为五岛先生截获，其余的全部来自荣大人家中。"李鸿章眯缝着双眼问道："这些是赤城的全部官银吗？"郎纪平道："不是，据下官核查，只有三分之一。"李鸿章又问："那其余部分呢？"郎纪平道："据五岛先生所言，他们截获的只是劫匪挥霍剩下的，至于他们究竟挥霍多少，不得而知。"李鸿章道："劫匪何在？"郎纪平道："因拒捕，已被五岛先生手下全部杀死掩埋。""嗯？！"李鸿章发出长长的鼻音，身子也往上挺了挺。郎纪平下意识地往后退了一步，眼帘也急忙垂下。李鸿章又呵呵地乐了，道："案情很复杂，你当继续努力呀！"郎纪平道："下官自当竭尽全力，弄他个水落石出，给赤城百姓一个交代，给朝廷一个交代。"李鸿章刚想说什么，荣念祖再次跪倒在地，高呼道："中堂大人，我不服，我不服啊！"

李鸿章又刚想说什么，在越聚越多的人群里，发出凄切透骨的喊冤之声："冤枉啊，冤枉啊，我的儿死得好惨啊！"随后喊冤声响成一片。荣念祖贼溜溜地寻看，如此的怨声四起，令他胆战心惊，额头和脖子又冒出冷汗。他不敢再申辩什么，跪着往后退了两步，然后挣扎着站起来，见李鸿章正在静听喊冤之声，他想溜走，却听到李鸿章突然道："殿下，好戏还没演完，你不可中途退场噢。"荣念祖吓得一激灵，嗫嚅道："是，是，中堂大人。"李鸿章根本没看他，因为他看见士兵们正在用兵器挡住往前涌来的人群，并迫使他们尽量往后退去。这时有一个不肯后退的老者振臂高呼："千刀万剐了狗官荣格！他是个祸国殃民、图财害命、滥杀无辜的恶魔！"好像这声音太过振聋发聩，整个法场又突然鸦雀无声。过了好长时间，李鸿章道："怎么没了声音？"说完他巡视四周，可仍然没有声音，他又道："荣大人，他们在骂你呢！你可是他们的父母官哟！那你说说，你的百姓骂得对吗？"已经非常虚弱的荣大人也正在听这声音，也正在琢磨着骂得对不对，也正在反思着自己到底是不是那样的人。但他总觉得他们骂的不是自己，而是和自己很相似的别人。听此问，他竟表现出少有的愣头愣脑，他"啊啊"两声，然后低下头道："下官已无话可说。"李鸿章高声道："怎么！你堂堂的四品知府，在自己百姓的喊冤声里，却无话可说？即便是狡辩，我也要听到你的声音……说吧！"本来有些唏嘘之声的法场再一次鸦雀无声。

突然一个声音高叫道："不必狡辩，我有话说！"

也许是这声音太过响亮，也许是天气太过寒冷，几乎所有的人都同时打一个哆嗦。连镇定自若、稳如泰山的中堂大人也不例外。他"嗯"了一声，抬头观望，只见一个老儒（这是李鸿章最准确印象）昂首阔步走进法场，径直来到他的面前，猛地一拱手道："中堂大人在上，草民冉广炉有礼了。"李鸿章的双眼突然有些迎风流泪，他掏出很干净但不是很白的绸缎手帕擦了擦，然后一边把手帕装起来一边道："好，好，就应该有人说话嘛！那么……"李鸿章更加仔细看了看这老儒，"你说，说得越难听越好。多少年了，老夫对好听的话已经不习惯了。"说着，他看了看左右，又呵呵地乐了。冉先生又一拱手道："中堂大人，草民无知无识、孤陋寡闻，如有冲撞或不恭敬之处，万望大人恕罪。即便要杀要剐，也要等草民把话讲完。"整个法场又传来唏嘘之声，冉先生清了清喉咙继续道："请中堂大人仔细观看，在我们中国人的法场上，还有什么？"李鸿章没有去望，却苦笑了一下。冉先生继续道："法场，是我们大清国对罪大恶极之徒处以极刑的地方，公正不阿的审判来自大清律法，生杀予夺的权力来自至高无上的皇权。可就在这样的地方，我们的身边竟站着外国人！"说着他用手一一指去，"他，是俄国商人，却能调来俄国洋枪队，屠杀我百姓黎民；他们，是东瀛人，却能在我们大清国的土地上肆意横行，滥杀无辜；相信还有……"他又指了指桑德斯的轿车，"那里坐着的是英国人，正在把他们的宗教灌输给我们，让我们淡忘祖宗，相信他们的主才是缔造天地万物唯一的真神。我相信他们的善意，但也看到了他们的霸道。"说到这里冉先生停顿一下，声音也放得低沉，"中堂大人，曾几何时，我们的家事国事我们做不了主；我们的海域封疆我们做不了主；我们的土地我们做不了主；就连我们的皇上，都自己做不了自己的主。您是在各种谈判桌前都坐过的人，相信您比草民更清楚。尤其那丧权辱国的《马关条约》，让四万万同胞处于水深火热之中，让每一个老弱妇孺都为之痛恨。"

说到这里，冉先生清楚地看到，中堂大人的脸青一阵紫一阵的，他很想发作，但碍于面子和自己刚刚的承诺，而强忍着。而比他更加难受的是坐在车里的阿曼达，老夫子的到来让她充满了好奇，所以她把车门开了一个缝，也好听真切外面的声音。她再也坐不住了，罗子漫再也拉不住了，开了车门，她走出来，又"嘭"的一声死死地关上车门。她手里还捧着一个锦匣，她对这个锦匣已经没有存在的意识了，只是机械地捧着，没有扔掉而已。她快步走向前来，与冉先生并排而立，对上面的中堂大人道："我不同意这位老夫子的观点，我们的善意不存在霸道。宇宙中有一个法则，那就是优胜劣汰，你们的文化，你们的信仰，让人充满矛盾，你们用大部分时间与精力去破解这些矛盾，可得到的是身心俱疲，甚至是头破血流。而我们对神的信仰，就非常简单、干净、纯粹，我们活得善恶明了、是非清楚。所以说，对神的信仰应该是全世界的，因为他对任何人都是有益处的，包括你这位老大人，还有这位老夫子。"所有的人都愕然了，尤其是冉先生和李鸿章更加愕然。一时间，法场又鸦雀无声了。风声又响起，沙粒和雪粒又打在人的脸上。终于，李鸿章很用力地咳嗽两声，然后做出一个微笑的表情，道："你就是先生说的英国人了？不过我告诉你姑娘，你的出现和你说的话，都很不合时宜。而且，你说的话不太好懂，我估计没有几个人能听明白。不过……老夫我却略知一二。"说完，他搓了搓双手，又用搓热的双手捻了捻胡须，很慈祥地看着阿曼达。郎纪平看在眼里，大声叫道："来人啊——把这位洋姑娘请回她的车里去。"士兵们答应一声，刚想动手，李鸿章竟制止道："慢！"郎纪平不解地看着他，拱手道："中堂大人，这……不合时宜啊。"李鸿章道："今天本中堂允许大家开诚布公、畅所欲言。但是……不好往时宜了说嘛！"话音刚落，冉先生往前迈了一步，拱手道："大人，草民的话还没有说完。""说！没说完就说！"李鸿章大声道，一龇牙，乐了，像个老顽童。于是冉先生道："中堂大人，您已经看到了，洋人的力量已经无孔不入地渗透到我们生活的方方面面，连法场都不能例外，遑论其他。据草民所知，荣大人是一向反对并制止过对盗金者进行杀戮的，可一旦洋人的力量参与进来，任谁都无能为力了，于是才有俄军动手、赤城军队被胁迫，制造了金矿百姓被屠杀的惨案。那么草民请问中堂大人，如果说荣大人的被胁迫是有罪的，那么您被胁迫所签订的一个个不平等条约怎么算？当今朝廷被胁迫割让土地、抛弃百姓只求片刻之安怎么算？还有……"

这时李鸿章"啪"的一拍桌子，但明明是怒发冲冠的样子，却突然换了一张笑脸，他指了指阿曼达手中的锦匣道："姑娘，老夫早就注意到你手中的东西了，拿上来，请老夫一观。"阿曼达这时才想起来自己手中还捧着东西，她吃惊地看了看那锦匣，刚想奉上，桑德斯快步跑过来，一把夺在手中道："对不起大人，这东西是我的，是要送给别人的礼物。"李鸿章道："是送给别人的礼物？本中堂要你必须说清楚，你要把它送给何人？"桑德斯道："大人，送给谁是我的权利……但我可以告诉你，这是送给让我的金子失而复得的人的。"李鸿章厉声道："好吧，拿上来吧，老夫就是那个人！"桑德斯左顾右盼，一时不知如何是好。郎纪平用命令的口气道："还不快给大人奉上！难道你要把自己的金子充公不成吗？"桑德斯一下子心里有了底，刚想奉上，却看到李鸿章身后的荣念祖早已吓得面如土灰，并拼命地对他挤眉弄眼。"难道不对吗？"他在心里问自己。郎纪平看在眼里，大声道："不要怀疑自己，快快奉上！"桑德斯这才把锦匣放在李鸿章的案前。这时又响起冉先生的声音："中堂大人，草民还没有把话说完……"李鸿章虽专注地看着那锦匣，却一挥手道："老夫子，不要再自称草民了，我知道你是公车上书的举子，是康梁余党。"说着他拿起锦匣，边瞧边道："在法场上也有人送礼物……老夫子，我问你，这叫什么？"冉先生一时蒙了，不知如何回答。李鸿章又道："这就叫人情！无论发生在哪里，它都叫作人情。而你所说的，也都是人情，不是大清的律法。我相信你是饱读诗书之人，公车上书的举子嘛！你们一千三百多人，无论是谁，无论在何时何地碰到，老夫都认得他。只是我看你把书读死了，中国几千年来，人情有说得过去的时候，有说不过去的时候。今天我告诉你，你家老爷就赶上说不过去的时候了。"他的声音越来越大，直到他把锦匣小心翼翼地放在桌子上，声音也戛然而止。然后法场又一阵宁静，中堂大人对这宁静很满意，他扭头看着失魂落魄的荣念祖道："殿下，老夫看这物件是上贡之物呢！如果我没猜错的话，它应该是一棵千年老参，是只有当今太后才配享用的宝贝。"在这么冷的天，荣念祖的汗又下来一层。李鸿章看在眼里，笑了笑道："殿下，你看呢？""大人说的是，大人说的是。"荣念祖慌忙不迭地道。李鸿章又斜着眼睛看着他，很狡黠地道："那老夫替太后收着？"荣念祖有些哭笑不得，但他什么都没说，只是努力地满脸堆着笑。

"大人！"冉先生又拱手高声道，"如果大人非说草民在论人情，那么草民也想论论国法。查案定罪，讲究人赃俱获。今天从荣大人家里抬出这么多银子，草民不想定论它是赃银，还是有人栽赃陷害。草民只想说这日本人抬来的银子，他们说是被劫的赃银，而劫匪被他们杀掉了，请大人明察，这可信吗？证据何在？说劫匪被杀，那尸首呢？如此的漏洞百出，如何能做断案凭证？""是啊！"李鸿章正瞪着眼睛看着他，突然一眨眼道，"人赃俱获方可定罪，那劫匪呢？劫匪何在？一个活着的都没有吗？"他一边大声说着，一边看着郎纪平。

"劫匪在这里！"突然，一个洪亮的声音传来。循声望去，一个高大的身影呼啸而至，径自来到李鸿章面前，拱手道："中堂大人在上，犯官左汉庭前来自首。库银为我所劫，赃银为我所挥霍。如论同伙，有！但犯官既不能说出他们的名字，也不能协同他们前来领罪，一切由犯官一人承担。犯官身受国禄，世领皇恩，一失足而成千古恨，虽法外逍遥，却惶惶不可终日，深为自己的不忠不孝而愧悔。得知大人驾到，三思再四，决定前来自首，请大人明察。"他的出现令所有的人都目瞪口呆，尤其是郎纪平和荣念祖，他们简直不敢相信自己的眼睛，就连心如死灰的荣大人也不免为之一振。死刑犯们你看看我，我看看你，连大气都不敢喘。人群中也出现了骚动，首先一个老者带着哭腔喊："左将军可是好人啊！忠肝义胆、侠骨柔肠啊！"随后又有一个声音："左大人没罪，有罪的是他们荣氏父子，还有那些可恶的洋人！"随后声音喊成一片，一时群情激奋。李鸿章则仰靠在椅子上，表面似乎不为所动，其实在不动声色地观察者每一个人的动向。他发现这样的声音大都来自从南门进来的诉冤百姓，他已然心中有数。但他没想到，真正上来为左汉庭辩护的却是站在那里早已茫然的英国姑娘阿曼达。"老大人，我做证，这位高大的将军无罪！我亲眼看到他为了拯救百姓而与洋枪队殊死拼杀。他是爱国爱民的，是难得的好人，你应该立刻宣布他无罪释放！至于他劫了库银，也是……也是（她找不到更好的措辞）……也是杀富济贫的壮举，也不应判罪。"李鸿章"噗"地乐了，他给郎纪平使一个眼色。郎纪平会意，走过来道："阿曼达小姐，这里不是你说话的地方，请你上车等候，最好及早离开。"阿曼达不解地大声道："为什么？为什么？为什么这里不允许我说话？阳光照不到这里吗？这里是撒旦的家园吗？我可以做证这位大将军是好人……我亲眼看到的。"郎纪平也哭笑不得，他一挥手，两名士兵上来了。坐在车里的罗子漫看得真切，担心阿曼达无端受辱，急忙下车跑过来拽她。阿曼达虽在争辩，却没有过分执拗，半推半就地随罗子漫上车了。坐进车里的罗子漫用手捂住了心口，她的心跳得厉害，因为她看到了自己的惊鸿一瞥给荣大人带来了什么：她看到了绝望之人的最后一份牵念，看到了垂死之人的灵光一闪，还看到了他欲言又止有话难诉的哀伤。同时她更加相信，自己的哥哥没有被押上刑场，是荣大人救了他。她惊魂未定的样子，反而吓了阿曼达一跳，阿曼达问道："子漫，你怎么了？"她摇了摇头道："没什么阿曼达，有点头晕而已。"阿曼达便不在意，继续观望外面的动静。

其实桑德斯早就生气了，如果不是罗子漫将阿曼达强行拉走，他说不定会上去给她两记耳光。他浮躁得不行，绕着一堆金银转了一圈，又回来站定，大声道："中堂大人，我有异议！"李鸿章一愣。桑德斯继续道："这位女基督徒说的话未免有些天真，她看到了什么？她什么都没看到。但我要告诉她，这位大将军是个背信弃义没有契约精神的小丑，他相当不够朋友，关键时刻会与朋友反目成仇。所以这位大将军说的话您不要轻信，他与荣大人很要好。"说到这里，他模棱两可地看了看荣大人与左汉庭，"是的，很要好。他们说不定在演双簧，就是那种……"他用手比画着，"那种当面说假话，背后说真话的双簧。要不您看……"他用手指了指满地金银，"您看您的这些金银，它们都在这里了，却一部分从这位将军那里归来，一部分从荣大人家里归来……这是因为它们被他们双簧了……您说是不是？"说完他非常满意地看了看四周，他要为自己精彩绝伦的推断而喝彩。但他紧接着又紧皱眉头道："你们的事真复杂，我真的有些搞不清楚了。"李鸿章终于憋不住，发出

375

很有震撼力的喷笑，他连连手指桑德斯道："不不不！你搞得很清楚，再清楚不过了，你把我们所有的疑问都搞清楚了。一个是贼喊捉贼，一个是欲纵故擒。妙！妙哇！真乃天下之绝妙也。"说完，他又看了看捂着嘴想乐的郎纪平，突然正色道："不过……他也没搞清楚，这些金银可不是老夫的，它们是大清国的。"说完他又哈哈大笑。

"中堂大人！"这时，始终站在一边一言不发却一直察言观色的五岛次郎上前一步躬身施礼响亮地叫道，"小的以为有些事应该搞得更清楚一些才好。""哦？"李鸿章变了脸色，很不耐烦的样子，"日本人……依你看，怎么再搞得更清楚啊？"郎纪平看出了李鸿章讨厌日本人的征候，想上前阻拦五岛次郎。不料李鸿章一摆手道："让他说。"五岛次郎立刻满脸堆笑道："俄国人向来凶狠残暴、冷酷无情，建议贵国应该予以驱逐，否则会扰乱朝纲的，百姓也会遭殃的。"李鸿章双眼瞪得明亮，看着五岛次郎，揶揄道："老夫谢谢你为我大清着想，为我大清百姓着想。你们日本人向来是这样的……善于替别人着想。不过今天我告诉你，你想得有点多了！"说完，他冷冷一笑。五岛次郎自觉无趣，讪笑着退下了。他的手下则个个手握刀柄，对李鸿章怒目而视。李鸿章虽看得真切，却视而不见。他直视从西门而来的人群道："那边还算安静，难道他们只是围观来的吗？"他的声音很大，好像有意让他们听见。随后那边的人也骚动起来，彼此交头接耳地议论着，然后他们不住地点着头，看着一个人走了出去。此人一袭黑袍，黄发碧眼，举止沉稳有力，步态荡气安然。"我就替他们说了吧！"还没有到近前，他就用很洋气的中文道。李鸿章又一愣，便去看郎纪平。又出来一个洋人，这令郎纪平也深感意外。但他很快就明白了他想要说什么，于是道："中堂大人，他是教堂的杜克先生，他想说的也与他自己有关。"李鸿章似懂非懂，便想听听这位教士究竟要说什么。杜克先生左臂放在胸前，深施一礼，然后端端正正地开口道："刚才我的女儿也在这里，我是她的父亲杜克·斯特林。我来到这里已经很久了，我在这里建了教堂，我忠诚地向上帝履行我的职责，一刻都不会偷懒。我看到了贵国的许多弊端，我为这些弊端日夜苦恼。我虔诚地向神祷告，我希望借助他大能的手，改变这里的一切。可我的信心不足，我总会向困难低头，但我相信公平正义不会成为这里的不速之客。我相信神会用无边的爱为你们吹气抹油，是的，我坚信这一点。阿门。"说完，他轻闭双目，又深深地鞠了一躬。

李鸿章好不容易听完杜克先生的诉说，他没有去领这真心诚意的一躬，因为他知道那是敬给他的神的。但李鸿章又觉得别有兴味，所以他没有说什么，而是想听他继续说下去。他抬眼看看太阳，他甚至希望太阳不要西沉，只是那残云背后灰蒙蒙的太阳，让他感到几分压抑，几分失落。整个法场明显的都在不耐烦，但这丝毫不能影响杜克先生的意气风发和潜在的激动与兴奋。两条饿狗"嗖嗖"地从北面窜到南面，到了南面人群中，它们掉转狗头，意欲再窜向西面。

杜克先生突然黯然神伤，他望了望天空，抑郁难平地说："我发誓，我既来到这里，就再也不走了。我把这里当作自己的家，我的孩子们都需要一束光，他们的灵魂都需要救赎。为了能让他们坚强有力地跪在神的面前，我想首先拯救他们的肉体。于是我想建造一所教会医院……"说到这里，人们看到他突然非常地伤感，他的蓝眼睛里含着滚烫的泪。"可是，我的美好愿望被人利用了。我想拯救万民，可没想到他们却因我而受害。他们的土地被强行地以低得不能再低的价格征用，而且，他们征用了足足能建造十所医院的地盘，干什么？上帝呀！他们借主的名誉在满足自己的私欲，他们要借此机会建造自己的纺纱厂这才是真的。你们看了吗？那些可怜的孩子，他们赖以生存的命根子都被剥夺了。为此……"杜克先生突然变得很愤恨，"为此我诅咒他们！他们是撒旦的儿孙，我诅咒他们受到应有的惩罚！"说到这里，他张大嘴巴，刚想说"阿门"。李鸿章突然一挥拳头道："够啦！"杜克先生吓了一大跳，只是"阿"的一声，却没有"门"。李鸿章兴奋地站起来，大声道："这才是我听到的最华丽、最勇敢、最慈悲的控诉！谢谢你了牧长大人，老夫这方有礼了。"说罢，他站起来深鞠一躬，而且长时间没有直起身子。

良久，他坐下来，但脸上却平添一种淡淡的忧伤。他一一看着前边这几个人：冉先生，左汉庭，杜克先生，桑德斯，五岛次郎。突然道："你们说，我们今天叫什么？"众人不解，疑惑重重。"这就叫共和！"他又突然提高嗓门，"这不仅仅是一个国家的共和，这是全世界的共和！"说完后，他饶有兴致地看了看大家，尤其看了看稍后的郎纪平和荣大人，然后他又接着道："我敢保证，在这个法场上就有共和党，他们的枪口已经对准了我。但在他们开枪之前我要告诉他们，共和救不了中国，而且至少要给中国造成一百年的灾难！中国几千年来讲究的是圣道！民不教则国衰，道不兴则国败，你们以为推翻帝制就会光明一片吗？不可能！无论是现在和将来，民富国兴者，绝非源于共和。强变花样改变不了人心，形式永远是外在，人心不行一切都完蛋！你们破体制、毁纲常、兴诈计、作强梁，即便有一天你们成功了，也必然会遭到天怒人怨，终究难以为继！"说到这里，整个法场又一片宁静。李鸿章捻了捻胡须，又很自嘲地笑了，缓缓道："可今天确实是共和了……一个不大不小的案子，竟牵扯这么多国家和人民。'你证我证，心证意证，是无有证，斯可云证。'我们已经达到了这个境界；'无可云证，是立足境，无立足境，是方干净。'要想达到这个境界，那还需全世界人民共同努力呀！"说到这里，李鸿章非常阴柔地笑了。郎纪平和冉先生也忍俊不禁，就连荣大人的眉眼也突然绽开一下，好像被人挠了一下脚心。杜克先生、桑德斯还有五岛次郎则傻傻地看着李鸿章，不知所云。但他们莫名地恼火，以为这些中国人都很不正经。

"但在老夫看来！"李鸿章又突然提高嗓门，"这个案子并不复杂，因为它有一个核心人物，那就是这位顶天立地的大英雄——左汉庭！"说到这里，他斜眼看了看身旁的荣念祖。荣念祖慌忙称是。"但在老夫看来，这位左将军已经功过相抵了。"这时所有的人都竖起耳朵，不知其意如何。"你们看，按俄国人的说法，左将军犯了'背信弃义'之罪；可按英国人的说法，左将军又立下'行侠仗义'之功。所以，让我们中国人总结一下，那就是'功过相抵'。至于日本人嘛……"李鸿章又斜眼看了看五岛次郎，"他们的想法是不可告人的！他们希望在场的所有人都有罪，都该千刀万剐！"说完，他阴冷地笑了。只见五岛次郎哭也不是、笑也不是，往后躲着身子。"这个案子里还有一个关键人物！"李鸿章又高声道，"那便是堂堂的朝廷命官、赤城知府荣大人。他身为朝廷命官，却徇私枉法、纵子行凶、图财害命、侵吞国帑……"

李鸿章的话还没有说完，就听有人喊："不好了！有人晕过去了！快救命啊！"声音从北面发出，因过分恐怖和尖厉，人们没有听清是男人的声音还是女人的声音。人群乱了，像平静的湖水激起了波浪。后来又有这样的声音传来："没有晕倒，是摔倒了……有人想去喊冤。"不多时，人群中到底蹿出一个人来，而且是一个华贵的女子，她跌跌撞撞地向荣大人跑去。"父亲……父亲……"她扑在荣大人的怀里，早已泣不成声了。"父亲，你是冤枉的……你是天下最好的人，最好的父亲……女儿不孝，女儿来迟了。"荣大人只看一眼女儿，便老泪纵横。但他瞬间又表现出惊恐万状，推一把女儿道："谁让你来的，你快走！走得远远的！"念其以为父亲在生自己的气，但她不想再解释，而是跑过去"咕咚"跪在李鸿章的案前，"中堂大人在上，受民女一拜。"说罢，磕头不止。李鸿章着实慌了手脚，他已看出此女子就是荣小姐，是太后多次当他的面夸奖过的淑女。一时激动，他竟站起身来，想下去扶起。但又觉得不妥，只走到案前站了站，又装作沉稳地返回来坐下，对眼泪汪汪的荣念祖道："殿下，去把令妹扶起来，这样娇贵的身子，老夫可受不起她这一拜。"荣念祖诺诺，刚想下去扶，却被另一番景象惊呆了。只见一个妇人疯子一般冲出人群，扑到念其的身边就往起拉她，边拉边道："孩儿呀，不要再磕了，会磕坏你的。"然后她又抬眼狠狠地看一眼李鸿章，接着又对念其道："给这个老卖国贼磕头，犯不上！他不会主持公道的，不会为民做主的！"她的声音干脆清晰，不夸张，也不畏缩；不着意强调，也不含糊其词，"你没看出来吗？你父亲他摊事了，我看没人能救得了他了。走，跟娘回去，咱一边种地一边过日子，犯不上求他们。"

李鸿章早已听得胡须乱颤了，无论什么样的笑容，再也涂不上他那张老矣经年的脸了。"卖国贼"三个字，深深刺痛了他的心。"这是哪里来的刁野村妇？这是哪里来的刁野村妇？！"他觉得他用尽全身的力气在喊，可别人听到的声音却很微弱。念其果然不再磕头，但也不肯离去，几乎是接着丽娘的话茬儿道："我知道……中堂大人，可我必须要说，我父亲走到今天，是被逼的……是谁打开了国门？是谁惧怕洋枪洋炮？是谁引狼入室割地赔款？是谁甲午战败，民不聊生？不是我父亲这样的人！我父亲能做到清正廉洁、克己奉公；我父亲能做到兢兢业业、为民请命；我父亲能做到言传身教、以正视听。可是中堂大人啊，他现在没有这样的环境和机会，也不存在这样的胆识和魄力。因为他一个堂堂的四品大员，连自己的亲生女儿被外人当众调戏都无能为力，只能忍气吞声，他还能做得了什么？！"一边站立的冉先生早已为其所动，发出长长的叹息。虽然念其在这种特殊时刻和场合突然出现，令他惊奇不已，但他没有阻止念其的行动。因为他相信念其一定会做到言之凿凿的，并且举动行止情真意切、感人肺腑。事情果然如此，他由衷地感到欣慰。李鸿章在念其的话语里歪着头看着西天那轮混沌凄然的残阳，一把银须在风中飘飘，荒荒然如草絮。无人知道他所思所想，更不知他意欲何为。这个时候，整个法场都变得很模糊。直到一个声音如霹雳而至，方给这一片模糊兜头泼上一盆热气腾腾的血。

"军营失火啦——军营失火啦——"

乱了。但最先乱的是几乎所有的士兵，因为军营就是他们的家，家里有他们雄威之后的内涵和流血流汗之后的牵挂。郎纪平当然也乱，水火无情，谁都会瞬间心血冲头。但谁也没想到，他在一片慌乱中却反其道地大喝："不许动，谁都不许动！全力保护中堂大人！"这声音似乎带着酸腥之气，因为谁都难以理解军营失火与保护中堂大人有什么内在联系，但左汉庭理解了；荣氏父子理解了；甚至连再先生都理解了。那么，盖世名臣李鸿章能不理解吗？一言成谶也好，早有预感也好，反正他刚刚说过革命党的枪口早已对准了自己，但他非但没有慌，没有乱，反而站起身来摆手道："不要管我！赶紧救火要紧！"话音刚落，士兵们便轰然而去，因为他们听到的是更加权威的命令。尽管郎纪平气急败坏地喊："不许动，保护中堂大人要紧！谁再移动半步，格杀勿论！"

他的话有的士兵听见了，有的士兵装作没听见，有的也许根本没听见。但总之，有一部分士兵留了下来，大部分士兵奔赴火场去了。大内高手们把李鸿章团团围在中央，但毕竟人少，难免留下致命的空当。荣大人则大喊："冉兄快带念其离开，这里要发生不测！"话音刚落，就听人群里发出惊叫之声，随后响彻耳鼓的是枪声。人群立刻乱成了一锅粥，每个人都像受惊的猪一样，乱哄哄、脏兮兮，各自奔命。

而在这边，千钧一发之际，左汉庭如蛟龙一般腾空而起，一跃来到李鸿章面前，张开双臂紧紧抱住了他。枪声凄厉，一代名臣保住了，左汉庭却身中数弹。但他没有轰然倒下，而是强撑着身体，准备迎接再次射来的子弹。"抓刺客！抓刺客！"这是郎纪平的声音。洋枪队和大内高手都想施展身手，但在这泥浆一般溃散崩乱的人群中，他们既开不了枪，也拔不出刀，只能眼睁睁地看着刺客混在人群中逃走。

左汉庭终于坚持不住了，慢慢地倒了下去。

乱中不乱的李鸿章声嘶力竭地喊道："案情已清，择日审判——快！快救左将军——"

不多时，东城门里也响起了枪声，这是俄国洋枪队冲进来。他们说要"勤王"，词严而义正，但他们的到来，只能是乱上加乱。没有抓到刺客，郎纪平只能调集大清洋枪队与他们对峙。而且就在他们无声的对峙中，一场混乱渐渐平息。这时，赤城的第一缕炊烟已悄然升起。人间的烟火依然充满着味道。

- 22 -

赤城的天空纷纷扬扬地下了一场大雪。山川，大地，河流，房屋，一片银白。

城里的炊烟升起得老高，农家的鸡坿也传来"咚咚"的啄米之声。守城士兵怀抱着的长枪很冷，却能看到在城头的积雪中来回移动。教堂三时的钟声也显得很脆，每一声都能敲碎愁人薄薄的心情。踏雪而行的人是雪地里的一个孤影，是永远也找不到归宿的独行。风在天地间沙沙地响，似在寻找昨天的痕迹，可哪里能寻得到？

这白茫茫的大地真干净。

雪中的冉先生与桑玉像一对农家父女在默默前行，两行深深的脚窝连着山、连着河、连着城，最终还要连着那个望乡的山顶。山路上，冉先生一次次摔倒，桑玉总想扶起，他总会拒绝，然后自己挣扎着站起来。他们仍旧无语，直到山顶上一声呼喊：

"我站在高山把脚翘，不知故乡你在哪消！"

这呼喊之声仍被几块石头垫起来，以为可以望得更远，终究抵不过绝望之后的跪地哭号。今天的哭号之声尤其惨痛，以至山川为之和鸣，白雪为之涌动。桑玉劝道："先生，你就别哭了。明知望不到还来望，望完了就哭。要哭在家不能哭吗？何必费这事？"冉先生仍哭。桑玉又道："不知你家里还有什么人，就告诉我吧，好歹以后有一个给你带话的。但愿那个人……不是个负心的，否则可亏了你了。""桑玉呀！"冉先生抬起雪花挂满胡须的脸，道，"我哪里是哭什么人啊！我是在哭逝去的家国呀！""什么？"桑玉瞪起眼睛，表示不懂，"你的家国在哪里？为何总也看不到？"冉先生直起身来作长跪之状，然后用双手"啪啪"地拍着胸膛，"在这里呀！它在这里呀！"桑玉更加不懂，眼睛瞪得更大，便过去摸他的胸脯道："这里才多大啊，能装得下家国吗？"冉先生一把把桑玉搂在怀里，哭道："孩子，我的孩子，那个家国于我们本无碍，我们还能活得了几天？我们是在为你们而苦愁啊！为子孙万代心有不甘啊！"桑玉也悲从心起，道："先生，你就是好操心，你看你还有啥？操那心干什么！比他们的耶稣还操心。"说罢，她也泪水涟涟了，"你看这个家，就剩下你和我了，你再有个好歹的，桑玉可咋活？"说罢，她挣开先生的怀抱，并把他拉起来。冉先生觉得这孩子可怜，突然坚强起来道："对！我们应该好好活着，终究有一天会看到……看到……"他突然语音喃喃，目光惊恐。他推一把桑玉道："桑玉，快看！那是什么？"他边说边向山下指去。桑玉回身一看，大叫道："老爷他终于上路了！""是荣格要走了？！"冉先生似有所悟地大叫一声，疯子一般向山下跑去，边跑边叫："荣格！你等等我！你等等我呀！"没跑几步，他就摔倒了，然后连滚带爬地站起来，继续跑，继续摔倒。桑玉早哭了，也顾不上他了，也是跟头把式地往下跑。只是她边跑边骂："王八蛋！这帮黑了心肝的，说走就走了，也不吱一声！"

　　茫茫的白雪，又硬又冷的城墙，黑洞洞的城门。两辆车，一前一后往北而行。前边那辆车装着荣大人的细软，后面是囚车。荣大人穿着很厚的土袍，坐在囚车的一角，虽面容冷淡憔悴，目光呆痴凄凉，却努力回望着这座城，和脚下渐行渐远的路。后面押解的四名士兵都有些老迈，沧桑的脸，没有一点热情。他们因畏惧路途的艰辛而面有愠怒，但也是无从发作的茫然。四匹马被他们牵在手里，打着迟钝的响鼻，像在生气，也像叹气。厚厚的积雪被踏得纷乱，车轴发出"吱吱嘎嘎"的声响，好像也在叹息路途太远、人情太残。此去宁古塔，迢迢千万里，两行老泪终于沿着他的脸颊慢慢流下。泪光中他恍惚看见一个小女孩在向他奔跑而来，梳着两个羊角辫，穿着翠绿的衣衫，嘴里甜甜的声音，那是他的女儿念其。但突然间，他恍惚感到有一种声音在雪光中浮动，那是叫他名字的声音。他周身一颤，叫道："停车！停车！"押解士兵虽未表现出不耐烦，却也有必然的冷淡。"为啥？！"一个老兵闷声问道。"我叫你停车！"荣大人仍有余威，这语气吓了士兵一跳，他们慌忙把车停下来。其中一个老兵揶揄道："荣大人，看您这命哈……好日子让天占了。我们也不愿意赶上这天儿走，可圣命难违呀！"荣大人看也不看他们，只是静静地听那声音。那声音虽有些缥缈不定，却显得越来越沉实。他努力向那声音的方向张望着，时间过得很快，但那声音仍不肯到现实中来。"大人啊！"一名士兵假意哀求道，"我们还是走吧……如果您能使个法术，让我们一闭眼就到宁古塔，那我们宁愿陪您等到天黑。"又一个老兵讽刺道："荣大人，就说您……真是个清官啊！流放的官员我见过，却从来没见过您这样走得清汤寡水的。不用说别的，我们的马连一口草料钱都没看着。"又一名老兵假意反驳道："说什么呢？人家有儿有女，都没时间送他，能有心思给你打点草料钱吗？至于为官嘛……人家清正廉洁，手头没有余钱。"几名老兵同时发出不情愿的笑声，好像这笑声是一种赏赐。

　　他们的揶揄和嘲讽令荣大人难以忍受，因为他的一双儿女都在狱中受苦。尤其是本来无辜的念其，也因为窝藏罪而下了狱，她与罗子沫关在了一起，这是郎纪平的杰作与恩赐。但这丝毫不能减轻她对郎纪平的恨，那是彻骨的恨。回忆一件件往事，她愈发觉得郎纪平就是一个恶魔，让她既恨又怕的魔鬼。而这个魔鬼却向罗子沫表达出别有的一番心意："念其先放在你这里了，你要保证她的生命安全。"这是他站在牢门外，默默地看了他们半天之后的第一句话。因为他看到了自从念其被押进死牢，她就没有移开过与罗子沫对视的目光。他们一个坐在东面，一个坐在西面，就那么旁若无人地彼此对视着。念其想说的话太多，因为她知道刑场上的死囚都被当场释放了，只有他还不明不白地待在牢里。他既不能成为别人烫手的山芋，也不会被人弃若敝履，他已经成了一个不知何去何从的怪物。可以让他在这牢里无穷无尽地待下去，也可以让他随时大摇大摆地离开。但后者的机会荣大人已经给过他，他固执地没有接受。那么谁还会给他这样的机会呢？郎纪平的话她听得真切，他在利用这个令人耻笑的怪物。这个处在律法与世道夹缝中的人，谁会拉他一把呢？所以她看着看着，就有万箭穿心之感。郎纪平话音刚落，她便毫不客气地道："郎大人，你放心吧！我不会轻易死掉的，我要亲眼看着你是如何遭到报应的！"念其已经很平静了，所以她面无表情。而郎纪平也是面无表情地听。"郎大人，如果你还有一点良知的话，请你放了眼前这个人。他是无辜的，他不应该不明不白地待在这里。"她的目光中到底带有几分祈求，郎纪平看在眼里，笑道："实在讲，我也拿他没办法了。他有可能会成为'牢底子'，就是眼睁睁地看着别的囚犯一批批地出去或死去，自己却没有任何办法的人。因为想放他走的人却成了罪犯，你说该拿他怎么办？谁都不知道，可谁又不会轻易向他打开牢门……这你懂吗念其？"自己的名字从他的嘴里说出来，这让念其感到既恶心又恐惧。郎纪平又道："可话又说回来，如果我现在想放了他，请你问问他……他愿意离开吗？"言罢，郎纪平微微笑了。念其一听，急切问道："子沫，你听见了吗？如果你现在想出去，郎大人会放你走。快说呀子沫，说你想出去。"罗子沫突然感到热血沸腾，那不仅仅是对自由的渴望，更是对生的贪求。可郎纪平刚刚说过的话言犹在耳，于是他道："念其，你还会听他的？他在捉弄我们！我还没有被审判，他如何放得过我？"念其一听，顿时觉得苦不堪言。抬眼一看，正见郎纪平苦笑着看自己。这苦笑里含有一份同情，但更多的是对无知的无奈与嘲讽。念其一下子背过脸去，两滴苦涩的泪珠掉在了牢里。

　　而对于罗子沫的处境，阿曼达终究与众不同，她与父亲就此事产生激烈的争论。因为杜克先生这些日子心里出奇地平静，所以他对任何事都表现出出奇的耐心。一杯咖啡他可以从早上一直喝到小晌时分；他可以在炉子前一坐就是两声钟响，看炉火正旺，听火苗像狗舌头一样呼呼地舔着炉膛。因为罗子漫自法场归来后，一直眼泪汪汪的，所以使阿曼达极不平静的内心又增添着烦躁。她在窗前可以一站就是一个时辰，她坐在床头可以把两条辫子拆了编，编了拆，没完没了。她还少有地对妹妹安琪拉发了脾气，那是安琪拉第三次打听桑德斯下落的时候，她吼道："只有不懂事的羊羔才会对狼的号叫声念念不忘！安琪拉，你就是那只羊羔！"安琪拉哭着离开了。阿曼达就愈发觉得有些话不吐不快，于是她来到父亲的面前，冷不丁地就来了一句："这不公平！"杜克先生吓了一跳，但他仍然和颜悦色地轻声道："阿曼达，请不要烦躁，把想说的话说出来。你看见了，父亲已经等你好久了。"这柔声细语令她感动，蓝蓝的大眼睛里便溢满泪水，"父亲，为什么？为什么这件事的最终受害者竟然是罗子沫？冤有了头，债有了主，为什么他还不清不白地在牢里受罪？我觉得这太不公平了！"杜克先生轻轻喝了一口咖啡，很有声响地吧嗒一下嘴巴，又若有所思地把咖啡放下，"阿曼达，实不相瞒，我的看法与你并不相同，我认为罗子沫是好样的。我甚至能够理解，你为什么喜欢他。他不是不清不白地受苦，而是不想不清不白地做人。据说他完全可以大摇大摆地走出牢门，可他没有。他需要一个审判，或者有罪，或者无罪。他想维护法律的尊严！从这一点上，我觉得你和他正好相反了。"说到这里，他仔细地看着女儿，双眼里不无激动。阿曼达只是不解地望着父亲，但她不想问为什么。杜克先生又喝一口咖啡道："为什么这样说呢？因为你的思维已经中国化了，用感情去亵渎法律的尊严；而罗子沫的行动恰恰西方化了，受苦是为了保持对法律的敬畏。难道不是吗？"阿曼达张了张嘴，却又觉得无话可说，她把目光移向那亮堂堂的炉火，那火苗便似燃烧在她的心里，"据说他与荣念其关在了一起。"她很没底气，又很委屈地说出这句话。杜克先生半天无语，他站起身来，为自己的杯子里添一点咖啡，又坐下来，苦苦地笑道："我的女儿，为父不想责怪你，更不想难为你。为父真的希望你尽快离开这里，回到我们的祖国去，因为我不想看到你被改变。我们是改变别人来的，而我们的本色丝毫不能被改变。中国有句老话，叫'人往高处走，水往低处流'，水往低处流是自然属性，而人往高处走却充满着变数。因为人是很容易堕落的。""父亲！"阿曼达有些难以抑制自己的情绪，"难道你认为自己的女儿在堕落吗？"杜克先生摇摇头道："阿曼达，我已经很久没听到你的祷告之声了，你眼里看的，心里想的，不再是慈悲的父，万能的主，而是……而是……"杜克先生没有把话说出来，但已经说出的话足以像雷一样击中了自己的女儿。阿曼达就像听到了神的责备一样，跪在了父亲面前，泪水断了线似的往下流。杜克先生站起身来走过去，将手轻轻地放在她的头顶，以一个牧长的口气道："孩子，愿我主赐给你痛悔的恩膏、坚信的恩膏、纯洁的恩膏、智慧的恩膏；愿你的泪水能洗刷掉你的罪恶；愿你的勇敢能击破撒旦的作工；愿你的祷告能放出利剑，斩断附在你身上的万恶的情魔。哈利路亚！"阿曼达紧闭双目，内心的浮动也慢慢地平息下来。她站起身来道："父亲，请相信女儿，女儿不会被改变！女儿的心里眼里只有一个人，那便是我主耶稣。"说完她头也不回地走了出去，步伐坚定，让人感到信心百倍。

"子漫你快看！"这是阿曼达回到自己的屋子里重新站在窗子前发出的惊呼。有些慵懒的罗子漫有些迟疑，已经没有什么能让她立刻兴奋起来了。阿曼达又补充道："那分明是一辆囚车！"罗子漫这才内心一震，走了过来。刚一看过去，她便"啊"的一声用手捂住了嘴。

她们看到的正是被流放的荣大人刚出城的情景。因为早就听说太后对应被处死的荣大人法外开恩发配宁古塔，所以罗子漫一眼就看出来了，囚车里的人一定就是他。她甚至能感觉到荣大人也正在往这边看着。她更相信在这个永别之地，有他的一份心念和牵挂，那是亲情无法取代的，是风雪无法湮灭的，那便是他情肠里一个柔软的结，这个结就是她。她泪流满面了，阿曼达看在眼里，轻轻地握住她的手，道："子漫，我相信你和他没有肌肤之亲，可……可怎么也这样放不下？"罗子漫刚想说什么，门开了，是贝蒂探进头来看了看，嗔怪道："你们两个最近很不像话！你们像是在搞鬼呢！"罗子漫和阿曼达都没有回头。过了一会儿，贝蒂发出一声轻叹，然后是关门之声。罗子漫反过来使劲儿握了握阿曼达的手，表示她能听懂。随后她哽咽道："阿曼达，为什么这样说？"阿曼达道："子漫，我相信你肌肤的完整，可我也看到你灵魂的残缺。"罗子漫虽哭得伤心，却听得真切，她不认识似的看着阿曼达道："阿曼达，你变得好快！"说完，她松开了阿曼达的手，便向外跑去。

关门之声很大，"咚咚"的下楼声更大。不多时，阿曼达就看见了她在外面的雪地上拼命地奔跑，只是她跑了一阵，就绝望地跪在了地上。她哪里追得上，所以她绝望，一个个深深的脚窝，盛满了悲伤。阿曼达看在眼里，瞬间崩溃了，神的所有恩膏顿时化作愁肠。她刚想下去把罗子漫扶起，却又猛然看见同样奔跑的两个人，明显是一男一女，一老一少，他们明显也是奔囚车而去，他们很有希望续上一段未了世缘。当心稍静下来的时候，还能听到如蒸汽一般浮动的声音，那是最后的呼喊。阿曼达把这一切看在眼里，便悄然不动了，她想欣赏，这难舍难离的雪中美景，她把它看作是别样的祈祷。"大人……大人……你一路走好啊！"这是罗子漫的声音，阿曼达没能听到，因为那声音很低，低在了心里。

荣大人扒着囚车往外望着，两根立木之间的缝隙能容纳他的半边脸，因为用力过猛，已经挤变了形。他终于看到了，等到了，呼唤他的人一下子从城墙的角落闪出来，身影老迈而跟跄，随时都要扑倒在地。"冉兄，冉兄，你终于来了。要不然，这路我该怎么走下去呀！"他哭道，念道。桑玉已经跑得喘不过气来了，不住地叫着，让冉先生慢些，她真的担心那个枯朽的身影一旦倒下就再也起不来了。一个老兵惊讶道："这谁呀，看起来岁数不小，跑得倒挺快。"看见了囚车就在眼前，冉先生已不再呼唤，只是把所有的力气都用在双脚上，奋力，再奋力。老远看去，那雪被他趟起来，就像激起的浪花。"冉兄，慢些！慢些！"荣大人在囚车里喊道，他看到了冉先生那种与年龄不符的超常状态，也担心他会突然倒下去。这种担心并不多余，冉先生到底还是倒下去了，只是他倒在了囚车下面。四个老兵彼此看着，愣了愣神，还是有两个过去搀扶。"有劳你们把他扶起……有劳了。"荣大人既说着求情的话，也说着感激的话。冉先生站起来了，他们的双手紧紧地握在一起，演绎的是别样的"执手相看泪眼"。泪光里记忆中的画面不断闪现：有当垆沽酒意清欢；有同坐窗前读书苦；有雄辩滔滔惆怅志；有击掌一笑泯恩仇；当然也有章台走马人欢笑、粉黛催笔写妖娆。

"冉兄，这一天终于来了！"

"荣格，就当是天意吧！"

言罢，彼此老泪纵横。这时，桑玉也跑过来，人还没到跟前，她已经呜呜地大哭不止。等到了囚车旁，她根本不敢去看昔日风光无限的自家老爷今天却是如此的狼狈相，便"咕咚"一下跪倒在囚车下，"老爷……老爷呀……"她只能这样不断地呼唤着，像在呼唤着即将离体的幽灵。"冉兄，"荣大人看一眼跪着的桑玉，又道，"此一去天遥地远，不知何时再能相见，为弟临行只有一句话相劝，以后……以后就把脾气改一改吧，没人……已经没人再去保护你了。"冉先生一听，呜咽道："恐怕……恐怕改不了了。大不了拼一个死，我这条老命也许还能值几个钱。"荣大人一听，脸上顿时布满苦涩，他知道，自己说这些话恐怕也是白说。"荣格，"冉先生又哭道，"他们真够狠的，为什么偏拣这样的天……"荣大人苦笑道："墙倒众人推。没要我的命，我已经很知足了。"冉先生道："为什么一个人都不让带？"荣大人道："不是不让，是我不想带。我还有什么人？更何况，我何必连累别人？这一去，没准儿就干净了……"冉先生知道他的话外之音，也知道事情不会有好的结果，他难以控制地泪水奔流，便使劲儿勾着头，不想去看他。荣大人也将头扭向一边，陷入悲伤的沉默。半天工夫，荣大人突然转过头来道："冉兄，念其就交给你了……你就是她的父亲，她就是你的女儿。拉住她，不到万不得已，不要放手。冉兄，荣格拜托了！"说着，他就努力支撑身子，想要跪下。"你干什么！"冉先生生气了，使劲儿打了他一下，"你想让我死啊！我告诉你荣格，在念其的心里，我早就是她的爹了，还用得着求我？"荣大人没有再动，哭道："荣格惭愧，荣格不配做她的父亲，更对不起她九泉之下的娘啊！"说着，他已经泣不成声了。囚车下面的桑玉一听，哭声更大了，"老爷放心，桑玉和小姐形影不离，死都在一块儿的！"荣大人一听，更加感动，他把一只手伸出囚车外道："桑玉，起来吧桑玉，老爷知道你是好孩子。记住，先生的岁数一天比一天大了，你和小姐一起，一定要好好服侍他，别惹他发脾气，要逗他开心，记住了？""嗯！嗯！桑玉记住了老爷，可桑玉不想起，桑玉跪着心里才好受。""荣格，"冉先生若有所思道，"念祖他……他被关在哪里？"荣大人止住哭声道："我也不知道。至于他，冉兄你就不用操心了，生死由他去吧！纨绔必成败类，从古至今都如此，以后更如此！"冉先生道："可他毕竟是你的亲骨肉啊！"荣大人叹口气道："大义面前没有亲情！冉兄，难道你不觉得吗？等我们这一代没了，中华将会沦落到何种地步？就靠他们？"冉先生刚想再说话，一个老兵开口了："行了行了！坐在囚车里就别讲什么民族大义了，连我们听着都受不了了！"冉先生一听，厉声喝道："闭嘴！这等狼心狗肺的东西，翻脸就不认人！荣大人在位时，你们都像狗一样，人家一落难，你们又狗眼看人低！啊呸！""今天我……"老兵扬起手来就要打人，被另一个老兵拦下道："算了算了，那么远的路，不在意耽搁这一会儿。"那老兵方嘟嘟囔囔地作罢。其实在这个过程中，荣大人和冉先生连看都没看他们一眼。但荣大人很忧伤地对冉先生道："冉兄，以后不要再与小人纠缠，那不值得。"冉先生道："可你也太不喜欢争辩……明明是被人拙劣地栽赃陷害，你却连一句话都没有。"荣大人摇头道："没用，没用。诬我贪财事小，犯下人命事大。我应该对那些冤死的百姓有个交代。"冉先生听罢，叹气道："当初你或许听我一句，也不至于……"荣大人道："冉兄，此处你并不知我……这么多年来，我连一个女人都没续，我和你还有什么区别？亡国之臣，我不曾得到片刻的安乐。尤其这个'共和'，让人心生恐惧。'共和'必生民乱！我敢断言，中国百年之内，将无有宁日。这一点，中堂大人也看到了。因为它要动的是中华民族几千年来缔造的根基！"说到这里，他浩叹一声，然后从腰际掏出一块玉佩递给冉先生，虽冰天雪地，他竟面有赧色，道："这个给她……"冉先生接在手里看了看，眉头一皱，但很快就释然了，点点头，把它藏了起来。"冉兄，"荣大人拱手道，"送君千里终有一别，你回吧！前边的路我自己走！"囚车下，本来刚消停一会儿的桑玉又"哇"地哭起来，"老爷，老爷你可保重啊……"她边哭边死死地扒住已经起行的囚车，最终被长长地拖在雪地里。"荣格，荣格呀！"冉先生也大哭道，"来生再见吧……"说完他也"咕咚"一声长跪在雪地里。突然北风卷地，雪漫青天，百步不相见。囚车在风雪中渐行渐远，但冉先生和桑玉都听得真切，风声中传来荣大人的哈哈大笑，大笑过后是他高亢的吟诵：

泪洒长空雪皑皑，华夏无主遍地哀。

身败当思终身事，魂断权作尔再来。

北风呼啸君不见，多少相思寄心怀。

我辈何惧成新鬼，为报炎黄赴泉台。

风雪过后，车轮远去，漫漫无迹，放眼望去，白茫茫大地真干净。不过从阿曼达的角度来看，在这北方的莽原雪野，只剩下三个跪着的人，他们之间隔着一条河，河那边是一老一少，河这边是罗子漫。冉先生站起身来，怅望远方，吟道："我辈何惧成新鬼，为报炎黄赴泉台。"不禁两行清泪顺流而下。他不知道自此以后该留下什么、该舍去什么。只是他把荣大人托付给他的玉佩，永远地遗忘在自己的怀里了。

这大雪的天，如果不是因为激情燃烧，人很容易进入那种曼妙的睡意当中去，身心是舒展的，脑海是枯静的。不但是人，就连乡野山川、鸟兽虫鱼都会在睡意当中玩味着这静默的时光，正所谓"天气澄和，风物闲美"，这绝对是一种独特的逆向感受。多少时日以来，弓然明已经习惯并安于用赤裸裸的背叛来惩罚自己的丈夫，更确切地说，是惩罚那个傻子背后的人，其中包括罗子沫。"你明明去治病，怎么偏偏成了刺客？你是去刺杀荣大人的，还是去刺探她女儿的床帷？你明明可以走出牢狱，为什么偏偏和知府小姐关在了一起？"这些疑问都让她伴生嫉恨之心。她不希望他死，也不希望他这样活。所以，在这样的雪天，趁丈夫不在之际，她又偷偷溜出家门，来到五岛次郎的身边。只不过她是稳稳地坐着，不像日本女人那样跪着。她努力保持应有的矜持，要让五岛次郎知道，她是报恩来的，而不是来卖的，更不是来犯贱的。因为五岛次郎说过，他能保证她弟弟的生命安全，百分百地保证，结果她的弟弟真的安然无恙。五岛次郎还说他早就设好了局，是个大局，这个大局的其中之一就是救她弟弟的命。

但今天五岛次郎半天没说一句话，他在伏案操笔，但笔不舒缓，字不跳跃，说明他的思路并不流畅。"罗夫人，"他终于开口了，"我这里还有别的东西吸引你……对吗？"弓然明吓了一跳，因为她真的对里套间那扇门很感兴趣。她从来没看到那扇门打开过，她总觉得那扇门里有秘密。也许是人，也许是什么东西。但她摇了摇头道："我很想听你唱。"五岛次郎一怔，抬眼望着她，笑道："罗夫人，其实你应该听我说……我说的比唱的好听。"弓然明突然感到有冷飕飕的东西向她袭来，她很想站起来就走。五岛次郎又道："有朝一日我会把这里的秘密告诉你……不过，必须保证你不会因此恨我。"弓然明不想顺着他的思路往下说、往下想了，于是她改变话题道："谢谢你救了我弟弟！""不必！"五岛次郎高声道，"如果你看懂这个……那我可就要谢谢你了。"说着他把自己正在书写的纸张拿起来，晃了晃，又放下来。

"先生，你在写家书？"弓然明突然好奇地问。五岛次郎看了看她，诡谲地笑了，道："算是……不过是一封大的家书。"弓然明表示诧异，五岛次郎又道："因为你不懂，所以我会慈悲……告诉你吧，这是给我们大日本帝国参谋本部的信。而且，这封信的灵感全来自中国，中国的每一个人，其中包括你——漂亮的罗夫人。""还包括我？"弓然明故作天真的样子，向他靠了靠，想满足一下自己的好奇心。五岛次郎顺手搂住她的肩膀道："罗夫人，你懂得什么是信仰吗？"弓然明眨了眨眼道："我懂……我信命。"五岛次郎一听，哈哈大笑道："这无疑是一声哀叹！在中国，这样的哀叹之声太多了，所以你们无暇顾及真正的信仰了。但我要告诉你罗夫人，你的那个罗子沫就是一个真正有信仰的人。"弓然明问："那你说他信什么？"五岛次郎道："他信仰的是孔孟之道。这话一出口，你就懂了……那你说说他信仰的动力是什么？"弓然明摇摇头。"是升官发财，是光宗耀祖！对不对？你们都希望他去科考，那背后的动力难道不是这个？"弓然明无语。五岛次郎又道："这话一出口你又懂了……所以说，你们的信仰体系已不再是针对生命的本质，而成为生命的外在粉饰。自从你们的汉武大帝独尊儒术那一刻起，你们的信仰就成为一个诱饵，所以这样的信仰迟早要被信仰的人改变的。就像我在慢慢地改变你一样，开始你把我当成了鬼，现在你已经把我当成了并不可怕的鬼，因为我这个鬼在不断地给你所需要的东西……难道不是吗？"弓然明顿时打一个冷战，她下意识地闪一下身子。

五岛次郎"哧"地笑了，道："别紧张嘛罗夫人，我迟早会改变你对我的印象的，我会在你心里重新做人的。所以我必须先给你讲道理，因为你是一个不一般的中国人，你比那个英国修女阿曼达强多了。她企图用基督改变中国人，真是痴心妄想！佛教传来这么久了，它改变中国人了吗？尽管佛教表现得很谦虚，但中国人并不买账。对一群是非麻木、自高自大、极端自私自利、没有国家观念、没有集体精神的人来说，只能屈服于暴力，不可能被说教所改变，多么苦口婆心都不行。这一点是非常关键的，我希望参谋本部必须清醒地认识到这一点。"弓然明的心是痛苦的，她觉得自己被"割肉查纹理、断脉尝血腥"。"罗夫人，你别悲观嘛！"五岛次郎很严肃地说，"你们中国人很多，却普遍缺乏安全感，所以你们表现得很懦弱。你们需要团结，却彼此很难做到以诚相待，所以在懦弱的同时却极端地喜欢暴力，特别是群体性暴力使你们生而忘死。你们不总是很悲观地抠着鼻孔，也很残暴地挥着拳头。群体的暴力会使你产生短暂的信任，但一旦这种信任被外力打破，那你们就觉得受了委屈，因此极易变节和投敌，所以会涌现出大量的汉奸。于是力量被消耗了，溃不成军了。这多好！谁掌握了这一点，谁对你们战无不胜！"说到这里，五岛次郎得意地摇摇头，仿佛吃了很香甜的东西。弓然明突然感到头晕恶心，她站起身来想走，道："先生，我该回家做饭了。"五岛次郎使劲儿拉着她，让她重新坐下来，道："你在胡说罗夫人，在这样的天气里，所有的中国人都沉浸在睡意朦胧中，谁还有心思吃饭？况且，有多少中国人会借此省下一顿饭，因而会更加睡意朦胧。那么怎么办呢？要想打破这种睡意该怎么办呢？必须注入一股新鲜血液，是一种反传统、反习俗甚至是反理性的新鲜血液，这股新鲜血液能让你们重新找到尊严才行，是那种普通民众的尊严。你们的尊严不是没有，是被少数人剥夺了。有的人也认识到这一点，所以要'民主'，要'共和'。但他们哪里知道，这所谓的'民主'和'共和'并不是血液，而是这股血液里的腥味而已，所以他们注定会以动乱和失败而告终。我们不怕'腥味'，我们怕的是血液本身！那么哪里去找这股新鲜血液呢？实在讲，我也不知道！但我告诉你罗夫人，绝不是基督精神。基督太平和，你们不会喜欢的。孔孟之道这充满诱惑的宗教已经使你们压抑得太久了，压抑之后不可能是平和的。人怎么能始终假意为善呢？时间长了人会疯掉的。所以你们需要一场正式的爆发和宣泄，但我还是不知道这股血液来源于哪里。我只知道，要想换血必须先放血，所以必须先用刀。"说到这里他很温柔地看一眼脸色煞白的弓然明，道："我们的刀倒是很快的……罗夫人，你喜欢吗？"弓然明下意识地摇摇头。五岛次郎突然变了脸色，叹口气道："日中两国，唇亡齿寒，辅车相依。清国之忧即日本之忧也。日本必先改造中国，才能团结中国对抗西方。未见其形而上，这不行，必须洞察其心腹，及其形体。清国上下腐败已达极点，纲纪松弛，官吏逞私，所谓的祖宗基业倾颓殆尽，这真让我们的天皇陛下费尽心神啊！'道'，这一建国基础却变成了科举材料，知识分子汲汲营营地钻研此道，无非是以此为个人私利服务，一旦得位，便抛置脑后，庸官俗吏遍地皆是，使清廉高洁之士难容时流，官场一片漆黑，朝野滔滔，相习成风，即便有治理之法，也难寻治理之人啊！"说到这里，他很惆怅地看一眼弓然明，反而被她沉思的眼神吓了一跳，道："难道这些你懂？"弓然明慌忙摇头道："我在听你讲笑话呢！"五岛次郎则释然道："笑话？是笑话！这是天下最大的笑话。"

"我该走了。"弓然明站起身来要走。"慢！"五岛次郎这次没有拉她，而是大吼一声。弓然明吓得一激灵，身子定在那里不动了。随后是五岛次郎咯咯的笑声，"罗夫人，你是该走了，但你不是回家。"笑声过后，他站起来说道。然后径自往外走去，"来吧，罗夫人。"他又对怔在那里不知所措的弓然明道。弓然明这才醒悟了一般，身不由己地随他往外走去。浴海池林的庭院里，连雪都是平平整整的，一匹骏马在雪中伫立着，似在等待驰骋。五岛次郎向那匹马走去，边走边道："罗夫人，我带你去你最想去的地方。"弓然明又一怔，停下来道："什么地方？"五岛次郎道："先不要问，去了就知道了……但只有一匹马，你是坐在我的身后，还是坐在我的胸前？这个你来选择。"弓然明道："我选择回家。"五岛次郎冷笑道："我想你不会……首先，没人会看见我们骑一匹马出行；其次，那个最在意你和我在一起的人现在有口难言，但他对我的感激会大于你对我的恨。因为我会令他平安归来，成为一个有权利睡意朦胧的人，或者是躺在你的怀里。"弓然明一听就明白了，她骂道："五岛先生，你是鬼！不是人！"这样的骂声无疑含有娇嗔之意。五岛次郎笑道："不不不！我很快就要变成人了。"说着他牵马而行，后面跟着异常羞怯的弓然明。

这雪好大，连京畿之地也白茫茫一片。

颐和园俨然是独立的雪国，乐寿堂里静悄悄的，偶尔传来几声脆生生的狗叫。这狗在慈禧太后的怀里，太后也毫不例外地睡意朦胧，只不过她在朦胧中也可生杀予夺。她低眉垂目，偶尔幽幽地睁一下眼睛。在此之际，她会看一眼坐在对面的李鸿章。李鸿章当然不敢有睡意，他面带微笑，在聆听太后梦呓般的话语："像这样一个立朝已久，而且在过去也不无微劳足禄的人，一旦要把他斥辱开去，委实也是一桩令人极不快的事！然而他既已干错了事，又经彻查不枉，那么就非处罚他不可，要是我们轻轻地放过了他，不给他一些处罚，必致人人效仿，也一样贪赃枉法起来，这还成什么体统？尤其是，地方官孝敬我的东西，他都敢私吞起来，那还了得吗？是不是要把我的座位也搬了去？所以依着法律而论，他受的处罚真是再公正不过的了。不过还有一些遗憾，虽然他是应该受罚的，但由于我们这些勉能守法的人去处罚他，终觉有些不安！你可听人说过吗？做父亲的逢他儿子干错了什么事，不得已而要用棍棒或手掌去打他的时候，他的心上总不免有一种很痛苦的感觉的。那痛苦要强上十倍百倍的，是痛在心上的。"李鸿章越发地洗耳恭听，不时地点头称是。"最可气的不是他，也不是他的儿子，而是他那个我一向看好的女儿……她怎么能协同窝藏呢？见了这样的事就该觉得恶心才对，避之唯恐不及才对，我就说了，她也不嫌脏？"太后说到这里，眼睛睁得出奇地大。李鸿章收起微笑道："她虽贵为知府小姐，也被下了狱，但我看那个郎纪平，不知该怎么处罚她才好。""那好办！"太后突然大起声音来，"她不是甘心下贱吗？那就送到集市上卖了好了，不拘谁买去，那都是他该得的！""这个……"李鸿章吓了一跳，并欠了欠屁股。"怎么？"太后乜斜着双眼看着李鸿章，"处罚得轻了还是重了？"李鸿章急忙道："不轻不重，正好！正好！"太后很阴冷地笑道："我最讨厌女子行为不端了！"

监狱里的荣念其突然心痛难忍，总有一种大难临头的感觉。她与罗子沭依偎在一起，借以取暖，她把这种不好的兆头归咎于外面站着的两个人。五岛次郎一言不发，他是在看戏，他觉得这又是一出难得的好戏。罗子沭瞪着死鱼一般的眼睛，看着和五岛次郎站在一起的弓然明。弓然明已然是欲哭无泪的样子，她冲口而出的第一句话便是："这回你不想吃药了吧罗子沭！不知是我爹治好了你，还是这牢狱治好了你？"说完这句话，半天没有动静。直到罗子沬十分痛苦地说："是你爹治好了我。其实不是治好的，就是打好的。每当我要吃药时，他就把我绑在木桩上狠命地抽，有时还用木棒打。那种疼可以让人忘掉一切。"弓然明"哧"地笑了，道："我没想到他会这么给你治病。如果我早知道这样，我不会让你跟他走的。这样的治法，我也会。"又一阵沉默之后，罗子沬问道："我娘她好吧？"弓然明轻描淡写地道："我不知道。她好不好的，与我也没关系。"说着，她看向念其，继续道，"我想这位小姐应该清楚，你干吗不问她？难道你问她了，她没有说？或者你不相信她说的话？"弓然明满脸的轻蔑，被念其看在眼里，她心痛的感觉愈发地强烈了，便捂着胸口道："嫂子，希望你能照顾她老人家。""什么？"弓然明冷笑道，"都改口叫嫂子了？"五岛次郎突然道："未尝不可……子沬与小姐是患难之交啊，他们人在一起，心更在一起。同生共死，相依为命，就是这个样子。"弓然明道："五岛先生，我不明白，为什么偏偏把他们俩关在一起，难道他们是天生的一对吗？难道罗子沬就该与犯官的女儿、一个窝藏犯关在一起吗？"五岛次郎嘻嘻笑了，道："罗夫人，很有思想。我不以为你是在吃醋，但你提出的问题很尖锐。你想想，昔日百媚千娇的知府小姐突然关在自家的监狱里，父亲遭流放，哥哥也被羁押，那她能受得了吗？她能活到天亮吗？"弓然明道："这么说，罗子沬是为了保护知府小姐才不肯出狱的？""我不是！"她的话音刚落，罗子沬就瞪着眼睛辩解道。但他往下又不知该说什么好了，憋了半天方道："说多了你不懂！"弓然明异常生气，道："罗子沬！你不会以为知府小姐是为了陪你才有意进来的吧？告诉你，虽然在此之前，她在咱们家待过，都给婶子叫娘了，可她终究是因为犯了罪才进来的，你能保她一时，能保她一世吗？""这个女人真歹毒！"这是此时念其最想说的一句话，但她强忍着泪水，看着她，却一句话也不想再说。五岛次郎拿出很欣赏的样子，搂住了弓然明的双肩。这种举动令罗子沬大为惊异，他下意识地挺直了身子，很愤慨地看着他们。五岛次郎笑了，把弓然明搂得更紧了。而弓然明却不想躲开，她看着念其，觉得这是一种平衡。五岛次郎歪着脖子看着弓然明道："罗夫人，我看子沬身上的病好了，可心上的病还没好……那可怎么办呢？"罗子沬突然怒向五岛次郎道："先生，请你不要强加我什么！我哪里都没病了，不想出去，我只想活个明白。您还是领着她走吧，你们这样，要是被我哥哥看见，会要了你的命的！"说完，他背对着他们坐了下来。"罗子沬！"弓然明大叫一声，罗子沬没有回头。"罗子沫!"弓然明又大叫一声,罗子沫还是没有回头。念其看在眼里,稳稳地露出笑意。"罗夫人,我觉得我们应该走了。"五岛次郎很温柔地说。弓然明满眼含泪,愤然跟他走出牢房。

但刚走出牢房,弓然明就后悔了,而且悔恨交加。因此,便与五岛次郎拉开距离而行,直到出了城,仍然不肯再与他同乘一匹马。"罗夫人,"五岛次郎用讨好的语气道,"我必须对你讲故事,有关罗家的故事。那故事是很吸引人的,我想你应该喜欢听。"弓然明仍不言语,默默前行,积雪在她脚下发出呻吟之声。她也很想哭,因痛恨自己而哭。但五岛次郎的话,她还是听在心里,有关罗家的故事确实对她有吸引力。"罗夫人,"五岛次郎又道,"中国有一句古话,叫物极必反。如果你听了这个故事,只会有两种可能,要么你想杀了我;要么你想投向我,可以跟我去任何一个地方,包括日本。你可不知道啊,日本可是个美丽而洁净的地方,跟它相比,世界上的任何地方都是垃圾场。那蓝蓝的天,那润润的风,那温柔的水气……哟,别提了,人一旦离开日本,心都会变冷。"说着说着,他竟伤感起来。弓然明虽不温不火地接上一句半句,都是无关紧要的,然后继续保持沉默和冷淡。五岛次郎吸溜一下鼻子道:"看起来呀,讲这个故事还不是时候。那就耐心等待吧,直到有一天我在你的心里由鬼变成人时,再讲吧。"说着,他跨上马,又加一鞭,那马迟疑一下,便嗒嗒地跑起来。落在后面的弓然明多少有些失落,但她很快就不承认那是失落,因为路很快就要到家了。

教会医院里,也是一片洁白,躺在病床上的左汉庭却没有丝毫睡意,透过病房里渐渐明朗的光线,凝望着窗外。树梢上的积雪正在悄然地融化;清新的阳光在远处泛红;鸿雁贴着山顶孤傲地飞翔;山坡上的人家又炊烟浮动。尤其那炊烟,像一个人安详的晚年,在慢慢地把生命之光耗散。从身体里取出四颗弹头的他,恢复得很快。他想,如果余生仅在医院里度过,未尝不是最好的安息。一旦从病床上站起来,下一步将走向哪里?

这时,身着官服的郎纪平走了进来,身后跟随的两名卫兵站在了门口。而另一个跟随的人让左汉庭大吃一惊,因为那是自己的妹妹,是自己最牵挂的人。但他表情木然,不惊不喜。因为她是跟随郎大人来的,这让他想到郎大人曾经到过自己家里,或许干了什么勾当。郎纪平跨步向前,问道:"左大人贵恙如何?一直未来看望你,内心不安哪。"这种客气,让左汉庭很不自在,他欠了欠身子,道:"有劳大人亲自前来，犯官羞愧不已。"郎纪平一怔，看了看哑女道："你妹妹也要来，我正好把她带来了。但不知该怎么称呼她？"左汉庭道："家妹左静寒，是个哑巴，给大人添累赘了。犯……"没等他把话说完，郎纪平急忙伸手，阻拦道："左大人无罪，不可再提此二字。"说着他又看了看哑女左静寒。左汉庭会意，他这样有意隐瞒真相，让他心生一丝感动。但他还是借此追问道："下官不知未来去向，请郎大人指点迷津。"此言也让郎纪平心里感动，想必他并不愿落草为寇。于是他欣然道："左大人当官复原职，中堂大人有意让你操练新军。"左汉庭突然感伤，看着眼泪汪汪的妹妹，便想到家中老母。从郎纪平之口，断定自己不再背负罪名，这已让他感恩戴德；至于重新做官，让他想起来便心生悲凉，便抓住妹妹的手道："左某已经不配为官了，也无能力再为官了。还是解甲归田的好，与老母弱妹相依为命、残度余生吧。"郎纪平心生忌惮，此人一旦流落民间，在这荒乱之秋，很可能再度成为自己的对立面，于是慌忙道："人人皆知左大人治军有方，且为人慷慨，岂能谈不配呢？况且这也是皇命，我想左大人也不好违抗吧。"左汉庭早把他的心理看透，于是笑道："左某已心如死灰，也深知江湖水深，不愿再惹是生非，老死田园是唯一愿望。请大人尽管放心。"郎纪平面露尴尬之色，有意笑道："左大人想偏了，郎某人需要你这样的帮手，这是千真万确的。况且，国家正是用人之际，像左大人这样的英雄，如果埋没田园，连天理都不容啊！"左汉庭急忙道："郎大人过奖了，左某不过一匹夫耳。"郎纪平看了看窗外，道："令妹在此，郎某就放心了。外面有些事要处理一下，恕不能相陪，就此告辞。"说完他一拱手，便快步往外走去。但到门口处他又停下来道："令妹的住处已经安排好，请左大人不必挂怀。"就在这回头之际，他看到了哑女正用急切而失落的眼神看着自己。他内心一动，不免向她笑了笑。哑女也笑了，脸也有些潮红。左汉庭把这些看在眼里，也不回话，急忙闭上了双眼。

　　尽管左汉庭万般思念老母，尽管哑女左静寒是来看望哥哥的，但左氏兄妹在郎纪平真正离开后的对话还是从看似无关紧要的小事开始的。尽管他们的对话方式是用眼神和手势，但其默契程度已非真正的语言交流可比。左汉庭问："郎纪平真的不知你叫什么名字？"哑女点头："真的，如果母亲没告诉他，就是真的。"左汉庭问："他在这里问你的名字，是为什么？"哑女腼腆地笑了，却笑而不答。左汉庭道："他是向我证明，他跟你不熟。"哑女的脸红了。左汉庭又问："你是怎么知道哥哥受了伤？"哑女向门的方向看了看。左汉庭会意，问："他又去咱家了？又送银子去了？"哑女摇头，却迟疑道："是我听说的。"左汉庭问："听谁说的？"哑女低头不答。左汉庭道："是你到城里找郎大人了？"哑女不敢抬头。左汉庭道："你不可以喜欢他，你不了解他。"哑女抬头看着哥哥，表示不解，仍有些害怕。左汉庭道："他未必喜欢你。"哑女浅浅地笑了，是很自信的笑。左汉庭叹气道："喜欢他可以，但要偷偷的。"哑女看看窗外，转移话题道："哥哥为何好久不回家？"左汉庭专注地看着妹妹，无从回答。哑女又问："是什么人打伤了哥哥？"左汉庭只是叹气。哑女道："妹妹相信哥哥不是罪犯。"左汉庭又一把抓过妹妹的手，湿了眼眶。哑女也转了眼窝，摸摸哥哥，想看看伤。左汉庭便拧一下身子，把包扎的伤口让她看。哑女想去摸那伤口，但又不敢，泪水吧嗒吧嗒地往下掉。然后拿过精致的食盒，打开后，香气扑鼻。左汉庭望了望，忍不住咽了咽口水。哑女一一指点给他看，"这是饺子，羊肉馅儿的；这是汤灌蒜肠；这是猪耳朵拌蒜泥；这是热酱牛蹄筋；这是兔子肉。"她又特意强调，"兔子是我上山套住的。"然后很自豪地笑了。但左汉庭看着看着便默不作声了，伸出一只手抚摸那精致食盒道："这是谁的东西？咱家可没有啊！"哑女的兴致突然被打消，手像被烫了一样急忙缩回去。左汉庭问："还是那个郎大人的吧？"哑女很慌悚，坐在了他的床边，背对着他。左汉庭死死地看着她，半天方道："你到他的兵营去了？你都和他做了什么？"哑女忽地站起身来，辩解道："我跟他什么都没做！我对天发誓。"左汉庭看妹妹的样子可怜，便强装笑脸道："没有就好。"然后他把注意力转移到食物上，拿起了筷子。但他吃起来还是觉得不够香甜，因为饭菜虽为自己最喜欢吃的，但它们都是被倒腾过的，也就是从这个餐具挪到那个食盒里的，他不喜欢吃这样近乎二手的饭菜，就像不想再回去做那二手的官。

但对于女人例外，妓女雪苓说几手就是几手，但他仍然喜欢着。尤其躺在病床上，他很希望她突然出现在眼前。

佑顺寺里，脱掉官服的郎纪平貌似悠闲地踱着步子，卫兵站在寺门外没有跟随，所以他看起来更像一个普通香客。寺院里的积雪都显得宁静，也显亮堂，仿佛里面蕴含着佛光。钟声被积雪稀释，听起来不够惊人，平添一股凡俗的幽怨。但木鱼之声却被法师敲得急躁，听起来很不顺耳，竟有尿急的味道。香客当然很少，但幽灵仿佛很多。郎纪平觉得自己在踩着别人的脚印，耳畔还能听到无缘无故的声音，但这声音里没有戾气，仿佛是慢吞吞的交谈。大殿里空高阔远，佛爷的微笑总是慈悲的、会意的，有时也能看到他的讥讽。与佛爷对面，郎纪平站立了好长时间，最终还是"扑通"一声跪了下来，使得正在敲木鱼的法师停顿一下。就在这一停顿间，被郎纪平的抽泣填补了空白。法师没有在意，还要继续敲下去的，但郎纪平抑郁的哭声却一发不可收拾。他的眼睛里有黑色的幕布，幕布里是红色的念其小姐，她的形象似流云在闪烁。从他第一次相见，到最后狱中的愁容，无不有血有肉，更有质感。但他总有一种恍如隔世之感，"我都干了些什么？"开始他默念这种声音，后来又让这声音到现实中来。

这时，一个人走进大殿，脚步很轻，喘息很重。郎纪平戛然止住哭泣，但并不回身，全力体味来者的动静。"郎大人，别来无恙啊！"此声音就像念经。"一切都好，法师为何到此？"郎纪平的声音似乎沾着泪点。"等你好久了，知道你会来……来看望左大人。"郎纪平一惊，但仍没有回身："难道你又要刺杀此人？""你多虑了！"声音冷淡且生硬，"我问你，兵营起火时，你为何按兵不动？"郎纪平也冷淡地回答："因为你们刺杀的是荣大人，但他的位子上已换了人……是中堂大人。"来者很急切地说："难道你不知道我们更喜欢他吗？"郎纪平冷笑道："我知道你们更喜欢太后。"一时间，彼此不再作声，木鱼声更加响亮起来。

"我们是同乡！郎纪平。"来者大声道。"但不一定是同道，法师大人。"郎纪平的声音如故。来者道："奉劝一句，不要被儿女情长所累。你爱上了知府小姐，哑女却爱上了你。"又是半天没有声音。之后郎纪平从牙缝里挤出几个字："你们革命党怎么什么都知道？"来者笑了，道："天下早晚是共和之道，没有隐私和秘密。"郎纪平冷笑道："我恐怕看不到那一天了。不过我更相信，我们的子孙后代也未必能看到那一天。"来者也冷笑道："其实我们也并不是什么都想知道……比如郎大人的死期。"郎纪平猛地站起身来道："你是威胁我？"来者笑道："岂敢岂敢，对于连我们都搞不明白的人，我们是轻易不会动手的……不能滥杀无辜嘛！""对于那个俄国人，你们打算怎么办？"郎纪平突然转移话题道。"那得看五岛先生的意思。"来者用解释的口吻道，"那位荣公子怎么样了？"来者又紧接着问道。郎纪平轻描淡写地说："不知道，人家毕竟是殿下嘛。"来者道："郎大人还不转身吗？"郎纪平道："想……是在看不见你的时候。"半晌无语，之后来者道："郎知府，你好像突然很霸道。"郎纪平冷笑道："你已经说出来了，官大脾气长嘛！""好！

郎知府，咱们走着瞧！"来者的语气有些凶恶。"不送！"郎纪平以同样的语气回敬道。只听见来者去了，脚步很重，喘息倒轻了。

郎纪平猛然转过身去，背对着佛爷，目光像雪一样寒冷刺人，他在注视着大定法师远去的背影。"郎知府？"后面突然发出微弱而又小心翼翼的声音。郎纪平诧异。"郎知府？"这声音仍在继续，胆量稍稍有些放开。郎纪平又猛然转过身来，一时间，他竟有一种毛骨悚然的感觉。他首先看到的是一张堆满笑容的脸；继续看下去，那笑容后面的猥琐与狰狞一览无余。"郎知府，您要对革命党大开杀戒了！"没等郎纪平说什么，那人又继续道。"是你？！"郎纪平终于失色道。"是我，奴才高解。"高解说完，深深地低下头去。"你怎么还没有消失？"郎纪平冷冷地说。高解一下子跪下来，假意哭道："郎大人，我虽对荣家罪债累累，可对您、对朝廷那是……那是没有功劳也有苦劳啊！您让我到哪里去呀？故土难离呀！"郎纪平道："你就不怕荣家将你碎尸万段吗？""不怕！"高解使劲儿一拧身子道，同时挤出满脸的笑容，使劲儿往上翻着白眼，"知府大人，荣家已经没人了，我还怕什么？"郎纪平道："劫走他家的财产，够你过上几世了吧？""不不不，"高解急忙摆手道，"奴才哪敢太贪啊！一点小意思，仅够糊口而已。"说着他直起身子，先在口袋里摸了摸，又停了停，然后准确地取出一枚玉佩，双手捧着，递到郎纪平的面前道："郎大人，只有这件东西还算整齐干净，奴才岂敢独得，把它孝敬给您。"说着他又高高地举过头顶。郎纪平一看，此奴才已经是满手晶莹的绿光，那玉佩仿佛在绿光中轻轻地跳跃着。"好啊！"郎纪平几乎是失声叫道，"高解，你看这东西除了皇上，别人还配享用？"高解立刻仰脸叫道："配！郎大人不配，还谁能配？天下还有你这样精明能干、八面威风的才俊吗？""这话我爱听。"说着，郎纪平慢慢地伸出一只手，轻轻地拎起玉佩的带子，玉佩便被高高地提起，在高解面前悠荡着，那片幽光便像锦缎一样颤抖起来。然后他用另一只手猛地将玉佩攥在手中，那幽光就像突然躲进云层里，尚能射出道道微芒。"晚上到玄雨楼找我！"说完他快速转身，大步离开。"好嘞郎大人，奴才遵命！"高解在后面紧声喊道。直到郎纪平的背影消失，他才慢慢地站起身来。然后又觉得不对，急忙转过身去，正见佛爷慈祥的微笑。他也本想笑一笑，却无论如何也笑不出来，但刚才他躲在佛爷后面的时候，却一直在偷偷地乐。他觉得自己就是这样，只有在偷偷的时候，才能乐。

但无论在何时何地，一想起那个不平凡的夜晚，他都会不寒而栗。他确实不曾想背叛自己的主子，就像他不曾想到自己的主子会一败涂地。但事实就摆在了他的面前，他以一个小人的聪明做出准确的判断，自己的主子已经走向万劫不复的深渊。老天爷也善于给这样的人意想不到的机会，再一次证实了没有小人便没有天下的悖论。他在革命党的枪口下跪下了，然后他便得到了一个来自南方的女人，并附加事成之后可以任意洗劫荣家财产的条件。然后他把自己刚刚享用过的女人带到荣公子面前，异地的女人异地的风味，让荣公子一见倾心。就在他们云雨无度之时，他又用迷药迷倒了桑玉。然后他打开那道专属于荣公子的便门，一箱箱金银就这样抬到了念其的闺房。然后他又在荣家父子沦为阶下囚之时，洗劫了荣公子所有的奇珍异宝。但最终他得到这样的威胁，要想活命就要永远离开此地，再也不要让这里的一头猪、一只鸟看见他。他为自己没有被杀人灭口而万般庆幸，但他并没有远去，原因是天下一片大乱，他害怕自己洗劫来的财宝再遭到别人洗劫，甚至死无葬身之地；同时他也倍感故土难离。于是他多次偷偷地溜进城里，幽会那位被革命党安置起来的南方女子小云。他想通过这个女人巴结革命党，同时也能靠近郎纪平，他不相信郎纪平会讨厌一个聪明的奴才。果不其然，这个诡计多端的郎大人在仅仅得到一件宝贝之后，就要亲自召见他了。他哪能不偷偷地乐呢？他甚至想，即便是慈禧老佛爷也不过如此，不会拒绝金银财宝，也不会拒绝嗅觉良好、行动敏捷的狗。想到这里，他在佛爷的身边不由得发出"汪汪"的狗叫。他决不否认自己是个地道小人，但同时他也自豪地想，如果没有小人，君子活着该有多么无聊啊！把小人做到位，未尝不是对天下的成全啊！但他有时也很委屈地想，自己怎么就成了小人了呢？想当初自己对主子是多么忠心耿耿啊！

- 23 -

人是变幻莫测的动物，不知不觉的，就会变成完全不同的另一个人了。比如以被绑架之名而放归的苏秀，竟然对绑架他的人产生深深的依恋。当然依恋的不仅仅是人，也有专属于他们的"革命"。她踏着点点星光回到这个美丽的"村子"，但她的情绪是低迷的，没有平安归来的惊喜和久别重逢的激动，而是深深的失望。她对人们冠以"老天保佑"的吉祥不感兴趣；对人们的嘘寒问暖不感兴趣；对人们追寻的目光和追问的话语更不感兴趣。她甚至不愿正眼去看这里的一切，仿佛这里的一切都对她有所亏欠。当她听说自己的屋子曾经住过一个陌生的男人，她一气之下把自己的被褥连同衣物都一股脑儿地扔到门外。最后她拿起镜子看了看自己，想到这个镜子也曾照过另一个男人，便远远地撇出去，正好落在一块山石上，"啪"的一下摔得粉碎。当她得知刺杀知府的几个人就在自己的前脚刚刚归来时，她报以淡淡的一笑；当她得知扮作自己父亲的左将军在法场突然变节并因保护李鸿章而身负重伤时，她只是平淡地动了动嘴角，把想说的话平淡无奇地咽了回去。就这样，她要么坐在自己的屋子里默默不语，要么站在山崖之上怅望远方，似乎有无尽的心事等待她去消解。

弓么长回来后，听说苏秀被人绑架多时，刚刚归来，他的心一下子就凉了，蹲在地上号啕大哭起来，用手掌使劲儿拍着地面，说我还不如被一刀砍了好受呢！所以他没有主动与苏秀说过一句话。苏秀当然不屑于去解释自己仍是清白之身，她觉得这老一套实在令人厌恶！她觉得这一切都应该统统被"革命"。而在别人的眼里，她好像在外面吃惯了山珍海味，回来后再也不想吃糠咽菜了。就连她的父亲苏达成都倍感蹊跷，心想自己的女儿这是怎么了？难道她的精神出了问题？特别是，她对舞枪弄棒也不感兴趣了，见这些男男女女的摆着游龙走凤的架子，她甚至不想正眼看一下，老远就绕开了。她的眼前总闪现着一个光辉形象，那便是剃光头穿袈裟的大定法师。他沉着冷静、睿智机敏、志向高远，哪一点不是这里的人望尘莫及的？她觉得他说出的每一句话，都让人感到像吃了新鲜荔枝一样，清爽解渴，沁人心脾。她觉得这个世界该变了，就变成他们所描绘的那样。

但她的冷漠，不可能让人永远保持讨好的热情，尤其在这落雪的天气里，人们的热情烫温了几坛老酒，迸发出声声豪情万丈的狂吼。酒气冲天，地动山摇。在一阵猜拳行令之后，汉子们扯着嗓子吼起了梆子调：

北风吹雁雪飞飞，火烧红云满地灰。刀杀脖子无人哭哇，李鸿章要成枪下鬼。书生难吃断头饭，将军眼高往上看。洋人法场说得算呀，一声枪响鸟兽散。鬼头鬼脸鬼头刀，做鬼吃屎也逍遥。一个寡妇做当朝，万千爷儿们干没招。弓么长哭得泪滔滔，苏秀有奶吃不着。傻小子生来不怕刀，皇帝碗里撒泡尿。

吼声过后是笑声、是骂声，还有哭声。星星、白雪、红的灯光，都在静静地听。苏秀坐在自己的屋子里，也在静静地听。听着听着，两行热泪，顺流而下。她打开窗子，望着那茫茫的白雪，心中悸动不已。突然，在这雪中传来了喊杀之声，那是酩酊大醉的弓么长在舞刀。只见他如龙腾、似虎跃，手中的大刀左劈右砍，刀刀充满仇恨，刀刀欲见血光。感觉到他的四外充满了该杀的敌人，但那敌人究竟是什么人，仇恨又从哪里来，没人能说得清，他本人更说不清。但仇恨总归是有的，人也是要杀的，这无疑令苏秀更加悸动，同时一种厌离之心在猛然升腾。

雪夜，教堂里发生了大事，安琪拉失踪了。吃完晚饭，她说外面的雪在发光，能把夜照亮，她要到那光中去看看，这一去就再也没有回来。在人们相信她会很快归来的时候，教堂里响起了一片祷告之声。夜越来越深了，几乎所有的人都在用哭声去祷告，唯有杜克先生和阿曼达跪在十字架下，默默无语，只传递心声。只是杜克先生真正地异常平静，阿曼达却泪水涟涟。她在追悔，她在祈求自己的罪过被饶恕。她以为这厄运是她招致而来的，是她耽于个人情感中难以自拔，才被神所怪罪。而杜克先生平静的背后，是无尽的沉思，自打法场以后，他都在为自己的作为而痛悔不已。一个牧师，怎么能站在别人的法场上做评判呢？但他只为这种身份的不合时宜而痛悔，如果非要找出自己错在哪里，他又实在茫然。他觉得自己是站在公平公义这一边的，尽管是异国他乡，公平公义不会有什么区别，因为上帝创造了万物，其中包括地球上每一个人、每一块土地。那么上帝为什么要用丢失女儿来惩罚自己呢？想来想去，他就觉得这神圣的教堂终究是乱了。看看阿曼达都干了什么，还有罗子漫，整天脸色阴郁、泪痕斑斑。在这神圣的教堂里，神怎么能容忍这样的粗俗？于是，他站起身来，在一片祷告声中默默地退去了。

夜已经很深了，杜克先生终究陷入坐卧不宁当中。妻子贝蒂没有催促他去睡觉，而是一直在给他煮咖啡，他今天已经把咖啡当水喝了。贝蒂已经不知给他端过来几杯咖啡了，而且最后一次牧师吩咐道："请煮三杯咖啡来。"贝蒂没有惊奇，真就端来了三杯咖啡。她很伤感地把咖啡放在桌子上道："你应该要四杯才对。"牧师不解地看了看她。她补充道："我们一家四口，你的、我的，还有阿曼达和安琪拉的。"牧师"哦"了一声道："贝蒂，你多想了。请你再去把阿曼达和罗子漫请来，我要与她们好好谈谈。"贝蒂心里迟疑一下，因为她觉得她们应该睡了。"去吧，她们没有睡。"杜克先生似乎看出她的心思。贝蒂转身就出去了，她以为在这种时候，唯有对丈夫百依百顺，才是对他最好的安慰。阿曼达与罗子漫都在黑暗里睁着眼，敲门声刚起，她们都坐起来。"你们两个都没有睡吧，牧长大人有请。"贝蒂的语气很轻柔，害怕惊扰这深沉的夜。阿曼达和罗子漫又在床上坐了一会儿，才下床走了出去。推开门，贝蒂还在门外悄悄地站着，"去吧，他要请你们喝咖啡。"贝蒂又小声说道。

坐在牧长大人的面前，罗子漫始终盯着那白白的蜡烛。她的内心惴惴不安，以为牧长大人的这次谈话一定是针对自己的，阿曼达不过是作陪而已。杜克先生并不说话，雕塑一般坐在那里，深陷的眼窝里看不见眼神，紧闭的嘴角微微下垂。阿曼达似乎终究忍受不了寂寞，开口道："父亲，如果保护教堂的清兵不撤走，妹妹也许就不会……"杜克先生轻轻地咳嗽一声，以打断她的话语，然后道："你错了阿曼达，那些士兵是来保护罗子漫的，不是来保护教堂的。"这平淡的语言，却让罗子漫感到五雷轰顶一般，她甚至能听到那雷的响声。她一下子跪了下来，"牧长大人，我有罪，请您饶恕我的罪过。"话没有说完，她已经泪流满面了。"阿曼达，拉她起来，她已经忘了，能饶人罪过的只有耶稣和全能的父。"阿曼达彻底怔住了，她真的以为父亲要撵这位中国信徒离开，她以为父亲已经把妹妹丢失的罪降到罗子漫的头上。于是，她不但没有去扶起跪着的罗子漫，自己也跪下了。"父亲，就饶恕子漫吧，她是被动的，是无奈也无辜的。"杜克先生仔细地看着她们，竟是饶有兴趣的样子。然后他站起来挥着双手道："起来，都起来孩子们。你们看见耶稣站在我的身边了吗？如果没有，就快快地站起来。"他言语恳切，但动作很像轰赶偷米吃的小鸡。阿曼达看到父亲内心的急躁，所以她先站起来，然后又把罗子漫扶起来。二人重新坐定，但心还在"咚咚"地跳。平复了好一阵子，杜克先生终于恢复应有的严厉，他死死地盯着自己的女儿阿曼达道："孩子，目前摆在你面前的只有两条路可走：要么马上回到英国去；要么找一个中国人嫁了，从此成为一个真正的中国媳妇。"一时间，阿曼达已经傻了。而罗子漫再一次感到五雷轰顶，"不，"她几乎是大叫一声，"牧长大人，您不可以这样惩罚阿曼达！她没罪，她不该受到这样的惩罚。要惩罚您就惩罚我吧。"说话间，她想再次跪下来，但她没有。但阿曼达还是再次跪下来，哭道："父亲，我不接受这样的惩罚，我哪里也不去，就在这里陪着您和母亲。"杜克先生表情异常凄冷，他喃喃道："你已经没有别的选择了，我的孩子，这是神的旨意。这神圣的教堂因你而乱了，我已经听到它的每一个角落里都发出不和谐的音符。你不要再固执了，你的固执太自私。我们缺乏清净心，我们的双脚每一步都要踏在干净的土地上，可我们总是在不应该的地方涉足太深。我已看出来了，你已经很难忘掉那个罗子沫了，他的心里也因你的不雅而充满魔力，这是撒旦在挑逗你的同时而利用了他，你们已经成为这恶魔手里的玩偶。你们只会让天上的父叹息，让他降罪于我们。如果来到这里的每一个教会都这样，必将招致难以预料的灾祸。我在担惊受怕，我仿佛看到那个日子正在向我们走来。""牧长大人！"他的话音刚落，罗子漫便用平静的语气道，"阿曼达和哥哥相爱，这有错吗？"杜克先生打一个激灵，急忙借喝咖啡来缓解自己。他强迫自己去正视这位敢带着指责的口吻向自己提问的中国信徒，却半天说不出话来。其实话一出口，罗子漫就觉察到自己的失礼和傲慢，同时，她也奇怪自己怎么能问出这样的话来。明明自己的观点与牧长大人有着诸多的相同之处，怎么自己说出的话竟然言不由衷，竟让牧长难堪。

但事实证明，罗子漫的感觉是错的。随后牧长大人便正色道："作为中国人，我觉得你并不真正了解中国人。中国人是不能做细考究的，他们充满了太多的机谋、权变和阴毒。看后你会觉得惊奇，你惊异于同为人类，还有这么多丰富多彩的展现。作为基督教会，作为基督徒，我们绝不能沉溺其中，我们应该有敏感的触角，这些触角除了用来传道之外，什么都别碰，随时都要收回来。尤其不能介入他们的私生活！你明白吗？"牧长大人的目光突然异常犀利和冷峻，"而你们！尤其是阿曼达，别以什么爱情为由头，去欺骗自己，去欺骗我们在天的父，因为中国人这些可怕的性情同样会表现在爱情当中……明白吗？！"说到这里，牧长大人竟然很悲哀、很无奈地摇摇头，"我想，撒旦的魔军里也会有'爱情'产生的，他们也许会感到甜蜜和美好呢……就是这样。所以你们沉溺其中是很危险的，介入中国人的私生活是很危险的，会给我们带来灾难的……我甚至看到洇洇的流血。"牧长大人突然显得异常疲惫和低迷，脸色突然黯淡无光，眼睛里就像熄灭了两盏灯。

罗子漫和阿曼达都低下了头。

好久的沉默之后，罗子漫抬起头来道："牧长大人，我要说的是，中国人也并非完全像您想象的那样。如果是中国人，今天失踪孩子的父亲就绝不会坐在这里一边喝咖啡一边讲大道理，他会发动所有人都去找他的孩子。""但我们不会！"牧长大人又突然精神起来道，"我们会在尽可能地寻找之后，来反思自己，来反思出事的原因。这个原因找到了，事情就会迎刃而解。"罗子漫突然很激动，道："您以为已经找到原因了吗？"牧长大人干脆地说："是的，已经找到了。"罗子漫道："您给阿曼达的两条路就别无选择了吗？"牧长大人道："当然！"罗子漫拽起阿曼达就往外走，"牧长大人，在阿曼达没有正式做出选择之前，我只好带她走，因为她存在一天，对您来说都是危险的。"牧长大人猛然站起来道："你很聪明……你完全可以这样帮助我！"阿曼达则万般不愿意离开，她一边在罗子漫的手里身不由己地往外走，一边回头望着自己的父亲，但牧长大人已经毫不留情地把头扭向一边。

不一会儿，贝蒂泪水涟涟地走进来道："杜克，你怎么能撵我们的阿曼达走呢？你想让我一夜之间失去两个孩子吗？"杜克先生看着她道："请你叫我'牧长大人'！"贝蒂一下子止住泪水，她分明害怕了，"上帝呀！"她凄哀地叫了一声，踉跄着走了出去。门关上了，杜克先生一下子坐在那里，闭上酸涩的双眼，默默地祷告。他在祈祷什么，别人无从知道，但最后一句他出声道："神啊，永远不介入中国人的私生活……是我向你发出的誓言。"

是夜，哑女很晚才回到玄雨楼。她的客房与郎纪平的客房紧挨着，越过郎纪平的房门时，她稍稍停住脚步。不知道他在不在、睡没睡。她有一种冲动，很想推开那扇门，但终究推开的，还是自己的房门。关上门，是满屋的孤独。令她没有想到的是，不久之后，门被轻轻地敲了三下。她急急下了床，连鞋子都没穿，轻轻地打开门闩，郎纪平便推门而入。没有一句客套，没有半句寒暄，就像推开自家的门。哑女又轻轻地把门关上，捋了捋头发，整了整衣襟，然后又倒了一盏茶，放在已经落座的郎纪平面前。然后她局促不安地站在那里，双手叠放在腰际，等待郎纪平开言。郎纪平只低头喝茶，双眼盯着她那双光润鲜活的天足。他发现，她这双脚很像壁画上面菩萨的脚。哑女已然忘记自己是光着双脚的，更没有觉得地面的寒凉。几口茶喝下去，郎纪平仍旧无言。他突然放下茶盏，低下头去，意欲整理自己靴子的样子，却伸出手去摸在了她的脚上。哑女像被电击一样，喉咙里发出极度痛苦的嘶哑难鸣之声，随后她的身子就摇摇欲坠了。这令郎纪平猝不及防，他急忙一把抱住了她。这抑郁已久的痛苦仿佛突然得到了爆发，这有生以来第一次被男人触摸的感觉让她更加痛苦。她的双手抱住他的头，泪水挂满双腮。郎纪平极力往上看去，眼睛里便留下大量的空白，突然一滴大大的泪珠正好掉在他的眼睛里。他一下子闭上了眼睛，抑制不住的神情慌乱使他如坠水底，令人窒息的感觉使他急于想浮出水面，但他同时必须抱住一个人，因为这个人也随他一起沉入水底，随时都有窒息的可能。不知怎么的，他们一同倒在床上。

这时，门被很响地敲了三下，哑女吓得想推开他，他便向她摇头道："不用管他！不用管他！"门还在敲，哑女急了，急出了汗水，但她仍难以摆脱郎纪平的怀抱。门还在敲，也因为门还在敲，她有足够的理由阻止他破开自己的衣襟。因为她有许多话要说，有许多不明白的事要问。她的心绪只有经过进一步的梳理才能安静下来，而不能安静下来，她是不会接受任何男人的，无论他是谁。这是她此时最深刻而真实的心理，这也是一种声音在谆谆地告诫："孩子，你是女儿家，你是个哑女，就更要知道珍惜自己的身子。因为男人就像狼一样，专门拣瘦弱的羔羊欺负，你就是那瘦弱的羔羊啊！如果你心里有一丝一毫的不安，都不要让任何男人随便解开你的衣襟。"这是母亲的声音，是自己自初潮以后，母亲时不时地把自己紧紧地揽在怀里，发出的声音，那声音那么苍凉，也凄美。

随着那敲门声渐渐隐去，她也挣扎着坐起来。一边理着凌乱的头发，一边死死地盯着大失所望的郎纪平看。郎纪平有些恼火，因为他已经是第二次经历这样的心情了，于是他的眼前便不断闪现着念其的影子，于是他更加痛恨桑玉那奇怪的笑声。但失望与痛恨之余，郎纪平还是由衷地疼爱和可怜这个容貌迷人的哑女。他自知无法真正探明她的内心，他也相信她的内心会平庸简单，她怎么会有知府小姐那样莫测高深的情怀呢？于是他轻轻翻了翻身，从腰间取出高解送给他的玉佩，拎在哑女的面前，摇了摇，晃了晃，然后抓过她的手，放在她的手心里。然后他又笑了，而且尽量笑得通俗易懂。

然而，当哑女以为明白他的用意时，她突然像受伤的兔子，瞪着红红的双眼看着他，那红色的眼神又被瞬间溢满眼眶的泪水打湿，变成惨淡的粉红。她扬起手来就想把那玉佩狠狠地投掷出去。郎纪平吓坏了，又一把抱住了她，那玉佩才幸免于难。哑女以为他心疼那玉佩的宝贵，所以很鄙夷地看着他。郎纪平哭笑不得，他极力解释道，指着自己的心解释道："这是我送给你的，特意送给你的。它不能破，它怎么能破？"哑女则打手势道："请你告诉我，我哥哥究竟怎么了？"郎纪平怔住了，一时不知她说什么。因为她在没有语言的情况下突然转变话题，让人很难理解。哑女也明白了这一点，她娇媚地笑了，只好又把这句话细细地加工一遍，再重复出来。郎纪平终于明白了，道："他犯了罪，是我帮他免除了罪名。当然，在关键时刻，他也帮助了我；同时他救了中堂大人，立了大功，他会官复原职的。"哑女也不能很轻松地知道他说什么，但她一定明白了这一点，她哥哥犯了罪，是面前这个人拯救了自己的哥哥。她相信这一点，因为她首先相信了他是个好人。然后她又接着问："你有女人吗？"郎纪平倒是一下子看懂了，同时也稍稍迟疑。哑女追问道："说！到底有没有？"郎纪平很干脆地答道："有！"哑女的脸色顿时黯然失色，把头扭向一边。郎纪平很挑逗地笑了，扳过她的肩膀道："我的女人就是你。"说着，他还用指尖指了指她的心窝。哑女难以抑制内心的激动，脸色顿时绯红。但她还是抑制住了，道："以后你就不必到我家去了。"郎纪平深知她的内心，道："如果不去的话，我会死的。"话音刚落，哑女"啪"的一下把手中的玉佩掰成两半，然后把它们举在郎纪平的面前。郎纪平先是吓了一跳，也由衷地心疼，因为这毕竟是一件无价之宝。但他很快恢复了平静，因为他已经意识到，这个宝贝去了，那个宝贝就会到来。于是他接过一半玉佩，把它牢牢地抓在手里。见哑女把自己手中的一半玉佩伸过来，他也将自己手中的一半玉佩伸出去。当两半玉佩又合二为一时，哑女一下子扑到他的怀里。郎纪平顿时感到从来未有过的激动和不安。当她那弹性十足又野性十足又柔韧光滑的肌肤充分向他打开时，他想到了露珠；想到了出巢的鸟鸣；想到了微风。总之，整个世界在他眼前都变了，他忘记了自己，忘记了赤城，忘记了教堂的钟声，甚至也忘记了大清的存在。当这玉体在他面前柔弱如泥的时候，他感到一双尖利的手充满无穷的力量在死死地抓住自己，那双手想摆布他，只是有些迷乱。因为他自己也从未如此迷乱过，所以他还要借助那双手的力量，归去来兮之间似乎有音乐在奏响。哑女把所有的力量都灌注在自己的双手上，使郎纪平难以摆脱目前的命运。他陶醉、庆幸、窃喜，一个哑女别有的韵味。当他终于看到一股血光殷红时，他深知这是哑女老到的风采，同时他更加珍惜自己所面临的命运。哑女却越来越百媚千娇，这让他更加赞叹，一个没有语言的女子，她的整个身体都是柔美的语言。

而敲门的人并没有很快离去，他又在门外站了很久。他想弄明白郎大人为何言而无信，甚至是捉弄自己。卫兵在他敲门时就盯上他了，知道不是刺客，便没有过早阻拦他一而再、再而三地敲门。但发现他站在门外久久不去，便心生疑窦，拔刀在手，悄悄地走过来，猛然间把刀晃在他的眼前，令他着实吓了一跳。本来相当沮丧，又见卫兵以刀相逼，刚想发作，忽然想起自己已今非昔比，于是便忍气吞声悻悻而去。走出玄雨楼，茫然四顾，天地冷凄凄，不知该走向何处。忽又念及一人，便陡然增添兴头，脚步也愈发畅快起来。

很快就来到教会医院的大门前，刚想进门，又被门卫粗暴地阻拦，说都什么时候了，还来探亲，赶紧走开，有事明天再来。他骂道："狗眼看人低，想当初大爷我……"话没有骂完全，便自行噎了回去，然后狼狈地走开了。没走多远，抬眼一看是妓院，便长叹一声踅了进去。刚进门，早有老鸨热情相迎："桂花，接客——"

第二天，哑女从梦中醒来，已然日照高楼。甜蜜往往在梦醒后愈加浓烈，她想再次投入情人的怀抱，但伸出手去，空空如也。她忽地坐起来，夜里发生的一切，恍如梦幻，竟不够真实起来。她刚想呼唤什么，见地上站着两位婢女，桌子上摆好了饭菜。她觉得更加不真实起来。"夫人，您醒了。"婢女们低声下气地叫道，"夫人，服侍好您，是大人的吩咐。"一婢女解释道。其实不用解释，她早已明白了大半，只是她不忍心被人服侍，更不忍心被人当做夫人一般服侍，她觉得自己除了拥有一份真爱，其他什么都没有做好接受的准备。又一婢女解释道："大人说他公务繁忙，不能久陪，老早就匆匆去了。"哑女一听，湿了眼窝，她打手势道："你们去吧，我自己会照顾自己的。"婢女们根本听不懂，也不想听懂，她们原本就是这楼里的婢女，听从吩咐是她们的本分。哑女没有立即吃饭，她想上外面转转，婢女们在后面紧跟。但她只走到郎纪平的房门前，停了停，就返回来了。婢女们见她哀伤忧郁，不免相视而笑，觉得这个不会说话的女子却也风情万种。

天蒙蒙亮时，郎纪平就从一阵恐慌中醒来，他觉得内心从未有过的软弱。他觉得自己构建的这个温柔乡就如同雾里看花、水中望月，一旦邪恶的阳光出现，一切便会烟消云散。两半玉佩还摆在他们共同的枕边，他轻轻地拿起一半，紧紧地握在手里，悄然离去。推开自己的房门，飘忽吹起一紫笺。郎纪平深感诧异，急忙捡起观看，只见上面写道：

"冒昧奉书，望大人海涵。奴才并非背叛主人，实为背叛罪恶。大人刚正不阿，一心为民，如大人不嫌弃，奴才不奢望做您身后之犬，但求做您身上一虮一虱。奴才深知大人有燃眉之急、焦头之困，奴才愿为您排忧解难。至诚之意，望大人笑纳。高解手书。今晨。"

郎纪平看后，表情由不屑变为凝重。但仔细端详一会儿，毅然把它撕得粉碎，掷进纸篓。也许是平添恐慌的缘故，也许是这封信笺的缘故，郎纪平当即决定返回赤城，因为他确有燃眉之急、焦头之困。留下两位婢女服侍哑女，是他临行前对老板的嘱托，同时也扔下大把的银子。三匹快马奔出玄雨楼，早有高解在暗处偷偷观望。在妓女的身上，他经过深刻的反思，做出大胆的决定，不顾郎纪平的变相拒绝老早离开妓院投书于他。他不相信自己的前程会就此断送。当他发现三匹快马匆忙而去，他又偷偷地乐了。他已经不会想到，人会乐极生悲的。

哑女吃了一点饭，也匆匆离开玄雨楼，来到教会医院。可让她没想到的是，一个妖冶的女人早服侍在哥哥的床边。左汉庭正在饭后小憩，没有在意妹妹的到来。而妓女雪苓却反客为主道："哟，你是谁呀？站在这里痴痴呆呆地看，想看看女人是怎么服侍男人的，对吧？好，那小奴家就让你看个够。"说话间她便低下头去，吱吱有声地吻着左汉庭厚厚的嘴唇。左汉庭以为她又在胡闹，便一把推开她，继续闭眼养神。哑女简直吓得魂飞魄散，在她的意识里，根本不存在女人可以疯狂到这种地步，而且，对象竟是自己简直奉若神明的哥哥。再看哥哥仍不睁眼，她以为哥哥中了妖，男人中妖的故事她多次从母亲的嘴里听说过。于是，她以斩妖除魔的冲动"啪"地给雪苓一个大嘴巴子。雪苓被彻底打蒙了，随后她想听到接踵而来的骂声，但一切悄无声息。被哑女的举动惊醒的左汉庭也悄无声息地看着妹妹，妹妹出手打人，他简直不敢相信自己的眼睛。雪苓见打人者一言不发，只用充满蔑视的目光看着自己，再看此人的风韵与容颜皆在自己之上，且吃醋到如此疯狂的地步，这便验证了她老早产生的怀疑，此女子是左汉庭又一个相好的。想自己不顾雪天路滑气温寒冷，风尘仆仆地走这么远的路来看他，不料他竟三心二意另找情人。于是在越想越气的情况下，她"啪"的一嘴巴打在左汉庭的脸上，骂道："好你个大犟驴，老娘像一条母狗一样心里装着你，嘴里念着你，再苦再累都豁出命去哄你开心，帮你解馋，实指望你这犟驴屙也犟，一心一意地扑在老娘的身上。万没想到哇，你原来也是外表老实内里坏，花花肠子囊囊膪，吃着碗里的望着锅里的，糊弄老娘拿你当贴心的肉呀！"骂着骂着，她伸手还要打。左汉庭一把攥住她的手腕吼道："你胡咧咧个啥！她是我妹妹！"雪苓在第一意识里信以为真，便又看了一眼这个女人。这一看不要紧，把她仅有的一点信任看没了，于是又骂道："你骗谁呀你！就你这头大蠢驴，能指望你养出这么漂亮的妹妹？还你妹妹，你叫叫她，我听听她咋答应的，咋让人恶心的！"左汉庭气得伸出大巴掌就扇了过去，但只扇在她的肩头上。他吼道："她是个哑巴，她答应什么？"因为吼声的震动，他的伤口一阵钻心的疼痛。但雪苓毫不示弱，捂着肩头哭骂道："你就编吧！天下也有会吃醋会打人的哑巴？你看看她那个样儿，分明就是装正经的婊子。你再看看她那脸色，我敢保证她刚刚接过客，我还……"没等她把话说完，左汉庭重重一掌击在她的脑门儿上。雪苓一声没哼，翻了翻白眼便瘫了下去，同时左汉庭的伤口也渗出血来。他气得脸色铁青，看着自己的妹妹，呼呼地喘着粗气。

　　站在一边的哑女早看出了事情的关节之处，这分明是哥哥在荒野之地捡来的相好之人。他们情深意切，因爱生恨。见女人在哥哥的掌下倒地，她急忙跑过去，欲将其扶起；又见哥哥伤口出血，当然又想照顾哥哥。正在她不知如之奈何之际，看出这等争风吃醋之事又无法解劝的中国护士找来了主治医生，这个叫约翰的医生风风火火地跑过来，对着左汉庭就不住地摊着双手叫道："左将军，你不可以生气！生气对你的伤口没一点好处。"忽然看到躺在地上奄奄一息的雪苓，约翰医生又叫道："左将军，你更不可以打人！这是教会医院，不是战场。看哪看哪，你的伤口因为你的粗暴而再次流血。哦，上帝呀。"说着他去试探雪苓的鼻息，然后对护士道："吴，吴，快去！帮她恢复呼吸。"被称作"吴"的护士忸怩不前，大概看出来这是一个不干净的女人。约翰大夫没有强迫她，而是很无奈地自己动手，他把雪苓放平在地，一曲一伸地活动她的双臂，又用手掌一下一下地按压她的胸部。不多时，雪苓"哎哟"一声睁开双眼，她一时间不知自己身在何处，为何倒地。转了转眼珠，便想起是挨了左汉庭一掌就什么都不知道了。她虚弱得很，还是推了约翰一把，自行坐起来，见左汉庭正无限愧疚地看着自己，护士正为他整理刚刚出血的伤口，而那个被他称作妹妹的女人竟目不转睛地看着自己，那样坦率和无辜。一时间，她不知如何是好。这时那个被称作"吴"的护士含笑道："这位确实是左将军的妹妹，她昨天就来了，她是个哑女。"雪苓感到从未有过的无地自容，同时也哭了，好像是喜极而泣，也像是万般委屈。她挣扎着站起来，尽管头晕目眩，但她还是一挥手臂道："别都那样看着我……我可是个好女人。"在场的人几乎都在窃笑，连约翰大夫都很无奈地耸耸肩头。

　　说完她跟跟跄跄地往外走去。左汉庭道："路上小心。"雪苓又往后一甩手臂道："不用你管！死哪儿算哪儿。"哑女有些不放心，追了出去。雪苓觉得后面有人，便头也不回道："别怪我，要怪就怪那个'吴'，有屁不早放！"她知道跟着的人是哑女，才故意以此开脱自己。哑女停下了脚步，看着这个泼辣的女人慢慢地消失在走廊的尽头。

　　郎纪平心急马也急，不到一个时辰就回到了赤城。恹恹的守城士兵见新任知府返回，立刻都精神起来了，同时也异常惊悚，因为满城都贴上了黄纸黑字的告示，城头上当然也有。内容是：

犯官之女荣念其与新任知府郎大人有婚约在先，因犯窝藏罪入狱在后。请全城百姓见证，郎大人无过，不该受此牵连。郎大人在处理前任知府荣格一案中，大义灭亲，刚正不阿，匡复时弊，功高一等，请全城百姓察秋毫，明大义，举证当朝，还郎大人清白，安赤城政法于清廉。

郎纪平对此无稽之谈，首先气急败坏，看了一张又一张，撕了一张又一张，内心早大骂起"革命党"，以为干这等龌龊之事的，非"革命党"莫属。但撕着撕着，他的手软了，心动了。细想来，这样的告示于己何害之有？于知府小姐何害之有？是谁这么高明？一张纸可以挽救知府小姐被"卖于市"的危局，同时又能成全自己的心愿。他的双手开始痉挛，"此人心智绝不在我之下。"他心里发出这样的慨叹。慨叹之余他否定了此事为"革命党"所为，他们不可能做这样的善事。想来想去他想到了一个人，那便是冉先生。于是他又仔细观其笔法，因为他熟知先生的墨宝，但看去不像。随即他又苦笑了，难道先生不知找人代笔？同时他也有一份疑惑，先生性情狂狷耿介，不像有此心计之人。但无论怎么想，他不再去撕这个告示。两卫兵见郎大人不撕了，也便罢手。

郎纪平心更急了，匆匆来到知府衙门，但刚下马即闻鞭声与叫骂之声。他本想去探狱，看念其是什么情形，谁知声音正从狱门而来，是狱头在驱赶探狱之人。仔细一看，分明是罗子沫的母亲和妹妹，另外一位便是教堂的修女阿曼达。"军爷，就让我看看儿子吧，天太冷，我给他做了一身棉衣，行行好，就让我送给他吧！"这是丽娘苦苦的哀求，但得到的却是更响的鞭打和更粗暴的吼叫："养儿不教的臭婆娘，儿子犯罪了才知道求爷爷告奶奶，早干啥去了？滚！滚远点！"而罗子漫和阿曼达皆不言语，脸面上也没有明显的仇恨，就像面对畜生一样，只能无语。郎纪平早已怒火中烧，握紧手中的马鞭，很想过去抽那狱头一顿。但见她们满脸悲凄地走过来，他急忙背过脸去躲开了。直到她们的背影消失在大门外，他才闪出身来，且悄悄地跟踪而出，见那三个人互相搀扶着消失在人流之中。站在门口，郎纪平想了很多人情冷暖之事，然后他打发了卫兵，独自往秀塔书院而来。刚进书院大门，在清清的冷寂中传来琴声。学生已不再上课，便没了读书声，这琴声便在整个院子里飘荡。院子里的积雪无人彻底打扫，仅扫出零星几道小径，或通往柴薪之地，或通往便池，或在几道门前互相勾连。奇怪的是，却没有通往大门之外的，就像与外界断绝了来往。雪地已不再干净，或一片乌黑，或一片土黄，斑驳得如同下贱的狗皮。孤独凄凉的琴声就在这张狗皮上跳跃着，但其中的铮铮之音也偶能闪现，那是一种不肯低头的悲愤。这样的琴声取代了读书声，郎纪平已经感受到了这个城市的没落和颓败，这块土地上不再有生机。一时间他的胸内鼓荡着残存的豪情，有一种重整山河的冲动。带着这种冲动，他向冉先生紧关着的房门走去，他要以知府大人的身份向他承诺，官府将向书院拨款，最起码是原先的两倍以上。但前提条件是，必须让全城百姓听到更加响亮的读书声，看到每一个学子的勃勃生气。

可是，他的美好心情和愿望却迎头遭遇一盆冷水。先生的房门突然打开，桑玉端着一盆脏水"哗"的一下泼过来。多亏水花被积雪吸收，否则一定会溅他一身。然后桑玉就像根本没看见他一样，转身卷回屋子，"哐当"一声关上了门。此时琴声突然高亢，有如雨歇之后突然刮起狂风；有如隐士醉酒之后迎风起舞；有如一声号角之后突然万马奔腾。就在这琴声里突然又传来苍凉的吟诗之声：

望门投止兮思张俭，忍死须臾兮待杜根。我自横刀兮向天笑，去留肝胆兮两昆仑。

吟罢，琴弦突然"嘣"的一声断裂了，琴声也随之戛然而止。郎纪平正自惊疑，惊疑于维新派的风骨犹存；惊疑于琴弦有意被拉断；更惊疑于老夫子的豪情万丈。恰在这时，门又忽地开了，眨眼间又"啪"的关上。可就在这开关之际，门上已贴出遒劲的两行大字：

国贼止步。君子不与国贼为伍。

郎纪平就像被当头打了一闷棍，险些没扑倒在地。但他除了慨叹已经没有别的了——这才是先生的性格呀！恰在此时，突然狂风四起，撩起他的衣襟，吹乱他的头发。默默地，他终于转身离去，留下无限心事在这万物生发之地。

罗子漫与阿曼达一左一右搀扶着丽娘走出北门，凭谁看，都是相依为命的样子。她们几乎是默默无语的，中途只有丽娘说一句："看那些告示贴的……好像也有人撕过。"她们来的时候已经看过这些告示，丽娘的脸色立刻就阴沉下来，渐渐地便无法掩饰内心的伤感，对罗子漫道："你哥哥不是和知府小姐关在一起吗？没有错吧？"罗子漫半天没有作答，阿曼达更是沉浸在多重忧伤里，这个喜欢表达并极力想表达正确的姑娘，也不肯轻易言语了。"她怎么就和那个狼心狗肺的人有了婚约呢？没有错吧？"面对母亲的絮叨，罗子漫深知她的失落，就像自己看见荣大人的囚车远去一样，那个心是被掏空了的。母亲的心是被这张告示掏空了，那里曾怀着多么温热的希望，那里曾藏着多么甜蜜的亲情，而这一刻，全都凉了。"小姐不像是个撒谎的孩子啊，她叫我一声'娘'的时候，我都把她当亲生闺女待了。她怎么能和别人先有了婚约呢？"罗子漫觉得母亲的脚步已经懵懂无根了，如果是她自己的话，说不定会走到哪里去呢。她这种充满哀伤的絮叨，让人听了更加心酸。当恶毒的狱头用皮鞭和谩骂轰赶她们时，母亲甚至没有感到身体的疼痛与心灵的羞辱。除了嘴上应有的争辩和央求之外，她真的急于想见到自己的儿子吗？她的儿子是和那个令她无比失望的人关在一起。想见和不想见，一定在互相抵消着她的情感；所以，见与不见，她内心的痛都达到了无以复加的程度；那么见着与见不着，都好像是无关紧要的了。罗子漫深知，现在的离去和不久前的到来，已经没什么两样了。就像她与阿曼达离开教堂或者不久以后再回到教堂，这一去一回之间，终究没有什么意义了。也如同阿曼达在无处可去的情况下只好选择与自己回到家中，然后又和母亲一起走出家门一样，这之间究竟有什么不同，已经令她们不去深究了。罗子漫终于得出这样的结论：当人们活到什么都不想深究的份儿上，就说明这个世道要变了，许多规矩也将被打破重组。

　　"阿曼达，"走出北门后，丽娘终于又开腔了，"你还是回家吧，婶子撵你了。婶子不是怕你在我家吃住，你爸爸是生了气，才撵你出来的，等气消了，他就后悔了。说不定现在他正到处找你呢！"话刚说完，便自知出了错，因为阿曼达"扑通"跪下了，仰着脸央求道："娘，难道你也不想要我吗？"说着便转了眼窝，满眼蓝汪汪的。丽娘的心就像突然被人抓了一下，脚下一滑，险些没摔倒。"快起来孩子。谁说娘不要，娘要！"她挣脱开罗子漫搀扶的手臂，便去把阿曼达扶起，同时她也感到自己刚刚说过的话又错上加错了，便急忙补充道："你爸爸这个人可真是……一个闺女丢了，不说到处好好找找，又狠心地把另一个闺女撵出来……天下哪有这样当爹的，你们的神也不好好管教管教，哪能让他这样胡来呀。"没等她说完，罗子漫便周身战栗一下，急忙劝母亲道："妈，这不是神的事，你不懂！我们的事情你不懂，就不要……"丽娘拽过阿曼达的手，又把女儿的手拽过来，意味深长地道："我相信神佛都是好的，可我不相信有些信神佛的人。他们自以为是，为了给自己出口气，就敢改神佛的道道，那哪行！"罗子漫听后，若有所思地去看阿曼达，发现阿曼达也正仔细地看着自己。"妈，"罗子漫开口道，"阿曼达真要在咱家长住了，牧长大人说出的话可不是闹着玩的，你老可做好精神准备呀！""不准备！"丽娘很干脆地说，"别人不要的我都要！莫说是这么好的闺女，就是一只猫一条狗我也要。"阿曼达一听，泪水终于流了出来，她难以自制地一把抱住丽娘。"娘——"随着这一声呼唤，她把脸深深埋在丽娘的脖颈里。罗子漫鼻子一酸，也掉下泪来。但她在看着这条通往远方的路，她仿佛看见一辆囚车正在路上行进着。囚车里的人正瞪着干枯的双眼，望着渐行渐远的、不可能成为现实的归途。

- 24 -

弓然明依偎在一个枕头上，闭目在五岛次郎的身边，听他讲一个并不久远的故事。五岛次郎盘着腿，喝着茶，平稳均匀地吐着每一个汉字。在讲故事之前，他首先说道："一个女人这样地依偎在一个男人的身边，说明了什么？说明她准备要做他的人了。这个男人即便是铁石心肠，也不会拒绝一个要把命运交给自己的女人。何况我五岛次郎是多么……唉，怎么说呢？是多么有情有义的人啊！"说到这里，弓然明吃力地睁开双眼，瞭他一下，又久久地闭上了。伤痛不仅令她身心俱疲，更使她万念俱灰。但有一件事还令她后悔着，于是她自语道："我后悔啊！"她是在多么烦闷的情况下，想用这样的语言打断五岛次郎令人生厌的花言巧语，她紧接着道："你可以直接就讲故事……先生。"五岛次郎怔了一会儿，道："我可以知道你在后悔什么吗，夫人？"片刻工夫，眼泪就从弓然明闭着的双眼里渗出来，长长地流向腮边。她摇了摇头，道："我可能又害了罗子沫了。""此话怎讲？"五岛次郎追问道。"他可能没有理由再走出监狱了。他不情愿走出来，就能不走出来；这不同于他要吃药，他不情愿吃，却做不到不能吃。"她轻轻地抹掉一颗正在往下滚动的泪珠。五岛次郎使劲儿地转着眼珠子，他在思考。思考之后，他终于明白弓然明的用意何在，便笑道："夫人，你多虑了，也可以说是自作多情了。罗子沫不出来，跟你没关系，当然更与我没关系……"弓然明突然打断他道："他吃药与你有关系吗？"五岛次郎突然哑住，半天方道："难道夫人你认为与我有关系吗？""哼！"弓然明嗤之以鼻。五岛次郎竟面有愧色，道："夫人，今天你应该听我讲故事，不应该提起罗子沫。虽然我对夫人提起他感到很欣慰，因为一个女人当着一个男人这样很自然地提到她的另一个男人，说明她在他们之间正要离开他而走向他。但我还是希望就此打住，难道在你心里已经成为故事的人，不该忘掉吗？当然了，这不同于我要讲的故事……"还没等他把话说完，弓然明不知哪里来的力气，一下子抓住他的手道："先生，请你赶紧讲故事吧！我要受不了了。"五岛次郎点头道："好好，我就要讲了，因为这个故事是不应该忘怀的。"这时他竟敛容正色，整整衣襟，仿佛要对这个故事充满庄严与敬畏。"说起来，它过去得并不遥远。每当想起它，我的脑海里都会出现战马嘶鸣、杀声震天、鬼哭狼嚎的景象。可我总在想，虽然那个惨案流了血、死了人、背了信、弃了义，可它仿佛并不是为了仇恨，也不能完全说是为了金钱利益。你看，你看，两个要好的朋友，一个是日本人，一个是中国人，他们白天共同做事，晚上抵足而眠。他们大量收购中国的奇缺药材，贩卖到日本去，赚取了高额利润。但他们从不因利益分配而发生一点点不愉快。他们甚至可以共同喜欢一个女人，共同男欢女爱。无论在中国还是日本，只要是在共同的时间内花出去的银子，无论是出自谁手，都会列入他们的共同开销。他们甚至并不在意最终能赚多少，而只是在挥霍尽兴之后，才把剩下的银子平分掉。就是这样的两个朋友，不是手足胜手足，不可能存在明枪暗箭、卸磨杀驴，还有什么见利忘义、图财害命。可是，夫人啊，你听我说，偏偏就是这么样两个人，后来一个人返回故乡，另一个人返回日本老家。他们临行前依依不舍，泪洒长亭，他们相约每年必须见两次面，以绝相思之情。可那个人回国后，他发现自己不会生活了，他发现自己与祖国已经格格不入了。他频频受到欺辱，到处碰得头破血流。他几乎到了寸步难行、山穷水尽的地步，连相亲相爱的老婆都弃他而去。为什么？为什么？他抱头问天，百思不得其解。最终一个老人告诉他，说你已经成为中国人了，中国人那一套，我们受不了。他开始不相信，到后来半信半疑，再到后来物极必反而心生怨恨。他虽然已经沦落为乞丐，但他坚信，只要他肯向中国朋友求救，他一定会得到大量的资助。但他没有，因为他深知自己的财产是因何失去的。但他还是来到了中国，是偷了钱又带着日本人的逻辑来到了中国。重新踏上这片土地，他发现自己竟这么痛恨这片土地，痛恨这片土地所孕育的每一个人，所滋生的被他们津津乐道的每一种做人的准则。他知道，只有反其道而行之，才能重新做回日本人，才能无往而不胜。他觉得以前的自己是被骗了，骗得好惨。于是，他要找到骗他的人，他也找到了。在夜黑风高的时刻，他散尽自己偷来的钱，带来了马匪和马刀，然后带走了他认为早就应该属于自己的财富。不仅如此，他还把自己唯一的儿子留在这里。他想让自己的儿子继承自己的家业和作为日本人的血统，同时让他无限度地品尝作为征服者的快感，品尝毁灭他人的滋味。同时，还让自己的儿子为日本参谋本部效劳，目的是让日本人永远不要成为中国人，直到子孙万代。因为中国人的法则永远不适合于日本，它让人活得太累、太窝囊。'人为什么要像羊一样地活着呢？'这是他后来经常挂在嘴边的话。"

弓然明已经浑身在颤抖，牙齿也因此发出"咯咯"的相撞之声。她很想永远闭着眼睛不去看他，却又忍受不了非要看他一眼的冲动。她不断地在流泪，那是无声的泪水。好在这个人已经沉浸在自己的叙述当中而无暇顾及她的表情变化。后来她终于吐了，吐出的不是污秽之物，而是浓浓淡淡的充满腥味的血水。她知道这些血水是重伤之后的产物，而这些产物也因为主人的惊恐万状而无法存活于腹内而喷薄而出。尽管这些血水喷了五岛次郎一身，但他仿佛并不在意，直到他把故事讲完，才悠悠地站起身来，打过一盆水，投洗一块抹布，仔细地为弓然明和自己擦拭起来。"夫人啊，你大可不必这样。"他一边擦，一边继续慢慢叙语，"你想一想，自从你来到罗家，都承受了什么？他们何曾拿你当人来待？他们的仁义道德都哪里去了？这就说明，你一旦违反了他们的法则，他们就会对你凶狠无比。我说的那个日本人也是，他也违反了日本人的法则，所以他得到的下场和你是一样的。所以，你要勇敢地反击。这也是我为什么到现在才给你讲这个故事的原因。无论那个傻子为何原因打你，你都不要因为他是个傻子而放弃痛恨他、反击他。没有人会无端承受可以说得过去的痛苦，这才是我们日本人的法则，你既然已经做了我五岛次郎的女人，就该遵从这个法则，好吗夫人？从现在开始。你也看到了，那个英国修女和罗子沫的妹妹一回来，便与你的婶子一起出去了，不用说，她们一定是去探监了。连那个英国修女和知府小姐，在你婶子的眼里都如亲生女儿一般，而你这位罗家的媳妇在她眼里算什么？那个傻子把你搡到当街打你，看样子非要打死你不可。那么多人在场，可谁站出来拉一把，让你免遭皮肉之苦？没有，他们是在看热闹，他们看着解恨，因为你违反了他们的法则。你那个婶子是明白人，其实她什么都知道，可她何曾站出来说一句公道话？因为你违反了她的法则。还有那个傻子，竟一边打你一边说'受够你啦'。他也有他的法则，一个傻子的法则。总之，你是所有法则的罪人。而你在我这里不是这样，当你不再认为我'是鬼不是人'的时候，我们之间就没有法则可言了……那仅仅是男女情爱。现在我敢说，即便你真的以为我是鬼，你也会把自己变成鬼来依附我，因为你在我身上看到了'爱'的火焰在燃烧。当然，我可以因为你做一个中国人，但一定是中国人法则之外的中国人。"

弓然明趴在那里不动了，她在接受他的"爱抚"的同时，在回想着刚刚成为过去的过去。这时，外面传来了哭声，是牛叫一般的哭声。弓然明知道是傻子在哭，但她仍趴在那里不动，甚至连头都不肯抬一下。这时院子里的老秦头高声叫道："时候不早啦——"弓然明身子一震，抬起头来看了看四外，然后才艰难地爬起来，摇摇晃晃地从五岛次郎的后门走出去。风一吹，她感到清爽许多，她向罗家大院的方向望去，内心也轻松许多。因为她已经放弃了许多仇恨，因此她不得不感谢这位刚刚讲完故事的五岛先生。她绕道回到家里，并没有做贼一般的感觉了，而是做完贼一般的感觉，多了一份心安理得。五岛次郎的故事除了让她震惊以外，她并不以为罗家的灾难与自己有多大的关系，只是觉得五岛次郎奢望的由鬼变成人，那简直是笑话一般了。

推门进屋，猛抬头，着实吓了一跳，因为炕上坐着一位目光高远的大闺女。开始以为是画中人下来了，或是天上掉下来的仙女。细一看，竟然是自己多年不见的表妹苏秀。苏秀见了表姐，更是大惊失色，因为她的表姐全然不是她以前的表姐了，她的表姐已成了怨妇，说寡妇也行。因为没人告诉她，她的表姐嫁给了一个傻子，所以在她们好久的对视之后，她还是惊呼道："哎哟妈呀，刚才我来的时候看见一个傻子在哭，哭得好伤心呢。原来傻子也知道伤心呢。"弓然明的脸立刻阴沉下来道："你是怎么找到这里的？""打听呗！"苏秀声音很高地说。弓然明觉得很不自在，心想她本不该来，又偏在这个时候来，她觉得实在没法面对任何亲戚。可见了娘家人，她又难免悲从心来，忍不住抓过表妹的手，泪水就在眼窝里打转。"秀儿，你来这里，舅舅他们知道吗？"她哽咽道。表姐的伤感也令苏秀伤心，她已经感觉到表姐过得不易，不应该来给她添麻烦。但她还是如实相告："不知道，他们都不知道。"说到这里，她猛然仰起脸来，吸溜一下鼻子，又非常坚定昂扬地说："表姐，我要革命！我不想跟着他们舞刀弄枪，到处乱窜地造反了。他们什么都不懂，成不了事，到头来不会有好下场的。"弓然明怔怔地看着她，半天方道："'革命'？革命是咋回事？是像冉先生他们那样吗？冒死给皇帝上书吗？""嗨！"苏秀很不屑地摇头道，"谁能跟他们一样啊？他们太落后了，也成不了事的！后来可不就没成事嘛……你说的那个冉先生是谁？是康有为他们一伙儿的吧？我虽没见过，我也知道他天天犯愁呢！"说着她使劲儿觑一眼自己的表姐，见到她一片茫然，继续道："革命可是大事，你不要问我它大到什么程度，你问我我也不告诉你。可表姐你看看我，我像犯愁的人吗？"说到这里，她又把自己的脸往前凑了凑，"你看看、你看看。"她一声紧似一声，很怕别人看不见的样子。弓然明不得不一边躲闪着一边看了看，诧异道："确实不像犯愁的样子。难道……难道这革命还能消愁解闷吗？"苏秀"哧"地笑了，道："你还别说表姐，你不说我还真想不到。要说这革命啊，还真能消愁解闷，真让你说着了。"弓然明眼睛一亮，道："表妹，你是不是也想让我革命啊？你是不是知道我……也需要革革命啊？"言罢，弓然明很凄凉地低下了头。苏秀一怔，道："那倒不是。表姐，我是来找革命队伍的，实在不太好找，他们都是神龙见首不见尾的。没办法，跑你这儿歇歇脚。不过表姐，你可千万别告密呀，家里人说不定到处找我呢！"恰在这时，就听外面有人喊："媳妇，媳妇！听说咱家来了一个闺女！人家说可好看了，是不是来找我的呀？妈妈的，有人找我，我就不要你了，我受够了你了。"这声音早已把苏秀吓得魂飞魄散了，因为她听出来就是那傻子的声音。"表姐，快插门！大傻子来了，快插门！"她一边乱叫，一边往弓然明的身后藏。弓然明一时不知如何是好，想了想，只好安慰她道："秀儿，别害怕。他呀……就是你姐夫。""什么？"苏秀就像被烫着一样，一下子离开了她，"他就是我姐夫？不可能！你别吓唬我表姐，我姐夫是个白面书生，我知道的。你干吗这样吓唬我？怕我来你就直接说，干吗要吓唬我呀！"她又急又躁，边说边流泪。因为话虽这么说，其实她已经相信表姐的话了。看看这个家，看看表姐那带死不活的样子，说她嫁给了一个傻子是完全说得过去的。她既害怕又悲伤，为表姐的悲惨命运而悲伤。"哈哈哈……"一阵大笑传来，傻子进屋了。刹那间，泪光中她已看到那傻子铁塔一般站在门口，咧着大嘴，瞪着通红的双眼在看着她，"真来了一个大闺女。这下好了！这下好了！"说着他便扑了上来。"不许动！动我就打死你！"苏秀一边躲闪着一边叫喊。她多么想自己手中有一支枪，但那是不可能的，她只好将自己的右手比画成枪的样子。弓然明拼命地拦着傻子，他仅仅用手一拨拉，弓然明就摔倒在地了，所有的伤都重新疼痛，但她还是忍着痛扑过来，死死地抱住他的双腿。傻子并不在乎下面，而是紧紧盯着苏秀手中的"枪"在看。看来看去，他实在看不到出奇的东西，便呵呵笑道："什么也没有，什么也没有……

那是手，我不要手，我要睡你！"说着他又向前扑来，无奈双腿被弓然明抱住，使他险些摔倒。他急了，右脚一用力，就把弓然明甩到一边去了，然后骂道："臭婊子！人家都说她来找我的，找我睡觉来的。你不跟我睡，还不让她跟我睡，我非踢死你不可！"说罢他便抬起腿来想踢。这时，苏秀突然产生顽强的革命意志，她不知哪里来的力气，拼命地一头撞去，正好撞在傻子的腰眼上。傻子因为抬起右脚而左脚撑地，早已失去了重心，经这一撞，便山一般重重地倒在地上。"哎哟妈呀！"他大叫了一声就想站起来。弓然明手疾眼快，一下子扑上来，把他死死地压在身下，同时大喊："秀儿！秀儿！快跑！再不跑就来不及了。"苏秀的斗志却昂扬起来，大喊道："不！不！我跑了他会整死你的，今天咱俩联手，整死他算了。"说着，便也要扑上来，因为她毕竟会些拳脚。弓然明心急如焚，她猛地踹苏秀一脚，声嘶力竭地喊道："你给我快跑！再搁咱们俩也打不过他，他是牲口，不是人！快跑，再不跑真就来不及了！"苏秀的斗志又被吓跑了，正当她不知所措之际，一个声音慢悠悠地传来："往哪跑？哪儿是你的容身之地？"循声音望去，只见一个老者站在门口，用研究的目光看着眼前的一切。弓然明一见自己的公公来了，顿时放下心来，死心塌地地一动不动了。傻子见自己的爹来了，也老实了，只是呼呼地喘着粗气，很眼馋地看着苏秀发呆。"她是谁？"罗再恒问。"我表妹。"弓然明回答。"他是谁？"苏秀问。"我公公。"弓然明回答。"原来是亲戚来了。"罗再恒笑道，"快炕上坐，快炕上坐。""哼！"苏秀终于理清了事实，她嗤之以鼻道，"不坐了！你家的炕我可不敢坐。"说着她又看着弓然明道："表姐呀！"话一出口，她的泪水便"哗哗"地流了下来，"我走了……我知道你是走不脱的，不过早晚有一天我会回来接你的！你最应该做的事就是'革命'。"说罢，她一边抹着眼泪，一边绕过傻子和傻子他爹，脚步沉重地往外走去。这时傻子又大喊大叫起来："不让她走！爹呀，他是来找我的，不要让她走哇！"罗再恒气得狠狠一脚踢在他的屁股上，骂道："畜生！她是咱亲戚。你再不老实，我非剐了你不可！"虽骂的是自己的儿子，眼睛却瞅着弓然明。弓然明已不再理会这些，挣扎着站起来，跟跟跄跄地追出去，正见自己的表妹倏忽间从大门口消失。她很想再追出去，但已经觉得没有任何意义了。只是泪水忍不住地往下流。

"快起来！你婶子叫你有事。你这个蠢货！"这是罗再恒在骂。

不多时，他们父子双双走出门去。

"子辉呀！"不多时，罗家大院里的丽娘便发出慈母般的声音。她一手掐着俩黏豆包，一手指着阿曼达对他道："这是你妹妹，你亲妹妹……她以后要在咱家长住了，你可要护着她点儿。"罗子辉接过豆包先来一口，一边咀嚼着一边大声道："好，婶子，我听你的，护着妹妹，谁敢惹她，我就打死他！"说着，他讨好地去看阿曼达。阿曼达则很严肃地说："愿上帝赐福你，哥哥。"罗子辉又咬一口豆包道："不用赐，上帝也会给我豆包吃吗？"阿曼达诧异地看了看罗子漫。罗子漫急忙道："放心吧哥，上帝会给你很大很大的黏豆包的。"罗子辉答应一声，心满意足地去了，只留下众人彼此相视而笑。丽娘笑过之后对阿曼达道："多仁义的孩子啊！"不料这句话被没走出多远的罗子辉听到了，他猛然转身，指着自己家的方向道："就她不仁不义，早晚我要打死她！"众人都敛了笑容。罗再恒一听，灰溜溜地走开了。丽娘则笑道："两口子过日子，哪有马勺碰不着锅沿的。正常的，正常的，都是正常的。"说着她也心事重重地走开了。院子里只剩下罗子漫和阿曼达，她们彼此无言以对，亦心事重重。

　　没看到儿子的痛苦在折磨着丽娘。晚饭后，彼此无话，都提前睡下了。阿曼达与罗子漫的私语持续很长时间，最后也悄无声息了。但罗再时的呓语没完没了，他好像在与人对话，在争辩一个道理。丽娘的心刀绞麻乱的，但还是不知不觉地睡去了。梦境出现了，颠三倒四的，往来无常的人影在眼前不断忽闪，她的心又闷又痛，一口气压在心底喘不出来。

　　"娘——娘——"这声音突然穿过梦境，来到现实，她"忽"地一下坐起来，连鞋子都没穿，就慌忙往外跑去。她觉得那声音就在门外，可她到了门外，那声音又像在大门口。再往大门跑去，听一听，却什么声音都没有了。她捂住心口，蹲在地上，想要大哭一场。她不知为什么，自己的心竟欲生不能、欲死不得地难受。当她意识到这绝不仅仅是见不到儿子的原因时，她重新辨别那叫娘的声音，便顿时吓坏了，因为那分明就是念其的声音。她忙不迭地冲到罗子漫的屋里，大声叫喊："子漫、子漫，快随娘走……进城去，不好了，出大事了！"罗子漫和阿曼达都被惊醒了，罗子漫迷迷瞪瞪地说："妈，你干啥呢？城门早关了。"丽娘如梦方醒，道："是啊，是啊……城门早关了。"她绝望了，拖拖沓沓地走了出去。阿曼达尚不明白中国人这种因强烈的刺激而造成的情绪变化，便道："娘怎么了？她好像病了。"罗子漫翻一个身，嘟囔道："没病，想儿子想的呗。"但她忽然觉得哪里不对，对阿曼达道："你刚才叫什么？"阿曼达诧异："什么叫什么呀？"罗子漫想了想，苦笑道："没什么……"同时她在想，自己的娘已经被别人争着叫了，这未尝不是一件幸事。

为寻求"革命"，如同乞丐一般睡在角落里的苏秀也被一种喊叫声惊醒。那是声嘶力竭的声音，虽听不清喊叫着什么，却恐怖得摄人魂魄。这声音来自知府衙门的方向，虽戛然而止，余音还在夜空中久久地飘荡着，让人心有余悸。苏秀站起身来，裹了裹并不厚实的衣服，又跺了跺脚，以驱逐春寒。

罗子沫是被一棒子击中头部而晕倒在地的。他因无法阻止狱卒们带走念其而发出绝望又不甘的求生亦垂死的喊叫，他因意识到念其将面临悲惨的遭遇而拼命地与狱卒厮打。"放开她——畜生！畜生！"但他还是眼睁睁地看着凄苦绝望的念其被拖出牢门。"子沫，子沫呀！我要死了，我要死了。你要好好地活着，将来替我报仇。"这是念其拼命地回过头来，留给罗子沫的最后一句话。但因她极度虚弱，每个字听起来都那么模糊。被惊醒的犯人已经挤扁了脑袋、瞪出了眼珠子往外观看。尽管没有任何光亮，他们看不清什么，但他们心明如镜，都知道发生了什么。尤其是刑期长的重犯，他们虽然习以为常，但每次事到临头，都会有天旋地转之感。他们有切齿的恨，也有切齿的痛，所以他们每每咬住囚门的木桩，直到咬掉一块皮为止，然后咕咚咕咚地吞咽着口水和血水。如果他们心中对人世间还仅存一点美好的感想，那么在这一刻，都被无情地打碎了。

"啊——啊——啊——"这是罗子沫最后的呼号之声。

他想让自己的身体在这种呼号中爆炸，然后灰飞烟灭。犯人们实在听不下去了，纷纷痛苦地捂住了耳朵。有的还在这呼号声中呜呜地哭起来。他们知道，被带走的人是知府荣大人的女儿，昔日的千金小姐，今日落得如此下场。他们感到有无常之鬼在操弄人间。

狱头早就听说太后有旨，要把犯官之女荣念其卖到市上去，自此以后，他每晚都要喝醉。前任知府荣大人对他虽无厚恩亦无薄怨，知府小姐的容颜也历历在目，是"卖于市"的旨意让他想入非非了。有点姿色的女犯都是他的盘中餐，吃起来已经如同家常便饭。可如此别样又别致的女子就在自己的碗里，却要"卖于市"，他觉得这很不公平。于是他不得不借酒醉来混沌自己，也想让自己在漫漫的长夜尽快入睡，只等天明之后，一切阴暗的想法都被阳光驱散。可是，他入睡的时间越来越晚了。而今晚，他觉得自己再也难以入睡了，尽管他已经酩酊大醉。他当然不知道外面的告示写了什么，否则他也许迟早会睡去的，可偏偏他不知道。狱卒将念其拖到他的面前，一时间竟傻了一般不知离去。他气得一拍桌子，他们才清醒过来匆忙退出。

"大叔，你为什么要这样对我？"这是念其在屋子里静下来很久之后的第一句话。"你还不知道吧……太后有旨，要将你卖到市上去。"狱头一边吸着大烟一边悠悠地道，然后又"噗"地笑了，"还有……如果是以前，你肯叫我'大叔'吗？现在……啥都变了。"念其一听，心如刀绞，她闭上眼睛，眼前尽是父亲的影子、哥哥的影子、桑玉和冉先生的影子，她多么希望他们立刻来到身边。但很快，这种情绪还是被眼前的恐怖冲淡，她已看到眼前这个人在浑身战栗，眼睛红了，那张脸也在烟灯的映衬下而发出闪烁不定的光斑。她很明白他那句话的含义，于是又道："我做鬼也不会放过你的，你这个恶魔！"话音刚落，狱头"啪"一掌打过来，正中念其的脑后；又一掌打过来，正中念其的前胸。就这样，念其的生命中便没有了这段记忆。她的姿势恰好是仰躺在那里，那狱头放下烟枪，便扑在她的身上。一个时辰以后，这个狱头衣冠整齐地出去了，随后是狱卒们轮番走进来，直到天将明时。

天明时分，奄奄一息的念其被拖回死牢，与早已从昏迷中醒来的罗子沫并排躺在一起，身下的白草还在发出窸窣的响声。罗子沫不忍看她一眼，但还是看了；很想摸她一下，但终究没伸出手去。他们就那样瞪着大大的眼睛对视着，眼神中都在滋生着陌生。慢慢的，但确实在滋生着。罗子沫是心有不甘的，他不想就这样失去一个令人生璀璨的人，所以，他极力用一个个美好温馨的回忆来填充自己的眼球。在回忆中他伸出手去，想触摸过去的时光，不料他的手被挡了回来。

"别碰我！我脏了。"念其的声音很大很生硬，俨然她又受到了侵犯。罗子沫吓得一下子缩回手去，"念其，"他小声叫道，"要天崩地裂了。"念其一听，傻傻地笑了，她也小声道："好啊……天崩地裂好啊。"这回傻傻笑了的是罗子沫。

于是他们开始一起傻傻地笑。

不知笑了多长时间，念其突然闭上了眼睛，因为她看见一个人正站在门外怒视着他们，他的手里拿着一张黄纸，满脸的疲惫。"都醒醒吧——"随着一声怒吼，他把这张纸打开，隔着门缝一一展示给他们。罗子沫看后又傻傻地笑了，骂道："假的！假的！这是那些混蛋的一派胡言，要不就是你这个伪君子玩的鬼把戏！"但郎纪平根本就没有理他，而是一直向受到惊吓的念其展示那张纸上的内容。罗子沫又骂道："滚！滚得远远的！"他一边骂一边抓起一把白草向外掷去，那白草不肯远行，只在他的面前打一个惊吓的冷战，又落回原处。念其把每一个字都看得真切，往事也一幕幕地跃然那纸上。但她所产生的丝丝感动，很快带着声响一般退去了，取而代之的是刻骨的仇恨。她并没有让那仇恨表现在脸上，她下意识地触摸一下自己的下体，她想用仇恨来抵消那钻心的疼痛。她只是很平静地看着眼前这个人，平静到陌生，甚至无聊。

可是，郎纪平虽然像读懂纸上的文字一样读懂眼前的一切，但他的愤怒依然像即将喷发的火山一样涌动着滚烫的岩浆。他的愤怒没有所指，也无所不指，甚至包括他刚刚部署一夜的军事行动，同时也包括他本身。这使他产生一种无法抑制的自毁的冲动，此刻，他完全可以挖掉自己的一只眼睛，砍掉自己的一只胳膊一条腿。但他毕竟不同一般的凡夫，在他很想冲进去用手中的马鞭狠狠地抽打念其的时候，他把那张纸撕得粉碎，高高抛起，"哗"地飘落一地，然后愤然向牢门走去。不一会儿，就传来了呼啸的鞭声和撕心裂肺的惨叫之声。

狱头和所有染指强奸念其的狱卒都被剥光了上衣，马鞭雨点般落在他们的身上，鞭鞭裂肉喷血，鞭鞭恨入骨髓，连站在旁边的告密的狱卒都吓得尿了裤子。他从来没有见过如此疯狂的鞭打，他相信，此刻即便是皇帝前来阻拦，也会遭到断然拒绝。"饶命啊郎大人，我们该死啊！"这是狱卒的求饶之声。而狱头咬紧牙关瞪着白眼一声不吭，因为他知道，这条老命即将休矣，不发出一声求饶是想体面一点死去。他后背上的肉已经抽烂了，每一鞭下去都会见到森森白骨，然后那白骨会立即被喷涌的鲜血淹没。郎纪平也一字不吐，他只发出"嗨嗨"的较力之声，即便看到鲜血喷溅、骨肉开花，也无法释放心中的怒火。他已看不到有多少围观的人，更听不到围观的胥吏发出的惊呼。被打的人早已死过去了，但他的马鞭丝毫没有松懈的可能。"大人，大人啊！人已经死了。"告密的狱卒跪下来呼叫着，直到他爬过去死死地抱住郎纪平的双腿，"大人啊！别打了，早死了！"随后马鞭不断地落在他身上，但他还是拼命地呼叫着。因为他和所有的围观者一样，都担心郎大人会这样打着打着突然倒地身亡。事情果然如此，当郎纪平再度举起马鞭时，那马鞭"噗啦"一声掉在了地上，随后郎纪平也訇然倒地气绝。"快！快！找郎中，救知府大人！"告密狱卒最后发出这样的呼喊。

郎中来了，郎纪平也站了起来。但郎中依然不肯离去，几乎用一双贼眼上下打量着他。"大人啊，且息雷霆之怒哇。气为毒邪，可致大疾呀！"郎纪平一挥手骂道："滚！本大人无疾！"郎中吓得拎起药箱就走，可没走几步仍放心不下，回身怯怯地说："大人刚才的短暂昏迷，非劳累所致，而是气冲三焦，导致'相火'紊乱，又致'君火'不生。大人为何这么快就醒过来了，皆因大人素来体质强健，可如果再生气……""滚！我叫你滚，听见了吗？"还没等他把话说完，郎纪平又挥手大骂。郎中见他实在是狗咬吕洞宾，便翻了翻白眼，气冲冲地往外走。可没走几步，他又停下来，翻起眼皮，看看上苍；低下眼皮，看看大地，自语道："吾不该生气呀！吾凭什么生气呢？"然后他独自挤出一脸笑容，精神抖擞地走了。因为他脚步匆匆，好险没与一个刚进来的人撞个满怀。郎中见来者不善，急忙往一边躲一躲，方再次行走。

郎纪平坐在那里沉息了一会儿，突然叫道："提审荣念祖！"左右一听都愣了。这时刚进来的人上前道："郎大人，难道荣公子羁押在赤城大牢吗？"众人纷纷看去，都吓了一跳，唏嘘往后退去。原来来者不是别人，正是当初不可一世的大奴才高解。他拱手施礼，姿态稳健安然，一派胸有成竹的架势。当郎纪平看清来者是谁的时候，也是一怔，随后便是由衷地反感。但他的出现，确实让郎纪平换了一根神经，他终于承认，除了厌恶之外，对这个人还存有一分好奇之心。但他还是像没看见一样高呼道："提审荣念祖！"左右不动，似乎还没有听清。这时高解以命令的口气吩咐道："这回提审的是荣念其！都听见了吗？"这时才有人跑了出去。

不多时，郎纪平稳坐高堂，但提审几乎变成了私密会谈。是高解撵走了所有的人，然后他站在门口守护。念其被两位狱卒架了进来，坐在一把可以靠来靠去的太师椅上。一见到她，郎纪平又产生莫名的愤怒。他已看到了蓝天白云下雁字归来；他已感受到春风的暖意融融；他已看到了黄沙流光、山河生魅；他已感受到了绵绵细雨正在酝酿着情绪随时飘洒下来。可就在自己的眼前，却是可怜兮兮的残枝败叶，冒着垂死的气息和秋杀的气韵。他想放弃，又难舍离；他想毁坏，又难忍意。他只能像野火一样不断地燃烧着胸膛内的怒气。他感到这个女子什么都垮掉了，只有那安静的眼神在活着，也看着别人怎么活。郎纪平越发受不了这眼神，他感到里面藏着两把尖利的刀，被幸灾乐祸的平静包裹了刀锋。而这种以毁灭自己给他人带来痛苦的折磨，尤其让郎纪平难以忍受，所以他的眼神也变得邪戾、骄蛮。他又把一张告示拿在手中，平展展地摆在她的面前，吼道："荣念其，看见了吗？这上边都写了什么？！"念其把脸扭向一边，他用一只手又凶蛮地把它拨正，继续吼道："看！你给我好好看看！"念其平静地看了看，又看了看四外，这曾经的荣耀之地，如今的一人一物都长着审判自己的眼睛。当她眼前再次出现父亲那责备的目光后面所充满的慈爱与心疼时，她的鼻子一酸，泪光便在眼里闪现。但她很快控制了自己，那泪光便瞬间消失。郎纪平看在眼里，他多么希望她在自己面前悔恨交加、痛哭流涕，并让他替自己报仇。可他在短暂的熨帖之后看到的仍是那带刀的平静。他气急败坏地一把揪住她的头发，使劲摇晃着吼道："哭哇！你倒是哭哇！现在你比谁都该好好地哭一场了！"但念其非但不哭，反而微微地笑了。郎纪平更加气急败坏了，他不知道该如何惩罚她，便不住地跺着脚以发泄心中的愤怒。但很快他又停下来，仍把告示展在她的面前，吼道："荣念其！念！你给我念念上边都写了什么……你今天必须给我念一遍。"念其置若罔闻，她很悠然地理了理头发；又用干枯的双手擦了擦脸；又展了展衣襟；又把裤子上的一个草屑掸了下去。然后她又依然平静地坐好，依然平静地面对困兽一般的郎纪平。

　　"念其，"郎纪平渐渐恢复理智，他按捺住自己道，"念其啊，摆在你面前的只有两条路。一是承认这上面所写的是事实，这样，即便你不能成为真正的知府夫人，也会免于'卖于市'；二……"郎纪平突然提高了声音，"那就是死路一条……'卖于市'难道不等于死吗？""我不会去死的！我要好好地看着……"念其突然开口了，口气依然平静如常。郎纪平道："你想看看什么？"念其无语，郎纪平又道："不管你看什么……不选第二条路，那就是选择第一条了？"念其道："我是有条件的。"郎纪平敏感的神经又绷起来了，瞪眼道："什么条件？不会让我去死吧。"念其淡淡地笑了，道："条件就是，你仍然贴出告示，宣布罗子沫无罪……无罪释放！"她的语气异常坚定，这令郎纪平吃了一惊，但他还是爽快地答道："这没问题，也极容易！"说完他刚想吩咐，念其又打断他道："还有……""还有什么？"郎纪平不耐烦地问道，"你不会让我亲自送他回家吧！他配吗？""不！"念其道，"我要你敲锣打鼓地绕城三圈，然后再送他回家。"

　　郎纪平怔住了，他用奇异的目光看着念其，一句话也说不出来了。他把那张纸卷好，退回去，坐到了正位，颔首看着那纸筒，并不断地用手摩挲着。好久之后，他抬起头来，万般痛苦地说："好！我答应你。"说完他独自走了出去，奴才高解也随他去了。独自留下的念其坐了好久，才有人把她带回曾经属于她的闺房。时隔不久，闺房里已经被一片死气笼罩着，熟悉的一切都蒙上一层厚厚的灰尘，她似乎听到它们发出各种各样的声音，却原来都是昔日的欢声笑语，它们还活在灰尘下面。念其总感到桑玉还在屋子里转，可转来转去地，就转到门外去了。她眨了眨眼睛，也追了出去，可刚刚到门口，看见两名官兵从门两侧站出来，横在她的面前。她什么都明白了，便退了回来。于是她也在屋子里转来转去，同时在想那些赃银是怎么来到自己的闺房的。突然，她看到了纸笔，纸压在案上，笔卧在砚旁，狼毫已经干枯，砚台里尚有余墨，上面龟裂出网状细纹，两只虫子已越过冬天，来到细纹里滚荡着，浓浓的墨香让它们既忙碌也幸福。念其感到自己还不如这两只虫，她转身从小几上拎起茶壶，不料里面还有剩茶水，她把这些剩茶水倒进砚台里，一汪茶水便浮在余墨上，发出嗞嗞的声响，像雨水在滋润着干旱的大地。她又把干枯的毛笔埋在那水里，狼毫也发出嗞嗞的声音，它们在拼命地舒展着，欲挣脱那可怕的粘连。半晌后，念其拿起笔，旧笔残墨，黄笺之上，新愁旧恨：

玉质娇音情难猜。狂风忽至天地哀。谁人新愁生旧恨，芳魂一缕独徘徊。牢笼卧，情怀暖，遗恨终生惨惨惨。纵使地下成阴鬼，披发亦到人间来。

落空闺，痴情化作烟与灰。烟与灰。风雨过后，处处生悲。曾恋春风逐香蕊，点点文字点点泪。点点泪。半是离恨，半是别情。

她书罢掷笔，拉开绣帐，烟尘飞起。她平稳地躺下来，要平静地睡一会儿。

郎纪平只管一路走来，却不知该往哪里去。高解跟在后面，碎步紧摇。"大人，被打死之人该如何处置？"他低声下气地问道。郎纪平稍停，闷声道："拖到广场示众！""哎呀……"高解惊讶道，"这样不妥啊大人，他们毕竟是官差，会有人追问为何被打死的，是谁打死的，可怎么交代呢？"郎纪平想了想道："依你该如何？"高解紧眨着双眼道："依奴才之见，拖到荒郊野外掩埋了便罢，然后把罪状告其家属，随便赏几两银子算了。"郎纪平紧走几步道："不妥不妥，对于这等畜生，拖出去喂狗算了。"高解稍停，转了转眼珠，笑道："喂狗就喂狗。"然后他又紧跟上来道："大人……抓来的革命党，您想怎么处置呢？"郎纪平猛然停下脚步，逼视着他，半天方道："依你之见呢？"高解的心里"咯噔"一下，急忙躬身施礼，诺诺道："奴才不敢多言，一切听凭大人处置。""哼！"郎纪平一甩袖子，高解站在那里便不敢动了。抬眼看去，郎纪平已经跨出知府大门；再次看去，他又被另一个人拦住了，而且不是寻常之人，乃牧长大人杜克·斯特林。高解犯了寻思，难道这洋大人也与革命党有些关系吗？他很想走向前去，听其一二，但慑于郎纪平刚才的排斥心理，他没有动。杜克先生与郎纪平虽表现出交谈甚欢的样子，但不多时，他们还是各自离去了。高解倍感失落，心想，要想重新在这知府大院里站稳脚跟，还需要费一番心思啊！

夜里所抓到的十几位革命党，都被暂押在兵营里。抓捕他们是很容易的，因为郎纪平对他们的一举一动了如指掌。仅在西门城墙下的老屋里，就一下子抓捕十人，其余的几个是在西梁庙里抓到的。当时他们都在安睡，根本不曾想到死神已向他们逼近；更不曾想到，曾经是合作关系的郎纪平会翻脸不认人。当然，大定法师跑掉了，这是缘于苏秀的相救。夜间她被惊醒之后，便难以入睡了，忽然耳边传来隐隐的号令之声，从小习武的她便警觉起来，知道这是神秘的动兵气象，便循声音尾随而去。军队直奔西门而去，到西门之后，兵分两路，一路直扑西城墙下的百年老屋，一路打开城门往西梁庙方向扑去。其中一名军官吩咐："逮到革命党直接押往兵营！"这句话苏秀听得真切，便知革命党有难，没准大定法师也会在劫难逃，便不走大路走小路，直取西梁庙后墙方向。但她并不确定大定法师就在庙里，因为她已来过两次，和尚们都说法师化缘去了，一时半会儿回不来。虽如此，她仍抱着侥幸心理前往，且早于清兵翻墙而入，直奔大定法师的寮房。轻轻地敲门，屋内便回声道："谁呀？""我，苏秀！"苏秀压低嗓音，同时心中暗喜，法师果然在。然后寮房内久久不见回音，苏秀急了，又使劲敲了两下。不多时，门开了，大定法师顶着光闪闪的头立在门口，轻声道："是苏秀？深夜到此，是何因？"苏秀一下子闪进屋内，急切地道："法师快走，捕杀你们的清兵马上就到！""什么？！"大定法师几乎是一声惊呼，"这怎么可能呢？是哪来的清兵？是郎……"还没等他把话说完，就听见"咚咚"的砸门之声，而且又见火光冲天，那是燃起的火把。护院老僧不知是捕人的清兵，便慌忙不迭地开了门。清兵鱼贯而入，除了留守寺门的以外，其余大部分直奔居士堂而去，小部分直扑法师寮房。居士堂里正在熟睡的革命党被逮了个正着；法师寮房却扑了个空。门开着，一摸被褥，余温尚在，知道人已逃走，便急去回报长官。长官命四处搜索，以为跑不远，一定在哪里躲藏。但所有的犄角旮旯都搜遍了，也不见半个人影，长官只好作罢，只押着其他革命党走出寺院。寺院老僧不曾想过祸从天降，跪在地上祈求佛祖保佑，但为时已晚。

大定法师与苏秀逃到热水汤浴海池林的时候，天已蒙蒙亮，引起一阵鸡鸣狗叫。老秦头慌慌张张开了门，见是熟客，便急忙闪到一边，又死死地关上了门。五岛次郎听到动静，便走了出来，在台阶上站定。见一和尚从蒙蒙中走来，便知是大定法师；又见后面跟一女子，却少有的不知就里。但他并不作声，转身走回屋子，大定法师和苏秀也随后跟了进来。彼此不曾寒暄，大定法师便道："先生，郎纪平已反水，夜里捕我多人。本人也危在旦夕，多亏这位侠女相救，才得以投奔先生而来。"五岛次郎少有的大惊失色，但他没有即刻言语，而是把大定法师和苏秀看了又看，方声音低沉地说："他郎纪平果然来这一手了？"大定法师道："难道先生早有预料？"五岛次郎道："预感……他郎纪平果然这么干了，也未免太阴险毒辣了！不可小觑，不可小觑。"大定法师道："此贼借你我之手扳倒荣大人，然后反戈一击，欲独吞其利！"五岛次郎十分诡秘地看一眼大定法师，笑道："独吞其利倒未必，不过他的反常举动确让人费解。他并非不知你们并非只图其利，那么他的目的何在呢？"说完，他又看着苏秀笑道："这位侠女，依你之见呢？"因苏秀第一眼就很讨厌这位日本人，便白他一眼，冷冷地道："不必问我！我不懂这些。我只知道这位狗官要捕杀革命党，说不定他很快就到了！"话音刚落，外面便传来"哐哐"的砸门之声。五岛次郎用手指点了点苏秀道："侠女好见识，被你言中了。"然后他板起面孔道："法师只管逃命，侠女可以留下来，可做我的妹妹。"苏秀立眼道："法师到哪里，我就到哪里，凭什么要做你的妹妹？"五岛次郎更加板起面孔道："法师要藏在水里，你也要去吗？"苏秀怔住了，道："你想干什么？跑就跑呗，为何要藏在水里？"大定法师急忙道："不可再与先生争辩，听凭先生安排便是。"五岛次郎得意地笑了，然后拽着大定法师开了后门走出去，然后一指西川河道："河床之下有尚未融化的冰坎子，法师可隐藏在冰坎子下面的水里……"说完他很怜悯地看着大定法师，继续道："水是很凉的，不过别无他法！"大定法师面露为难之色，但还是一咬牙，冲了过去，然后很快就消失了。五岛次郎这才走到前院，也在台阶站定，吩咐老秦头开门。

　　门开了，进来的只有一人，便是全副武装的郎纪平。直到他走到近前，五岛次郎笑道："贵客驾临，有失远迎，失礼失礼。"郎纪平只报以一笑，然后几步跨进五岛次郎的屋子。苏秀正稳稳地坐在那里沏早茶，见这个久负盛名的狗官进来，急忙站起来，刚想说话，五岛次郎一步跨上前来道："大人，家妹是个哑巴，请多关照。"苏秀一听，心里"怦怦"地跳了两下，如果不是这日本人机敏，自己的一口土语早说出来了。于是她笑着施一礼，又坐下来沏茶。郎纪平仔细地看了看她，觉得有什么不对劲儿。但想到，如果是五岛次郎撒谎的话，她不是日本人而是中国人，无非是这花货养的婊子而已。可继续看下去，又不像，此女子清纯、朴拙，没有丝毫风尘女子的迹象。苏秀被看得羞红了脸，正当她端过一盏茶放在郎纪平面前时，门又"哐哐"地响了，三人同时一怔。五岛次郎走了出去，他站在台阶上吩咐道："开门！"老秦头忙又开了门，还没等他躲闪及时，一位下级军官带一队兵丁潮水般冲了进来。下级军官站在院子中央大呼："有逃犯在此，奉命搜查，多有得罪！"然后他一挥手，士兵们"哗"地一下四散而去。五岛次郎狡黠地笑了，道："请留意一些，别弄坏我的东西！"然后转身回屋。郎纪平正在喝茶，见五岛次郎复又进来，笑道："先生的茶味道浓厚，真乃极品啊！"话虽这么说，却完全是陌生的口气。五岛次郎坐下道："这是我自己采摘并炒制的，它们就出自后面的山上。"郎纪平道："先生亦懂茶道？"五岛次郎道："略知一二。在下专攻医学，这你知道。"郎纪平道："先生可给中国人把脉？"五岛次郎道："已把过，不敢下药。"郎纪平把茶盏放在嘴边，并不喝，沉吟良久，道："你觉得中国人的脉象与日本人有什么不同吗？"五岛次郎笑道："一脉相承，没什么不同。"郎纪平道："大清的国脉如何？"五岛次郎道："此脉甚深，没有把过，不敢妄言。"郎纪平笑了，放下茶盏道："前有'革命党'，后有'菊花刀'……危在旦夕！""菊花刀"的叫法让五岛次郎大为震惊，他下意识地看了看摆在案前的佩刀，心里有一种抑闷之感。他不再言语，切意倾听外面的动静，声音虽不大，却杀气逼人。同时他偷看郎纪平一眼，虽只有侧面的半张脸，却一改往常的谦恭和气，而布上一层冷酷与强势。于是，他在心里盘算着对策，今天的事件，绝不能说这是一个善变的人，而是一个处心积虑、机谋巧诈之人，万不可大意轻心。他的心弦少有地被拨弄出不平静的音符。

这时，下级军官"呼"地冲了进来，在郎纪平面前死死地站定。郎纪平并不看他，只一挥手，下级军官便带着人出去了，然后杂沓的脚步声也在院子里渐渐消失。又一层失望布满郎纪平的脸，但这张脸很快又变得谦恭起来，道："先生，有人向我求情，欲保留桑德斯在金矿一定的股份。"五岛次郎吃惊道："难道……"但他没有把话说完，继而转变口气道："这事大人可自行安排，但在下想知道求情者是谁。"郎纪平想了想道："杜克先生，他说要为他的女婿求情。"五岛次郎道："不对呀，据我所知，他的小女儿在一天夜里失踪了。就在那天夜里，他又将自己的大女儿撵出教堂，而且，她就住在这个村子里。""有这事？"郎纪平也吃惊不小，随后又道："这并不等于他否定了自己的女婿。"五岛次郎不再言语。一听到"金矿"二字和"桑德斯"的名字，一边的苏秀怒火中烧，沏茶的手也在颤抖。五岛次郎看在眼里，急忙道："这桑德斯血债累累，千刀万剐都不足以平民愤……"说着，并不断给苏秀使眼色，因见她忍不住要说话，他便替她说了。郎纪平淡淡地笑了，却不再言语，而是拿眼觑着里面那道门。五岛次郎看在眼里，站起来，走过去，便推开那道门，里面幽暗而神秘，一股浓重的药味传来。五岛次郎走进去，在里面转了两圈，又拿出一包自己炒制的茶叶，打开后放在郎纪平的面前道："大人可以带上，回去好好品尝。"郎纪平笑道："好的。同样的茶，经先生的手一炒，味道就变了。"说着，他又用眼觑着沉闷不响的苏秀。五岛次郎会意，知道他还对苏秀有所怀疑，笑道："在下还是尽量做到入乡随俗的。家妹就不同了，她自幼在农村长大，日本的农村和中国的农村没什么两样。"郎纪平诡谲地笑了，道："先生，桑德斯的事，你总要说句话的。"五岛次郎却严肃起来，道："大人，实在讲，我不赞成，但不知大人为何要碍于他的面子。"郎纪平的脸色突然忧郁道："并没有面子可言，我只是觉得，他们都很善良。"五岛次郎若有所思，捏住自己的下巴，道："'善良'是个好东西，我也喜欢……只是，桑德斯先生好像更喜欢钱。"说完，他发出一串怪异的笑声，然后又道："当然了，郎大人是最后定夺之人。"话音刚落，郎纪平就站起来，并不告辞，转身就走了出去。五岛次郎竟一时不知所措，也急忙跟了出去。郎纪平并不回头，一直向大门走去。老秦头上前搭讪，郎纪平就像没看见一样，甩了甩袖子，一脚跨出门去。

五岛次郎转回屋子就道："这位姑娘，此人已经怀疑你了，看来你必须要跟法师一起走了。"苏秀一听，站起来就往外跑，一边跑一边道："法师还在水里。"然后出了后门就往河边跑去。五岛次郎看着她飞跃一般的背影，若有所思地自语道："是啊，法师还在水里……那这个大清国又在哪里呢？"当他的眼前再次出现郎纪平的音容笑貌时，他的眼神突然变得凶狠，咬牙道："这个善变的家伙！"不过骂完之后，他又自我解嘲一般笑了，道："可叹啊！郎纪平，无论你有多么精明强干，这大清国绝不在你这等人手上。"这时，他看见大定法师水淋淋地从冰坎下面爬上来，他"哧哧"笑了，又自语道："也许在这些人手上……"然后他回到屋子，找出一身自己未曾穿过的和服捧在手里。不多时，冻成青萝卜的大定法师进来了，他浑身都在"筛糠"，牙齿也在打战。五岛次郎道："快脱掉湿衣服，换上这身和服，你就是日本人了。"说完他哈哈大笑起来。大定法师看一眼苏秀，苏秀会意，急忙躲到门外去了。

等她再进来时，大定法师俨然是一位日本和尚了，五岛次郎拍着他的肩膀，意味深长地说："现在狼狈些不要紧，一定要挺住，中国的未来就在你们身上了。"大定法师一听，竟然落下泪来，双手合十道："借君吉言，我们定会成功！"五岛次郎道："你们要在此忍耐几时，天黑以后，再逃离此地。"大定法师与苏秀一听，顿时愁绪满怀，无力地坐了下来。

- 25 -

吃完午饭，大定法师和苏秀静坐在一起，内心极度苦闷。同志们被捕，大定法师自责在心；今又要弃他们而去，亡命天涯，他心有不甘，又无能为力。如此种种，怎能不令他痛彻心扉。苏秀更是百感交集，她为追求革命而离家出走，没想到革命竟这般脆弱。是重返家园，还是随他而去，她的心在痛苦地纠结着。恰在这时，院子里突然响起耳熟的声音："我要洗澡。我小舅子带着我来洗澡了！"说完停了停，紧接着又道："快开门！再不开我整死你！"这分明是那傻子的声音，令苏秀感到比遭追捕还令人毛骨悚然。她站起身来，把窗子轻开一道缝，张目望去，好险没叫出来。院子里是三个人，傻子旁边还站着两个人，分明是弓么长和盛金龙。无疑，他们是来寻自己的行踪的。她突然又惊又喜，惊的是他们来得好快，也知道到表姐家来找；喜的是，只要她一开口，叫一声"么长"，她的苦闷就会到此结束。"这位姑娘，你不该对不相干的事感兴趣，这对于一个逃命的人来说，无疑是致命的缺点，所以你还是把窗户关上的好。"苏秀听罢，简直要哭，自己怎么就稀里糊涂地成了逃命的人呢？她突然觉得，自己的命运分明是遭到这个日本人的暗算，他说这些话分明是有意促使她成为逃命的人。但她还是把窗户关上了，因为她听到大定法师一连叹气三声。

但不多时，池林里突然传来闷闷的号叫之声，这又是那傻子的声音，这声音令她听起来解恨，甚至过瘾。因为那声音里明显带着讨饶、软弱和极度恐惧的成分。

不多时，老秦头满面惊恐地跑过来道："先生，池子里要出事了。"五岛次郎一抬头道："嗯？要出什么事？"老秦头道："好像在杀人！"众人皆大惊，五岛次郎看看大定法师道："是什么人？还不进去看看。"老秦头为难道："就是刚才那三个人。门进不去，里面顶死了。"五岛次郎若有所思，道："刚才罗公子说，是谁带他来洗澡？"老秦头道："说是他的小舅子。"五岛次郎又若有所思，浅笑道："没事！他们是亲戚，怎么会出人命呢？你去吧。"老秦头迟疑，欲言又止，转身离开。

弓么长和盛金龙确实是在寻找突然离家出走的苏秀。大难不死的弓么长回到村子，又迎来平安而归的苏秀，心中自有一番恩爱百转。可谁都发现被"革命党"绑架后的苏秀性情大变，都由原来的不解到后来的不予理睬再到后来的气愤。这个过程对于弓么长来说，好像尤为强烈，甚至因爱生恨。但苏秀突然离家出走了，所有的人还是慌了神，尤其是苏达成和弓去快，命令弓么长马上去找，同时也撒开人马四处搜寻。弓么长嘴上不说，心中当然乐意，于是便与盛金龙一路奔赤城而来。在城里转悠了两遭，倍感天大地大，见到每一个姑娘都有三分像，无有可寻之处，却到处都是可寻之人。二人恹恹地在街上晃，饥渴难耐了，就踅进一家小店闷头吃喝，屎尿憋不住了就寻一处犄角旮旯解决，但人是仍然找不到。走着走着盛金龙突然道："咱们应该到表姐家去看看，我觉得她寻不到革命党，就非去她家落脚不可。"弓么长道："如果她寻到革命党了呢？岂不跟他们走了？"盛金龙道："可我们也无法找到革命党，据说他们都是白天睡觉，黑夜出来活动。事到如今，也只好按照苏秀没找到革命党处理，先到表姐家看看再说，如果没有，再想别的法子。"弓么长不再吭声，却把脚步一拐，向北门方向走去。

出了北门，很快来到姐姐家，站在大门口往里张望，院子里静悄悄的，屋门虚掩着。于是他们也静悄悄地往里走，又悄悄地推开屋门。进去一看，那傻子半截儿铁塔一般坐在炕上，目似铜铃一般地瞪着，正寻着细微的动静往外看。弓么长和盛金龙都被那目光中的凶狠吓了一跳。只见姐姐病秧子一般趴在炕上，似在睡觉，又似沉浸在痛苦当中。他们挺直了腰板，并不搭理傻子，走到姐姐头直上，刚想说话，傻子突然吼道："你们是谁？干吗看我老婆？找揍吧！"这声音惊醒了弓然明，她猛地抬起头来，痴呆呆地看着头前的两个人。当看清是两个弟弟时，她想坐起来，却没能够，只艰难地翻个身，万般委屈便涌上心头，泪水便在眼里打转。"你们怎么来了？"她却用责怪的语气问。但刚问过，她就明白了什么，终于挣扎着坐起来，

431

惊慌道："你们是来找苏秀的吧？她……"她看了看傻子，没有把话说完。弓么长和盛金龙一看便知姐姐挨了打，脸上的瘀青还在。二人你看看我，我看看你，然后又瞟一眼坐在炕上的傻子，心中早有了主意。弓么长突然笑吟吟地说："姐夫啊，我们来看看你，顺便看看姐姐，你可好啊？"傻子一扭头，生气道："不好！你姐姐尽偷人，你们应该揍她才对。"弓然明万分凄苦地看一眼两个弟弟，道："你们还没吃饭吧，我给你们做饭。"弓么长急不可耐地说："我们不饿！"盛金龙附和道："一点都不饿！"弓么长道："姐，我们身上太脏了，就想洗洗澡。"盛金龙又附和道："是啊，太脏了，再不洗澡我们连饭都吃不下去了。"弓然明疑惑地问道："真的吗？"二人一同回答："真的！"弓然明看一眼傻子，有心让他领着两个弟弟去洗澡，又不好开口。盛金龙看在眼里，急忙道："姐夫，带我们去洗澡吧。我们洗完澡，姐姐就不会偷人了。"傻子一听，眼睛一下子亮了，呵呵乐了，道："真的吗？"弓么长道："真的姐夫，我敢保证。原先我就好偷人，洗完澡就不偷了。"傻子又一扭头，生气道："骗人，我不信！跟你们姐姐一样，黑夜尽骗我。"弓然明苦笑道："子辉，领他们去吧，这是真的。"本来正在生气的傻子，又呵呵地乐了。然后麻溜儿下了地。

就这样，他们很快来到浴海池林，经傻子的一番吵闹之后，又很快一字排开地走进汤池。盛金龙是最后一个进来的，四处一看，便心生一计，搬来五个用来坐下休息的石礅，把门死死顶住。弓么长一看，二人偷偷地乐了。看来傻子经常来这里，早轻车熟路地脱光衣服泡进了汤池。兄弟二人也很快把衣服脱在最显眼的地方，赤条条地溜进汤池，在傻子对面坐下来。往水中一看，傻子那东西遇见热水，已经直直硬硬地挺起来，犹如一根老笋破土而出，并随着水波微微荡漾。再看傻子的神情，已是满满的享受，嘴里还旁若无人地念念有词："我哈，水里真好！我哈，真好！"兄弟二人看在眼里，恶心在心里，感觉就像看到路边发情的公狗，那独自的享受分明是对人类的蔑视。弓么长忽地站起来，水花四溅，傻子竟浑然不觉，因为他的手已经在自我享受中做起动作来。弓么长拧着一条毛巾近前笑道："姐夫，我给你搓背吧。"傻子突然变脸道："等会儿！没看我忙着呢吗？"这时盛金龙走过来道："姐夫，不能再等了，再不搓背，我姐姐又要偷人了。"傻子一听，全然没有了享受的表情，哈呜哈呜地哭道："真的吗？那就先搓背吧。"说着，他万分不舍地把背掉转过来。弓么长给盛金龙一使眼色，他们双双蹲下来，一人抓起一条胳膊道：

"好了，那咱们先从胳膊开始搓。"傻子抽咽道："搓吧，搓吧。"这时，弓么长和盛金龙同时大叫一声，死死地绞住他的双臂，把他的头深深地按进水里，连同他的抽咽也进入水中，水面上顿时浮现一堆水泡。傻子知道自己要遇害，呼地从水中抬起头来，然后双膀一用力，那哥儿俩就像一对白羊一样，翻倒在水里。但他们并没有放开被绞死的胳膊，且很快控制住自己的身体。盛金龙发狠道："真就不信了，两个大活人较不过两条胳膊？！来！表哥……掰手指头！"弓么长会意，然后他们一人抓住一根手指头，拼命地向反方向掰去。傻子顿时发出两声惨叫，随之，所有的力量都泄掉了。然后二人趁势又把他的头狠狠地按入水中，直到傻子在水中憋得要死，拼命地挣扎，才提出水面。而当傻子刚在外面喘口气，他们又狠狠地把那头按进水里。几个回合下来，傻子开始发出求饶之声："爸呀，饶了我吧！爸呀，我不想死啊！"弓么长则狠狠地骂道："我饶了你，谁饶了我姐呢？！"然后，哥儿俩的动作就更加狠毒起来，直到傻子渐渐没了声音，渐渐失去了挣扎。

不多时，兄弟二人穿好衣服，带好门，匆匆走了出去。老秦头跑过来问道："二位爷，可还有别人吗？"盛金龙横横地说："有吗？没看见哪！"然后就继续蹒跚地往外走，不屑和顽劣的表情下面，渗出滚滚汗珠，脸依然蒸热无比，红晕当头。到门外一看，院子里站着日本人，面无表情，却满身的隐忍待发，凝重不动在那里，令人生畏生疑。兄弟二人激情尚未退去，仍投之以不屑，报之以顽劣，有意与他照面而过，然后呼呼走出门去。路过村庄，他们大摇大摆，胜利带给他们自信与豪放。但来到姐姐家，弓么长心急如焚道："姐，快收拾东西跟我们走。傻子……傻子让我们收拾了。"正围着灶台做饭的弓然明顿时哑住了，手中的勺子"吧嗒"掉进锅里。她万没想到自己的两个兄弟急着要洗澡，却藏着杀人的阴谋。便越想越害怕，一屁股跌坐在地上，"呜"的一声要哭，却戛然而止，随后是释然的样子。兄弟二人一边往起拽一边道："都啥时候了还哭？一会儿捕快就来了，还不快走！"弓然明挣脱开他们，自己站起来，人突然精神了百倍，仿佛放下千斤重担，眼看着脸上的瘀青都慢慢地淡为灰黄。她把所有零乱的头发都抿至脑后，叹息道："唉，走啥？要走姐早就走了。姐不怕死，捕快来抓，我就说我害了他，也好保你俩性命。姐就是跟你们逃了，也是生不如死，不如不逃。"说罢她又连连推搡兄弟二人道："你俩快走吧！我知道你俩是找苏秀来的，苏秀确实来过，可是刚到，连水都没喝一口，就被那傻子欺负走了。快去找她，你们远走高飞，找个可以过活的地方，好好地种地生孩子。""什么？"弓么长大叫，"那东西欺负苏秀了？"弓然明道："别多想，不是那种欺负，她是被吓跑的，估计她跑不远。听说左将军在朝阳教会医院里养伤，你们到那里看看，如果没有，就赶紧离开，官府也会想到去那里抓人的。"盛金龙冷眼观之，心有所想，道："表姐，你不走，我看你是留恋着啥呢！你可知道，下了狱，砍了头，留恋啥都得撒手。"弓然明怒道："你胡说什么呢！姐什么都不留恋，姐已经多活了好些时日了！不要管我，快走！"说罢，她又一人推了一把。兄弟二人面面相觑，终于狠下心来，开了后门，翻过后墙，狼奔豕突一般，往山中逃去。弓然明站在后门口，望着兄弟们一直消失在山中的茫茫柴草间，才关门回屋，坐在镜前。镜面上落了一层灰尘，她拿过来，照见的是模糊破碎的自己，仿佛被红尘掩埋太久。她淡淡地笑了，像梨花在夜间偷偷地绽放。然后她伸出自己的纤指，轻轻地抹上去，镜子里顿时有一道亮丽的自己；然后再抹，再抹，终于抹出真实的自己。然后她又用另外的纤指抹自己的脸，皱纹抹去了；泪痕抹去了；心酸抹去了；抹出了一个情意浓浓的自己。外面有风吹，她以为动了刀兵，她不在意；外面有人啸叫，她以为捕快来了，她不在意；外面有人哭，她以为傻子的冤魂回来了，她不在意。她总在淡淡地笑着，然后又在箱底找出婚后回门的那身衣服，穿在了身上。她觉得自己像只蝴蝶，可以翩翩飞了；又像一束鲜花，可以随着春风把花瓣散落了。然后她又想了想，转了转，觉得还有欠缺。终于想起来了，她舀了一盆水，重又冲洗已经抹干净的脸，又找出妆奁盒，描了眉，画了眼，又打了口红。她没有再去照镜子，她觉得没必要再照了。然后她坐在炕上，盘好双腿，静静地闭上了眼睛，脸上淡淡的笑容，仍在。

院子里的五岛次郎是挂着满脸的阴云返回屋子的，但细心的人能看出来，他的那一双眼睛，便是阴云背后的晴天，那是耻笑阳光的晴天。在苏秀眼里，他更像是一位中国的账房先生，是个把坏账做好、把死账做活的账房先生，那一份得意，是骗过所有人的矜持，包括自以为是的东家。"你们必须马上走了，尽管我多么地不舍，但我的情意难抵大清的律法，难挡捕快手中的刀。普天之下都如此，生离死别往往都是最后一道人间风景。"说完他含情脉脉地看了一眼苏秀，补充道："对吗，这位姑娘？"苏秀白他一眼，脸色阴沉如死水，因为她已经从"要逃命的人"变为不折不扣的逃命人。她下意识地抓住大定法师的一只手，这是一种纯粹的交托和仰望。五岛次郎看在眼里，"噗"地笑了，道："我们已经看到了革命党和乱民的不

434

同。革命党谋的是国家大事，乱民连一个傻子都不放过。该选择谁，该跟谁走，难道不能看出一个人的智慧与愚蠢吗？"说完，他别开生面地笑了。苏秀的心里"咯噔"一下，这个日本人虽然可恶，但他说出的每个字都像初春的雨滴一样，滴滴落在她的心坎上。但她还是慌忙移开自己的手，因为那只手是情不自禁的。因为这种情不自禁，她感到心神慌乱。那是亡命天涯、生死相依的甘苦与互慰。大定法师脸色是阴郁的，但他的情怀是硬朗的，硬朗到对一个女子的情不自禁也浑然不觉。

　　他们很快就上路了，方向是西南。苏秀一步三回头，不断地望着家乡的方向，好一阵泪水涟涟。五岛次郎站在后门眺望，但他望着望着，脸上的阴云彻底消失了，而且突然笑了。他摇着头道："中国啊，真是好地方。就是死，都能死出味道来。在这里活着，活不够啊！"说完，他又摇了摇头。

　　桑玉站在府衙门口往里望着，竟有些躲躲闪闪。曾经的家园，里面有如藏着魑魅魍魉。想起曾多次在这个门槛遭遇郎通判，那个谦恭的小人如今终于成为这里的主人。除了痛恨，她还赞叹自己的眼力，他果然不是个好东西。郎通判打死狱卒的事，如一阵飓风刮过，短短的时间内已是满城风雨。风中还有尖厉的雁叫，那便是小姐已经出狱，重回自己的闺房。冉先生有些热泪盈眶，他对着北方道："荣格呀，你要好好地活着，终究有一天，我要领着你的女儿去看你。我一定要把这把老骨头扔在你的身边。"一番话说得桑玉泣不成声。哭过之后，按先生的吩咐，她要去探望小姐。一路上，那黄纸黑字的告示，在风中向她招手，她不但看也不看，而且还要飞快地"呸"上两口。从书院到衙门，路途不远，她却像经历了艰难的旅程。

　　这时她看见一个熟悉的身影，在戒碑旁边一闪不见了，她顿时像换了一个人，不再有任何顾虑，急急地追过去。桑玉见他头顶着戒碑，想把脸藏起来，更加怒不可遏，大声骂道："狗娘养的！你这个小丑，害人精，你还活着？！"然后上前就向那没有藏住的脸狠狠地挠了一把，瞬间是道道血痕。高解"哎哟"一声转过身来，随即一把攥住她的手腕，"桑玉，你干什么？是我求情，郎大人才放了小姐的。"他急忙解释道。"呸！"桑玉又狠狠地吐在他的脸上，"你害了老爷全家，你这条吃里扒外、忘恩负义的狼！还编瞎话骗我。"说着，她又想用另一只手挠过来，但又被高解攥住。他怒了，大声道："你这个傻蛋！说你傻你还不信。我一个奴才，有啥能耐害老爷全家？难道你还不懂吗？奴才只能见风使舵，谁是主子跟谁走。我可告诉你，如今我是郎大人的人了，你再敢放肆，我把你投进男牢，让他们轮番祸害你！"这句话吓得桑玉一激灵，她怔怔地看着高解。联想到狱卒为何被打死，她的心顿时像被人摘走一般难受，便脱口而出："小姐她……"高解知其听出破绽，十分诡异地笑了，但瞬间又很猥琐地收住那笑。桑玉什么都明白了，她不知哪里来的力气，双臂一抖，便挣脱开高解的双手，然后疯子一般跑开，边跑边叫着："小姐呀……小姐呀……"泪水断了线似的涌出，她却浑然不觉，她不知道自己在哭，也不知有多少人在吃惊地看着她，或想拦住她。但最后真正要拦住她的是门口的两名兵丁。已经疯了的桑玉"啪啪"各打他们一嘴巴，兵丁被突如其来的巴掌打傻了，桑玉便趁机窜进屋里。

是死死的静和满目的凄凉让她陡然冷静下来，除了那颗心还在"咚咚"地跳，她感到一切都麻木了。然后，恐惊旧梦一般，慢慢地走过自己的套间，再进小姐的闺房。念其正端端地坐在床上，看那样子，不知坐了多久了。大大睁开的双眼，却无神无光，像从远古看过来，像从坟墓看出来，却什么也没看到。这全然是个不懂珍惜的人了，包括不再珍惜自己。桑玉紧咬下唇，想控制住破喉而出的号啕，但她再也无法忍住，"哇"的一声哭了出来，"咕咚"跪在小姐面前，磕头不止，边哭边叫："老天爷呀……老天爷呀……老天爷呀……"她除了呼天抢地，再也没有别的了。念其慢慢把手伸过来道："桑玉，别喊了，他听不到的。"桑玉抓过念其的手，还只是哭。念其道："起来吧桑玉，不要再跪了，以后我们谁都不用跪了。"桑玉站起来了，爬到床上就和念其抱在一起。念其道："先生还好吧？"桑玉点点头，抽咽道："先生倒是好……老爷流放了，少爷不知去向。"念其道："我知道，我能不知道吗？"桑玉道："大清真要完了。"念其半天不语，最后她长出一口气道："也好，完了也好。"

也许是军命在身，也许是时间太久了，门外的两位兵丁走了进来，劝说桑玉离开。念其表示理解，道："去吧，告诉先生放心吧，我会慢慢好起来的。"桑玉点点头，依依不舍地退去。但她突然想起什么似的道："外面有告示，说……"念其道："我知道，我能不知道吗？去吧。"桑玉这才擦擦眼泪，随兵丁往外走去。

她走得很快，不多时就来到书院，一推先生的门，未免大吃一惊，发现罗子沫的娘坐在先生的对面。他们好像都抹过眼泪，眼圈还红着。见桑玉进来，丽娘下地说："姑娘可好？"桑玉看了看她，并不热情地点了点头。丽娘又道："小姐被放出来了，这下有头了，大喜呀！"桑玉仍不作声。冉先生看在眼里，道："你坐吧，这孩子心里不舒服……回来坐吧。"丽娘重又坐下，她有心把话题引到自己儿子的身上，因为知道小姐放出来了，现在更加放心不下自己的儿子了。但见桑玉金口难开的样子，再坐下去反倒彼此尴尬，于是便道："先生，姑娘，我就是来打听一下小姐的情况，没别的事。小姐出来了，我也就放心了，家中还有事，就不再搅扰你们了。"说罢又下了地，并径直往外走去，边走边道："先生可要保重身体，等子沫出来，他们还要来听你授课呢。"说着人已经迈出门去。冉先生想下地相送，被桑玉拦下道："我去吧，先生不必动。"冉先生叹息一声道："那可失礼了。"说罢，收回双腿，重又坐在炕上。

桑玉跟随在丽娘的身后，默默相送。快到门口的时候，桑玉轻声叫道："娘……"丽娘怔住了，以为自己听错了。"娘……"桑玉又叫了一声，随之便呜咽了。丽娘猛然回身，抓住她的手道："姑娘，快告诉娘，小姐她……怎么了？"桑玉看了看她，欲言又止。丽娘的心都快跳到嗓子眼儿了，联想到梦中的喊娘之声，又联想到狱卒被无端打死，她相信了难以接受又不得不接受的事实。桑玉悲恸，恐哭声惊扰他人，便脱开丽娘的手，转身跑开了。其实这是深明事理的丽娘早就担心的事，凡有些姿色的女囚，几乎都是狱卒的盘中餐。但她怀有侥幸心理，念其毕竟是前任知府的女儿，没想到这群畜生仍不肯放过。一时间，她感到天旋地转，觉得自己要摔倒，她急忙扶住了前边的门。觉得堵在门口不好，她又挣扎着扶到墙上去。然后就觉得胸内闷堵，口内甜腥，"哇"的一声，一口血又喷出去。这口血，让她顿生悲凉，她觉得自己绝非长寿之人。

她后悔了，没有带女儿一起来。早起，她不声不响地做完早饭，叫醒女儿与阿曼达来吃，自己却难以下咽。随便吃了几口，放下碗筷说要进城看看先生，说完就往外走。女儿和阿曼达都追了出来，都说要同去，被她拒绝了。因为她有自己的心事，这心事是不便告人的，如今这心事终于得到了验证，自己也因此喷出一腔热血。她觉得自己无力再走回去了，便狠下心来雇了一辆车。坐在车里，她的眼泪才掉下来。桑玉那一声"娘"，还言犹在耳。所以她劝自己，一定要挣扎着活，做"娘"的肩上有重担。

她刚到家，还没坐稳，就听到吵闹声由远及近而来，而且近到自己的家门，并破门而入。五岛次郎头前而行，后面跟着的，是四个村民抬着一个人，纷纷抻着胳膊腿，俨然是拖着一条死狗。但这条"狗"太大了，他们都气喘吁吁。五岛次郎躬身施礼道："夫人，你家少爷晕在池子里了，现在还昏迷不醒，但无生命之虞，我找了几个村民把他抬了回来，他需要静养。"又是晴天霹雳，丽娘眼前一黑，险些摔倒。五岛次郎上前扶住道："夫人，不要着急嘛，他会活过来的。"这时罗再恒撞门而出，一边快步走，一边提鞋。"怎么了？这是怎么了？！"他边走边大声喊。五岛次郎又把刚才的话重复一遍，然后又开脱道："和他一起进池子的还有两个人，那两个人提前走了，只剩下贵公子迟迟不见出来，后来我进去一看，公子已经昏迷在池子旁边了。"丽娘警觉了，问道："先生知道那两个人是谁吗？""这个嘛……"五岛次郎低下了头，面带微笑，却半天无语。这时罗再恒道："乡亲们帮帮忙，把他倒过来，控控水，他是被呛着了。"丽娘则道："先生有话不妨直说。"五岛次郎抬头道："夫人，这个在下真的不知。"这时，人们抓住罗子辉的大腿，吃力地把他倒控过来，不多时，水从他的嘴里咕咕流出。当最后一股水流出来的时候，他"噗"地吐出一口气，带着浓浓的臭味。丽娘无心顾及眼前的一切，她走进屋里，喊着罗子漫的名字，但没有回音。外面的罗再恒大声告诉她，说她们很早就出去游玩了。她又走出屋子，对罗再恒道："二哥，你照顾好子辉，我出去一趟。"言罢，她很讨厌地看了一眼五岛次郎，便挣扎着向外走去。

弓然明没有等来捕快，却等来了辱骂。丽娘很平静地走进她的屋子，见她一改往日的颓败，光鲜地坐在炕上，脸上还带着解脱般的幸福感。丽娘平静地骂道："淫妇！"弓然明睁开双眼，眼神是明亮的，就像她刚进罗家时一样。她竟没有感到自己的婶婆婆是在骂自己，她不再对"淫妇"二字有太多的反感。"婶子，你来了。"她也平静地说，并露出甜蜜的笑容。丽娘继续道："是你想害死自己的男人吗？"弓然明道："是的，婶子。"丽娘道："那两个凶手是谁？"弓然明道："没有别的凶手，凶手就是我。"丽娘道："可你失望了，子辉命大福大，他没有死。"一层阴翳顿时布满了弓然明的脸，那脸上的光鲜也立刻暗淡下来。丽娘道："你还是失望了。"说着，竟在她的对面坐了下来。弓然明道："婶子，说心里话，我真的失望了，因为我已经预备下了死。"丽娘道："你死，便罢了，为何还要害人？"弓然明道："婶子，我没有害子沫。是不是害他，让他自己说。"丽娘惊诧于她的回答，道："纣王是不会承认妲己害了他的。"弓然明道："婶子，你说对了，纣王活得很幸福，他至死都忘不了苏妲己。可惜了，子沫做不了纣王，我也做不了苏妲己。"丽娘又往前凑了凑道："你，咋就这么不要脸啊？"弓然明道："婶子，我承认我不要脸，是因为我掉进'不要脸'之中了。"丽娘道："可你害谁都不对，都会留下千古骂名的。你只有害了我，才理所应当。"弓然明道："姊子你错了，现在谁还记录骂名呢？连朝廷……都自个儿顾不过来自个儿了。"丽娘道："谁都拿你没办法了吗？"弓然明道："不是姊子。子沫让我死我就死。"丽娘道："那你就更不要脸了，难道你在为子沫活着吗？"弓然明只微笑，不再言语。丽娘道："你不必这样有意气我，即便你气死我，你也不会把罗家怎么样。到那时候，首先不答应的就是子沫。"弓然明仍不语。丽娘知道自己该走了。

当丽娘再回到家门口时，正见罗子漫与阿曼达从西川岸边而来。她们步伐轻盈，那是因为春暖搅动了她们内在的女儿情，但现实的忧伤还布满她们的脸庞。丽娘能感知到她们的苦楚，但没有过多的牵挂，因为她们身上有一种力量，那力量来自神，那力量能把所有的痛苦都蜕化为享受。丽娘站在门口等待她们。当她们来到跟前时，丽娘问："你们去哪儿了？"罗子漫道："阿曼达要去寻找西川的源头。"丽娘亲切地看了看阿曼达，道："没有找到吧？是啊，连我们都找不到。"阿曼达略感失落，道："娘，守着一条不知源头的河生活，那是对自己不负责任的。"丽娘道："难道你们不这样？"阿曼达点点头道："是的。知道河的源头，就像知道自己是从哪里来的。"丽娘若有所思，用羡慕的眼光看了看她，道："你不会忘记你是从英国来的……这我看出来了。"阿曼达听后竟被感动，竟转了眼窝。丽娘握了握她的手，走进门去。院子里已经没人了，很静，罗再恒蹲在窗下吸烟，接二连三能听到屋子里发出很粗重的呻吟声。罗子漫感到惊讶，道："是子辉哥，他怎么了？"丽娘想回答她，却欲言又止，径直向罗再恒走去。罗再恒站起身来，道："他姊子。"丽娘道："子辉要住在家里吗？"罗再恒满脸愁容道："让他在家里住几天吧。"丽娘道："子辉体质好，呛了水，不算大毛病，我看还是让他回家去住吧。"话音刚落，屋子里的罗子辉便大声叫道："不敢了姊子，不敢了！她有兵马，有天兵天将，要整死我！"这话让所有的人都震惊。罗再恒与丽娘彼此看了看，先后进了屋子。丽娘柔声细气地问道："子辉呀，别怕，告诉姊子，那天兵天将从哪儿来？对你干啥了？又上哪里去了？"罗子辉骨碌着眼珠子，似在努力回忆着，然后他突然挥舞着双臂道："从天上来，把我按在水里，要淹死我，又飞到天上去了。"罗再恒唉声叹气道："完了！傻了，这下更傻了。"丽娘则耐心十足地说："子辉呀，别害怕，再好好想想，那天兵天将都说什么了吗？"罗子辉一骨碌爬起来，打了鸡血一般叫道："想起来了！想起来了！天兵天将给我叫姐夫。嘿嘿嘿，叫姐夫。"丽娘与罗再恒面面相觑，心照不宣，双双往外走去，当他们走到堂屋的时候，罗再恒道："他婶子，应该去报官，这女人太歹毒。"丽娘没有言语。罗再恒又道："他婶子，这次子辉不死，他们还会再害他的。"丽娘只叹气，仍旧不语。罗再恒继续道："要不休了这个女人吧，她迟早有一天会坏事的。"话音刚落，罗子辉在屋里"哇"的一声哭了，吼道："不嘛！不休嘛。要休了她，我也不活了呀！"外面的罗再恒像没听到一样，却很不耐烦地说："他婶子，你倒是说句话嘛！"丽娘这才开腔道："二哥，你容我再想想……好吧？"罗再恒看了看她，很痛苦地点点头，并转身走回屋子。罗子辉又哭道："爸呀，不要休我媳妇，留着她跟我睡觉！""呸！"罗再恒的声音像闷雷一样。不知道究竟发生了什么的罗子漫和阿曼达，见丽娘出来，上前搀住了她。丽娘知道她们的心思，小声道："你哥他洗澡时呛了水，不要紧的。过去了，过去了，不要再想了。"罗子漫和阿曼达面面相觑，一头雾水。

弓么长与盛金龙是天黑以后摸进教会医院的。一进门，正见左汉庭与一女子并排站在窗前看夜景。兄弟二人顿时心花怒放，心想这女子哪能不是苏秀呢？弓么长叫了一声"苏秀"，盛金龙叫了一声"将军"。被叫的二人都很吃惊，猛然回过身来。兄弟二人一看，大失所望，便不知说什么好了。左汉庭道："你们两个怎么跑到这儿来了？是来看我吗？"兄弟二人支吾道："啊啊是的，是看您来了。知道您那日为李鸿章挡了一枪，一直想来看您。这不……就来了。"左汉庭仔细观察他们，全然是风尘仆仆的样子，且目光游移，神思不定，便犯起了琢磨，道："你们如何知道我在这里？""是……"弓么长刚想说什么，又觉得不对，便没有说出口。盛金龙急忙接着话茬儿道："是革命党告诉我们的，就……就是大定法师他们。"弓么长急忙附和道："对，就是他们。"他们边说边一眼一眼地觑着哑女。左汉庭淡淡地笑了，道："这是家妹，左静寒，不是苏秀。不必与她说话，她是个哑巴。"兄弟二人"唰"地脸红了，知道啥事都瞒不过左大人。于是弓么长道："左将军，苏秀到家不久，又跑了，我们正在寻找她。可知道您在这里住院，也必是要来看看的。"盛金龙附和道："是啊将军，就是不找苏秀，我们也要看望您的。'家里人'都等着您回去呢。"左汉庭笑道："我为中堂大人挡了枪，你们还相信我吗？"兄弟二人面面相觑，这正是他们以及所有"家里人"的隐痛，于是，一种失意便浮现在他们的脸上。但弓么长还是道："将军，您于我们有再造之恩，我们怎么会不相信您呢？只是将军您这伤……受得不值啊！"左汉庭长叹一声，坐在床上，道："你们没想一想，如果那天中堂大人被打死了，会是什么后果？"弓么长想开口，盛金龙却抢先道："'家里人'都想到这一层了，可还是觉得大人您……不全是为了这个。最起码有一半是……是忠于朝廷。""忠于朝廷有什么不对吗？这个朝廷再不像样子，也是我们的朝廷！"左汉庭大声道。哑女见哥哥情绪激动，急忙走过来扶了扶他的肩膀。左汉庭又道："那些革命党现在都怎么样了？我真替他们担心啊！都说为这个朝廷好，为了百姓好，可为什么非要推翻这个朝廷？打仗能不死人吗？死的都是百姓的孩子！可真正给我们气受的，不是朝廷，是那些洋人！"左汉庭越发激动了。哑女万般着急，示意兄弟二人不要再说了。左汉庭却继续道："以为我救了中堂大人，有了功，还想让我回去做官！我不想再做什么官了，我不想从朝廷那里得到什么，可我也不希望它坏起来。一个朝廷灭亡了，没有几十年，是缓不过劲儿来的，到头来遭罪的还是百姓。"说到这里，左汉庭的情绪渐渐低落了。半天，弓么长小声道："可是将军，朝廷不还是一个一个地完蛋。明朝完蛋了，才有了清朝。"盛金龙拽了拽他的衣角，示意他不要再说了。左汉庭像是自言自语道："可大清不同，大清有治世能臣，也有想变法图强的皇帝。只是大清太落后了，打不过人家，洋人的枪炮太厉害呀！"弓么长又小声道："打不过洋人，有我们呢！我们可以帮着打呀！"左汉庭一听，用奇怪的目光看了看他们，随后发出一连串的冷笑，笑后道："如果谁要糊涂到指望你们救国的地步，那离完蛋真的不远了。"兄弟二人又面面相觑，对左汉庭的蔑视，他们显得十分愤慨，便纷纷一抱拳道："大人好好养伤，我们去了！"说罢转身就走。哑女觉得有些失礼，便向外追了几步，见他们走得太快，也就停下来了。左汉庭站起身来，一直望着他们的背影消失。他没想到他们会走得这么快，他还有话要说，他想告诉他们，苏秀一定在革命党那里。因为在长城上，苏秀对革命党的依恋，令他印象深刻。

自此，左汉庭陷入郁闷之中，总觉得有许多未了之事，并希望找到未见之事之确据。直到这天阳光明媚、春风和畅，妓女雪芩又带着浓浓的脂粉气扑面而来，同时还带来美食和美酒，更带来她的喋喋不休："大人啊，想我了吧，我可是一直惦念着你呀！这些日子我谁都没让碰，就等着你好了之后给你解馋呢！你这个死鬼，我就知道你心里没我，你要有我的话，你也早娶个夫人成个家了。你心里谁都没有，装的都是忠肝义胆，你看你活着有啥劲儿？就我犯贱，没事的还要倒贴乎你。你看你这哑巴妹子，我一来她就不自在，她就没想一想，没有我还有你吗？我是你唯一的恋头，就像那个老佛爷，没有荣禄她早就死个逑的了。郎大人这回风光了，当知府了，我早知道他胯下长着的不是一般的鸟子，要不然做不了这么大的事。荣大人不如他，最终被他发配了。他现在喜欢穿黄马褂了，人多的时候总要穿一穿的，黄灿灿的。据说他把知府小姐放了，养在府里，供他玩乐。他还打死几个狱卒，打得那叫惨啊，用鞭子抽的，身上的肉都抽没了，那是活活疼死的。那真是个狠主啊！啊对了，他又抓一批革命党，准备杀头呢。还……"本来左汉庭不在乎她嘚啵，自顾喝酒吃肉，听到这里，他"啪"地放下筷子。雪苓嗔怪道："干啥呢你，吓我一跳！"左汉庭道："你说郎大人抓了革命党？"雪苓道："对呀！"左汉庭站起来就往外走，雪苓慌忙追上道："你干啥去？你想去救革命党？你咋这么定不住神呢？革命党想暗杀李鸿章，能不铲除吗？你又犯倔了不是？革命党是你亲戚呀？当初你不与俄国兵火拼，何至于现在？"哑女也追了上来，拽住了哥哥，一边摇头一边表示："不要去，她说得有道理。"并非他被两个女人拽住了而不想走，实在是他左思右想，抑制了冲动。他叹口气，返回来坐在床上，酒肉不再香甜。雪苓则紧挨着他坐下来，看着他。看着看着就掉泪了，哽咽道："汉庭，你……就娶了我吧！我愿意从良。"酒肉停在他的嘴里，半天难以下咽。他看着眼前这位风尘女子，从未觉得如此楚楚可怜。哑女也被感动了，她用赞许的眼光看着哥哥，眼圈红了。她想听雪苓继续说下去，又恐她的话伤着哥哥，所以她很矛盾，也很痛苦。

那一夜的恩情，带给哑女的是无尽无休的甜蜜伴着心酸，还有无端无言的思念与牵挂。它已经大过了兄妹情。没事的时候，她总会下意识地抚摸自己的玉体，觉得从未有过的珍贵，也觉得它不再仅仅属于自己，因为一个人已经在那里面播撒一粒种子，它已生根发芽。她希望他再来，但知道他公务繁忙；哥哥受伤，又让她知道世事纷乱。所以她总在默默地为他们祈福，希望他们一切平安。

当然，那一夜的春风雨浓，也让郎纪平多了一份沉重与担当。所以，当杜克先生再来见他时，他首先向他提出一个问题：一个哑女可不可以信仰你们的神？因为他已深深地领略到罗子漫和阿曼达在灾难面前临危不惧、举重若轻的风采。她们厚重绵密的心态，无疑是一种平静而安然的依托。杜克先生非常不解地说："为什么不可以？我主的大爱遍布天下。他是磐石，他是盾牌。任何仰望他的人，都会蒙恩。"但他的这次到来，也让郎纪平看到了他的沉郁。他虽心事重重，却轻易不言语。他也是苦闷的，一个内心装着苦闷的人，也失去了征服的力量。所以，他对这位牧师也略有言不由衷，尽管知道他的女儿失踪了，也少了一份发自肺腑的同情。"我还是希望大人能够保留桑德斯的一部分股份，我希望大人能够答应我的请求。当然，大人可以尽管说出拒绝的理由。"杜克先生仿佛经过再三斟酌，方说出这句话。郎纪平笑道："牧长大人，你为什么不问，我答应的理由是什么呢？"杜克先生的表情突然痛苦起来，他深深颔首道："惭愧惭愧，我很没有信心。因为我的信心来自神那里。"郎纪平略加思索，笑道："我很喜欢一段经文，我可以背下来吗？"杜克先生道："当然可以。"于是郎纪平站起身来，拿出恭敬有加的样子，背道："人子啊，我立你做以色列家守望的人，所以你要听我口中的话，替我警戒他们。我何时指着恶人说：'你必要死。'你若不警戒他，也不劝诫他，使他离开恶行，拯救他的性命，这恶人必死在罪孽之中，我却要向你讨要他丧命的罪。倘若你警戒恶人，他仍不转离罪恶，也不离开恶行，他必死在罪孽之中，你却救自己脱离了罪……"在郎纪平还没背完的时候，他就看到杜克先生已经痛苦到了极点。当背完之后再看，他已经泪流满面了。郎纪平不知为何，便落座不语，以观动静。杜克先生慢慢掏出手帕，轻轻擦干泪水，道："大人，出兵保护教堂，是你的主意？"郎纪平笑道："我已经撤了。"杜克先生道："我是问主意。"郎纪平道："是知府小姐的主意……也可以说是荣大人的主意。"杜克先生道："你们都各有目的，但只有荣大人的主意是真正保护教堂……令我痛心的是，神的教堂，怎么能用人来保护呢？我们究竟错在了哪里？今天我终于明白了，我们是假神之名，在做自己的工。我们无法拯救自己脱离罪恶。"说着，他又掉下泪来。郎纪平因他的痛苦而心生怜悯，道："而我，不敢说为神而做工，但我要帮助为神做工的人。"杜克先生道："我没法说出'谢谢'二字。"郎纪平笑道："不必，牧长大人。但我也想就此告诉牧长大人，我也要杀人了。"杜克先生为之一震，正义的力量刚要萌发，但他很快又气馁了，道："有罪者可杀，无罪者不可杀。请大人三思。"郎纪平站起身来，踱着步子道："请牧长大人放心，我郎纪平不是为了自己而杀人。他们杀人叫'革命'，我杀人叫'反革命'！"言罢，郎纪平哈哈大笑。在这笑声中，杜克先生有口难言了。

他回到教堂，觉得自己已经伤痕累累。两条腿有万斤之重，每上一步楼梯都像跋涉高峰；头顶像有巨大的压力，那压力是来自天上。妻子贝蒂很心疼地看着他，把一杯咖啡放在他的面前。难猜他的心事，又不好出口相问。甚至连在他身边站一站，都觉得是对他的打扰。她悄悄地走了，又把门轻轻地带上。

走出门的贝蒂无力地倚在门外，她把左臂放在胸前，默默地为女儿安琪拉祈祷。丈夫几乎一言不发，没日没夜地往外跑，她不敢发出一声对女儿的询问，她相信上帝会保佑她的女儿平安归来，但她不相信丈夫的言行会是女儿平安的征兆。大女儿是跟罗子漫走的，她毫不担心，但两个女儿同时离开自己，她的伤心是从未有过的。

"贝蒂，不要偷偷地哭泣了，进来吧。"这声音让她顿时泪如泉涌，她猛地推开门，站在门口哭道："杜克，你要安慰我吗？不必了。我在为自己赎罪，是我的罪过让我同时失去两个女儿。"杜克先生平静地说："你还是应该叫我牧长大人。"贝蒂连连点头道："是是，我的牧长大人。"杜克先生道："记住，无论任何时候，都不要偷偷地流眼泪……如果你的欢乐可以公布于众的话。善于表达心声的人，他的欢乐和痛苦都会博得同情……难道不是吗？"贝蒂诺诺道："是是，牧长大人。"杜克先生又道："所以，今天我在中国官员面前流泪了。""不！"他又突然大声道，"我不是在什么中国官员面前流泪，我是在神的面前流泪了。因为神在借他的口晓谕我，当你去亲近罪人的时候，无论是出于无奈还是被迫，你都会同罪人一起堕入大坑。是的贝蒂，无奈和被迫是懦夫的表现，而现在，坐在你面前的，就是一个无奈和被迫的懦夫。上帝呀！"他几乎是大呼一声，"求你赦免我，我有罪！"言罢他闭上了眼睛，两行老泪顺流而下。可不多时，他又突然睁开双眼，明亮亮的，道："贝蒂，不要再伤心了。我要告诉你，你的小女儿在桑德斯那里，她玩得正欢，她可能投入了桑德斯的怀抱。是的，你的女儿……她投入了恶人的怀抱。我却为了她，违背上帝的旨意，按照恶人指示，向撒旦低头。贝蒂，我的妻子，你听见了吗？"贝蒂又起了哭声，道："是的，听见了，我的……牧长大人。"她没有把"丈夫"二字说出口，但心里还是由衷地感激他，因为他把这个好消息带给了她。感激之余，她用一个妻子的口吻问道："那么我的女儿她……"没等她说完，杜克先生打断了她，道："你无须知道太多。记住，除了感恩上帝，你无须知道太多。"贝蒂的目光一下子灰暗下来，道："是的，牧长大人。"说着她端起杯子走了出去，她觉得自己应该煮制一杯更好的咖啡。

　　刑场设在南门外，那是革命党来的方向。城墙上有孤烟，城门下行人络绎不绝。道路两旁的军旗被风吹得猎猎作响，还有要重新抬头的劲草，它们的忍耐经过了一个冬天。刑场紧挨着垃圾场，死灰被踏起，仿佛盼望复燃的火种；破旧废弃的衣衫紫绿红黄，卷裹着很深的秘密，也有人间的沧桑；粪便已经干枯得不成样子，更加猥琐和丑陋；可以振奋人心的是，垃圾堆里，还有勉强挺立的被人遗弃的刀叉，使整个垃圾场带有几分抗争的意味。野狗喜欢这里，但它们远远躲开了，因为有人的亲近。它们脸上都有愁容，它们的心似乎在为杀人而隐隐作痛。蓝天衬着白云，阳光普照大地，天下康泰安宁，如果不再杀人的话。围住场子的将士，紧握腰刀；刽子手头上的红布，裹得紧俏；鬼头刀扛在肩上，带着嗜血的骄傲。围观的百姓们，东张西望，他们急于想看看革命党的模样。他们都是视死如归的表情，也有恨天恨地的豪迈；看得到和看不到的希望，都在此刻结束；唯有那被拉长的脖子，是对刀锋的迎合；欲革人命者，自命被革也是值得；他们心中装着真理，没有不舍命就可得来的成功。

　　可是，他们低到地面的头颅，还要努力地抬起来，看一眼对面那个可疑的人；那个被官府宣布无罪释放，本应该走北门回家的人。他的胸前挂着板板正正的"四书"和"五经"，身边陪着两个学童。尽管他们的脸吓得煞白，但还要努力挺着书生意气。这时宣判官的声音响起来了。

　　"革命党，以杀人为能事；以欺宗灭祖为不耻；以毁圣教灭天伦为己任；以颠覆朝廷为目的。实为祸国殃民，涂炭生灵之辈。彼等否定佛、菩萨的存在，蛊惑民心，犯上作乱；污蔑刺杀朝廷命官，勾结外夷，自毁家园；无事生非，机巧诡辩；口中为公，腹藏私祸。诸等罪恶，无所不用其极。不杀不足以平民愤；不杀不足以扬国威；不杀不足以谢圣恩；不杀不足以尊天地。三尺之血，染我锦袍；贼头落地，以警千古；斩草除根，万民逍遥；大清国体，永世坚牢。杀！"

　　刽子手手起刀落，十几颗人头滚落在地。嘴张着，眼睁着，世界还活着。郎纪平面目冷峻，他在案后站起身来，径直向一个方向走去。人散了。狗在人散之前，早就散了，它们好像对人血不感兴趣了。没散的是罗子沫和所有迎接他的人。他身旁的两位书童被官府的人带走了，他们本来是秀塔书院的学生。丽娘抓着儿子的手，一边看着他，一边眼泪直流。罗子漫急忙卸下挂在哥哥胸前的书，把它交到阿曼达的手上。阿曼达脸上的笑靥很甜很精致，那是中西合璧的美丽。两根大辫子梳得特别光滑，泛着淡黄色的光。桑玉竟有些羞怯，那羞怯已让她内心的痛苦失去了痛点。老态龙钟的冉先生虽笑得合不拢嘴，却不住地用双手抹眼睛。罗子沫对什么都感到亲切，尤其这装满天下的阳光，在牢里是那么可望而不可即，如今他恨不得吃上几口。他看看这个，看看那个，觉得他们都变了。无论是哭着的和笑着的，一张张嘴脸都让他感到奇怪。他的心里不住地默念："原来人是这个样子的？"他已经失去了正常意识，在别人的眼里，好像有点傻。

　　直到一番热闹之后，丽娘不知不觉地和冉先生站在一起，他们浑浊的目光彼此看了又看，他们想说的话却怎么也说不出口。这时罗子沫才突然感到酸楚，他走过去，死死地跪在他们面前，哭道："妈，师父，子沫不孝，让你们受苦了。儿子给你们磕头了。"说着他连连磕头不止，一脑门子灰。冉先生伸出颤抖的双手，一边艰难地把他扶起，一边道："孩子，出来就好，出来就好。回家去，静养一些时日，你还有许多事要做。还有念其，她也吃了不少的苦。年轻人吃点苦不是坏事。"一提到念其，气氛一下子就变了。所有的人，几乎在同一时刻，停顿了既有的思维。尤其是桑玉，本来有些羞怯的她，立刻背过脸去，泪水就要忍不住地往下流。丽娘的心里也是"咯噔"一下，一下子从欢乐的高峰跌入痛苦的深谷。一时间，众人无语，只有风吹劲草的声响。罗子沫走向桑玉，看着她的背影道："桑玉，小姐她……在哪儿？她还好吧？"桑玉道："她很好。知道你出来了，她很高兴。对了，小姐本来也想来看你，被我拦下了，我想这样杀人的场面不应该让她看到。"丽娘道："子沫呀，小姐为你吃了不少苦，你可要争气，不要愧对人家。"说着，她有意去看阿曼达。令她没有想到的是，阿曼达捧着那些书，显得不伦不类，脸上也满是不自在。于是她笑了笑道："还有阿曼达小姐，也在吃苦。"罗子沫这才把脸转向阿曼达，百感交集，却道不出一言。

　　"上车吧，有话回家再说吧，这里不是说话的地方。"冉先生见场面有些异样，便主动催促道。然后他又向等在远处的两辆车一摆手，车夫们一声鞭响，便把车赶了过来。众人都看出来了，罗子沫上车的动作很笨拙，竟显出几分老态。阿曼达看在眼里，竟过来扶他一把。她与罗子漫坐在一辆车里，丽娘当然要与儿子同坐。临上车前，丽娘让冉先生和桑玉也挤着坐下，一同进南门，把他们送回书院，再从北门出去，回家也算方便。冉先生道："不必了，我已有好些日子没出城了。天气也暖和了，心情也难得地好，想在外面逛逛。"丽娘只好作罢。两辆车便很快汇入城东大路，直奔热水汤而去。

车走远了，冉先生放眼八荒，天地之间，万物复苏，全然是不知愁苦的气派。突然，他的目光定住不动了，对桑玉道："桑玉快看，城头上那个人好生面熟。"桑玉寻眼望去，道："那不是一个人，后面还有两个……好像是女人。"冉先生道："我不在乎后面的人是谁，我总觉得前边那个人一直往这边看，已经很久了。他在看什么？好像要把日头看落。"桑玉仔细看着，嘟囔道："先生，我总觉得这个人的心好沉重，简直能压垮整座城。"说罢她又立刻尖叫了一声："先生我看出来了，他是左大人，就是左汉庭！听说他挨枪弹了，没死啊！"冉先生笑了，因为他看到桑玉本来的性子复苏了，便道："是谁我还是看不出来，我眼睛花。好了，管他是谁呢，我们到河边走走吧，去看看水面上的浮冰，它们是怎么样慢慢化成水的。""哎。"桑玉很响快地答应道，"不过看看就回去，小姐还等着呢。"冉先生不语，脚步却很快。

"我说大人啊，你就别看了，活人都让你看没了，就剩下死人了，难道你还要把他们看活喽？"站在左汉庭身后的妓女雪苓早就不耐烦了，她终于不耐烦地说。左汉庭一挥手道："你先回去吧，我还要转转。"说完便沿着城墙往西门方向而去。哑女在后面紧随。雪苓走几步，停下来道："我不跟着你压城头了，我一个卖身的，这不等于转圈丢人嘛！"哑女回身看了看她。雪苓笑了，道："好好陪着你哥哥，一旦他想不开，一下子跳下去，摔死了我指望谁去。"哑女知其开玩笑，挥了挥手，示意她原路返回吧。左汉庭则头也不回地走出好远了。哑女见雪苓已去，才追了上来，拽住哥哥的一条胳膊打手势道："她对你很好。你对她很冷淡。"左汉庭放慢脚步，道："那位郎大人对你好吗？"哑女的脸一下子红了。左汉庭看在眼里，叹息道："你们啊，是怎么分清好坏的？"哑女又稍停，眼睛里放出疑惑的光芒。左汉庭则径自走去，哑女的疑惑没有答案，只好紧紧跟上。就这样，他们从南门走到了西门，又从西门走到了东门。四门的守城士兵都对左汉庭恭敬有加，施军礼，口中称呼"左大人"。他们都以为左汉庭又回来做官了。

他们兄妹二人下了东城门楼，往城里走去。没走出多远，就见前面停着两顶轿子。轿子后面，郎纪平牵马而立，身边站着八个兵丁。郎纪平神采奕奕地迎上来，一抱拳道："左大人，郎某在此恭候多时了，请上轿吧，本官要为你接风洗尘。"左汉庭大惊失色，扭头看看妹妹，见她惊喜异常。然后他转过头来一抱拳道："惭愧惭愧，知府大人何以得知左某要从此经过？"郎纪平笑道："左大人登高望远之时，郎某就已发现了。但没想到大人会巡视城头一周至此而下，是城门守军快马传报，方得知大人用心良苦。都司之印早已为大人备下了，今天就是物归原主之日。"左汉庭一时语塞，方觉自己的举动有失斟酌，让人多想了。自从听说郎纪平要斩杀革命党的消息后，他的内心便痛苦地挣扎起来，本来打算痊愈之后，与妹妹重返家园，侍奉老母，日出而作，日落而息，苟全性命于乱世。没想到，一场风波刚刚过去，又杀机再起。如此下去，百姓安有宁日？所以他打消了解甲归田的念头，心想自己只要兵权在手，毕竟能佐控时局，持一份公正给百姓。尤其要杀的是与自己曾经患难与共的革命党，这令他心中抑郁难平。尽管他并不赞许革命党，甚至也很讨厌，但总觉得他们尚有赤诚之心，不该死于非命。所以他站在城头上，满脑子都是那一夜的刀光剑影。他知道，被杀的大部分都是并肩战斗过的热血男儿，如今他们也算为国家抛洒满腔热血了。是与非还有待后人评说。所以自从他登上城头，双脚就像深深地陷入泥潭，动不得半步，直到刑场人散。

　　"左大人。"郎纪平叫了一声已经陷入沉思的左汉庭，"就不要犹豫不决了。大人官复原职之事，中堂大人已经奏明太后，太后不仅满口应允，而且对大人的为人气度大加赞赏。从今以后，赤城的都司之印没人再敢碰一碰了。"郎纪平言罢，哈哈大笑。"知府大人！"在他的笑声中，左汉庭异常冷漠地说，"官复原职之事容在下再加考虑。在下还有些私事要办，就有违大人的盛情了，大人和轿子请回吧。"言罢他转身就往另一个方向而去，并不管自己的妹妹。直到走过一条街，他回头一看，后面全是生人，自己的妹妹果然没有跟上来。他又叹了一口气，向另一个方向而去。

　　隔河相望，两辆马车行至教堂对面的时候，丽娘突有感想，叫车夫停了车。她对罗子沫道："子沫，你坐着别动，我下去有点事。"说着便下了车。后面的车见前面的车不走了，也停了下来。罗子漫掀开轿帘，正见母亲走过来，问道："妈，怎么了？"丽娘道："你们看见教堂了吗？让阿曼达也下来，妈有话对她说。"母亲的意思，罗子漫已经猜到了八九分，便露出为难之色道："妈……"丽娘道："听话孩子，让阿曼达下来。"没等罗子漫再说什么，阿曼达放下怀里的书，先行下了车。罗子漫也只好跟着下来。阿曼达道："娘……有话您就说吧，我听着呢。"丽娘一听，却有些难为情，但她还是强制自己道："阿曼达呀，不养儿不知父母恩，你赌气离家出来，已经好几天了，你的父母哪能不惦念着你呢？更何况你的妹妹失踪了，他们一定是摘心摘肝地难受，你再不回去，你说说，他们还有活路吗？使大劲就你们这俩孩子，搁谁都受不了哇。不是娘嫌弃你，娘不在乎你吃喝，娘是在替你父母着想。听娘一句话，就此回去吧，哪怕你看一眼他们，跟他们说一声'对不起'，再回来，娘都是热烈欢迎的。只要他们心里过得去，你哪怕长在我家，娘都是愿意的。你可明白娘的意思啊？"阿曼达把胸前的大辫子绞在手里，使劲儿点点头，却不说话，蓝蓝的大眼睛里充满忧思。当她看一眼那高高的十字架时，泪水溢满她的眼眶，她哽咽道："娘，你说的对。可……"她不知道再说什么好了。罗子漫看在眼里，对母亲道："妈，你说的不对，我们是被撵出来的，我们也不是不想回去。还有……那里也不是阿曼达的家，家里也不能说是有她的父母。还有……阿曼达该回去的时候不用你留，不该回去的时候你也不能撵。"罗子漫还想说什么，见母亲的脸色已经大变，急忙咬住了舌头，把下面的话吞了回去。丽娘生气道："子漫啊，妈怎么听着你像在说鬼话？革命党刚死就托生你了？你们听听……"她用手指着围过来的两个车夫，"我闺女都说了些啥？你们听懂了吗？她在教堂里待几天，怎么就不会说人话了？"两个车夫都讪讪地笑着，分明带着困惑。阿曼达擦擦眼泪道："娘，您老不必生气了，我回去就是了。"罗子漫叫道："阿曼达……"阿曼达道："别说了子漫，你跟娘赶紧回去吧。我也该回去见我的父母，说不定……说不定他们正想我呢。"说完她径自走开了，向着教堂的方向而去。罗子漫不再劝阻，却很不满地看着丽娘。丽娘见阿曼达走远，喊道："孩子啊，回去看看他们，再回来！"阿曼达听见了，但没有回音，也没有回头，只稍稍停了停，又继续慢吞吞地往前走着。临到河边时，又被细沙蹉了脚，险些没摔倒，张臂仰头之间，两条辫子也高高地扬了起来。丽娘感叹道："多好的孩子啊！"说完便上了车。罗子漫也一边频频看着阿曼达的身影，一边上了车。心想，如果不是自己的哥哥刚出狱，说什么也要同她一起回教堂的。

　　车子继续走起来，速度也明显慢下来。一直纳闷的罗子沫掀开后面的轿帘往外望着，很吃力的样子。"你在看什么？"丽娘问，罗子沫不作答，只是望着。没过多久，他突然大叫道："车夫！停车！快停车！"车夫很慌乱地把车停了下来，罗子沫下了车就往后跑。丽娘和罗子漫不知发生了什么，也慌忙下了车，她们一看就全明白了。原来阿曼达是佯装往教堂方向走去，等车子走开以后，她又沿着河边，一直往下游走去。原来，那个"家"，她还是不能回的。丽娘既羞愧，也心疼，她急命后面的车掉转方向，去把阿曼达接回来。

罗子沫抄近路去追阿曼达，已经踩了一脚刚化冻的稀泥，再加上身子虚弱，就在要追上的时候，兴奋之余，一不小心，哧溜一下滑倒了。阿曼达知道罗子沫叫喊着追上来，本来是不想回头的，听到了滑倒之声，她停了下来，慢慢地转过身去。"阿曼达，跟我回去！"满身稀泥的罗子沫一边往起爬一边道。阿曼达急忙跑回来，伸出手，让他抓住，然后因他们共同的力量，罗子沫站了起来。"跟我回去，我有许多话要对你说。"罗子沫仍抓住她的手不放，哽咽了。阿曼达不免仔细打量他，道："子沫，你好像刚看见我……"罗子沫笑了，道："没有哇，刑场上，上车前，我都看见了你，但我装作没看见。你没看到吗？那个叫桑玉的姑娘有多伤心？"阿曼达摇头道："为什么……"罗子沫这时想到了念萁，那个就在自己的身边成为残枝败叶的念萁，内心的痛苦无以复加。他强忍泪水，很长时间才说出话来："在她心中，你是她家小姐的对手。"阿曼达不解地看着他那痛苦的样子，道："难道你也为此伤心吗？"罗子沫无言以对，心中的剧痛已经把他彻底击垮，他怎么能把心中的话说出来呢？他终于蹲下来，迸发出难以抑制的哭声，也使所有的委屈，都在这一刻得到倾泻。这哭声，也因为他们有共同的痛点，引起阿曼达的共鸣。这个西方的女子，终于以她本民族的方式，表达出自己的情感。她蹲下来，猛地把他抱住，把自己的脸紧紧地贴在他的脸上。顷刻，他们的双唇又紧紧地吻在一起。只不过一个主动，一个被动。主动的是未曾有过肌肤之亲的西方修女，被动的是想要经纶治世的东方少年。车夫看到眼前这一幕，吓得猫到车子后面去了。丽娘刚想说话，立时傻了眼，也羞得转过身去。唯有罗子漫，满脸的苦涩，站着不动。

车子再次走起来的时候，丽娘不断叹息："都到了这个份儿了……这父母是怎么当的呢？"罗子漫则一言不发。是她主动要求和母亲坐在一辆车子里的，让哥哥与阿曼达坐在一起。因为她对阿曼达表示理解；与此同时，也对牧长大人表示理解；所以她只有在心中不断地祈祷，祈祷着神的宽恕。但她的心，随着祈祷而越发痛苦起来。她似乎看到前方有一条弯弯曲曲的道路，有一个狃昵魔鬼，在提灯夜行。她觉得自己像哥哥一样，浑身沾满了污泥。哥哥已经扒掉了沾满污泥的外衣，扔在了河边。可自己的外衣扒掉后，要扔在哪里呢？她不得而知。

车子走得越来越快，道路两旁的行人，还有骑驴的、骑马的，都被一一超过。丽娘在回想着这一天发生的事情，慨然而叹，天下之事，蹊跷多变。早晨，官差传报，儿子罗子沫将被无罪释放，并发出官文，张贴告示，旨在言明：

罗家子沫，一介书生，误入匪帮，以行刺之虚，险成被斩之实，实乃前任知府蓄意陷害。赤城时局，诡诈多端，匪非匪，官非官。今善恶已大白于天下，荣氏一家，罪有应得。唯荣氏女子念其，略有无辜，且与现任知府有婚约在先。念及年幼无知，正邪之间，首鼠两端，并无大过，现已监外看押。

她对这告示依旧犯着捉摸，捉摸来捉摸去，还是捉摸不透。张贴儿子无罪的告示，为何要牵扯荣家小姐与现任知府的婚约？这和以前的告示是出自一人之手，还是互相印证？难道这现任知府大人真要娶了念其不成？难道他不知念其身已残败？难道他活活打死几名狱卒是另有原因？

她想着想着，突然打个激灵，心也"怦怦"地跳两下，而且竟突然感到，好像行走在黑天。她下意识地掀开轿帘向外望去，险些没失声叫出来。她发现一个衣着光鲜的人正站在路边痴痴地望着。她不敢相信那是弓然明，可她就是弓然明。她的颜色与天地万物都不相配，她痴痴的眼睛里竟藏着幽灵，全然是一副死亦可、活亦可的形态。可是她分明又是站在路边等着自己儿子的归来。丽娘害怕了，这害怕好像是从心灵的最深处发出来的。自己答应二哥罗再恒对于休她的事还要考虑考虑，可就是这样一个人，休掉她，她会上哪儿去？一个可死可活的人，会像魔鬼一样缠着你。她这样不合时宜地异常露骨地站在大道上，等着一个她本应从里到外都回避的人，那么，她还有什么事做不出来呢？尤其是她这身打扮，感觉就像揭去旧疤流出新鲜的血。所以她盼望着车子快快地走，一定要把这个人抛得远远的。

车子刚到罗家大院的门口，丽娘急急地付了车钱，招呼着孩子们赶紧进屋。时间尽管短，围观的村民们还是聚拢起很大一片，男女老少，个个都想看罗家的新鲜，因为罗家的新鲜就是这块地界的新鲜。可是，对人群一扫而过，丽娘的双眼像被烫了一下。因为她又看到了弓然明，她竟如外人一样站在人群中。那目光里的幽灵还在，那可死可活的神态还在。丽娘突然感到头皮发麻，脖子后面都在冒凉风。她断定孩子们没有在意弓然明的存在，所以她像老母鸡见了黄鼠狼而急急保护鸡雏一般，

"快进院，快进院……"她扇动着双手轰赶着自己的孩子们急急地进了大门，然后回身就把大门"咣"的一声关死了。门声过后，围观的人渐渐零落，以至散尽，只有弓然明还死死地站在那里。

天渐渐地暗了，一股风吹来，弓然明竟"噗"地笑了，"罗子沫，你的人出来了，可你的心还在狱中！"笑完之后，她狠狠地说。

"罗夫人，难道你就是那因禁人心的狱吗？"这声音令弓然明的心闷闷地跳了一下，仿佛有一块黏稠的血跳出心房。"夫人啊，你被关在了门外，可门外的世界才属于你。你没看到吗？那'半截空'上飘下来的红衫；你没听到吗？那两川河水里流淌的笑声。那都是我啊，都是我在这个广阔的世界里。我将你慢慢散掉的心重新聚拢起来，让它重新跳动，让它感受到人间最美好的是什么。"弓然明流出了眼泪，冰冰冷冷的，从她僵硬的脸上奋力地往下流。她从没有喜欢过这个人的鼓舌摇唇，但也从未反感过这个人的假意殷勤。尤其在今天，她不再觉得他"是鬼不是人"。她觉得人与鬼之间，只可一步迈过。当别人以为你是鬼的时候，你还活着；当别人以为你是人的时候，你也许已经死了。"夫人，回家去吧。只要还有家在，无论它富丽堂皇，还是破烂不堪，都会让你感到一样的温暖；是的，无论是亲朋满堂，还是孤独一人，它也都会让你安顿凄凉。去吧，回去吧，外面的风很硬，小心吹散你的心。"弓然明"咯咯"地笑了，她硬板板地转过身去，直挺挺地向前走去。自始至终，她都没有看这个人一眼，但她知道，这个人叫五岛次郎。他曾在自己的身体里，玩过最深沉的把戏；他曾在自己的脑海里，做过最浪漫的文章；可如今她对这一切，都失去了感想。

这个夜，真的有风，风中好像夹杂着隐隐的哭声。左汉庭阔步走着，腋下夹着家伙，身后跟着喋喋不休的妓女雪苓。他叫开了城门，守城士兵不敢多问，跨出城门，天地间那么广阔。他是悲愤的，悲愤于生命的惨死；他是旷达的，旷达于灵魂的不朽。"你快拽住我的手啊将军，我害怕呀！那些死鬼好像要纠缠我，就像那些活人想占有我一样。"左汉庭不言，他有意把脚步踏得山响，完全是一种踏破乾坤的气势。"将军啊，你倒是威武，可你打得过活人，你能打得过死鬼吗？活人要想欺负我，你能摸得着；死鬼要是纠缠我，你能看得见吗？"左汉庭仍不语，死死地揽住她的腰。"将军啊，不是奴家非要跟你来，可你这个人太孤独。你的孤独让我心酸，我真担心你会跟死鬼结成联盟，到那时，我都不敢近你的身了，那就没人能探我的底了。这天底下，谁人还有你高大呢？"左汉庭仍不语，却猛地把她夹在腋下。雪苓"嘎嘎"地笑了，笑声多大，幸福就有多大。可是，她又突然"啊"的一声叫起来，因为她看到，白天的刑场上，有鬼火在闪耀，忽明忽暗，忽躲忽藏。她像一条蛇一样，死死地缠在左汉庭的身上。"将军啊，这下完了，死鬼知道我们要来，在等我们了。"左汉庭终于停下来，瓮声瓮气道："死鬼倒不可怕，可怕的是活人！"于是他又紧走几步，放下雪苓，蹲在一个土岗旁边，他要就近观察那火光的出处。没有了脚步声，只有雪苓急促的喘息，但毕竟静下来了，他在仔细地听。这时借着偏转过来的风向，他听到了磕击之声，似乎还有悄悄的人语。再听下去，他终于断定，已经有人在他之先来到这里，目的是一样的，都是偷偷掩埋革命党的尸首。"将军啊，我听出来了，他们是人，跟我们要干的是同样的勾当，这下我们省事了。"雪苓神秘兮兮地说，"这下你攒足的劲头可供我享用了。"左汉庭狠狠地掐她屁股一把，她疼得一声叫唤。就看见灯影里两个忙碌的身影腾地蹿了起来，但跑出丈外后又停下来，听了听，觉得没事，复又回来劳作。左汉庭叹气道："我知道他们是谁。""谁啊？"雪苓问道。左汉庭没有回答她，抱起她就往回走。雪苓紧紧地搂着他的脖子，娇滴滴道："我困了，快哄我睡觉。"左汉庭道："一到夜里你就骚！睡吧，一觉醒来，你就到家了。"

守城士兵开了城门，诧异地看着左大人怀里抱着的东西，觉得是个人，又觉得不应该是人。但仍不敢多问，只是关城门的声音比较响。他们行走在街角，遇到一个热闹所在，灯火辉煌，人声鼎沸，觥筹交错，意气昂扬。但这是缺了主角的地方。郎纪平闷闷不响，对大小胥吏敬过来的酒，不推辞，不相让，只顾一饮而尽。弹琴的歌妓，唱歌的娇娘，丝弦悦耳，曲调悠扬，但他只能平添惆怅，没有半点豪情激荡。众胥吏见此情景，也都敛了声气，顿了欢畅。主角的位子空着，座椅僵硬，酒杯冰冷。众胥吏也都频频张望，左都司那高大威猛的形象，如同梦幻泡影，让人心生凄凉。郎纪平不知饮了几盏，只觉得头重脚轻，脚畔跟跄。他忽忽悠悠地往外走去，对店家的殷勤相送视而不见；对外面的暗夜星光，长声一叹；对脚下看不明的路，迈出酸麻的脚步。他向衙门走去，那高高的门槛，他曾发誓踏平；那两扇笨重的大门，他曾几次明阖暗掉。如今，如愿以偿。回想起，几多无奈，冷心为上。他向戒石碑走去，星光下，它显得寂寥，上面的文字，是可见的，也是不可见的。有多少双眼睛，流泪流血，闭目而去的时候，几多羞愧，几多凄惶。

他向那里走去，那个曾经让他魂牵梦绕的地方。两名士兵高声问："谁？！"郎纪平干咳了一下，士兵忙躲闪两旁。门是从里面插死的，他推了推，门很坚强。这时他才想起来，他一早就来过，吩咐士兵不允许任何人来打扰小姐的安宁，亦不可小姐走出半步。他苦苦地笑了，想敲门的手放了下来。他顺着门滑下，坐在台阶之上，把耳朵使劲儿贴在门缝上。里面的轻酣低吟，不似外面的风紧星稀。对于他，似乎成为一种奢望。几多深夜长梦，成对成双；几多夜半难眠，相思泪黄。他苦苦地笑了，站起来，向另一个地方走去。

盛安楼里，哑女左静寒孤独地躺在床上。门外的两个侍女，已有慵倦之态。郎纪平到来的时候，她们都大惊失色，新任知府大人的双眼怎么如血一般红，更有满嘴的酒气。她们慌忙推开门，又快速闪到一边。郎纪平一脚门里一脚门外的时候，挥手道："你们下去吧。"侍女点头称是，待大人进去后，轻轻地将门关好。然后她们嘻嘻一笑，脚步轻盈地离开了。郎纪平远远地站着，脚步轻放，又平稳了呼吸，他在看着如睡莲一般躺在那里的女人。哑女真像是睡着了，面容平静得像菩萨。她相信是哥哥有意扔下了她，因为两顶轿子，有一顶是属于她的；同时她也看到了郎大人脸上突然而起的眷恋与相思。最终她舍弃了哥哥的背影，上了轿，被毫无所知地抬到这个地方，得到贵人一般的招待。可是她茶饭不香，每时每刻都在盼望郎纪平的到来，她为他预备下了痴心与痴情。他终于来了，以这种默默的方式。所以她也想保持假意的梦境，只把一个娇态留在外边，使整个屋子都装不下。她脑子里没有才子佳人的故事，亦不曾有过恩恩爱爱的诗篇。除了这个男人，她觉得天下不再有男人。当她等来一只手从上到下轻轻抚摸的时候，她委屈地哭了，泪水顺着腮边滑下，每一个汗毛孔也在激烈喷张着。她平生第一次想说话，可她知道是无法办到的。她的肌肤随着那只手而温柔地涌动，她的口里渗透出馨香的汁液，她的双唇已充满了力量，她的双眼想睁却睁不开。这时他慢慢地跪下来，一个雄心勃勃的人在她面前跪下来。"你睡吧，我不想打扰你的梦境。外面风雨如晦，只有你这样的人还能做一个美好的梦。因为你不曾说过一句话，因为你扣留了天下所有的纯真与纯情。"说着，他的眼睛湿润了，"你知道，我刚刚杀了人，一个杀了人的人是不配亲近你的。你馨香的肌体里，怎能容得下肮脏的血腥呢？可我是个男人，你不知道一个男人活在乱世的艰难。我不甘心醉生梦死，更不甘心做行尸走肉，也不会做尸位素餐的官员。我身体里流淌的是祖宗的血液，这血液是铁马冰河的历史，是煌煌大观的人道尊严。我不怕被别人骂作奸佞小人，更不怕被别人骂作虎狼之辈。也唯有你能解我内心的苦痛。心累了，我可以把它交到你的手里，让它歇一歇。人累了，我可以躺在你的身边睡一觉。"哑女哭出了声音，她伸出手来，颤抖地抚摸他的脸庞，从左边到右边，从上边到下边。而她的另一只手，却轻轻地解开自己的衣裳。当一个纽扣执拗地不想被解开时，他帮助了她。一个无法用语言来表达自己的人，只有用肢体来表达自己的疯狂。她用世上无法比拟的力量，把他拉入自己的怀中。

到翠玉仙门口的时候，左汉庭放下了妓女雪苓。想自己要继续为官，明目张胆地在这里过夜，有失体统。但眼见雪苓太过缠绵，他自然也丈夫情浓。索性住上一夜，以后小心便是。老鸨在门口看一件精美的紫砂壶，见他们两个有些鬼鬼祟祟，便一撇嘴，移开了目光。有些姐妹探出头来，用异样的嘴脸打量着雪苓。雪苓很想骂，因为她觉得浑身不自在。但见左汉庭表情冷酷，充满杀气，又觉得足以震慑妖孽，颇为自豪。但有的姐妹仍不免捂着嘴笑，雪苓觉得蹊跷，心中发毛。果然，不测的事就出现在眼前，推开门，自己的屋里站着一位更高大的男人，看来已经等待很久了，因为他已经用平静消耗掉了等待中的不耐烦。雪苓吓得一声叫，倒退了几步，正好撞在左汉庭的怀里。

桑德斯沧桑了，但也带着雨后的晴朗，显然，他的命运发生了好的逆转，这是他到此的根本原因。左汉庭愣住了，站在那里迟迟未动。"哦，雪苓姑娘，我已来这里好久了……你身后的那个人应该回避一下。"桑德斯很认真地说。"哟，桑先生，实在不巧了，这位大爷是我的亲戚。"雪苓强打精神道。桑德斯往前跨了两步，从口袋里掏出一枚金币，用两根手指捻了捻，又放在手心里掂了掂，笑道："据我所知，在这个地方不论亲戚。"雪苓也笑道："倒是有这个规矩，不过嘛，那要看是什么亲戚了。告诉你吧先生，我要从良了。""噢？"桑德斯大叫道，"雪苓姑娘要从良？是他吗……"言罢，他用手一指左汉庭。雪苓一下子依偎在左汉庭的怀里，甜蜜地看着他微笑。桑德斯又往前走了两步，露出咄咄逼人的目光，"雪苓姑娘，如果你想从良的话，可以等到明天……今天你属于我。"说着，他又一摆手，示意雪苓走开，"如果这个背信弃义的人不允许的话，我可以让他今天先闭嘴……如果他明天还能说话的话，那是他的造化。"于是，他踮起脚，摇摆着身子，双拳紧握在胸前。左汉庭早已怒不可遏，想那些惨死的生灵；想这羸弱的大清；想这破碎的山河；想这欺人太甚的霸道。他拽住雪苓的一条胳膊，把她移到自己的身后。雪苓知道他要干啥，惊恐道："将军，不要跟长毛贼一般见识，他趁你伤刚好，要占你便宜。"左汉庭又深深地按一下她的肩膀，示意她别动，并传递给她充分的自信。"将军……"雪苓又凄苦地叫了一声。她的话音刚落，桑德斯就像一只发疯的豹子，猛扑过来，西洋组合拳闪电一般打过来，拳拳都要一击致命。左汉庭稳扎下盘，转动腰身，如灵鼠一般摆动头颅，使他拳拳落空。桑德斯被激怒了，他跳出圈外，拧拧脖子，晃晃膀子，又使劲儿摆动几下脑袋。然后他"啊"的一声大叫，又猛扑过来。可是还没等他的拳打出，左汉庭"呼"地一下腾空跃起，随之踢出双脚，一脚踢中了他的下巴，一脚踢中了他的前胸。桑德斯虽有庞大的身躯，也无力支撑这巨大的冲击力，他飞了出去，重重地摔在雪苓的床下。左汉庭"咚"的一声，稳稳落地，又向表情痛苦的桑德斯慢慢地走过去。雪苓早就知道左汉庭的厉害，心想如果再有两脚，这个表面强大的俄国人就没命了。"大人且慢！"她大叫一声就扑了过去，死死地抱住左汉庭的腰，"不要踢死他！我不想让你再摊上人命。"左汉庭这才停了下来。桑德斯觉得胸中有东西在往上涌，他知道那是血，所以他紧紧地闭住嘴，憋足一口气压下去，那口血才没有吐出来。"快走吧！快走吧！这回碰着吃生米的了吧，你以为谁都那么好欺负？"雪苓慌忙喊道。桑德斯想站起来，但那两条腿酸麻胀痛，几乎没有一点力气。左汉庭知道他已经站不起来了，拉着雪苓道："这里留给他，我们走。"雪苓迟迟疑疑地看了看左汉庭，又看了看桑德斯，竟然哀愁无限地说："那好吧，我们再找一家妓院过夜吧，我掏钱吧。"他们走出去了，雪苓回身把门关好。看着那关上的门，桑德斯本来要站起来的身体，又无力地趴下了。

　　雪苓和左汉庭走在夜色里，他们选了好几家客栈，雪苓都说不合适。左汉庭有些烦躁，道："干吗这么挑剔？随便找一家住下算了。"雪苓道："哪家都不干净，住在哪儿可是不能将就的，它比吃什么重要。"左汉庭揶揄道："这么说就你那里干净了？你是不是要立贞节牌坊了？"雪苓听了心凉半截儿，嘟囔道："大犟驴，你说啥呢？有你这么说话的吗？"左汉庭感到莫名的气恼，想自己即便是个屠夫，也不至于拉着个妓女到处找住处，便道："我左汉庭算什么人？不但和一个下贱的嫖客打起来了，如今又拽着你这样的人到处找住处，还这不好那不干净的……怎么？你也把我左汉庭当嫖客了？而且是非你不行的嫖客？"雪苓没有声音，左汉庭把脚步踏得很响，仍旧前行，至于前边是哪里并没有想过，"告诉你雪苓，我左汉庭不是好色之徒。对你好，是因为你身上还有点女人味儿。别以为男人都想要你的肉，处在乱世，有人更在乎肉，有人更在乎味儿。我左汉庭是后者，所以我才对你有耐心，所以……"说到这里，突然觉得不对，回头一看，很黑，看不清什么；又伸手摸了一把，什么都没有。"雪苓！"他高声叫道，没有回音，夜，空荡荡的。"雪苓！"他又叫一声，以为雪苓就在不远处，可仍然没有回音。静听，只有淡淡的风声。他后悔了，急忙往回走，不断喊她的名字，并一声高过一声。最后高到让人难以承受的程度，而他却不觉知。街厢的窗子里，有人伸出头来骂道："这深更半夜的，叫魂儿呢？你家死人了吗？"有人推开门"呸"了一口道："还让别人睡觉吗？狗都被你吓着了！"但他丝毫没有听见，仍旧高声地叫着。

就在骂声四起的时候，突然一个人攀上他的身，先用手捂住他的嘴，然后压低声音道："死鬼！我在这儿呢，你都把整个城吵醒了。"言罢，她又哭起来。显然，她刚刚就在哭。"雪苓，雪苓，你吓死老夫了！"左汉庭把她紧紧地抱住道。雪苓哭道："还算你有良心，不是你叫得紧，我都不想活了……有你这么没良心的吗？你都说了啥？"左汉庭道："莫怪莫怪，老夫一直气不顺，并非是对你……""屁！"雪苓对着他的脸大声道，故意把唾沫星子喷在他的脸上，"别再老夫老夫的！我雪苓再不济，也不会看上老夫的。说！你哪儿老，你这里老吗？"说着，她狠狠地去吻他的嘴，并在他的裆下抠一把。左汉庭一时兴起，但很快被他压了回去，道："别闹了雪苓，要不……我再给你找个好地方？"雪苓道："你说，哪里？"左汉庭道："秀塔书院。我知道丫鬟桑玉就住那儿，和张妈睡一起，要不你去挤一挤？"雪苓扭扭身子，从他身上下来道："行，那就去那里吧。"说罢，他们拐了一个弯，向书院方向走去。可没走几步，雪苓又停下来，很难为情地说："将军，要不，别去那里了。"左汉庭不敢再生气，很平和地说："那又是为什么呀？"雪苓支吾道："不……不为什么。"左汉庭道："不为什么那就去。"言罢，拽起她的手就走。雪苓急忙道："我说我说！"她停了停，放低声音道："我又觉得那里太……干净了。我不配……住那里。"左汉庭半天无语，夜的静又包围了他们。雪苓啜嚅道："我是不是太刁钻了？可我不是有意为难你。"左汉庭道："我没有那么想。"他叹了一口气，继续道："我只是觉得你们……真不容易。"雪苓一听，又哽咽了，道："我们？你这话说到奴家的心坎里了……你还知道有'我们'？难得你还知道有'我们'！我没看错你呀将军，你不但侠肝义胆，也知道疼人。"她又紧紧地拉住他的手，"好了好了，我们随便找一个地方住下吧……我们不容易，你们更不容易呀！"言罢，她"咯咯"地笑起来。他们真的很随便地向另一处黑暗走去。

雪苓是对的，如果他们去了，定会是满满的尴尬。因为冉先生正在拨弄伤心的琴，桑玉则坐在炕上苦闷地听，这一夜注定是不眠之夜。他们从河边回来，直接进了知府衙门，衙门里很静，仿佛没有公务。冉先生好久没来这里了，感觉这里的每一处都该打扫。如今每次来到这里，他都会伤感，仿佛看见荣格就站在中堂门外的台阶之上，在殷殷地看着他笑。所以他尽量避免到这里来，他的心已很难承受怀旧带来的感伤了。但他们必然要来看望念其的，因为今天必然是某个阶段的开始。冉先生对于革命党也并无好感，一直以为赤城的闹剧多与革命党有关，现在革命党被斩首示众了，他觉得这块地盘上从此应该少些麻烦。就像孩子大了，尿布上必然会少些粪渍。

罗子沫被宣判无罪释放，这对于念其来说就像心中开了一扇门，她必然会高兴，大伙儿必然会皆大欢喜。可偏偏今天守门的兵丁由狗变成了狼，不但不允许他们进去，还抽出了刀，瞪起了眼，他们只有悻悻而归。冉先生在心里盘算着，这又是怎样一个开端呢？士兵由狗变成狼，一定是他们的将领由狼变成了虎，那么这预示着什么呢？他不敢往下想了，唯有弄琴聊解忧伤。桑玉并没受到多大的刺激，巨浪过后的波痕，不过就是苦闷而已，所以她除了给先生添茶，基本是沉默的。但她不敢去想小姐的处境，无论是过去的还是将来的，只要稍一想起，泪水就止不住地流。天黑的时候她盼望着天明，以为新的一天会有新意；天明的时候她盼望天黑，以为黑夜里可以享受安静。

但这一夜，最盼望天明的人就是桑德斯，他足足费了两个时辰的劲儿，才爬到雪苓的床上。他担心自己会不明不白地死在这里，更害怕左汉庭会突然杀一个回马枪。只要天亮了还活着，那就是走向胜利。是的，他给自己制造过许多胜利。虽然胜利的基点不同，但他喜欢胜利的感觉。他每当气馁绝望的时候，便想到自己的祖国。那广袤的土地上，生长出无限的勇气，那是征服世界的勇气。这勇气多次让他扭转败局，甚至是起死回生。但今天他略感不同，他首先是觉得自己真是输了，而且输得很惨、很丢人。他在女人面前输给了另一个男人。他以前并不在意中国女人，无所谓输赢，但真正输的时候，他感觉普天下的女人都是一样的。女人是没有国界的，如果不征服女人，谈不上征服世界。所以他发出从未有过的感慨：女人真是个好东西！

"牧长大人，我失败了，败得很惨。"坐在杜克先生的对面，桑德斯极其沉痛。这时外面的钟声响起，惊醒沉醉的梦，凌晨的蜡烛已失去了光芒，雾化在薄薄的空气里。他是站着走出翠玉仙的，没看见一个人影，没看见一道目光。这个时辰，这个地方，好梦，噩梦，也许刚刚开始。他没有怨恨和愤怒，有的只是失败后的沮丧。杜克先生显得异常憔悴，面对眼前这个造访之人，他心目中的恶人，他想尽量地怜悯他，他用祈祷一般的声音道："你……败给谁了？"桑德斯绞着双手道："败给了女人。"杜克先生突然抬起眼皮，道："女人？"桑德斯道："是的，女人背后的男人。我本来想用拳头打他，他给我用起了双脚。"这时，贝蒂已经第三次走进来，站在他们中间，深有敌意地看着桑德斯，又带着祈求的目光看着自己的丈夫。她想知道自己女儿的下落，却不敢发出一言。牧长大人怜悯了她，突然道："桑德斯先生，难道你不是来告诉我……我女儿的下落吗？"他的声音很高，却底气不足，里面好像还有恐惧。桑德斯苦笑一下道："真的不是，亲爱的牧长大人，我来是想知道失败的原因，只有您才能告诉我正确的答案。"贝蒂又无奈地走出去了。杜克先生看着她的背影道："原因就是你欺人太甚，狂傲无比，所以你承受不了一点点的失败！"桑德斯耸了耸肩，戏谑地笑了，道："您这样的回答很常人，我想得到真理一般的答案。比如，您的女儿为何失踪了？常人一定会说我绑架了她。这样的答案多没意思，没有一点真理的味道。"杜克先生目光里似充满了祈求，道："先生，我已答复了你的要求，可……你为什么还不把女儿还给我？"桑德斯突然哈哈大笑，所有的沉痛都被这笑声一扫而光了，"我的牧长大人啊，难道你真的不知道，我要的是你的大女儿阿曼达吗？她在哪儿？我为什么看不见她？"他挥舞着双手，高高地站起来，旋即又坐下来，鼻孔里呼呼地喘着粗气，一副异常愤慨的样子。杜克先生一动不动地坐在那里，像个雕塑一般，一言不发，脸上的哀苦却显而易见。面对他的沉默，桑德斯有些沉不住气，"不过请您放心，您的女儿生活得很好。那天我问她：'安琪拉，你什么时候想回到父母身边啊？'她竟突然感到莫名其妙，好像她从来没想过这个事情，好像她从来都没有过父母。我亲爱的牧长大人，这一点儿都不虚，这又作何解释呢？"这时杜克先生开口道："你为什么不问问她，何时回到神的身边呢？"桑德斯笑道："这我倒忘了。不过有一点我敢肯定，她在我的身边比在神的身边更快乐。她每天早晨醒来后的第一件事，就是希望我抱抱她……难道不是吗？"杜克先生道："是啊，神的爱太过圣洁，也略显遥远，所以很容易被亲情冲淡。至于你……"杜克先生的双眸里突然放出犀利的光芒，"我只希望你不要伤害她！她毕竟是个孩子。"桑德斯道："牧长大人，您这是说的什么话？您怎么能把她对我的依恋，看成是我对她的伤害呢？上帝呀！这太不公平。"杜克先生道："她还是个孩子，单纯的求生本能……在这种情况下，即便是魔鬼，都会让她产生你所谓的'依恋'。"桑德斯冷笑道："牧长大人，您怎么可以污蔑我是魔鬼呢？如果在俄罗斯，我会控告你诽谤罪的！"说到这里，他又突然认真起来，"不过也好办，您完全可以用您的大女儿换回您的小女儿。阿曼达可不是一个孩子了，她对那位中国男人的感情多么勇敢、多么深沉！难道不是吗？"杜克先生的表情突然异常痛苦，他站起身来，走到窗前，又突然回转身道："桑德斯，我想你已经找到答案了……你为何失败的原因。"桑德斯有些莫名其妙，怔怔地看着他。杜克先生冷冷地说："魔鬼只能用魔鬼的方式取得胜利！"桑德斯慢慢地站起身来，目露杀机，恶狠狠地说："您怎么能这样对待一个感情受到挫折的人呢？您为什么要逼迫一个不愿意成为魔鬼的人呢？我算看透了，魔鬼都是神和你们这些信神的人塑造出来的，那它就有存在的必要！"言罢他摔门而去。他的步伐很快，一时忘记了伤痛，不多时又响起了汽车离开的声音。杜克先生面如死灰，紧紧地闭上了双眼，他不知道贝蒂是何时进来的，那嘤嘤的哭泣又是从何时而起的。

桑德斯驱车往柏杖子金矿而去。他已在金矿里占有了百分之十五的股份，而百分之四十的股份持有者为日本人五岛次郎，那百分之四十五的股份为赤城知府，执行者为郎纪平。合约上还规定，赤城知府和五岛次郎为并列关系，有平等的话语权，而百分之十五的股权持有者桑德斯则隶属于五岛次郎，也可以说是五岛次郎把自己百分之五十五的股权让出百分之十五给了桑德斯。这次他重新回到金矿，每一个工人都倍感意外，他们以为这个凶狠残暴的家伙彻底滚蛋了，没想到他又回来了，而且态度依然那么傲慢，举止依然那么刻薄。工人们的干劲儿顿时没了，有的当时就停下手里的活计，蹲在了地上，可以说他们在盘算去留的问题了。桑德斯在金矿转了一圈，当天的出金量就减少了一半，为此他大发雷霆，打伤了两个工人，而且是年轻力壮的。为此工人们群情激奋，第二天就集体罢工了。桑德斯觉得烂摊子不好收拾，又有被打伤的工人家属拎着家伙前来算账，所以，天还没亮，他便驱车离开了金矿。到哪里去，没有目标。那座城市是他的伤心之地，他实在不愿意再踏上一步。但虽然如此，他的车轮还是往赤城而来，因为他的面前闪现着阿曼达的影子，那是一种无形的牵引。他根本没有去想，他已把她的妹妹扔了金矿，那个醒来后就要他抱一抱的小女孩，临行前她还睡着。到了赤城，他茫然四顾，恰巧碰上和他具有同样心思和处境的高解。二人有些同病相怜，便来到一家酒馆，推杯换盏起来。他对高解拍着胸脯道："我桑德斯又回来了，我桑德斯想干的事情谁能阻拦得了呢？"而高解则故作高深地说："你这次重新保留股份，小弟是在郎大人面前多有美言的。"桑德斯一听，就知道他在吹牛，本来他要付账的，结果他摞下酒杯就走了。几乎没想到去别处，径自来到翠玉仙。他喜欢雪苓所特有的女性本真，她会告诉你她喜欢什么，你可以不听，但她仍会坚持她所喜欢的，最终你会因她的喜欢而喜欢。这是桑德斯对她念念不忘的原因。每次她都能给他完美的享受和痛快的结局，而这次不同了，他在她的空床下趴了半宿。想到这里时，他便加大了油门，汽车飞也似的冲过一个村庄，路边的村民被吓得张皇而逃。车屁股后头的尘埃落定后，有几只死鸡和一条死狗，可怜巴巴地躺在地上。

五岛次郎听到工人罢工的消息，带着两个武士，骑快马来到金矿。没有找到桑德斯，却发现一个小女孩跪在地上流泪。他把她扶起来，问："你是叫安琪拉吗？"安琪拉点点头，眼睛里充满了恐惧。五岛次郎道："别害怕安琪拉，我认识你的父亲杜克先生，我们是非常好的朋友，你可以放心地叫我叔叔。噢对了，五岛次郎叔叔。"安琪拉仍有些胆怯，叫道："五岛次郎叔叔。"五岛次郎笑了，牵起她的手道："走，叔叔带你到外边去玩。"于是他们向矿区走去。一路上，他对见到的每一个中国人都点头哈腰，彬彬有礼，他也命令后面的武士要面带笑容。尤其他手里牵着一位漂亮的小女孩，又让他增添了几分慈爱。在与中国人表示礼敬之余，他问安琪拉："桑德斯叔叔对你好吗？"安琪拉小声道："好……"五岛次郎问："他都带你去了哪里？"安琪拉又有些胆怯，小声道："北京。"五岛次郎笑道："北京可是个好地方。车水马龙，人山人海啊！他一定带你去过教堂了？"安琪拉脸色活泛起来，甜蜜地说："嗯，我见到了阿姆斯壮主教大人。"五岛次郎道："阿姆斯壮主教大人？那他一定是桑德斯的父亲喽。"安琪拉点头道："是，他也是我父亲的好朋友。"五岛次郎放慢了脚步，又稍停一下，道："你与桑德斯到北京后，你父亲没有去找阿姆斯壮主教大人吗？"安琪拉道："好像没有。我们到北京的第二天，主教大人就回国了。"五岛次郎刚走几步，又停顿下来，道："回国了？你知道为什么吗？"安琪拉道："桑德斯说有大事。"五岛次郎不再言语，只顾沉思慢行。

五岛次郎很妥善地处理了金矿罢工事件，他不但花大价钱抚慰被打伤的工人，还给他们定了工伤，在养伤期间开百分之八十的工资，而且还给金矿的工人开了一个会，在会上他振振有词地宣读了他的治矿方针，那便是工资实行计件分配制，每个岗位，每个流水线，按照出金量和出金品位开工资，出金量大含金量高，自然挣得多，否则挣得少。会场有些热闹起来，工人们都掰着手指头算来算去，觉得分外划得来。同时五岛次郎也说明了桑德斯现在在金矿的地位与话语权，工人们都恍然大悟，原来他是在装大尾巴狼。一时间，工人们都对这位新领主充满了好感。但散会之前，五岛次郎又宣布："其实这里的实际管理者还是桑德斯，只不过以后他要听我的。"工人们都有些哑然，但想了想，还是走一步说一步吧，毕竟这里又换了东家。于是，一场闹剧就这样不了了之了。第二天，五岛次郎安顿好安琪拉，就打马返回了。在回来的路上，没有与回去的桑德斯相遇。到了赤城，他直接去见郎纪平，他要向中国的知府陈说利害，如果管不住这个俄国人，金矿的生意将毁于一旦。他也想借此事给郎纪平施压，人情你得了，损失是我的，如果你不控制住这个无赖的胡作非为，那责任在你，不在我！他是在中堂议事大厅见到郎纪平的，尽管他看出郎纪平已是满脸的沮丧，但他还是说出了这番话。他身后的两名武士吹胡子瞪眼，紧紧地握住手中的菊花刀。郎纪平并不吃这一套，但他承认金矿罢工之事与自己有关，于是便道："先生说的极是，至于桑德斯那里，你尽管放心，我会勒住他的舌头，控制他的手脚。但这需要时间，在下现在公务繁忙，容慢慢调理。"然后他又对五岛次郎的处事才能大加赞赏："五岛先生处理此事天衣无缝，合情合理，在下十分钦佩，望能再接再厉。我会禀报朝廷，为先生请功。"五岛次郎道："大可不必，金矿毕竟也有我的股份嘛，我只希望我们共同努力，经营好这桩买卖。我也不会辜负大日本帝国对我寄予的厚望。"言罢，他呵呵乐了。因见郎纪平实在不耐烦，且又是心不在焉的样子，他便很快带着两个武士离开了。

不多时，奴才高解轻手轻脚地进来了，站在郎纪平面前，对假装视而不见的郎纪平道："大人，昨日我见到了桑德斯，我看这个人骄横之气太重，大人可要当心啊！"郎纪平瞟了他一眼，端起茶盏，却没了茶。高解一声大喊："给知府大人上茶！"一个差官跑了进来，唯唯诺诺地给郎纪平添了茶，又倒退着出去了。郎纪平的脸色略有好转，道："本府现在不想说他。"高解紧眨几下眼睛，上前一步道："大人如此郁闷……如果奴才没猜错的话，是小姐那里出了问题。"郎纪平半天方道："你猜错了。"高解急忙躬身施礼，向后退了一步，同时满脸堆笑道："大人心情实在不佳，奴才不搅扰了，这就……这就滚蛋了。"言罢，他慢慢地转过身去。郎纪平端起茶盏道："要说……就把话说完，你都猜着什么了？"高解暗自一笑，又转过身来，轻声道："大人是不是因为小姐骗了您……而懊恼？"郎纪平喝茶不语。高解又进前半步道："我在荣家待了将近十年，我是最了解小姐的脾气的。随着年龄的增长，她与她的父亲和哥哥越来越疏远了。"说到这里，他偷偷看了看郎纪平的脸色，见郎纪平表情平静，他又道："小姐是个性情倔强的人，她对一个人，了解得越深，可能就会越疏远。她看人不分远近亲疏，只看……只看人品。"郎纪平"啪"地把茶盏蹾在案上。高解吓得退后两步，急忙道："大人别误会，我不是说您人品不好，我是说……我是说……"郎纪平道："你说什么？"高解道："我是说……小姐她说不定会认为您人品不好，如果这样的话，就麻烦了。"郎纪平又端起茶盏来喝，并不言语。高解又假意笑了笑道："可奴才知道，这个世上能说服小姐的人只有一个，那便是冉先生。可……可那个老夫子，也不是个好说服的人。"高解又偷偷看了看郎纪平的脸色，继续道："可他很喜欢真诚的人，哪怕是外表真诚也可以。"郎纪平一听，厉声道："像你这等人，怎么能妄议冉先生？！好了好了，你下去吧，本府还有事！"高解诺诺道："是是是，小人这就下去了。"说完，他一溜儿小跑地出去了，头也不敢抬一下。

当天晚上，郎纪平带着微醺的酒意，信步来到秀塔书院。轻叩三声门，门开了。开门的是桑玉，见是他，扭头去干自己的事。她正在收拾碗筷，她与先生刚吃过饭。先生歪在炕上，剔着牙，假装看了半天，方道："原来是知府大人驾到，老朽有失远迎，失敬失敬。"话虽这么说，但他并不坐起身子，依旧剔着牙。郎纪平笑道："饭后倚卧回味春秋，天空懒散坠星斗。先生好兴致。"冉先生这才慢慢地坐起来，对桑玉道："给大人倒茶。"桑玉嗯了一声，却仍旧做自己手里的活儿，连看都不看一眼。郎纪平又笑道："不必不必，又不是外人，不必客气。"冉先生看了看桑玉，并不在意，道："郎知府绝非懒散之人，请问来到敝院有何贵干？不妨直言，老夫洗耳恭听。"郎纪平脸色沉了下来，一本正经地说："先生，我是为念其小姐的事而来。前些时日的告示先生看到了吧？实在讲，我不知为何人所为。后面的告示先生也看到了吧？那确为本人所写，是因为前面的告示起到了抛砖引玉的作用。我想救小姐，而告示所言，恰恰是我救她的最好理由……"说到这里，冉先生突然伸出巴掌打断他道："慢，慢。大人请把话讲清楚，何谓'救小姐'？"郎纪平道："先生难道还不知道吗？中堂大人回京后就见过太后，如实相告赤城之事，太后很生气，尤其平时对小姐印象颇好，见她也牵扯进来，动了龙颜之怒，传下懿旨，要将小姐'卖于市'。如果我真的与小姐有婚约在先的话，我会奏明太后，请太后手下开恩……我想这是有可能的。"听此言，冉先生目瞪口呆，桑玉失手打碎了一只碗。"有这等事？这……这也太狠毒了吧！"冉先生惊呼道。郎纪平有悲戚之状，道："千真万确！我不敢有半句虚言。"桑玉早已泪流满面，转过身来道："我愿意替小姐'卖于市'。"然后心情复杂地看着郎纪平，再也说不出一句话。郎纪平也转了眼窝，道："此事我已同小姐言明，只求小姐能够承认确有婚约在先。可……可小姐她本来答应好好的，没想到放走罗子沫后，她又突然变卦了。她一言不发，就是一言不发！现在，我也不知该如何是好了。"冉先生叹气连连，一会儿倚在那里，一会儿又坐起来，使劲儿搬着自己的脑袋，好像要把它搬下来。最后他终于坐定，道："郎大人，难道就没有别的办法了吗？"郎纪平道："没有。"冉先生道："你要理解小姐。她……怎么会接受你呢？"这句话，让桑玉把心思突然转到小姐被狱卒摧残的事上，她大声道："郎通判！你不要假惺惺地要救小姐了。是你害了小姐全家！是你害了我家小姐！你会不得好死的！"冉先生见桑玉情绪失控，唯恐坏事，使劲儿瞪了她两眼，道："我知道大人的一片心思，你是不是想让我去说服小姐？"郎纪平恳切道："先生所言极是！"桑玉又在一边道："拉倒吧郎通判，小姐都这样了，难道你不嫌弃她？"郎纪平一听，大惊失色，脱口道："小姐怎么样了？难道你……"说罢他又对冉先生察言观色，见冉先生懵懵懂懂地张着嘴，不知道他们说什么。于是他笑道："桑玉，你还在生我的气吗？小姐她挺好的……对吧？我怎么能嫌弃她呢……对吧？难道你还不知道我吗……对吧？"桑玉会意，心里也产生异样的情怀，小声道："是的……小姐她挺好的。"郎纪平充满感激地看了看她。桑玉心里一热，道："先生，小姐最听您的话了，要不您就劝劝她吧。郎大人一片好心，我们得领……"说话间，她给冉先生使一个眼色。冉先生会意，满口答应道："会的会的，我会劝她。我怎么能不为小姐的前程着想呢？我怎么能不知郎大人的美意呢？"郎纪平终于一颗心落了地，他默默不语。直到走出书院，他都没有再说一句话。

"我又怎么能为了他去说服念其，而一点不顾子沫的感受呢？我这样做，又如何对得起荣格呢？"郎纪平出门不久，冉先生倚在那里自语道。桑玉道："先生，你是进退两难了吧？依我看，罗子沫没资格娶我家小姐。要说他的妈妈嘛，可真是个好老太太。"冉先生道："那郎纪平就有资格吗？他为人阴险，已非常人可比。你看，他把念其和子沫关在一起，谁去看都可以，就是不允许我们去看；然后又阴差阳错地出现了告示，然后他又来个将计就计，诱使念其承认确有婚约；如今念其不答应他，他又求我们来了。这个人，想把天下人都玩弄于股掌之中，谁都要成为他的棋子，供他摆布。现在我才知道，十个荣格也顶不上他一个。"桑玉愤然道："早我就看他不是个好东西！那一段时间也不知是怎么了，眨眼不见的就碰上他，感觉就像碰见了鬼似的。果不其然，这个家伙比鬼还可怕！"但说着说着她又低下了头，往事如烟，飘然不定，她陷入了无限的惆怅之中。冉先生盯着她道："想啥呢？怎么突然不说话了？"桑玉一愣怔，道："有时候我真不明白……是不是鬼也知道喜欢一个人啊？"冉先生沉吟道："桑玉呀，今天的郎纪平好像不假。但我的心里还是过意不去，如果这样真能救了你家小姐，可我又怎能对得起你家老爷？我怎么能让他的女儿嫁给他的仇人啊！那可是不共戴天之仇！"桑玉叹气连连，道："我看小姐就是死，也不会答应做他的夫人的。"冉先生道："死，容易，可有些事就能一死了之吗？你家老爷说不定还在发配的路上，我是答应他的，要带着女儿去看他。难道将来我去看他的时候，就只能告诉他，你的女儿已经死了吗？"桑玉的内心感到万分的痛苦，她咬着牙道："这个该死的大清国，快完了吧！到时候大家伙儿也好各寻去处。"冉先生不解地看着她，不知道对她说什么好了。他半天才自语道："老百姓有一句话，叫'破鼓烂人捶'。这大清，越来越像一面破鼓了。"桑玉不想再说什么了。冉先生又突然坐起来道："桑玉呀，思来想去的，没有别的办法啊，只有一条路可走……"桑玉默默地看了他一眼，道："先生早些睡吧。"说着，她轻轻地推门而出。站在门外，手把两扇门，好一阵子，才轻轻地把它们关上。

翌日，早晨的空气很清新，冉先生和桑玉正在吃饭，有人很生硬地敲门。桑玉开门一看，是一名知府大人的亲兵，双手捧着一个白色的布袋，见有人开门，道："这是知府大人送过来的纹银，大人说先生终日劳烦，日渐消瘦，用这些银子补补身子。大人还说，他会定期送银子过来。"桑玉接了，亲兵退了。银子被桑玉倒在炕上，足有二十两。冉先生看着这些银子，发起呆来。桑玉则笑了笑道："这郎大人真是用心良苦啊！"冉先生挥手道："收起来吧，收起来吧。这些银子先不要动。"话音刚落，又有人敲门，桑玉慌忙收起银子，然后去开门。敲门的是两名兵丁，她认识。再一看，不远处站着碧树风凋般的念其，桑玉"啊"的一声捂住了嘴，眼泪顿时就流下来，她冲过去，跪下来就抱住念其的双腿，哭道："小姐呀，再见不到你，我们都没法活了。"念其凄凄地笑着，把桑玉扶起，又抹去她腮边的泪，道："先生好吗？"桑玉点点头，小声道："先生还什么都不知道。"念其又凄凄地笑了，仿佛心存愧疚，"走，去看先生。"她拉着桑玉的手，就往屋里走去。门关了，两名士兵站在门的两厢，一如从前。

　　冉先生正张着嘴听动静，见进来的是念其，不禁大惊失色，道："孩子，你可好啊？"念其凄然道："听说先生身体不好，我过来看看。"冉先生什么都明白了，低头叹气，拽过念其的手，让她坐在自己的身边，然后万分疼爱地打量着她。看来看去，便觉得奇怪，觉得这孩子变得麻木了，自惭形秽了。念其道："先生，你好些了吗？"冉先生转了眼窝，声音沙哑地说："好多了，好多了。你这一来，就全好了。"桑玉站在一边不能把话说明，只有泪水一重又一重。冉先生道："念其呀，有些话我不敢问你，可师父必须得问。"念其笑了笑，点点头。"你在牢里没受委屈吧？"念其点点头。"子沫待你好吧？"念其点点头。"念其呀，你……想你爹了吧？"这时念其的喉咙里发出一种奇怪的声音，仿佛婴儿的一声啼哭，但听着遥远，听着细微，随即她的眼圈红了，目光茫然。冉先生道："我看你是想了……等开了春，师父带着你和桑玉，去看他。你如果不愿意回来，咱就在那儿不走了。"这时念其道："父亲会撵我们的。"冉先生一听，鼻子一酸，滚下泪来，道："不会的不会的，他巴不得咱留下来呢，怎么能撵呢？"念其看了看桑玉，仿佛要从她那里得到证实。桑玉哽咽道："先生说的对，老爷怎么会撵咱们呢？"这时念其像个罪人一般道："可我……可我……"她的目光恐惧，仿佛在寻求赦免。桑玉再也无法控制自己，她扑上前去，抱住念其便号啕大哭起来，边哭边道："小姐呀，你就别说了，别说了……老天爷都看见了。"这时念其也流出泪来，但没有哭声，那泪水也流得很勉强，仿佛是一个犯过错的孩子，流出被责罚的泪水。冉先生感到纳闷，道："桑玉呀，你先别哭了，快告诉我，你家小姐到底怎么了？她……她不该是这个样子呀！"桑玉的哭声慢慢停息了，她掏出手帕，替念其擦了泪道："先生何其愚也！小姐是何等金贵的身子，到头来却蹲了自家的大狱，这还不够吗？"桑玉故意生冷的语言，打消了冉先生的顾虑，他坐在一边，陷入沉默当中，他担心即在的现实会冲淡他理性的决定，于是他想迂回曲折地劝解她们。"念其呀……"他意味深长地开口道，"孽因自有孽果，有些事我们要想开呀！"念其和桑玉不再作声，纷纷看过来。冉先生继续道："痛苦不是因为拥有的少，而是因为索要的多。识时务者为俊杰，舍堪忍，去情执，方离娑婆。死虽易，活更难，因为活着不仅仅是为了自己呀孩子们。"桑玉知道他要行郎纪平所望之事了，但她对这种说教不以为然，于是便道："先生啊，有话你就直说吧，拐弯抹角的没啥用。你就直接说出小姐为何要答应郎通判的理由吧。"冉先生有些尴尬，念其则有些恍然。冉先生假装生气道："什么理由？没有任何理由！"桑玉却真生气了，道："那就别说了！没有任何理由还说什么？"念其又是一副懵懂的样子，一会儿看看这个，一会儿看看那个。冉先生咬咬牙道："我一宿未睡，考虑再三再四，别无他路，要么答应他，要么就是死路一条。"

念其吃惊了，这是她好久以来最生动的表情，因为先生的话和郎纪平的话如出一辙。桑玉则更生气了，道："就不死！就不死！我倒要看看……倒要看看……"念其更吃惊了，简直不敢相信自己的耳朵，因为这句话恰恰自己说过。聪明绝顶的她，虽因巨大的挫折而略显愚钝，但她的悟性仍是好的，"这也许就是自己的宿命啊！"她在心里清清楚楚地说出这句话。于是她低下头来，脸色更加苍白，几缕凌乱的头发遮住了眼睛。冉先生看在眼里，语重心长地道："念其呀，你是承受不了'卖于市'的痛苦的。那对于你，就是一个死。"念其点了点头，"为了你可怜的父亲，你要活着；为了子沫，你也要活着。"念其万分哀愁地看了看他，两滴浑浊的泪掉在冉先生的手背上。冉先生看着那泪珠，呜咽道："孩子啊，但愿为师能多活几年，好好地看着你、陪着你。"念其终于难以抑制，扑在他的怀里，传出万分压抑的哭声。桑玉则在一边不服气地嘟囔："说为老爷活着，我认可。说为那个罗子沫活着，他不配！"冉先生则口中呼道："殷鉴不远，殷鉴不远啊！"

是桑玉首先听到门外的骚动之声。"让我进去，让我进去，我们来看看先生，有何不可？！""不行！快走开！知府大人有令，任何人不能接近小姐。"

"什么？小姐？"

这时桑玉猛地开了门，见罗子沫母子与守门兵丁发生争执，她二话不说，返回屋子取出两锭银子就塞进他们的手里。兵丁揣起银子，消了声息，复又两厢站定。"多谢姑娘了，多谢姑娘了。"丽娘边说边一脚迈进屋里，罗子沫也跟了进来。屋子里陡然静下来，时间仿佛凝固在这一刻。只有丽娘手中的柳条筐在发出吱吱喳喳的声音，它们仿佛在舒展强迫的挤压。筐里装的是用芝麻盐烙的黏饼子，还有两块腊肉和半个酱猪头，这些都是先生最爱吃的东西，分量显然很重。"快！桑玉，接过来。"冉先生这才醒过来，急忙吩咐道。丽娘也展开了笑脸，道："没啥拿的，快让先生趁热吃点儿吧。你和小姐也吃点儿，农家特色呢。"桑玉道："先不吃了，我们都刚吃过。"说着，她把东西取出来放进碗橱，把柳条筐整理好，放在桌子上。

　　独独罗子沫与念其四目相对，忘乎所以。冉先生看在眼里，暗暗叫苦，顿时觉得自己竟像一个老鸨那样龌龊。而桑玉则看到了他们眼中彼此的陌生，所以她被一种喜忧参半的情绪所折磨。喜的是，这未尝不是他们彼此解脱的最好方式；忧的是，小姐一旦失去这最后的精神支撑，会不会也是死路一条？而丽娘的心里更是五味杂陈，曾经的知府小姐，现在已成为残枝败叶，在痛心疾首之余，她也在为儿子着想，但愿儿子永远不知道这件事，就像念其也永远不知道罗子沫和弓然明的事一样，天下也许相安无事。可实质的伤痛谁来承受？由此她深深叹息，天下的事如此地模糊，如此地不堪。想到这里，她笑道："子沫呀，先生为你们操尽了心，眼看身体大不如前了，快！给先生磕个头吧，就算是对先生的一点报答吧！"罗子沫一怔，收回心思，郑重其事地跪了下去。冉先生急忙挥手道："免了免了！丽娘啊，快把你儿子拉起来。"丽娘道："就让他磕一个吧，出了牢，也算重新做了人。给先生磕这个头，从此可要好自为之了。"罗子沫这一跪，却百感交集，往事一幕幕展现在眼前，先生的音容笑貌、举止言谈，哪一点不是拳拳父爱、荡荡师恩？他的心里处处是别人，何曾有过自己？他的心里装着天下呢，为保中华根脉不绝而鞠躬尽瘁，真正做到了"苟利国家生死以，岂因祸福避趋之"。他的头迟迟没有磕下去，看着先生，热泪盈眶了。这时，念其也下了地，跪下来。桑玉见状，也跪了下来。这令冉先生始料未及，竟有些慌了手脚，道："使不得，使不得。念其，快起来，这头留下，给你爹磕去。"念其的心里，与罗子沫何尝二致！见先生的内心深处，比谁都苦，她的心里更是说不出的难受。丽娘也怔住了，没想到自己的一句话，竟让念其和桑玉也跪在了地上，竟一时不知所措。这时念其拉一下她的衣角道：

"娘……你说使得吗？"她的声音很虚弱。丽娘的泪水一下子就下来了，连连点头道："使得使得！连我都想给先生跪下来呢。"念其喘息急促，声音也更加虚弱："先生，念其在心里早已把您当成了父亲，今天这个头磕下去，念其就是死，也没有遗憾了。"说着，她深深地把头磕下去，桑玉和罗子沫也磕了下去。冉先生听出了念其的话外之音，他伸着手哽咽道："念其，不要再恨你爹了，他并没有那么坏。国运不济，谁都难以自持、难以自保，你就不要再恨他了。"三个头磕下去，三个人慢慢站起身来，桑玉见小姐行动艰难，急忙扶了她一把。恰在这时，外面的兵丁边敲门边喊："时辰早已过了，小姐该离开了。耽误太久，知府大人怪罪下来，小人可吃罪不起呀！"丽娘本来想说什么，这声音就像一只嗡嗡叫的苍蝇飞进嘴里，她一句话都说不出来了。冉先生也有许多话要说，也像突然被人啐了一口似的，顿时哑住了。他无奈地挥手道："那就去吧！有话以后再说，别牵累了人家。"念其的眼圈又红了，脸上的苦楚，有如生死离别，她点点头，然后看一眼众人，默默地向外走去。"等等。"冉先生突然喊道。念其停了下来，冉先生却一时无语，只死死地盯着罗子沫。念其以为先生只是不舍，所以又往外走去。冉先生急得又给罗子沫使眼色，又朝念其挥着手。罗子沫怔怔的，只看着念其的背影发呆。桑玉明白先生的意思，上前拽住罗子沫的手就往前送，却说不出话来。这时念其意识到了什么，她把一只手伸向后边，却不回头。罗子沫这时才如梦方醒，抓住了念其的手，道："你保重！"念其笑了，但那笑就像惊鸿掠过大地，瞬间而逝。她轻轻地抽回自己的手，却对丽娘道："娘，我走了。"丽娘一听，心如刀绞，她一下子把念其揽在怀里紧紧抱住，"孩子啊！我可怜的孩子啊！"然后就泣不成声了。门外又响起兵丁的声音："小姐快走吧！时辰早已过了。"

离开丽娘的怀抱，念其快步走了出去，好像在逃避什么，身影渐行渐远。门口的四个人，默默地以目相送，泪水涟涟。

念其走后，大家情绪都低落。尤其是丽娘，她本来是想带儿子来看看冉先生，再打听一下念其的情况，没想到却在这里碰到了她。眼看着她又这样被押走了，竟有如丧子之痛，在彼此沉闷无言中坐了坐，也便带着儿子告辞了。临行前冉先生一再嘱咐罗子沫，要他一定煞下心来，把功课捡起来，好赴今年的秋闱。罗子沫点头诺诺，心里却慌慌的没底，随着母亲，脚步虚无地回家了。

可刚到家门，院子里传出乱喊乱叫的声音，丽娘急忙推门而入。下人们在院子里慌乱地走来走去，见丽娘回来，都说大少爷出事了。丽娘一听，声音是从子漫的屋子里传来的，"哥呀！哥呀！你不要这样，她是咱们的亲妹妹，你快放开她。"丽娘一听，早明白了大半，急忙向屋子里跑去。罗子沫也醒悟过来，也跟随母亲跑了进去。进屋一看，罗子辉已扒光了阿曼达的上衣，把她死死地按在炕上，正在扒她的裤子，嘴里还不住地嘟囔："骗我！你们都骗我！她不是亲妹妹。"罗子漫死死地抱着他的后腰，但根本无济于事，像一个包裹似的被他甩来甩去。丽娘火冒三丈，上前就打了罗子辉一个大嘴巴，口中骂道："你个没人性的畜生！早就告诉你了，这是你的亲妹妹，你还动她！"然后她又冲着罗子漫喊道："你二大爷呢？快把他叫来！耳朵塞驴毛了？什么都听不见！"罗子漫已经哭得鼻涕眼泪一塌糊涂，急忙解释道："二大爷一大早就出去了。"

再看阿曼达，懵懵懂懂地挣扎着，她甚至还没有搞明白，这个高大威猛的傻子究竟想怎么样。但丽娘和罗子沫进来，她羞得满脸通红，大大的蓝眼睛里充满了祈求。罗子沫急忙抓过她的衣服，扔到她的胸前，然后猛地朝罗子辉的侧身一推，连罗子漫一起，都给推倒在地。丽娘见状，扑上前去，把阿曼达紧紧地抱住，嘴里不住地安慰道："不怕孩子，不怕孩子……有娘呢，还有娘呢！"罗子沫超常的力气，显然震慑了罗子辉，他爬起来就往外跑，边跑边哭道："欺负人！你们都欺负人！我告诉我爸去！"见他的背影消失，所有的人都长出一口气。罗子漫从地上爬起来，对哥哥道："哥，你回避一下。"罗子沫看一眼阿曼达，发现阿曼达正眼泪汪汪地看着他，他明白自己才是最应该留下的人，但他还是默默地走了出去。丽娘一边帮阿曼达穿衣服，一边安慰道："好了孩子，都过去了。都怪娘不好，娘出去有点事，没有看住他。娘向你保证，以后再也不会发生这样的事了。"罗子漫又迟疑地道："妈，你也回避一下好吗？"丽娘一听，怔了半天，后来一笑道："好好，我也出去了。我知道你们有神，跟你们的神去说吧。"说完她默默地走了出去。

罗子漫与阿曼达手拉着手，面对面，跪了下来，她们的交谈很深沉。"子漫，你的两个哥哥，一个爱我，一个袭击我，为什么？""因为他们是不同的两个人。""女人的最大痛苦，莫过于来自男人的袭击。""阿曼达，过去了，请不要在意。他毕竟是个傻子。""子漫，跟我去英国吧，我已厌倦了这里……也许我早就该回去了。""阿曼达，我不希望你回去，中国这么大，还容不下你吗？""子漫，也许我父亲说的对，我们的所有灾难，都缘于我的心太不干净，陷入情欲当中难以自拔，所以我们才频遭羞辱。你不知道，来自于一个傻子的袭击，我感觉自己都成了畜生。""我哥哥对你的爱，能抵消这种羞辱吗？""子漫，你不要说了，不要说了，我必须回英国去，请你不要这样阻挠我。""阿曼达，我真的担心，你回到英国去，会更加想念这里。""我知道，越让人痛苦的地方，越让人难以忘怀，可我别无选择。你知道，牧长大人说出的话，是不会轻易收回的。""你可以继续待在我们家里，我相信，我母亲很快就会撵傻子走的。""其实这并不重要，重要的是神的启示。一个怎样的人，才会受到傻子的攻击？""阿曼达，你或许想多了。你看，我嫂子要没日没夜地被他攻击。""子漫，请你告诉我，我为什么要继续待下去呢？""阿曼达，难道你对我哥哥失去了信心？""子漫，你想想，一年前，我们会这样说话吗？不会的，我们会害羞的。可现在，我们如此自然而然地谈论这些事情，我们……都在堕落啊！""我有时候在想，如果你不遇到我哥哥，你会怎么样。我发现我哥哥也变了，他不像从前那样聪明敏锐了。我看着很心疼。""不，子漫，那是他的外表，他的内在没有变。他考虑问题，总会让我心明眼亮。我不知道，他在为什么活着。他好像感受不到自己的苦，他在为别人受苦，为你们的圣人受苦。他的思想已经堵住了他的喉咙，已经不愿多嘴多舌了。他的内心在升华，他能成为使者的。在他面前，吸引人的不再是英俊的外表了。可是……可是我还是要离开这里，我从来没有这么冲动过。""阿曼达，你现在可以说是滔滔不绝了，我怀疑你回英国的诚心。""子漫，我真的不是开玩笑，在我没成为你哥哥之前，我必须离开这里。""你这是什么意思……噢，我懂了。你是在逃避，你害怕自己成为使者。"

阿曼达一下子搂住了罗子漫，耳语道："你的已经失去了，我的还不想失去。我想看一看，这究竟是堕落，还是升华。对于你哥哥，我不想离开他，又害怕跟他在一起。""你们是在互相征服，为自己的信仰而战。放弃吧阿曼达，这未免有些残酷。信仰之间应该是相安无事的，信仰的人不该去争高下。尤其在我们中国，女人是不敢与男人争的。""我们不是单纯的女人，你哥哥也不是单纯的男人。信仰与感情平等不了，信仰是稳固一个民族的基石，而感情是为了欢爱。你能为了欢爱而放弃信仰吗？如果荣知府依然是知府，你会嫁给他吗？""阿曼达，求求你不要再提他了，我都把他忘了。""子漫，经上说，'我所测不透的奇妙有三样，连我所不知道的共有四样，就是鹰在空中飞行的道；蛇在磐石上爬行的道；船在海中航行的道；男与女交合的道'。就因为我们测不透男与女交合的道，我们才恐慌、才痛苦。如果我们天生就不存在这种道，也就罢了。可我们无可幸免，偏偏就存在，而且存在得最为深重。主啊，请给我们答案！"

"男尊女卑，就是男女交合之道。"这时罗子沫掀帘进来，他显得很兴奋，"男有男道，女有女道。男女之道，有如天尊地卑。男要刚直，公正无私；女要阴柔，顺从接纳。刚柔相济，人道成也。"罗子漫与阿曼达急忙站起来。罗子漫嗔怪道："哥，你应该回避的，怎可偷听？"阿曼达则不以为然，反驳道："子沫，我不以为你嫂子的顺从接纳是对的。"罗子沫半天无语，他并非不想反驳，也非无话可说。罗子漫道："哥，阿曼达要回英国了。"罗子沫仿佛没听见，道："悲剧总会有的。"罗子漫又喊道："哥，阿曼达要回英国了！"罗子沫一怔，他醒悟了，但他又道："悲剧总会有的。"阿曼达笑了，道："你是制造悲剧的人吗？我回国了，会成为悲剧吗？"罗子沫道："我们人人都有可能成为悲剧的制造者。"罗子漫不满地道："哥，你又来了。"

自打罗子沫与阿曼达坐一辆车回来，罗家上下都在担心，也仿佛在等着一件事的发生，那便是他们会以师生关系耳鬓厮磨在一起，难免会做出有伤风化的勾当。尤其是丽娘，她心里装着念其，又恨着弓然明，如今又多了一个洋姑娘，她竟有些手忙脚乱了，每日价心悬悬、意悬悬，可到头来什么都没有发生。她看到的是他们每天拿着书本在钻研，听到的是近乎无情的争论。她有时会偷着听听，也会偷着看看，情形如一。他们争论最激烈的一次，就是关于圣人的一句话，"非其鬼而祭之，谄也。见义不为，无勇也"。确切地说，是这句话的前半句。因为罗子沫从山上那些"草莽英雄"身上得到启示，他想对圣人的话进行引申，说明有关基督教该不该来中国传播的道理。那是在罗子沫的屋子里，晨光已跃上纸窗，鸡雏正在咕咕地满地找食，牲畜的咀嚼声不绝于耳，爱不释手的《尚书》被罗子沫搁在一边，他非要与阿曼达讨论这个问题不可。阿曼达是偷偷进来的，从背后把坐在那里的罗子沫圈在怀里，并用双手捂住他的眼睛。纤手如棉，柔柔软软，冰冰凉凉。罗子沫断定是阿曼达，掰开她的双手，转过身来道："阿曼达，我有话要对你说。"阿曼达不语，而是将嘴唇凑了上去。罗子沫却倍感惊讶，能看出她这是积蓄了一宿的情欲需要爆发，这时从她的身上已经找不到一点修女的影子。所以他用手掌护住了自己的嘴。阿曼达失望，也清醒过来，便急忙抓过辫梢放进自己的嘴里。罗子沫站起身道："圣人云，'非其鬼而祭之，谄也'……"没等他说完，阿曼达道："我们也要赶鬼的。"

罗子沫一怔，道："这里不是你们那个鬼，是指鬼神。"阿曼达不语，罗子沫继续道："由此我悟，鬼神各有分定，不可互相逾越。"阿曼达看着他，不解。罗子沫道："人与人虽同生大地，但各有归属。圣人虽未把话言明，但其义不言而喻。人虽为一嘴二目，两手两足，外形大致相同，但内在机理定有所不同。圣教都是令人升华的，但你们那一套升华的方法不会适合我们，我们的也不会适合你们。所以，人要找对自己的鬼神，才有真正升华的可能。你说对吗阿曼达？"阿曼达几乎是大惊失色，道："你在说什么？你这样说是有罪的。是神创造了天地万物，包括一草一木、一虫一鱼。你怎么非要分出彼此？福音必然要传遍世界每一个角落的。"罗子沫道："经上说，神仿照自己的样子创造了人，但你们的样子与我们的样子不一样。你们的神创造了你们，我们的神创造了我们。如果灵魂真能得救的话，也会各有归处，你们不应该来管我们。"阿曼达眼睛瞪得很大，她的心和她的手脚一起颤抖。罗子沫道："我也看出'经'里的意思，耶稣不救外邦人。这可以验证我说的话是对的。"阿曼达失声叫道："你说的不对！只有撒旦会认为你说的对！"罗子沫见阿曼达有些可怜，也显无情，他握住她更加冰凉的手道："阿曼达，你的言行告诉我，你被震动了。我知道，如果承认这一点，对你们不啻一种灾难性的毁灭。可有一点我告诉你，如果你们真的按神的旨意行事，就不该受到任何磨难。可是阿曼达，现在的教堂越来越多，越来越凶险，你们应该反思一下……对与错，往往是一念之间。"阿曼达不住地摇头，泪水也涌出眼眶，她转身跑了出去。

罗子漫越来越不满哥哥的说教，因为在她的心目中，人是不配说教的，只能做聆听者。所以，当罗子沫又拿出说教的口吻时，罗子漫便极力反驳："哥，一个人的经历再丰富，也不能成为说教的理由。经历是让人反思的，而不是让人清高的。"她继而义正词严地说道："阿曼达要回英国了，而且主意已定。你就说你舍得舍不得吧？如舍不得，就挽留她；如舍得，那好！我也跟她一块走。"罗子沫想了想，扑哧笑了，道："子漫你在威胁我？"罗子漫道："不是我威胁你，是因为我们已受够了你的说教。"罗子沫有些迷惘，道："阐明观点，是每个学者必然的结果。难道你们喜欢我是个没有观点的人吗？"罗子漫道："你尽可找前任知府小姐去阐明，《圣经》里的观点我们还理解不了呢，不想再听你的观点了。"阿曼达见兄妹二人较起真来，道："子漫，你需要冷静一下了。我们背后都有各自的信仰，争论是难免的。我想回国，绝对不是因为争论。有可能的话，我也把安琪拉带走，她在这里并不快乐。"罗子漫倍感凄苦，阿曼达所言，她是看在眼里的，她用责备的目光看一眼哥哥道："可是阿曼达，我知道你真的不愿听到这些争论。这些争论也让你不快乐，因为争论的背后，是我哥哥的排斥。"罗子沫心中懊恼，他走过来，扳住阿曼达的双肩道："阿曼达，我诚心挽留你，但我仍不能保证，争论不再发生。"说完，他走了出去。阿曼达看着他的背影，若有所思道："子漫，如果你哥哥不是这样的，也许我不会更喜欢。"罗子漫有些吃惊地瞪大双眼，道："那你就继续忍受他吧，为何要回国？"阿曼达有些茫然，但她还是坚定地摇了摇头。

当天夜里，夜静更深，几人熟睡，几人醒着，不得而知。但极度恐怖的叫声让所有人都感到害怕。"哎哟爸呀——哎哟爸呀——"声音从正房传来，连牲口都吓得扑腾起来，欲挣脱缰绳逃走。声音里还夹杂着尖厉的呼哨之声，那是鞭子的声音。院子里的灯一个接一个地亮起来。丽娘第一个走了出去，直奔罗再恒的屋子。门闩着，她叫道："二哥，二哥你开门，我有话对你说。"这时鞭子声更响了，罗再恒也大骂起来："我叫你撒野！我叫你不是人！我叫你当畜生！"随着每一声骂，都会下去重重的一鞭。院子里人影绰绰，唏嘘有声。罗子漫与阿曼达都披裹着衣服，站在后面。"哎哟婶子，救命啊！我爸要打死我啊！"这时，罗子辉发出求救的声音。丽娘高声道："二哥你打孩子不能说不对，但你打得不是时候！你是给人看，还是给鬼看？你是给人听，还是给鬼听？"鞭声和骂声停了下来，半天工夫，门开了，丽娘闯进去，直奔里屋。见罗子辉被反剪双手，扒光了上衣跪在地上，后背鞭痕纵横、血迹斑斑。丽娘立刻觉得可怜，她跑过去就解绳索，嘴里安慰道："别怕孩子，有婶子呢，我看谁再敢打一下！？"绳索解开了，罗子辉抱住丽娘的双腿，哆哆嗦嗦地偷看着父亲，嘴里不断地央求道："好爸了别打了，子辉要做好孩子……"丽娘把他搂在怀里劝慰道："不怕了不怕了，子辉是好孩子，没人再敢打你了。"说这话的时候，丽娘却用异样的目光看着罗再恒，低声道："二哥，你这是在打子辉，还是在打我的脸？"罗再恒坐在炕沿上，咧着嘴皱眉道："他婶子，你这是说的哪里话？"丽娘道："他一个傻孩子，知道啥嘛！"罗再恒道："他傻，可我不傻，让他长点记性，免得以后胡来。"丽娘叹气道："也是……"然后又对罗子辉道："好孩子，那个蓝眼睛的姑娘是你的亲妹妹，婶子早就对你说了，以后你可不要招惹她了！"罗子辉点头如捣蒜，口里连连道："记住了记住了……亲妹妹亲妹妹……蓝眼睛姑娘是亲妹妹。"丽娘一边将他扶起一边道："没有休了她，我就知道有这一层……明天还是让他回家吧，孩子刚尝到甜头……这话虽说不出口，但今天我必须说了。"罗再恒不敢抬头，但闷闷地点头称是。这时罗子辉突然叫喊道："我不回去！她有天兵天将，要淹死我的！"丽娘直叹气。罗再恒骂道："看你这个吃货，她哪里来的天兵天将？真是傻透了！"

屋里的情形，有灯光照着，借着窗，借着门，外面的人都可以看到，但他们说了什么，没有人会听见。阿曼达和罗子漫是第一个转回屋子的。罗子漫听见父亲发出痛苦的哼哼声，好像那鞭子打在他的身上。哥哥的门依然关着，静悄悄的样子。但她哪里知道，罗子沫是第一个听到鞭声和叫声的人，他万分痛苦地坐起来，鞭子没打在他的身上，也似打在他的身上。他隐隐地又冒出吃药的感觉，但他知道，那是魔鬼的引诱。可弓然明的影子就在他的眼前，却无论如何也挥之不去。出狱后，他知道家里前前后后发生的一切事情，他断定哥哥所说的天兵天将一定就是弓么长和盛金龙，他感到暗自好笑，却无法笑出来。他和母亲一样，都坚信想害死哥哥的人绝不是弓然明本人，是她的兄弟们想把自己的姐姐从痛苦中拯救出来。他深知，自此以后，他很难真正意义上见到弓然明了。据说她自从那件事后，每日每夜打扮光鲜，最耀眼的是通红的嘴唇，像燃着一团火。他知道那张嘴的温度和力度，更知道一团火的背后是彻骨的冰冷。乡亲们已经向罗家提出抗议了，皆指弓然明每日每夜地在村里村外游荡，是不好的兆头，会给整个村子带来晦气的，会弄脏两川河水的，会让紫泉丧失温度的，会令阴风四起、天昏地暗的。对于这些，丽娘皆不理睬，她只想关好大门，看好自己的儿子，她只希望儿子的手里永远捧着圣贤书，她更希望阿曼达永远待在自己的家里。因为这个蓝眼睛的姑娘，让她感到无比的干净，干净得透明。她甚至能准确地感受到弓然明何时又来到罗家大院的墙外转悠，转了几圈；在哪里停顿；在哪里扶墙而泣；又在哪里悄然离开的。

是的，此时此刻，弓然明就在墙外，正对着罗子沫的屋子的地方。她同样听到了鞭声和呼救之声，她知道那声音来自傻子，但她总觉得被打的人是罗子沫，而手中握着鞭子的就是自己。月亮在高空中弯着，高山在远处黑着，风儿在近处，一起一落，像老妇的呻吟。她扶墙而泣，她把无端的恨都系在阿曼达身上，她认为是阿曼达夺走了自己的东西。突然，她的双肩被人抱住了，随后是沙哑而悲伤的声音："夫人，让我来可怜你吧！就像游走在地狱之城，你想找到的，已不复存在；你想唤回的，已随风而去；你想拥抱的，已经腐烂。要把心交到谁的手上，你为何还不清楚。

你把人间看得太美好了，所以你必然活在地狱里。你心中的爱是孤独的，就犹如我这孤独的身影。就让它们合二为一吧，让我们从此都不再孤独。"说着，他把头深埋在她的脖颈里，他可能是哭了。"先生，"弓然明道，"你为何总会在我最伤心的时候出现？"五岛次郎道："因为我的爱是最深沉的。我爱你每一种心情；我爱你每一寸肌肤；我爱你每一丝秀发；我爱你的指尖，还有那上面的每一片指甲。"弓然明闭上了双眼，道："可你的心毕竟是狠毒的，我永远不认为你是好人。所以，你的爱是带毒的，你每一次对我的侵犯，除了疼痛，没有别的。""不！"五岛次郎哭道，"你听到这鞭声和叫声了吗？它们并不是因我而起；还有你那两个兄弟，也并非因我而动了杀机。即便我真是个鬼，我也有鬼的热情，我也是个多情的鬼。夫人，我可以带你走，去日本，那是个美好的国度。""不！"弓然明挣脱着道："你永远都不要想！我怎么会跟一个心中的坏人走呢？"五岛次郎猛地将她搂紧，狠狠地说："我知道是谁在你的心中作怪！"弓然明道："你想杀了他吗？"五岛次郎沉默一时道："不！杀了他，我就永远地失去你了，我会让你慢慢地忘掉他。"弓然明道："这恐怕不可能了，因为我的命已压在他那里。"五岛次郎醋意大发，道："告诉我，他为何这么让你难忘？仅仅是肌肤之亲吗？因为除此以外，我实在看不出别的。"弓然明冷笑道："这个你不懂。因为在你身上，有些本属于人的东西，你不具备。"这时，罗家大院的门"哐当"一声开了。他们吓得抱在一起，紧贴住墙。可没有人出来，门又"哐当"一声关了。五岛次郎道："看吧，你的言语惹恼了门神，他在警告你，不要这样对待真心爱你的人。"

- 28 -

颐和园里，万象更新，风光旖旎。慈禧太后泛舟昆明湖，于宝船之上，接见朝中重臣。其他大臣纷纷领事而去，只有李鸿章留了下来，他们像商量家事一样谈论着国事。

太后招招手，对站在船头的李鸿章道："中堂大人，你近前来坐。"李鸿章迟疑一下，支吾几声，便有两个宫娥抬来了椅子，李鸿章端步向前，撩衣落座，心内不胜感激，但他宠辱不惊。太后将左手抬起，观看自己的指尖，半晌方道："这些拳民也讥笑我大清无人了，难道需要他们来扶？"说着，她将五指伸伸直，然后又看一眼天上的云卷云舒，轻叹一口气。李鸿章低头施礼道："举凡昌平盛世，民心稳固，乐守田园，伺儿养母，含饴弄孙。人故有惰性，向往安逸，故多望天下太平；人心思变，乃其心中块垒纵横，此尚可安之；唯恐不能安身立命，民为存活而奔走，天下必然生乱；今又洋人欺我，经济不保，纲常不振，太后所思自有深层，臣不敢妄加猜度。但以微臣之见，拳民只可弹压，不可利用。俗话讲，集小知为大知，集无知为野蛮。今民间已疏于教化，无知之甚也，如任其兴风作浪，恐生国变矣。请太后三思。"慈禧太后听罢，扭过头去，望着湖面，竟突然哧哧笑起，便对身边的宫娥道："快看咱们的中堂大人，我只说一句话，人家就呱呱说出一堆来，可见他心中有多少话要说。但忠言逆耳啊，中堂大人的一片赤诚之心，你们都看到了？"宫娥们齐声答："看到了，中堂大人是个大忠臣！"李鸿章慌忙低下头去，道："不敢不敢，如有逆耳之言，请太后恕罪。"慈禧太后又慢慢地扭过头来道："我全明白了……但自古民间藏仙纳道，高士暗行，都说拳民个个有仙气，背后又有高人指点，我一个信佛之人，怎不知佛道一家呢？我看大清江山自可流传万代呢，区区几个毛贼，能奈我何？"李鸿章一听，颜色大变，急忙跪下道："太后啊，佛道可信在心中，但不可施之于外呀！没有哪个江山是佛道可保的。""大胆！"没等李鸿章把话说完，慈禧太后龙颜大怒，"饱读诗书之人怎敢毁佛谤道？哪个朝廷不信佛道，自然不会坐稳天下。就是那个基督教也不是害我们来的……误国败家的，永远都是乱臣贼子！"李鸿章额头出了汗，也终于低声下气，道："太后说的是，太后说的是。微臣该死！"慈禧太后骤然微微而笑，道："起来吧，谁敢说中堂大人是该死的人，我杀他的头！"李鸿章急忙磕头道："谢太后恩典，微臣当报不死之恩，虽肝脑涂地，亦在所不惜。"慈禧太后招手道："起来吧起来吧，中堂大人的忠心日月可鉴！"李鸿章爬了起来，小心翼翼地坐下，偷偷抹了一把额头的汗，悄悄地长出一口气，等太后的下文。

微风吹皱了湖面，五彩鱼儿上下跳跃，嬉戏之状令人目羡心仪。太后似看呆了，眼中有慈祥的母爱。她半天方道："若让民爱国，必先让其爱己。'民不畏死，奈何以死惧之？'鸿章啊，大道理先不讲，谈谈小事情吧……赤城那边怎么样了？"李鸿章这才稍稍安定下来，他揣度着太后的心意道："应该是风平浪静了。荣格估计已到发配之地，郎纪平已任知府之职，那个左督司也已官复原职。至于念萁小姐嘛，她应该还在狱中。"慈禧太后疑惑道："怎么？还在狱中？难道我的话白说了吗？"李鸿章忙道："此事我正想向太后禀明，因念其小姐与郎纪平有婚约在先，所以……"李鸿章没有把话说完。"竟有这等事？"慈禧太后吃惊道。但她很快又变了脸色道："难道他的婚约还大于我的懿旨吗？"李鸿章道："郎纪平也正托我向太后苦苦求情，所以念其仍在狱中，迟迟没有……"太后道："这个郎纪平，他是抗旨在先，求情在后。是自恃功高吗？"李鸿章道："太后息怒，郎纪平的确是可塑之才。"慈禧太后怒道："别提什么可塑之才了！这在定国之时是没有的事。如今都觉得大清薄弱了，所以都拿着功劳簿给我讲条件了。这样讲下去，是不是大清律法都要改一改了？是不是爱新觉罗家的江山都要换一换了？""请太后息怒。"李鸿章低头不敢再语。半天，慈禧太后吐一口气道："话虽这么说，我也是个人，人情总归要讲的。"李鸿章急忙道："微臣替郎纪平谢恩。"慈禧太后一笑了之，又去看水中之鱼。李鸿章左思右想，知道太后还有未完之事，小声道："太后，还有一事容禀。"慈禧太后心不在焉地说："说吧。"李鸿章笑了笑道："您的干儿子，荣念祖，他……越狱了，正要四处追捕呢。"慈禧太后想了想道："别追了！"然后她长叹一声，接着道："毕竟喊了我一声娘……孽都是他老子造的，就让他自生自灭吧。"李鸿章道："太后恩德遍天下，真乃国家之幸、万民之幸！""行了行了，"慈禧太后不耐烦地笑道，"我的中堂大人何时也会奉承了。好了好了，下去吧，我也累了，想在这船上睡一觉。"李鸿章连连称是，慌忙退下。

那些可以被称为拳民的人，从一个叫作"村子"的地方下山了。临行前，弓去快与苏达成都有些心事重重，他们对弓么长与盛金龙寻找苏秀未果却掩埋了十几个革命党的尸体不以为然。"这一走，山高路远，险象环生，你有多少精力可以用来掩埋尸体？"苏达成心里埋怨道。尤其是，众人都想往西南走，那里有君王，有租借地，有洋教堂，有的是用武之地，可弓么长又拉着自己的表弟欲往北行。弓去快知道儿子的心理，以为苏秀是从北边消失的。所以他道："人是长着腿的，他们难道不能从北再向南去吗？革命党产生在南边，他们十有八九是归了老巢。你们这样一条道跑到黑，迟早也会被别人埋了尸体。"苏达成道："你妹妹分明是被革命党拐跑了，你们还掩埋他们的尸体，他们就应该曝尸荒野！跟你们说，他们是一群怪物，是欺宗灭祖的货色，要小心他们才是！"弓么长道："舅哇，他们没你说的那么坏。他们干他们的事，我们干我们的事。我们曾和他们共同干过事，我了解他们。"弓去快道："告诉你们，咱们可要走咱们的道，是死是活都是正道。你妹妹是顺了汤了,你们可要把持住!就是这大清真的不行了,天下也不该轮到他们手里。"盛金龙在一旁琢磨了很久,终于插话道:"我总觉得他们玩的是新鲜玩意儿,好像要毁掉重来。他们瞧不起一切人,包括孔圣人,包括秦始皇,还包括左将军。他们一个个的,像佛爷似的,比谁都牛的样子。"

看着长长的队伍出了山口,有人大白天的举着未点燃的火把,摇摇晃晃的,像在照夜路。苏达成看在眼里,借题发挥道:"他们就想太阳底下点灯,颠倒黑白。什么毁掉重来?老祖宗们都活了几千年了,啥事体没见过,难道都白活了?"盛金龙道:"连苏秀那样的女孩子都被他们吸引了,看来他们有大招,还真不能轻看人家。"弓么长很苦涩地看他一眼,道:"我现在都后悔了……惯于在女孩子身上下功夫,什么大招?早晚我跟他们使杀招!"弓去快见儿子可怜,忙道:"快走吧,跟着队伍走,没准儿能在南边碰到你妹妹,到那时你再问她,革命党好在哪儿。"弓么长垂头丧气地翻一眼盛金龙,盛金龙会意,随他一起向山下走去。

左汉庭重坐中军大帐,似乎看到了这些曾经奉自己为神的人下山了,他们的战场,就是这茫茫的中华大地。他此时的担忧,完全抹杀了重掌军权的荣誉感。如果这些队伍将刀枪指向自己管辖的地盘,那将如何是好呢?哑女坐在他的身边一声不响,她沉浸在幸福当中,以致淡忘了家中老母。她依然住在客栈里,过着衣来伸手饭来张口的日子。他几次想劝说妹妹应该回家照看老母去了,但都欲言又止,他知道这时候的男女是听不进良言的,这是能忘记一切的时刻。当他发现妹妹的举止有些异样的时候,便道:"妹妹,你该小心。"哑女一惊,打手势道:"哥,我要小心什么呢?"说罢,她又恶心得想吐,就是因为她看到哥哥在喝浓浓的茶。左汉庭指了指她的肚子道:"小心那里。"哑女的脸"唰"地红了,急忙躲开目光。左汉庭高声喊道:"来人!"勤务兵跑了进来道:"大人,有何吩咐?"左汉庭道:"快请一个郎中来。"勤务兵得令而去。哑女意识到了什么,对哥哥道:"我要回客栈休息。"左汉庭道:"先别走,一会儿郎中就来了。"哑女没有争辩,但局促不安。不多时,郎中拎着药箱快步而入,扫视四周,躬身施礼道:"大人,可有贵恙之虞?"左汉庭道:"非我,乃家妹身体欠佳。"郎中觑视哑女,心中生疑。左汉庭对哑女道:"去,让先生把脉。"哑女有些忸怩,但还是走过去,伸出手臂,搭在郎中的药箱之上。郎中敛气凝神,三根手指搭在其腕上,一边把脉,一边凝视哑女的面色。一刻钟后,郎中笑道:"恭喜大人,要做舅父了。"左汉庭一怔,看一眼满面羞涩的哑女，对郎中瞪眼道："不对吧！"因声音太大，吓了郎中一跳，再看都司大人的脸色，早明白了八九，慌忙道："是是是，小的看错了，贵小姐的脉象正常，安然无恙。"左汉庭表情严肃，又唤勤务兵来，道："给先生双倍的钱。"郎中慌忙道："不敢不敢，小的分文不取，这就走，这就走。"左汉庭一挥手，勤务兵跟了出去，将银子塞进他的药箱里。左汉庭不再搭理妹妹，过不多时，也信步走了出去。

他直接来到知府衙门，阔步进入中堂，却不见郎纪平。差官见其气色不对，便问道："都司大人有何事？小的禀报知府大人便是。"左汉庭愤然道："你只需告诉我知府大人现在何处。"差官有些为难。左汉庭大声吼道："难道这很不方便吗？你不会告诉我你也不晓得吧！"差官只好用手指着东北角，支吾道："向那边去了，但……但不知何事。"左汉庭想了想，回身就走，出门后径直奔念其闺房而来。但走着走着，他的脚步慢下来，气也慢慢平复下来。他想到了念其小姐素日为人持重、知书达理，又被诬陷与父同谋，身陷囹圄，实属可怜，自己不能逞一时之气，而再殃及这个弱女子。想到这里，他又顿然返身，心中便为无知的妹妹暗暗叫苦，更恨这个郎纪平心机诡诈、面善心狠。走着走着，往事涌上心头，人便有些惆怅，便忘了脚步的方向，路也不知走了多远。

猛抬头，竟是书院的大门，心思便一下子回来了。冥冥之中他以为是天意，他很想与这位令人敬慕的老夫子谈谈。他没有敲门，直接推门而入。冉先生正在喝酒，严格地说，是在醉酒。坐在炕沿上的面色憔悴的桑玉急忙下了地，口称"都司大人好"。左汉庭点头，算作回答。冉先生并不动身，醉眼蒙眬地看着左汉庭道："听脚步声就知道将军驾到。来！陪老夫喝两口。"说着，他示意桑玉再取盅子来。左汉庭急忙挥手拦道："不可不可！在下今天万不能饮酒，请先生见谅。"冉先生饧着双眼道："怎么？莫非将军嫌我的酒薄不成？还是嫌我老夫子人贱？"左汉庭慌忙抱拳道："岂敢岂敢，整个赤城地界谁人不知先生的威名与德行。喝先生的酒，那是三生有幸。然在下今天实不能饮酒，饮便醉，醉便狂，定误大事啊！"冉先生嘻嘻笑道："什么大事，天下哪有什么大事？将军看了吗……"他指着酒盅子，"这酒里自有乾坤，我大它就小，我小它就大。何谓我大？我大在心也。"说完他又哈哈大笑。左汉庭见他已是醉态，便诧异地去看桑玉，桑玉低声道："先生这几天都在醉酒，劝不了的。他是不想让自己醒来，他害怕自己醒来。"左汉庭见其话中有话，便走近桑玉，欲问究竟。不料桑玉先开口道："大人不必多问，先生的苦衷无人能知、无人能解。就任他吧！我的职责是照看先生，不要因酒伤身。"左汉庭道：
"难道这还没有伤身吗？"桑玉满眼含泪，摇头不语。左汉庭道："我欲杀了那郎
通判，然后弃官而走，不知可否？"桑玉大惊道："大人不可！"随即她又立刻恢
复常态，笑道："大人这是在开玩笑，大人心里装着天下呢，不可能这么鲁莽。""桑
玉姑娘说的对！"这时冉先生突然开口道，并美美地呷了一口酒，"左将军可是气
度不凡之人啊！不可能嗜杀成性。不过……将军平素刚直不阿，不知今天为何口是
心非至此？"左汉庭看了看他们，轻叹一声，道："说我心怀天下，先生可知天下
之事？"冉先生道："不妨慢慢道来。"左汉庭知自己没有这个耐心，便道："万
民奋起，振臂高呼，刀枪不离手，杀声不离口，风餐露宿走天下。"冉先生道："康
有为先生早已料到会有今日，这股势力本来可以善加利用，没想到如决堤之水，泛
滥成灾。谁之过？百姓之心大过天啊！"说罢，痛饮杯中酒。

　　惆怅人偏遇惆怅事，左汉庭担心这醉酒的老夫子，口里会天翻地覆，支吾了一
会儿，便怅然离去了。冉先生不下酒桌，更不相送，只是喝，谁都不知他要喝到何
时。桑玉不过是劝勉先生少饮罢了，其实，他们都在把念其苦苦地装在心里。近在
咫尺，却比天涯，冉先生的一肚子话说不出口，眼前总是荣格的指问，"你怎么可
以劝说我的女儿嫁给我的仇人呢？"更何况还有罗子沫的突然到来，也是冥冥之中
的天意。"我怎么能拆散这两个可怜的孩子呢？"冉先生实在没有别的办法，只有
灌一肚子酒，聊以解忧。

　　而在很长的时间里，郎纪平与念其只能无言相对。外面再大的风雨，也无法撼
动这种沉默。在这泛着刺鼻霉味的闺房里，曾经的锦绣繁华，曾经的浓情蜜意，都
变成僵尸般的阴冷。绣帐依然，玉体不在，只有枯死的灵魂附着在破败的躯体之上。
那容颜的仅有一分美丽，也难见光天，如此残度着岁月。念其用一丝僵硬的微笑表
达着自己的矜持，她不是忘了那羞人的梦境，不是忘了那破窗而入的人儿，可如今，
那全然变成了仅属于自己的神话。"还要我成为知府夫人吗？"声音那么遥远，那
么麻木，听起来倒有几分戏谑的味道，"我已不再恨谁。"这是她几乎无意中说出
的一句话。郎纪平的眼睛一下子热了，"你该恨我！"他几乎脱口而出，随后他又
道："但请不要以为我在赎罪，我郎纪平是无罪可赎的。念其，你应该记得，我第
一次见到你，我就不再是我了。我六神无主，我焦躁不安，我时常忘了我为何走出
去，又因何跑回来的。可是，我就是偏偏与你相遇。我度过了多少难眠之夜，我知

道我不会轻易得到你，因为知府大人那道坎我过不去。我可以一败涂地，我可以像一条狗一般被踢来踢去，可是因为你，我不甘。""所以你……"念其脸上的微笑突然变成可怖的凄惨，"所以你要用毁掉一切来得到我？"郎纪平"咕咚"跪了下来，"念其！"他发自肺腑地叫道，泪如雨下。"可你得到我了吗？"念其干涩的双眼变得湿润，"你现在想要的是一个结果，一个胜利的结果，而我成了这个结果的标志。在你的心里，已经厌倦了我，因为我让你拼杀得满身是血。你像厌倦了这种胜利一样，厌倦了我……可你知道吗？你已经毁得什么都不剩了。""念其。"郎纪平哭道，"你错了！你永远是我的所有，我的心因为你，才不会因天下亡而亡。是你让我知道，有一种爱天高地远、万古流芳，世界什么都不剩了，她却永存。我还知道，罗子沫只是你心中一个美好的梦，哪怕你在这梦里度过余欢，可那终究还是梦。世界上有多少美妙女子，都被这梦骗了，成为永远不被解释的美丽风景。"两颗泪珠在念其的脸上滑过，留下浅浅的几乎看不见的泪痕。她轻轻地将手掌放在他的额头，道："世界上只有两个人你永远不懂，那便是先生和子沫。子沫是我的梦，你说的也许对，但你的真实还不足以代替这个梦。我渴望肌肤之亲，可没有梦我也活不了。我宁可在梦中流泪，也不愿在现实中欢笑。"郎纪平痴痴地看着她，感受她手中的温度。"还有，"念其惨笑道，"你怎么会让先生来劝说我呢？这在别人眼里是多么合情合理，可你哪里知道先生的取舍标准。所以你失败了。一个可以杀身取义的人，他什么都没有说……但我知道他希望得到什么结果。"说着，她把手往下滑着，滑到他的腮边；她又把另一只手搭在他的额头上，然后也滑到腮边。她万分痛苦地说："我父亲……也算是咎由自取，是他的随波逐流成全了你。但你要明白，没有你，他也会败的，所以你赢之不武。"郎纪平看着她，笑着点点头，然后他掏出一只精美的戒指，戴在念其的手上。念其猛然打一个哆嗦，但她的手指是柔顺的，戒指戴上正好。她此刻想到了阿曼达，她见过阿曼达的手，纤指如笋，流畅得如一段音符，她曾心生羡慕。当她想到有朝一日，罗子沫会给那样的手戴上戒指，她的心疼了一下。但脸上却绽开了笑容，苦苦的。

　　苦闷异常的杜克先生一大早就端坐在那里，茫然地望着窗外的浮云，心事也如浮云般飘荡。时光在他渺渺冥冥的回想中流逝。中国的局势让他不安。他不喜欢故国的枪炮，如同不喜欢这里世俗的炊烟。它们坚硬而强横，看不到一分对神的敬仰。贝蒂进来了，把咖啡放到他的面前。他拿开挂着下颌的手道："贝蒂，时令在变，阿曼达还没有换洗的衣物吧？"贝蒂有些受宠若惊，这是她早已想到的事，却一直不敢提起。她开颜笑道："是啊，我早准备好了，正想给她送过去，您就不用操心了。"丈夫这样人情味十足的话，让她的心直跳，觉得自己也受到了宠爱一般。杜克先生又道："我想……哪天请桑德斯吃顿饭。我觉得……我们对他缺少应有的敬重。""什么？"贝蒂更吃一惊，"我们连他都要敬重吗？""是的，"杜克先生专注地看她一眼道，"我们应该去爱每一个生命。"贝蒂嗫嚅道："您以为他会把我们的安琪拉一起带到餐桌上吗？"杜克先生摇摇头，沉思一会儿，道："不，但我希望阿曼达能陪在餐桌上。"贝蒂不解道："这是为什么？难道您觉得阿曼达还不够讨厌他吗？"杜克先生道："讨厌一个人总是不对的……况且，我们当初都以为他们是很合适的一对。"贝蒂道："可我现在不那么认为了。"杜克先生很气恼，道："他又提出了条件……只要阿曼达还答应嫁给他，他就把安琪拉送回来。"贝蒂一听就哭了，道："这个恶棍！他会遭到惩罚的。"杜克先生道："惩罚他是上帝的事。"贝蒂道："可如果阿曼达不同意呢？"杜克先生道："难道她不能为自己的妹妹着想吗？"贝蒂道："女儿都是一样的，为了救一个而害一个，这值得吗？"杜克先生羞愧地笑了，道："贝蒂，你今天很有思想。可……可我实在无助啊！"贝蒂又流泪了，道："杜克，你现在很软弱，容我们再好好想想吧，你的软弱已经让我六神无主了，我们应该好好想想了。"杜克先生突然高声道："我没有软弱！不过我们是应该好好想想了，我们究竟做错了什么？尤其是阿曼达，我不认为她离开教堂是错的！"贝蒂又气馁了，几乎没了底气，但她还是气息微弱地说："桑德斯的恶行，是该有人管的。如果是在英国，早该去起诉他。"杜克先生一听，无限哀伤地说："可这不是英国，这里没有法律！有的是弱肉强食、官匪勾结。我们在这个荒蛮的地方传道，什么都要靠自己，多吃些苦是难免的。我们唯一要做的，就是多注意自己的言行，让神的爱充满我们。否则，灾难就会到来。"贝蒂万般无奈道："要不，你再去找找他的父亲，他应该管教自己的儿子呀！"杜克先生道："东正教！？与我们永远貌合神离。我不会再去找那个阿姆斯壮大主教了，他也不会因此事见我，他的政治任务更重要。"贝蒂又道："那去找找我们的使馆吧！我们的女儿被绑架了，他们应该管。"杜克先生连连摆手，道："休再提他们！休再提他们！他们满脑子都是金钱利益、政治图谋，我们不需要他们的帮助！"然后他又充满怜悯地说："贝蒂，不要怕，我们当初被迫害了三百年，不也挺过来了吗？现在地球的每一个角落都有主的福音……我们不指望谁，我们就靠自己！"他说得很激动，贝蒂也被他的言辞所激动。他们对视着，目光中都有坚毅的力量，但他们仍不知下一步该做什么。

但没过多久，被撵出去的女儿阿曼达就自行回来了，她是在与罗子沫又一次激烈的争吵后，毅然决然地走出罗家大院的。那是月朗星稀的晚上，一连闷在屋子里几天的罗子沫，仍没有应阿曼达之邀，到外面去赏月。阿曼达是想借此缓解罗子沫的情绪，因为他的沉闷首先让她受不了。这便勾起了她对中国人的最不满意之处，就是宁愿把话沤在肚子里烂掉，也不会敞开心扉地说出来。渐渐地，月光在她的眼里就不再柔和；远山近岭也不再漫漶着神秘色彩；庄户的农家气息也不再让她感到故国庄园的冷色调。她的内心鼓荡着从未有过的激愤。她很快从西川水边返回罗家大院，猛掀帘子进了罗子沫的屋子。罗子沫借着灯光伏案读书，脸上的垂丧之气仍未散去。阿曼达不相信他能把书读到心里去，便快步走过去，迎着罗子沫吃惊的目光，一把夺过他手中的书，摔在了案上，大声道："子沫！你为什么不把心里的话说出来？是怨我在你家待久了吗？如果是，请你说出来，我马上就走！"罗子沫本来见她进来的气势就不对，这夺书、怨言、气愤，就令他更加不解；但见她这纯粹是中国女人似的撒泼，又颇感熨帖。总之就是哭笑不得。他拿起圣人的书心疼地察看，看看摔坏了没有。阿曼达见状，又夺过来摔在案上，道："你倒是说话呀！你看外面的月色多美，你却不肯去欣赏！难道你会因为我而放弃生活吗？你一连几天不说话，我都要被你憋死了！"罗子沫抓住她的手，那手因为生气而变得冰凉。他苦笑道："阿曼达，你多想了。你……也让我感到莫名其妙。我何时嫌弃你了？还有我母亲，她恨不能认你做她的女儿，让你永远不要离开这里。看看你的辫子，又是她老人家给你编的吧？"说着，罗子沫又把她的一条辫子握在手里，开玩笑道，"终究有一天，我们中国的姑娘都会向阿曼达学习，每人都梳着两条大辫子，要多好看有多好看。"阿曼达转了眼窝，可她仍是气难平，指着那本书道："告诉你，我掐半拉眼珠子都看不上你们的圣人了……他太坏了！"罗子沫首先扑哧笑了，笑她连本地的方言都学会了。随即他又严肃起来，道："不可以这样说，'上帝会因为你说的话，定你的罪'。"阿曼达道："你给我解释一下，什么叫'民可以由知，不可使知之'？"罗子沫惊诧地看着她，无语。阿曼达接着道："你们的圣人就拿老百姓当草木吗？只告诉怎么做，却不告诉为什么这么做，那谁还会有耐心永远听他的？你是他的门徒，所以你也学会了把话憋在心里，就是不说。为什么？这是为什么呢？"罗子沫想笑却又笑不出来，道："这两者是一回事吗？即便我真的是憋在心里不说，也不是圣人的'不说'。"阿曼达道："无论是谁的'不说'，我只想知道，为什么不说？"罗子沫审视着她，没想到她一个洋姑娘，能提出这样一个问题，他顿生爱意，温柔地笑道："圣人自有圣人的用心。也许……也许百姓不需知道得那么多吧。因为不可能人人都成为圣人，也不允许人人都成为圣人。就像你们，耶稣希望你们人人都去天堂，但他不见得希望人人都成为他自己。要那样的话，天堂搁不下你们。"阿曼达在努力思索着，理性的光芒也渐渐浮现在眼里，她似有所悟道："所以你们的圣人把另一半答案给了你们的皇帝，然后你们的皇帝用功名利禄做诱饵，诱惑百姓来这样做。所以你们的达官贵人都装得像君子。"罗子沫有些激动，激动得想去抱住她。但他除了向前两步外，什么都没做。他的脸因激动而又红又热，道："儒家是讲入世的，所以圣人用心良苦。如果说出来为什么，那就是道家了。如果大道盛行，谁还愿意做人呢？泱泱中华就绝种了。"说到这里，他有些难以自持，不知该说什么好，"你真好阿曼达！"最终这句话冲口而出。阿曼达竟吓得向后退两步，诧异道："我……怎么好了？"罗子沫笑了，支吾道："你……你的两条大辫子真好。"说着他向前把它们抓在手里，道："这条是我们的圣人，这条是你们的基督。两位圣人天天陪伴着你，你真幸福。"这时门帘被罗子漫揭开，但她只看一眼，就飞快地撂下了。门外的丽娘看着女儿会意地笑了，罗子漫却笑不出来。而阿曼达的脸上突然充满苦涩，她频频摇头道："不，子沫，我现在越来越糊涂。我觉得我在误入歧途，我已经忍受不了这样的争吵了，我觉得离你越来越远了。真的，子沫。"罗子沫道："阿曼达，我看到了你的痛苦。忘掉我们的圣人吧，只爱你的基督，我们就不会再有争吵了。"阿曼达又摇头道："我办不到了子沫。你，你们，你们的民族，对我充满了太多的诱惑。而且我知道，要想征服你，必先征服你们的圣人。你爱你的圣人，超过爱任何人。这我能理解，好比我们爱着基督。我们也许不该相遇，我们的相遇也许注定是个悲剧。"说着，阿曼达掉下泪来。罗子沫一下子抱住她，喃喃道："阿曼达，为什么要想到'征服'，这是多可怕的字眼。忘掉它，我们首先是人。"不料阿曼达却生硬地挣脱开他，道："子沫，请你不要这样……因为我们不能心安理得，所以我们有罪。"罗子沫仍旧抚摸着她，道："衣服太厚了，去找子漫的薄衣服换上。"阿曼达又转了眼窝，道："不必了，我这就要走了。回到教堂去，然后再回英国。我喜欢祖国的清静，我要在清静之地安度晚年。""什么？"罗子沫瞪大双眼道，"你真的要回去吗？而且还'安度晚年'？你已经老了吗？"阿曼达苦笑道："我确实感到自己已经老了。自从见到你，我度日如年。你是我的……冤家。"罗子沫鼻子一酸，哽咽道："难道我是个害人的东西吗？我不愿这样啊！"阿曼达见他悲戚，安慰道："好了子沫，不要想得太多，好好温习你的功课，考取功名对你来说比什么都重要。"说完，她转身就走。罗子沫叫了一声，她仍不停步，也不回头，决绝之意甚大。揭帘之际，她见罗子漫与丽娘都在听，心中突然羞怯。丽娘见她突然出来，装作干别的，不在意。罗子漫则死死地盯着她看，阿曼达凄然一笑，走开了。

　　第二天早上，阿曼达便匆匆离开了罗家大院。罗子漫本想跟随，想到主教夫妇与女儿难免又有别离之苦，外人在场不合适，便作罢了。她与母亲、哥哥默默相送，直到西川水边。阿曼达突然转身对丽娘道："娘，我还会回来看您的。"说罢便涌出泪水。丽娘也含泪道："孩子，但愿你说的是真话。这儿离英国千里万里的，路上你可要当心啊！"阿曼达一脸的茫然，然后又对罗子沫道："子沫，记住我说的话，考取功名。"罗子沫深深点头，却一句话也说不出来，然后目送她跨桥而过。丽娘又对罗子沫道："子沫，你去把阿曼达送到教堂。"罗子沫看了一眼母亲，摇了摇头，道："她自己走更好。"丽娘嗔怪地看一眼儿子，唉声叹气。罗子漫则轻闭双目，为阿曼达做短暂的祷告。

　　阿曼达远去了，那两条辫子却显得越发悠长，罗子沫觉得，它们的根就在自己的心里。

　　此时的哑女也走在回家的路上。她骑着马，士兵牵着马。士兵是哥哥的，马却是郎纪平的。同一个月夜，她与郎纪平相拥在窗前。外面的世界很明亮，盛安楼内却幽暗异常。郎纪平的一张脸在月下寡白清冷，像浮着一层冰。他凝望着窗外，揽着哑女的腰肢，语言就像来自另一个世界。"静寒，"他的声音真诚到了极点，"你知道吗？和你在一起，我的心才是轻松的。你是世外尤物，是上天恩赐予我的赏玩。"哑女的情怀早燃起了火，这样的语言她怎能不懂，她踮起脚来，在他的脸上亲了一下。郎纪平似不在意，继续道："如有可能，我愿和你相伴到死。你就是那花间的蝴蝶，与世无争，随自己曼舞。你只将美艳给人看，从不计较世上的无情与不公。即便是落在人的肩头，也是小心翼翼的，甜蜜蜜的。你可以随一阵风消散，也可以随一场雨化掉，可你都无怨无悔，欣然接受。谁人不爱这样的蝴蝶？谁愿意动刀枪，尘沙扬？谁愿置身名利场，争短长？"说到这里，哑女又踮起脚来亲他一下，口水重重地留在他的脸上。郎纪平似不在意，继续道："你虽一言不发，可只要见到你，我就会敞开心扉。因为你那里没有怨怼，没有嗔恨，没有猜忌。你清澈得像一汪泉水，透明得如寒冬的冰凌。躺在你的怀里睡一觉，做的都是美梦。留意你的双唇，满口都会生香。你就像那西藏的高僧，随时都会虹化升天。因为天上早已为你预备一朵圣莲。"哑女又踮起脚来，吻在他的脸上，口水和泪水都留在上面。郎纪平似不在意，继续道："静寒，我要娶知府小姐为妻了……"哑女的整个身子震颤了一下，"你知道，那个婚约是不存在的，是用来蒙蔽太后和中堂大人的。如果不这样，小姐就会被'卖于市'，配穷小子，或哪家纨绔。这未免太不公平，太伤天害理。我不想下地狱，所以我必须救她。因为曾经的一往情深，我也必须救她。我不能做遗珠之恨，为的是将来能在鬼门关前讨碗酒喝。你知道，她并不爱我，有的只是一点点欣赏罢了。她爱的人是罗子沫，不仅仅是他英俊，更有他问地穷天的胸怀。我对于她有如俗臭，而罗子沫对于她有如仙茗。但俗臭可以养人，仙茗却让人清高不起。所以她必须嫁给我。"说到这里，郎纪平突然停顿了，这时他才知道自己正在等一个吻。哑女看出他的心事，又踮起脚吻了上去，但嘴角有些生硬。哑女假意额手称庆，又轻轻地抚摸着自己的小腹，她本想告诉他，那里已有他的骨肉。但郎纪平的这番话，已经让她无论如何都说不出口。郎纪平刚想说话，哑女却打手势道："明天我要回家了。出来这么长时间，我想娘了，娘也想我了，以后你要照顾好自己。"郎纪平对她的决定感到意外，但想了想，还是点了点头。然后把她抱起来，向床边走去。

一夜过去，阳光再来。临行前，她强装笑脸，去见哥哥。左汉庭发现她神色不对，问她怎么了，她说想娘了，要回去了。左汉庭当然乐意，见妹妹的身后跟着一位牵马的差官，便将差官打发掉，将马留下，然后唤过自己的亲兵做牵马人。他断定妹妹是受了委屈，当然就想到了郎纪平，见妹妹骑马而去，他再次将郎纪平怨恨在心里。恰在这时，妓女雪苓又来到兵营，带着一身的猥琐。问她怎么了，她说昨夜桑德斯又来了，欺负了她，现在腰还疼呢。左汉庭面无表情，扔给她几锭银子，让她回去养几天。雪苓接过银子，面有惭愧之状，便说桑德斯口出狂言，说要找日本武士收拾你，你可要多加小心啊！左汉庭嗤之以鼻，然后挥手让她赶紧离开。自此，在汉庭的心里埋下一颗种子。

桑德斯是将近中午时分来到教堂的，未见其人先闻其声："牧长大人，我饿了！看在上帝的分儿上，赶紧给我弄点吃的吧。"贝蒂对这声音感到恐惧，但她还是主动迎了上去，她幻想着女儿安琪拉就在他的身后。但她失望了，便一言不发，转身离开。桑德斯戏谑道："亲爱的夫人，为什么要躲着我？难道我来多了吗？""你来得不多，我们很欢迎你的到来，桑德斯先生。"杜克先生却主动开门道。桑德斯嘿嘿笑了，道："谢谢您了牧长大人，如果我没猜错的话，这是您第一次为我主动开门。"然后他耸耸肩，又摊开双手道："是天变了，还是上帝变了？"杜克先生一脸严肃，转身坐回自己的位子，桑德斯则很踏实地坐在沙发里。杜克先生道："桑德斯先生，我的女儿……她好吗？""很好！"桑德斯又摊开双手道，"我想，她离回来的日子已经不远了。"话音刚落，阿曼达推门而入，站在门口，用蔑视的目光看着他。桑德斯不由自主地站起身来，"阿曼达？"他惊讶道，"你怎么像变了一个人？如果是在路上，真怕认不出你呢！"

阿曼达回到家里，已知晓了一切，面对这样一个人，她实在无话可说了。桑德斯恨不能上前搂住，但他顽强地控制了自己，竟有些深情款款地说："阿曼达，为什么要躲避我？为了表达对你的不离不弃，我只有让安琪拉留在我的身边。看到她，就像看到了你。现在她已经对我难舍难分了。如果你也像她那样，该有多好啊！上帝呀……"阿曼达的双眼里含满泪水，她无比痛心地说："桑德斯，现在我回来了，你可以让她离开你了。而且，就是现在。"桑德斯不住地摇晃着脑袋道："是的，我同你的心情是一样的，我一刻都不想让她呆在我的身边了。她那么小，除了依赖，她什么都不懂。她那光滑的小身体，就像小小的青苹果，吃起来总是酸涩的。"说到这里，他又看了看杜克先生，道："尽管我现在饥饿难忍，但我必须答应阿曼达的请求，把安琪拉带回来。不过阿曼达，你得和我同去，这样对安琪拉才是公平的。"阿曼达刚想说话，杜克先生道："我看就不必了，阿曼达的身体很不好，坐长途汽车她会受不了，你还是自己去把她接回来吧。"桑德斯一听，像泄了气一般，重又坐下来，很无奈地道："可这对我很不公平……难道不是吗？"阿曼达深知父亲的用心良苦，于是她道："桑德斯，你可以放心地送回安琪拉，我答应嫁给你，我从来没说过不想嫁给你，这你应该清楚。"桑德斯想了想道："我没有理由不相信你，阿曼达。神在你我的心里，我们都是没有欺诈的人。但我还有一个条件……"阿曼达不解地看了看他。"其实也很简单，就是我不想再看到你拖着两条辫子了，那两个东西让我看到了愚蠢和没落。中国男人的一条就够了，你却拖着两条，这让我无法忍受。"阿曼达充满敌意地看了看他道："我可以答应你。""好！"桑德斯很坚定地站起身来道，"牧长大人，恭喜您。用不了多久，就会有另一个女儿喊您父亲了。"说完，他推门而出，接下来是咚咚的脚步声，这脚步声把饥饿踩得粉碎。

"父亲！"直到这脚步声彻底消失，阿曼达方大声叫道，"你让恶人得到了好处，他会把这好处当战利品，没完没了地敲诈。"杜克先生揶揄道："可不是嘛，他把安琪拉送回来了，而你却要回英国了。"阿曼达道："父亲！是你的软弱滋养了邪魔！"杜克先生道："是我们的行为离经叛道，才招来了邪魔！"阿曼达知道父亲又把矛头指向自己，她无奈道："那好，我要把安琪拉也带走。"杜克先生一怔，用极度陌生的目光看着自己的女儿，半天无语。

太阳西斜的时候，教堂外面传来三声刺耳的汽车喇叭响，整个教堂都为之一震。随后桑德斯下了车，又从另一侧的座位上将安琪拉抱下来。站在窗前的阿曼达看得真切，见安琪拉死死地搂着桑德斯的脖子不放，她捂住了自己激烈跳动的心，然后转身向外走去。楼梯口和各个门外都站着人，他们都默默地等待着，好像等待着天使从天而降，但她没有发现父亲的身影。桑德斯是抱着安琪拉一步步走上楼梯的。阿曼达觉得安琪拉就像惊恐的小鸟，依附在装扮成树枝的毒蛇身上。来到众人面前，桑德斯道："安琪拉，你已经到了家了，请放开我吧，去拥抱别人吧。"但安琪拉就像更加恐惧一样，将头深深地埋在他的脖颈里，不肯下来。贝蒂哭了，道："安琪拉，我可怜的孩子。"安琪拉听到是母亲的声音，她怯生生地扭过头来看一眼。几乎所有人都看到了，那目光里充满着陌生和怨恨。桑德斯将她放下，她挺直身子僵硬地站在那里，目光游移不定，好像来到了一个不该来的地方。阿曼达上前抓住她的手，泪水早已打湿了双眼，她轻声道："安琪拉，快叫我一声姐姐。你不知道，姐姐有多么想你啊！"她紧紧地抱住了妹妹。

而此时的杜克先生则站在窗前，久久地望着窗外。所有的声音他都听到了，但他连转过身来的力气都没有了。眼前总是那个活泼、可爱、善于思考的安琪拉。

夜里突然刮起了狂风。风大得吓人，如魔鬼狂呼，又似冤魂哀嚎。早起一看，天地如初，一切静好，唯有教堂上面的十字架被刮断了。昨天，桑德斯是在所有人的沉默中离开的，因为他实在忍受不了那沉默的力量，他感到心血都被挤压出来了。

如果他不离开，这断裂的十字架正好砸在他的车上。

　　杜克先生面如死灰，站在横卧在那里的十字架前，默默地跪了下来。他的祷告刚进行一半，突然头晕目眩，伴随着阵阵恶心。他挣扎着站起来，可双腿已无力支撑起身体，又"咚"的一声跪了下来。一种不祥的预感，让他发出一声呻吟，但这呻吟声被他的心声无情地淹没了。接下来，教堂内外跪倒一片，潮水一般的祈祷之声几乎传到了山的那边。但只有安琪拉没有跪，她呆呆地站在一边，仿佛不知道发生了什么。

- 29 -

　　一夜的狂风，念其难以成眠，只觉得头脑越来越清醒，仿佛所有的往事都在经受泉水的洗涤。她在即将变成新房的闺房里走来走去，所触摸到的，仍然是陈旧的记忆。虽然门窗都关得很严，不会有风吹进来，但那含着泪花的蜡烛却在摇曳着。夜愈深，风愈大，蜡烛越发像摇曳着魅影。四壁都是朦胧的黑，里面似乎藏着风景。她不知道该干些什么，这里站一站，那里坐一坐。总以为戴上郎纪平的戒指以后，桑玉就该回到自己的身边，但她盼了又盼，只是失望。转眼之间，她仿佛看见桑玉就在眼前，可倏忽之间又不见了，想招呼的嘴已经张开，又不得不失落地闭上。夜的漫长和风的狂躁，使她愈来愈精神，连周身的血流都在加速。实在是无聊，她打开了衣橱，一件一件地取出自己曾经钟爱的衣裳。穿上一件，走到镜前照了照，然后脱下，再穿另一件。后来她索性一件一件地脱下自己的衣服，每脱一件，也要到镜前照一照。她在镜中看到了自己的羞涩，但除了眼角颧边有些微红以外，其他地方几乎没有什么变化。那曾经被桑玉一再取笑的满脸羞红不见了，想找回来，已根本不可能，镜中演绎的不过是故作的姿态。当她大胆地暴露双乳在镜中弹跳时，她突然感到肝肠寸断，而且总觉得背后站着一个男人，不是罗子沫，也不是郎纪平。她害怕了，一把捂住了它们，泪水随之涌出眼眶。她看到了让她在枕边衾里引以为自豪的双乳，已经失去了任何精彩。她索性继续脱下去，她的心跳得更厉害。她下意识地回身望一眼，不过是满眼的虚空，可当她转过身去望着镜子的时候，感到那个男人又在身后出现。当她感到这是一个鬼魂的时候，她并不害怕了。因为那个鬼魂除了欣赏以外，并不想伤害她，甚至还要保护她。于是她鼓起勇气脱得一丝不挂。

这一下她万分惊讶了，她看到了镜子里完美的自己。她像欣赏着另一个人一样欣赏着自己。她感叹造物主精致的匠心。她无法控制自己要把目光投向那神秘之处，那里隐藏着男人所有的代价，包括对生命的孕育。她淡淡地笑了，她觉得罗子沫真是个天真的孩子，她觉得郎纪平真是个自作多情的少年。他们永远不知道自己的心中埋藏很深的秘密，那是一个女人一辈子都说不出口、也说不清的秘密。她将成为新娘了，但她已经没有了新鲜感。那个梦寐以求的红盖头，就像被人抛弃的一块抹布。那顶颤颤悠悠的花轿，也和囚车没什么两样。如今摆在面前的，除了一张光鲜的人皮以外，她觉得自己的什么都被掏空了。想到这里，她踏过一件件扔在地上的衣服，向绣帐走去。她想睡了，但就在她刚刚闭上眼睛之际，窗外传来一声深深的叹息，苍老而衰弱。这声音令她感到耳熟，但又实在想不起在哪里听到过。她只感到心酸、委屈。她坐下来想再听到这声音，但除了风声还是风声，什么都听不见了。她控制住自己，不让自己大声地哭出来，但大滴大滴的泪珠还是滚落下来。

是狂风惊扰了冉先生的梦境，他忽地坐起来，大声疾呼道："荣格休矣——荣格休矣——"然后他悲恸欲绝，抱头痛哭起来。哭声和风声糅合在一起，倍显凄凉。桑玉和张妈都被惊醒，她们又慌又怕，张着耳朵仔细分辨，哪是风声，哪是哭声。桑玉终于道："是先生在哭，我去瞅瞅。"说着就想披衣下地。张妈望望窗户，一点残白都没有，说明外面漆黑一片。她一把拽住桑玉道："孩子别去！"桑玉在黑暗中迟疑了。张妈又道："不要打扰一个男人的夜哭。不济……"桑玉问："咋了？"又过了一会儿，张妈道："他身边是跟着鬼的，都是女鬼多。"桑玉一连打几个冷战，吓得"嗖"地钻进了被窝，而且用被子蒙上了头。她在翻江倒海地想：是什么样的女鬼纠缠先生来了？都说先生曾暗恋老爷的一个小妾，后来她难产死了，难道是她？桑玉不敢往下想了，出了一身冷汗。

其实不是什么女鬼，而是荣大人突然出现在冉先生的梦中。他站在先生的头直上，披散着头发，满口是血，花白的胡须也被鲜血染红。他张着血口责备道："冉兄，冉兄啊……你对不起我荣格呀！你为何没有看顾好我的女儿呀！"说话间，他的口里又汩汩流出血来。这个梦让冉先生断定，荣大人休矣。他的心就像被摘去一样，疼痛难忍。他抱着脑袋咚咚撞墙，恨不能一头撞死。但他想到了念其，便停了下来，他不知道在念其身上究竟发生了什么不测。他渐渐地平静下来，眼睛在黑暗中瞪得出奇地大，他也在猜度着荣格究竟是怎么死的。

第二天一大早，押送荣格的四位差官就风尘仆仆地来到北门下。他们一身的落魄，满脸的怨尤，一个赶着囚车，三个像犯人一样坐在囚车里。见城门迟迟不开，城头上却晃动着人影，他们便破口大叫道："快给老子开城门，是押送犯官荣格的差官回来了。那犯官荣格快到宁古塔了，他却咬舌自尽了，活该我们倒霉，这下连赏钱都见不到一厘了，没准儿还要背黑锅！"不多时，城门慌慌张张地打开了，原因是开门的兵丁更慌张。差官们这才骂骂咧咧地驱车进城了。

　　郎纪平一听到这个消息，端茶的双手不自主地颤抖起来。他痛骂了差官一顿，然后首先想到了念其，他不知道该如何向自己未来的夫人交代。无奈之下，他喝退了差官，换上便服，尽量脚步安稳地向外走去。可刚到门口，站在门外的高解一脸惊惶地迎上来。郎纪平一看便知他那表情是装出来的，内心的得意与自负才是真的。但他还是下意识地停住了脚步，且听这个小人要说啥。高解深深施礼道："大人不可！大人应当早早禀报朝廷才对。而且我奉劝大人，要想自保，必须割肝割肺……"说完，他竟定睛看了一眼郎纪平，然后煞有介事地转身离去。勾着头，弓着背，端着手，脚步稳健有力，俨然孔子下了朝堂。郎纪平看着他的背影，心中早啐了一口，骂道："小人嘴脸，别人有难他就会端起架子！"但他的脚步还是掉转了方向，回到中堂落座，沉思一会儿，又把茶盏端了起来。他已经开始腹拟奏折了，同时又加派两名兵丁，装作打扫院子，在念其的闺房外转悠。

　　颐和园里的湖水真美，船上的慈禧太后很生气。她从李鸿章手里接过郎纪平的奏折，只看一眼，便"哗"地甩进湖里。那奏折在水中荡来荡去，好半天，才被湖水吞没。太后怒道："好个荣格，哀家只想让他到宁古塔冷静冷静，过不了多久，还让他回来，在京城谋个闲职，也好养老。没想到他竟以死与哀家对抗！哼！"李鸿章道："太后息怒。世道在变，国运也在变，轻生的大臣很多，他们哪里知道太后的苦心呢？请太后多加理解吧，也好保重自个儿的身体。"慈禧太后一听，方觉有些暖意。她很动情地看了李鸿章一眼，叹口气道："如今这都是怎么了，国运再不济，作为朝中重臣，也得有点骨气呀！天下百姓都看着你们呢，你们一个个的都挺不住个儿了，那百姓可咋活呀？"李鸿章表情沉重，低头道："太后说的是。"太后肚子里的气又突然翻腾起来，她立起眼睛道："这个荣格自杀了，他的儿子又跑了，那他的闺女呢？难道这个郎纪平还没娶她做知府夫人吗？哀家还想喝他的喜酒去呢！"说罢，她一甩手中的绣帕，"呼啦"一声响。李鸿章大吃一惊，急忙欠了欠身子道："太后息怒，我想郎纪平他会知道轻重的，老臣回头再劝说他。"慈禧太后气咻咻的，不想再说话了。李鸿章本来还有本要奏，见太后心气儿不顺，便作罢了。从太后的船上退下来，急急回到寓所，很快修书一封，让送奏折的差官快马带回赤城。

郎纪平看到书信以后，额头又出一层冷汗，他故作镇定地自语道："太后这分明是将我的军嘛！念其小姐重孝在身，怎好完婚！说要喝我的喜酒，分明是在我头上悬一把剑嘛！"奴才高解就在眼前。现在他可以自行从门口走进来，站在知府大人的面前了。郎纪平一开口，他心中就有了主意，煞有介事地说："大人，可向念其小姐隐瞒此事。"郎纪平道："什么？你是说荣大人自杀一事吗？这样未免太伤天害理了吧！"高解道："大人想一想，如果小姐知道其父自杀身亡，她会如何呢？"郎纪平翻着白眼看着他，同时也在揣摩他的用意。半天方道："现在已满城风雨，如何瞒得了她？就是冉先生那里，也不会无动于衷的。"高解近前一步道："大人，恕奴才将话说直，太后对大人以有婚约为由拒不执行她的懿旨，简直是不能容忍的。现在荣大人自杀身亡，太后会认为他是以此对抗，所以会迁怒于念其小姐，那么，当然就会迁怒于大人您。说是要喝喜酒，其实是要大人的好看。如果事情还如此温温吞吞，恐太后会因为一时气不顺，对大人翻脸。依奴才之见，大人要尽快举办婚礼，太后兴许勉强接受。要么干脆就……""干脆怎么？"郎纪平厉声问。高解急忙后退一步，道："奴才不敢说了……伤肝伤肺的事，是需要海量的。""你是说我心胸狭窄吗？"郎纪平立刻高声质问。高解急忙低头道："不，奴才只是觉得大人很为难，也替大人为难。"郎纪平背过身去道："你的心意本府领了，你下去吧！""是是是！"高解连连答应着，快步走了出去。郎纪平瞪着双眼死死地盯着墙上的佩剑，他突然跨过身去，"欻"的一声想抽剑在手，但只抽出一半，又在良久的沉默之后插入剑鞘。此刻，他对这个荣大人再生敬畏之心。

恰在这时，左汉庭跨步走了进来，躬身施礼道："大人找我何事？"郎纪平道："今天下局势纷扰异常，中堂大人以书传令，尽管拳民都向直隶集拢，但尔等乃乌合之众，难免到处乱窜，要我北方各城严防死守，不给他们以喘息落脚之地。同时要我们加紧练兵，以备沙俄、东瀛之乱。"左汉庭听得仔细，眉头紧蹙，道："朝廷现在是什么态度？"郎纪平道："目前尚不清楚，估计是首鼠两端。现在朝廷里亦是派别林立，但中堂大人的态度明确，以弹压为主。""弹压？"左汉庭疑惑道，

"民众失望于朝廷，无奈之下欲聚私力相助，怎么个弹压之法呢？"郎纪平道："这个也没有明示，但我觉得中堂大人尚不能代表朝廷，也不能代表太后，一切只是他的一厢情愿罢了。我等也只好见机行事，不能得罪中堂大人，更不能获罪于朝廷。"左汉庭道："大人所言极是。"郎纪平道："除此之外，我们要对革命党多加小心。我与天下各派皆可通融，唯与革命党不共戴天、势不两立。今与他们结仇甚深，严重威胁赤城安宁，望大人多方配合，助我一臂之力，也保我自身安全。"左汉庭敷衍道："本当如此。左某尽力而为。"郎纪平下意识地看了看左汉庭，这种含糊其词让他心里不踏实，但他素知此人刚直倔强，只可慢慢调伏，不可操之过急。便转变话题道："静寒她……"没等他说完，左汉庭道："莫提家妹！"郎纪平顿然无语，痴呆了半天，笑了笑道："左大人，本官并非冷血之人。对我仁者，我必报之以义。今天不妨将话挑明，令妹是我的最爱，我恨不能弃官罢职，携她归隐山林。所以大人尽管放心，我不会亏待于她的。"左汉庭不想看他，道："在下听不懂大人在说什么。"郎纪平一听，顿感胸中挨了闷拳，一口气堵住难以畅通。但他还是笑了笑道："左大人真是无欲则刚啊！"左汉庭道："大人谬赞了。"郎纪平道："中堂大人多次询问你的情况，今在信中再次提及，生怕我会亏待于你。大人虎胆豪侠，我岂敢呢？不过我也言明心中忧虑，恐难驾驭你这个大英雄啊！"左汉庭躬身施礼道："在下也请大人放心，既然下官不想苟且偷生，就一定会忠于职守，以百姓之心为心，以朝廷之事为事，秣马厉兵，呕心沥血，保一方平安，维护长官行政。"郎纪平道："本官相信大人能做到，我比任何人都相信这一点。"说完他呵呵笑了。左汉庭见他笑得很不严肃，便抱拳道："下官可以告退了吗？"郎纪平立刻收住笑容道："慢！还有一事相问。"左汉庭道："大人请讲。"郎纪平以私人晤谈的语气道："你对荣大人自杀一事怎么看？"这语气令左汉庭感到亲切，便道："实在讲，不能无动于衷，但又觉得无可厚非。国家尚且苟延残喘，一个四品官员的自杀又算得了什么呢？只是……"郎纪平见他欲言又止，道："只是什么？"左汉庭道："只是苦了念其小姐了。"郎纪平道："你对小姐颇有好感？"左汉庭道："向来颇有好感。此女子冰清玉洁。"郎纪平怔了一下，道："冰清玉洁？"他面有苦涩，"当然了，冰清玉洁……可能全城人都这么认为的。"左汉庭不语。郎纪平道："大人请便吧。"左汉庭认真地看了他一眼，告退而出。

再先生这些日子，天天哭，天天醉，哭了醉，醉了哭。可这天他突然不哭了，撂下酒盅子，又一拍桌子，目光炯炯，满是悲壮，一个天大的决定在他的心中产生。"桑玉呀！"他很响亮地叫了一声。桑玉奔过来答应道："先生，酒又没了？""不！"冉先生很坚决地说，"从今以后，我要戒酒！"桑玉看他的表情有些吓人，觉得并没有戒酒这么简单，于是便道："先生不可贪杯就好，戒不戒的无关紧要。"冉先生道："还是戒的好。"桑玉道："还是别戒了。如果戒了酒，先生就只剩下哭了。"冉先生道："还有琴。"桑玉道："先生的琴乱了。"冉先生感叹道："丫头啊，亏你能听得出来。心乱琴必乱，所以古代雅士在琴乱之后必然酗酒。"桑玉道："我不喜欢雅士……我看罗子沫就想做雅士。"冉先生用怪异的目光看了她一眼，道："你总是对子沫有成见，你哪里知道他的好？他的所思所想，都是在养浩然之气……好了，不说这些了，先生我有大事要做。"桑玉见他认真，不像酒话，便道："先生有何大事要做？"冉先生听听窗外，又看看门，觉得安全，方道："我要带你们逃走！逃回山东老家去，这里已没有我们的立锥之地了。"桑玉一听，涨红了脸，心也突突跳，但她不解地问："先生，为什么是逃走？我们就说'走'还不行吗？""嗨！"先生感叹一声，"我的傻孩子……"没等他把话说完，桑玉便醒悟了，脸色阴沉地说："都是那个该死的郎通判……"冉先生道："不是郎通判那么简单。我虽未满足他的意愿，但他也不至于加害小姐。是太后的话如同符咒，任凭谁都摆脱不了。"桑玉思忖着骂道："这个老寡妇！"

恰在这时，一个人笑嘻嘻地推门而入，是奴才高解。对于他的不请自到，不敲门而擅入，冉先生和桑玉都大吃一惊，生怕刚才的对话被他听了去。桑玉又恨又恼，冉先生则警觉起来。"小人不可得罪，"他在心中说。高解果然开口便道："请先生和桑玉姑娘放心，你们二位刚才都说了什么，我没有听见。"桑玉骂道："滚！你听见不听见的，又能怎样？"冉先生制止道："桑玉不可无礼，高大官人此来必有要事，否则不会登临寒舍的。"高解一抱拳道："先生果然高明。我来告诉二位，小姐已经答应嫁给郎知府了，连定情戒指都戴上了。恭喜二位，以后可跟着小姐安享富贵荣华了。"桑玉开口骂道："谁稀罕那个荣华富贵？我家小姐不会嫁给那个狼。滚蛋！你这个狼心狗肺的东西！"高解又嘻嘻笑道："先生，话我可带到了。走了！"说着，便脚不沾地地向外走去。桑玉"咣当"一声，将门关上了。

冉先生陷入久久的沉默之中。沉默之后，他下地就走。"先生干啥去？先生干啥去？"桑玉连连喊着，冉先生就是不回头。桑玉只好匆忙带上门，紧紧跟随。路上人来车往，先生横冲直撞。桑玉躲躲闪闪，紧盯着不放。到最后她大吃一惊，见先生一头扎进棺材铺里。桑玉不敢跟进了，更不知冉先生葫芦里卖的什么药。隔着宽大的门，眼见高蓬大屋里摆着一口口漆好的棺材，伙计们在棺材中间穿梭，是在为漆好的棺材描龙画凤。这是当地的习俗，躺在描龙画凤的棺材里入土，预示着将来本家族能生出凤子龙孙，但必须是偷偷为之，龙凤岂是平常人用得的？桑玉正自踟蹰之际，冉先生又一步跨出门来，手里捧着十几朵大红花。桑玉目瞪口呆，不知他要将这红花送与谁。冉先生与桑玉打个照面，但视而不见，只顾走自己的路。桑玉只好像来时一样，在屁股后头紧跟。走来走去，令桑玉更加目瞪口呆的是，冉先生手捧着红花，径直跨进府衙大门，而且进门就喊："恭喜荣氏念其小姐欲嫁本府知府郎大人为妻，此乃赤城几百年来第一大婚，实在可喜可贺、可喜可贺呀！"他的疯癫之状，被人看在眼里。有的欲拦截却又不敢；有的想去禀报，又怕犯了忌讳；有的存心想看热闹；有的怕惹祸上身唯恐避之不及。两位看守的士兵也傻了，再加上素知先生的威名，他们竟试试探探没有阻拦。就这样，冉先生在前，桑玉在后，如入无人之境地走进小姐的闺房。这可是多次想进都进不了的。

"念其呀，这些花本来是想送给你父亲的，如今你要大婚了，就送给你吧。"冉先生进门就喊，但话未说完，就已经泣不成声了，然后"咕咚"跪在地上，口中念道："荣格呀，你可以瞑目了，你的女儿给你找了个好女婿……他就是堂堂的知府大人郎纪平啊！"念其虽容颜枯槁，但惊魂乍起，她看罢冉先生，又去看桑玉。桑玉也"咕咚"跪下来，话未出口，也已泪流满面。念其顿时头晕目眩，她急忙扶住几案，气也喘不上来了。一个可怕的念头正在她心里产生，那便是自己的父亲已死于非命。果然桑玉带有怨恨之气道："小姐，你还不知吧，老爷他……他在快到宁古塔的时候咬舌自尽了。"念其的头"轰"的一下，像炸开了，然后她眼睛一闭，人事不省了，整个人慢慢地堆在那里。"小姐——小姐——"桑玉呼号着奔了过去。而冉先生仍跪着不起，手捧着红花，死死地盯着倒在那里的念其。因为他分明看到，她的手指上，戴着一枚价值昂贵的戒指。

念其醒来的时候，已在绣帐之内。她睁开眼睛，首先看到桑玉哀伤的脸，脸上泪痕斑斑。而冉先生则垂着头坐在一边，一副崩溃的样子。念其知道他在想啥，又因何而痛不欲生。然后她伸出手指，手指在颤抖，那戒指因颤抖而漾着五彩的光。她羞愧地看了看桑玉，把那戒指撸了下来。然后苦笑着递到桑玉的手里，道："去，把它还给郎纪平，什么都不要说。"桑玉看着手心里的那枚戒指，那上面好像映着郎纪平的影子。她迟疑了，此一去，下一步该怎么走？不料念其推她一把道："去呀！别事到尽头还有不舍，老爷就在身边看着我们呢？"桑玉吓得一激灵，左右看看道："哪儿呢？哪儿呢？"念其道："你看不见的。有这枚戒指，老爷会死不瞑目的。快去！"桑玉仍六神无主，这时冉先生抬头道："先把它给我吧。"桑玉不知冉先生何意，便去看念其，念其苦笑着点点头，桑玉这才把戒指递到冉先生的手里。冉先生接过戒指，狠狠地攥在手里，道："念其，我意已决！要带你们逃走，所以这枚戒指暂时不能交给郎纪平，以免打草惊蛇。"念其的眼睛突然一亮，但随即又黯淡下来，那道光亮已经被绝望彻底吞没了。冉先生看在眼里，道："念其，我们一定要好好地活着，逃离这个是非之地，也许会有新的希望、新的生活。"

念其怔怔地看着他，目光中那份不舍很让人揪心。冉先生道："你放心念其，子沫他一定会好好活下来的。只要活着，你们终有见面那一天。"念其双眼一闭，大颗大颗的泪珠滚落下来。桑玉道："先生，那我们下一步该干什么？"冉先生道："先稳住郎纪平，然后找可靠的时机，逃出赤城。"然后他又看了看那枚戒指道："念其，这枚戒指，你先戴上，再忍受几天。等临走的时候，把它扔在城门下。"说着，他把戒指又递给了桑玉。念其没有睁开眼睛，只点点头，然后又伸出手去。桑玉颤抖着双手，把它重又戴在念其的手指上。

而此时的郎纪平，则在闺房的门外转身离去。他是尾随着故作疯癫的冉先生来到这里的，但他没有打扰他们。他头大如斗，身有千钧，走起路来有些踉跄。把守的士兵见状，叫了一声："大人！"郎纪平只是一摆手，继续走去。

如果说阿曼达还不能算作逃的话，那只能说，她几次想走，都没有走脱。父亲也同意阿曼达带安琪拉一起走，但十字架被刮折后不久，安琪拉便卧床不起了，不吃不喝，也不说话，只是一阵阵地痴睡。后来又伴随着高烧，在梦中说起胡话来。那些"胡话"说明，她还生活在与桑德斯在一起的日子里没有回来，但谁也听不明白她在说什么。奇怪的是，她已经没有了祷告之声，不仅是梦里，现实中也没有了。母亲贝蒂不停地为她祷告，杜克先生一脸的沉肃，不时地过来默默看一眼，就走开了。后来他的脸上充满了哀伤，这是阿曼达从未看到过的哀伤，便在内心痛恨桑德斯。阿曼达想到要把罗子漫请回来，对安琪拉的情绪也许是个缓解和释放。但她没有把这个想法说出来，因为自己实在不能再回罗家了。等安琪拉好了一些，父亲又要有事外出，临行前嘱咐阿曼达千万不可离开。时局大乱，教堂里没有一个主事的人是不行的。阿曼达已经不能说别的了。

父亲走后没多久，桑德斯果然又来了，而且进了教堂就大喊大叫起来："说话呀！都说说话。一个沉闷的圣殿会得到撒旦的青睐，一个真正的圣殿要充满欢娱之声！"于是他便高声唱起来：

不要仗势欺人，也不要因抢夺而骄傲；

财宝若要增加，不要放在心上。

奇怪的是，安琪拉听到这声音，就跑出了屋子，站在楼上，看着边上楼边唱的桑德斯，脸上是久违的笑容。"安琪拉！"桑德斯叫道，"我的小公主，我的小天使，只有你听到我的声音，就出来迎接我！我爱你，小宝贝！"说话的同时，他已经跑上楼来，把安琪拉抱起，他们又吻又贴脸。这场面，几乎所有的人都看呆了。尤其是阿曼达，她简直不敢相信自己的眼睛，她不相信这是神的安排，她相信这是撒旦在恶作剧。所以她大声叫道："安琪拉！你为什么要投入魔鬼的怀抱？"桑德斯顿时变得阴冷，但又突然满脸堆笑道："阿曼达，你嫉妒了？请不要介意，我们只是玩玩，因为她将是我未来的妻妹，即便我们在床上打一个滚儿，你也没有理由嫉妒的！对吗？"所有的人都走开了，包括贝蒂，只不过她多了几声哀叹和一脸的愁容。桑德斯看后，得意地笑了，但他又装出不高兴的样子道："怎么？不但要沉默，还要躲着我？我真的是魔鬼吗？"他把安琪拉放在地上，然后握着她的双手，看着她精灵一般的双眼道："快告诉我安琪拉，桑德斯先生是个好人，不是魔鬼！快，我要听到你的回答。"安琪拉面带惊恐之状，眼睛里也含着大大的泪花。她终究带着浓浓的鼻音，努力大声道："桑德斯先生是个好人，不是魔鬼。"话音刚落，桑德斯仰头大笑，张着双臂咆哮道："听见了吧上帝！这么天真的孩子都说我桑德斯是个好人。"然后他在原地转了一圈，教堂穹顶下方的四壁都刻着神，他环视众神一周，继续咆哮道，"我凭什么不是！凭什么不是！"安琪拉眼里的泪花变成泪珠，一串串地滚落下来，她因不敢放声哭泣而浑身颤抖。就在这时，阿曼达扑过来，抱起安琪拉就躲进自己的屋子，然后死死地关上门。"我不是魔鬼！我是神！我桑德斯才是神！"桑德斯的咆哮声在空无一人的大厅里震荡着，四壁好像都落下灰尘。咆哮声过后，又听到"咚咚咚"的砸门声，"牧长大人，开门，开门啊！""贝蒂，开门，开门啊！""阿曼达，我是你未来的丈夫，你没有理由不给我开门！开门！

见鬼！开门！"门没有开，人也没出来一个。后来没了声音，再后来听到楼梯的响动。等汽车声传来的时候，整个教堂才重新有些生气。

当天夜里，安琪拉又昏迷不醒，高烧说胡话，而且身体不断地抽搐。守在床边的阿曼达无意间把手伸进她的身下，发觉她滚烫的身子下面潮湿一片，"天啊！她竟然失禁了！"她吃惊地大叫道。母亲贝蒂也跑过来摸了一把，"我可怜的孩子，上帝呀！"她一边哭着，一边去找干净的衣服和被褥。阿曼达便借此机会掀开被子，然后一件件地脱掉安琪拉的衣服。当安琪拉被脱得一丝不挂的时候，阿曼达被眼前的景象惊呆了。只见安琪拉稚嫩的下体红肿一片，已经不成样子了。阿曼达明白，只有最可怕、最邪恶、最无人性的摧残，才会有这样的结果。阿曼达想哭哭不出，想喊喊不成。她看到魔鬼正在向她狞笑，那狞笑让众神都感到无奈。这时门开了，她知道母亲又进来了，一丝清醒的意识让她猛然盖住了安琪拉，然后她对抱过来衣物和被褥的母亲道："母亲，安琪拉一天比一天大了，让我来吧，您回避一下。"贝蒂虽有些不解，但看到女儿那真诚而又不可违拗的神情，她还是点点头，抹着眼泪，慢慢地退了出去。这时阿曼达看着那堆衣物，要产生不可抑制的、有如洪水暴发般的哭声。但理智告诉她，必须忍住。她狠狠地咬着牙关，感到阵阵眩晕。

夜深人静。教堂里的静更因为缺少凡尘。阿曼达在惨白的烛光下长跪，背影拉得好长好长。十字架高高在上，像神凝重的脸庞。阿曼达在用最微弱的声音祷告："神啊我的神，为什么要让我们承受人世间最少有的邪恶？如果我们错了，我们想知道究竟错在哪里。故土离我们很远，您却离我们最近。难道真的如子沫所说，我们不该来这里？子沫说，他们有他们的老天爷。可我们不知，究竟是谁创造了天地万物，谁才是最伟大的神。我在这里跪拜，就是向您承认，我们毕竟是错了。我们错得惨不忍睹，我们错得毫无人性，不然，我们就不会受到这样的惩罚。可主啊，请您再次慈悲于我们，可怜我们。因为我们的信心永不改悔，错误永远属于您洪恩之外的人，撒旦总是在寻找错误的人下手。可主啊，请允许我再大胆地问您，假如我们没错，我们就不该受到这样的迫害，那迫害者就该受到惩罚。我们知道，您没有无条件的保护，也没有无条件的惩罚，那就请赐给我们惩罚邪恶的能力。因为已经有人在问，你的神不是大能的吗？为什么不保护你们？我们确实无话可说。我只能对他们说，如果世上的好人都被保护起来，那人间就是天堂。人间怎么会是天堂呢？您用宝血洗净了我们，替我们赎了罪，就是救我们脱离人间。所以我只能承认，这人间邪恶的力量是无穷的，它们来自您的能力所不能触及的地方，所以您才有可能被人钉在十字架上。我还深深地悟到，在这片神奇的土地上，一定有您的孩子因迷失了路而来到这里，他们换了肤色、换了行头、换了语言在做中国人。所以我们必须找到他们，哪怕找到一个，我们就没有白来。比如罗子漫，她就是这样的人。神啊，我当然希望罗子沫也是，可他毕竟不是。他深深地迷恋着他们的圣人。他宁可不要我，也不会舍弃他们的圣人。所以请您可怜我，让我的痛苦化为快乐，或者让这一切都不曾发生一样，就像浮云重新化为水一样，让我的爱化为零的起点。"祷告进行到这里，她哽咽了，以致再也无法说出一句话。

"孩子啊！"这叹息般的声音让阿曼达为之一振，但这不是神的声音，而是母亲在呼唤自己的女儿，"你在跟谁说话，都说些什么？你更像一个中国人了，你是中国人迷失了路才成为黄发碧眼的英国人。我不反对你爱谁，可你无论爱谁，都不会超过更爱我们的神。"阿曼达不知道母亲何时来到身边的，但到母亲要离开的时候，她道："母亲，我要带安琪拉走了。她病了。"母亲道："病了怎么带她走？"阿曼达道："在路上，我要先给她看病。"母亲道："你也应该看看了。"阿曼达道："我没病。"母亲道："你的病在心里。"阿曼达无语，她没想到一向简单粗疏的母亲，竟能如此深沉地说话。她有一种不祥的预感，随着母亲的脚步声离去，这预感变得越来越强烈。面对现实，她想退缩了，因为她实在不知道，这天底下，哪里还是净土。

但第二天，她还是给安琪拉临时吃一点止痛消炎的药，花重金雇一辆上好的轿车，在众目睽睽之下，毅然决然地踏上回归的路。母亲在车外再一次看着女儿们哭道："外面这么乱，我怎么忍心让你们走。"阿曼达无语，她最后看一眼教堂，新的十字架熠熠放光。

自从阿曼达走后，丽娘每天都要站在大门外，往远处久久地张望。有时甚至漫步到西川河畔，望着那条向远方延伸的路遐想。她多么希望阿曼达会突然出现在自己的视线里，她不相信这位可爱的洋姑娘就这样走了，她好像没有理由这样做。中国人会将太多的辛酸和痛苦都熬在心里，也不会轻易地做出一个非同寻常的决定。而这位洋姑娘却总让人感到意外。来得意外，去得意外，所以她希望再有一个意外发生。但她失望了。所以她收回了目光，把它放在自己的儿子和女儿身上。儿子整天沉默寡言，把自己闷在屋里。但她放心，因为儿子的全部身心会转移到圣贤书里。

他没有辜负先生的教诲，为秋考而奋发图强。女儿则有些惶惶然，这是因为她在想念着教堂、惦念着阿曼达的缘故。她知道，女儿早晚都会离自己而去的。侄子罗子辉已经被自己的父亲说服，不再相信自己的老婆那里有天兵天将，所以他已经搬回去住了。虽然她听村里人说，弓然明接连几夜都发出痛苦的号叫之声，但她只是淡然一笑，因为那也是她预料之中的事情。她只希望这个傻子能让自己的媳妇安静下来，不要再给罗家制造传闻。有时她也话里话外地向自己的儿子透露几句弓然明的情况，以察看儿子是何反应。但她没有发现任何异常，甚至这样的话题都令他感到烦躁。因此她暗自高兴，这样下去，自己就会去一块心病。倒是自己的女儿好像与弓然明暗中有来往，而且是有意隐瞒自己的。但她相信女儿兴不起风、作不起浪，无非是劝那个越发古怪的妇人相信她的福音而已。这样也好，因为她相信那个基督有能力让相信他的人充满忍耐之心，她觉得那个妇人尤其需要忍耐，至死不渝的忍耐。

至此，她唯一放不下的心思就是不知念其小姐现在处境如何，而且一想到她，心里的苦水就汩汩作响。有时她不断地把她与阿曼达做比较，论长相，论人品，都难思量。所以，比较来比较去的，她谁都放不下。但有一点是肯定的，就是她的内心有一个挥之不去的阴影，那阴影来自念其那里。因为她毕竟已缺少了什么，或者说失去了什么。每想到这里，她都连连发出绝望的叹息之声，叹息之余，她以为有些心事可以了却，但她哪里知道，有些意想不到的事情往往在不经意间发生。

又是一年春草绿，这是一个打理耕地的季节。首先要把地里的枯枝烂叶打扫在一起，用火烧掉。庄稼茬子也要刨掉，经过一冬的僵冻，它们已经失去了坚韧的附着力，一镐下去，就乖乖地脱离了地面，然后聚拢在一起，背回家去，可以做炊火。粪土也要重新铺好，铺好之前要捣细，再除去杂物。地头被行人踩硬的地方要重新翻腾起来，被踏败的沟渠要重新修整起来。总之，有忙不完的细碎活计，汗水轻柔地流出来，被风一吹，咸涩的味道意味着生生不息。每当这时，人们大部分都在地里，老的给重劳力送些饮食，少的顺着地垄沟玩耍。整个村子便见不到几个人了，静悄悄的，连鸡鸣狗叫都显得孤单。罗子沫静坐一室，孤单如鸡狗。圣贤书在手中，心却因孤单而感伤。恰在这时，弓然明没有任何预兆地揭帘而入。罗子沫吓了一跳，手中的书掉在了地上。弓然明走过去，捡起来问："还在看？是《尚书》吧？"没等罗子沫说什么，她往书上啐了一口，然后扔在案上。罗子沫首先看到的是她浑身肮脏的妖艳，和近乎狠戾的表情。她的眼圈是黑的，双唇是青紫的，头发好像刚刚洗过，还有清汤寡水的痕迹，软塌塌地贴在脑畔，把人显得尖刻，还有几分可怜。罗子沫一时不知说什么好，与此同时还下意识地躲避。弓然明将手插他的脖颈，戏谑道："怎么，不认识了？你可知我夜夜都在墙外转悠，我恨不能变成鬼来缠着你！"说着她势不可挡地伸过头来，把一条水淋淋的舌头强行塞进他的嘴里。罗子沫想挣脱，但已不可能，因为他的脖颈被她死死地搂在怀里。她的鼻息急促而锋芒毕露，嘴里发出"噜噜噜"的声响，表现的是极度地贪婪。罗子沫由挣脱变成了反抗，弓然明却仍不肯停下来，嘴里发出含混不清的声音："为了反抗那个傻子，我练就了一身本事，你还想反抗我吗？"同时她狠狠地抓住罗子沫的一只手，把它强行塞进自己的裤腰里，嘴里含混不清的声音再度响起："我就不信你把我忘了！"罗子沫终于忍无可忍，他使出浑身力气把她推倒在地，同时嘴里发出凄厉的声音："来人啊——"弓然明摔得很重，发出"啊呀"一声惨叫，脸上的表情瞬间极度痛苦。罗子沫一下子想到她的身上一定有伤存在，否则不至于疼到这种程度。他顿时悔恨交加。"然明！"他下意识地喊道，同时向她伸出双手。但令他没有想到的是，弓然明的脸上很快被恐惧所代替，眼睛里不是羞愧和委屈，而是满满的自感无耻。"然明！"罗子沫再次叫道。就在他想上前把她扶起的时候，弓然明却慌忙不迭地爬起，扑噜扑噜身上的灰尘，就向外跑去。好像是噩梦醒来，又像是小偷被撵。

罗子沫彻底呆在那里了，他不敢相信这是真的。她来得那么突然，走得又那么意外，像梦幻划过一般，留给他的只有心酸。他悲哀地感到，以前那个弓然明已经不复存在了。强大的失落感使他欲哭无泪。他拿起那本被她啐了一口的《尚书》，上面还有斑斑的唾痕，他久久地凝视着，不想把它擦掉。他希望这唾痕是真实的，里面还藏着她过去的影子。与此同时，他亦深感忧虑，想那弓么长，见姐姐受气挨打，就要治死自己的姐夫。如果看到姐姐今天这个样子，又不知会干出什么事情来，杀人全家也未为不能。因为在他们心中，自认已举起正义的刀，这把刀连王法和洋人都可以砍了，还有什么不敢砍的？

好在听说他们早已出动了，临行前的气度更大，说要去救国。又听说天津卫到处都是不怕死的人，他们应该在那儿。想到这里，他的心血涌动了一下，看看眼前的圣贤书，他突然觉得自己是个落伍的人。这是什么世道？有太多的人想拿这个国家开刀。各路洋人自不必说，就说革命党，就说弓么长他们，他们未必读多少书，但他们的心胸与行为已经罄竹难书，难书的不是罪恶，而是把罪恶与良善统统踏乱的胸怀。一伙人合计合计，就可以砸毁官家银库；几个人叽叽喳喳就可以杀进京城；两个人使个眼色，就可以大大方方地要人家的命。这天下怎么了？真的需要革命吗？真的需要天翻地覆吗？这些人根本上要动的究竟是什么？罗子沫陷入了思维上的混乱。奇怪的是，这混乱竟让他体内翻腾着一种欲望，他一时说不清这欲望是什么。但他后悔了，后悔刚刚对弓然明的冷漠与粗暴。如果自己稍微改变一下方式，或者偷偷地从这些书中跳出来，洒脱一些，没准能把过去的弓然明叫回来。其实人把自己弄丢了很简单，只要他认为世上再没有好人了，就可以了。没好人了，我还刚正不阿什么？一个野蛮就行了；没好人了，我还温柔什么？一个淫荡就足够了。更何况这野蛮与淫荡自古以来都保持着强劲的势头，它们很容易被人青睐。就在一壶酒、半杯茶之间，就在面对时流一转念之间。罗子沫突然恐慌地意识到，这些不要命的人，一定也埋藏着这种强烈的欲望。这欲望无论是被压制，或任其爆发，都是天下大乱的基因。唯有这贯穿古今的圣人之教，才可以慢慢地消解它，使它变为正义的力量；使它转化为琴、棋、书、画之悠闲；使它升华为千古文章之隽永。罗子沫发出一声苦笑。那么这些不要命的人要动的究竟是什么呢？他们自己能清楚吗？动一个朝廷不算狂妄，古已有之；动一方诸侯不算残忍，古已有之；动一个帮派不算霸道，古已有之。可要动圣人之教却从未有过！那么自己从可辨是非之时起，为之倾倒、为之倾尽热血、为之可抛弃生命的视之无形、闻之无味、听之无声的天来之物，竟有人可在谈笑之间弃之如敝履、抛之如刍狗，这简直是天大的悖论。罗子沫再次苦笑一声，拿起那本《尚书》，伸出舌头，在弓然明的唾痕上舔了舔，是甜丝丝的味道。这味道里，果然有过去的弓然明，他发誓一定要把她重新唤回来，让她继续做《诗经》里的女人。

他放下书，站起身来，深吸几口气，走出门去。站在院子里，他觉得自己的眼睛好像被"革命"了，一片蒙昧。

放眼望去，天地之间，一片玄黄。

一辆大型的马拉轿车狂奔在凹凸不平的乡间土路上。路边的野花吐着芬芳，枝头的小鸟在轻盈地歌唱。这与慌不择路的轿车形成不同的格调。车内坐着三人，桑玉拥着念其坐在后面，冉先生靠在前边的一侧。人与马都沉浸在逃脱的兴奋与快慰之中，几乎感觉不到剧烈的颠簸。冉先生被颠得直打嗝儿，偶尔也放屁。他已顾不上斯文扫地，不时地看一眼后面的两个孩子，眼睛里是重生的希望。车已经逃离赤城十几里地了，却丝毫没有慢下来的意思。冉先生的耳朵直直地竖着，只要马蹄声稍有散乱，他都会大叫道："快！快！我多给钱。"于是车夫的鞭子就会再度响起。当然，车夫只知道这趟差事会赚很多银子，并不知车里坐着的是逃命之人。为什么要走这么急？雇主说，去奔丧。

直到冉先生出了一身透汗，他的心才渐渐落了地，也不再催促鞭打快马，也非常想说点什么了。念其掏出雪白的绣帕，离座过来要给他擦汗，冉先生忙道："不用不用，我自己来。"说着他就用手掌抹了一把。念其轻轻地笑了，仍旧给他擦干了剩余的汗水。"念其呀，"冉先生吐一口气道，"记得我们离开家有多少年了？从山东到山西，再从山西到东北……这一路的折腾啊！"念其道："就记得离开家时杨柳刚泛绿，荷花刚吐蕊。送行的人很多，大小官员还有百姓，一层又一层。"冉先生自豪地说："那是啊！你爹是因为官做得出色，才被调往山西的。"桑玉道："先生快别提那些老皇历了，如果不是因为你，我们就不会到这个鬼地方来。我家老爷让你去赶考，你却跟着那个'康无能'上起书来。皇帝的书也是你们瞎上的？""桑玉！你又胡来。"念其见桑玉又放肆，便来制止她。冉先生并不生气，叹气道："孩子，有些事你就是不懂啊！你家老爷从来都没有因此事责怪过我。说实在的，如果他不做官，也同我一起去赶考，他更会上书的。你们哪里知道那些举子的拳拳家国之心啊！圣人教我们齐家、治国、平天下，我们做到了。"桑玉一撇嘴道："做到什么了？你们做到什么了？"冉先生翻着白眼看了看她，讪笑道："不要以成败论英雄嘛！"桑玉咯咯笑了，念其也笑了。一份少有的轻松从她们的笑容里荡漾开来。冉先生看着她们，在心里默默地说："荣格呀，我带着你的孩子回家了。请你的在天之灵保佑我们一路顺风啊，我会在……"

可就在笑容还没有从桑玉和念其的脸上消失、心里话还没有被冉先生说完的时候，后面传来了杂沓狂奔的马蹄声和骑马之人的呼哨声。冉先生的脸色一下子变成土灰色，他急忙掀开轿帘往后望去，突然大叫道："车夫快跑！有强盗！"车夫一听，不辨真伪，吓得抡圆了手中的鞭子，每一鞭都打疼了那匹快马，随着几声凄厉的嘶鸣，那马有如脱兔一般，更比以前快上几倍。"先生莫跑，郎大人请你们回去——"有人这样呼喊道。他们都听出来了，这是奴才高解的声音，于是，他们的心情一下子从天堂跌到地狱。马蹄声和呼哨声越来越近了，冉先生看一眼抱作一团的念其和桑玉，肝肠寸断。他只有拼尽全力地大喊："快跑哇快跑！强盗就要追上来了——"随后便响起车夫声嘶力竭的催马声。"车夫啊！只要逃过这一劫，我们把身上所有的银子都给你，你听见了吗？"车夫虽然上气不接下气，但还是趁机答应道："听见了先生！放……放心吧先生！"果然催马声更大了，鞭声更响了。但车速已经到了极限，每过一个沟坎，车就颠得飞起来一般，然后又重重地落地。桑玉吓哭了，道："先生，这车要散架子了。"冉先生怒斥道："闭嘴！一句好话也说不出来。"可他的话音刚落，他们的身子都猛地向一侧扑去，重重地撞在车壁上，然后听到刺耳的"沙沙"声。"完了！完了！"车夫哭叫道，"车轱辘跑丢了。"随着车速渐渐慢下来，这辆车就像拼命逃脱虎口的羊一样，耗尽了所有的力气，只有坐以待毙了。

"天啊！天啊！你为何如此不公啊！"冉先生从车里钻出来，仰天长啸，"荣格呀！我的好兄弟！我的好兄弟呀！我冉广炉无颜再活于世啊！"他捶胸顿足，左右搜寻，是在找刀或剑之类的自杀工具，但哪里有这些，他便瞪着通红的双眼，"啊"的一声大叫，从车上纵身跳了下去。他是想跳崖，但这不是崖，而是一辆散了架子的车。他摔了一个嘴啃泥，半拉脸摔破了，顿时鲜血直流。桑玉和念其听到了动静，"先生！先生！等等我们！"桑玉喊道，也想与先生一道"跳崖"。可钻出车子一看，哪有什么崖，只见先生像一条忠实的老狗，蜷缩在那里，翻着白眼，流着鲜血，还有满嘴的哈喇子。念其见状，不顾一切地跳下车去，扑在先生的身上哭叫："爹，爹呀！你抛下念其不管了吗？"冉先生听见这叫爹之声，顿时泪如泉涌，他艰难地翻一个身，用毫无力气的手，摸摸念其的脸，号啕大哭起来。"荣格呀荣格，我可怎么办？我可怎么办啊！"他边哭边叫道。这时桑玉突然叫道："不好了，他们追上来了！"说话间，七八匹马已经赶到，把他们团团围住，犹如群狼围住到嘴的猎物。"放着好好的知府夫人不做，你们跑什么嘛！"奴才高解在马上嬉皮笑脸地说。桑玉狠狠地瞪着他，啐了一口，骂道："不得好死的狗奴才！"念其则如什么都没听见一般，轻轻地给先生擦着血迹。冉先生听这声音，推开念其的手，忽地坐起来，指着高解骂道："你这个卑鄙下贱的奴才，老爷在世时我就看出你不是个好东西！"高解一抱拳道："我说先生啊，你说错了，我不是什么奴才，我是知道如何让有用的人高兴的人，难道不好吗？"冉先生"呸"了一口骂道："小人！十足的小人！"
高解又嬉皮笑脸道："先生啊，你何其愚也！知道那些当官的为何叫'大人'吗？
就是相对于我这样的'小人'说的。没有我，哪来的'大人'？哪来的'皇上'？"
冉先生的肺都要气炸了，他抓起身边的一块石头就想砸过去。不料高解伸出双手边
作遮挡之状边道："先生不可！先生不可！儒雅，儒雅。"这时念其夺过冉先生手
里的石块，对高解看也不看道："你想怎么样？"高解的脸色一下子正经起来，道：
"小姐，我奉知府大人之命，请您回去。"说着他下了马。念其道："如果我们不
回去呢？"高解躬身施礼道："那小姐就是有意难为我了，我……"他没有把话说
完。念其道："你想绑架？"高解假意为难道："这个……这个，奴才只是奉命行
事。"念其冷冷道："好吧，我们跟你走。"说罢她边扶冉先生站起来边道："爹，
跟他们回去吧。我倒要看看，他们究竟要做什么。"这时高解假意吃惊道："以小
姐尊贵之身，怎么叫……爹了？"念其冷冷淡淡地说："我爹死了，从今以后先生
就是我爹。告诉你，其实在我心里，先生早就是爹了。不像你，有奶便是娘！"高
解一听，咧了咧嘴，想笑没笑出来，看起来倒很像哭。然后他冲着几个捕快喊道：
"赶紧让车夫修车！打道回府。"捕快们纷纷下了马，绕着残破的马车转了几圈，
回来禀报不见了车夫。高解吼道："找哇！他逃不远！"几名捕快便在车的四周搜
寻起来，果然在几丈远的一个浅沟里找到了车夫，他顾头不顾腚地扎在那里，浑身
还在筛糠。一捕快狠踢了一脚，大叫道："快起来！修车，回城。"车夫爬起来，
一边擦着脸上的土，一边吃惊道："你们……你们是官差啊，不是……强盗啊！"
又一捕快踢一脚道："废什么话！快起来修车。"车夫应声连连，慌忙不迭地走向
自己的车。

　　城门下，郎纪平一袭藏青长衫，锈红马褂，一脸肃穆地站着。辫子梳得很光滑，
额头也有腾达的亮色，但难掩脸色深处的悲凉。他在这里已经站了很久了，手里握
着被人扔在土里的戒指，迎着风，凝望着伸向远方的路。左汉庭站在他的身后，一
身的披挂，一把长刀横陈腰际，胡须在风中飘扬，再加上高大的身材、坚毅的目光，
整个人显得威风凛凛。还有几名官差在城门口左顾右盼，他们不知这要等到何时，
所以一脸的焦虑。

　　至于冉先生精心布置的逃走计划，在郎纪平眼里如同儿戏。每想起来，他都会
淡然一笑，甚至觉得有趣而好玩。他先是一次次地走进衙门，以各种名目接近念其，

以混淆人的视听。同时桑玉总是挎一个筐子，说是给小姐送吃的，而走时则装走念其必备之物，当然还有值钱的宝贝。他们对看守的两名士兵总是客客气气，后来桑玉还要掏出一些碎银，让两名士兵去买酒喝。就这样，几天下来，冉先生和桑玉来看望念其小姐已经是习以为常的事了。再后来，念其要求去买换季的衣物和生活必需品，当然是在两名士兵陪同下。她更要给两名士兵吃酒的碎银，他们也果真在念其挑选商品之际，偷偷地到小馆吃酒，而且都是念其在回府时主动叫上他们。这样两名士兵就渐渐地放松了警惕性。最后一次，他们终于要逃跑了，念其这次提出的要求是去洗澡。两名士兵更高兴了，拿着念其给的更多的银子去开怀畅饮了。而澡堂子里等着桑玉，澡堂的后门，冉先生已经备好了车。车夫以为接到了大活儿，满心的高兴，一鞭子下去，马儿扬蹄，直奔南门而去。而把守南门的士兵早得到都司大人的命令，如有冉先生的车要出城，大胆放行。半个时辰以后，奴才高解便率领几名捕快飞奔出城，追赶而去。而这欲擒故纵的好戏，导演者恰恰就是郎纪平自己。对于他来讲，可谓意蕴多多。

被车夫勉强修好的车，就像瘸了一条腿的人，绊绊磕磕地回来了。念其和桑玉仍旧坐在车里，车夫和冉先生一左一右在车下而行，后面跟着骑马的高解和几名捕快。一路上车夫都在磨磨叽叽：明明说是去奔丧，怎么后面有追兵，害得我险些车毁人亡。冉先生只好说多赔银两便是了。来到城门下，日已西斜，晚风里散发着炊烟的味道，冉先生耸耸鼻子，倍感人间烟火的亲切，它能消减落魄之人的恐惧与孤单。但他一见郎纪平堂而皇之地站在城门口，作迎接之状，便越发觉得可悲可叹。所以在马车停下来片刻之后，他悲愤地说道："我说姓郎的，我们惹不起，还躲不起吗？你非要赶尽杀绝吗？"郎纪平面带死气，没有答话。左汉庭则一脸冷峻地看着这一切，如今他才明白，这个郎知府是利用自己演一出欲擒故纵的好戏。高解慌忙下马，对冉先生道："先生，请念其小姐下车吧，知府大人有话要说。"冉先生瞪他一眼道："念其小姐没有半路下车的习惯！"高解"哧"地笑了，小声道："先生，如今就别摆什么知府小姐的架子了，时过境迁了。"说话间，他还挤了挤眼睛。"呸！"冉先生骂道，"想当初荣氏父子待你不薄，没想到竟养了一条狼。"高解仍小声道："先生，小人看出荣氏父子早晚是病，所以到后来我什么都不说了。看人家郎大人了吗？人家才是风流才俊啊！"说罢他又高声喊道："郎大人有请念其小姐下车，有要紧的话说！"不多时，念其和桑玉相互搀扶着走下车来。郎纪平见状，上前两步，躬身施礼道："让念其小姐受惊了，郎纪平这厢赔罪了。"念其一时无语，桑玉则怒目而视。郎纪平又上前一步道："念其小姐有一物遗落在此，被郎某拾到，特此奉上。"说着他把手中的戒指亮了出来，然后轻轻地拽过念其的左手，欲给她戴上。不料就在戒指与指尖相碰之际，念其猛地抽回手来，同时右手伸出，"啪啪"打了郎纪平两记耳光，速度之快令人吃惊，力气之大令人咋舌。郎纪平似乎早有防备，他一动不动，有如站立起来的僵尸，只有一双眼睛死死地盯着念其不放。不多时，他再次抓起念其的左手，但有如上一次的重复，他又多得了两记耳光。所有的人都目瞪口呆，都在揣度着堂堂知府大人，这个面子要往哪里搁。郎纪平仍旧死死地盯着念其不放，只是目光越来越混沌，透着痛苦的苍老。所有的人都一动不动，晚风吹起了他们的衣襟。时间似乎都凝固了。不知过了多久，郎纪平一挥手道："请念其小姐进城！"声音沙哑而低沉，带有死亡的气息。那枚昂贵的戒指在他又一挥手间，飞到远处的风尘里去了。然后他飞身上马，第一个踏进城去。

五岛次郎打马出了北门，他是进城来见郎知府的，告知桑德斯出现了状况。他每天除了酗酒，就是打骂工人，再不就是像发情的公猪一样到处找女人。他想让郎知府管一管吗？不是，因为他自己能管得了。他是想向郎知府施加压力，说明这样的货色占有金矿的股份，迟早要出乱子的。但他没有见到郎知府，却知道他在干什么。他暗自发笑，慨叹中国人一个个都是好演员。当天晚上，他对坐在对面的弓然明道："赤城要出大事了。"说完，他意味深长地笑了。然后他又用双手捧住弓然明淡如秋水的脸，深情的眸子里荡漾着淫欲的光芒。"罗夫人，"他在她的额头亲了一口道，"其实我非常喜欢你现在这个样子。我知道，中国人肯定以为你变了，尤其那个罗子沫，他一定够承受的。他的理念怎么能容忍你发生这样的变化呢？而我恰恰相反，我以为你越来越正常了。我从你身上，看到了日本女人的影子。你知道她们每天想的是什么吗？是什么吗？你肯定想象不到，但你做到了……在男人面前就是献身，而且极尽其能事。女人嘛，可不就得这样？你们中国人就是太伪善了，连自己都被自己的伪善打动了。不要想办法去塑造女人嘛，上天已经塑造好了，你再去塑造就是画蛇添足嘛，画猫添角嘛……"弓然明忍无可忍地插话道："赤城要出什么大事？"五岛次郎充耳不闻，继续说他的，"女人嘛，不要忘了自己是女人。如果把中国女人放在日本去养着，你们除了温柔就再没有别的了。如果把日本女人放在中国养着，她们个个都会自杀。中国的男人，太愿意把目光放在女人身上了，要崇尚什么淑女，多麻烦啊！她们甚至害怕自己有一对硕大的乳房，天啊！这太悲惨了。"说着，他在弓然明的胸前轻轻地抚摸一下。"罗夫人，我知道你一直在谴责自己，因为你的男人在傻睡，而你却偷偷地跑出来幽会。你谴责什么呢？对不起自己的丈夫吗？不！你是觉得对不起'良知'。哦，中国的'良知'太厉害了，它像悬在人们头上的一把无形的剑。我还要给参谋本部上一道折子，要阐明我的观点。在中国，谁失败了，一定没败给别的，就败在中国人的'良知'上了。我还要进一步阐明，无论是现在还是将来，都会如此。如果谁想战胜中国人，那就首先破坏他们内心深处的'良知'。"说着，他又刮了一下弓然明的鼻子，"这些你懂吗？我的夫人。哦，还是别说这些好了，说起来我都觉得累。我真的要成中国人了，连坐着都觉得累。所以我在不断地拒绝你们的'良知'，让它见鬼去吧——"他大呼一声，站起身来，使尽全身力气伸一个懒腰，"罗夫人，今天我不能陪你玩了，我还有些事没做完。"说着他取过一个糖罐放在了弓然明面前，"你在这里慢慢地吃糖，当然，如果你想走的话尽管走，我提前给你说再会、道晚安了。"说完，他向那扇神秘的门走去，但就在推门时，他迟疑了一会儿，回头道："失礼了，罗夫人。"说罢，他竟像女人一样，莞尔一笑，钻了进去，然后又严严实实地把门关上。

弓然明的心里一阵阵地紧缩，望着那扇门，犹如望着紧闭的虎口。脑海里全是他讲过的故事，那个关于踏平罗家的故事，那个关于夜黑杀人、风高放火的故事。而这扇门里，一定关着许许多多这样的故事。她艰难地咽了咽口水，浑身在不由自主地打战，双眼也酸涩难忍。她颤抖着双手，扒开了一块糖果扔进嘴里，可她没有吃到甜味。她想赶紧离开，却不知为何迈不动步子。她不甘心就这样走了，带着罪恶回到中国人当中去。五岛次郎每一次的滔滔不绝，都加重了她的一个感觉，就是这个人，是鬼不是人。她不知自己为什么要与鬼纠缠在一起。有一种奇怪的诱惑，总让她身不由己。每一次的悔恨，都成了下一个悔恨的诱饵。她的头越来越抬不起来了，好像被自己的祖先按住，一点一点地低下去了。她很想哭，大哭一场。

不知过了多长时间，她感觉不对劲儿，好像总有一双眼睛在盯着自己。她不由得猛然抬起头来，正见一个脑袋从那道门里挤出来，果然有一双眼睛，像阴魂一样盯着自己。她不敢相信那是一双人的眼睛，她吓得一声惨叫，往后倒去。五岛次郎走出门来，一边往起扶她，一边道："罗夫人，你的情绪不太好，要不你躺下来睡一觉？"弓然明挣扎着坐起来，却仍不敢与他的眼睛对视，勉强道："不了先生，我还是回去睡吧。"说罢她又挣扎着站起来，向后门走去。五岛次郎送出门外，在一片漆黑中，他轻声道："天这么黑，夫人可要当心啊！不过我很想知道，在最黑暗的夜晚，你第一个想起谁？"弓然明什么也说不出来了，她非常想拥抱这黑暗。五岛次郎又提高声音道："夫人啊，回去好好养足精神，准备迎接赤城的大事到来吧……"黑暗中没有回音，只有脚步的轻响。

但她没有回家，而是踏着没有路径的茅草瓦砾绕到罗家大院的墙外。她没有再绕墙而行，只在对着罗子沫房间的位置停了停，感受一下曾经的柔肠百转。自打阿曼达走后，她的心沉实了许多，觉得一切都安稳如初了。她暗自希望罗子沫也能静下心来，把一切精力用在迎接秋后的大考上。想到这里，她果真如过客一般离开了。她觉得自己也应该向那个英国姑娘阿曼达学习，有一颗可以了然一切的心。想到这里，她的脚步又轻松多了。"无论五岛次郎说的大事是什么，好像都与我毫不相干。"她在心里说。但她却隐约地希望，那个大事能发生在阿曼达的身上，因为这个英国女子总是很坚强的样子，她嫉恨这种坚强。

阿曼达确实出了大事。妹妹安琪拉在中途就高烧不退，始终迷迷糊糊的，等到了天津，已经人事不省了。她直接驱车走进租界，把妹妹送到了租界医院。经年轻的大夫艾布纳诊断，说安琪拉已严重感染，病毒已侵入子宫，而且正向其他脏腑扩散。他在责备阿曼达没有照顾好妹妹的同时，也说出了治疗费用的昂贵。阿曼达知道自己没有足够的费用，便希望得到部分免费的治疗。艾布纳医生摇了摇头，说医院从来没有这个先例，因为是租界医院，对本国商民就医，收费已经很低了。阿曼达焦急万分，她不知该向哪里求助。艾布纳医生见她确实为难，便给她写了一张字条，让她去法国租界的崇德堂求助，那里是天主教基督会在津经营教会产业及房地产的机构，说他们一定会伸出援助之手的。阿曼达安顿好安琪拉，便拿着字条去找崇德堂。好在路途不远，人力车夫只用了不长的时间，就把她送到崇德堂的门口。看着那教堂式的建筑，阿曼达倍感亲切，便快步跨进门去。阿曼达见到了要找的人，已经四十多岁但看上去非常年轻的修女克拉拉。克拉拉修女接过字条，端详了半天，露出悲悯的神情。她又快速写下一张字条递给阿曼达，说即刻回去交给艾布纳医生。阿曼达用教会礼节表示感谢，然后快速走出来，等在外面的人力车夫又很快把她送回租界医院。到这时她才有暇观看一下这个圣保罗医院的全貌，它是那么地优雅别致，可就是不能像教会医院一样可以免费医治病人。艾布纳接过字条一看，说克拉拉修女很慷慨，让我们尽管医治病人，最后的费用她来结算。阿曼达这才长出一口气，一颗悬着的心才落了地。

看着正在用药的妹妹，她不知下一步该怎么走。此时她后悔自己不该逞一时之气而轻易离开红山教会，甚至还有罗家。她满心满眼都是罗家大院的情景，温馨而惬意。想到罗子沫，便是日复一日的思念；想到罗子漫便是神恩下的依恋；想到丽娘，则是亲人般的依赖。她默默地为自己的妹妹祈祷，也默默地为这一家人祈祷。可祈祷的后面还是泪光闪闪，因为与罗子沫所经历的一幕幕不断涌上心头。正因为她想结束这一切，往事才更加清晰和难舍。艾布纳医生似乎看出她的心事，他把听诊器从耳朵上摘下来道："阿曼达小姐，你应该把所有的心思都用在妹妹身上。但愿上帝保佑，让她平安无事……"阿曼达一怔，吃惊地看着他，因为他这句话的背后有可怕的隐喻。艾布纳没等她反应过来，又更加严肃地说："没事的时候，你轻易不要离开医院，更不要离开租界。"阿曼达更加吃惊，她希望医生能把话说明白。艾布纳医生说完后，很阴郁地耸了耸肩，把一身修女打扮的她从上看到下，然后摇摇头，转身离开了。阿曼达似乎意识到了什么，她的心一阵阵紧缩，似乎空气中正流荡着一种不祥的信息。她慌忙闭上眼睛祷告："神，请保佑我们；神，请给我力量。"

现在罗家大院里的光景更不好过，几乎所有的人都陷入恐慌与悲愤当中。原因是他们听到了一个不敢确定又无法否认的传闻：城里正在卖人，而且是插标卖首。因为不敢确定而不敢去看，怕一旦是真的；因无法否定而心烦意乱，希望那是假的。"这一天真的到来了吗？"丽娘不断地对闷坐在屋里的罗子沫道。罗子沫一言不发，手中的圣贤书沉重无比。丽娘在屋里屋外转悠，那六神无主的样子，让下人都感到吃惊，因为他们从来没有看到一家之主的她表现得如此脆弱。但他们和主人有同样的心情，知府小姐曾经在这里待过几天，给他们留下了难以言说的好感。丽娘转悠来转悠去，还是转悠到罗再恒的屋里，对盘腿坐在炕上抽烟的罗再恒道："二哥，念其小姐要被官府卖了……你知道，那是多好的孩子啊！"罗再恒用浑浊的双眼看了看她，道："他婶子，实话跟你说，她来咱们家的第一天，我就觉得她是个苦命的孩子，是个小可怜……都在那张脸上带着呢。"丽娘有些哑然，这不仅仅是劝慰，话里还是有话的。她默默地走了出来，又回到自家屋里对罗子漫道："是啊，现在谁还会管她呀……"罗子漫看了看自己的母亲，她在强忍泪水，她心中的悲伤甚至超过任何人，这源于她在不久前听到的另一个消息，前任知府荣格已经咬舌自尽了，这个无形中会影响自己一生的人，竟这般离开人世。多少个夜晚她难以入睡，又不敢哭出来，只能蒙着被子流泪。如今他的女儿又要被卖，她在替死去的他而难过。但她对母亲道："妈，你放心，我料也没人敢买。"丽娘一怔，随即像听到了一句骗人的话一样，用很刺耳的声音道："你怎么知道的？有卖的就有买的，天下哪有没人敢买的东西！天下哪有看一眼就知道是苦命的人！"她分明也在反驳罗再恒。此刻她觉得女儿也在变着法儿地欺骗她，她不希望得到这样的安慰。最后她赌着一口气，跨出门去，又跨出大门去，步伐坚定而敏捷。谁都以为她要去实行一个决定，可没走几步，她茫然地望着城里的方向，又停了下来，泪水便哗哗地流，她蹲在地上就开始号啕大哭。这哭声震动了许多人，知其为何而哭者，叹气连连；不知其为何而哭者，掩面而笑。因为她的哭声太突然，就像一个正在大哭的人又突然笑了一般。

青天白日下，春光潋滟，大地静好，行人如织。赤城四门，男女老幼，匆匆过往。守城士兵神态木然地望着远方，似在遥想着往事，手中的刀枪也钝了锋芒。左汉庭手按腰刀，在城墙上沉步而行，似有无限心事难以排解。城里也缺少了往日的喧嚣，只有酒旗在微风中飘摇。四衢八巷里的人们，也都是默然的脸色，他们看似无意，却都是有意地向府前广场涌来。其中不乏富家子弟、阔商巨贾，他们的口袋里理应揣着巨额银票；当然也有穷家少年，他们囊中羞涩，却带着丰富的想象；大家闺秀和小家碧玉，也掺杂其中，她们带着几分感伤、几分好奇，更多的是对命运的恐怖；携子将雏者也有，他们唉声叹气，带来同情和怜悯，也许还有一些愤世情怀。

冉先生没有别的，只有仰天跪地，吞哭不已，涕泪横流。跪在他身边的念萁劝慰道："爹，这都是念萁的命，你就别哭了，哭坏了你的身子，我死都难以瞑目。"桑玉跪在念萁的身边，她虽然不是"卖于市"，但也"誓将此身随君去"，小姐被卖到哪里，她就跟到哪里。"念萁呀！"冉先生哭道，"别叫我爹，我哪里配得？百无一用是书生，我连一个孩子都保护不了啊！"念萁头发散乱，脸色像敷了一层灰，但仍不掩眉清目秀、仪态端庄。她抓住冉先生已经粗糙的手，放在自己的怀里，含泪道："念萁再没有别的亲人了，有爹和桑玉在身边，也不枉我活在人世一回。"冉先生听出这句话的弦外之音，哭道："念萁，事到如今，就不要再恨你爹了。他都死了，你的恨会让他死不瞑目的。"念萁道："我不恨他，我谁都不恨。我只恨自己前生做了什么孽，要今世来还。"桑玉狠狠地盯着地面上或疾行或缓步的脚，尽管还没有人做长久的停留，但她恨不得把这些脚都踩下来，仅仅是因为看到，就让她恨之入骨了。听小姐这么一说，她狠狠地骂道："都怪那人面兽心的郎通判，是他害了我们全家。我恨不能马上死了变成厉鬼，喝他的血，吃他的心！"念其浅浅地笑了，抚摸着桑玉的肩头道："不要怀恨在心。等谁买走了我，你就和先生一起回山东老家去。逢年过节的，向北方给我烧几张纸……我会接到的。"桑玉一听，"哇"地哭了，道："小姐，不是说好了不死的吗？为什么还要纸钱？桑玉哪儿都不去，桑玉生是你的人，死是你的鬼！"恰在这时，一双可以踏破行程的脚，由疾行到缓步，由缓步到顿然停下。桑玉的心在怦怦跳，却不敢抬头了。冉先生周身颤抖，他慢慢地抬起头来，见此人满身风尘，长须紫面，面带杀气，双眼被浓浓的墨镜遮挡。他总觉得此人有些面熟，但又想不起来在哪里见过。念其则慢慢地闭上了双眼，带着赴死的决绝，一动不动。不料那人顺手扔下一枚纸笺，健步而去。冉先生和桑玉几乎同时向纸笺伸出手去，不料手被踩住了。看押的士兵道："慢！那不是你们该看的。"士兵弯腰捡起那纸笺，不料只看一眼，便又扔了下来。桑玉急忙捡起来，打开一看，大吃一惊，只见上面写着："你为何不去死！"看罢文字，桑玉的双眼追寻那人的背影而去，她刚想叫出来，被冉先生一把拽住了手，桑玉把要说的话"啊"的一声咽了回去。当她看到了冉先生警示的目光时，什么都明白了。

念其慢慢睁开双眼，一看那字，泪如雨下。她看到了那每个字的后面，都是无边的怨恨。而怨恨的后面，又掩藏着无边的疼爱。

不知何时，丽娘的哭声戛然而止，她擦干眼泪便返回家中。她做出一个决定，不容置疑，不容更改。她径直走进二哥的屋里，对仍在抽烟的罗再恒劈头便道："二哥，我要卖掉一半房产，去买回念其小姐！"罗再恒像头顶打一个炸雷，他怔怔地看着站在那里疯了一般的丽娘，本来想张嘴说话，却闭嘴咬了舌头，立刻是钻心的痛。吐了一口血，他才痛苦不堪地说："他婶子，我想到你会走这步棋。可……可你觉得值吗？她……还是金枝玉叶吗？"丽娘冷冷地道："是不是金枝玉叶，这是我们女人的事！你们男人从来都不在乎女人的心，只在乎什么枝叶！"罗再恒结结巴巴地道："你……就决定了……吗？那可是祖……祖宗留下来的……的呀！"丽娘道："就这么决定了！二哥，你还有什么话，就只管说。"罗再恒努力定了定神道："我知道，我说出来的也是废话……你还应该问问他四叔。"丽娘怒道："二哥你这是说的什么话？他一个废人，能听懂什么？你这不是要我难堪吗？"罗再恒无奈道："罗家就剩下我们哥儿俩了，一个是废话，一个是废人，只有你丽娘能！那你就看着办吧。"说完他想下地就走。不料丽娘拦住他道："二哥休走！你还没有把话说完呢，难道你还想让我这个做弟媳的撬你的嘴不成？"罗再恒深知丽娘的脾气，他软下来道："他婶子，你想过没有，卖掉一半的房产，我们一大家子上哪儿去住？还有，你把她买回来，我们怎么养她？她毕竟是前任知府的千金，养尊处优惯了，我们能养得起吗？还有，你知道我们会惹下什么祸？如今这阵仗，谁买下她，谁就是荣家的仇人。尤其他的哥哥还活着，那是什么货色？那是太后的干儿子！你知道他还有什么势力？我们将来怎么收场？整不好就是'不会走的孩子拉屎，一屁股沫沫唧唧'。"丽娘也沉下气来，但她不改初衷，仍坚定地说："这些都先不管，走一步说一步，先把她买下来再说。至于怎么养，我早想好了，我就让她做我的儿媳妇。子沫他们一块儿上学，一块儿吃住，一块儿打一块儿闹，多好！"罗再恒紧接着道："还一块儿蹲大狱，一块儿……"他没有把话说完，但他知道丽娘是明白人，下句话是什么，不言而喻。丽娘用极度排斥的语气道："二哥，我不想听这些！你再说点别的……快说！"罗再恒的心里一哆嗦，他使劲儿看了一眼丽娘，道："他婶子，你是在逼我！"然后他在炕沿上使劲儿地敲着烟袋锅子。丽娘看在眼里，狠下心道："既然你不说，那好，我替你说了吧。咱们先分家吧！我只卖属于我们的那一份儿。"罗再恒一听，看了她半天，很委屈地说："他婶子，你把我看成什么人了？"说着，他从袖筒里抽出一张银票，往炕上一拍道："拿去！"丽娘不知何物，拿过来一看，竟是三千两的银票，不禁目瞪口呆，然后眼睛里开始翻动泪花，"二哥，你……"她根本就说不出话来了。"唉……"罗再恒喟然长叹，"假的！蒙人的！赶紧找个人去市场，拿这个吓唬他们。要不然，人就被别人买去了。"丽娘恍然大悟，道："你是怎么整的……"罗再恒道："混了一辈子耍钱场，还整不明白这点事吗？"丽娘拿着银票，无论如何也看不出是假的，可她又犯了难，道："二哥，这差事让谁去呢？又不能找外人。可子沫他……怕是干不了这种事啊！"罗再恒看出丽娘的心事，道："大不了，还是我走一趟吧！"说完，他转着眼珠子想了想，催促道："他婶子，你赶紧让子沫写卖房契约，多写几份，不要啰嗦，写明白就行，价钱适当低点。我这就进城。"丽娘听得明白，答应一声就走出门去。随后罗再恒开始翻箱子倒柜，寻找以前的行头。

丽娘回到自家屋里，拿出一沓专写契约的纸，递到罗子沫的面前，不由分说地说："子沫，快写！卖掉咱家正房四间、东厢房六间的契约。多写几份，马上就用。"罗子沫吓了一跳，极度彷徨的他，一时不知母亲是何意，便去看母亲那张汗津津的脸。丽娘大声道："傻孩子！瞅啥，还不快写！"罗子沫这才恍然大悟，但他握笔的手开始颤抖。他意味深长地叫了一声："妈……"丽娘深深地看一眼儿子，长出一口气道："子沫，难道你舍不得？"罗子沫的双眼湿润了，道："妈，我想阿曼达还会回来的。"丽娘一听，心如刀绞，道："难道你心里装着的是她？"罗子沫无法回答，他痛苦地直摇头。丽娘厉声道："我不管你心里有谁！无论你有谁我都要救念其。我喜欢她，我让她给我当闺女。好了！这与你不相干了，快写吧！我卖的不是你的房子。"罗子沫掉下泪来道："妈，我不是那个意思，我……"他已经说不下去了。丽娘道："我知道你是什么意思……你嫌念其不再是金枝玉叶了，对吧？可这能怪她吗？她愿意这样吗？"说着她使劲儿用手指戳一下儿子的额头，道："你们这些男人啊，没有一个是有良心的……你怎么就不好好想想呢？"丽娘说不下去了，她呜呜地哭起来。罗子沫"咕咚"一声跪下来，哭道："妈，你错怪儿子了……有些话我说不出口。"丽娘止住哭声，看着脚下的儿子道："说不出就别说了。快起来，写！"罗子沫强忍泪水，站起来，再坐下，重新握笔在手，饱蘸墨汁，奋力挥毫，不多时便有十几张卖房契约写成。丽娘拿了契约就走了出去，正见一身商人打扮的罗再恒刚跨出屋门。她先是一愣，随后大喊一声："二哥呀！卖房契已写成。"罗再恒收住匆匆的脚步，道："那正好，我正好一路张贴，直到城里。"丽娘再看罗再恒的样子，不免悲从心来，这正是罗家强盛时的样子，如今再见，物是人非，怎不伤感。但她哪里顾及这些，把手中的契约递了过去，并嘱咐道："千万别露了馅儿呀二哥，尤其别让念其看出来你是罗家人。"罗再恒换了行头，做派也换了，一副争利商场、不近人情的样子。他接过契约，胡乱点头，刚想走，又恍然道："没有糨糊，可怎么贴？"丽娘一拍大腿道："可不是嘛，那你稍等，我就去打。"话音刚落，罗子漫端着一只瓷碗跑出门来道："糨糊来了！还有刷子。"说着，她把刷子放在碗里，递给罗再恒道："我哥还没落笔，我就开始打糨糊了。"说完，她露出自豪的笑容。丽娘一看，愁容顿展，一拍女儿的肩膀道："真有你的子漫，是我的好闺女。"罗再恒则不苟言笑，接碗在手，健步离开。丽娘母女送至门外，又看着他的背影消失。

看看太阳，早已过午，罗子漫无限惆怅地说："妈，这着急忙慌的，哪有现成的买主等着咱们？"丽娘似有所悟，道："你说的是，可还有啥法子……"说着她眼睛一亮，继续道："快回去！好好求你的神。"罗子漫默默地看着母亲，内心凄凉，一种久违的情怀，亦让她忧伤，她已经好久没有祷告了。就在这时，院子里传来"啊啊啊"的叫声，像丢了宝贝，又像哪里太疼；像无端挨了打，又像生生的离情。丽娘疲惫地看一眼女儿，不耐烦地道："你爸这又是怎么了……"罗子漫一听，快步跑回了院子，又跑回屋子。原以为哥哥会在父亲的身边，但他不在。但见了父亲的形态，也觉得无奇，只是奋扬着双臂，要抓住什么，或者要扔掉什么。她苦苦一笑，便懒散地走进自己的屋子。丽娘对丈夫的叫声，根本充耳不闻。她没有进院，而是无力地靠在大门上，闭上了眼睛。她想努力地想点什么，可脑袋里一片混乱。

郎纪平在这一天里，坐在中堂不动。外面春光正好，室内多半阴凉。他不是在喝茶，而是在饮酒。他在等着有人报价。但每一声脚步响，都让他惊魂；每一声人语，都让他心慌。只因中堂大人又差人来报，太后有意到赤城巡察，顺便要喝他的喜酒，这无疑是最后通牒。所以才有今天的"卖于市"，才有今天的以酒代茶。酒里，他体味着人间的悲哀，他痛恨着造化弄人，为何偏让自己有如此遭际；酒里，他把痛不欲生一口口地吞下，他感到这垂死的大清，在临终之前还要抓住自己的一只手，还要把步入阴曹前的最后一口痰吐给自己。此刻，他从未有过地恨不得这个王朝赶紧灰飞烟灭，内忧外患之中，它还无情地吞噬子民的血肉。悠悠万古事，在他的胸中翻腾，他很想遥对祖先，放声大哭；他也含泪看着后人，泱泱中华将走向何处。

好在这一天他没听到任何声音。外面人影晃动，他知道那是高解，这个天下第一大奴才，令人爱恨交织的狼，他的内心一定是快乐的。他在快乐地看着自己的猎物在自相残杀，胜者还要向他感恩戴德。他用一杯杯酒，送走了青天白日，送走了人间冷暖，送走了风雨烟霞。直到他醉意朦胧，一脚踏出门去，外面是万家灯火，灯火中夜色缠绵。他一步步走出府衙大门，然后继续走去。黑暗笼罩下的广场，四外灯影婆娑。他在搜寻念其的气息，还有"插标卖首"的草味，更有她落地未干的泪痕。他知道，在这座寒气委顿的城里，不知多了花灯几盏，不知增添多少酒夜长长。好奇的富贾，猎艳的纨绔，总归是淫笑声声、浪语连连。只为一个曾经的知府千金"卖于市"，就足以让他们闻风而来。吃下冷酷无情的酒肉，足以让他们丧尽天良。他痛恨这些人类的渣滓，第一个伸出手的一定是他们。之所以今天一人未动，是他们在试探、在揣摩，就像试探着猎物是真是假，是否还有垂死挣扎的可能。他们一旦确定无疑，必然会张开疯狂的口。

"郎大人，请留神。"身后响起低沉而浑厚的声音。郎纪平知道是谁，他停下脚步，但没有回头。"我看见了，荣大人在跟着你。"这是非常肯定的声音。无论是真是假，郎纪平都打一个冷战，然后道："左大人的腰里不是有刀吗？你可以再杀他一回。"说完，他发出一阵冷笑。左汉庭感到这笑声中的不屑与深深的恨，便在心里骂道："恶人为什么也会感到委屈！"但口里却道："郎大人如果不信的话，请回头看看。"郎纪平猛然回头道："我知道除了你之外，我什么都看不到！左大人，你堂堂一介武夫，也想装神弄鬼吗？"左汉庭使劲儿握了握刀柄道："你看不见，是因为你的良知被蒙蔽了！"郎纪平在黑暗中死死地盯着这个高大的身影，半天方道："左大人，不可借题发挥。据我所知，你也曾刺杀过荣大人。请问，当初你是如何下手的？"左汉庭道："我不想回答这个问题。但我告诉你郎大人，如果有可能的话，我还会去刺杀太后。""真的吗？"郎纪平冷笑道，"难道你不怕我去告密吗？就凭这句话，就可灭你九族！"左汉庭道："这个我相信……你还不至于。告密比诬陷更小人！我想郎纪平还……"他没有把话说完。郎纪平迈开一步，看着远处的灯光道："左大人，我想你不是来跟我说这些的吧？"左汉庭道："是，也不是。"郎纪平道："'不是'怎么说？"左汉庭向前一步，语气沉重地说："我妹妹怀孕了，这是谁干的？""我干的！"郎纪平干脆地说，"你想怎么样？""好！是条汉子。"左汉庭大声道，"但我问你，家母气晕了几回；妹妹整日以泪洗面；乡里乡亲指桑骂槐……这个责任你怎么承担？"郎纪平背起双手道："大丈夫敢作敢当，我要娶她为妻。"左汉庭半天无语，握着刀柄的手在出汗，胸膛内似有火烧，直到一阵风吹来，他方冷冷地说："你要娶的人已经被你'卖于市'了，那么你下一个要娶的人会是什么命运，你能提前告诉我吗？"郎纪平道："这是本知府的私事，无可奉告！"左汉庭道："郎大人，我可以明白相告，家妹即便屈辱一世、老死家中，也决不会嫁给你的！告辞了！"说完他扬长而去。但他的话却久久地留了下来，在郎纪平的耳畔久久地回荡着。他笑了，笑得低微而怪异，被夜风一吹，那笑不知飘落到哪里去了。

第二天，阳光依旧明媚，郎纪平依旧坐在中堂，依旧以酒灌肠。奴才高解老早就进来报："大人，有人要买了！"郎纪平端起酒杯刚想喝，又撂下道："谁？"高解道："就是那个……妓女雪苓。"郎纪平道："不行！她怎么能买？她是一个妓女！"高解嗫嚅道："知府大人……太后并没有规定，什么人能买，什么人不能买呀！"郎纪平厉声道："太后懿旨，'卖于市，配小子'！她是小子吗？"高解低声道："奴才也是这样说的，可她说……她买回去，再配小子。"郎纪平怒道："她还成了二道贩子了？这是卖人，不是卖货。去，赶紧把她轰走！"高解眨了眨眼睛，低头道："是。奴才这就去把她轰走。"说完，他一路小跑而去。

雪苓是又哭又叫地来到广场的，但临行前她并没有忘记打扮一番，只是钗环戴得不正，粉黛抹得不匀，衣服搭配也有失得体，竟然是红袄绿裤；再加上面目表情凄凄怨怨，乍一看，像被刚刚糟蹋过的人；还有那哭声之悲切，言语之哀伤，让人觉得她才是真正的被"卖于市"。她来到这里就跪在念萁的面前，拉住她的手就不放，"小姐呀！我的千金大小姐呀！你怎么就沦落到这步田地了，啊？想当初你是那天上的星，想摘都摘不到啊；可如今，你好似地上的瓜，任人乱踩啊！老天爷呀，你睁睁眼吧！天下哪有这样的事啊！"说着说着，她又生气了，往天上一指道："我听说了，都是那个老寡妇下的旨。这个臭不要脸的呀，她是嫉妒人家年轻漂亮啊！她多想自己做仙女呀！"说着她又突然一瞪眼，"我呸！她就是个老瓢把子，又糠又脆的，哪个男人稀罕她？"这时围观的人越来越多了，他们都为这大胆的骂声感到震惊，看守的士兵怒目而视，却不上前阻拦。她挺了挺腰板，用手向四外指了一圈道："我就骂了，咋的了？大不了千刀万剐！你们怕，我可不怕！舍得一身剐，敢把皇帝拉下马！别看我是女人家，可我胆儿大。我上山能擒虎，入海能伏龙！"言语间，好像四外都是敌人，却引起一阵阵哄堂大笑，连士兵都扑哧扑哧地笑个不停。她又一挺身子一瞪眼道："笑什么笑？今天我非救我这可怜的妹子出苦海不可！"说着她从怀里掏出一张银票，自豪地道："看了吗？二百两！不够这还有呢！"说着她又拍拍自己的胸脯。这时一个纨绔子弟耻笑道："雪苓小姐，让你买去那不是白瞎了吗？那不是从屎窝挪到尿窝去了吗？"话音刚落，又引来一阵哄堂大笑。

对于妓女雪苓，念萁虽不常见，但早有耳闻。都说她是妓女中的妓女，虽栖身青楼，却让众多社会名流趋之若鹜。没想到她还有这么侠骨柔肠的一面，虽言语疏狂荒谬，但一片善心昭然可见。便慨叹众生的品质高下，实在难以评说。在众人的哄笑声中，念萁难免仔细看看她，便在她落泪伤心之际，轻声缓语道："多谢姐姐抬爱，念其永记在心。但请姐姐好自珍重，念其已非一般罪犯，切莫惹祸上身。"一番话说得雪苓瞪大了双眼，是这份真诚打动了她，让她恢复成正常女人，她又一把抓住念其的双手道："妹妹你真是好可怜啊！这样天上地下地折腾，活活要人命啊！"说着又流出泪来。桑玉早就乜斜着双眼看着她，不冷不热地道："你要买走我家小姐，是要跟你进青楼吗？"雪苓一惊道："妹妹你这是说的啥话？"然后她又遮住嘴巴压低声音道："实话告诉你们吧，这是左大人我俩商量好的，我出人，他出钱。他说这叫迂回战术，先把小姐救出来再说。"念其和桑玉都为之感动。雪苓又道："左大人说了，他与荣大人同府为官，没有恩情也有同僚之义，实在看不下去这个悲剧。"说话间，她又掉下泪来。正在这时，人群闪出了一条缝，两名士兵跑过来，架起雪苓就走。雪苓大呼："你们干什么！你们卖，我们买，犯什么法了？你们这些挨千刀的人啊！"声音渐渐远去了，直到围观的人群重又聚拢而来。

这时人群中响起了抬价对撼的声音：我出二百五十两，我出三百两；我出三百八十两，我出四百二十两；我出五百两。声音停住了，片刻后，差官喊道："五百两！五百两！还有出的吗？"不多时，人群后面又有人喊："有！我出六百两！"

就这样，声音此起彼伏地延续着，几乎每一个可以一锤定音的节点价位，都被源源不断地报到郎纪平那里。郎纪平一次比一次暴躁，一次比一次疯狂，他不断地大喊着："低了——低了——前任知府的女儿，才貌俱佳，就值这几个钱吗？"奴才高解看在眼里，暗自捏一把汗，因为他知道，无论有人出多少钱，在这位新任知府的眼里都会"低了"。

这时，就听"啪"的一声响，是郎纪平摔了酒杯，然后他拍着桌子大吼道："罗子沫呢——那个风流才子罗子沫呢——无用的东西！他死了吗？"高解一听，大吃一惊，他慌忙跑了出去，到一个没人的地方，掐着指头左右盘算。盘算来盘算去，觉得前后五百年之内，此事无论成败，都与自己无关大碍，然后又跑回来，主动请缨道："报郎大人，奴才愿亲自前往，揪来罗子沫！"郎纪平气息难平，但他还是眼前一亮，大叫道："那还不快去！"高解唯唯后退，然后转过身，兔子一般跑开了。

而这边，异常喧嚣。商贾纨绔，撸胳膊卷袖筒，简直要干起来了。但每到关键时刻，都会有一个极端奸诈诡秘的商人站出来，不动声色地走到出价最高的人面前，一声不响地从袖筒里抽出"三千两银票"，一字一板地道："我说这位官人，你肯出这个价吗？"被问者不解，商人继续道："出不到这个价钱，你还想领人？做梦吧！"被问者终于明白了，乖乖退缩了。但与众不同的是，这个商人不是绿了双眼，红涨着一张大脸，如同打了鸡血一般。他满脑门子是汗，擦了一把又一把，嘴唇也不住地哆嗦着，只是死咬牙关，紧紧地闭着。如此掩藏起心虚，却像是斗狠。这让细心的人不解，怀揣这么大的银票，怎么，还要杀人？

而更加心虚的是冉先生，他几乎是奄奄一息地躺在炕上，外面的喧嚣声好像专往他耳朵里钻。他无数次想爬起来，冲将出去，拼了老命，又被张妈无数次按在炕上道："先生啊，你就先别操心了，保命要紧哪！"冉先生每次都好像用尽最后的力气道："不行！我得出去看看。荣格也一定在那儿，他正在找我呢！"张妈则生气道："什么荣格荣格的，他的骨头渣子都烂没了，还哪来的荣格……还不都是他造的孽！"冉先生叹息道："唉，你不懂啊。水……水……"张妈只好又去拿瓢舀凉水，然后让他咕咚咕咚地喝下去。张妈觉得奇怪，半缸凉水都喝下去了，怎么他还渴？

罗家大院里更是一片喧腾。不断有人推门进来问："咋了，要卖房？"还有人说道："这年头……倒房子卖地的，可不好！"含蓄一点的则道："他婶子，倒出钱来，是要做大买卖吧……以前谁人不知热水汤罗家？"而同族中的长辈则埋怨道："过个平静日子多好，瞎折腾啥？吃不上喝不上了？折腾祖宗的家业，不济呀！"对于这样的风言风语，丽娘不解释，也不争辩，只报以淡淡的一笑，然后依旧等待真正的买主上门。

果不其然，随着一声深沉的咳嗽，真主上门了。虽尘衣土履，却不失一身富贵相；虽发乱胡稀，却难掩曾经的荣华；只是一副浓度很大的墨镜，让人觉得阴凉不亲。而且，他竟在一堆人里，一眼便认出谁才是一家之主。他径自走到丽娘面前，深深施礼，面带微笑，然后从袖筒里小心翼翼地抽出叠好的卖房契约，慢慢地打开，递给丽娘道："家主诚心想卖，在下诚心要买。"丽娘再一次上下打量他一番，一身的稳健庄重，遂笑逐颜开道："卖！卖！怎么不是诚心卖！""那好……"买主说着，又左右瞅瞅，继续道："可否借一步说话？"丽娘道："可以，那就到屋里吧。"丽娘闪开身，让他前行。进得屋来，罗再时就像见到仇人一样，又"啊啊"大叫起来。丽娘对怔怔的买主笑道："这里请，这里请。"说着便揭开了罗子沫的门帘。

在买主眼里，罗子沫的形象一览无余。只见他像个病人一样恹恹地坐在那里，手里拿着书，却是痴呆呆的双眼。更可怕的是，浑身上下都散发着暮气。看表情便知，他不可能做出什么文章了。他迟疑了，但还是一步跨进去，对丽娘道："贵公子正在用功读书，我们好说好商量，不宜过多打扰。"丽娘满脸堆笑，却使劲儿瞪一眼呆若木鸡的罗子沫道："那是那是，我也有急事在身。"商人含笑道："就请开个价吧？"一提钱，丽娘却吓了一跳，支支吾吾道："这个……这个嘛……"商人看出这是一个女人家大事临头之前的恐慌，便道："这样吧家主……我出个价你看如何？"说着他撩起上衣，从腰间解下一条叮当作响的布袋，然后摞在炕上，道："请打开来看。""唉，唉。"丽娘答应着，颤抖着双手，好半天才把布袋口解开，然后看一眼买主。买主道："倒出来吧。"丽娘连连答应着，托起沉甸甸的布袋，"哗"的一声全倒在炕上。黄澄澄的，全是耀眼的金锭子。丽娘倒吸一口气，看着商人简直说不出话来："这……这是怎么说的？"商人突然脸色沉郁，死死地盯着丽娘道："大嫂，就是这个价钱，多了不退，少了不补……你尽管办事去吧。"说着他转身就想走，但又停下来转向罗子沫，只见罗子沫仍旧那样的神态，对一堆黄金都视而不见。心下便暗暗想：如果不是痴呆所致，财色面前心意不动，必是一介高雅书生。然后他对丽娘一笑，道："在下也有要事在身，告辞了。"说罢就要跨出门去。丽娘慌忙道："官人留步，把房契带上。"买主又停下来，转身笑道："大嫂，房契暂时放在这里，我随时都会来取。"说罢又想走，丽娘又道："那还没签字画押呢。"买主笑而不答，继续向外走去，可刚跨出门外，他又停下来，对追出来的丽娘意味深长地说："大嫂，请记住……你家里没有什么事可以动用这么多金子。剩下的嘛……留着自己花吧。"说罢快步向外走去。面对外面愣愣的人群，报之一笑，身影很快消失在大门外。

　　就在人们交头接耳、议论纷纷之时，罗子沫喊叫着跑了出来："我知道他是谁！我知道他是谁！"众人都惊诧，以为这孩子又犯了旧病，纷纷摇头不解地散开去。罗子沫追到门外一看，连个人影都没有了。他思绪万千，自言自语："我知道你是谁，我知道你是谁……"丽娘拽了他一把，心疼道："子沫呀，你要再出点啥事，娘可就真的撑不住了……快回去读书，娘还要进城呢！"罗子沫望着自己的母亲，苦笑道："读书，读书，是该读书了……"说着，他慢吞吞地往回走。可刚进屋里，就听到一阵急促的马蹄响，不多时，有人问道："这是罗子沫的家吗？"停顿了一会儿，母亲道："是啊……你们是谁？找他有事？"那人提高声音道："知府大人有请，要他立即前往府衙。"话音刚落，人已闯了进来。罗子沫一看，是奴才高解，后面还跟着两名兵丁。便冷笑道："是你呀，又替新主子办事了？"高解道："少废话！知府大人有请，快收拾东西跟我走，车就在外面等着呢。"罗子沫实在不知是何事，但他义愤填膺，对随后跟进来的母亲道："妈，我去！正好咱娘儿俩一起走。"高解看了看丽娘道："你也要进城吗？"丽娘点头道："是啊，我也进城，但不知我儿子又犯了什么法？"高解道："放心吧，他没有犯法，是知府大人有请。既如此，你们母子可以随我同去。"丽娘仍有些疑惑，但看到儿子鬻出去的样子，也就有悲壮之气，带上那包金子，同官差一起，踏上进城的路。一路上，车辚辚，马蹄急。

车子很快在府衙门口停下来，下了车，就听到来自广场那边的喧嚣。"这喧嚣不是别的，可是在卖人啊！"丽娘在心里惊叫一声，然后人就怔在那里不动了。罗子沫感到眩晕，"这怎么能是人间呢？"他在心中喟叹，看着母亲那痛苦的样子，也难举双腿。"快进去！快进去！在这儿愣着干啥？"高解催促道。两名兵丁走过来，每人推了一把，母子二人清醒过来，方迈进府衙的门槛。"快跟我来！"高解一边在前面疾行，一边挥手。很快，母子二人便跟在高解后面步入中堂，在门口站定，不肯近距离面对郎纪平，心里眼里全是仇恨。

郎纪平一脸疯态，红着眼睛看了看他们，然后猛地站起身来，抓起桌上的一包银子"咣啷"一声甩在罗子沫的脚下，"快去买你的心上人吧！不然就晚了！"他怒吼道，也像面对仇人。罗子沫一时理不清头绪，他以为自己听错了，更没想到脚下的是一堆银子。郎纪平向高解一使眼色，高解急忙跑过来对罗子沫道："听到了吗书生？郎大人法外开恩，把买念其小姐的专属权给你了。不但如此……"他又用手指了指地上的银子，"还把银子给你预备下了，这是五百两……知道你没钱！"罗子沫这才恍然大悟，但他没有心生感激，再看母亲，已经瞠目结舌了，怀里抱着金子，在瑟瑟发抖。罗子沫猛然夺过母亲怀里的金子，也同样"咣啷"一声甩在郎纪平的案前，大声道："不必了，我这里有钱……看看够吧！"包裹散了，金子露了出来。郎纪平同样不敢相信自己的眼睛，因为他绝对不相信这个穷书生会拿出这么多金子来，他的双眼瞪得更红了。高解见状，急忙跑过去，将地上的金子捡起来放在案上，并小心翼翼地打开，立刻一片金黄刺人眼目。高解倒吸一口气，险些没吓趴下，他怕的不是这金子，而是金子后面的人。郎纪平的眼睛突然不红了，因为另外一种情绪取代了他的疯癫状态。他虽不能说是怕，但也脊背生凉，这堆金子就像长满了眼睛，向他发出愤怒之光。他感到从未有过的挑衅，更感到从未有过的威胁。但他很快就笑了，道："好啊，罗家不愧为罗家，瘦死的骆驼比马大。这些金子本大人收下了，人你可以领走了！"这时丽娘道："郎大人，你说话可要算数啊！"她已心花怒放了。高解喝道："说什么呢？堂堂知府大人，哪有戏言？"丽娘连连点头道："那就好！那就好！"说着她拽了一下儿子道："快走吧子沫，还愣着干啥？念其等着我们呢。"罗子沫挣脱着，并怒视着郎纪平道："就这么简单吗？"郎纪平的思绪还在金子上，听此言，他一怔道："你还想怎么样？"罗子沫道："你的卖身契呢？"郎纪平愠怒地看着他，并没有搭理，而是向高解挥一下手。高解会意，跑了出去。不多时，便传来了"哐哐"的锣声，这是叫停的声音，告示众人，买主已定。

郎纪平则长久地用敌意的目光与罗子沫对峙。丽娘看得明白，道："是啊知府大人，你们卖人，应该有卖身契的，这样我们买着才放心。"郎纪平终于一字一板地道："明白告诉你们，没有卖身契。人是受太后懿旨才卖的，'卖于市，配小子'！就这么简单，你觉得你儿子不够这个条件吗？"丽娘哑口，罗子沫接过来道："郎大人，你收了我的金子，总该写一个收据吧！即便没有卖身契，即便我相信你的话。"郎纪平极度鄙夷地道："果然是读过几天书的人。那么，你收了我的人，也该写一个收据了？"

这时高解又跑进来，向郎纪平耳语一番。郎纪平顿时脸色大变，急忙道："好！罗子沫，我答应你的请求。"然后他又对高解道："速拿纸笔来，查点这些金子是多少，开出收据给他们母子。"高解答应一声，便向一旁的书案走去，取纸研墨。但刚想动笔，就听有人喊道："慢！我要出更高的价钱买走知府小姐！"循声望去，几乎所有的人惊呆了。罗子沫惊讶道："五岛先生……你……"五岛次郎很斯文地笑道："没错，是我，五岛次郎。"这时，只有高解还算冷静，他正在奋笔疾书。但当他如释重负地写下最后一个字的时候，五岛次郎给身后的两位武士使一个眼色。一武士抽刀在手，向高解走去，然后用刀尖一下子扎在桌子上，把那份墨迹未干的收据高高地挑在刀尖上，摇了摇，走过来递给另一个武士。这武士狞笑着一把抓在手里，撕得粉碎，高高地扬起，落一地的黑白花。

原来，就在锣声响起、人群消散之际，犹如风卷轻沙一般，大地上只留下几粒石子。高解看到，有三块黑色的石子竟然是三个穿黑衣的日本人。他们站在念其和桑玉的不远处，发出暧昧的笑声。他想起了荣大人在世时，也是在这里，念其小姐被两个日本浪人当众调戏的情景，便知这日本人来者不善。更何况这五岛先生是远近闻名的好色之徒，其在女人身上的功夫令人咋舌，多少中国男人恨之入骨却敢怒不敢言。高解还看到一名诡谲的老商人站在念其她们背后不动，似乎要与这三名日本人较量。但他显然处于弱势，这日本人不仅有钱，还有挎在腰际的长刀，身后还有那个打败北洋舰队的大日本帝国。但老商人就是不动，誓将自己站成一杆大枪。差官与押解士兵也离去了，高解突然感到孤立无援，便战战兢兢地向后退去，直到退到府衙门口，双腿才有些硬度。当他一抬眼间，看到了左汉庭正手按腰刀在这里巡视，显然他是担心有人生事，才亲自出阵的。高解看着左汉庭讨好地笑了笑，不料左汉庭脸上的阴郁变为极端的蔑视，对他吆喝道："喂！都散了，已有了买家？"高解连连点头道："有是有了，可又冒出了日本人。"说着他向远处努努嘴。左汉庭不屑地看过去，顿时怒从心头起，道："他们想怎么样？""不知道。"高解愣了愣，突然干脆地答道，"他们可能是冲着您来的左大人……早就听说日本武士对您的盖世武功颇不以为然。"说完他一边点头施礼，一边往衙门里跑去。左汉庭继续巡视，脚步沉重。好一阵子，突然看见三个日本人向这边走来，并对他不屑一顾，径直向衙门里走去。看着他们的背影，左汉庭总觉得哪里不对劲儿，亦感到如芒在背。思忖了一阵子，他突然转身，也阔步迈进府衙大门。

郎纪平看那一地的黑白花，不禁怒火中烧，他"啪"的一拍桌子，吼道："五岛次郎，你欺人太甚！"五岛次郎仍很斯文地笑道："郎大人，非我五岛欺人太甚，而是您太蒙蔽人心。您怎么能有枉太后懿旨，以私情卖官货呢？"说完，他目光犀利地巡视一周，定睛在罗子沫身上，颇有祥和之意地说："子沫啊，非先生我薄情寡义、横刀夺爱，而是我作为大日本帝国的臣民，实在不忍尔等尔国背仁义、毁公理呀！我们既然把双脚踏在这块土地上，就有权在这里伸张正义。条约上也是这么写的，难道不是吗？"罗子沫的心里五味杂陈，其实他从未真正意义上讨厌过这个人，但今天除了讨厌再没别的。他冷冷一笑道："子沫果真见识了先生的嘴脸！你不是在买他人之女，而是在奸他人之国！你不是欺人太甚，你是为人太狂！"五岛次郎的脸色突然很正经，道："子沫，你我有师徒之情，切不可这样说话啊！你是一个真正的书生，我……不会与你计较的。"然后他又转向郎纪平道："郎大人，退一万步讲，有买有卖，公平交易，我五岛次郎有错吗？更何况，你我私下有交情，此情胜过彼情……难道大人真的不知，还是在装糊涂？为何不把这个人情卖给我呢？"这种旁敲侧击简直就是一种捉弄，郎纪平怒不可遏，大声道："继续写！人以二十两黄金的价格卖给罗子沫。写！写清楚。"高解心中惶恐，不知所从，但知府大人发话，他又不敢不写，只好心惊胆战地拿起笔来。这时，一名日本武士挥刀过来，把他的手腕死死地压在桌子上，刀刃已嵌入肉里，鲜血流了出来。五岛次郎满意地看了一眼，笑道："郎大人，无论谁出多少钱，我都会用超过两成的价钱取代他……好吧，我出二十四两黄金，还有跟的吗？"他边说边环顾四周。

"来人！"郎纪平断声喝道，"既然你想诚心搅局，那本官就不客气了！"话音刚落，两名士兵已提刀跑了过来。郎纪平指着高解面前的那名武士道："给我拿下！"可是，就在两名士兵刚想挥刀向前的时刻，那名日本武士以闪电般的速度回身横刀拦腰斩去，看见一个很大的闪光弧度，听见日本武士的一声怪叫，两名士兵便应声倒下了。这时外面又跑进来四名士兵，个个挥刀相向，却被另一名日本武士拦住，只几个回合，便有两名士兵脱刀，另两名士兵退缩不敢近前。五岛次郎看罢，呵呵笑道："郎大人，你的士兵太不堪一击了，这怎么行？等俄国人打过来，你想让他们如入无人之境地尽情浏览这美好的塞外风光吗？"躲到一边的罗子沫母子，感到悲愤而无助，他们眼睁睁地看着郎纪平，一个大清知府，那种万般无奈而又满脸痛苦的样子。这时，得胜的两名日本武士共同挥刀指向高解的咽喉。五岛次郎笑道："这位先生，写吧！你知道该怎么写。"但他话音刚落，只听"啪"的一声，是郎纪平摔碎了酒壶，并回身拔出挂在墙上的宝剑，一跃从案后跳在案前，同时大声断喝道："大胆倭寇！欺我中华无人了吗？"说着就要进招。两名武士立刻转身，拉开架势准备迎战。

"勿劳大人尊贵之躯，看在下手段！"这如洪钟般的声音，震击着所有人的耳鼓。循声望去，只见左汉庭如神将一般，健步如飞而来，眨眼之间就到了眼前，"请大人暂避，看左某要倭寇狗命！"郎纪平心中暗喜，因为他正愁因堂堂知府出手，会令日本人横生衅端，挑起国事之虞。于是他道："左大人小心！"便收回宝剑，重坐案后。两名武士见来者不善，对视一下，然后拉开距离，一前一后把左汉庭夹在中间。五岛次郎见状，也远远闪在一边，并叮嘱道："二位小心，这可是大清一等一的高手！"二位武士不以为然，并发出不屑的笑声。左汉庭分别看看他们手中的柳叶长刀，心中早有了主意，便拔出腰刀，手腕一抖，变刀背向前刀刃向后，并放松手臂，以做灵活应对。郎纪平看在眼里，暗自佩服左汉庭的冷静，刀背向前无非是示以轻蔑并存心不伤对手性命，同时也是纯属防守没有进攻的战局，是非常时期不落口实给倭寇。可日本武士哪肯领情，恨不能一刀结果了对手的性命。只听他们发出一声怪叫，扑了上来，一个人砍腿，一个人劈头，势将对手四分五裂。左汉庭也一声大喝，跳将起来躲过砍腿之刀，然后身体在空中一转，刀背向劈头之刀横砸过去，只听"当啷"一声，那把柳叶弯刀便断为两截。那名武士吓得面如土灰，急忙向后退去。而另一名武士趁此机会，向双脚刚刚落地的左汉庭当胸刺来，那刀一旦刺中，必然穿胸而过。左汉庭见躲闪不及，便侧过刀身，向那武士的刀尖顶去，那刀尖便顶着刀身直拍向左汉庭的胸部。那力量有如锤击一般，使左汉庭发出一声闷吼，他迅速跳出圈外，佯作败迹。那武士以为得手，又抡圆刀锋，斩颈而来。左汉庭迅速向后仰身躲过，就在那武士再次收刀进招之际，左汉庭跨进一步，用刀背一磕他的手腕，那武士猝不及防，一声惨叫，柳叶刀便高高地飞了出去。随后左汉庭飞起右脚踢了出去，正中那武士的下巴，那武士又惨叫一声，狠狠地摔在了地上。而此时，五岛次郎早已接过飞起之刀，并伸出另一只手臂，拦住另一位还想迎战的武士，同时叫道："真是好武艺！"左汉庭退后一步，见他虽然口中夸奖，眼睛里却充满杀气。早已看傻眼了的丽娘见五岛次郎要出手，兴奋地叫道："左将军，杀死他！杀死这个狗东西！"左汉庭看出他武功更加厉害，所以他必须要先发制人。丽娘的话音刚落，他便如狮子一般发出长长的吼叫，这声音带着极大的穿透力和冲击力，震颤着人们的耳鼓和中堂大殿的房梁。房梁上落下了沉灰，如一缕缕青烟；而所有的人都感到耳鼓的剧烈震痛，尤其是丽娘，她已经死死地捂住了耳朵，并蹲了下来。令五岛次郎难以想到的是，一个人竟能发出这样的声音，他感受到了气吞山河之怒，和横扫天下的气势。所以，他的内心已经有些怕了，难免身迟眼茫。就在这时，左汉庭腾空而起，双脚重重地落在他的双肩上；还没等他反应过来，左汉庭又轻一踮步，一只脚踏在他的头顶，另一只脚悬空以控制平衡，犹如金鸡独立之状。所有人都被这一招一式惊呆了，只听见左汉庭又一声大吼，不仅把所有的重力都加在那只脚上，而且又气沉丹田，把强大的内功也灌在那只脚上。五岛次郎顿时感到千钧压顶之力，想蹲蹲不下，想走走不开，双眼红肿暴凸，气息难平。他想举刀去砍，又觉得双臂发麻，根本用不上力；他想左躲右闪，把头顶之人摔下来，却根本挪不动半步；他想放松支撑，让头顶之人失去根基，却觉得力量稍一放松，整个身体就会垮塌下来，瞬间粉身碎骨。时辰在慢慢地过，所有的人都像失去了意识一般看着这神奇的一幕。最后五岛次郎终于艰难地叫道："英雄……在下认输了！"

— 31 —

弓么长和盛金龙他们来到天津卫的时候，已经春暖花开了。这一路，大刀扛在肩上，横冲直撞，跨州过县，踢开了许多城门。穷人见了退避三舍；富人见了毕恭毕敬；小女子见了偷偷侧目。没见过的新鲜事，可以停下来冲到近前围观；没听过的古怪腔，可以侧棱耳朵听个没完；没吃过的好吃的，可以伸手就拿；没玩过的好玩的，可以尽情地耍两下；没喝过的好酒就更不会放过，不醉不罢休；甚至没见到的乖孩子，也可以挟在腋下，从这条街横过那条街。天下那么大，脚下的路那么长，他们权当走马观花。一直觉得这样一直走下去，挺好的。当然了，该杀的人要杀；该流的血要流；该骂的娘要骂。因为是替天行道，所以气贯长虹；因为是报效国家，所以心都挺大；因为是拯救百姓，所以个个都是大英雄。但千千万万的大英雄里，唯独弓么长与别个不同。他的双眼贼溜溜的，主要盯在女人身上，从远处看，个个都是苏秀；从近处看，都是别人的美貌花容。眼睛瞪得干涩了，想用舌头舔一舔，却够不着；想流几滴眼泪润色润色，可根本就找不到流泪的理由。他恨透了拐走苏秀的革命党，远超过长着鬼脸的洋人；他看透了姐姐，为何宁可活受罪，也离不开那个读书的罗子沫；他理解了"儿女情长英雄气短"这句话，为何梁山好汉大都不近女色。每看一眼跟自己形影不离的表弟盛金龙，那因把一切都踩在脚下而乐开花的样子，他都会在心里羡慕。那了无牵挂的神气，即便是即时掉了脑袋，也不知是怎么掉的。

这滋味，真是要啥有啥。

到了天津卫，他们的脚步一下子收住了，大刀也从肩上拿下来，拎在了手里。这不是因为天津卫意想不到地大，大有何可怕？唯其大，才叫闯天下。北京城大不大？也要拿下；皇帝大不大？也不在话下；慈禧老佛爷大不大？可以打她一嘴巴。是因为他们在这"大"里面，看到了意想不到的西洋景。男人可以搂着女人招摇过市，女人可以当众亲亲男人的嘴巴；到处跑着汽车，见到人就猛吹喇叭；洋兵挎着洋枪齐步走，个个都是大长腿；如果是单独而行的洋女人，身边一定有看家狗，怀里抱着一条小的，身后跟着一条大的；更可笑的是，那洋人除了开车之外并不骑马，竟然骑在两只轮子上代步，那轮子前大后小，滚动起来像猫拉着死耗子；还能看到树荫下摆着几个案子，案子里一堆球儿，被洋人用棍子戳来戳去，直到戳得一个不剩，便赢了。

多路英雄四散开去，走一走，瞧一瞧，只觉得洋人不但个子高大，人也太高傲。对英雄们的到来趾高气扬、视而不见，好像他们才是这里的主人。紫竹林大街上，到处是南方人开的杂货铺和商号，叫卖声不绝于耳。还能看到日本妓女在其间穿行，她们穿着木屐、撅着屁股，时时带着"恭候多时"的温暖。那叫作租界的地方，大门外有士兵把守，根本不容中国人随便进去，想进去的话要有腰牌。拉洋片的艺人唱道："往里看，好新鲜，中外各国景致全，好像活的一样般。"

而各路英雄们则不以为然，弓么长和盛金龙就发出不屑的惊叹："我 X ！"随之又发出一声惊叹："老子来啦！"

这一日，风和日丽，景色大好，天津城里一派祥和之气。中午过后，酒足饭饱的兄弟二人，光着膀子，苫披着褂子，扛起大刀，在租界外面闲逛。突然盛金龙指着远处惊叫道："表哥快看……那儿！那儿！"弓么长定睛看去，只见一穿旗袍的女子手里拎着两个药包（好像是中药），姿态婀娜地往租界大门走去。弓么长刚想喊，那女子倏忽之间就不见了，可他还是傻傻地盯着不放。盛金龙道："没了……你还看啥？"弓么长道："那秃驴呢？"盛金龙道："哪个秃驴？"弓么长道："革命党。"盛金龙道："你也以为那是苏秀？"弓么长道："错不了！扒了皮我能看出她的瓢！"然后他狠狠地吐一口黏黏的唾沫，骂道："狗娘养的！躲到这儿来了。"说罢他就闯过去，盛金龙一把没拽住，只好跟在他的后面。弓么长把刀紧紧地握在手里，走得飞快，并把刀向前一刹一刹的，好像已经刹死了好几个人。眨眼之间就来到租界大门前，并顺势就要往里闯，不料被两名掐枪的士兵拦住了去路，枪口顶住了他的胸脯。弓么长一刀将两支枪劈开，骂道："滚开！老子要找我的女人！"说罢又往里闯，不料两支枪口又顶住了他的脑门，洋兵大叫着什么准备扣动扳机。盛金龙扑了上来也是一刀劈开了枪杆，两支枪同时发出空响。弓么长挥刀就想劈死这两个洋兵，被盛金龙拽住道："表哥，快走！咱人少，惹不起他们！"话音刚落，五六个洋兵快步跑了过来，纷纷举枪，把他们团团围住。只听先前的两个洋兵叫唤了几句，后来的洋兵同时扣动了扳机，他们同时大叫着什么！兄弟二人知道枪的厉害，便挥舞大刀左劈右砍，同时也"哇哇"大叫。洋兵们并不慌张，边移动着脚步边叫喊着。

"你们两个快把刀放下！不然他们要开枪了！"这时，一个女子惊叫道，声音尖厉刺耳，却带着温情。兄弟二人循声望去，第一眼没认出来是谁，只知道是个洋女子。等眨了眨眼再看过去，他们同时大惊，"这不是红山教会的阿曼达吗？"四目相对，他们听到了彼此心中的声音。"快放下刀，不然他们开枪了！"阿曼达又喊道。这时兄弟二人方明白洋兵们是让他们投降，兄弟二人紧眨双眼，然后把刀轻轻地放在自己的脚下。几支黑洞洞的枪口，同时向他们聚拢来。阿曼达跑过来，面对着枪口，急切地向洋兵们解释着什么，都是兄弟二人听不懂的话。洋兵们听着她的解释，满脸的疑惑，枪仍然端着。阿曼达回过头来对兄弟二人道："快跟他们说，就说你们是教民，和我认识。"盛金龙道："你糊涂了，跟他们说，他们也未必知道是咋回事啊！"阿曼达恍然，灵机一动道："快跟我说，我说什么你们说什么！"然后她虔诚地望了望天边，好像看到了什么，"耶稣我爱你！"只说一句，她的眼里就闪着泪花。见兄弟二人傻傻地没有动静，阿曼达又重复道："耶稣我爱你！"盛金龙对弓么长道："说吧表哥，'耶稣我爱你'。"弓么长愤然道："不说！我不爱他！"盛金龙生气道："好汉不吃眼前亏，你想找死啊！"说完他便扯着嗓子喊道："耶稣我爱你——耶稣我爱你——"阿曼达满意地看了看他，又见弓么长无言，便看着他，深情地说："耶稣我爱你！"她的眼神那么熟悉，那是在他的家里，那是在屠杀百姓的山上，他都看到过这样的眼神。他被感动了，脱口而出："耶稣我爱你！"他被感动了还另有原因，那便是阿曼达因过度憔悴而变得更加悲悯的面容。他在那面容里，看到了中国女人的影子。

阿曼达确实感到自己已经到了山穷水尽的地步，妹妹安琪拉的病不但不见好转，而且一天比一天严重。她整日不语，瞪着一双无助的大眼睛，看在眼里的全是陌生的一切，甚至连姐姐的身影都让她感到惶恐不安。阿曼达知道她还活在往昔的梦魇里，她有时会在冥冥之中喊叫桑德斯的名字，那一刻，她的眼睛里会流露出一种难以名状的东西。那是最令阿曼达感到痛心不已的，因为她看到了思念，那思念虽然飘忽不定，难以捕捉，细微得几乎看不到，但难以逃脱作为姐姐的双眼。那个对耶稣充满爱的安琪拉已不复存在了，那种爱尽管有时虚弱得近乎病态，但那里却滋生着善良与希望，能看到天空的云朵和骄阳，能幻化出美妙的天国。可如今笼罩她的是灰暗的世界，让她那幼小的心灵时时感到不安。可以看得出来，她在等待着死亡。阿曼达的心都被揉碎了，她多次央求艾布纳医生，让他一定治好自己的妹妹，但艾布纳医生回答她的总是摇头不语。当阿曼达追问妹妹到底得的是什么病时，首先看到的是艾布纳医生满眼的忧虑，他用极度微弱的声音道："安琪拉的心灵还在黑暗当中……恐怕无法把她拉回来了。"阿曼达没有理由不相信这一点，更何况她已清楚地看到，艾布纳医生对自己充满爱慕之情。有时她还会突发奇想，是不是艾布纳医生为了长久地留住自己，而故意拖延对安琪拉的治疗？但每当看到他那忧伤的样子，她就坚决地否定了这一点，并在心里不住地忏悔。一次艾布纳对她道："上帝为我们定了规矩，我们会在这规矩中快乐，也会在这规矩中痛苦。"并过来要拥抱她，她没有拒绝，她觉得他的怀抱里带着神的温度。但与此同时，她的眼前突然出现罗子沫的影子。她流泪了，但为了不让艾布纳医生误解，她边擦眼泪边道："你说得很对艾布纳，可没有神的爱，我们又该如何面对时光的折磨？我们应该哭泣，应该乞求怜悯。"艾布纳医生要给她拭泪，被她推开了。她哽咽道："我爱这片土地，还有这片土地上的人。这里的一切总会让人陷入沉思，心里总会涌现奇特的幻想，我觉得我很久很久以前就在这里生活过。自从踏上这片土地，那种深深的眷恋便成为我生活的一部分，我总想找到从前的自己，那个自己是不是和这里的人有过深深的恩怨纠葛。可奇怪的是，每当我要找到时，眼前总会出现可怕的黑暗，那黑暗又把我推到现实中来。"艾布纳握住她的手道："幸好黑暗拒绝了你，难道你没看到吗？安琪拉已经在黑暗中挣扎了……用她微弱的生命。"阿曼达道："是啊艾布纳，没有被黑暗拖进去的，不过是在黑暗的边缘用生命一次次地承诺……我们要用诚实和善良来做我们的救赎。"

阿曼达是和弓么长兄弟二人一起被带到一个精瘦的却叼着一根粗大雪茄的法国军官面前的，他长着一双东方式的细密的眼睛，不时流露出狡黠的眼神和恶作剧般的幽默。他吐出一个大大的烟圈道："请问这位忧伤的美人，既然你说他们是中国的教民，可为什么他们要带着屠刀，还要杀人？耶稣会选择这样的门徒吗？难道是你私下里选中了他们？或许因为他们体格健壮，能让你欣赏到东方男人的风采吗？"他的英语说得非常流利，而且表达得精细微妙，尽管显得粗野而无礼，却让人很容易接受。阿曼达用英语回答道："请问您是基督徒吗？"军官摇头道："不！我信仰天主教，而且我的舅舅是个教父。"阿曼达淡淡地笑了，道："您不也是带着枪吗？将军阁下。"军官"噗"地笑了，道："我知道你会这样回答我。可我是个军人，难道这世界上有不带枪的军人吗？"阿曼达道："他们虽不是军人，但他们也有权利用刀来保护自己的生命不受侵犯，这和军人用枪保护他的国家有什么两样呢？"军官狠吸两口烟，烟头出现亮亮的火光，随后是大团大团的烟雾被吐出来。烟雾的后面发出这样的声音："小姐，你可以尽管说出他们带刀的理由，但都丝毫不影响我按照法兰西的法律治他们寻衅滋事的罪……而且是带着凶器。"说到这里他停了停，干咳了一下，示意他的话还没有说完，不可轻易被打断，"如果我放了他们，那纯粹是缘于私情。请问，我凭什么要卖这个人情给别人呢？仅仅是因为我看到了她的美貌吗？或者是看在上帝的面上？但上帝的律法绝不会干涉一个国家的执法官行使他的执法权的，你说是这样吗？"说完，他得意地笑了，并看一眼弓么长与盛金龙，他们在对他怒目而视。阿曼达的脸色突然变得凄苦异常，她无限真诚地道："将军阁下，他们在寻找被人拐走的女人，这难道不值得同情吗？"军官又看了看兄弟二人，意味深长地道："哦，原来是这样，这确实值得同情，要是我的话，也会拿起刀追杀仇人的。可这又说明了一点，他们不是基督徒！而你，是在撒谎骗人。除非……除非他们能找到他们的女人和拐骗犯，来洗清他们的罪名，来证明他们是情非得已。如果这样的话，即便他们不是基督徒，也无所谓了！"阿曼达感到异常的厌烦，她不想再纠缠下去了，因为她还要到崇德堂去向克拉拉修女致谢，因为崇德堂又派人来帮助她结了一次药费。于是她如实地把军官刚说的那番话翻译给兄弟二人，心想实在帮不了他们也只能爱莫能助了。不料弓么长听后立刻翻了脸，大骂道："你姥姥的！能找着他们那还说啥？能找到他们还犯得上到你这儿来证明什么吗？"军官瞪大了细密的双眼听着，对阿曼达道："他们在骂人，对吗？"阿曼达点点头道："是的！他们在为自己受到不公正的待遇而愤怒。"军官听罢，把粗大的雪茄叼在嘴里，猛然击掌三下，便有两名士兵进来。"用他们的刀……割掉他们的辫子！"军官的语气懒洋洋的。士兵听罢，答应一声退出去取刀。弓么长兄弟二人愣眉愣眼的，不知他在说什么。阿曼达则大惊失色，道："将军阁下，您不可以这样，这是对他们最大的侮辱！他们不该受到这样的侮辱！"军官站起身来，哈哈大笑道："是吗？恰恰相反，我倒觉得他们拖着这根猪尾巴才是对他们最大的侮辱！"然后他又对提刀而来的士兵轻描淡写地道："来吧伙计们！你们不是经常说，这根猪尾巴太难看了……好吧！那就割掉它！"这回进来的是四名士兵，听罢长官一说，他们哄堂大笑，然后就动起手来。阿曼达道："求你们了，请不要这样！"说着，她过来想阻拦，被一个高大的士兵一把推开。弓么长兄弟二人以为是要杀他们头，顿时觉得自己死得太不明不白了，太无关紧要了，便挣扎着骂道："洋鬼子！闯一下你们的门就要杀头，这真是不拿人当人啊！"可是，只听"噗噗"两声，他们顿时觉得自己的脑袋轻便多了，像抛掉了多年的累赘。刹那间，你看看我，我看看你，竟有一种解脱般的兴奋感。但当他们摇了摇头，终于明白了割掉的不是脑袋，而是脑袋后的辫子，他们又顿时觉得像摘了心肝一般难受。这个平时并不怎么在意甚至偶尔还会厌烦的东西，一旦没了，竟有一种被祖宗永远抛弃的感觉，一种成为异类的感觉。于是乎，他们眼前全是一根根油光锃亮的大辫子，在迎风飘扬，在变着花样地摆动。他们甚至还看到了皇帝的辫子，那么地威武庄严风光无限。看着看着，他们同时咧开嘴，"哇"的一声哭了，像个被屈打的孩子，边哭边骂道："你姥姥的，干啥割我的辫子呀……"哭着哭着，本来宁死不屈的他们，却同时瘫软无力地跪了下来。军官和士兵见状，又哈哈大笑，笑得前仰后合。阿曼达也忍俊不禁，她好像从来没看过中国的大男人会这样，有一种文不对题或言过其实的感觉。军官边笑着，边用手指点着阿曼达，表达的是颇有同感的会意。可几名士兵看过去，突然发现这位黄发碧眼的同类竟也拖着两条大辫子，他们竟有"杀得兴起"的意味，慢慢地向阿曼达走去。聪明的阿曼达意识到什么，顿时惊恐万状，握住自己的辫子向后退去，嘴里不住地道："你们要干什么？你们要干什么？"军官见状，也吼道："你们要干什么！？"四名士兵停了下来，怔怔地看着长官。军官道："我没让你们割她的辫子。"然后他"咻咻"地笑了，道："其实我这才意识到她也有辫子，不过此辫子非彼辫子……难道你们没看到此辫子为她锦上添花了吗？"士兵们彻底呆了，军官突然严肃地吼道："滚下去吧！顺便把他们俩带上！"士兵们听命，把跪在地上的兄弟两个提起来，推推搡搡地往外走去。直到兄弟二人哭哭咧咧的声音消失，阿曼达才长出一口气，道："谢谢您了将军阁下。"军官道："你确实应该谢谢我，如果不是看在你的面子上，砍他们的头都是开玩笑！"阿曼达轻轻一笑，算作回答，然后转身想走。不料军官道："请不要着急走，留下你的姓名住址。因为你是他们无罪释放的保人！"阿曼达一怔，心想也罢，便走过去，拿起桌子上的笔，粗略地写道："阿曼达。赤城红山教会。"便掷笔而去。军官久久地凝望着她，直到她的背影消失，又把粗大的雪茄插在嘴里。

杜克先生把对女儿的思念化作长时间的静坐。他不仅想封闭自己，也想封闭这座在风雨中战栗的教堂。他也时常在摇曳的烛光中默默行走，心中的呼唤往往没有回声。白天与黑夜的交替，让他感到岁月的艰辛与苦涩。他没有想到，自己外出回来，两个女儿就同时离开了自己。尽管她们的离去，给教堂带来少有的安宁，但在这安宁中，他产生了少有的孤独。直到有一天，门被轻轻地推开了，罗子漫有如远行的使者，一脸沧桑地站在他的面前。他的心豁然间开朗，在这位中国信徒的身上，他看到了女儿的影子。他站起身来，张开双臂，把心中仅剩下的一丝温暖送给了罗子漫。罗子漫在主教的拥抱下，感受到的并非是神的慈恩，而是父亲般的慈爱。她流泪道："牧长大人，我觉得我还应该回到这里，我也本应该属于这里。"杜克先生道："你是属于这里，但你不该衣冠不整地回来。"罗子漫急忙离开了牧长大人，羞涩地站在他的对面。杜克先生又道："无论这个世界多么肮脏，我们都要干净地活着。是的，从里到外。你要记住，人活到最坚强的时候，敌人就只有他自己了。"罗子漫低头道："是的，牧长大人。"说完她默默地走了出去。

自从念其和桑玉来到罗家，罗家大院里人人都谨小慎微起来。特别是罗子漫，一种别样的情绪在折磨着她。因为她从这位落魄小姐的身上，一举手，一投足，或者一个回眸，一个浅笑，总能看到荣大人的影子。她的心无法安宁，使那些本该被忘却的，又一次次地被唤醒、被加强。母亲也因为念其的到来渐渐冷落了自己，有时她觉得，母亲不仅仅是疼爱一个人，也在敬畏着一个人背后的余威。尽管荣念其极力想与每个人都融洽相处，但那大家小姐的做派似乎没减去多少；相反，却因为她的刻意改变，而尤其让人觉得显而易见。而丫鬟桑玉，除了母亲和哥哥之外，她对每个人都在防备，好像这里的一切都与她格格不入，有时还会表现出明显的厌烦和不屑。她们本来住在自己的屋子里，可这个丫鬟时时流露出反客为主的姿态，而且对自己怀有明显的敌意。这些母亲都看在眼里，但她除了装作看不见，就是背后压制自己，说什么要多替她们想一想，别给人家寄人篱下的感觉。其实，就是看在荣大人的面上，自己也不会与她们计较的，有时还有一种长辈的心理，对她们充满着呵护和宽容。但在母亲面前自己毕竟是孩子，她无法忍受母亲用对自己的贬抑来表达对她们的爱，或者说对未来媳妇的爱。于是她要重返教堂，带着哀伤和满心的归属感而去。

而在念其那里，还没有真正地从那凄风苦雨中走出来。五岛次郎失败后，他们是灰溜溜地离开中国人的，留下中国人独自表现着肝肠寸断的恩仇。当听说买下自己的人是罗子沫时，念其渐渐地昏迷了，软软绵绵地躺在桑玉的怀里。除了罗家人之外，旁边还站着左汉庭。丽娘喜极而泣，慌了手脚；罗子沫不知所措；一直站着不动的假商人罗再恒仍没有动，他除了享受胜利后的喜悦，其他的什么都不想管了。这时左汉庭喊道："还不快把小姐抱上车？！"罗子沫方醒悟过来，从几乎傻了的桑玉怀里抱起念其。念其稍稍有些意识，她好像知道自己是在谁的怀里，所以她就更加软软绵绵了。

直到现在，那软软绵绵的感觉仍在，她留恋那种感觉，以致还有继续演绎那种感觉的冲动。她对罗子沫的这个妹妹也有难以言说的感觉，这个修女的眼神里有一种奇特的东西，这对于她来说是全新的、难以理喻的，也是让她难以亲近的。但她每每劝自己，要享受这大灾大难之后的平静与安然，要感谢上苍，把自己想得到的，都在一番血泪之后，全然赐给了自己。渐渐地，她看淡了许多，也放下了许多。她可以名正言顺地和罗子沫在一起，无论如何打发时间，都会被人认为是刻苦攻读。山脚下、树林边、河道旁，草色青青，鸟语呢喃。他们脚步轻轻，笑声绵绵，跟在后面的桑玉都会躲得远远的。但她心里很是纠结，她根本不希望罗子沫再求取什么功名了。可这种想法一旦闪现，随即就会倍感失落，求取功名毕竟是他的使命与责任，更是众望所归。至于圣人的教诲更是不言而喻，治国平天下，那是历代莘莘学子的终极追求，是无上的荣光。可她更喜欢这样的"巧笑倩兮，美目盼兮"，她甚至每每产生打情骂俏的冲动。她的心像微风中的一朵红莲，轻轻地浮动，她的双腮时不时地被红莲浸染。为此桑玉还深深地哭了一回，说小姐的脸终于又会红了。但罗子漫的走，确实让她想了很多，有些事情她要重新思索一番了。

落日的余晖即将散尽，她与罗子沫沿西川河流而下。波光潋滟，树影婆娑；河底游鱼，水上凫鸭；耕牛唱晚，倦鸟归巢。在这曼妙的田园景色里，看见罗子漫孤独而去，那长长的身影牵动着罗子沫的心。他欢欣的笑脸一下子没了，呆呆地站在那里，很久很久。没有送给妹妹一句别的话，却只对念其道："是我们冷淡了她，其实她并不想离开的……"念其的心骤然冷却，一个很强的念头便是：自己错了，自己太忘乎所以了。他们回去的路上，罗子沫在前，念其在后，谁都不再说话。路上只有回家的鸭子和鹅，摇摇摆摆。可刚到罗家大院门口，与从里面出来的弓然明夫妇迎头碰上。

弓然明最近是一脸的庄严和冷峻，看样子像有未完的大事等着她去做。这在罗子沫的眼里，可笑而又可怜。而且，她与丈夫罗子辉从未有过地出双入对。罗子辉也是从未有过地心满意足，笑口常开，俨然是世上最幸福的人。当罗子沫想到弓然明这是有意做给谁看的时候，他既感到庆幸，也感到悲哀。弓然明挡在他们的前面不动，高昂的头颅和挺直的腰杆，显得异常伟岸。但目光中是冷酷的，她在注视之后突然正色道："是你们逼走了子漫！"罗子沫的心为之一震，念其低下了头。后面的桑玉则树起敌意来，她很想冲向前去，被念其偷偷地拽住了衣角。弓然明又伸出手来，一一指点着他们道："告诉你们，逼迫别人的人早晚要遭报应的！"说完她回身看一眼罗子辉，见罗子辉竟甜蜜地傻笑着，她大喝道："走！你个傻子！"罗子辉稍微收敛了笑容，但甜蜜仍在，他咧开嘴，露出满嘴的黄牙道："妹妹，亲妹妹。"桑玉吓得跑进了院子，罗子沫和念其则看着罗子辉紧跟着弓然明离开，像孩子紧跟着母亲一般。罗子沫"咻"地笑了，但随即他的眼睛也湿润了。

那天夜里，到处泛着青草香。老牛反刍的同时，思索着眼前身后事；骡马在不停地咀嚼着，似乎永远也填不饱肚子；猪狗的叫声有意无意，似乎觉得日子太平淡了。人睡了，星稀了，只有两个人在荒草间行走，他们是弓然明夫妇。到了五岛次郎的后门，弓然明推门而入，罗子辉嘻嘻笑了两声，然后找一个地方隐藏起来，也许一动不动地坐等，也许顺便就睡过去了。五岛次郎病了很久，但他从不承认自己病了。败给左汉庭以后，他是被别人搀扶着走出中堂大厅的。他并没有受多大的伤，而是他的心伤了。回到浴海池林，他就没再起来。两名武士也受了伤，但并无大碍，他们没有留下来照看五岛次郎，而是愤然离开了。于是，五岛次郎对前来探望的弓然明倍加感激，他深情地拉住她的手，道："夫人啊，你如果不来，我真的要以死向天皇谢罪了。我败了，不！我们败了，败给了一个人……请你听清，是败给了一个人，不是败给了大清国。"说着，他挣扎着想起来，额头上的毛巾掉了下来。弓然明急忙道："先生，你病了，不要起来，好好地静养才是。"说话间她又把白毛巾重新敷好，并顺手摸了摸他的额头。很烫，他在发烧。五岛次郎强装笑脸道："我必须尽快好起来，我要向参谋本部重新上一道折子，我们还没有到大获全胜的时候，时机还不成熟。这个王朝虽然大厦将倾，可是它的根基尚在，还存在着'仁者无敌，勇者无畏'。他们的统治集团虽然完蛋了，但还有'民不畏死'。哦……那位大定法师不知道哪里去了，难道他们也一败涂地了吗？天皇啊，这太不应该呀！夫人啊，他们应该像我彻底征服你一样彻底征服大清。都说'中华民族是不可战胜的'，我相信这一点，只要他们这个古老的'道统'还在，是啊夫人，它真的是不可战胜的。这么一个古老强大的民族，真的是让人害怕啊……"说到这里，他掩面而哭。弓然明幸灾乐祸地看着他，心中不乏自豪之感。此时她想到自己的弟弟，还有那些出自农民的英雄，他们哪一个是怕死的？他们哪一个是为一己之私才赴汤蹈火的？所以这位狂妄而不可一世的日本人害怕了。"夫人啊，"五岛次郎使劲儿抹一把眼睛道，"我从来没有像现在这样希望他们的革命取得成功；我从来没有像现在这样希望西学渗透在这个民族的血液里。只要那个老东西的思想还在，谁都别想战胜这个民族，谁都别想觊觎这块流油的土地。因为他制造了太多可以为国忘死的人。怎么办？你说怎么办？"说着他又满脸痛苦地拽住弓然明的手，好像她的手里握着答案，"就包括那位小小的罗子沫，要想让他屈服都是不可能的。我正在看着……夫人啊，你知道我在看什么吗？我在看那位罗子沫和那位修女之间，谁能征服谁。他们现在可是互相不服气，所以那位修女走了。可是……"他突然瞪大了眼睛，"可是她早晚还会回来的！他们的较量还没有结果，她哪能不回来呢？你们中国有一句老话，叫作'不是冤家不聚头'，那是千真万确的。"说到这里，他嘿嘿笑了，"什么都是缘分啊夫人，我来到中国也是缘分。你不是说我是鬼吗？我真是鬼！我是钻到中国人心里的鬼！可我不是最大的鬼，最大的鬼是西学！那个西学可是太好了，《天演论》《民约论》不都被那些儒学学得一知半解的人引进来了吗？中国有一句老话，叫作祸起萧墙，那些一知半解的人，只因为不懂，才有叛逆之心。你看李鸿章那个狗东西，他搞洋务运动，却不肯丢弃儒学，所以我恨透了他！"弓然明已经听得心不在焉了，她知道，因为自己懂，所以才心不在焉。她只怔怔地看着那道神秘的门。五岛次郎也发现她已不再听，而在看。顺着她看的看过去，是自己的那道门。他不由自主地发出一声呻吟，听起来很狼狈，亦很可怜。然后他把手伸向腰际，摸了又摸，终于摸出一把钥匙，哆哆嗦嗦地递给弓然明道："去吧……去把它打开吧。就像打开你的心扉一样，打开它。你是我的，我相信这一点。因为你对你的出处已经有了足够的恨；你对想达到的方向，有了足够的向往。打开它吧，不要让这道门成为我们之间的隔阂。人向往爱情，鬼也一样。爱，对万物众生是平等的。"说着，他竟然掉下两滴泪来。弓然明突然心乱如麻，但她还是接过钥匙，站起身来，向那道神秘的门走去。她暗暗发誓，即便那是一道鬼门关，也要闯一闯。

很久以后，她从那道门里出来，失魂落魄，脸色煞白，而且牙齿在不断地打战，一句话也说不出来。五岛次郎看着她，一直在笑，一直在笑。"夫人啊，说说看，你都看到了什么？"五岛次郎终于收敛笑容道。弓然明想笑一笑，没有笑出来，想立刻离开这里，双腿却没有一点力气。"坐下来吧，我的话还没有说完。"五岛次郎伸出手，拉她坐下，"是你的到来给了我第二次生命，让我一个本该以死谢罪的人，重新投入战斗。可我毕竟是一个带着死亡标签的人，我会随时用死效忠天皇的。"弓然明努力使自己沉住气，莞尔一笑道："我的生命也要为先生而活了……但我的生命不会效忠大清皇帝，我会为这块生我养我的土地而流血。"五岛次郎"噗"地笑了，道："夫人啊，提起流血，这倒让我想起一件事。我看到过夫人的经血有多么旺盛，可你为何从不怀孕呢？"说着他把手贴在弓然明的小腹处，很温情的样子，"这难道不奇怪吗？不值得深思吗？难道罗家人就从来没有提出过疑问吗？难道他们真的糊涂到以为一个傻子根本没有制造生命的能力吗？"说着说着，他满脸是讥讽的表情。弓然明惊愕了，眼睛瞪得出奇地大，因为她也忽然意识到这个问题。她感到莫大的悲伤，哽咽道："先生，一个嫁了这么久的人，却忽略了自己是否会生孩子。别人有没有疑问我不想知道，反正我自己倒有疑问了。"五岛次郎搂过她的肩膀，帮她擦泪道："作为一个女人，没有比这更悲哀的事了。你们中国人不是讲究'不孝有三，无后为大'吗？是什么让你忽略了这么大的事情？是他们！是那些逼你的人，他们应该为此付出代价！"弓然明道："听你这么一说，我倒真想生一个孩子，做一回完整的女人。"五岛次郎作沉思状，意味深长地看着她道："不急……不急嘛。等我送你一服药，你吃了之后，保证让你一碰到男人就怀孕。无论他是中国男人还是日本男人。"说完他哈哈大笑，"中国男人唯一与日本男人相抗衡的就是，哪怕他们要饭吃，都同样能制造出生命来。这太让人生气了，地球上的资源太少，怎么能容忍一群猪去浪费呢！所以我要向参谋本部再上一道折子，要抑制他们，必须抑制他们！"五岛次郎边说边握着拳头，目露杀机地看着窗外。弓然明感到巨大的仇恨和剧烈的恶心，她深知，这不仅仅是对于眼前这个鬼一般的日本人。但她还是笑了笑，道："先生，等有一天，我同你一道去上折子……好吗？"五岛次郎不解，怔怔地看着她。外面起风了，他打一个激灵，好像风很冷。良久的沉默后，弓然明突然意味深长地说："时候不早了，我该回去了。不过我会常来的，我已离不开先生了……"说着，她慢慢地站起身来。

她已记不清自己是怎么离开五岛次郎的，又是如何与令她厌恶至极的傻子一起回到家中的。但从此以后，她冷峻起来了：山不再高，水不再深，世事也不再那么大，罗子沫也不再那么可爱。

而且，一连几天里，她都感到眼前的天地一片玄黄。

念其久久难以入睡，她听着外面的风声，她觉得那风声里有父亲的叹息，她觉得父亲没有离开过自己，就像哥哥也不曾离开一样。只是父亲的脚步太轻，不会留下任何踪迹，而在这山山水水间，几乎到处都有哥哥的身影。但别人看不见，看见了，也是一个乞丐。罗子漫的出走，使她的心像长了草一样，浮躁得很，总好像有太多的未解之事。她与罗子沫对坐在一起，直到夜静更深。但他们没有温习功课，而是沉浸在水乳交融的境界当中。罗子沫第一次真正触摸了她，让她感到小家碧玉的随意与稳妥。她不会忘记教会医院外边，那片树林里的一幕幕。但这次是全新的感觉，让她感到自己还是个处子，有羞涩，又甜蜜的欢欣，有圣贤书之外的快感。她很奇怪，为什么自己的内心深处很不愿意做淑女。淑女是做给别人看的，激情四射的自己才是真实的。所以，当罗子沫的双手在她的胸怀里欲做短暂的停留时，她发出一声声轻吟，想以此扣留它。它每一次轻轻的揉捏，她都感到一支毛茸茸的草叶刺激在心上，痒痒的难忍。她喘息不定，喃喃道："子沫，做淑女真累。"她感到罗子沫的手明显地颤抖了一下，然后听到的是这样的声音："可我喜欢淑女！"念其的心一下子凉了。

她很快离开了罗子沫。可一旦离开他，她的心又一下子热了。她深知，自己给予他的越甜蜜，他就越痛苦。她痛恨人为什么活得这么复杂，他需要什么便给他什么，难道这有什么错吗？而且有一种需要，总是让人心慌意乱。

她这种慌乱早已被身边的桑玉觉察到了，尽管她没有辗转反侧，甚至不露声色。桑玉伸过一只手来，轻轻地推了推她，道："小姐，我害怕。"念其立刻道："你害怕什么？"桑玉道："我害怕你……小姐。"念其不语，不知道她是在撒谎还是撒娇。桑玉又使劲儿推了推她，道："小姐，你走吧。"念其假装生气道："我走？你让我去哪儿？"桑玉道："想去哪儿就去哪儿！比如某个人的被窝……"说完她"咔咔"地笑起来。念其使劲儿掐了她一把，道："你这个狐狸精！"桑玉疼得叫了一声，道："有能耐你去掐罗子沫去！掐我有何意思嘛！"念其听了，更要掐她，她使劲儿抓住念其的手道："好了小姐，快睡觉吧，明天早起还要做淑女呢！"念其听了，心里咯噔一下，然后她又一动不动了，直到听见桑玉轻轻的鼾声响起，直到天放光明。

丽娘睁开双眼，已经天光大亮。她不记得是第几次来看先生了，自打念其来到罗家，她以为两个孩子如胶似漆的，已经把先生忘了，她看着高兴，也伤心，那就自己多来看看先生吧。身边的张妈还在酣睡，折腾了一宿，她也是累了。丽娘更累，却没怎么睡，迷迷糊糊的似梦非梦，就迎来了天明。醒来之后得出的结论往往更加清醒，那便是，冉先生可能精神出了问题。他总在喊一个一个人的名字，大部分是没听说过的，有男人，也有女人。每个名字后面的情绪也有所不同，悲戚、忧郁、伤感、自怜、痛恨、怀恋。但喊得最多的就是康有为、荣格，还有一个名字定是女人的，叫齐美菱。康有为的名字她知道，就是不久前搞维新变法的那个大秀才，儿子也常提起他，论调和先生的大体一致，都说他一旦变法成功，中国一定能自强。丽娘并不关心这些，她只关心一个"病"字，心想离自己最近的两个男人，一个瘫如痴傻，一个疯如济癫，那可如何是好，自己这一辈子岂不是太亏了？所以她一再地把手舞足蹈的冉先生按住，苦口婆心地劝道："先生啊，你都多大岁数了，还咸吃萝卜淡操心。你跟大清比，就像芝麻跟磨盘比，你能把它怎么样？怎么样也不能怎么样！你莫不如把心放下，好好做一个教书先生。你那一副肩膀，全是骨头棱子，不担沉重。再者说了，天塌大家死，你害怕什么呢？"冉先生一听，便傻笑得更凶了，抓住丽娘的手道："丽娘啊，你是聪明人，可你不要以为我傻了，我的心里明白着呢！你最好再给我烙几张芝麻盐儿的黏饼子来，你烙的黏饼子可真好吃啊！如果康先生还健在，我一定当作贵重礼物送他几张，为他增豪情；如果荣格还活着，我一定也送他几张，为他壮北风；如果……"冉先生翻翻白眼，看看丽娘，嘿嘿笑着不往下说了。丽娘追问道："往下说呀先生，还'如果'什么？"冉先生只是摇头傻笑，却是满眼的泪花。丽娘道："无论你有多少个'如果'，我都能烙得起黏饼子。可是谁吃都行，就是你不能吃！人家心气顺，吃了不坐病，你的肚量窄，吃了会粘在心上。"冉先生看着她不语。丽娘又道："再者说了，我听子沫说，那个康有为，人家根本没有死。荣大人是死了，还有那个姓齐的也定是死了。可是先生啊，你为什么总提死人？难道活着的人不该你想起来吗？"丽娘说着，也转了眼窝。身旁的张妈看在眼里，也附和道："是啊大姐，就说我吧，我管他吃、管他穿，可他从不拿正眼看我一眼，也不知道他一天天的都想啥呢！"冉先生看着这两个女人，咯咯地乐起来，乐得很像第三个女人。丽娘倍感伤心，伤心的是先生在这个时候，竟然提起好久不提的黏饼子，好像自己只配做黏饼子。于是她暗自发誓，再也不来了。

她坐起来，穿戴整齐，悄悄下地，开门出去，又轻轻推开冉先生的门，见他头向炕里呼呼大睡，便又轻轻地把门带上。转过身，见学堂门口站着好几个学生，她本想挥手让他们散去，但又一想这不应该也没必要，便闷头走出秀塔书院。出了北门，放眼望去，天广地阔，可就在这天地之间，生长着太多伤心的故事。她不自主地抬头看看教堂，满心的沉重。再低头看看绿油油的庄稼，便舒朗了许多。心想它们虽为草木一秋，但活得积极，活得鲜亮。风雨正好催开它们的枝节，雷电也让它们精神振奋。这多好，难道人不该这样活着吗？人总是看重了死，轻淡了生。想着想着，她感慨万千，同时也心生悲凉。因为冉先生的疯，自己也堕落成怨妇，这是很不应该的事。

但不应该的事好像还在后面。当她神疲体乏地回到热水汤，老远就听到一片哭声，一种不祥的预兆让她加快了脚步。哭声是从自家传来，她不由得跑了起来，但双腿似乎有千钧重，难免跟跟跄跄，终于摔倒在大门口。来往不绝的乡人看见了，想去扶，她摆了摆手，示意她自己能起来。等她终于站起来的时候，她向戴孝的人群喊道："都别哭了！死了就埋上吧，他活着与死了有啥两样？"人群中没有哭的只有罗子沫，他直挺挺地跪在父亲的尸体旁，如同傻子一般。这个从来没喊过他一句儿子的父亲，无声地去了。他总觉得就像一场飞灰随风扬起，只觉得迷乱和肮脏，其他的什么都没有。而人群中哭得最凶的竟然是弓然明，几乎是稽颡泣血，她哭罗家大院对她最好的人去了。而傻子罗子辉跪在她的身后，一会儿哭一会儿笑，哭与笑之间一片模糊，却都带着喜感。同时不停地拍打着弓然明的后背，好像是劝她节哀，又像是恨她对死者有什么不公。这令本来也掉下泪的桑玉险些破涕为笑，嘴里发出"噗噗"的声响，把憋住的一口气喷出老远。她本来站在跪着的念其身后，为了掩饰自己的失态也慌忙跪下。念其的泪水一串一串地落下，泪光中全是罗子沫那痴呆的样子，觉得他特别地可怜，他是以坚强的姿态忍受着各种痛苦。狱中的一幕幕总在眼前闪现，印象最深的是，他曾拿起一个犯人留下的屎球仔细端详，嘴张了张，好几次都想把它吞下，那一刻她的心都碎了。最冷静的应该是罗再恒了，他仔细察看着兄弟的尸身，好像他的某一处还活着，好像那活着的地方还存留着他们的兄弟情谊。与此同时，他不时地看一眼弓然明，每一眼都充满着厌恶之情。

"好了都节哀吧！马上找几个人到后山祖坟挖一个坑子。棺材是现成的，抬出来。装老衣服早已做好了，翻出来穿上。太阳卡山时就埋了吧！"说着，丽娘环顾四周，好像有人要反驳她一样，突然狠狠地说："这事我说了算！我的男人我做主！他死了是享福去了，按理早该死！"罗再恒本来翻动着尸体，察看兄弟的屁股，丽娘的话音刚落，他的双手再也没有一点力气，一颤之间，那尸身又"啪嚓"一声复归原位，又颠了颠，好像很坦荡的样子，又像很不耐烦的样子。罗再恒看了丽娘一眼，脸上的表情极度难看，他默默地走开了，只把两滴老泪留在了兄弟的脸上。丽娘自始至终没有掉一滴眼泪，她走到念其身边，一边扶起她一边道："起来吧孩子，你犯不上跪他！他也算不上一个人！"念其感到惊愕，觉得这样的话语不应该从她的嘴里说出来。要有多大的恨，才会在临死的时候骂一个人不是人，可想而知她为他吃的苦太多了。这样想着，她很顺从地站起身来，痛苦地叫了一声"娘"，然后随桑玉走回屋子。坐在炕沿上，她隐隐地不安和恐惧，丽娘的表现深深触动了她，是什么，能让一个女人如此地恨一个男人？他们毕竟是夫妻一场啊，这种难以预料的事会不会发生在自己身上呢？这时听到院子里的丽娘大声吩咐着如何处理后事。而在一片乱哄哄声中，又听到罗再恒的吼声："我说他婶子啊！什么都可以免了，但总不能不告诉子漫一声吧！那可是她的亲爹呀！"外面所有的声音都戛然而止。好一阵子，又响起丽娘的吼声："随她的便！她知道了自然就回来，不知道的话那就是天意了！"这声音过后，院子里又响起哄闹之声，中间又响起了哭声。

两天以后，罗子漫回来了，她当着母亲的面，摔碎了父亲常年用来喝粥的碗，然后又趴在父亲的坟头大哭一场，就直接从坟地回到教堂去了。在此过程中，罗子沫始终不远不近地跟在她的身后，默然如同老者，直到看着妹妹的身影涉过西川河水，然后消失在老路的尽头。

- 32 -

那日，弓么长和盛金龙回到巢居之地，被承担伙夫之责的弓去快每人踹上一脚，大骂他们没事到外面闲逛什么，竟把命根子逛丢了！整得像个秃尾巴驴似的，丢不丢人！盛金龙辩解说，他们看到了苏秀，尾随她闯到租界大门口，才被洋兵割了辫子。弓去快不言语了，看了看身边的妻弟苏达成。苏达成道："果真看见苏秀进租界了？"弓么长点了点头，盛金龙则大喊："没错，就进租界了！"苏达成沉吟道："她怎么去租界了呢？"盛金龙道："你问我，我问谁去？"过了一会儿苏达成又一提精神道："洋鬼子甫美！收拾他们的时候马上就要到了！"

也许就在这个时候，或许没有也许，苏秀与大定法师围绕在严复老先生的病榻前，正在仔细看一张揭帖，只见上面写道：

我皇即日复大柄，义和团民是忠臣。只因四十余年内，中国洋人到处行。三月之中都杀尽，中原不准有洋人。余者逐回外国去，免被割据逞奇能。国闻报上多谬妄，乱语胡言任意登。该报因有日人保，故敢造谤诋我们。兹特示尔国闻报，此后下笔要留神。倘敢再有诽谤语，定须毁屋不留情。众家兄弟休害怕，北京今有十万兵。待等逐尽洋人后，即当回转旧山林。

严复看着看着，两行老泪流了下来，眼前是一场熊熊大火。那场欺天大火是着在宫北大街大狮子胡同，他一直对那场大火心有余悸、耿耿于怀。火起得奇特、火烧得怪诞。是邻家起火殃及池鱼，怎么到最后邻家只烧了一间瓦屋，自己的整个宅院却烧得片瓦无存？现在他如梦方醒，冷汗便涔涔冒了出来，病也似乎好了大半。他接过苏秀手里的药，一饮而尽，竟没有喝出一丝苦味。然后一抹嘴巴道："快！我们赶快离开此地，否则不但屋舍难留，性命也恐不保！"大定法师道："先生，这里是租界呀！"严复道："难道你还不了解中国农民吗？他们要爱起国来，就像当爹的爱儿子，狠辣辣的，从不讲什么条件。他们哪里懂得'自强保种，与天争胜'的道理？他们是在老祖宗的牌位前发过誓、歃过血的，他们比朝廷更恨我们！"说着，他下了床，竟像好人一样行动自如、步伐矫健。不多时，他便胡乱地锁了家门，然后转身看看这个精致的小院，已经提前有了物是人非之感，便顺口吟道：

大生字号德源里，短虽短矣世事长。

天演宏论传天下，家在四海人四方。

很快，一辆黑色的西洋轿车便驶出租界大门，一路向北而去。出了北门，严复叫停了汽车，随即走了下来。回溯自己生活了二十多年的天津卫，他感慨万千，不禁挥拳怒号一声："天赋人权，自由平等！"

也许谁都不会在意，就在严复老先生的车痕尚存之际，一辆轿车驶进了北门，又如入无人之境地驶进了紫竹林租界，在圣约翰医院的门口停了下来。桑德斯下了车，"咚"的一声关上车门，快速走进医院。而这一幕，恰被站在窗前眺望远方的阿曼达看见，她顿时惊恐万状，心都快跳到嗓子眼儿。她急忙对艾布纳医生道："有恶人来了，我需要躲避一下。"艾布纳显然很震惊，道："为什么……有恶人？要伤害你的恶人，同样会伤害你的妹妹的！"阿曼达道："不……不会的！"艾布纳看了一眼病床上已经几日没睁眼的安琪拉，道："我明白了……你跟我来。"说完他拉着阿曼达就走了出去，脚步慌乱，令许多人感到怪异。

等艾布纳医生再进来的时候，桑德斯已经满脸沧桑地站在安琪拉床前了，他正在与睁开眼的安琪拉对望着。艾布纳医生放慢脚步，轻轻地走到对面，非常警觉地注视着他。桑德斯并没有发现有人进来，他蹲下去，在安琪拉苍白的脸上吻了一下，小声叫道："安琪拉，你为什么要到这里来？你的姐姐呢？"安琪拉的目光很亮，嘴唇翕动一下，想说什么，但没有说出来。桑德斯抓起安琪拉软绵绵的小手，仔细端详着，道："安琪拉，我爱你姐姐，也爱你。你们为什么要离开我？"安琪拉亮亮的眼睛湿润了，她转了转眼珠，显然是在寻找自己的姐姐，脸上的表情越来越痛苦。艾布纳医生道："请问这位先生，你是谁？"桑德斯抬起凶恶的双眼，看了看艾布纳医生。但艾布纳并不畏惧，继续道："无论你是谁，都不要打扰我的病人。她需要休息！"桑德斯慢慢地站了起来，微微笑着，却猛地打出一拳，直奔艾布纳的面门。艾布纳看出这是个无赖，所以早有防备，他一把攥住了桑德斯的手腕，同时暗暗用力。桑德斯顿感手腕发麻，意识到这位穿白大褂的医生不是好惹的，同时也意识到这是医院，没有任何理由出手打一名医生。于是他露出玩世不恭的笑容，道："您好这位医生，我叫桑德斯，是阿曼达小姐的未婚夫，安琪拉的姐夫。"艾布纳松开了手，道："您为什么不早说呢先生？既如此，您可以和您的亲人叙叙旧。但一定要小心，这里首先是病人。"说完，他转身想离开。不料桑德斯又大声道："等等！"艾布纳又转过身来，"我想您不会介意将阿曼达的去向告诉我吧。"艾布纳道："您搞错了先生，这不是介意不介意的问题，而是有没有必要的问题。我只对我的病人负责，至于别人，我只能告诉您，我没有义务对她的去向负责。"说完，他耸了耸肩，快步离开了。

艾布纳大夫刚坐在自己的办公室，就立刻觉得心神不定，总好像有什么不测要发生。他暗暗地解劝自己，也许这是一种错觉，是每一个正直的人见到无赖之后的本能反应。但这种不祥的感觉越来越强烈，他终于难以让自己再坐下去了，站起来走出办公室，脚步匆匆地向安琪拉的病房跑去。果不其然，只见桑德斯眼睛瞪得如同饿疯的狮子，跪在床前看着安琪拉，一只小手也被他死死地抓在手里。而安琪拉，除了脸上的泪珠还在滚动之外，已经看不见任何生命的迹象了，那张脸却是平静的，如同睡去的天使。经验告诉他，她死的时候并不痛苦。桑德斯突然站起身来吼道："医生，不要怪我！她是叫着我的名字死去的。上帝可以做证，上帝可以证明我的清白。"艾布纳异常严肃地说："可是我没有听到上帝说什么。"随即他喊道："护士——护士——"一个护士跑过来，"快去报警，这里出了人命。"桑德斯气急败坏地吼道："该死的！你要诬陷我，你不会得好死的医生！"但他虽然吼得凶，心却是怯懦的。他一边吼着一边向门口挪动脚步，等终于到门口时，他转身就往外跑，像个小偷一般。艾布纳和跑过来的护士看在眼里，都用蔑视的目光看着他高大的背影逃离而去。直到外面的汽车响过，艾布纳医生耸耸肩道："吓他一下也是必要的……一个高贵的灵魂升入天堂，岂能容一个无赖的目光去注视？"

阿曼达是在另一个空闲的病房里看到桑德斯逃离的，她不明白这个无赖是怎么找到这里的，也不知他为什么仓皇而逃。当她回到妹妹身边时，虽然知道妹妹已经死了，这是桑德斯逃走的原因，但她不明白可怜的妹妹为什么在见到了桑德斯之后才死去。她早就在盼着死亡了，难道她的盼望中真的包含着一个无赖的身影吗？因为未曾相见而迟迟不肯闭上双眼吗？"阿曼达，"艾布纳很平静地说，"这一天，对于安琪拉来说，是个可喜的日子。而且你也不必去恨刚才那个无赖，他说安琪拉是喊着他的名字上天堂的。我相信了这一点，所以我没有难为他，仅仅用一句话就把他吓跑了。至于他与安琪拉之间究竟发生了什么，只有上帝知道。我们就没有必要计较了，我们也难以明白。"阿曼达对他的说辞不置可否，只是强忍泪水道："艾布纳，你能回避一下吗？"艾布纳很惊慌地点头道："当然，当然。这个时间应该留给你和你的妹妹。"说完他快步退了出去。阿曼达终于泪如泉涌，她跪下来，抚摸着妹妹的脸，亲吻着妹妹的额头。她平生第一次语无伦次了："安琪拉，是姐姐害了你，姐姐愿意领受上帝的惩罚。父亲、母亲还有我，口口声声说爱你，我们谁也没有守护在你的身边。只有那个恶魔，在用最虚假的笑脸伤害着你。父亲母亲，阿曼达对不起你们，阿曼达把你们的小宝贝弄丢了。我本想把她带回英国去，可是在这块土地上，我没有找到通途。安琪拉回去了，我想她是回去了，她回到你们的身边去了。她的灵魂是干净的，没有一个人能胜过她，上帝一定会收留她的。哦，上帝呀！可怜我的妹妹吧，用恩膏涂抹她，用圣水洗净她，让她在天堂好好地等着我……"到最后，她把妹妹紧紧地抱在怀里，连她自己都不知道自己在说什么了。双膝麻木了，泪水干涸了。两名护士已经等在身边了，她们要将安琪拉的尸体运走。她们也是基督徒，也默默地流着泪，为这个可怜的幼小亡灵向上帝祈祷。这时，远处教堂的钟声响了十二下。阿曼达的心里一惊，因为这正好是安琪拉的年龄。阿曼达睁开眼睛看着窗外，一群鸽子因钟声惊起，呼啦啦地从蓝天下飞过。

双膝跪倒几乎成了人类表达极端情感的共同方式。当身居四品又一致被认为是赤城地界的风云人物的郎纪平跪在左老太面前时，哑女左静寒感动得潸然泪下。她不敢大声哭泣，因为怕震动到肚子里已经孕育了六七个月的孩子。但坐在炕上的左老太似乎很不领情，她只轻轻地瞥了一眼道："我说知府大人啊，你怎么就忍心对一个残疾丫头下手呢？她干干净净地活了三十来年了，她甚至连男人是个什么东西都不知道。如今你看看她，不明不白地被人家搞大了肚子，你让我这老脸往哪儿搁？你让我的闺女再怎么做人？你让我那做官的儿子怎么能抬起头来，怎么领兵打仗？在我儿子受难时，大人伸手拉我们一把。可拉就拉吧，你怎么把我的闺女也拉了进去？今天你跪，我就当没看见。我是在想，如果我儿子不是领兵的，天不怕地不怕的，你会跪我这个糟老太太吗？你救济我们是因为我儿子，你跪还是因为我儿子。这我怎么能领你的情？我的闺女废了，你怎么个交代法？你让我怎么对街坊四邻说？怎么跟赤城百姓说？怎么跟祖宗八代说？就说我闺女肚子里的孩子是当今知府大人的？到时候，大人你不会派人整死我们吧？"说到这里，哑女苦苦地拉着母亲的手，示意她不要再说了。因为她已经看到郎纪平的脸上青一阵紫一阵的，额头上也渗出了汗珠，她不忍看到他这副狼狈相。左老太猛地抽回手来，然后一扬巴掌，打在她的脸上，"啪"的一声脆响。郎纪平打一个哆嗦，怔怔地看着哑女。哑女捂着脸哭出声来，因为嘶哑，她的哭泣显得更加悲伤。然后她也跪下来，与郎纪平并排跪在一起。郎纪平很是奇怪，自己怎么就在这位老太太面前战战兢兢呢？难道真的如她所说，是因为对她儿子的惧怕吗？他也糊涂了。他深知这位精明的老太太在等一句话，那便是要他这位四品知府娶了她的哑巴女儿。但他确实酝酿不出一句像样的话，他的战战兢兢也许正因如此。"好啊！看你们两个，多像一对苦命鸳鸯。那好啊，你们私奔吧！没准儿还能留给后人一段佳话呢。"左老太突然露出尖厉的目光，语言也异常尖刻。

　　恰在这时，院子里响起了重重的马蹄声，还有愤愤的吆喝。左老太望着窗外听一听，突然变脸道："还不快起来！我儿子回来了！"郎纪平居然吓得面如土色，他慌忙爬起来，然后又把哑女拉起来。就在他急于镇定心神时，左汉庭猛然钻进屋子，定睛一看，妹妹与郎纪平还拉着手，不免大惊失色。转身想走，却被母亲叫住了："汉庭，你给我回来！"左汉庭背对着母亲，一动不动地站在门口。左老太又道："汉庭，你给我转过身来，见不得人的事倒像是你做的！你咋这么没出息啊！"左汉庭支吾道："母亲，儿子……想去喂马。"左老太厉声道："胡说！你是看见你妹妹的肚子大了，嫌丢人现眼是不是？我可告诉你汉庭，你妹妹虽是个哑巴，却是娘的心头肉，她要有个三长两短的，娘也不活了！"说着，左老太竟呜呜地哭起来。左汉庭万分悲痛，他终于咬咬牙道："郎大人，你可否回避一下……我的马就在外边。"郎纪平面有愧色，也支支吾吾，却一句整话也说不出来。这时左老太止住哭声道："知府大人啊，本老太也希望你留下一句话，赶紧走人。我们都是小门小户的平头百姓，风吹日晒的，脸皮子都打磨得粗糙了。可你不同，你是堂堂的知府大人啊！脸皮子又嫩又薄的，你能受得了吗？"郎纪平看一眼哑女，只见她眼泪汪汪的，恨不得为他去死的样子。郎纪平一把搂住她的肩头道："好吧，大丈夫敢作敢当！我要娶静寒为妻，而且要明媒正娶。"左老太一听，眼睛顿时雪亮，突然提高嗓门道："汉庭啊，还不快把手里的马鞭给你妹夫，人家公务繁忙。不像你，就知道舞枪弄棒的，大老粗！"左汉庭这时才意识到自己的手里还握着马鞭。但他仍不回头，把马鞭从这只手转到另一只手，与此同时把握鞭处闲出来，往外递去。郎纪平脚步匆匆，在与他擦身而过时，顺手接过马鞭，几步跨出门去。直到马蹄声响，左汉庭才转过身来，大叫一声："娘——"不料左老太比他的声音还大："你说你没事跑回来干啥玩意儿！你妹夫本来要住下的……他把来时的车都打发走了，说好明天再来接他。"左汉庭痛苦万分地说："娘！我妹妹可以烂在家里，却不可以嫁给这个人。这个人心狠手辣，早晚……"没等他把话说完，左老太制止道："得了吧！无毒不丈夫，谁不心狠手辣？你给我说说。只要他对你妹妹好，娘就放心了。你看他一个堂堂的四品知府，都给我这个糟老太太跪下了……我看他行！"左汉庭连连叹气，不知该说什么好了。哑女见哥哥为难，急忙跑过来，扳住哥哥的肩头，把他推到炕上坐下，然后用拳头捶着他的后背，捶着他的双腿，以示给他解乏。左汉庭看出妹妹内心甭提多美了，不免悲从心来，看着哑女，"噗噗"地哭起来，边哭边道："我的傻妹妹呀……我可怜的妹妹呀……"然后他又难以自抑，握住妹妹的手，泣不成声了。左老太也流下泪来，但她道："我的儿啊，你可是个大丈夫，哭个啥？啥时候也没见你这般哭过。"左汉庭道："娘，儿的心里难受啊！"左老太道："儿啊，娘知道你，你一半为大清，一半为你妹妹，要哭你就哭吧。担子重不重的你自个儿知道，想担你就担着吧。"左汉庭大义恩仇、悲伤至极，索性哭个痛快。

当晚，左汉庭坐在一把椅子上，面对坐在炕上的母亲与妹妹，语重心长地说了一番话。这令心地善良的哑女陷入了沉思，使她的这个夜晚注定无眠，也使郎纪平的身影在她面前变得惶惑起来。

在念其被罗子沫母子接走的当天夜里，哑女就被郎纪平派人接到城里来，他是想证实一下哑女是否怀有身孕。一切的安排都如当初，只是今晚没有月光。当他看到哑女的小腹已经隆起的时候，他竟暗自好笑，他觉得这简直就是恶作剧，就好像他把最肮脏的东西塞进一个冰清玉洁的躯体里。当他看到哑女欣慰而自豪的笑脸时，他又感到自己战果累累。总之，他再也找不到初见时的感觉了，除了多一份疼爱之外，他仿佛参透了女人世界的所有秘密。同时，他觉得世上又多了一个值得亲近的人，这个人即便永远不再相见，也无法从记忆中抹掉了。哑女好像淡化了肌肤之亲，他也没有强烈的要求，他们就这样彼此缠绕着进入夜的沉寂，只要与她在一起，郎纪平就觉得这天地之间都变得干净了。但他的眼前还是闪着念其的影子，那影子放着魅惑之光，令人心往神驰，又令人忐忑不安。

令哑女不可理解的是，一连几天，当她从黎明的曙光中醒来时，她的身侧总是空空如也，连温度都是冰凉的。这难免让她倍感冷落，摸摸自己的小腹，又有孤儿寡母的凄凉。每天晚上，她都想问个究竟，她不想原谅这种无声无息的逃离，但每每又在郎纪平的温情与疲惫中原谅了他。他一定是因为公务缠身，才冷落了自己，她这样解劝自己。而且每天晚上在恩爱缠绵之后，她都不会相信他还会不知去向，但第二天依然如是，她就这样一味地欺骗着自己。直到有一天，她醒来时闻到一股浓浓的血腥味，睁眼一看，郎纪平正和衣躺在自己的身边，睡得很沉。她寻着那味道去察看，发现他的袖筒里全是血，且已经因凝固而变得污黑。她的心狂跳不止，她觉得肚子里的小生命也因为害怕而挣扎。

左汉庭这次回来，是想把她们母女安排到更隐蔽的地方去住，说是为了她们的人身安全。说衙门里又死了人，是一个叫高解的奴才。说那奴才死得蹊跷，是光着身子死在自己的屋里，被人捅了十几刀，鲜血流了一地。还说杀人者定是熟人，他是给叫门的熟人去开门，才死于非命的。而能叫开他的门的人，在衙门里几乎没有第二个，一定是个位高权重的人。是因为这奴才知道的事情太多，才惨遭灭口的。哥哥几乎说明了这个人是谁，而且又指着自己的肚子说，这个孩子很有可能会带来杀身之祸，所以才让你们母女逃离此地。也正好到人生地不熟的地方把孩子生下来，对外就说孩子他爹死于战乱。母亲的反应异常激烈，她失了声道："我就不信了，他再心狠手辣，也不至于杀妻灭子！"哥哥吓了一跳，更哭笑不得，道："娘啊，你哪有我了解他，你看荣大人一家被他害得多惨，他啥事不能干得出来？一旦他觉得妹妹会成为他仕途上的障碍，他一定会痛下杀手的。还有，他为了报复知府小姐对他的轻慢，竟指使几名狱卒糟蹋了她，事后又打死几名狱卒为自己开脱，多么虚伪奸诈！"母亲不再言语，但她心中的不平显而易见。她不相信这是事实，但又难以辩解。

就在哑女刚要蒙眬睡去的时候，外面的响动又把她惊醒。原来，左汉庭已经准备好了一切，就等着她们母女上车了。去哪里，不知道，母亲也是哭丧着脸被动服从。哑女顿时有一种生离死别之感，她自知摆脱不了命运的安排，所以只有默默流泪。左老太见女儿哭得伤心，把她揽在怀里，口里念念有词："作孽呀，这真是作孽呀……"

一辆大车在晨色微茫中离开了左杖子，背后是一把沉甸甸的大锁。

罗家大院里洋溢着喜气，因为谁都知道，丽娘已经开始操办儿子的婚事了。前任知府的女儿才貌俱佳，即将成为罗家的继弓然明之后第二个儿媳妇。念其本来以为自己终于有了满意的归宿，可这些日子里，她却一点都高兴不起来。因为哥哥的身影，频繁在她的视野里出现。经常看到他沿着西川河水溯流而上，头戴草帽，身穿粗布，手拄棍子，像个世外老翁，又像神龙见首不见尾的大侠。因为近来天下已乱成了一锅粥，流民到处乱窜，所以谁都不会在意这样一个人在眼前一闪而过。有时念其会悄悄地追随他的身影，便能看见哥哥时而站在一个山梁上远眺；时而又在林边低头怅然；有时还能看见他像一只鹰一般站在半截空的山顶。她与哥哥已经相见了多次，但都没有从哥哥的嘴里得知他到底在哪里落脚，以及他如阴魂一般在赤城周围转悠，究竟是为了什么。

是夜，念其又闻到了哥哥的气息，那几声怪异的鸟叫非常耳熟，那是十几岁时哥哥经常用来逗自己玩的声音。桑玉已经沉沉地睡去，又响起轻轻的鼾声。因为小姐的婚事已定，她也如浮云衬着落霞一般，终于有了相依相偎的归处，连睡眠都显得香甜极了。念其静静地坐起来，连喘息都控制得均匀细致，然后她披上衣服下了地，轻轻开了里屋门，绕过丽娘的房间又开了外屋门，然后又轻挪脚步，小心翼翼地打开了大门。月儿细巧弯弯，像一只笑眯眯的眼睛，在看着天下的秘密。哥哥的身影隐藏在黑暗里，又一声怪异的鸟叫，那是对她的召唤，她向黑暗中走去。但没想到的是，哥哥的话竟像一瓢冷水浇在她的身上，连心都凉透了。"念其，你赶紧收拾收拾，随我回山东老家。我这儿还有一些积蓄，足够咱俩过活了。"念其不相信自己的耳朵，可又每个字都听得真切。她完全是反驳的语气，"你早干什么去了？我都要嫁人了，为什么要走？我不走！"片刻沉寂之后，荣念祖道："念其，你变了，变得傻了，变得像个农村丫头了。"念其道："变就变吧，变了也是应该的。"荣念祖道："现在赤城处处险恶，我们必须赶紧离开！"念其道："我已经是田舍之人了，还会有什么样的险恶能找到我？再者说了，罗家花钱买了我，救我于倒悬，我怎么能舍他们而去？"半天无语之后，荣念祖终于发自肺腑地说："实话告诉你吧念其，是我买了罗家的房子，他们才有钱去买你的。我给了他们十倍于这个房子的价钱，并且没有拿走房契，已经做到仁至义尽了。而你，放不下的是那个罗子沫，并非你想报恩于他们。可你想过没有，罗子沫能真心喜欢你吗？他知道你的珍贵吗？他就是一个酸腐的读书人，他不会给你带来任何好处的。最可怕的是，他根本容不下你的过去，你明白吗？"念其听后，突然产生天旋地转之感。她相信哥哥点中了要害之处，她知道自己的恐慌不安来自哪里，可要想让她跟哥哥走，也是根本不可能的。"哥，"她在久久的沉默之后哽咽道，"如果这里险恶，你就自己走吧。我已经是死过几次的人了，不在乎再死一次。即便有一天子沫会嫌弃我，罗家会抛弃我，那我也无怨无悔。大不了心安理得地去死。"荣念祖沉痛地说："因为保护你，我才迟迟没有离开赤城。现我已遭人追杀，每一时每一刻对我来说都是危险的，既然你已死心塌地，那哥哥我也没办法了，万事凭你的造化吧。天下这么乱，人心这么险恶，你可处处小心啊！哥只有你这么一个亲人了，唯一的希望就是你能好好地活着……但愿今天的相见不是永别。"说着他掏出一包碎金塞到念其的手里，"这点钱你好好保存，万一有什么为难招窄的，也许能用上。"念其接过金子，知道哥哥将要离开自己了，眼泪哗哗地流下来，千言万语也只化作一句话："哥，你保重啊！"荣念祖听罢，只深深地叹一口气，转身就往更深的黑暗中走去。借着微弱的月光，念其发现哥哥行走有些异常，好像受了伤。她有心叫住哥哥，想问个究竟，但哥哥的身影倏忽间就不见了。

荣念祖的确受了伤，那是他终于决定到妓女雪苓那里住一夜才遭遇不测的。深更半夜，是趴在床外的雪苓和一个人对话，惊醒了他。那天的月很圆，睁开眼睛，朦胧中他看到一个黑衣蒙面人正坐在对面喝茶。那人明明喝的凉茶，却显出很烫嘴的样子。也不知他们对话多久了，他听到雪苓的第一句话便是："大人啊，您怎么也扮成蒙面的采花大盗了？其实大可不必，您就扮作一个书生来，谁都会装作不认识您的。"只见那人冷笑了两声，撂下凉茶，"欻"地抽出宝剑，剑光闪亮。这时雪苓慌了，叫道："大人原来不是冲着奴家来的？"说话间她一脚往后蹬去，正中荣念祖的裆部，荣念祖滚下床去就想逃走，但蒙面人已挥剑向前，直刺过来。这时雪苓竟如恶狗一样跃起身子，死死地抱住蒙面人的腰，致使他的剑只刺中对方肩部，也没有刺得太深。荣念祖忍痛继续逃脱。"放开我！你这个臭婊子！"蒙面人一边骂着一边奋力挣脱。雪苓不肯放手，并叫道："大人切不可在我这里杀人啊！莫让奴家沾了包！"蒙面人抽回手来想用剑柄击她的头，但雪苓立刻叫道："小女子可是左大人的人了！只怕今天死在你手里，左大人会造反的！"蒙面人果然迟疑了，就在这迟疑之际，荣念祖已越窗而逃。蒙面人见穷追无望，便把一腔怒气都发在雪苓身上，他一只手死死地掐住了她的脖子，而且逐渐用力。就在雪苓觉得要死于非命的时候，她的一只手伸到床边，摸过藏在床下用来防身的剪刀，猛地向蒙面人刺去。蒙面人的手臂被刺中，"啊"的一声，便松开了手。"左大人啊——快来救我——"缓过一口气的雪苓大喊。这时其他房间的妓女被惊醒，随即响起一片吵嚷之声。妓女受到了惊吓，果然不同凡响，个个都像被踩住脖子的猫，很快尖叫声响成一片。蒙面人见状，只得作罢，也越窗而逃。

自此，荣念祖不敢再轻易进城，只在山野乡间转悠，但轴心不离罗家大院里的妹妹。尽管他知道追杀他的人是谁，但他没有向妹妹言明，他不想给妹妹留下太重的阴影。在念其那里，恰恰因为她没有追问哥哥的伤情，才给她的未来留下深深的痛悔。但让她感到无比快慰的是，第二天她便把哥哥给的一包碎金偷偷地塞给了罗子沫，并很幸福地道："不用告诉娘，等将来进京赶考时，做体己用。"罗子沫接过碎金，双眼一热，便泪花闪烁。他感到非常的伤心，而不是念其以为的感动。

这天晚上，罗子漫突然回来了。冷不丁出现在众人面前，谁都觉得像个不速之客。因为天太热，她通体汗津津的，一张脸也红扑扑地冒着热气。她似乎把以前的不快全然忘了，并非是在教堂重新接受了洗礼，而是有更大的事压在心头，以致往日的恩怨都变成了小事。她打开一张卷成筒的纸，向正在温习功课的哥哥和陪在一边的念其小姐打开，道："你们看看这个，是关里的一个牧师带来的。"罗子沫接在手里，看了看念其，彼此都是惊异的神色。打开看，只见上面用很不规范的字体写道：

神助拳，义和团，只因鬼子闹中原；劝奉教，乃霸天，不敬神佛忘祖先。男无伦，女鲜节，鬼子不是人所生；如不信，仔细看，鬼子眼睛都发蓝。天不雨，地不干，全是教堂止住天；神爷怒，仙爷烦，伊等下山把道传。非是谣，非白莲，口头咒语学真言；升黄表，焚香烟，请来各路众神仙。神出洞，仙下山，扶助人间把拳玩；兵法易，助学拳，要挨鬼子不费难。挑铁道，把线砍，旋再毁坏大轮船；大法国，心胆寒，英吉俄罗势萧然。一概鬼子全杀尽，大清一统庆升平。

罗子沫看罢，交给了念其。念其看罢，放在了案上。却听见罗子漫展开话题："那位牧师是向牧长大人报信来的，说阿曼达和安琪拉困在了天津紫竹林租界。那里打起来了，清军和拳民一起，与八国联军展开了拉锯战。租界内洋房大多被毁，各国子民争相奔窜。那位牧师说是受克拉拉修女的委托，让杜克先生想办法营救他的女儿们。"罗子漫言辞急躁，罗子沫和念其却都平静地聆听。念其觉得此事与己无关，罗子沫却仿佛听出了下文。果然罗子漫道："杜克先生想亲自去营救自己的女儿，被我们拦下了。明摆着的，他若去了，说不定未走到天津，就被人杀了。可阿曼达和安琪拉的性命要紧，我们都心急如焚，真的想不出好办法来。"罗子沫的嘴唇在颤抖，脸也涨得通红，大声道："那能有什么好办法呢？天津那么远，等我们走到地方，说不定……"说到这里，他看见念其正用奇异的眼光看着自己，他一下子哑住了。罗子漫却不知察言观色了，她用辩解的语气道："那也得去呀！难道就弃阿曼达于不顾吗？良心不安啊！"罗子沫不再言语，一任罗子漫翻来覆去地磨叨。

但第二天一大早，罗子沫就走出家门，马不停蹄地来到秀塔书院。也像罗子漫一样，先把揭帖给先生看，然后又说出阿曼达被困天津亟待营救的事。冉先生显然刚刚喝过酒，醉意微醺，双眼迷离，只盯着揭帖看。看着看着，他一拍大腿，发出一声惊呼："好！"罗子沫吓了一跳，怔怔地看着他，便想到了母亲的话，说先生精神好像出了问题。同时也暗暗自责，没有和念其一起常来看他，冷落了他。但也因为母亲常来的缘故，才稍有心安。他正这样想着，不料冉先生又一拍大腿道："列强自此不敢瓜分中国矣！"罗子沫虽有防备，却还是吓了一跳。他急忙道："师父，我想去营救阿曼达。"冉先生不知所云，张大嘴"啊"了一声道："去营救谁？"罗子沫道："阿曼达，她被困在紫竹林租界了。"冉先生道："对，我听说了，她被困在战场了，危在旦夕。"说罢他做皱眉思索状，道："是啊……我听谁说的呢？"然后他瞪着双眼看着罗子沫，突然大声道："那不是你刚才说的吗？"看着先生这副架势，罗子沫又想到了母亲的话，不禁伤心落泪道："师父，子沫没常来看您，冷落了您，子沫有罪啊！"说着他想去抓先生的手，自己的手却被先生反抓在手里，并摸摸他的额头道："子沫，你怎么了？难道你的病又犯了吗？"罗子沫大惊，一时间他也搞不懂究竟谁犯了病。他与先生对视了一阵儿，直到他的眼神平静下来，方道："师父刚才说什么？"冉先生又兴致大发，道："你想啊，各路列强早有瓜分中国的野心，但我断定从今天起，他们再也不敢了。因为要统治这片土地，首先要统治这片土地上的人民。这些拳民为国忘死，英勇杀敌，会让他们猛醒。他们可以窃得一国，却难以窃得一国之民啊！"说着，他使劲儿一拍罗子沫的肩头，"可叹啊，谁主掌着天下的令牌？历史搞错了，不是那些肉食者，是人民啊！能看到今天，老朽我死而无憾了！"说罢他哈哈大笑。笑得在窗外想听究竟的张妈直转磨磨，不知道屋子里发生了什么。但冉先生笑过之后，突然正色道："子沫，你要去营救阿曼达的想法非常好，我们不去营救，那我们还是人了吗？"罗子沫倍受鼓舞和感动，但他很快又面带为难之色道："师父，我担心念其那里……"他没有把话说完。"哦！"先生突然板住了面孔，沉思了一会儿，道："听说你母亲要操办你和念其的婚事了？"罗子沫连连点头。冉先生又道："我去跟你母亲说，可以推一推。"

有了先生这句话，罗子沫感到满载而归。他回到家里便对母亲道："先生说了，要我去营救阿曼达。"他是压低嗓音说的，但丽娘却大声回答儿子："照理说啊！救人总该比婚事重要，娘不该说啥。那么好的一个闺女，又救过咱的命，人家有难了，哪能不去营救？就是先生不说，为娘也有这个意愿的。只是……只是山高路远，又到处都在打仗杀人，你有其心，可有其力吗？"丽娘说完，屋里屋外一片寂静，因为她是有意让众人都听见的，尤其让念其听得明白。

不管怎么样，罗子沫已经着手准备了，而且默默无言，只把对行程的坚定藏在心里。桑玉看在眼里，早已激愤不平，在罗子沫独自收拾行囊之际，趁丽娘不在意，突然闪到他的身边，揶揄道："准备英雄救美去了？"罗子沫定睛看她一眼，内心慌乱，故此不语。桑玉继续道："我问你，你把她救回来，往哪儿搁？"罗子沫道："我还没想救回来的事，只是觉得救人要紧。"桑玉狠巴巴地说："告诉你！如果有一天你辜负了小姐，我非整死你不可！"说完便大摇大摆地离开了，好像身上有无穷的力量。见丽娘满脸忧伤地从外面进来，她竟"嘻嘻"一笑。丽娘装作没看见，只是在想二哥罗再恒的话："我不反对子沫去救人，可他没这个能力，弄不好还会把自己赔上；现在外面要多乱有多乱，再与一个洋人同行，那就要多危险有多危险。"丽娘知道一向谨慎的罗再恒没有拐弯抹角，而是把话说得一步到位。她的心便更没底了。但知道儿子去意已决，除了徒增伤感，再没有别的。而罗子漫默默地为哥哥鼓气加油，她竟说："哥，我也跟你去！"罗子沫道："不必，你去只能成为累赘。"罗子漫暗自佩服哥哥的大义与勇敢，顿时眼泪汪汪的，其中也不无对哥哥的担心。唯有念其躲在屋子里，不曾照面。默默陪在身边的桑玉见小姐沉郁，也不敢多言。丽娘心神不宁，满屋子满院子地转悠，转悠来转悠去，还是转悠到念其的身边，抓住她的手，便落泪不止，却一句话也说不出来。念其顿时低下头，泪水一滴一滴地掉在丽娘的手背上。不管怎么说，在这一天里，罗家大院的小天地，被沉闷所笼罩。

第二天，刮起旱风，闷热且无方向感，人还没有行动，就骨蒸潮热。罗子沫穿一身单衣，背上行囊，便上路了。他把母亲给的钱偷偷放在书桌里，只带着念其的碎金，心中充满着感激。罗子漫要回教堂，所以同路而行。跨过西川河，送行的人止步了，却迟迟没有返回，直到望着他们兄妹二人的背影消失。桑玉是瞪着眼睛送行的，嘴里小声嘟囔着："哪头都放不下，真好色！"念其内心潮起潮落，却在丽娘的频频注视下，装作若无其事。这时又有不认识的人打眼前经过，跨过西川河往东北方向而去，他们大多面目茫然，带着前途未卜的神色，这样的流民越来越多，人们已经习以为常了。回家的路上，丽娘禁不住叹气连连，这更加令念其心内绞痛，她紧随丽娘而行，抓住丽娘的手，轻声道："娘，子沫是有福气的人，上天会保佑他平安归来的。"丽娘心里一热，满眼含泪，无尽的心事涌上心头。她在心里说了一句："我的傻孩子啊……"

在临近城里的一个拐弯处，因地面低洼潮湿，庄稼分外茂盛，黑绿黑绿的像罗子沫沉重的心情。罗子沫瞥了一眼，急忙闪开目光，却听到哗哗啦啦一片响，从黑绿处闪出两个人来。是弓然明夫妇，妻在前，夫在后；妻板着面孔，夫一脸的傻笑。兄妹二人吓了一激灵，因为他们看到弓然明分明是满脸的杀气。"怎么了？不认识了吧！"弓然明冷冷地说。罗子漫不好意思地笑了，刚想说话，却被弓然明打断道："子漫你躲开一会儿，我跟你哥有话说。"罗子漫一下就沉下脸来，不无恐惧地看着哥哥。罗子沫道："你去吧，没事。"罗子漫这才向路的那边走去。这时弓然明斩钉截铁地说："子沫，你别去！去了你会回不来！"罗子沫怔怔地看着她，半天方道："为啥？"弓然明用蔑视的目光看他一眼，道："你不是聪明绝顶吗？这点事还来问我？"罗子沫反驳道："我没认为我聪明绝顶，那是你说的。"弓然明无心与他置气，一字一板地说："如果是她自己，不过就是一个女洋人，或许还能保命；如果她与你在一起，就是'劝奉教'，两个人的命都不保，你又何必去送死，害人又害己？再者说，天津城被围得铁桶一般，你如何进得去？那炮弹要是看上你了，可不同女人，不是对你好而是要你的命！"一番话把罗子沫说得迷茫了，眼前的景物便晃漾不定。这时又听弓然明道："该说的话我都说了，何去何从你看着办吧！"罗子沫在无望当中又平添了失落，因为他感受到了弓然明的无情，虽句句都为自己好，但那语言中的冷漠是显而易见的，一个明白道理的路人也完全可以这样说。当罗子沫努力定住心神时，却看见弓然明拽起自己丈夫的手道："走！我们回。"罗子辉却一边挣脱着，一边回头道："沫儿，别去！哥会想你的。"罗子沫顿时感到万箭穿心，因为这"沫儿"是哥哥儿时的叫法，那时的哥哥在他眼里傻得可爱，处处事事向着他，更是他的保护神。罗子沫欲哭无泪，欲言还休，看着哥哥的背影，他在心里默念道："哥……你要保重！"但不知为什么，他竟是说不出的伤感，他感到自己的心在淌血。

"就是刀山火海也要闯一闯！"恰恰弓然明的话，使罗子沫暗自发下毒誓。在后面的路上，罗子漫想了又想，终于对哥哥道："真不知嫂子咋变成这样了，凶巴巴的，好像要杀人！"罗子沫无语，只在分手的时候对依依不舍的妹妹道："我走以后你要常回家……"罗子漫含泪点头，挥手与哥哥告别。

罗子沫几乎用了三分之一的碎金雇了一辆快车，可到临行之前总觉得有未了之事，犹豫了半天，还是让车夫把车赶到了秀塔书院。下车之后他就跑到冉先生的屋子，给刚吃过饭、喝过酒的冉先生跪下道："师父，子沫去了，您多保重！"冉先生半天无语，老泪慢慢地涌了出来。罗子沫磕完这个头，便觉得心里踏实多了，不等先生有任何举动，站起来就出了门。冉先生没顾上穿鞋，就跑出屋子，可出门一看，那辆车子已经疾驰而去。他抹一把老泪，叹气连连。

不多时，这辆快车就出了南门，一路狂奔起来，罗子沫的心也随之渐渐奔放。

几乎与此同时，一辆轿车风驰电掣一般驶进南门，车是桑德斯的，里面坐着五岛次郎还有另外两名武士。现在他们走得很近，几乎到了水乳交融的地步，因为他们的国家联合起来了，他们国家的军队联合起来了。他们是从柏杖子金矿而来，因为战事未卜，胜负难料，他们对待中国矿工也从未有过地亲切和宽容。刚刚又放假三天，让矿工们回家抗旱。"地里的庄稼都打蔫儿了，在火热的天光中苟延残喘着，不救不行了。"五岛次郎对矿工们如是说。一路上，他们还进行过友好的争论，都说自己国家的军队战斗力强，是整个战场的主力。在争论僵持不下的时候，他们又礼貌谦恭地做出让步，纷纷说对方国家的军队才是主力，我们的还稍逊一筹。这种相峙和相让，直到进了南门才停止。按照约定，他们要去知府衙门找郎大人商榷矿上的大事，其实他们都知道，所谓的大事只是借口，探听虚实才是真实意图。什么虚实呢？他们也不甚明了，也许就是想看看郎大人现时的态度而已，或者说什么脸色而已。或许能以此判断战况的进展，以便应对以后的路该怎么走，做到胜可攻败可守。车在府衙门口停下来，他们快速走进去，但没走几步，便被两名清兵拦下了，问道："干什么的？"桑德斯很礼貌地笑道："我叫桑德斯，他是五岛先生。我们找知府大人有要事，请通禀一声。"两名清兵却突然呵斥道："知府大人公务繁忙，今天不接待任何客人，尤其是洋人……快走吧！"桑德斯诺诺道："原来是这样……是这样。"五岛次郎板着面孔，一言不发，两名武士也敢怒不敢言。他们只好走出来，上了车，五岛次郎道："先生难道不去教堂看看吗？"桑德斯道："不去了，我有很长时间都不去了。教堂里的人很不欢迎我，我想耶稣也不欢迎我。所以我只是个外国人，与中国人所说的洋教没有任何关系了。"说话间，轿车径自出北门。"先生，我怎么能不把您送到家里呢？"桑德斯对沉默很久的五岛次郎道。"谢谢！"五岛次郎不得不做表面的客气。

郎纪平对士兵的吩咐是真的，他也确实不在府衙。一大早他就稳坐中堂，案前放着一张揭帖，和罗子漫带回家去的一模一样。他的脸色越来越阴沉，他知道这样的揭帖一年前就出现过，而今再次出现，情形绝对今非昔比，是福是祸实难预料。他再次为山河的支离破碎、国家的动荡不安而落寞伤神，每到这时，他都会产生强烈的避世之心，也就最想见一个人，那便是哑女左静寒。他做了简单的吩咐，就打马出城，一路向北而去。那个叫左杖子的小小村庄，成了他唯一向往之地。一路快马加鞭，汗流浃背，可让他万万没有想到的是，迎接他的是左家门前一把冷硬的大锁，而且已经锈迹斑斑。这时他才意识到已经好久没来这里了，当初对左老太太发下的誓愿言犹在耳，没能积极地去兑现，他把这一切归咎为天下大乱、人心不安。到头来他只能握着一把大锁望洋兴叹，他预感到这可能是永久的别离，哑女的音容笑貌便浮现在眼前，他握着那把大锁久久不放，几滴清泪落在上边。

- 33 -

"天下越乱，乱中之外的表象就越平静。"这是已经习惯于坐在那里长久静思的杜克先生悟出的道理，而听众太少，只有罗子漫一人。"人们都在静待时变，或忍气吞声，或隐忍不发。"说这句话时，他把一杯咖啡端端正正地放在罗子漫的面前。教堂好像也平静好久了，连诵经之声都很少听到了，来往的信徒大多额首慢步，唯恐惊动神灵一般。而在罗子漫那里，她以为牧长大人每时每刻都在期待着一双女儿早日归来，只是不便直说而已。但在这平静后面，几乎教堂里的每一个人都发现了，时不时地会有清兵在附近活动。在有了安全感的同时，谁都不去问这是为什么。就像牧长大人可以向知府大人求情，保住桑德斯在金矿的股份一样，不知就里者不会去问，心知肚明者装作不知。所以，有许多秘密都在这平静中滋生着。再看赤城内外，到处飞扬着干成粉末的柳絮和疯狂觅食的苍蝇，聒噪的鸟语也胜过人声。以往，孩子的哭声可以听到湿度与戾气，现在委实难闻了，即便闻到也干枯得烫心烫肺。只有夜里的酒肆茶楼还能听到管弦之韵，但也都小心翼翼，如从地底而来。唱小曲的女子幽怨得如同寻夫不见、绣帐孤零，寻花问柳的男人也都恢恢无趣、心如浮萍。仅有的生存冲动，让每一个人都勉强地担当着名来利往的角色。就连酒保的喊声，都如同垂暮老人勉强的干咳，提不起一丝酒兴。四门的开阖也会被人淡忘，有时整夜不关，有时半晌未启。

左大人倒是勤快，几乎每天都手按腰刀在城头上行走，但步伐已经不能再小，呵斥士兵的声音已不能再低。接到的军令是：非常时期，严防死守。可他根本没有这种心情，也不再视军令如山。每停下脚步，他都会向西南方向张望，旱气在远天蒸腾着，如同烟熏火燎，他以为那是战场上的硝烟滚来。聂士成部，马玉昆部，还有几万团民，正在英勇杀敌，他为自己闲置城头深感惭愧，所以他以为除了加紧操练兵马外，自己已经成了惆怅客。有时他很思念"革命党"，其意气与斗志比饱食五谷更能令人强壮高亢，但他最后总要骂一声"龟孙子"。总之，他觉得天下实在沉闷，所有人的沉闷凝结在一起，不知哪里是生门。

　　但这种沉闷很快就被一个不同寻常的女子打破了，其震撼力甚于战场上的血腥。恹恹的人心被冰冷的水狠狠地刺激了一下。

　　自打罗子沫走后，弓然明觉得心也空了，她的眼前是大灾之年，所以人人为己，冷酷无情。她也觉得自己该走向人生的下一步了，她感到身心的无形束缚突然解脱了。她每天都尽可能地做一些可口的饭菜，看着傻子狼吞虎咽地吃下去，饭食的热量又使得傻子兽欲勃发，她都尽量地满足他。其实是在驾驭他，让一个傻子相信一个人并不容易，但一旦相信了，会痴心不改。他们在人前人后双出双入，委实让人羡慕。她确实把脚迈向了人生的下一步，她知道那是万劫不复的深渊。但现实中她却要登高望远，而且频频如是，她是有意让一个人发现，这是一种愿者上钩的诱惑。傻子在她的身后，无论去哪里，都乐此不疲。傻子有时也喜欢在野外做夫妻之事，她都欣然接受。尤其高山顶上别有一番情趣，傻子每次都想站在"半截空"上往下观望，他想把自己的快乐喊出来，但都被弓然明无情地打压下去，让他老老实实地躲在一块巨大的山石后面，那巨石被一丛灌木簇拥着，人躲在后面谁都看不见。然后她独自站在崖头，眺望西南，她知道自己的父亲还有兄弟都在遥远处。她深深地思念着他们，所以总会自语："爸、么长、金龙，土地连着土地，你们能到哪里去？人心连着人心，你们能到哪里去？杀尽洋人就回来吧，别把性命丢了。"她像一个雕塑一般，长时间地矗立在崖头，风儿来了又走了，云朵聚了又散了。有时多情的鸟儿也想在她肩头落脚，她就会觉得鸟儿身上背着罗子沫的一双眼睛。有时脚下的虫鸣响了又息了，她就会觉得是战场上的冤魂在哭泣。有时一块山石因暴晒而风化滚落，隆隆的声响使她总以为是罗子沫的车轮在滚动。有时她会长时间地凝望山下的罗家大院，院子里黑色的人影像虫子在爬，她总以为某条虫子就是罗子沫。但他身边的虫子太多了，她近不了他的身，也入不了他的心了。而今，她却是在久久地等待另一个人，她以为那个人一定会来。一天，两天，三天。她周而复始地望着，等着，想着。望不见的，等不着的，想不到的，都在她的眼前魔幻着。白色的是脸，红色的是血，黑色的是眼睛。她想把这一切都搅乱了，然后带到另一个世界。她的眼前总会出现另一个世界景象，茫茫，魅魅，凄凄，惨惨。但那个世界里有一个小屋，是属于她的。门没有关，黑洞洞的充满了诱惑。有声音告诉她，说母亲坐在里面等她，等她已久了，手里拿着梳子，要为她梳头。

　　一天，两天，三天……日子好像很长了。人们都看见了那身影，开始或许还惊讶，还多想，后来就习以为常了，习以为常到仅仅瞟上一眼而已。但这个身影却引起了念其的恐慌，她开始还以为是哥哥，哥哥还在守护着自己，可第三天她就不这么认为了，知道那是弓然明了，那个总对自己充满冷漠和敌意的女人。她曾赞叹这个女人的美丽，哀其不幸；她曾蔑视这个女人的痴狂，怒其不争。但反观自己，又何尝不是如此？于是她多次提醒丽娘："娘，嫂子心事太重……不该登那么高。"丽娘总会立刻瞟上一眼道："你是不知……我是服了她的。"如果再提醒，丽娘总会以这样的话头岔开："子沫好像走了十几天了吧。"于是念其便不再多言，但她仍不甘心，便瞅准机会踅进罗再恒的屋里，面对罗再恒的满脸堆笑，她会帮着拧上一袋烟，递给他，并点燃，道："二伯，嫂子心事太重……不该登那么高。"罗再恒的脸色开始凝重一下，随即呵呵乐了，道："你哥哥跟着她呢，他们都是一起下山。你们在我眼里都是孩子，喜欢玩儿。"念其的心"咯噔"一下，知道自己无能为力了，便悻悻而出。但她仍不甘心，有时会瞅准机会，携桑玉一起，正好赶到他们下山的时候出门去，和他们迎头碰面，想当面劝导一下这位痴狂的女人，但得到的都是冷冷的面孔，便欲语还休。有时桑玉气不过，正好在念其决心要开口时使劲儿搋她一下，示意她不说。所以几次下来，都是擦肩而过，未留只言片语。但一到晚上钻进被窝，念其便与桑玉说得甚欢，当然都是小声嘀咕，"我看嫂子并无危险，她是在望人，望心上人……登高望远嘛！"每听到这话，念其便不语。桑玉以为得势，继续道："反正自打罗子沫走后，她就开始上山了。真可笑，登得再高也望不到天津卫去。"这时念其道："就你能！啥都看得出来。我看她心灰意冷了，未必装得下人了。"桑玉在黑暗中撇嘴道："哟哟哟，你没看见吗？自打罗子沫走后，你看她那对奶子鼓胀的，像俩兔子……吃不到草的兔子，急得很呢！"念其一下子哑住了，用被子蒙住头，闷闷地说："你再胡说，就滚出去！"桑玉也一下子哑住了，半天方嘟囔道："这还不是你家呢，就撺上了？将来会怎么样呢？我桑玉的命真苦啊！"说罢她假装哭了。念其无言，桑玉也不再说，翻一个身，要睡了。

终于，一声巨响惊醒了所有的人。而这声巨响的来源却那么玄机无限，扑朔迷离，注定成为永久的谜。

这是个阳光刺眼的天气，临近正午时分，天空中突然乱云飞渡，那云朵仿佛在拼命逃窜，都向"半截空"的上方涌来。阴影频频掠过崖头上的业已羸弱的身影，但那身影的岿然，更显得云在动。突然她开口说话了："先生您终于来了，我等您等得好苦啊！"来者气喘吁吁，这回他没有带上采药工具。"是的夫人，我来了。不是因为您长久的召唤，而是因为我必须要赴约。可为什么我才来呢？因为我实在不知道夫人的这次约定意味着什么。我仿佛第一次对夫人的意图感到迷惘，只知道您在这里等我是必然的。"弓然明阴冷地笑了，道："先生很想知道吗？"五岛次郎警觉地望望四周，什么也没看见，只有云影在飞快地漂移。于是他笑道："夫人这么一说，我倒不想急于知道了。因为我已经看到了，山下有无数双眼睛在看着我们。难道夫人是想把我们的关系昭告于天下吗？"弓然明道："还有那个必要吗？您以为中国人的眼睛都那么愚笨吗？"五岛次郎道："如果我不来的话，夫人会耻笑我吗？"弓然明道："先生低估我了，我根本就没想到您会不来赴约，因为您向来那么喜欢神秘。"五岛次郎脸色阴沉下来，道："夫人啊，您变了……变坏了。"弓然明冷笑道："先生错了，我没有变，我只是肯把另一个我唤醒，用她来对付您。你们欺负我们中国人，就是欺负我们不甘于邪恶。今天我要向您证明，我们邪恶起来，一点不比您差。"五岛次郎感觉自己的每根神经都在抽动，所有的恐惧都向心头涌来。弓然明看在眼里，冷笑道："先生不必害怕。这样的中国人唯我一个，从前没有，以后也不会有了。因为我是唯一一个不怕下地狱的人。"五岛次郎谄媚地笑了，道："我知道，夫人的生活堪比地狱。可悲剧的制造者，怎么说都不该是我五岛次郎吧！我是爱您的夫人。"弓然明的双眼猛地涌出泪珠来，大滴大滴地往下掉。五岛次郎以为说到她的心坎上了，继续道："其实您的生活并非那么阴暗。您毕竟还有罗子沫嘛！我把他还给了您，这您应该清楚。这也是我对您的爱呀夫人。"弓然明拭泪不语，目光灼灼地往西南方向望去。五岛次郎急忙掏出雪白的手帕递给她道："看来我必须再向参谋本部上一道折子，我对中国人又有了全新的认识……"

没等他说完，弓然明接过手帕顺手向崖下抛去，道："不必了先生，您可以直接跟天皇去说了。"说罢，她突然大叫起来："鬼来啦——鬼来啦——"话音刚落，就听巨石后面、灌木丛中发出一声吼叫，似虎啸山林，恐怖瘆人。然后罗子辉像一头发疯的巨熊，笨拙却勇猛地扑了上来。五岛次郎吓得转身想跑，却来不及了，被罗子辉一把抱起，就往崖下扔去。但这五岛次郎毕竟武功深厚，他用双手反扣罗子辉的腰，同时用双膝轮番猛击他的裆部。如若常人，这几下早已令其丧失斗志，但在罗子辉那里，疼痛只能激发他的怒气和蛮力。他抱紧五岛次郎，向崖岸一步步逼近。五岛次郎的双脚已经悬空了，他发出一种凄厉的怪叫，那是极度恐惧又不甘绝望而抗争的声音。同时用乞怜般的目光瞅着弓然明，口中不住地说："夫人啊，您不可以这样，您不该恩将仇报啊！您快说一句话吧……我的夫人啊！"弓然明看不下去了，她闭上了眼睛。罗子辉则发出一声声长长的怒吼，地动山摇。他满以为可以像抖搂掉身上的虱子一样把他扔到崖下去，可这家伙偏偏像粘在自己身上一样，无计可施。五岛次郎仍不放弃求生的欲望，他死死地盯着已经心软的弓然明道："夫人啊，你可以不念旧情，但你看到了，我死也不会放过他的。要么一起死，要么一起活。"

这时弓然明慢慢地睁开双眼，眼神中不仅是冷酷无情，更有烈烈的凶狠和杀气，她一步一步地向罗子辉的背后走来。五岛次郎彻底绝望了，他知道弓然明要干什么，便仰天大叫一声："天皇啊——"这时弓然明也发出一声吼叫："都去死吧——"随即她用尽全身的力气，双手猛然一推，罗子辉与五岛次郎同时发出一声惨叫，訇然向崖下倒去。好久以后，一声巨响传来，咬紧牙关的弓然明突然仰天大笑。但那笑是苦的，苦到草木生悲，苦到苍天变色，最恋巢的鸟儿都在她的笑声中惊飞，浮云都在她的笑声中溃散了。笑过之后，她的双腿再也没有一点力气，终于"咕咚"一声跪了下来，头也重重地抢在地上。

好一阵宁静之后，她仿佛听到隐隐的呻吟声传来，她顿时心惊肉跳，以为是旧鬼恨、新鬼哭。但那声音真切而现实，而且就来自不深的崖下。她不禁趴在崖边，向下望去，只见崖壁上挂着一个人，看身形不是自己的丈夫，而是五岛次郎，是一棵穿崖而生的松树挂住了他。那呻吟声无比的自然而然，没有任何的虚伪与矫饰，那是任何一个生命在垂危之时都会发出的最真实的声音。五岛次郎在动，在努力调整姿势，使自己更能安全舒适一些，同时努力往上望着，满脸是血。望着望着，他分明看见弓然明双手举起一块石头，正在瞄准他要砸下来。他急忙喊道："夫人且慢啊……我还不能死啊，我死了您如何向人交代呢？"声音之凄切令人心生怜悯。果然，弓然明没有砸下来，慢慢放下石头，端在手里。五岛次郎已经没有一丝力气了，但他还是努力喊道："夫人啊，您把我拉上去，然后我们一起消失……那傻子就成了失足坠崖而死。您看这样好不好？"弓然明并不言语，而是又慢慢地举起了石块。五岛次郎又急忙喊道："罢罢罢，夫人，是我想长期占有您，而要害死您丈夫，结果我自己也失足坠崖，挂在树上……这样好吗？"弓然明一听，又把石块慢慢放下。五岛次郎趁势继续道："可总得有人去证明啊！你不拉我可以，但必须找人来，我向他们证明。您知道，我是早就该向天皇效忠的人了，我不在乎死。为了保夫人清白，我宁愿多活一会儿，我向他们做完证明就自己跳下去。还有啊夫人，您不必担心我死不了，我就是什么也不说，村民来了，也会用石块把我砸下去的。何去何从，夫人自当权衡啊！"弓然明把手中的石块扔在地上，慢慢地坐下来。她的心很乱，她的确需要思考一下了，因为她想笑到最后，所以她还不想很快地死去。比如把五岛次郎砸下去，自己再跳下去。

　　"夫人啊！"过了一会儿，五岛次郎又发出非常熟悉的声音，宛如平时他站在当头或坐在对面，侃侃而谈。弓然明由衷佩服他的意志力。只听他说道："我后悔让你看了不该看的东西，我自以为你已经完全属于我了。可我错了！最终你还是属于你们那可怕的'良知'。但是，我一点儿都不相信你一点儿都不在乎我……"话语停了，能听到他喘息中夹杂着呻吟。"夫人啊！"他又说道，"你快点逃离吧。你往下看一看吧。"弓然明抬头望去，只见山下有许多村民集拢而来，有如战场上攻取山头一般的冲锋。她知道，罗家人都在里面，而且冲锋在前。弓然明的心怦怦乱跳，她想逃离，但又觉得毫无意义。"夫人啊，"五岛次郎的话语显得平淡无奇，"我有一句憋在心里太久的话不知该对谁去说……知道我为什么不想结婚吗？既然人人都存有不忠之心，那为什么还要用婚姻来折磨自己呢？日本人是这样，中国人是这样。尤其是你……"这时他看见弓然明又举起石块，他的腔调与话题也突然变了，"你是想让我闭嘴啊……你果真是个聪明的人。"说完他闭上了眼睛。只听"嗖"的一声响，石块贴着他的头皮呼啸而下。他又睁开了眼睛，却不见了弓然明的身影，他以为她又去寻找石块。再看下面，村民们已经走到半山腰了，而且速度好像越来越快。他暗自庆幸，祈盼他们早早地上来，那样自己或许还有救。

罗再恒果然走在村人的前头，而且胸中憋着一口恶气，步伐铿锵。他的手里握着一把镰刀，每迈一步，都随着节奏将镰刀向下刨去，怀恨而凶狠。那一声巨响第一个震动了他，使他有了充分的预感。又有村民跑来相告，说本来崖上有三个人影，后来一个坠崖了，一个挂在了崖壁上，剩下的那个还在崖头。他基本断定这是一场谋杀，被害者就是自己的儿子，所以他直奔崖头而来。丽娘则在崖下寻找尸体，后面跟着吓破了胆的桑玉和万分焦急的念其。而一位年轻村民已骑着罗家的快马直奔城里而去，那是按照丽娘的吩咐，向府衙报案。

弓然明已经连续砸下几个石块，但无一砸中，她越来越气恼，恨自己无能，恨老天不长眼。但五岛次郎好像不为所动，他仍那么一如平常地说着自以为高明的话语："夫人啊，知道为什么你一直没有身孕吗？那是每次你到我那里去，我都会把避孕的药偷偷地放在茶里。但自打那次你进了我的密室，我就没有再给你喝这药。如果你怀孕了，别怪我，那不是我的种，你知道我以后再没碰你，我可不愿意将我高贵的血脉注入你们这下贱的躯体里！"弓然明恨不能一下子砸爆他的头，她周身战栗，双手更加失去了精确度。她哭了，泪流满面，因为她知道，自己的身体不对劲儿，已经怀上了傻子的种。她突然觉得恶心，想吐，却又吐不出来。等到罗再恒来到她的面前时，她已感到头晕目眩了，双手已经很难举起一块石头了。但她朦胧的双眼仍然看到，凶神恶煞一般的罗再恒已经高高举起了镰刀。她苦苦地喊了一声"爹呀——"然后向他跪下去，并抱住了他的双腿。也就是在这时，罗再恒的镰刀狠狠地刨下去，深深地嵌进她的后腰，她一声惨叫，扑倒在地，"爹你听我说……"话没有说完，她就闭上了眼睛。但一个强烈的念头告诉她："你还不能死，因为你的肚子里正在孕育着另一个生命。"

"我看你还想跑？！"罗再恒恶狠狠地道，同时猛地拔出镰刀，"我不会让你死的，留着你的嘴，还想让你说话呢！"说着他又踹上一脚。弓然明的后腰血流如注，除了染红了自己的身体，也染红了因干旱而焦渴的大山，它吮吸着血水，发出"嗞嗞"的声响。弓然明觉得自己的生命在流失，同时她也悲哀地发现，自己的双腿好像不存在了。当她知道自己可能要残废时，她恨自己没有跳下崖去。她在心里闷闷地叫道："爹啊……娘啊……弟啊……"与此同时，她伸出颤抖的手，向自己的小腹摸去。

闻村民来报，郎纪平陷入了沉思。问及被挂在崖壁者为谁，村民回答说不知。

但他已经猜出八九分了，关于五岛先生与罗家儿媳的传闻，早已不再新鲜。太后已向八国宣战，交战之际，胜负未卜，终局未定，自当左右权衡，不可冒昧行事，弄不好就会招来杀身之祸。他本来想派捕快先行，但想一想，又放弃这个念头，迅速传来左汉庭，要他立刻带领人马奔赴热水汤浴海池林，控制住所有与五岛次郎有关的人，尤其是日本武士，不允许他们离开半步。左汉庭去后不久，又有村民来报，说被挂在崖壁者为日本人五岛次郎，并说这日本人声声要见知府大人。郎纪平想一想，又吩咐村民，一定要保证五岛先生的安全，尤其不许受害人家属私自置其于死地，否则定究其责，并转告五岛次郎，说自己随后就到，请耐心等待。村民去了，并很快上山，把知府大人的话通告村民，尤其是罗再恒和五岛次郎。五岛次郎一听，发出声声苦笑，努力高呼道："天皇啊……什么是耐心等待，分明是等着我死啊！"然后他又向崖头之上喊道："夫人啊！都是你害了我啊！我们就这样私通原本挺好的，为何你如此贪得无厌，想独占于我，要我和你联手害人呢？"弓然明已经被善心的村民用衣物堵住了伤口，使她并没有晕死过去，五岛次郎的话她隐隐约约听到了，她想站起来，继续用石块砸死他，但她只是想想而已，她的双腿已经没有任何知觉了。罗再恒眼睛都红了，他几次蹦跳着，想用镰刀砍死弓然明，都被村民拦下了。眼看着丽娘她们也走了上来，在关键时刻，他很想听听丽娘的想法。可丽娘上来就给他跪下了，泪流满面地道："二哥，都怪我，我没有保护好子辉，我向你谢罪。"罗再恒看在眼里，吩咐念其道："快将你娘拉起来，罪不在她……在我罗家人造了孽，才遭此报应。"自此他将头扭向一边，不再看丽娘一眼。丽娘心中有数，知道他说的罗家人里当然包括自己的儿子，所以她欲将满腔的怒火都发泄在弓然明身上，并直奔奄奄一息的弓然明而去。念其看在眼里，一把抱住她道："娘，请息怒。嫂子已经伤得不轻，好像要死了。"这时丽娘才发现满地是血，她转眼去看罗再恒，发现他手里握着带血的镰刀，心便一下子软下来。但她气势未消，还是走向前去，狠狠地扇了弓然明两记耳光，口中骂道："你个……你还是干出这种丧尽天良的勾当！我恨不能吃你的肉、喝你的血！"弓然明微微地睁开了眼，微微地笑了笑，谁也不知她在笑什么，但笑过之后，她用微弱的声音道："爹，你听我说……"同时双唇颤抖，泪水涌出，并把沾满血的手，极度疼爱地摸向自己的小腹。丽娘看在眼里，心里"咯噔"一下，头也立刻眩晕起来，但口中却道："贱人！你还想说什么？谁还听你的！"罗再恒再次听到这叫"爹"之声，以为她是为求饶而讨好，拧过头来狠狠地"呸"了一口。丽娘却道："二哥，这贱人伤得很重，还是抬下山去，治治吧。到时候还要审讯她的，就这么死掉，我们有话不好说。"罗再恒头也不回地说："我恨不能她早死！还要给她治？"丽娘无语，愁苦异常。

左汉庭带领一队人马，杀气腾腾地来到浴海池林，首先派兵把守前后两门，又派八名兵丁四处巡逻，以防有人越墙而逃，他自己则带领几名兵丁闯进院子。四名日本武士闻风而动，手持菊花刀在门外石级上站定，虎视眈眈，随时准备迎战。老秦头不知发生了什么，惊恐万状地跑前跑后，左汉庭并不理会，只吩咐他搬一把椅子来，自己稳稳地坐下，与四名武士形成默默的对峙。他清楚地认得，其中有两名就是自己手下败将，另外两名无疑是新增的力量，显得嚣张一些。日轮在飞转，时光在流逝，四名武士终于忍受不了这无声的对峙，纷纷拔出刀来。他们预感到五岛先生出了大事，控制住他们，无疑是不让他们去解围。面对拉开架势的日本武士，兵丁们欲向前迎战，被慢慢站起来的左汉庭喝退。他抽出腰刀，踢飞了椅子，一场恶战即将开始，领教过左汉庭厉害的两名武士畏首畏尾，迟迟不近前。另外两名则气势如虹，举刀相向。左汉庭则吟吟一笑，一转手腕，使刀背向前，左右逢迎。他既不想急于取胜，也不想有明显的败迹，更不想伤他们的性命，只是按照知府大人的吩咐，适时地拖住他们。他每每巧妙地化开他们的招法，使他们进无所取，退无所依，以刺激他们的恼怒而取乐，为的是消磨更多的时间而已。终于，他们的打斗因郎纪平的突然出现而停止，此时，太阳已将落山。郎纪平简短说明来意，四名武士虽气得哇哇大叫，但还是随中国官员一起向半截空而来。

"郎大人，你来得很及时啊！"几近气力皆无的五岛次郎看到郎纪平站在崖头，如是说。郎纪平表情凝重，目光睿智，他早已把案发现场看个遍，心中为这个不可一世的家伙落得如此下场而窃笑。但他还是用极度严肃认真的语气答道："失礼了五岛先生，在下公务繁忙，一时难以脱身，故此来迟了些，望先生海涵。"五岛次郎呻吟道："我的尊严已被大人消耗殆尽……但我要对你说，现两国正在交战，我断定大清必败，所以你不必如此暗藏玄机。哪怕你绝顶聪明，心计百倍，也救不了大清了……"说到这里，他停下来痛痛快快地呻吟两声，同时见一绳索蛇一般向他伸来。"先生有话上来再说，我为你接风洗尘，把酒相叙。"五岛次郎仔细看去，只见绳索的那头是自己身边的四名武士，再听到郎纪平这种声音，五岛次郎恨不能喷出一口血去。他怒吼道："耻辱！耻辱！"绳索已搭在他的身上，并且还在一点点地向下延伸着。五岛次郎不加理睬，只顾说道："郎大人，我对你只有一事相求，如你办到，保你日后无虞。"郎纪平呆在那里，沉吟道："先生信任，在下倍感荣幸，有话只管讲。"五岛次郎道："把我的浴海池林和金矿的股份完完全全交给罗子沫，让他代我管理。切记，是'完完全全'。战事过后，会有人来接替他。"此刻，崖上崖下，一片寂静，不知他因何要交代后事，只为这"后事"而震惊。良久，只听五岛次郎用微弱的声音说道："不必大惊小怪，罗子沫是能办得到的，他是我唯一信得过的人……在这块土地上。"而郎纪平在震惊之余，还在思索"完完全全"是何意，这时听到五岛次郎又喊道："郎大人，请你答应我！"

"好，我答应你，但你得上来！"郎纪平的话音刚落，只听五岛次郎大喊一声："天皇万岁——"随即张开双臂，松开任何攀缘与挂碍，像一只受伤的大鹰一般向崖下飞去。人们看在眼里，惊异之余，静等着一声巨响。

当那一声巨响传来的时候，所有的人都不约而同地闭上了眼睛，直到被惊飞的鸟雀呼啦啦抟旋而去，人们方聚头往崖下望去。暮霭泛起，什么也看不见。四名武士像刚刚醒过来一样，挥舞着手臂，疯了一般"哇哇"大叫，好像在为同类的死而壮行。左汉庭一挥手，所有的兵丁把他们团团围住。四名武士在狂叫之后拔出菊花刀，本以为他们会拼命，不料他们也纷纷大喊"天皇万岁"，然后跪下来，把长刀"噗"地刺向自己的肚腹。就此，一切风平浪静。

太阳落山，晚风吹起，似吹落无限风景，大地悄然不动。

"把这位女子抬回去医治，将来还要审讯她。"郎纪平对近乎麻木的众人道。"大人！"罗再恒怒吼道，"这是奸夫淫妇谋害亲夫！还有什么可审的！"郎纪平冷冷地说："必须保证她的生命安全，否则拿你是问！"说罢，他带头往山下走去，左汉庭随其后，然后兵丁一字排开，列队而行。罗再恒这才悲从心来，跪下来，号啕大哭。丽娘好言求助于村民，把受伤的弓然明抬下山去；再把这四位日本人的尸体就地掩埋；然后再去几个人帮着收殓罗子辉的尸首。罗再恒闻听此言，止住哭声道："不必，我儿子的尸首我去收殓。"丽娘想了想，不便言语，与念其、桑玉一起尾随着村民下山了。到罗子辉的尸首处，她吩咐众人先行，回去后把弓然明暂放在罗子沫的屋子里，自己则站着未动。等了很久，罗再恒也下山了，口里念叨着什么，丽娘知道，那无非是与儿子的亡灵对话。罗子辉的尸体已是一堆血肉模糊，已经无从收起，罗再恒看在眼里，痛彻心扉，他对丽娘道："他婶子，你也回吧，我陪子辉多待一会儿。"丽娘迟疑，有心相劝，节哀顺变，一时不知从何说起，也觉得话难出口。罗再恒又道："回吧！我也想清静一会儿。"丽娘这才默默地离开了，一路上，她也泪流不止，觉得傻子的一生着实可怜。罗再恒抚摸着零零碎碎的儿子，沾了满手血，却也寻不到美好的回忆，只觉得父子一场，让儿子这样离去，于心万般不忍。但怨恨却实在得很，细数那个贱妇嫁到罗家以来，自己承受着太多的难言之苦。他没有收回尸首，而是就地用石块为儿子砌起一个高大的坟头。然后哭道："孩子他娘，这下轮到你了……你可要照顾好咱的傻儿子啊！"说罢，难免涕泪交流。想那日本人的尸首定和儿子一样，心中方觉一丝痛快。

安顿好弓然明，已是夜深之时。大门没有闩，怀着丧子之痛的罗再恒是踏着鸡鸣走进家门的。丽娘还留着一盏灯，孤独地亮着，直到各道门响过，才吹灭了它。因恐念其、桑玉害怕，丽娘睡在了她们身边，可谁都难以入睡，都在黑暗中瞪着双眼，感受着灾难的滋味。"念其。"丽娘小声叫道。念其立刻翻一下身，脸向着她，身子紧紧地贴着她，轻声道："娘，我听着呢。"丽娘抚摸着她的身子，拍了拍，连连叹气道："为娘的真不知道，你们都喜欢子沫哪点好，就连那个日本人临死之前还要向他'托孤'。我自己养的儿子，我反倒搞不懂了。"念其一听，心怦怦跳，脸也热得很，她知道，那是又红了。"娘……"她又轻轻地叫了一声，叫过之后却又不知该如何回答她。但她的心少有的感动，因为这足以证明，自己所有的付出都是值得的。她为罗子沫感到自豪，亦为自己感到骄傲。"念其啊，有什么话你就尽管说吧，咋想就咋说。"丽娘知她害羞，鼓励她道。这时桑玉抢先说话了："娘，我知道，就是好人坏人都拿他当个'人儿'，这是因为他心里没有好坏之分，只有一颗'良心'。"念其险些没哧地笑出来。丽娘则道："桑玉你说的好像是那么回事。可我又觉得……听起来好像没说透，不如念其说得明白。"念其听得出来，这是借着桑玉来鼓励自己，所以她觉得自己必须该说点什么了，于是她轻声道："娘，子沫和您一样，太阳底下做人做得正，月亮底下睡觉睡得香。还有就是……还有就是……""还有就是长得香人！"桑玉实在憋不住了，她"呱"的一声说出这句话。念其吓了一跳，她飞快地伸出手去，掐了桑玉一把，桑玉"啊呀"一声叫，道："掐我也是香人！"丽娘暗自好笑，在感到这两个孩子的可爱可亲之余，道："你们说得过了些……娘可未必是那样的人。"言语过后是一阵沉默。丽娘惦念儿子的心油然而生，不觉心生悲凉，便由衷地感叹道："愿老天保佑，子沫能够平安归来，阿曼达能够平安归来。"言罢，又流出泪来。

连日来，罗子沫在滚滚红尘中跋涉，风餐露宿，险象环生。饿殍时现于前，劫匪时临左右，更多的还是破衣烂衫、茫然行走的逃荒落难之人。干旱之灾，兵燹之祸，天地之间，一片玄黄。他的马车经过之处，时不时地有要饭的孩子紧追两步，然后又绝望地停下来；也有饿晕的男女驻足观看，露着无助的傻笑；也有倍感奇怪的人，因为马车前进的方向，正是他们要逃离的方向。那里是战场，杀人如麻，血流成河。

大沽炮台沦陷了，主将罗荣光的誓言犹在："人在炮台在，人死血祭天。"三百多壮士的鲜血，染红了大海和晚霞。得胜后的联军部队如狼似虎，直奔天津城而去。武卫军提督聂士成炮殒八里台，从山海关驰援而来的马玉昆部也于事无补，五万拳民大多血洒疆场。紫竹林租界也未能幸免于难，在一片火海中，到处是哭号之声。清军的火炮与拳民几进几出的冲杀，已使这块温馨、静美的世外洋场陷入残酷的战火之中。

艾布纳始终牵着阿曼达的手东躲西逃，联军已经无暇顾及战事之外的人和事，他们只求攻下天津城，然后北上京城，直取女皇宝座。租界里的男男女女不再有往日的斯文，女人的每一声哭号都很原始；男人的每一声叫喊也不再具有绅士风度；还要接受租界守军的无情呵斥；对那些吓昏了头而四处乱窜的，只能眼睁睁地看着他们成为炮灰。理智尚存的，都在胜负难料、危在旦夕之际设法逃出租界，混在大清国逃难的百姓当中，向广阔的荒野涌去。那里有沼泽地，有莫名其妙的粪坑，有破烂的农舍里望出的同病相怜的眼神，也有恐怖而苍凉的坟茔。艾布纳拽着阿曼达的手在地下工事里躲了一阵，后来被战事吃紧而退下来的士兵冲了出来。没办法，他们也加入了逃难的潮流当中。外面的视野更广阔，心情也稍微舒朗一些，阿曼达开始悖逆艾布纳的意图，专往有坟包的地方走去。艾布纳明白了，因为那里刚刚埋葬了她的妹妹安琪拉，那个小小的坟头还是新鲜的，在这炮火连天中充满着另一个世界的活力。艾布纳没有违拗于她，因为毕竟也有许多逃难的人往这里涌来。但放眼望去，白河两岸，大路小径，到处都是往一个方向逃难的人们，那便是大海的方向。也许是因为大海的胸怀广阔，可以接纳他们岌岌可危的生命。但他们忘了，想要他们命的人正是从海上而来。

突然传来几声剧烈的爆炸声，反守为攻的两千多日本精锐部队用炮弹炸开了天津东南方的外城，又用二十四门火炮轰开了内城，联军士兵鱼贯而入，天津城彻底告破。直隶总督裕禄和马玉昆等撤往北仓，练军、淮军和水师营撤到杨柳青，只有装备简陋的拳民与联军展开巷战，但已无法挽回败局。就此八国联军对天津城进行了疯狂的洗劫，造币厂、衙门官府、丝绸店、珠宝店、大小钱庄以及穷富民宅，均被抢劫一空。至于烧杀、奸淫，更是凶狠残暴到无所不用其极。一时间苍天变色，大地昏沉。天地之间，一片玄黄。

天津城告破，所有在胜负难料中落荒而逃的洋人都戛然止步，发出惊喜的一呼，对租借地惊鸿一瞥，回归的脚步也变得悠然。艾布纳把阿曼达抱了起来，原地转了三圈，大声道："阿曼达，感谢上帝……胜利终究属于我们！"可阿曼达却高兴不起来，因为她还要寻找妹妹的坟头。明明记得那么清晰，一条小路弯弯曲曲地从租界一直延伸到这里，如今却这么难找，是战火让所有的路径都变成了一个模样。"回去吧阿曼达，我们好好地歇息一下，好好地庆祝一番再来寻找。"艾布纳洋溢着激情道。被重新放回原地的阿曼达苦笑道："不，安琪拉她一定害怕了，我要找到她，安慰她。我们明明来过不久，怎么就找不到了呢？"艾布纳道："好吧，既然这是你的心愿，我要陪你找到底。"阿曼达突然变得苦涩，道："艾布纳，你可以回去了，现在会有很多需要治疗的人盼望着你，你不该把时间浪费在这里。"艾布纳使劲儿甩甩头，愤然道："见鬼去吧！这是战争的创伤，作为一名医生，我没有责任去医治它。难道你忘了，他们是如何抛弃我们的？还有那些该死的军医，他们多么希望有战争，有伤残，因为那个时候他们才有尊严，才不可一世，那就让他们去医治好了！"阿曼达道："你错了艾布纳，救死扶伤是上帝赋予我们的责任，你不该有所抱怨。"艾布纳使劲儿一挥手道："说得好，那么你请看！那些正在逃命的人，那些正在被屠杀的人，那些正在被奸淫的人，难道他们不是上帝的孩子？他们不该得到医治？"阿曼达低下了头，喃喃道："是的艾布纳，我们来了……我们没把国界带来，因为上帝那里没有国界。"说罢她向前走去，艾布纳耸了耸肩，默默地跟在她的后面。

而罗子沫刚到天津时，战事正处于胶着状态。马车的速度渐渐慢下来，车夫愈发胆怯，左顾右盼，东张西望，不断地追问车里的罗子沫，怎么就闯进了战场？因此埋怨这趟买卖不划算。因天太热，罗子沫将所有的轿帘都敞开，阳光里飞舞着柳絮，空气里充斥着硝烟的味道，灰尘覆盖了树叶的绿色，没人侍弄的庄稼长成苍黄的一片。他们小心翼翼地来到一个村子，村口有一块石碑，上书"陈家沟"三个红漆大字。村子很大，却空荡荡的，各家的大门小门都洞开着，不见人影，只有鸡和狗在街巷和院子里惆怅地踱着步子，它们已不怕生人，竟表现出相对无言的淡漠。车夫说人都逃走了，这个村子不能待。罗子沫站在车上向四外张望，却望不到村子的尽头，便跳下车子，爬上一家墙头，四野一览无余，并无一兵一卒，只是隆隆的炮声不绝于耳，硝烟与远天相连。于是跳下墙来对车夫道："这个村子可容我们安身，只要战事未见分晓，就不会有人到这里来。我们可以把车子寄存到这里，步行去租界。"车夫冷眼道："我看我与车子一起寄存在这里吧，其余的不关我的事，我在这里等你便是了。"罗子沫本以为二人互相有个照应，但未想到此人胆小自私，心想就任他去吧，他这么做也在情理之中。

　　恰在这时，一个疯女人不知从哪里钻出来，突然站在他们面前，咧着嘴笑，满脸的热情。罗子沫见其不但穿着露骨，裤腰还洒脱地沉下去了，露着黢黑的肚皮，便不敢再瞧一眼。只觉得她年岁并不大，虽浑身上下污浊，但不掩几分姿色。车夫半开玩笑道："看来这是'镇守使'，我们不能在这里容身了，她不让！"话音刚落，只见疯女人道："到我家去，有吃有喝有觉睡，盖上一张大花被。"并把目光死死地盯着罗子沫。罗子沫不免仔细观瞧，觉得这并非疯透之人，因为那浑浊的眼神里有一滴清澈，一滴清澈里有一丝哀愁。这时车夫戏谑道："罗公子，去不去，你说了算……她可是看上你了。"罗子沫道："去！但要保证，不可无礼！"那疯女子好像听明白了，竟头前甩着胳膊、大踏步地走了。车夫一甩鞭子道："那就去！"马车左拐，进入一条窄仄的胡同，走尽胡同再右拐，赫然一个高门大院出现在眼前，只见那疯女子的身影倏忽间闪进了院子。这显然是本村的富户，只是除了房子和院子，所有的家产所剩无几，这疯女子显然是带不走也不能强留之物，至于她在这个家庭里究竟处于何种位置，罗子沫没有过多地去想。车夫拴好马，添好草料，然后便到处寻找吃的。此时已是正午，疯女子看着他的举动，咯咯地笑了，然后钻进西厢房，那里是灶间，她要去做饭。罗子沫深深地被这笑声触动，那是孤独之后迎来第一份亲情时的自然表现，便对盯着疯女子的背影痴痴不放的车夫道："我走以后，希望你拿她当姐姐，她是个可怜的女人。"车夫摸了摸嘴巴，嘻嘻笑道："那她不拿我当弟弟……怎么整？"罗子沫假意一挥拳，车夫吓得一缩脖子。然后他们不无好奇地走进紧挨着灶间的正堂，罗子沫明白，厢房的正堂里，住着的是子辈的长兄。

一看这屋子，就断定曾经井井有致，如今的简单且稍有污秽是因为好东西都被搬走了，而又很长时间没有打扫的缘故。一张黑漆的大木床是仅有的家当，被褥没有叠，凌乱在床上。罗子沫四下扫了一眼，便被墙上的一张照片吸引了，那是一名中国男子穿着西洋军装的照片，此人细长身材，立正站姿，裹着头巾，面带胡须，制服是双排扣子，腰扎板带，长筒裤子，高腰马靴，手握带刺刀的长枪，戳在身子右侧。罗子沫惊呆了，早就听说中国人有充当洋人雇佣兵的，美其名曰"自愿军"，为了几个钱打自家人。从这张照片完全可以得到证实，说不定这男人就是这疯女子的丈夫。这样想着，便对这家人产生厌恶之情，只吃了几口自带的干粮，便什么也不说，走了出去。撅着屁股烧火的疯女子看他一眼，竟腼腆地笑了，他也勉强地报之一笑，继续往外走。刚走到窗下，回头一看，正见正堂里的车夫咧着嘴看着他笑呢，带着饿鬼偷吃供果后的神秘与窃喜。罗子沫索性不再理他，阿曼达生死未卜，他觉得自己没有理由在这里拖延时间。可没走出多远，疯女子追了出来，用很浓重的津腔说道："男人啊……吃了再走吧！"罗子沫一阵心酸，对屋子里面的车夫道："这是个好女人，不许伤害她，否则我绝不饶你！"车夫满脸无辜，道："说啥呢书生……我虽不是书生，但也不是畜生！"罗子沫使劲儿瞪他一眼，大步走了出去，疯女子在后面哇哇大哭起来，十分伤心，他感觉只要有人离开，她都会这样哭泣。

　　太阳似火球一般卡在天津城的城墙上，罗子沫走走探探地摸到了两军阵前。远望去，黑压压的人群围住了租界地，那租界里绿树红花洋楼巍峨，几乎看不出正经历着战火。罗子沫多着胆子靠近，猫在了半截墙垣的后面，见那些围住租界的人虽是一群背影，但个个胆壮气宏，昂扬激烈，分明是成千累万的英雄，他们大多袒臂露乳，呼号叫啸，杀气腾腾。再一看，这些人的前头并排着几十头牛，黄、黑、白各色不等，牛身上都缠缚着浸过火油的柴草，浓烈的味道刺鼻而来。从远处看，牛尾巴上个个拴着一条红线，起初罗子沫不知是什么，细想方知那是一挂挂鞭炮。果然，牛身上腾然起火，鞭炮随之齐鸣，牛受惊吓，暴窜狂奔，直奔租界方向而去。随即是地动山摇的巨响，狼烟四起，火光冲天。罗子沫这才明白这是学古人的"火牛阵"，只是这"火牛阵"不是为杀敌，而是用来趟响埋在租界四周的地雷。罗子沫忽而心中振奋，忽而又愁云乍起，他不知阿曼达此时身在何处，会不会死在英雄们的刀枪之下。不容多想，只见众英雄如潮水一般向前冲去，牛儿一片片地倒下了，血肉横飞中一声声惨叫，为英雄们的冲杀铺平了道路。随即又听到租界里响起连环炮声和细密的枪声，没过多久，众英雄们又被洋兵压了出来。突然阵后响起冲杀的战鼓声，各路英雄重又振奋精神，勇敢地进行反扑，与压出来的洋兵展开了肉搏。突然有两个怪异的身影出现在视线里，英雄们个个头裹锦布，都是鲜艳的红色，却独见两个光头光膀子上蹿下跳狠劈猛砍之人，成为一道独特的风景，且多少有些滑稽。罗子沫难以想到这就是被洋人割了辫子的弓么长和盛金龙，他们有血海深仇和割发之恨，所以杀敌分外勇猛。罗子沫努力盯住这两个光头不放，盯来盯去还是不见了，原因是各路英雄又把洋兵压进了租界。就这样，几个来回冲杀之后，天黑了，战鼓也息了。

罗子沫意犹未尽，也只能怅然隐去。等他返回陈家沟时，已经月朗星稀了，一个没人的村子本来是死的，却老远听到了鼾声，那是赫然睡在正房大床上的车夫发出的。厢房的正堂里燃着孤灯，借破败的窗子看进去，只见疯女子一丝不挂地坐在床上，美美地欣赏着自己的胴体，且不时地向虚空中莞尔一笑，好像那里有欣赏的目光。罗子沫不敢惊动她，蹑手蹑脚地走进正房，挨着车夫躺下来，眼前依然是战争场面，耳畔依然是炮火连天。但他实在是太累了，便在千军万马中摇身进入梦乡。

可就在他睡意渐次深沉，梦境渐次浑然之际，"沫儿"！一个真真切切的声音把他惊醒。强烈的恐怖感向他袭来，浑身的血液都在簌簌上涌，头皮麻胀得简直要裂开。这分明是哥哥的声音，但它只是一个声音，听不出这声音里有什么内涵。他顿生悲切，在这万难的处境中，他不愿听到来自家乡的声音，尤其是哥哥的声音，于是他很难入睡了，脑海里全是往事与前程。尤其是勾起对弓然明的回忆，一宗宗，一幕幕。他不时地紧闭双眼，是极度的悔恨，是拼命地逃避。他无论如何都想象不到，家里真正发生了什么。

弓然明躺在罗子沫的炕上，分明是丽娘为了保护她的安全所做的安排，但她不曾有一刻安眠。那一日，郎中很随意地看过伤、搭过脉，便摇头对丽娘道："此人废了！"声音很大，显然不想回避病人。她心里明白，一个谋害亲夫的人，生命不如草芥。丽娘心里"咯噔"一下，难免湿了眼睛。因为早知道是外伤，郎中没有再开别的药，只留下几包擦洗的和口服的红伤药，大声道："这药留下用，不够再到我那里取，我不会再来了。"说完抬脚就走。丽娘没有远送，回来后看着那药，迟疑良久，"人废了……难道还要我伺候她吗？"她这样问自己，于是便道："按理说，应该让你的娘家人来，可我知道你的娘家已经没人了。那就……"她没有把话说完，但她觉得不这样说上几句，真就不便动手；如果不这样说上几句，面子上真就过不去。本来趴着的弓然明努力侧个身，背对着她，泪水流了下来。"你还是趴下吧。"丽娘不冷不热地道。弓然明一动不动，丽娘叹一口气，伸出手去，要帮她趴下，好把刀伤露在外面。弓然明伸手挡住丽娘，但并不说话。丽娘很生气地缩回手来，生气道："你还不到死的时候呢！给你治伤是知府大人的吩咐，你别以为我下贱！"说着她强行伸过手去，用力把她的身子扳过去，撩开她的衣襟，一道深深的血口子就在眼前，那正是腰眼儿部位，便知罗再恒是下了狠手的。这时桑玉悄悄走过来，小声道："娘，我帮你。"丽娘看她一眼，不无感激地笑了。桑玉顿时显得又勤快又高兴，不但帮着擦了药，服了药，还帮着弓然明脱下了血衣血裤，换上了罗子漫的旧衣服。弓然明紧闭双眼，咬紧牙关，一言不发，一眼不看，自始至终都是这样。一切似乎妥当，桑玉道一声："娘，那我去了。"说着便走出门去。丽娘也下了地，但没有真正地离开，而是站在门口端详着儿子的屋子，和这间屋子里不该存在的人。一时静了下来，弓然明以为身边没人，万箭穿心之感终于使她难忍哭声："老天爷……让我快点死吧！"丽娘默默地看着，终究还是悄悄走了出去。来到女儿的屋子，见念其不在，只有桑玉心事重重地歪在炕上，便问道："你家小姐呢？"桑玉急忙坐起来，向外边努了努嘴，丽娘会意，便向外面走去。但见念其静坐在窗下，看着远方，那身影的孤单吓了她一跳，便急忙奔过去拉她起来道："念其，不要怪老天无情，人都是自作自受。"念其哽咽了，叫了一声："娘……"然后扑到她的怀里，"为什么不把那个悬崖铲平？""啊？"丽娘又吓了一跳，当她明白过来时，抚摸着她的头道："是啊，是应该铲平它！"她当即决定，要多安慰安慰这孩子。

第二天，便有村人络绎不绝地踏进罗家大门，他们一改往日卑微的姿态，每每要在院子中央站立一会儿，以审视的姿态看着这个院子，尤其是看着那淫妇的存身之处，并对立在门口表示相迎的丽娘冷冷地瞪上一眼。男人都会用浓重的鼻音"哼"上一句，女人都会撇一撇薄薄的嘴唇，然后愤愤不平地跨进罗再恒的屋子，然后便有叽叽呱呱的说话声传来。他们往往都不多待，把话撂下就走，而每个人都会被罗再恒泪眼汪汪地送出门外。如果丽娘还站在门口，罗再恒便甩一把鼻涕麻溜儿地卷回屋子里去；如果被送出的人恰好碰见刚来的人，两两相对，纷纷愤然道："这可是奸夫淫妇谋害亲夫哇！这是啥罪过？啊？你说说。"说话间都会瞄一眼在门口瑟瑟站立的丽娘。更有一位德高望重的长者，故意摇摆着身子走过来，扬着下颌眯缝着双眼问道："他婶子，发生了什么事？我怎么没有听说呢？"这种明知故问让丽娘羞愧难当，便觉得自己横竖不行、左右不是，只有机械地赔着笑脸。然后那长者大声叹道："天地良心啊……嗨！"然后身子一撅一撅地往外走。一天、两天、三天地过去，丽娘已经吓得不敢出屋了，巨大的压力使她时刻都心惊胆战。

直到一天夜里，她见罗再恒上了茅房，便站在外面等着。当罗再恒一边提溜着裤子一边走出来，丽娘上前拦住道："二哥……有些事你该想一想。"罗再恒怔住了，半天方用沙哑的声音道："他婶子，你有的想，我没的想。你想你的，我管不着。我只怕有朝一日天上再挂不住太阳，地里再长不出庄稼！"说完他继续提溜着裤子往前走，丽娘紧跟几步道："二哥，知府大人说了，将来还要审判，是死是活得官家定。"罗再恒又停住道："那个郎知府哪是个干正事的人！不去击他的鼓，他会管你的事？况且天下这么乱，谁都想遮住自己的腚了事，还管他人的死活吗？"丽娘大吃一惊，作为长兄的他从未如此出言不逊，她知道人家是怀恨在心了，急忙想说几句谢罪的话，但见罗再恒像遇见鬼一样逃开了。她的心顿时灰塌塌的，再也提不起一点儿精神，只有叹气连连地躲进自己的屋子。

那个夜晚，风一直在不紧不慢地刮着，狗也在不紧不慢地叫着。人常说狗叫很有文章，"紧咬人，慢叫神，不紧不慢咬鬼魂"。也许罗子辉的鬼魂并不傻，他在走村串户，在很严肃地诉说着自己不知为何就变成了鬼。当然还有五岛次郎和那四位武士，他们是否在冥界飞来飞往，或早已回到了家乡，谁能知晓？但整个浴海池林里里外外都显得阴森恐怖，它已不再营业，被郎纪平封了，前后门都有兵丁把守。老秦头在自斟自饮，外面的风在摇动他的酒盏，恐惧一下一下地撩拨着他的神经，恍惚间他总觉得五岛次郎向他微笑着走来。他难免要抹一把老泪，发出声声叹息，直到喝着喝着，就歪在那里昏昏睡去。

夜已经很深了，两川河的流水声充满了虚空。月光淡淡，树影横斜，一座座茅屋草舍都沉沉睡去。谁家的牲口偶尔会叫一声，充斥着不满的情绪。谁家的孩子也会"哇"的一声哭出来，抒发着苗壮的不安。浴海池林的院子里总有沙沙的响动，本来一张薄薄的纸屑，会非常坚挺地朝一个方向直奔过去，却看不到它背后神秘的推动力。本来平静的池水，会突然响起"哗哗"的响动，却听不到它发声的根源。老秦头睡梦中的长吁短叹也分外清晰，外面发生什么，他已全然不在意。

一个黑衣蒙面人越墙而入，轻轻落地。不多时，五岛次郎的门被打开，然后又一道更神秘的门被打开。而与此同时，又一个黑衣蒙面人越墙而入，也奔五岛次郎的屋子而去，但他摸到的是已经被打开过的房门，于是他躲了起来。当他听到被打开的第二道门又关上时，便推门而入。第二道门的门缝里有光亮射出，但不多时，随着"啪"的一声响，光亮熄灭，粗重的喘息声也从门缝里流出。但很快光亮再度燃起，然后是长时间的静默。那光亮在摇曳，和夜色一样神秘。没多久，又传来嘤嘤的哭声，这黑衣人下意识地握紧腰刀，因为这哭声虽酷似女人，却没有一点善良的意味。此情此景有此哭，悲壮也变成杀机，慈悲也变成阴险。这黑衣人很想冲进去劈斩杀伐，他的心是痒的，而且越来越痒。但就在奇痒难耐非要利刃见血的时候，"嘭"的一声巨响，随后是稀里哗啦的声音，在这静寂恐怖的时空中，俨然天折了四柱一般。这黑衣人下意识地闪在一边，心跳加速，呼吸急促，他等待着更加惊心动魄的时刻到来。然而随后的几声咳嗽，又使这一切回到了人间，充满了浓浓的人情味。也就是在咳嗽之后，这黑衣人如同从噩梦中醒来，从容退去了。当他退到院子里的时候，只见那暗淡的烛光拼命地摇曳几下，然后熄灭了。这黑衣人慌忙越墙而出，黑夜终究吞没了所有的诡异。

- 34 -

阿曼达在众多的坟堆中仔细地寻找，心是悲凉的，眼睛是昏花的，可妹妹的坟头就像神秘地消失了一样，再也无法出现在她的视线里，她因急躁而变得茫然四顾。艾布纳劝慰道："阿曼达，你要有耐心，是战火让死者的家园也变得一塌糊涂，你的妹妹和那些逃难者一样，已经灰头土脸了，所以你要耐心辨认。"阿曼达哭泣道："可她应该认得我，应该主动和我打招呼。她在暗处，我在明处。"艾布纳很无奈地说："上帝呀，请不要拉开死者与生者的界限，因为她们的心还连在一起。请您可怜可怜阿曼达吧！"话音刚落，阿曼达突然停住脚步，用手制止艾布纳道："你听……什么声音？"艾布纳也猛然停下来，屏住呼吸去听。就在身旁左右，明明是吧嗒吧嗒吃东西的声音，但怎么听都不像是人发出的，确切地说，更像是一头饥饿的小猪在拼命地吃泔水，连汤带水地大快朵颐。阿曼达与艾布纳面面相觑，然后同时向那个声音轻轻地走过去。终于看到了，他们目瞪口呆，阿曼达一下子用手捂住了嘴。只见一个红花衫、绿花裤的灰头土脸的女孩子跪在那里，在吃墓碑前的供果，而那个墓碑上恰恰写着"安琪拉"三个字。阿曼达的眼泪涌了出来，艾布纳则吓得转身想逃，同时发出一声恐怖的叫声，因为他已经把这个女孩子当成安琪拉的鬼魂了。阿曼达还算理智，一把拽住了他。而那个女孩子并没有被惊动，稀烂的水果和发霉的糕点彻底征服了她的食欲与灵魂。阿曼达盘算着上一次来祭奠妹妹的时间，怎么也在十天以前了，那时的炮声还没有这么激烈，参战双方也没有达到人山人海，彼此好像还保持着应有的斯文。当女孩子的吃相也像战争一样，从高潮转向低谷时，她仿佛感觉到了什么，猛地一回身，见身后站着两个高大的洋人，吓得跳将起来，躲在坟头的后面去了，同时用一双仍显饥饿的眼睛看着他们，嘴角还流着五彩的汁水。在阿曼达的眼里，这并非是贫家的孩子，那灵动的身材，俊俏的眉眼，还有活泼并不失沉静的眼神，都说明了这一点。阿曼达先放松自己，然后浅浅地笑了，向女孩子招手道："小妹妹，不要怕，我们都是好人。你看……"说着她拿起胸前的十字架，"你看我们都属于上帝。"女孩子果然放松了警惕，眨了眨眼睛，想要说什么，但看到艾布纳的表情，欲言又止。阿曼达不免也去看艾布纳，只见他满脸是"恶心"的表情。她笑了，急忙道："不要怕，他是一名医生，善良的医生。"说完她瞪了一眼艾布纳，艾布纳急忙换作讨好的神态，还咧咧嘴，挤挤眼，做一个滑稽的表情。女孩子被逗乐了，慢慢地站起身来。阿曼达向前走两步道："你要到哪里去？这里很危险。"女孩子立刻转了眼窝，摇了摇头。阿曼达问："你的爸爸妈妈呢？"女孩子的泪珠滚落下来，含糊不清地道："不知道。"阿曼达又问："那你的其他亲人呢？"女孩子只摇头不再作答。

这时又传来隆隆的炮声和喊杀声，西方的天空下浓烟滚滚。阿曼达从口袋里掏出一块碎银，走过去塞在女孩子的手里道："快去逃命吧，这里很危险。"说完又双手捧着她的脸，内心充满无限的怜爱，"可怜的小妹妹，愿上帝保佑你。"女孩子的双眼睁得特别大，看着阿曼达在墓碑前站立一会儿，然后转过身去，和那个高大的男人向另一个方向走去。尽管女孩子知道，那个方向是租界，但她还是身不由己地尾随在他们的后面。阿曼达感觉到了什么，猛然回身，正见尾随他们的女孩子吓得突然停住，可怜巴巴地看着他们。阿曼达的心柔弱得很，这一刻，她不可能再抛下这个女孩子了，她仿佛看到了上帝的凝视。她跑过去，一把将女孩子搂在怀里，哽咽道："上帝呀，我怎么能丢下一个可怜的生命呢？她难道不是出自您博爱的双手吗？"这时女孩子也哭了，道："我要找到妈妈，我们走散了。"阿曼达帮她擦泪道："你知道你的妈妈往哪里去了吗？"女孩子用手一指后方道："那边……都去那边了。"阿曼达道："哦，那是大海的方向。走……我们也去那边。"这时艾布纳走过来道："阿曼达，我们应该寻找的是租界，那是我们的家园。在中国，像这样的女孩子很多。"阿曼达站起身来，道："不！我们应该帮助她找到妈妈。妈妈比租界更重要！"说罢她拽起女孩子的手就往大海的方向走去。艾布纳摇摇头，很无奈，但还是默默地跟随。

罗子沫成了整个战场上的一个贼人，或者说是一个偷窥者。他希望大清国的军队能打败洋人，更希望洋人中的阿曼达能幸免于难。他一会儿躲在这里，一会儿藏在那里，一双眼睛瞪得通红，只为看到一个熟悉的身影、熟悉的脸庞、熟悉的蓝眼睛、熟悉的两条泛着金黄的辫子。他甚至出现了幻觉，一闭上眼睛，阿曼达的样子就在他的眼前闪现。他最后悔的就是不该放她走，他是能拦下她的，只要他说一句"我信你们的神"。可那一句话当初就那么难以出口，如果知道有今天的思念与愧疚，他宁愿说十遍，哪怕十遍都是骗她。当他看到清军那么猛烈的炮火，英雄们的刀枪那么锋利，他就会想到阿曼达会死在乱军之中。当他看到洋兵反扑成功，他又想到如果清军败了，又该以什么面孔站在阿曼达的面前。他就在这种极度的矛盾中看到血肉横飞，听到杀声震天。但他还是看到了想看到的，就是租界里的洋人作鸟兽散了，那里一定有阿曼达。他们和大清国的子民没什么两样，在逃命的路上都是同样的面孔，同样的哭声。由此他想到，战争不是属于人民的，人民只能成为战争的共同受害者。

他仍像一个贼人和偷窥者，尾随在那些逃命者的身后，显得分外明朗而健壮。他成为一个地地道道的战争之外的另类。

但是，这个另类却被逃命的弱小者盯上了，因为他此时显得那么强大，仅仅那没有战尘的衣衫，没有穷愁无奈的脸，就足以给这些弱小者带来安全感，也最容易被这些绝望的人视为一棵皇皇然的大树。更何况，他那两条粗壮的大腿向着前方迈出矫健的步伐，足以让这些弱小者看到生的希望，一种神秘的力量吸引了她们的眼球。她们就是逃命中的女人，或黄毛丫头，或年轻媳妇，或中年妇女。她们大多是被逃命的男人抛下的，但她们没有计较与怨恨。在生死存亡的时刻，她们宽容地以为，男人是应该活下来的，而女人的生死可以听天由命。因为天下属于男人，战争更属于男人。城破了，如同她们的肚腹破了一般，能活下来就是万幸，怎好怨天尤人呢？可是，当她们看见一个男人却不离她们左右，甚至对她们抱以同情的呵斥时，她们哪能不紧盯不放、甚至穷追不舍呢？但这个男人的逃命路线却是迂回曲折、七扭八歪的。于是，她们的跟随也如此，就像一只老母鸡后面跟着一群刚孵化出的小鸡，叽叽咯咯地被甩来甩去。而罗子沫追寻的是洋人，更确切地说是年轻漂亮的洋姑娘，因为她们当中的一个极有可能就是阿曼达。当他看到身后的队伍蔚为壮观时，他感到哭笑不得。当他看到一双双兔子一般的眼睛紧盯着自己不放，里面充满着惊恐与哀求，他想对她们喊："别跟着我，危险！我是个叛徒！"可他终究喊不出口。他的心里万分焦急，因为他已掉转了方向，那是个危险的方向，那是去向租界的方向。他已听到了前方的哭声与笑声，那是天下最卑劣的笑声与最悲惨的哭声。那哭声能穿透几千年厚重的历史，是保守了几千年的清白与纯洁被无情摧毁，是比失去生命更令她们感到绝望的。而那笑声却是那么地放荡而无所谓，里面包含着积攒了一生的窃喜与贪婪。战胜方的士兵在城破之后并没有完全冲进城去，他们知道一座城被攻破了，就像一个池塘破了，奔泻的池水会流成一条长长的河，最鲜活的鱼都在逃命的急流中。于是，士兵们会充分释放埋藏在心中已久的奸淫，而此时的奸淫比财富更重要。

罗子沫恨不得钻天入地，让自己立刻消失，让这支队伍再也看不见自己而自行逃命。所以，当他看见前边有一个土坑，他蹦过去就趴在里面，并偷偷地往后看去。可令他更加心痛的是，他看见这支二十几人而且还在逐渐壮大的队伍也齐刷刷地就地卧倒，好像都蹦进了坑里。他无法忍耐自己的焦躁与气愤，蹦起来就冲着她们吼道："别跟着我！我……我不是什么好东西！跟着我干啥！"他边吼边拼命地挥舞着双臂，像要驱散漫天的阴云一般。可是，令他没想到的是，不但所有的人都齐刷刷地站起来，而且一个丰满泼辣的大嫂还走向前来，长长地伸出一只手，几乎是从自己的裤裆里掏出一个油汪汪的驴肉火烧，边递过来边向他努努嘴、挤挤眼，意思是："吃吧，吃完了好带着我们继续跑。"罗子沫看着那火烧，气得流出了眼泪，他一把抓过来，一口咬下了一半，一边嚼着一边瞪着这群人。他已不觉得这是一群人了，活像一群可怜的猫。他使劲儿咽下嘴里的东西，哭着喊道："男人呢？王八犊子……那些该死的男人！"所有的人都怔怔地看着他，好像根本没听懂他说啥。罗子沫又喊道："走！跟我走！一个也别掉队！"说完，他又把那一半火烧塞进嘴里，毅然向相反的方向跑去。此时，他已完全背叛了自己的意愿，或者说已经背叛了自己心中的姑娘。他重新选择的方向，是大海。他不由得产生一种奇怪的感觉，他觉得后面跟着的，个个都是弓然明。中国女人的隐忍和顺从，在战火硝烟中终于有了自己的方向，那个方向是大海，是家园被毁、亲人离散之后唯一的选择。但他哪里知道，千里之外的弓然明最终会选择什么。

弓然明选择了绝食。当她第三天拒绝吃饭的时候，丽娘看到了这一点。因为不吃饭而缺少必要的营养，她的伤口也不见好转，而且在逐渐溃烂。她的双眼整天呆滞地睁着，没人知道她在看什么、在想什么。念其在没人的时候偷偷地劝慰道："嫂子，我知道你的心已经灰了，但你能否再挺些时日？"每当这时弓然明都会滚下大滴的泪来，一只干瘦的手也会下意识地伸向自己的小腹，她知道，那个小小的生命可能要胎死腹中。丽娘也在身边没人时多次追问："他嫂子，一码归一码……你实话告诉婶子，你是不是已怀有身孕？"每当这时她都会觉得恶心，被自己悉心埋葬的仇恨也会沉渣泛起，她会猛地将头扭向一边，死死地闭上眼睛，她羞于看这个世界，她仇恨这个世界。可令她更加难以忍受的是，丽娘总会接下来猥琐地问道："那孩子究竟是谁的？是子辉的，还是那个日本人的？"她几乎要爆发了，狠狠地咬着牙，咬得嘎嘣嘎嘣地响。有一次她终于无法忍受，道："你是不是希望他是你儿子的？但我告诉你，他不是！"丽娘下意识地缩一下头，像被人打了脸一般感到羞辱。但她并不示弱，道："是谁的又能怎么样？是谁的他都不会来到这个世界上了！"说完便匆匆离开。

只有桑玉会长久地陪在她的身边，将饭碗久久地端在手里，那眼泪汪汪的样子，多次打动了她。她总想对桑玉说点什么，但又无从说起，脸上总会挂着淡淡的笑容。终于有一次，桑玉把碗放下来，悄声道："嫂子，临死之前，你最想见到谁？告诉我……我去告诉他。"不知为什么，心如死灰的她，那张已经瘦得毫无生气的脸竟"刷"的红了。恰在这时，外面传来这样的声音："就这样让她死了？真是便宜她了！我多少年都没看到千刀万剐了！"这声音让弓然明和桑玉同时感到五雷轰顶。也就是这个声音，让弓然明毅然决然地吃起饭来。桑玉看着弓然明那狼吞虎咽的样子，目瞪口呆，她仿佛在说："好！那我就让你们看看，什么是真正的千刀万剐！"桑玉吓得心都跳到了嗓子眼儿，语无伦次地道："嫂子，我们……我们逃吧！我们上山、下海，到天的那边去……让他们永远也找不到。"弓然明笑了，用舌头舔一舔干裂的嘴唇道："他们是啥？我们又是谁？"桑玉无法回答，只是拼命地摇头，那双惊吓的眼睛已经流不出泪水了。

这段时日，在罗家人眼里，丽娘好像很长时间不在家了，连整个村子的人都有这种感觉。其实不然，她只是早出晚归了一些。她又烙了几张芝麻盐的黏饼子，两面焦黄的，油汪汪的，用倭瓜叶子包好，放进一个小筐里，挎着进城了。吃黏饼子的人当然是冉先生，丽娘边看着他吃边道："先生最近发福了。"因为黏饼子太黏的缘故，冉先生想张嘴说话都很难，他只呵呵地笑了笑，露着黏糊糊的牙。直到一口气吃了几张，他方咂巴着嘴道："丽娘啊，国与家的关系有时让人搞不懂，对国与家的感情也很难说清。比如，那边在打仗，我明知没有几分胜算，可我还是发福了。你看看……"他捏捏自己的脸，又拍了拍胸脯，"这全是肉！因为我省心了，如今方知，小感情更伤人啊！我愁啊，真愁啊，此战结束了，大清国又会是什么样子？可我也高兴啊，真高兴啊！因为民众的良心被唤醒了。他们舍弃了小家小感情，有了国家大情怀。你看着吧！此一役，无论输赢，洋人再也不敢妄图瓜分我中华了。"丽娘一下子哑然了，她觉得冉先生扯远了。但琢磨一下，又好像不算远，总之很别扭，就觉得这黏饼子太无关紧要了，这算什么呢？小得可怜。冉先生又使劲儿拍了拍炕，"这土地……这土地不是他清朝贵族的！这土地是我们每个人的。国家没了，只要有民心在，就有土地在。中华民族为何几千年生生不息，就是因为民心昭昭如日月！你看，人家的旗号是'扶清灭洋'，你朝廷怎么样，最终还不是靠人民来扶？"丽娘听得心焦气短，但见他的言语兴头正浓，又不便打断。因为她不是来听这个的，最简单地说，如果夸奖她烙的黏饼子如何好吃，她或许还能接受，可这位先生的话头竟这么格格不入。"丽娘啊，子沫回来没？"丽娘摇摇头。"别担心，子沫那孩子没事，我看好他。那孩子的心在方外呢，这样的人鬼神都敬他三分，谁都伤不了他！"丽娘的心稍稍沉实了一些，道："五岛先生把产业都托付给了他，这让我心里很不舒坦。""应该舒坦！"冉先生瞪着双眼道，同时"噗啦"一下伸开双腿，"这不是让我说着了吗？只有心在方外的人，才有这种魅力。这一点，我不如他！"见他又来了，丽娘不忍，终于直言道："先生，我家那媳妇犯了重罪，听说应该受剐刑？"冉先生一听，"啊"的一下打一个嗝儿，急忙收回双腿，怔怔地看着她，陷入了沉思，半天方沉吟道："以山势缓慢渐行而上喻之……欲其死之徐而不速也……"然后他又突然道："不会！按刑律其罪当剐，然郎知府未必从之。"丽娘不解地问：

"先生何意？"冉先生道："郎纪平虽怪谲异常，但此人腹中有新潮。在他任上，不会滥用此重典邪刑的。除非……"丽娘道："除非什么？"冉先生眨了眨眼睛道："啊啊……没有除非，没有除非。"丽娘一听，眉头舒展，至此心里方获得几分安宁。但她没有就走，而是趁先生授课之机，与张妈闲聊，并为先生浆洗、打扫一番，至晚方归。

但在出城之前，她本想去教堂看看女儿，想了想，还是作罢了。家里出了这么大的事，她哪能不知道？但她连家里的脚步都没送，根本就不闻不问，这样的女儿有和没有有什么两样？"你嫌丢人也罢，你看谁都不顺眼也罢，但你就不能瞧瞧你娘遭的什么罪吗？"她边走边这样自语，心里像堵着一块石头。

其实，即便她真去的话，也未必能敲开教堂的大门。战事一起，牧长夫妇就开始深居简出，大门上了锁，连内部的几道门都关得很严。很多做工人员都被遣散了，中国的奉教者只留罗子漫一人。牧长大人大部分时间都是站在窗前翘首企盼，他希望两个女儿能长出翅膀，飞回到自己的身边。实在讲，他对罗子沫前往战场营救女儿并不抱太大希望，所以他并没有停止行动，与津京两地的教会频繁地书信来往。当得知女儿身边有一个大夫守护，他才稍稍放心了些。但没有人把安琪拉已死的消息告诉给他，也许这个消息谁都不知道。讲台上没有替主宣道的声音，没有唱诗班的旋律，但他跪在十字架前祈祷的身影从未间断，只是他已很少感应到主的声音了，整个圣殿静得出奇，能听到自己的心跳。罗子漫几乎每时每刻都在为哥哥与阿曼达祷告，她相信他们会平安归来，因为这段时间里，她的内心非常平静，这无疑是好的兆头，是神的启示。她不是没有听说家里出了大事，她也感到几分悲伤，但那悲伤却那么遥远，所以她没有回家看一看的打算。但有一件事让她的内心起了波澜，那便是牧长大人从知府大人那里得知，五岛次郎在自杀之前把产业托付给了哥哥，她对此事百思而不得其解，就像她至今仍对荣大人念念不忘一样，令她对自己也百思不解。

而此时令罗子沫百思不解的是，为什么在这惨烈的逃亡路上，竟看不到一个真正的男人。有，也不过是半老须生和懵懂少年。或携老妻将幼孙，是很容易被猎手忽略的；或跟在母亲的后头，六神无主地张望，是很容易被猎手忽视的。罗子沫感到孤苦而悲哀，好像战争被这样的逃亡者亵渎了。前边的天空广阔了，隐约能听到海潮的声音，能闻到海水的腥咸。此时他的眼睛一亮，不远处分明有一个高大的男人在奔跑。在茫茫的原野上，那是鹤立鸡群的高大。但他很快就变得沮丧，因为那一定不是中国男人，因为中国男人跑起来绝不是这般铺天盖地、摇摇欲坠的样子，所以他岔开了脚步，向另一个方向跑去。

那就是阿曼达他们，但在临近海边时，他们都匍匐下来，因为他们听到了海风送来的声音。哭喊，叫骂，撕心裂肺，苍天无助。再近前看过去，目不忍睹，惨绝人寰。不知是哪里来的一群水兵，他们正对拼尽最后一口气逃到这里的中国妇女进行残忍的强奸与虐杀。有的正在实施中，有的正在追赶中，有的正在扒衣中，有的在泄欲之后把战刀插进胸膛、肚腹。而更多的妇女则直接向大海奔去，她们想用张开的臂膀唤醒大海的恩慈。水越来越深了，从脚面到膝盖，从腰际到肩头，最终被完全淹没。每当海浪打来，会把正向它走去的女人直接卷走，带到它宽宏的怀抱里去。而有的却没那么幸运，已经扑到海边了，又被水兵抓住双腿，重新拖上岸来。而那些有些姿色的女人，则正遭受着轮奸的苦厄。阿曼达的泪水比海潮还凶猛，比海水还咸涩，她不敢相信，这一幕幕，竟发生在人间，这由上帝亲手缔造的人间。如今她才如梦方醒，为什么她们要拼命逃往大海，原来这大海是她们为自己选择的免于凌辱的最终归宿。

突然，她身边的女孩子哭叫着站起来，向海边奔去，同时一声声地喊着"妈妈"。阿曼达看到了，那个刚刚被蹂躏过又勇敢站起来的女人，就是这女孩子的母亲。当她看到女儿向自己奔过来的时候，突然从那赤裸的躯体里发出一声惊天动地的呼号，然后她毅然决然地掉过头去，向大海扑去。海浪声声，大海终于接纳了她。女孩子扑倒在地，喊叫的声音已经沙哑了，仿佛喉咙破了，涌满了鲜血。艾布纳快步跑过去，将她抱了回来。

罗子沫和他身后的女人们，想向更安全的地方跑去，但很快就被水兵们发现了。呜哩哇啦声、狂笑声盖过了海浪的声音，她们无疑是一群更新鲜的猎物。罗子沫害怕了，他比那些女人更害怕，他的眼前总闪现着女人们被蹂躏的景象。他是在绝望中奔跑，因为水兵们眼看就要围上来了，于是他开始责怪这些可怜的女人，为什么要把命运寄托在他的身上，他彻底相信自己是百无一用的书生。绝望中他被一块礁石绊倒了，身后的女人们也扑了上来，有意纷纷倒地，有的干脆趴在他的身上。这场景令水兵们不得其解，一时都疑惑了，但这疑惑是短暂的，就像逃命的母鸡一头钻进草丛里，露在外面的屁股只能招来一笑。罗子沫不敢睁开眼睛，也不敢抬起头来，但他却拼命地喊着阿曼达的名字，或者说，借以喊着她的神。

阿曼达听到了，但她没有觉得奇怪，因为她早已注意到了一个男人领着一帮女人在跑，她以为这是黑色的幽默。同时她更注意到了这个男人，虽然这里与赤城相隔千里，彼此分离也时日多多，但她还是确信那就是罗子沫。在她眼里，罗子沫是独一无二的，所以她并没有深究这种种的不可思议，而毅然决然地跑过来，手里牵着刚死去母亲的女孩子，身后跟着大惊失色的艾布纳医生。艾布纳无论如何都想不通，在这里，一个中国男人竟然呼唤着阿曼达的名字，所以他没有去阻止阿曼达极度冒险的行为，也想看个究竟。阿曼达出了一身猛汗，早已湿透了衣衫，那两条中国式的大辫子随海风飘摇，它们因为好长时间没有梳洗，蓬蓬然倍显沧桑。她一边奔跑一边用英语说着什么，是劝解，是开导，是谩骂，是阻止。但士兵们的兽欲并未因此消减，有两位已经在扒一个年轻女子的衣服了。阿曼达冲向前去，每人扇一记耳光，同时怒斥道："如果是你们的姐妹，你们会忍心有人这么做吗？上帝会惩罚你们的！你们的行为与禽兽无异！"两位水兵捂着脸，看着眼前这位基督徒，并走过来，他们要打人，却被艾布纳冷不防地打出的两记重拳击中脸部，踉跄着险些倒地。"告诉你们了，这些人都是基督徒！你们怎么敢对基督徒下手呢？"艾布纳的拳头热辣辣的，他这样吼道。阿曼达跑过去，在女人堆里把罗子沫拉起来，并在众目睽睽之下把他紧紧抱住，相思之情热辣而真切。这一幕无疑惊呆了所有人，也震惊着士兵们的兽欲，他们彼此相看，唏嘘着摇了摇头。更震撼着中国女人们的心灵，她们努力往上翻着眼睛，又羞怯地闭上。阿曼达向罗子沫耳语了一番，同时松开了他。罗子沫弯下腰去，一一拽起趴在地上的女人，并向她们拼命地喊着什么。于是她们面向大海整齐站定，站在她们对面的是这位素不相识的洋姑娘，她们俨然在举行一场仪式。于是阿曼达道："主啊，请你帮助我，不要因为我而使他人犯下奸淫的罪。"话音刚落，女人们也重复起这句话来，只是听起来稀稀落落的，缺少诚意和真情。阿曼达又道："主啊，请你饶恕我，在我最危难之时没有喊你的名字，却只想如何躲避邪恶的攻击！"女人们又重复着。"主啊，请你保佑我，让大海带来你的力量，来击退这世间的狂魔！"接下来又是重复之声。这种声音越来越大，越来越有震撼力。水兵们越来越沮丧，越来越无奈，渐渐地，他们带着依依难舍之情离开了。罗子沫也面对大海跟着祈祷，他的心慢慢地安定下来了。

当阿曼达与罗子沫带着这些女人沿海边向远方走去的时候，几乎变成了局外人的艾布纳大夫跑过来，拦在阿曼达面前，苦笑道："阿曼达，你在中国不但有故事，还有美丽的爱情。我想……我想我应该离开这里了。一切都过去了，我的双手正在蠢蠢欲动，因为它们是离不开手术刀的。"说完他倒退着离开了。阿曼达本来想用拥抱告别，但艾布纳大夫没给她这个机会，他们的双眼都湿润了，里面也像涌动着海潮。

罗子沫牵着阿曼达的手走在前面，后面跟随着这些劫后余生的女人，直到走回陈家沟，他们的手都没有分开过。女人们默默地行走，默默地看着他们的背影，还有他们紧紧相牵的手。硝烟在空中掠过，战火还在眼前焚烧，大地上本该葱茏的绿色，变得暗淡没有光彩。天津卫的城里城外，几乎看不到中国人了，死去的曝尸荒野，活着的也都在阴暗处藏身。那个生活着一个疯女人的院子里，老远就传来了哭号之声，"我的妈呀——我的妈呀——"罗子沫知道这是车夫的声音。不知道这里发生了什么，他与阿曼达同时加快了脚步，走进那个院子。女人们则试试探探，在门外扎堆停下来，惊惶地向院子里张望着。人们都看到了，院子里躺着两具尸体，一个是那位疯女人的，光着下体，阴处流着浓黑的血；一个是士兵的，就是这女人的丈夫，是中弹而亡。车夫则坐在正门的门槛上，鼻涕眼泪地哭娘。"我的妈呀——我的妈呀——"这声音并没有因为这些人的到来而停止，相反更加凄切。经罗子沫的安慰和询问，车夫方道出实情，原来他不是哭他的"妈"，而是哭他的"马"。他对罗子沫道："今天早晨，我正睡得香甜，被院子里的吵闹声惊醒，透过窗子一看，院子里站着四五个洋兵，都端着洋枪，与这个被打死的人理论，旁边一个洋兵抓住疯女人不放。他们都说了什么我听不大懂，说着说着就动起手来，看样子是洋兵们想祸害这个疯女人。书生你看那个男人，可不就是照片上那个小子嘛，这小子看起来他不让，要是我我也不让啊！拦住了洋兵们就厮打，后来一个洋兵就开了枪。完事就齐大糊的把这疯女人的裤子给扒了，就给那啥了。完事了又把这疯女人给捅死了，一刀捅在了下边，你看看……真不是人啊！"说到这里他四下里看看，好像在寻找什么，终于他看着自己的车道："完事了这帮王八犊子又把我的马给牵走了！我的马不想走，他们就使劲儿揍它，没办法我的马就跟他们走了，走到门口还回头看我呢。哎哟我的马呀——"说着说着他又"哇"的一声哭起来。罗子沫安慰道："你就别哭了，回赤城我会赔你的马。现在你我应该把这两具尸体处理一下。"车夫果然不哭了，却道："马没了，车就是废物了，我们咋回去？"罗子沫道："再想办法，再想办法。"说着便动起手来。车夫吭哧吭哧地将自己的车拉来，罗子沫会意，便与车夫一起将两具尸体往车上抬。正在闭目祷告的阿曼达睁开眼睛，也来帮忙。门外的女人们看了，"呼啦"一下涌进来，也七手八脚地帮着抬尸体。

很快，罗子沫与车夫便拉着两具尸体向村外走去。而这边已冒起了烟火，是女人们发现了粮食，正在烧火做饭。在村外地头一个偏僻处，正在掩埋尸体的罗子沫与车夫突然蹲了下来，因为他们看到了大队大队的洋兵正向北行进。远远望去，似长蛇蠕动，看样子他们是从天津城里出来的。罗子沫把双眼瞪得很大，因为他觉得这队人马似曾相识。看旗幡和颜色，他确定这就是杀戮采金农民的俄国兵。"快埋吧书生！埋完了我们好往家赶，是非之地不可久站哪。"已经怔住的罗子沫被车夫惊醒，一时竟慌了手脚，对车夫茫然道："我们算不得男人……那些战死的才算得男人！"这回是车夫怔住了，张大嘴问道："啥？你说啥呢？"罗子沫苦笑道："没说啥，快点埋吧！"车夫却突然想起什么似的道："那洋姐就是什么什么……阿曼达吧！确实不赖，怪不得你豁出命来救她。"罗子沫没有听见他说什么，因为他正想着弓么长和盛金龙兄弟两个，那在万军丛中唯唯光着脑袋的两条汉子，形象依然那么活跃。

这时候的弓么长已经死了。那是在争夺老龙头火车站的战斗中，他与盛金龙发现对方竟是俄军，便杀得分外眼红。他们冲锋在前，出奇地勇猛，生死早抛置脑后，只杀得光头上都溅满了鲜血。在战斗间隙中，双方形成对垒之势，难免有各自的统领借机出现在阵前巡察。尤其俄军统领罗斯科夫，蔑视对手的武器简陋，竟大摇大摆地在阵前指手画脚。恰被躺在地上歇息的盛金龙看见，他捅了一下身边的弓么长道："表哥快看，那是狗养的罗斯科夫！"弓么长就地一滚，抬头观看，"没错，就是这个狗养的！原来这是他带领的部队呀！"他与盛金龙对视着，眼睛纷纷红了，牙齿咬得"嘎嘣嘣"响，刀柄握得死死的。突然，他们一起大吼一声，然后就像活鱼落在开水里，翻腾跳跃着起身，直奔仇人而去，并且一边跑一边大哭大叫，震地惊天的。恰因为这种反常的举动，敌对双方都惊呆了，都不知道发生了什么，没有觉得这两个秃头与这场战斗有什么内在联系，更没觉得他们抢在手里的刀是刀，只是闪亮的一道光而已。如果有例外之人，那便是弓去快了，他吐一口唾沫道："完了！"

可他的话音刚落，完了的人是罗斯科夫。当同样看傻眼的罗斯科夫意识到他们是要杀自己的时候，他拔腿就跑，但已经来不及了，被追上来的弓么长一刀劈在脑袋上，那颗硕大的头颅顿时成为两半。后追上来的盛金龙又一刀捅在他的后背，刀尖从胸膛穿出。这时首先醒悟的是拳民们，他们同时高呼，发出海啸一般的声音，然后像潮水一般涌来。俄军也醒悟了，纷纷举枪还击。毕竟弓么长和盛金龙才是杀死俄军主帅的"罪魁祸首"，所以他们首当其冲是被枪击的对象。当第一颗子弹打在弓么长的胸膛时，他猛地推倒盛金龙，并把他死死地压在身下，于是子弹瞬间雨点一般落在他的身上。他在临死之前只对身下的盛金龙说一句话："回家救姐姐。"

拳民们踏着弓么长的尸体前进，前边的倒下之后，后面的已经冲进俄军队伍中，于是一场血腥的肉搏战开始了。这场战斗拳民胜了，老龙头火车站重新落在中国人手里。战斗过后，什么声音都听不见，只有弓去快抱着儿子的尸体哭号。

这一夜，罗子沫与阿曼达睡在了一起，旁边是那位刚刚失去母亲的女孩子。睡前罗子沫问她叫什么名字，便又伤了她的心，她说她叫安素梅，是妈妈起的名字，谁都说好听，说着说着便哭起来。阿曼达抚摸着她，安慰着她，直到她渐渐平息下来，渐渐睡去。这时阿曼达抬起头来静听，什么声音都没有，战后的夜如此地静谧，她的心里腾地燃起一团火，翻个身便把罗子沫死死地抱住了。这一刻，她没有感到神的存在，所有的力气都属于她自己。罗子沫已经把奔赴天津卫的前后经过告诉了她，她把所有的感激与爱怜都积攒到这一刻，她不需要什么，只需要这种水乳交融、彼此渗透的感觉。但她还是体验到体内潮水的涌动，她不以为那是罪恶的，在这邪恶的天空之下，这潮水是多么地恩慈与丰厚，她以为这是神都赞叹的，因为这是心灵最深处的回响。

其他女人与车夫都各自安睡，他们不以为罗子沫与阿曼达睡在一起是有伤风化，相反这分明是爱与力的结合。但罗子沫只是静静的，他在体验着阿曼达与弓然明的不同，她们的不同十分明显，一个是冷的，一个是热的；一个是安静的，一个是狂躁的。他不知道自己更喜欢哪一个，但他在此刻只能选择安静，因为他心存敬畏，他甚至在阿曼达水润润的双唇里，琢磨着明天的归程。车夫的马没了，本应该去弄一匹马。这些女人不可能再跟在自己身后了，战火熄了，硝烟落地，大地上继续生长着野菜，乱舞着飞蝇。人，也可以继续苟活。她们属于这片土地，本应回到这片土地。他还在阿曼达温润的肌体里叹息，遥想着家乡的人和事，和战场上的血腥有什么不同。那一张张面孔，那一双双脚印，还有看不见的恩仇。

热水汤风波再起，放羊人在"半截空"背后的一个山洞里发现一具尸体，是被利剑封喉而死。洞口处用来遮蔽风雨的柴火棚子也被烧了，凶手想焚尸灭迹，但并不彻底干净，尸体虽被烧成了一截焦炭，但唯独脸部没被烧毁，尚留下清晰的轮廓和死前痛苦的表情。洞内还残留死者的遗物，有衣服和棉被，有酒壶和肉干，还有一些值钱的物件，都不是平民能用得起的。陆陆续续有许多人来围观，桑玉架不住诱惑，一再撺掇念其也去看热闹，念其终是答应了。但此一去，便彻底改变了她的命运。当她看出死者就是自己的哥哥时，她一声不响地跪下来，没有过度的悲伤，相反却在替哥哥感到解脱。这时她才明白，哥哥还是没舍得离去，兄妹之间成为彼此唯一的牵挂。而当牵挂一个个离开自己的时候，就像拴着自己的绳索被一个个解开。桑玉忍不住痛哭，看到小姐那神情泰然的样子，她不得其解，也感到别样的恐慌。她们回到罗家大院的时候，都不动声色，脸上更没有泪痕，就像看了一场提不起精神的戏，连观后的感想都懒得去说了。夜深的时候，桑玉说要去掩埋公子的尸体，念其沉思良久道："算了吧，已经烧毁的尸体是不怕天光的，就让他迎着太阳去轮回吧。"

但她们自此以后把更多的时间用来与弓然明待在一起，虽不多言多语，神情却渐渐地亲近了，亲近到弓然明敢当着她们的面露出自己的小腹，那光亮亮的凸起随着呼吸而起伏波动。这令桑玉感到害羞，却令念其感到冲动，但她们几乎同时想到了罗子沫，想到了罗子沫与这小腹的关系。

左汉庭是全身披挂手按腰刀走进知府中堂的，郎纪平坐在案前，用目光迎接他直到彼此清晰对视。左汉庭站定，又握了握腰刀道："热水汤后山出了人命，是被利剑所伤，一剑封喉，手段残忍。"郎纪平却道："八国联军进了北京，烧了圆明园。"左汉庭道："凶手的武功可谓高强，剑也是好剑，可以剁铁如泥！"郎纪平道："太后与皇上摆驾西安，中堂大人却搞起了'东南互保'！"左汉庭道："死者我认识，他就是前任知府的公子、当今太后的干儿子荣念祖！"郎纪平道："北京城乱成一锅粥，但闻枪炮轰击声，妇幼呼救声，街上尸体枕藉。"左汉庭大声道："赤城又出了人命关天的大事，知府大人不会无动于衷吧！"说罢，他死死地盯着郎纪平身后挂在墙上的剑。郎纪平镇定自若道："大清江山危在旦夕，天下人人自危！"左汉庭吼道："请知府大人不要避重就轻、转移视线！"郎纪平也大声道："本知府也请左大人不要小题大做、故弄玄虚！"左汉庭"哼"了一声，转身愤愤往外走去。郎纪平用另外一种语气招呼道："请左大人留步，郎某有要事与你相商。"左汉庭只稍停了停继续往外走。郎纪平抓起一个茶盏砸了过去，吼道："你把你的妹妹藏哪里去了？！她的肚子里可有我的骨肉！你个混蛋！"这时左汉庭停下来，并不回头，一字一板地说："你杀业太重，不配有骨肉！"说罢，迈更大的步伐往外走。郎纪平忽地站起身来，他感到大地颤抖了一下。良久，他又无力地坐下来。

"大清国休矣！"他发自肺腑地自语道。但他知道左汉庭误会了，那"大事"并非此"大事"。他说出哑女，摔了茶盏，发泄的只不过是另一种愤怒。尽管他知道在这种时候发泄这样的愤怒有多么不合时宜。国家已经飘零破碎了，谁还在意个人恩怨吗？

但左汉庭刚走不久，就有一群人不请自到。他们说是日本使团，却在一个大清国外务部公所官员的带领下，稀里糊涂地进来了。他们是针对五岛次郎的案子而来，战胜国的蛮横在他们身上一览无余。为首的自称是关东军参谋本部的，人精瘦，西装革履，眼睛圆圆的，嘴尖尖地噘着，总像是瞪着眼睛要骂人的样子。外务部官员自称胥长海，他称呼这位日本人为田中先生。还有一位日本人和田中先生的打扮大体相同，其余的日本人都是武士形象，面目冷峻地抱着膀子，菊花刀都竖着握在手中。郎纪平对他们不屑一顾，站起身来摘下宝剑，横放在案前，怒视着这帮人，心中骂道："老子乃亡国之臣，还怕什么？！"外务部官员见苗头不对，急忙上前道："太后临行前有旨，凡外交事务，悉尊洋人之便。"郎纪平一听，怒火中烧，"啪"地一拍几案道："我郎某人没有听到这样的懿旨，不敢照办！"胥长海吓了一跳，额头上的汗也下来了。但作为一名外交官，他的风度确实不同，他意味深长地说："郎大人少安毋躁，大清国只是一时战败，大清国还是大清国。太后还会回来的……请郎大人三思啊！"郎纪平被打动了，怒气也顿时消了大半，便坐下来道："五岛先生的案子本官曾亲自过问，但案情复杂，本官尚未审理清楚。先生究竟是自杀还是他杀，或另有隐情，需要继续取证，此非立等之事。使团可以住下来，待本官慢慢结案！"胥长海听出话头不对，刚想说什么，却被田中先生拦下道："郎大人，案子的事你可以慢慢地审理，我现在急需查一下五岛先生的遗物，请大人配合。"

郎纪平怔了一下，半天没有说话。胥长海道："田中先生的要求并不过分，请大人配合一下吧。"郎纪平突然轻描淡写地说："这是小事，有何难哉？尽管去查呀，先生死后，本大人就派兵把守那个院子，无论什么遗物，都万无一失。去吧，去查吧。"田中先生则笑道："我们请大人陪同前往……"没等他把话说完，郎纪平一拍桌子道："这是什么屁话！本大人只管查案，不管查遗物！"话音刚落，几名武士冲上来，面露杀机，蠢蠢欲动。郎纪平毫不示弱，也把宝剑抓在手里。这时胥长海急忙道："据说路途并不远，大人不妨跟着走一趟嘛，权当散散心。"说着他的额头又流出汗来。郎纪平态度坚决地道："这不可能！本大人乃堂堂朝廷命官，不负责查死者遗物，这是对我大清国的侮辱！内忧外患，本大人更无心可散！"田中先生仔细地看了看这位中国官员，突然皮笑道："此事可以不难为大人，但不知先生死前可有遗言否？"郎纪平的脸色一下子变了，但很快又恢复了正常，他语气平和地道："遗言倒是有……"田中追问道："怎么讲？"郎纪平扫他一眼道："先生说，要把他在金矿的股份和浴海池林的生意暂交一个叫罗子沫的人管理。"田中道："罗子沫是哪个？"郎纪平道："是当地的一个读书人。"田中道："如今在哪里？"郎纪平道："据说去天津很久了，至今未归。"田中道："去天津干什么？"郎纪平怒斥道："这我哪里知道？！"田中先生"哧"地笑了，然后他一挥手，使团的人就跟着他向外走去。这样结束话题令胥长海猝不及防，他看看使团的背影，又看看郎纪平，一副不知何去何从的样子。郎纪平故意不去看他，结果此外交官还是追着使团而去。

郎纪平忧心忡忡，他深知自己面对的不是一个小小的使团，而是使团背后强大的帝国。晚上，他在翠玉仙雪苓的屋子里宴请左汉庭。宴请的方式偷偷摸摸，是雪苓跑到军营里缠着左汉庭非要到自己的屋子来喝酒的，左汉庭正在专心致志地操练兵马，根本无心饮酒，无奈雪苓用百倍的柔情加上盈盈粉泪，才使他卸去披挂信步前来的。一进屋，他傻眼了，知道自己中了圈套，他刚想大骂雪苓这个臭婊子，郎纪平开口了："左大人难道还不给面子吗？我郎纪平在这里宴请你，是把你当长兄看待的。"说着他竟单腿跪地，抱拳行礼，眼中泪光闪闪。本来想拂袖而去的左汉庭大为震惊，但他仍以为郎纪平是为家妹而用心，尽管没有走，但仍有居高临下之态。他自顾坐下来，也不去搀扶郎纪平起来，独自斟了一杯酒一饮而尽。雪苓生气了，骂道："你这头老犟驴，到我这里还啃犟屎！"说罢慌忙跑过去将郎纪平扶起来，让他坐在左汉庭的对面，然后又给他斟满了酒。郎纪平也一饮而尽，并让左汉庭看看杯底，滴酒未剩。左汉庭瞥一眼郎纪平道："实不相瞒，家妹确已远走高飞了，以后你不会再见到她了。至于她肚子里的孩子，将来由我这个当舅舅的抚养。"郎纪平知道他还在误会自己，抬手给他斟满酒道："左大人，今天请你来，确实不为静寒之事，是……是有更大的事与大人商榷。"他欲言又止，看了看身边的雪苓。雪苓看在眼里，顿时老大不愉快，但面对的是堂堂的知府大人，她还是笑了笑道："那二位大人请慢用，小女子去招待一下别的客人。"说着她转身想走，却被左汉庭一把拽住道："在主人的家里却让主人回避，这成何体统！大人尽管放心，这女人的心胸不在你我之下。"郎纪平见状，讪笑道："我不是那个意思，不是那个意思。"说着他友好地拉一把雪苓。雪苓娇滴滴地乐了，便心安理得地在一边伺候着。然后便是二位大人默默地对饮，你一杯我一杯，一连干了四五杯，郎纪平方老气横秋地一声长叹道："我大清似有必亡之日啊！"说着眼角便有泪珠滚落。左汉庭深有同感，却道："大人何以悲观至此？"郎纪平道："日本使团来了，他们是冲着五岛先生的遗物来的。""遗物？"左汉庭惊讶道，随即脑海里便浮现出那天的深夜探访，"他的遗物难道很值钱吗？"郎纪平道："不是值钱，是要命！"他的声音突然很高，雪苓吓了一跳，急忙端起酒壶要倒酒。郎纪平深吸一口气，从袖筒里取出一件奇异的东西，让雪苓将酒菜撤下去，擦净桌面，然后把它铺在上面。当雪苓终于看清这是一件什么东西的时候，她"啊"的一声大叫，瘫了在地上，背过气去。左汉庭的额头也早已渗出汗珠，脸色也变得蜡黄。但他还是沉住气，将地上的雪苓挟在腋下，扔到床上去，然后狠掐她的人中，直到她"呜"的一声哭了出来，接着在床上瑟瑟发抖。左汉庭复又走回来，看着这个物件，牙齿打战，浑身发冷。郎纪平虽然未有异常表现，但仍呼吸急促，道："左大人请看，这是一整张人皮……你看，它色彩洁白，纹理细腻，一看便知是未嫁姑娘的皮肤。这人皮是如何扒下来的，如何保存的，只有鬼知道！"左汉庭的双眼越瞪越大，他在仔细观察这张人皮，这是一张完美无缺的人皮，从五官到四肢都轮廓清晰，甚至连手指、脚趾、乳房都仍显饱满。郎纪平道："左大人，你再看它上面都有什么。"左汉庭这才意识到，人皮的背部竟画着图线，上面还标有文字，并且同时标有汉文和日文。他不解道："这画的是什么？我看不懂。"郎纪平道："这画的是地图，总的来说就是我们赤城境内的地图。你看这里，就是热水汤附近的山脉，这下面埋藏着丰富的矿铁和膨润土。这几道山脉离我们这里较远，也都有矿藏，分别为铜、钨、金、萤石、鸡血石。这里是我们的赤城城区图，也就是一张战略进攻图。在哪里安营扎寨，在哪里排兵布阵；哪里有重兵把守，哪里是薄弱环节；从哪里进攻，从哪里撤退，都标示得清清楚楚。再看这里，上面写的是'红山古文化遗址'，而且是用红笔重度标明，说明它的价值非常高，高过所有的矿藏。但我也弄不太懂，它究竟是什么。总之，就这一张图，把我们赤城境内，家里家外，地上地下，全囊括在内了。只等战事一起，他们就可以探囊取物了。"左汉庭头上的汗一滴一滴地往下掉，他胡乱地抹一把道："难道这就是他们要找的遗物吗？"郎纪平用力点头道："没错，正是它！"左汉庭大声道："这东西决不能落在他们手上！"说着他抓起来就想在灯前烧掉。郎纪平慌了，也大声道："左大人且慢！先留着它，他对我们也同样重要。"左汉庭迟疑一下，重又放下，却扭头对床上的雪苓道："好了好了，看一张人皮就把你吓成这副德性！要是真看见鬼，还不把你吓死？快过来辨认一下，这张人皮你可认得否？"雪苓张了张嘴，想说什么，却变成了痛苦的呻吟。郎纪平笑道："左大人不要为难她，她哪里知道？据说早些年罗家闹马匪，曾丢了姑娘，这张人皮也许只有罗家人能认得。你看左大人……"说着他重新平整人皮，"你看这里……眉心处……有一颗痣，是暗绿色的。"左汉庭低头去看，果然不假。便沉吟道："我是说……这张人皮一定来自我们中国姑娘，雪苓这娘儿们应该懂得。"郎纪平一摆手道："算了吧，去确认一张人皮是不是自己姐妹的，未免太残忍。"左汉庭长叹一声道："我们成了人家砧板上的肉了……这积贫积弱的大清国呀！"郎纪平道："叹气无用左大人，我们应该想对策了。日本使团见遗物丢失，岂肯善罢甘休？他们的军队就在京城，而且是联军的主力，那是说到就到！"左汉庭愤然道："就让他们来好了，我的兵马也不是吃素的！"郎纪平道："军事上的事，左大人应该比我更清楚，京城尚且难保，遑论小小的赤城啊！更何况，以一斑窥全豹，我们赤城被他们载入图册，整个大清又有多少个赤城，谁能保证其他地区不遭此劫？"二人都陷入了万分悲痛之中。这时雪苓却说话了："二位大人别说了，都到我的床上来睡吧。我好怕啊！"左汉庭一听，立眼骂道："少给我胡说八道！你这个臭婊子！"郎纪平苦苦地笑了，他叠好人皮，对左汉庭道："你留下吧大人，我回去了。我们都想想对策。"说罢要走。左汉庭尴尬道："我留下什么？我也走！"郎纪平拦住他道："她会害怕的……自家姐妹，要懂得爱护。"左汉庭一听，顿然感动，目送郎纪平离开。

郎纪平一脚踏进深暗中,他自语道:"还有什么办法呢?已经没有什么办法了。"

事情果然不出所料。第二天一大早,在中堂坐了一宿的郎纪平瞪着惆怅的双眼,看着日本使团怒气冲冲地走进来,后面跟着一路小跑的胥长海。日本人如入无人之境,站在眼前的田中先生眼睛瞪得更圆了,手指着郎纪平的鼻子吼道:"郎大人!经查,五岛先生是为人所害。我限你在一个月之内惩办凶手、交出遗物,否则大兵压境!"说完他转身就往外走,后面的武士都向郎纪平怒目而视,反卷而去。田中先生边走边对点头哈腰、满脸愧疚的胥长海道:"你就不要走了,留下督办此事,我们很快就会回来的。"胥长海头点得像鸡啄米,口里不住地说:"是是是……是是是……"

见日本使团没了影子,胥长海向郎纪平扑上来,耸着鼻子、蹙着眉头指责道:"我说你是怎么搞的!明明有士兵把守,却让人盗走了遗物。"然后他又咬牙切齿地说:"那几个兵丁全让日本武士杀了。该杀!一群饭桶!"他显然连同郎纪平也一起骂了。郎纪平腾地站起来,一脚踢翻了几案,大骂道:"×你妈的,偷人不成反杀物主,这是什么世道,窝囊到家了!"见四品知府张嘴骂人,胥长海瞪着眼睛,傻在那里了。郎纪平久久地望着门外的蓝天,又突然流泪道:"羞于为人啊……羞于为人啊……"挥泪之际,他反过身去拔出宝剑就想自刎。胥长海顿时惊醒,像个发疯的袋鼠一样,跳过来就把他紧紧抱住,口里不住道:"不可大人!不可大人!你死了我咋办?啊……啊……啊赤城人民咋办?再者说郎纪平也不像这么没出息的人啊!"郎纪平忍住冲动,宝剑"哐啷"一声掉在地上,人也一屁股瘫坐下来,只是捂着脸吞哭。胥长海气喘吁吁,掏出雪白的手帕,边擦汗边道:"日本人得知五岛先生是被人害死的,气坏了。我看他们寻找遗物是次要的,杀人偿命才是主要的。还有……"没等他把话说完,郎纪平怒骂道:"你懂个屁!酒囊饭袋!大清国就毁在你们这帮酒囊饭袋手里了!"身为京官的胥长海遭地方官的辱骂,气得脸都紫了。但看着被踢翻的几案和掉在地上的宝剑,却敢怒不敢言。他一边拥起几案一边捡起宝剑一边道:"看门的那个老秦头说五岛是被害的,可当地百姓却说是'奸夫淫妇谋害亲夫',叫嚣着要把凶手千刀万剐,否则难解心头之恨,真是群情激愤啊!大人何不惩办了凶手,换来两家乐和呢?从案情上说,只要惩办凶手就可以有个交代,至于什么狗屁遗物嘛,他们又说不出是啥……"说到这里他突然停了下来,因为他发现郎纪平正用怪异的眼光死死地盯着自己。郎纪平确实被震惊了,他盯着盯着突然哈哈大笑起来，笑完了道："大清国的京官干别的不行，干这一套可真有两下子！"说完他又哈哈大笑。胥长海被他笑毛了，提着宝剑的手瑟瑟发抖，哆嗦着双唇道："大人谬赞！大人谬赞！"说着他又从怀里掏出一张揭帖，展开了放在郎纪平的面前道："看吧郎大人，这是强烈要求惩办凶手的揭帖，贴得到处都是，言辞相当激烈。说如果不惩办凶手，天下男人将人人自危！"看着这个振振有词的京官，郎纪平一把抓起揭帖撕得粉碎，掷在地上道："说得多好听！一个女人竟让天下男人人人自危了，那八国联军就让人人平安了对吧？是这样吧？"说罢他又狠狠地啐了一口，骂道："无耻！下贱！"胥长海喏喏道："可刑律上就是这么定的。"郎纪平道："什么狗屁刑律，到头来只能用来对付自家百姓，它还能干什么？！它能给八国联军用一用吗？这帮畜生正在烧杀淫掠，刑律干什么去了？！能给他们用一用吗？！"胥长海不再言语了，却又出了满头的汗，他抹一把道："这该死的天，真热。"

又一日，消失已久的桑德斯又回到了赤城，开着他的车在大街小巷兜圈子，车的前方插着一面新鲜的小国旗，车窗是打开的，并不断地按着喇叭，任谁都能看清他得意的笑脸。当然，喇叭的声音很礼貌，颇有绅士风度。最终他把车开出东门，跨越凌水，在教堂的门前停了下来。他踌躇满志地望一眼高高的十字架，和下面精致的耶稣浮雕，然后一脚踏入门去，随后楼梯发出"咚咚"的响声。牧长大人虽仍显冷漠，但显然缺少以往的气势。贝蒂诚惶诚恐地端过上好的咖啡。桑德斯跷着二郎腿，吸着上品雪茄，吐出一口浓浓的烟雾道："阿曼达和安琪拉还没有回来吧，我到天津看过她们。正好那段时间我要回国，我本想把她们带到俄国去躲避战火，可她们说什么都不肯。牧长大人啊，我总是遭人误解，好心被人当成了驴肝肺。"杜克先生只用鼻子哼了哼，算作礼貌的倾听。桑德斯又道："多可惜呀，我最好的朋友五岛次郎去了，我没能见他最后一面，这将成为我终生的遗憾。可这个朋友我真没白交，临终之前他把金矿的股份和浴海池林的产业都转到了我的名下。"牧长大人翻一下眼皮道："可我听说的不一样……我听说他把这些都托付给了那个叫罗子沫的中国读书人了。"桑德斯一口烟喷了出来，然后一边猛烈地咳嗽一道："鬼话！您怎么相信这种鬼话，他怎么能把这么大的事托付给战败国的贱民呢？这绝不可能！"牧长大人又哼了哼，扭过头去，冷眼看着窗外。止住咳嗽的桑德斯又唏嘘有声地说："我说牧长大人啊，您为什么不高兴呢？难道您不知道在我国军队一马当先的前提下，联军胜利了吗？您的圣殿从此以后可以不必这样冷清了，唱经声和讲道声可以更加洪亮了！"他说着竟然高高扬起双臂，像在万人广场上作伟大的宣讲。可牧长大人慢慢扭过头来，冷冷地说："联军赢了……可上帝输了。"桑德斯一下子哑住了，他气恼地盯着杜克先生，一口一口地吸着雪茄。恰在这时，贝蒂走了进来，道："可以用餐了，有上好的牛排。"桑德斯愤然道："我不吃上帝的牛排！"说罢叼着雪茄扬长而去。教堂的门似乎不存在，踏楼梯也如履平地，很快就站在他的车子边。正要开门之际，他掏出一把手枪大声叫道："我要去会一位善解人意的女人！如果谁敢找不痛快，我非枪崩了他不可！"一切很安静，没人倾听他的声音，但他觉得上帝听到了，所以他发出轻蔑的一笑。

　　妓女雪苓确实很周全地接待了他，因为她看得出，来者不善。为了让左汉庭避开麻烦，她十分不情愿地出柜了，坐上桑德斯的车，出城向南去了。临行前她对老鸨说，如果有人找我，就说我两天之后回来。桑德斯则在一边狠狠地说："如果是你们的左大人问，就说被我桑德斯领走了。"老鸨仍旧很得意地笑了，因为她手里正捏着成倍的钱。

　　不过雪苓是三天之后才回来的，回来后就迫不及待地问老鸨，有人找吗？老鸨说没有，她骂道："这头遭天杀的犟驴！"骂完后就马不停蹄地来到军营，见左汉庭正操练兵马，当着士兵的面拉着他就想走。士兵们哗然了，呼呼啸叫。左汉庭面子上过不去，抬手就打了她一嘴巴。雪苓不责怪左汉庭，却捂着脸向士兵们吼道："笑什么笑！我有重要军情向大人禀报！这帮吃生米的东西！"说罢她流出委屈的泪水。左汉庭看出她并非做戏，便让士兵们自行操练，搂起雪苓的手就向中军大帐走去。到了帐内，雪苓就哭起来，边哭边道："长个爪子就知道打人，这些年如果不是老娘罩着你，你的骨头渣子都烂没了！"左汉庭"嘿嘿"地笑，坐在那里想揽她入怀。雪苓拒绝了，生气道："你还有心思浪？日本军队很快就要攻打赤城了！对了……还有俄国人做帮凶。"左汉庭并未当真，道："日本人不是给一个月的时间惩办凶手寻找遗物吗？怎么这么快就要攻打赤城？这未免太不讲道理了吧！"雪苓一撇嘴，蔑视道："你以为那日本人像你们一样傻呀？人家那是缓兵之计！他们说这回要屠城，鸡犬不留，尤其是赤城官员，还要灭九族呢。"左汉庭严肃起来，踱着步子思索着，半天方道："你是从哪里得来的消息？"雪苓道："你别管我从哪里得来的消息，反正告诉你了，信不信由你！"说完她一甩袖子就走了。左汉庭看着她的背影，心生爱怜，但并未挽留。

"我以为这是日本人有意放出口风，意在诱使我们交出人皮图。"知府中堂内，郎纪平听完左汉庭的诉说后，很轻松地做出这样的判断。左汉庭道："如果我们就是不交，他们又将如何？"郎纪平半天不语，最终叹气道："事到如今，我们只有先惩办凶手了。如果他们再出兵，那就是师出无名。况且遗物是什么，他们比谁都清楚，他们不占理。"左汉庭道："大人难道忘记甲午海战乎？这就是一群强盗，日本人比其他列强还坏，别指望他们能干出什么人事来。"郎纪平道："依你之言，只要我们不交出人皮图，他们就一定会出兵了？"左汉庭道："我看会的，小日本心胸狭小，复仇心强，所以他们什么事都能干得出来。"郎纪平又沉思一会儿道："他们是他们，我们是我们，先惩办了凶手再说。"左汉庭紧皱眉头，似乎哪里疼痛，他深吸一口气道："依我判断，那姓弓的女人确有杀夫之嫌。问题是，非要用剐刑吗？"郎纪平也心虚气短，道："看见那些揭帖了吗？这是民意。更何况，女人杀夫，确实可恨！施用剐刑，也符合律法。"左汉庭疼痛感还在，他不想再说下去了，便一抱拳道："大人如有吩咐，我随时恭候，告辞了。"郎纪平点了点头，然后闭上双眼，耳畔是左汉庭的脚步响。

这天夜里，弓然明做了一个奇怪的梦，梦中的罗子辉与活着的时候一模一样，但并不傻，正常得如同罗子沫。她在梦中也忆不起来自己的丈夫曾经是个傻子，所以她的心情很好，清清爽爽的一个幸福女人。他牵着一头毛驴，驴背上披着红毯，说是接她来了。要到哪里去，并不清晰，好像也是很不错的地方。她竟然梳洗打扮起来，要随他去，可刚骑上毛驴，她就醒了，原来是恍然一梦。她欣慰地笑了，也明白了什么，便做好了心理准备。

果然，刚吃过早饭，官差就到了，干什么来了，丽娘一看便知。罗再恒从窗户里往外望着，心便"咚咚"跳，他终于盼到了这一天。他想下地迎接，但屁股已挪到了炕沿上，又停下来。他知道家中之事都要冲着丽娘说话的，所以还不能轻举妄动。果然，丽娘迎着官差就跪下了，瑟瑟发抖，想说什么却又怕人听见，所以急得满头是汗、满眼是泪。官差向来都是傲慢和冷酷的，尤其对下跪之人，他们就更加妄自尊大了。为首的官差大声道："带犯人弓然明！"说着就往屋里闯，丽娘爬起来就追了进来。弓然明双目炯炯有光，正迎着官差看个究竟。丽娘在这样的目光里又跪下了，央求道："各位官爷，请手下留情，犯女弓然明已成废人，不能走路，能否在家里等待行刑之日？到时候我会亲自把她送往刑场。"为首官差冷笑道："我们是奉命拿人，岂有推托之理？让开！"说着几名官差就伸手要去拖人。恰在此时，念其一步跨了进来，大声道："住手！"众官差吓了一跳，纷纷回头，"回去跟郎纪平说，就说我说的，犯人没有服刑能力，暂在家中疗养，行刑之日自会送到，耽误不了他当清官！"念其的态度少有地冷峻，再加上前任知府的女儿知书达理、声名赫赫，尤其是险些成为现任知府夫人，官差都被震慑了。为首官差赔笑道："既然念其小姐有言，我等可以回去复命了。"说罢一挥手，众官差迅速离开。这时念其方慌忙过去扶起丽娘，跟在她身后的桑玉过去安慰弓然明。几个女人都泪痕斑斑，她们的脑海里都装着剐刑可怕。

念其明白，弓然明必死无疑了，而且为期不远。是夜，她对丽娘道，要搬过去住，照顾她一下。其实是想陪她一程。丽娘只点头，没有说话。桑玉想说什么，被念其止住了，她无非是小姐到哪里，就跟到哪里，念其这次拒绝了她。一盏灯光在她与弓然明之间摇曳着，孤零零，惨凄凄。弓然明突然握住念其的手，似有无数的话要说。念其道："罗子沫该回来了，这一去足有一个多月了。"弓然明摇了摇头，她明白这是念其小姐想启发她临终之前吐露心中块垒，借以安慰自己。可她不想谈这个话题，因为她有更重要的心事要说，她也正在寻找诉说对象。她不想让念其再费什么心思，便长叹道："我死有余辜啊……"话一出口，泪水就下来了。念其瞪着明亮的双眼看着她，不解何意，所以沉默。她继续道："我确实杀害了自己的丈夫，可这不是我的初衷。我只想杀死那个可恨的日本人，但当他们纠缠在一起的时刻，我选择了把他们共同推下悬崖。我……我真的恨啊！"说到这里，她痛哭失声。念其大惑不解，不由得问道："原来你是想杀死那个日本人？你不是……"弓然明道："对，不是'奸夫淫妇谋害亲夫'。"这时念其连连摇头，更是一头雾水了。弓然明移开目光，呆滞地望着屋顶，那上面有灯火投射的阴影，在微微地颤抖着，恰像此时她战栗的心。她开始慢慢地诉说，但听起来更像是自言自语："这五岛次郎有人的一面，但更多的时候像鬼。他有一道门，对我始终充满着诱惑。直到有一天他允许我进入那道门。可我看到了……"说到这里，她的目光突然变得惊恐，有知觉的那部分身体剧烈地抽搐着。她长出一口气，努力使自己平静下来，握着念其的手在下意识地用力。念其的手已经感觉到难忍的疼痛，但她还是忍着不动，她怕打扰她的思绪。"我看到满墙画的都是可耻的画，那男人和女人都光着下身。有一张画上写着三个中国字，叫'浮世绘'，那画面更可耻可恨！而我的嫁衣就放在这张画的下面，当时我气得都快要疯了。我还看到一张图，那是一张……那是一张……"说到这里，她的上半身剧烈地颤抖，她想努力翻身，想把念其抱住，但她没能做到。

念其已被她的话彻底吸引，没有意识到她要干什么。她又抽泣起来，用狠狠的目光看着念其道："就是因为这张图，我想杀了他，我必须杀了他！那张图上标明了我们赤城地上地下所有的宝贝，还有如何占领赤城的进攻路线。这使我联想到他对我说过的一件事，罗家早些年遭马匪，就是他的父亲一手策划的，他的父亲那时候跟罗家老太爷做买卖，还是要好的朋友呢，他却反目成仇，害了罗家全家。据说罗家有一个姑娘也被劫走了，生死不明，下落不明。可那张图是……"说到这里她说不下去了，突然呼吸急促，胸腔内好像堵着东西。念其急忙帮她捶了捶，同时以为她是不是又拉尿了，便掀开被子查看，什么都没有。因为弓然明怕麻烦别人，下身瘫痪的她极力控制自己的饮食，而且晚上不再吃喝。念其撂下被子，心疼地看着她。

弓然明突然目露凶光，道："不杀了他我良心上哪能过得去？！可没想到我会同时杀了自己的丈夫，是我哄着他干成这件事的，可我却杀了他……"弓然明又哽咽了，泪水涌了出来。"我罪该万死！我死有余辜！千刀万剐，来吧，我喜欢这个刑罚。"她好像是用尽全身的力气说出这句话，然后闭上了眼睛。见她半天不语，念其道："嫂子，你也不必过分自责。人啊，哪有没来由的恨……"弓然明的眼睛突然亮了一下，然后又闭上了。见此情形，念其又执着地道："子沫他……他知道这些吗？"弓然明摇了摇头，道："他不该知道这些。他还是该好好读书。"说到这里，她的泪水再次涌了出来，小声道："我不能再害他了，害他读不成书，我有罪啊……""你在说什么？"念其没有听清楚，便追问道。弓然明用乞求的目光看着她，脸色渐渐羞红，道："你们才是天生的一对。可惜我看不到你们拜堂成亲生孩子了。我曾经想过，如果你们将来有了孩子，我帮着带，有几个带几个。可……可现在不可能了。"说完她慌忙扭过脸去，一只手下意识地放在自己的小腹上。念其鼻子一酸，泪水就要流下来，她强忍着道："嫂子，我要向郎纪平求情，让你把孩子生下来再……孩子是无辜的，无论他是谁的……"弓然明又猛地将头拧过来，辩解道："他确实是我丈夫的，我敢对天发誓！"念其觉得自己的话刺激到了她，急忙道："嫂子别误会，无论怎么样，我都理解你，但孩子的确不该跟你一起走。"弓然明道："不！我不要他留下来，我不想让人把他当成孽障对待。到那边，我们娘儿俩也有个伴。"念其的泪水还是流下来，哽咽道："嫂子，你……"可她没有说出什么来。她总觉得弓然明没有把话最终说透，可她觉得不能再问了，追问临刑之人的心事，是残忍的，更何况是残忍的剐刑。

夜很深了，念其还毫无睡意。但弓然明却像很自顾地睡去了，她身体上有知觉的部分总在不停地动着，还不时地自语，听不清她在说什么，又在与谁说。念其觉得，她已经在品味着死亡滋味，还有死后之事了，那是离死还很遥远的人永远也揣摩不透的。

这样的夜没过几个，该来的，就来了。

"带犯女弓然明！即日宣判！即日行刑！"官差的声音隔着几道门都能听出狠劲儿。丽娘的饭碗一下子掉在桌子上，汤汤水水地洒了一片，又顺势往炕上流去。桑玉"哇"的一声哭了，"我的妈呀……我的妈呀……"她边哭边叫。唯有念其还算冷静，她下了地，取来抹布，把桌子擦干净，又默默地收拾家什。丽娘道："我去找车去。"说罢就下了地，踉踉跄跄地往外走，像去完成一项任务。

两名官差没有进院，牵着马怒气冲冲地等在大门外。丽娘知道，他们的怒气是必然的。马车很好找，一种特殊的心理使然，村子里的马车，几乎都希望被利用。丽娘选择一位岁数大的车夫，此人名叫陈荒雨，老实厚道，干什么都极具耐心。一次马车翻了，将他压在下面，在整个施救过程中他一声没吭，这才是丽娘看中他的真正原因。整个村子都被震动了，横竖村道和大小胡同都挤满人。天地这么大，人不该挤在一起，可所有的人都想扎堆子，是扎着堆子往前挤，往前窥视。千刀万剐虽被人常挂在嘴上，可真正目睹此刑的人并没有几个。虽然想起来都像刀割自身，但人们的好奇心并没有因此消减；相反，因为被剐的是年轻女人，其好奇心更带有几分暧昧，怎能不趋之若鹜？

坐在车上的弓然明更像是回娘家的新媳妇，她的脸是潮红的，眼前虽一片茫然，眼睛却明亮地睁着，明亮地看来看去。刚上车她就觉得渴，她想要一口水喝，却怎么也说不出话来。她有时会突然把目光盯在一个人的脸上不动，那个人便立刻被吓得双腿打战，慌忙逃开。殊不知，弓然明并没有真正看他。罗再恒藏在人群后面，他没了思想，替儿子解恨吗？解自己的恨吗？他根本就失去了这种概念。他唯一清醒的就是自己不该向前去，他唯一担心的是弓然明会突然咬住自己的喉咙。念其坐在车里，想让弓然明靠着她。

"走了——走了——"官差的吼声响起，围观的人呼啦往后退去。只有丽娘看见了念其还在车上，便奔过去死死地往下拉她，本想说点什么，却不知说什么好。但她的意志坚定，意识清楚，就是非要把念其拉下来不可。念其不解，边使劲儿挣脱着边央求道："娘，让我陪陪嫂子吧！"丽娘又痛又悲，哭道："孩子，我的傻孩子……听娘的话，快下来！"

"车上的人下来！车上的人下来！难道你想同她一起去受刑吗？"官差闭着眼睛吼道，因为他知道那是前任知府的女儿，所以才闭着眼睛吼的。丽娘一听，便有了充足的理由，生生地把念其拉了下来。桑玉完全傻了，只看着可怜的弓然明流泪，见念其下来了，她却想补上去，被丽娘狠狠一巴掌打在肩上，她吓得失魂落魄，慌忙不迭地往念其怀里扎。

"走了走了——"官差又在叫嚣。平躺在车上的弓然明努力抬起头来，望着攒动的人群，她奢望能看到父亲和弟弟的身影，但她仍然什么都看不清。车夫甩出一声干脆的鞭响，也向前方使劲儿地吼了一声，"走了走了——"马车便徐徐而动，两位官差在车子左右，骑马慢行。扎堆子的人群散开了，稀稀拉拉地随行，他们这才觉得安全了，身体陡然松懈下来，心却莫名其妙地激动着。念其和桑玉手拉手，走在随行队伍的前头，紧跟在车后的丽娘便不住地回头瞪她们一眼又一眼。念其明知道她是让自己停下脚步，赶快回家去，但她装作看不见，眼睛盯着身体不住颠动的弓然明，心都在流血。马车很快到了西川河，丽娘终于吼道："要想在罗家待下去，就不要跟来！"这声音如霹雳乍起，让所有的人都一惊，连官差都吓一跳，难免回头张望。因为他们更明白，行此大刑就是给别人看的，如果一个观众都没有，那一片一片的血肉横飞还有什么意思？但念其还是停了下来，眼睁睁地看着马车跨过西川河，追着的人如潮水般从身侧流过。人群渐渐地远去了，念其突然号啕而哭，跪下来便一头磕在地上，"然明姐姐，一路走好啊——"其声甚悲。桑玉一边往起拽她一边骂道："该死！该死！我让她跟我一起逃，她就是不干，她不值得可怜！"声音听起来刺耳而冷酷，但并没有消解念其的悲伤，此刻她深深痛悔，痛悔于在这几天的交谈中，始终没能让罗子沫进入她们的话题，没能听到她对罗子沫的只言片语，这是上天的不公，也将成为她终生的遗憾。恰在这时，马蹄声传来，等划身而过，方发现是驴蹄。是罗家的一个下人手托着筐子骑在驴背上，那驴愤愤然的，往前追赶。念其和桑玉往回走的时候，眼前一片寂静，整个村子都空了。只有老秦头木然地站在浴海池林的门口，望着远处渐渐升起的烟尘，满脸的愁苦，他对这个即将千刀万剐的女人很熟悉。

马车行走在路上，骄阳照在当头，天空的蓝色宁静悠远。百鸟的和鸣在林间、在田野、在河塘，也在荒岩之上。车轮碾轧地面的隆隆声，双脚踩踏地面的沙沙声，马蹄的嘚嘚声，人群里发出的叹息声，这一切都在簇拥着一个行将千刀万剐的主角。弓然明的脸上，不知从何时起，挂着卑微的笑容，所有的爱恨情仇，所有的反抗，都在大刑之前化成这卑微的笑。这也许是人性中最后一点尊严。"我渴——我要喝水——"口渴难挨的她终于喊出了自己的要求。丽娘也随之叫道："犯人渴了，给她点水喝吧！停下来吧！"赶车的厚道人陈荒雨急忙刹车，车轴发出喳喳的声音。官差的马也停下来，尽管他们满脸的不高兴，但并没有阻止。罗家的下人跨步向前，把手里的筐子递给了丽娘。丽娘接过来麻利地跳上车子，揭开盖着筐子的毛巾，露出酒坛和大海碗。她倒了一大碗酒，把弓然明的头托在臂弯，然后送到她的嘴边。本来张大嘴巴的弓然明闻到了酒味，又猛地闭上了嘴。"快喝吧！"丽娘大声道，"这几天我有意往菜里多加了盐，就是为了这时……都喝了它，也解渴也解疼。"酒和水在外观上没什么区别，弓然明毕竟是太渴，便闭眼张口，双手捧着酒碗，"咕咚咕咚"地一口气喝光。酒气上涌，她随后发出一串猛烈的咳嗽声。

"是谁给她喝酒？不知道剐刑之前是不能喝酒的吗？"闻到酒味的一位官差跳下马来吼道。丽娘这时又倒满一海碗，迫不及待地往弓然明的嘴里灌，然后笑道："她已经喝了，没办法再吐出来了。"官差怒视着丽娘，扬鞭要打，人群里发出"呜呜"的起哄声。官差贼溜溜地看一眼，悻悻地上马，恶狠狠地叫一声："走！"

马车进了北门，城门上便有严惩淫妇的揭帖。由于酒力驱走了恐惧，弓然明的双眼反而清晰多了，她看着那揭帖，"哧"地笑了。进了城，市民们将预备好的脏东西往车上砸，有砖头瓦块，有烂菜帮子，还有破鞋破袜子，不一而足。弓然明并不躲，也不眨眼，仍在笑，但没有了卑微。她感到轻飘飘的，什么都无所谓了。只是她的双手一直死死地捂着自己隆起的小腹，她在守护着自己的孩子。丽娘茫然四顾，见城里的人多出了许多倍，他们都是来看剐刑的，都在慢慢地向府前广场涌来。

行刑架搭得很简单，三根高高的圆木，顶端被铁链连在一起，底端呈三角形分开。绑人的绳索共有两条，从行刑架的顶端长长地耷拉下来。刽子手很多，围住行刑架，却个个面目安泰，仿佛置身于细致的作坊内，但安泰背后是严肃、紧张、活泼。操刀手站在中央，有滋有味地咂巴着嘴巴，他已吃过细致的饭菜，属于"特供"。

他不住地觑着四周，在察看观众的多少，观众越多他越以为荣耀，他不怕观众把对罪犯的恨转嫁到自己的身上。他知道，即便是再大的罪恶，如果得到更恶毒更极端的制裁，都会引起观众的反感，都会使震慑的效果适得其反。更重要的是，被行刑的罪犯连他自己都恨不起来，怎么能让观众去恨？他几乎每次都是在嘲笑朝廷、嘲笑律法中进入工作状态，他几乎每次都能感受到那些本该受剐刑的人在背后偷着乐。他以为干他们这一行的才是人间的圣人，是最知道谁该死谁不该死的圣人。他也嘲笑那些愚昧的观众，心里暗暗骂道："一群猪狗，你们懂个屁！"他也觉得自己才是这世界上最孤独的人，行刑现场以外的正常日子，人们都拿他当鬼看，只有在行刑时他才是个人，他怎么能放弃甚至不好好表现这当人的机会呢？当他得知此次受刑的是个谋害亲夫的淫妇时，他乐得够呛，他以为自己好好表现的机会终于来了。所以他准备慢条斯理地做活计，细致入微地体味自己每一刻的心情和犯人的情感变化。所以他是面带微笑地看着犯人被押过来，然后绑在行刑架下的。他把犯人视作美餐，而今天是美餐中的上品。但是，当他想仔细端详自己的美餐时，他所有被精心打理好的心情一下子完蛋了。因为面对他的微笑，他的美餐向他投以一个多情的眼神。他习惯于看到受刑者死猪一般的目光，那目光是从里到外都崩溃的标志。而这次，他觉得自己从气势上首先就败了，于是他歇斯底里地大喊道："罪犯喝了酒！谁给罪犯喝了酒！？"声音传到了审判台上。郎纪平和胥长海两位主审官并排而坐，其实他们进行的是没有一个字的审判与宣判，民意已在，昭然若揭，法网恢恢，天地做证。"是谁给罪犯喝了酒？这是违反大清律法的！"怔了怔之后的胥长海突然颠起了屁股问郎纪平。郎纪平半闭着双眼，冷冷地说："你问我，我问谁？""你……"胥长海大惊失色，心想这哪里是此时此景身为知府大人该说出的话。但他无奈，只好扯着嗓子喊："喝就喝了吧！"本来还想再申诉的操刀手很失望地收回目光和喉咙，把雪亮的刀在手背上掸了掸，然后使劲儿地瞪着罪犯那双多情的眼睛。

他准备正式行刑。

城里如此热闹，左汉庭的目光却是向着城外的，一如既往，他手按腰刀，阔步行走在城墙之上。他时不时停下来，眺望远方，仿佛远处有他期待的，有他要改变的，或者可以寄托哀愁的。他的身后依然跟着雪苓，她低着头，散淡着步子，心情无比沉痛。她在默默地流泪，泪水挂在腮边很快就会被风吹干。此刻，如果不跟在左汉庭的身后，她一点安全感都没有。她不敢去看剐人，剐的是自己的同类，也算是风尘女子。早就听说过她与读书人罗子沫的风流韵事，与日本人的龌龊勾当，但今天，她对她的悲惨遭遇，感同身受，每一刀都像割在自己的身上。左汉庭意识到了什么，不时地回一下头，冷冷地看她一眼。每当这时，她的心都会悸动，如果此时他只要骂出一个"滚"字，她都会觉得自己再也没有活路了。好在左汉庭只说出这样的话："如果天下太平，我也会去看活人受剐的。"雪苓发出浓重的鼻音，道："不就是一个死嘛……"左汉庭道："难道你不怕死？"雪苓道："我不怕死，我怕的是人心冷酷，那比死还让人难忍。"左汉庭咧了咧嘴，算作笑了，道："放心吧，你不会死，更不会这样死。""为什么这么说？"雪苓问道。左汉庭转过身去，继续望着远方，道："因为任何律法都对你无可奈何了……""你这是啥话？难道皇帝会对我法外开恩？会发我'免死金牌'？"左汉庭道："那倒不是。触犯律法的，往往就是一张脸皮和一口气。"雪苓掉下委屈的泪水，道："原来你是说我不要脸和没囊没气？你……你就这样看我啊，可惜我对你的一片心了。"说完，她停下来，坐在一个垛口处，望着城里一把一把地抹眼泪。左汉庭看了她一眼，哼了一声，快步走开。雪苓望着他渐行渐远的背影，以为他不会这样丢下自己。但他会的，并一直没有回头地走下去了。雪苓倍感恐惧，把双臂紧紧地抱在胸前，好像害怕有人袭胸。但她突然意识到，这种尊严已经离自己很遥远了，那时她只有十几岁，是步入青楼的头一天晚上，她就这样紧紧地把双臂抱在胸前，整整哭了一夜。

罗子漫闭目站在窗前，一如曾经的阿曼达。她知道得很清楚，整个赤城都因为自己的家事而沸腾了。但她从未动过去看一看的念头，是无助之感，让她想起来心都会颤抖，她几乎每时每刻都在默念着心中的神。她消瘦了，显得憔悴不堪，那是因为她度过了太多的难眠之夜。她整夜整夜地跪着，双膝麻木了，腰杆折了，但她依旧跪着，直到连祈祷的力气都没有了。她即便就此跪死在地，也忘不掉一个人，他就是死了很久的荣大人，他的音容笑貌往往会在此时更加鲜活。她想如果他还活着，还是知府大人，这一切也许就不会发生。主教夫妇看到了她的异常，但他们没有说一句安慰的话，只是在调节饮食上多下功夫，再就是在她面前更多地发出神的声音，那声音来自《圣经》。罗子漫倍加感恩，唯一的回报就是让自己坚强起来，更坚强起来。

操刀手在用挑逗的心态玩弄手中的刀，他把舌头从一个嘴角伸出来，用牙咬住，那舌头便像不堪疼痛一样有频率地颤抖着；然后，他迅速收回舌头，再从另一个嘴角伸出来，重复刚才的动作。见弓然明的唇边落着一只飞蝇，他的手像毒蛇吐出的信子一般，轻巧飞快地一闪，那只飞蝇便捏死在他的指间。然后他像女人一般莞尔一笑，捏着苍蝇面向观众，这足以证明他的手快刀更快。而所有仿佛失去意识的观众都同时发出一声傻笑，甚至连丽娘都不例外。她不敢近前，但也不肯落后，在人群中瑟瑟站立。她看到了弓然明的眼珠在转动，尽管她的脸在仰望着西天，好像要随时发出一声呼号，但丽娘还是不敢与她的眼神对接。

"慢——慢——日本使团还没来呢！"这是胥长海在声嘶力竭地喊，但这种声音已经不足以冲击人们的耳鼓了。操刀手兴致勃勃，他哪肯罢手，手中的刀便上下翻飞，像一条飞蹿的鱼，同时玩出各种花样。于是，弓然明的衣服便像雪片一样纷纷飞落，在地上形成一个完美的扇面。再看过去，弓然明的上身已经一丝不挂了。她几乎没有体验到羞涩，观众也没有体验到一个裸露女人给自己带来应有的感官刺激。"真是个美人！"操刀手来一句京剧道白。随着道白结束，弓然明的两个英挺雪白的奶子竟像刚出窝的兔子一样很有兴致地弹跳一下。观众们都被惊呆了，但他们不知道这是因为操刀手顺势点了她的某个穴位，才致使她的双乳如此惊人。操刀手摆出一副京剧小生的姿势，一手指着那跳动的双乳，一手插在腰际，然后又莞尔一笑。

可是，就在他的笑容还未消失之际，一个女人"哇"地哭了出来，这哭声让每个人都感到自己的膀胱突然爆裂，都下意识地一缩脖子，一弯腰。再看那女人，把自己脱下的上衣擎在手里，猛扑过去，一下子就把弓然明的双乳罩住了，然后哭诉声破喉而出："闺女呀——我的闺女呀——你这才嫁出去几天啊，就落得这个下场。你怎么了……你把谁怎么了……让人这么祸害你呀！闺女呀，你爹还不知道呢，你爹和你弟，也死活不知呢！我的天啊，你睁睁眼吧——"这个女人是郭彩寻，只有弓然明认得她。她把弓然明紧紧地抱在怀里，脑袋扎在她的脖颈处号啕不已。但不多时，这位哭诉的女人便被两名护场的刽子手掰开双手拖到了一边。

操刀手见势发出一声怪叫，腰肢猛地一扭，脑袋像鸡啄米一般点了点，与此同时刀子在弓然明的胸前飞快地旋了两下，那两只仍在跳动的乳便被旋了下来，飞落在旁边一名刽子手正端着的竹筐里。

"爹呀——爹呀——"

在那一瞬间，弓然明并不知发生了什么。她低头看下去，发现自己的双乳不存在了，血没有喷溅而出，只是留下圆圆的两个殷红的洞。当剧烈的疼痛袭来，她向西天发出两声号叫。

在这样的号叫声里，许多女人捂着耳朵蹲下了，许多男人嗞嗞地吸着气，牙齿在打战，身体在哆嗦。而丽娘倒下了，向前边的两个男人砸去。那两个男人没有躲，也没有去扶，丽娘就倒在了他们的脚下。罗家的下人和热水汤来的村民都傻了眼，对她的倒下视而不见。这时操刀手将刀子摆在眼前，再通过刀锋去看弓然明的双眼，在这种挑衅下，她的双眼终于屈服了，再也发不出多情的眼神。操刀手得意地说："临死的时候还多情……那我就领了。"说着他瞅准一个方向，又想下刀。

恰在这时，一声声怪叫传来："我要报仇——我要报仇——"这声音怪异到让所有的人都像冷水击中了热身子，人人都抻了一下脖子，跐了一下脚跟，不约而同地循声望去。原来是一个披头散发的疯子，双手攥着一把短刀直扑过来。随着一声高过一声的呼喊，他已经红了眼睛，气势亦锐不可当。直到他的短刀"噗"的一声刺进弓然明的胸膛，人们才醒悟过来，这疯子要杀人。

"哎呀，哎呀呀呀……"操刀手发出心疼的声音，他怔在那里不知如何是好，就像美食被人夺了去，就像老婆眼睁睁地被人奸污。原来他已不会真正意义上的杀人了，剐人对于他来讲已成为一门艺术，叫他艺术家也未为不可。一腔鲜红的血从弓然明的口里喷出，喷了疯子满头满脸。弓然明欣慰地笑了，她为自己能这样解脱而感到欣慰。她深情地看着杀死自己的疯子，刀子还在她的胸膛里，她下意识地耸动一下身子，想去拥抱这个疯子。她用第一次相见时的第一个眼神去看着这个疯子，她有太多的话要说，但她知道已经来不及了。她仿佛看到了母亲的身影，母亲手里还牵着弟弟，眼前是一条狭窄的丛蒿小径，他们在小径的那头向她招手。

当她觉得自己要去了的时候，她深情地叫了一声："子沫。"然后慢慢闭上了双眼，头一下子耷拉下来。疯子又发出声嘶力竭的叫喊，猛地拔出刀来，刀尖直向操刀手，操刀手吓得向后躲闪，疯子哈哈大笑道："胆小鬼！来呀！有能耐你剐了我吧！"操刀手吓得小脸煞白，嗫嚅道："我不剐你，我不剐无罪之人。""呸！"疯子又向前一步，"我要杀了你！杀了你便有罪了！"这时，护场的刽子手上来就把疯子按倒在地。

"怎么回事？怎么回事？"胥长海站起来叫道。"犯人被疯子杀了！"一个刽子手回答道。"这便如何是好，这便如何是好。"胥长海一边搓着双手，一边左顾右盼道。郎纪平半闭着双眼，对眼前的一切视而不见、充耳不闻。恰在这时一匹快马飞奔而来，官差下马禀报："报二位大人，日本使团不来了，但他们已经指派桑德斯前来监斩。"胥长海疑惑地看看郎纪平道："桑德斯是何许人也？谁见到他了？"

"我不可能去监斩！我是个文明人，看不下去啊牧长大人。"这时桑德斯正一身正气地坐在教堂里，面对着一脸暮气的杜克先生感叹道。杜克先生听此言，长出一口气道："这个民族，野蛮和文明都达到极致。我对他们……深为不解！"桑德斯黑着脸道："所以我说……我们应该和军队联起手来，共同对付他们的野蛮！"杜克先生疑惑地抬了抬眼睛，道："我们？"桑德斯也用疑惑的目光与他对视："对呀，我们！"杜克先生笑了，自语道："我们……"

"我们不能让她就这么去死啊……"从天津卫回到赤城的罗子沫，跪倒在冉先生的面前哭道。阿曼达和那个叫安素梅的女孩子站在她的身后，惊恐万状地瞪着眼睛。他们历尽千辛万苦，未进赤城的城门，就看到了揭帖，就听到了赤城要活剐罪犯的声音。而犯人恰恰就是弓然明。罗子沫不相信这是真的，所以他让车夫直接将马车赶到秀塔书院，然后一头扑开了冉先生的门。"哦、哦！"冉先生吓一跳。时过晌午，酒意微醺的冉先生也不以为这是真的，罗子沫怎么会突然出现在眼前？他下意识地伸着脖子往门外望着，以为后面还应该有人。但他又醒悟过来，不会有人了，他们是从天津卫回来的。他看了看陌生的女孩子，再看看阿曼达，没有言语。"师父，这事是真的吗？"罗子沫迫不及待地追问道。冉先生不解地看着他，迟疑道："你……没有先回家吗？"罗子沫道："进城就听到这个消息，我来……我来证实一下。"冉先生道："子沫，你应该先回家看看……"

阿曼达已经确认此事不假，但她对剐刑并没有充分的认识，故此她带有几分好奇地问："先生，剐刑很可怕吗？看子沫的表现，我觉得不一般呢。"冉先生一边点头一边支吾道："子沫，我想……你还是应该先回去。你要敢于面对……才好。"罗子沫心如刀绞，如坠万丈深渊。天津一行所练就的坚强，在此刻不堪一击。万般往事都冲上心头，弓然明的一言一行、一颦一笑，如在眼前，如在耳畔，他呜呜地哭起来，感到万般无助。受到感染的阿曼达与安素梅也陪着落泪。在外面等得不耐烦的车夫不知何时站在门口，他看到眼前的情景，默默地退了。在天津未走之前，他就已经心满意足了，是那些跟随在罗子沫身后的女人，帮助他们买来一匹好马，那马绝对胜过他的马。当女人们都摸着裤腰往外掏钱时，他对女人们在关键时刻也不忘为自己掠起一些体己而大为不满。他贪婪地看着她们的裤腰，他希望自己也会因此而得到更多的补偿。但女人们的手还是适可而止了，这是因为罗子沫和阿曼达的极力制止。有了车有了马，一路上他又成了主角，快到赤城的时候，罗子沫将所剩的碎金全给了他，他揣在口袋里，就开始合不拢嘴，直到看见罗子沫跪在地上哭成个娘儿们，他的嘴才稍稍闭上，他觉得自己可以离开了。

　　一连两三天，罗子沫都不吃不喝，头不梳脸不洗，连睡觉都忘了脱衣服。冉先生以为他出了毛病，因为他曾经出过，便有意试探道："念其那孩子真是没良心，自打走后就没来看过我。"罗子沫呆呆地听着，突然道："先生莫怪她……她还怎么进这个城？"听此言，冉先生放心了，他没有毛病。但他仍然担心，他这个样子，实在不正常。行刑这天到了，他也开口吃饭了，而且吃得很多。吃完饭后他对冉先生道："我要把刀。"冉先生一怔，随后明白了他的用意，便吩咐张妈，让她想办法弄把刀来。张妈问要什么刀，他说杀猪的也可。

　　阿曼达领着小姑娘安素梅住在张妈的屋子里，离父母这么近，她想回教堂看看，但罗子沫这个样子，她又不忍离开。同时她又感觉到，离父母近了，反倒害怕见到他们，妹妹去了，她不知该如何向父母交代。得知罗子沫拿着刀子偷偷去了刑场，她便追了出来。此时刑场上一片骚乱，她听见一个女人的尖叫，在"儿呀儿呀"地喊。她没有看到丽娘是怎么醒来的，又是怎么被人扶起的，但是她看到了丽娘抱着儿子在号啕，而她的儿子却抱着一具血淋淋、赤裸裸的尸体。她没有近前，只是默默地站在一边。天津之行的遭遇，使他对中国人的苦难感到麻木，她很惊异于自己的这种变化。

　　阻止行刑的人也触犯了刑律，胥长海叫嚣着要把这个疯子抓起来。郎纪平看得真切，他站起身来道："放了他吧！一个疯子。"说完一甩袖子，便径自走出刑场。本来想扭住罗子沫的刽子手停了下来，看着倍感失落的操刀手。操刀手抓起竹筐里的两只乳房，狠狠地向罗子沫砸去，同时叫道："散了！散了！啥都不成体统了，真没劲！"和他有同感的人很多，他们来自四面八方，又无声地向四面八方而去。就像看了一场没有结局的戏，就像饮了一顿没有尽兴的酒，连散去的脚步都拖拖沓沓，日光下的身影很长，软软绵绵，毫无生气。弓然明的尸体被同一辆车拉回，陈荒雨奔拉着脑袋走在车前，手中的鞭子听不到脆响，而是黏滞的声音。车的后面仍跟着一群人，罗子沫就在人群中间，阿曼达与安素梅跟在他的身后。而整个人群的后面跟着泪流不止的郭彩寻，但出了北门不久，她的脚步就慢慢地停下来，又放声哭了一场，便向相反的方向而去。马车走到中途，便改变了方向，这样的孤魂野鬼是不能进祖坟的。几乎所有的人都达成了默契，任何人都不曾发出只言片语的异议。他们要把弓然明埋在一个荒凉的山坡，那个山坡埋葬着众多不得好死的人。这里的草儿枯黄，树儿歪斜，土地干裂。罗再恒很久就等在这里了，但他看到的不是一堆碎骨碎肉，而是一具只失去乳房的尸体，而且那两只乳房被布包着，塞在她穿着整齐的胸前。他恶狠狠地看了众人一眼，愤愤地离开了。丽娘看着他的背影喊道："活该她留下一具好尸首，这是天意！这是她还有阴德！"她向弓然明的尸体走去，在众目睽睽之下把手伸进她的小腹，慢慢地抚摸着，仔细地体会着，但她已体会不到一丝胎动，两行热泪便滚了下来。这个地方大白天都会让人害怕，却时常有红着眼睛的野兔出没，鬼鬼祟祟地看来看去，步伐沉重地跳跃，好像背上骑着冤魂。丽娘从泪光中就看到这样一只兔子，在一块巨石后面红着眼睛望着她。她突然一惊，她觉得那双眼睛很像弓然明的眼睛，它用哀愁的目光看了看她，然后缩着脖子隐去了。丽娘生气了，心中暗想：既然你看我，就该看到底，不该中途隐去，留下个不明不白给我！这时她又想起刚刚罗再恒愤恨的背影；再看看弓然明那平静释然的面容；再看看乡亲们那冷静深沉的样子；再看看儿子那无辜无奈的神情；再看看阿曼达那超然物外的姿态。她方觉得自己才是面目狰狞的人，方觉得自己这一生的争强好胜，想左右他事，想左右他人，想把一切都摆弄在股掌之中，最后竟然连一只兔子都不想放过。摸着弓然明的小腹，那个可怜的生命随着他的母亲一起去了，是谁关死了这个世界已经向他敞开的门？丽娘突然感到无地自容。这也许是她一生中全新的感觉，所以她因这种感觉而心生畏惧。突然，西天黑云滚滚，压地铺天而来。她觉得这黑云是寻她而来的，便大声道："赶紧埋了吧，天要下雨了！"说着，她独自下了山坡，走了一程，跨过西川水，穿过村庄，来到家中。念其和桑玉默默地迎接她，她不言不语，一头栽倒在炕上。不多时，便雷声滚滚，大雨倾盆而下。又不多时，罗子沫、阿曼达、安素梅姑娘，个个像落汤鸡一样地回来了。但人人相见都彼此无言，好像彼此都各自找到归处，静默静坐，有万般心事需要久久地回味。于是，这个百年罗家大院，在雨中迎来了少有的宁静。

- 36 大结局 -

因为杀了大仇人罗斯科夫，盛金龙觉得特别过瘾，尽管表哥因此付出了生命，他也有一种此生足矣之感。如果还有未了之事，那便是心中还有一丝恨，他恨的是表哥的表妹苏秀，他觉得表哥始终都在恨这个负义的丫头。不然临终前他不会只说去救姐姐，应该再说上一句，去找表妹。就是这丝恨，他没有跟随家乡来的人散伙回家，也没有跟随其他地方来的哥儿们增援北京城。如果能找到负义之女苏秀，打她两耳光，再啐上一口，或者一刀结果了她的性命，那就了无牵挂了。所以他纠集了一帮弟兄，换了行头，在这金秋大地上游来荡去。便听到了北京城沦陷的消息，便听到了圆明园被烧的消息，便听到了慈禧太后携皇帝西走的消息，便听到了八国联军到处捕杀众兄弟的消息。总之一句话，没有一点好消息。他们也不敢扛着大刀晃着膀子走大路了；饿了也不敢拿起就吃了；人多的地方也不敢往前凑了；想多看两眼的东西仅看一眼就罢了；路遇不平也不敢拔刀就砍了；见到洋人也要躲藏起来了。就是心中那丝恨在撑着他混天下，混到哪里说哪里，混到何时说何时。他自知没有长着革命党那样的弯弯肠子，根本吞不下镰刀头。他自知苏秀指不定跟革命党混成啥样了，但那丝恨不消解，他就要找下去，或者说混下去。他自知这茫茫人海，大乱天下，上哪儿找苏秀去？但那丝恨不消解，他还是抱着一线希望，怀着一份侥幸，说不定就像上次那样，指不定在哪个大门口看见她了。与此同时他也会进一步想到，那个秃驴占有了她，于是他就会狠狠地骂道："我表哥就死在你身上。难道不是这样吗？心中想着女人不放的人，都他妈的不得好死！"于是乎，时日苦短，不知不觉的他们已经挨近了北京城。但战火连天、杀人如麻的北京城是个圆，他们在这圆弧上一出溜，就滑过了怀柔、密云、兴隆，再过承德府，往家的方向而去。家的方向在东北，如果再继续走下去，就是大东北。在那片广袤的土地上，有兔子有狼有粮仓，无论啥人到那里，混个仨饱一个倒，是不成问题的。一路上，他们看到许多这样乔装后的弟兄，无疑都是一个意思，混日子，闯天下，顺便解解心头之恨！他就是忘记了表哥的临终遗言，"去救姐姐"，他以为姐姐有什么可救的？不就嫁给一个傻子了吗？这年头，能活着，挺好的。

严格地说，苏秀就在这战火连天、杀人如麻的圆弧边上。她在读书，严格地说是陪着严复老先生在读书。而大定法师则戴上草帽，每日早出晚归，回来后总要用黏糊糊的嘴，迫不及待地向严老先生汇报这一天的见闻。他们住在北京西山一家被人遗弃的农家院里，一隅偏安，风景独好。在这里，天凉好个秋。严复老先生目光炯炯，面色沉沉，革命的气息扶摇直上。最终他说，我们还得回天津去，那里有租界，适合播撒革命的火种。而大定法师却说，我们正在酝酿一场起义，要杀死那些罪大恶极的反革命官员。严复老先生"哦"了一声道："有仇必报，也是革命者的义气。"但最终他们还是一同去了天津，大定法师认为起义还不成熟，到天津那里，也好召集人马。

他们到天津的时候，中堂大人李鸿章也到了天津。面对天津城的一片废墟，中堂大人感慨颇多，遂作诗一首：

曾经吴楚艳阳天，京津美景化云烟。

天下多少荒唐事，老夫无奈保东南。

刚从"总理衙门上行走"任上远赴两广任总督之职的中堂李大人，正着手惩治两广腐败官员和海匪，不料想太后为一己之私愤竟悍然发动多国之战。如今败得一塌糊涂，才再次想起他这个垂垂老暮之臣，调任他为直隶总督兼北洋大臣，赴京周旋。后见老臣迟迟未动，在电报里干脆写上太后的哭情之言："该大臣受恩宠深重，尤非诸大臣可比，岂能坐视大局艰危于不顾耶？"中堂大人终于架不住了，忠孝节义此时不表，说不过去了。更何况太后在逃亡途中又发"罪己诏"，并授予他为全权大臣，办理谈判事宜，并不为遥制。他在临行之前对相送的南海知县裴景福感叹道："内乱如何得止？我不能预料，惟有竭力磋磨，展缓年份，尚不知做得到否？我能活几年，当一日和尚撞一日钟，钟不鸣了，和尚也就死了。"谁都知道这是中堂大人的解嘲之语，南海知县一笑了之，不语不言。

老大人先是鞍马劳顿来到上海，再从上海乘坐俄军军舰，沼沼水路北上。一路上，他被囚于一室，寸步不准离开，只觉得船在水上行，不闻水声于耳畔。他便暗自愤恨，这是什么谈判大臣，分明一囚徒耳！更甚者，因《马关条约》之后，立誓不再踏上日本国土半步的他，竟被俄军派来一日本妓女服侍。老大人深知其用心险恶，但隐忍承受，并对日妓言道："尔乃血肉女子，不该做政治狗皮。你该知道，如我为日本大臣，处此境地，早该剖腹自杀了。但我不能，老夫乃大清国的裱糊匠。老夫卖国卖得好，就是爱国了。"不料日妓含泪道："奴家自幼就听闻大人威名，今日得以服侍大人，真乃三生有幸。奴家只是一弱女子，什么都不懂，只想尽一份温存，给大人解闷消愁。无论他们用尽恶意，奴家只怀好心罢了。"中堂大人被感动了，轻轻地抚摸她的脖颈，做一份天伦之想，路途便走得很快。

　　"为什么女人总是人悲情伤感时的一支小曲？"此言竟出自郎纪平之口。处死弓然明后，赤城迎来片刻的宁静，但郎纪平几乎天天醉酒。左汉庭对他心有愧疚，但也实难再向他交出妹妹，所以--有时机，便引知府大人来雪苓这里饮酒。没超过三次，雪苓便知左汉庭的意图，伤心之余也多了一分慨然。心想大清国都如此船破屋漏，我一下贱女子，还有何理由为某一个男人撑什么门面？我命中注定就不该为谁独有。这个夜晚，月儿如钩，心儿如梭，二位大人都酒过三巡，郎纪平突然哭道："与其苟活于世，不如狠狠地死过一回。"左汉庭道："大人难道有感于那犯女之死？"郎纪平道："痛，莫过于盛年亡国；恨，莫过于天下失道。此孤苦无助之心，唯寄于酒色矣！"言罢，他猛干了一杯酒，趴在了桌子上。左汉庭给躺在床上的雪苓使个眼色，然后站起身来离开。

　　雪苓已经将自己脱得一丝不挂地躺在床上，便就此一丝不挂地下了地，扶起郎纪平向自己的床上走去。郎纪平一口酒气喷在她的脸上，使她的心旌顿时摇荡起来，她快速地摞下红帐，灯火便在帐外独明。一阵的窸窣悸动，雪苓好不容易喘出一口气道："你们当官的到了床上都这般粗鲁！"然后她娇喘微微，反把粗鲁之人压在身下。酒醒之后的郎纪平发现自己的失态，慌忙穿衣下地，逃出翠玉仙。但没走出多远，静静的黑暗中突然响起一片笑声，然后有人道："杀了这个狗官，把他剁成肉酱！"霎时间，在微弱的月光下，便有长剑短刀在闪亮。郎纪平惊出一身冷汗，掉头想跑，不料刀光剑影已经包围住了他。在温柔乡里刚刚出来的他，分外心虚，心想此命休矣，便遗憾于自己死得不明不白、不慷不慨。但就在这时，一个高大的身影风吼虎啸般挡在他的面前，手中的大刀放着幽暗的光。"不想死的退下！夜深行凶，以恶匪论处！"这是左汉庭的声音。郎纪平的心仍虚得很，听见是左汉庭到了，便借此机会拔腿就跑，他又向翠玉仙跑去，但跑到门口，又觉得有失体统，便往右一拐，不见了。"是左大人吗？为何拦我？这狗官剐了我姐姐，我必须报仇雪恨！"这时，人群中发出这样的声音。左汉庭沉默稍思，便明白了一切，恳切地说道："你姐姐其罪当剐，但她只挨了两刀，算是死得便宜了。尔等不可胡闹，赶快离开赤城，走得越远越好。本大人早已接到剿匪密令，再不离开，难怪我手下无情了。""你……你们都翻脸无情！走着瞧！"此话刚落，刀光剑影一闪，便都窝了起来，人也瞬间不见了。

但第二天早上，官兵在四门贴上了告示，说拳匪已窜逃到赤城，光天化日之下强奸良家妇女，现已缉拿归案，午时三刻于大凌河畔开刀问斩，枭首示众。拳匪早已在普天之下声名鹊起，谁都想一览真容。太阳刚有些热度，四面八方的人便向大凌河畔涌来。等到午时三刻，大凌河畔绵延三五里，都围满了人。孩子们借此戏水，姑娘们借此洗尘。离这里不远的热水汤，人群更是滚滚而来，整个村子都走空了。念其和桑玉也换了村姑的行头，夹在人群当中，依河畔款款而行。临行前她们只告诉了丽娘，丽娘恹恹欲睡，胡乱地答应了她们。但当拳匪被押过来时，念其傻眼了，便对桑玉道："我们回去吧，不看了，没甚意思。"桑玉不解道："这是为何？我可想看看拳匪大哥们长成啥模样了，莫不是他们都长着三头六臂？"念其明知这根本不是什么拳匪，而是牢里的死刑犯冒充的，但她却不能明说，便道："你若想看，你便看，反正我要回家了……要不，我去看看先生吧。"说罢便独自走开了。在罗家的生活，已经使她没有那么娇气了，桑玉也有如此的感受，也就没有步步随她而行，只是略有伤感地看着小姐的背影离开，然后仍然往人群里挤。

念其确实迎着出城的人群向城里走去，心想先生一定在家，他不会来看杀人的。可走着走着，泪水便下来了，想自己一别这么久了，都没有回城看看先生，便恨自己冷漠无情，也不解自己究竟是怎么了，一个比自己生父还亲的人就这么被自己淡忘了。他如今活得好吗？还饮酒吗？还弹琴作诗吗？往事如烟，桩桩件件涌上心头，便觉得自己无脸再见先生，也恐见了先生，彼此伤怀，以致伤了先生的身体。这样想着，一抬头，已经到了城门口。可她一狠心，又掉转了方向，迷迷瞪瞪地沿来路返回。一路上悲悲戚戚，一路上泪水点点。她很想见到罗子沫，说说心里话，或许能痛快些。

整个村子很寂静，罗家大院里分外寂静，因为这是个聚光的所在，午时已过的阳光分外红亮，照得罗家大院里阴暗分明。念其站在院子的中央，觉得这阳光是有声音的，恰恰是这声音传递的一种静。这声音包括蜜蜂嗡嗡地飞舞；包括打瞌睡的牲口发出的慢慢鼻息；包括独自在阳光里觅食的母鸡咕咕地叫；包括屋子里酣睡的丽娘发出的鼾声。自打弓然明死后，酣睡已经成了她的常态。平时她安安稳稳的几乎很少说话了，但一旦睡去便热闹起来，仿佛她在那个世界操控着千军万马。但在这些声音里，念其总有一种六神无主、刀绞麻乱之感，因为她能分辨出一种奇怪的声音，那声音让人感到压抑和不甘，是生不能死不得的感觉。她拼命地寻这声音而去，脚步竟然是迈向罗子沫的屋子。门帘在鼓动着，仿佛有巨大的气流。她心中的压抑与不甘已经到了极致，所以她猛地揭开门帘，一步踏了进去。就这样，她就像跳进了火团里，动不得，逃不得，分不得，离不得。她的双眼似火，在看着另一双眼睛，以及那眼睛以外的一切。

阿曼达光着下身，她的两腿之间是光着的罗子沫，浑然不觉的罗子沫。阿曼达在用迷离的双眼对视念其如火的目光，但那火并没有伤着阿曼达，她只是猛然地回收双腿，罗子沫顿时有窒息的感觉，但他还是冲破这窒息问道："怎么了？怎么了？"阿曼达安慰他道："别怕，别怕，我只是累了，想歇一会儿。"她是一边看着念其，一边说出这番话的；她是用敌对的心理说出这番话的；她是看着念其眼中的两团火渐渐熄灭而说出这番话的；她是在说完这番话后看着念其如残兵败将一般退去的；她是在看着念其退去之后才向罗子沫发出更猛烈的进攻的；她是在猛烈进攻的同时才发出声声呐喊的；她是在发出呐喊之后才与罗子沫共同坠入白茫茫、迷腾腾的万丈深渊的；她是在万丈深渊里紧闭双眼痛快淋漓地体味人间至乐的。

但是，她想看到神的光芒，却再也不可能了。

而念其，从容地走出罗家大院，跨过西川水，行经一段漫长的路，眼前才是赤城城门。她要去看先生了，那是她不是生父胜似生父的人。是的，她必须去见先生了。

但是，就在所谓的"拳匪"枭首示众以后不久，东边的教堂里传出浓重的哀乐。杜克先生跪在十字架前祷告时离奇死去，临终前他对跪在自己身边的妻子贝蒂道："我死的消息不要告诉你的女儿阿曼达，无论她远在天边，还是近在眼前。"贝蒂哭道："不要这样说牧长大人，难道她不是我们的女儿吗？"杜克先生摇摇头，凄凄地笑了，然后目向高远的苍天落下一滴清泪。他去了，那高远之处是属于他的天国世界。他要坐在全能父的右边。

但是，也就是在所谓的"拳匪"枭首示众以后的又不久，整个赤城被三路兵马围住。南门是田中先生领来的一股日军和桑德斯领来的一部分俄军，军前却绑着挺着大肚子的眼泪莹莹地望着城头的哑女左静寒；西门是大定法师带领的革命军，他们都穿着黑色制服，手拿现代化武器，队伍的后面，如巾帼英雄般的苏秀坐在马上；东门是一伙真正的拳匪，他们都头裹红巾手握利刃，盛金龙在阵前笑眯眯地看着城头荷枪实弹的清兵，他们没有离开，更没有买左汉庭以死囚替罪的账。这三路兵马，他们是不约而同来的吗？没人敢否认这一点，如若不然，天下没有这般凑巧的事；他们是有备共谋而来吗？没人敢这么说，因为他们彼此之间也互为敌人。

但他们有一个共同的敌人，那便是赤城现任知府郎纪平。

郎纪平如阴魂一般站在南门城头，却身穿黄马褂。身旁站着手按腰刀两眼冒火的左汉庭，他不知道自己的妹妹怎么就落在日本人的手里。郎纪平的目光只落在一处，那便是自己念念不忘、死都想见上一面、挺着大肚子快要临盆的哑女左静寒。她在频频招手，她在说着什么，但郎纪平一句话也听不见。空气中有风的声音；有心跳的声音；有旌旗猎猎的声音；有马蹄踢踏的声音；有刀剑相击的声音；有扣动扳机的声音。就是没有人说话的声音，因为此刻敌我双方都在进行内心的较量。但所有的人都能闻到一种怪异的味道在空中弥漫。明白的人心中有数，这是洋油的味道。

不知过了多久，还是郎纪平打破了沉默，他向着城下，从怀里掏出那张人皮图，高高地举在手中，同时高喊道："你们想要的都拿去吧！只要我郎纪平有的，能给的都给你们！但不能给的，你们一丝一毫都别想得到！"说完他哈哈大笑，掏出火镰，"噗噗"两下，点燃了浸过油的人皮图。那人皮图开始慢慢地燃烧起来，伴着郎纪平的笑声，逐渐地越烧越旺。城下的田中先生气得哇哇大叫，高高地向身边的哑女举起手中的刀。郎纪平将烈烈燃烧的人皮图抛向城下，那图像浴火重生的凤凰一般向远方飞去。然后他又把火镰对向自己，高叫道："还有我的命你们也可以拿去！只是请你们记住，在这浩浩的中华大地上，你们也只能撒一撒野、逞一逞凶，要想占领它，痴心妄想！我郎纪平死不足惜，只可恨我看不到中华重生的那一天了！"说到这里，他的喉咙火辣辣地疼。但他还有话要说，于是他又喊道："静寒，我的女人啊——我先走一步了，我在那边等着你啊——还有我们的孩子——"他终于将火镰对向自己的身体，他的身体也腾地燃烧起来。身边的左汉庭开始不得其解，不知他为什么要这样说，因为他已充分备战，四门之内布置了足以对抗强敌的军队。直到大火烧起来，他才知道郎纪平是抱着必死之心登上城头的。为了不被人发现，他把浸过洋油的衣服穿在了里面，把干净的黄马褂套在外面。难道这就是他所说的"与其苟且偷生，不如狠狠地死去"吗？他想上前扑救，但火团里却发出这样极度痛苦的声音："左大人不可轻举妄动！我死即可，不可再动刀兵！"左汉庭稍有迟疑，可就在这迟疑中，他听到城下妹妹发出一种声嘶力竭的号叫，那是母狼失去孩子一般的号叫。可就在她的叫声里，田中手起刀落，哑女左静寒断为两截，鲜血喷溅而出，染红了大地。

"杀——杀——"这是左汉庭见妹妹被杀，发出野熊一般的吼声。可就在这时，京官胥长海连滚带爬地跑上来，一头撞在左汉庭的怀里，再猛地将他抱住，涕泪横流地哭诉道："大人不可！大人万万不可呀！不可再起衅端，如今北京正在谈判，再不可给洋人的谈判桌上增加筹码啦——否则大清不保，国将不国啊——"这时那熊熊燃烧的火团里又发出微弱的声音："大人三思，大人不可……"然后那团火才渐渐地倒下去。

"噗"的一声，左汉庭一口鲜血喷出，也带着燃烧的姿态，向城下飘洒。

城下的敌兵渐渐退去，而这里仍城门紧闭。"杀——杀——"许多清兵都猛撞城门，痛哭流涕，呼喊咆哮。他们想冲出去，为大清、为自己杀个痛快。但那城门关得很死，就是撞不开。满口血红的左汉庭并没有倒下，他一跃跳下城去，奔到妹妹的尸体旁，痛断肝肠，却欲哭无泪。他见妹妹的手里死死地攥着一样东西，掰开一看，竟是半块玉佩。当他终于明白那半块玉佩应该在谁手里时，他望望余烟未尽的城头，终于老泪纵横。

血雨腥风之后，会有短暂的风平浪静。赤城的四门再次洞开的时候，打扫城门者的笑声依然老迈。这里好像什么都没有发生一样，城门开关之间，便是岁月的更迭，便是日子的延续。1901年9月7日这天，《辛丑条约》签订，条约的主要一项是大清赔款四亿五千万两白银，寓示对四亿五千万中国人的羞辱。条约签订不久，中堂大人便病入膏肓，抑郁而终。但在临终之前他作诗一首：

劳劳车马未离鞍，临事方知一死难。

三百年来伤国乱，八千里外吊民残。

秋风宝剑孤臣泪，落日旌旗大将坛。

海外尘氛犹未息，诸君莫作等闲看。

据说中堂大人在临终之前迟迟不肯闭目，幕僚周馥跪下来哭道："君有何放心不下，不忍去耶？公所经手未了之事，我辈可办，放心去吧！"中堂大人这才涌一汪清泪，撒手人寰。

同时，条约中还规定，"严惩祸首，杀害凌辱外国人的城镇停止科考五年。"东北方向唯一被列入其中的就是赤城。罗子沫当然是众多受害考生中的一个，这无疑加速了他的颓废，一直被他视若珍宝的《尚书》也被闲置一边，他的生命已经失去了着力点。有些事，不该在他身上发生的，都发生了。

就在这个金秋时节，拥有更多土地的罗家人正在忙于收割，这其中当然包括桑玉和念其、阿曼达和安素梅。她们虽不能做重劳力，但也忙一些送饭递水的事体和一些零活。太阳快要落山了，人们的动作慢下来，神情也懒散下来，眼前也恍惚起来。坐下来刚想休息的念其突然发现少了三个人，便四下里寻寻，只见庄稼地的尽头有一浓荫苍苍的大沟向山边延伸开去。念其悄悄站起来，躲进旁边未收割的庄稼地里，然后向那个深沟潜伏过去。沟里有细密如麻的灌木，之间夹杂着长势旺盛的蒿草，气息清凉宜人，环境深藏隐秘。纵深走下去，她又听到那生不能、死不得的声音。循声望去，杂草间闪烁着一个赤条条的背影，她没有大惊小怪，竟带有几分欣赏的意味又往前轻挪脚步。这时她才看见那赤条条的身子下面坐着同样赤条条的一个人，他们都在流汗，都在忘我，都是难以自拔的冲动。念其感到阵阵悲哀。那两条悠荡飘扬的黄色大辫子无疑在昭示着生命的火热与疯狂。

念其感到的只有绝望。

她静静地看了一会儿，然后又静静地离开。当她走出沟口的时候，一个从草丛中猛然站起的人吓了她一跳，原来是安素梅姑娘，她的脸腾然变红，比这晚霞还要红。念其知道她在干什么，所以只报以轻蔑的一笑，便快步向正在埋头苦干的丽娘走去，对疲惫不堪的丽娘道："娘，你歇一会儿吧，我来！"丽娘站起身来，喘一口粗气，抹一把汗水，对已经完全变成一个村姑的念其报以满意的微笑。念其不知哪里来的力气，一口气收割了所剩下的庄稼，然后她停下来，望了望东南方向的天空。夕阳西下，那里呈现出一片沉沉的浓灰，像是遗弃已久的炊烟。但那片天的底下，是她的家乡。在回来的路上，念其始终望着那片天，她觉得那里有太多的不同。

不同的记忆；不同的故事；不同的喜乐与哀愁；不同的春花与雪夜。

　　几天之后的一个清晨，鸡飞狗叫的罗家大院，门前突然停下一辆车。早已偷偷准备停妥的念其和桑玉同时给丽娘跪下，同时喊了一声："娘……"

　　"娘您保重，此一去千山万水，天地相隔，不知何时再能相见。望您老保重身体，望您老时时想起我们。我们无论走到哪里，都会为您老祈福的。"说完这些话，念其感到透骨的伤心，她抱着丽娘的双腿，无法忍耐自己的哭声。丽娘也只是哭，一句话也说不出来。一直酣睡的她心里并不糊涂，可她无可奈何。

　　念其和桑玉上了车，车下围着一堆人，都唏嘘流泪，默默不言。就连人群后面的罗再恒也背过脸去，不忍看到这离别相送的场景。车里坐着老态龙钟的冉先生，他使劲儿瞪着昏花的双眼，在找丽娘，在找她的儿子罗子沫。他希望丽娘向他道个别，他想听到罗子沫再喊一声"师父"。但他看到的是无限哀愁的丽娘和懵懂愚顽的罗子沫。他长叹一声道："走吧！走吧！人生总有一别。"

　　车子徐徐而行，后面的轿帘始终被念其掀起，她望着外边，泪珠一串串地滚落。送别的人渐渐地稀了，渐渐地少了。跨过西川河很久了，念其清楚地看到，只有罗子沫如同傻子一般追着速度越来越快的车子。他好像刚知道发生了什么，所以他拼命地追赶。他的眼睛和心儿赛跑，已看不清脚下的路。他摔了一个跟头又一个跟头，可他仍然爬起来继续追，口中拼命地喊着："师父啊……念其啊……"他想让车子停下来，但他不知道，正是冉先生让车夫快马加鞭的。桑玉不忍先生的无情，一再让先生等等罗子沫。可先生却吼道："等什么等？等他来了，我们还能走得了吗？"就这样，车子越走越快，简直如同第一次逃命一般。罗子沫见穷追无望，终于跪下来，张着双臂拼命地呼喊："念其呀，不要走，不要走啊——"然后又捣蒜一般磕头不止。念其看到了，他的额头已是殷殷的血红。

　　眼前的一切，只能成为追忆，可念其还久久地掀着轿帘。

　　人远去了，城远去了，这片土地远去了，车子如同走在茫茫的荒野。马放慢了脚步，它要在紧张过后喘一口气。先生和桑玉不忍打扰还在掀着轿帘往后观望的念其，已经成为村姑的念其。但他们在对话，念其在众多的话语里只听到这么两句。

　　"罗子沫以后的生活会好吗？"桑玉问。

　　"怎么不好？杜克先生死了，以后教堂就成了他们的洞房。"冉先生回答。

"唉，这世道，可怎么好？"桑玉像是自叹。

"世道好不好，并不可怕，可怕的是自古圣道都毁于淫乱！"先生像是自答。

往后观望的念其眼前突然一亮，心中突然一惊，目光突然高远。她看到了天地之间一片玄黄。

这时，她撂下了轿帘。

马蹄哒哒。

完稿于 2016 年 6 月 16 日下午 18 时 16 分

一改于 2016 年 9 月 4 日晚上 10 时 17 分

再改于 2016 年 10 月 24 日上午 11 时 26 分

三改于 2017 年 4 月 19 日下午 17 时 50 分